Philippe Jaenada a fait une entrée remarquée en littérature en 1997 avec *Le Chameau sauvage*, couronné par le prix de Flore. À partir de 2013, il se tourne vers le fait divers, qu'il traite à sa manière inimitable, entre digressions, humour et désespoir. En 2017, il obtient le prix Femina pour *La Serpe*.

Philippe Jaenada

AU PRINTEMPS DES MONSTRES

ROMAN

Mialet-Barrault Éditeurs

ISBN 978-2-7578-8864-3

À Stéphane Troplain
et Jean-Louis Ivani.

Remerciements

Avant tout plutôt qu'après, merci à Jean-Louis Ivani et Stéphane Troplain : sans eux, sans leur travail de dingues et la confiance qu'ils m'ont accordée en m'autorisant à l'utiliser, ce livre ne tiendrait pas plus debout qu'un (gros) homme sans os. Merci à Letizia « Wats » Dannery, détective, génie de l'enquête numérique et téléphonique. À Anne-Catherine évidemment, à qui je dois tout ce que j'ai écrit depuis vingt-trois ans. À Violaine Challéat-Fonck (plus beau nom de la grande histoire des noms ?), Zénaïde Romaneix (deuxième de peu), Émilie Charrier, Véronique Auber, Armelle Laperrière, Jean Salvat et Éric Diouris aux Archives nationales ; à Boris Dubouis, Carol Pater et Vincent Tuchais aux Archives de Paris ; à Romain Dugast et Élise Wojszvzyk aux Archives départementales des Yvelines ; à Aude Rœlly au Service de la mémoire et des affaires culturelles de la préfecture de police de Paris, pour son aide inestimable ; aux membres de la Commission d'accès aux documents administratifs, très précieux alliés ; à la dame du cimetière, qui se reconnaîtra ; à Anne Le Coz à l'AFP, à Patricia Caboste et Irène Oki à l'INA, Jacques Pradel et Justine Vignaux, Adeline Pichard, Carine Lacroix, Marion Duminy, Claude Szigeti, Antoinette Degryse, Antoine Albertini, Nicolas Carreau, Patricia Tourancheau, Caroline Tranchant, Henri Bovet et Xavier Pietri, Denis Cosnard (lereseaumodiano.blogspot.com), et aux responsables de Gallica, fabuleuse mine d'or ; à Guillaume Fauvel ; à Brice Coladon, l'Œil, toujours là ; à Agnès Dumortier, par avance ; merci à Amélie Trébosc pour son formidable travail sur le texte, fond et forme ; et bien sûr, à Betty et Bernard, les irréductibles.

« Je suis un sinistre enfant du vingtième siècle. »

Jacques Le Gallois.

Il y a longtemps que je ne suis pas allé en forêt. Je n'aime pas beaucoup ces zones inhumaines, je préfère rester à distance, sur la route, près des maisons, de la lumière. Ce qui me met mal à l'aise, ce qui – soyons honnête – me fait peur, ce ne sont pas les arbres, qui n'ont jamais fait de mal à personne, qui poussent tranquillement depuis toujours, ce n'est pas non plus la vie secrète qui s'y cache, les bêtes, invisibles mais sans doute innombrables, les oiseaux, les vers et les insectes, tout ce qui grouille, les limaces, les rongeurs (les loups ?) dissimulés dans les feuillages et l'ombre, je n'ai pas peur d'un écureuil ou d'un hibou – non, ce qui m'inquiète et me maintient à l'écart, c'est au contraire l'absence de vie perceptible, d'humanité, quand on regarde de l'extérieur (en voiture par exemple, ou derrière la vitre d'un train qui passe), le silence qu'on imagine, l'immobilité apparente de cet enclos vert figé, si vaste, rien ne bouge là-dedans depuis des années, des siècles, de loin on peut même supposer que rien n'y respire. Et à l'intérieur, dans le vert, il n'y a pas de témoin.

Rien n'évoque pour moi plus évidemment qu'une forêt, plus désagréablement, depuis toujours, la mort. Pourtant, cette nuit, j'y suis entré, dans la forêt, prudemment, pas fier, tout seul : j'ai garé la voiture de location, une Kia Sportage blanche, sur la petite route qui borde au sud le grand bois de Verrières, dans l'Essonne, à 4 heures du matin, et je me suis avancé loin entre les arbres et les buissons, les fougères ou je ne sais quoi, dans l'obscurité redoutable (j'ai été obligé d'allumer la petite lampe de poche faiblarde que j'avais achetée la veille dans un Carrefour Market de Palaiseau), le silence presque absolu (mes pas sur les feuilles tombées, seulement), je me suis enfoncé lentement jusqu'à un gros chêne qui semble avoir toujours été là, au pied duquel je me suis assis, dans la nuit. J'ai éteint la lampe. Je ne me sens pas très bien. Au-dessus de ma tête, sur le tronc, un petit rectangle peint en noir indique en chiffres blancs, pour les randonneurs de jour j'imagine, qu'il s'agit de l'arbre numéro 151. Ce n'est pas superflu. Car tout est à peu près pareil, dans une forêt. C'est immense, en tout cas on pourrait le croire, puisque lorsqu'on est dedans, on n'en aperçoit pas les bords, les limites, comme en plein océan (mais dans une forêt, on ne voit même pas l'horizon), tout autour est, pour le novice que je suis, à la fois hétéroclite et uniforme, ici ressemble à là-bas, l'arbre et le chemin près desquels je me trouve ne diffèrent presque pas d'un arbre et d'un chemin à cent mètres, tout se confond et ça n'en finit pas. Adossé au tronc, au milieu de ce monde, les genoux pliés, j'attends sans bouger depuis près d'une heure maintenant, tendu, dans le noir, entre le 26 et le 27 mai 2019, que le jour se lève. (J'entends un craquement à une cinquantaine de mètres, un animal a dû marcher sur une petite branche tombée. Ce n'est pas un écureuil, ni un hibou bien sûr. Je fais moins le malin.) J'ai froid, je ne me sens pas très bien – ni physiquement, ni moralement. Tout me paraît aussi sombre que la nature qui m'entoure. C'est le printemps, pourtant. Pas vraiment pour moi : depuis deux mois, j'ai de fortes douleurs dans la cuisse gauche, je ne peux plus marcher vingt mètres sans boiter, j'ai les poumons en charpie, je respire comme une cafetière entartrée et je tousse à faire pleurer la dame aux camélias (quarante ans à deux paquets de Camel par jour), j'ai sans doute de la tension dans les yeux (et probablement partout ailleurs, mais ça se sent moins : j'ai les yeux rouges, toujours, qui piquent) et, dans la boîte crânienne, je l'ai appris le mois dernier, un kyste de la taille d'un gros noyau de pêche, qui m'a bouffé l'os, le sinus ou dans cette région-là (j'ai vu le scanner chez la dentiste, on dirait un crâne retrouvé dans la terre trente ans après que celui dont c'était la tête a pris un coup de carabine de chasse à bout portant quelque part entre la tempe et l'œil). Je suis le colosse, en temps normal, mais là c'est la déroute. Et je suis assis seul en pleine nuit dans une forêt lugubre. Et depuis hier soir, j'ai une gastro. (J'ai vomi tout à l'heure en sortant de la Kia Sportage, sur la petite route là-bas, à présent dans un autre monde – les penne au pesto du Novotel de Saclay où j'ai passé une très courte nuit.) C'en est presque drôle, toutes ces tuiles.

Il y a cinquante-cinq ans pile, je venais de passer mon premier jour sur terre, j'étais né la veille – à quelques kilomètres, à Saint-Germain-en-Laye, près d'une autre forêt, le 25 mai 1964. J'allume une cigarette, j'ai conscience que je ne peux pas me plaindre. Car à l'endroit où je me trouve exactement, il y a cinquante-cinq ans, à cette heure-là (on devine l'aube, on la sent plus qu'on ne la constate, j'ai l'impression de mieux voir les contours de l'arbre le plus proche, mais je n'en suis pas sûr), se trouvait, au pied de ce chêne contre lequel je suis assis et juste devant les miens, le cadavre encore tiède d'un garçon de onze ans, livide et mou, vêtu d'un short de Tergal beige avec de très petits carreaux, d'un polo en tissu éponge bleu avec une étiquette « Aux Trois Éléphants », et de chaussettes rouges. Il portait des chaussures à semelles orthopédiques, pointure 37, de la marque Cyrano. Il avait de la terre, de l'humus et des feuilles dans la bouche et dans le nez. Juste là devant moi.

Je me lève, fais quelques pas pour me dégourdir les jambes, une au moins, et écraser ma cigarette contre le tronc d'un autre arbre (je suis plutôt cartésien, j'ai du mal à croire que l'âme survit au corps et que des esprits volettent autour de nous, mais je ne peux m'empêcher – tout s'y prête, les grands arbres sinistres autour, la nuit, la solitude – de ressentir, de manière bêtement irrationnelle mais presque physique, la présence face à moi d'un fantôme allongé de petit gars, je ne peux pas écraser une cigarette juste au-dessus de lui), puis je me concentre sur la lumière dans la forêt. C'est un phénomène intéressant, le lever du jour, on n'a pas souvent l'occasion d'y assister pleinement, sans rien faire d'autre. Entre le moment où la sensation de nuit noire s'estompe, où l'on perçoit une possibilité d'éclaircissement, une lueur, où l'on se rend compte que l'on distingue un tronc ou un buisson à cinq mètres, et l'apparition officielle du soleil à l'horizon (4 h 54, le 27 mai 1964), il s'écoule près de cinquante minutes. C'est long, c'est l'aube, lente, progressive, du gris sombre au gris clair. Durant ces cinquante minutes, l'atmosphère se modifie, on voit mieux mais on entend moins bien, et l'on a cette impression étrange : on se sent moins seul (mais on peut regarder autour de soi : on l'est toujours), le monde s'ouvre, et parallèlement les animaux semblent s'éloigner, même les insectes, la vie secrète a disparu. Il fait jour, maintenant, ce 27 mai 2019 – jour fade, presque sale, mais jour quand même. Je n'ai plus rien à faire ici, je vais bientôt partir, retourner vers la voiture, les réverbères, la route. Mais je crois que je n'en suis pas sorti, de la forêt.

Première partie

Le fou

315 morts et 1 000 blessés pour un but refusé :
c'est le tragique bilan des émeutes
qui ont suivi le match Argentine-Pérou.

Le Parisien libéré, 26 mai 1964.

De Gaulle aujourd'hui à Metz.

Le Général accueille ce matin la grande-duchesse de Luxembourg et le président allemand.

Paris Jour, 26 mai 1964.

Un mystérieux gang derrière le rapt de Mme Dassault, estiment les enquêteurs.

L'Aurore, 26 mai 1964.

Sheila : Pourquoi j'ai failli mourir.
Pétain : Le vrai procès commence.

Noir et Blanc, 26 mai 1964.

Le plus difficile est de trouver par où commencer. C'est comme une forêt : on peut y entrer par où l'on veut, il suffit de choisir : par le sud ou par le nord ? l'ouest ? Ce n'est pas évident, mais cela revient probablement à peu près au même, du moment qu'ensuite on est dedans : l'essentiel est d'entrer. D'ailleurs, à la première page de l'*Odyssée*, on demande à la muse, la Muse, la fille de Zeus, on ne sait trop laquelle mais peu importe, de narrer les aventures d'Ulysse « en débutant où tu le souhaites ». La formulation est différente selon les nombreuses traductions, et les langues bien sûr, mais en substance, le sens est le même : on lui suggère – c'est la traduction que je préfère – de « commencer ici ou là ». L'*Odyssée* n'est pas la petite anecdote lambda qu'on raconte à la fin du repas, donc si on peut aborder cette histoire colossale par où l'on veut, ça marche aussi pour toutes les autres. Celle du petit garçon en short mort dans le bois s'étend, de part et d'autre de la découverte de son corps au pied du chêne, sur plus d'un siècle. Ça laisse le choix de la porte. Je vais faire la muse (un vieux rêve). Et puisque je peux commencer ici ou là, je vais commencer par le plus simple, par où souvent tout commence : la sortie de l'école.

Le mardi 26 mai 1964, à 16 h 30, au 12 bis rue de la Bienfaisance, dans le 8e arrondissement de Paris, la cloche sonne dans l'école communale de jeunes garçons.

Sous les yeux de la maîtresse, Janne Foubert, vingt-huit ans, Luc Taron sort du bâtiment avec quelques copains – ce ne sont pas réellement des copains, non, simplement des enfants de la même classe que lui : Luc est un garçon plutôt solitaire, ce n'est pas un très bon élève, il a fêté ses onze ans deux semaines plus tôt et n'est encore qu'en CM1, il n'a pas d'amis de son âge. Ceux dont il est le plus proche ont neuf et dix ans, ils s'appellent Jérôme Pérol et Pascal Maitrejean.

Ce dernier l'accompagne une quarantaine de mètres sur le trottoir, jusqu'à l'angle avec la rue Portalis, et le laisse s'y engager, à droite. Il est surpris de le voir courir. M. Taron vient très souvent chercher son fils à la sortie, mais pas ce jour-là. Au bout de la rue Portalis, deux autres garçons de la classe, Jean-Pierre Giquel et Steve Itkin, dix ans tous les deux, voient Luc grimper l'escalier qui mène au pont de Madrid et à la rue du Rocher, le chemin habituel pour rentrer chez lui. Jean-Pierre se souviendra qu'il portait un polo bleu, un blouson marron clair et un short beige.

On peut reconstituer à peu près la suite avec ce que ses parents ont déclaré à la presse.

Lorsqu'il arrive chez lui, au 18 rue de Naples, à deux cent cinquante mètres environ du pont de Madrid, c'est sa tante Yvonne, cinquante-sept ans, la sœur de son père, qui lui ouvre la porte (car sa mère est au téléphone). Elle s'apprête à partir – elle vit de petits boulots et doit tenir ce soir-là la réception dans un meublé de la rue Botzaris, près du parc des Buttes-Chaumont. Après un tour, plus tôt dans l'après-midi, aux Galeries Lafayette, où elle a acheté de la laine, elle est venue rendre visite à sa belle-sœur, Suzanne, la mère de Luc, à qui elle tricote une veste. Dans l'appartement se trouve également Jeanne Brulé, soixante-quinze ans, la mère de Suzanne : elle est venue dîner.

Le logement des Taron se trouve dans la cour – après le hall et le premier bâtiment – du 18 rue de Naples. C'est une sorte de petit pavillon dont ils louent le premier étage et la moitié du rez-de-chaussée – l'autre étant occupée par un couple de retraités, les Harburger. Une porte vitrée donne sur un vestibule avec un divan, puis deux petites pièces, dont une qui sert de salle de jeux à Luc. Un escalier mène à l'étage, où se trouvent la salle de séjour, la chambre des parents, celle de Luc, la cuisine et la salle de bains.

En rentrant de l'école, Luc accroche son blouson dans le vestibule, range ses chaussures sous le divan, comme d'habitude, met ses chaussons, et monte avec son cartable au premier étage, dans la salle de séjour, pour goûter près de sa mère et de sa grand-mère maternelle – sa tante Yvonne le croise, elle part pour la rue Botzaris.

Yves Taron, le père de Luc, est représentant de commerce. Ses affaires d'import-export, un temps florissantes, comme dit le poète, sèchent sur pied et ne donnent plus grand-chose – les Trente Glorieuses commencent déjà à avoir du plomb dans l'aile, c'est le début de la fin des beaux jours et des haricots. Pour nourrir sa famille, il vend des appareils radioélectriques pour la société Antenna – La Valette – Télé Service du Midi, qui vit ses dernières heures, et des pistolets d'alarme pour la maison Moser, à Haguenau, en Alsace, près de chez ma femme, Anne-Catherine, dont la mère est encore une gamine (tandis que la mienne, pâlotte dans son lit de la clinique Louis-XIV à Saint-Germain-en-Laye, est maman pour la première fois depuis la veille). Il s'occupe également d'enquêtes statistiques pour l'Insee et la Cofremca, et de publipostage pour le magazine *Réalités*. Pour mener à bien cette dernière activité, souvent fastidieuse, il est aidé par sa femme, Suzanne, et sa sœur Yvonne, dont c'est un des petits boulots : elles « font des adresses », comme dit le petit Luc, sur des enveloppes. Yves Taron et Suzanne Brulé ne sont pas mariés.

Le bureau d'Yves Taron se trouve dans un autre bâtiment du 18 rue de Naples, au troisième étage (à l'époque de la florissance, il louait aussi un petit appartement sur le même palier, où logeait sa bonne, Paulette, partie depuis longtemps chez des employeurs plus aisés), il n'a pas grand chemin à faire pour rentrer chez lui. Ce jour-là, il passe voir son fils qui termine de goûter (il n'a mangé que deux petites tartines beurrées, disant à sa mère qu'il n'avait pas faim), et lui demande de lui montrer son carnet pour voir ce qu'il a comme devoirs pour le lendemain : Janne Foubert n'en a donné qu'un seul à ses élèves, un exercice de conjugaison, celle du verbe *rire*.

Tandis que Luc, dans sa chambre, commence son brouillon – « Je ris, tu ris, il rit… » – comme le lui a demandé son père (ils feront la mise au propre ensemble), celui-ci ressort, il a des enveloppes à mettre au bureau de poste de la rue du Rocher, sa mère entame un travail de dactylo dans la salle de séjour, et sa grand-mère, on ne sait pas, elle feuillette un magazine, assise sur un fauteuil près de sa fille, peut-être. Au bout d'un quart d'heure environ, Suzanne voit son fils sortir de sa chambre : il descend ranger ses jouets, lui dit-il. Une dizaine de minutes plus tard encore, ne l'entendant pas, ne le voyant pas remonter, elle a un pressentiment, un doute. Elle a laissé son sac à main sur le palier du premier étage, en haut de l'escalier. Elle sait que Luc a parfois les mains qui traînent. Elle sort de la salle de séjour : son sac n'est plus là. Luc n'est pas dans sa chambre. Suzanne descend. Son sac est posé sur le divan de l'entrée, ouvert. Les chaussons de Luc sont en dessous, il a remis ses chaussures. Et pris son blouson.

Suzanne regarde dans son porte-monnaie, il y avait deux billets, ils n'y sont plus – elle ne se rappelle pas si c'étaient deux billets de 10 francs, nouveaux francs depuis quatre ans, ou un billet de 10 et un de 5, mais en tout cas, Luc a pris 15 ou 20 francs, ce n'est pas rien (cette année-là, 15 francs correspondent par exemple à cinquante *Parisien libéré*, ou à trente-sept baguettes de pain). En partant, il n'a pas refermé tout à fait la porte d'entrée, il l'a simplement poussée, sans doute pour ne pas faire de bruit. Suzanne écarte le voilage de la vitre, et voit son fils revenir.

Quelques secondes plus tôt, Patrick Gallier, dix ans, qui est dans la classe de Luc, descendait la rue du Rocher pour se rendre au catéchisme. Il venait de chez lui, boulevard de Courcelles. Il a vu Luc remonter la rue sur l'autre trottoir et tourner en courant dans la rue de Naples, vers chez lui. Ses chaussettes rouges moulinaient à toute vitesse. Il portait son blouson marron clair.

Luc a franchi le hall de l'immeuble, puis la porte qui donne sur la cour, qu'il traverse « en courant mais sur la pointe des pieds », selon Suzanne. Il espère peut-être rentrer en douce, sans que personne ait remarqué sa petite fugue, mais sa mère ouvre la porte en grand et lui demande : « D'où viens-tu ? » (« Je ne me pardonnerai jamais cette phrase », confiera-t-elle au *Figaro* deux ans plus tard.) Surpris, Luc se pétrifie et devient tout rouge – « rouge comme je ne l'avais jamais vu jusqu'alors, dira Suzanne à *Détective*. Je me suis rendu compte qu'il avait été choqué ». Après un instant de stupeur, et sans répondre à la question, Luc pivote et repart à toutes jambes. Arrivé face à la porte qui donne sur le hall de l'immeuble, il pose la main sur la poignée et se retourne vers sa mère. Elle lui parle de la voix la plus douce et posée possible (« Je voulais l'encourager à revenir, en lui faisant croire par mon attitude que je ne m'étais pas aperçue qu'il avait pris de l'argent dans mon sac »), sans s'avancer vers lui dans la cour : « Mais qu'est-ce que tu as ? Qu'est-ce que tu fais ? » Ils se regardent encore un peu, Luc ne répond pas, ouvre la porte et s'éloigne dans le hall vers la rue. « Il était vêtu de son blouson de velours côtelé marron clair, avec fermeture Éclair sur le devant. » Suzanne ne reverra plus jamais son « petit bonhomme », comme elle l'appellera encore la dernière fois qu'on la verra à la télévision, quarante et un ans plus tard, en 2005.

Elle est en chaussons (« et en peignoir », ajoutera le père de Luc, mais on ne sait pas, il est peut-être un peu tôt pour ça), elle ne peut pas se lancer à sa poursuite. Elle remonte immédiatement au premier étage, prévient sa mère, enfile ses chaussures et redescend, en prenant au passage un cabas : elle en profitera pour faire quelques courses dans le quartier ; elle n'est pas réellement inquiète, elle pense retrouver son fils assez rapidement. (Ce n'est pas la première fois qu'il se sauve de la maison. Il a déjà fait deux fugues. Le 15 février précédent, après s'être fait réprimander pour de mauvaises notes à l'école, il est parti de chez lui vers 18 heures. Ses parents ont été prévenus à 21 h 30 qu'il avait été retrouvé par un chauffeur de taxi en attente à la station qui se trouvait au croisement de la rue Rodier et de la rue de Maubeuge, à deux kilomètres de la rue de Naples : il avait été intrigué par cet enfant assis seul, un jouet à la main, sur l'un des deux bancs de la petite place qui s'appelle aujourd'hui la place José-Rizal, entre cinq ou six arbres maigres et une vespasienne, qu'on a depuis remplacée par quelques gros pots de fleurs en béton. À peine deux semaines plus tard, le 2 mars, il a de nouveau fugué. Dans l'après-midi, Janne Foubert et le directeur de l'école de la rue de la Bienfaisance, Roger Besnard, lui avaient fait part de leur intention de le faire redoubler son CM1 s'il n'était pas plus attentif en classe. Il était inquiet, il craignait de l'annoncer à ses parents. À son retour à la maison, sa mère lui a plusieurs fois demandé de se laver les mains, il ne voulait pas, il s'est braqué, il est parti en claquant la porte. Après de longues recherches dans le quartier, son père a signalé sa disparition au commissariat du quartier de l'Europe, à 21 heures. Finalement, revenant bredouilles peu avant 23 heures, ses parents ont fait un tour dans l'immeuble et l'ont retrouvé endormi sous l'escalier de l'un des bâtiments, où il s'était caché pour passer la nuit, espérant certainement que, demain étant un autre jour, tout serait arrangé à son réveil.)

Suzanne pense croiser son garçon au pied léger dans une rue voisine, peut-être encore tout près de l'immeuble. Sur le trottoir de la rue de Naples, il n'est ni à droite ni à gauche. Elle se dirige vers la rue du Rocher et la remonte jusqu'à la station Villiers, devant laquelle se trouvent un manège (toujours là cinquante-cinq ans plus tard, après avoir fait tourner des générations entières d'enfants, dont le mien) et quelques stands d'attractions foraines. Luc n'est pas là. Elle se rend ensuite au Prisunic (le Monoprix d'aujourd'hui), car elle sait que son fils, quand ils y vont, aime l'attendre au rayon des jouets. Luc n'est pas là non plus. En ressortant du magasin, Suzanne s'aperçoit qu'elle n'a rien acheté. Elle a oublié. Elle marche encore un peu dans les rues et finit par rentrer chez elle au bout de vingt minutes, sans avoir fait les courses prévues, le cabas vide à son bras.

Quelques instants plus tard, Yves Taron revient à l'appartement. Sa compagne lui apprend la nouvelle fugue de leur fils, il ne s'affole pas, il commence à avoir l'habitude. Il part cependant sillonner le quartier à son tour – « immédiatement », affirmera-t-il, tandis que Suzanne croit se souvenir qu'il a d'abord « lu le journal pendant un quart d'heure ». Il effectue à pied une boucle impressionnante, qu'il décrira aux enquêteurs et à la presse : il commence par descendre la rue du Rocher jusqu'à la gare Saint-Lazare, « car Luc aimait regarder les trains », puis passe sur le pont de l'Europe (la place de l'Europe (Simone-Veil aujourd'hui), où convergent les rues de Madrid, de Constantinople, de Saint-Pétersbourg, de Liège, de Londres et de Vienne), remonte par la rue de Rome jusqu'au boulevard des Batignolles, puis, à Villiers, va jeter lui aussi un œil au rayon jouets du Prisunic, continue sur le boulevard de Courcelles jusqu'au parc Monceau, où Luc faisait parfois du patin à roulettes, mais que son père trouve fermé ce soir-là, descend par le boulevard Malesherbes jusqu'à Saint-Augustin, retourne à la gare Saint-Lazare et remonte enfin vers la rue de Naples, où il arrive peu avant 20 heures. « Nous étions contrariés mais pas encore inquiets », dit-il. Le couple et la vieille Jeanne Brulé dînent (des petits pois frais), la télé est allumée mais personne ne la regarde, Suzanne mange peu. Ensuite, pendant qu'elle commence la vaisselle, Yves repart, cherche encore dans le quartier. Il revient à 21 h 15, pour voir si son fils est rentré : non. Cinq minutes plus tard, la grand-mère s'en va (elle vit seule rue de Lourmel, dans le 15e arrondissement), Yves sort avec elle, la raccompagne jusqu'au métro Villiers puis reprend sa marche inlassable dans les rues, à peu près aux mêmes endroits, en agrandissant même le cercle jusqu'à la place de Clichy. Dans la salle de séjour de la rue de Naples, Suzanne essaie de se remettre à son travail de dactylo mais renonce vite, « trop énervée ». Elle expliquera au *Figaro* : « Après le dîner, cela devenait plus sérieux. Je me disais que plus le temps passait, plus mon petit bonhomme devait être inquiet sur la réception qui l'attendait. On risquait de ne pas le revoir avant le lendemain matin. Je redoutais aussi un accident sur la voie publique. »

Ne pouvant se résoudre à l'attendre sans rien faire, elle sort de l'appartement, inspecte la cour et le petit jardin, les autres bâtiments, les cages d'escalier où Luc pourrait s'être à nouveau caché, tous les recoins possibles, puis sort dans les rues et tourne dans le quartier, remonte, il n'est pas revenu, ressort et trouve Yves Taron devant la porte. Elle a une idée : elle lui demande d'aller chercher leur voiture et de la garer devant chez eux, sur le trottoir d'en face, du côté des numéros impairs. Elle ne peut pas aller se coucher comme si de rien n'était, et craint, s'ils se contentent d'attendre leur fils à l'intérieur, qu'il fasse comme la dernière fois, n'ose pas frapper à leur porte et passe la nuit quelque part dans l'immeuble.

Yves marche jusqu'à la place Malesherbes, qui deviendra celle du Général-Catroux, au croisement de l'avenue de Villiers et du boulevard Malesherbes, où il gare habituellement leur Simca Ariane grise à toit bleu, dans un garage, pour éviter les PV de stationnement, à huit cents mètres de leur domicile. Il revient la positionner devant le 23 rue de Naples, Suzanne s'installe à l'arrière, se fait toute petite et attend : si Luc essaie de rentrer discrètement, elle pourra le surprendre et le ramener dans son lit. Pendant qu'elle guette, Taron continue à chercher dans les environs, ou reste dans l'immeuble, on ne sait pas trop, il va et vient.

Suzanne est en vaine faction depuis une heure environ quand Yves vient lui suggérer d'abandonner. Il est trop tard, leur fils ne rentrera certainement plus maintenant. Ils regagnent leur appartement, patientent encore une heure en tournant en rond, puis se couchent et essaient de dormir, dans un état d'inquiétude facilement compréhensible. Vers 3 h 30, Suzanne se relève, enfile sa robe de chambre et refait un tour dans les différents bâtiments, les étages et les caves, pendant une vingtaine de minutes. Elle se recouche, sans trouver le sommeil.

Taron se lève à 6 h 30, elle à 7 h 15, alors qu'il est en train de faire sa toilette. Il boit un café, puis, aux environs de 8 heures, reprend ses recherches dehors. Plus exactement, il se dirige vers la rue de Lisbonne, du côté du croisement avec le boulevard Malesherbes, où il arrive vers 8 h 30, car Luc lui a dit que son copain Pascal Maitrejean y habitait : il veut lui demander s'il ne l'a pas vu la veille après l'école, mais, soit que son fils lui ait donné un mauvais numéro d'immeuble, soit qu'il ne lui en ait précisé aucun, il ne trouve pas le domicile des Maitrejean. Il revient encore à l'appartement une fois, deux fois (Luc n'est toujours pas là, non), jusqu'à ce que Suzanne insiste vraiment pour qu'il aille déclarer la disparition de leur fils au commissariat de la rue de Lisbonne. Il ne s'y rend pas tout de suite, il pense à quelque chose, il va d'abord s'assurer que le petit fugueur n'est pas retourné directement à l'école ce matin, sans repasser par chez lui. Il passe donc rue de la Bienfaisance, où il demande d'abord à voir le directeur, Roger Besnard. Non, il n'a pas vu le petit Taron de la matinée. Il est frappé par l'état dans lequel se trouve le père de l'enfant : « Il avait l'air très fatigué et angoissé. Il m'a dit qu'il avait cherché une partie de la nuit son fils, qui avait disparu la veille. [...] M. Taron m'a appris que son fils avait déjà fait une fugue. Après notre conversation, je suis allé voir la maîtresse, Mme Foubert. Hors de ma présence, elle a demandé à ses élèves s'ils avaient vu Luc Taron après la sortie de l'école. »

Janne Foubert apprend des choses qu'elle communique au père de son élève. Trois enfants ont vu la veille Luc sortir de l'école à l'heure habituelle, normalement, quoique semblant pressé, et monter l'escalier qui mène au pont de Madrid et à la rue du Rocher (oui, bon, ça n'intéresse pas Yves, qui sait bien qu'il est rentré à la maison), et surtout, le petit Patrick Gallier l'a aperçu courant dans la rue de Naples, en direction de chez lui, à « 18 heures moins le quart » (il est certain de l'heure, à quelques minutes près peut-être, car il n'est pas arrivé en retard au catéchisme, qui débute à 18 heures). Mais ce n'est pas tout. On l'a vu plus tard encore. Un autre enfant l'a croisé à 19 heures à peu près, ou 19 h 15, soit presque une heure et demie après sa fuite devant sa mère. Il regardait la vitrine d'un magasin de radios, rue de Rome, et s'est ensuite dirigé vers le pont de l'Europe. Roger Besnard conseille vivement à Yves Taron d'alerter le commissariat de police.

Avant de repartir, le père de Luc échange encore quelques mots avec Jean Victor, le concierge de l'école, qui, entre autres, surveille la sortie des enfants. Il lui demande s'il a entendu des garçons de l'établissement dire qu'ils avaient vu son fils la veille après les cours, et lui explique que Luc est parti après avoir dérobé 15 francs à sa mère. Le concierge, comme le directeur, lui suggère de prévenir immédiatement la police. Taron lui répond que Luc a fait d'autres fugues et qu'il est toujours rentré. Mais qu'il se rend tout de même au commissariat de ce pas.

« Vers 10 h 30, M. Taron s'est finalement résolu à prévenir le commissariat », déclarera Suzanne Brulé. Avant cela, il est revenu une nouvelle et dernière fois chez eux (Luc n'est pas là), puis a repris la direction de la rue de Lisbonne, où se trouve le poste de police, au numéro 1. Il y signale la fugue de Luc, onze ans, « vêtu d'une culotte courte beige, d'un blouson de velours marron, d'une chemisette bleu marine, de chaussettes rouges et de chaussures basses marron ». L'appel ne sera lancé sur la radio de la police qu'en fin d'après-midi.

Pendant ce temps, à 11 heures, c'est au tour de Suzanne de sortir explorer de nouveau les alentours de la rue de Naples, de plus en plus loin. Comme son conjoint plusieurs fois la veille, elle commence par se rendre à la gare Saint-Lazare, rue d'Amsterdam, rue de Provence, elle tourne autour du Printemps, boulevard Haussmann, et revient. Elle est de retour rue de Naples à 12 h 10, son compagnon vient de rentrer du commissariat. Elle lui prépare des œufs, elle ne mange rien, elle ne peut pas. Après son déjeuner, vers 13 heures ou 13 h 30, Taron va chercher sa Simca Ariane, qu'il a garée entretemps, à un moment ou un autre, rue du Général-Foy, devant l'école Fénelon-Sainte-Marie, à deux cents mètres de chez eux. Il roule jusqu'à la rue Caulaincourt, dans le 18e arrondissement, où il va livrer à la société Multivox deux paquets contenant des enveloppes publicitaires rédigées par Suzanne. Plus tard, dans l'après-midi, il se rend au parc Monceau, où il donne le signalement de son fils au brigadier gardien, M. Broussoux, puis il passe un long moment, une heure ou plus, sur le pont de l'Europe, à attendre, à tout hasard, car il sait que « Luc aimait être noyé par la fumée des locomotives qui passaient en dessous ».

Entre 18 heures et 18 h 30, seule chez elle, Suzanne reçoit un coup de téléphone du poste de police du quartier. On lui demande une photographie de son fils. Elle en cherche une, la plus fidèle possible, puis sort de l'immeuble et aperçoit Yves Taron au bout de la rue, qui vient vers elle. Elle lui fait signe d'approcher rapidement.

À 19 heures, le père de Luc Taron arrive au commissariat de la rue de Lisbonne, la photo à la main. Quelques instants plus tard, on le fait monter dans une voiture, on lui indique qu'on l'emmène à Palaiseau.

Janne Foubert connaît bien ses élèves. Quand l'un d'eux lui a affirmé avoir aperçu Luc la veille, à 19 heures ou 19 h 15, devant un magasin de radios de la rue de Rome, elle a senti, à sa voix, ou à son attitude, qu'il racontait n'importe quoi. Elle a convoqué ses parents. Et le lendemain, ils ont dû se rendre avec leur fils au commissariat, où il a reconnu qu'il avait menti, qu'il n'avait pas croisé Luc ce soir-là, qu'il n'avait dit cela que pour se rendre intéressant. En réalité, donc, personne n'a vu le petit garçon depuis qu'il s'est retourné vers sa mère à la porte du hall, avant de courir vers la rue.

Dans *Dora Bruder*, Patrick Modiano écrit, à propos de la première fugue de Dora, qui s'est sauvée, le 14 décembre 1941, du pensionnat catholique de la rue de

Picpus où elle était plus ou moins à l'abri : « La fugue – paraît-il – est un appel au secours et quelquefois une forme de suicide. Vous éprouvez quand même un bref sentiment d'éternité. »

CET HOMME EST DANGEREUX.

C'est le chef des kidnappeurs de Mme Dassault.
Il est prêt à tirer pour se défendre.

Paris Jour, 27 mai 1964.

Une médiocre Norma : Maria Callas.

La grande affaire, ou plutôt la seule,
est de savoir si Mme Callas chante bien,
ou si elle chante mal. Elle chante faux.
Elle n'a jamais été à son aise dans les aigus.

Libération, 27 mai 1964.

Le cadavre d'un garçonnet trouvé
dans les bois de Verrières (Seine-et-Oise).

Le corps d'un garçonnet paraissant âgé
d'une dizaine d'années a été découvert ce matin
vers 6 heures dans les bois de Verrières.
On ignore encore s'il s'agit
d'un crime ou d'un accident.

AFP, 27 mai 1964, 11 h 45.

Peu après le lever du jour, le 27 mai 1964, une heure avant qu'Yves Taron se lève et fasse sa toilette, Jules Beudard est déjà prêt, pimpant, il sort de chez lui, 27 rue du Moulin, à Igny, dans ce qui est aujourd'hui l'Essonne mais s'appelait, pour trois ans et demi encore, la Seine-et-Oise. Il a cinquante-huit ans, il est marié depuis trente ans, père de cinq enfants, il est manœuvre spécialisé : il s'occupe de l'entretien dans une usine de Saclay, une petite ville voisine, sans Novotel encore. Deux ou trois fois par semaine, quand le temps le permet et qu'il est en forme, il va marcher une demi-heure dans le bois de Verrières, à cinq ou six cents mètres de chez lui à vol d'oiseau, avant de partir travailler. Ça ne fait pas de mal. (Si on aime.) Il a plu un peu la veille au soir, il reste quelques nuages gris, l'air est humide, frais, mais ça va. Jules Beudard franchit le passage à niveau de la ligne de Sceaux, le train qui mène à la capitale, puis le petit pont de la Bièvre, qui se jette quelques kilomètres plus loin dans les égouts de Paris. Sur le chemin du Salvart, il longe le mur d'enceinte du château de Marienthal, puis la maison et le champ de betteraves d'un M. Marchand. Il traverse la petite route de Bièvres, à l'endroit où j'ai garé ma Kia Sportage avant de vomir et, comme moi, pénètre dans le bois en grimpant sur un talus. Il entame sa boucle forestière sur la droite. Environ une demi-heure plus tard, il est presque revenu à son point de départ et s'apprête à sortir de la forêt quand il aperçoit, à une trentaine de mètres, au pied d'un gros chêne, ce qu'il prend d'abord pour un paquet, de linge peut-être. Il est 5 h 30, il fait jour depuis trois quarts d'heure, il comprend vite en s'approchant que ce n'est pas du tout un paquet. C'est un enfant d'une dizaine ou d'une douzaine d'années, couché comme de trois quarts, pas tout à fait sur le dos, plutôt sur le côté gauche, les pieds vers l'arbre, les jambes croisées au niveau des mollets, le bras droit le long du corps, le bras gauche presque perpendiculaire. La première chose qui le frappe, ce sont les chaussettes rouges. Puis il remarque que le petit corps n'a qu'une chaussure, l'autre est posée, lacets faits, à une vingtaine de centimètres de la main droite. Il note ensuite le short beige, le polo bleu en tissu éponge, un maillot de corps blanc en dessous. Il s'accroupit pour savoir si l'enfant, aux yeux fermés, est toujours vivant. Il voit de la terre dans les narines et dans la bouche, entrouverte. Une marque rouge sur le côté droit du cou, près du larynx, peut-être une griffure. Il prend délicatement le bras gauche, qui est souple. Le poignet est à peine tiède, presque déjà froid. Le pouls ne bat plus. Jules se relève et redescend vers la civilisation.

Juste avant d'atteindre en bas la petite route de Bièvres (au-delà de laquelle, en face de lui, il aperçoit un homme et une femme qui ont commencé à travailler dans le champ de betteraves), il emprunte en trottant un chemin qui la longe dans le bois sur deux cents mètres environ, puis cette fois traverse la route, passe entre le château et la propriété Marchand pour rejoindre le chemin du Salvart et marche aussi vite qu'il peut jusqu'à la mairie d'Igny. Il y trouve le secrétaire, M. Cardinal. (Il est 5 h 40, on ne traîne pas au lit, dans l'administration.) Celui-ci alerte aussitôt les pompiers de la ville, et le commissariat de Palaiseau, la grande ville la plus proche. C'est le sous-brigadier Langlois qui est de faction ce matin-là, il les rejoindra sur les lieux.

À 5 h 50, une voiture conduite par M. Ligneul, chauffeur de la mairie et pompier volontaire, se gare le long du bois, entre le talus et le champ de betteraves. À bord se trouvent Jules Beudard et le secrétaire de la mairie. Ce dernier se dirige directement vers le couple dans le champ, qui s'est arrêté de biner en les voyant arriver. Il leur apprend que le cadavre d'un enfant a été retrouvé au pied d'un arbre à quelques dizaines de mètres, et leur suggère de monter le voir avec lui pour savoir s'ils le connaissent. Ils s'appellent Pierre et Geneviève Lelarge, il a trente-six ans, elle vingt-sept, ils travaillent en tant que gardiens et jardiniers pour le compte de l'ingénieur Marchand, propriétaire de la maison voisine et de ce petit champ. Ils ont un chien qui traîne dans le coin, un bâtard, Doudou.

Devant le chêne, cinq personnes regardent le corps de Luc Taron. Les Lelarge n'ont jamais vu ce petit garçon, pas plus que M. Cardinal. Le pompier Ligneul le recouvre d'une couverture qu'il a apportée, sans le déplacer ni le toucher. On attend le sous-brigadier Langlois, qui arrive bientôt. Après avoir constaté la mort, comme tout le monde, il file réveiller le commissaire principal Xavier Pavillon, chef de la circonscription de Palaiseau, qui lui demande d'aller prévenir l'OP – officier de police – Marcel Sepulcre, au poste de police d'Orsay, et le médecin le plus proche, le docteur Henry Locussol, d'Igny ; et de lui rendre compte par radio de ce qu'il apprendra.

Dans le bois, on effectue les toutes premières constatations officielles, sommaires. Le cadavre de l'enfant non identifié se trouve à soixante-dix mètres de la route de Bièvres. Pour l'atteindre, il faut emprunter une sorte de petit chemin, à peine un chemin, une piste de terre et de feuilles entre les arbres, encombrée de pierres à moitié enterrées et de racines, qui monte perpendiculaire à la route, fort d'abord puis plus faiblement, jusqu'au chêne, six ou sept pas sur la gauche, au pied duquel se trouve l'enfant. Le corps est allongé presque sur le dos, parallèlement à la route de Bièvres, vers laquelle est tendu le bras gauche. Le visage, aux yeux fermés, est tourné vers le bas, vers la route aussi. Les pieds, dont l'un est déchaussé, se trouvent vers l'arbre, à environ un mètre du tronc, la tête à une cinquantaine de centimètres d'un buisson ou d'un arbuste (quand je suis au même endroit en 2019, le buisson ou l'arbuste est devenu un genre d'arbre à trois troncs (je ne sais pas ce que c'est, et je ne suis pas le meilleur en descriptions d'arbres), d'une dizaine de mètres de haut). Autour du garçon mort, sur les feuilles et les brindilles qui recouvrent le sol, il semble n'y avoir aucune trace de lutte. Les vêtements du petit, hormis sa chaussure droite, sont d'ailleurs parfaitement ajustés (et propres, à part quelques feuilles et traces de terre au niveau du thorax), seuls deux boutons nacrés du col du polo sont défaits (le troisième et dernier est fermé), et il semble n'y avoir eu aucune tentative d'agression sexuelle (ce que confirmera l'autopsie). C'est à peu près tout ce qu'on peut dire pour l'instant. Le pompier Ligneul, le sous-brigadier Langlois et l'OP Sepulcre n'écartent pas la possibilité d'un accident. Ils savent que les enfants du coin aiment bien grimper dans les arbres, notamment pour y chercher des nids. Or, les policiers lèvent la tête, il y en a un dans celui-ci. L'enfant a-t-il pu tomber ? Mais l'état de son corps, ni froid ni rigide, indique qu'il n'est pas mort depuis la veille. Comment imaginer qu'il se soit mis à grimper jusqu'à un nid en pleine nuit ? Des recherches sont effectuées sur le tronc, tout autour : on ne trouve aucune sorte de trace. De toute façon, ce n'est pas possible, le chêne est très large, même un adulte ne peut en faire le tour avec les bras, et la première branche est à deux mètres vingt de hauteur. (Cinquante-cinq ans plus tard, l'aube s'est levée pour moi aussi, j'observe l'arbre, je me souviens (vaguement, certains détails) des photos des « lieux du crime » qui seront prises dans quelques minutes par le sous-brigadier Manuel Pastor, du commissariat de Palaiseau, et Robert Poitevin, de l'Identité judiciaire, et que j'ai vues aux Archives départementales des Yvelines. Au contraire de l'arbuste, l'arbre est resté le même pendant toutes ces années. La première branche a été coupée, cassée, ou est morte toute seule, mais il en reste encore le nœud et quelques centimètres sur le tronc, à deux mètres vingt.) Or l'enfant, à vue d'œil, ne mesure pas plus de 1,40 m.

À 6 h 50 arrive le docteur Henry Locussol, dont le cabinet se trouve au 6 avenue de la Division-Leclerc, tout près de la gare d'Igny. Coup de chance, ce n'est pas le médecin de base ni le jeunot qui débute, c'est un homme très expérimenté, fin, intelligent, posé, sûr. Pour lui, ça ne fait aucun doute, il ne s'agit pas d'un accident. Mais ses observations et conclusions, fondées principalement sur la terre qui encombre les voies respiratoires de Luc, la cyanose de son visage, jusqu'au cou, et les multiples traces de griffures, plus ou moins importantes, qu'on remarque près de son larynx ou derrière ses oreilles, ne seront révélées que plus tard à la presse. À 11 h 45, l'Agence France-Presse indiquera qu'on « ignore encore s'il s'agit d'un crime ou d'un accident », à 12 h 38 qu'il est « impossible, en l'état actuel de l'enquête, de dire s'il s'agit d'un crime », et à 14 h 54 que « la thèse de l'accident pourrait être retenue », même si, onze minutes plutôt, à 14 h 43, la même AFP, en précisant que « la mort remontait seulement à quelques heures », signalait que « la petite victime avait à la nuque et au cou des traces suspectes, ainsi que des traces de terre sur le côté du visage, comme si une main vigoureuse avait voulu plaquer la tête de l'enfant contre le sol ». Même le lendemain, jeudi 28 mai, *Libération* titrera : « Crime ou accident ? » France Inter s'avancera davantage, plus précisément, et plus tôt : dès 13 heures, le mercredi, dans « Inter Actualités », le reporter Alain Barrault, qui se trouve sur place, déclarera, après avoir interviewé le commissaire Pavillon de Palaiseau : « Il s'agit peut-être là d'un crime. Des traces de strangulation ont été relevées. » Par ailleurs et accessoirement, le médecin remarque sur le tibia de la jambe gauche du garçon, à quinze centimètres au-dessus de la cheville, une petite blessure datant de quelques jours, soignée au mercurochrome.

Henry Locussol est encore en train d'examiner l'enfant dont personne ne connaît l'identité (sa mère, rue de Naples, à vingt kilomètres de là, est en train de se lever, après une nuit quasiment sans dormir, et son père se rase), quand apparaît la rigidité cadavérique, entre 7 h 30 et 7 h 45. Il pourra ainsi déterminer assez précisément l'heure de la mort. Pour l'instant, il se contente de dire qu'elle est intervenue « au milieu de la nuit ».

Dans la poche droite du short, on trouve une pièce de 5 centimes (5 anciens francs) et un jeu d'osselets complet, en métal léger : cinq gris, ou argentés, et un rouge. Dernières notes pouvant être utiles à une identification : l'enfant a les cheveux châtain clair, les yeux marron, et les oreilles légèrement décollées. Il se rongeait les ongles.

À 9 h 50, l'OP Marcel Sepulcre rend compte de tout cela par radio, comme convenu, au commissaire Pavillon, qui prévient le parquet et le SRPJ de Versailles. À 10 h 10, tandis qu'Yves Taron discute avec le directeur à l'école de la rue de la Bienfaisance pour savoir si son fils s'y est rendu ce matin, les commissaires Jean Samson et Robert Bacou, de la première brigade de police judiciaire de la Sûreté nationale, qu'on surnomme la « première brigade mobile » (c'est la première « brigade du Tigre »), arrivent de Versailles, accompagnés des OP

André Mawart et Joseph Valencia, de l'OPA (officier de police adjoint) Joseph Tur, et des OPA Poitevin et Lopez, de l'Identité judiciaire, qui seront chargés l'un de prendre des photos, l'autre de tracer des plans précis des lieux. Pendant ce temps, Jean-Claude Seligman, doyen des juges d'instruction au tribunal de grande instance de Versailles, est saisi de l'affaire et délivre une commission rogatoire au commissaire divisionnaire René Camard, chef du SRPJ de Paris, dans le cadre d'une procédure « contre X pour rechercher les causes de la mort de X ».

À 13 heures, alors que France Inter annonce à la France entière la découverte du cadavre d'un enfant inconnu « dans les bois de Verrières, près de Palaiseau », et qu'Yves Taron vient de terminer ses œufs et s'apprête à partir livrer ses enveloppes chez Multivox, le corps de son fils est conduit à la morgue de l'hôpital d'Orsay. À 15 heures, vingt gardiens de la paix arrivent sur place (selon *France-Soir*, car *Libération* en a dénombré cinquante – mais c'est *France-Soir* qui a raison, c'est confirmé par le premier rapport des commissaires Samson et Bacou) et commencent à ratisser les environs du chêne. (J'y pensais lorsque j'étais assis là, dans le silence complet (ou peu s'en faut : pour rappel, une petite branche craque à une cinquantaine de mètres), le silence et l'immobilité, la stagnation partout. Je sentais autour de moi la présence rémanente de tous ceux qui marchaient et parlaient ici ce matin-là, dont j'avais vu certains sur les photos aux Archives, ou dont je n'avais aperçu que le bas du pantalon et les chaussures, sur les premiers clichés, lorsqu'ils étaient autour du corps de l'enfant, et dont la plupart, peut-être tous, aujourd'hui sont morts. J'avais du mal à assimiler cette double sensation étrange : être là, au milieu d'eux, longtemps après, et, dans leur temps, être à vingt kilomètres de là, dans un berceau en plastique, pesant moins de trois kilos.)

Un quart d'heure plus tard, le sous-brigadier Claudius Micheau, maître-chien à la brigade canine d'Argenteuil, arrive sur place avec la star de la discipline, Blarno, véritable célébrité dans le monde de la truffe. (On parle même de lui dans plusieurs numéros de la *Revue de la Sûreté nationale*.) Tous deux entament leur travail au pied de l'arbre à 15 h 15, pendant qu'Yves Taron est dans la fumée des locomotives sur le pont de l'Europe. Au départ du corps de Luc pour la morgue, les policiers ont gardé son polo et ses chaussures. On les fait sentir à Blarno. Il parcourt alors une longue boucle dans les bois. Selon *Libération*, il guide son maître sur huit cents mètres « à l'intérieur d'un quadrilatère », avant de revenir au pied du chêne. Selon *Le Parisien libéré*, il effectue « une balade de cinq kilomètres dans les bois » avant de se diriger vers Igny. Selon *France-Soir*, Blarno « a mené jusqu'à Igny, où passe le chemin de fer, et a achevé sa course dans une blanchisserie après avoir marqué l'arrêt dans deux cafés ». Le mieux est de se fier au rapport du sous-brigadier Micheau Claudius, matricule 268 744, rédigé le soir même : après avoir flairé le polo, Blarno « a traversé une partie de la forêt sur une distance totale de dix kilomètres environ ». (C'est beaucoup.) Il est ensuite entré dans Igny, où la piste s'est arrêtée, à 18 heures, après trois heures de recherches. Le commissaire principal Pavillon en déduit qu'il est possible que le tueur soit monté dans une voiture à Igny. Claudius conclut ainsi son rapport : « Bon travail du chien Blarno. »

Avant de terminer, on prend la déposition de Jules Beudard, qui précise qu'il n'a vu personne, absolument personne, ni sur son chemin matinal vers la forêt, ni au cours de sa promenade d'une demi-heure, ni au moment de la découverte du corps. En longeant la route à l'intérieur du bois pour se rendre à la mairie, il a simplement aperçu le couple Lelarge dans le champ de betteraves.

On s'avance ensuite dans Igny pour interroger les habitants, ont-ils remarqué quelque chose ? Non, personne, rien de particulier durant la nuit, ni le matin. Les policiers apprennent tout de même que le bois de Verrières, qui occupe une vaste superficie d'environ trois kilomètres sur quatre, n'a pas une très bonne réputation : la nuit, paraît-il, des hommes s'y retrouvent. D'autre part, deux retraités, Henri et Marie-Thérèse Minvielle, dont la maison se trouve au bord de la route de Bièvres, non loin du champ de betteraves (de l'autre côté, par rapport à la propriété Marchand), disent avoir été réveillés, lui par le démarreur d'une voiture, actionné bruyamment à plusieurs reprises, elle par « des bruits de claquements de portières, assez violents ». Mais ils ne peuvent pas se montrer très précis : c'était entre 3 et 7 heures du matin. Il peut s'agir, au milieu de la nuit, du ou des assassins de l'enfant ; il peut aussi s'agir de la voiture du chauffeur de la mairie d'Igny, ou de celles des policiers, qui étaient sur les lieux à partir de 5 h 50.

Les époux Lelarge, eux, brièvement interrogés par l'OP Sepulcre, déclarent qu'ils ont commencé à biner à 5 heures, et n'ont rien vu de spécial jusqu'à ce que M. Cardinal, le secrétaire de la mairie, vienne les chercher dans leur champ pour les avertir du drame. « Je n'ai pas remarqué d'individu sortant du bois, et je ne peux pas fournir de renseignement utile à l'enquête », conclut Pierre Lelarge.

Les premières recherches s'achèvent, les gardiens de la paix vont rentrer au poste, les docteurs dans leur cabinet, les reporters dans leur rédaction. Mais eux non plus, les policiers, les médecins, les journalistes, ne sont pas sortis de la forêt.

Je la quitte avec eux, provisoirement. Je reprends la Kia, avec ma gastro, retourne au Novotel pour me reposer un peu et payer, puis, en remontant vers Paris, je passe par Jouy-en-Josas, où j'ai quelque chose à voir.

C'est tout près d'Igny, à trois ou quatre kilomètres. Je m'arrête devant le numéro 38 de la rue du Docteur-Kurzenne, une grande maison aux volets verts. Patrick Modiano y a passé, entre 1952 et 1953, une année particulière, qui nourrira plusieurs de ses romans, *Remise de peine*, *Un pedigree*, *Livret de famille*, *Pour que tu ne te perdes pas dans le quartier*, et peut-être même la plupart des autres. Il avait alors sept ans, deux de plus que son frère Rudy (qui mourra d'une leucémie en janvier 1957, à neuf ans). Leur mère, l'actrice flamande Luisa Colpeyn (Modiano écrit Louisa), les avait confiés à l'une de ses amies, Suzanne Bouquereau, qui habitait là avec deux autres femmes et recevait des invités pittoresques, marginaux ou louches, qui changeront de nom et de profession de livre en livre, comme Jean Normand, alias Jean Duval, « le grand à la Jag », qui conseille à Patrick de lire des « Série noire » pour apprendre la vie et sera mêlé plus tard à l'affaire Ben Barka, et des amis de son père (Albert, Alberto en fait, alias Aldo, le personnage principal de l'œuvre de son fils) qui l'accompagnent, toujours le jeudi, lorsqu'il vient rendre visite à ses garçons, entre deux affaires bancales ou deux séjours à l'étranger, en Afrique notamment : le producteur Sacha Gordine et le trouble Jacques Boudot-Lamotte, au regard noir, qui conduit une vieille Bentley aux banquettes de cuir défoncées, et apparaîtra dans plusieurs romans sous diverses identités. Un soir de l'hiver 1953, en rentrant de l'école, Patrick et Rudy Modiano, qui ont dormi la veille chez une vieille voisine de Suzanne Bouquereau, retrouvent la maison du 38 rue du Docteur-Kurzenne pleine de policiers, qui cherchent, qui perquisitionnent. Il n'y a plus personne d'autre. Toutes les occupantes de la maison, leurs amies et leurs invités, ont disparu. Ils se sont dispersés, ils ont continué leur vie, ils sont en 1964 quelque part dans Paris ou ailleurs, eux et leurs semblables. (Patrick reviendra en 1956 à Jouy-en-Josas, pensionnaire au collège du Montcel (il y croisera Michel Sardou), dont il se sauvera en janvier 1960, à quatorze ans, par amour pour la belle Kiki, rencontrée chez sa mère – mais il sera rattrapé quelques jours plus tard. Il sait de quoi il parle quand il imagine ce qu'a pu ressentir Dora Bruder, le jour de sa fugue.)

« Une seule piste, bien vague : un Arabe
a été vu sortant du bois tragique. »

Radio Luxembourg,
27 mai 1964, actualités de 22 heures.

Dans la voiture du commissariat de la rue de Lisbonne, Yves Taron arrive à celui de Palaiseau à 19 h 40. On lui montre les vêtements de l'enfant retrouvé dans le bois, le polo et les chaussures qui ont été flairés par le chien Blarno, le short beige à petits carreaux et les chaussettes rouges. Il les reconnaît immédiatement – et indique aux policiers présents qu'il manque son blouson de velours côtelé marron clair. Le plus douloureux reste à faire, on le conduit à la morgue d'Orsay, à cinq ou six kilomètres de là. Il y arrive à 20 h 55 et reconnaît le corps de Luc. Deux mois plus tard, il se rappellera ce moment face au journaliste Alain Ayache, de *France Dimanche* : « Je ne me souviens plus de ce qui s'est passé ensuite, j'ai senti des larmes me monter aux yeux, je ne sais plus si j'ai pu les contenir ou si elles ont coulé sur mes joues. L'opinion des autres, à ce moment, m'était bien égale. [...] Je pensais : ce n'est peut-être pas le petit Luc, que tu as vu. Le visage était marqué par les coups, ses traits étaient déformés par la strangulation. Je m'étais peut-être trompé. [...] J'ai dû me convaincre que je ne reverrais jamais mon petit Luc vivant. Jamais plus il ne passerait sa main dans mes cheveux en m'appelant "Jules" pour me taquiner. Jamais plus je n'embrasserais sa peau douce et tiède. Je l'avais embrassé une dernière fois, mais sa peau était froide, glacée, et c'est le souvenir de ce baiser inhumain que je devrai garder à jamais sur les lèvres. » Dès sa sortie de la morgue, il est conduit au 127 rue du Faubourg-Saint-Honoré, où se trouve alors le siège du SRPJ de Paris, la première brigade mobile. La mère de Luc, Suzanne Brulé, y a été emmenée et l'attend dans le bureau du commissaire Samson – « vêtue d'un manteau rouge », précise l'AFP.

À Orsay, les docteurs Raymond Martin et André Deponge, médecins légistes, débutent l'autopsie. Sont présents l'OP Valencia et l'OPA Tur, qui prennent des notes (ils écrivent que la tête de Luc présente deux hématomes, un frontal et un pariétal droit), et l'OPA Poitevin, qui prend des photos – je les ai vues dans le dossier d'instruction, ces images du pauvre petit gars disséqué déchirent le cœur, ça ne donne pas envie d'en parler en détail. Disons juste que les deux experts relèvent des traces de griffures sur le cou, derrière les oreilles, des ecchymoses sur l'épaule, l'omoplate et le bras droits ; les poumons présentent des lésions intenses, et de multiples petits infarctus ; le cerveau est congestif, avec un œdème considérable ; dans l'estomac, on trouve une boule de pâte à mâcher, de chewing-gum, quoi, de la grosseur d'une noix ; l'expertise toxicologique est négative, rien d'anormal dans le sang ; on ne trouve aucune lésion anale (seulement – j'ai hésité à l'écrire, parfois on ne sait pas quoi faire, on a honte, à tort ou à raison – un petit pois frais), aucune trace de violence sexuelle, ni de viol ni de tentative. Luc mesurait 1,37 m, à ce moment de sa vie, le dernier.

Les médias, pendant ce temps, commencent à bouger, beaucoup (les reporters ne sont jamais loin des flics). La première nouvelle importante, c'est l'identification de la jeune victime. Avant les radios et les journaux du lendemain, c'est l'AFP qui donnera l'information, dans la nuit du mercredi au jeudi, à 0 h 09, alors que le père de Luc vient à peine de signer sa déposition au SRPJ, recueillie par l'OP Valencia et l'OPA Tur, et que sa mère est toujours interrogée (par l'OP Mawart et l'OPA André Juif) : « Des policiers chargés d'enquêter sur la mort du garçonnet dont le corps a été découvert mercredi matin à l'aube dans une clairière du bois de Verrières ont entendu ce soir le père de la petite victime, M. Taron, représentant de commerce, demeurant 18 rue de Naples à Paris. "Mon fils Luc, né le 9 mai 1953, devait déclarer le malheureux père, s'était enfui de notre domicile mardi après-midi à 17 h 45, à la suite d'une sévère réprimande de sa mère. Luc était un enfant fugueur. À deux reprises déjà, depuis le début de cette année, il avait fait des fugues. C'était un enfant particulièrement difficile et instable." » Puis, tout de suite après, à 0 h 12 : « L'identification du garçonnet, si elle marque une étape dans l'enquête que mène le commissaire Samson, de la première brigade mobile, ne permet pas pour autant de répondre aux nombreuses questions que l'on peut encore se poser. Comment l'enfant est-il arrivé dans les bois de Verrières ? » Dans les kiosques, le lendemain matin, jeudi, les journaux enchaînent. Parmi beaucoup d'autres, presque tous, *Le Parisien libéré* consacre sa une au drame : « Un enfant assassiné dans le bois de Verrières. Il a été découvert étranglé et étouffé au pied d'un chêne. Il a été identifié dès hier soir, c'est le petit Luc Taron, qui avait disparu du domicile familial à la suite d'une légère réprimande. » *Libération* revient sur le travail des enquêteurs et du chien Blarno dans les bois, donne l'identité de Luc, et ajoute trois détails : il portait des semelles orthopédiques pour corriger une déformation de la voûte plantaire, il se rongeait les ongles et il avait été soigné pour une carie (en réalité, une fêlure) sur une incisive. (Ce n'est pas précisé nécessairement pour faire pleurer dans les chaumières et les bistrots, c'est que ce qui différencie un humain d'un autre, souvent, c'est ce qui cloche.) Dans l'urgence peut-être, les maquettistes ont commis ce qu'on peut considérer sans sévérité injuste comme une maladresse. Contigu à l'article, qui porte le titre « À sa troisième fugue, Luc (onze ans) est trouvé mort dans les bois de Verrières », juste en dessous, on lit en gros caractères : « Bonne fête maman », et dans l'encadré : « Bien des tirelires vont se vider cette semaine, bien des gosses mystérieux et importants vont aller chez les commerçants faire leur choix… »

Mais dès le mercredi soir, Europe n° 1 avait sorti le premier scoop, avant même l'identification de l'enfant. Le journaliste qui présente les actualités de 20 heures évoque le témoignage d'un « homme qui travaillait dans son champ à 5 heures du matin » et qui « a vu un Arabe sortir du bois ». Ce sera repris et confirmé sur Radio Luxembourg à 22 heures, et dans les informations d'« Europe Soir » : « Un habitant d'Igny a dit aux policiers qu'il avait vu, peu de temps après que le corps de l'enfant a été découvert, un homme sortir des bois. »

Cet habitant d'Igny qui travaillait dans son champ (de betteraves), c'est Pierre Lelarge. Après une brève déposition sur les lieux le matin, sa femme Geneviève et lui sont interrogés plus officiellement, et plus complètement, à 19 h 30, dans les locaux du SRPJ, alors qu'Yves Taron est encore en route pour Palaiseau. Devant les OP René Mothe et Jean-Claude Pigeon, il déclare que dix minutes environ avant que le secrétaire de la mairie ne vienne les voir dans les champs, c'est-à-dire vers 5 h 30 ou 5 h 40 (ils n'avaient pas remarqué Jules Beudard qui se rendait à Igny sur le chemin forestier qui longe la route), son épouse et lui ont vu un homme sortir du bois quasiment en face d'eux : « Arrivé sur la route, il s'est secoué [une quinzaine de jours plus tard, le 11 juin, dans un reportage, « Le point sur l'affaire Taron », du journal de 20 heures de l'ORTF, Pierre Lelarge sera filmé dans son champ, il dira qu'en descendant du talus, « il se secoua » – on sortait son passé simple, quand on passait à la télévision], il a frotté le bas de son pantalon, comme s'il avait marché dans l'herbe mouillée ou dans la terre. » Il raconte ensuite que leur chien, Doudou, « l'a crié », en fonçant sur lui, que l'homme l'a écarté d'un coup de la sacoche qu'il tenait à la main gauche, puis, ralentissant, marchant normalement, s'est dirigé vers Igny par le chemin du Salvart. « Cet homme m'a paru être un Nord-Africain, âgé d'une quarantaine d'années, d'assez forte corpulence, un peu trapu, à peu près un mètre soixante-dix, nu-tête, bien peigné, vêtu d'un costume bleu pétrole. Je l'ai vu à vingt mètres environ. Je pourrais le reconnaître. »

À 20 h 15, Geneviève Lelarge est interrogée à son tour, confirme les déclarations de son mari. Selon elle, l'homme était « de corpulence et de taille moyennes », et a débouché du bois « un quart d'heure avant l'arrivée des pompiers ».

Naturellement, les policiers sont surpris. Le matin même, moins de trois heures après la découverte du corps, le cultivateur était formel : « Je n'ai pas remarqué d'individu sortant du bois. » Qu'est-ce que c'est que cette histoire ? Questionné à ce propos, sans doute avec insistance, Pierre Lelarge expliquera qu'il a été bouleversé, chamboulé par les événements du matin, mais surtout, comme il le confirmera au *Parisien libéré* le 29 mai (et plus tard encore dans le reportage de l'ORTF) : « Nous avons tardé à parler car nous pensions qu'il s'agissait d'un simple accident. Quand nous avons su que le garçon avait été assassiné, nous nous sommes décidés. » On peut comprendre. Au moment, peu après l'aube, où tout le monde arrive sur les lieux, les Lelarge sont au centre de l'attention, en tout cas ils peuvent être considérés comme les témoins les plus proches, ils étaient au bord de la route, et à quelques dizaines de mètres seulement du cadavre du garçon. Ils savent qu'ils n'ont rien à voir avec ça, ils ne veulent pas être trop impliqués. Ils ont vu un homme sortir du bois, d'accord, mais le petit a dû tomber de l'arbre, cet homme n'y est très certainement pour rien, s'ils se mettent à en parler, on ne les lâche plus, et c'est tout un cirque, des recherches pour le retrouver, une enquête.

On sait aujourd'hui que les époux Lelarge ont autant de responsabilité dans la mort de Luc Taron que dans celle de Marilyn Monroe. Pourtant, un observateur objectif aurait de quoi les regarder de travers : en théorie, on ne ment pas sans raison (or il est impossible qu'ils aient oublié cet homme en costume bleu pétrole quelques minutes seulement après qu'il est passé sous leur nez, sortant d'un bois dont jamais personne ne sort à cette heure), c'est plus que louche. Jules Beudard, d'ailleurs, ne paraît pas beaucoup plus fiable. Interrogé officiellement le 28 mai au SRPJ, il répète ce qu'il a dit la veille aux premiers enquêteurs : pour entamer sa promenade matinale, il a suivi jusqu'au bout le chemin du Salvart et a pénétré dans le bois quasiment en face du champ de betteraves (un officier de police qui s'est rendu spécialement à Igny pour refaire ce trajet avec lui le note en pointillés sur un plan qu'il dessine) ; mais une semaine plus tard, convoqué de nouveau à la première brigade mobile par l'OP Valencia, qui veut s'assurer qu'il est bien certain de n'avoir vu personne ce matin-là, en particulier cet Arabe en bleu, Jules changera de version : cette fois, il situe son entrée dans la forêt environ deux cents mètres en amont, en face du château de Marienthal (c'est en fait le chemin qu'il a suivi au retour, quand il partait vers la mairie). Si Jules Beudard a tué Luc Taron, je veux bien qu'on me fasse sauter une ou deux rotules à la perceuse. Pourtant, à quelques jours d'intervalle, il donne deux versions complètement différentes de son parcours. Là encore, il y aurait de quoi le fixer longuement en plissant les yeux. Mais c'est révélateur de ce que peut être un témoignage. On peut se tromper, on peut même mentir consciemment, et n'être coupable de rien, ni même motivé par de mauvaises intentions. Les raisons qui poussent à dire autre chose que la vérité sont innombrables.

Propulsés par la révélation du couple Lelarge, les hommes des commissaires Samson et Bacou retournent à Igny et tapent du premier coup dans le mille en interrogeant Bernard Boulet. C'est le chef de gare, Bernard Boulet. Il a vingt-sept ans, il est en poste ici depuis novembre 1962. Il connaît ses clients réguliers. Mercredi matin, avant 6 heures, il a vendu un billet pour Denfert-Rochereau à « un individu » qu'il n'avait jamais vu. Il avait une quarantaine d'années, il mesurait 1,70 m ou 1,72 m, il était de corpulence normale, basané, cheveux bruns ou châtain foncé, légèrement ondulés, visage de type méridional, traits assez prononcés, il était vêtu avec recherche, portait un costume bleu pétrole, pas de lunettes, et Boulet n'a pas remarqué s'il portait ou non une sacoche ou une serviette. Après avoir pris son billet, il s'est rendu sur le quai et a probablement pris le train de 6 h 03 pour Paris, une dizaine de minutes plus tard. De toute évidence, c'est le même homme que celui qu'ont vu Pierre et Geneviève Lelarge.

Les policiers ont certes tapé dans le mille, mais une fois qu'on a tapé dans le mille, on n'est parfois pas beaucoup plus avancé. « Le suspect numéro 1 : l'homme au complet bleu », titre *L'Humanité*, mais enfin il est rentré à Paris, voilà, au revoir. (L'AFP indique : « Les policiers ont exploité cet indice en effectuant des vérifications dans les milieux nord-africains de la région. Ces vérifications n'ont pour l'instant donné aucun résultat. ») Ça aidera les journaux à maintenir la tension pendant vingt-quatre heures au moins, c'est déjà ça. Ils en parlent tous le lendemain, de l'homme en bleu, qui est tantôt grand, tantôt fortement charpenté, tantôt mince, il a un visage plein ou les traits creusés, il porte une serviette ou une sacoche, une seule certitude : il est basané, nord-africain ou arabe. Si c'est un homme qui se rendait simplement à son travail (en passant par le bois – mais les gens sont bizarres, on le sait), les enquêteurs lui demandent, par l'intermédiaire des journaux, de se faire connaître. Rien ne vient, personne ne se signale. De toute façon, l'homme en bleu ne va pas tarder à tomber dans les oubliettes médiatiques et policières, plouf, sans laisser de traces.

Entendus séparément au SRPJ dans la nuit du 27 au 28 mai, jusqu'à 4 h 15, les parents de Luc reconstituent son emploi du temps à partir de son retour de l'école, à peu près tel que je l'ai raconté, en disant grosso modo la même chose, à quelques petites variations horaires près – que comprennent les enquêteurs, on n'a pas toujours l'œil sur sa montre, surtout quand il ne se passe rien de particulier. La principale variation concerne la raison possible de la fugue de Luc. Lors de sa toute première déclaration à l'AFP, probablement avant d'entrer au 127 rue du Faubourg-Saint-Honoré, puisque la dépêche a été diffusée à 0 h 09, Yves Taron disait que son fils avait quitté leur domicile « à la suite d'une sévère réprimande de sa mère ». C'est d'ailleurs ce qu'il avait déclaré le matin au directeur de l'école, Roger Besnard : « Il m'a confié que l'enfant avait été réprimandé par sa mère, à qui il avait volé une somme de 15 francs. » Dans *Le Parisien libéré*, il ne s'agit plus que d'une « légère réprimande ». Dans *France-Soir*, une supposition du père : « Il avait volé 15 francs à sa mère et savait que nous allions le réprimander sévèrement. » Devant les enquêteurs, Yves Taron se décale encore : « Ma femme ne lui a pas fait de réprimande. Elle l'a rencontré sur le pas de la porte, elle n'a pas eu le temps de lui reprocher son geste. » Enfin, le lendemain, le 28 mai, tout devient plus simple. Après quelques courtes heures de sommeil, les parents ouvrent la porte de leur duplex aux policiers, qui viennent, non pas perquisitionner, mais voir s'ils trouvent des indices – après une enquête de routine dans le voisinage. Ils s'intéressent évidemment à la chambre de Luc, fouillent un peu partout, regardent dans ses cahiers… Son cartable est resté à l'endroit où il l'a posé après avoir conjugué le verbe *rire*, près de son petit bureau. À l'intérieur, ils découvrent une feuille quadrillée de cahier d'école, pliée et scotchée de manière à ressembler à une enveloppe, sur laquelle Luc a écrit : « Madame Taron – 18 rue de Naples – Paris 8e » et dessiné, dans le coin supérieur droit, un timbre et un cachet de la poste. Quand on la déplie, de l'autre côté de la feuille, on peut lire quelques lignes maladroites : « Maman, pour la fête des mères, tu a demandé un parapluie. On ~~ten~~ t'a acheté un parapluie bleue comme lautre mais qui tient. » En dessous, un dessin : un parapluie sous un nuage d'où tombent des gouttes de pluie. (J'ai eu cette feuille dans les mains, ça remue.)

L'explication de la fugue de Luc va devenir définitive à partir de ce moment-là. Au départ des policiers, Yves Taron sort sur le trottoir et improvise une conférence de presse pour les nombreux journalistes présents : « Luc nous avait parlé de la fête des Mères, nous savions qu'il voulait offrir un cadeau à sa maman, sans doute un parapluie. Il avait pris 15 francs dans son sac à cet effet, mais ce n'était pas grave, sa mère détenait en effet 40 francs lui appartenant, qui constituaient le petit pécule qu'il avait amassé, il pouvait considérer que ces 15 francs étaient un acompte sur sa tirelire. Je crois aussi que le jour de sa disparition, sa maîtresse avait conseillé aux élèves d'honorer les mamans en leur faisant un cadeau. J'ai tout lieu de penser que Luc s'était absenté pour réaliser cet achat, ou tout au moins en assurer la commande dans un magasin des environs. » Ces propos seront repris, partiellement ou en intégralité, par l'AFP, *Paris Jour*, *Le Parisien libéré*, *La Croix*, *Paris-Presse*, *France-Soir*, *Le Figaro*, sur Radio Luxembourg, Europe n° 1... Yves Taron confirmera devant le juge d'instruction de Versailles, Jean-Claude Seligman, que Luc lui avait confié vouloir faire ce cadeau à sa mère. Deux ans plus tard, Suzanne Brulé, qui s'appellera alors Suzanne Taron, en parlera encore, en racontant une dernière fois au journaliste du *Figaro* le moment où son fils s'est éloigné d'elle pour toujours : « Il a tourné les talons et il est parti. C'est d'autant plus affreux que le pauvre enfant avait pris cet argent pour me faire un cadeau à l'occasion de la fête des Mères. »

L'enfant voleur et fugueur qui s'est fait sévèrement réprimander par sa mère est devenu un gentil petit garçon qui prend un risque pour faire une surprise à sa maman, et qui bien sûr ne se fait pas gronder. C'est compréhensible, évidemment, quelle que soit la vérité (qu'on ne connaîtra jamais, puisque le seul qui savait réellement pourquoi il a pris ces deux billets est mort moins de douze heures plus tard), et d'ailleurs c'est peut-être ça, la vérité, Luc a peut-être pris ces 15 francs dans le porte-monnaie de sa mère pour acheter le cadeau qu'il allait lui offrir cinq jours plus tard, un parapluie bleu, bleue. Mais même si ses parents ont décidé de croire que c'était le cas, ont donc menti un peu, il faut avoir de l'acide dans les veines et dans le cœur pour le leur reprocher, pour ne pas faire l'effort de se mettre à leur place. Un simple « D'où viens-tu ? » a poursuivi sa mère toute sa vie ; que serait, ou qu'a été, un possible « Tu vas me rendre chèvre, sale gosse ! » ? Qu'ils aient préféré croire, ou faire croire, que Luc n'était parti que sur un malentendu, qu'il avait pris l'indulgence déguisée de sa maman pour un vrai reproche, c'est humain.

Le soir du mercredi 27 mai, au moment où le père et la mère de Luc arrivent au siège du SRPJ de Paris pour être interrogés, Jacqueline Krolik, vingt-cinq ans, une habitante du 18e arrondissement, boulevard Ornano (comme Dora Bruder, qui vivait avec ses parents au numéro 41, dans un meublé à 50 francs la semaine, le Bel-Hôtel), et son amoureux David Beck, vingt-sept ans, curieusement domicilié lui aussi boulevard Ornano mais à Saint-Denis, se dirigent tous les deux à pied vers la rue Marbeuf, non loin des Champs-Élysées, où ils vont dîner au restaurant Las Vegas, après avoir garé la 2 CV de David devant le numéro 8 de la rue de Marignan. Mais pour l'instant, ils sont les seuls au monde à le savoir.

L'assassin du bois de Verrières rôde toujours.

« Mon enfant a été enlevé et assassiné.
Il faut retrouver celui ou ceux qui sont responsables
de la mort atroce de Luc, il faut nous aider. »
C'est l'appel qu'a lancé hier M. Taron à la radio.
Dans son appartement du 18 rue de Naples,
Mme Taron reste invisible. Après avoir été entendue
avec son mari une partie de la nuit,
la pauvre femme reste prostrée dans sa chambre.

Le Parisien libéré, 29 mai 1964.

Les jours suivants apportent beaucoup de questions, une nappe visqueuse qui monte, et aucune réponse. La police patauge, la presse barbote et cherche des pistes, s'approche d'Yves Taron, qui semble prêt à aider, à participer même, mais il ne peut pas dire grand-chose. Il est comme tout le monde : il ne sait pas. Le dimanche 31 mai, en désespoir de cause, il lance un appel sur France Inter, à 13 heures : il demande aux parents de tous les enfants (de Paris) qui ont été abordés dans la rue ou à la sortie de l'école, qu'on a essayé d'attirer d'une manière ou d'une autre, à qui l'on a offert des bonbons par exemple, de le contacter directement chez lui – il diffuse même son numéro de téléphone personnel (pas celui de son bureau), qui est pourtant depuis des années sur liste rouge : LAB 90 64. (LAB, c'est Laborde, la rue Laborde, parallèle à la rue de la Bienfaisance, ayant été choisie pour baptiser le central téléphonique du quartier.) Ce qu'il reçoit, ce sont surtout des dizaines d'appels de cinglés ou de bourrins ricanants qui ne peuvent pas résister à un bon canular sur un enfant mort.

La puissance médiatique, alors encore balbutiante mais pleine de fougue juvénile, n'ayant pas grand-chose d'autre à se mettre sous la rotative (on a bien, le samedi 30 mai, sur France Inter, un reportage intéressant sur le premier grand jour de départ en vacances (pour étaler dans le temps les flux touristiques, aussi bien sur les routes, la nationale 7 et l'autoroute du Soleil, que dans les stations balnéaires de la Méditerranée, qui accueillent de plus en plus de Français en shorts et minijupes, ivres de bains de mer, de twist et de jerk, de Jokari et de grillades au camping, le gouvernement a décidé d'avancer désormais le début des grandes vacances à la fin du mois de mai – initiative qui ne connaîtra qu'un succès d'estime), ou dans *Paris Jour* le terrible orage de la veille, qui a noyé la capitale (trente centimètres d'eau dans la station La Motte-Picquet-Grenelle, à cause d'un chantier à ciel ouvert juste au-dessus), mais ça manque de tension dramatique), on tente des choses, on s'interroge : « Le rapport d'autopsie présente des contradictions, on ne sait pas si Luc a été tué à l'endroit où il a été découvert ou ailleurs », souligne *France-Soir* daté du 29 mai. Le lendemain, *L'Aurore* monte d'un cran en accentuant nettement le suspense morbide, et en suggérant des images : « Blessé à Paris, Luc a peut-être été achevé dans le bois de Verrières. » *France-Soir* reprend la main dans l'après-midi (« On ne sait toujours pas si le petit garçon a été tué à l'endroit où son corps a été retrouvé ou s'il a été transporté mort ou dans le coma ») et propose, sournoisement d'abord, de regarder dans une certaine direction. Le quotidien révèle que les parents, Suzanne et Yves, ne sont pas mariés. Ce n'est tout de même pas très courant… Et rappelle, l'air de rien : « À leurs dires, Luc était un enfant difficile. » (Certains de leurs confrères vont timidement les suivre dans cette voie, en récoltant des témoignages de voisins qui concorderont pour dire que le garçon « paraissait toujours triste ».) Ce 30 mai, *France-Soir* prend cependant des précautions et tempère, équilibre, en citant le témoignage d'une dame Hyasil, responsable du patronage où Luc allait le jeudi : « Luc était tout le contraire de l'enfant négligé par ses parents. Chaque jour, M. Taron le conduisait à l'école et venait l'attendre. M. Taron semblait préoccupé de la scolarité et des loisirs de son fils. » Mais justement, peut-être un peu trop, non ?

Progressivement, insidieusement, les soupçons se portent, injustement, mais inévitablement, sur les parents. Lorsqu'un enfant meurt ou disparaît, ce sont toujours les premiers vers lesquels on se tourne, avec plus ou moins de retenue – et c'est normal, on ne les connaît pas (si tous les êtres humains étaient des gens formidables, prévenants, tendres et purs, on serait au courant depuis quelques siècles) ; de plus, on n'a pas d'autre piste : ni la première audition, nocturne, de Suzanne Brulé et Yves Taron, ni la perquisition officieuse de leur appartement et surtout de la chambre de Luc n'ont permis aux enquêteurs d'avancer d'un demi-centimètre. (La seule chose qui paraît certaine, selon les parents (mais cela ne joue pas en leur faveur), c'est que leur fils, timide et plutôt renfermé, solitaire, n'aurait jamais suivi de lui-même un inconnu.) Il y a de quoi s'interroger – soi-même, dans un premier temps. Un petit garçon est mort loin de chez lui, dans des conditions manifestement épouvantables, et apparemment sans raison : quel peut être le mobile de ce crime insensé s'il n'est ni sexuel ni crapuleux ?

(Avec le recul, on peut être clair : l'autopsie a décelé une « légère hémorragie méningée », en lien plus que probable avec l'hématome frontal, mais les deux experts affirment qu'elle n'a pas pu provoquer la mort, ni même un coma, peut-être une perte de connaissance passagère : la présence de terre, d'humus, dans les voies respiratoires, l'état des poumons et du cerveau, prouvent que l'enfant a été tué dans les bois et qu'il s'est sans doute violemment et longuement débattu. Si l'on soupçonne les parents, il faudrait imaginer Yves Taron frappant Luc sur le front, pour le punir de ci ou ça, chez eux, puis se rendant compte qu'il est à moitié évanoui, et décidant de foncer en direction d'un bois à vingt kilomètres de Paris pour y achever son fils, parce qu'un bleu à la tête ferait mauvais effet à l'école ; ou pire (car selon les légistes, l'hématome sur le front a précédé de peu la mort de l'enfant : ils supposent qu'il s'est produit au moment où sa tête a heurté le sol de la forêt, une pierre peut-être, ou une racine, sous la poussée brutale de son meurtrier), furieux que ce sale gosse ait encore fugué, ou volé 15 francs, ou mal fait son devoir de conjugaison de *rire*, le ceinturant et le jetant dans le coffre de sa Simca Ariane pour aller l'exécuter à l'abri des regards, en pleine nuit, en l'étranglant et en l'étouffant. C'est absurde, ce n'est pas crédible, pas possible.)

Ces doutes n'auront bientôt plus lieu d'être. La presse et la radio vont encore flotter pendant le week-end, interviewer des proches, tenter de cerner la personnalité de Luc, se demander si ses parents disent vraiment tout ce qu'ils savent et insister auprès des commissaires Samson et Bacou pour leur soutirer les moindres informations qui pourraient remplir un encadré, mais lundi 1er juin, tout va basculer. En réalité, tout a déjà basculé le vendredi précédent à 11 h 30, mais seuls les policiers le savaient, et le gardaient pour eux. Au soir de ce vendredi 29 mai, sur France Inter, dans les actualités de 20 heures, Alain Jérôme (le futur présentateur des « Dossiers de l'écran »), s'appuyant sur les toutes dernières déclarations du commissaire Jean Samson, débutera le sujet consacré à la mort inexpliquée de Luc par ces mots : « L'affaire du petit Turon [on ne connaît pas encore bien ce nom (ça ne va pas durer), ou bien on l'a déjà oublié] : rien, toujours rien pour l'instant. » Ce sont probablement ces mots du journaliste qui vont précipiter les choses. Quelques heures plus tard, à 23 h 50, un coup de fil arrive au standard du SRPJ de Paris, un inconnu demande à parler à Samson. Et à minuit, le même homme appelle l'AFP et exige qu'on lui passe « la sténo ». Il veut se faire entendre. Ce n'est pas la première fois qu'il essaie. Mais il pense que sa tentative précédente a échoué – en réalité, pas tout à fait, la première brigade mobile connaît son existence depuis la fin de la matinée, avec deux jours de retard simplement parce que Jacqueline Krolik et David Beck, qui dînaient mercredi soir au Las Vegas, rue Marbeuf, ont eu un comportement imprévisible. Mais il faut que je m'organise pour raconter tout ça, je n'ai pas l'aisance narrative de la Muse, qui relate tout dans le désordre, apparemment comme ça lui chante, et d'une pirouette retombe toujours sur ses pieds, ses petits pieds délicats aux ongles nacrés. (Il faut que je coupe les miens, tiens – mes ongles, pas mes pieds. J'écris ces mots pieds nus, chez ma mère, dans le Vaucluse. (Je viens enfin de m'acheter un ordinateur portable, un MacBook, je pense que je vais en avoir besoin.) Elle m'a sérieusement sermonné pour ma jambe qui part en sucette (la clope et mes poumons abîmés, il y a longtemps qu'elle a baissé les bras, et je n'ai pas encore osé lui parler du noyau de pêche qui me ronge la boîte crânienne (ça ne sert à rien, je passerai à table après l'opération – que je ne vais pas pouvoir repousser indéfiniment, ou ma tête va finir par se disloquer), mais la forte boiterie qui me fait paraître vingt-cinq ans de plus, impossible de la lui dissimuler), je lui ai promis que j'allais m'en occuper, en parler à notre médecin de famille à Paris, le docteur Flutsch. Elle m'a posé quelques questions sur le livre que je suis en train d'écrire, je lui ai expliqué que c'était l'histoire d'un enfant qu'on a retrouvé mort dans une forêt le lendemain du jour de ma naissance, pas très loin de l'endroit où elle m'a mis au monde, ni de la banlieue dortoir où l'on a vécu ensuite (à Morsang-sur-Orge puis à Sainte-Geneviève-des-Bois, à dix kilomètres du bois de Verrières). Je lui ai demandé si elle se souvenait de ce fait divers atroce dont on avait tant parlé dans les journaux, à la radio et à la télé. Non, elle avait bien d'autres choses en tête à ce moment-là. Elle se rappelait que le dimanche 31 mai 1964, une infirmière était entrée dans sa chambre à la maternité (elle y était encore six jours après son accouchement ? – « Oh oui, mon grand, à cette époque on restait une semaine ou plus à la maternité ! »), me tenant en souriant dans ses bras, une tulipe rouge posée sur moi, pour sa première fête des Mères. Ce jour-là, Suzanne Brulé, elle, vivait ses dernières heures d'incompréhension – pas ses dernières heures de souffrance : le véritable cauchemar allait commencer.) Je vais me couper les ongles des orteils puis revenir un peu en arrière et raconter les choses dans l'ordre, à la simple mortel.

Coup de théâtre
dans l'affaire du bois de Verrières :

« C'est moi qui ai tué le petit Luc Taron »,
s'accuse un inconnu.

France-Soir, 2 juin 1964.

La police lance un appel :
« Parents, surveillez vos enfants ! »

Paris Jour, 2 juin 1964.

« J'ai vu défiler des centaines de criminels,
mais je n'ai jamais rien vu de semblable à l'affaire Taron.
Je crois qu'en France, c'est un cas unique.
À l'étranger, il y a bien eu un précédent,
celui du Vampire de Düsseldorf.
Mais le Vampire n'a jamais été
aussi loin que l'Étrangleur. »

Jules Belin, le commissaire qui a arrêté Landru,
cité par *Libération*, 13 juin 1964.

Le 27 mai, vers 22 h 15, David Beck gare sa 2 CV devant le 8 rue de Marignan. Tous les mercredis, il va dîner avec sa fiancée, Jacqueline Krolik, dans un restaurant de la rue Marbeuf qu'ils aiment bien, ça fait américain, le Las Vegas. Ils sortent de la voiture et sur le trottoir d'en face de la rue de Marignan, ils passent près d'une autre 2 CV, garée devant le numéro 3, à laquelle ils ne prêtent évidemment aucune attention. Elle est là depuis 19 heures, elle appartient à un jeune fonctionnaire de l'ONU, Jacques Farge, parti passer la soirée avec une amie qui habite une petite rue voisine (la rue Robert-Estienne). Le couple marche rue François-Ier, jette sans doute un coup d'œil au 26 bis, où se trouvent les studios et bureaux d'Europe nº 1 (qui, comme ceux de Radio Luxembourg, RTL plus tard, tout proches, 22 rue Bayard, tiendront vaillamment le coup dans le quartier des Champs-Élysées jusqu'en 2018), atteignent la rue Marbeuf et entrent au Las Vegas à 22 h 30. Ils en ressortent vers minuit. François-Ier, Europe nº 1, rue de Marignan. En passant devant la 2 CV de Jacques Farge, au 3, David Beck remarque une petite enveloppe blanche (comme celles qu'on utilise pour les cartes de vœux) glissée sous un essuie-glace. Il fait alors quelque chose d'irrationnel – il est très curieux de nature, ou plus possiblement il a pris un bourbon de trop au Las Vegas (je vacille légèrement quand je pense qu'il lira peut-être ces lignes, à quatre-vingt-deux ans aujourd'hui) : il prend l'enveloppe. À sa décharge, elle porte la mention : « Message urgent », c'est tentant. Il lit les phrases qu'a tracées à l'encre noire une main manifestement maladroite ou nerveuse, sur une feuille de papier ordinaire 21 × 27 coupée en deux, d'une écriture très penchée à gauche, tantôt en majuscules, tantôt en minuscules, et en soulignant certains mots. Et David Beck fait quelque chose d'encore moins sensé : il conserve ce message. Une fois assis dans leur propre 2 CV, Jacqueline et lui le relisent. Je le reproduis ici le plus fidèlement possible, il faut imaginer une écriture instable, saccadée ou tremblée, penchée à gauche – certainement d'ailleurs écrite de la main gauche par un droitier :

AFFAIRE DU BOIS DE VERRIÈRES

APRÈS AVOIR DEMANDÉ UNE RANÇON QUI M A ÉTÉ REFUSÉE PAR LE PÈRE DU PETIT LUC J'AI EMMENÉ CELUI-CI A PALAISEAU ET JE L'AI ETRANGLE A 3 heures

C'EST UN AVERTISSEMENT pour le prochain RAPT : LA RANÇON OU LA MORT –

Voici les preuves que je suis bien le ravisseur

Luc portait une veste cottelée marron clair que j'ai gardée pour preuve à l'échange de la rançon. Luc portait un petit livre illustré RELIÉ (HISTOIRES de Bugs)

IL M'A DIT ETRE NÉ le 9 MAI 1953 ET QUE SON PÈRE A UNE voiture (ARIANE)

IL AVAIT DU MErcurochrome sur une jambe

JE L'AI TROUVÉ au métro Villiers – etc...

L'HOMME VU A 5 HEURES EST hors de cause et c'est pour cela que j'écris ce papier.

X X X

Le couple pense à une sorte de blague d'un goût douteux. Ils n'ont pas dû écouter la radio de la journée, ni lire sur les présentoirs d'un kiosque les unes des journaux du soir : ils n'ont pas entendu parler de l'affaire, ni du « petit Luc », ni d'un enfant mort dans les bois. Ils gardent tout de même le message, ils sont bien décontractés.

Au moment où ils démarrent et quittent leur place, la 2 CV garée devant le 3 s'en va aussi, hasard épatant puisqu'elle était là depuis cinq heures. David Beck est alors pris d'un remords et décide de la suivre, brûle un feu rouge pour ne pas la perdre, et au suivant, au bout de l'avenue Montaigne, avant le pont de l'Alma, descend précipitamment de sa voiture et va frapper à la vitre de celle de Jacques Farge en lui montrant le message et en articulant d'une voix forte que c'est pour lui. Le jeune fonctionnaire de l'ONU n'est pas rassuré, refuse d'ouvrir (que celui qui n'a jamais été abordé brusquement la nuit par un forcené brandissant un message anonyme lui jette la première pierre), démarre et s'éloigne par le cours Albert-Ier. Au cas où, David Beck note le numéro de sa plaque d'immatriculation.

Quelques minutes plus tôt, entre 23 h 50 et 23 h 55, un appel est parvenu au standard d'Europe nº 1. La standardiste, Colette Bourhis, l'a passé à un jeune journaliste de vingt ans, Gilles Pigeon, qu'on connaîtra plus tard à la radio ou la télé, sur La Cinq par exemple, sous le nom de Gilles Schneider. Une voix d'homme lui dit simplement : « Allez voir rue de Marignan, une lettre concernant l'affaire Taron est posée sur une 2 CV. » Il sort de la station avec un collègue, ils parcourent toute la rue de Marignan, ne trouvent rien. À peine sont-ils revenus dans le hall que le téléphone sonne de nouveau, Colette lui tend l'appareil directement : « La lettre est sur le pare-brise d'une 2 CV garée devant le numéro 3 de la rue. » Il est environ 0 h 05, selon lui. Gilles Pigeon ressort aussitôt.

La première fois, il est certain d'avoir vu plusieurs 2 CV. Là, moins. En tout cas, devant le numéro 3 de la rue de Marignan, il n'y a plus de voiture garée. Il cherche quand même un peu autour, l'homme au téléphone paraissait sérieux. Rien. Il retourne au 26 bis rue François-Ier. Les blagues idiotes, après tout, se font parfois sérieusement, c'est même plus ou moins le principe. Il est dans son bureau depuis quelques minutes seulement lorsque Colette lui passe un nouvel appel. Toujours le même type, qui insiste lourdement. Cette fois, Gilles Pigeon lui raccroche au nez, il y a des limites – il ne changera pas de nom pour rien.

(Je suis allé rue de Marignan, je me suis arrêté sur le trottoir devant le numéro 3. Ça me fait toujours le même effet, niaisement peut-être : une sorte de vertige quand je pense qu'il y avait une 2 CV à la place de la Mercedes Classe C Coupé noire qui s'y trouve maintenant, la 2 CV de Jacques Farge, quand je pense qu'à l'endroit où je me tiens sont passés les jeunes Jacqueline Krolik et David Beck, qui a pris l'enveloppe sur le pare-brise sans raison, et surtout, que sur les pavés du bateau de l'immeuble où sont maintenant mes pieds, étaient, une nuit du printemps 1964, tandis que j'essayais sans doute de décoller mes paupières, les pieds d'un assassin d'enfant qui tenait un message anonyme à la main. Je regarde mes chaussures, les pavés, et je n'arrive pas à y croire. (Pourtant si, c'est sûr, je le sais.) Dans cette rue également, sur ces pavés, est passé, vingt-deux ans avant Jacqueline Krolik, David Beck, Jacques Farge et le tueur du bois de Verrières, Albert Modiano, le père de Patrick. Il avait trente ans, il sortait avec l'actrice Hella Hartwich, une Juive allemande qui avait été l'amoureuse de Billy Wilder à Berlin et en Suisse (dans une lettre de 1935, le réalisateur hollywoodien lui rappelle cet après-midi dans une chambre d'un hôtel de Davos, quand elle était nue face au miroir, avec ses bas qui glissaient « adorablement » sur ses cuisses, et les marques rouges sur ses fesses – il lui demande par la même occasion si elle a toujours la cravache en cuir). Dans *Un pedigree*, le fils d'Albert écrit que cela se passe en février 1942 ; dans *Livret de famille*, en mars 1942. Ils allaient dîner dans un restaurant de la rue de Marignan qui s'appelait le Saint-Moritz. (Il se trouvait au numéro 29, aujourd'hui c'est L'Entrecôte.) Ils ont été raflés tous les deux à l'intérieur de l'établissement, lors d'un contrôle d'identité (depuis peu, les Juifs n'avaient plus le droit d'être dans la rue ou dans les lieux publics après 20 heures), et conduits au 8 rue Greffulhe, au siège de la Police des questions juives. Albert, Alberto, Aldo, a réussi à s'échapper en profitant de l'extinction de la minuterie de l'escalier. Hella aurait été relâchée le lendemain, grâce à l'intervention d'une relation d'Albert. Je ne sais pas ce qu'elle est devenue. (Le seul film notoire dans lequel elle ait joué, *Slalom*, a été tourné en 1932 à Saint-Moritz. Le restaurant, c'était peut-être une petite attention de l'élégant Aldo.))

Le lendemain, jeudi 28 mai, dans la matinée, Jacqueline Krolik est attirée par la une d'un quotidien, dans son quartier du 18e arrondissement. Elle achète le journal, apprend qu'on a retrouvé le corps d'un petit garçon dans le bois de Verrières, fait évidemment le rapprochement, tente de joindre son amoureux par téléphone, n'y parvient pas. De son côté, dans la soirée, David Beck, qui n'est pas rentré chez lui après sa journée de travail, boit un verre en terrasse avec un ami sur les Grands Boulevards, près du métro Bonne-Nouvelle. Il lui raconte son étrange découverte de la veille et lui montre le message vraisemblablement écrit par un malade mental. Ils hésitent quand même à en rigoler et, par curiosité, achètent *France-Soir* à un vendeur qui passe. À la une : « L'assassin de Luc, onze ans, l'a peut-être transporté dans les bois de Verrières après l'avoir enlevé et tué. » Ils en restent, j'imagine, pantois. Ils règlent l'addition et demandent au garçon où se trouve le poste de police le plus proche.

Au commissariat de Bonne-Nouvelle, le flic de garde enregistre machinalement le dépôt du message et de son enveloppe, fait signer le procès-verbal à David Beck à 0 h 15, et le place – rien de très important, pas d'urgence – dans le bac pour son collègue du matin, le gardien de la paix René Laporte. Huit heures plus tard, celui-ci commence sa journée calmement, un petit café, toi Jeannot t'as encore fait la java, un coup d'œil sur les dossiers en cours, ta femme va mieux Raymond ? – puis, quand faut y aller, faut y aller, se rend rue du Faubourg-Saint-Honoré pour déposer la récolte de la nuit aux caïds du SRPJ. Il est 11 h 30, le vendredi 29 mai. Peu de messages urgents, dans l'histoire moderne (et sa folle vitesse) ont dû mettre autant de temps pour parvenir à destination : trente-six heures et des poussières. Et même pas à destination. Europe n° 1 n'aurait pas hésité huit secondes à diffuser la nouvelle, alors que le commissaire Samson décide de ne pas révéler la déconcertante revendication, tordue et menaçante (« le prochain rapt » ?), à la presse, donc au monde.

C'est probablement pourquoi, quarante-huit heures, presque à la minute près, après sa première tentative, celui qui signe « X X X », agacé peut-être d'être ignoré, remonté en tout cas, appelle Samson au SRPJ (il n'y est pas), puis l'AFP, plus fiable qu'une radio périphérique. Il a dû penser que son « Message urgent » s'était perdu, ou n'avait pas été pris au sérieux.

Donc le vendredi 29 mai, au SRPJ de Paris, l'OPA Henri Dropsy, quarante ans, est au standard de la première brigade mobile quand le téléphone sonne. Il entend le bruit du jeton qui tombe dans la cabine téléphonique. Le commissaire Samson n'est pas là, non monsieur, il a une vie, il ne dort pas dans son bureau. Après avoir annoncé, d'une voix calme comme dans un film, qu'il était « le ravisseur de Luc Taron », et reçu pour toute réponse un long soupir, l'inconnu (trente-cinq à quarante ans, selon Dropsy) se tend, s'exprime de manière plus sèche, plus autoritaire : « Vous ne me croyez pas ? Je vais vous donner une preuve dont la presse n'a pas parlé. Le petit portait une trace de mercurochrome à une jambe. »

Le policier est si secoué (car c'est vrai, à sa connaissance la presse n'en a pas parlé (Suzanne Brulé a déclaré, lors de sa première audition, dans la nuit du 27 au 28 mai, que Luc s'était légèrement blessé au tibia le jeudi 21, au patronage : une écorchure légère, superficielle, mais qui s'était un peu infectée parce qu'il se grattait, c'est pourquoi elle lui avait mis du mercurochrome, la veille de sa disparition)) qu'il entend mal la suite, il lui semble comprendre que Luc a été tué « à 2 heures du matin, parce qu'il refusait d'enfiler sa veste », mais ça ne paraît pas très sensé. (Le mot « sensé », cela dit, va vite disparaître de cette histoire, comme les dinosaures de la surface de la terre. (Et comme bien d'autres choses plus récentes : l'ORTF, le restaurant Las Vegas, les Simca Ariane, les francs, la Seine-et-Oise, la première brigade mobile, les vendeurs de journaux à la criée, le patronage du jeudi, les meublés, les osselets, les cabines téléphoniques, les indicatifs de quartier, les pneumatiques, les poinçonneurs et la première classe dans le métro, *Paris Jour*, *L'Aurore*, *France-Soir*...)) En revanche, il a bien entendu la dernière phrase que l'individu a prononcée avant de raccrocher : « Ce sera très difficile de me retrouver. »

Dix minutes plus tard, au standard de l'AFP, Ignace Romano reçoit à son tour un appel. « Passez-moi la sténo. » C'est Yvonne Coubart qui prend le relais. (Elle dira que la voix était « jeune, nette, claire, sèche et, par le ton, convaincante » ; son collègue Ignace, « sèche et énergique ».) L'homme lui donne plus de détails qu'à Henri Dropsy, et même que dans le message destiné à Europe nº 1, qu'il estime sans doute volatilisé. Il commence de la même manière qu'au SRPJ : « Je suis le ravisseur du petit Luc. » (La dépêche AFP qui résultera de cet appel lui fera dire : « Je suis le ravisseur du petit Jean-Luc. » Plusieurs journaux et radios reprendront ce prénom, sans vérifier. Pendant plus d'un mois, même quand toute la France ne parlera plus que de cette affaire, on lira encore ici ou là des unes ou des articles sur le calvaire qu'a vécu « le malheureux petit Jean-Luc Taron ».) Puis il évoque le mercurochrome, « sur la jambe droite ou gauche, je ne me souviens plus », parle d'un « petit livre illustré » que le garçon avait avec lui, et dit, comme dans le message urgent, que le père a refusé de verser la rançon à 2 heures du matin. Il ajoute une précision sensationnelle : « C'est le père qui est venu me voir à 5 heures. Il est reparti quelques minutes après. Il n'a pas voulu le dire aux policiers, c'est lui qui a la responsabilité de ce qui est arrivé. Je lui avais indiqué l'endroit où se trouvait son fils. » Il explique ensuite à Yvonne Coubart, qui note tout, qu'il a abandonné le blouson du petit sur le chemin du retour vers Paris, peu avant Châtillon, sur la nationale 306. (C'est en contradiction avec ce qu'il écrivait dans le message destiné à Europe n° 1 : qu'il avait conservé le blouson pour servir de preuve en échange de la rançon – rançon qui lui a été refusée plus tôt, donc pourquoi garder le blouson ?) Il raccroche sans un mot de plus.

Les enquêteurs bondissent : la plus inespérée des pistes idéales leur tombe du ciel, quarante-huit heures seulement après la découverte du corps, alors qu'ils erraient dans le noir complet, sans autre amorce d'idée que celle, trop facile et potentiellement cruelle, de tourner autour des parents. Ils gardent pour eux ces premiers précieux éléments de véritable départ d'enquête. (À 1 h 30 du matin, l'AFP, qui préfère, sagement, avertir la police avant de balancer l'info sur tous les téléscripteurs, a appelé Henri Dropsy au SRPJ pour signaler la revendication téléphonique de minuit. La consigne en retour est claire : pas un mot.)

Dès le lendemain, le matin du samedi 30 mai, les enquêteurs convoquent Yves Taron. Ils ne lui disent rien de la récupération du message de la rue de Marignan, ni des deux appels reçus, mais lui demandent de leur confirmer qu'il n'a pas été contacté par qui que ce soit après la disparition de son fils et n'a reçu aucune demande de rançon, écrite ou parlée. Il est catégorique et, certainement, blessé ou énervé qu'on mette ses premières déclarations et celles de sa compagne en doute, qu'on n'ait rien trouvé d'autre que de les soupçonner de mentir : « Je n'ai rencontré personne, personne n'est venu me voir à ce sujet. Je vous affirme que je ne vous ai rien caché de ce que j'ai pu faire jusque-là. Si j'avais eu une entrevue avec un individu quelconque, je vous l'aurais fait savoir. » Il rappelle par ailleurs que son numéro personnel ne figure pas dans l'annuaire. De toute façon, les commissaires Samson et Bacou ont bien conscience qu'ils ne peuvent pas se fier entièrement aux déclarations du tueur autoproclamé. D'abord, parce qu'il se contredit d'une revendication à l'autre, notamment à propos du blouson, ensuite parce que le père paraît sincère quand il affirme n'avoir reçu aucune demande de rançon (et qu'on comprend mal pourquoi il aurait refusé de la payer sans même en parler à la police), mais surtout parce qu'il est impossible qu'Yves Taron, comme semble le laisser entendre le probable cinglé, soit l'homme en bleu qu'on a vu sortir du bois (et qui n'avait prétendument rien à voir avec la mort du petit dans le premier message) : le couple Lelarge qui binait le champ de betteraves le reconnaîtrait sans hésitation : la photo du père de Luc a déjà été publiée par plusieurs journaux. X X X ment, donc.

Mais ce n'est évidemment pas si simple, on ne peut pas le jeter dans le sac des mauvais plaisantins, qui ne manquera pas de se remplir bientôt. Il donne tout de même de nombreux détails. Il écrit que Luc est né le 9 mai 1953, ce qui est exact, qu'il l'a « trouvé » au métro Villiers, c'est-à-dire effectivement dans le quartier où il vivait, et que ses parents ont une Ariane, ce qui est vrai aussi. Ces éléments n'ont été révélés qu'à 0 h 09 par l'AFP, or le message a été déposé sur la 2 CV près d'Europe n° 1 à 23 h 50, minuit au plus tard. Mais on peut toujours supposer qu'il a des relations dans le milieu policier ou la presse, ou même simplement qu'il a entendu parler un journaliste ou un flic le mercredi après-midi, dans un bistrot par exemple. Ça se complique avec la tache de mercurochrome, que personne, réellement, n'a évoquée nulle part. On peut toujours essayer de maintenir le sac « mauvais plaisantins » entrouvert en imaginant qu'il connaît le docteur Locussol, d'Igny, ou l'un des premiers policiers présents dans le bois en tout début de matinée, mais ça commence à faire beaucoup. Et ce n'est même pas la peine de s'embêter à essayer de faire tenir des hypothèses en équilibre l'une sur l'autre, car le blouson de velours côtelé (et non « cottelé ») marron clair balaie tout. Luc ne le portait pas quand on a découvert son corps, et sa mère n'a révélé officiellement son existence que lors de son audition nocturne, quand le message qui le mentionnait était déjà dans la poche de David Beck. Personne ne pouvait en parler s'il n'avait pas au moins vu Luc le soir de sa disparition (oui, Yves Taron l'a signalé quand il a déclaré la disparition de son fils au commissariat de la rue de Lisbonne, mais c'était accessoire, sans importance, ça n'a pas pu être extrait de la machine à écrire ou du bloc de papier sur lequel on l'a noté) ; mieux encore, plus irréfutable, imparable, personne ne pouvait savoir à la fois que le garçon le portait le soir et ne l'avait plus à 5 h 30 du matin dans la forêt – sauf celui qui était parti avec. Le plus engourdi des élèves de l'école de police, trois semaines après le début de sa première année d'études, en déduirait facilement que l'individu qui s'est manifesté a, au minimum, un lien direct avec le crime. Les jours et semaines qui vont suivre feront plus que le confirmer, et permettront de dégager au moins deux certitudes : X X X est un fou furieux, et c'est lui qui a tué Luc Taron.

Le matin du lundi 1er juin, à 8 h 15, l'employé de la poste de Châtillon (une commune d'un peu plus de vingt mille habitants à l'époque, située au tiers de la distance entre Paris et Igny) qui récolte le courrier dans les boîtes de la ville après le week-end trouve une lettre adressée au commissaire Samson, au SRPJ de Paris. Elle lui est remise aussitôt, sans passer par la voie postale. La presse dira qu'elle est composée de lettres découpées dans les journaux, mais en réalité, elles sont tracées au Letraset, un procédé par transfert très en vogue dans ces années-là, aujourd'hui à peu près aussi utilisé que le papier carbone ou le projecteur de diapos. L'assassin hystérique a encore changé de version : cette fois, il déclare qu'Yves Taron a été prévenu de l'enlèvement de son fils par un courrier qui lui est parvenu le mardi soir, et qu'il lui a téléphoné, à lui, dans la nuit pour l'informer qu'il refusait de payer la rançon (le ravisseur est un homme simple et direct, très nature, qui ne s'embarrasse pas de chichis ni de secrets à la noix : il donne son numéro de téléphone au père de sa victime). Manifestement, il s'agit toutefois du même corbeau que celui des jours précédents, puisqu'il reprend certains éléments de ses premières et fracassantes annonces, qui n'ont pas été divulguées entre-temps : le mercurochrome sur une jambe, et le fait qu'Yves Taron s'est rendu dans le bois de Verrières à 5 heures du matin, pour repartir presque aussitôt. Face à cette intensification de l'activité revendicatrice, et au déconcertant mélange qu'elle charrie de détails authentiques et révélateurs et d'absurdités peu rassurantes quant à l'état mental de son auteur, les enquêteurs pressentent que cela ne va pas s'arrêter là, et qu'il vaut mieux prendre les devants sans attendre que tout explose et dégouline dans la presse et l'opinion publique, hors de leur contrôle – on aurait quelques reproches à leur faire. Les commissaires Samson et Bacou, avec l'accord de leur supérieur, le commissaire divisionnaire Camard, et du juge d'instruction

Jean-Claude Seligman, décident de révéler aux médias l'apparition d'un suspect solide, quoique inconnu et donc insaisissable. (Ils ont bien raison de craindre que la situation ne leur échappe bientôt, et d'essayer d'avoir au moins la main sur les toutes premières infos. Ça va vite exploser et dégouliner. À Châtillon, dans la même boîte aux lettres, se trouvait une enveloppe sur laquelle figuraient le nom et l'adresse d'Yves Taron, que le fonctionnaire de la poste n'a pas remarquée. Elle parviendra à son destinataire le lendemain, mardi 2 juin. Sur une feuille de papier blanc pliée en deux est dessinée, devant deux os croisés, une ignoble tête de mort à la bouche ouverte, avec des dents uniquement sur la mâchoire supérieure, les orbites vides, qui ont été comme grillagées au stylo, et un point d'interrogation sur le haut du crâne. En majuscules Letraset, au-dessus, débordant légèrement sur le dessin, est écrit : « BIENTÔT TON TOUR ! », et en dessous, une signature : « L'acharné ». C'est un euphémisme, et le préciser en est un autre. Il enlève un enfant seul dans la rue, le tue la nuit dans un bois, puis menace le père de mort ?

En transmettant à la presse, ce lundi 1er juin en début d'après-midi, la plupart des informations dont dispose pour l'instant la police, le commissaire Camard prend soin d'ajouter un communiqué : « Je m'adresse à tous les parents : qu'ils surveillent étroitement leurs enfants, qu'ils veillent à ce qu'aucun d'entre eux ne soit abordé dans la rue par un inconnu. L'homme qui se vante d'avoir tué Luc Taron est un être dangereux, capable de renouveler son acte. » La psychose met ses pantoufles et s'installe sur les genoux de la presse, dans un fauteuil.

L'assassin fou n'est plus complètement un inconnu
pour ceux qui le traquent. [...] Il n'a pas pu
garder le silence parce que c'est un fou !
Le monstre n'a pas supporté
que le public ignore son existence.
Il n'a pas voulu rester un fantôme indéterminé.
C'est cette vanité paranoïaque qui l'a obligé,
malgré le danger, à se glorifier de son acte.

Libération, 2 juin 1964.

Les enquêteurs possèdent un message manuscrit
d'un homme qui affirme être l'assassin de Luc.
Les expertises d'écriture ont révélé
une vérité épouvantable : l'auteur est un dément,
capable de tuer à nouveau un enfant.
Et il rôde dans Paris, anonyme,
hanté par son obsession sanguinaire.

Paris Jour, 2 juin 1964.

J'essaie de me représenter ce qu'ont pu ressentir les parents de Luc en recevant le dessin de ce crâne hideux. Leur fils a été tué une semaine plus tôt. Ils sont broyés de douleur et d'incompréhension. Ils reçoivent une tête de mort. La menace, le père doit s'en tamponner – au contraire même, il est probable qu'il ait plutôt envie de croiser la route de l'ordure qui a massacré son enfant. Mais la tête de mort, la mère et lui l'ont sous les yeux. J'ai vu les photos de l'autopsie de Luc, il faut se raidir pour les observer dix secondes, le corps et l'esprit se révoltent : la peau coupée d'un trait de scalpel fin et rectiligne d'un côté à l'autre du front, puis enlevée, vers le haut et vers le bas, décollée, épluchée comme celle d'un fruit, le crâne qu'on dénude. L'imaginer sans le voir, le crâne mis à nu de son garçon de onze ans, est peut-être encore pire. (Je ne peux pas penser à celui de mon fils, j'essaie, c'est impossible, Ernest, non, il me semble que c'est au-dessus des capacités humaines, tous mes organes se contractent, se bloquent, mon cerveau refuse, écarte l'image, non, disjoncte instantanément. Je ne peux pas aller plus loin que de visualiser le mien, de crâne, nu, lisse, éternel (même pas). Je l'ai vu, une bonne partie du moins, chez la dentiste, après le scanner – le Cone Beam, ou quel que soit le nom de ce procédé, une image en 3D très réaliste, comme une photo en relief. J'avais pris rendez-vous pour une légère douleur persistante dans la mâchoire supérieure, et une sorte d'abcès qui, depuis quelque temps, s'était formé au-dessus de ma gencive. Je pensais à une petite infection du côté de la racine d'une dent couronnée depuis longtemps. La dentiste a fait une radio simple, mais a tiqué, quelque chose lui paraissait bizarre, une grosse zone sombre, elle a voulu pousser l'examen plus loin. Trois minutes plus tard, après m'être fait mitrailler la totalité de la tête de rayons X (en restant parfaitement stoïque), j'étais revenu m'asseoir devant son bureau, en face d'elle et de son ordinateur. Elle regardait son écran, derrière lequel j'attendais, elle bougeait sa souris, cliquait, et soudain j'ai vu ses yeux s'écarquiller, sa main aussitôt se porter à sa bouche et, certainement sans pouvoir se contrôler, sans se rendre compte, elle a presque crié : « Oh mon Dieu ! Mais c'est pas vrai… » J'aime beaucoup cette dentiste, elle est prévenante et très qualifiée, bien qu'encore jeune elle est déjà expérimentée, plus d'une quinzaine d'années de pratique, mais là, je suis obligé de dire que je n'ai pas trouvé sa réaction professionnelle. J'étais tout près, quoi, à un mètre, il fallait faire attention, me ménager un peu. Et ça ne s'est pas arrêté là. (Je ne bougeais pas, je ne disais rien.) « Céline ! Céline ! » Sa jeune consœur, qui officiait dans le cabinet d'à côté, plus petit, a ouvert la porte de communication, s'est avancée l'air intrigué vers le bureau, a penché la tête vers l'écran et s'est rejetée brusquement en arrière, comme si on avait essayé de la frapper : « Oh non, c'est pas vrai ! Qu'est-ce que c'est que ça ?! » (Mesdames ? Je vous vois, là, je vous entends… Youhou ?) Elles se sont regardées, toutes les deux, plus que perplexes, comme apeurées. (Céline était livide.) Se rappelant alors ma présence, malgré une discrétion tout à mon honneur, ma dentiste a fini par tourner l'écran vers moi pour que je voie, moi aussi. Ces images modernes sont très réalistes. Je n'ai rien dit (pressentant, même le cerveau soudain paralysé, qu'il serait ridicule, et donc malvenu dans ces circonstances dramatiques, que nous criions tous les trois en canon : « Oh mon Dieu mais c'est pas vrai qu'est-ce que c'est que ça !? »), je suis resté muet, j'ai simplement senti tout mon corps se désintégrer, s'enfuir par le bas, comme un de ces gros poufs de couleur pleins de petites billes blanches dans lequel on aurait donné un coup de couteau et qui perdrait toutes ses petites billes blanches. J'avais l'impression de peser six grammes, de n'être déjà plus qu'une âme, je sentais comme un courant d'air partout en moi, du vide (la première et seule fois où j'avais éprouvé quelque chose de semblable, c'était une trentaine d'années plus tôt, lorsque la voiture dans laquelle j'étais assis à la place passager avait été percutée de plein fouet par une camionnette qui venait à toute vitesse de la droite : pendant quatre ou cinq secondes peut-être, la sensation, si ce n'est la certitude, que tout est fini, ou au mieux que rien ne sera plus jamais comme avant). Sur l'écran, je voyais mon crâne, je me voyais mort, donc, avec un trou énorme quelque part du côté du sinus, entre la mâchoire et l'œil gauche. La dentiste s'est reprise, m'a dit qu'elle n'avait jamais vu ça, qu'elle ne pouvait pas s'en occuper, qu'elle allait en parler à son ancien professeur, un grand ponte, non pas pour lui demander conseil mais pour me confier à lui, il œuvrait encore, il saurait quoi faire avec moi. Un mois et demi plus tard, je n'avais toujours pas de nouvelles, d'elle ni de lui. Je n'osais pas en demander, il vaut parfois mieux ne pas trop en savoir, mais je me sentais bien fragile et mal à l'aise dans la vie, avec mon trou dans la tête. Je ne pouvais pas me plaindre, cela dit. Je n'étais pas mort, et mon fils encore moins.) Suzanne Brulé et Yves Taron sont face au pire qui puisse arriver à un être humain, et c'est enveloppé de papier nauséabond, sale, suintant de malveillance, de démence et de cruauté. Le père de Luc, du peu qu'on sait de lui pour l'instant, paraît combatif, d'une certaine froideur, solide, il se montre dans les médias. La mère, il ne semble pas possible de concevoir la douleur et l'effroi qui la frappent, elle reste chez elle, ne parle pas, ne comprend probablement rien, souffre dans le vide, abominablement, c'est elle qui a vu son fils la dernière, et qui l'a poussé à repartir vers la rue, selon elle, en lui demandant trop sévèrement d'où il venait. Elle doit être perdue dans un autre monde, noir, désert, silencieux. Elle n'en est peut-être jamais sortie. Aux dernières nouvelles, alors que tous les personnages de cette histoire sont morts, elle est toujours vivante. Son nom figure sur l'interphone d'un immeuble du 17e arrondissement de Paris. J'ai bu deux bières dans le café au coin de la rue, à regarder par la vitre les vieilles passantes – elle doit avoir quatre-vingt-neuf ans. Je suis ensuite resté longtemps sur le trottoir, devant la porte. Je n'ai pas osé sonner.

La nouvelle apparaît à la une du *France-Soir* daté du 2 juin, paru donc dans l'après-midi du 1er juin, après le scoop lâché par l'AFP à 11 h 54 : « L'affaire de la mort du petit Luc Taron va-t-elle prendre un tour nouveau ? C'est ce que se demande le commissaire Samson à la suite d'un mystérieux coup de téléphone reçu par l'Agence France-Presse et d'une lettre anonyme adressée à la première brigade mobile. » Dans la huitième et dernière édition du quotidien, Yves Taron déclare : « L'inconnu connaît trop de détails pour ne pas avoir été mêlé à l'affaire. »

Dans la soirée et surtout le lendemain, toute la presse et les radios s'emballent, il y a de la matière, les ingrédients s'accumulent, et le père parle volontiers, ce qui permet de remplir et de renforcer les papiers – car pour l'instant, même si les reporters commencent à s'agiter dans tous les sens, on ne sait pas encore trop quelle direction prendre, les panneaux sont rares et le décor flou, on ne comprend pas réellement ce qui se passe (plus pour longtemps : dès le lendemain, cinq courriers vont arriver en même temps à différents endroits de Paris, et les journaux seront bientôt débordés par l'afflux d'indices et de révélations scabreuses). Dans *Le Parisien libéré*, Yves

Taron déclare : « L'auteur des messages est sûrement le meurtrier de Luc, mais en parlant de rançon, il cherche à tromper les inspecteurs, à cacher le véritable mobile. Va-t-il tenter de me contacter, je ne sais pas. [Ces mots ont été recueillis lundi soir, il n'a pas encore reçu la tête de mort.] Avec la maman de Luc, nous restons près de notre téléphone : LAB 90 64. » Dans *Paris Jour* (et face à tous ceux qui lui posent la question un stylo ou un micro à la main), il martèle la même chose, pour que la police ne se trompe pas de route mais surtout parce que n'importe qui ferait pareil, personne ne pourrait supporter d'être soupçonné d'avoir indirectement causé la mort de son enfant, par inconscience, bravade ou, pire évidemment, radinerie : « "Je n'ai pas reçu d'appel téléphonique au cours de la nuit du mardi au mercredi", jure M. Taron. "Ce prétendu contact entre lui et moi n'a jamais existé, tout est faux, non, jamais on ne m'a téléphoné cette nuit-là", répète inlassablement le malheureux père. »

La première brigade mobile ne sait pas quoi faire. Même si un suspect tout trouvé s'est manifesté, rien ne permet d'orienter les recherches vers lui, il peut être n'importe où dans Paris, ça peut être n'importe qui. On fait ce qu'on est en mesure de faire, et c'est peu : pour la forme, on cuisine légèrement David Beck et Jacqueline Krolik, qui sont tout de même ceux qui ont déposé le message de revendication au commissariat, on interroge également Jacques Farge, le propriétaire de la 2 CV ciblée en première intention, mais il est rapidement clair qu'ils n'ont rien à voir avec tout cela, seul le hasard les a placés sur la photo, dans le cadre. Deux policiers vont sillonner pendant des heures les abords de la RN 306 du côté de Châtillon, dans l'espoir de retrouver le blouson de Luc : ils reviennent bredouilles. Le 30 mai, un pneumatique intéressant est parvenu au SRPJ, qui a convoqué son auteur le 1er juin dans l'après-midi, et recueilli son témoignage : un étudiant en géographie de vingt-huit ans, Philippe Laneyrie, affirme avoir vu un jeune garçon seul dans le métro, le mardi 26 mai vers 23 heures. L'étudiant rentrait chez lui sur la ligne 3, en direction du nord, de Levallois. À l'arrêt de la station Wagram, il a vu un enfant assis sur le quai d'en face, donc attendant le métro en direction des Lilas – à deux stations au nord de Villiers. Sa présence ici à cette heure tardive, seul, l'a intrigué, son regard s'est attardé sur lui. Il pense qu'il pouvait avoir entre dix et douze ans, il était de corpulence moyenne, il paraissait fatigué, voire « désabusé », il avait le regard vague, les cheveux châtain clair ou blonds, il portait un polo bleu, ou un genre de chemisette, et une culotte courte grise ou beige. Les policiers lui montrent les vêtements de Luc Taron : peut-être, oui. Philippe Laneyrie ne peut affirmer qu'il s'agissait bien de lui, mais c'est en voyant sa photo dans un quotidien qu'il s'est dit que c'était possible. Les garçons châtain clair de onze ans environ qui traînent dans le métro le mardi soir, le mardi nuit, non loin de Villiers, en polo bleu marine et short beige ne courent pas les quais, il est donc en effet très tentant de penser que l'étudiant est la dernière personne à avoir vu Luc vivant dans Paris (on n'apprendra que quelques jours plus tard que l'heure peut coller à celle de son enlèvement), même si certains détails manquent, si certains points restent trop approximatifs pour en avoir la conviction : il n'a pas remarqué les chaussettes rouges (bien qu'il ait indiqué, selon l'AFP, que l'enfant portait « des chaussures basses et des socquettes »), ni un illustré, *Histoires de Bugs* ou pas, dans les mains du garçon, ni – et c'est surtout ce qui gêne – un quelconque blouson. (Stéphane Troplain et Jean-Louis Ivani, les fort épatants auteurs du livre de référence sur l'affaire (non seulement c'est le seul, donc ça le pose là en termes de référence, mais c'est un véritable chef-d'œuvre de documentation, de boulot (de dingues), de précision et d'exhaustivité) ont réussi à retrouver Philippe

Laneyrie en 2006. Il avait alors soixante-dix ans, l'étudiant. Il leur a dit : « Cela pouvait être Luc Taron, comme cela pouvait ne pas l'être. » De mon côté, j'ai trouvé sur le net qu'il était décédé le 20 mars 2017 à Villars, près de Saint-Étienne, à quatre-vingt-un ans, après une belle carrière au CNRS et, en 1985, une *Histoire des scouts de France* remarquée (en 1964, il était chef de troupe du groupe de scouts de Saint-Joseph des Épinettes, à Paris), sans savoir, jusqu'au bout, s'il avait bien croisé le chemin du petit Luc Taron juste avant sa mort, ou celui d'un autre garçon perdu ou rebelle qui errait sous terre à onze ans et qui a aujourd'hui, peut-être, à Paris, Bordeaux ou Caracas, soixante-six ans – ce serait l'âge de Luc, en tout cas.) Mais que ce témoignage soit fiable ou pas, cela n'aide pas très significativement la police. Même s'il s'agissait bien de Luc, tout ce qu'on peut dire, c'est qu'il était toujours seul à 23 heures, dans le métro, à la station Wagram. Ça n'avance à rien. (Sans même parler des innombrables signalements farfelus qui parviendront les jours suivants au SRPJ ou aux journaux, un mois plus tard, un autre homme, Étienne Bijon, affirmera avoir la quasi-certitude (pour être prudent) de l'avoir vu vers 18 heures, le mardi 26 mai, dans la salle des pas perdus de la gare Saint-Lazare, donnant la main à un homme d'une quarantaine d'années.)

Pour l'instant, on doit se contenter de faire comme dans les films : le 2 juin, dans l'après-midi, a lieu l'enterrement de Luc, on va voir si le meurtrier ne rôde pas dans les parages, ombre diabolique dissimulée au milieu des membres de la famille et des proches, près de la tombe de sa victime. L'inhumation a lieu dans le petit cimetière de Mandres-les-Roses, près de Brunoy, au nord-est de la forêt de Sénart, en Seine-et-Oise (aujourd'hui dans le Val-de-Marne). C'est à Mandres, chemin des Vinots, qu'habite la tante paternelle du petit, la sœur de son père, Yvonne, qui a quitté l'appartement de la rue de Naples peu avant sa fugue et sa disparition définitive. Dans cette lointaine banlieue encore champêtre à l'époque, Luc passait beaucoup de ses week-ends, et à peu près toutes ses vacances en famille – il aimait jouer dans le jardin, et faire du vélo dans le quartier.

(Un jour de l'année dernière, je revenais en train de Mâcon, où j'étais allé rencontrer des lecteurs dans une librairie (et où j'avais dormi à l'hôtel du Nord, face à la Saône, me demandant, fumant à la fenêtre, si je devenais fou : je savais que j'étais sur la rive droite, que donc l'eau devait s'écouler de ma gauche vers ma droite, et pourtant elle s'écoulait de ma droite vers ma gauche, je n'arrivais pas à comprendre (« Ce n'est pas possible »), mon cerveau tourbillonnait sur lui-même (le lendemain matin au petit déjeuner, l'exquise patronne de l'hôtel m'a expliqué : le débit de la Saône est très lent, et comme le vent venu du sud, du couloir rhodanien (vingt ans que j'attends de pouvoir caser cette expression), souffle souvent fort, les rides sur l'eau donnent l'impression déconcertante (Jules César lui-même s'en étonne dans *La Guerre des Gaules*, or ce n'était pas le type à sursauter pour rien, c'est dire si c'est déconcertant – et si ça ne date pas d'hier) que le courant circule dans l'autre sens, du sud au nord) – on ne rappellera jamais assez à quel point il ne faut pas se fier aux apparences), je lisais, dans le TGV du retour, le (très) gros livre de Stéphane Troplain et Jean-Louis Ivani, précisément le passage concernant l'enterrement de Luc Taron, et à l'instant même où je me disais que je n'avais jamais entendu parler de Mandres-les-Roses, que je n'avais pas la moindre idée de l'endroit où cela pouvait se trouver et qu'il faudrait que je regarde dès mon retour chez moi (je n'avais pas encore d'ordinateur portable à l'époque – et pas de téléphone), le train s'est arrêté, sur un pont. J'ai tourné la tête vers la fenêtre pour voir à peu près où nous étions : devant mes yeux, à vingt mètres, vraiment, il y avait un panneau qui indiquait la direction de Mandres-les-Roses, sur la D54. Je sais bien que ce n'est qu'une coïncidence, je n'ai pas tout à fait perdu la tête, mais c'est étonnant tout de même. Google Maps en réel.)

Les parents de Luc, laïcs, ont souhaité que l'enterrement soit civil, sans prêtre. Toute la famille est là, peu nombreuse : du côté d'Yves Taron, sa sœur Yvonne, et le fils de celle-ci, Jacques Taron, vingt-neuf ans, qui jouait parfois avec Luc quand ils se voyaient à Mandres ; et du côté de Suzanne Brulé, sa mère, Jeanne, et ses deux frères (elle avait aussi une petite sœur, morte enfant, Denise), René Brulé, trente-neuf ans, amputé du bras droit à la suite d'un grave accident en 1950 (il connaît très peu sa sœur Suzanne, il a été placé en nourrice à quatre ans, puis envoyé chez un aumônier à Marseille, car ses parents trouvaient qu'il avait un caractère trop dur, il n'a plus aucune nouvelle de son père, celui de Suzanne, et depuis qu'il s'est installé en région parisienne avec sa femme, Paulette, il n'a vu sa sœur et Yves Taron que très rarement, toujours à Mandres – la dernière fois trois semaines plus tôt, pour partager le gâteau des onze ans de Luc), et Pierre Brulé, l'aîné, quarante-deux ans (lui aussi mis en nourrice, dans le Maine-et-Loire, dès sa naissance, revenu en région parisienne à dix-huit ans, hébergé chez une tante à Aubervilliers, puis embauché à la SNCF, il rend parfois visite à son père, qui vit à Vaucresson (où Suzanne a grandi), mais il n'est plus en contact avec sa mère Jeanne, une « grande nerveuse » avec qui il ne s'entend pas – quand ils se croisent à l'enterrement de Luc, ils ne se sont pas vus depuis plus de deux ans). Dans les allées du cimetière, on aperçoit aussi quelques relations des deux familles, la maîtresse de Luc, Janne Foubert, le directeur de l'école de la Bienfaisance, Roger Besnard, des journalistes et plusieurs policiers en civil – une trentaine de personnes en tout. Yves Taron, notera l'envoyé de l'AFP, porte un complet gris clair et paraît un peu absent, Suzanne Brulé, « les yeux rougis par les larmes », est vêtue d'un tailleur noir. La levée du corps de l'enfant a eu lieu en début d'après-midi à la morgue d'Orsay, il arrive dans un petit cercueil de chêne clair. La cérémonie de mise en terre dure dix minutes seulement.

Les policiers (et les agences de presse) ont pris de nombreuses photos, qui seront examinées à la loupe – au sens propre – par les parents, à qui les commissaires Samson et Bacou demanderont d'identifier chacune des personnes présentes, en mettant des croix dessus, ce qui sera fait assez facilement. Ils ont également noté les numéros des plaques d'immatriculation de toutes les voitures garées à proximité du cimetière. Ces vérifications ne feront rien apparaître d'anormal, de suspect. (Sur toutes les photos, conservées dans le dossier d'instruction, Suzanne est pâle, fantomatique, le visage extrêmement fermé ; Yves paraît plutôt ailleurs, ou frappé de stupeur, et sur celles où les proches se succèdent devant les parents pour leur présenter leurs condoléances, il se tamponne les yeux avec un mouchoir blanc.)

Je rentre vers Paris en Mercedes noire automatique (le gentil monsieur de l'agence de location a parfois des élans de tendresse et de générosité, il me surclasse sans raison particulière – là c'est un peu dommage, et je me sens confusément ridicule (mais tant pis), je n'ai fait que cinquante kilomètres avec : Paris – Mandres-les-Roses – Paris), j'étais tout à l'heure dans le petit cimetière, sous la pluie – j'ai l'impression qu'il pleut chaque fois que j'entre dans un cimetière –, devant la tombe de Luc. Une dalle simple, en marbre gris et blanc, avec pour seule inscription : « LUC TARON – 1953-1964 ». Rien d'autre, aucun de ces écriteaux émus ou éplorés qu'on voit souvent posés sur les pierres tombales, juste un tout petit pot en plastique noir avec cinq ou six fleurs artificielles, vieilles, abîmées, délavées. Il est seul ici. (Une dépêche AFP de 16 h 37, le mardi 2 juin 1964, annonçait qu'il avait été inhumé dans le caveau de la famille Taron, mais c'était une erreur, ou une supposition. Son père, Yves Taron, est enterré avec sa sœur Yvonne et leur mère, Eugénie, au cimetière du Père-Lachaise.) En réalité, pas tout à fait seul. À quelques pas, derrière moi, je m'en suis rendu compte en pivotant pour partir, se trouve la tombe de sa grand-mère, « JEANNE BRULÉ, NÉE GLAVIER – 1888-1972 ». A priori, Jeanne n'avait rien à voir avec Mandres-les-Roses, elle n'y vivait pas, mais c'est peut-être Suzanne (je n'en sais rien) qui a voulu que sa mère soit là, pour que le petit ait quand même quelqu'un près de lui.

Dès sa sortie du cimetière, sur le trottoir, Yves Taron improvise une conférence de presse : « Les policiers m'ont demandé il y a quelques instants de me présenter demain à 9 heures, ainsi que la mère de Luc, au siège de la brigade mobile. Je crois que ce sera long… » Alain Créach, pour France Inter, lui demande ce qu'il pense de l'avancée de l'enquête. « Mon opinion reste la même que les jours précédents, c'est celle que je vous ai indiquée hier soir, je pense que l'individu qui a envoyé la lettre est bien le coupable, jusqu'à preuve du contraire, mais qu'il tend à vouloir diriger les enquêteurs sur une autre catégorie d'individus que celle dont il fait partie, et qui doit être assez bien connue. » Alain Créach reprend brièvement le micro pour lui demander ce qu'il entend par là. « Eh bien je crois que c'est un homme aux mœurs douteuses, qui veut orienter la police sur une autre voie pour qu'on ne fasse pas de recherches dans cette catégorie. »

Les hommes du SRPJ, comme le juge d'instruction, émettent de fortes réserves au sujet de cette hypothèse – on ne peut évidemment pas savoir, c'est peut-être resté à l'état de « projet », mais aucune trace de violence sexuelle n'a été relevée, ni le moindre désordre dans les vêtements du garçon, parfaitement ajustés. Mais il ne va bientôt plus faire de doute que le meurtrier, s'il n'est pas pédophile, est plus que dérangé. Dès le lendemain, la police et l'opinion publique vont comprendre qu'on a affaire à un malade, cynique, cruel et sans limite, qui, loin de regretter son crime, en rigole et se moque même de la douleur de la famille. Le 3 juin, le commissaire Jean Samson reçoit une nouvelle lettre dans laquelle il lit, entre autres ricanements : « J'étais à Mandres cet après-midi, c'était piteux !!! »

C'est ce jour-là que débute la véritable folie, l'immonde, le délire anonyme qui va inonder la France, mettre les médias en transe, aux pieds d'un dément, la police à genoux, le monde politique en colère et l'opinion publique en panique. Dès ce mercredi 3 juin, cinq pneumatiques, tous partis du bureau de poste qui se trouve au 103 rue de Grenelle, près des Invalides, sont livrés en même temps à cinq endroits différents de Paris. Ils sont adressés à Radio Luxembourg, Europe n° 1, *Paris-Presse*, *France-Soir*, et au commissaire Samson. Dans toutes les lettres, rédigées d'une écriture visiblement contrefaite, très penchée à gauche, l'enragé répète à peu près les mêmes choses : le père de l'enfant, contacté par téléphone (« Luc m'avait donné le numéro avant de mourir »), a refusé à 2 heures du matin de payer la rançon, l'enfant a été tué à 3 heures ; l'homme a alors rappelé Yves Taron pour lui dire où se trouvait le corps de Luc : « Taron est venu à Verrières, a vu son fils et s'est enfui vers Paris, comme un lâche. C'est sans doute lui qui a été vu sortant du bois. [...] C'est un beau salaud pour mentir comme il le fait. » Il explique également pourquoi le garçon a fugué, c'est lui-même qui le lui a dit : « Il s'était fait disputer par son père mardi soir, au sujet d'un problème en faisant ses devoirs. » Jean Samson a déjà reçu un premier pneu le matin, adressé à la première brigade mobile, rue du Faubourg-Saint-Honoré, avec, sur l'enveloppe : « Urgent. Affaire Taron. » Il a été posté la veille au soir, ou dans la nuit, avenue d'Italie, dans le 13e, et pris en charge à 7 heures du matin. Pour que le commissaire soit bien certain que son auteur est celui qui revendique le crime depuis le début, et qu'il est « sérieux », il confirme que c'est bien lui qui lui a envoyé deux jours plus tôt une lettre depuis Châtillon, ainsi qu'un dessin de tête de mort à Yves Taron (ce qui n'a pas été révélé à la presse, pas plus d'ailleurs que l'endroit où avait été posté le premier courrier au SRPJ). Il lui apprend également qu'il a déposé dans le métro (il ne précise pas où ni quand) un paquet adressé à Europe n° 1 contenant « le livre à Luc », et demande s'il a été trouvé. « C'est une opération bien montée, qui va continuer. On n'en est qu'au début, vous n'avez pas fini de vous faire ridiculiser. » Cette lettre est signée « x x x ». Mais au bas des cinq suivantes, dont la deuxième à Samson, il s'est trouvé un nom, un surnom, qui ne le quittera plus (et qui fera le bonheur de la presse) : « x x x L'Étrangleur ».

Le pneumatique envoyé à Samson en même temps que les quatre autres aux journaux et aux radios (il est décoré d'un dessin : un volatile décharné, genre coq ou poule, surpris ou affolé, s'écrie : « Poulet !!! ») contient une information qui va achever de convaincre tout le monde que le dingue n'est pas un guignol. La veille au soir, dans sa toute dernière édition, *France-Soir* a publié une sorte de petit roman-photo en quatre images verticales, censé représenter ce qui s'est passé dans la nuit du 26 au 27 mai. La quatrième et dernière est une photo de l'arbre au pied duquel a été retrouvé Luc, dans le bois de Verrières, sur laquelle est dessiné un petit corps schématisé, à l'encre noire. Dans sa lettre envoyée ce jour-là à Samson, après lui avoir demandé (faute comprise) : « T'est con ou incapable ? », l'Étrangleur écrit : « Sur la quatrième photo de *France-Soir* daté du 3, il y a une erreur, le corps est mal dessiné, il était dans l'autre sens par rapport à l'arbre !!! » Et c'est vrai. (Il fera d'ailleurs parvenir le jour même un petit croquis au quotidien du soir, pour rectifier, sur lequel l'enfant a les pieds vers le tronc, et non la tête.) Le doute n'est plus possible.

Pourtant, comme l'annonçait Yves Taron après l'enterrement, les parents de Luc ont été de nouveau convoqués au SRPJ le 3 juin au matin – et comme il le pressentait, ils vont y rester longtemps, très longtemps, jusqu'en début de soirée le lendemain, soit pendant trente-quatre heures. La presse ne manque pas l'occasion de s'étonner, prudemment : ce serait une garde à vue ? On les soupçonne encore, malgré le surgissement de l'Étrangleur, et son évidente implication dans la mort de leur fils ? Le 4 juin, à 19 heures, alors qu'ils sont dans les locaux du SRPJ depuis plus de trente-trois heures, l'AFP écrit : « La presse ne manque pas d'être frappée par l'attitude des enquêteurs, qui ont si peu d'égards pour un couple frappé d'un deuil aussi terrible et aussi récent. » (Un nouveau message a pourtant confirmé qu'ils ne sont, ni l'un ni l'autre, les auteurs des revendications (certains semblaient se poser la question). À 20 heures, dans le journal télévisé de l'ORTF, Léon Zitrone a révélé qu'un inconnu avait appelé *France-Soir* en fin d'après-midi, depuis un café proche de la place de la République, pour déclarer qu'il avait enlevé une fillette – avant de téléphoner une seconde fois pour préciser qu'en fait il s'agissait d'un petit garçon. À 22 h 50, au bureau de poste de la rue Cler, dans le 7e arrondissement, on a trouvé une enveloppe sur laquelle était inscrit : « Affaire Taron – Message urgent pour le commissaire Samson ». À l'intérieur, l'Étrangleur nie être l'auteur de ce coup de téléphone, et donc d'un autre enlèvement d'enfant. À ce moment-là, entre 20 heures et 22 h 50, les Taron sont dans les bureaux de la première brigade mobile. Le lendemain, jeudi 4 juin, à 16 h 30, ils s'y trouvent toujours quand un nouveau message parvient à un journaliste de *France-Soir*, Lucien Pichon. (Dans celui-ci, une nouvelle fois, il dément (« Je dément » – c'est peut-être volontaire, peut-être pas) avoir passé ce coup de fil de République, donne un petit conseil : « Faites gaffe aux plaisantins », et surtout, il prévient le quotidien qu'il va falloir « préparer une somme rondelette », car si le père du prochain enfant qu'il va kidnapper ne veut pas ou ne peut pas payer la rançon, ce sera à *France-Soir* de le faire. « Sans cela : LA MORT. » Enfin, il termine, pour que les choses soient bien claires, sur un cri d'amour-propre : « Je ne tue pas pour rien comme les sadiques !! » Et peaufine sa signature, qui sera le code qui garantira que c'est bien lui qui écrit, et non un mariole : « L'Étrangleur n° 1 x x x ».))

À 20 h 41, le 4 juin, une dépêche de l'AFP annonce la fin de ces très longues auditions des parents : « M. Taron, qui était souriant, a tenu sur le trottoir une véritable conférence de presse : "Si nous sommes restés si longtemps à la première brigade mobile, avec ma femme, c'était pour fuir les journalistes. Les policiers voulaient que nous leur donnions la preuve qu'aucune rançon ne nous avait été demandée. Cette preuve, ils l'ont, maintenant. [...] Nous avons examiné avec les policiers les différentes hypothèses, j'ai la certitude que l'auteur des lettres anonymes est bien l'assassin. [...] C'est volontairement que ma femme et moi-même nous sommes mis à la disposition des policiers, pour examiner minutieusement tous les éléments qui pourraient permettre à l'enquête de progresser." » *Paris Jour* ajoutera le lendemain ces mots du père : « Je vous demande de bien spécifier qu'à aucun moment il n'a été question de garde à vue en ce qui concerne ma femme et moi. Je vous certifie que M. Seligman n'a signé aucune pièce dans ce sens afin de prolonger de vingt-quatre heures notre audition. Je vous répète une fois encore que la maman du petit Luc et moi-même avons collaboré de plein gré avec les enquêteurs. Il n'a jamais été question dans leur esprit de nous considérer comme des suspects. Nous étions en quelque sorte des collaborateurs, meurtris par la mort atroce de notre enfant. Je vous jure que je n'ai jamais reçu aucune demande de rançon. J'en ai fourni la preuve formelle aux policiers, mais je ne dois pas la révéler. »

On ne saura jamais exactement quelle était cette « preuve formelle », il paraît d'ailleurs difficile d'en imaginer une (les policiers ne disposent pas, en 1964, des relevés d'appels entrants ou sortants), mais les parents, interrogés chacun de leur côté (les commissaires Samson et Bacou s'occupent du père, assistés de l'OP Mothe et de l'OPA Tur, tandis que les OP Mawart et Lacroux questionnent la mère), donneront des informations concordantes. D'une part, ils confirmeront tous les deux fermement leur emploi du temps de la soirée et de la nuit, d'autre part, chacun de son côté affirmera que Luc, contrairement à ce que prétend l'Étrangleur, n'a pas pu lui donner leur numéro de téléphone : il connaissait celui du bureau de son père, EUR(ope) 43 07, car il l'appelait de temps en temps dans la journée depuis l'appartement, mais, tous deux sont catégoriques, il n'avait jamais appris celui de leur domicile, LAB 90 64. En fin d'après-midi, les policiers, accompagnés d'Yves Taron, se rendent dans son bureau de la rue de Naples pour saisir tous les courriers ou documents qui pourraient les mettre sur la piste du corbeau, dont rien ne prouve qu'il n'est pas l'un de ses proches ou l'une de ses relations de travail, puis ils vont inspecter la maison de Mandres-les-Roses, avec Suzanne Brulé cette fois, où ils ne trouvent rien d'intéressant.

Ces deux jours et cette nuit de dépositions ont tout de même permis d'en apprendre un peu plus sur le couple, presque insolite dans ces années-là, que forment Suzanne Brulé et Yves Taron. Ils se sont rencontrés en 1952. Suzanne, qui cherchait du travail, si possible comme vendeuse (depuis deux ans, elle gardait des enfants, après avoir suivi une formation de couturière et exercé ce métier depuis sa sortie de l'école, mais voulait changer), avait passé une annonce dans *Le Figaro*. Elle avait reçu plusieurs réponses (le chômage n'était encore qu'une ombre lointaine, vague, qui ne menaçait que ceux et celles qui ne savaient vraiment pas se débrouiller), et avait choisi celle qui lui paraissait la meilleure : un certain M. Taron, directeur d'une société d'import-export rue de la Chaussée-d'Antin, lui proposait de vendre des bas, non pas dans une boutique mais en tant que représentante. Quelque temps plus tard, ils étaient devenus amants, elle avait emménagé avec lui rue de Naples, et l'année suivante, le 9 mai 1953, Luc était né. Au début de la grossesse, ils avaient envisagé de se marier mais ça ne s'était pas fait, Suzanne s'étant défilée à la perspective de la prise de sang, alors obligatoire avant de passer devant le maire.

Eugène Yves Taron (il se fait appeler Yves car il n'aime pas Eugène) est né le 29 avril 1909 à Montrouge, dans une famille modeste et instable. Les premières années de sa vie, ses parents s'installent à Charenton, au 4 rue de la Zone (ça ne devait pas attirer beaucoup de badauds et de touristes – aujourd'hui, à cet endroit, se dresse, rutilant, le centre commercial Bercy 2), mais il n'a même pas dix ans lorsque son père, représentant en vin, abandonne femme et enfants (Yvonne, la sœur d'Yves, est née deux ans avant lui) pour s'installer à Paris, dans le 14e arrondissement, où il mourra une dizaine d'années plus tard. La mère, Eugénie, élève ses deux enfants seule, dans des conditions difficiles, pour ne pas dire misérables – au début des années 1940, elle ira vivre avec sa fille Yvonne dans un petit appartement près des Buttes-Chaumont, et quittera ce monde douloureux en 1956.

Yvonne a fait de courtes études de commerce, dans l'espoir d'un meilleur destin que sa mère, puis passé une partie de sa vie professionnelle dans la banque, mais en 1958, victime chez elle d'une grave intoxication au monoxyde de carbone, elle a dû subir une importante intervention chirurgicale qui l'a laissée partiellement handicapée ; obligée de quitter son emploi, il lui a fallu trouver d'autres moyens de gagner de quoi vivre, la petite pension d'invalidité que lui verse la Sécurité sociale n'étant pas suffisante : elle effectue quelques remplacements à l'accueil du cabinet d'un dentiste, à la réception d'un meublé rue Botzaris, et rédige parfois des adresses sur des enveloppes pour son frère, s'occupe du publipostage avec Suzanne. Ils ne se sont pas beaucoup fréquentés depuis leur départ de la maison de leur mère, et se connaissent peu. En 1964, à cinquante-sept ans, elle a un amant, qu'elle ne voit que rarement, il est comptable à la mairie du 19e arrondissement, il est marié, il a sept enfants.

Yves obtient son certificat d'études à douze ans, à l'école élémentaire de la rue de Pommard, dans le 12e arrondissement, tout près de Charenton, et entre dans la vie active dès l'année suivante, employé aux assurances Pigier, rue de Rivoli, puis chez plusieurs courtiers. En 1934, à vingt-cinq ans, il crée son propre bureau de courtage, la Maison Taron, rue Louis-le-Grand, dans le 2e arrondissement. Peu de temps après, il a une idée de génie. La Loterie nationale, lancée un an plus tôt pour venir en aide aux anciens combattants et aux victimes de guerre et de calamités agricoles, commence à faire fureur, mais les billets sont chers : 100 francs. Yves, malin, se met à commercialiser des « dixièmes » (il dit qu'il en est l'inventeur), des billets qui rapportent dix fois moins mais qui donc et surtout coûtent dix fois moins, soit 10 francs. Enfin presque, car sinon ça sert à rien. Yves les vend 12 francs. Il se fait coincer, il est poursuivi, et acquitté en 1937 : c'était bon enfant, et pas bête, finalement. L'année suivante, alors qu'il vit encore chez sa mère, à Charenton, il rencontre une jeune femme d'origine polonaise, Sima – ou Syma (Simone, en réalité) – K., qui vit elle aussi avec sa mère. Il tombe amoureux d'elle. Mobilisé en 1939, il est envoyé dans le Gers et démobilisé en juillet 1940. Dans un premier temps, il rejoint Sima à Amélie-les-Bains, dans les Pyrénées-Orientales, où elle s'est réfugiée. Ils s'y marient le mois suivant, le 12 août, puis partent s'installer à Marseille, où Yves a de la famille, deux cousins : Marcel Taron, président de la chambre syndicale des transitaires et de la corporation marseillaise des maîtres portefaix, et Étienne Taron, qui tient une affaire de tourteaux (une affaire qui cartonne, peut-on supposer : il est également propriétaire de chevaux de haies qui courent dans la région, Pompon VIII entre autres – acheter des chevaux grâce à la vente de tourteaux, il faut que le commerce marche). Yves monte une société d'import-export avec l'Afrique du Nord et, le 11 août 1941, Sima donne naissance à un petit garçon, Gérald. Faisant régulièrement la navette entre la zone libre et la zone occupée, Yves loue un bureau au 18 rue de Naples à Paris, ainsi qu'un studio mitoyen qui lui sert de pied-à-terre. Le 27 mai 1944 (vingt ans jour pour jour avant la mort de son futur enfant), un bombardement détruit l'immeuble où se trouve leur appartement, 7 rue Bailli-de-Suffren, près du Vieux-Port. Les Taron déménagent dans une villa du quartier de Mazargues, avenue Taine, mais le père de famille passe de plus en plus de temps à Paris, Sima finit par tomber amoureuse d'un jeune avocat marseillais et quitte le domicile conjugal. Ils divorceront le 18 décembre 1946. Après la Libération, Yves s'installe définitivement à Paris, où il continue à faire des affaires avec l'Afrique du Nord, dans de nouveaux locaux de la rue de la Chaussée-d'Antin, et fin 1947, début 1948 (il ne peut pas donner de date précise), il se met en ménage avec une jeune femme, Claude P.-C., qui quitte le domicile de sa mère à Courbevoie pour venir vivre avec lui rue de Naples, où il loue désormais un grand appartement en plus de son bureau. Ils se séparent en avril 1952, car ils ne s'entendent plus, puis il rencontre Suzanne Brulé, qui habitait alors avenue Mozart. Cinq ans après la naissance de Luc, son entreprise d'importation est déclarée en faillite, il doit devenir représentant en appareils radioélectriques et en pistolets d'alarme, il fait des sondages, du publipostage… Il apprend aux enquêteurs qu'en 1959 il a monté une nouvelle entreprise d'import-export avec un Suédois qu'il dit avoir rencontré par une petite annonce parue dans *France-Soir*, un nommé Julius Graff, dont le vrai nom serait Fosby. Ils créent tous les deux la société Comexima, COMptoir pour l'EXportation et l'Importation de MAtières premières, dont l'objet est d'une belle vastitude : « Opérations d'exportation et d'importation de toutes marchandises en provenance de tous pays et à destination de tous pays, et généralement toutes opérations commerciales, industrielles, financières, mobilières et immobilières, se rattachant directement ou indirectement à l'objet de la société ou à tous autres objets similaires ou connexes. » (En résumé : « Qu'est-ce que vous faites, dans la vie ? – Tout. ») Mais Taron s'est rapidement rendu compte que Fosby était un escroc et donne une piste aux policiers : « Vers 1960, j'ai été amené à le faire arrêter. Cet homme est susceptible de m'en vouloir, car il n'a pas ignoré que j'étais à l'origine de son arrestation. Je ne sais pas où il se trouve actuellement. Mais par voie de conséquence, les complices de Graff peuvent savoir aussi les motifs de son arrestation. » Les policiers demandent une enquête aux Renseignements généraux, dont il ne ressortira pas grand-chose : « Le nommé Julius Graff, qui semblait être le véritable animateur de la Comexima, est connu dans les milieux financiers sous les pseudonymes de Grass, Fosby, Fesbee et Nielsen. D'origine suédoise, il aurait été condamné dans son pays pour escroquerie. En 1960, il faisait l'objet d'une enquête de la deuxième brigade territoriale pour escroquerie sur des opérations documentaires. » C'est tout. Ils font chou blanc au domicile qu'il a indiqué sur les statuts de la société, 23 rue de Condé : personne. Yves Taron croit se souvenir qu'en 1960 il a été condamné à quatre ans de prison, mais les RG n'en trouvent pas trace. On n'en saura pas plus. (D'après le père de Luc, ce Fosby-Graff serait son seul ennemi potentiel. Toutefois, il évoque également des différends avec ses voisins retraités, les Harburger, qui occupent la moitié du rez-de-chaussée de leur duplex, qui lui ont « porté des coups sans raison il y a quatre ou cinq ans » et contre lesquels il a déposé plainte. (Interrogé par l'OP Mothe, Georges Harburger niera avoir frappé Yves Taron, et précisera qu'il s'agissait d'une histoire de déjections balancées par la fenêtre – sans doute des eaux sales.) Mais on peut difficilement imaginer que ces petites querelles de voisinage aient fini par un meurtre d'enfant. Enfin, selon Taron, les deux retraités « ont eu la tête montée contre nous par une autre voisine, Mme Anton, qui semble être jalouse de Mme Brulé, qui n'a jamais voulu la recevoir ». Il termine par une révélation déconcertante : le mercredi 27 mai à 19 heures, alors qu'il venait de partir pour aller identifier le corps de son fils à Orsay, cette voisine aurait dit à Suzanne : « Bientôt, tu te taperas le cul par terre ! » (Qu'est-ce que cela peut bien vouloir dire ? Mystère.) Devant l'OP Mothe, Jeanne Anton, cinquante-sept ans, qui occupe le studio autrefois adjoint au bureau de Taron, démentira fermement avoir tenu ces propos. Elle reconnaît ne pas s'entendre très bien avec le couple, et avoir même soutenu les Harburger en témoignant en leur faveur lors du procès qu'a entraîné la plainte de Taron pour coups et blessures (ou la plainte de Harburger pour jet de déjections par la fenêtre), mais que ça s'arrête là. Bref, ces chamailleries ne mènent à rien.)

Suzanne n'a pas eu une enfance beaucoup plus joyeuse que le père de son enfant. Elle est née le 30 octobre 1930 (sur d'autres documents, le 30 octobre 1929) à la maternité de La Celle-Saint-Cloud, de Jeanne Glavier, femme de ménage, et Henri Brulé, employé à la SNCF. Elle a grandi à Vaucresson, au-dessus de Versailles, dans une petite maison au 19 avenue Clarisse, seule avec ses parents, puisque sa sœur cadette, Denise, est morte petite, et que ses frères, Pierre et René, ont été placés dans d'autres familles dès leur plus jeune âge, à cause de leur « caractère trop dur » (bébés déjà, apparemment, de vraies petites brutes en couches-culottes). Suzanne est gauchère dans son enfance, elle sera « contrariée » en droitière. Elle a obtenu son certificat d'études après la guerre, en 1945, à presque seize ans, puis est entrée directement dans une maison de couture à Saint-Cloud (Marguerite Couture) pour faire son apprentissage, jusqu'en 1948. Quand ses patrons ont vendu leur boutique pour ouvrir un bar-restaurant, elle a trouvé une place dans une autre maison, Au Chemin de Fer, dans le quartier de la gare Saint-Lazare. Elle n'y reste que quatre mois (le fonds a été repris par Prénatal), puis se fait embaucher par une couturière en appartement, rue Joubert, dans le 9e arrondissement. Elle finit par se lasser de ce travail trop minutieux à la fin de l'année 1949. Peu de temps auparavant, ses parents, chez qui elle habitait toujours, ont été expulsés de leur maison de Vaucresson, dont ils ne parvenaient plus à payer le loyer, n'ont pas trouvé à se reloger, ont entreposé toutes leurs affaires dans un garde-meubles, et sa mère a quitté son père. (Interrogé par les OP Mothe et Pigeon quinze ans plus tard, Henri Brulé, soixante-neuf ans, dira : « Je bois comme tout ouvrier manuel, je ne pense pas que ce soit là la raison pour laquelle ma femme m'a quitté. ») Suzanne trouve une place de nounou chez un jeune couple, les Dupré, rue de Chazelles, dans le 17e arrondissement : elle garde leur fils de deux ans, Frédéric. (Sa mère a trouvé un appartement à Paris, rue de Lourmel, elle passera lui rendre visite de temps en temps, par contre Suzanne ne reverra jamais son père, qui s'est installé dans un petit logement à Vaucresson, rue des Jardins, et qui s'est d'ailleurs reconverti en jardinier – travaillant parfois pour les (très prestigieuses) écuries de course Boussac, casaque orange toque grise, la classe. C'est par son fils aîné, Pierre (qui, lui, ne voit plus sa mère) qu'il apprendra dix ans plus tard que Suzanne a eu un fils. Et c'est par la presse, après la mort du petit (qu'il n'a jamais vu), qu'il découvrira qu'elle n'était pas mariée : « Je ne me souvenais même plus du nom de Taron. ») Début 1952, le petit Frédéric a grandi, il n'a plus besoin de nounou. Suzanne, à vingt et un ans, emménage dans une chambre meublée, au 23 de l'avenue Mozart. Peu de temps après, elle passera, dans *Le Figaro*, l'annonce qui lui permettra de rencontrer Yves Taron. Quand les OP Mawart et Lacroux lui demandent si elle a connu d'autres hommes avant lui, elle reconnaît que oui, mais un seul, comme elle le confirmera un peu plus tard au juge d'instruction Seligman. Il s'appelait Marcel Funereau. « Je l'ai connu alors que je travaillais Au Chemin de Fer, nous nous étions rencontrés à la faveur d'une bousculade à la gare Saint-Lazare, en 1948. Nous nous sommes vus quelques fois chez lui, 42 rue Ribera, j'y ai même habité un peu de temps. Je ne peux pas exactement vous dire quand et pendant combien de temps j'ai vécu chez lui. Il était divorcé. Je crois qu'il était directeur des papiers à cigarettes Job, nous nous sommes quittés au bout de six mois ou un an, car c'était un coureur. J'ignore totalement ce qu'il est devenu, je ne l'ai pas revu. » C'est en quittant la rue Ribera qu'elle a trouvé une chambre à cinq cents mètres de là, avenue Mozart. L'année suivante, devenue mère, elle a cessé de travailler à l'extérieur, elle s'est occupée de son fils, et n'a dû reprendre quelques activités professionnelles, principalement des travaux de dactylo à domicile pour des magazines, qu'à la fin des années 1950, lorsque les affaires de son conjoint ont périclité. Les affaires de son conjoint, elle n'en sait quasiment rien, hormis les enveloppes qu'elle rédige pour lui, elle ne pense pas qu'il ait d'ennemi, mais d'un autre côté, ce dont elle est à peu près certaine, c'est que son fils, réservé, pour ne pas dire renfermé, n'aurait pas suivi un inconnu dans la rue.

Les Taron n'en ont pas tout à fait fini avec les interrogatoires. Ils seront de nouveau convoqués mi-juin, par le juge d'instruction cette fois, à Versailles – sans doute parce qu'il n'y aura toujours aucune piste, et qu'il faut bien poser des questions à quelqu'un. Une nouvelle perquisition à leur domicile, en présence de leur avocat, Me André Vizzavona, aura même lieu ensuite, ce qui ne plaira pas du tout à Yves Taron, que France Inter décrira comme ayant visiblement « les nerfs à vif » et qui déclarera dans *Le Monde* daté du 17 juin que les enquêteurs « ont tort » de croire qu'ils trouveront quoi que ce soit chez lui, que c'est un crime de sadique qui n'a rien à voir avec sa femme ou lui. Dans *Libération* du lendemain, il apparaîtra encore plus en colère : « Le juge est resté jusqu'à plus soif chez moi, il a perquisitionné dans toute ma correspondance au-delà des heures normales, si vous aviez vu cette pagaille, tout était par terre, ils n'ont rien remis en place, d'ailleurs mon avocat s'en occupe. Il a amené un graphologue, qui n'a évidemment rien trouvé, et ce graphologue, pour faire ce boulot, c'est nous, les contribuables, qui le paierons ! L'Étrangleur inverti a envoyé dix-sept messages depuis la poste de la rue Cler, et les policiers n'ont pas été capables de le prendre, c'est incroyable ! Surtout, ce n'est pas très sérieux ! »

Après ces dernières vérifications du côté des parents, André Vizzavona conclura devant la presse : « Mes clients, M. Taron et sa compagne, Mlle Brulé, sont lavés de tout soupçon. C'est un grand soulagement pour eux, car ils étaient très émus par certaines rumeurs tendant à les mettre en cause. »

Durant tout le mois de juin qui débute, l'Étrangleur va arroser Paris de messages hargneux et répugnants. À Europe n° 1, le vendredi 5 juin en fin de matinée, il écrit : « Si vous faites silence sur mes prochains messages, je tue gratuitement en guise d'avertissement. [...] Et fais gaffe, Paoli, plus de gros mots à mon égard. Je ne ris pas !!! » (Le célèbre Jacques Paoli (père de Stéphane, bien connu sur France Inter) est le journaliste qui présente « Europe Midi ».) Il confirme dans une lettre au commissaire Samson, le même jour : « Si mes ordres ne sont pas exécutés par la presse et par vous, je tue quelqu'un en guise d'exemple ! » La presse, en tout cas, s'exécute de bonne grâce : tous les jours, il fait la une de presque tous les journaux, et on parle de lui dans tous les bulletins d'actualités des trois principales radios. (Rapidement, il parvient même à faire les gros titres quand, pour une raison ou une autre, il n'écrit pas. Le 10 juin, par exemple, tout en haut de la une de *Libération* : « L'Étrangleur : premier jour de silence. » *France-Soir*, le 30 juin : « L'Étrangleur se repose. »)

Le 8 juin, les hommes de la première brigade mobile récupèrent l'illustré *Bugs Bunny* que Luc avait avec lui, selon l'Étrangleur. Ce dernier l'a déposé dans le métro une semaine pile auparavant, à la station Porte-de-Clignancourt, et n'a cessé de le rappeler dans ses lettres pour qu'on fasse l'effort de le retrouver : il l'a laissé le lundi 1er juin, à 17 h 30, sur une banquette de la voiture de tête, emballé dans du papier journal – sur lequel il a collé une sorte d'étiquette constituée deux morceaux de texte découpés : « Le crime paie ». La poinçonneuse Marie-Antoinette Lessoult – à qui un voyageur (quarante-cinq à cinquante ans, genre ouvrier, avec casquette, mal habillé (« pas bien mis », dit-elle exactement)), entrant dans la rame vide qui allait repartir dans l'autre sens, a donné ce paquet sans doute oublié là – l'a remis aussitôt au sous-chef de station. Sur le journal servant d'emballage (en fait, deux pages de deux numéros de *L'Aurore*, ceux des 22 et 23 avril 1964), une adresse est inscrite : « Europe nº 1, 25 rue François-Ier, Paris 8e », mais le sous-chef le remet tout de même au bureau des objets trouvés, rue des Morillons, dans le 15e, où le dénichent donc les enquêteurs une semaine plus tard. L'illustré est une édition reliée de *Bugs Bunny*, en format poche, compact du moins, l'album n° 14, publié par la SAGE (Société anonyme générale d'édition) au prix de 4 francs, qui a été composé à partir d'invendus de quatre albums précédents, les numéros 9, 10, 11 et 12. Sur la couverture, Bunny, en patins à roulettes, avec une casquette de facteur, et Elmer, avec une casquette de chef de gare, portent un genre de grosse malle, ou un coffre-fort. Au-dessus d'eux, d'une écriture manuscrite, à l'encre noire : « Livre ayant appartenu à Luc Taron. x x x L'Étrangleur. » Suzanne Brulé et Yves Taron sont formels, ils n'ont jamais vu cet album dans les mains de leurs fils, dont le lapin gouailleur n'était d'ailleurs pas le personnage favori : on n'a trouvé dans sa chambre qu'un seul exemplaire du bimensuel broché qui lui est consacré, le numéro 47 (1 franc) – selon Suzanne, il lui a été donné par sa tante, Yvonne Taron, qui lui apportait parfois des bandes dessinées qu'elle récupérait chez le dentiste pour lequel il lui arrivait de travailler. Même si les parents déclarent que Luc n'achetait pas ses illustrés lui-même, les policiers pensent qu'il a pu se le procurer dans la soirée du 26 mai, avec l'argent qu'il avait volé à sa mère. (Dans une lettre adressée le lendemain à Europe n° 1, plus précisément à Christian Barbier, l'Étrangleur indique à Yves Taron : « Le livre que possédait ~~votre~~ le fils de votre amie était bien le sien, mais il se peut qu'il l'ait acheté lui-même, car il ne lui restait que 3,45 francs dans les poches lorsque je l'ai tué. » (On n'a pourtant retrouvé que 5 centimes sur lui.)) Ça tombe bien, le directeur de la SAGE, Victor Broussard, leur apprend que cet album n'a été tiré qu'à peu d'exemplaires, six cents seulement ont été distribués en région parisienne, et qu'il a été mis en vente le 22 mai, quatre jours avant la disparition de Luc. Ils peuvent tenter le coup, ce n'est pas titanesque : ils interrogent quatre-vingt-dix marchands de journaux et kiosquiers dont les points de vente se situent dans une zone, une sorte de bande, allant du quartier de la rue de Naples aux portes de Paris qui mènent vers la banlieue sud. Cent neuf exemplaires ont été placés en dépôt chez eux, quarante ont été vendus. Aucun des commerçants ne se souvient d'un petit garçon qui serait venu seul en acheter un.

Mais pour le SRPJ, comme pour la presse, c'est une nouvelle preuve que, depuis le début, l'Étrangleur ne raconte pas n'importe quoi. Sur France Inter, à propos de la découverte du paquet contenant l'album, le reporter Claude Guerou annonce aux auditeurs : « Ceci établit de manière définitive, me disait à l'instant le commissaire Samson, que le meurtrier et l'auteur des lettres sont une seule et même personne. » L'Étrangleur se réjouit de cette avancée de l'enquête dans un pneumatique à *France-Soir*, posté l'après-midi même : « Maintenant que je suis officiellement reconnu comme le vrai auteur du crime de Verrières, je peux passer à ma deuxième opération. Je vais donc pouvoir prouver que ce n'est pas une vengeance contre Taron. » (Dans les lignes suivantes, il rappelle au quotidien du soir que la direction doit préparer 50 millions d'anciens francs pour payer la rançon de son prochain kidnapping, sinon : « Ma route sera semée de cadavres ! À commencer par celui de Taron !!! » Au fou.)

Il serait trop long (et complexe, et vain – c'est trop le bazar) d'essayer de décrire précisément la cacophonie hystérique qu'engendre cette affaire en ce printemps 1964, les journaux ne savent plus quoi faire pour participer à la traque et déraillent parfois de manière désespérément stupide (plusieurs des premiers messages ayant été postés de la rue Cler, ou de quartiers avoisinants, les commissaires Samson et Bacou, qui n'ont pratiquement rien d'autre en quoi placer leurs espoirs, ont installé une surveillance discrète mais serrée de tous les bureaux de poste du 7ᵉ arrondissement ; *Paris-Presse* s'empresse de le révéler fièrement, en une de son édition datée du 12 juin ; très logiquement, à partir de ce moment-là, toutes les lettres sont postées d'ailleurs), Yves Taron intensifie sa présence dans les médias, en provoquant le meurtrier de son fils dans le but manifeste de lui faire commettre une erreur (mais par conséquent, passe pour presque aussi dérangé et mégalomane que lui), il mène ses propres investigations en parallèle, fait part aux lecteurs et auditeurs de ses hypothèses et de ses déductions plus souvent que les enquêteurs eux-mêmes (il se dit convaincu que l'homme en bleu aperçu par le couple Lelarge quand il sortait du bois est bien l'Étrangleur, que les premiers messages avaient pour vocation d'éloigner les soupçons de cette silhouette identifiable, mais aussi, en inventant une demande de rançon, de cacher le véritable mobile du crime : il ne fait aucun doute pour lui que l'assassin est un sadique, un « inverti » qui a tenté d'abuser de son enfant et l'a éliminé parce qu'il n'y parvenait pas), les policiers sont démunis face à une énigme qui ne leur offre aucune prise concrète pour seulement entamer les recherches, et les politiques, le ministre de l'Intérieur Roger Frey, ou Maurice Papon, préfet de police de Paris, commencent à s'énerver. (Frey reçoit, le 11 juin, une lettre qui débute ainsi : « Monsieur le ministre, puisque paraît-il vous supervisez personnellement l'enquête sur la mort de Luc Taron, je me permets de vous donner quelques conseils : 1. Ne cherchez pas à me faire arrêter par la police. » L'Étrangleur poursuit en l'informant gentiment que « le commissaire Samson est un incapable », puis s'emporte : « Et puis assez d'insultes, que diable ! Oui, j'ai tué, et j'ai donné des preuves, mais je ne suis pas fou pour cela ! » C'est important pour lui, qu'on comprenne qu'il est sain d'esprit, et qu'il n'est pas le mauvais bougre. Ainsi, il conclut son courrier par une pensée d'une grande sagesse philosophique : « Ce n'est pas parce qu'on a tué, même un enfant, qu'on n'est pas un homme comme les autres. » Le préfet, lui, écope d'une lettre un peu plus sèche, moins urbaine, qui commence ainsi : « Cher Papon-la-Matraque, tu es un pauvre con. » (Parfois, c'est énervant mais c'est comme ça, on ne peut s'empêcher de ressentir momentanément un brin de sympathie pour certaines ordures – je ne parle évidemment pas de Papon.) Il lui suggère de secouer un peu ses « poulets parisiens », qui ne sont « pas foutus de reconnaître l'Étrangleur » : « Parle de moi à l'agent 16 164, il a eu l'honneur de me voir ce soir. » (À Maurice Legay, directeur général de la police judiciaire, il écrit, plus respectueusement qu'à la Matraque, en le vouvoyant : « Faites des félicitations à l'agent 16 164, qui est resté dix minutes près de l'Étrangleur dans le métro. ») À Madame Détective, une jeune femme remarquable, sportive, chic et audacieuse, qui tient une rubrique dans *Paris Jour*, il donne l'explication de ces allusions sibyllines au matricule 16 164. Il lui écrit que vers 23 heures, il a pris la ligne 8 à La Motte-Picquet-Grenelle en direction de Charenton (de Créteil, aujourd'hui). Quand il est entré dans la rame, il a remarqué un agent en uniforme assis sur un strapontin, un gros porte-document bleu et blanc posé à terre entre ses jambes, qui s'est levé pour faire de la place aux voyageurs qui montaient. Il s'est positionné près de lui, juste en face, et ne l'a pas lâché des yeux pendant quatre stations – leurs regards se sont croisés plusieurs fois. Ils sont descendus tous les deux à Concorde, puis l'Étrangleur goguenard, content de son petit coup, a pris la 1 en direction du Drugstore Publicis, en haut des Champs-Élysées. Bien entendu, dès que Madame Détective remet ce courrier à la police, le commissaire Samson convoque fébrilement l'agent n° 16 164 (qui doit faire des jaloux parmi les amateurs de bière). Il espère probablement de tout son cœur apprendre que le fonctionnaire était ce soir-là à l'autre bout de Paris, ou chez sa mère à Maubeuge, mais non.

Jean-Pierre Bellin, robuste moustachu de vingt et un ans récemment affecté à la brigade de l'Élysée (et vlan, comme par hasard), confirme qu'il était bien sur la ligne 8 à 23 heures. Il était monté à Boucicaut, trois stations avant La Motte-Picquet, car il habite rue Félix-Faure, et il est bien descendu à Concorde, oui. Pour aller travailler. C'est-à-dire, oui, voilà, à l'Élysée, c'est ça. Il avait un porte-document bleu et blanc, tout à fait, c'est exact… Est-ce qu'il a remarqué quelqu'un ? Eh bien, comment dire, oui, il y avait des gens. Mais alors remarqué quelqu'un… Avec une tête d'étrangleur, plus ou moins ? Non, pour être honnête, non. (En voulant montrer qu'il n'est pas pour autant dans la lune quand il prend le métro, qu'il reste attentif, concentré, sur le coup, il décrit assez précisément une voyageuse qui se trouvait non loin de lui. C'est bien, c'est louable, ce sens de l'observation, mais enfin il a l'abject Étrangleur, que toutes les polices de France recherchent furieusement, à un mètre trente de lui, et il reluque une fille. Il dit qu'elle l'a dévisagé. Elle est montée à La Motte-Picquet, elle est jeune, elle a les cheveux châtain clair, elle est très peu maquillée, elle est « du genre religieux », elle a « un air assez dur ». (Je suis sans doute un peu trop sentimentalo-neuneu, mais ça m'émeut de penser à cette fille qui a pris la 8 à La Motte-Picquet, un soir du printemps 1964, peu maquillée, l'air assez dur, et qui a dévisagé un jeune gardien de la paix moustachu ; de penser qu'elle a réellement existé. Avec ces cheveux châtain clair. Qu'est-ce qu'elle est devenue, est-ce qu'elle vit encore à Paris, est-ce qu'elle vit encore, qu'est-ce qu'elle a vécu depuis ? Je vais faire pareil que l'agent 16 164, qui l'a croisée quelques minutes et a laissé une trace d'elle dans un vieux rapport de police que plus personne ne consulte, aux Archives départementales des Yvelines. Tout à l'heure, j'étais dans le métro (j'allais faire un doppler pour ma jambe douloureuse, j'ai fini par rendre visite au docteur Flutsch, il est inquiet, il pense que j'ai une artère bouchée ou abîmée, ce qui, entre ce que je fume, ce que je bois, la tartiflette et ma demi-heure de vélo d'appartement par an, ne serait que justice), j'ai porté mon attention presque au hasard sur une jeune femme assise sur un strapontin, j'ai pris des notes sur le petit carnet que je garde dans mon sac matelot écossais, et je vais la décrire, pour les générations futures. C'était sur la ligne 9, du côté de Havre-Caumartin, vers 13 heures, un vendredi de l'automne 2019. Elle lisait un livre de poche (oui, presque au hasard, je disais), pas très épais, posé à plat sur son grand sac à main noir, lui-même sur ses genoux. Quand elle tournait une page, elle insérait aussitôt l'index de sa main droite sous la page suivante, déjà prête. Elle pouvait avoir vingt-huit ou vingt-neuf ans. Ses longs cheveux, très noirs, brillants, partagés par une raie au milieu, étaient maintenus par un bandeau de laine noire, avec de petits points argentés et un nœud, plutôt un croisement, devant. Elle portait des bottines noires à lacets et talons, un pantalon noir, un pull noir, un grand manteau noir à larges revers, elle avait autour du cou une grande écharpe en plusieurs tons de gris et, noué sur une anse de son sac, un foulard bleu marine et bordeaux. Elle était peut-être marocaine, ou algérienne, ou métis, indienne, mexicaine, égyptienne, je ne suis pas très calé en zones terrestres. Elle était très peu maquillée, elle avait des écouteurs dans les oreilles, les lèvres pleines, la supérieure légèrement en surplomb, des yeux ronds et noirs, l'air timide et déterminé.))

Libération, le 12 juin, résume assez bien l'atmosphère générale. En gros caractères à la une : « Dans l'affaire du petit Luc, ce sont les policiers qui vont devenir fous », et en page intérieure : « C'est l'Étrangleur qui mène l'enquête. »

Il s'est installé dans la vie médiatique et donc publique, il discute avec la France, répond à tous les articles, corrige les erreurs ou ce qu'il estime être des mensonges, se vexe : « Pour la peine, je cesse d'envoyer des messages pour l'instant ! » Mais la cible principale de sa colère et de son venin, de sa folie, est le père de sa victime. Il lui écrit, à propos du prochain rapt qu'il projette et de la rançon qui ira avec : « J'aurai cinquante millions bientôt. Si vous êtes sage, je vous en donnerai un peu pour vous dédommager de votre peine. C'est du délire, dites-vous ? Non, brave homme, c'est la plus originale idée du siècle et des autres passés. Je vous téléphonerais si j'étais sûr que vous n'alliez pas installer un magnéto au bout du fil, mais maintenant je me méfie même de vous, car vous avez l'air fâché. [C'est rageant, on ne peut pas tuer l'enfant de quelqu'un sans qu'il s'énerve, impossible de lui faire confiance, même quand on lui propose un peu d'argent pour le consoler de la perte de son fils.] Il ne faut pas, petit bonhomme ! » Mais l'Étrangleur n'est pas toujours aussi tendre et bienveillant. Au commissaire Samson, il affirme : « Luc m'a supplié de ne pas le ramener chez lui parce qu'il avait été battu. Il avait des marques sur le côté de la tête, son père le frappait. Il est mieux où il est. » (Il lui demande de transmettre un message à Yves Taron : « S'il continue son sale jeu, gare ! Je vais frapper gratuitement !!! Pour faire voir qui je suis ! Le sale con !!! ») À l'AFP : « C'est un refus net et brutal que Taron m'a opposé à la demande de rançon. Je crois qu'il le regrette amèrement aujourd'hui. Ou bien il ne tenait pas beaucoup à "son" fils. » Le lendemain, par l'intermédiaire de l'AFP encore : « UN ORDRE : TARON, tais-toi une fois pour toutes. Tu sais de quoi je veux parler : tu es un ignoble individu. » Et on avance encore dans l'écœurement, on entre dans l'innommable, on y patauge. Il l'interpelle de nouveau dans une lettre adressée à *Paris-Presse* (et intégralement publiée, bien sûr), dont l'expéditeur est « Michel Machiavel, 13 rue Camard du Poulet, Paris 15e » (sur l'enveloppe, une tête de poulet dessinée glousse « Crot crot crot »), il explique au père que celui-ci connaissait mal son fils, qui, contrairement à ce qu'il prétend, l'a bel et bien suivi, lui, l'inconnu : « Il avait soif d'aventure, le pauvre petit. » Et il regrette, fataliste : « Bien que renfermé et un peu timide, Luc était un petit garçon intelligent qui, bien observé et guidé, aurait pu faire quelque chose. » (Je suis contre la peine de mort, naturellement. Mais est-ce qu'on ne pourrait pas inscrire quelque part dans la loi que, dans certains cas, lorsqu'on chope le type, il serait possible, en douce, pas officiellement, de l'attacher solidement sur une planche à clous, nu, de lui enlever les yeux avec une de ces cuillères dont on se sert pour faire les boules de glace, de lui faire sauter les dents à l'aide d'une perceuse, de lui entailler l'ensemble du corps au cutter, comme lorsqu'on incise un onglet (mais plus profondément) avant de le griller, de saupoudrer les plaies de sel ou de chaux vive puis de l'achever au marteau-piqueur ?) Bien sûr, on peut toujours aller plus loin, il serait dommage de se brider. Dans ce même courrier, dans le but de convaincre les parents qu'il n'a pas eu beaucoup d'efforts à faire pour que leur fils accepte de venir avec lui, il leur explique qu'il les détestait – oui, la dernière pensée, le dernier sentiment que leur garçon a éprouvé pour eux, juste avant de mourir : du mépris et du dégoût. « Je vous jure qu'il m'a agrippé le bras et qu'il m'a dit : “Garde-moi avec toi !” Une folie d'enfance, soit, mais un geste qui tout de même veut dire ce qu'il dit. Il ne faut pas grand-chose à un enfant pour haïr ses parents ou ses maîtres pendant quelques instants. » Il n'y est pour rien, lui, l'Étrangleur, d'une certaine manière, c'est presque le petit Luc qui lui a demandé de le tuer, en tout cas il n'était pas vraiment contre, la preuve : « Savez-vous la dose d'énergie qu'il m'aurait fallu pour le contraindre à aller vers sa mort contre son gré ? » Enfin voilà, il n'a fait que ce qu'il devait faire, il s'est pratiquement sacrifié pour épargner à Luc une vie pénible auprès de ses parents : « Je crois que pour tuer un enfant, il faut le faire vite ou pas du tout. Et encore, il ne faut pas se regarder faire dans ses yeux – yeux de biche innocente – mais le faire par-derrière, lâchement, comme je l'ai fait. »

(Cuillère à boules de glace, perceuse, perceuse.)

(Marteau-piqueur.)

En post-scriptum, il a une pensée émue pour la pauvre maman : « Mme Taron, votre Luc était un ange que j'aurais voulu épargner. Donnez un conseil à la mère de l'enfant que j'aurai bientôt l'occasion d'enlever : “Payez la rançon sans discussion ou vous souffrirez comme j'ai souffert.” »

Naturellement, ce qui pourrait calmer, ce serait de se dire que ce débris d'aspect probablement humain n'a rien fait, n'est qu'un pauvre cloporte maltraité par la vie, qui se venge de la manière la plus basse, du fond de son égout, juste pour faire parler de lui, exister un peu, en inventant son personnage de bourreau d'enfant qui crache sur son cercueil et sur la douleur de ses parents. Au moins, entre un haut-le-cœur et une envie de perceuse, il ferait un peu pitié. Mais non, il y a ces détails déjà évoqués : la tache de mercurochrome et le blouson. (Le 15 juin, Valentin Laprade, qui tient un kiosque à journaux à Châtillon, adossé à un square, à l'angle de la rue Paul-Bert et de ce qui était alors la nationale 306, après avoir lu les journaux, se présente à la police pour déclarer qu'il a trouvé un petit blouson, en velours côtelé marron, « un matin vers 5 h 15 », en ouvrant son kiosque, une quinzaine ou une vingtaine de jours plus tôt, il ne peut pas être plus précis (« entre le 26 et le 30 mai », estime-t-il). Le vêtement d'enfant était sale, en tout cas très humide et froissé, il l'a déposé sur la corbeille à papier accrochée à la grille du parc. (Elle n'est plus là. Le kiosque est devenu une sandwicherie.) Les enquêteurs creusent. Georges Roulet, qui travaille à la mairie de Châtillon et cherchait à collecter (« il y a un peu plus de deux semaines », dit-il le 16 juin) des lots pour la kermesse des anciens prisonniers de guerre, a aperçu un blouson posé sur cette corbeille, un soir vers 19 h 30 : « C'était un blouson de petite taille, pour garçonnet, en velours uni de couleur marron. » Il l'a laissé où il était. Marcel Quatrevaux, chef jardinier à la mairie de Châtillon, s'occupe entre autres de vider les corbeilles des parcs et squares de la ville. « Il y a trois bonnes semaines », déclare-t-il lui aussi le 16 juin, il a remarqué un blouson de velours marron clair, mouillé, couvert de boue (mais « pas de petite taille », selon lui, ce qui n'arrange personne), et l'a jeté dans un sac avec les autres détritus, avant de vider le tout au hangar de la Crèche, où un camion de la commune est venu le 13 juin récolter toutes les ordures entassées là, pour les transporter jusqu'à la décharge de Choisy-le-Roi. Le chauffeur du camion s'appelle André Verron. Il confirme avoir déversé tout son chargement trois jours plus tôt à la décharge de Choisy (il ne se rappelle pas avoir vu un blouson, ce qu'on peut comprendre). C'est une gigantesque décharge. Mais il se souvient très bien de l'endroit où il a basculé la benne ce jour-là, et désigne aux policiers une zone de trente mètres carrés environ, ce n'est pas énorme, ça fait cinq mètres sur six. Plusieurs gardiens de la paix sont réquisitionnés, armés de pelles. Ils creusent dans les ordures jusqu'à sept mètres de profondeur. Ils ne trouvent rien. Rien. Pas le moindre morceau de velours côtelé marron clair. Tout ça pour rien. Tout de même, trois hommes respectables, MM. Laprade, Roulet et Quatrevaux, affirment avoir vu un blouson de taille vaguement variable mais de velours marron plus ou moins clair à l'endroit approximatif où le psychopathe dit avoir jeté celui de Luc Taron.) Et surtout, l'Étrangleur va bientôt tout raconter, donner toutes les précisions nécessaires sur le soir de la disparition du garçon, la manière dont il l'a enlevé, et dont il l'a tué. Il va effacer toute incertitude.

Le mercredi 10 juin, à 15 h 40, une longue lettre pneumatique adressée à Charles Bacelon, un buriné de

France-Soir qui suit l'affaire depuis le début, est oblitérée au bureau de poste du Kremlin-Bicêtre, à quelques centaines de mètres de la porte d'Italie. Le lendemain, elle sera publiée presque dans son intégralité – certains passages trop macabres seront censurés. Elle débute poétiquement : « Il est minuit, ce mardi soir. Il y a quinze jours, Luc faisait son dernier voyage. » Dès les premières lignes, le monstre anonyme prévient qu'il va livrer le récit complet – et définitif – de l'enlèvement et du meurtre de Luc.

À 23 h 20, le mardi 26 mai, il se trouve sur le quai du métro Étoile, il s'apprête à rentrer chez lui. « Je vis un jeune garçon qui ne savait pas trop où aller. Il est monté en première, et moi en seconde. » Le petit descend à la station Villiers. « L'idée m'est venue de le suivre, car depuis plusieurs mois, je cherchais à organiser un rapt. » Luc se dirige vers l'escalier qui mène vers la sortie, l'Étrangleur le dépasse et l'attend dehors. « Il est resté là, ne sachant où aller. Je l'ai abordé et je lui ai demandé s'il voulait venir avec moi au cinéma. Il a accepté, et j'ai fait semblant de chercher un cinéma ouvert dans le quartier. » Ils n'en trouvent pas, évidemment, il est trop tard, mais il en connaît un qui projette encore de bons films à cette heure-là, ailleurs dans Paris. Le gamin lui fait confiance, ils reprennent le métro tous les deux. Pendant le trajet, ils discutent un peu, l'homme feuillette le petit illustré *Bugs Bunny* que l'enfant avait dans la poche de son short. « Beaucoup de voyageurs nous ont très bien vus. Nous sommes descendus à La Motte-Picquet, où j'avais garé ma voiture, car j'habite près de là. » Ils ne cherchent pas de salle de cinéma ouverte, finalement. Ils s'installent dans la voiture, une confortable Citroën DS 19, ils y restent près de deux heures, à parler. Il questionne Luc sur sa famille, il apprend que ses parents « font des adresses », qu'ils ont une Ariane, avec laquelle ils vont « quelquefois au bois ». Si le garçon est parti de chez lui, confie-t-il à l'Étrangleur, c'est que « son père l'avait battu parce qu'il ne faisait pas bien son problème ». Il lui dit également que ce n'est pas la première fois qu'il fugue, et que les précédentes, son père ne s'était pas inquiété rapidement de sa disparition : « Garde-moi avec toi, je ne veux plus retourner chez moi. » Ils prennent la route, sans but précis. Depuis une cabine de l'avenue du Maine, le désormais ravisseur téléphone au numéro que l'enfant lui a indiqué. Le père lui oppose « un refus brutal et ironique ». « J'ai alors décidé de garder Luc pour toujours. Le garder dans la mort, pour que le prochain rapt réussisse. » La DS sort de Paris, ils roulent un peu au hasard (dans une lettre envoyée le 15 juin à Yves Taron, il retracera précisément leur itinéraire : La Motte-Picquet, boulevard Pasteur, rue du Château, avenue du Maine (coup de téléphone), porte d'Orléans, nationale 20 par Montrouge, Arcueil, à droite à Massy en direction de Chartres, puis toutes sortes de petites routes), et ils arrivent à Verrières vers 3 heures du matin. « Luc dormait sur la banquette, près de moi. » Il avait enlevé son blouson, car il avait chaud dans la voiture. « Viens dans le bois faire pipi avant de dormir. » Luc le suit « très facilement » (au père qui ne le croira pas, il expliquera cinq jours plus tard que la forêt n'était pas plongée dans l'obscurité, « car il y avait un très lumineux clair de lune » – on vérifiera aussitôt : en effet, dans la nuit du 26 au 27 mai 1964, c'était pleine lune, et le ciel était partiellement dégagé) et une fois parvenu devant le chêne, lui demande s'il y a des loups. (Le lendemain, Yves Taron confirmera que Luc avait très peur des loups, et avait besoin d'être rassuré dès qu'ils approchaient d'un bois ou d'une forêt.) « Non, P'tit Luc, il n'y a pas de loups… » Pendant que le garçon fait pipi, l'homme se tient derrière lui. Il attend qu'il ait fini. « Je lui ai appliqué mes mains sur le cou, et avec mes doigts, j'ai serré, serré. » (Un peu plus bas, il précise, technique : « Il est plus facile d'étrangler de face avec les pouces sur le larynx, mais moi je l'ai fait de l'arrière, avec les quatre doigts. C'est pour cela que ça a été plus long. Mais je mérite tout de même le nom d'étrangleur ! Car mon but était de l'étrangler en lui serrant le cou. ») « Il s'est plié en deux et s'est laissé tomber sur le sol. De peur qu'il ne crie, je lui ai plaqué le visage dans l'humus. Il a mis au moins dix minutes à mourir en râlant. Je sentais son cœur battre sur sa carotide. Lorsqu'il se fut arrêté de battre, j'ai lâché P'tit Luc. Je suis reparti vers Paris. Peu avant Châtillon, j'ai jeté le blouson qui ne m'était plus d'aucune utilité. »

Il donne ensuite obligeamment quelques informations sur lui : il ne manque pas d'intelligence, loin s'en faut, il est d'un milieu très évolué, son père est haut fonctionnaire, et il ajoute à l'intention des experts qui ont étudié son écriture et le contenu de ses lettres : « Il est vrai, messieurs les psychiatres, que j'ai un tempérament paranoïde, mais qui ne va pas jusqu'à la paranoïa pathologique. » (Il reviendra là-dessus dans un long courrier adressé à Michel Rigaud, de *Paris-Presse* : « J'ai fait analyser mon écriture hier, une analyse graphologique et graphométrique qui me prouve que je ne suis pas un "paranoïaque" mais un être dont l'intelligence et la culture sont au-dessus de la moyenne. »)

Yves Taron, plus convaincu que jamais qu'il a bien affaire au meurtrier de son fils, estime cependant, et le clame dans tous les journaux qui lui ouvrent leurs pages (c'est-à-dire la plupart), que l'Étrangleur ment sur plusieurs points – la manière dont il a abordé le garçon, dont il l'a emmené, dont il l'a fait entrer dans un bois en pleine nuit, dont il l'a tué, et surtout sur ses réelles intentions, clairement sexuelles selon lui –, ce qui met son interlocuteur de très mauvaise humeur. Après avoir fait remarquer qu'à son humble avis Yves Taron était « fou à lier », il le remet à sa place : « Allez vous rhabiller, détective amateur que vous êtes !!! » Il prend soin de signifier qu'il trouve que ce dialogue entre un meurtrier et le père de l'enfant qu'il a tué est « pénible et gênant », mais s'il lui faut « reprendre la plume », explique-t-il (ajoutant qu'il écrit en écoutant *La Danse macabre* de Saint-Saëns), c'est pour que la vérité apparaisse : « Je n'aime pas que l'on me traite de menteur quand je ne le mérite pas. Ma lettre a paru, mais pas en entier. La description du massacre de Luc n'y était pas. Ça fait mal, hein, à vos oreilles chastes de petit bourgeois miteux d'entendre un tueur donner ces détails ? » Il revient enfin sur la véritable motivation de son acte – déjà abordée dans sa lettre du 13 juin à *Paris-Presse* : « Tuer n'est pas un plaisir pour moi. C'est un moyen de presser la société pour lui faire vomir son jus sanglant : l'argent qu'elle pose en maître, et pour lequel elle ne recule devant rien. Moi non plus je ne reculerai pas. Je suis de la graine qui pousse au printemps des monstres. Mais si je pousse, c'est parce que mes racines sont dans le fumier de la société dans laquelle vous aussi pataugez, M. Taron. » Une semaine plus tard, dans le même quotidien, il poursuit, en s'adressant toujours à Yves Taron : « Luc était un moindre cas de conscience devant l'importance de l'enjeu : il est mort pour que je vive heureux ! Vive Luc !! En paix dans le ciel. » Il termine en dessinant une petite croix, comme sur une tombe.

Les jours suivants, il continuera à fournir des informations utiles. Dans un courrier reçu le 16 juin par Yves Taron, il revient sur les hématomes remarqués lors de l'autopsie : « Pourquoi les enquêteurs ne parlent-ils plus des coups qu'a reçus Luc ? Je ne sais. Peut-être sont-ils trop débordés. Ce que je peux vous dire, et cela peut être important pour vous et pour eux, c'est un détail accablant que je vais vous donner. Luc suffoquait, le visage dans la terre. J'ai un moment relâché mon étreinte, car j'avais des crampes aux doigts. Il a relevé la tête et j'ai eu peur qu'il ne crie. Alors je lui ai frappé la tête par deux fois avec mon poing. Ça encore c'est une vérité, que j'abats sur le nez de ceux qui ne s'attendaient à rien de nouveau de ma part. » Il est un peu sur les nerfs à cause de toutes les critiques injustes et méchantes qui pleuvent sur lui : « Malgré mes avertissements, les journaux et vous-même parlez d'aliéné, de fou, de paranoïaque, d'inverti… Erreur ! Tous ces affreux termes de pathologie mentale me mettent en colère et me font mal. »

Le soir du vendredi 19 juin, il va encore plus loin : il téléphone au domicile des parents de Luc. « Allô, Taron ? Ici l'Étrangleur ! » Depuis que le père a donné leur numéro dans les médias, il reçoit des coups de fil de ce genre presque tous les jours. Il répond donc : « Portez-vous bien ! » Mais la voix poursuit : « J'ai envoyé deux lettres, une à *Paris-Presse*, une à vous. Je les ai postées aujourd'hui, vous les recevrez demain. Bonsoir. » Pris d'un doute, Yves Taron appelle aussitôt *Paris-Presse*, puis l'AFP, qui improvise une courte interview au cours de laquelle il déclare : « J'ai reçu jusqu'à maintenant un certain nombre d'appels émanant de farceurs, mais cette nuit, je dois vous dire que j'ai le sentiment que cet appel ne provenait pas d'un mauvais plaisant, il pourrait s'agir de l'Étrangleur authentique. » Le lendemain, les courriers annoncés arriveront bien, et l'Étrangleur prendra même la peine de confirmer son appel dans un petit message supplémentaire au père : « C'est bien moi qui vous ai téléphoné cette nuit, la preuve : vous m'avez répondu "Portez-vous bien". » Toute la presse évoquera cette nouvelle provocation, même les journaux les plus « sérieux », comme *Le Monde* ou *Le Figaro*. Yves Taron en est presque certain, l'appel provenait d'une cabine téléphonique – il a entendu le déclic du jeton. Le ton était neutre, la voix n'était pas maquillée. Une voix normale.

Et ça continue. Tout le mois de juin 1964 passe dans cette folie, cette panique et cette indignation générales. Dans plusieurs lettres aux journaux et radios, ainsi qu'une à Taron le 22 juin (l'expéditeur est : « L'Étrangleur, 13 rue Luc Taron » et, sur le bristol rose qui se trouve à l'intérieur, est scotché un morceau de photo, provenant vraisemblablement d'un photomaton, où l'on voit une main qui tient un petit pistolet automatique), il annonce qu'il a bombardé des véhicules avec des pavés depuis deux ponts différents, sur l'autoroute du Sud et la nationale 7, qu'il a touché entre autres un camion et une Simca 1000 – et c'est apparemment vrai, un automobiliste appelle le PC depuis la borne 24 de l'autoroute, dans la nuit du 24 au 25 juin, à 2 h 35, pour avertir qu'il a reçu un gros caillou sur son pare-brise. (Mais quand un car de police-secours se rend sur place, les fonctionnaires ne trouvent ni véhicule, ni trace d'accident, ni verre brisé.) Dans une lettre au commissaire Camard, qui dirige toute l'enquête, il prévient que dans la nuit du 21 au 22 juin, à 4 heures, il a « poussé à l'eau un noctambule qui s'attardait sur le pont Alexandre-III, sans doute un clochard », qu'il a gardé sa casquette et qu'il va la lui faire parvenir. (Le 26 juin, à 22 h 55, il appelle Europe n° 1 : « Au 45 de la rue des Champs-Élysées, à Gentilly, il y a un paquet pour vous, devant la maison. » La standardiste avertit le jeune journaliste Albert Du Roy, vingt-cinq ans, qui est en train de dicter le journal de minuit, il vérifie tout de même qu'il y a bien une rue des Champs-Élysées à Gentilly, puis y envoie un plus jeune collègue encore, qui découvrira un paquet (avec une petite carte rose à l'attention du commissaire Samson) dans lequel on trouvera un vieux chapeau tyrolien en feutre, pouilleux.) Le 23 juin, à 23 heures, près de la poterne des Peupliers, dans le 13e arrondissement, un boucher trouve un autre paquet dans le caniveau, de nouveau adressé à Samson. L'adresse de l'expéditeur le fait se diriger vers le commissariat le plus proche : « M. L'Étrangleur, rue du Marché aux Poulets, Paris 15e ». À l'intérieur, un livre de la « Série noire », *Suivez-moi jeune homme*, de Nick

Quarry. Après le titre, à l'encre blanche, est écrit : « P'tit Luc ! », et en dessous : « Et il m'a suivi ! »

Les journaux, comme les enquêteurs, tournent en rond, les lecteurs se lassent des messages infects en spirale, on publie quelques papiers « émotion » pour aérer : un reporter de *Détective*, pour le numéro du 26 juin, se rend au 18 rue de Naples afin de saisir les parents dans leur milieu naturel noir, dans leur jus de deuil, l'atmosphère viciée de douleur et de colère impuissante dans laquelle ils croupissent immobiles en attendant que les policiers se secouent et trouvent une amorce de piste. Yves Taron informe l'AFP qu'il offre « un million d'anciens francs » à toute personne « dont les informations permettront d'arrêter le meurtrier de son petit Luc, odieusement assassiné le 27 mai dans le bois de Verrières ». Il donne son numéro de téléphone personnel et l'adresse d'une boîte postale, après une requête qui prouve que le malheur qui a frappé sa famille n'est plus loin de lui faire perdre complètement la tête : « Il aimerait notamment recevoir les noms et adresses de toute personne entre vingt-cinq et cinquante ans, vivant seule ou non, possesseur d'une auto, et habitant dans les 8e, 15e, 18e arrondissements, et la région sud. » Dans ce numéro de *Détective* du 26 juin, une photo représente Suzanne Brulé et Yves Taron face à un portrait de leur fils, accompagnée d'une légende : « M. et Mme Taron contemplent la photo de Luc, dont le souvenir hante cette pièce. » Dans son article d'ambiance, le journaliste a écrit : « Si les messages dénotent un cerveau malade, ils révèlent aussi un monstre. » Le 1er juillet, l'hebdomadaire *Noir et Blanc* (un mélange un peu bâtard de *Détective* et d'un *Paris Match* cheap) va bien plus loin : en une, un gros plan de la mère de Luc, sombre et pensive, les yeux baissés sur des copies des messages de l'Étrangleur, sous ce gros titre : « Mme TARON À L'ÉTRANGLEUR : "SORTEZ DE VOTRE TROU !" » À l'intérieur, toute une page de photos de Luc, bébé ou petit, et une de sa mère, le menton dans la main : « Madame Taron à l'Étrangleur : "Voilà ce que vous avez détruit." » Suivent deux pages de rage et de détresse, titrées : « Pour la première fois, Mme Taron parle : "Un rat… ce n'est qu'un rat !" » et illustrées de photos de l'enterrement, du chêne au pied duquel a été retrouvé le corps du garçon, et de son père lisant lui aussi des lettres de l'Étrangleur. Le journaliste, qui n'a pas signé, n'y va pas en ballerines : « Un homme tue un enfant, avons-nous dit ? Rectifions, il ne s'agit pas d'un homme. Actuellement, dans Paris, dans un coin du 15e arrondissement, suppose-t-on, se terre un rat. Pas un de ces rats d'égout sauvages, couturés, qui chassent en bande et combattent victorieusement les chats, les chiens… ceux-là ne supporteraient pas son voisinage, son odeur. L'Étrangleur est un rat de l'espèce visqueuse, propagatrice de teigne. Un rat minable. Un lâche. Un peureux pathologique. » (Plus loin, oubliant que lorsqu'on a choisi une métaphore, il vaut mieux la filer que sauter sur une autre en cours de route, le rat se métamorphose : « L'Étrangleur, pour un peu, se dresserait à minuit au pied de l'obélisque de la Concorde, jouant du tam-tam sur sa poitrine à la façon des gorilles. » On ne sait plus où on en est, mais l'image d'un rat géant dressé sur ses pattes arrière en plein Paris est efficace, après tout.) Le poète animalier adopte ensuite clairement l'hypothèse du père quant au mobile du crime : « Il paraît certain que cet étrangleur se conduit à la façon d'un détraqué sexuel. Il gîte seul dans son trou parce que nulle femme n'a sans doute jamais voulu lier son destin au sien. Et c'est dans ce trou qu'il a attiré le petit Luc Taron pour apaiser ses passions divergentes. […] Il l'a obligé à satisfaire des vices que l'on imagine fort bien, et qui ne laissent pas de traces. Assouvi, il ne pouvait plus laisser vivre ce gosse en fugue. » Suzanne, « affaiblie, le teint jaune », dit que « Luc était un enfant agréable, sociable, tel qu'elle l'avait rêvé » et, pendant que son conjoint (son mari, dans ces colonnes) tente de soulager son cœur et ses nerfs en s'agitant dans les médias, souffre silencieusement (hormis à l'occasion de cette interview pour *Noir et Blanc*) : « Maintenant, elle se reproche cette belle éducation trop convenable. Si Luc avait été un petit dur, jamais il n'aurait suivi le rat. » Le journaliste termine sur un pressentiment peu optimiste : « Tout indique que ce dossier brûlant, unique en son genre, peut finir dans la trappe aux oubliettes, on l'exhumera peut-être dans cinquante ans, pour en discuter comme on le fait actuellement des énigmes de l'histoire. »

On peut en effet raisonnablement penser que les policiers ne le trouveront jamais. Il est, au sens propre, insaisissable. Il crache sur tout le monde, il blesse à tour de bras après avoir tué, il ricane, il envoie ses messages orduriers de tous côtés et ne les poste plus au même endroit depuis longtemps, il se répand partout et salit tout mais il reste absolument invisible. On ne peut pas en vouloir à la prestigieuse première brigade mobile : que pourraient faire Camard, Samson, Bacou et leurs équipes ? *Paris Jour* remarque le 2 juillet : « L'Étrangleur n'écrit plus depuis plusieurs jours. Il semble que, sentant se resserrer autour de lui les mailles du filet tendu par le commissaire principal Samson, il croie prudent d'observer une certaine prudence. » (Et il a raison : observer une certaine prudence est toujours plutôt prudent.) Mais une baleine passerait à travers les mailles du filet, qui pendouille, et que surtout on ne sait pas où tendre. Les pêcheurs n'ont aucun repère, aucun point d'appui. Il a donné quelques « renseignements » dans ses courriers, mais il est peu probable qu'ils soient vrais, il n'est certainement pas fils de haut fonctionnaire, il n'a certainement pas de DS 19, il n'habite certainement pas aux alentours de La Motte-Picquet-Grenelle – et même ? Ils ne peuvent compter que sur une dénonciation ou sur une grosse erreur de sa part. Ils sont obligés de passer le temps et d'essayer de donner le change aux médias, à l'opinion publique, et aux politiques qui tapent sur leur bureau, en organisant des opérations vouées à l'échec : ils surveillent de temps en temps les lignes de métro citées par l'Étrangleur, interrogent des voyageurs, dressent des barrages au hasard dans les rues de Paris… C'est comme chercher un brin de paille dans une meule de foin. Ils ne savent même pas s'il peut avoir plutôt vingt-trois ans ou quarante-sept, s'il est blond ou chauve, timide et effacé en apparence ou brutasse m'as-tu-vu, pianiste ou plombier. (*Le Parisien libéré* tente un truc. Une certaine Madame Louise, voyante à Enghien, 79 rue du Général-de-Gaulle, constatant que « l'affaire du petit Taron devient de plus en plus opaque », a écrit au journal pour l'informer qu'elle est capable de dresser un portrait relativement précis de l'Étrangleur. Sur la carte de visite qu'elle joint à son courrier (on y voit une photo d'elle, grave et pénétrée, à côté de son chat qui a l'air complètement ahuri, sidéré, et au dos les tarifs de consultation : « Question : 50 francs, réponse : 100 francs, question et réponse [suspense…] : 150 francs » (on suppose donc qu'il arrive que certaines personnes, peu fortunées, se contentent de poser une question sans demander de réponse, c'est un peu frustrant mais au moins c'est pas cher)), on peut lire sous son nom : « Miraculeuse voyante célèbre ». C'est du sérieux, donc, ça peut être intéressant et utile. On envoie chez elle un reporter, Pierre Ledieu. Calmement, presque scientifiquement, elle décrit devant lui l'homme que toutes les polices recherchent : « Environ cinquante-cinq ans. Front carré. Mains courtes et fortes. Des yeux tout drôles. » (Hum. C'est subjectif, ça, c'est flou. Bon, ce ne sont pas des yeux normaux, en tout cas, chacun se fera son image mentale personnelle, mais on peut garder ça en tête, des yeux « tout drôles ».) « D'origine flamande. Il a habité à Maubeuge. Il a servi dans les chasseurs à pied, et a terminé à la Légion étrangère. Il porte généralement un costume bleu pétrole fané. » (Ça correspond ! C'est lui !) « Une chemise à rayures bleues et noires. Il est domicilié au n° 16 d'une petite rue proche de la place Blanche. Dans un vieil hôtel qui sera bientôt démoli. Il y a des outils sous son lit. Il erre souvent la nuit dans les bars autour de Barbès. Jusqu'à maintenant, il a tué au moins dix personnes, dont une fillette aux longs cheveux blonds. Il a déjà été arrêté. Il écrit ses lettres la nuit. Il est gaucher. Son prénom commence par la lettre G – G comme Jules. » (Ah, flûte.) « Il commettra un nouveau crime le dimanche 21 juin : il tuera une petite fille de douze ans, en plein marché Clignancourt, à l'heure de la messe. Il a deux signes particuliers notables : il lui manque une phalange au petit doigt de la main droite, et il a une verge grosse comme celle d'un gros âne. » (On le tient.) C'est impressionnant, extrêmement précis. Bien sûr, la grande rivale de toujours de Madame Louise, Madame Germaine ou Denise, d'Étampes ou Châteauroux, dira probablement qu'il a grandi à Périgueux, que son prénom commence par la lettre C, comme Séverine, et qu'il a une verge petite comme celle d'un petit hamster, mais tu parles, elle dirait n'importe quoi pour mettre des bâtons dans les roues à Louise, on ne peut pas lui faire confiance. (La réalité se débrouillant très bien sans la fiction, la concurrence, c'est-à-dire *Paris Jour*, dégainera effectivement sa propre voyante, Madame Frédérika, qui sera formelle : l'Étrangleur est un homme de quarante à cinquante ans, assez grand, ni gros ni maigre, qui évolue dans un milieu social élevé mais vit seul et n'a jamais connu de cadre familial normal. Il a eu une enfance très malheureuse. Il est énergique et tenace, donc il est peut-être né sous le signe du Bélier. Elle n'est pas sûre que le meurtre de Luc soit « son coup d'essai » car « quiconque refuse de lui donner satisfaction, d'accéder à son désir dans des circonstances importantes, signe son arrêt de mort ». Actuellement, « il est en pleine poussée de fièvre criminelle, totalement obsédé par l'idée de recommencer : à la fois pour étancher sa soif de cruauté, pour continuer de mettre en échec cette société qui l'a, selon lui, rejeté, et parce qu'il se trouve sous une influence astrologique mauvaise, la conjonction, notamment, d'Uranus et de Pluton, particulièrement néfaste. »)) Selon toute probabilité, les enquêteurs ne le trouveront jamais. On ne sait pas ce qu'il fait, on ne sait pas qui il est, on ne sait pas où il est.

Je suis dans sa chambre. Je suis en caleçon sur le lit, avec le MacBook, dans le petit appartement que l'Étrangleur occupait il y a cinquante-cinq ans (avec sa femme). Au quatrième étage d'un immeuble tout proche des Invalides, à quelques centaines de mètres de La Motte-Picquet. Il est 23 heures. Ce que je ressens, entre ces murs, est à peu près impossible à décrire (adieu le Nobel). La seule fenêtre donne sur la cour. En levant la tête, je vois l'arrière d'un autre immeuble (une femme en jogging rose fait la vaisselle seule, un couple d'une quarantaine d'années – elle en robe de chambre blanche, lui en tee-shirt blanc et caleçon bleu – a l'air de s'amuser, bavarde et rit, en préparant du thé ou de la tisane), et à gauche, un autre immeuble mitoyen, avec un escalier extérieur – pas vraiment extérieur, il est dans le corps du bâtiment, dans l'angle, mais il n'y a pas de murs, je vois les gens, rares à cette heure, qui montent ou descendent. Paris a changé à peu près partout dehors, mais pas cette cour, pas ces deux immeubles en face, pas cet escalier presque extérieur. Quand l'Étrangleur écrivait ses ignominies le soir et levait la tête entre deux phrases démentes et cruelles, il avait exactement la même chose que moi devant les yeux (sa table, recouverte d'une nappe à carreaux, se trouvait devant la fenêtre, qui était encadrée de rideaux à petites fleurs, bordés de volants), il voyait l'escalier, les mêmes immeubles, les mêmes fenêtres – et derrière les vitres, dans leur cuisine, des couples morts depuis longtemps qui préparaient des tisanes. Dans cette chambre d'une quinzaine de mètres carrés, tout a été refait, repeint surtout, ça ne ressemble plus à son décor. Mais tout à l'heure, j'ai éteint la lampe de chevet, il faisait très sombre, je ne voyais presque plus rien autour de moi, pas plus que lui quand il éteignait, j'étais allongé sur le dos, probablement à l'endroit même où il s'est allongé le 27 mai 1964 au matin, en revenant du bois de Verrières. C'est irrationnel et sans doute idiot, mais j'avais réellement la sensation, physique, de ne pas être seul dans cette pièce.

Le 22 juin, la frayeur nationale atteint son apogée lorsqu'on apprend que les deux filles de Jean-Paul Belmondo sont en danger. Un inconnu d'une trentaine d'années, un grand aux yeux bleus, vêtu d'un pantalon clair et d'une chemisette, est venu les attendre à la sortie de l'école, dans le 6e arrondissement. Apprenant que Patricia et Florence sont déjà rentrées chez elles, l'homme demande à la directrice à quelle heure précise elles quittent l'école d'habitude. Elle refuse de lui répondre et prévient les parents et la police, en indiquant à toutes fins utiles que l'inquiétant individu avait « un nez frémissant » (ce n'est plus inquiétant, c'est terrifiant). Le jeune Bébel, en pleine gloire quatre ans après *À bout de souffle*, n'est malheureusement pas à Paris, il est dans le Nord, près de Dunkerque, il tourne *Week-end à Zuydcoote*. Mais il s'avérera rapidement que le satyre au nez vibrant était un paparazzi – ils commençaient à pulluler, et n'avaient pas fini d'inventer des ruses et sournoiseries de ce genre dans le demi-siècle à venir.

La popularité de l'Étrangleur introuvable, aussi minable qu'il paraisse quand on lit ses insanités vantardes, s'étend au-delà des frontières françaises. La presse espagnole, le quotidien *ABC* par exemple, rend compte de ses derniers envois (« Los nuevos mensajes del Estrangulador »), les Belges du *Patriote illustré* constatent qu'il « nargue la police », le *Spiegel*, en Allemagne, s'intéresse aussi à « der Würger », et même *Time*, aux États-Unis, lui consacre un long article sous un titre en français : « Un bonjour de l'Étrangleur ». Probablement agacé que les Anglais soient à la traîne, le forcené convulsif adresse au *Daily Express* un courrier qu'il poste le 24 juin à Montrouge : « Paris, Tuesday June 23. 1964. L'Étrangleur Paris (15e). Daily Express, London. (This letter is for the Criminal Police of London.) Chers Messieurs, Depuis un mois je tiens en échec la Police française après avoir tué un enfant de onze ans comme vous devez le savoir. Cela s'appelle ici l'affaire Taron et c'est le célèbre Étrangleur qui vous écrit. [...] Ici c'est formidable ! C'est la plus célèbre affaire du siècle. Certains disent que je suis fou ! Un fou se serait déjà fait arrêter, n'est-ce pas ? Qu'en pensez-vous ? Répondez-moi si vous voulez par l'intermédiaire du journal français *Paris-Presse*. Merci. Thank you very much. L'Étrangleur X X X X. » (Un petit X en bonus pour nos voisins et amis d'outre-Manche.)

Après « émotion » (ça s'use vite), les papiers « ambiance », reflets de la société remuée et électrisée par l'affaire, se multiplient vers la fin du mois de juin. Des personnalités, qu'on n'appelait pas encore des people, sont invitées à donner leur avis, à faire partager leurs sentiments aux lecteurs avides de repères et d'éléments de réflexion fournis par ceux qui tutoient l'élite. Le grand Eddie Constantine, qui n'a pas peur de grand-chose, tempère l'affolement général : « C'est un fou, mais il n'est pas certain qu'il soit l'assassin. » (Il reconnaît tout de même que son fils de six ans, Lemmy (baptisé ainsi en hommage au personnage qui a rendu son père célèbre, Lemmy Caution), n'est pas rassuré du tout et lui demande chaque jour quand est-ce qu'on va arrêter le méchant.) La chanteuse Isabelle Aubret est d'accord avec lui : elle ne pense pas que celui qui écrit les messages soit le tueur, mais juste « un excentrique, un malade, un maniaque ». Elle déplore qu'on accorde autant d'importance à un tel énergumène, qui relève avant tout de l'asile. L'actrice Sophie Desmarets ne partage pas cet avis : pour elle, peu de doute, l'auteur des lettres est bien l'assassin du petit Luc. Heureusement, dit-elle, ses deux filles, Catherine et Caroline, sont grandes – dix-huit et treize ans. Mais, déclare-t-elle : « Moi, tout ça me fait peur. » L'inénarrable Ludmila Tcherina joue audacieusement la provocatrice : elle espère de tout son cœur que cet homme n'a tué personne, ce serait dommage, car elle trouve qu'il fait preuve d'un humour noir étonnant, que c'est un personnage très attirant, « un mystificateur de grande classe qui manie l'art du suspense avec une science consommée ». Même André Maurois, de l'Académie française, est consulté. Il reste prudent, sage, réfléchi : « Il est bien difficile d'avoir une opinion. » Il se demande s'il y a une ou plusieurs personnes derrière les messages. Quoi qu'il en soit, il considère, objectivement, que c'est une affaire tout à fait exceptionnelle, il n'en connaît aucune autre qui ait captivé l'opinion publique à ce point.

Paris Jour, pour nourrir une édition de week-end pauvre en infos et sans nouveau message reçu, a l'idée de demander à trois grands avocats leur opinion sur l'affaire, et surtout ce qu'ils feraient s'ils se voyaient chargés de défendre l'Étrangleur. Maurice Garçon, Georges Izard et Paul Baudet sont d'accord sur deux points : c'est un cas hors norme, et il faut chercher l'homme derrière le monstre. Me Baudet, avocat de Pauline Dubuisson onze ans plus tôt, se demande qui se cache derrière les lettres anonymes odieuses : « La personnalité d'un criminel comme celui qui nous occupe peut paraître passionnante. Mais à l'arrivée, l'est-elle vraiment ? Il faut connaître l'homme. Un monstre hors du commun ? Un être désemparé ? Quel qu'il soit, il est intéressant, il est passionnant, car je ne connais pas d'homme, honnête ou non, qui, sur le plan humain, ne l'est pas. » Me Garçon (l'avocat d'Henri Girard, futur Georges Arnaud, qui a réussi à faire acquitter son client (après seulement huit minutes de délibération du jury) accusé d'un carnage à coups de serpe, alors que celui-ci paraissait sur le moment aussi coupable qu'un enfant barbouillé de confiture à côté d'un pot presque vide) a besoin d'en savoir plus avant de se prononcer : « Je n'ai jamais accepté une affaire sans en connaître le moindre détour. Dans un livre, *L'Avocat et la Morale*, j'ai écrit qu'il faut avant tout connaître le dossier. Or que sait-on au juste de celui qu'on appelle l'Étrangleur ? Bien sûr, j'accepterais de le défendre s'il m'apparaît non pas comme un être pervers, mais comme un homme affligé d'une monstrueuse tare psychologique qui le dépasse, si je vois qu'il mérite plus de soin et de pitié que de châtiment. C'est cela alors que je plaiderais. »

Parallèlement, tandis qu'on s'enlise, la France de l'ombre, comme souvent dans les situations de crise, se déchaîne. Les bureaux des enquêteurs croulent sous les lettres de dénonciation, on balance son beau-frère, dont on pense avoir reconnu l'écriture dans les photos de messages de l'Étrangleur publiées par la presse, son patron qui regarde bizarrement les enfants, le fiancé de sa fille, qui habite rue Cler et sort souvent traîner le soir, un grand nombre de femmes partout en France se disent à peu près certaines qu'il s'agit de leur mari (en 1964, il n'est pas toujours évident de divorcer, de se débarrasser du gros lourdaud qui vous pourrit la vie depuis vingt-cinq ans, on fait ce qu'on peut, toutes les occasions sont bonnes à prendre), un type dénonce même son propre fils de vingt-trois ans, qui se comporte de manière incompréhensible et incohérente depuis fin mai, au moins, et dont les M majuscules ressemblent trait pour trait à ceux de l'Étrangleur. (Aux Archives départementales des Yvelines, dans le silence agréable de la salle de lecture, je lisais les courriers que le juge d'instruction a estimé utile de conserver, qui sont là depuis plus de cinquante ans (la plupart de leurs expéditeurs se décomposent aujourd'hui sous des pierres tombales de marbre sans être, probablement, parvenus à éloigner d'eux les parasites qu'ils haïssaient au point de vouloir les faire condamner à mort), dans une chemise bien remplie, peut-être cent cinquante ou deux cents lettres de rage délatrice (et de fol espoir de réussir à nuire), au début c'est drôle, puis dérangeant, enfin écœurant, la nausée monte, on ne peut plus continuer – je suis sorti fumer une cigarette (je n'avais pas encore ma désormais précieuse vapoteuse, vaporette, vapette, que je ne quitte plus – à ma grande surprise, j'adore ça, je suis une lavette, moi qui me suis tant moqué, depuis tant d'années, des pisse-froid qui abandonnaient la clope, j'en suis un, voilà, tant pis, on a le droit de changer, c'est même le principe de base d'une existence réussie, non ?), j'ai marché quelques minutes autour de l'impressionnant bâtiment qui conserve dans la pénombre de ses sous-sols les traces de dizaines de milliers de drames oubliés, près de la gare de Saint-Quentin-en-Yvelines, en rêvassant à la haine ordinaire (et pas seulement : en me disant aussi que peut-être, dans ce gros paquet de lettres insensées et déprimantes que je n'ai pas eu le courage de lire attentivement jusqu'au bout, se trouve, cachée, apparemment anodine, la solution de l'énigme de l'affaire Taron, qu'elle m'a glissé sous les yeux – et combien de temps, combien de dizaines d'années passeront avant que quelqu'un d'autre ait l'idée de venir fouiller là-dedans, dans ce beau bâtiment, qui vieillira, s'usera, près de la gare de Saint-Quentin-en-Yvelines ?), j'ai longé une zone de travaux protégée par des palissades en bois, sur l'une d'entre elles quelqu'un avait tagué : « JÉSUS, SEIGNEUR DE L'UNIVERS », et en dessous, au marqueur noir, un autre avait commenté : « Mythomane ! » (Ce n'est peut-être pas le bon moment, il faut revenir à l'Étrangleur – est-ce qu'on va finir par l'arrêter ? (oui) –, mais j'ai du mal à ne pas retranscrire ici ce que m'a raconté hier un ami guitariste, Csaba Palotaï, à propos d'un voyage avec sa fille, Adèle, qui avait alors six ans, dans son pays natal (à lui), la Hongrie. Ils visitaient une église, en famille, chacun allait de son côté, il marchait avec elle. En passant, dans un premier temps, devant une sorte de crèche, Adèle, qui n'avait pas reçu d'éducation religieuse, a demandé à son papa qui était ce bébé couché dans un petit couffin de paille. Il lui a expliqué comme il pouvait – le fils de Dieu, à ce qu'on dit, envoyé sur terre pour apporter l'amour et la paix à l'humanité, etc. Quelques minutes plus tard, père et fille, toujours main dans la main, se sont arrêtés face à une croix immense, sur laquelle un barbu en pagne, douloureusement crucifié, saignait et souffrait de manière très, très réaliste. Et lui, qui c'est ? C'est encore Jésus. Le bébé qu'on a vu tout à l'heure ? (Elle avait de la peine pour lui.) Oui, là il a trente-trois ans. Quand la famille est ressortie de l'église, après quelques pas sur le parvis, le père de Csaba, le grand-père d'Adèle, pour s'assurer que la visite avait été profitable, a demandé à sa petite-fille si elle savait qui était Jésus-Christ. Elle a répondu : « Oui, c'est celui qui a essayé de sauver l'humanité et qui n'a pas réussi. »))

Dans un autre genre, pas plus reluisant, beaucoup profitent de la mode de l'Étrangleur pour effrayer leurs voisins, ou leurs collègues, se venger de tous ceux qu'ils n'aiment pas et contre lesquels ils ne peuvent rien dans la vie normale. De Roubaix à Nice en passant en zigzag par Metz et Saint-Nazaire, de faux étrangleurs apparaissent dans de nombreuses boîtes aux lettres : « Je vais enlever ton fils demain, espèce de vipère – x x x », « Préparez 20 000 francs ou regardez bien votre jolie petite Françoise, vous ne la reverrez pas de sitôt ». Parfois, ce n'est même pas contre un ennemi quotidien en particulier, mais contre tout le monde, ça fait du bien de terrifier les gens – ces salauds. À Senlis, on trouve des genres de tracts à plusieurs endroits du centre-ville, comme lorsqu'un cirque arrive : « Avis à la population ! Attention aux enfants, je suis l'Étrangleur, dans votre ville pour six jours seulement ! Les enfants sur mon passage seront enlevés ! »

Les parents de Luc, évidemment, ne sont pas épargnés. Ils sont bombardés de revendications, de suppositions, de conseils et de révélations grotesques qui doivent être autant de coups de masse poisseuse, de jets de bile, dont on ne peut pas imaginer l'effet sur l'âme en lambeaux d'un père et d'une mère qui n'ont plus d'enfant. Le curé de Mandres-les-Roses, où est enterré leur fils, reçoit une enveloppe qu'on lui demande de transmettre à Yves Taron. Elle émane d'une certaine Simone G., qui vit aux Hautes-Rivières, une commune des Ardennes à une douzaine de kilomètres au nord de Charleville. « Votre petit garçon a été tué par des voyous de mon village. Je suis prise dans leurs rayons, leur radar me transperce depuis de nombreuses années. Il est mort à 4 h 54 [c'est l'heure pile du lever du soleil le 27 mai 1964], il a poussé deux cris aigus espacés d'une seconde, puis il a râlé cinq minutes. J'ai entendu, j'ai même ouvert ma fenêtre et j'ai dit : "On vient de tuer quelqu'un !" Les gens du village m'ont entendue, car ma voix est amplifiée très fort. J'ai appris sa mort le soir même à la radio. Ils ont aussi tué Desouches. J'ai voulu écrire à ses parents bien souvent, mais je n'ai jamais pu les toucher, mes lettres étaient volées ou retrouvées. Je vous demande le silence total sur mes révélations. Vous devez bien comprendre. Je vous prie de recevoir toutes mes condoléances et ma sincère sympathie. Simone G. » Elle écrira de nouveau une semaine plus tard, cette fois rue de Naples : « M. Taron, j'espère que M. le curé vous a bien remis ma lettre. Pour ma part, je suis certaine que c'est l'homme qui me radare des Hautes-Rivières qui a tué Luc, que j'ai entendu crier au moment où il l'a étranglé. J'ai dit "Il a râlé 5 minutes" et lui a déclaré : “Il a suffoqué parce qu’il avait le visage contre terre.” Il dit encore : “Je prends racine dans la pourriture.” C’est bien vrai. Ce n’est que débauche et crimes dans mon village, il vient de tuer Henri H., avec d’autres bandits du village, samedi à minuit et demi. Ils me tueront aussi, et ma mère aussi. C’est une vraie pourriture. De jour et de nuit. Veuillez ne pas montrer mes lettres à la police. »

Les derniers jours de juin, tout le monde en a un peu marre. Seul Yves Taron se démène encore, et de plus en plus : il veut qu’on arrête l’Étrangleur, il veut le voir menottes aux poignets, il veut être face à lui dans un tribunal, il veut qu’on lui coupe la tête. Il multiplie les déclarations et les interviews, même si on le sollicite de moins en moins. Les radios ont abandonné depuis un moment, les journaux ne savent plus comment entretenir l’intérêt de leurs lecteurs qui s’assoupissent, on parle moins de l’affaire dans les allées des marchés et aux comptoirs des bistrots, les policiers baissent les bras, ils n’ont plus rien à faire qui ne donne même que l’illusion d’être utile ou judicieux, pour apaiser le gouvernement (Roger Frey, le ministre de l’Intérieur, a reçu le 24 juin un message de l’Étrangleur qui se terminait par : « Grosse bise ! ») et rassurer la population, dont l’inquiétude, cependant, se dissipe au fil des jours. Comme le craignait *Noir et Blanc*, ça commence à sentir les oubliettes. L’Étrangleur lui-même semble tourner en rond et se lasser. Mais justement, c’est peut-être de là que peut venir le dernier espoir. Car, pour se distraire ou continuer à faire parler de lui, il prend de plus en plus de risques. Après avoir défié un policier en uniforme dans le métro, téléphoné en personne à Taron, envoyé une photo de sa main (probablement) tenant un pistolet, il se dévoile par petites touches, et même si les renseignements qu’il fournit peuvent évidemment être faux, ils ne sont pas anodins. À Christian Brincourt, journaliste à Radio Luxembourg, qui a émis quelques hypothèses sur lui, il écrit : « Mon vieux Christian, tu es pour moi une vieille connaissance, tu m'as interviewé à Alger, et j'ai eu l'occasion de te revoir à Paris. Bravo, te voilà passé détective ? Je te ferai avoir une pige merveilleuse un de ces quatre, je te garderai l'exclusivité. » Le même jour, le 25 juin, après la parution dans *Paris-Presse* du portrait-robot d'un homme plus que louche qui a tenu des propos troublants sur l'affaire à la terrasse du Dôme, un café de Montparnasse (homme plus que louche qui sera retrouvé et aussitôt innocenté), il fait parvenir un message au quotidien du soir : « Dites à votre dessinateur de raccourcir les cheveux du portrait-robot et d'y ajouter quelque chose. Je l'ai fait, eh bien ça me ressemble. Je ne vous l'enverrai pas, c'est trop véridique. » Jusqu'où ira-t-il pour qu'on ne l'oublie pas ?

À la fin du mois, trente-quatre jours après le meurtre de Luc Taron, il a envoyé cinquante-quatre messages au total. Et on n'a pas fini de parler de lui. Deux ans plus tard, il aura même l'honneur d'apparaître dans une chanson de Michel Delpech (c'est Stéphane Troplain et Jean-Louis Ivani qui ont retrouvé ça, parmi tant d'autres choses). Dans *Inventaire 66*, le chanteur de vingt ans débitera une sorte de longue liste à la Prévert de tout ce qui s'est passé cette année-là, la naissance de David Hallyday, le décès d'André Breton : « Un petit Smet et la mort d'un poète, caméra sur la lune, un Drugstore Opéra, des chemises à fleurs, un Étrangleur… »

Un après-midi de cette fin de printemps 1964, devant l'école maternelle et primaire catholique de La Rochefoucauld, 11 rue Cler, tous les parents sont regroupés pour attendre leurs enfants à la sortie – depuis un mois, plus encore qu'avant, il est hors de question de les laisser rentrer seuls chez eux. Pour être bien certain que la psychose est correctement entretenue, un journaliste fait même sa petite enquête parmi les adultes rassemblés sur le trottoir pour savoir s'ils sont au courant que l'Étrangleur a posté de nombreux courriers au bureau de poste voisin. À deux pas de lui, une maman qui regarde à droite et à gauche, apercevant un jeune homme en uniforme de la Croix-Rouge, s'approche de lui et lui demande, confiante : « Monsieur, vous pourriez garder ma petite, juste le temps que j'aille déplacer ma voiture ? » Bien entendu, il accepte, et pendant que la mère s'éloigne d'un pas rapide, il donne la main à la fillette. Intriguée par le journaliste et ses questions, celle-ci demande à son ange gardien de la Croix-Rouge de quoi ont peur les gens. « De l'Étrangleur », lui répond-il. « C'est qui ? » Étonné que sa mère ne lui en ait pas parlé, il lui explique : « Un monsieur méchant qui tue les enfants. » À ce moment-là, un homme qui s'éloigne avec son fils bouscule involontairement la petite fille. Encore sous le coup de ce qu'elle vient d'entendre, elle sursaute et se serre par réflexe contre celui dont elle tient la main. Il lui caresse le dos pour la rassurer. Elle ne sait pas qu'elle est dans les bras de l'Étrangleur.

L'ÉTRANGLEUR ARRÊTÉ

Le Journal du dimanche,
première édition spéciale,
5 juillet 1964.

« Luc Taron est mort des mains de cet homme, un criminel paranoïaque, mégalomane, qui a tué pour rien, pour se donner l'atroce plaisir de défier la justice, et qui restera dans les annales criminelles comme l'un des cas les plus extraordinaires qui aient existé. »

ORTF, journal télévisé de 20 heures, 5 juillet 1964.

Un soir le mois dernier, vers 19 heures, je descendais la rue du Rocher, lentement, pensif, concentré plutôt, essayant d'enregistrer chaque détail sur mon chemin, les commerces, les immeubles, même les failles du bitume sur le trottoir, je venais du 18 rue de Naples, je refaisais l'un des trajets possibles de Luc après sa fugue. (On ne saura jamais avec certitude, bien sûr. En sortant de chez lui la deuxième fois, après un regard en arrière vers sa mère, statufiée pour toujours en chaussons sur le pas de leur porte, qui lui dit : « Qu'est-ce que tu fais ? », il a pu prendre à droite ou à gauche dans la rue de Naples. Je pense à droite, plutôt : le croisement avec la rue du Rocher est bien plus proche que celui, de l'autre côté, avec la rue de Constantinople, il pourra donc disparaître plus rapidement après le coin, je me dis que se sauver par là est un réflexe naturel. Ensuite, une fois à l'angle, il peut emprunter la rue du Rocher à droite vers Villiers, vers le nord, ou à gauche vers la gare Saint-Lazare, au sud. C'est en me trouvant à cet endroit-là, en m'imaginant que j'étais lui, qu'il m'a paru plus logique, même si je sais que la logique n'est pas souvent de ce monde, de partir vers la gauche. D'abord parce qu'à droite, on ne le voit pas sur un plan, ça monte (en pente très douce, mais tout de même), alors qu'à gauche, ça descend légèrement – et plus encore un peu plus bas : c'est une bonne pente de fuite ; ensuite parce qu'à gauche, après quelques dizaines de mètres, la rue forme une sorte de coude, à peine perceptible mais qui suffit, lorsqu'on est sur le trottoir de gauche, pour disparaître à la vue de quelqu'un qui déboucherait de la rue de Naples : consciemment ou non, Luc a pu savoir que dix secondes de course le mettraient à l'abri, si sa mère s'était lancée à sa poursuite ; enfin, même si ce n'est pas plus probant que le reste, parce que c'est de là, du bas de la rue du Rocher, que Patrick Gallier, allant au catéchisme, l'a vu revenir après sa première courte escapade. Je le vois repartir par là.) Descendant, je me suis arrêté sur le petit pont qui passe au-dessus de la rue de Madrid, auquel on accède par l'escalier que l'ont vu grimper deux de ses camarades de classe, Jean-Pierre Giquel et Steve Itkin, après son dernier jour d'école. Là aussi, il me semble presque le voir monter, en soufflant, son cartable sur le dos. Plus bas dans la rue, j'ai acheté un pain au chocolat chez Midoré. Car le mardi 26 mai à 13 h 15, en retournant à l'école pour l'après-midi après avoir déjeuné chez lui, Luc s'est arrêté dans cette boulangerie, qui portait très certainement un autre nom, à l'angle des rues du Rocher, de Vienne et de la Bienfaisance. Est-ce là qu'il a acheté le chewing-gum qu'on a retrouvé (avalé en entier – pendant qu'il suffoquait ? plus tôt dans la journée ou la soirée ?) dans son estomac ? On ne sait pas. En revanche, un autre petit mystère est éclairci. Son copain Jérôme Pérol, en se dirigeant vers l'école en ce début d'après-midi, est passé devant cette boulangerie. Depuis l'intérieur, Luc l'a appelé et lui a demandé s'il savait où on vendait des osselets. Jérôme a interrogé un autre gamin qui passait près de lui, qui lui a dit qu'il y en avait à la mercerie, un peu plus bas dans la rue de Vienne. Jérôme et Luc s'y rendent, et achètent chacun un jeu de cinq osselets dans un petit sachet plastique, à 70 centimes. Suzanne Brulé et Yves Taron n'avaient jamais vu leur fils avec les osselets qu'on a retrouvés dans la poche droite de son short, les enquêteurs s'étaient donc un moment demandé s'ils ne lui avaient pas été offerts par l'Étrangleur pour l'attirer. Non, donc. Il les avait achetés tout seul, cinq heures avant de disparaître. Enfin, je suis arrivé tout en bas de la rue du Rocher, devant le café Au Départ (derrière la baie vitrée, une petite brune à lunettes en duffle-coat bleu marine, à la fois jeune et vieille, me regarde fixement – c'est déconcertant, j'ai l'impression qu'elle vient d'un autre temps et m'attendait là). Je suis debout sur le trottoir, à l'angle, à côté du feu rouge, je vois la gare Saint-Lazare. Je me demande où pouvait se trouver l'atelier de couture Au Chemin de Fer, où travaillait Suzanne à dix-huit ans (ça me trottera dans la tête, de retour chez moi je chercherai un certain temps, elle disait que les locaux avaient été repris par Prénatal, j'apprendrai que la toute première boutique de la marque s'est installée au premier étage d'un immeuble de la rue Saint-Lazare en 1947, que le fondateur, Jean-Marie Mazard, a dû très vite s'agrandir face au succès phénoménal (du premier étage, il y avait la queue jusque sur le trottoir), qu'il a racheté en 1948 tout l'espace qu'il pouvait dans l'immeuble, et je finirai par trouver l'adresse exacte sur Gallica, le site de la BnF, celle de Prénatal et donc du Chemin de Fer : 103 rue Saint-Lazare, à trois cents mètres de moi), et à quel endroit une bousculade l'a lancée contre Marcel Funereau (là je peux toujours courir), le seul homme qu'elle ait connu avant Yves Taron. Et surtout, sur le trottoir d'en face, à l'angle avec la rue de Rome qui descend, il me semble, encore une fois, voir Luc passer. Une petite silhouette transparente. Il marche, essoufflé, il a couru, il a chaud, il a enlevé son blouson de velours côtelé marron clair, qu'il tient à la main, il s'éloigne dans son polo bleu marine, son short beige, avec ses chaussettes rouges. J'ai l'impression d'être une sorte de détective en filature, impuissant à cause du temps qui nous sépare, coincé dans une autre époque. « Monsieur, s'il vous plaît ! » Je tourne vivement la tête, un policier en uniforme arrive droit sur moi, comme pour m'arrêter. Un moment d'incertitude, je crois (trois dixièmes de seconde) que c'est un flic de 1964 (« Les enquêtes intertemporelles sont interdites, monsieur, de toute façon ce n'est pas votre métier, vous n'êtes pas des nôtres ! »), je fais un effort de remise au présent, il dit qu'il doit me verbaliser, je ne comprends rien, pourquoi, il dit que j'ai jeté une cigarette dans le caniveau – moi ? je fumais ? je ne fumais pas. Il me rappelle qu'il est assermenté, en me regardant sévèrement, qu'il est donc inutile d'essayer de contester. Bon, c'est vrai, un mégot s'éteint dans le caniveau, juste devant moi. Je fumais. Il réclame ma carte d'identité. Je fouille dans mon sac matelot, je la lui donne, il la considère un instant, puis : « Oui, c'est bon, donc je vais vous verbaliser. » Je lui demande ce qui a confirmé, sur ma carte d'identité, qu'il devait me verbaliser. Il m'explique que c'est parce que j'habite à Paris (c'est la meilleure). Consignes de la mairie : les amendes sont réservées aux Parisiens ; les touristes, ou les provinciaux en visite, on ne les embête pas – disons qu'ils ne sont pas censés savoir qu'on n'a pas le droit de jeter une cigarette par terre. Le rude fonctionnaire sort un genre de petite machine à carte bleue, je paie 68 euros. Je lui demande si c'était le même tarif pour un paquet de chips vide ou un prospectus, il ne me répond pas. Je lui promets que je vais arrêter de fumer, il ne me répond pas. Ce rude fonctionnaire n'a pas d'humour. (Ce n'était même pas de l'humour, d'ailleurs. Je venais de fumer une cigarette entière sans m'en rendre compte, sans même me rappeler l'avoir allumée, j'avais et j'ai encore des poumons de cabillaud mort, je toussais pendant deux heures et demie le matin au réveil, je ne pouvais plus parcourir dix mètres en montée sans émettre des sifflements inquiétants : il était temps que j'arrête de fumer. C'est ce soir-là que j'ai fermement décidé d'aller le lendemain m'acheter un machin pour vapoter. J'étais à peu près certain que ça ne fonctionnerait pas (j'avais tort, depuis un mois je flotte bienheureux dans un suave et moelleux nuage de vapeur tiède), mais je n'avais pas le choix, il fallait essayer.) Le policier part avec mes 68 euros sans me dire au revoir, et je m'éloigne de mon côté, boitant (je suis, donc, au fait, allé faire un doppler de l'artère fémorale (ou dans ce coin-là), c'est une échographie, avec le gel bleu comme pour la grossesse, le professionnel a longuement étudié son écran, que je ne voyais pas, en me passant l'espèce de manette à boule sur la cuisse et l'aine, d'un air grave, très grave, j'entendais les battements, le flux sourd de mon sang (de temps en temps, ça s'interrompait, comme s'il y avait des ratés, je ne souhaiterais pas ça au rude fonctionnaire), vingt bonnes minutes dramatiques, dans une atmosphère de gravité sépulcrale, j'essayais de me changer les idées, je pensais à autre chose, à mon fils, à ma femme, à la signature d'une convention obsèques, et finalement, il a posé sur moi ses yeux de professionnel du malheur et a prononcé d'une voix blanche et lugubre l'une des phrases les plus déroutantes qu'il m'ait été donné d'entendre : « Vos artères sont propres » – va falloir trouver autre chose, Doc Flutsch), boitant, de la sueur sur le front (j'ai toujours chaud), avec mon gros trou dans le crâne. (Avant de traverser, j'ai regardé le grand café derrière moi : la petite intemporelle en duffle-coat me fixait toujours.)

La gamine de l'école de La Rochefoucauld ne saura jamais qu'elle s'est serrée contre l'Étrangleur pour se protéger. (Car, non, ce n'est pas grâce à elle qu'il a été arrêté. Ce jour-là, après le retour de sa maman qui voulait éviter d'avoir un problème avec son disque bleu de stationnement, il est tranquillement rentré chez lui.) À soixante ans, ou un peu plus, elle ne peut pas se souvenir d'une sortie d'école parmi tant d'autres quand elle avait cinq ou sept ans.

Le mercredi 1er juillet, à 12 h 40, le téléphone sonne au standard de Radio Luxembourg, 22 rue Bayard. C'est l'Étrangleur : « Écoutez-moi bien, je ne me répéterai pas : c'est moi qui ai volé la voiture de M. Léger, auprès duquel vous pouvez vérifier en appelant SOL 40 49. Vous notez ? J'ai tué dedans ma cinquième victime. J'ai laissé sa 2 CV à Viry-Châtillon. C'est de la part de l'Étrangleur, qui vous salue. » (Il faut d'abord expliquer cette histoire de « cinquième victime » (c'est un peu pénible, c'est vrai, mais sinon on ne comprend rien). Dans certains de ses messages délirants, il prétendait aider les enquêteurs en leur fournissant de nouvelles pistes, affirmant avoir déjà deux meurtres sur la conscience avant Luc (« Je ne suis pour rien dans l'affaire Desouches [un an plus tôt, le 1er mai 1963, le petit Thierry Desouches (c'est de lui que parlait Simone G., la dame qui se fait radarer aux Hautes-Rivières), onze ans, a été enlevé près de chez lui, rue Spontini, dans le 16e arrondissement ; après une demande et une remise de rançon qui a semble-t-il échoué, on a retrouvé son cadavre décomposé plus de dix mois plus tard, le 8 mars 1964, dans un buisson à Villiers-Saint-Orien, près de Bonneval et Chartres, sa chaussure gauche à deux mètres de son corps ; certains journaux ont supposé un lien entre les deux affaires], mais il est vrai que mes x x x veulent dire x x x morts déjà exécutés de ma main »), et qu'il s'agissait de « crimes politiques » qu'il avait commis « sous les ordres d'un ex-commissaire » : « J'ai tué un policier qui me barrait la route et un banquier dont vous avez largement parlé en son temps. [...] Si je donne plus de détails, je me fais prendre, car j'ai été soupçonné à ce moment-là, et c'est grâce à la position de mon père dans le régime politique actuel que j'ai dû de ne pas être arrêté. » On devinera assez rapidement qu'il raconte n'importe quoi. (En ce qui concerne le banquier, il s'agit très vraisemblablement d'Henri Lafond, assassiné le 6 mars 1963 à Neuilly-sur-Seine. En juillet 1964, l'affaire n'est pas encore élucidée avec certitude, mais son meurtrier sera identifié comme étant

Jean-Nicolas Marcetteau de Brem, dit Jean de Brem, un jeune militant de l'OAS.) Luc serait donc sa troisième victime, le clochard du pont Alexandre-III la quatrième, et celui de « la voiture de M. Léger », la cinquième.)

Deux messages écrits postés le lendemain (les derniers, qui arriveront le 3 juillet) confirmeront cet appel téléphonique. Le premier est adressé à Michel Rigaud, le journaliste qui suit l'affaire pour *Paris-Presse* : « C'est moi qui me suis servi de la voiture à Léger. Le corps est à Corbeil. [...] La 2 CV Citroën avait pour numéro 9730 DS 75. De plus, sur le pare-soleil, il y avait une photo d'enfant avec des chiffres. Est-ce suffisant comme preuves ? C'est avec un marteau que j'ai fracassé le crâne d'un homme à Corbeil. La suite, vous devez demander aux policiers s'ils la connaissent, mais je crois que la victime n'était pas morte quand je l'ai abandonnée. Hier, j'ai tenté d'enlever mon deuxième "Luc", mais j'ai échoué. À bientôt. L'Étrangleur x x x x x. »

La deuxième lettre est pour Christian Brincourt, le reporter de Radio Luxembourg qu'il tutoyait et disait connaître, mais qu'il appelle maintenant « Monsieur Brincourt » : « L'Étrangleur vous avait promis une grosse affaire ? Vous semblez ignorer ma dernière opération. À Corbeil, samedi, j'ai frappé mon passager (un truand de Pigalle) que j'ai laissé pour mort, mais qui ne l'était pas. Les preuves ? J'en ai donné dans l'affaire Taron. En voilà encore cette fois : la voiture portait le numéro 9730 DS 75. Je l'ai abandonnée à Viry-Châtillon. Il y avait une photo d'enfant sur le pare-soleil, et du sparadrap sur la vitre arrière droite. Je garde la carte de la Croix-Rouge pour preuve s'il en faut encore ! Ainsi que le carnet d'adresses ! Que vous faut-il de plus ? » (Ce seront les derniers mots de l'Étrangleur : « Que vous faut-il de plus ? »)

Entre-temps, des vérifications ont été faites par la police et la presse. D'abord, un cadavre non identifié a bien été repêché dans la Seine à Corbeil, certains journaux en ont fait état : il s'agissait d'un homme, inconnu, d'une quarantaine d'années, qui avait passé plusieurs jours dans l'eau et portait de nombreuses blessures, notamment à la tête, sans doute provoquées par l'hélice d'un bateau. Ensuite, à peine dix minutes après le coup de téléphone à Radio Luxembourg, le 1er juillet, un journaliste de la station, Jacques Bal, a appelé le numéro donné par l'Étrangleur, et l'homme au bout du fil, décontenancé, d'une voix toutefois calme mais un peu fluette, lui a confirmé que sa 2 CV avait été volée dans la nuit du vendredi 26 juin, devant chez lui, dans le 7e arrondissement, et qu'il l'avait retrouvée la veille (à la suite d'un appel anonyme à l'hôpital de Villejuif, où il travaille, il était allé la chercher lui-même) à Viry-Châtillon, avec du sang à l'intérieur. Il indique que c'est le commissariat de la rue de Bourgogne qui s'en occupe. Quand Jacques Bal lui apprend que l'Étrangleur a téléphoné pour déclarer que c'était lui qui avait « emprunté » la voiture, l'homme n'a qu'un mot : « Holàlàlàlà. » Ahuri, il conclut : « C'est une drôle d'affaire, ça. »

Du côté de la police, on s'intéresse à la 2 CV sans grand espoir. On vérifie : en effet, le samedi 27 juin, à 9 h 15, M. Léger, Eugène, Lucien, vingt-sept ans, est venu déclarer le vol au commissariat du quartier des Invalides. Il a expliqué que la veille au soir, vers 22 h 35, en rentrant de son travail (il est infirmier à l'hôpital de Villejuif, rue de la République – aujourd'hui le centre hospitalier Paul-Guiraud), il avait garé sa voiture devant chez lui, sur le terre-plein qui se trouve au croisement de l'avenue de Lowendal et du boulevard de La Tour-Maubourg, qu'en arrivant devant la porte de son appartement il s'était rendu compte qu'il avait oublié sa clé sur son tableau de bord, qu'il était redescendu et que son véhicule avait disparu. (Les portières n'étaient pas verrouillées car la vitre avant gauche ne fermait pas (sur les 2 CV de l'époque, les vitres n'étaient pas coulissantes, on rabattait la moitié inférieure sur la moitié supérieure pour ouvrir), on aurait donc pu déverrouiller sans problème et entrer comme on voulait.) Après avoir cherché un peu dans le quartier, en vain, il s'est rendu vers minuit au commissariat de la rue de Bourgogne, où un agent en faction lui a appris que les bureaux étaient fermés à cette heure, et qu'il faudrait revenir le lendemain à 9 heures. Ce qu'il a fait, donc. Il a été reçu par le commissaire adjoint Robert Berry, lui a donné l'immatriculation et le numéro de série de sa voiture, de couleur bleue, lui a indiqué qu'il y avait 37 800 kilomètres au compteur, et sept ou huit litres d'essence dans le réservoir. Il est ensuite rentré chez lui et a demandé un double de sa clé à Geneviève Cotillard, la gérante de l'hôtel de France, le meublé où il vit depuis quelques années. Le lendemain, dimanche, il est retourné au commissariat pour ajouter une précision : dans la 2 CV se trouvait également sa trousse de secours de la Croix-Rouge, dont il fait partie. Robert Berry a noté.

Trois jours plus tard, dans la nuit du 30 juin au 1er juillet, le jeune homme s'est présenté à 2 heures du matin au commissariat de la rue de Grenelle, ouvert toute la nuit. Il était au volant de sa 2 CV. Il a été reçu par le gardien de la paix Raymond Chateauraynaud. Il lui a expliqué que dans la soirée, à 21 h 30, la standardiste de l'hôpital de Villejuif, Denise Lepeytre, avait reçu un appel téléphonique pour lui. N'ayant pas le droit de passer les communications extérieures dans les services, elle avait pris le message : un homme voulait prévenir M. Léger que sa voiture se trouvait sur le parking d'une cité HLM à Viry-Châtillon. À 22 heures, elle avait averti l'infirmier qui s'apprêtait à quitter l'hôpital. (Les policiers interrogeront Mlle Lepeytre, elle confirmera, précisant que la voix au téléphone était assez grave, posée, et que la communication était nette, provenant sans doute de la région parisienne.) Pensant d'abord que c'était la police qui avait appelé, l'infirmier avait téléphoné aussitôt au commissariat de son quartier où, non, on n'avait pas eu de nouvelles de son véhicule depuis qu'il en avait déclaré le vol. Sans rentrer chez lui, il avait accompagné deux collègues en bus jusqu'à la place d'Italie, où il avait pris le bus de banlieue 285, qui l'avait déposé à Juvisy, il avait marché jusqu'à Viry-Châtillon, avait demandé son chemin pour atteindre la cité HLM, avait cherché dans les allées et les différents parkings pendant une heure et demie, et avait enfin retrouvé sa 2 CV au fond d'une impasse, la portière conducteur entrouverte. La clé de sa chambre d'hôtel y était toujours, près du volant, sous l'aérateur. Ce n'est qu'en arrivant devant chez lui à Paris, quand il avait voulu, à la lumière des réverbères du boulevard de La Tour-Maubourg, vérifier qu'il ne lui manquait rien (si : il manquait sa carte de poste de secours de la Croix-Rouge, et son carnet d'adresses, sur la première page duquel était notée la sienne, ainsi que son nom et le numéro de téléphone de l'hôpital), qu'il avait remarqué qu'il y avait du sang séché un peu partout : quelques éclaboussures sur le tableau de bord et sur la portière avant gauche, une trace (comme si on avait voulu effacer une goutte du bout du doigt) sur le rétroviseur intérieur, d'autres plus importantes au-dessus de la portière passager et sur une partie de la toile du toit, et surtout, à l'arrière, une grosse tache entourée de nombreuses gouttelettes, sur le sol, au pied de la place arrière droite, avec des coulures sur le dos du siège passager.

Constatant tout cela, le gardien de la paix Chateauraynaud a prévenu ses supérieurs, qui lui ont demandé de garder la voiture et d'avertir la première brigade territoriale de la police judiciaire. Une vingtaine de minutes plus tard, deux officiers de police sont arrivés, Robert Deparis et son jeune adjoint de vingt-huit ans, entré dans le métier comme stagiaire à Argenteuil quatre ans plus tôt, Robert Broussard (qui deviendra un peu célèbre par la suite, par exemple en donnant l'ordre de tuer Mesrine). Ils ont inspecté la voiture, accompagnés de son propriétaire. Outre les taches de sang dans l'habitacle, ils ont remarqué aussi quelques gouttes sur l'aile avant droite (qui était cabossée – l'infirmier indique que ce n'était pas le cas avant le vol). À l'intérieur, plusieurs objets, selon le jeune homme, ne lui appartenaient pas : une balise métallique de signalisation, un paquet de cigarettes, Gauloises Disque Bleu, vide et taché de sang (il ne fume pas), et une grosse pierre sous la banquette. Une cordelette torsadée (celle de son sifflet de la Croix-Rouge) était également ensanglantée. Sur le pare-soleil côté conducteur était scotchée la photo d'un enfant, découpée dans un journal, où étaient notées des suites de chiffres qui paraissaient correspondre au kilométrage de la voiture, ainsi qu'un morceau de papier sur lequel figurait une sorte de maxime : « On oublie plus facilement ceux qui nous ont fait du bien que ceux qui nous ont fait du mal. » Deparis et Broussard ont aussi remarqué la présence de deux petits drapeaux, l'un tricolore, l'autre du FLN : « Je les avais trouvés rue de Grenelle en 62, ça m'avait amusé. » La voiture a été saisie, et conduite au commissariat de la rue Amélie, pour une recherche d'empreintes et l'analyse des taches de sang (les conclusions de l'Identité judiciaire tomberont rapidement : aucune empreinte n'est utilisable, et le sang est humain). Le jeune homme est alors rentré chez lui. Deux officiers de police sont allés prendre quelques renseignements à son sujet à l'hôpital psychiatrique de Villejuif : Eugène Lucien Léger (il se fait appeler Lucien, car il n'aime pas Eugène) est un bon infirmier, un élève infirmier plus précisément, sérieux, l'un des meilleurs de la « première section » hommes où il est affecté. Rien de particulier à signaler, si ce n'est que son épouse est hospitalisée dans l'établissement.

À 12 h 40, ce jour-là, mercredi 1er juillet, l'Étrangleur téléphone à Radio Luxembourg pour dire qu'il a « volé la voiture de M. Léger ». Lucien Léger, qui revient de la rue Cler – où il est descendu acheter une tranche de foie pour la petite chatte noire qu'il a trouvée l'année précédente dehors, maigre et perdue, et qu'il a adoptée –, est appelé à l'hôtel de France par Jacques Bal à 12 h 50, dit « Holàlàlàlà », puis prend son service à Villejuif à 14 heures. Quand il rentre chez lui, le soir à 22 h 30, il trouve deux messages à la réception, l'un de Christian Brincourt, de Radio Luxembourg, l'autre de Michel Rigaud, de *Paris-Presse*, qui veulent tous les deux le rencontrer pour l'interviewer. Flatté que des journalistes s'intéressent à lui, excité à l'idée de jouer un rôle dans la formidable affaire qui passionne toute la France, il part aussitôt, à pied, vers la rue Bayard, de l'autre côté de la Seine. À l'accueil de Radio Luxembourg, pas de chance, on lui apprend que Brincourt n'est plus là à cette heure. On lui propose de voir le journaliste Jean-Pierre Farkas, qui le reçoit mais ne semble pas vraiment fasciné par ce qu'il a à lui raconter, et lui demande simplement de confirmer la description de sa 2 CV. L'infirmier en voie de starisation continue alors sa route jusqu'aux locaux de *Paris-Presse*, 37 rue du Louvre, à maintenant près de quatre kilomètres de chez lui. Pas de chance, on lui apprend que Rigaud n'est plus là à cette heure, et on lui conseille, s'il a des déclarations importantes à faire, d'aller plutôt voir du côté de *France-Soir*, 100 rue Réaumur (ce matin, j'ai entendu sur France Info que les quatre derniers journalistes (qui n'écrivaient que sur le web, puisque la version papier n'existe plus) de ce qui était l'un des quotidiens français les plus populaires, pendant une bonne partie du XXe siècle, qui étaient désormais rangés à Issy-les-Moulineaux, viennent d'être licenciés). Rien ne l'arrête, il continue sa marche nocturne, il s'y rend, il est interviewé par un homme et une femme, peu convaincus par son histoire. L'article qui paraîtra le surlendemain sera titré : « La 2 CV volée à l'infirmier n'a pas servi à l'Étrangleur » (ils écriront plus bas que c'est le commissaire Samson lui-même qui affirme que les deux affaires n'ont aucun rapport).

Le jeudi 2 juillet, Lucien Léger est réveillé à 8 heures du matin par des coups frappés à sa porte. Il ouvre : c'est Michel Rigaud. Le journaliste lui pose des questions auxquelles Léger répond à peu près les mêmes choses qu'à la police. Ensuite, l'infirmier va chercher sa 2 CV au commissariat de la rue Amélie. On lui fait savoir qu'il faut attendre le commissaire adjoint Robert Berry, auprès duquel il avait déposé plainte cinq jours plus tôt, et qui suit l'affaire. Lorsque celui-ci arrive, il lui demande de signer un papier l'autorisant à saisir les objets trouvés dans sa voiture. Plus exactement, il doit écrire : « Je reconnais que vous m'avez présenté les objets saisis, et j'en autorise la mise sous scellés », et signer. Le commissaire observe longuement, peu discrètement, l'écriture – normale. La signature, penchée vers la gauche, le fait un peu tiquer. La voiture récupérée, Michel Rigaud prend des photos, qui seront publiées deux jours plus tard et reprises ensuite par plusieurs journaux. On y voit le jeune infirmier sur son trente et demi, dans un genre de tenue du dimanche peu éblouissante, en costume clair, chemise blanche, fine cravate sombre, légèrement soyeuse ou moirée, lunettes teintées de bellâtre raté, poser devant puis dans sa 2 CV, au volant, la portière ouverte, un pied par terre – à sa chaussure, terne, sale, usée, on devine qu'il n'est pas habillé comme ça tous les jours.

Quand c'est dans la boîte, Lucien Léger part prendre son service à Villejuif. (Avant de le quitter, Michel Rigaud l'a remercié : « Grâce à vous, on va probablement arrêter l'Étrangleur. » Lucien, tout fier dans son costume, lui a répondu : « J'en suis certain. Demain, il dormira en prison. ») C'est son dernier jour, ses deux semaines de vacances d'été débutent le vendredi 3 juillet – il compte partir avec sa femme, si les médecins la laissent sortir, dans le Beaujolais, où elle a passé son enfance, il est ravi d'avoir récupéré sa voiture juste à temps. Il a apporté une bouteille de champagne (quelques années plus tard, il dira qu'il s'agissait d'une bouteille de sylvaner – on ne saura jamais) pour trinquer avec ses collègues aux beaux jours prochains. Le soir, vers 21 h 30, l'Étrangleur rédige ses deux dernières lettres, dont celle à Michel Rigaud qui commence par : « C'est moi qui me suis servi de la voiture à Léger. » À peu près au même moment, le commissaire Robert Berry, circonspect (malgré une dépêche de l'AFP qui, à 20 h 15, a annoncé que « la 2 CV de M. Lucien Léger, retrouvée à Viry-Châtillon avec des taches brunes qui pourraient être du sang, n'a certainement pas été volée par l'Étrangleur, faisait-on remarquer en fin d'après-midi à la première brigade mobile », ajoutant que « M. Léger, en outre, n'a jamais été entendu par les enquêteurs dans l'affaire Taron »), transmet le dossier de l'affaire de vol et de sang à la brigade criminelle du quai des Orfèvres, et en particulier au commissaire principal Roger Poiblanc. Celui-ci fronce les sourcils (je pense). Plusieurs choses le titillent. D'abord, la rue Cler, d'où sont partis de nombreux courriers de l'Étrangleur, est toute proche de l'hôtel de France, et mieux, le trajet que cet infirmier emprunte tous les jours, à l'aller et au retour, entre son domicile et l'hôpital de Villejuif, passe par plusieurs autres endroits où ont été postés des messages. D'autre part, qu'est-ce qui aurait pu pousser l'Étrangleur (ou à peu près n'importe qui d'autre) à voler une poubelle roulante comme la vieille 2 CV de ce Lucien Léger ? Et à lui téléphoner ensuite sur son lieu de travail pour l'informer gentiment de l'endroit où elle se trouve, à plus de vingt kilomètres de Paris ? Enfin, et principalement : l'Étrangleur a appelé Radio Luxembourg le mercredi 1er juillet à 12 h 40 en disant : « C'est moi qui ai volé la voiture de M. Léger », alors que personne n'en avait parlé, que personne ne connaissait le M. Léger en question, et surtout qu'il ne pouvait pas savoir, après avoir simplement laissé un message au standard de l'hôpital où il semble qu'il travaille, que ce M. Léger dont il ne connaît quasiment rien l'avait bien récupérée douze heures plus tôt, en banlieue, en pleine nuit.

Loyal et confraternel, Roger Poiblanc, avant de se lancer dans quoi que ce soit, avertit ses collègues du SRPJ de Paris, qui bossent sur l'affaire depuis le début. Mais ça ne les intéresse pas. Le commissaire Camard décline l'offre polie de son homologue du Quai des Orfèvres (en marge de la proposition transmise par écrit, un homme de la première brigade mobile, peut-être Camard lui-même, a écrit au crayon à papier : « Pas de résultats, a priori pas sérieux »). Poiblanc décide donc de convoquer M. Léger lui-même, le lendemain matin à 10 heures.

Le samedi 4 juillet, l'élève infirmier se réveille à 8 h 30, dans sa chambre du quatrième étage de l'hôtel de France, dont la fenêtre donne sur la cour. Il fait très beau. La petite pièce est encombrée de journaux. Il se fait un café et, comme tous les matins, donne une soucoupe de lait à sa petite chatte noire – c'est la dernière fois. En passant dans le hall de l'hôtel, il dit au réceptionniste, Fernand Avignon : « Il est fort, l'Étrangleur, mais il va bientôt se jeter dans la gueule du loup. » Dans sa voiture, c'est lui qui le dira, il allume l'autoradio modeste qu'il a fait installer : la toute jeune Sylvie Vartan, dix-neuf ans, chante *La Plus Belle pour aller danser*, qui vient de sortir. Il chante avec elle, en route vers le Quai des Orfèvres.

À 10 heures, il s'assied face à Roger Poiblanc, et l'audition, qui n'est pas un interrogatoire, commence. Elle dure trois heures, Lucien ne fait que répéter ce qu'il a déclaré au commissaire Berry et aux autres fonctionnaires qui l'ont interrogé à propos du vol de sa 2 CV, en ajoutant quelques détails sans importance : le soir du 26 juin, il a ramené deux collègues chez eux au Kremlin-Bicêtre après leur journée à l'hôpital, comme tous les soirs, puis, avant de rentrer chez lui, il a pris de l'essence à la station Esso de l'avenue d'Italie (dix litres), et quand il a garé sa voiture devant l'hôtel de France, sur le terre-plein, il a retiré la clé de contact, de marque Ronis – il la sort de sa poche pour la montrer au commissaire (qui doit se demander furtivement comment l'Étrangleur s'est débrouillé pour partir avec une voiture sans clé, dont les fils sous le tableau de bord n'ont pas été touchés). Il lui raconte ensuite ce qui s'est passé les jours suivants (il a dû aller travailler en métro et en bus à partir de la porte d'Italie), et son périple nocturne pour retrouver sa chère 2 CV (achetée d'occasion fin août 1963, dans un garage du boulevard Voltaire, juste après avoir obtenu son permis de conduire et deux mois avant d'entrer comme élève infirmier à Villejuif, le concours brillamment réussi). L'entrevue se termine à 13 heures, tout s'est bien passé, merci jeune homme, il peut rentrer chez lui. Mais au moment de le raccompagner à la porte de son bureau, Roger Poiblanc remarque des traces sombres sur les chaussures de Lucien Léger (on peut les deviner, ou presque, sur la photo prise par Michel Rigaud, sur laquelle son pied gauche est posé en dehors de la 2 CV). On dirait du sang, un peu. Non ? Si, Lucien Léger est d'accord, c'est tout à fait possible : « Il arrive qu'en faisant des piqûres à des malades, du sang suinte et tombe en gouttes sur les chaussures. » (Si, ça arrive, sans doute, quand on est un infirmier un peu pataud, ou genre cosaque, à l'ancienne, et que ces chochottes de patients gigotent dans tous les sens, si.) « J'ai fait ma dernière piqûre à un malade avant-hier, je portais ma blouse évidemment, mais il est possible que cette blouse ne soit pas maculée de sang, car le plus souvent je pratique assis devant le malade debout, et les gouttes de sang tombent à l'aplomb de la jambe du malade. Je n'ai pas nettoyé mes chaussures depuis huit jours. » (Chacun sa technique, hein, de toute façon. Assis devant le malade debout, on est plus confortable (tant pis pour lui, c'est le malade, il ne va pas se plaindre, on le soigne), et on avance un pied entre ses jambes, pour une meilleure stabilité.) Ça l'ennuie si on rediscute un peu ? lui demande Poiblanc. Mais pas du tout, au contraire. À 13 h 30, l'audition reprend. À bâtons rompus, comme ça, de tout et de rien. Tiens, par exemple, il aime bien la graphologie ? Il a consulté un graphologue, récemment ? Oh, récemment, c'est beaucoup dire, mais il lui est arrivé de faire analyser l'écriture de sa femme, qui est bien malade, oui, une fois, il y a plusieurs mois, parce qu'il a un ami graphologue, graphométricien pour être précis (c'est une méthode nouvelle – la police ne réalise pas qu'elle aurait pu arrêter assez facilement l'Étrangleur dès le 18 juin, le jour où il indique dans une longue lettre qu'il a fait faire une analyse graphologique « et graphométrique » de son écriture : il n'y a alors qu'une seule équipe de graphométrie en France), qui s'appelle M. Salce, et qui habite à l'hôtel Wilson, 10 rue de Stockholm, alors un jour où il passait chez lui, voilà, il lui a donné une lettre de Solange, et il a reçu la réponse un peu plus d'un mois plus tôt, oui. « Je me proposais de retourner le voir pour le remercier, mais je ne l'ai pas fait. Je ne lui ai pas donné mon écriture à analyser, non, mais il doit en posséder des spécimens, car je lui ai écrit à plusieurs reprises. » C'est fascinant, l'écriture, hein, tout ce que ça révèle ? Il pourrait lui montrer un exemple de son écriture, au commissaire, puisqu'on en parle ? Naturellement. Lucien Léger sort son portefeuille de cuir rouge de sa poche, et cherche à l'intérieur un papier sur lequel il aurait écrit quelque chose. « Laissez, laissez », dit Poiblanc en le lui prenant des mains. (L'infirmier déclare à ce moment-là, à tout hasard : « J'affirme dès maintenant que je suis totalement étranger à l'histoire de l'Étrangleur. »)

Dans le portefeuille, le commissaire, outre divers papiers d'identité, photos de sa femme Solange et d'enfants qui s'avéreront être ses neveux, trouve d'abord une petite carte d'anniversaire au dos de laquelle sont répertoriés les numéros de téléphone et adresses de nombreux journaux et stations de radio. Rien d'anormal : « Je les ai notés hier, je voulais les appeler pour qu'ils ne précisent pas, à propos du vol de ma voiture, que j'étais infirmier à l'hôpital de Villejuif. » Bon. Ensuite, un morceau de papier, une page arrachée à un cahier, où est inscrite une phrase dont l'écriture ne ressemble pas exactement à celle de l'infirmier : elle est très penchée sur la gauche. (J'imagine ce qui se passe à l'intérieur de Roger Poiblanc : des picotements, et de minuscules bonshommes multicolores qui commencent à sautiller dans tous les sens en levant les bras.) Enfin, une petite planche de photomaton, quatre photos identiques – ah non, trois, il en manque une. On y voit l'homme que le commissaire a en face de lui, le doux et timide Lucien Léger, il a l'air d'un abominable psychopathe, des yeux de fou, ronds et fixes, derrière ses ridicules lunettes teintées, aux lèvres un sourire narquois et menaçant qui ferait se pisser dessus Mohamed Ali et John Wayne ensemble, même s'ils se tiennent la main pour se rassurer, et dans la main droite, un petit pistolet noir qu'il braque sur l'objectif. (Bien sûr, Poiblanc, qui s'intéresse à l'affaire depuis plus d'un mois, comme tout le monde, même s'il n'est, n'était, pas directement concerné, reconnaît aussitôt la partie de la photo qui a été envoyée par l'Étrangleur à Yves Taron : la main qui tient le pistolet. Derrière son visage impassible (je suppose, il a quarante-trois ans, c'est déjà une pointure du métier, il en a vu pas mal d'autres), les petits bonshommes de toutes les couleurs font la roue, des sauts périlleux arrière, et hurlent dans des mégaphones. C'est sans doute l'un des plus beaux et forts moments de sa vie professionnelle.) Ça ? Oh, c'est rien. C'est un petit pistolet en plastique, un jouet, qu'il a acheté pour en faire cadeau à un petit garçon, Roger, Roger Guicheret, le neveu de sa femme, qui vit dans le Beaujolais, il voulait juste lui envoyer la photo, pour rigoler, avec le paquet. Ha. (Est-ce qu'un criminel s'est un jour fait serrer de manière plus stupide ? Tout est toujours possible, mais je ne crois pas. Je suis l'Étrangleur. Je fais croire que l'Étrangleur a volé ma voiture pour que la presse et la police s'intéressent à moi, pour les faire tourner en bourrique. La presse et la police s'intéressent à moi. Je suis convoqué par la police, comme prévu. Au Quai des Orfèvres ! J'y vais avec, dans mon portefeuille, à côté de ma carte d'identité, la preuve indiscutable que je suis l'Étrangleur.)

Bien bien bien. Est-ce que cela ennuierait M. Léger que nous allions faire un petit tour chez lui ? À 16 heures, le samedi 4 juillet, Lucien Léger, le commissaire Poiblanc et trois inspecteurs de la brigade criminelle franchissent la porte de l'hôtel de France, 102 boulevard de La Tour-Maubourg, et montent au quatrième étage (sans ascenseur à l'époque – maintenant si), chambre 67. C'est en réalité un petit appartement : la porte d'entrée donne sur un vestibule minuscule, d'un mètre de côté ; en face, une cuisine, plutôt une kitchenette, avec une fenêtre sur cour ; à droite, une pièce plus grande, de 4 m sur 4,25 m, qui fait office à la fois de salon et de chambre, également éclairée par une fenêtre sur la cour. (D'importants travaux ont dû être effectués depuis, les chambres ne portent évidemment plus les mêmes numéros, sont certainement plus confortables, mieux agencées, on a installé un ascenseur, un escalier métallique extérieur, il n'y a plus d'appartement de deux pièces au quatrième étage, où se trouvent sept chambres, dont deux sur cour. Il n'est pas évident de savoir quelle était la sienne, mais selon la description qu'en ont faite les hommes de Poiblanc (et plus tard, devant le juge d'instruction, la gérante de l'hôtel, Geneviève Cotillard, née Bouchet), si la pièce principale se trouvait bien à droite de l'entrée et de la cuisine, ça ne peut être que celle dans laquelle j'ai dormi. La porte de la chambre actuelle devait être celle qui se trouvait à droite dans le petit vestibule. La kitchenette a sans doute été condamnée au moment de la construction de l'ascenseur, ou transformée en local de rangement. (C'était particulier, la réservation de la chambre, je ne savais pas comment faire (je suis timide). Dans un premier temps, j'ai choisi de dire la vérité, d'être honnête (à croire que je n'ai rien appris de la vie), mais un peu lâchement : par écrit. Je suis allé sur le site de l'hôtel et j'ai envoyé un mail, j'ai expliqué que j'aimerais réserver une chambre au quatrième étage sur cour, car j'écrivais un livre dont le personnage principal, du moins l'un des personnages importants, un homme surnommé l'Étrangleur, avait vécu là pendant quatre ans, dans les années 1960. J'ai attendu, deux jours, huit, trois semaines, je n'ai pas eu de réponse. C'est tout de même assez rare, les hôtels qui ne sont pas intéressés par les demandes de réservation de chambre. (Mais alors quoi, ils ne veulent pas qu'on sache qu'un monstre immonde a passé quatre ans dans leur établissement ?) J'ai laissé passer du temps, pour qu'ils oublient (je deviens enfin fourbe, pas trop tôt), et j'ai téléphoné. « Oui, bonjour madame, je voudrais réserver une chambre pour une nuit, le mois prochain, s'il vous plaît. » L'entrée en matière parfaite, la voie royale, du velours. « Bien sûr monsieur, ce serait à quel nom ? – Jaenada. Philippe Jaenada. Il serait possible d'avoir une chambre au quatrième étage ? » Très légère hésitation. « Au quatrième étage ? C'est-à-dire que, bien sûr, oui, si vous voulez, nous avons des chambres au quatrième étage. » Parfait. Je tends mes filets. « Formidable. Sur cour, s'il vous plaît. » Hésitation plus marquée. « Sur quoi ? Sur cour ? Nous avons des chambres identiques et au même prix qui donnent sur le dôme des Invalides, vous savez. » Là, il faut jouer serré, se montrer ferme, déterminé, quitte à passer pour un déséquilibré, un maniaque qui ne se sent vraiment à l'aise que lorsqu'il ne voit rien d'intéressant par la fenêtre. « Oui, j'imagine bien, mais je voudrais sur cour. Je voudrais une chambre au quatrième étage sur cour. » Silence. Long. J'ai compris qu'il était tout à fait possible qu'elle raccroche. (« OK, le type est un tueur à gages, à tous les coups le président du Togo vient passer trois jours le mois prochain chez sa tante, qui habite au quatrième sur cour dans l'immeuble d'en face. ») Il fallait agir vite, mentir vite. « Ça doit vous paraître un peu bizarre, je sais bien. Je vais vous expliquer : je sais que mon grand-père a vécu dans votre hôtel à l'époque où c'était un meublé, dans les années 1950 ou 1960, je ne sais pas exactement dans quelle chambre mais au quatrième sur cour, c'est sûr. C'est peut-être ridicule, je m'en rends bien compte, mais je l'aimais beaucoup et je lui ai fait la promesse d'essayer de retourner à l'endroit où il a passé des années très importantes pour lui, alors voilà… » Elle s'est radoucie. (L'émotion, ça marche toujours. Mieux que les meurtres effroyables et gratuits, en tout cas.) J'ai pu réserver ma chambre. Quand je suis arrivé à la réception, un mois plus tard, elle m'a accueilli avec un sourire chaleureux mais entendu : « Bonjour monsieur Jaenada. C'est pour un livre, donc, c'est ça ? J'espère que je vous ai donné la chambre que vous espériez… » (Bon. Soit elle avait tapé mon nom sur Google, et pensait que j'écrivais la vie de mon grand-père ; soit, plus probablement, elle s'était vaguement souvenue d'un truc entre-temps, avait regardé dans ses anciens mails, et avait découvert que j'étais le gars qui écrivait sur l'Étrangleur et se croyait très malin avec cette histoire de Papi Tendresse. À son air, je dirais ça.) J'ai hésité à avouer explicitement ma ruse grossière, mais j'ai manqué de courage (oh, ça va, pour une fois). Nous sommes restés sur ces sous-entendus, très agréablement, pendant les vingt heures que j'ai passées dans son hôtel (dont deux au bar à boire du très bon whisky en mangeant des olives), et j'espère, sincèrement, que ça ne l'ennuiera pas, ce problème de monstre immonde. Car je suis persuadé que, volontairement ou non, elle m'a donné la bonne chambre.))

À l'intérieur, Poiblanc ne croit pas ce qu'il voit, c'est trop beau. Il est en train de procéder à l'arrestation du siècle (l'une des, du moins, avec Landru, le docteur Petiot et Jules Bonnot) : l'Étrangleur introuvable, il l'a trouvé. L'insaisissable, il l'a saisi. La pièce dans laquelle il entre, meublée d'un lit pour deux personnes, dans un coin, surmonté d'étagères à angle droit (le tout forme ce qu'on appelait un cosy), d'une armoire, d'une petite table recouverte d'une nappe à carreaux, de deux chaises en bois et paille, et encombrée de plusieurs centaines de livres, de disques (Enrico Macias (*Souviens-toi des Noëls de là-bas*), Léo Ferré, Dalida, Jean Constantin, Youri Gagarine (*Allô Terre ? Ici cosmos*), Saint-Saëns, Patachou, Brigitte Bardot (*L'Appareil à sous*), The Beatnik Boys (*Bras dessus, bras dessous*), Tchaïkovski, Bach, Mozart, Beethoven, Bartók, Raymond Devos et Rimski-Korsakov), de vêtements féminins de couleurs étonnantes et d'objets de toute sorte, un électrophone, un poste de radio, un magnétophone à bande, des instruments de musique (deux guitares, une clarinette), est surtout submergée de journaux, qui évoquent tous l'affaire Taron – et même deux numéros du *Daily Express*, datés des 26 et 28 juin. Il découvre deux pages de brouillon qui racontent le prétendu vol de la 2 CV ; un crayon blanc, de marque Conté White, identique à celui qui a dû servir à écrire « P'tit Luc ! » et « Et il m'a suivi ! » sur l'exemplaire de *Suivez-moi jeune homme*, le roman de la « Série noire » envoyé à Samson ; des articles découpés, des essais d'écriture, des dessins ; les numéros de téléphone et les adresses de tous ceux auxquels l'Étrangleur a fait parvenir des messages ; des enveloppes identiques à celles qu'il utilisait ; un paquet de Gauloises Disque Bleu dans une veste accrochée derrière la porte, alors qu'il prétendait ne pas fumer ; un portrait-robot paru dans *Paris-Presse* le 23 juin, retouché : il a modifié la coiffure et ajouté des lunettes, comme il l'avait écrit dans une lettre au quotidien du soir : « Je ne vous l'enverrai pas, c'est trop véridique. » Roger Poiblanc fait prévenir Robert Bacou, au SRPJ. Et cette fois, son collègue de la rue du Faubourg-Saint-Honoré consent à se déplacer (son binôme Jean Samson ne peut pas, il est en Bretagne, il enterre sa mère). Il le rejoint à l'hôtel de France, avec quelques hommes de la première brigade mobile. On le tient, enfin, on le tient. On trouve encore toutes les preuves nécessaires, et même plus que dans les rêves de toutes les polices réunies, pour arrêter Lucien Léger. Pendant toute la perquisition, la petite chatte noire est cachée sous la commode de la chambre 67.

À 22 heures, ce samedi soir, l'Étrangleur est placé en garde à vue au Quai des Orfèvres. Les premières heures, il tente assez pathétiquement d'expliquer que si l'on a trouvé toutes ces choses chez lui, c'est parce qu'il s'intéresse à l'affaire sensationnelle de l'Étrangleur, comme tout le monde, et qu'il avait le projet de « faire une blague » aux médias et aux policiers, en les orientant vers de fausses pistes – il comptait s'y mettre d'un jour à l'autre. Ça prend comme une mayonnaise à l'eau. À 2 h 30, on lui passe les menottes et on le conduit au SRPJ, 127 rue du Faubourg-Saint-Honoré, où les commissaires Camard et Bacou eux-mêmes entament sérieusement l'interrogatoire, assistés des OP Mothe et Tur. On ne brusque pas le suspect physiquement (il dira lui-même : « Je n'ai pas été torturé, je ne peux me plaindre ni de la moindre violence ni même de la plus petite incorrection verbale »), tout est fait plus subtilement, dans les règles de l'art policier, avec un gentil (Bacou) et un méchant (Camard). L'interrogé reste principalement mutique, et quand il ouvre la bouche, c'est pour répéter mécaniquement que non, ce n'est pas lui, il n'a rien à voir avec tout cela. Les policiers progressent par étapes astucieuses :

pour commencer, ils n'évoquent pas la mort du petit Luc Taron, ils se concentrent sur un objectif unique et simple, lui faire avouer qu'il est l'auteur des messages signés « L'Étrangleur ». Il ne fait aucun doute que tout s'enchaînera facilement une fois ce premier palier atteint. D'ailleurs, il n'est pas bête et a bien compris ce qu'ils cherchent. Dans une interview accordée à *Paris Jour* la veille du procès, en mai 1966, Robert Bacou se souviendra qu'il ne cessait de leur dire, en s'arc-boutant face à leurs questions : « Mais si je reconnais les écrits de l'Étrangleur, je reconnais nécessairement le crime… » C'est exactement ce qui va se passer.

D'abord, au milieu de la nuit, un expert graphologue vient lui demander de recopier, sous sa dictée, le message urgent déposé sur le pare-brise d'une 2 CV rue de Marignan, près d'Europe n° 1. Évidemment, Lucien Léger utilise son écriture normale, sans la pencher à gauche, mais il commet quelques erreurs. Par exemple, quand on lui demande d'écrire : « Je l'ai trouvé au métro Villiers etc. », il place, comme dans le message, un tiret entre « Villiers » et « etc… », ce qui n'est pas tout à fait ordinaire. À la fin, pour la signature, l'habile expert futé lui dicte : « L'Étrangleur x x », et Léger écrit : « L'Étrangleur x x x ». Pour autant, ce n'est pas suffisant, et il persiste à nier.

Vers 6 h 30 du matin, les quatre costauds qui mènent l'interrogatoire, sachant qu'ils n'ont perdu qu'une petite bataille préliminaire, sortent boire un café, manger un sandwich ou faire le cochon pendu, et leur proie ficelée reste dans le bureau avec deux autres officiers de police qui viennent de prendre leur service, Fraixe et Dupont. Ils n'ont qu'une mission de surveillance passive, mais ils discutent avec lui – Fraixe, surtout, bavard et détendu. On ne sait pas exactement ce qu'il se passe, ce qu'ils se disent (selon Lucien Léger, Fraixe lui fait remarquer que seul un insensé, un type qui a du moins de sérieux problèmes mentaux, a pu écrire les effroyables et délirants courriers dont l'Étrangleur a inondé Paris, et que donc, s'il est fou, ce qui est une évidence, eh bien forcément on ne pourra pas le tenir pour responsable – c'est l'article 64 du Code pénal), toujours est-il qu'en quelques minutes Léger, comme une pâquerette qui s'ouvre, avoue à Fraixe l'artiste être l'auteur des cinquante-six messages. À 7 heures, quand Camard et Bacou reviennent, ils sont sciés : bien joué, jeune. Les chefs reprennent les commandes, et le dorénavant plus-que-suspect se bloque de nouveau : c'est bien lui qui a écrit les messages, il serait idiot et vain de le nier, mais il n'a rien à voir avec la mort de Luc Taron – juré. Il se referme, comme un enfant pris en faute qui ne trouve pas d'autre solution pour s'en sortir que de se mettre à bouder très fort. Bacou dira de lui : « Il donnait l'impression d'un être accablé par l'énormité d'un acte qu'il redoutait d'avouer, en raison même de son horreur. » Pour expliquer, bien obligé, qu'il connaisse tout de même tous les détails du crime, il raconte une histoire qui fait lentement secouer de droite à gauche toutes les têtes autour de lui : le 27 mai, en début d'après-midi, sortant du Drugstore Publicis où il était venu s'acheter un livre, il a trouvé une enveloppe sur le siège de sa 2 CV, garée en haut des Champs-Élysées. « À remettre à la police ». À l'intérieur, au recto et au verso d'une feuille de papier bleu, l'enlèvement et le meurtre du petit garçon étaient précisément décrits, avec de nombreux détails relatifs à son allure et à son comportement, à ce qui s'était passé durant la nuit, à la demande de rançon ratée, mais aussi à ses parents. Ne sachant quoi en faire (il n'apprécie pas beaucoup la police), il est parti passer l'après-midi à la Foire de Paris, porte de Versailles (où il a brièvement participé à une émission de la RTF enregistrée sur place, dans laquelle les auditeurs présents pouvaient demander qu'on passe un disque : il a choisi Enrico Macias), et ce n'est que dans la soirée qu'il a eu l'idée, pour s'amuser, pour faire parler de lui et jouer un tour à la presse et aux forces de l'ordre, de laisser à son tour un message sur une 2 CV près d'Europe n° 1, avec quelques précisions trouvées dans la lettre bleue. Ensuite, il s'est pris au « jeu », s'est comme enivré de sa puissance anonyme, et a continué les jours suivants, en distillant peu à peu les informations dont il disposait. Camard, Bacou et leurs hommes le regardent consternés. Ils lui font comprendre en substance qu'il aurait plus de chances de s'en sortir au procès en affirmant que les véritables coupables étaient des extraterrestres à huit têtes basés sur Neptune, qui avaient menacé de faire sauter la Terre s'il n'acceptait pas de porter le chapeau. À 9 h 15, finalement, il avoue tout et fond en larmes sur le bureau de René Camard. La rédaction du procès-verbal nécessitera près de quatre heures.

À 13 heures, ce dimanche 5 juillet, dans la salle à manger d'une maison étroite et haute à Château-Regnault, un village des Ardennes situé à une douzaine de kilomètres au nord de Charleville, une grosse dame coupe un petit gâteau : elle en sert une part à un monsieur malingre, sec et maladif, et une à chacun de leurs trois fils : Guy, dix-neuf ans, Gérard, dix-sept ans, et le petit dernier, dont on fête aujourd'hui les quinze ans, Jean-Claude. La télé est allumée, personne ne la regarde, seuls les deux fils aînés écoutent distraitement le journal de la mi-journée de l'ORTF, qui vient de débuter : on annonce l'arrestation tant attendue de l'Étrangleur, un certain Serge Léger. « C'est marrant, il a le même nom que nous. » Quand une photo du meurtrier apparaît sur l'écran, cinq personnes manquent de s'étouffer avec le morceau de gâteau qu'elles ont dans la bouche. La mère, Geneviève Léger, essaiera plus tard, face à un journaliste de *Détective*, de se souvenir de ses premières pensées, sa cuillère à la main : « Notre fils, notre petit Lulu, l'assassin de Luc ? Non, ce n'est pas croyable, c'est impossible ! Ou alors il faut qu'il soit devenu subitement fou ! » À ce moment-là, ni elle ni personne d'autre de la famille présente dans la salle à manger n'a revu Lucien depuis plus de cinq ans. Anniversaire raté, bien raté, pour l'adolescent Jean-Claude Léger. (L'erreur sur le prénom vient de l'AFP. À 11 h 13, une « dépêche flash » annonçait : « Serge Léger a avoué, au cours de son audition, la nuit dernière à la brigade criminelle, qu'il était l'Étrangleur, c'est-à-dire le meurtrier du petit Luc Taron, et l'auteur des lettres envoyées à la police et à la presse. » Deux minutes plus tard, à 11 h 15 : « Rectification : Lucien Léger, non pas Serge Léger. » Mais à 11 h 15, dans les rédactions, à l'ORTF et ailleurs, on était déjà en train de courir dans les couloirs.)

Les médias, tous, vont exulter. (Pas seulement en France, dans le monde entier les premiers jours – « French police arrests The Strangler – From Jack Gee, Paris, Sunday ».) La date des aveux est une aubaine pour *Le Journal du dimanche*, qui sera naturellement le premier, le seul même ce jour-là, à publier une édition spéciale sur l'affaire : « L'ÉTRANGLEUR ARRÊTÉ – C'est le propriétaire de la 2 CV sanglante, un infirmier déséquilibré, Lucien Léger, 27 ans. » L'article est illustré par une grande photo, qui occupe toute la moitié d'une page : l'assassin fixe l'objectif derrière ses lunettes fumées. Les journalistes ont dû bosser comme des dingues, car on y trouve déjà de nombreuses infos précises (on sent que les policiers, à différents étages de la hiérarchie, ne se sont pas fait beaucoup prier pour papoter), et des réactions diverses. Yves Taron déclare : « Il ne serait pas sorti vivant de mes mains si je l'avais trouvé le premier. » (Il ajoutera le lendemain, pour l'AFP : « D'après ce que je sais de ce Lucien Léger, dont j'ai vu hier la photo dans les journaux, il me semble que c'est bien lui l'assassin. Cette arrestation est pour moi la fin d'une épreuve, mais aussi le début d'une autre. Je ne cache pas mon désir de vengeance. ») L'un des médecins-chefs de l'hôpital de

Villejuif, prévoyant et prudent : « Ce n'est pas par contamination qu'il est devenu un criminel. » (La science, aux progrès constants, nous éclaire.) Le spécialiste ajoute tout de même, conciliant, l'esprit ouvert : « Mais peut-être le fait de côtoyer chaque jour des malades mentaux a-t-il précisé cette crise. » Les reporters du *JDD* se sont même déjà rendus à l'endroit où vivait la bête : « Les témoins ont surtout été marqués par la folie de sa femme, Solange : "La nuit, parfois, on entendait sa femme hurler : 'Au secours !'" se souvient une résidente de l'hôtel de France. » Dès le lendemain, toute la presse va donner son maximum, dans toutes les directions. *Paris Jour* : « Enfin, on le tient ! » *L'Aurore* : « "Je ne sais pas pourquoi j'ai tué le petit Luc", dit en souriant Lucien Léger, un déséquilibré de 27 ans. » *La Croix*, chacun creusant le sillon dans son domaine, évoque « cet homme qu'on ne peut pas qualifier de fou mais qui est un véritable possédé ». *France-Soir* : « Après l'arrestation et les aveux du monstre Lucien Léger, les parents de l'Étrangleur, retrouvés dans les Ardennes, nous racontent sa vie. » Dans *Paris-Presse*, Jean Vermorel révèle « ce qu'il y a dans la tête d'un étrangleur » : « Il voulait se faire passer pour un génie, ce n'était qu'un raté doublé d'un malade mental. » *Paris Match* illustre son article par une photo, prise en plongée, de l'homme qui était le plus recherché de France, dans une cage grillagée du SRPJ (« Vas-y mon Bernard, installe-toi sur la passerelle, là-haut, ce sera parfait pour ton canard – tu me dois une blanquette chez la mère Ledoux, hein ? »), et le titre ainsi : « Celui qui se croyait le géant du crime : un nain dans sa cage. »

Mais le plus spectaculaire, le plus beau, le plus gros coup réussi ce jour-là est incontestablement celui de l'ORTF (le nouveau nom de la RTF depuis huit jours à peine – des débuts avec tambour et trompette, donc). Le reporter qui suit l'affaire pour la télévision, un jeune homme de vingt-neuf ans, Jean-Pierre Chapel (cinq ans et quelques jours plus tard, le 21 juillet 1969, il coprésentera les images en direct du premier pas d'un homme sur la Lune), a une bonne idée. En 2006, quatre ans avant sa mort, joint au téléphone dans sa retraite normande par Stéphane Troplain et Jean-Louis Ivani, mes amis et mes maîtres, il se souviendra de la manière dont tout s'est rapidement organisé : dans l'après-midi du 5 juillet, soutenu par sa rédaction en chef, il a négocié avec les hommes de la première brigade mobile et obtenu que le départ de l'Étrangleur de la rue du Faubourg-Saint-Honoré en direction du palais de justice de Versailles, où il devait être présenté au juge d'instruction Jean-Claude Seligman, ait lieu peu après 20 heures, devant les caméras, et en direct dans le journal télévisé. Ce serait la première fois en France.

Le choc a été à la hauteur de l'événement, comme on dit dans le métier. À 20 heures, un premier plan montre l'entrée du SRPJ, depuis le trottoir d'en face, sur lequel se masse une petite foule de curieux prévenus on ne sait comment, maintenus par un cordon de policiers à distance de la porte vitrée par laquelle va sortir bientôt le diable – et qui soudain s'éclaire d'une lumière vive : on vient d'allumer un projecteur à l'intérieur, changement de plan, on est dans le hall de la première brigade mobile, une porte sur le côté s'ouvre, l'Étrangleur apparaît, précédé d'une caméra qui recule afin de le laisser passer et vers laquelle il pivote légèrement pour faire un petit geste de la main, détendu, souriant. Par-dessus la chemise et la cravate qu'il portait trois jours plus tôt lorsqu'il se faisait photographier avec la « 2 CV sanglante », il a enfilé un pull informe, de couleur claire. Il a toujours ses lunettes teintées. Il est guidé (on entend les flashes crépiter) jusqu'à une voiture, une Aronde noire, dans laquelle il prend place à l'arrière, à côté d'un flic qui tient une cigarette entre ses doigts. La caméra s'approche de la vitre, Lucien Léger sourit, fait coucou comme un astronaute par le hublot de la fusée avant de décoller pour la Lune, puis un signe avec son pouce (« Super ! »), se désigne du doigt et refait le même signe (« C'est moi la vedette, je suis fantastique ! »), et redevient enfin plus modeste : il montre ses joues mal rasées et écarte les deux mains d'un air désolé, comme pour dire : « Pardon d'apparaître comme ça dans votre salon, je ne suis pas très présentable, c'est dommage, c'est mon jour de gloire mais on ne m'a pas laissé me faire beau, ces fonctionnaires n'ont pas le sens de l'élégance ni même de la politesse la plus élémentaire, on ne respecte pas le téléspectateur. » La voiture démarre, quitte le porche du SRPJ, sort dans la rue sous les huées et part vers Versailles. (À Château-Regnault, sa famille est toujours devant la télé, sidérée, atterrée. Sa mère dira : « Ce visage d'inconscient qui était le sien, et ces signes démentiels qu'il faisait de la main tandis que la voiture des policiers l'emmenait… »)

L'ORTF enchaîne sur un reportage tourné et monté dans la journée. Après un bref résumé (bien inutile) de l'affaire, on voit Lucien Léger dans les locaux du SRPJ, menotté entre Camard et Bacou (qui posent pour la postérité – c'est tout juste s'ils ne lui mettent pas un pied dessus), présenté aux journalistes comme une bête curieuse, qu'il est. Voilà le monstre, c'est lui. Il paraît fatigué mais il sourit. (Il dira plus tard que, depuis la fin de la matinée, des policiers se sont succédé aux grilles de sa cage pour lui demander des autographes – il en a même signé, pour ceux qui n'avaient pas de papier sous la main, sur des billets de banque. Il dira aussi que cette exposition face à la presse a duré plus de deux heures.) On le voit parler aux journalistes, il n'y a pas de son, on ne sait pas ce qu'il dit. On suppose que le caméraman insiste pour qu'il montre ses mains (celles de l'Étrangleur), car il finit par les tendre devant lui : zoom immédiat. Puis on enchaîne sur une enquête de voisinage, dans son quartier. Dans la rue, une très jolie jeune femme, look, visage et coupe de cheveux typiques de 1964, interviewée sur le trottoir, déclare : « On le voyait surtout avenue de Tourville, il marchait toujours tout seul, sauf quand sa femme était là. C'était un garçon très calme, il avait le genre très Saint-Germain-des-Prés. » (En consultant les dépêches de l'Agence France-Presse de ce jour-là, j'ai pu retrouver le nom de cette fille qui symbolisait si bien, fraîche, lumineuse, « moderne », l'année lointaine de ma naissance : Françoise Hourriez. Elle avait vingt ans. (Si tout s'est bien passé pour elle depuis, elle en a 75 aujourd'hui.) Elle habitait avenue de Tourville, où ses parents tenaient une boutique de décoration. Elle disait aussi à l'AFP : « C'est un garçon qui a toujours l'air triste. Il marchait dans la rue la tête baissée, sans jamais regarder les gens qu'il croisait. Pourtant, jamais nous n'aurions pensé un seul instant que Lucien Léger puisse être cet individu abominable. Sa jeune femme était toujours vêtue de façon excentrique, et se faisait remarquer par son air maladif. ») Le reporter de l'ORTF pénètre ensuite dans l'hôtel de France (on voit la plaque à l'entrée, « Hôtel de tourisme », une étoile (trois aujourd'hui), et le restaurant du rez-de-chaussée, l'auberge D'Chez Eux, qui existe toujours et porte le même nom – j'y ai mangé, sur une nappe à carreaux rouges et blancs, des cochonnailles et un filet de bœuf) et frappe à une porte du cinquième étage, au-dessus de la chambre 67. Un monsieur grisâtre entrouvre, recule légèrement face au projecteur, une dame forte en blouse à fleurs apparaît derrière lui, voit la caméra et considère le journaliste des pieds à la tête : « C'est pas le monsieur des jeux, par hasard ? » Sans attendre la réponse, elle fait un pas en arrière, refusant d'être filmée : « Je ne suis même pas habillée ! » Quand l'intrus sur le paillasson lui explique qu'on vient d'arrêter l'Étrangleur, qui habitait juste en dessous de chez eux, elle avance de nouveau un peu la tête et s'écrie : « Oh, allez-vous-en, monsieur, je vous en prie ! » – pas méchamment, en faisant simplement semblant d'être indignée, elle ne peut évidemment pas y croire, elle trouve juste la blague un peu grossière, un peu exagérée, faut pas la prendre pour une gourde. Puis on passe à une brève interview des parents de Luc Taron, sur un trottoir, entourés par des policiers, des journalistes et des badauds qui tendent le cou : Suzanne Brulé, l'air hagard, épuisé, les yeux très cernés, dit qu'elle est soulagée que tout cela se termine, même si ça ne lui rendra pas son « petit bonhomme », et Yves Taron, plus solide, plus froid, à qui l'on demande si, maintenant qu'on l'a enfin arrêté, il va jusqu'à souhaiter la mort de Lucien Léger, répond : « J'en suis non seulement à souhaiter sa mort, mais à regretter qu'on ne puisse pas faire mieux. » Enfin, pour renvoyer sportivement la balle aux responsables de l'enquête qui lui ont si gentiment ouvert la porte, l'ORTF diffuse une longue interview des commissaires Camard et Bacou, les héros du jour, les captureurs (Poiblanc, de la Criminelle, n'aura été qu'un rouage intermédiaire, un coup de pouce, merci Roger). Ils paraissent un peu défraîchis par la fatigue et l'effort nerveux, mais heureux et fiers, triomphants, modestes, et un peu intimidés, impressionnés même, par la lumière médiatique – surtout Bacou, qui bafouille : « Eh bien, l'interrogatoire a été assez pénible parce que… le suspect se montrait extrêmement… réticent. » Les aveux, « ça a été un moment assez curieux, parce qu'il s'est effondré, il a pleuré… Il avait besoin de… euh… de dire ce qu'il en était, pour… euh… pour se sentir… plus libre. » (Petite maladresse de langage, je dirais.)

(Un autre reportage sera composé à partir de certaines de ces images et diffusé à la fois à la télé et, les jours suivants, dans les actualités cinématographiques qu'on pouvait voir dans les salles, une sorte de petit documentaire plus soigné, avec de nouvelles photos de Lucien Léger (dont une qui est la pochette d'un disque sur lequel il a enregistré des poèmes qu'il a écrits : il a une tête d'oiseau sinistre, un nœud papillon, les cheveux gominés et plaqués en petites pointes sur le front, on dirait un cousin maléfique de Pee-Wee), un montage plus travaillé et surtout une musique symphonique glaçante, lancinante, de film noir des années 1950, ou plutôt de vieux film d'épouvante, genre *M le Maudit*. « C'est au terme d'une enquête qui n'a pas duré moins de dix semaines que la première brigade mobile a réussi à démasquer l'odieux maniaque. » Et quand on ne sait plus quoi dire parce que trop, c'est trop, on se débrouille, comme sur la folle image de Léger qui sourit en entrant dans l'Aronde (si j'ose dire) avant de partir vers le palais de justice, et s'excuse, avec de petites mimiques destinées aux téléspectateurs, de n'avoir pas eu la possibilité de se raser : « Sans commentaire », énonce la voix sombre et affligée du journaliste. Et juste après : « Lucien Léger, un visage qui vaut tous les commentaires. »)

On n'est pas encore habitué, on ne mesure pas encore l'impact de l'actualité en direct, on va vite comprendre. Car si toute la France était devant le poste à 20 heures, forcément tout Versailles aussi. À 20 h 40, l'Aronde qu'on a vue, dans la petite lucarne, quitter le SRPJ de Paris, arrive devant le palais de justice de Versailles. On a tout juste eu le temps de sortir de chez soi. Une foule immense attend le répugnant assassin d'enfant qui a nargué tout le monde pendant quarante jours, des milliers de personnes poussent des cris de vengeance et de haine, l'Étrangleur qui souriait comme un héros une demi-heure plus tôt ne devait pas s'attendre à cela (il n'a pas beaucoup de jugeote, à ce qu'il semble), mais les policiers qui l'accompagnent non plus : ils n'osent pas sortir de la voiture encerclée, aucune protection n'a été prévue, ils vont devoir traverser une nuée humaine de violence. Finalement, en essayant de protéger le coupable comme ils peuvent, ils se lancent sous les crachats et les coups de poings – « À mort ! À mort ! » –, ce sont eux qui prennent tout (mais ils ne se laissent pas faire, l'AFP écrira que les deux agents ont dû « frapper à droite et à gauche dans la foule »).

En direct sur France Inter, le reporter présent sur place fait vivre l'événement aux auditeurs comme une arrivée d'étape de montagne sur le Tour de France, en criant pour essayer de dominer le vacarme de la meute déchaînée : « Comme vous pouvez vous en rendre compte, les gens huuuuurlent ! L'homme, très pâle, entouré des policiers et des commissaires divisionnaires, entre à l'intérieur du palais de justice. Nous sommes en ce moment submergés par la foule ! Les gens crient, l'homme reçoit des coups de toute part ! Les policiers sont obligés de le protéger, il se fait taper dessus par tous les gens qui se trouvent aux abords du palais de justice ! » À cet instant, près de lui, on entend une grosse voix éraillée, de déménageur ou de boucher : « Assassin ! Tuez-le ! Mais tuez-le ! Pourquoi ?! C'est un assassin de gosse ! » (Le lendemain matin, à 8 heures, ce cri sera diffusé dans les actualités de France Inter, et le journaliste Allain Barreau, après avoir évoqué certains commentaires qui mettent en avant une possible irresponsabilité pénale, approuvera : « Les gens de Versailles ne se sont pas trompés, eux. C'est avant tout un assassin. ») Heureusement, la porte du tribunal n'est pas trop loin, on évite le lynchage de justesse.

Pierre Jouffroy (le formidable journaliste qui n'a pas balancé Pauline Dubuisson quand il a réussi à la retrouver quatre ans plus tôt, alors que toute la presse était à ses trousses après la sortie de *La Vérité*, de Clouzot) écrira dans *Paris Match* : « Lucien Léger faillit être écharpé par une foule qui, autant que du crime atroce dont il s'accusait, lui en voulait peut-être de n'avoir pas deux cornes noires et le pied fourchu. » Le lendemain, depuis la prison qui jouxte le tribunal de Versailles, Léger écrira à sa femme, toujours hospitalisée (et pour belle lurette) à Villejuif : « Le comble c'était ici, au palais de justice, la foule a forcé les quelques agents qui étaient là et a voulu me lyncher. C'est sous les insultes et les coups de poings (dans le vide) que j'ai pénétré dans le palais. Pour ce qui est du succès, c'est réussi. »

Conduit à 20 h 50 devant le juge Seligman (un homme de quarante-cinq ans, longiligne, à chapeau souvent, petite moustache et grosses lunettes, à l'air austère, au regard dur, et qui fume clope sur clope, des Air France goût Maryland (« Leur filtre rend la fumée plus pure et plus légère, sans altérer l'arôme d'un mélange spécialement étudié »), que la compagnie distribuait dans les avions), il réitère intégralement les aveux passés dans la matinée auprès des hommes de la première brigade mobile. Il lui indique également qu'il a choisi son avocat (peut-être influencé par les différentes déclarations des cadors du barreau dans *Paris Jour*, deux semaines auparavant) : Maurice Garçon. (Celui-ci interrompt aussitôt ses vacances dans son petit château de Montplaisir, à Ligugé, dans la Vienne : il sera le lendemain à Paris, à Versailles, pour voir Léger et décider s'il accepte ou non l'affaire.) Une heure plus tard, le phénomène est emmené par un souterrain à la prison Saint-Pierre, mitoyenne, et placé dans la cellule 23.

Avant qu'on ne l'attrape, ses courriers paraissaient parfois si absurdes et fanfarons que quelques journalistes doutaient encore qu'il ait réellement tué Luc Taron, tout en reconnaissant qu'il était remarquablement bien informé – et donc complice du meurtrier, au moins. (Madame Détective, par exemple, Anne-Marie Labro de son vrai nom, sémillante privée de vingt-cinq ans (passions : la voltige aérienne et le judo) qui dirige une agence d'enquêtes domiciliée sur les Champs-Élysées, écrivait dans *Paris Jour*, le 23 juin : « Il ose envoyer toute cette prose justement parce qu'il n'est pas coupable. Il sait qu'il ne risque qu'une inculpation pour outrage à magistrat ou pour non-dénonciation du malfaiteur. ») Mais après ses aveux précis et répétés, plus personne ne peut se poser de questions.

C'est le moment crucial de la reconstitution,
l'instant même où un petit jeune homme
tranquille est devenu l'un des plus extraordinaires
criminels du siècle, où sa raison a basculé
pour laisser la place au démon
qui sommeillait en lui.
Le « grand » Lucien Léger est mort,
il ne reste qu'un assassin piteux, minable,
affolé par les lampes et les cris de la foule,
terrorisé par l'autorité d'un juge
et l'œil impitoyable du père de la victime.
Il ne reste plus qu'une chiffe balbutiante et incertaine.

Détective, 17 juillet 1964.

Maurice Garçon : « Je le défends
parce que je crois au diable. »

Paris Jour, 7 juillet 1964.

(Je suis allé passer une radiographie des hanches, et deux jours plus tard une échographie du muscle de la cuisse gauche. Rien de spécial. J'ai pourtant toujours très mal à la jambe, je marche comme un vieillard arthritique et rongé par la gangrène. Le mystère reste entier. Mais bon, ce n'est pas le moment.)

Dans ses déclarations identiques aux commissaires Camard et Bacou puis au juge d'instruction Seligman, Lucien Léger a fait la part des choses : il a dit tout ce qui était faux, et tout ce qui était vrai. Ce qui est faux, entre autres et en vrac, c'est qu'il a une DS 19 (on l'avait compris), que son père est haut fonctionnaire, qu'il a tué un banquier et un policier, qu'il a poussé un clochard dans la Seine du pont Alexandre-III (le chapeau tyrolien qu'il a déposé rue des Champs-Élysées à Gentilly, à l'attention du commissaire Samson, il l'a acheté aux puces du Kremlin-Bicêtre, 5 francs), qu'il a jeté des pierres sur des voitures, la nuit, des ponts de l'autoroute du Sud et de la nationale 7 (le coup de téléphone passé au centre de secours depuis la borne 24 de l'A6, c'était lui), qu'il a tué un truand de Pigalle à coups de marteau avant de le jeter dans la Seine à Corbeil (il a lu dans un journal qu'un corps avait été repêché par là, et le sang retrouvé dans sa 2 CV provenait d'une éprouvette qu'il avait dérobée dans un placard pendant son service à l'hôpital), que l'Étrangleur avait volé sa 2 CV (évidemment, puisque c'est lui, l'Étrangleur). Il a également menti en disant à Christian Brincourt, de Radio Luxembourg, qu'il l'avait interviewé à Alger (mais ce n'était qu'un demi-mensonge, puisqu'il l'a bien interviewé une fois, en novembre 1961, après que Léger avait été témoin de l'explosion d'une petite bombe lors d'une manifestation en faveur de l'indépendance de l'Algérie, à Maubert-Mutualité, au pied de la statue d'Étienne Dolet (qui n'existe plus – déjà à ce moment-là, il ne restait que le socle (imprimeur, humaniste et libre-penseur, Dolet a été pendu pour hérésie (il avait traduit l'*Axiochos* de Platon, et en particulier cette phrase : « Après la mort, tu ne seras plus rien du tout » – on lui avait reproché d'avoir ajouté de lui-même « du tout », et là, évidemment, faut pas pousser, couic, tu vas voir si tu ne seras plus rien du tout en enfer) puis brûlé sur le bûcher avec ses livres, le 3 août 1546, place Maubert, où l'on avait l'habitude, à l'époque, de rôtir les imprimeurs) : érigée en 1889, la statue de bronze a été enlevée et fondue sous l'Occupation (brûlé deux fois, le malheureux : là c'est sûr, il n'est plus rien du tout), et le haut piédestal retiré en 1980 : aujourd'hui, à la place, sur la place, il y a une fontaine au centre d'un petit bassin) – outre cette interview par Brincourt, Lucien avait également été brièvement conduit au Quai des Orfèvres, pour qu'on s'assure qu'il n'avait rien à voir avec la mise en place de cette bombe). L'exemplaire du *Bugs Bunny* qu'il a déposé dans le métro, il venait de l'acheter chez le marchand de journaux qui se trouve au rez-de-chaussée de la gare Montparnasse, ce n'était pas celui que possédait Luc le soir de sa mort (celui-là, il l'a jeté dans une poubelle de l'avenue de Tourville, tout près de l'hôtel de France, juste après le crime, en rentrant chez lui). Il n'a pas téléphoné à Yves Taron pour lui demander une rançon après avoir enlevé le petit, et il n'a jamais projeté de kidnapper un autre enfant. Pourquoi tous ces mensonges ? D'abord : « Je me demande si je n'ai pas subi une influence néfaste, en raison du retentissement du rapt de Mme Dassault. » (Mais dans ce cas-là, c'était pour l'argent.) Ensuite, surtout, il s'est laissé entraîner, enivrer, par le personnage monstrueux, dément, qu'il avait, en partie en tout cas, créé. Il fallait le nourrir. « J'avais l'impression, pendant toute cette période, que j'étais l'Étrangleur, et non pas celui qui avait étranglé. »

La partie la plus intéressante, logiquement, est celle dans laquelle il raconte non pas ce qu'il n'a pas fait, mais ce qu'il a fait. Son récit ressemble, de loin, à celui qu'il avait donné dans les messages de l'Étrangleur, mais certains détails importants apparaissent, il est forcément plus complet et plus précis, puisqu'il était auparavant obligé de masquer certaines zones de la soirée et de la nuit.

Le 26 mai, comme tous les soirs, il a quitté son travail à 22 heures. Le responsable des élèves infirmiers de Villejuif lui avait accordé un jour de repos pour le lendemain. Comme tous les soirs encore, il a déposé devant chez eux deux de ses collègues, Martial Wolfer et Georges Abar, qui habitent non loin l'un de l'autre, au Kremlin-Bicêtre. Un quart d'heure plus tard il garait sa 2 CV sur le terre-plein devant l'hôtel de France. Chez lui, comme tous les soirs, il a bu un verre de lait, après l'avoir fait chauffer dans une petite casserole sur le réchaud. Un quart d'heure plus tard, il a décidé d'aller faire un tour au Drugstore Publicis, pour acheter un livre de médecine qu'il avait repéré la semaine précédente et qui lui servirait pour ses études. Il s'y est rendu en métro, pour éviter les problèmes de stationnement sur les Champs-Élysées. Il n'a pas trouvé le livre qu'il cherchait et a donc décidé de rentrer chez lui. Il est redescendu dans le métro à Étoile (qui ne se verra associer Charles-de-Gaulle que six ans plus tard), et sur le quai de la ligne 6 (il compte, comme il le fait souvent, pour éviter un changement, descendre à La Motte-Picquet et marcher jusqu'à l'hôtel de France, qui se trouve à École-Militaire), il a remarqué un jeune garçon, seul, assis près de la machine à bonbons, qui paraissait un peu désemparé. Avant que la rame ne soit arrivée en station, Luc s'est levé mollement et s'est éloigné dans un couloir vers une autre ligne. Pris d'une impulsion qu'il ne s'explique pas, Léger l'a suivi jusqu'au quai de la 2 en direction de Nation, où le métro arrivait, le petit est monté en première classe, l'homme en seconde. (Il dit avoir été étonné, car Luc tenait à la main un billet de seconde. J'ai d'abord pensé qu'il avait dû voir sa main de vraiment tout près, mais j'avais oublié (je l'ai su, quand j'étais jeunot) que le ticket de première était vert, et celui de seconde jaune orangé (« havane », disait-on officiellement)). Contrairement à ce qu'il avançait dans sa lettre à Charles Bacelon, le journaliste de *France-Soir*, il affirme à présent n'avoir jamais envisagé le rapt de qui que ce soit, et il dit même qu'une fois dans le métro, ne voyant plus Luc qui était dans une autre voiture, il a décidé de reprendre la ligne en sens inverse et de rentrer chez lui. Il a donc attendu Villiers, « première station où l'on peut passer sur le quai opposé sans ressortir ». Il a retrouvé Luc, qui descendait aussi. Il explique au juge Seligman : « Il avait l'air de chercher une direction pour sortir, et il boitait [il ajoutera lors d'un nouvel interrogatoire le lendemain : « La tache de mercurochrome m'a frappé dès notre rencontre, car je lui avais demandé si c'était à cause de cette petite blessure au genou qu'il boitait – il ne m'avait pas répondu »], je l'ai abordé pour savoir s'il avait perdu ses parents, et s'il ne savait pas où aller. Il m'a dit : "Non, non, j'ai mes parents, ils n'habitent pas loin d'ici et je me promène." » L'enfant s'est ensuite dirigé vers la sortie et Léger, intrigué, l'a suivi. Dehors, il lui a demandé plus sérieusement, plus fermement, pourquoi il était seul à cette heure. Luc lui a répondu qu'il était parti de chez lui parce que son père l'avait battu à cause d'un devoir qu'il avait mal fait, un problème de mathématiques. « Il m'a fait mal là et là », lui a-t-il dit en lui montrant son front et sa joue gauche. Léger maintenant ne parle plus de l'histoire absurde de l'éventuelle séance de cinéma à minuit, il l'a simplement emmené faire un tour dans le quartier « pour lui changer les idées » : « Il avait l'air malheureux, il m'a apitoyé », explique-t-il aux policiers du SRPJ. Ils ont un peu discuté, « il m'a dit qu'il travaillait bien à l'école, qu'il était troisième de sa classe, il m'a parlé de sa vie d'écolier, de ses camarades ». Au bout d'une dizaine de minutes, Léger a insisté pour le ramener chez lui mais il a refusé. Il lui a alors proposé de faire un tour en voiture, ce que l'enfant a accepté avec enthousiasme. Ils ont donc repris le métro jusqu'à Étoile (Luc a présenté au poinçonneur « un ticket de seconde qui n'émanait pas, me semble-t-il, d'un carnet »), puis la ligne 6 (Luc a sorti de sa poche « un livre d'aventures d'enfant », il l'a montré à Lucien qui, ne connaissant pas Bugs Bunny, l'a feuilleté), ils sont descendus à La Motte-Picquet et ont marché jusqu'à la 2 CV. Le projet de Léger, c'était de rouler doucement et de ramener le petit fugueur jusqu'au quartier de l'Europe, mais comprenant que le trajet serait trop court pour le convaincre qu'il devait rentrer chez lui, il a d'abord pris, comme par automatisme, le même chemin que pour se rendre à son travail, pour faire un bon détour. Au niveau de la porte d'Orléans, Luc lui a dit qu'il serait d'accord pour qu'il le ramène rue de Naples, mais seulement « après avoir fait un grand voyage ». Quand Lucien lui a fait remarquer que ses parents allaient vraiment beaucoup s'inquiéter, il lui a encore assuré que non, il avait déjà fait plusieurs fugues, ils avaient l'habitude, ils ne s'en feraient pas plus que les autres fois. Ils se sont donc enfoncés dans la banlieue sud. Luc lui a donné, en route, des détails sur sa famille, la voiture et le métier de ses parents, Lucien a tourné à droite, au hasard, après Massy, vers Chartres, il était un peu perdu mais ne s'en souciait pas, il a roulé pendant « une demi-heure ou une heure » sans trouver une route qui le ramènerait vers Paris, le petit avait tendance à s'endormir, il faisait chaud dans la voiture – « il a retiré son blouson, que j'ai retrouvé par la suite, ainsi que le *Bugs Bunny* qu'il avait avec lui ». Il a fini par s'arrêter pour regarder sa carte, « au bout de trois quarts d'heure peut-être » (il ne peut donner que des durées et des heures approximatives, car sa montre est restée bloquée sur minuit, elle fonctionne mal depuis fin 1963 au moins, il faut penser à la secouer régulièrement pour qu'elle reparte), sans grand résultat, ils sont repartis, il a continué à tourner sans croiser aucun panneau indiquant la direction de Paris, il se souvient être passé par Orsay, et Igny, où il s'est arrêté une nouvelle fois pour consulter la carte, près de la poste. Selon lui, Luc était très content qu'ils se soient perdus. « Environ une demi-heure après que nous sommes passés à Igny, l'enfant s'est endormi. Au bout d'un quart d'heure, vingt minutes, je l'ai réveillé en le secouant un peu. » Il y avait un bois le long de la route, sur la droite. Luc a demandé s'il pouvait faire pipi. Lucien lui a suggéré d'y aller seul, il l'attendrait dans la voiture, il voulait encore étudier la carte, il était grand temps qu'ils rentrent. Mais le garçon avait peur des loups, est-ce qu'il pouvait l'accompagner ? Il a accepté et, pour lui prouver qu'il n'y avait aucun danger, lui a même proposé une petite promenade nocturne entre les arbres afin de vérifier qu'il n'y avait pas l'ombre d'un loup – pas longtemps, car : « Depuis ma plus tendre enfance, je ne me sens pas à mon aise lorsqu'il y a un clair de lune. Cela vient peut-être du fait que, alors que j'avais cinq ou six ans, ma sœur aînée, Marie-Thérèse, me faisait souvent peur, à Bagneux, où nous résidions, en me disant : "Regarde la lune qui te regarde" et quelquefois : "Regarde les girouettes qui te regardent". » Finalement, Luc a fait pipi contre un gros chêne. Lucien était derrière lui et attendait. Quand il a eu l'impression que c'était terminé, il lui a dit qu'il était vraiment l'heure de rentrer, maintenant, qu'il fallait y aller. Le petit, sans bouger, toujours face à l'arbre, a murmuré qu'il ne voulait pas, qu'il avait peur de ses parents. Lucien lui a tapoté l'épaule gauche pour insister, l'inciter à se retourner, mais : « Non ! Je ne veux pas repartir ! » a crié Luc. Le matin du 5 juillet, au SRPJ, face au commissaire Bacou, le meurtrier raconte : « J'ai alors, sans pouvoir m'expliquer pourquoi, serré mes mains autour de son cou, il a fait quelques pas en fléchissant et il est tombé sur le sol, toujours accompagné de moi qui lui serrais le cou. J'étais crispé sur son cou alors qu'il était par terre. Contrairement à ce que j'ai dit dans mes lettres, je n'ai pas appuyé le visage de Luc sur le sol. Mais comme je l'avais saisi par-derrière, il est fatal que son visage ait été appuyé par terre. » Il est incapable de se souvenir combien de temps il est resté ainsi. « Je sais toutefois qu'il n'a pas bougé, qu'il ne s'est pas débattu et qu'il n'a pas crié. À un moment, je l'ai lâché, je me suis redressé brusquement et je suis parti en courant jusqu'à ma voiture. Je ne savais plus ce que je faisais. Je suis revenu sur mes pas dans l'intention de le secourir, mais je ne l'ai pas retrouvé. Pendant tout ce temps, j'ai eu l'impression d'avoir fait du mal à ce petit, mais pas de l'avoir tué. » Il l'a appelé, pas de réponse. Il n'avait pas sa lampe de poche, il ne voyait pas bien. Il a cherché quelques minutes. Il a pensé que Luc avait eu peur (il y a de quoi) et s'était sauvé. Il est redescendu vers la route, a rejoint sa voiture, qui se trouvait à une trentaine de mètres sur sa gauche, est reparti tout droit et : « Très peu de temps après, j'ai aperçu une route très large. Je l'ai empruntée sur ma droite, sans savoir où j'allais, et tout à coup, je me suis retrouvé à un carrefour que j'ai reconnu comme étant celui du Petit-Clamart. » La « route très large », c'était la nationale 306, qui l'a ramené tout droit sur Paris, en passant par Châtillon, où il a remarqué que Luc avait laissé son blouson sur le siège, et l'a jeté par la fenêtre. Après s'être garé devant l'hôtel de France, il s'est également débarrassé du *Bugs Bunny*, dans une poubelle, au coin de l'avenue de Tourville et du boulevard de La Tour-Maubourg. « Le jour commençait à paraître, il devait être 3 h 30 ou 4 heures. » (Il devait être un peu plus tard, car le 27 mai 1964, le soleil s'est levé à 4 h 54 à Paris, les toutes premières lueurs de l'aube sont donc apparues à 4 h 16.)

Le lendemain matin, il se réveille vers 11 heures, allume aussitôt la radio, entend qu'on a trouvé le corps d'un enfant inconnu à Verrières. Il se fait un café, prend son temps, essaie de réaliser ce qu'il s'est passé la nuit dernière, et sort en début d'après-midi, avec l'intention de se rendre à la Foire de Paris, comme prévu depuis plusieurs jours. Avant de descendre dans le métro à École-Militaire, il achète les journaux du soir, *Paris-Presse* et *France-Soir*, au kiosque qui se trouve en haut des marches. C'est confirmé : un enfant qui ne peut être que Luc a été retrouvé étranglé au pied d'un arbre, dans le bois de Verrières, près de Palaiseau. Il ne veut pas croire que cela puisse avoir un rapport avec lui, il est assommé mais calme (ce n'est pas lui), il se rend tout de même à la porte de Versailles, au stand de la RTF, où il demande à l'animateur du « Collège du Rythme », Roland Forest, de passer *El Porompompero*, d'Enrico Macias. Les stars invitées sur l'antenne ce jour-là sont Frank Alamo et Lysiane Loren – une chanteuse belge de seize ans, genre Sheila, qui a été repérée au Golf-Drouot, a connu un succès en 1963 avec *C'est notre histoire* (dont les premières paroles sont : « Souvent je vais au drugstore pour acheter des journaux »). Elle dit à l'Étrangleur : « Il faut sourire, devant les caméras [l'émission de radio était retransmise en circuit interne dans le Parc des Expositions], pourquoi vous êtes si triste ? » Ensuite, Lucien Léger erre dans Paris, à pied. Il se retrouve sur les Champs-Élysées. Il ne parvient pas à accepter ce qu'il a fait. « Pour me prouver que je n'étais pour rien dans l'affaire, j'ai voulu me donner un autre nom et créer un autre personnage. » C'est quand il croise la rue Marbeuf, qui mène à la rue François-Ier et à Europe n° 1, que l'idée lui vient. « J'ai pris dans ma poche un papier que j'avais sur moi, une enveloppe et un stylo bille, et j'ai écrit sur mon portefeuille, que j'ai dû appuyer soit sur un mur, soit sur un capot de voiture, un texte sous le nom de X X X. Un personnage que je venais de créer. » Après avoir glissé son message sous l'essuie-glace d'une 2 CV choisie au hasard, il revient vers les Champs, descend dans la station Franklin-Roosevelt, appelle la radio depuis la cabine située près des guichets. « Je désirais que le meurtre dont je m'accusais soit largement diffusé dans l'opinion publique. » Il marche ensuite vers chez lui, en direction de la Seine. Arrivé à la station Alma-Marceau, il descend une nouvelle fois dans le métro, appelle de la cabine pour s'assurer que son enveloppe a bien été récupérée : non. Il rentre à l'hôtel de France, entend sur Europe n° 1 que l'enfant a été identifié. Il ne comprend pas pourquoi la station ne parle pas de sa revendication. Le lendemain non plus. Le vendredi 29, toujours rien. Il finit par s'énerver, et téléphone à l'AFP et à la première brigade mobile. Puis tout s'enchaîne. « Je ne m'explique et ne puis m'expliquer comment, étant parti d'un meurtre, un enchaînement de faits psychologiques m'a conduit à poursuivre une sorte de campagne de publicité. » Sûrement parce que David Beck, sortant du Las Vegas avec la belle Jacqueline Krolik, était un peu pompette et a pris sur un pare-brise un message qui ne lui était pas destiné.

La reconstitution du crime a lieu le 9 juillet. (Le juge d'instruction a renoncé à celle de l'enlèvement et du trajet jusqu'à La Motte-Picquet : il aurait fallu emmener Lucien Léger dans le métro, fermer au moins deux lignes, la 2 et la 6, ce n'était pas possible.) On part en voiture du terre-plein situé devant l'hôtel de France.

Comme c'était à prévoir, à partir de Massy, Lucien Léger ne peut plus guider le juge Jean-Claude Seligman, il ne sait pas le trajet qu'il a emprunté pour arriver au bois de Verrières. On l'y conduit donc directement. On est sur place à 23 h 30. Selon *Détective*, trois cent cinquante gardiens de la paix, CRS, etc., sont positionnés sur la route de Bièvres pour empêcher quiconque d'approcher – ça paraît beaucoup. L'Étrangleur ne sait plus par où il est entré dans le bois avec Luc, ni par quel chemin ils sont arrivés au gros chêne. On l'y conduit. Sont présents, entre autres, et outre les forces nationales de police et de justice, son avocat, Maurice Garçon, les parents de Luc Taron, assistés du leur, André Vizzavona, le commissaire de Palaiseau, Xavier Pavillon, le premier médecin sur les lieux, Henry Locussol, les légistes Martin et Deponge, les experts psychiatres (les docteurs Pierre Behague et Jean Dublineau), Jules Beudard, qui a découvert le corps du petit, et de nombreux journalistes, dont Anne-Marie Labro, Madame Détective.

On a apporté un mannequin de petite taille pour représenter le malheureux Luc, qui achetait des osselets à la mercerie de la rue de Vienne quelques heures avant de finir sa vie ici. Quand il le voit, Léger entre dans une sorte de crise nerveuse : « Non ! Non ! Pas ça ! » Il refuse de toucher au mannequin. Le docteur Behague l'examine, prend son pouls : il est normal, on peut continuer. Mais l'assassin reste braqué : « Non, pas ça, ce n'est pas moi qui ai pu faire ça ! » Dans le rapport qu'il tapera en rentrant au palais de justice de Versailles, le juge Seligman écrira : « Nous prenons acte de cette situation créée par le comportement de Léger qui a, par ses réactions, manifesté qu'il était au-dessus de ses forces de refaire les gestes qui avaient fait de lui un criminel. » (La présomption d'innocence n'a pas été conviée à la reconstitution.) C'est un policier qui doit étrangler le petit mannequin à sa place.

À 0 h 35, la reconstitution est terminée. Les Aronde, les Ariane, les 404, les 2 CV, les Ami 6 et les Chambord reprennent la direction de Paris. Yves Taron et Suzanne Brulé rentrent rue de Naples, où la chambre de leur fils est vide pour toujours, Maurice Garçon retourne finir ses vacances dans son château de Ligugé, laissant provisoirement l'affaire à son fils de quarante-deux ans, Pierre Garçon, et à son adjoint, Me Philippe Darras, et Lucien Léger, à 1 h 25 du matin, réintègre sa cellule 23 à la prison de Versailles. Pour un bon moment. Quand il reverra l'air libre, à peu près tous les gens qu'il connaît seront morts, l'ouragan Katrina aura dévasté La Nouvelle-Orléans et Dominique de Villepin, qui est en CM2, sera Premier ministre.

Un monstre

Par Jean Cau

Un soir, Lucien Léger (triste famille, enfance abominable, mariage atroce) rencontre au hasard d'une errance nocturne le petit Luc Taron. Un enfant perdu rencontre un autre enfant perdu. Un enfant qui a peur rencontre un enfant terrorisé. Ils se reconnaissent, ils se ressemblent, ils se donnent la main. Et commence la plus extraordinaire des fêtes. Pour Léger, la plus douloureuse. Pour le petit Luc, la première, je crois, et la dernière. De ce moment commence, avec sa folle ordonnance rituelle, le crime d'amour – c'est-à-dire le suicide de Lucien Léger.

Le Figaro littéraire, 12 mai 1966.

Lucien Léger est né dans le 14e arrondissement de Paris, le 30 mars 1937. (Madame Frédérika, la championne voyante de *Paris Jour*, avait vu juste : « énergique et tenace », il est bien du signe du Bélier.) Ses parents vivaient à Bagneux, 5 rue de Sceaux. Ils sont originaires des Ardennes, ils s'appellent Geneviève et André, ils se sont mariés à l'été 1932 à Saint-Rémy-en-Bouzemont, dans la Marne, entre Reims et Troyes, et ils ont une particularité qui fait sourire : ils portent le même nom. Bien sûr, en 1932, ou en 1964, tous les couples mariés portent le même nom, mais ils portaient le même nom avant, depuis leur naissance : leurs familles ne sont pas liées, c'est le hasard, mais Geneviève, avant d'épouser André Léger, s'appelait déjà Geneviève Léger. (On imagine leur rencontre, probablement dans un bal, quand chacun découvre le nom de l'autre ; on imagine aussi, plus tard, quelques scènes cocasses, ou irritantes, dans les administrations : « Vous êtes ? – Léger Geneviève. – Bien, nom de jeune fille ? – Léger. Geneviève. – Oui, j'ai bien compris, alors dites-moi votre nom d'épouse, si vous préférez. – Léger. Geneviève. – Bon, je n'ai pas toute la journée, madame. ») Lucien est le troisième enfant d'une famille qui en comptera sept. Avant lui, sont nées Marie-Thérèse, en 1933, et Andrée, en 1934, et après lui naîtront Léone, en 1943, Guy, en 1945, Gérard, en 1947, et Jean-Claude, en 1949. (Et ça ira comme ça.)

André Léger est tourneur sur métaux chez Renault, aux usines de Boulogne-Billancourt, depuis son mariage avec Geneviève, qui est, elle, femme au foyer, et maîtresse incontestée de la famille : on dirait qu'elle fait deux fois la taille et trois fois le poids de son mari, un petit être souffreteux et craintif qui n'ouvre la bouche que pour approuver d'un filet de voix balbutiant ce que dit la patronne, elle organise et dirige tout d'une grosse main de fer dans un gant de crin.

En 1942, il y a trop d'Allemands partout, la famille est obligée de se replier vers la Bretagne, où verront le jour les quatre enfants qui suivront Lucien, à Bazouges-sous-Hédé, à vingt-cinq kilomètres au nord de Rennes. Le père doit vite retrouver du travail, ils n'ont pas un sou de côté. Il accepte la première chose qui se présente, il est embauché dans une carrière de pierre, le temps de s'installer et de voir un peu venir. Puis : « Il n'y avait pas d'usine, j'ai dû apprendre les rudiments du métier de cultivateur, j'ai fait de l'élevage de volailles, nous étions de pauvres réfugiés, nos revenus étaient bien modestes. » Lucien, en retard sur sa scolarité à cause de la guerre et du déménagement en catastrophe, fréquente l'école primaire de Hédé de huit à quatorze ans (sa maîtresse dira de lui : « Enfant peu travailleur, mais d'une intelligence assez vive » (il est surtout à l'aise en français et en dessin), et le directeur : « Petit garçon trop sage, caractère plutôt renfermé, qui ne participait jamais aux jeux et restait à l'écart »), obtient son certificat d'études, puis entre à ce qu'on appelait le « cours complémentaire », à Tinténiac, à cinq kilomètres de chez lui. Pour Gérard, l'avant-dernier de la famille, qui a dix ans de moins que lui, c'était « un grand frère assez sociable et affectueux ». En gros, il n'embête personne, il ne s'est jamais montré violent avec quiconque, il n'aime rien tant que se promener dans la campagne en vélo et pêcher. Les seules fois où on le voit s'énerver un peu, c'est quand ses camarades de classe l'appellent Eugène, ou pire, Gégène. À la maison, on l'appelle Lulu, ou le petit Lulu.

À la maison, l'ambiance n'est pas idyllique, le scénario de *La Petite Maison dans la prairie* ne doit rien à la famille Léger – à cause du manque d'argent, mais aussi de la personnalité un peu particulière de la mère. Toutefois, les versions diffèrent (on en parlera beaucoup lors de l'instruction et du procès) : les trois filles, surtout les deux aînées, affirment avoir vécu une enfance de cauchemar, sous la trique d'une sorcière brutale, despotique et à moitié folle ; les garçons, y compris Lucien, semblent ne s'être aperçus de rien, ils disent avoir grandi dans une famille certes pauvre et peu joyeuse, mais pas pire. Pour Marie-Thérèse, l'aînée, sa mère était « vénale, grossière et dépensière », elle obligeait ses enfants à travailler pour s'accaparer leur salaire (et ne les nourrissait même pas correctement : elle ne leur donnait que des tartines de saindoux), dépensait le peu d'argent du ménage (c'est elle qui s'occupait des finances, exclusivement, le brave André ne savait sans doute même pas ce qu'il gagnait), accumulait les dettes et passait sa colère sur ses enfants : « De tout temps, ma mère nous a battues. Le plus souvent sans raison. C'était devenu une habitude. Je me souviens que nous étions obligées de nous cacher derrière les lits, dans l'unique pièce où nous dormions tous, pour éviter les coups de bâton, ou de retenir notre respiration pour faire croire à la mère que nous étions assommées, afin qu'elle cesse de taper. Je précise qu'elle frappait également les garçons, mais s'acharnait cependant sur les filles, et particulièrement sur Andrée et moi-même – Léone était plus jeune. » Elle prétend que sa sœur Andrée a gardé les cicatrices de certains coups – on vérifiera que c'est exact, et d'ailleurs, Andrée confirme : « Ma mère était très sévère avec nous, elle nous battait à l'occasion, j'en porte les marques et je peux les montrer. Lucien n'y échappait pas : à Bagneux, quand il était petit, lorsqu'il ne voulait pas manger de la viande, Geneviève l'enfermait dans la cave. »

Leurs frères, les quatre, démentiront ces propos – Lucien dira toujours que sa mère ne lui a rien fait de mal, et qu'il l'aime (elle sera très présente auprès de lui, par courrier ou aux parloirs, jusqu'à la fin de sa vie (à elle)). Dès le 11 juillet, six jours seulement après l'arrestation de son grand frère, Jean-Claude, le benjamin de la famille, écrira à Maurice Garçon une lettre maladroite, touchante (et peut-être plus ou moins dictée par ses parents, on ne sait pas) : « Je reçois une éducation très heureuse et très bien soignée. Mes parents : à chaque repas, papa boit ses deux verres de vin, ce qui est normal, et on ne le verra jamais dans un bar. Maman ne boit que de l'eau. Cela pour vous montrer qu'ils ne sont pas alcooliques, donc pas méchants. [Il n'y a que les alcooliques qui sont méchants, donc. Le petit gars aura quelques désillusions dans la vie.] Que ce soit moi ou Lucien ou n'importe quel enfant, quand on fait mal, c'est leur devoir de parents, on reçoit une paire de gifles. Ça ne s'appelle pas avoir une enfance malheureuse. C'est sans que mes parents le savent que je vous écris. Je vous remercie pour ce que vous allez faire. Recevez mes salutations très distinguées et sincères. »

De leur côté, les parents se défendront de leur mieux, avec une sincérité louable mais une efficacité moyenne. Le père se contentera d'une phrase, remarquable : « Je vous prie de me croire, je n'ai jamais été brutal avec mes enfants, avec Lucien moins encore qu'avec les autres. » (Je ne suis jamais allé en Russie, et encore moins à Moscou qu'ailleurs.) Mais de toute façon, on ne peut pas le soupçonner du moindre acte violent : André Léger, même en pleine crise de démence, pourrait frapper tant qu'il veut, il ne parviendrait pas à blesser un mulot attaché sur une petite planche. Sa femme Geneviève, dont on devine qu'elle pourrait, elle, d'une seule main, faire mal à un buffle, est tout aussi déconcertée par les accusations de ses filles : « Bien sûr, il m'est parfois arrivé de corriger mes gosses ! Mais sans méchanceté. C'était plutôt des gestes d'énervement. Quand on a une famille, on n'est pas toujours capable de se dominer ! » (C'est tellement vrai. On est en train de mettre la table, la gamine pleurniche, et d'une seconde à l'autre, sans même qu'on réalise vraiment, plus par automatisme qu'autre chose, le coup de bâton est parti.)

En 1952, Lucien a quinze ans quand les parents décident de quitter la Bretagne et de retourner vivre dans les Ardennes, leur terre natale. Le père a trouvé un boulot à l'usine Hardy Capitaine, qui fabrique, entre autres, des boulons, et qui leur fournit un logement à Château-Regnault, une commune de Bogny-sur-Meuse, au creux d'une boucle de la Meuse. (Sans tomber dans l'absurde paranormal, il est tout de même émoustillant de constater que l'endroit où ils vivent est tout proche, à sept ou huit kilomètres, des Hautes-Rivières, le village où habite Simone G., la radarée qui a écrit au curé de Mandres-les-Roses.) Ils s'installent rue de l'Échelle, dans une petite maison en pierres et briques rouges sur deux niveaux, insérée entre deux autres petites maisons en pierres et briques rouges sur deux niveaux, comme dans toute la rue, toutes identiques, de jolies petites maisons d'ouvriers construites par la grosse entreprise de boulons. Au rez-de-chaussée se trouvent la cuisine et le salon, ou la salle à manger, au premier étage, deux chambres, d'environ quinze mètres carrés chacune : deux lits dans la première, un pour les parents, un pour les quatre garçons, qui y dorment tête-bêche, deux dans un sens, deux dans l'autre ; un lit dans la seconde, où couchent les trois filles. Guy, le frère aîné de Lucien, d'aussi bonne composition que les autres garçons, dira : « La maison que nous habitions rue de l'Échelle était assez confortable. »

Malgré l'emploi rassurant du père, et une vie donc plus régulière, l'atmosphère familiale n'a pas beaucoup changé depuis la Bretagne. Pierre Chabod, un enquêteur qui sera envoyé sur place douze ans plus tard, rapportera : « D'un tempérament violent et autoritaire, la mère menait tout le monde à la baguette et n'hésitait pas à frapper. Des voisins se sont même trouvés incommodés par les cris des enfants qui appelaient au secours jusque dans la nuit. » À propos des finances de la famille, toujours sous la responsabilité de Geneviève, l'enquêteur écrit pudiquement : « Sa gestion du budget ne semble pas avoir été heureuse. » Quant au père : « Son rôle se bornait à travailler pour rapporter sa paie à sa femme. »

Je gare la Renault Captur noire de location devant le 21 rue de l'Échelle. C'est une rue qui porte bien son nom, très, très en pente. Quand il rentrait d'une longue journée de boulot à l'usine de boulons, André le chétif avait intérêt à avoir le mollet encore gaillard. Et Lucien a dû bien se muscler les cuisses, s'il aimait toujours faire du vélo à quinze ou seize ans. Je reste un moment planté face à la petite maison étroite en pierres et briques rouges sur deux niveaux. Le volet (roulant) du bas est ouvert, celui du haut, où se trouvaient les deux chambres, fermé. J'essaie d'admettre que derrière ces fenêtres, ces pierres que je pourrais toucher, vivaient neuf personnes il y a plus de soixante-cinq ans, dans la pauvreté, les cris, l'amertume, et un adolescent effacé, solitaire, qui s'appelait Lucien Léger. Aujourd'hui, on pourrait dire que c'est une jolie petite maison, les alignements ouvriers et les briques rouges ont pris avec le temps un charme certainement inexistant alors, cela fait penser à l'Angleterre, ou à Amiens. Je monte quatre ou cinq marches des dix qui mènent à la porte, la main sur la rambarde en fer, j'ai envie d'aller toucher la poignée, juste pour dire, pour l'écrire ici. Mais il faudra que je m'en passe. J'entends du bruit à l'intérieur, on passe l'aspirateur. Je bats lâchement en retraite, remonte vite dans la Captur, comme un rat, et prends la direction de Charleville. En venant dans ce village du nord des Ardennes, je m'attendais à (j'espérais ?) trouver un endroit sinistre, désolé, glauque et gris, sous la pluie et dans la brume si possible, qui sente la défaite et la mort. Pas du tout. C'est très vert, c'est agréable, c'est beau, Château-Regnault est entouré de vastes et magnifiques forêts. (Faut reconnaître. Même quand on n'aime pas les forêts.)

Dès qu'elle atteint ses vingt et un ans, sa majorité, Marie-Thérèse se marie, sans le consentement de ses parents, avec un Marc C., et quitte la maison (descend en courant la forte pente) pour emménager avec lui. Il est fossoyeur au cimetière de Mézières. Elle devient gardienne du même cimetière. L'année suivante, c'est sa sœur Andrée qui se carapate et épouse un gars du coin, Michel D. (elle était peut-être amoureuse, mais même si c'était juste le premier qui la regardait de manière un peu insistante, on pourrait comprendre : c'était absolument le seul moyen, pour une fille, de sortir de là). Ils achèteront une maison modeste au Pierroy, à moins de trois kilomètres de la rue de l'Échelle à vol de cigogne, et ils auront huit enfants.

Dès l'arrivée de la famille dans les Ardennes, Lucien entre au collège, dans un « cours technique » où il prépare un CAP d'ajusteur. Selon son professeur principal, il est meilleur en théorie qu'en pratique, c'est un élève solitaire, même pendant les récréations, et introverti. Il participe tout de même à la création d'une association d'élèves qui organise des bals payants pour financer un banquet de fin d'année et une excursion en groupe. En 1954, à dix-sept ans, il réussit son examen à l'écrit, mais échoue à l'oral, peut-être à cause de sa timidité. Il est recalé. Après l'été, il trouve une place à l'usine Faure, qui fabrique des cuisinières à Revin, à plus de dix kilomètres de Château-Regnault, et sera rachetée huit ans plus tard par Arthur Martin. Il est « pointeur-magasinier », il se rend tous les matins au travail en train. Dans l'entreprise, on le dit « taciturne, réservé, désireux de s'élever socialement et intelligent » – le chef du personnel précisera même qu'il est « d'une intelligence nettement supérieure à celle de ses collègues ». Il prend l'initiative de changer tout le système de marquage des caisses à outils. Il dit qu'il veut devenir dessinateur industriel. Il a d'excellentes relations avec ceux qui le respectent, dit son supérieur hiérarchique, mais comme lorsqu'il était petit, il ne supporte pas les moqueries (« Gégène » ne passe toujours pas du tout), les plaisanteries contre lui et moins encore les brimades, il a « un caractère bien trempé, la repartie cinglante et la rancune tenace » – sans jamais recourir à la violence physique (il aurait du mal, de toute manière, il tient de son père, c'est un gringalet, fluet, et il mesure à peine 1,60 m). Il commence à se forger une conscience politique – « nettement à gauche », remarque son chef, qui le met en garde contre ses velléités syndicalistes et son « attitude de propagandiste ». À la fin du mois, il donne l'intégralité de son salaire à sa mère. À Château-Regnault et à Revin, il organise une collecte pour récolter de l'argent au profit des jeunes de la région qui ont été appelés en Algérie. Il réunit 114 909 anciens francs.

Geneviève l'aime bien, son fiston. En tout cas, elle n'a, dit-elle, rien à lui reprocher. Aucune aventure sentimentale, aucune dépense – si, une seule, le samedi soir, son unique sortie de la semaine, il va au cinéma –, deux passions, deux distractions, pas plus, et de bonnes distractions : le cinéma, donc, et la clarinette. Il a appris le solfège à leur arrivée dans les Ardennes, il a tout de suite aimé la clarinette, il en joue dans l'harmonie de Château-Regnault, il participe à tous les concerts, à tous les défilés, il répète de longues heures seul dans sa chambre et donne des cours gratuits à ses camarades ou collègues qui veulent apprendre. André Carmaux, le chef de l'harmonie municipale, sera très ému, et triste, d'apprendre que ce jeune homme qu'il aimait beaucoup est devenu l'Étrangleur, un assassin d'enfant : « Il était très gentil, correct, intelligent et sérieux, peut-être un peu orgueilleux, et assez ambitieux. Il paraissait vouloir s'élever du milieu familial et social modeste dont il était issu. » Pourtant, un travail, le cinéma et la clarinette, ça peut suffire ; comme un travail, le football et les maquettes de bateaux ; ou un travail, le whisky et les livres. (Tous les jours, quand je vais déjeuner au Bistrot Lafayette, je vois par la baie vitrée, de l'autre côté du carrefour, à la terrasse du Cristal Bar (où officie Anne-Catherine, le matin), été comme hiver, toujours à la même place, à gauche de la porte d'entrée, et à la même heure, un peu avant 15 heures, Dominique, le libraire de la rue du Château-Landon, assis seul. Après avoir mangé je ne sais où, il vient prendre un café ici, dehors, avec une clope, ou deux. Et il lit. Pour son travail et pour son plaisir. Un livre différent chaque jour – il doit lire aussi le matin, et le soir, et la journée quand il n'y a personne à la librairie. Il reste environ une demi-heure, parfois quelques minutes de plus (les premiers clients de l'après-midi attendront un peu devant la porte, tant pis), dehors mais isolé de tout, ou plutôt descendu à un autre niveau, tranquille, les yeux dans son livre, englobé, englouti dans son livre, comme dans cette parenthèse. Je le regarde (je lui fais parfois un signe, quand il lève la tête, mais le plus souvent, il ne sait pas que je le regarde) et je l'envie. C'est fou, je passe ma vie à écrire ou à lire, je ne fais quasiment rien d'autre (à part aller au bistrot), et pourtant, alors que moi aussi je lis tous les jours, je l'envie, j'aimerais être à sa place, seul en terrasse, là-bas en face, immergé dans un livre, une histoire. Je sais bien qu'un roman sur deux ne doit pas être très bon, mais je l'envie quand même, tous les jours à la même heure, il se met entre parenthèses et on lui raconte une histoire, et dans ces moments-là, personne ne le dérange, il est seul dans son livre. La nuit, dans mon lit, quand je lis, je ne l'envie plus, je fais pareil. Mais dès le lendemain, mystérieusement, je le regarde, qui lit à quinze mètres, et je l'envie.) Lucien lit aussi. Sa mère Geneviève, quand elle en parle, incruste un « mais » qui dit beaucoup, elle ne voudrait pas qu'on pense du mal de son fils, ce n'est pas le patachon qui perd son temps : « Il lisait souvent, mais il ne choisissait que des livres sérieux. » Elle ajoute qu'il aimait particulièrement la poésie, et que Verlaine était son auteur préféré.

La vérité de son enfance et de son adolescence doit se trouver quelque part entre les récits de brutalité sordide des sœurs aînées et les déclarations conciliantes et résignées des garçons un peu moutons, stoïques, quelque part entre les coups de bâton, les gifles, les tartines de saindoux, le lit à plusieurs et la fatigue de la pauvreté – une enfance et une adolescence malheureuses, pathétiques mais pas plus douloureuses que bien d'autres enfances, jeunesses, malheureuses.

Lucien n'est pas en mauvaise santé, il a eu la rougeole, la varicelle, la coqueluche, mais sans complications. En 1956, à dix-neuf ans, il est opéré de l'appendicite, tout se passe bien. L'année suivante, début mai, il passe en conseil de révision à Monthermé, tout près de chez lui, dans une autre boucle de la Meuse (le large fleuve sombre entoure presque entièrement une partie de la petite ville, c'est beau – il me semble, peut-être à tort, qu'il doit être agréable de vivre là, protégé par cette ceinture d'eau sereine et forte, par ces remparts liquides) : il est bon pour le service. Il est d'abord incorporé au 329e régiment d'infanterie de l'air, au camp de Mourmelonle-Grand, dans la Marne, et le 28 juillet 1957, il part pour l'Algérie, en train, puis en bateau jusqu'à Oran (où mon père, Antoine, qui a dix-sept ans, vient de passer la première partie de son bac et passe certainement toute la journée à la plage, à faire le beau gosse), et prend de nouveau le train pour Colomb-Béchar, Béchar aujourd'hui, au centre interarmées d'engins spéciaux, à cinq cents kilomètres au sud d'Oran, près de la frontière marocaine, dans un coin du Sahara. Ça doit le changer de Château-Regnault.

Moins d'une semaine après son arrivée, pan, il est victime d'une grave insolation. Il devait faire un tour de garde de deux heures devant la caserne, en plein soleil, il a tenu le coup vaillamment, puis il est tombé. On l'a emmené à l'infirmerie, en mauvais état, le pauvre petit Lulu, et on l'a plus ou moins remis sur pied. Il lui reste tout de même de sérieuses migraines. Le 15 août, il écrit à ses parents : « Pour mon mal de tête, c'est toujours pareil, car le soleil est toujours aussi mauvais. Demain, je vais encore essayer de reprendre le travail, et si ça ne va pas, je retourne à l'infirmerie. Il faudra bien qu'ils prennent une décision plus satisfaisante. Maintenant que je me repose, ça se calme, et aussitôt que je reprends la garde, ça recommence. Car l'après-midi, le soleil est fort. Le 11, je suis resté chaque fois, toutes les quatre heures, une heure et demie à deux heures en plein soleil. Et le soir, j'ai rendu mon manger du midi. Aujourd'hui, ça va mieux, je voudrais que ça dure. » La semaine suivante, il sera définitivement exempté de garde, mais aussi de travaux pénibles, à cause de ses pieds creux.

On l'affecte au centre d'accueil des officiers, en tant que « secrétaire-assistant ». Il est apprécié de la plupart de ses compagnons de chambrée (*Détective*, sept ans plus tard, publiera une photo de lui lors d'une fête de la caserne, sans doute un genre de méchoui, on le voit en vedette au milieu d'une quinzaine d'appelés rigolards, avec une fausse moustache, de faux sourcils et une toque de cosaque (« déguisé en héros de Dostoïevski », d'après l'hebdomadaire), hilare, « dynamique, boute-en-train », qui brandit un grand couteau au-dessus du morceau de barbaque rôtie : « L'expression de son visage n'est pas celle du monstre que nous connaissons »), et se fait deux copains en particulier : Georges Vincent, vingt ans, un garçon de l'Assistance publique, originaire de la région lyonnaise, qui est en poste aux cuisines, et Jean-Pierre Roussel, même âge, qui vient du Lot (où il retournera vivre, et deviendra cultivateur) et dira de son pote : « J'ai été très lié avec Léger. Nous avons bien sympathisé, il était excellent camarade. Très calme, intelligent, instruit, d'une parfaite correction, il était apprécié par tous, nos rapports ont toujours été parfaits. Il se plaignait de maux de tête très violents. » Georges Vincent approuvera : « Lucien était très intelligent, il donnait l'impression d'être issu d'un niveau social supérieur. Il aimait lire et écrire, il était calme, posé, il ne participait pas aux virées en groupe, il ne cherchait pas les filles. Il m'a dit qu'il avait fait l'École normale, et des études de comptabilité. Il m'a dit aussi que son père avait une situation très importante dans les affaires. »

Fier d'avoir un bon copain comme ça, Georges parle à Lucien de sa sœur, Solange, qui aime écrire, elle aussi, et qui est un peu seule dans sa famille adoptive, entre Mâcon et Villefranche-sur-Saône – après des débuts dans la vie à l'Assistance publique, comme lui. Lucien lui demande l'autorisation de lui écrire : accordée. Elle devient en quelque sorte sa marraine de régiment. Ils s'envoient de longues lettres, de plus en plus souvent, presque tous les jours, et des photos.

Le 13 mai 1958, à l'occasion de sa première permission, Lucien retourne à Château-Regnault. (Il repasse par Oran. Qui sait si, en début d'après-midi, il ne croise pas mon père sur un trottoir près de la gare centrale, juste deux secondes ? Je sais bien qu'il y a une chance sur cinq cent mille. À Paris, je n'ai jamais croisé Thierry Paulin, disons, ou Guy Georges (quoique, je n'en sais rien), alors que les occasions ont été bien plus nombreuses. Mais après tout, Patrick Modiano a bien croisé par hasard Pauline Dubuisson, rue du Dragon, il avait quinze ans, elle venait de sortir de prison. (Et moi, je n'y repense que maintenant, au printemps 2001, tous les matins, vers 11 h 30, j'emmenais Ernest, tout marmot, neuf ou dix mois, en poussette, au square Montholon, dans le 9e. Ce jour-là, il n'y avait presque personne, sauf, en face de nous, sur un autre banc, un type d'une cinquantaine d'années, seul, l'air fatigué, vidé, ahuri, mais qui souriait. Qui nous regardait fixement et qui souriait. Sa tête me disait quelque chose. Mais ça ne pouvait pas être celui auquel je pensais, ce n'était pas possible, il était en prison. Dès le retour à l'appartement, j'ai vérifié sur internet. Oui. Patrick Henry venait d'être libéré après vingt-cinq ans de prison pour l'enlèvement et le meurtre de Philippe Bertrand, sept ans.))

Entre-temps, ses parents ont déménagé, avec leurs quatre derniers enfants, ils ont pu acheter à crédit un petit morceau de terrain au flanc d'une colline, et y ont construit eux-mêmes un baraquement aux volets verts. Il reste un mois chez eux, avec deux escapades au milieu : deux fois, il prend le train jusqu'à Belleville (aujourd'hui Belleville-en-Beaujolais), en bord de Saône, près de cinq cents kilomètres pour aller voir celle dont il est tombé amoureux par courrier. Elle n'a pas vingt ans, elle est petite, brune, un peu bizarre, réservée, comme lui, elle n'a pas l'air très heureuse ni très solide, elle est dactylo dans une maison de vin, les établissements Peyret. Il en devient fou. C'est la première fois, la première fille. Il lui fait la cour gentiment, il n'ose pas l'embrasser. (Dans l'une des rares interviews qu'elle donnera à la presse après l'arrestation de son mari, à *France Dimanche*, en octobre 1964, entre deux longs séjours en psychiatrie, elle se souviendra : « Dès que je l'ai aperçu, j'ai compris que je serais malheureuse avec lui. [...] Il avait des tics. Son regard était fourbe. J'aurais voulu lui dire que je ne voulais plus jamais le revoir, je n'ai pas osé. Devant lui, j'étais sans réaction, il me regardait sans dire un mot, ça me paralysait d'effroi. Il est revenu me voir deux fois en un mois. Chaque fois, j'ai réussi à ne pas l'embrasser. En échange, je lui promettais de l'épouser dès ma majorité. ») Dans le rapport de l'enquêteur Pierre Chabod, on apprend qu'elle est née en juillet 1938, de parents inconnus, et que l'Assistance publique a assuré son instruction, « qui n'a été que très primaire car l'enfant n'avait pas de grands moyens intellectuels ».

Au mois de juin, Lucien se rend à Paris, d'où il doit repartir pour l'Algérie. Mais la veille du départ, il est victime d'un malaise et s'effondre sur un trottoir. (Il reconnaîtra en 1965 que, même s'il avait de fréquents maux de tête, cette perte de connaissance était pure simulation : « Je ne voulais pas retourner en Algérie, pour des raisons politiques multiples. ») Aussitôt transporté en ambulance au Val-de-Grâce, l'hôpital des armées, il subit de nombreux examens, au cours desquels on décèle une légère malformation intracrânienne (un ostéome frontal gauche – une petite tumeur osseuse, le plus souvent bénigne), vraisemblablement sans aucun lien avec son insolation – selon lui, les médecins de l'armée la soulignent surtout pour ne pas avoir à lui verser une pension : c'est de là que viennent ses maux de tête, disent-ils, pas des heures passées immobile au soleil du désert.

En ce qui me concerne, je ne suis pas au Val-de-Grâce mais à l'hôpital Georges-Pompidou, dans le 15e, où j'ai enfin réussi à obtenir un rendez-vous avec l'éminent ponte, l'ancien professeur de ma dentiste. (Je m'incruste en pleine vie de Lucien mais le noyau de pêche vorace et malsain qui m'a rongé le crâne, pardon, c'est un peu plus grave qu'un petit ostéome de fillette.) Je suis seul dans la salle d'attente du docteur Maurice (ma première pensée : « Comme Garçon »), j'ai un livre dans mon sac matelot mais je ne me sens pas assez détendu pour lire (je me sens à peine assez détendu pour respirer), j'ai dans la poche intérieure de ma veste la clé USB qui contient les images du Cone Beam, je transpire, je suis content d'être seul, j'ai peur de ce qu'il va me dire. (« Bon, c'est foutu, bonhomme, c'est comme un genre de gangrène de l'os, la seule solution serait de couper la tête, et je n'aime pas faire ça. ») Il vient me chercher. Son cabinet est très simple, on dirait plutôt un bureau. Il charge sur son ordinateur les images de la clé USB, il ne bondit pas en arrière en s'écriant « Doux Jésus Marie Joseph ! », c'est déjà bon signe. Il les examine en silence, puis il marmonne : « Hm, bon. » (Le calme : la marque des grands.) Il me demande d'ouvrir la bouche, il regarde à l'intérieur, il met les doigts (à la bonne franquette, sans gants, à la ponte). « Ce n'est rien de bien grave. » Ce type est formidable, je l'aime beaucoup : serein, sûr de lui et donc rassurant, pas un mot de trop, avec cette décontraction réservée à l'élite, ce n'est rien de bien grave, je l'aime beaucoup. « Je vais voir quand je peux vous opérer à Lariboisière, je vais les appeler, vous repassez deux minutes en salle d'attente ? » Je me lève, soulagé, je suis soulagé, j'ai eu peur mais ça va, ce n'est rien de bien grave, je retourne d'un pas léger, soulagé, vers la salle d'attente. Deux personnes sont arrivées pendant que je me faisais ausculter sur le pouce, un homme et une femme, je dis bonjour, l'homme a pris le siège sur lequel j'étais tout à l'heure, je n'aime pas ça mais ce n'est pas bien grave, je suis soulagé, c'est le principal, soyons cool, je m'assieds ailleurs, je les regarde, l'une, puis l'autre, et le soulagement se dissout instantanément, s'évapore comme si c'était un rêve. La femme, d'une quarantaine d'années, a un pansement considérable sur toute la moitié gauche du visage, une grosse compresse, et, à je ne sais quoi, on devine qu'il n'y a plus rien en dessous, juste peut-être une fine base d'os ou de peau, je ne sais pas, je ne veux pas y penser, elle a perdu la moitié gauche du visage ; l'homme, lui, plus âgé, n'a pas de pansement mais pas de menton non plus, le malheureux, quelque chose a entièrement dévoré sa mâchoire inférieure. Ils paraissent pourtant relativement relax, comme si de rien n'était, on vient juste pour une petite visite de contrôle, après faut pas que j'oublie de passer acheter des poireaux pour la soupe, et moi j'espère que je vais pas être en retard au ping-pong. Je suis plus sensible qu'eux, je compatis très intensément. Mais surtout, je réalise que ça, c'est le quotidien du grand spécialiste, c'est le patient moyen du docteur Maurice. Ça relativise tout. Moi, tu penses, évidemment que c'est pas bien grave : après l'opération, il me restera quasiment les trois quarts de la tête.

Un quart d'heure plus tard, je sors de Pompidou (plop), lourd, tendu, un rendez-vous à Lariboisière en poche, dans un peu plus d'un mois, à 7 heures du matin (ces gens sont des malades, si on peut dire, c'est du sadisme volontaire (et on parle de prise en charge de la douleur ?) – ils ne peuvent pas opérer l'après-midi, comme tout le monde ?), je prends une profonde inspiration sur le parvis clair, sous le ciel bleu, allez, c'est rien, ça va aller, je suis un cowboy, je m'allume une clope – oui, bon, j'ai dû recommencer à fumer : ce matin, comme par hasard, journée capitale, déterminante pour mon avenir, ma vapette quasi neuve s'est mise à fuir (elle est comme certains animaux domestiques, elle absorbe, par empathie, les émotions humaines : en fait, c'est moi qui avais envie de fuir), de manière manifestement irréparable, par moi en tout cas, or je ne peux pas rester sans nicotine, j'ai été obligé de passer au bureau de tabac. Mais c'est rien, c'est provisoire. Je vais, un de ces jours, en racheter une plus chère, de meilleure qualité – « Ça vous durera toute la vie, ça. »

Lucien ne sera pas renvoyé à Colomb-Béchar, il a réussi son coup. Il passe près de deux mois en neurologie au Val-de-Grâce, il sort sur le parvis clair, allume une Gauloise sur le trottoir du boulevard du Palais-Royal, sous le ciel bleu, puis il est affecté au centre administratif de l'armée de l'air, et enfin, réformé définitivement en octobre 1958. Il part se reposer dans les Ardennes, en famille. Ses parents le trouvent changé. Il leur semble plus nerveux, plus irritable, plus rebelle. Ses maux de tête deviennent chroniques. Le médecin lui prescrit des somnifères – ce n'est peut-être pas la meilleure idée de sa carrière. Il profite surtout de cette convalescence pour aller voir plusieurs fois Solange dans le Beaujolais. Ils ne s'embrassent toujours pas, mais ils se sont « fiancés » par écrit. Car lorsque Lucien n'est pas près de sa promise, il la bombarde de lettres. Pourtant, ses parents sont contre cette idylle, même purement platonique, sa mère la terreur fait tout pour y mettre fin, elle essaie d'intercepter et de lire le courrier de la parasite, jette les lettres de Solange à la poubelle quand elle les trouve avant lui, et sermonne vertement son fils : cette pauvresse de l'Assistance publique n'est pas pour lui, on connaît ces filles-là, des filles de rien, sans naissance, sans repères, sans argent, en plus elle ne l'a vue qu'en photo mais il ne faut pas être extralucide pour comprendre qu'elle n'est pas en bonne santé, elle est toute maigre, et dans une lettre que Geneviève a pu attraper au passage par chance, elle a lu qu'elle avait subi un genre d'opération de l'utérus, ou on ne sait quoi, quelque chose de compliqué, du coup c'est sûr elle ne pourra pas avoir d'enfant, Lulu doit l'oublier très vite, elle ne lui apportera que du malheur.

De son côté, à ce qu'on sait, Solange ne répond à ses déclarations d'amour que par ennui, ou par peur de le mettre en colère, ou bien cette correspondance pour l'instant inoffensive la sort en pensée de sa vie morne d'orpheline, elle est toujours mineure, elle ne peut pas se marier, ni quitter la maison que lui a assignée l'Assistance publique. Mais son fiancé autoproclamé, qui n'écoute pas sa maman, prend les choses en main. C'est la jeune fille, devenue jeune femme dérangée, qui raconte dans *France Dimanche* :

« Le vendredi 16 janvier 1959, me rendant à mon travail, je sentis soudain une main s'abattre sur moi. Je poussai un cri. "Tais-toi ! C'est moi, Lucien !" Il était méconnaissable. Ses yeux étaient fixes. Une légère contracture retroussait ses lèvres. Il claquait des dents et ses mains tremblaient légèrement. "Tu vas me suivre, me dit-il, j'ai un plan. Si tu ne viens pas, tant pis pour toi, mes parents vont envoyer tes lettres à l'Assistance publique, tu seras dans de beaux draps !" Si on apprenait, à l'Assistance, que je fréquentais un homme, j'étais sûre qu'on me ferait enfermer. C'est pour cela que j'ai accepté, le soir même, après mon travail, de fuir avec Lucien. » Ils partent à pied, la nuit tombe, ils s'arrêtent à Saint-Jean-d'Ardières, à moins de deux kilomètres du centre de Belleville (les deux communes ont été réunies en 2019 pour former Belleville-en-Beaujolais), et s'installent sur un banc, sans rien à manger, dans un froid de *Petite Fille aux allumettes*. Lucien a peut-être un plan, mais il est assez flou : « Il était plongé dans un rêve, il resta plusieurs heures sans m'adresser un seul mot, le regard perdu vers les étoiles. Tout à coup, il se tourna brusquement vers moi. Un sourire crispé entrouvrait ses lèvres. Il me saisit violemment à bras-le-corps et m'embrassa sur la bouche. Il était trop tard pour m'enfuir. Ma vie était désormais liée à la sienne pour toujours. »

En stop, en dormant dehors, ils réussissent à atteindre Paris, l'objectif, la terre promise de Lucien, dont le plan est décidément bien faiblard : ils n'ont pas un sou, pas un ami, pas un projet, ils dorment dehors, frigorifiés, affamés, et le troisième soir, alors qu'ils se sont réfugiés sous un porche près de la porte Saint-Martin, ils sont ramassés par une patrouille de police. Touchés par les jeunes amoureux transis (c'est le cas de le dire), les agents les mettent en cellule, mais avant tout pour qu'ils passent la nuit au chaud, et qu'ils puissent manger. Le lendemain, Lucien, comprenant que c'est raté, qu'il n'est plus vraiment possible de se lancer comme ça, à la Rimbaud, surtout quand on n'est pas Rimbaud (ce qu'il n'admettra pas tout de suite), contacte par téléphone sa grande sœur, Marie-Thérèse, à Charleville. Elle et son mari, Marc C., acceptent de les héberger quelque temps. Ils retournent donc dans les Ardennes, en stop toujours (selon Lucien, avant de les laisser repartir, le commissaire leur a, très gentiment, donné 300 francs), et s'installent chez le couple et leurs enfants, qui leur font de la place comme ils peuvent, ce n'est pas bien grand. Il faut une chambre pour chacun des amoureux, pas question qu'ils se tripotent avant le mariage sous un toit respectable, tant pis, les enfants dormiront par terre dans la salle à manger. Marie-Thérèse dira : « Solange était timide, gentille, aussi réservée que Lucien. Il aurait fait n'importe quoi pour elle. Elle était peut-être moins passionnée. Mélancolique, un peu amère, à cause de sa santé. »

C'est au début de ce séjour chez la grande sœur qu'ils couchent ensemble pour la première fois – et c'est une première fois pour tous les deux. Solange n'en garde pas un souvenir très romantique : « Le premier soir, tout se passa très bien. Lucien vint me souhaiter bonne nuit, il m'embrassa et se retira aussitôt. Mais le lendemain soir, il entra dans ma chambre sans frapper et me surprit en chemise de nuit. À peine étais-je couchée qu'il était sur mon lit, il voulait que je devienne sa maîtresse. "Si tu n'acceptes pas, me dit-il en riant, je t'étrangle !" Je le repoussai des deux mains avec une telle violence qu'il perdit l'équilibre. Surpris par ma réaction, il quitta ma chambre sans me dire bonsoir. Mais il recommença sa tentative plusieurs fois, et un soir, il se déchaîna : "Ce soir, tu seras ma maîtresse !" s'écria-t-il sans pudeur. Et ce soir-là, pendant que je me débattais dans ses bras, il me saisit à la gorge et serra de toutes ses forces. Je perdis connaissance. Si je ne me suis pas sauvée le lendemain de cette scène, c'est que je savais que je serais reprise par l'Assistance. »

Quelques semaines plus tard, d'ailleurs, Solange reçoit la visite d'une assistante sociale de Charleville, qui lui dit en substance : « Mariez-vous rapidement, ou c'est la maison de correction. » Lucien, de son côté, est poursuivi pour détournement de mineure. Me Grétéré, avocat au barreau de Charleville et adjoint au maire, prend sa défense, l'histoire des amoureux le touche au cœur, Roméo et Juliette des Ardennes : « Il venait souvent me voir à mon cabinet, il était tout effacé, tout timide, tout gauche, il me demandait avec inquiétude : "Maître, croyez-vous que tout cela finira par s'arranger ? Car Solange et moi voulons nous marier, c'est notre seul désir." » Le jeune homme ne risque pas grand-chose, mais Solange est tout de même obligée de retourner vivre en foyer dans le Beaujolais. Elle y reste quinze jours mais ce n'est plus une enfant, elle ne peut plus, elle ne supporte plus la vie de pupille, elle va suivre le conseil de l'assistante sociale, elle va se marier, tant pis, elle fugue et rejoint à Charleville l'homme que la vie lui propose. Il a trouvé un boulot de magasinier aux établissements Borrewater, spécialisés dans le matériel et l'installation électriques. (J'ai eu du mal à retrouver l'endroit, car la rue, devenue piétonne, a changé de nom : elle s'appelait rue Thiers, aujourd'hui rue Pierre-Bérégovoy. J'ai garé la Captur à trois cents mètres, je suis debout devant les anciens établissements Borrewater, devenus une boulangerie La Mie Câline, au numéro 10. Le petit immeuble mitoyen, qui n'a l'air de rien et que je ne m'attendais pas à trouver là (je ne savais pas que la rue, avant Bérégovoy et Thiers, s'appelait Napoléon), est celui où est né Rimbaud, au-dessus maintenant d'un France Loisirs. (Lucien devait être un peu fier de travailler ici, même s'il préférait Verlaine.) Avant de reprendre la voiture, j'entre boire un verre dans un café avec wifi et, sur l'ordinateur portable, je cherche où se trouve l'ancienne mairie de Charleville, avant la jonction avec Mézières. Il est 11 h 30. Près de la porte des toilettes, une femme aux longs cheveux gris, débraillée, hurle qu'elle va « massacrer la gueule » du vieil ivrogne qui l'accompagne.) Solange, elle, décroche un emploi de secrétaire sténodactylo à la Sécurité sociale de la ville.

Le 12 mai 1959, ils se marient à Charleville, à la mairie qui se trouve rue du Théâtre – Solange n'a pas voulu de l'église. C'est Me Grétéré, l'adjoint au maire, qui officie et officialise leur union – c'est son tout premier mariage, il a fait de son mieux pour que ce ne soit pas trop triste, il a « placé des fleurs sur la table et sorti les deux grands fauteuils d'honneur, aux coussins cramoisis et aux dossiers couverts de dorures », mais ce n'est quand même pas l'envolée romantique, la fête joyeuse : lui compris, ils ne sont que cinq dans la salle – Me Grétéré, donc, les jeunes mariés, et leurs deux témoins, Marie-Thérèse et son mari, Marc. Les parents de Lucien n'ont pas voulu venir. (Il ne leur parlera plus jamais ailleurs que dans un parloir de prison.) Je suis devant la mairie, je regarde la porte, ça ne sert à rien, mais je les imagine sortir de là, tous les deux, mariés, vingt-deux ans pour lui, vingt pour elle, avec leurs témoins gardiens de cimetière. L'adjoint au maire avocat dira : « C'était un pauvre petit mariage. Quand je les revois si heureux et que je pense à l'effroyable présent… Lui, l'Étrangleur, elle, folle… Est-ce donc possible ? Quels drames ont-ils dû connaître en cinq ans de vie parisienne, mes deux premiers mariés, Lucien et Solange… »

(Après la mairie, avant de rentrer à l'hôtel, je vais faire un tour au cimetière de Mézières, le cimetière Saint-Julien, où travaillaient Marie-Thérèse Léger et son mari, Marc C., et où Lucien est inhumé. (C'est Stéphane Troplain qui me l'a appris. Il était à l'enterrement, mais il ne se souvenait plus dans quel cimetière. (Il m'a juste dit : « On a emprunté une grande allée centrale, et ensuite c'était sur la gauche. ») Il y en a plusieurs à Charleville-Mézières, tous ou presque avec de grandes allées centrales. Avant de partir, j'ai fait des captures d'écran des entrées de chacun d'eux, sur Google Maps, je lui ai envoyé les photos, il a reconnu, sans hésiter, celle du cimetière Saint-Julien.) J'ai marché trois heures – trois heures – sous la pluie, la bruine (c'est maintenant une certitude, chaque fois que je cherche une tombe dans un cimetière, il pleut, je suis sûr que c'est pour me faire payer la chance, contrairement à tout le monde autour, d'être vivant), trois heures à clopiner, avec ma jambe foutue, trempé, sans, évidemment (je m'en doutais), rien trouver. Lucien Léger n'est pas le genre de gars qu'on couche sous une pierre tombale majestueuse, avec drapeaux et gyrophares, pour que tous ses fans puissent venir le voir. J'ai lu une à une, et la plupart même deux fois, jusqu'à en avoir les yeux et le cerveau imbibés de mort, les inscriptions sur les centaines de sépultures des quinze grands carrés du cimetière : pas de Lucien Léger. J'ai trouvé des choses amusantes, comme il y en a toujours dans ces sanctuaires de la détresse humaine : par exemple, le caveau de la famille Toupet, mitoyen (à trente centimètres, vraiment) de celui de la famille Culot (l'affrontement, la lutte pour la suprématie dans le domaine de l'audace, jusque dans l'au-delà, quatre-vingt-cinq ans après la mort des derniers représentants des deux clans, la même année comme par hasard, en 1934, Sidonie Toupet et m'sieur Culot, dont le prénom malheureusement s'est effacé). Mais de Lucien Léger, l'Étrangleur, non, plus de trace. Il y a plusieurs pierres tombales sans nom, et même des tombes sans dalle ni nom, juste un rectangle de terre et de gravier avec un petit écriteau « Regrets » ou « Souvenirs », il doit être quelque part là-dessous.)

Les jeunes époux vivent d'abord quelques semaines à l'hôtel, puis ils trouvent un petit appartement meublé à Mohon, une commune aujourd'hui rattachée à Charleville-Mézières, 16 rue du Port. Là aussi, le lendemain matin, je gare la Captur noire devant, je sors, je regarde. C'est un petit bâtiment gris tout simple, sans charme, une sorte de maison à un étage, deux niveaux, dans laquelle il devait y avoir deux appartements, ou trois. En face, il y a des immeubles modernes, à la fin des années 1950 ce devaient être des champs, un terrain vague, ou d'autres habitations modestes. Un couple en survêtement passe devant moi avec une petite fille, ils s'engueulent, ils me dévisagent brièvement, qu'est-ce que j'ai à regarder leur maison ?

Le propriétaire du petit immeuble s'appelle André Guillaume, il loue trois logements (voilà, trois, donc) : « J'ai observé partiellement leur façon de vivre. Ils ne faisaient jamais la cuisine, ils mangeaient uniquement dehors. J'ai d'ailleurs l'impression qu'ils ne devaient pas manger à leur faim, ils faisaient l'effet de deux malheureux. À mon avis, ces jeunes gens n'étaient pas normaux, ni l'un, ni l'autre. J'ai appris par la suite qu'ils promenaient leur cochon d'Inde tous les soirs dans le quartier, tenu en laisse. Tous deux avaient un caractère taciturne, ils ne parlaient à personne. Lucien Léger paraissait bien élevé, timide et effacé. » André Guillaume ajoute que lorsqu'il venait lui payer le loyer, Lucien refusait toujours d'entrer chez lui, il restait sur le paillasson. (Dans la marge d'une copie du dossier que lui fournira Me Garçon, Lucien écrira que c'est n'importe quoi, cette histoire de cochon d'Inde.)

En novembre 1959, Solange tombe malade – ou plutôt, victime d'une sorte de fatigue lourde, d'épuisement général, elle a des douleurs un peu partout, des maux de dos, d'estomac, qui s'accompagnent parfois de sensations d'étouffement et de difficultés à avaler. Elle n'est pas hospitalisée, pas encore, mais elle doit démissionner de son poste à la Sécurité sociale, elle n'a plus la force de continuer.

Lucien décide qu'ils n'ont aucun avenir ici, tout est trop petit, trop terne, trop plouc. Il quitte à son tour son emploi chez Borrewater, à la fin du mois de décembre, et en janvier 1960, ils reprennent la route de Paris, avec quelques toutes petites économies cette fois : ils reviennent en vainqueurs, fini les portes cochères. Ils s'installent d'abord dans un modeste meublé de la cité Rougemont, dans le 9e arrondissement, et en lisant les petites annonces, Lucien trouve du boulot facilement – c'est encore, pas pour longtemps, du gâteau, même si aux bas étages de la société, dont il est bien difficile de s'extraire, on ne peut en espérer que des miettes. Il se fait engager comme agent d'assurances pour la société L'Union, place Vendôme. Mais c'est un piètre démarcheur, il est trop timide, trop peu à l'aise face aux gens : en cinq mois, il ne réussit à faire signer que douze petits contrats de rien du tout, en comptant l'assurance-vie minuscule qu'il a contractée lui-même, avec Solange en bénéficiaire. Fin mai, il se réoriente, il devient liftier et réceptionniste de nuit à l'hôtel Pierre Ier, un palace (qui n'existe plus) de l'avenue Pierre-Ier-de-Serbie (avec « restaurant de tout premier ordre », disait la pub), pas très loin d'Europe no 1. Il part au bout d'un mois. Il rebondit encore et trouve une place de standardiste à la Société industrielle d'application des bois, la SIAB, une grande menuiserie à Ivry. Mais le téléphone, ce n'est décidément pas son truc – il est trop sec, pas assez patient, il envoie bouler les clients un peu trop exigeants. On le recase à la comptabilité, mais la comptabilité, ce n'est pas son truc non plus. Des chiffres, des chiffres, des chiffres, ça l'ennuie. Son chef ne l'aime pas trop : « Il était distant et renfermé, très détaché de son travail de bureau, il ne s'y intéressait pas, il faisait beaucoup d'erreurs. Il dessinait, il lisait beaucoup, entre autres des méthodes pour apprendre l'espagnol et le russe. » En janvier 1961, il est, logiquement, licencié. Mais il s'en fiche, il retrouve du travail aussitôt, chez Denoël, rue Amélie, entre la tour Eiffel et l'Assemblée nationale, Paris, Paris !

Il est « metteur à part » au service expédition de la maison d'édition, il prépare les colis de livres. Non seulement c'est tout proche du nouveau petit appartement qu'ils viennent de trouver, à l'hôtel de France, pour 200 francs par mois (son salaire mensuel est de 680 francs bruts, 645 francs nets – pour donner une idée de ce que ça représente, sa clarinette lui a coûté 170 francs, et son magnétophone, acheté aux établissements Photo-Ciné-Son Pichonnier, rue de Grenelle, 617 francs), mais surtout il évolue enfin dans un milieu qui lui convient et lui plaît, celui de la culture, de l'art. Il peut en outre, en tant qu'employé, rapporter gratuitement de très nombreux livres chez eux, et ne s'en prive pas. (Lors de la première perquisition, on trouvera au total plus de six cents ouvrages dans la pièce qui leur sert à la fois de chambre et de salon : de la poésie, du théâtre, des essais, récits et documents, notamment sur l'Algérie (entre autres, *Pour Djamila Bouhired*, de Jacques Vergès et Georges Arnaud), sur la guerre d'Espagne, la Yougoslavie, Fidel Castro, la Chine, la Commune, et quatre cent soixante-deux romans, dont pas mal de classiques mais aussi les dernières publications de Denoël, comme *L'Ironie du sort*, de Paul Guimard (qui était l'un des livres préférés de mon papa), *Monsieur Cauchemar*, de Pierre Signac (Pierre Siniac de son vrai nom, il ne s'est pas trop cassé la tête pour le pseudo), dans la collection « Crime Club » (avec en bandeau sur la couverture : « Tuer pour rire, mourir pour de bon, c'est le jeu du petit garçon et de l'étrangleur »), et un roman de science-fiction qui vient de sortir au moment où Lucien est embauché, avec un bandeau : « Les femmes au pouvoir ». L'histoire se déroule après une guerre atomique, au début du XXIe siècle (on touche du bois), presque tous les êtres humains mâles sont morts, il ne reste que quelques très rares reproducteurs (mais les femmes, qui dirigent le monde, assistées par des robots, se reproduisent principalement par parthénogenèse, ne donnant naissance qu'à des filles). Les survivantes se sont regroupées et organisées dans des villages protégés, mais autour, dans l'ombre des forêts irradiées, rôdent des monstres mutants, aux moignons atrophiés, aux paupières purulentes, dépravés, cruels, meurtriers. Le roman, écrit par Anne-Marie Soulac (un nom qui me parle), s'appelle *Le Printemps des monstres*. (J'espère que je n'aurai pas de problème avec le titre, ça ressemble un peu.) Pendant les quarante jours anonymes de l'Étrangleur, un journaliste, plus au fait que les autres des publications récentes, avait tiqué en lisant cette étrange et belle phrase : « Je suis de la graine qui pousse au printemps des monstres », perdue au milieu du flot d'ignominies et de vantardises puantes du détraqué. Voilà, tout s'expliquait, on comprenait mieux. Cette phrase ne venait pas de lui, il l'avait simplement copiée dans un livre. (En fait, non. Je l'ai lu, *Le Printemps des monstres* – deux fois, pour être sûr. Anne-Marie Soulac y parle de printemps (perdu, ou à venir), de monstres malsains, et une ou deux fois de graines (seulement celles que sèment les femmes pour se nourrir), mais nulle part de graine qui pousse au printemps des monstres. C'est bien une phrase de Lucien Léger, l'Étrangleur.))

Tout va mieux pour Lucien, il semble s'épanouir, malgré les problèmes d'argent. Son chef de service chez Denoël, Benoît de Benedettis, dit, comme d'autres avant lui, qu'il est intelligent, « d'un niveau culturel nettement supérieur à celui de ses collègues », qu'il aime la musique, la poésie, les langues étrangères, qu'il suit de près l'actualité littéraire et politique, et qu'il travaille bien. Le sous-chef, Jean-Michel Deront, l'apprécie beaucoup, devient même son ami et va souvent le voir à l'hôtel de

France où Lucien (qui est seul la plupart du temps, car sa femme est hospitalisée) lui offre l'apéritif, lui parle de son service en Algérie, de sa révolte contre l'armée française, et lui fait écouter ses poèmes, qu'il a enregistrés sur son magnétophone à bande ou sur disque dans une boutique spécialisée (avec tête de Pee-Wee). Ce ne sont pas des poèmes très riants. Par exemple : « Pourris, les morts le sont / Moins que les vivants, / Que ceux qui font la paix / En étranglant la colombe, / Ils lui tordent le cou, / Pauvre Picasso, / N'aurait-il pas mieux / Dessiné une tête de mort ? / Au moins celle-là, / On n'aurait pas pu / La tuer deux fois. » Je te ressers un petit pineau ? À la tienne !

Au début de leur vie parisienne, Solange semble s'habituer à son mari. La passion ou la douceur conjugale se font tout de même un peu attendre. Mme Guillaumet, une blanchisseuse qui travaille au rez-de-chaussée de l'immeuble voisin et les voit souvent passer devant sa vitrine, soupire : « Ils marchaient l'un à côté de l'autre sans jamais se toucher, sans se tenir la main, ils avaient l'air de deux étrangers l'un pour l'autre. Ils semblaient vivre sur une autre planète. C'est toujours lui qui portait le filet à provisions, qui faisait les courses. Elle se contentait de suivre. Ils étaient vêtus de manière assez excentrique, surtout elle : elle avait un pantalon jaune canari, et les cheveux noirs très longs. Ils étaient bizarres, vraiment. »

Solange reste sur ses gardes. Toujours à *France Dimanche*, elle racontera : « Il avait une façon de me regarder qui me faisait souvent peur. Il lui arrivait aussi parfois de rester des heures entières sans dire un seul mot, je me demandais ce qu'il mijotait. Il se postait dans son coin. » Mais peu importe, elle ne le voit plus beaucoup. De moins en moins. L'état d'asthénie douloureuse dans lequel elle est tombée à Charleville, fin 1959, s'intensifie, s'aggrave, se modifie. Elle n'a plus travaillé depuis, et ne retravaillera plus. Elle est régulièrement en proie à de violents spasmes respiratoires. Elle se fait d'abord admettre à l'hôpital de la Pitié (qui ne sera uni à celui de la Salpêtrière, voisin, qu'en 1964, l'année de la fin de tout pour le couple), trois semaines, puis rentre quelque temps à l'hôtel de France, passe ses journées enfermée dans la chambre, mais retourne bientôt en observation, en traitement plutôt, psychiatrique cette fois, à l'hôpital Henri-Rousselle, dans l'enceinte de Sainte-Anne. Elle fait ainsi, en moins de trois ans, une vingtaine de séjours d'une ou deux semaines, calmée par de plus en plus de médicaments, jusqu'au début de l'année 1963, où elle est admise, internée, remisée au centre psychiatrique de Perray-Vaucluse, en banlieue parisienne, entre Épinay-sur-Orge et Sainte-Geneviève-des-Bois. (J'ai grandi près de cet hôpital. Il se trouve à côté de la gare de Sainte-Geneviève, le long des rails (à l'endroit où Gaston Leroux a imaginé la propriété du *Mystère de la chambre jaune*, et juste en face de celui où a été retrouvé le corps agonisant d'Ilan Halimi, torturé par le « cerveau des barbares » et son équipe de demeurés). Le magasin Phildar de ma mère était à cinq cents mètres, des femmes qui avaient le droit de sortir venaient lui acheter des pelotes de laine et des aiguilles pour occuper les journées lentes, oisives, interminables, et un homme, gentil, lui prenait des collants et chaque fois lui demandait s'il pouvait les essayer dans l'arrière-boutique pour être sûr que c'était la bonne taille, ce qu'elle refusait évidemment chaque fois. (Ma mère, Marie, est même entrée dans l'hôpital, elle avait vendu une machine à tricoter à une infirmière qui avait eu cette idée pour distraire les patientes, et était allée lui donner un cours de base, entourée par des femmes molles et attentives. Solange n'y était plus.) Notre collège se trouvait à peine plus loin, on en parlait souvent, bêtement – « Ça y est, Vaucluse t'a laissé sortir ? », « Tu vas finir à Vaucluse », « Ça se passe bien pour ton père, à Vaucluse ? » On est con, quand on est petit. Pour moi, petit, jeunot, « Vaucluse » était synonyme de folie, de mystère, de peur.) Dans le service des docteurs Bernard et Lécuyer, on se penche sérieusement sur son cas, on diagnostique un « état névrotique grave, de type hystérique, évoluant depuis plusieurs années, de service hospitalier en service hospitalier, de façon presque continue depuis 1960 ». L'espoir revient en décembre : « Très nette amélioration du comportement depuis le sevrage médicamenteux et socio-familial habituel. L'ancienneté des troubles nous fait pourtant rester très réservés quant au pronostic. » Elle ressort le 4 janvier 1964, c'est Lucien qui a insisté, il veut l'emmener voir sa famille d'accueil et son frère Georges, son pote de régiment, dans le Beaujolais, pour lui changer les idées. Ça ne s'avère pas très efficace : le 18 janvier, elle réintègre l'hôpital en urgence, les médecins constatent que son état s'est encore et très rapidement dégradé, et que la « famille » se montre incapable de s'occuper d'elle, qu'elle lui est même nuisible. Le 29 janvier, ne sachant plus vraiment que faire avec elle, que faire d'elle, ils acceptent la demande de son mari qu'elle soit transférée à l'hôpital psychiatrique de Villejuif, où il travaille depuis le mois d'octobre précédent.

En effet, après un fort différend avec son chef de service chez Denoël, Benoît de Benedettis, au sujet d'une banale histoire de planning de travail, Lucien Léger a claqué la porte et décidé de changer de voie – il y pensait depuis plusieurs mois. (Il n'est pas parti très calmement. Les jours suivants, il a envoyé une carte postale « humoristique » à de Benedettis, où l'on voit une grosse mégère qui poursuit un petit bonhomme avec un rouleau à pâtisserie, et au dos de laquelle il a écrit : « D'une façon ou de l'autre, on se retrouve toujours. » Par ailleurs, un collègue de Lucien dont il était assez proche, Jean-Louis Le Chevalier, préviendra leur chef qu'il lui a confié, en souriant mais on ne sait jamais, avoir envie de le tirer comme un lapin dans la rue, avec une carabine.) Dès les premiers signes de dérèglement de Solange, il s'est passionné pour la psychiatrie, la médecine en général, il veut être utile à son prochain, affirme-t-il. Dans le bulletin municipal de la Ville de Paris daté du 24 janvier 1961, on lit qu'il a obtenu un premier degré de son brevet de secourisme de la protection civile, puis un deuxième en mai 1963. Le 21 juin de cette année-là, il obtient sa carte officielle de secouriste (la photo semble avoir été prise le même jour que celle qu'il découpera pour envoyer à Taron la main qui tient le pistolet, il a la même coiffure exactement, les mêmes lunettes fumées, la même chemise sombre, le même manteau – la seconde n'aurait donc pas été prise exprès pour ses messages d'Étrangleur, mais un an plus tôt). Mais depuis l'automne 1962 déjà, il s'est inscrit dans l'équipe de la Croix-Rouge du 7e arrondissement, et un dimanche par mois, il coanime un poste de secours sur la nationale 10, près de Rambouillet, toute la journée. Le chef de groupe, Pierre Garnuchot, un ingénieur électricien sexagénaire, se souvient d'un garçon très correct, « en particulier vis-à-vis des jeunes filles », un « secouriste irréprochable, dévoué et serviable, qui ne rechignait jamais aux tâches les plus ingrates ». Il le trouve un peu trop renfermé, taciturne, mais le tient en haute estime. Le jeune homme lui parle souvent des problèmes de santé de sa femme : « J'ai eu l'impression qu'il était extrêmement malheureux de cette situation. » Il semble également avoir été très marqué par la guerre d'Algérie : « Il m'a dit qu'il avait été décoré pour avoir sauvé la vie d'un général. »

Dès son départ de chez Denoël, le 4 octobre 1963, il contacte l'hôpital de Villejuif. Le 14, il passe l'examen d'entrée, qu'il réussit brillamment (il potasse les livres depuis plusieurs mois), puis la visite médicale, et deux jours plus tard, il entre comme élève infirmier à la première section hommes. Jean-Michel Deront, son ami de chez Denoël, est content pour lui : « Lucien était ravi de son nouveau boulot, il était très attaché à sa femme et tentait de déterminer exactement la nature de sa maladie, pour la sauver. » Le personnel encadrant de l'hôpital n'a que des éloges à lui faire : « Il avait d'excellents résultats, il suivait les cours de première année avec une remarquable assiduité », dit son professeur, Marcel Jund. Jacques Sereni, le surveillant général, et Maurice Voiturier, le surveillant adjoint, admettront, malgré l'opprobre qui va légitimement lui tomber dessus comme du napalm, qu'il était « particulièrement dévoué envers les malades » et qu'il « s'acquittait de son travail, les soins corporels et médicaux, les piqûres, etc., avec douceur et patience ». Même le médecin-chef du service, le docteur Marcel Bergeron, était « très favorablement impressionné par ses connaissances, qui dépassaient largement le niveau requis ».

Quand sa femme était à Vaucluse, il allait la voir plusieurs fois par semaine avec une mobylette Motobécane qu'il avait achetée en décembre 1961 à la Samaritaine. Ce n'était pas très pratique, cinquante kilomètres dans la journée sur une chèvre… En août, il a passé son permis de conduire, et à la fin du mois, le 31, il a acheté une 2 CV Citroën d'occasion, une vieille, dans un garage du boulevard Voltaire, pour 1 410 francs – pas une très bonne affaire : il doit dépenser 289 francs de réparation le 29 septembre, et le 10 octobre, 536 francs de « complément de réparation » (c'est ce qu'il note sur le petit carnet vert où il tient compte de toutes ses dépenses), soit 2 235 francs au total (une neuve, en 1963, coûtait environ 5 000 francs), mais au moins, il pourra aller voir Solange à Sainte-Geneviève-des-Bois quand il veut, et plus agréablement. (Le 20 décembre, pour se débarrasser ingénieusement de la mobylette devenue inutile, il la déclarera volée au commissariat des Invalides (il dira qu'il l'avait laissée devant l'hôtel de France, attachée avec son antivol, alors qu'elle était bien devant l'hôtel de France, mais sans antivol, et depuis plusieurs nuits), et la compagnie d'assurances L'Union, dans laquelle il avait été embauché en arrivant à Paris, lui remboursera 150 francs en octobre 1964, alors qu'il sera emprisonné depuis quatre mois et pour bien des années.) Deux semaines plus tard, il offre même à Solange un premier voyage de remise en forme dans le Beaujolais, mais malheureusement, ils ont un accident à Belleville, la tête de Lucien heurte le pare-brise (pas de ceinture de sécurité évidemment), ses migraines redoublent à partir de là, il est conscient qu'il devrait aller consulter, ou même se faire hospitaliser, mais il sait qu'il va se présenter le mois suivant à l'examen d'entrée à Villejuif, il ne veut pas prendre le risque d'être recalé à la visite médicale à cause de son dossier. Donc il se sert des ordonnances qu'on lui avait délivrées au Val-de-Grâce, puis à l'hôpital Laennec, où il est souvent allé consulter depuis deux ans, il avale des antalgiques et des calmants, parfois même ceux qui sont prescrits à sa femme, au petit bonheur la chance.

Le 29 janvier 1964, Solange est donc internée à Villejuif, dans la deuxième section femmes, le service du docteur Louis Le Guillant. Peu après l'arrestation de Lucien, le 15 juillet 1964, elle fera (on lui fera faire) le chemin inverse et sera renvoyée à Perray-Vaucluse. On aura encore des nouvelles d'elle à l'automne, lorsqu'elle ressortira de la spirale de la psychiatrie pour quelques semaines seulement, en particulier dans *France Dimanche*, ou dans *Détective* le 6 novembre 1964 : « La rue et les gens lui font peur, elle s'imagine qu'on l'épie, qu'on la suit, comme si le crime de son mari était inscrit à l'encre indélébile sur son propre visage », écrit le journaliste Claude Vallier. Il est ému par celle qu'il interviewe : « En vérité, ce personnage que l'actualité vient de lui imposer n'est pas facile à jouer. C'est avec pitié qu'à certains moments je regarde cette fille mince, à qui personne ne tend la main pour l'aider à refaire sa place au soleil. Pour elle, il n'y avait peut-être que Lucien Léger, cette espèce de Pierrot rêveur devenu assassin, car c'est un point qu'elle ne peut nier : Léger, tout le temps que dura sa maladie, s'occupa d'elle avec dévouement. » Deux semaines plus tôt, dans *France Dimanche*, elle confiait à Alain Ayache, qui l'avait interceptée dès sa sortie de l'hôpital : « J'ai décidé de tout faire pour oublier mon mari, celui qu'on appelle l'Étrangleur. J'ai déjà vu un avocat pour divorcer. Je ne veux plus m'appeler Léger. Quand j'entends ce nom, j'ai un frisson de dégoût. »

Elle a demandé le divorce quelques jours à peine après avoir quitté Vaucluse. Un reporter de l'AFP était là pour la voir se présenter au tribunal avec un avocat que lui a trouvé un journal : « Mme Léger avait une démarche hésitante. Maigre, le visage trop maquillé, ses longs cheveux noirs retenus par un large bandeau rose, elle portait une jupe beige et un pull rose, sous un manteau noir trop long, un grand cabas au bras, un bracelet doré au poignet, et autour du cou, un collier voyant. »

Le divorce n'aura jamais lieu. On n'entendra presque plus parler de Solange dans les médias. Elle va sombrer, elle sera emportée, engloutie, aspirée vers le fond, elle va disparaître.

Lorsque sa femme est entrée dans le labyrinthe psychiatrique, Lucien en a été affligé, désemparé, inquiet, il a malgré tout continué à exister de son côté, faiblement. Et même si sa vie sociale n'a jamais été très active, ni distrayante, il a fait quelques rencontres. Outre ses quelques potes de boulot, comme Jean-Michel Deront ou Jean-Louis Le Chevalier chez Denoël, et plus tard Martial Wolfer et Georges Abar, qu'il raccompagne tous les soirs au Kremlin-Bicêtre après la journée de travail à Villejuif (en conduisant, il leur parle de sa vie en dehors de l'hôpital, il leur dit qu'il fréquente le milieu du théâtre, qu'il est très proche d'une actrice), il a noué deux petites amitiés en dehors du cadre professionnel.

Le 28 juin 1962, une longue lettre signée « L. Léger, Paris » est publiée dans le courrier des lecteurs de *L'Express* (qui s'interroge en une : « L'OAS est-elle finie ? »), intitulée : « Un cas isolé ? » Vu du XXIe siècle, les années 1960, c'est la belle vie, où tout est possible, facile, couleurs fraîches, douceur et légèreté, la belle vie où tout est clair, où l'avenir s'ouvre. Oui, il s'ouvrait, mais il s'ouvrait sur notre société. C'était la jeunesse de notre époque. On la regrette, comme toutes les jeunesses, mais ce n'était rien d'autre que le début du cynisme et de l'avidité, le début d'une nouvelle violence. Les pauvres étaient aussi pauvres qu'avant, et qu'après. « Vous penserez que le cas que je vous soumets n'est qu'un cas isolé. Je le voudrais bien, mais je sais que des milliers de cas existent. On les connaît à peine. On cache la misère grandissante. Chacun a même honte de sa misère qui croît de jour en jour. Je touche un salaire "moyen" (oui, moyen, car je sais qu'il y en a de plus bas). Je vis avec ma femme malade, en hôtel. Manque de logement… Nous sommes jeunes, 25 ans. Je retire de ma paie 20 000 [anciens] francs par mois de loyer, plus frais divers. Il me reste moins de 30 000 [anciens] francs pour "vivre" à deux. Vivre ? C'est-à-dire "ne pas mourir". Il faut sur cela prendre tous les frais d'entretien, habillement, gaz, etc. Ma femme aurait besoin de manger beaucoup. Sa maladie nerveuse ne fait qu'empirer du fait des privations. Voici la liste de nos privations : viande : une fois par semaine ; légumes verts : jamais ; fruits : une demi-pomme par repas ; vin : jamais ; café : jamais ; toujours du riz et des pâtes, des pommes de terre. Je ne fume pas. Jamais de distractions. Les conséquences ? Je viens enfin d'aller voir un médecin, car depuis deux mois, mes forces baissent. Mes dents se déchaussent complètement. J'ai les gencives blanches, et qui me font souffrir. Ma femme est atteinte du même mal. Diagnostic ? Le scorbut nous guette, et le docteur m'a conseillé d'arrêter de travailler. Nous sommes en France, en 1962. On nous vante une France prospère. Je suis écœuré et malade. [...] Je vous ai dit ma misère. Combien osent avouer la leur ? Je sais que mon cas n'est pas isolé. Faites connaître ce scandale parmi les autres que vous dénoncez. Et si cette lettre paraît dans vos colonnes, beaucoup de mes camarades d'infortune se reconnaîtront et, peut-être, oseront-ils crier leur colère. Puissent-ils être entendus. L. Léger, Paris. »

Sur quelques points, comme toujours, il exagère (il fume, il boit du café, du lait, son médecin ne lui a pas conseillé d'arrêter de travailler, et le scorbut a autre chose à faire), mais les conditions de vie qu'il décrit sont répandues partout, en nappe sombre, en fond de société. Sa lettre, évidemment, ne changera rien. Elle aura tout de même deux conséquences pour lui. La première, c'est qu'il va recevoir un peu d'argent, quelques lecteurs touchés par son désespoir vont lui en envoyer dans les semaines suivantes : il reçoit 120 francs, en deux fois, d'une Mme Etoc (avec qui il entamera une correspondance, évoquant plusieurs fois les problèmes de Solange), 250 francs d'une Mlle Belmont, en trois fois, 50 francs d'un Norvégien, et 2 000 en deux fois à six mois d'intervalle, d'une Mme de Ménil, qui vit, curieusement, à Houston, Texas. Au total, 2 420 francs, soit près de quatre fois son salaire mensuel, c'est bien, ça aide. La seconde conséquence, c'est que la semaine suivante, dans le courrier des lecteurs du numéro 577 de *L'Express* (en une : « Que cherche Ben Bella ? », avec une grande photo du futur président de la République algérienne, et une phrase de lui : « Si, dans l'intérieur d'un État, vous n'entendez le bruit d'aucun conflit, vous pouvez être certain que la liberté n'y est pas »), daté du 5 juillet 1962, deux ans jour pour jour avant l'arrestation de Lucien, paraît une lettre qui répond à la sienne, sous le titre « Nous, sans logis ». Elle est signée « J. S., Paris ». Son auteur indique qu'il vit lui aussi à l'hôtel, et que c'est honteux. (Dans ces dernières années des « meublés », avant que les « sans logis » ne soient obligés de descendre dormir sur les trottoirs, vivre à l'hôtel est à peu près le pire envisageable – c'est être, littéralement, SDF –, même quand l'hôtel se trouve juste en face des Invalides, comme celui de Solange et Lucien. Dans *Souvenirs dormants*, Modiano évoque une certaine Geneviève Dalame, secrétaire chez Polydor, qui occupe un meublé en bas de la rue Monge : « Geneviève Dalame aura été la dernière personne que j'ai connue à habiter dans une chambre d'hôtel. Il me semble aussi qu'au cours de ces années 1963, 1964, le vieux monde retenait une dernière fois son souffle avant de s'écrouler, comme toutes ces maisons et tous ces immeubles des faubourgs et de la périphérie qu'on s'apprêtait à détruire. ») « J. S. » soutient la révolte de Lucien Léger : « Je serais heureux que vous fassiez savoir à vos lecteurs, puisque vous avez titré interrogativement la lettre de M. Léger "Un cas isolé ?", qu'il y a officiellement (chiffre de l'INSEE) 450 000 familles (je dis familles, et non individus) dans ce cas, ou dans un cas très similaire, à Paris. Dans la France entière, cela se monte à plusieurs millions, mais cela n'intéresse plus personne. » Or cela peut toucher tout le monde : « En ce qui me concerne, je suis diplômé d'études supérieures de psychologie et ancien déporté-résistant, invalide de guerre à 90 %. » Le courrier adressé à l'hebdomadaire était accompagné d'une lettre à transmettre à Lucien Léger.

Les deux hommes se rencontrent – à La Pépinière, une brasserie de la place Saint-Augustin (où j'allais boire des verres quand j'étais jeune avec la merveilleuse directrice de mon agence bancaire, Marie-Ange (bien joué les parents) Laborde, qui a débloqué le plafond de découvert de mon compte pour que je puisse partir écrire tranquillement mon premier roman) – et décident de fonder l'Association nationale pour la défense des travailleurs métropolitains sans logis et mal logés, dont les statuts seront déposés le 2 août 1962. Lucien en est le président, et son nouvel ami, le secrétaire et trésorier. « J. S. », c'est Jacques Salce, le graphométricien dont l'Étrangleur capturé parlera au commissaire Poiblanc lorsque celui-ci lui demandera s'il a déjà fait analyser son écriture.

Après avoir averti *L'Express* de la création de l'association, ils sont contactés par le journaliste Jacques Derogy, militant communiste, que leur combat intéresse. Il leur propose une interview, c'est Lucien qui s'y colle, qui se rend dans les locaux du journal. Mais ça ne se passe pas très bien, il est trop remonté, il veut trop bien faire, les médias lui ouvrent enfin leur porte, il est trop excité. Après son arrestation, Derogy évoquera, dans le numéro du 9 juillet 1964, leur entrevue deux ans auparavant : « Son comportement n'était pas à proprement parler inquiétant, mais assez caractéristique des individus qui n'ont pas les moyens de leur ambition, alors qu'ils ont besoin d'exister. [...] Il mettait violemment la société en cause, il évoquait Spartacus, le soulèvement des esclaves. » Peu de temps après, constatant que l'interview n'a pas encore été publiée, Léger fait parvenir une lettre au rédacteur en chef, pour appuyer son propos : « Par des actes, nous provoquerons des actes. Plus nous serons bâillonnés, plus notre colère deviendra extrême, autant envers ceux qui nous gouvernent qu'envers ceux que nous avons choisis pour nous représenter, et qui restent inactifs dans ce domaine comme dans bien d'autres. Nous irons jusqu'au bout. » Un peu refroidi, ou inquiété, par la virulence combative du jeune homme, le cofondateur et directeur de *L'Express*, Jean-Jacques Servan-Schreiber (qui avait pourtant noté en marge de la proposition de papier de Jacques Derogy : « OK, excellente idée – JJSS »), décide de ne pas faire paraître l'interview. Le 19 octobre 1962, Lucien Léger écrit une dernière fois : « Ami Derogy, sachez bien que je suis écœuré. Je suis un parmi des milliers. Un symbole, quoi. Un tout petit point visible. Un malheur concret, qui est reproduit à des millions d'exemplaires. J'ai tout à perdre à faire ce que je fais si je me place dans le champ de l'égoïsme. Mais qu'importe, ce n'est pas pour moi que je fais cela ; pas pour moi seul. [...] Tout ceci dit avec les dents serrées mais sans rancune, ami Derogy. Avec beaucoup d'espoir en l'avenir, qui nous prépare à savoir se souvenir. »

Et voilà, c'est tout l'effet qu'aura l'Association nationale pour la défense des travailleurs métropolitains sans logis et mal logés, dont la boîte postale, ouverte pour recueillir les demandes d'adhésion des futurs membres ou les propositions diverses de personnes influentes, ne recevra jamais le moindre courrier. Jacques Salce fera bien publier quelques articles sur le sujet, au début de l'année 1963, dans la revue *Patrie et Progrès* (il s'y plaindra notamment que « la misère des travailleurs réguliers » semble n'intéresser en rien *L'Express*, qui, en revanche, « trouve urgent et important de consacrer une page à un jeune chanteur débutant de dix-neuf ans, dépourvu de tout intérêt pour un intellectuel normalement constitué » – Johnny Hallyday, bien sûr), et on n'en parlera plus. Léger et Salce garderont quelques contacts, se verront quelques fois, la plupart du temps à La Pépinière (je ne suis pas certain que Lucien, comme il l'a déclaré à Poiblanc, ait fait analyser son écriture par son nouvel ami graphométricien, mais celle de sa femme, oui, c'est sûr : le verdict de Salce au sujet de Solange, après avoir étudié l'une de ses lettres au printemps 1963, sera clair : « Schizophrénie »), ils s'enverront des cartes de vœux, Jacques Salce écrira une dernière fois à l'Étrangleur un mois après son incarcération à la prison de Versailles, pour l'assurer de son soutien malgré les circonstances, de ses pensées, lui demander s'il peut lui envoyer de la nourriture, des vêtements, quelque chose d'utile (il répondra que non, son amitié et du courrier, c'est suffisant), et chacun continuera de son côté (Lucien, immobile), ils ne seront plus en contact – si ce n'est lors du procès, où Salce sera à peu près le seul à témoigner en faveur de son ancien ami de lutte, en tant que psychologue, affirmant qu'il est selon lui irresponsable.

Jacques Salce sera brièvement interrogé par les policiers du SRPJ. Il n'aura pas grand-chose à dire. Il a rencontré Léger par le courrier des lecteurs de *L'Express*, ils ont créé cette association – non, il n'a pas conservé une copie des statuts, ou il ne sait plus où il l'a mise, il ne peut pas tout garder, il vit dans une petite chambre d'hôtel, il n'a pas non plus les articles qu'il a fait paraître dans *Patrie et Progrès*. Il n'a vu Lucien Léger qu'une dizaine de fois, la plupart dans le café de la place Saint-Augustin, il en sait peu à son sujet, ils parlaient surtout de logement et de la maladie de sa femme. À l'époque où il travaillait chez Denoël, il lui envoyait des livres qu'il pouvait avoir gratuitement, des ouvrages de philosophie, Teilhard de Chardin, ou des romans policiers : « Ses choix paraissaient dictés par une bonne intuition de l'homme que j'étais. » Il a sollicité une nouvelle fois le jeune homme aux environs du mois d'avril 1963 – quand Solange est entrée à peu près pour toujours en psychiatrie – pour former un petit groupe de réflexion et d'action. Le 28 octobre 1964, il déclare à l'OP Mawart, qui le tenait sans doute de Lucien : « Il est exact qu'au printemps 1963, j'ai écrit à une vingtaine d'amis politiques pour leur proposer la constitution d'un noyau qui s'attacherait aux problèmes concrets de la revendication sociale. Il m'a paru bon à ce moment-là d'écrire à Lucien Léger, avec qui j'étais en contact. Celui-ci, autant que je m'en souvienne, ne m'a pas répondu à ce sujet. J'ai renoncé à ce projet dans le courant de l'été 1963, envisageant de lui donner une forme littéraire. » (On se demande ce qu'il entendait par là.) Leur dernière rencontre remonte à septembre ou octobre 1963. C'est à peu près tout.

L'autre personne que Lucien rencontre ces années-là est une jeune comédienne. Elle a dix-sept ans (lui vingt-quatre), elle vit au 62 rue du Commerce, chez sa mère (son père, ancien officier russe qui a quitté son pays après la révolution d'Octobre et a épousé une Française à Paris, est décédé quatre ans plus tôt), et s'appelle Chantal Arbatchewsky. À l'automne 1961, Lucien s'est inscrit à des cours de guitare classique, deux soirs par semaine, le lundi et le vendredi, de 19 heures à 21 heures, à la mairie du 14e arrondissement. (Pour tout dire, le professeur est artisan luthier, il s'appelle Daniel Jourdain, il a vingt-six ans.) Lucien a débuté en même temps que Chantal, il s'est assis près d'elle parmi la cinquantaine d'élèves du début, qui s'effilochera vite pour se réduire à une dizaine. Il a essayé d'engager la conversation, il ne semblait pas l'intéresser beaucoup, ils se sont retrouvés par hasard dans le même wagon de métro en rentrant chez eux, il lui a parlé encore, lui a dit qu'il jouait de la clarinette, qu'il travaillait chez Denoël, et elle, du bout des lèvres, qu'elle voulait devenir actrice. Ils ne se sont vus que deux ou trois fois aux cours (la deuxième fois, pour faire plaisir à l'apprentie comédienne, il lui a apporté *La Grotte*, d'Anouilh), puis Chantal a abandonné. Ils ne se reverront que deux ans plus tard, mais entre-temps, Lucien lui écrit, lui envoie des poèmes de sa composition ou de ses maîtres, Rimbaud, Verlaine, Baudelaire, Aragon, ainsi que des pièces de théâtre, Tchekhov, Goldoni, Oscar Wilde, et des romans, Proust, Gide, Troyat, Cendrars. Elle en est un peu embarrassée, elle n'a rien demandé.

À partir d'octobre 1963, à vingt ans, elle est l'affiche d'une pièce de Tourgueniev au théâtre de l'Atelier, *Un mois à la campagne*, mise en scène par André Barsacq, avec Delphine Seyrig, Jacques François et

Julien Guiomar. Un soir de décembre, à 23 h 30, en sortant après la représentation sur la place Charles-Dullin, dans le 18e arrondissement, elle s'entend appeler : au volant d'une 2 CV garée le long du trottoir, elle reconnaît Lucien. Il lui propose de la raccompagner chez elle en voiture, elle refuse, elle est avec des amis, ils vont boire un verre, salut Lucien, à une prochaine. (À ce moment-là, Chantal Arbatchewsky habite seule, 4 rue Brown-Séquard, à Montparnasse, et se fait appeler, pour la scène, Nina Douchka – Modiano, sors de ce livre.) Il ne va pas se décourager si facilement, il reviendra souvent l'attendre à la sortie du théâtre, après son service à l'hôpital. Parfois, quand elle n'a pas envie de poursuivre la soirée avec ses amis, quand elle est trop fatiguée pour prendre le métro ou quand il n'y a pas de taxi, elle accepte de se laisser raccompagner. « Il me descendait à mon domicile ou me conduisait à une autre adresse si j'en manifestais le désir, dira-t-elle aux enquêteurs. Jamais il n'est monté chez moi, et ses sentiments sont toujours restés amicaux. » Lucien Léger confirmera, il affirmera toujours que la jolie Nina Douchka n'était pour lui qu'une amie, mais la nature de ses sentiments peut paraître un peu équivoque. Il lui parle de sa passion pour son métier et « ses » malades, mais il ne lui confie que tardivement qu'il est marié, et ne lui dit pas que sa femme est internée à Villejuif, mais qu'elle est « à Lyon ». Il se plaint de sa solitude. Il lui fait croire que s'il est presque tous les soirs du côté de l'Atelier, c'est qu'il raccompagne chez elle une de ses collègues de travail, qui habite à Montmartre – selon Chantal, la plupart du temps, quand il vient la chercher, il porte encore sa blouse blanche d'infirmier (ça pose son jeune homme). Elle raconte au juge Seligman qu'il a réussi, un soir d'avril 1964, une seule fois, à la convaincre d'aller boire un verre avec lui avant de la déposer chez elle, vers minuit moins le quart à la terrasse d'un café de la place de Rennes (aujourd'hui la place du 18-Juin-1940), probablement le Missou, d'après elle – ils ne sont restés que cinq ou dix minutes.

Dans *Un mois à la campagne* (qui a été diffusé à la télé le 21 juin 1966, un mois et demi après le procès de l'Étrangleur), Nina Douchka tient un second rôle, elle joue une jeune domestique, Katia, elle est souvent en arrière-plan, on la voit en particulier ramasser des framboises dans le jardin de la propriété, qui ressemble plutôt à une forêt. En tendant discrètement l'oreille, semble-t-il, aux propos qu'échangent les personnages principaux du drame amoureux, elle se promène son panier à la main, en fredonnant une chanson russe, mélancolique. Lucien Léger est sans doute allé voir la pièce un soir où il ne travaillait pas, et peut-être plusieurs fois, car une nuit, en la raccompagnant, il lui donne dans la 2 CV une *Ode à Katia* qu'il a écrite, un petit poème aussi cliché et maladroit que les autres : « J'écoute ce beau chant qui vient du fond des plaines, / Ce chant que ta douleur libère de ses chaînes, / Ce chant profond qui fait naître en moi les pleurs / De ce grand peuple seul baignant dans ses malheurs. »

Après l'arrestation de Lucien, la carrière de Nina Douchka va suivre une pente légèrement ascendante, pendant un moment – au théâtre, au cinéma (elle tiendra un petit rôle dans *La Maman et la Putain*, de Jean Eustache), et surtout à la télé, où elle jouera entre autres dans *Jacquou le Croquant* et dans *Graine d'ortie* (que je regardais quand j'étais petit, je me souviens du générique chanté par Sylvie Vartan : « Petit, l'espoir ressemble à une fleur qui brille dans le cœur… » et plus loin : « Petit, les chemins de la liberté te feront mal aux pieds » (ça ne me rassurait pas beaucoup)), treize épisodes dans lesquels, premier rôle féminin, elle incarnera la brave et pauvre Mme Bainot, qui recueille un garçon de l'Assistance publique, le gentil et pauvre petit Paul. En août 1974, avant la diffusion, sur la première chaîne de l'ORTF, d'*Agathe ou l'Avenir rêvé*, un épisode de la série *Le Tribunal de l'impossible* dont elle tient le rôle titre, « Douchka » (elle a laissé tomber « Nina ») aura même les honneurs d'un article dans *Télé 7 Jours*. On y apprend que ce « petit bout de femme de rien du tout » (elle est petite de taille, c'est vrai, mais « de rien du tout », dites, les gars, ça peut blesser, surtout un bout de femme, c'est pas comme nous, c'est sensible (ça pleurniche pour un rien)) aime Fréhel et la musique « décadente », parle cinq langues, que sa véritable passion est le théâtre, « ce métier dur, où les gens sont sensibles et se conduisent comme des loups », dit-elle, qu'elle va faire « le tour du monde » avec *Les Veuves*, la pièce de François Billetdoux, et que son rêve est de prendre un jour le Transsibérien. « Je ne crois pas au hasard : les choses arrivent toujours si on est assez fort. » Elle jouera l'année suivante dans une pièce de Jean-Michel Ribes à Chaillot, puis, en 1977, dans *Une sale histoire*, de Jean Eustache (un très étrange moyen métrage en deux parties, avec Michael Lonsdale, qui reprend le témoignage d'un voyeur de toilettes de bar), en 1978 dans un épisode de *Désiré Lafarge*, un feuilleton policier dans lequel un retraité de la SNCF mène l'enquête, et on n'entendra plus parler d'elle.

Si Lucien Léger a toujours dit que Douchka était pour lui une amie, et même sa seule amie, il va comprendre, depuis sa cellule, que ce n'était pas franchement réciproque. Aux journalistes qui vont réussir à la trouver après la mise hors d'état de nuire de l'Étrangleur, elle dira assez clairement ce qu'elle pense de lui. D'abord de manière plutôt mesurée, le 10 juillet dans *Paris Jour* : « Qu'il vienne me chercher au théâtre, cela m'était indifférent, il était pour moi comme un chauffeur de taxi », « Je n'avais aucune sympathie pour lui », « Je ne l'aimais pas, c'est tout ». Mais le 17 juillet, dans *Détective*, le « petit bout de femme de rien du tout » se lâchera pour de bon : « Pour moi, il n'était qu'un objet faisant partie du décor. Il était petit, effacé, son visage n'avait rien de remarquable, rien ne pouvait attirer en lui. [...] Un jour, il m'a montré quelques poèmes, c'était très mauvais. Je ne sais plus si je le lui ai dit, ce garçon ne m'intéressait en aucune façon. » Et encore, c'est presque flatteur, par rapport à la suite. Lorsqu'il vient l'attendre pour la première fois devant le théâtre : « J'étais furieuse de revoir Lucien qui, je l'ai déjà dit, m'était très antipathique. [...] Il y a quelques semaines, il m'a demandé de le tutoyer, je lui ai répondu que je ne disais "tu" qu'aux personnes que j'avais du plaisir à voir. Mais lui m'a tutoyée, alors j'ai fini par en faire autant. [...] Je n'éprouvais rien pour lui, si ce n'est une profonde aversion. Mais je ne pouvais pas lui interdire de me voir. [...] Il n'avait rien pour attirer la sympathie, il ne me faisait même pas pitié. [...] Je me souviens de lui avoir parlé de lui méchamment : "Comment peux-tu être aussi veule, lâche, dénué de volonté, timide et timoré ? Tu ne réussiras jamais rien dans la vie si tu ne changes pas. Tu as voulu devenir écrivain, tu as échoué. Maintenant, tu es infirmier. Dans quelques mois, tu entreprendras peut-être une autre carrière. Tu ne sortiras jamais de ta médiocrité, il faut réagir." Pourquoi lui ai-je dit cela ? Je me moquais éperdument de sa réussite, il n'était rien pour moi. Rien ! Rien ! [...] Je ne suis même pas épouvantée par son crime abominable, je suis indifférente. Je ne me soucie même pas de savoir s'il sera jugé et condamné à mort. Il est passé dans ma vie sans y occuper la moindre place, il en est sorti, que m'importe ? » Le journaliste lui demande ce qu'elle ferait s'il lui demandait de venir le voir en prison, s'il la suppliait : « Jamais je ne consentirais à le revoir, même si ma présence pouvait le sauver de la mort. Je n'ai jamais rien fait pour lui, je ne regrette pas d'avoir été dure, il n'était pas un être humain mais un objet immobile, sans vie, sans chaleur, sans beauté, sans charme, sans gaieté. Il ne savait même pas sourire. » C'était sa seule amie, donc.

Le 25 mai 1964, Lucien Léger est en salle de cours à Villejuif, et répond à sa dernière interrogation écrite. C'est un contrôle de routine, le professeur, Marcel Jund, a posé à ses élèves quelques questions classiques : quels sont les éléments relatifs au malade qui doivent figurer sur la pancarte métallique au pied du lit ? Quel est le matériel nécessaire à une ponction lombaire ? Qu'est-ce qui permet de diagnostiquer une tuberculose ? En haut à gauche de la copie de Lucien, il écrira, le jour de la disparition de Luc Taron : « 14/20 ». C'est pas mal.

À la fin de son rapport sur la famille et la jeunesse de l'Étrangleur, l'enquêteur Pierre Chabod écrit : « En résumé, Lucien Léger a été le type même de l'individu sans histoires jusqu'à son arrestation. »

Il n'y a aujourd'hui que les psychiatres
pour douter de la folie de Lucien Léger.

Paris Jour, 9 mai 1966.

De ce crime, on ne saura jamais rien.
À moins que Lucien Léger ne se décide à parler.
Jamais personne ne saura comment
et pourquoi un enfant a été tué.

Pierre Fisson, *Le Figaro littéraire*, 12 mai 1966.

Pendant l'année qui suit l'arrestation de l'Étrangleur, il ne se passe pas grand-chose, hormis la propagation dans le pays d'un vaste sentiment général de satisfaction, de soulagement. (Et hormis, anachroniquement, en ce qui me concerne, des analyses de sang catastrophiques, Diên Biên Phu et Pompéi dans mes veines.) À Versailles, le juge Seligman mène son instruction sérieusement, le plus objectivement possible. Entre septembre et fin décembre 1964, il entend soixante-huit fois Lucien Léger, c'est-à-dire qu'il le convoque tous les deux jours. Il est parfois, rarement, accompagné de son avocat, Maurice Garçon, parfois, plus souvent, de son fils, Pierre Garçon, parfois de son assistant, Me Philippe Darras, et parfois seul. Soixante-huit fois en tout cas, Lucien Léger réitère ses aveux, comme le 25 septembre 1964, par exemple : « Je vous ai dit lors de l'interrogatoire du 9 juillet dernier tout ce que ma mémoire et mon état d'alors me permettaient de vous dire, mais si j'ai pu oublier des détails, il n'en reste pas moins que je confirme l'essentiel de mes déclarations, tant en ce qui concerne les conditions dans lesquelles j'ai rencontré l'enfant et me suis retrouvé avec lui dans les bois de Verrières, qu'en ce qui concerne la scène qui lui a coûté la vie. »

Mais ce qui intéresse principalement le juge, ce ne sont pas tant les circonstances de l'enlèvement et de la mort de Luc Taron, qui paraissent établies de manière assez fiable, que le mobile de tout cela : il en a besoin pour boucler son instruction – qui, sans cela, n'est pas solide, manque de fondations. L'Étrangleur a menti à propos de la demande de rançon, il l'a rapidement reconnu, confirmant ainsi les déclarations du père, donc ce n'est pas une histoire d'argent ; il semble évident que Léger ne connaît pas la famille Taron (et lycée d'Versailles, comme disait mon papa – en l'occurrence, ça tombe plutôt bien), donc ce n'est pas une histoire de vengeance ; qu'est-ce qui peut pousser quelqu'un, qui que ce soit, à tuer un petit garçon dont les parents ne lui ont rien fait, et dont la mort ne lui rapportera rien ? Une envie sexuelle, évidemment. Mais tout s'oppose à cette hypothèse. L'accusé, d'abord (même si c'est faible, comme opposition) : il nie farouchement toute tentation de ce genre, et il n'a jamais manifesté de tendances pédophiles ni, ça n'a rien à voir mais à l'époque on mélange à la louche, homosexuelles – personne n'a pu témoigner ne serait-ce que vaguement dans ce sens, et ce n'est pas faute d'avoir cherché dans son passé et parmi ceux qui l'ont fréquenté ; les constatations des médecins légistes, ensuite et surtout : non seulement Luc n'a subi aucune violence sexuelle, mais l'état de ses vêtements indique clairement qu'il n'y a même pas eu de tentative. (Comme le suggérait, de façon bien dégueulasse, le journaliste anonyme de l'hebdomadaire *Noir et Blanc*, sans doute téléguidé par Yves Taron, dont c'était la théorie de prédilection, on peut toujours supposer ce qu'on veut : « Il l'a obligé à satisfaire des vices que l'on imagine fort bien, et qui ne laissent pas de traces. » (Une fellation, pour dire ce que tout le monde pense.) Mais le pervers en rut se serait arrêté là ? Tu ne veux pas ouvrir la bouche, je t'étrangle et je m'en vais ? Et puis à ce compte-là, avec l'absence de traces, on peut tout envisager, n'importe quoi. Le petit Grégory, pareil. (On a également montré du doigt la photo de petit garçon qui se trouvait sur le pare-soleil de la 2 CV, sur laquelle Lucien notait les kilomètres du compteur. C'est pas un peu bizarre, ça ? Pourquoi une photo de petit garçon ? Il s'avérera que c'est Solange qui avait découpé et placé là cette photo. Parce qu'elle ne pouvait pas avoir d'enfant ?)) Par acquit de conscience, et sans doute lui aussi aiguillonné par Yves Taron, Jean-Claude Seligman posera tout de même la question à Lucien Léger, le 28 octobre 1964, dans son cabinet – on sent qu'il n'y croit pas, qu'il ne demande que pour la forme, ce qui crée un dialogue, noté par le greffier, déroutant et (si on est cynique) plaisant :

« Êtes-vous un pervers sexuel ?

– Non.

– Pourquoi ?

– Cette question n'a pas de sens.

– Êtes-vous certain que vous n'êtes pas un anormal sexuel ?

– Et vous ? »

Quand on lui demande, en substance : « Alors pourquoi avez-vous tué cet enfant ? », Léger ne fournit qu'une explication : un coup de folie, une crise meurtrière incompréhensible. D'ailleurs, il ne se souvient à peu près de rien, il s'est comme « réveillé » après la mort de l'enfant. Il ne sait pas ce qu'il lui est arrivé. Il a rencontré ce garçon dont la solitude, la vulnérabilité, l'ont ému, il voulait l'aider, lui faire passer un bon moment, l'éloigner de la grisaille et peut-être de la rudesse familiale, et soudain, en fin de nuit, dans le bois, sans savoir pourquoi, il l'a étranglé. Il avance que l'état physique et mental dans lequel il se trouvait, le désespoir, l'épuisement, l'abus de médicaments absorbés de manière anarchique, abusive et sans surveillance médicale, ont pu déclencher cette soudaine perte de raison et cet accès de violence incontrôlée. Dans une lettre qu'il adresse, deux semaines après son arrestation, aux experts psychiatres qui sont chargés de l'examiner, il évoque son « malaise physiologique et psychologique », puis : « C'est dans cet état que je suis arrivé le 26 mai 1964. Je revis cette époque comme si j'assistais à un film brouillé et muet, comme si j'essayais de raconter un roman obscur. Les images s'effacent et je "sens" l'histoire, sans la voir. Elle me fait peur, car elle est atroce. Ce n'est pas mon cher Lucien Léger de toujours qui joue, c'est un autre personnage qui dit "je" pour moi. Il me fait peur encore. Alors je comprends la suite. J'ai donné un nom à cet autre, une signature : l'Étrangleur. Je respirais plus à l'aise alors. C'est lui qui agissait, pas moi. Je devais lui tenir la main pour écrire, lui prêter du papier. Il me libérait le soir et je dormais enfin. Quand je lisais le lendemain tout cela dans le journal, je le traitais de monstre. »

On ne le croit pas vraiment. Et puis c'est pratique pour lui, si on peut dire : ça ferme tout à fait la porte de la préméditation, et fait plus qu'entrouvrir celle de l'altération du discernement au moment du crime, et donc de l'irresponsabilité pénale.

On cherche. On se demande si le fait de ne pas pouvoir avoir d'enfant (lui qui les aime, il ne le cache pas), à cause de la possible stérilité de sa femme, n'a pas engendré chez lui une sorte de jalousie plus que malsaine, qui aurait entraîné une vengeance désaxée : puisque je ne peux pas en avoir, je vais tuer celui d'un autre, l'équilibre du monde sera respecté. Il faudrait qu'il soit fou ; l'Étrangleur semblait l'être, Lucien Léger non.

Les motivations financières, personnelles et sexuelles ne paraissant pas pouvoir être invoquées, le juge Seligman est obligé de s'orienter vers des explications moins évidentes, plus nébuleuses – et donc moins satisfaisantes, mais c'est ça ou rien (or rien, comme mobile, en matière de justice, devant un tribunal, ça ne donne jamais grand-chose). D'abord, on repense au roman qu'on a trouvé dans sa bibliothèque, *Monsieur Cauchemar*, de Pierre Siniac alias Signac, « Tuer pour rire, mourir pour de bon, c'est le jeu du petit garçon et de l'étrangleur ». C'est l'histoire d'un amateur de romans policiers, un bouquiniste, Esbirol, qui tue des inconnus dans la rue, la nuit, au hasard. Lucien affirme qu'il l'a rapporté de chez Denoël, mais qu'il ne l'a pas lu. On ne le croit pas. Mais surtout, on a découvert chez lui ce qui va devenir la pièce à conviction n° 1, trois ou quatre pages, le début d'un roman, écrit de la main de Léger et intitulé *Journal d'un assassin*.

L'histoire débute un 13 mars (1964, probablement, puisqu'il l'a rédigé ce printemps-là, quelques semaines avant la mort de Luc), le narrateur parle à la première personne, il sort seul dans la nuit, il marche vers la Seine, un revolver dans la poche. Il croise un homme, il lui tire dessus, il le tue, il s'éloigne. Le lendemain matin, il achète cinq journaux, rien dans les quatre premiers, il s'inquiète, mais : « Voyons le dernier. Ouf ! "Dernière minute", en bas de la dernière page : "Au moment où nous mettons sous presse, nous apprenons qu'un passant a découvert cette nuit, sur le trottoir du boulevard de La Tour-Maubourg, le corps d'un employé de la RATP tué d'une balle en plein cœur." » Plus tard dans la journée, il achète *France-Soir*, il est heureux de constater que le « crime mystérieux » figure en une sur trois colonnes. Il donne ensuite (fièrement, semble-t-il) la liste de tous les journaux qui en parlent en première ou deuxième page : *L'Aurore*, *Le Figaro*, *Le Parisien libéré*, *L'Humanité*… L'homme était conducteur de bus, père de cinq enfants, il n'avait pas d'ennemis connus. « Pauvre gars. Et puis non, je ne vais pas me mettre à plaindre celui que j'ai tué. C'est une loterie. » Trois jours plus tard, le meurtre sans mobile est relégué à la troisième ou quatrième page des journaux. C'est déjà fini ? Le 17 mars, il sort de nouveau de chez lui à 2 heures du matin, il pleut, il croise une passante sous son parapluie, il lui tire une balle dans la tête à bout portant. « Une fenêtre s'illumine. Quelqu'un l'ouvre et se penche rapidement avant de refermer. Le silence revient et je continue ma marche d'un pas lent et indécis. »

Le court manuscrit s'arrête là. Jean-Claude Seligman est évidemment très intéressé. Qu'est-ce que c'est que ça ? Lucien Léger ne se démonte pas. Il s'est simplement inspiré d'un fait divers absurde, qui a eu lieu au début de ce printemps 1964, pour essayer de réaliser son rêve de devenir écrivain. On vérifie : c'est vrai. Dans la nuit du 20 au 21 mars, deux hommes ont été tués sans raison apparente, à quelques centaines de mètres l'un de l'autre, rue Riquet et quai de l'Oise, au début du canal de l'Ourcq. Le premier s'appelait Marcel Orsat, il était chauffeur de taxi, il venait de garer sa voiture pour rentrer chez lui, le second Michel Buche, ingénieur, qui sortait lui aussi de son véhicule, quelques minutes plus tard, quai de l'Oise. On arrêtera l'assassin (fou) le 26 mars, alors qu'il fait feu sur des policiers, boulevard de la Chapelle. C'est un harki de vingt-trois ans, arrivé à Paris en 1962, chômeur et sans domicile, Brahim B. Au début du mois, il a réussi à dérober l'arme d'un gardien de la paix aux Tuileries et s'en est servi pour commettre quelques vols à Saint-Denis, avant de se mettre à tuer, on ne sait pourquoi, des inconnus, les malheureux Marcel et Michel qui n'avaient rien fait. Il est écroué à la Santé, je n'ai pas pu trouver ce qu'on avait fait de lui ensuite.

Sur l'une des deux pages de *L'Aurore* qui ont servi à emballer l'illustré *Bugs Bunny* que l'Étrangleur a déposé dans une rame de métro à la station Porte-de-Clignancourt, celle du 22 avril 1964, une brève était titrée : « Brahim B. était bien l'auteur du double crime du quartier de l'Ourcq. » (Sur l'autre, celle du 23 avril, un article revenait sur l'enquête qui se poursuivait après la découverte du cadavre du petit Thierry Desouches, enlevé près d'un an plus tôt.)

Lucien Léger a très certainement menti au juge Seligman. Il a lu *Monsieur Cauchemar*. Le début de son *Journal d'un assassin*, dans le principe et même dans la narration, le style, y ressemble trop pour que ce soit un hasard. Mais ceux qui auraient dû le lire également, ce sont les enquêteurs. Car en réalité, le bouquiniste Esbirol ne tue personne, et le petit garçon dont il est question sur le bandeau n'est pas une victime, mais plutôt un complice du faux étrangleur. Cela n'empêchera pas les psychiatres d'aider le juge à boucler son dossier en bricolant un mobile certes bancal, mais qui a le mérite d'exister, comme on dit quand on n'a pas le choix. Le docteur Jean Lafont, d'abord (ce qui est un peu curieux, c'est que cet expert auprès des tribunaux est commis par le juge pour élaborer le rapport de personnalité de l'accusé, mais qu'il est aussi chef de service à l'hôpital de Villejuif et donc employeur de l'accusé en question, qu'il a embauché sans que personne l'y oblige : il n'a pas tellement intérêt à déclarer que l'élève infirmier était un fou furieux en sommeil qui a pu entrer d'une minute à l'autre en transe meurtrière). Fin 1964, il écrit : « L'hypothèse la plus plausible pour expliquer ce crime insolite, apparemment sans motif, est celle qui est suggérée par le *Journal d'un assassin*, un meurtre gratuit, destiné à prouver à lui-même et aux autres que Léger n'est pas le petit bonhomme minable qu'il paraît être aux yeux de tous. » Après le dépôt de ce rapport, le procureur de la République, Jean-Jacques Lajaunie, demandera au juge Seligman « d'informer du chef d'homicide avec préméditation et de détournement frauduleux de mineur de moins de quinze ans ». Maurice Garçon, très inquiet, à juste titre, de la tournure des événements, réclamera une deuxième expertise psychiatrique et neurologique (il compte entre autres sur l'ostéome frontal qu'on lui a diagnostiqué et qui peut être à l'origine, on ne sait jamais, d'une sorte de crise épileptique), qui sera réalisée par les docteurs

Georges Heuyer, vieille gloire de la psychiatrie de tribunal, Daniel Petit-Dutaillis et Yves Roumajon, et ne fera qu'aggraver le cas de son client. (La première avait été confiée aux docteurs Pierre Behague, Michel Cénac et Jean Dublineau et s'était contentée d'une conclusion pour le moins floue et molle, dont Me Garçon aurait peut-être dû se satisfaire : « Il n'y a pas de preuve que l'acte fatal ait été commis d'une manière consciente. Il n'y en a pas non plus qu'il en ait été autrement. Mais l'hypothèse épileptique ne peut être écartée à coup sûr. » On ne sait rien du tout, n'ayons pas honte de le dire, c'est souvent ce qui se rapproche le plus de la vérité.)

D'abord, comme toujours, leur rapport de quarante-cinq pages débute par une synthèse du dossier, très librement adapté, comme souvent. Pour ne citer que quelques exemples navrants : dans une lettre reçue en prison le 21 juillet 1964 (que j'ai lue de mes yeux lue), sa femme lui écrivait qu'il était un roc d'orgueil et que c'était sans doute ce qui l'avait conduit jusqu'au crime – dans l'œuvre des experts assermentés, c'est lui qui écrit, qui reconnaît, dans une lettre à sa femme : « Je suis un roc d'orgueil, ça m'a conduit jusqu'au crime » ; toujours à Solange, le 31 août, il explique qu'il était seul dans sa cellule depuis deux mois, qu'on vient de lui adjoindre deux codétenus, qui sont « très gentils », mais : « Cela n'arrange pas mes maux de tête, car seule la solitude pouvait me donner le calme » – chez le très éminent et respecté Heuyer et ses acolytes, cela devient : « On a mis deux personnes en moi, je préférerais être seul » ; enfin, certainement pour aider leur confrère, le docteur Lafont, chantre de la préméditation, son *Journal d'un assassin* se transforme par magie, dans leur rapport, en *Journal d'un étrangleur*, cité six fois sous ce nouveau titre – ils en parlent beaucoup, puisque c'est soudain la raison principale du crime commis sur le petit garçon, mais il semble qu'ils ne se soient même pas donné la peine de lire les quatre pages, puisque le narrateur y indique clairement et plusieurs fois qu'il tue ses victimes en leur tirant dessus avec un 6,35, et non pas en les étranglant.

Le 17 mars 1965, Lucien Léger, dans une lettre à son avocat, lui fera part de l'avancée de cette « expertise » et de ce qu'il en pense, de ses craintes : « Je crois qu'il est nécessaire que je vous tienne au courant de ce qui s'est passé au cours de cette dernière expertise, qui vient d'avoir lieu, car il me semble qu'elle a été faite en grande partie pour le moins à la légère. J'ai revu les médecins pour la dernière fois le 15 mars. [...] Au fond, réellement, je n'ai vu que le Pr Heuyer. L'autre médecin l'a rarement assisté, si ce n'est pour dire des âneries, et le troisième n'est venu qu'une fois, un quart d'heure, prendre quelques notes sans même m'adresser la parole. » Ce dernier, « le troisième », reviendra le voir la semaine suivante pour un « examen neurologique », ce qui poussera une nouvelle fois Léger à écrire à Maurice Garçon, le 24 mars : « Il m'a posé quelques questions en me prévenant qu'il ne tiendrait pas compte de ce que je pourrais lui dire, et que cela n'aurait pas d'importance car son opinion était déjà faite d'après le dossier. Il a lui aussi une drôle de façon de concevoir la médecine, je me demande bien à quoi tout cela peut aboutir. »

La conclusion du rapport de ces experts vient après quelques lignes sur l'insignifiance de l'ostéome frontal – « une simple malformation qui ne peut avoir engendré une tumeur cérébrale évolutive » et n'a eu aucune conséquence, aucun effet sur le comportement du sujet : « Ne peuvent donc être retenues les prétentions de Léger Lucien en ce qui concerne, d'une part, le fait qu'il ait été, comme il le dit, poussé par une force irrésistible pour serrer le cou de l'enfant ; d'autre part, il n'a pas pu être victime d'une perte de conscience et de mémoire après la chute de l'enfant au sol, au moins en ce qui concerne un accident épileptique. [...] Léger Lucien n'a pas de maladie mentale, et l'acte qui lui est reproché ne peut pas avoir été commis au cours d'un accident psychomoteur de l'épilepsie. Il n'était pas alors en état de démence. Il ne peut pas être considéré comme irresponsable. Du fait de son milieu familial, de son enfance, il existe une légère atténuation de la responsabilité, mais il ne doit pas être interné dans un hôpital psychiatrique. Il est capable de se défendre. Il doit rendre compte de ses actes devant la justice. Il est dangereux pour la sécurité publique. » (Lors du procès, Georges Heuyer enfoncera le clou avec son marteau d'airain de légende vivante (ses propos seront rapportés avec le ton et l'emphase adéquats par Frédéric Pottecher, star du journalisme judiciaire façon théâtre de rue) : « Léger n'est pas un mythomane, il ne croit pas aux fables qu'il invente. Mais c'est un menteur. Nous sommes formels. Il n'est pas non plus épileptique. [...] Il est conscient de ce qu'il a fait, il est lucide, intelligent, capable de rendre des comptes. Il est dangereux pour la société, il n'est pas curable, il ne doit pas être interné. »)

Non seulement cela n'arrange pas du tout le grand Maurice Garçon, mais il est même sans doute sincèrement convaincu qu'ils se trompent. (Il n'aime pas beaucoup les experts psychiatres. L'année suivante, il fera part de son avis à son confrère Albert Naud : « Ce sont des ignorants prétentieux qui font de la psychiatrie de prison à bon marché, et en retard d'un demi-siècle. ») Au journaliste Robert Fleuret, de *Paris-Presse*, il dit : « N'en déplaise aux psychiatres qui, du haut de leurs connaissances incertaines, affirment leurs conclusions avec l'orgueil incroyable des hommes de science, il s'est passé chez ce garçon quelque chose d'étrange. Et je ne peux m'empêcher de penser à ces histoires anciennes. On a le sentiment qu'il a été possédé par une sorte de démon antérieur. Le monstre qui rôde, qu'on a dans la tête, qui vous fait agir malgré vous. » C'est un peu n'importe quoi, il faut le reconnaître, mais après tout, chacun fait ce qu'il peut, met en place la stratégie qu'il espère la plus efficace possible, avec les quelques armes bricolées dont il dispose, peaufine et vernit sa théorie.

En fin d'instruction, celle de l'accusation est bien ficelée : Lucien Léger est un jeune homme intelligent, introverti, mal dans sa peau, menteur mais pas mythomane, mégalomane ça se pourrait bien, issu d'une famille très pauvre, frustré, orgueilleux et vindicatif, à qui l'on n'a pas donné, selon lui, la place qu'il méritait. Il en veut à la société. Il se sent rejeté, mis à l'écart, invisible, inaudible. Il a soif de « publicité ». Très soif. Il veut à la fois se montrer et se venger, il veut qu'on parle de lui, qu'on le respecte, d'une certaine manière, ou au pire qu'on le craigne. Il est narcissique et malade, il s'imagine supérieur, fort, impitoyable et arbitraire, il n'est pas un petit être inconsistant, médiocre, sans aucune influence sur ce qui l'entoure, il est un dieu. Il commence par la fiction. Dans un début de roman, des passants anonymes meurent simplement parce qu'il l'a décidé, et le lendemain, il cherche fébrilement dans la presse des échos de sa puissance. Peu à peu, peut-être inconsciemment d'abord, l'idée de passer à la réalité s'insinue en lui. Le soir, seul dans son lit, dans la pénombre de sa chambre minable, il se voit entrer en action. Est-ce que ce ne serait pas très simple, finalement, de tuer quelqu'un ? Pourquoi pas un enfant ? C'est encore plus frappant, plus atroce et injuste, il serait un dieu féroce, cruel, insensible – et puis, même si cela peut paraître un peu terre à terre, il ne faut pas oublier qu'il n'est pas très costaud : c'est plus facile, un enfant. Il se dit sans doute qu'il ne le fera jamais vraiment, ça reste un genre de fantasme noir, sordide, il n'est pas vraiment comme ça. Mais un soir, l'occasion se présente, par hasard. Un jeune garçon seul, perdu dans le métro, à 23 heures passées. Après tout… Au début, il ne veut même pas admettre lui-même ce qu'il est en train de faire. Il se fait croire qu'il veut l'aider, lui changer les idées, le consoler. Mais, plus ou moins par hasard encore, ils se retrouvent dans un bois. Après tout… Les jours suivants, les semaines suivantes, il se fait connaître, la France entière entend parler de lui – la France entière, du boulanger du plus petit village aux plus hautes autorités de l'État, la France entière ! –, il est à la une de tous les journaux, il est le diable tyrannique, il fait régner la terreur et l'effroi sur le monde. Mais ça ne suffit pas encore. À quoi sert d'être tout-puissant si personne ne le sait ? Alors il se fait une fleur, l'Étrangleur au pouvoir illimité se débrouille pour que Lucien Léger ait sa photo dans la presse, avec sa 2 CV. Et probablement, il se débrouille même, lui, Lucien Léger, l'Étrangleur, pour qu'on l'arrête (il ne peut pas être bête au point de se faire attraper comme ça sans l'avoir voulu). On l'arrête. On le menotte, on l'empêche de nuire davantage. Il est célèbre. Il salue la foule en souriant.

C'est à peu près, légèrement simplifié, l'acte d'accusation. Un an après la mort de Luc, tout est prêt pour le procès. Mais bien sûr, il va se passer ce qui était à prévoir.

« Je n'ai pas tué Luc Taron »,
affirme maintenant l'Étrangleur, Lucien Léger.

Le Journal du dimanche, 6 juin 1965.

L'Étrangleur : « Je sais qui a tué le petit Luc. »

L'Humanité, 7 juin 1965.

Après le dépôt du rapport de la deuxième équipe d'experts psychiatres et la modification du chef d'accusation, qui inclut à présent la préméditation, Lucien Léger comprend que son plan a échoué : il ne pourra plus faire croire qu'il a agi sur une impulsion inexplicable, moins encore dans un état de transe qui lui a fait perdre tout contrôle de lui-même puis la mémoire des faits, il n'a pas pu être victime d'une crise d'épilepsie ou équivalent, il est relativement sain de corps et d'esprit, toutes proportions gardées, et donc pénalement responsable. C'était bien essayé. Il n'a plus le choix pour éviter la mort sous la guillotine ou, avec un peu de chance, la prison à vie, une seule solution : ce n'est pas lui qui a tué Luc Taron. Bien qu'il ait renouvelé ses aveux auprès du juge d'instruction un nombre incalculable de fois depuis un an, en répondant précisément à toutes les questions et en ajoutant même des détails quand un souvenir lui revenait, bien que dans toute sa correspondance de l'année écoulée, évidemment saisie, nombreuse, régulière, dans les lettres de sa cellule à ses parents, à sa sœur Léone, à son frère Jean-Claude, à sa femme Solange, à son ancien chef de service à l'hôpital de Villejuif, le docteur Bergeron, au docteur Le Guillant, qui s'occupe de Solange, à son compagnon de lutte immobilière, Jacques Salce, et même à sa belle-famille (la dernière « mère adoptive » de sa femme, Mme Poncet, à Belleville), il n'ait jamais nié une seule fois être l'auteur du crime, expliquant inlassablement qu'il ne comprenait pas ce qu'il lui était arrivé, qu'il avait sombré, à cause de la solitude, de la misère, des médicaments, de la maladie de Solange, bien que tout ce qu'on veut, il opère une brusque volte-face et déclare soudain que, s'il est bien l'auteur des cinquante-six messages de l'Étrangleur, il n'a rien à voir avec le drame à proprement (salement) parler. Quelle surprise… Et donc, c'est qui ?

C'est un type qui s'appelle Henri.

Lucien le connaissait un peu, il ne sait pas grand-chose de lui, il l'a rencontré dans un bar, une amitié est née. (C'est la magie des bars, je ne peux que comprendre.) C'est un grand type, Henri, costaud, élégant, il habite quelque part du côté du boulevard Saint-Germain, il a des cheveux bruns coiffés en arrière et des lunettes cerclées d'or. Le matin du 27 mai 1964, Lucien a été réveillé, à l'hôtel de France, par un coup de téléphone. Henri à l'appareil. Il lui a demandé de venir le rejoindre dès que possible à Montparnasse, il avait quelque chose de très, très, très important à lui demander. Le brave Lucien, toujours prêt à rendre service, se précipite. Alors voilà : Henri a fait une grosse bêtise. Il a tué un enfant. Sans faire exprès. (Juré.) En fait, pour expliquer un peu, tout a commencé la veille au soir, peu après 23 heures. Devant le métro Villiers, Henri est tombé sur Luc Taron, qui traînait là. Il le connaissait. Car il connaissait son père – et il lui en voulait : Yves Taron lui avait volé de l'argent. Henri a une idée. Il entraîne le garçon sans trop de difficulté, le fait monter dans sa voiture (une Citroën ID 19 noire) et, du côté de la porte d'Orléans, dans une brasserie de nuit, il appelle le père : soit il lui rend rapido l'argent qu'il lui a pris, soit il ne revoit jamais son fils. Taron, avant de lui raccrocher au nez, lui dit en substance qu'il peut toujours courir, qu'il lui ramènera son fils quand il en aura marre, ce qui ne devrait pas tarder, et que toute façon, ce n'est pas son fils, alors il s'en fout bien.

Henri est embêté. Que faire ? Il décide de donner une bonne leçon au père, emmène le petit en banlieue, dans la nuit, trouve une zone peu habitée près de Palaiseau, et essaie de l'abandonner. Luc va avoir la peur de sa vie, mais au lever du jour, il ira frapper à une porte, il trouvera bien quelqu'un pour le ramener à Paris, et ce salaud de Taron comprendra qu'Henri ne plaisante pas. Mais justement, Luc a la peur de sa vie : ils sont près d'un bois, il doit y avoir des loups. Il se met à hurler, il va réveiller tout le voisinage, même si les maisons ne sont pas toutes proches, il faut le faire taire. Malheureusement, Henri pète les plombs, il le fait trop taire, il lui écrase la tête contre le sol, l'enfant se débat et crie encore, Henri appuie, et l'enfant est mort. C'est un accident. Personne ne le croira. Et les flics vont vite se rendre compte qu'Henri connaît Taron, Taron va même sans doute le dénoncer. Il faut que Lucien l'aide, endosse le crime. Pas en son nom, bien sûr, mais en écrivant une lettre anonyme, un peu folle, juste pour détourner les soupçons. Il signera ce qu'il veut, on ne le trouvera jamais, lui. Henri lui a noté quelques détails sur une feuille, recto verso, pour l'aider à rendre crédible sa revendication, il la lui donne. (Lucien la linotte commettra la grosse erreur de jeter ce brouillon précieux quelques semaines plus tard.) Après toute une journée d'hésitation (c'est compréhensible, ce n'est pas rien, d'assumer la mort d'un enfant, surtout que Lucien aime beaucoup les enfants), et un petit tour à la Foire de Paris pour passer un disque d'Enrico Macias, le futur Étrangleur finit par accepter, écrit un message rapide, un peu n'importe comment, et le glisse sous un essuie-glace près d'Europe n° 1. Mission accomplie. Manque de chance, le message semble avoir été perdu, il est obligé d'insister un petit peu, de téléphoner, d'écrire à nouveau, et très vite, il se prend au « jeu ». Ça colle avec son envie de notoriété, et sa rancœur contre la société. Il finit par se faire arrêter. Dans un premier temps, il est persuadé qu'on va le croire quand il dira qu'il est bien l'auteur des messages, mais pas du tout le meurtrier de l'enfant. On ne le croit pas (du tout). Il est face à un dilemme, ce n'est pas de la tarte. Peut-il balancer son ami Henri ? Car c'est la guillotine presque assurée, là. Alors que lui non, puisqu'il n'a rien fait. Il décide d'avouer, puis de renouveler ses aveux devant le juge. Il a plusieurs espoirs : que les enquêteurs finissent par se rendre compte d'eux-mêmes que ça ne peut pas être lui ; qu'Henri, depuis l'extérieur, se débrouille d'une manière ou d'une autre pour le faire innocenter (en envoyant une lettre anonyme suffisamment précise, par exemple) ; et en dernier recours, qu'on le considère comme fou, comme irresponsable, qu'on l'envoie quelques mois voire quelques années en hôpital psychiatrique (la parole donnée, la loyauté, sont à ce prix, il est prêt à le payer – et puis il sent bien que ça ne lui fera pas de mal), et qu'on oublie tout ça, Henri sera sauvé, et lui libéré. Mais alors maintenant, un an plus tard, après deux expertises psychiatriques et une requalification en assassinat, c'est lui qui va se la prendre sur la nuque, la guillotine, ça ne rigole plus. Et ce sagouin d'Henri n'a pas levé le petit doigt pour lui, apparemment, alors flûte. Il a fait ce qu'il a pu, maintenant il le lâche, voilà. Allez l'attraper si vous voulez. Son nom ? Ah oui mais non, il ne le connaît pas, son nom, c'est le hic. Ni son adresse, non, mais un jour il l'a vu entrer dans un immeuble pas très loin du café des Deux Magots, si ça se trouve c'est chez lui. Non ? Et le fait qu'il ait une ID noire et des lunettes cerclées d'or, ça ne peut pas aider ?

Lors du procès, en mai 1966, Jean-Claude Seligman, cité comme témoin par l'accusation, dira que pendant la première année de son instruction, en bon juge, il n'avait aucune certitude, ses commissions rogatoires n'étaient pas fermement orientées, il faisait enquêter à charge et à décharge, il lui est même arrivé d'avoir des doutes, en partie à cause du caractère manifestement délirant de certains propos de l'homme qu'il avait en face de lui. Mais à partir de l'apparition surnaturelle de ce mystérieux Henri : « J'étais désormais certain qu'il était bien l'assassin. »

Il n'est pas le seul, évidemment. Même son avocat, Maurice Garçon, qui en a pourtant vu bien d'autres, se prend la tête à deux mains. Lucien Léger s'attendait à lancer une véritable bombe dans la mare, c'est un petit caillou qui trouble à peine le lac.

Le procureur Jean-Jacques Lajaunie, au procès, avancera une explication possible à la révélation tardive et bien commode de l'existence de cet Henri – hormis, naturellement, le fait que l'accusé n'avait pas d'autre solution, s'il voulait sauver sa tête, que d'inventer un autre coupable que lui. Il évoquera la lettre que Jacques Salce lui a envoyée à la prison de Versailles, en août 1964. C'est Lucien qui lui avait écrit le premier, en juillet, mais ce courrier n'a peut-être pas été saisi par le juge, ou bien il a été perdu, en tout cas il ne figure pas ou plus dans le dossier. Le 12 août, donc, le psychologue-graphométricien, répondant à la lettre disparue, lui a adressé quelques lignes de réconfort et de soutien – modéré, prudent, mais amical tout de même : « Mon cher Léger, Je n'oublie pas les quelques heures que nous avons passées ensemble à militer pour les sans-logis, et à parler de nos misères respectives. Quoi que vous ayez fait, je vous considère comme une victime : victime de l'incivisme fantastique de nos concitoyens, qui a fait de vous un gibier d'hôtel, victime de la maladie de votre femme, victime du conflit entre votre désir d'affirmation et votre manque de chances sociales au départ. » Mais ce qui a attiré l'attention du procureur Lajaunie, et sans doute aussi fait lever un sourcil à Lucien Léger, c'est la suite : « À mes yeux, vous êtes irresponsable. Mais je ne crois même pas que vous soyez coupable, et que ce soit vous qui ayez tué cet enfant. Tout un faisceau de présomptions me semble indiquer que vous avez revendiqué un rôle qui n'a pas été le vôtre. » Suivait un petit tacle pour Maurice Garçon : « Et je sais que vous n'avez rien à voir avec un quelconque "diabolisme", qui n'est vraiment pas dans votre nature, pour autant que j'aie pu en juger. » Il lui demandait ensuite ce qu'il pouvait faire pour lui, lui envoyer un colis, que devait-il contenir, et concluait : « Comptez-moi fidèle à la cause que nous avons défendue ensemble, et désireux de ne pas vous abandonner, dans la mesure de mes très faibles moyens. »

Léger ne réagit pas. Dans la longue réponse qu'il envoie à Salce huit jours plus tard, il ne fait aucune mention de l'éventualité qu'il ne soit pas coupable. Au contraire, il ne fait que confirmer ce qu'il dit depuis son arrestation : il parle de son enfance pénible, de ses maux de tête, de ses échecs, « on veut être celui qu'on aurait voulu être et on sait que c'est impossible », de la perte de l'espoir, de ses problèmes de mémoire, « petit à petit, ça craquait », du brouillard dans lequel il avançait, « on sent son cœur éclater en sanglots la nuit et en rires fous le jour », de ses angoisses, de ses hallucinations : « J'aurais dû me retrouver à l'hôpital, je me retrouve ici où on ne peut rien pour moi, sinon me punir pour tous ces cauchemars qui m'échappent. » Après avoir dit à Jacques Salce que, non, il ne pouvait pas faire grand-chose pour lui, à part lui écrire ou peut-être même venir le voir au parloir, et avant de l'assurer de son « éternelle amitié », il terminait par : « Mes racines sont pourries et je me suis écroulé, miné par le mal. Mais mon cœur restera intact pour tous ceux qui m'aideront. Oh, si un jour je pouvais guérir, retrouver la faculté de penser comme tout le monde, si je pouvais comprendre, alors je retrouverais la joie que j'avais quand j'étais tout petit. Je revivrais pour toujours, et je saurais peut-être pourquoi toute ma vie il a fallu que je souffre et que je m'écroule dans un malheur comme celui-ci. »

Selon Lajaunie, et la plupart de ceux qui se sont penchés sur la question, l'hypothèse de Salce a lentement fait son chemin dans l'esprit de Léger. Il a retenu et digéré deux choses : le fait qu'il n'est pas diabolique (et que donc l'accès de démence apparemment inexplicable ne convaincrait personne), mais surtout l'idée d'un crime endossé à la place d'un autre. Quand il s'est trouvé dans l'impasse au printemps 1965, cette possibilité, la dernière, suggérée par un psychologue, spécialiste du comportement humain, lui serait revenue en tête.

Dans les mois qui séparent son revirement de juin 1965 du procès de mai 1966 (où l'on assistera, après le verdict, à l'apothéose, au coup de théâtre tonitruant), Lucien Léger va progressivement affiner sa nouvelle version. D'abord, Henri va se voir attribuer une initiale pour son nom de famille : « M. » Et un passé : c'est un ancien commissaire de la DST, la Direction de la surveillance du territoire (il aurait pu choisir plus simple, on va vite se rendre compte que ce n'est pas possible). Ensuite, ce qui l'installera véritablement dans sa nouvelle posture de héros qui se sacrifie pour un ami, c'est une lettre à Maurice Garçon, le 12 septembre 1965. Une lettre de dix-huit pages. S'il se donne cette peine, c'est que le grand avocat est sur le point de l'abandonner. On peut le comprendre : depuis plus d'un an, il s'est engagé – auprès du juge d'instruction, de ses confrères de l'accusation (Me Vizzavona, pour Yves Taron, et Me Albert Vignoles, pour sa compagne), du procureur Lajaunie, des experts psychiatres, et même, par le biais de la presse, de l'opinion publique – sur la voie de l'irresponsabilité et, à défaut de diabolisme, du coup de folie. Il a tout axé là-dessus. Et maintenant, il devrait faire un tête-à-queue et retourner sa veste en même temps, prétendre que son client est non seulement tout à fait responsable, mais même responsable à la place d'un autre ? Dans l'espoir de le retenir, Léger tente le tout pour tout, et décide, jure-t-il, de ne plus rien lui cacher. Il va lui dire enfin « toute la vérité sur l'affaire ».

La lettre de dix-huit pages débute de manière maladroite, ridicule même, quoique presque touchante par sa volonté d'embobiner le grand maître que plus rien n'embobine depuis longtemps – dès les premiers mots, on sent le roman : « Le début du printemps s'annonçait bien, l'air était doux… » Il dit avoir rencontré Henri un soir de fin avril, à la terrasse d'un petit café à la façade peinte en bleue (c'est le Missou, le bar où il avait emmené Nina Douchka). Lucien, artiste, est en train de corriger l'un de ses poèmes. Henri l'aborde, il a le teint mat, le front haut, un peu dégarni, les cheveux bruns coiffés en arrière, il est assez grand, 1,75 m ou 1,80 m, il a quarante-deux ans, il lui dit qu'il est correcteur aux éditions du Seuil et qu'il joue de la guitare, ils discutent. Henri était policier à Alger, en 1957 il a demandé à être rapatrié en métropole car il ne supportait plus les atrocités dont il était témoin, il a été affecté à la DST, dont il a fini par démissionner. Il a de la famille à Gourdon, dans le Lot, où il passe la plupart de ses vacances d'été. Il s'appelle Molinard, Molinari ou Molinaro – Lucien a lu ce nom en haut d'un exemplaire du *Figaro littéraire* qu'il tenait à la main. Un début d'amitié s'installe, qui s'appuie sur le goût des lettres, des arts, du théâtre. Henri, qui a des relations (il connaît en particulier un producteur), propose à Lucien de le faire passer dans une émission de télé, celui-ci est ravi, il imagine aussitôt une sorte de duo avec Douchka – à qui il en parlera le soir du 25 mai. La suite ressemble à peu près à la première version de son revirement, le coup de téléphone affolé mercredi matin, etc. (Il ajoute quelques détails. Par exemple, quand Henri l'appelle à l'hôtel de France pour lui demander de le rejoindre de toute urgence à Montparnasse, il se demande comment il a pu avoir le numéro de téléphone de l'établissement. Il révèle aussi qu'à Montparnasse, quand il lui raconte tout, Henri précise que l'enfant, lorsqu'il l'a rencontré, portait des traces de coups au visage. Mais également qu'après l'avoir tué et être rentré à Paris, il a eu peur d'avoir perdu quelque chose dans le bois, et qu'il est revenu sur les lieux à 5 heures du matin. Dans le brouillon de la lettre qu'il lui remet, il indique que le père du petit est « un sinistre personnage », et qu'il a même été mêlé à une affaire de mœurs (Lucien en a déjà fait part à son avocat un an plus tôt, quand il prétendait seulement avoir trouvé une lettre de revendication sur le siège de sa 2 CV). Le brouillon contenait également toutes les informations données par l'Étrangleur plus tard, le mercurochrome sur la jambe, le blouson jeté à Châtillon, le *Bugs Bunny* (qui était mal écrit, prétend Lucien), le métier des parents, la marque de leur voiture.)

Mais dans une deuxième partie de sa lettre, Lucien fait part à son avocat de sérieux doutes qui lui sont apparus depuis. Il se souvient que lorsque Molinard ou Molinaro est venu s'asseoir à sa table en terrasse, la toute première chose qu'il lui a demandée, c'est le genre de poèmes qu'il écrivait. Comment pouvait-il savoir qu'il écrivait des poèmes ? N'était-ce pas un hasard un peu étrange, cette rencontre poétique ? Comment pouvait-il savoir qu'il écrivait des poèmes à la terrasse du Missou ? La seule personne au courant, c'était Nina Douchka, Chantal Arbatchewsky. En y repensant, il s'est souvenu d'un autre détail anormal : « Il m'a demandé ce que je faisais le soir, si je sortais souvent. Je lui ai dit que je rentrais presque toujours directement chez moi, sauf quand je m'arrêtais quelque temps à ce café. Il m'a alors rétorqué : "Sauf quand tu vas à Montmartre." Je n'ai pas prêté une très grande importance à cela. C'est maintenant que cela prend toute sa valeur. » Selon lui, donc, Henri connaissait Nina Douchka, qui est, d'une façon ou d'une autre, « dans le coup ». Un autre fait, encore plus parlant, lui revient. Le dimanche 21 juin 1964, en pleine période de l'Étrangleur, il est allé attendre la jeune femme à la sortie du théâtre de l'Atelier. Elle était avec des amis, elle a donc refusé qu'il la raccompagne, mais en se penchant à la fenêtre de la 2 CV pour le lui dire, elle a aperçu une pile de journaux sur le siège passager, avec *Paris-Presse* sur le dessus : « Elle a tourné brusquement le regard vers moi et m'a dit brutalement : "Lucien, tu devrais arrêter ça !" Elle n'a pas pu se retenir, mais il était trop tard. Elle n'a pas insisté, je n'ai rien répondu, trop surpris par ce que je venais d'entendre. Je l'ai quittée presque aussitôt, je suis rentré chez moi comme un somnambule. Ce soir-là, je décidai d'arrêter. Comment Douchka, que je n'avais pas revue depuis le 25 mai, pouvait-elle tout d'un coup avoir une telle réaction ? Rien dans mon comportement ne pouvait lui faire avoir des doutes, encore moins une certitude, ce soir-là surtout, dans le peu de temps qu'a duré notre rencontre. [...] Je crois que c'est la seule question qu'il reste à éclaircir. C'est là qu'est peut-être le secret de toute l'affaire. »

C'est nouveau, ça. Il n'implique plus seulement un personnage certainement fictif (ou du moins qu'on ne peut retrouver – car un Molinard ou Molinaro, correcteur au Seuil, ou ancien de la DST, ou qui a été en poste à Alger en 1957, on a vérifié : y a pas), mais une personne bien réelle, identifiable – en plus, une comédienne de vingt et un ans, sans histoires, qui a certainement autant de rapport avec cette affaire effroyable que Sheila avec l'assassinat de Martin Luther King. (Et ça ne s'arrêtera pas là, Lucien Léger va devenir plus prolifique et inventif que tous les auteurs des Ancien et Nouveau Testaments réunis.) Entendue trois fois depuis le début de l'affaire, Douchka a déjà dit qu'elle ne connaissait pas de Henri, qu'elle ne savait quasiment rien de Lucien, tout juste qu'il écrivait des poèmes, et qu'elle n'avait aucune idée de ses éventuelles habitudes dans ce café de Montparnasse. En conséquence, on ne jugera pas utile de l'interroger une nouvelle fois.

Dans cette lettre à Maurice Garçon, dont il est certain qu'elle va marquer un tournant décisif dans l'instruction, il dit encore qu'après la remarque surprenante de

Nina Douchka à propos des journaux, s'étant résolu à arrêter ses « bêtises » et ne voulant pas courir le risque de mettre la police sur la piste de son ami Henri, il a jeté le brouillon (si on peut se permettre, ce n'est pas ce qu'on peut appeler une idée de génie).

Enfin, il revient sur la soirée du 26 juin, celle du faux vol de sa 2 CV. Il explique à son avocat que, tracassé par Douchka et lassé de ses fanfaronnades médiatiques, un peu perdu, il était parti se promener vers le sud de Paris, sans itinéraire précis, il était arrivé dans une grande cité HLM, il s'était garé là pour continuer sa balade à pied, il avait marché longtemps, jusqu'à ne plus savoir où il était, ni donc où était sa voiture. Il l'avait cherchée toute la nuit, à l'aube il s'était fait prendre en stop à Juvisy-sur-Orge, et ce n'est qu'en arrivant à l'hôtel de France qu'il s'était rendu compte qu'il avait laissé les clés de sa chambre dans la 2 CV et avait dû demander un double à la gérante. Le lendemain, il avait déclaré la voiture volée, simplement parce que c'était selon lui son seul espoir de la récupérer. (Trois jours plus tard, il s'était miraculeusement souvenu du nom de la ville où se trouvait la cité, Viry-Châtillon, il avait eu l'idée de mettre la disparition de la voiture sur le dos de l'Étrangleur, avait lui-même téléphoné à l'hôpital de Villejuif depuis une cabine du parc qui l'entoure après avoir quitté discrètement son poste, puis il était parti chercher sa 2 CV, en bus jusqu'à Juvisy puis à pied, et l'avait retrouvée au bout de deux heures.) Voilà. C'est un peu désarmant : il part au hasard en banlieue un soir à 22 heures, il roule vers n'importe où, s'arrête par hasard au beau milieu d'une cité HLM et part errer seul, en pleine nuit, dans les allées désertes entre les immeubles puis au-delà, dans une ville fantôme le soir, Viry-Châtillon, pendant des heures ? Et je suis la fille du pape. Mais pourquoi mentir à son avocat ? Pourquoi ne pas reconnaître simplement : « Je voulais inventer un nouveau crime de l'Étrangleur, j'ai caché ma voiture pour faire croire qu'il l'avait volée » ? Ce ne serait rien à côté de ce qu'on lui reproche. Il révèle ensuite à Maurice Garçon, comme d'ailleurs aux policiers au moment de son arrestation, que, profitant de l'occasion, c'est lui qui a versé du sang partout dans le véhicule retrouvé, après en avoir volé à l'hôpital. Ce qui est de nouveau un peu désarmant, c'est qu'un an plus tôt, le 20 août 1964, il écrivait à Garçon, à qui il n'avait déjà pas de raison de mentir à ce sujet (et il savait que la correspondance entre un avocat et son client échappe au contrôle de l'administration pénitentiaire et n'est pas lue par le juge d'instruction) : « Je n'ai jamais compris ce que faisaient ces traces de sang dans la voiture, car ce n'est pas moi qui les y ai mises (il s'est forcément passé quelque chose dedans). »

Il termine cette lettre du 12 septembre 1965, pitoyablement, par cette phrase : « Je pense maintenant avoir démontré que je ne suis pas l'auteur de ce meurtre pour lequel j'ai déjà fait plus d'un an de prison », mais Maurice Garçon n'est pas tellement de cet avis. Comme Jean-Claude Seligman, il aurait même tendance à estimer que cela prouve plutôt le contraire. Son client refusant de le suivre sur ce qui est, selon lui, la seule voie possible pour essayer de lui épargner la fort pénible séparation de la tête et du reste du corps, il ne voit pas d'autre solution que de renoncer (il sait en outre qu'il ne peut pas tenter de s'opposer aux conclusions des experts psychiatres, qui le considèrent depuis longtemps comme un ennemi de leur discipline et ne lui feront pas de cadeau), sans le laisser tomber pour autant : il confie sa défense à Me Albert Naud, qui, à soixante et un ans dont trente et un de robe, est l'un des ténors du barreau parisien, mais qui est surtout, Badinter avant l'heure, un adversaire acharné, obsessionnel, de la peine de mort. De plus, il est apprécié du lobby psychiatrique : face à eux, il devrait mieux s'en tirer que son glorieux aîné.

Lucien Léger est effondré. Il voue une grande admiration à Maurice Garçon, on peut dire sans exagérer qu'il l'idolâtre, il regorgeait de fierté qu'il ait accepté de s'occuper de lui (si Maurice Garçon consacre un peu de son temps à un homme, c'est que cet homme n'est pas n'importe qui). Tout s'écroule. Mais il ne sombre pas tout à fait dans le désespoir, c'est le maître lui-même qui a choisi celui qui le remplacerait, cet Albert Naud n'est pas le premier venu et doit savoir se débrouiller, Lucien décide de s'en remettre à lui et de lui faire confiance.

Au procès, qui se déroulera au tribunal de Versailles, devant la cour d'assises de Seine-et-Oise, du 3 au 7 mai 1966, Me Naud sera secondé par un jeune avocat de trente et un ans, Henri Leclerc. (C'est en lisant, il y a deux ans, ses Mémoires, *La Parole et l'Action*, chez Fayard, que je me suis dit : « Ça a l'air intéressant, cette histoire de Lucien Léger, je vais me renseigner un peu, je pourrai peut-être écrire quelque chose, s'il y a matière. » J'avais lu son livre, un peu en diagonale, pressé par le temps, car nous devions participer tous les deux à une émission de France Inter et je ne voulais pas avoir l'air totalement cruche en ne sachant pas de quoi on parlait. En sortant de la Maison de la radio (au micro, il avait rendu un hommage appuyé à l'un de ses modèles, Paul Baudet, grand avocat des années 1950, magnifique orateur, plus préoccupé de belle langue, de rédemption et du salut de l'âme de ses clients que de leur sort terrestre, celui grâce à qui Pauline Dubuisson avait été condamnée aux travaux forcés à perpétuité au lieu de quatre ou cinq ans pour crime passionnel ou homicide involontaire), comme nous marchions tous les deux vers les taxis, dans la nuit, je lui avais posé deux ou trois questions sur Lucien Léger (dans le chapitre qu'il lui consacrait, il semblait sous-entendre qu'il restait quelques zones d'ombre). Je lui avais demandé, entre autres, s'il avait conservé une copie du dossier de procédure d'Albert Naud qu'on avait dû lui transmettre à sa mort, puisque Me Leclerc était alors devenu à son tour, seul cette fois, l'avocat de Lucien, jusqu'à la fin des années 1990. Il m'avait répondu que non, qu'il ne l'avait plus. Je m'en étais un peu étonné. Il m'avait dit, à peu près : « De toute façon, il était très probablement coupable, il avait sans doute un problème mental. »)

On n'apprendra presque rien durant ce procès, où pourtant cent seize témoins vont se succéder à la barre : quatre-vingt-quinze cités par l'accusation, quinze par la partie civile, et les six derniers par la défense – le combat s'annonce équilibré, âpre et indécis. Mais les médias, en manque de matière première fraîche depuis la traque et l'arrestation, vont tout de même trouver de quoi faire leur miel et leur beurre, le fait divers va revenir à la une des journaux, en direct à la radio et à la télé – c'est normal, l'Étrangleur intéresse les gens (je n'aurais pas été le dernier devant le kiosque), on est en mesure de leur donner ce qu'ils attendent, donc on leur donne ce qu'ils attendent : le compte-rendu détaillé de la revanche de la société, la fin du mystère, le châtiment.

Lors du tout premier direct à la télé, le jour de l'ouverture du procès, reprenant la parole en plateau après l'intervention sur place de Frédéric Pottecher, le présentateur du journal de la première chaîne de l'ORTF, le très lucide Georges de Caunes, remarquera, en avance sur l'avenir : « Merci Frédéric, en tout cas il est un peu dramatique que nous soyons obligés de faire une part tellement importante à des étrangleurs d'enfants. »

Les médias sont à la fois le cadre, le décor, l'outil de communication, la chambre d'écho, le ressort, l'un des personnages principaux, et même le moteur et le carburant de l'affaire Léger/Taron : Lucien Léger s'est servi des médias pour réussir son coup, pour prendre la direction des opérations et affoler la France ; Lucien Léger a été arrêté à cause des médias, à cause de son attirance pour les médias, qui l'ont aspiré et livré tout rôti à la police ; les médias ont jugé Lucien Léger avant l'heure, pas une colonne n'ayant émis le moindre doute – depuis deux ans, dans la presse, on l'appelle « l'assassin », « le monstre », « le tueur fou », comme on appellerait un plombier « le plombier », ils lui ont réglé son compte (c'est de bonne guerre) ; à présent, c'est à la justice d'entrer en action, sous l'œil vigilant des médias – mais aussi, surtout, c'est la justice des hommes : les neuf jurés (Paul, Guy, Auguste, Jacques, Romain, Raymond, Armand, Robert, et une seule femme, Suzanne (c'était alors la notion de l'équilibre : une femme, c'est bon, on a la parité)), à moins qu'ils n'aient passé les deux dernières années au Groenland ou sur Pluton, ont été nourris par la presse, comme tout le monde, ils sont sous perfusion depuis le 27 mai 1964, là encore c'est normal, ils font partie de la société, c'est le principe de la justice, le meilleur qu'on ait trouvé – mais ils ont été modifiés, transformés par ce qu'ils ont absorbé, ils ne vont pas juger Lucien Léger, ils vont juger l'Étrangleur, qui s'est créé par les médias et que les médias ont façonné, ils vont juger la graine qui pousse au printemps des monstres.

Le premier jour, avant l'ouverture de la séance, sur les marches du palais de justice, on attrape Marie-Thérèse Léger, la sœur aînée de Lucien, c'est toujours ça de pris. Son précieux témoignage sera publié le lendemain dans la première édition du *Parisien libéré* : « Ah, la famille, c'est quelque chose… Moi je veux rentrer ce soir, on voit bien que les jurés n'ont pas neuf gosses à garder ! Je sais pas quoi leur dire, moi. Lucien, je l'ai pas vu depuis quatre ans, et on ne s'est jamais écrit depuis. Je pense pas qu'il soit coupable. S'il est accusé, c'est la faute à ma mère, elle lui a mené la vie trop dure. Mais enfin moi, tout ce qui m'intéresse, c'est d'être à la gare du Nord pour 19 heures ».

C'est un petit homme frêle, aux épaules tombantes,
qui ressemble un peu à Charles Aznavour.
Il a mis une cravate rouge, à laquelle correspond
une pochette rubiconde. Faut-il y voir
une manifestation d'orgueil, et croire par exemple
les psychanalystes, pour qui le rouge traduit
une tendance à la mégalomanie ? N'allons pas si loin.

L'Aurore, 4 mai 1966.

Et Maître Naud avait pris la parole.
Ce fut en vérité une grande plaidoirie.
Une plaidoirie en tout cas qui démontrait que,
sans trahir son client, un avocat peut,
s'il le veut, ne pas suivre celui-ci
dans ses plus folles élucubrations.

L'Humanité, 9 mai 1966.

Durant les quatre jours et demi d'audience, rien de nouveau n'est apparu. Dès le début, Lucien Léger a clairement indiqué qu'il plaiderait non coupable, qu'il resterait sur la position choisie onze mois plus tôt : il n'a pas tué Luc Taron, il a écrit les cinquante-six messages de l'Étrangleur pour détourner l'attention du véritable meurtrier (par accident), son ami Henri. (Seul Albert Naud, par l'intermédiaire de Maurice Garçon, connaît le nom qu'il lui donne (Molinard s'est définitivement effacé au profit de Molinaro) et les détails contenus dans la lettre de septembre 1965.) Il refuse – « pour le moment », précise-t-il – d'en dire plus, se contentant grosso modo de : « C'est pas moi, c'est Henri. » Lors de son premier direct dans le journal télévisé, Frédéric Pottecher le décrit ainsi (je me félicite de n'avoir jamais été décrit par Frédéric Pottecher) : « Il est terne, il est mou, il est petit, il a un visage aux cheveux noirs, il a des yeux noirs ronds et troubles, agrandis par d'énormes cernes, il est vêtu très élégamment d'un costume gris clair, avec une pochette rouge. On a l'impression que Léger est un homme qui veut être vu. »

Les psychiatres se succèdent à la barre pour affirmer que, s'il paraît effectivement déséquilibré, gorgé de complexes et d'amertume, narcissique et menteur, Lucien Léger n'est ni « fou » ni mythomane. Les médecins légistes confirment que les constatations effectuées lors de l'autopsie correspondent tout à fait aux circonstances de la mort de l'enfant telles qu'elles ont été décrites dans les messages et lors des aveux, jusqu'aux gestes, précisément. Parmi les cent dix témoins de l'accusation et de la partie civile, à peu près tous les protagonistes importants de l'histoire viennent répéter ce qu'ils ont dit aux enquêteurs : Janne Foubert, l'institutrice, qui est partie, juste après la mort de son élève, essayer d'apprendre les rudiments de la vie aux futurs hippies de province (de Maubeuge, en l'occurrence), Jules Beudard, qui se promène à 5 heures du matin dans les bois, Geneviève Cotillard, la gérante de l'hôtel de France, Fernand Avignon, son réceptionniste, les époux Minvielle, qui ont entendu une portière claquer et un moteur démarrer dans la nuit, les époux Lelarge, qui binaient des betteraves, le docteur Locussol, le médecin d'Igny, Colette Bourhis, la standardiste d'Europe n° 1, des journalistes, comme Michel Rigaud, de *Paris-Presse*, des policiers, David Beck, qui prend sur un pare-brise ce qui ne lui est pas destiné, et des dizaines d'autres, dont le juge d'instruction Seligman : « Dès les premiers interrogatoires, Léger m'a fait l'effet de ne pas être l'homme que l'on imaginait par les messages de l'Étrangleur. C'était au contraire un inculpé très aimable, très respectueux, et surtout très fataliste. Je me demande encore comment un homme si effacé a pu mobiliser toutes les polices de France, et jeter une telle atmosphère de trouble dans les familles. »

Nina Douchka a été convoquée (la concierge du 4 rue Brown-Séquard a indiqué à l'huissier qu'elle avait déménagé, qu'elle habitait dorénavant au 47 rue Dombasle, toujours dans le 15e arrondissement, où lui a donc été portée la citation à comparaître), mais elle ne s'est pas présentée au tribunal.

Le couple Taron (Suzanne et Yves se sont mariés entretemps, au bout de douze ans de vie commune, un mois après l'arrestation de Lucien Léger, le 12 août 1964 – la presse ne l'a appris que le 24 septembre, Yves Taron déclarant alors, à *La Nouvelle République du Centre-Ouest* par exemple, sous le titre « Mariage secret » : « Personne n'a été mis au courant de notre union, nous avons régularisé notre situation afin que, par-delà la mort, notre petit garçon ne soit plus ce qu'on appelle un enfant naturel ») est évidemment présent, mais la mère de Luc ne se présente pas le troisième jour, après son témoignage de la veille à la barre, et ne reviendra plus. Selon son mari (qui l'annonce de manière « un peu théâtrale », commente *Le Parisien libéré*), « elle souffre cruellement que l'on ait taxé d'indifférence la rigueur objective avec laquelle elle a témoigné, et préfère renoncer à paraître au procès ». Il est vrai qu'elle n'a – les apparences régissant le monde – pas fait très bonne impression. Le journaliste Philippe Regnoult, dans *Ici Paris*, tempère mais relève tout de même, un peu hypocritement, ce qui a mis ses confrères, et donc l'opinion publique, mal à l'aise : « Mme Taron ne se néglige pas, même le jour où l'on juge le monstre qui lui a pris son enfant. Elle est jeune, svelte, élégante, malgré la sobriété voulue de ses vêtements. Elle a gravi les marches du perron comme on va remplir à la préfecture une formalité pénible mais nécessaire. [...] Les flashes des photographes ne l'ont pas fait ciller. Visiblement, elle en souffrait moins que de la curiosité des autres spectateurs, ceux qui ne la photographiaient que du regard. [...] Elle était au-delà des larmes, là, debout, immobile, elle faisait une dernière fois son devoir de mère. Personne au palais de justice, ni le juge, ni les jurés, ni les avocats, ni le monstre, bien entendu, ne l'avait jamais vue avec son "petit bonhomme". Je ne sais pas non plus, je ne saurai jamais, si Mme Taron était une mère très expansive, de celles qui serrent leur enfant très fort dans leurs bras, le soir, avant d'éteindre la lampe. Mais moi, qui ai vu tant de procès, je n'ai jamais été plus bouleversé qu'à Versailles par le visage sans larmes de la maman de Luc, qui disait adieu une dernière fois à son “petit bonhomme”. »

Les témoins de la défense, si peu nombreux, et embarrassés, font presque pitié. Il y a Georges Abar et Martial Wolfer, les collègues infirmiers de Léger, qui n’ont pas grand-chose d’autre à dire que : « Il n’avait rien de particulier, c’était un bon camarade » ; Georges Vincent, le frère de Solange, qui vit à Belleville, ne peut faire mieux, il évoque un très sympathique copain de régiment, marrant, un peu bizarre tout de même, avec le recul, puisqu’il lui a fait croire qu’il avait fait l’École normale (dans le box, Lucien tente une défense comique, il prétend qu’il a simplement dit à son ami, au contraire, qu’il avait suivi une scolarité ordinaire, qu’il n’avait été qu’à l’école « normale ») et que son père était un grand businessman ; Françoise Poncet, la dernière à avoir veillé sur Solange pour le compte de l’Assistance publique, qui habite toujours, elle aussi, à Belleville, et a reçu plusieurs fois la visite du jeune couple, a gardé de lui le souvenir d’un garçon timide, poli, amoureux, inquiet pour la santé de sa femme, attentionné ; Jacques Salce, le grapho-psychologue, défenseur platonique de la cause des sans-logis, ne l’aide pas beaucoup non plus, il fait ce qu’il peut mais c’est peu : il répète ce qu’il subodorait dans la lettre qu’il lui a écrite en prison, c’est-à-dire qu’à son avis il est possible qu’il se soit accusé d’un crime qu’il n’a pas commis (le soir, aux actualités de France Inter, Frédéric Pottecher déclamera d’une voix vibrante et emportée les propos de Salce lorsqu’il lui a été reproché d’avoir « tendu une perche » à l’accusé : « Mais monsieur le procureur, Léger est un psychopathe à tendance subparanoïaque avec mythomanie vaniteuse, comprenez-moi bien : il passe successivement sur les deux versants de la paranoïa, l’hébétude puis le délire ! » (avoir un vrai pote, ça fait toujours plaisir)), et s’il se souvient de lui, au moment de leur rencontre, à l’été 1962, comme d’un jeune homme « normal, doux et intelligent », il tient à indiquer à la cour qu'en octobre 1963, la dernière fois qu'il l'a vu, il lui est apparu « complètement transformé, il portait des vêtements voyants, dissimulait son regard derrière des lunettes noires et avait un sourire énigmatique » ; enfin, une prise de bec a lieu, à distance, entre le dernier témoin favorable à l'accusé, sa mère Geneviève (qui répétera devant la presse, sur les marches du palais, l'essentiel de ce qu'elle a martelé un peu plus tôt à la barre : « Mon fils a dit la vérité, c'est pas lui ! C'est pas lui, il est pas capable ! »), et la fille aînée de celle-ci, Marie-Thérèse, absente (on n'a pas pu lui garantir qu'elle aurait son train à 19 heures à la gare du Nord, donc elle est partie, faut pas pousser – elle a écrit une lettre qu'on lira si on veut, ça ira très bien comme ça), un clash, comme on ne disait pas, mélodramatique, stérile et glauque, qui ne met sans doute pas les jurés dans les meilleures dispositions à l'égard du type à condamner (ses proches sont trois et demi à le soutenir et ils réussissent à s'écharper entre eux). Chroniqueuse judiciaire pour *France-Soir*, la fort redoutable (à ses heures) Madeleine Jacob décrit la scène (l'article est illustré par une curieuse photo de Suzanne Taron, son visage en gros plan, à moitié caché, elle semble épier derrière une porte) : « La fin de l'audience sera marquée par un incident. Le président lisait une lettre de la sœur de Léger, fort sévère pour sa mère [...] : "Elle frappait même notre malheureux père, lequel obéissait docilement aux ordres qu'elle lui donnait." Dans le public, Mme Léger proteste, hurle, et finalement éclate en sanglots : "C'est pas vrai ! crie-t-elle. C'est vraiment dégoûtant, ce qu'elle écrit ma fille. Quand je pense que c'est Lucien qui est dans le box et qui me défend !" Car en effet, Lucien Léger, très gêné par l'incident, avait tourné positivement le dos à la salle. Mais il prenait la défense de sa mère en taxant de mensonges les accusations portées contre elle. Cependant que Mme Léger, du gabarit virago, se jetait dans les bras de son chétif mari, qui s'employait à la calmer. »

Solange Léger n'a pas été convoquée au procès. Aux dernières nouvelles, elle était hospitalisée à Sainte-Anne, mais on n'a même pas pris la peine de vérifier réellement. On n'a pas besoin d'elle – à quoi pourrait-elle servir ? Ni l'accusation ni la défense ne veulent s'encombrer de son témoignage, au mieux incohérent, inutile, au pire incontrôlable, halluciné, féroce, nuisible.

Au fur et à mesure que le procès avance, Lucien Léger distribue quelques rares et vagues « informations » sur Henri – « J'ai eu l'impression qu'il avait des mœurs spéciales », entre autres. Le président du tribunal, André Braunschweig, qui est un bon président, s'énerve : ça n'a aucun intérêt, il ferait bien de se secouer un peu, de se dépêcher de prouver que cet Henri existe, de donner des renseignements plus fiables et plus sérieux, car la délibération du jury approche, et ensuite, naturellement, il sera trop tard. Il essaie de l'aider, en reprenant depuis le début : « Où avez-vous connu Henri ? » Là, curieusement, Léger semble abandonner l'histoire de la rencontre fortuite à la terrasse d'un café, qu'il avait décrite dans sa lettre à Maurice Garçon, puisqu'il répond, avec ce qui ressemble à de la sincérité : « Je ne peux pas vous le dire, monsieur le président. Et je ne veux pas vous mentir non plus. Parce qu'un jour il sera arrêté, et tout se saura. Alors vous comprenez… » Braunschweig perd son sang-froid : « Mais alors qui est Henri ?! » Léger a l'air désolé : « Je ne peux pas vous le dire, monsieur le président. »

Il paraît clair qu'on n'en tirera pas plus pour l'instant, mais Léger semble bêtement persuadé qu'il n'a pas besoin d'en dire davantage (« Il n'est pas nécessaire de l'arrêter pour établir mon innocence »), que le principal, ce qu'on lui demande ici, est de démontrer que l'assassin est un autre – et d'après lui, ce ne sont pas les preuves qui manquent. Il revient sur l'une des informations qu'il aurait trouvées dans le brouillon du message de revendication : « Tenez, monsieur le président : ce n'est pas par un enfant de onze ans que l'on peut apprendre que son père a été impliqué dans une affaire de mœurs. Il ne le saurait pas, et même dans ce cas improbable, il ne le raconterait pas à un inconnu. Je vous répète qu'Henri, qui m'en a parlé, connaît M. Taron. » (Ce serait en effet la preuve que l'accusé connaît quelqu'un qui connaît Taron. Mais la question a déjà été posée au père de Luc par le juge Seligman et les enquêteurs, or il a dit et répété, et répétera, jurera qu'il n'a jamais été mêlé, de sa vie, à la moindre affaire de mœurs, et rien de sérieux ne viendra le contredire.) Albert Naud veut mettre les choses au clair publiquement, il a une arme secrète, il se lève et prend le relais de son client : « M. Taron peut-il me dire s'il a été impliqué dans une affaire de mœurs ? » La réponse du père, qui semble se crisper brusquement, déconcerte toute la salle, et il y a de quoi : « Je n'ai jamais eu d'affaire d'homosexualité ! » Le président Braunschweig s'en amuse, sourit, et remarque : « Il n'a jamais été question d'homosexualité dans le dossier… » Taron est gêné, mais Naud ne lui laisse pas le temps de bredouiller et enchaîne en révélant qu'on a saisi des photos « pornographiques » à son domicile (« un certain nombre de documents grivois », disait en réalité le rapport de perquisition). Le père de Luc « étouffe ce qui voulait être un ricanement méprisant mais ne répond rien », selon *Le Figaro*, puis l'avocat continue : « Ce n'est même pas le sujet. Il y a d'autres affaires… » Alors Taron explose (« rouge de colère », écrit *Paris Jour*) : « Vous n'avez pas le droit de le dire ! » Naud reste calme : « Moi non. Mais c'est l'une de vos anciennes maîtresses qui l'a affirmé pendant l'instruction : vous avez bien été impliqué dans une affaire de mœurs ! » (Le 20 juin 1964, deux semaines avant l'arrestation de l'Étrangleur, et alors que des soupçons pèsent encore sur les parents de Luc, Claude P.-C., la jeune femme que Taron a rencontrée après son divorce et son retour de Marseille à Paris, avec qui il a emménagé rue de Naples fin 1947, a été interrogée dans les locaux du SRPJ. Un procès-verbal de deux pages passé relativement inaperçu, qui ne contenait rien de très important, et auquel on n'a donc prêté que peu d'attention. Elle décrit sa vie avec lui et déclare : « Nous avons envisagé de nous marier, mais M. Taron ayant été impliqué dans une affaire de mœurs, j'ai refusé de l'épouser. » On pourrait imaginer que c'est dans le dossier que Lucien Léger l'a appris (c'est d'ailleurs ce que clamera Yves Taron à cet instant du procès), mais c'est peu probable. D'abord parce qu'il n'a pas eu de copie du dossier, et qu'il faudrait donc supposer que c'est Maurice Garçon ou Albert Naud qui lui a glissé l'info en douce – or les deux avocats sont aussi fermement opposés l'un que l'autre à la nouvelle volonté de Lucien de se déclarer innocent et de faire intervenir un Henri extraterrestre, ils veulent plaider le coup de folie et l'irresponsabilité, ils n'ont aucun intérêt à lui donner des munitions pour renforcer sa version boiteuse ; ensuite parce que c'est le 20 août 1964 qu'il écrit pour la première fois à Garçon qu'un détail de la lettre prétendument trouvée dans sa 2 CV lui est revenu (« Il y était dit que le père de l'enfant avait été compromis un jour dans une affaire de mœurs, et qu'il avait eu affaire à la police pour cette raison » (au passage, Claude P.-C. ne parle pas explicitement de problèmes concrets avec la police, mais évidemment, on peut le déduire)) : si c'est Garçon lui-même qui le lui a appris, il faudrait que Léger soit réellement dérangé pour le lui « révéler » dans un courrier qui ne sera lu que par lui ; enfin, il n'a pris connaissance des détails du témoignage de Claude P.-C. que douze ans après avoir mentionné cette histoire de mœurs : en 1976, pour préparer une révision de son procès (qui n'aura pas lieu), il a demandé et obtenu une copie intégrale du dossier, et c'est seulement à ce moment-là qu'il a lu ce procès-verbal parmi mille autres. Il écrit à son frère Jean-Claude (à cette époque, il rédige un long texte pour donner sa version de l'affaire, dont il espère la publication (qui n'aura pas lieu)), s'étonne de ce qu'il découvre et lui dit qu'il ne pourra malheureusement pas, dans son manuscrit, évoquer « la vie privée et les anciennes condamnations amnistiées de certaines personnes » (il fait évidemment allusion à Yves Taron) : « Une lacune d'autant plus énorme que ces personnes ont menti devant le juge d'instruction, et que ce dernier le savait. [...] L'argument essentiel restant que je ne pouvais pas avoir appris cette chose par un enfant de onze ans. » Quoi qu'il en soit, en toute objectivité, ce n'est pas parce que l'une de ses anciennes compagnes dit brièvement que Taron a été impliqué dans une affaire de mœurs qu'il a réellement été impliqué dans une affaire de mœurs.) Comme quelques mois plus tôt face au juge Seligman, le père de Luc, dans l'enceinte du palais de justice, dément catégoriquement (« assez nerveux », selon *Paris Jour*, et « avec beaucoup de vigueur », selon l'AFP) avoir jamais été impliqué dans une affaire de mœurs. C'est bon, on a compris. On passe, on ne peut rien faire d'autre.

Le président Braunschweig boucle cette petite séquence à couteaux tirés en demandant à Taron si, bref, finissons-en, il connaît un certain Henri qui aurait pu avoir des raisons de lui en vouloir. Taron répond simplement : « Je n'ai pas d'ennemi. Je pense que sur cette terre, il n'y a personne qui puisse m'en vouloir. »

Le meilleur du procès arrive. Le vendredi 6 mai 1966, à la fin de l'audience, à 20 heures, André Braunschweig, qui semble à la fois excédé par l'attitude de l'accusé depuis trois jours et – humain, ouvert – désireux de lui laisser toutes les chances que la justice se doit de laisser à un homme, l'informe que c'est fini, maintenant, tous les témoins ont été entendus, il ne reste plus, le lendemain, que les plaidoiries, les délibérations et le verdict. Donc c'est maintenant ou jamais. Lucien Léger, abruti ou inconscient, s'entête : « Je suis certain d'avoir prouvé au cours des débats, avec les témoins que vous avez entendus et qui ne sont pas à mon service, que je suis incapable, techniquement et moralement, d'avoir commis ce meurtre. Je ne peux pas dénoncer le véritable assassin du petit Luc Taron. Je ne veux pas le faire, parce qu'il est irresponsable, il n'a pas commis ce meurtre volontairement. » Tout le monde s'y met, son avocat d'abord : « Léger, j'ai accepté de vous défendre, mais j'ai gardé ma liberté de conscience. Redressez-vous, il est encore temps ! » Son client répond, incroyablement : « Pardon. » Naud est dépité : « Allons, allons, ça ne suffit pas ! » (Non, c'est sûr, c'est un peu mou, comme coup de théâtre.) Le président Braunschweig, encore : « Vous pourrez parler jusqu'à la dernière minute. Réfléchissez bien, je vous en supplie. Le meurtrier ne sait peut-être pas pourquoi il a tué, mais il sait comment il a fait. Il doit le dire. » (On dirait qu'on commence à le croire.) Même l'avocat général Lajaunie y va de son petit mot bonhomme : « Il faut lui laisser le temps d'une nuit de réflexion. »

Le lendemain, dernier jour, Léger arrive à l'audience plus pâle que d'habitude. Il n'a visiblement pas beaucoup dormi. Il a l'air nerveux. Suspense. On espère que le moment de la grande révélation est enfin arrivé. Il tend une lettre de quatre pages qu'il a rédigée dans sa cellule, on la remet au président Braunschweig, qui la lit. « Je vous adresse la réponse que vous attendez de moi. » Si quelqu'un respire dans la salle, c'est très discrètement, on ne l'entend pas.

Ce qu'on va entendre, ce sont des soupirs de lassitude et d'agacement. Il n'y a rien, dans cette lettre. Quatre pages de blabla, de preuves bidon. Depuis qu'il est emprisonné, écrit-il, il a toujours dit aux surveillants et à ses codétenus qu'il n'était pas l'assassin de Luc ; qu'il ne s'accusait que devant le juge d'instruction parce qu'il savait bien qu'un jour, il se rendrait compte qu'il n'était pas coupable. Ça c'est du scoop. Ça ne suffit pas ? Il était si fatigué le 26 mai 1964 à l'hôpital que son supérieur lui a accordé un jour de repos le lendemain : quand on est épuisé à ce point-là, on ne sort pas la nuit pour aller enlever un enfant, si ? Et attendez, ce n'est pas fini : quand il a envoyé à *France-Soir* un dessin de la position du corps du petit au pied de l'arbre pour corriger celui qu'avait publié le quotidien (il a rectifié, les pieds se trouvaient du côté du tronc, non la tête), eh bien il s'est trompé, il a positionné le corps à gauche de l'arbre quand on regarde depuis la route, alors qu'en fait il était à droite de l'arbre. (Oui, bon.) Et il revient sur l'affaire de mœurs, encore. Et que dans le premier message, il n'a pas su donner correctement le titre de *Bugs Bunny*, donc ça veut tout dire. Et patati, aussi, ainsi que patata.

À la fin de sa lettre au président Braunschweig, Lucien Léger se jette quelques fleurs – c'est grotesque, mais comme il est le seul à vouloir et pouvoir le faire, on lui pardonne. (Si.) « Monsieur le président, vous avez reconnu hier que je suis un jeune homme au passé sans tache. Je suis d'une bonté rare, d'une sensibilité exceptionnelle, ont dit les témoins, capable d'un amour pouvant aller jusqu'au don de ma personne. [...] Ce que j'ai fait en refusant de dénoncer l'auteur d'un meurtre que je sais involontaire n'est pas un crime. À défaut d'être légal, c'est humain et je suis un homme. » Dans la salle, c'est l'atterrement, la nausée (Albert Naud est le premier accablé), mais le dégoût va vite se transformer en un sentiment plus enfantin, la déception rageuse de ne pas obtenir ce qu'on attendait : « Reste à me croire sur l'importance du personnage, qui est l'une des raisons pour lesquelles je ne l'ai pas dénoncé. De plus, c'est un ami qui m'a fait confiance. Je lui ai fait une promesse que j'ai dû tenir jusqu'à ce jour. Messieurs, il ne me reste donc qu'à vous dire son nom, son adresse, que je connais. [...] Dans cette affaire très difficile, puisque tout le monde s'est trompé à mon sujet en pouvant croire un seul instant que j'aie pu être coupable, en dépit des preuves de mon innocence [gloussements dans la salle], vous me permettrez, monsieur le président, de ne répondre à votre question, votre ultime question, qu'après le réquisitoire de M. le procureur et les plaidoiries de MM. les avocats. À ce moment, je prendrai la décision que vous attendez tous. À ce moment seulement. » C'est de plus en plus honteux et risible, mais au moins, le suspense est relancé, formidable. (D'après Frédéric Pottecher, le soir à la télé, après lecture de cette lettre par Braunschweig, Albert Naud s'est écrié : « Mais qu'est-ce que je vais faire, maintenant ?! Voyons, Léger, vous sentez la position impossible où vous me mettez ? Vous voyez, monsieur le président, nous sommes en plein délire ! ») Et cette fois, on ne sera pas déçu.

Les plaidoiries de Mes Vizzavona et Vignoles, le premier pour Yves Taron, le second pour sa femme, passent sans grande surprise, et sans grand intérêt dans la salle. On remarque simplement que Vignoles tente la thèse du crime crapuleux, utilitaire, de la demande de rançon ratée à cause d'une erreur de numéro de téléphone, tandis que son confrère Vizzavona, sans le dire clairement, penche vers la thèse du crime de sadique, de pervers pédophile qui n'a pas eu ce qu'il voulait et s'est déchaîné sur le petit Luc. Il réclame, fermement, tranquillement, la peine de mort. (Avec l'argument suivant : « Jamais un condamné à perpétuité n'a effectué la peine jusqu'à la fin de ses jours » (autrement dit, logiquement, personne n'est jamais mort en prison), il faut donc impérativement refuser à l'accusé les circonstances atténuantes, et lui couper la tête pour être sûr qu'il ne mettra plus un pied dehors.)

Le réquisitoire du procureur de la République et avocat général, Jean-Jacques Lajaunie, va étonner davantage – sa conclusion, du moins. Il commence par dire (avant de se contredire ensuite – mais de se contredire intelligemment, car la vie n'est pas simple) qu'il n'y a, a priori, que deux possibilités : soit Léger est fou, et il faut l'interner en centre psychiatrique, soit Léger n'est pas fou, et, selon la loi, il mérite la mort pour ce qu'il a fait. Il parle de son enfance difficile, de son « mariage avec une malade mentale qui ne le satisfaisait pas sexuellement » (au juge d'instruction, Léger a dit que Solange et lui avaient peu de rapports, même dans les rares périodes où elle n'était pas hospitalisée, mais que ça ne le dérangeait pas plus que ça : ce n'est pas sa passion, le sexe), et il extrapole un peu : « C'est un raté et il en souffre. » Mais pour terminer, il déstabilise tout le monde (et fait basculer dans la fureur Yves Taron, pour qui la décapitation était la seule issue possible, et qui déclarera à la sortie du tribunal : « Que les sadiques en puissance se réjouissent, ils peuvent maintenant tuer et martyriser de pauvres enfants désarmés ») : « Il resterait assez pour le châtiment capital demandé par les parents. Mais je souhaite que Me Naud réussisse à faire admettre les circonstances atténuantes. Je ne leur ferme pas ma porte. »

Et il va s'y employer, Me Naud. C'est le premier petit séisme du procès. Depuis près d'un an, mais surtout depuis le premier jour d'audience, son client s'entête à jurer son innocence, à accuser sans le nommer un autre que lui, il a choisi une ligne de défense insensée et dangereuse, mais enfin c'est sa ligne de défense. Son avocat, son allié donc, va la démolir et, seul, décider de plaider exactement le contraire. Il est obsédé par la peine de mort, son seul but est de l'éviter, il ne pense qu'à ça : il n'entend rien de ce que demande et répète celui qu'il est censé soutenir, il n'a même pas entendu la fin du réquisitoire du procureur Lajaunie, il devait être ailleurs, dans le combat de sa vie. (En 1974, dans un livre de Mémoires, *Les défendre tous*, il reviendra sur ce procès et affirmera, de bonne foi, j'en suis sûr, que Lajaunie a réclamé la peine capitale, et que tout (et n'importe quoi) devait donc être tenté pour ne pas en arriver là.) Sa plaidoirie sera, incontestablement, le coup le plus rude porté à Lucien Léger : celles de ses confrères de la partie civile ou les vociférations haineuses (et légitimes) d'Yves Taron auront l'air de petites boules de cotillon de jour de l'An à côté du boulet de canon qu'il va lui tirer dans la tête.

Henri Leclerc, dans le sien, de livre de Mémoires, celui que j'ai lu avant l'émission de France Inter, décrivant ce moment qui restera comme l'une des plus belles et grandes leçons de sa carrière, aura ces phrases ahurissantes – que je trouve ahurissantes : « De retour dans la salle d'audience, Naud, dont je croyais connaître tous les sortilèges, m'épata. Il lui fallut une heure, pas plus, pour avouer à la place de Léger. Il le fit en rappelant sa propre liberté de conscience vis-à-vis des dires de son client. […] Il eut une idée d'une audace folle, mais bouleversante. Établissant un parallèle entre le petit Luc fugueur et Lucien, il devint lyrique, poète, pour raconter la rencontre de ces deux solitudes, de ces deux malheureux sous la lune qui brillait ce soir-là, tandis que les loups, forcément, hantaient la forêt, symboles de leurs peurs communes. […] L'émotion était à son comble. » Bravo ! Lyrisme ! Aveu ! Émotion ! Un maître.

Albert Naud, c'est vrai, n'y est pas allé de langue morte : « Après trente-trois ans de barreau et de cour d'assises, j'ai l'impression d'être inutile pour la première fois de ma carrière. […] Je n'ai pu avoir avec mon client aucun contact, aucun de ces contacts d'homme à homme qui font de l'avocat un confesseur. » Ah, zut, dommage. Se tournant vers les jurés : « Je veux mériter votre confiance. C'est pourquoi je ne plaiderai pas le personnage du mystérieux Henri. J'ai trouvé indigne de le faire. » Oui, restons digne. À ce moment-là, derrière lui, dans le box, Lucien Léger chausse ses lunettes noires. « Je comprends que vous demandiez la mort, monsieur Taron. » Eh oui, mon client est une ordure, mais enfin c'est tout de même pas de ma faute. Et là, attention, le sublime approche, c'est le moment de vérité, ce que personne encore n'a réussi depuis deux ans, on va enfin savoir ce qui s'est exactement passé, asseyons-nous : « Luc ? Léger ? Deux solitaires. Deux isolés, deux malheureux, deux taciturnes. Dieu sait quelle mystérieuse attirance a pu naître entre ses deux êtres. Léger n'a-t-il pas trouvé en cet enfant qui errait dans les couloirs du métro un petit frère, lui qui aimait tant les enfants et qui avait si peur des hommes, un petit frère avec lequel le dialogue tant espéré aurait pu alors s'engager ? Arrivés au bois de Verrières, qu'est-ce qui a bien pu se passer ? » Eh oui, c'est la question principale. « Messieurs les jurés [jurée Suzanne, c'est gentil d'être venue], je pense tout haut, je ne cherche pas à vous tromper. Mais est-il impossible de penser que Luc ait eu peur, soudain ? Est-il impossible de penser que l'enfant ait pris soudain conscience qu'il ne s'agissait plus d'un jeu ? Est-il impossible d'imaginer que Léger ait senti brusquement qu'il y avait quelque chose en lui de caché, de castré, une sorte de pulsion sexuelle qui l'aurait poussé à commettre un acte qui le dépassait ? »

Rien n'est impossible, Albert.

L'Aurore du 9 mai commentera : « Ce fut, pour Me Naud, un triomphe professionnel. » En effet, il a ridiculisé tous ses adversaires. Huit ans plus tard, dans *Les défendre tous*, il volera encore en larges courbes gracieuses dans l'éther parnassien, entouré de muses-libellules et de séraphins nus aux petites fesses dodues : « Je poussais Lucien Léger devant moi à travers les villages de son enfance, où le vent secouait les maisons et où nous entendions des cris d'épouvante, tandis que les girouettes grinçaient sur les toits. Avec des voix cassées de vieilles femmes, elles se contaient des histoires de revenants. Enfin, sous la lune, Lucien et Luc entrèrent dans le bois. Chacun comprit qu'au moindre cri de cet enfant, l'Étrangleur surgirait, qu'il était au bord de la crise, que Lucien Léger ne pouvait plus la contenir, que les ténèbres gagnaient son cerveau, et qu'il n'était plus maître de son destin. » Non, c'est vrai, c'est toi qui as été le maître de son destin, Albert. (Quelques années plus tard, un juré anonyme a dit ceci : « Après le réquisitoire du procureur, mais avant la plaidoirie de Naud, on pouvait encore répondre non à la question de la culpabilité. Après, ce n'était plus possible. ») Mais, aussi effroyable et scandaleux que ce soit, à mon avis, de la part d'un homme dont la mission est d'en défendre un autre, il paraît évident que cela partait d'une bonne intention, comme on dit quand on ne peut plus revenir en arrière. Il a terminé sa plaidoirie dramatique par ce cri : « Tout, tout, tout ce que vous voudrez ! Mais surtout pas la mort ! » (Oui, allez, tout, ne vous retenez pas.) C'était un homme bon, Albert Naud, aucun doute là-dessus. Et d'ailleurs, au moment de mourir, quand il repensera à ce qu'il a dit, à sa stratégie dans cette affaire, lors de ce procès sensationnel, il – avec une grande honnêteté, une grande humilité, humanité – s'en mordra les doigts.

Il ne reste plus que quelques minutes avant que les jurés partent délibérer. Le président Braunschweig, d'une conscience professionnelle et d'une sollicitude remarquables, tente une toute dernière fois de secouer Lucien Léger, qui ne semble pas réaliser ce qu'il va lui arriver : il n'y a pas de possibilité d'appel, à cette époque, ce qui signifie qu'à partir du moment où le jury quitte la salle d'audience, c'est terminé, le verdict qu'il rendra dès son retour sera irrévocable. Il faut qu'il parle, s'il a quelque chose à dire, tout de suite. Mais Lucien Léger ne comprend rien : « Je veux connaître le prix que je peux payer en me taisant. Avant de parler, je veux connaître ma condamnation, c'est-à-dire le prix du silence. » Il fait le malin, il réserve le clou de son spectacle pour la fin – pour après la fin. Il ne se rend pas compte qu'il vient de laisser passer sa dernière chance de, peut-être, ne pas passer en prison les quarante ou cinquante années qu'il lui reste à vivre – lui qui n'a pas vécu grand-chose jusqu'à présent.

Les délibérations durent deux heures dix – c'est court. À 19 h 50, ce samedi 7 mai 1966, le jury revient dans la salle d'audience. Lucien Léger sourit. Silence. Oui à la culpabilité. Non à la préméditation. Oui aux circonstances atténuantes. Réclusion criminelle à perpétuité. Lucien Léger éclate de rire.

Une triste comédie.

L'Aurore, 9 mai 1966.

Une farce sinistre.

Le Parisien libéré, 9 mai 1966.

Un spectacle dément.

L'Humanité, 9 mai 1966.

Le vrai a dépassé l'invraisemblable
qu'un romancier ou un cinéaste
oseraient à peine imaginer.

La Croix, 9 mai 1966.

Lucien Léger, rayonnant et vengeur, se lève dans son box : « Monsieur le président, vous venez de commettre une erreur judiciaire ! » La salle se fissure et explose en brouhaha. Le président Braunschweig n'arrive ni à la faire taire, ni à refermer sa propre bouche, bée. Dans le vacarme (« une effervescence extraordinaire », dira Frédéric Pottecher), il parvient tout de même à demander des explications au condamné. Léger triomphe enfin : « Monsieur Taron connaît-il Georges-Henri Molinaro ? » Taron regarde à droite et à gauche, ne répond pas, Braunschweig paraît sonné : « Vous pouvez répéter ? » Léger répète patiemment : « Monsieur Taron connaît-il Georges-Henri Molinaro ? » Taron ne répondant toujours pas, c'est le président qui s'adresse à lui : « Monsieur Taron, connaissez-vous un nommé Georges-Henri Molinaro ? » Cette fois, Taron se réveille : « Non. C'est sans doute là, monsieur le président, la dernière plaisanterie de cet individu. » Braunschweig se retourne vers Lucien Léger et lui demande pourquoi il a attendu si longtemps avant de dévoiler ce nom. « Pour prouver qu'on peut faire des erreurs judiciaires en cour d'assises. » À la surprise générale, la foule applaudit (à sa propre surprise, donc). C'est stupide, car tous sont probablement persuadés que Lucien Léger est le coupable, c'est indécent, mais ça part tout seul. Car ce qu'on aime, dans le coup de théâtre, c'est le principe. Braunschweig oscille entre stupéfaction et colère : « Sa profession, son adresse. » Léger lui suggère de demander plutôt à Yves Taron, mais ça ne passe pas. « Pas de comédie. Profession, domicile. » Léger redescend un peu : « Georges-Henri Molinaro était commissaire à la DST, il habite rue de Rennes, dans le 6e arrondissement. Je laisse à la cour le soin de vérifier. D'ailleurs, j'ai déjà donné ces indications pendant l'instruction, mais aucune recherche n'a été faite. J'ai confié à mon frère Jean-Claude la preuve de ce que j'avance, la photocopie de la lettre écrite par Molinaro. » Braunschweig commence réellement à se poser des questions, Taron semble vouloir prendre la parole mais il ne la lui donne pas : « Drôle de façon de faire aboutir la justice. Mais si on le retrouvait, s'il y avait quelque chose de vrai dans ce que vous dîtes, votre procès serait évidemment révisé. L'audience est levée. »

Comme l'audience, tout le monde se lève, c'est le chahut, des journalistes se précipitent sur Yves Taron, qui se fait huer et siffler par la salle (l'être humain souvent désempare), Albert Naud, très entouré aussi, est effondré, la tête dans les mains, en pensée au moins, répétant autour de lui que son client est malade, malade. On emmène Lucien Léger qui, avant de tourner le dos à son adversaire, lui lance : « Avant huit jours, monsieur Taron, vous me rejoindrez à la maison d'arrêt ! » Et le public applaudit encore.

Tandis que le père de l'enfant mort répond aux questions de la presse, un homme s'approche, on apprendra dans *L'Aurore* que c'est un avocat versaillais, et lui dit à peu près : « J'ai trouvé votre silence et votre absence de réaction étranges, quand Léger vous a parlé de Molinaro. Et je ne suis pas le seul. » Avant que son avocat ait eu le réflexe de s'interposer, Yves Taron le gifle violemment.

La journée se termine sur les marches du palais de justice de Versailles, à la télé. On interviewe les parents du héros du jour, Geneviève et André. La mère, Hulk persillé en robe synthétique, répète que son Lulu n'est pas capable d'avoir commis un crime pareil, d'ailleurs il y a longtemps déjà qu'il leur a parlé de cet Henri qui fréquentait Montparnasse (« Il semblait avoir peur de lui, il craignait, s'il révélait son nom, d'être tué, ainsi que sa femme et nous »), et à côté d'elle, le père, incarnation du malingre, petite créature chétive en costume du dimanche au rabais, hoche la tête et ponctue : « Oui », « C'est vrai », « C'est vrai », « Oui oui ». (Dans le *Paris Jour* du lundi 9 mai, deux des frères de Lucien confirmeront, Jean-Claude et Gérard, ce dernier précisant cependant qu'il a toujours entendu dire que Molinaro était médecin.) Ils sont interrompus et sortent du cadre lorsque Yves Taron apparaît à son tour à l'extérieur du tribunal, de fort mauvaise humeur, un tiers de Gitane maïs qui pendouille aux coins des lèvres, sous les sifflets et les insultes. Le reporter de l'ORTF lui demande s'il a quelque chose à déclarer. Sans enlever son mégot de sa bouche, il répond : « Non non non non non non… [J'ai compté.] N'écoutez pas les gens, il y aura toujours des imbéciles. »

Puis débute, dans l'affolement, ce que la presse a appelé « la folle nuit de Versailles » (c'est un peu exagéré). À 20 h 20, la police judiciaire et le SRPJ de Paris sont prévenus, les commissaires Poiblanc, Camard et Samson appuient sur le champignon jusqu'au palais de justice, on les attend dans le cabinet du procureur Lajaunie, où ils retrouvent le président Braunschweig, Yves Taron, qui affirme qu'il ne connaît ni Georges-Henri ni Molinaro, et qu'il est certain que c'est un personnage inventé par l'assassin de son enfant, et enfin Lucien Léger, extrait de sa cellule, qui sera interrogé jusqu'au matin. Pendant ce temps, à Paris, deux voitures de la première brigade mobile se rendent en trombe rue de Rennes, au numéro 96, cinquième étage, où l'on a trouvé (sans trop de difficultés : dans l'annuaire) un Molinari G. (c'est presque ça), Germain Nicolas de ses prénoms. Un brave homme de soixante-treize ans, en robe de chambre, ouvre la porte, éberlué, sa femme inquiète tend le cou juste derrière lui, que se passe-t-il chéri, on les embarque tous les deux rue du Faubourg-Saint-Honoré, où ils passeront deux heures et demie. Il est retraité, ancien représentant en parfumerie : s'il a tué Luc Taron, on peut affirmer que le général de Gaulle a été championne olympique de danse sur glace. Au moment où son épouse et lui, ahuris, quittent les locaux du SRPJ pour être raccompagnés chez eux avec un petit bouquet d'excuses sincères (fuchsia), il ne soupirera qu'une phrase aux journalistes : « Et moi qui ai horreur des romans policiers… » (Dans le numéro de *Paris Jour* qui relate la mésaventure des pauvres Molinari tremblants, sur la même page, est publiée la chronique hebdomadaire d'Yvan Audouard (l'un des compagnons de bringue de Georges Arnaud, et le père de mon pote et presque voisin Antoine), dans laquelle on lit, à propos de son ami Édouard Molinaro : « Il a pour quelques jours un nom difficile à porter. Je sais bien qu'il se prénomme Édouard, et qu'il n'habite pas rue de Rennes, mais j'entends déjà ses petits camarades ricaner : "On ne savait pas que tu étais étrangleur à tes moments perdus…" » L'air de rien, ce n'est peut-être pas qu'une coïncidence. Certains feront remarquer que Molinaro, comme Édouard donc, et Georges-Henri, comme Henri-Georges (Clouzot), venant d'un jeune homme dont l'une des passions, dixit sa mère, est le cinéma, ça peut donner à réfléchir.) Toujours sur la même page de *Paris Jour*, Albert Naud, tranquille, confirme ce qu'il pense de tout ça : « Henri n'existe pas. C'est la première fois de ma carrière que je rencontre un client avec lequel je n'ai pu avoir aucun contact, mais pour moi, il n'y a pas de doute, Henri n'existe pas. Ce Molinaro est un mythe dont Léger nous avait déjà entretenus. Il n'y a pas d'erreur judiciaire. » Allez hop, on n'en parle plus.

On ne va pas en parler longtemps, en tout cas. Dans le cabinet du procureur Lajaunie, jusqu'au matin, on somme Lucien Léger de dire absolument tout ce qu'il sait de Georges-Henri Molinaro – c'est la toute dernière occasion, cette fois. Il répète ce qu'il a écrit à Maurice Garçon huit mois plus tôt, en agrémentant la description de quelques nouveautés :

– Si son ami lui a bien dit être correcteur, il n'est pas certain que ce soit réellement au Seuil (c'est plus prudent, on peut trop aisément vérifier que non), c'est seulement ce qu'il en a déduit en le voyant souvent avec des ouvrages de cet éditeur.

– Le producteur de télé que Molinaro disait connaître, et qui pourrait lui permettre d'enregistrer un duo avec Douchka, c'est Jean-Pierre Rosnay (Jean-Charles Roméas de son vrai nom, un ancien résistant (à dix-huit ans, à Lyon, il a été arrêté et torturé durant quatre mois par les hommes de Klaus Barbie, qu'il était chargé d'assassiner), directeur du Club des poètes, un cabaret poétique tout proche de l'hôtel de France – c'est aussi le nom des émissions de radio et de télévision qu'il anime, en les entamant par la formule : « Amis de la poésie, bonsoir ! »). Interrogé par le commissaire Samson le jour même, le dimanche 8 mai, le proche d'Aragon, Queneau, Brassens ou Bedos affirmera ne connaître aucun Georges-Henri ni aucun Molinaro, pas plus d'ancien commissaire à la DST que de correcteur de maison d'édition, ne pas savoir ce qu'est le Missou et n'avoir entendu parler de Lucien Léger que depuis l'arrestation de l'Étrangleur, comme tout le monde.

– Ce n'est plus au printemps 1964 mais à la fin de l'année 1963 qu'il a rencontré Molinaro au Missou, « où il paraissait être connu ». Il ajoute, et le greffier qui retranscrit ses propos n'utilise pas le conditionnel : « Il était homosexuel. Bien que mon ami ne m'ait jamais fait de proposition directe, j'ai senti confusément qu'il était attiré par moi. »

– Enfin, il tempère (notablement) l'une des révélations les plus retentissantes de son numéro de fin de procès : il n'est pas certain que Jean-Claude soit déjà réellement en possession des photocopies du brouillon de lettre écrit par Molinaro pour relater l'essentiel de l'enlèvement et du meurtre, mais ce qui est sûr, c'est qu'il lui a indiqué où elles se trouvaient (deux photocopies d'une feuille unique, recto verso), lors d'une visite au parloir, et lui a demandé d'aller les récupérer. (Il précise que c'est vers la fin du mois de juin 1964 qu'il a détruit le document original (on ne sait pas pourquoi), après avoir tout de même pris la précaution de le faire photocopier, « dans le but de l'adresser à un journaliste », avant de se raviser. Où l'a-t-il fait photocopier ? Au Prisunic des Champs-Élysées. Les enquêteurs pousseront la conscience professionnelle jusqu'à aller, le 10 mai, interroger l'opératrice de photocopies du Prisunic. Bien entendu, elle ne se souviendra pas si, presque deux ans plus tôt, elle en a effectué deux pour un jeune homme qui pourrait ressembler à la photo qu'on lui présente. Une petite chose : quand on a répertorié ce qui se trouvait dans les poches de Lucien Léger au moment de son arrestation, on a noté un ticket de caisse du Prisunic des Champs-Élysées, daté du 26 juin 1964 et d'un montant de 2,80 francs, le prix de deux photocopies.)

Dès le matin suivant, des policiers ardennais sont chez les Léger, à Château-Regnault, et interrogent Jean-Claude, qui n'a que dix-sept ans. Il confirme ce qu'a déclaré son grand frère : le 23 novembre 1965, il est allé lui rendre visite à la prison Saint-Pierre de Versailles, et Lucien lui a parlé des deux photocopies, cachées chez lui, dans sa bibliothèque, à l'intérieur d'un exemplaire des *Peupliers de la Prétentaine*, de Marc Blancpain. Il n'a pas pu pénétrer dans la chambre de l'hôtel de France, la gérante, Mme Cotillard, ayant reçu de la police l'ordre strict de ne laisser entrer personne. Mais au début de l'année 1966, il a croisé Solange par hasard devant la prison où il venait de revoir Lucien : elle paraissait en piteux état, maigre, fatiguée, égarée, dérangée, elle voulait voir son mari, on ne l'avait pas laissée entrer. Elle a appris à Jean-Claude que huit mois auparavant, en mai 1965, sans un sou entre deux hospitalisations, elle avait vendu l'intégralité de la bibliothèque à un pianiste que lui avaient présenté les voisins du dessus, le couple Deveau. Tous les livres. 500 francs.

Naturellement, les enquêteurs parisiens s'empressent d'aller questionner le couple Deveau, qui occupe la chambre 70 à l'hôtel de France, au cinquième étage. André Deveau est comptable. Il dit avoir connu les Léger en novembre 1963, une nuit où Solange était tombée dans le coma, ou un état approchant, et où Lucien était monté en catastrophe leur demander de l'aide pour appeler les secours et la faire conduire à l'hôpital de Perray-Vaucluse. Ensuite, après l'arrestation de son mari, Solange était revenue à l'hôtel de France, en octobre 1964. Elle était désemparée, démunie, ils ont fait ce qu'ils pouvaient, disent-ils, pour l'aider un peu. Ainsi, au mois de mai suivant, lorsqu'elle leur a expliqué qu'elle avait de gros soucis d'argent et qu'elle désirait vendre la bibliothèque (avec l'accord de son mari, à qui elle a demandé l'autorisation, précise André Deveau), ils lui ont parlé de l'un de leurs amis, un pianiste, Jacques Guédon, que cela pourrait intéresser. Il est venu voir, il a tout acheté, 500 francs, en deux fois, 350 en liquide le jour même, 150 quelques jours plus tard, par mandat.

Zoum, les policiers du SRPJ, tels des setters excités par l'odeur entêtante du lièvre, foncent vers Creil, 6 rue Gérard-de-Nerval, où vit Guédon, dont le nom d'artiste est Robert Sergil (on choisit ce qu'on veut) – en janvier 1953, il a battu le record du monde d'endurance au piano, 245 heures sans arrêter une seconde de jouer, soit plus de dix jours et nuits, dans un restaurant de Sainte-Adresse, près du Havre, le Beauséjour, hydraté au diabolo menthe, maintenu à peu près éveillé par des clopes et du café, et aidé sur la fin par des bouteilles d'oxygène (son concurrent, l'Allemand Heinz Arntz, est tombé dans les pommes au bout de 225 heures – le tocard, la lavette). Il confirme avoir acheté tous les livres du couple Léger, le 16 mai 1965, sur proposition de son ami André Deveau. Et que lors de la transaction, Solange lui avait présenté une lettre écrite par son mari en prison, qu'elle lui a fait lire et dans laquelle il l'autorisait à tout vendre. (Sa femme, Marie-Thérèse Guédon, ne se souvient pas qu'il lui ait parlé de ce courrier.) Le couple apprend aux hommes de Samson que, malgré leur promptitude à se lancer sur la piste, ils ont été devancés par les épagneuls de la presse, au jarret plus vif, à la truffe toujours en alerte : la veille, un journaliste du *Parisien libéré*, Bertrand Sonnois (qui confirmera), est déjà passé, il a épluché avec Marie-Thérèse, en vain, les cinq cent soixante livres, en commençant évidemment par *Les Peupliers de la Prétentaine*, de Marc Blancpain, qu'elle leur montre maintenant. C'est un livre publié en avril 1961 par les éditions Denoël, sous une couverture grise (dans la même collection que *Le Printemps des monstres*), qui porte un tampon « Service de presse ».

« Voyez, y a rien dedans. »

On interroge de nouveau Lucien Léger, il a encore voulu mener son monde en pédalo, on a retrouvé le fameux bouquin, y a rien dedans. Il ne se démonte pas, Lucien. Ce n'est donc pas, l'explication est toute simple, ce n'est donc pas dans cet exemplaire-ci des *Peupliers de la Prétentaine* qu'il conservait les photocopies. Car oui, il n'en avait pas parlé tout de suite, mais il est bien probable qu'il en avait deux, en fait, des exemplaires des *Peupliers de la Prétentaine*. Il a pris celui-ci, l'exemplaire de presse, dès la parution, et quelques jours plus tard, quand il a appris que Marc Blancpain venait signer au siège de Denoël, sachant que les employés pouvaient demander une petite faveur, il en a pris un deuxième, dédicacé celui-là, car il aime bien Marc Blancpain – Grand Prix de l'Académie française pour son premier roman, *Le Solitaire*, en 1945, chez Flammarion. Lucien Léger, à la réflexion, est « presque certain » que c'est dans cet exemplaire dédicacé qu'il avait glissé les deux feuilles qui pourraient lui éviter de passer sa vie en cage. Les formidables policiers vont mener l'enquête chez Denoël. Il est exact, leur confirme-t-on, que lorsqu'un auteur vient faire son service de presse, on lui demande toujours de signer quelques exemplaires pour certains membres du personnel, en général plutôt haut placés dans la hiérarchie de la maison, mais on fait évidemment des exceptions. Et Marc Blancpain, oui, est bien venu faire son service de presse rue Amélie. Et oui, il a signé des livres pour des employés, bien sûr. Mais quant à savoir si parmi ceux-là s'en trouvait un pour un Lucien Léger du service expédition, c'était il y a plus de cinq ans, dis. Les incroyables policiers vont questionner l'auteur en personne. Comme on pouvait s'y attendre, Marc Blancpain leur répond qu'il a dédicacé son roman chez Denoël au moment de sa sortie, c'était un samedi après-midi, il a signé quelques exemplaires pour des membres du personnel, mais un Lucien Léger, va savoir.

À propos de la bibliothèque, le condamné nie formellement avoir jamais donné, verbalement ou par écrit, la moindre autorisation à sa femme – ce qui contredit les propos du pianiste le plus endurant de tous les temps. Elle lui aurait écrit ensuite pour l'informer qu'elle avait vendu les livres, mais il ne se serait pas inquiété car, quelque temps auparavant, il lui aurait dit que si elle se débarrassait de certaines choses dans l'appartement pour en retirer un peu d'argent, il fallait au moins qu'elle conserve ses plus beaux livres, ou ceux qui étaient dédicacés, auxquels il tenait beaucoup. Mouais.

On parvient à retrouver Solange. Elle est à l'hôpital Sainte-Anne. Son mari ne lui a jamais parlé de photocopies dans un livre, elle a appris leur éventuelle existence par le petit Jean-Claude, au début de l'année, devant la prison de Versailles. Elle sait qu'ils avaient *Les Peupliers de la Prétentaine*, oui, elle se souvient même de la couleur de la couverture, grise. Elle ne peut pas dire s'il était dédicacé. Elle n'en est pas sûre, mais elle pense qu'il n'y avait qu'un seul exemplaire. Elle dit qu'elle a prévenu Lucien de la vente de la bibliothèque, par lettre, quelque temps après, au printemps 1965, et qu'il n'a fait aucune remarque particulière. En revanche, elle donne quelques renseignements sans grande valeur apparente, mais qui troublent un peu, dans le vide, qui troublotent. (Comme tant et tant d'autres autour de la mort de Luc Taron, de petites choses clochent ou grincent sans qu'on sache pourquoi.) D'abord, elle dit que les voisins Deveau se trompent : ce n'est pas elle qui leur a demandé s'ils connaissaient un acquéreur possible pour l'ensemble de la bibliothèque, c'est l'inverse, ils sont venus d'eux-mêmes lui proposer de la céder, si elle avait besoin d'argent, à l'un de leurs amis amateur de livres. Ensuite, comme son mari, elle affirme qu'elle ne lui en avait pas parlé avant la transaction, et qu'il ne lui a donc donné aucune autorisation, sous quelque forme que ce soit. Ce qui signifie surtout qu'elle n'a jamais pu présenter à Guédon, alias Sergil, une lettre signée par Lucien Léger. Elle dit sans détour ni pincettes : « M. Guédon ment. » C'est tout.

C'étaient les derniers sursauts de Lucien Léger dans l'espace intermédiaire, le sas, entre la vaste vie dehors et la cellule de six mètres carrés dans laquelle il va maintenant rester. On ne trouvera évidemment jamais aucune trace de ces photocopies du brouillon de Georges-Henri Molinaro. (Le petit truc de rien du tout qui ne va pas dans cette histoire ? Si cette lettre n'a jamais existé, ce qui semble pourtant faire peu de doute, pourquoi Léger en invente-t-il une version photocopiée ? Juste pour le plaisir de mentir deux fois plutôt qu'une ? S'il n'y a jamais eu de lettre, de brouillon (et donc probablement de Molinaro), ne serait-il pas bien plus simple et même plus efficace de prétendre que la lettre elle-même, et non sa copie, était cachée dans *Les Peupliers de la Prétentaine* ?) On ne trouvera évidemment jamais aucune trace non plus de Georges-Henri Molinaro. Des recherches relativement sérieuses et poussées seront effectuées, dans les registres de la DST, au syndicat national des correcteurs, dans l'annuaire et au « sommier » de la police, aux Deux Magots, dont Léger a affirmé qu'il était client occasionnel, au Missou, et même à Gourdon, dans le Lot, où deux inspecteurs locaux interrogeront des dizaines d'habitants et de commerçants pour savoir s'ils connaissent une famille Molinaro (j'ai vu les procès-verbaux, ça fait de la peine pour les fonctionnaires), rien, rien. Rien. Si Georges-Henri Molinaro est passé sur cette terre, il n'a pas laissé la moindre empreinte, ni tangible, ni sur papier, ni dans l'esprit de qui que ce soit, hormis de Lucien Léger.

Pour la police, pour la justice, pour les médias, pour l'opinion, pour la France, c'est terminé. On enferme l'Étrangleur, l'assassin d'enfant. Il n'est plus parmi nous. La suite, pour lui, n'est qu'une longue, très longue litanie de hurlements dans le vide, dans l'isolement de douze établissements, sous les ampoules nues, des cris d'innocence que plus personne n'entend, des lamentations et des fables qui ne franchissent pas les murs épais des maisons d'arrêt – le président Braunschweig avait raison : après le verdict, c'est trop tard, aux oubliettes. Le corps qui vieillit, qui faiblit, se voûte, maigrit, les cheveux qui poussent, jusqu'à tomber plus bas que les épaules, puis les cheveux qui blanchissent, la barbe qui pousse et blanchit aussi, l'esprit qui déraille, qui panique, qui délire, qui se met à inventer n'importe quoi, pendant des dizaines d'années, toute une vie.

C'est un fou qui a été condamné.
Un assassin certainement,
et un fou sans aucun doute.

Le Parisien libéré, 9 mai 1966.

En nous, quoi que l'on ait dit au cours du procès,
quoi que l'on y ait décidé, quelles que soient
les certitudes auxquelles chacun
s'est cramponné, en nous reste le goût affreux
du doute. Nous aurions tant voulu que,
par des aveux simples et clairs,
nos consciences, à nous, puissent être purgées.

Pierre Fisson, *Le Figaro littéraire*, 12 mai 1966.

Lucien Léger, assassin d'un enfant
dans les années 1960, est si bien adapté
à la prison que le motif invoqué pour
refuser sa libération conditionnelle est
qu'il ne serait plus capable de vivre libre.

Marianne, 8 mai 2000.

Je sors du centre IRM et scanner. On ne se sent pas très à l'aise dans ces endroits. C'est moderne, clair, l'équipe est souriante et détendue, mais quand on salue d'un mot murmuré ou d'un mouvement de tête les êtres humains de tous âges assis sur les sièges d'attente, les sièges d'inquiétude, on sait qu'ils ne sont pas là pour un rhume ou une verrue plantaire. D'une minute à l'autre, drame, cancer, leur vie peut basculer (dans un puits noir, étroit). On essaie de se concentrer pour ne pas les regarder avec compassion. Sur sa chaise, on regarde en soi-même, c'est le mieux. Et si ma vie basculait d'une minute à l'autre ? Dans un étroit puits noir ? « Monsieur Jaenada ? »

Je suis passé dans un scanner. Une idée du docteur Flutsch, qui ne m'en a pas dit beaucoup plus que : « On va jeter un coup d'œil au dos. » Et c'était ça, ma jambe, c'était le dos, well done Doc. (Pas si grave, donc, en réalité.) J'ai – m'informe le spécialiste – de l'arthrose aux vertèbres, ou une arthrose des vertèbres, je ne sais même plus comment on dit (en revanche je sais d'où ça vient, c'est le principal : je suis assis ou allongé plus de vingt-trois heures trente sur vingt-quatre). Du coup, deux vertèbres dans le tiers inférieur sont en mauvais état, tordues, l'une appuyant d'un côté sur l'autre comme des verres mal empilés, ce qui coince rudement le nerf crural, qui descend ensuite dans la cuisse. J'ai donc une cruralgie : c'est comme une sciatique, mais sur l'avant de la jambe, non sur l'arrière. Rien de dramatique, à part la gêne pour marcher, et la douleur si je force – ce qui n'est pas mon genre, donc ça va. La seule chose à faire, ce seraient des injections, et jamais de la vie. On va voir si ça passe un peu tout seul. Sinon, je marcherai moins (tout est toujours possible, c'est le merveilleux pouvoir de la nature humaine), et puis voilà.

Je me plains mais Lucien Léger aurait donné un bras et quelques années de sa vie pour avoir mal à la jambe gauche à mon âge en marchant jusqu'au Bistrot Lafayette, ou dans les rues de Montparnasse ou de Montmartre – cela dit, il l'a cherché, et bien cherché (Luc Taron, pauvre petit, n'en parlons pas, ou plutôt parlons-en (bientôt), il n'a pas eu les poumons abîmés par des centaines de milliers de clopes, il n'a jamais su ce qu'était un scanner, ni une gueule de bois, ni les seins d'une fille, ni une rage de dents (lors de l'autopsie, on a simplement noté une légère fracture de l'incisive centrale supérieure droite), il a fini sa vie avec un peu de mercurochrome sur la jambe gauche et les ongles rongés, il n'a jamais été malade, il ne s'est jamais senti rouillé, il n'a jamais pu se plaindre).

À partir du moment où, après le procès, les vérifications concernant Georges-Henri Molinaro ayant été faites, on a renvoyé Lucien Léger dans sa cellule pour toujours, ou presque, son existence enfermée n'a été qu'un interminable tourbillon sombre dans quelques mètres carrés – mobiles : entre Versailles et Douai, Nîmes, Fresnes, Château-Thierry, la Santé à Paris, Bapaume, Haguenau, Poissy… –, un grand foutoir chimérique, confiné, de divagations extravagantes et d'appels au secours inaudibles (de toute façon, qui pourrait s'attendrir ?), un acharnement de plus de quarante ans à refuser sa culpabilité, à inventer n'importe quoi pour pouvoir se dire pur et irréprochable envers et contre tout et tous, et à en rajouter régulièrement, jusqu'à construire un monde, un scénario hallucinant (avec espions russes, réseaux albanais et chinois, missions à Londres et à Budapest, félons à tous les coins de rue et exécutions au revolver), un roman impossible à croire, à accepter – qu'il finira pourtant par écrire, camouflé sous la forme d'une longue lettre à son frère Jean-Claude pour franchir la censure de l'administration pénitentiaire, qui s'intitulera *Le Prix de mon silence* et qu'il tentera de faire publier, en vain. Je ne sais pas comment retranscrire tout cela, si je m'attarde trop dans ce labyrinthe de fou je risque de perdre les lecteurs les plus coriaces ou les plus indulgents, et si je n'y consacre que quelques lignes indifférentes, c'est pas la peine d'écrire des livres. Je vais faire ce que je peux, prendre ses élucubrations comme elles viennent et essayer de suivre sans me laisser emporter. Ça donnera peut-être une sorte de poème – pas très beau, difforme, lamentable. Pardon d'avance. Courage. Mais ne vous embêtez pas à essayer de retenir les noms, ça va tomber comme à Gravelotte, un vrai bazar, donc peu importent les noms : si certains réapparaissent plus tard, je ferai un rappel.

Le 18 mars 1968, depuis la prison de Nîmes, Lucien Léger écrit au doyen des juges d'instruction pour s'accuser de l'enlèvement et du meurtre du petit Thierry Desouches, le 1er mai 1963. Il n'en dit pas plus dans son courrier, si ce n'est qu'il ne parlera qu'en présence de son avocat. On le transfère donc à la prison de la Santé, où il est interrogé par un commissaire Guerbette, le 2 août. Il lui raconte une histoire abracadabrante. (D'abord, maintenant, il n'a plus croisé la route de Molinaro en mai 1964, ni même à la fin de l'année 1963, mais en 1960, par l'intermédiaire d'un certain Paul Daidans, que Lucien aurait connu dans les Ardennes en 1956 – Daidans « travaillait pour le FLN », ils se sont rencontrés par hasard dans un train du côté de Château-Regnault, ils ont discuté. Lorsque Léger s'installe à Paris avec Solange, il le retrouve, et c'est lui qui lui présente Georges-Henri Molinaro, ancien commissaire à la DST. Ce Daidans était, dit Léger, « en relation étroite avec ceux qui deviendraient les ravisseurs et meurtriers de Luc Taron ». (Mais aujourd'hui, il ne sait plus où il est, ni ce qu'il est devenu. (Mince.) Tout ce qu'il peut dire, c'est qu'il a séjourné quelque temps à l'hôtel du Nord, à Mâcon, où Lucien lui a écrit. (Je déglutis, c'est à l'une des fenêtres de cet hôtel du Nord à Mâcon que, l'an dernier, après une signature en librairie, je regardais la Saône couler à l'envers.))) Début 1963, Molinaro, qui faisait partie d'un réseau de renseignement travaillant pour les pays de l'Est, reprend contact avec Lucien et lui assigne quelques missions (il affirme qu'au premier semestre 1964, il l'a accompagné à Londres et à Budapest). Le soir du 1er mai, Georges-Henri frappe à la porte de chez Lucien, à l'hôtel de France, avec un enfant qu'il vient d'enlever (Léger dira plus tard, en 1974, que ce n'était pas le bon, c'était une erreur : le but était de kidnapper le fils d'un homme politique, il y a eu pataquès) et qu'il lui demande de garder chez lui jusqu'à la livraison de la rançon. Lucien lui répond qu'il ne peut pas mais qu'il a un collègue de chez Denoël qui habite tout près, 43 boulevard de La Tour-Maubourg, Jean-Louis Le Chevalier : il sera ravi de se charger de cette petite corvée, car justement, il lui disait récemment qu'il participerait bien à une arnaque quelconque pour se faire un peu de pognon. En échange de 5 000 francs nouveaux, Le Chevalier prend donc le petit Thierry en charge. Malheureusement, celui-ci réussit à s'échapper de chez lui et ensuite, ensuite, va savoir ce qui s'est passé, on le retrouvera mort à plus de cent kilomètres de Paris, Lucien n'est pas devin, c'est le travail des policiers de savoir comment et pourquoi. (Le matin du 1er mai, aux environs de 8 h 30, Thierry quittait seul le 52 rue Spontini pour aller faire les courses que lui avait demandées sa mère : il devait passer à la boulangerie et à la boucherie du quartier, puis rejoindre son père dans un bar, qu'il n'a donc jamais atteint, le Scossa – on va dire que c'est une obsession, on n'aura peut-être pas tout à fait tort : dans *Livret de famille*, c'est dans ce même café de la place Victor-Hugo que Modiano rencontre l'ami d'un chanteur de cabaret sur lequel il projette d'écrire un livre (et au Scossa, l'ami en question lui apprend que le chanteur habite boulevard de La Tour-Maubourg). En ce début mai, quelques jours après l'enlèvement, une femme était venue voir Guy Desouches, le père, ayant des choses à lui apprendre, affirmait-elle. C'était une ancienne actrice, elle s'appelait Régine Poncet. (Elle avait connu un début de gloriole dans les années 1930, dans des films comme *La Complice* ou *Tamara la Complaisante* (un critique enthousiaste la trouvait « fine et sensible », et félicitait la vedette du film, Véra Korène, « qui n'a pas été, de longtemps, aussi belle, simple et décorative » – ça doit faire plaisir), elle avait tourné un dernier film en 1942, *L'Homme qui jouait avec le feu*, de Jean de Limur (j'ai bien du mal à me dire que ce n'est pas Modiano qui a inventé ce nom-là), puis avait lentement sombré dans l'oubli jusqu'à sa mort en 2001, on ne sait où. Au moment de la disparition de Thierry Desouches, elle était en guerre depuis des années contre la Société des auteurs et compositeurs dramatiques, pour une histoire de droits d'auteur prétendument non payés, relatifs à une opérette qu'elle aurait co-écrite avec son amant de l'époque. Elle faisait alors envoyer son courrier rue de l'Arcade, à l'hôtel particulier d'un riche homme d'affaires et pilote automobile, Lucien Crapez. (Peu importe.)) Elle avait laissé entendre à Guy Desouches qu'il s'agissait d'une erreur de cible (comme dira aussi Lucien, en se trompant de vraie cible) : dans le plan de départ, l'enfant qui devait être enlevé était le fils de onze ans du voisin du dessous, Jean Matthyssens, délégué général de la SACD – avec laquelle elle était donc en conflit. (C'était un homme très aisé. La famille Desouches, elle, n'était pas bien riche, vivait dans deux chambres de bonne réunies en un appartement, et le père, visiteur médical, gagnait 2 300 francs par mois.) Régine Poncet semblait bien savoir de quoi elle parlait : on peut imaginer qu'elle avait un lien, peut-être indirect, avec ce projet d'enlèvement. Presque un an plus tard, le corps de Thierry est découvert près de Bonneval, dans un état de décomposition trop avancé pour que l'on puisse déterminer les causes du décès. (À ce moment, au printemps 1964, Régine Poncet est en psychiatrie dans le même service que Solange Léger. (Ce n'est pas faute d'avoir prévenu : un vrai bazar.) Et quelques jours après l'arrestation du mari de celle-ci, l'ex-actrice écrit une lettre à Maurice Garçon, pour l'informer qu'elle a des révélations très importantes à faire. La réponse de l'avocat (ou plutôt de son fils Pierre, car lui était reparti en vacances dans son château de Ligugé), envoyée chez Lucien Crapez, l'as du volant, ne lui est peut-être pas parvenue. L'année suivante, à l'automne 1965, elle adresse de nouveau un courrier au cabinet Garçon, un peu farfelu en apparence mais solidement documenté, dans lequel elle sous-entend, de manière aussi inattendue que floue, qu'Yves Taron aurait un lien avec l'affaire Desouches. Là encore, il semble que les avocats n'aient pas réussi à la joindre ensuite.))

Lors de l'enquête pour la révision, Lucien Léger expliquera au commissaire Delarue que s'il a envoyé cette lettre où il s'accusait du meurtre de Thierry Desouches, c'était uniquement pour être extrait de la prison de Nîmes : cette prison, écrira-t-il dans *Le Prix de mon silence*, était la pire qu'il ait connue, « une cour des miracles peuplée de loques humaines » qui se gavaient de médicaments pour supporter les conditions d'incarcération : « Ce cauchemar a duré un an. Dans un grand dortoir de cent cinquante personnes, chacun était confiné dans une cage grillagée de la taille d'un lit, avec un broc d'eau et un seau hygiénique. » Grâce à cette fausse auto-accusation, il a réussi à s'en échapper. Mais si, son objectif atteint, il démentira avoir une quelconque responsabilité dans la mort de

Thierry Desouches, il maintiendra le reste : Molinaro qui vient le voir pour lui confier l'enfant, Jean-Louis Le Chevalier qui accepte de le prendre chez lui… (En 1976, Jacques Delarue retrouvera Le Chevalier, ahuri, qui lui apprendra qu'en 1963 il vivait bien au 43 boulevard de La Tour-Maubourg, mais dans une minuscule chambre de bonne où il lui aurait été impossible de cacher un enfant.) Il dira aussi que lorsqu'il lui apporte le petit Thierry en lui demandant de le garder, Molinaro, le pire kidnappeur d'enfant que la terre ait porté, lui donne pour consigne d'appeler un numéro de téléphone commençant par LAB (comme celui de Taron, rappelons-nous) et de se mettre ainsi en relation avec un certain Aron, ou Baron. On pourrait en rire, si on était vraiment de bonne humeur, mais ce navrant coup d'éclat pour faire parler de lui aura une conséquence dramatique, bien réelle celle-là : le 13 avril 1968, deux jours après que la presse a fait état de cette nouvelle revendication sidérante (ce cinglé gonfle tout le monde depuis trois ans à ressasser qu'il n'a pas tué Luc Taron, et maintenant il claironne qu'il a tué un autre garçon ?), Janine Desouches, la mère de Thierry, est retrouvée morte chez elle, rue Spontini. Il semble que ce soit un suicide, mais ce n'est pas clair. Tout ce dont on dispose cinquante ans plus tard, ce sont les déclarations à *Paris Match* de son mari, Guy, qui dit qu'elle ne s'était évidemment jamais remise de la disparition de leur fils et qu'elle dépérissait, jusqu'à ce que : « J'étais allé faire des courses. Quand je suis rentré, elle était affalée au milieu de l'évier, le chauffe-eau à gaz était allumé. Je l'ai prise dans mes bras, je l'ai portée sur le lit, j'ai tout essayé, bouche à bouche, massage du cœur, il était trop tard. Si seulement elle avait pu avoir un peu d'air frais… » (Selon ses dernières volontés précoces, Janine Desouches, née Hervé, qui était athée, au contraire de son mari, sera enterrée civilement au cimetière de Passy. Mais un an plus tard, fin mai 1969, Guy Desouches semble avoir oublié les souhaits de sa femme : il organise un service très religieux à la mémoire de son épouse et de leur fils Thierry, à la chapelle Saint-Honoré-d'Eylau, à deux pas du Scossa. Il les fait ensuite réinhumer dans un caveau où leur mari et père les rejoindra en 2001. Ils disparaîtront pour de bon à ce moment-là : sur la pierre tombale, sous laquelle ils sont pourtant trois, est seulement inscrit : « GUY DESOUCHES – 1921-2001 ».)

Dès 1968, Léger profite de ce retour face aux autorités accusatrices pour faire apparaître un nouveau personnage : Paul Meyer. C'est une petite frappe, du même âge que lui à peu près, que Molinaro emploie pour quelques missions de routine, comme des vols de documents dans des appartements ou des bureaux. Ce Paul Meyer, selon Léger, est « au courant de l'affaire Taron ». Il habite à Viry-Châtillon. Dans la cité HLM où Lucien a récupéré sa 2 CV. (Les enquêteurs trouveront un Meyer dans cette cité au bord de l'A6, la Cilof. (Quand je tombe sur ce nom, aux Archives des Yvelines, je suis comme traversé par la foudre du temps et me retrouve instantanément petit garçon. Je ne l'ai pas entendu – « la Cilof » – depuis cinquante ans. Un de ces mots familiers de l'enfance, qu'on pense universels comme « école » ou « Noël ». Mais aussi comme « Ancelle » (la petite station de ski où mes grands-parents avaient un chalet) ou « NCR » (la boîte où travaillait mon père) – on ne réalise qu'en grandissant que, pour la plupart des gens, « Ancelle » et « NCR » (et « Cilof ») ne signifient rien de particulier, alors que pour moi, ce sont les bases, les repères, les premières pierres immuables de la vie sur terre ; combien de celles et ceux qui lisent ces lignes sont rapetissés par « la Cilof », rassurés, attendris, protégés par ces syllabes ? Peu. La Cilof. Je me rends compte en le lisant, en le prononçant à voix haute, que j'y associais une forme ronde et réconfortante, ovale plutôt – « œuf », je suppose. Ma mère, institutrice, avait été nommée à la maternelle voisine. Nous habitions alors à Morsang-sur-Orge, à moins de cinq cents mètres, de l'autre côté de l'autoroute du Soleil. Elle m'avait mis en nourrice pas loin de l'école, pour me déposer facilement le matin et me prendre au passage en sortant de sa classe. Elle avait gardé l'habitude d'aller faire ses courses dans le petit centre commercial de la cité. (Ma sœur Valérie, en 1967, est née à la maternité de Viry-Châtillon.) C'était le milieu des années 1960, les cités HLM représentaient alors ce que l'avenir réservait de meilleur, des lieux de vie agréables et confortables, aérés, pratiques, modernes, conviviaux, humains. (Je n'apprends que maintenant, à cinquante-cinq ans, que Cilof, rien à voir avec un œuf, signifie : Compagnie immobilière pour le logement des fonctionnaires – principalement ceux de la Défense et de la Police nationale. C'était il y a longtemps.) Mais pour y accéder, au petit centre commercial, depuis la nôtre, de petite cité, il fallait emprunter une rue en pente, il fallait se taper « la montée de la Cilof ». Ça ne devait pas être facile pour ma mère, avec la poussette, elle en parlait souvent, de la montée de la Cilof. C'était alors ce qui se rapprochait le plus pour moi de la notion de calvaire, de difficulté dans la vie, d'épreuve pénible à passer. La montée de la Cilof. En 2019 encore, il faut que je me raisonne pour ne pas me dire que, si on me laissait le choix, je me lancerais plus facilement dans l'ascension du Tourmalet à vélo ou dans l'escalade de la face nord de l'Everest à mains nues que dans la montée de la Cilof à pied.) Le Meyer que les policiers ont découvert à la Cilof, allée de Montélimar (une sorte de petite impasse en U), se prénomme Charles. Il est officier de carrière du génie, bientôt en retraite anticipée. Ça ne va pas. Et puis il ne vit dans la cité que depuis 1967. Auparavant, entre 1963 et 1966, au moment des « faits », il était en service à Brazzaville, au Congo. Ça ne va pas. Il a un jeune frère, tout de même, qui s'appelle Paul, Paul Meyer. Qui avait vingt-trois ans en 1964. Mais il est représentant de commerce à Surbourg, en Alsace – son grand frère ne sait pas grand-chose d'autre de sa vie, et rien de ses déplacements. Mais ça ne va pas, ça ne va pas, on n'ira pas l'interroger, il y a des limites. On n'ira pas l'interroger.) Et puisqu'on en parle, de la Cilof, autant expliquer l'histoire des taches de sang dans la 2 CV, se dit Lucien. Le 25 juin 1964, dans un café de la porte d'Italie, il a bu un verre avec ce Paul Meyer, qui lui a expliqué qu'il avait tout compris en lisant la presse : il était persuadé que Lucien était l'auteur des lettres signées « l'Étrangleur », et Molinaro le meurtrier du petit Luc, qu'il avait kidnappé pour faire pression sur le père Taron. Inquiet, Léger en avait parlé le lendemain à son « chef », qui lui avait demandé de l'accompagner en 2 CV à Viry, pour faire clairement comprendre à Meyer qu'il avait intérêt à fermer sa bouche, ou il lui arriverait des bricoles. Ils l'avaient embarqué dans la voiture, avaient roulé un peu, et s'étaient arrêtés dans un endroit tranquille, le long d'un bois, tout près de la gare de Sainte-Geneviève-des-Bois (et donc de l'hôpital psychiatrique de Perray-Vaucluse) – juste en face des Mélèzes, le restaurant savoyard qui fermait tard où j'ai pris, quinze ans plus tard, mes premières cuites (au vin blanc, carabinées). Là, une dispute avait éclaté dans le véhicule et – accrochons-nous, ça devient enfin un peu spectaculaire – Meyer avait sérieusement blessé Molinaro en lui tirant à bout portant une balle de revolver dans le cou. Pan ! D'où le sang partout.

Lucien Léger ne s'en tiendra pas là, ce serait trop facile, à la limite de la demi-limpidité, on aurait presque l'impression qu'il serait peut-être un jour possible de se faire une ébauche de vague idée des grandes lignes de cette affaire. Dans les années 1970, de nouvelles silhouettes vont faire leur entrée en scène. D'abord, Emil Kozak. C'est un « officier tchèque appartenant à un service de renseignement albanais ». Il a une quarantaine d'années (mais deux ans plus tard, il a cinquante-cinq ans, il est petit, maigre, il a les cheveux frisés coiffés en arrière et il parle français avec un accent très prononcé), il réside à Saint-Denis, en banlieue parisienne. Georges-Henri Molinaro, deuxième dans la hiérarchie du réseau, est sous ses ordres. Un coup, Léger a rencontré Kozak pour la première fois à Budapest, début 1964, lors d'un voyage qu'il avait effectué là-bas, en deux jours, avec Molinaro et Daidans (à Budapest, Kozak confiait des documents confidentiels de l'OTAN, au sujet de la guerre du Vietnam, à un agent qui les faisait passer en Albanie, d'où ils étaient envoyés en Chine) ; les années passent en prison, et voilà que Léger n'a plus rencontré Kozak en Hongrie, mais à Paris, début 1962 : c'est Molinaro et Daidans qui le lui ont présenté, aux Deux Magots ; et pour ce qui est du voyage à Budapest, en fait il s'y est rendu avec Molinaro et Kozak (qui lui avait fourni un faux passeport au nom de Michel Vincent) et non pas Molinaro et Daidans, en Mercedes grise, via Genève à l'aller et Vienne au retour ; ils y seraient allés pour retrouver un membre du réseau, propriétaire d'une horlogerie à Saint-Denis, et le ramener à Paris après une soirée dans un restaurant, taverne, boîte de nuit. À cette époque-là, à Paris, Léger récolte une partie des documents de l'OTAN qui sont ensuite acheminés vers la Chine (ou Moscou, ça dépend de ses déclarations) ; il travaille pour le réseau bénévolement, par conviction, par idéal. Kozak et Molinaro l'ont mis en rapport avec une secrétaire de l'Alliance transatlantique qui habite boulevard Garibaldi, au métro Cambronne. Il la rencontre devant chez elle, ou même parfois près du siège de l'OTAN, porte Dauphine (elle l'appelle à l'hôtel de France pour lui donner rendez-vous, la plupart du temps entre 10 h 30 et 11 h 30). Il lui remet une sacoche contenant de l'argent que lui a donnée Molinaro, et en échange, elle lui en confie une pleine de papiers secrets. Elle a environ quarante-cinq ans, elle est petite, assez corpulente, les cheveux grisonnants. Tout se passe bien, donc, dans le petit monde feutré de l'espionnage, jusqu'à ce très regrettable accident de parcours avec le petit Taron. Mais bientôt, Georges-Henri Molinaro ne sera plus le coupable. (Ni Kozak, ni Daidans, ni Paul Meyer.) Bientôt, Lucien Léger va recevoir, à la Santé, juste après le procès et son coup de théâtre final, des lettres de menace de vengeance, de mort, contre lui et sa famille, envoyées par le véritable coupable. Bientôt, il va également recevoir, en décembre 1968, à la prison de Château-Thierry, une lettre de Molinaro (anonyme, simplement signée « Ton ami ») qui lui demandera, déplorant qu'il soit incarcéré pour un crime qu'il n'a pas commis, s'il doit balancer le véritable coupable à Emil Kozak, afin que le Tchèque l'élimine. Mais ce ne sera pas possible, car en fait, bientôt, Molinaro va mourir – et ensuite Molinaro va mourir avant tout cela, bientôt Molinaro va mourir en juin 1964, seulement un mois après l'enlèvement de Luc Taron.

Il est difficile de savoir si Lucien Léger devient véritablement dingue, à force d'isolement et de désespoir, de rage de ne pas pouvoir revenir en arrière ou de frustration de ne jamais être cru (dans un papier de *France-Soir* daté du 19 décembre 1977 (où, en passant, on dit encore qu'il a été condamné pour le meurtre du petit Jean-Luc Taron), le journaliste écrit qu'il n'arrête pas de bombarder le garde des Sceaux de courriers gémissants, et qu'il est surnommé, à la maison centrale de Poissy, le Vieux Sioux : une photo le montre avec de très longs cheveux, partagés par une raie au milieu, qui descendent jusqu'au milieu du dos), ou bien s'il s'amuse pour faire passer le temps, saouler la justice, emmerder le monde et faire parler de lui (c'est l'opinion de l'auteur de l'article de *France-Soir*, qui le termine en estimant que « toutes ces pitreries indécentes n'arrivent pas à masquer l'ombre d'un petit garçon qui, un soir de mai 1964... » – un petit garçon si cher à ton cœur que tu ne sais même pas comment il s'appelle, patate), mais dans un cas comme dans l'autre, il a de la ressource : à l'été 1974, il propulse sur le devant de la scène publique celui qui deviendra et restera le personnage principal de son autofiction hystérique, le « véritable coupable ». Et cette fois, on va l'entendre, le cri de l'enfermé, l'onde sonore va franchir les murs épais de la centrale de Haguenau, en Alsace. Tous les journaux vont en parler – pas longtemps, mais c'est déjà ça. Car non seulement ce personnage existe, ça change, est un honnête citoyen au-dessus de tout soupçon, comme on dit à la télé, mais surtout, on le connaît, on l'a déjà vu, il a témoigné au procès – et c'était même le seul (comme quoi il n'y a pas de justice) à avoir réellement essayé d'aider Lucien Léger. C'est Jacques Salce, le graphométricien et psychologue. C'est lui, selon son ami (ou plutôt, sans doute, son ancien ami, car il ne faut pas pousser), qui est à l'origine de tout, qui est responsable de tout, y compris de la mort de Luc Taron (et de celle du malheureux Georges-Henri Molinaro, qui aura à peine eu le temps d'exister qu'il disparaît déjà – comme Luc, finalement ; mais Luc était un être humain, un vrai, petit mais vrai, vivant).

Dans cette nouvelle histoire, Léger a rencontré Jacques Salce à la fin de l'année 1961 ou au début de l'année 1962. C'est Molinaro qui le lui a présenté – Molinaro dont il avait fait la connaissance quelques mois plus tôt à la terrasse du Missou, ils avaient parlé de poésie et de politique, ils avaient les mêmes idées, de gauche, de paix, d'indépendance de l'Algérie, Molinaro avait fini par lui demander s'il accepterait de devenir une sorte d'agent de liaison pour lui, le petit Lulu avait entrevu la possibilité de se sentir utile, employé à sa juste valeur, sa vie prenait un sens, il avait accepté de bon cœur. Le 1er novembre 1961, il avait participé avec lui à une manifestation place Maubert, organisée entre autres par le comité Maurice Audin (un jeune prof de maths à l'université d'Alger, communiste, arrêté le 11 juin 1957 par l'armée française, séquestré, sans doute torturé et assassiné (on n'a jamais retrouvé son corps) – d'après

Léger, c'est à cause de drames de ce genre que Molinaro a quitté l'armée et rejoint la métropole (je m'attarde un peu là-dessus parce que ma mère m'a téléphoné la semaine dernière : quand elle était en terminale, en 1957, à Alger, elle avait une prof de maths de vingt-six ans que la majorité des élèves détestaient, ils la trouvaient froide, rude, sévère, mais qu'elle aimait énormément, elle me dit qu'elle était « juste », intègre, et semblait très malheureuse ; lorsqu'elle m'a appelé, elle venait de voir une émission de télé, elle l'a reconnue, et soixante et un ans plus tard, elle a découvert que c'était Josette Audin, la femme de Maurice, disparu trois mois avant la rentrée 1957 ; la jeune prof intègre et malheureuse vient de mourir, à quatre-vingt-sept ans)), une manifestation, donc, en faveur de l'indépendance de l'Algérie et contre les crimes policiers du mois précédent (ce qu'on a appelé le « massacre du 17 octobre », des dizaines d'Algériens tués et des centaines de blessés, lors d'une manifestation initiée par le FLN pour protester contre le couvre-feu imposé par Maurice Papon depuis le 5 octobre, aux seuls Nord-Africains [je suis en train de relire et de corriger avant de rendre le manuscrit, j'essaie surtout de couper, c'est trop long, ce matin j'ai donc supprimé cette parenthèse sur le 17 octobre, ensuite je sors faire un tour dans le quartier, je longe tout près de chez moi la vitrine d'une boutique La Halle désaffectée devant laquelle je passe tous les jours, je m'arrête, percuté, face à une affiche : elle appelle à se réunir en souvenir du massacre du 17 octobre 1961, donc en rentrant je remets aussitôt la parenthèse que j'avais enlevée, je m'incline, sur cette affiche il y a la photo d'une jeune fille aux longues nattes noires tuée ce jour-là, qui me regarde en souriant, de très loin, de 1961 – Fatima Bedar, jetée dans la Seine à quinze ans]), une manifestation, place Maubert, soutenue par Simone de Beauvoir et Jean-Paul Sartre. C'est là que Lucien Léger aurait croisé Jacques Salce pour la première fois, celui-ci étant lui aussi un « agent » de Molinaro (et donc de Kozak, qui garde sa place dans cette nouvelle version). Léger en profite pour apporter une petite amélioration à son premier récit de cette journée : maintenant, il n'a plus seulement assisté à l'explosion d'une petite charge explosive au pied du socle de la statue de l'infortuné Étienne Dolet (ce qui lui avait valu à la fois d'être conduit au Quai des Orfèvres et interviewé par Radio Luxembourg), c'est lui-même qui a placé et déclenché la bombe, sur ordre de Molinaro. Lucien Léger et Jacques Salce, dans la fumée, sympathisent. À l'initiative du graphométricien (qui se dit alors « agent de publicité »), ils décident de fonder tous les deux une sorte d'organisation politique clandestine et révolutionnaire (si floue qu'elle ne verra jamais le jour). En guise de couverture préventive, ils montent le « coup de *L'Express* », où ils font semblant de se rencontrer par l'intermédiaire du courrier des lecteurs, sur le thème des mal-logés, à l'été 1962, leur but étant dans un premier temps de créer, en leurre, une association officiellement déclarée, puis d'être interviewés par Jacques Derogy pour lancer leur action et préparer leurs combats futurs – notamment en fédérant autour d'eux toutes sortes de mécontents qui constitueraient la base du « parti » que souhaite créer Salce, le Front socialiste révolutionnaire, FSR. Ça rate. Les deux hommes poursuivent néanmoins leurs activités au sein du réseau Molinaro-Kozak, Salce étant le supérieur direct de Léger, qui est fier de l'amitié de cet aîné qu'il admire (Jacques Salce a quinze ans de plus que lui, c'est un homme cultivé, qui a fait des études supérieures, un ancien grand résistant et déporté, intellectuel et talentueux dans plusieurs domaines différents, un homme accompli, respecté et sûr de lui : tout ce que Lucien n'est pas). C'était merveilleusement bien parti, entre gens de qualité, bien que déconsidérés et maltraités par cette société aveugle, injuste et brutale, entre pacifistes vaillants qui œuvrent, désintéressés, pour le bien-être de leurs frères humains et un avenir plus radieux, mais il y avait la brebis galeuse. L'inévitable sale type, le grain de sable gris, le traître. Yves Taron. Car oui, Yves Taron faisait partie du réseau Molinaro-Kozak. Il en était le trésorier. À l'automne 1963, il est momentanément en possession de 15 000 francs, nouveaux bien sûr, qui doivent entrer dans la caisse de l'organisation. Mais au lieu de les rendre à qui de droit (Salce ou Molinaro), il les garde : le magot disparaît. Durant des mois, les deux amis de Lucien (qui n'est alors au courant de rien, ce ne sont pas ses affaires, il n'est qu'un petit rouage) vont tout tenter pour qu'il les restitue, en vain. Aussi, le soir du 26 mai 1964 (dans ce nouveau récit, l'enlèvement n'a plus lieu à 23 h 30 ou minuit mais « vers 20 heures »), près du métro Villiers, lorsque Molinaro tombe par hasard sur Luc (qu'il connaît, puisque, comme Salce, il a déjà rendu visite à Taron dans son bureau, où il l'a croisé), il se dit que l'occasion est belle, que c'est la dernière chance, que son père ne pourra pas prendre le risque de mettre la vie du gosse en jeu, qu'il sera obligé de rembourser. Malheureusement, quand ils l'appellent à minuit ou minuit et demi, comme Léger l'a raconté dans une version précédente, Yves Taron les envoie paître : « Gardez-le si ça vous fait plaisir, vous me le rendrez bien assez tôt, de toute façon ce n'est pas mon fils. » Les deux hommes sont décontenancés, que faire ? Après deux ou trois heures de réflexion, ils décident d'emmener le petit à l'abri, dans une maison que possède Molinaro près de Bonneval (non loin de l'endroit où l'on a retrouvé le corps de Thierry Desouches), le père finira bien par céder, mais en chemin, sur la route de Chartres, à l'approche d'Orsay, ils se disent que ça ne vaut pas le coup, c'est disproportionné, cette escapade, ils vont se contenter d'abandonner Luc en banlieue en pleine nuit, ça donnera déjà une bonne leçon à cette ordure de Taron. Et cette fois, c'est Salce qui essaie de faire taire le garçon terrifié par les loups, et le tue involontairement.

Lors de son audition par le commissaire Guerbette, en août 1968, Léger avait introduit un nouvel épisode : ce n'était plus à 8 heures du matin à Montparnasse que Molinaro lui avait expliqué le « problème » et demandé de l'aide, mais quatre heures plus tôt, au milieu de la nuit, il était carrément venu frapper à sa porte, à l'hôtel de France, paniqué : il avait peut-être commis, involontairement bien sûr, une effroyable boulette. Heureusement, les infirmiers professionnels, comme Lucien Léger, savent garder leur sang-froid en toute circonstance : ce petit n'est peut-être pas mort, le corps humain a des ressources insoupçonnables, allons voir. Et tous les deux, donc, l'assassin malgré lui et le jeune homme de l'art, étaient retournés à l'aube dans le bois de Verrières. (C'est pour cela que l'Étrangleur a pu connaître certains détails dont il s'est servi ensuite : la position du corps par rapport à l'arbre, les traces de griffures sur le cou, la tache de mercurochrome…) Six ans plus tard, en 1974, il maintient cet épisode mais Molinaro n'est plus seul : quand il toque nerveusement à la porte de la chambre 67, à 4 heures, Salce attend en bas dans la Citroën ID 19 noire de son complice. Ils ont absolument besoin de quelqu'un pour endosser le crime à leur place, Taron ne va pas les louper, et même s'il ne dit rien (parce qu'il se sait mouillé dans une affaire d'espionnage qui peut le mener droit en prison, et qu'en outre Luc n'est pas son fils), les flics ne tarderont pas à trouver chez lui des choses compromettantes pour eux et à faire le lien. Après avoir laissé le gamin pour mort dans le bois, ils sont passés chez Paul Meyer, à Viry-Châtillon, mais il n'était pas là, ou n'a pas voulu leur répondre, donc les voilà chez Lucien. Au secours, Léger. Mais, donc, l'expert médical en herbe leur explique qu'on ne tue pas aussi « facilement » quelqu'un en lui enfonçant le visage dans la terre, même un enfant, il est peut-être simplement inconscient : s'il se réveille et alerte des habitants du coin, ils auront l'air fin avec leur revendication d'Étrangleur en carton, et seront vite démasqués. Il parvient à les convaincre qu'il faut vérifier, se munit de sa fidèle mallette de la Croix-Rouge et, vers 4 h 30 du matin, ils repartent tous les trois vers Verrières dans la voiture de Molinaro. Le jour étant levé lorsqu'ils approchent, ils ne peuvent pas prendre le risque de se garer sur la route qui longe Igny, devant deux ou trois habitations, à soixante-dix mètres de l'endroit où ils ont déposé Luc, ils laissent donc l'ID au nord du bois, au bord de la nationale 306, parcourent à pied plus de deux kilomètres sur des sentiers et entre les arbres (Molinaro, toujours chic, pour ne pas salir le bas de son pantalon, le fourre à l'intérieur de ses « bottines de cuir souple »), et retrouvent sans trop de difficultés (les Castors Juniors n'ont qu'à bien se tenir) le petit cadavre de Luc. Après l'avoir retourné, car il était sur le ventre, le grand espoir des hôpitaux de Paris a à peine le temps d'établir son diagnostic officiel (en tâtant savamment le pouls et en plaçant le capuchon argenté de son stylo sous les narines, pour voir si ça fait de la buée) que les trois hommes entendent des pas sur les feuilles, lèvent la tête affolés et aperçoivent un homme qui avance lentement dans la forêt (c'est Jules Beudard, le promeneur matinal). « Ce fut une envolée comme on eût dit de celle de trois pigeons après un coup de fusil », écrira poétiquement Lucien Léger dans *Le Prix de mon silence*. Molinaro part vers le sud, descend vers la route de Bièvres, vers le champ de betteraves, vers le couple Lelarge, qui le voit passer. (Il expliquera plus tard à Lucien que, se sachant repéré par ces futurs témoins, il a marché jusqu'à la gare d'Igny, a pris un billet pour Paris afin de faire croire qu'il était un simple employé qui se rendait à son travail, mais au lieu d'attendre sur le quai, a traversé ingénieusement les voies grâce au souterrain, est ressorti de l'autre côté, et a rejoint sa voiture à l'issue d'un détour de plusieurs kilomètres.) Salce, Léger ne sait pas par où il est parti, ni comment il est rentré à Paris. Lui, il s'est tapé tout le chemin à l'envers par le nord du bois, a attendu un moment à côté de l'ID 19 de Molinaro et, voyant que personne ne venait, a fait du stop sur la nationale 306 : une 2 CV bleu clair s'arrête, le conducteur est un jeune homme brun, entre vingt et trente ans, un agent électricien de la RATP qui part bosser à la station Montparnasse, où il dépose Léger. Celui-ci rentre dormir mais il est réveillé moins de deux heures plus tard, c'est Molinaro au téléphone. Retour à Montparnasse. La scène, ensuite, est la même qu'avant que Salce fasse partie de l'histoire fantastique. (Mais il précise les raisons qui l'ont poussé à accepter cette mission insensée : elle ne présentait selon lui aucun danger ; il n'y avait pas de pitié à avoir pour Yves Taron, qui avait trahi le réseau, qui avait mis lui-même la vie de son fils en péril en le laissant sans scrupule aux mains des ravisseurs, qui avait été mêlé à une sale « affaire de mœurs », etc. ; malgré l'horreur qu'il éprouvait à la pensée qu'un petit garçon était mort, il était convaincu que Salce et Molinaro, ses partenaires, ses amis, ne l'avaient pas voulu, et l'aversion qu'il avait pour la peine capitale, inévitable pour un meurtrier d'enfant, l'obligeait à faire tout ce qu'il pouvait pour empêcher ce qu'il aurait considéré comme une injustice ; même dans l'éventualité, plus que conditionnelle, où l'on retrouverait et arrêterait l'auteur des lettres, il ne risquerait, lui, qu'un peu de prison, au pire, pour outrage, ou non-dénonciation de crime, quelque chose dans le genre.) Par la suite, Léger n'a plus affaire qu'à Molinaro, pendant un mois. Ensuite, Jacques Salce surgit de nouveau, Jacques Salce revient en force : le 26 juin, Jacques Salce va tuer Georges-Henri Molinaro. Boum. Après le rendez-vous de la veille, porte d'Italie, entre Lucien et Paul Meyer (quelques martinis dans un bar, le Masséna – qui existe toujours, et fait pizzeria en bonus), Paul Meyer qui avait tout compris (le personnage Meyer marche sur les plates-bandes du personnage Douchka) et ne voulait plus, par conséquent, entendre parler de Salce et Molinaro, ces assassins d'enfant (« Tu leur diras merde de ma part »), ils sont désormais trois à aller le voir le lendemain soir à Viry-Châtillon pour lui faire comprendre qu'il n'a pas intérêt à bavasser : Salce, Molinaro, Léger. (Dans la journée, l'infirmier a joint le graphométricien au téléphone, à son hôtel Wilson de la rue de Stockholm, pour l'alerter à propos de Meyer. Un peu plus tard, l'après-midi, il reçoit à l'hôpital un coup de fil furieux de Molinaro. Le soir, quand il rentre chez lui (après un arrêt par Gentilly, où il a déposé sur un trottoir un paquet contenant un vieux chapeau tyrolien de clochard, et téléphoné à Europe n° 1), il trouve Molinaro devant l'hôtel de France, à pied (son ID était chez le garagiste) et très en colère. Pour lui, si Meyer les a démasqués, c'est à cause de la surenchère des lettres idiotes de Lucien à la presse. Maintenant il faut aller le voir et lui mettre les points sur les i.) Ils prennent la 2 CV, passent chercher Salce (dans *Le Prix de mon silence*, à ce moment du récit, Lucien dit que Salce ressemble un peu à Philippe Noiret, en plus petit, et Molinaro à Jacques Chirac), puis se rendent à Viry-Châtillon, à la Cilof, où ils ne trouvent pas Meyer chez lui. Selon le graphométricien, Meyer a des amis à Sainte-Geneviève-des-Bois, il peut être chez eux, ils y vont, non, il n'y est pas, fuck. Dans la voiture, stationnée près de la gare de Sainte-Geneviève (Léger est au volant, Molinaro à la place du mort (ça ne va pas lui porter chance), Salce derrière), une dispute éclate, Molinaro en veut salement à ce crétin de Léger, il sort même un revolver, ou un pistolet, et le menace, un coup de feu part, deux, Lucien a fermé les yeux, il se croit mort, mais non, c'est Molinaro qui a pris une balle dans l'épaule, et une autre dans le cou. (Dans une version, Salce, comprenant que Molinaro allait buter Lucien, a réussi à lui arracher son revolver des mains et lui a tiré dessus, dans une autre, Salce a sorti lui-même un pistolet de sa poche et lui a tiré dessus. Même pour la grand-mère de Lulu, ou celle de ma tante, la scène paraîtrait improbable. De plus, avec la meilleure volonté du monde, les taches de sang ne correspondent pas à cette rocambolesque situation : la principale est derrière le siège passager, à peu près entre les pieds de celui serait assis derrière.) Sonnés, ils repartent vers Viry, espérant y trouver Meyer cette fois et tenter de faire soigner le blessé chez lui. Mais quand ils arrivent, le blessé est mort. Ils roulent jusqu'à la Seine, proche, où ils jettent son corps. Salce garde la 2 CV (on ne sait pas pourquoi), Léger attend le premier train à la gare de Juvisy, mais dans la salle d'attente, les gens le regardent de travers : il a du sang sur son pantalon et ses chaussures (le commissaire Poiblanc le verra). Il marche jusqu'à Orly, sportif, y fait du stop (trouve sans doute un gentil conducteur peu regardant), arrive à l'hôtel de France, se rend compte qu'il a laissé ses clés dans sa voiture, il est 6 heures du matin, il demande un double à Mme Cotillard en lui racontant qu'on lui a volé sa 2 CV. Après s'être changé, il part faire la déclaration de vol au commissariat. Donc voilà. À la fin du procès, quand Lucien Léger révèle enfin le nom de celui qu'il couvre, puis quand il passe toute la nuit à donner aux enquêteurs et aux magistrats des informations sur lui et des moyens possibles de le retrouver, Molinaro est mort depuis près de deux ans. En 1968, lorsqu'il décide enfin, pour soulager sa conscience, de dire tout ce qu'il sait sur ce salaud de Georges-Henri Molinaro qui l'a laissé croupir en prison, Georges-Henri Molinaro a été depuis longtemps mangé par les poissons. En 1974, Jacques Salce, bien vivant, lui, ne lui sera pas d'un plus grand secours pour sortir du puits carcéral.

C'est d'abord dans *Ici Paris* (qui titre, le 9 août 1974 : « Et si c'était l'une des plus grandes erreurs judiciaires du siècle ? ») puis surtout, le 24 août, sur France Inter et dans *Le Figaro* (les médias ont reçu une lettre de seize pages écrites par Léger depuis la centrale de Haguenau, transmise par son jeune frère Jean-Claude (à qui il l'a fait passer dans la couverture d'une bible (Lucien s'est inscrit à l'atelier de reliure de la prison))), puis partout ailleurs, que la bombe, la petite bombe, le pétard, mouillé, explose. (Léger explique dans ce document que s'il a attendu si longtemps avant de tout dire, c'est qu'il craignait, de manière d'ailleurs compréhensible, d'être accusé de complicité de meurtre, pour Molinaro : dix ans se sont écoulés, presque semaine pour semaine, donc c'est bon, il ne risque plus rien.) Yves Taron, assailli par la presse, enrage évidemment, il a déjà dit qu'il ne connaissait pas Molinaro mais il n'a jamais non plus entendu parler d'un Jacques Salce, hormis lors du procès, si sa mémoire est bonne, il n'a jamais été trésorier d'une quelconque organisation clandestine ni même simplement politique, il n'a jamais volé d'argent à qui que ce soit, il répète pour la centième fois qu'il n'a pas reçu de coup de téléphone cette nuit-là, et si la justice avait fait son travail, si on avait coupé la tête du monstrueux assassin de son enfant, il ne serait pas encore obligé, dix ans plus tard, de répondre à ses accusations ignobles et honteuses. Quant à Jacques Salce, l'ancien compagnon de route et de misère de Léger, digne, il se contente d'un court et sobre communiqué à l'AFP : « Je suis un ancien combattant de la Résistance, et médaillé militaire. Lucien Léger est un malade mental en état de perpétuel délire. On dit que tous les ans, il invente une nouvelle version de ce drame affreux. J'ai eu affaire, il est vrai, à Lucien Léger, tout simplement en tant que témoin de moralité au cours de son procès. Il était logique qu'un jour ou l'autre, il m'intègre à son délire. Je ne lui en veux pas, c'est un irresponsable. »

On se renseignera tout de même sur ce Jacques Salce, pour le principe. Ce que je retranscris ici, je l'ai lu en partie dans le dossier, et en partie dans le livre de Jean-Louis Ivani et Stéphane Troplain – qui ont fait, je pourrais le répéter en note de bas de chaque page, un travail colossal. Jacques Salce est né le 8 septembre 1922, dans le 1er arrondissement de Lyon. Sa mère, Jeanne Guillermin, était femme au foyer à sa naissance, et son père, Théophile Salce, propriétaire d'un garage qui vendait des accessoires automobiles, 34 rue Bugeaud. Après de bonnes années de lycée – où Jacques se montre un élève sérieux et intelligent – et un bac philo, ses études sont interrompues par la guerre. Décidé à faire ce qu'il peut pour son pays, il profite de certaines relations haut placées de son père pour assister en infiltré à quelques réunions du groupe Collaboration, à Lyon. Cela lui vaudra de brefs soucis après la Libération, mais il montrera qu'il était en réalité le contraire d'un collabo (sous le pseudonyme de Lancelot, il rendait compte de tout ce qu'il entendait dans le groupe à un instituteur nommé André Cotte, militant communiste et futur officier du Vercors, dont il fournira une attestation signée soulignant ses mérites – Stéphane m'en a envoyé la transcription par mail : on y lit que Jacques Salce, alias Lancelot, a « rendu les plus grands services », en 1941 et 1942, « par les renseignements acquis auprès des bureaux d'occupation de Lyon », puis que, s'étant rendu en Allemagne pour le STO, il a réuni « très rapidement autour de lui une très belle et très large équipe qui, dotée d'un poste émetteur, a pu fournir les renseignements les plus précieux », qu'il a été arrêté et torturé mais n'a pas parlé, qu'il a ensuite été déporté, qu'il supportera probablement toute sa vie les conséquences de son internement à Mauthausen, et qu'il a « toujours fait preuve d'un idéal élevé »), il ne sera que brièvement soupçonné et obtiendra un non-lieu dès mars 1946 : « Le nommé Jacques Salce, 23 ans, étudiant, est actuellement en traitement au sanatorium de Badenweiler, dans la Forêt-Noire, après avoir séjourné au camp de Mauthausen à la suite de son départ en Allemagne au titre du STO. En ce qui concerne la qualité de "journaliste" mentionnée sur la fiche ci-jointe, Salce n'aurait donné qu'un essai littéraire au journal *L'Écho des étudiants*. Aucun renseignement n'a pu être recueilli au sujet d'une quelconque activité collaboratrice de Salce. [...] Résumé des motifs de l'arrestation : appartenance au groupe Collaboration. A adhéré à ce groupe au mois d'avril 1941. Pendant quatre ou cinq mois, a suivi les réunions puis a rompu toute relation. En 1943, était en Saxe au titre du STO, a appartenu à un mouvement de Résistance. Non-lieu prononcé par la CJ de Lyon en date du 23 mars 1946. »

À partir de 1943, il est en effet à Schkopau, près de Halle, à l'usine Buna-Werke, qui fabrique du caoutchouc synthétique. Son rôle sera peut-être un peu enjolivé par André Cotte, ce n'est pas réellement lui qui organise la Résistance parmi les Français envoyés là-bas, mais il y participe activement, sous les ordres d'un ingénieur en électricité, un certain Letiche (qui mourra sous la torture lors de leur arrestation), lui-même faisant partie d'un réseau plus vaste. Leurs principales activités sont le sabotage régulier des machines de l'entreprise, l'exfiltration des aviateurs alliés parachutés après avoir été touchés, et la transmission d'informations secrètes vers Londres à l'aide d'un émetteur radio clandestin (la plupart des renseignements sont récoltés par Salce lui-même : parlant parfaitement allemand pour l'avoir appris à l'école et, surtout, pour avoir effectué plusieurs séjours scolaires dans le pays avant-guerre, il peut s'infiltrer à peu près partout, jusqu'aux abords d'une usine d'avions près de Leipzig, vêtu d'un uniforme des Jeunesses hitlériennes que lui a fourni une jeune « amie » allemande). Tout le groupe est arrêté à l'automne 1944, selon Salce à cause d'un agent double dont ils n'ont jamais pu connaître l'identité, et après de longs interrogatoires, souvent accompagnés de tortures, il est envoyé dans une prison de Vienne puis au camp de Mauthausen, dont il sera libéré le 5 mai 1945 par les Alliés. Il en gardera des marques douloureuses, aussi bien physiques que psychologiques. (Un peu plus tard, dans une lettre au ministère des Anciens Combattants et Victimes de guerre, à qui il demande sa carte de déporté-résistant pour avoir droit à la pension qui va avec, Salce écrira à propos de ses activités à la Buna-Werke : « Il faut tenir compte de l'âge que nous avions, et d'une certaine insouciance dans l'action, même dangereuse – et quoi de plus dangereux qu'organiser une résistance en Allemagne même ! – qui a toujours été le propre de cet âge. Je ne regretterais rien, toutefois, si en fin de compte ces aventures de jeunesse n'avaient fait de moi ce que je suis : un homme sans logis, très atteint dans sa santé, bref, un isolé social. ») Après un séjour en sanatorium, il trouve un emploi à Baden-Baden, sans doute aidé par sa mère, Jeanne, qui travaille depuis la fin de la guerre, après la mort de son mari, au Haut-Commissariat de la République française en Allemagne : Jacques entre à l'Oficomex, l'office du commerce extérieur. À cette époque, il tombe amoureux d'une Française de vingt-huit ans, Marie-Madeleine Fourgheon, orpheline (elle n'a pas connu son père et a perdu sa mère à quinze ans), engagée volontaire pendant la guerre, arrivée en Allemagne avec les troupes alliées, puis secrétaire bilingue auprès des juges français et américains du tribunal de Nuremberg. Lorsque Salce est licencié de l'Oficomex pour cause de restrictions budgétaires, à la fin de l'année 1949, ils rentrent à Paris, dans une situation financière très précaire, s'installent « provisoirement » (ils y resteront toute leur vie) à l'hôtel Wilson, 10 rue de Stockholm, près de la gare Saint-Lazare, et se marient le 10 novembre 1951 à la mairie du 8e arrondissement. Ils ne se quitteront plus jusqu'à la fin des jours de Marie-Madeleine, au printemps 2000 – sur sa tombe, au Père-Lachaise (où il l'a rejointe dix ans plus tard), son mari a fait inscrire : « Elle fut toute de courage, de droiture et de pure bonté. »

Dans les années qui suivent leur arrivée à Paris, Jacques Salce tente sa chance dans plusieurs domaines, la publicité, la psychologie, l'économie, la psychologie économique (et autres associations – en 1975, par exemple, à la fin d'un article rédigé pour le *Journal de la Société statistique de Paris*, il signera : « Jacques Salce, psychologue, codirecteur du centre de psychologie économique, codirecteur du Laboratoire de recherches psychométriques et socio-mathématiques »), et finit par trouver sa voie dans la graphologie, plus exactement la graphométrie, une « science » dont il est le précurseur en France, en adaptant et en améliorant les travaux américains de Thea Lewinson et Joseph Zubin. En 1964, au moment même où Lucien Léger affirme que Salce enlève un ou des petits garçons, il fonde avec une jeune consœur, Marie-Thérèse Prenat, la Société française de graphométrie. En 1972, dans une thèse de doctorat d'État, il valide les postulats de base de la graphométrie au plan mathématique. (Cela paraît un peu verbeux et compliqué, mais c'est de la Bibliothèque rose à côté de ce qu'il écrit lui-même, texto, dans ces années-là : « Le psychologue qui a intégré la cybernétique a de bonnes raisons de penser que l'être humain ne fonctionne nullement en maximum, mais en optimum, y compris lorsqu'il construit ses préférences. L'érection du maximum et de la maximisation en principes majeurs du comportement ne correspond en rien à la réalité psychobiologique. » OK.) En 1991, il permet à l'expertise graphologique judiciaire de devenir réellement scientifique (sa méthode, c'est amusant, présente un intérêt incontestable lorsqu'il s'agit d'étudier des lettres anonymes, ou si le scripteur refuse de collaborer avec la justice et de subir une expertise psychiatrique).

Vingt-sept ans plus tôt, apprenant l'arrestation de Léger, Salce avait demandé à Marie-Thérèse Prenat d'effectuer une analyse de son écriture, à partir d'une lettre qu'il avait reçue de lui le 1er avril 1963. En septembre 2005, Stéphane Troplain, se faisant passer pour un étudiant intéressé par la graphométrie, parlera longuement avec Prenat au téléphone. Elle lui résumera ainsi les dix pages de son analyse graphométrique de l'époque : « C'est un assassin, c'est sûr, c'était l'écriture d'un assassin. » (C'est plus simple que la psychobiologie cybernétique.) Elle lui parle également de Salce, son maître graphométricien, avec qui elle a commencé à travailler en 1964 – ils se sont dissociés, brouillés, à la fin des années 1970. Elle dit de lui qu'il était extrêmement brillant, dans de nombreux domaines. « C'était un original qui réussissait tout ce qu'il voulait. » Ses défauts ? Il était orgueilleux, caractériel et très autoritaire.

Six mois plus tard, le 6 mars 2006, Stéphane et Jean-Louis Ivani auront également Jacques Salce au téléphone. Il ne leur dira pas grand-chose, principalement qu'il a lui aussi analysé l'écriture de Léger, ou plus exactement qu'il a confié cette tâche à une sorte de machine qu'il avait inventée (en juin 1985, il a déposé plusieurs brevets d'appareils de ce genre, d'un sérieux sans doute approximatif, et déposé quelques noms, que j'ai trouvés sur internet, à l'INPI, l'Institut national de la propriété intellectuelle, parmi lesquels Grapho-Flash, Astralog et Graphomat), dont voici le verdict : « Nous avions affaire à quelqu'un de non pas prodigieusement fou, mais à un délirant de type paranoïde. » (L'Étrangleur utilise ce terme, « paranoïde », dans l'un de ses messages. Il indique qu'il a fait effectuer une analyse graphométrique de son écriture « hier », donc plus de vingt ans avant que Salce invente sa machine, au printemps 1964, alors que Salce a déclaré lors du procès qu'il avait vu l'accusé pour la dernière fois en octobre 1963.) Il tiendra à préciser : « Je n'ai rien à voir avec l'affaire Léger, et surtout avec l'assassinat d'un petit garçon. Léger était un jeune homme extrêmement discret, il ne m'a jamais traité comme un ami, et je ne l'ai jamais traité comme un ami. Il n'y a jamais rien eu de confidentiel ni la moindre amitié entre Lucien Léger et moi. Je ne me rappelle plus les détails, mais il est possible que nous ayons sollicité une interview de *L'Express* effectuée par le journaliste Jacques Derogy sur la question du logement, qui était ma grande préoccupation à l'époque. » À propos de l'accusation stupéfiante portée contre lui en août 1974, il déclarera à Stéphane et Jean-Louis : « Me Naud, qui avait pour ambition, comme tout avocat, d'obtenir une révision du procès, a poussé Lucien Léger à prétendre que c'était moi le coupable. Alors que je n'avais strictement rien à voir là-dedans. À ce moment-là, l'AFP a diffusé les affabulations de Léger, et un certain nombre de journaux les ont relayées – mais les journaux très sérieux, comme *Le Monde* ou *Le Figaro*, n'en ont pas parlé. J'ai confié cette affaire de diffamation à mon avocat, Me Guy Danet, qui a fait condamner tous ces médias. Il s'est appuyé sur l'enquête menée par le commissaire Delarue, qui a établi que toutes les déclarations de Léger étaient des fabulations incroyables, que je n'avais rien à voir avec lui ni avec l'affaire du petit… comment s'appelait-il… Taron, je crois, et que d'ailleurs, le jour même et à l'heure même où Lucien Léger commettait son forfait, je donnais une conférence dans les locaux du Seuil, car Mme Flamand, l'épouse de M. Flamand, à l'époque directeur du Seuil, était passionnément intéressée par ma graphométrie. Tout cela a été démontré par le commissaire Delarue, d'une façon tellement rigoureuse qu'il n'y a pas une virgule à retirer. » À la fin de la conversation, avant de raccrocher au nez, ou presque, de Stéphane et Jean-Louis (puis de leur faire parvenir, par l'intermédiaire de son avocat, Me Danet, une mise en demeure officielle leur interdisant de parler de lui dans le livre qu'ils projettent d'écrire – ils ne citeront donc pas son nom, se contentant de « Jacques S. »), il s'emportera : « Je n'ai jamais attaqué Léger en diffamation, pour quoi faire ? Il était fou. Il a prétendu que j'avais utilisé une voiture, alors que j'étais trop pauvre pour avoir une voiture ou apprendre à conduire. […] Je n'ai jamais connu de Molinaro. Je n'ai jamais rien eu à voir avec cette chose qui a été pour moi comme une grenade qui explose. J'ai quatre-vingt-quatre ans, je suis grand invalide de guerre, affecté de maladies incurables, et je ne me déplace pas. J'ai été déporté à Mauthausen, j'étais un agent de renseignement, sous la tutelle d'un inspecteur de la Résistance intérieure française qui s'appelait André Cotte. Puis j'ai rejoint en Allemagne, sur l'arrière de l'ennemi, en Saxe, le groupe de Résistance de l'ingénieur en électricité Letiche », etc. (Sans qu'ils lui aient rien demandé, il se mettra ensuite à leur donner le nom de ses anciens camarades à la Buna-Werke, Louis R., Jean Z., qui pourraient prouver ce qu'il dit si on les retrouvait.) Avant donc de mettre fin sèchement à ce long appel téléphonique, il conclura au sujet de l'affaire : « Tout cela m'apparaît aujourd'hui très dérisoire. »

Il a raison lorsqu'il dit qu'Albert Naud, au milieu des années 1970, a déposé un recours en révision, qui sera rejeté en octobre 1977, huit mois après la mort de l'avocat, le 20 février, d'un œdème pulmonaire. Il est vrai aussi que le commissaire Delarue, lors de l'enquête qui a conduit à ce rejet, est allé interroger Salce, plus par conscience professionnelle qu'autre chose, et que celui-ci lui a fourni des courriers échangés avec la femme du directeur du Seuil, prouvant qu'il avait bien donné une conférence sur la graphométrie dans les locaux de la maison d'édition, le 26 mai 1964, entre 20 heures et minuit, devant vingt à vingt-cinq personnes.

En 1977, après lecture du rapport d'enquête de plus de soixante-dix pages que Jacques Delarue a remis au procureur de la République de Versailles, qui en a lui-même effectué une première synthèse, le cabinet du ministre de la Justice, Alain Peyrefitte, donne cet avis à propos de l'« affaire » Salce : « Léger n'a pas hésité à salir non seulement le père de sa victime, mais également une personne, M. Salce, qui lui avait pourtant témoigné de l'affection. Et l'on ne peut que regretter, avec M. le procureur de la République, qu'un être aussi abject puisse dans peu d'années retrouver sa liberté. » (Dans ces années, procureurs et gardes des Sceaux pouvaient se montrer scandalisés que des condamnés aient un petit espoir de sortir un jour – ah, fulminaient-ils sans se cacher, le bon temps du bagne, des fers et des cachots obscurs à vie, des exécutions sommaires, saleté de progrès, on est devenus des femmelettes.)

Voilà pour Jacques Salce. La dernière trace écrite qu'on ait trouvée de lui chez Lucien Léger, lors de la perquisition, est une carte de vœux pour l'année 1963, datée du 1er janvier : « Mon cher Léger, je vous réciproque mes vœux amicaux. L'association n'est pas morte. Simplement, elle n'en finit pas de naître. Vous avez pu constater qu'il n'y a personne [c'est lui qui souligne] en France, en dehors de nous deux, qui soit décidé à contester réellement, de façon pratique et réaliste, le statu quo. C'est un enseignement précieux. Nous devons y réfléchir, et voir quelle forme nouvelle donner à notre action. Comment va Mme Léger ? Tenez-moi au courant. Écrivez, téléphonez ! Bien à vous, Jacques Salce. »

Voilà pour Lucien Léger, aussi. Il a posé ses dernières cartes, il n'apportera plus rien de nouveau. Il exposera sa version définitive (celle que j'ai simplifiée et résumée (si) plus haut) dans les deux cent trente-six pages du *Prix de mon silence*, roman épistolaire (il le fait sortir des murs en une dizaine ou une quinzaine de fois, au deuxième semestre 1976, sous forme de dix ou quinze lettres adressées à Jean-Claude – il sait qu'il n'a pas le droit de raconter son histoire, et encore moins de la faire éditer, il espère que si l'initiative vient de son frère, qui souhaiterait simplement publier leur correspondance, ça passera peut-être (et ça a bien failli marcher : Flammarion et Robert Laffont ont été successivement intéressés, mais les premiers ont demandé que le manuscrit soit réduit, élagué (si c'est pas une honte...), et les seconds ont eu peur des problèmes (c'est pas mieux) après la parution, le 3 février 1977, chez Jean-Claude Lattès, de *L'Instinct de mort*, de Jacques Mesrine, qui a fait scandale et, si on peut dire, jurisprudence)), roman pompeux, ridicule souvent, prétentieux, écrit à la truelle à miel et surtout épuisant, tant on a du mal à croire le huitième de ce qu'il raconte, roman qui embarrasse tout de même, et que six ou sept personnes seulement ont lu.

Après le décès d'Albert Naud, plusieurs avocats se sont succédé au parloir des différents établissements où croupissait Lucien Léger. Henri Leclerc, d'abord, qui a pris le relais de son « maître », ensuite Henri Juramy brièvement, Leclerc de nouveau (il faut noter que Pierre Garçon, qui deviendra Pierre Maurice-Garçon, continuera à correspondre avec lui, à répondre à tous ses courriers, à l'aider de son mieux (c'est lui qui lui fournira la copie complète du dossier en 1976), jusqu'en octobre 1980, où il lui écrira qu'il ne peut plus lui être d'aucun secours, ayant donné sa démission à l'ordre des avocats pour se consacrer à d'autres occupations) puis, en 1999, Éric Dupond-Moretti, qui ne restera à ses côtés que quelques mois (je lui ai écrit pour lui demander pourquoi, il ne m'a pas répondu, ce pignouf [je suis toujours en train de relire, il vient d'être nommé ministre de la Justice, garde des Sceaux, c'est pas rien, j'hésite à laisser « pignouf »]), ensuite Adeline Pichard, et enfin, les tout derniers mois, Jean-Jacques de Felice, qui a réussi à le faire sortir après une incarcération inhumaine de plus de quarante et un ans (ce qui a fait de Lucien Léger, à l'époque (il a été

« battu » depuis, car le pire est toujours possible), « le plus vieux prisonnier de France »). Hormis Albert Naud, qui a réclamé la révision, ils se sont tous concentrés en priorité sur les demandes de remise en liberté conditionnelle. (Les peines de sûreté n'existant pas au moment de sa condamnation, c'était le même tarif pour tous les condamnés à perpétuité : quinze ans au moins. Lucien était donc possiblement, théoriquement, libérable à partir de 1979.) Et ils ont tous échoué – sauf le dernier, mais surtout parce qu'il était le dernier. Avant de pouvoir enfin marcher de nouveau sur un trottoir, Lucien a présenté treize demandes de libération, toutes rejetées. Il offrait pourtant toutes les garanties, comme on dit : une conduite exemplaire en prison, une peine déjà bien supérieure à celle de criminels plus avérés et sûrement plus cyniques que lui (Patrick Henry, par exemple, incarcéré douze ans après lui, et finalement libéré plus de quatre avant), des rapports d'experts psychiatriques qui répètent depuis des années que « le risque de récidive sur un enfant n'est pas présent, une libération conditionnelle n'est donc pas contre-indiquée », un hébergement et un emploi assurés à sa sortie (un visiteur de prison, Lucien Bernhard, patron d'une entreprise de boulangerie industrielle à Landas, dans le Nord, est devenu son ami depuis 1984, lui propose une chambre dans la maison qu'il occupe avec sa femme Françoise, en attendant qu'il trouve autre chose, un emploi dans sa société, et lui a même acheté une voiture d'occasion, une 205 rouge qui l'attend), et enfin, simplement pour la période 1985-1997, la commission d'application des peines a rendu neuf fois un avis favorable à sa libération. Et pourtant, non. Et pourtant, on le laisse vieillir, mourir, dans une cellule. Il a vu défiler (et mourir, pour certains) dix-neuf ministres de la Justice successifs. Tous, derniers remparts avant sa libération, de tous bords, de tous âges, ont refusé de le laisser sortir : Jacques Toubon, Albin Chalandon, Élisabeth Guigou, et même Robert Badinter. Les présidents Jacques Chirac et François Mitterrand, derniers espoirs, ne se sont pas laissé émouvoir non plus : niet. Pourquoi ? Comment est-ce possible ? Les parents de Lucien Léger, Geneviève et André, sont morts, sa femme Solange est morte, on ne l'a pas autorisé à assister à leurs obsèques, son petit frère Jean-Claude est mort, le 5 avril 2001, et là, insigne privilège, faveur inestimable, il a eu le droit de jeter une poignée de terre – menotté, encore menotté trente-sept ans après son incarcération – sur son cercueil, au cimetière de Mézières. Malgré de nombreuses et longues grèves de la faim, plusieurs infarctus, d'innombrables courriers aux différentes autorités, des demandes de grâce, des recours de toute sorte, on n'a consenti à libérer le jeune homme de vingt-sept ans qu'à soixante-huit ans passés, à l'automne 2005. (On se gargarise, et on a raison, de l'abolition de la peine de mort, mais le 23 novembre 2001, après le rejet de la treizième demande de libération de son client, Me Adeline Pichard dira dans le journal télévisé de France 3 Reims : « La peine qu'on inflige à Lucien Léger, c'est une peine de mort lente. ») Quoi qu'il ait fait, qu'est-ce qui peut justifier cela, dans une société qui se veut de moins en moins barbare ? Deux choses.

Deux motifs clairement exprimés, aussi ineptes et déshonorants pour la justice l'un que l'autre. Le premier, c'est Yves Taron. Depuis le verdict du procès, il clame partout sa frustration et sa colère contre l'institution qui n'a pas coupé la tête du meurtrier de son fils, et il n'a jamais caché, chaque fois qu'on lui a tendu un micro pendant trente-cinq ans, à la télé ou à la radio, que si on le laissait sortir un jour, il le tuerait de ses mains (en 1977 face à Michel Drucker sur RTL, par exemple : « Je ne lui conseille pas de demander une liberté conditionnelle, car j'ai déjà répété, et toute la France le sait, que j'avais reçu de mon enfant un mandat posthume et presque obligatoire de le venger, parce que lui n'est pas disposé à faire cadeau de sa vie au profit d'une réinsertion même réelle de son assassin, et chacun sait que la justice, que j'estime ne pas avoir été faite, je la ferai moi-même »). Quelques très sérieux personnages, magistrats ou ministres, expliqueront, à demi-mot ou même pas, que si on ne peut pas laisser sortir Lucien Léger, c'est pour sa propre sécurité (il va se faire tuer, le pauvre), et pour éviter tout trouble à l'ordre public, meurtre en pleine rue, etc. (Ils ne s'en cacheront pas. Ce sont les familles de victimes qui décident de la peine à effectuer à la place de la justice, où est le problème ? Jacques Toubon, dans *L'Express* du 8 juin 2000, reconnaîtra sans gêne : « Lorsque j'étais garde des Sceaux, j'ai pris une décision négative de libération conditionnelle concernant Lucien Léger, qui bénéficiait d'un dossier favorable. J'ai été amené à refuser sa libération pour une raison principale : sa sécurité. Le père de l'enfant ne cessait de proférer des menaces de mort contre lui, je ne pouvais pas exclure qu'il soit pris pour cible à sa sortie. » Et comme, évidemment, on n'est pas là pour protéger les gens (on n'est pas Mère Teresa), autant qu'ils meurent là où ils sont.) Mais il y a une autre raison, essentielle, au refus obstiné, pendant près de trente ans, de le laisser sortir, une raison qui deviendra plus utile encore à la mort d'Yves Taron en 2001, puisque la première aura disparu : Lucien Léger n'est pas réinsérable, car malgré tout le temps passé en prison, et malgré les efforts conjugués de tout le monde, il n'a toujours pas pris conscience de la gravité de son acte, il refuse de l'assumer – l'un des rejets, en 2001, mentionne même « son obstination à nier les faits reprochés ». (On dit aussi qu'il refuse tout traitement d'ordre psychologique – or il en a besoin puisque, croyant qu'on l'a enfermé à tort, et que donc la société tout entière lui veut du mal, il est manifestement paranoïaque. C'est un raisonnement tordu, mais c'est d'abord un mensonge : il n'a jamais refusé quoi que ce soit, il a toujours vu les psys qu'on lui présentait et accepté l'éventualité d'un traitement s'ils l'estimaient nécessaire.) Adeline Pichard, son avocate au moment de la treizième demande rejetée, résumera remarquablement ce que cela signifie : « Ainsi interdit-on à un détenu le droit de dire son innocence, le droit de contester une condamnation revêtue de l'autorité de la chose jugée, le droit de maintenir son système de défense, le droit de s'exprimer, le droit de penser, le droit de conserver son intérêt moral et sa dignité. Ainsi supprime-t-on la possibilité même de l'erreur judiciaire, dans une société démocratique, et proclame-t-on l'infaillibilité des juges et de la justice française. Infaillibilité pourtant mise à mal par tant d'affaires récentes ou anciennes. »

En juin 2002, Me Pichard dépose une requête devant la Cour européenne des droits de l'homme, contre la France, pour détention arbitraire et traitement inhumain (dès l'automne 1993, un journaliste du *Point* écrivait : « Le plus ancien prisonnier de France fait incontestablement partie de la catégorie des légumes, d'ailleurs après trente ans de prison, il ne mange plus que cela, le temps et ce régime végétarien en ont fait une épave » (les végans n'étaient pas encore très à la mode)), elle fait savoir que son client renonce à discuter de nouveau de son innocence, quoi qu'il lui en coûte, mais seulement de la durée de sa peine. En septembre 2004, sa requête sera jugée recevable. Le 26 avril 2005, la Cour européenne se réunit à Strasbourg. L'avocat de Lucien est alors Jean-Jacques de Felice, bientôt soixante-dix-sept ans. (Parallèlement, le 1er juillet 2005, le tribunal de l'application des peines, à Bapaume, où est alors incarcéré Lucien Léger, rend une décision favorable, encore, à sa quatorzième demande de libération. Le procureur de la République d'Arras s'y oppose aussitôt : « J'estime que, certes, ce jugement est parfaitement motivé, mais l'affaire est… délicate. La personnalité de Lucien Léger est… complexe. Et puisque j'ai un droit d'appel prévu par la loi, il est préférable de faire réexaminer cette affaire. » (Oh ben oui, c'est vrai, elle n'a pas été tellement examinée jusqu'à maintenant.) Ce brave homme, Jean-Pierre Valensi, qui s'arc-boute pour qu'on laisse en prison un vieil homme presque mort, sera l'unique invité d'une émission diffusée la semaine dernière sur Europe 1, celle de Christophe Hondelatte. (Qui a débuté de manière peu équivoque : « Voici l'une des affaires criminelles les plus effroyables, les plus incroyables, du XXe siècle. L'affaire Lucien Léger. Vous en avez sans doute entendu parler, il a longtemps été le plus vieux prisonnier de France. Lucien Léger a passé quarante et une années en prison, pour le meurtre en 64 d'un garçon de onze ans qui s'appelait Luc Taron. Et vous avez peut-être dans l'idée que quarante et une années de prison, c'est inhumain. Salauds de juges ! On en reparle quand vous aurez écouté son histoire… » (Sous-entendu, assez explicitement : ne critiquons pas trop vite les juges, il les a bien méritées, ces quarante et une années de prison.) Au départ, c'est Stéphane Troplain, le dernier ami de Lucien Léger, après Lucien Bernhard, qui devait être l'invité-témoin de cette émission sur Europe 1. Il s'était préparé, il allait dire tout ce qui, selon lui, posait question. Mais quelques jours avant l'enregistrement, l'assistante de l'animateur l'a appelé pour décommander : « Finalement, Christophe préfère s'en tenir à la vérité judiciaire. Ce sera plus clair. » Oui, c'est vrai, c'est toujours mieux quand c'est plus clair.)) Le 11 avril 2006, six mois après sa libération, le verdict de la Cour européenne tombe : Lucien Léger est débouté. Il fait appel le 7 juillet de la même année. Dix-sept juges se réunissent le 30 avril 2008 pour y donner suite. Jean-Jacques de Felice, soixante-dix-neuf ans, et Lucien Léger, soixante et onze ans, sont présents – mais ce dernier a interdiction de prendre la parole (quand Anne-Marie Tissier, sous-directrice des droits de l'homme à la Direction des affaires juridiques, qui mène la délégation française, déclare qu'il a été « libéré au bon moment » (deux ans et demi plus tôt) et rappelle qu'il n'a « jamais voulu bénéficier d'un soutien psychologique », il fait de grands gestes de dénégation dans la salle, mais on ne le regarde pas – Jean-Jacques de Felice, très malade, ne réagit pas). Lucien ne connaîtra jamais le verdict de cette cour d'appel européenne. Il meurt deux mois et demi après cette audience, et Jean-Jacques de Felice quinze jours après lui. La Cour européenne des droits de l'homme est face à un dilemme. Elle peut abandonner la procédure (Lucien Léger n'ayant pas de descendant direct – Viviane, l'une de ses nièces, a tenté de le représenter, mais on a estimé qu'elle n'était pas une « parente proche ») ou rendre une décision posthume. Le 30 mars 2009, la grande chambre de la Cour européenne (« trop contente de ne pas avoir à donner son avis », selon Henri Leclerc dans *La Parole et l'Action*) décide, par treize voix contre quatre, la « radiation du rôle », c'est-à-dire l'abandon de la procédure. N'en parlons plus. (Comme le font remarquer Stéphane Troplain et Jean-Louis Ivani, l'argument principal de cette radiation, l'absence de descendance du requérant, est la conséquence directe de la raison de sa plainte, ses quarante et un ans de prison. Le serpent se mord la queue, grand bien lui fasse.)

Depuis le début des années 1980, et donc pendant encore vingt-cinq ans d'incarcération, Lucien Léger a cessé d'essayer de démontrer son innocence, à laquelle personne n'a jamais cru. Il s'est résigné, il a eu raison, il n'a plus bougé, vaincu, il n'a plus cherché qu'à sortir, il a demandé et attendu. (J'ai bu quelques verres il y a trois jours au Bistrot Lafayette avec une amie qui écrit un scénario, elle y parle de résignation, de ce que l'on nomme, de manière glaçante, l'« impuissance apprise », ou l'« impuissance acquise », et que l'on appelle aussi, du nom du chercheur américain en psychologie qui en a formulé la théorie en 1975, « principe de Seligman ».) Le 31 août 2005, la cour d'appel de Douai, après la dernière tentative désespérée du procureur Valensi pour ne pas laisser sortir le monstre, a confirmé sa décision de le libérer, à l'issue d'une audience d'une heure seulement. Il aura trois obligations : se présenter à intervalles réguliers chez le juge d'application des peines ; accepter un suivi psychologique ; et ne pas se prononcer sur son affaire, sur sa condamnation, ni oralement ni par écrit, pendant dix ans. C'est Suzanne Taron, comme elle en a le droit, qui a exigé cette dernière condition. Elle le confirmera dans le journal de 20 heures de France 2, le 15 septembre 2005, deux semaines avant la libération du plus vieux prisonnier de France. Elle vit alors seule dans le 17e arrondissement, elle aura bientôt soixante-quinze ans, elle est entourée de photos de son fils, son visage est dans l'ombre (elle dit, un peu étrangement je trouve : « Je ne veux pas que Lucien Léger me voie »), elle paraît calme, sincère et meurtrie à vie. Elle dit que cela ne l'enchante pas, que l'assassin de son fils soit libéré, mais qu'elle sait bien que si elle avait tenté de s'y opposer, on ne l'aurait pas écoutée. « Il a été condamné à perpétuité, mais alors finalement, elle est où, la perpétuité ? Ce ne sont que mensonges, c'est du vent. […] Je ne dis pas qu'il va recommencer, mais d'après l'avis de certains psychiatres [elle dit "spychiatres"], il y a un risque. Maintenant, ils ont pris le risque, hein, ils ont pris le risque. […] Il y a des gens qui pardonnent, peut-être les gens qui sont croyants, oui, ils pardonnent. Moi je ne suis pas croyante. »

Lucien Léger sort de la maison d'arrêt de Douai dans la nuit du 2 au 3 octobre 2005. Il a passé quinze mille soixante-quatre jours en détention. Il est vieux, usé, sa vie est derrière lui. Depuis qu'on l'a enfermé à la prison de Versailles sous les crachats et les coups de poings, pendant le temps qu'il a passé dans les murs, le Concorde a effectué son premier et son dernier vol, Che Guevara est mort (c'était son héros), Claude François et François Mitterrand sont morts, Leonardo DiCaprio et Emmanuel

Macron sont nés, un être humain a marché sur la Lune, on a inventé le TGV et les « micro-ordinateurs », tous ceux qu'il va croiser dans la rue ont le téléphone, internet et la télévision en couleurs – il faudrait vingt pages pour faire un début de liste non exhaustive de tout ce qui a changé entre 1964 et 2005 (par exemple moi, un peu). Et on ne peut s'empêcher de se dire qu'à partir du moment où il a compris que personne ne croirait jamais à son innocence, dans les années 1980, il lui aurait suffi d'avouer qu'il avait tué Luc Taron, d'évoquer un coup de folie, une pulsion, n'importe quoi – ça n'aurait rien changé, de toute façon, à l'opinion qu'on avait de lui – et on l'aurait assurément laissé sortir. Il y a dix ans, vingt ans, il disait : « D'accord, c'est moi », il était dehors, il reprenait sa vie jeune quinquagénaire, il avait encore devant lui au moins un tiers d'existence libre. Mais non.

Il est hébergé par Françoise et Lucien Bernhard, à Landas. Depuis un premier courrier, plus de vingt ans plus tôt (qui était accompagné d'un dessin du fils de sept ans du boulanger), ils n'ont jamais cessé de s'écrire, et à partir du moment où Lucien a été transféré au centre de détention de Bapaume, en 1990, son ami lui a rendu visite tous les quinze jours. Le 26 avril 2005, dans *Libération*, Lucien Bernhard déclarait à Elsa Evrard : « Je crois à son innocence, mais coupable ou non, ça ne changerait rien à mon amitié et à mon engagement envers lui. » Quand la journaliste lui demande si son attitude suscite des critiques, il répond, sans vraiment prendre la mesure de ce qui l'attend bientôt : « Je n'ai reçu que six courriers désagréables me disant que je ferais mieux de m'occuper de personnes âgées, de voisins, etc. Je ne vais quand même pas me justifier sur ce que je fais en dehors de cela. Mais il y a aussi la maman de Luc. Elle n'accepte pas mon attitude. Sa réaction est humaine, je la comprends tout à fait. »

Les premières images de Lucien Léger sont diffusées le lendemain de sa sortie au « 20 heures » de France 2, présenté par David Pujadas (lui non plus n'était pas né quand l'Étrangleur s'est fait coincer par le commissaire Poiblanc). Il est sur le pas de la porte de la petite maison de Landas, entouré de journalistes, il sourit. (Encore un petit scandale : le monstre n'a pas perdu le goût de la publicité, à peine sorti il bombe le torse, il monologue, il fait le beau devant les médias, aucune pudeur, aucune décence. En réalité, il voulait éviter cela. Dans la nuit, il a même monté un stratagème avec son ami boulanger pour sortir de la prison en évitant micros et caméras : pendant qu'une voiture leurre s'éloignait rapidement dans une direction, peu après minuit, Lucien Bernhard partait seul dans sa camionnette, s'arrêtait pour répondre aux journalistes présents, qui le pressaient de questions par la vitre, que Lucien Léger avait déjà quitté la maison d'arrêt de son côté, alors que celui-ci était allongé à l'arrière, sous des couvertures, au milieu de cent cinquante kilos de cartons (tous les papiers qu'il a amassés en plus de quarante ans, ses archives). Ensuite, une fois dans la maison, dans laquelle il est entré par-derrière après avoir traversé un champ, ils ont tenu longtemps le siège, résisté aux coups de sonnette et aux appels de l'autre côté des volets fermés (ce n'est pas une invention de Lucien Léger, cette fois : Stéphane et Jean-Louis me l'ont dit – seuls liens qu'il a encore, finalement, avec l'extérieur, ils sont dans la maison avec lui) et, comprenant que la force médiatique, qui s'est bien développée depuis le beau bébé qu'elle était au début des années 1960, ne lâchera pas les abords de la maison tant qu'il ne lui aura pas donné ce qu'elle veut, Lucien est sorti sur le perron.)

C'est un homme qu'on peut qualifier d'âgé, soixante-huit ans, en pull noir, aux cheveux blancs (quelque chose sur son visage me fait penser à mon père, je ne sais pas quoi, c'est presque gênant, la bouche peut-être, ou les yeux), qui paraît calme, normal à vrai dire, et plutôt en forme – six mois plus tôt, il disait à Elsa Evrard dans *Libé* : « Je suis un vieux jeune à l'esprit vif, je pèse 58 kg, je n'ai pas de tension, et je suis d'une rapidité à la course qui m'étonne après quarante ans de détention. » (On est très loin du portrait qu'en faisait le médecin légiste Raymond Martin, interviewé dans *Libé* aussi en juillet 2000 par la pimpantissime Patricia Tourancheau : « J'ai vu des photos de Léger aujourd'hui, un vieillard aux cheveux longs jusqu'aux reins, la barbe sur le ventre, un légume [encore]. » On pense à tous ceux qui ont dit ou écrit que si on le laissait en prison, c'était pour son bien : il y avait désormais passé trop de temps, il s'y était définitivement adapté, il avait peur de la vie dehors, comme un animal de zoo qu'on ne peut plus remettre dans la nature, il n'y survivrait pas.) Il fanfaronne d'ailleurs encore un peu devant la caméra de France 2 : « Tous mes organes sont intacts, et psychologiquement, c'est la perfection. Je me sens très très bien. Pas un gramme de cholestérol, mes maladies cardiaques n'ont même plus besoin de traitement, je me sens en pleine forme. »

Ces premières déclarations du fantôme revenu parmi les vivants sont entrecoupées de l'inévitable micro-trottoir, dans les rues de Landas. Il semble que la colère et la peur soient à peu près unanimes parmi les 2 300 habitants. En substance : pourquoi c'est chez nous qu'on l'a foutu ? Une dame dit que son fils allait chercher le pain tout seul, et que maintenant, eh ben c'est fini, il ne pourra plus. Une autre dame, devant l'école primaire : « Ça fait peur pour nos enfants. Ils sont là, on les emmène à l'école, ils sont tranquilles dans un bon petit village et puis on remet des gens en liberté qui ont fait des grosses bêtises. Non ! Ah non, c'est sûr que je laisserai plus mes enfants venir tout seuls à l'école, et puis je ferai beaucoup plus attention, quoi. Ma fille a dix ans, on va se méfier. » Une dame : « Pour moi, toutes les mamans sont en colère.

Cet homme, même après quarante et un ans, on ne sait pas de quoi il est capable. On ne sait pas ! Il est lâché, maintenant ! On nous dit c'est pareil, qu'il soit en liberté, il a le droit à une chance. Oui mais si ça marche pas, ben voilà ! Y a un grand risque, hein, quand même ! » Encore une dame (on interroge les dames en priorité, les mamans, ce sont les protectrices, les gardiennes intraitables de l'innocence et de la pureté) : « On est un village paisible, un village bien calme, on n'avait pas besoin d'un bonhomme pareil, encore moins dans notre rue ! » Une dame au bord de l'apoplexie : « Je trouve que c'est honteux, c'est tout. Si Lucien Bernhard il veut récupérer des gens comme ça, il a qu'à déménager ! » (Aller ailleurs, dans des endroits où il y a des gens qui sont pas nous, quoi. Ces braves dames, c'est frappant, se ressemblent toutes beaucoup : elles ont à peu près la même tête, comme si elles étaient cousines ou tantes les unes des autres, les cheveux plutôt courts, exactement le même brushing, les mêmes lunettes, le même air un peu terne, triste, ou aigri, pas très bien dans leur peau.) Une : « Moi j'aurais pas voulu qu'il sorte, parce que j'ai une petite fille de huit ans. » Une autre, plus détendue, explique qu'elle, c'est bon, ses enfants sont protégés, parce que son jardin est sur l'arrière de sa maison. (Tous ces témoignages pourront éventuellement resservir tels quels le jour où une hyène vicieuse, enragée, et géante, s'échappera d'un cirque gitan de passage dans la région.) À la terrasse du café de la place, les messieurs montrent qu'il ne leur fait pas peur : « Il n'a rien à foutre dans le village ! On va faire une pétition ! » Suit une courte interview du maire, à qui plusieurs administrés terrifiés ou furibards ont demandé de prendre position, de faire quelque chose : « Moi, je peux rien faire. Je ne peux pas intervenir, c'est un homme libre. C'est bien ce qui m'a été dit par les autorités, c'est un homme libre, et un homme libre, c'est pas moi qui peux faire quelque chose. »

Une femme jeune, dans un autre reportage, sur France 3, sauve le genre humain (ce n'était pas compliqué) : « Faut bien qu'il se réinsère, donc ici ou ailleurs… » Sur France Inter, on cherche aussi, dans une louable tentative d'équilibre et d'objectivité, une ou deux personnes dont l'obsession ne serait pas de le renvoyer vite fait derrière les barreaux (ou dans le village voisin) pour qu'on soit débarrassés de lui une fois pour toutes. Ils trouvent une dame, une retraitée. Elle a la voix à la fois un peu traînante et anormalement juvénile, celle des deux petits kirs de trop. « Il a fait sa peine, hein. S'il vient chez m'sieur Bernhard, c'est bien, hein, m'sieur Bernhard c'est un brave type. » J'aime bien les poivrots. Ce sont eux, souvent, qui ont le bon sens et l'indulgence dans le cœur.

Sur le perron de la maison de m'sieur Bernhard, un journaliste demande à Lucien ce que ça lui fait, cette hostilité de tout le village ou presque. Il répond d'une voix posée, intelligente, forcément mal à l'aise, manifestement sincère, sans agressivité, aigreur ni provocation : « Ces gens-là, ben, c'est humain, c'est, euh, c'est la réaction primaire. S'ils me connaissaient… Ils me diraient, ben : "Excusez-moi." Voyez, c'est tout. Alors je leur veux pas de mal. Déjà que j'ai jamais tué personne. Comment peut-on parler de récidive alors que je suis innocent ? » (Après ce premier passage au « 20 heures » du 3 octobre 2005, ces deux dernières phrases seront coupées au montage dans les éditions de la nuit et du lendemain.) « Mais évidemment, sans arrêt on me ressortira… Voyez, il suffit qu'une affaire grave arrive, on dira ben oui, mais lui il était sorti au bout de tant d'années. On ressort quand même les choses. C'est à moi de me faire oublier. »

Dans le reportage, on apprend aussi que, n'ayant pas l'obligation de travailler à sa sortie, puisqu'il est retraité depuis 2002, il va aider bénévolement la Croix-Rouge, comme à l'époque lointaine où il allait le dimanche au poste de secours de la nationale 10, près de Rambouillet, avec Pierre Garnuchot, mort depuis longtemps. L'antenne de Douai a bien voulu de lui. Deux après-midi par semaine, il aidera à collecter et distribuer des vêtements, de la nourriture. Enfin, une courte scène du reportage achèvera d'énerver tout le monde. On le voit attablé dans la salle à manger des Bernhard, avec quelques personnes, dont Stéphane et Jean-Louis, assis à côté de lui, devant une tarte aux pommes, des biscuits à la cuillère, du jus d'orange… et du champagne. Ils trinquent. On sera outré, on n'appréciera pas qu'un assassin d'enfant soit content de retrouver la liberté, et le montre – on n'en croira pas ses yeux. (Un mini-scandale parallèle éclatera dans la petite sphère sauvage des médias. S'appuyant sur ce qu'on a dit de lui, dans le fond et dans la forme, depuis des années, sur les différentes chaînes de télévision, Lucien Léger a décidé que les seuls journalistes autorisés à filmer cette soirée de libération, cette soirée entre amis, chez Lucien Bernhard, seraient ceux de France 2. Les autres, les concurrents, sont atterrés, outrés : où sont la justice et l'intégrité, là-dedans, on peut nous le dire ?)

Pour finir ce reportage du premier jour, on lui demande, sur le pas de la porte, comment il se sent. « Je me sens comme quelqu'un qui est en dehors de la prison. Mais je me sens exactement comme quand j'étais en prison. C'est-à-dire qu'il n'y a pas de différence. La prison et moi, c'est la même chose ; la liberté et moi, c'est la même chose. C'est comme ça qu'on doit vivre la vie. »

« On a retrouvé aujourd'hui le corps de Lucien Léger,
soixante et onze ans. Libéré en 2005,
Lucien Léger était le Français
qui avait passé le plus de temps en prison,
soit quarante et un ans de réclusion,
et cela pour le meurtre d'un enfant.
Il était mort visiblement depuis plusieurs jours. »

Claire Chazal, « 20 heures » de TF1, 18 juillet 2008.

Après cette sortie en fanfare, Lucien, comme il avait dit qu'il le ferait, qu'il devrait le faire, s'est estompé peu à peu. Il a donné quelques interviews, dont deux à Marc-Olivier Fogiel : une sur RTL, dans « On ne pouvait pas le rater », en décembre 2005, l'autre sur France 3, dans « On ne peut pas plaire à tout le monde », le 29 janvier 2006 ; avant cela, une à *Paris Match*, parue le 27 octobre 2005. Il s'est bien habillé pour l'occasion. Sur les photos, il porte une cravate dont il est dit dans l'article que c'est celle qu'il avait choisie pour se rendre au Quai des Orfèvres le jour de son arrestation. J'ai du mal à y croire, je vérifie, je compare les photos de 1964 et de 2005, je zoome : oui, c'est la même, légèrement satinée, à rayures verticales, noires et bleues, à présent défraîchie, comme râpée, même si elle n'a pas servi entre-temps. Comme si elle avait attendu dans un autre monde, en suspension, et n'avait été usée que par le passage du temps. Il répond avec application, et humilité, aux questions en vrac du journaliste. Qu'est-ce que ça fait, d'être enfin libre ? « Je ne suis libre que sous condition. Je suis toujours privé de ma liberté de parole. Impossible d'évoquer l'affaire Taron pendant dix ans. Alors j'attends. Encore. » Il dit qu'il a appris à s'endurcir, à rester toujours d'humeur égale, il parle de résilience, de Boris Cyrulnik. « Il faut se vaincre soi-même, je m'interdis d'être dévoré par la souffrance. L'inverse est vrai aussi. Lors de ma mise en liberté, je n'ai pas fait de grandes démonstrations de joie. » Il dit qu'il a correspondu avec Michel Foucault, qui lui a conseillé des études de droit et de philosophie : « Parce que le droit durcit l'esprit, et la philosophie le tempère. » Il ajoute qu'il a tellement étudié qu'en quarante et un ans de prison, il n'a même pas eu le temps d'apprendre à jouer aux cartes. Est-ce qu'il s'attendait à passer tant d'années enfermé ? « Oh non, je pensais toujours qu'un fait nouveau entraînerait la révision du procès. » Mais finalement, cette désillusion chronique lui a servi : « Sans cet espoir quotidien, je ne sais pas si j'aurais tenu le coup. On m'a tout retiré, on a mis ma vie entre parenthèses. Un animal n'y aurait pas résisté. » (C'est vrai.) « Pour moi, Mai 68, l'élection de Mitterrand en 81 ou les attentats de New York en 2001 ? C'était hier. En prison, le temps devient immobile. Tant mieux. J'ai le même âge que le jour où on m'a arrêté, les rides en plus. » Il évoque son militantisme, il y a si longtemps, les mal-logés, la guerre d'Algérie, la presse racoleuse, l'impérialisme américain : « Au fond, j'étais et je suis resté un combattant de l'ombre. À l'ombre. »

On le voit encore le 2 octobre 2006, dans un court reportage du « 19/20 » de France 3 Nord-Pas-de-Calais. Il a de nouveau les cheveux noirs (comme tout le reste de sa tenue), il s'est fait teindre, coquet – c'est sa dernière petite résistance. Il est assis sur le rebord de la fontaine de la place Charles-de-Gaulle, à Lille, en face de *La Voix du Nord*. C'est un pauvre petit homme, fatigué, vaincu, désabusé. Il ne fait plus le mariole. La société a gagné. « Je n'ai même pas le droit de dire que je suis innocent. » Sa seule satisfaction, c'est qu'au village, à Landas, ça va mieux : « J'ai quelques amis. » On lui demande, cruellement peut-être (mais quelle autre question lui poser ?), s'il a l'impression de recommencer une vie, ou de la finir : « De la finir. Après être passé par un tunnel. »

Dans *Le Monde libertaire* du 30 mars 2006 (l'hebdo de la Fédération anarchiste est le seul journal à avoir lancé une campagne pour sa remise en liberté, en 2004 – il était alors dirigé par Stéphane Troplain, qui le pensait coupable, mais peu importe : un État dit civilisé ne peut pas laisser aussi longtemps enfermé, quoi qu'il ait fait dans le passé, un homme que tous les experts consultés, sans exception, affirment non dangereux), il écrit le premier et dernier article de sa vie, lui qui rêvait de se faire entendre, et il ne parle pas de lui, mais des autres, de ceux qui sont toujours incarcérés et de ceux qui sont morts, Joëlle Aubron en particulier : « Je le redis avec ceux qui le vivent et ceux qui le crient : la peine de mort reste appliquée dans les prisons françaises. Au sujet des prisonniers d'Action directe, il n'y a de ma part aucune apologie de quoi que ce soit. Je les ai estimés toutes et tous comme mes enfants. » (Joëlle Aubron est née un mois et demi après le mariage de Lucien et Solange.) « Je ne sais que trop ce que détruisent ces années d'inhumanité programmée. J'y réponds ici avec maladresse. De même, je ne sais que trop la volonté qu'il faut pour vivre, comme moi aujourd'hui, à moitié libre. […] Les vies nous sont chères. Même celles de nos adversaires. Les prisons tuent. La peine de mort lente tue. Ces vies en valent-elles moins que d'autres ? »

Il sait que tout est fini, perdu, pour lui. Le 26 octobre 2007, il réapparaît sur France 3, il ne veut plus parler de son affaire, il n'en a pas le droit (c'est dur, si triste, quand on y pense), il admet seulement, brièvement, une « douleur indicible » pour sa vie détruite. On le voit encore le 13 mai 2008 dans le « 19/20 » de France 3 Picardie, après l'audience de la Cour européenne des droits de l'homme, qui doit statuer (et ne statuera pas) sur son appel. Il a toujours les cheveux teints en noir, mais il ne lui en reste plus beaucoup, il les cache sous une casquette noire, il est habillé en noir des pieds à la tête, il porte au revers de sa veste un badge anarchiste, le drapeau pirate, noir. Il est interviewé à Montmartre. (À cette époque-là, il boit quelques verres dans un café de la place du Tertre avec Stéphane et Jean-Louis, jusque tard dans la nuit, ils en sortent tous les trois à moitié bourrés, il leur parle de Douchka, de Molinaro, de Salce.) Il dit qu'il ne continue le combat que pour les autres ; il dit que pour lui, « c'est terminé ». Il va mourir dans deux mois.

Dans « On ne peut pas plaire à tout le monde », l'interview de Lucien, enregistrée, est lancée par Marc-Olivier Fogiel, en direct sur le plateau, avec ces mots : « Vous allez voir, c'est instructif et troublant. » On y voit un homme ordinaire, paisible, fatigué, fataliste et sûr de lui. Il fume la pipe. Il répond naturellement aux questions de l'animateur, qu'on prend encore à l'époque pour une sorte de roquet : « Je suis bien obligé de reconnaître qu'en droit je suis considéré comme coupable. » Il regrette surtout de ne pas être autorisé à entrer en contact avec Suzanne Taron. « Mais par l'intermédiaire du procureur, je lui ai fait savoir quelque chose. » (On ne saura pas quoi.) Il est filmé dans la petite chambre où l'héberge Lucien Bernhard, à Landas. Elle est encombrée d'objets divers, et surtout de livres, beaucoup, de disques, et de photos scotchées ou punaisées sur les murs : Léo Ferré, Karl Marx, Baudelaire, Rimbaud, le Che (il y a aussi un drapeau noir anarchiste et, pendu à un clou, un médaillon avec le visage de Solange). La pièce où il vit en 2006 ressemble de manière confondante, on peut dire bouleversante, à celle qu'il occupait en 1964 à l'hôtel de France avec sa femme, la chambre 67. On regarde ce vieil homme qui apparaît dans le même décor à plus de quarante ans d'intervalle, dans deux mondes qui n'ont plus rien à voir, définitivement séparé de sa vie d'avant, de son existence de jeune homme, de son métier d'infirmier, de sa 2 CV, de ses espoirs, de ses colères et de ses frustrations, tout cela doit lui sembler tellement ridicule – toujours là,

Hibernatus, dans un siècle où il n'y a plus rien de ce qu'il connaissait, où il n'y a plus ses parents, plus ses ennemis, plus celle qu'il aimait, où il n'y a plus son avenir. On ne peut pas s'empêcher d'avoir pitié de lui, de ce survivant solitaire, quoi qu'il ait fait. On ne peut pas s'empêcher non plus, quand on regarde cette interview face à Fogiel, de se dire qu'il parle comme un innocent, réellement. On n'est pourtant pas né de la dernière pluie de nouilles, mais on se sent poussé à le croire. Ni dans le fond ni dans la forme, dans le ton, dans le regard, il n'exprime le moindre remords, la moindre gêne.

Au mois de juin 2007, Lucien quitte Landas et le couple Bernhard, qui lui a été d'un grand secours. Il veut essayer de vivre seul, de se débrouiller, de terminer sa vie à peu près normalement. Il aimerait se rapprocher de ce qui lui reste de famille (c'est-à-dire de connaissances), sa sœur Andrée notamment, qui vit à Laon, dans l'Aisne. Il y cherche un studio, ou un petit appartement, et finit par en trouver un, sans aucune aide (les services de probation s'en tamponnent), dans une petite résidence calme, de quatre bâtiments, dans l'est de la ville – c'est Stéphane Troplain qui se porte garant pour lui, la petite retraite de son ami (631 euros par mois) ne lui suffisant pas, loin s'en faut, pour signer un contrat de location. Mais au moment où il s'apprête à emménager, Andrée est conduite en Ehpad et meurt peu après. Il n'aura pas eu beaucoup de chance. Il se retrouve complètement seul dans une ville qu'il ne connaît pas. (L'avantage, c'est que, réciproquement, personne ici ne le connaît. Les médias n'ont pas parlé de son déménagement, personne n'est au courant, et sur la boîte aux lettres, n° 73, il a collé une étiquette « E. Léger » – son premier prénom aura fini par lui servir.) Non, il n'est pas tout à fait seul : il a récupéré le petit chien de sa sœur, pour lui éviter la cage d'un chenil et la mort, et le garde quelque temps avant de le confier à l'une de ses nièces. À part lire, écouter de la musique, Léo Ferré surtout, se replonger dans ses vieux papiers, dans les cartons qui l'ont suivi toute sa vie, il n'a d'autre occupation que le bénévolat pour la Croix-Rouge de Laon. Il a de nouveau les cheveux blancs, il a cessé de les teindre.

Un an plus tard, interrogés par France 3, les habitants de la résidence ou du quartier diront qu'ils le croisaient de temps en temps mais qu'il ne parlait jamais, il ne disait pas bonjour, il marchait lentement, tête basse.

Le 18 juillet 2008, des voisins de son immeuble alertent les pompiers : ils ne l'ont pas vu depuis un bon moment, et une odeur nauséabonde se répand dans la cage d'escalier (il fait très chaud). Sa porte est fermée à clé (à l'intérieur, la clé est dans la serrure). Il est au premier étage, une fenêtre n'est pas complètement fermée, les pompiers entrent par là. La télé est allumée. Le petit salon est encombré de cartons de l'administration pénitentiaire, de livres, de journaux, comme partout où il a vécu. Au mur, les mêmes images qu'à Landas, dans ses différentes cellules et à l'hôtel de France, plus une grande photo de Lucien Bernhard et lui.

Il est étendu par terre dans la salle de bains, sur le carrelage, habillé. Selon les estimations des médecins légistes, il est mort depuis dix ou quinze jours. Il avait soixante et onze ans, son corps ne porte aucune trace de coup, l'autopsie ne révèle pas de trace d'intoxication, c'est son cœur qui a lâché.

Lucien Léger est inhumé le 26 juillet 2008 sur les terres familiales, ou pas loin, au cimetière de Mézières. Il se trouve dans la partie ouest de Charleville-Mézières, encore dans une boucle de la Meuse, qui n'en finit pas d'encercler ceux qui vivent – ou meurent, donc – près de ses rives. Lucien est déjà venu devant la tombe où l'on descend son corps, c'est celle où l'attend depuis sept ans celui de son petit frère Jean-Claude. La cérémonie, civile, est très simple, digne, et se déroule dans l'intimité : seuls y assistent quelques proches, des neveux et nièces, et Stéphane Troplain. On a apporté un petit magnétophone, on y passe deux chansons qu'aimait Lucien, deux chansons de Léo Ferré, *Les Anarchistes* et *Ni Dieu ni maître*. On les écoute en silence, le radiocassette crachote. (Dans la première : « La plupart fils de rien, ou bien fils de si peu, on ne les voit jamais que lorsqu'on a peur d'eux, les anarchistes… » ; dans la seconde : « Cette cigarette sans cravate qu'on fume à l'aube démocrate », Lucien a dû écouter ces paroles contre la peine de mort des centaines de fois, c'était sa chanson préférée. Il pensait aux autres, la peine de mort est à peu près la seule chose à laquelle il ait pu échapper, lui. Techniquement, en tout cas.)

On ne saura certainement jamais ce qui est vraiment arrivé à Luc Taron. Tout ce que l'on peut dire, c'est que Lucien Léger a été condamné – et a passé plus des trois quarts de sa vie d'adulte incarcéré – sans preuve, sans témoin, sans mobile. Hormis ce qu'il a lui-même écrit pendant quarante jours délirants alors qu'il était certain de n'être jamais pris, pas la plus infime preuve, pas le moindre témoin, pas l'ombre d'un mobile. Ce que l'on peut dire aussi, c'est que si tout, de loin, paraît finalement à peu près simple, rien ne l'est. Vraiment rien. Cette histoire, du début à la fin et sous tous ses aspects, est la meilleure illustration imaginable de l'une des règles d'or édictées par la sagesse populaire, qui a roulé sa bosse : il faut se méfier des apparences. Dans cette histoire, rien ni personne n'est ce qu'on croit, ce qu'on a cru. Tout – vraiment tout – est en réalité trouble et complexe. Et moche. La seule chose à peu près sûre, c'est que Lucien Léger n'a pas tué Luc Taron.

Avant qu'on recouvre son cercueil de terre, Stéphane dépose trois objets sur le bois clair : son drapeau noir anarchiste ; la casquette qu'il ne quittait plus depuis des années, noire aussi ; et le petit médaillon avec la photo de Solange.

Deuxième partie

Les monstres

L'affaire Léger, désormais, entre dans la légende
des grands crimes inexpliqués.
Des questions demeurent posées,
qui resteront sans doute toujours sans réponse.
L'essentiel est qu'un gamin solitaire a été étranglé
par un jeune homme aussi solitaire que lui.
Et que celui-ci, dans son rêve de publicité inouï,
est devenu l'Étrangleur.
Tout le reste n'est que littérature.

L'Humanité, 9 mai 1966.

Parmi les personnages du grand œuvre de Lucien Léger, composé durant plus de quarante ans d'enfermement, on peut distinguer deux espèces : les créatures fantomatiques, celles dont on n'a jamais découvert la plus petite trace de l'existence (Georges-Henri Molinaro, Paul Daidans, Paul Meyer, Emil Kozak), et les créatures réelles, qu'on a facilement retrouvées mais qui semblent totalement étrangères à ce qui est arrivé à Luc Taron, et sincères quand elles tombent des nues bouche bée (Jacques Salce, Nina Douchka, Jean-Louis Le Chevalier, Yves Taron lui-même). Ce qui émoustille, avec cette catégorie-là, c'est le côté *Usual Suspects*. Si on se penche un peu sur ces protagonistes existants, on se rend compte que Lucien Léger, à des degrés divers, a quelque chose à reprocher à chacun d'eux : Jacques Salce, à qui il ne demandait, dans sa lettre écrite en prison, que son amitié et quelques courriers de temps en temps, ne lui a jamais répondu, l'a complètement laissé tomber : il devient le meurtrier ; Nina Douchka est peut-être coupable de n'avoir été qu'indifférence, tolérance au mieux, face à un possible sentiment amoureux, mais surtout, elle l'a massacré dans la presse après son arrestation : elle devient la traîtresse, l'agent double ; Jean-Louis Le Chevalier ne lui a pas fait grand mal, il a simplement prévenu leur supérieur chez Denoël, de Benedettis, qui l'a ensuite rapporté au juge d'instruction Seligman, que Léger, après son départ de la maison d'édition, aurait menacé de le descendre à la carabine dans la rue : en contrepartie, Le Chevalier n'a qu'un rôle mineur dans le grand œuvre, il aurait simplement hébergé le petit Thierry Desouches quelques heures ; Yves Taron était, bien sûr, de manière naturelle et légitime, l'ennemi juré de l'Étrangleur : tout est de sa faute. Mais dans *Le Prix de mon silence*, il semble que le cœur de Keyser Söze parle, il repense à Douchka, le rôle qu'elle tenait est désormais dévolu au possiblement fictif Paul Meyer, il la dédouane. En lisant, j'ai pourtant cru le contraire. L'un des tout premiers chapitres est intitulé : « Douchka, mon alibi enfui ». (Chantal Arbatchewsky a quitté la France à la fin des années 1970 pour le Japon, où elle a disparu.) J'ai pensé, espéré, que j'allais y découvrir l'une des clés de l'affaire : elle savait, elle n'a rien dit, elle est partie. Pas du tout. Quelques lignes plus bas, il écrit que le jour de la disparition de Luc Taron, le 26 mai 1964, un mardi, soir de relâche au théâtre, il avait rendez-vous avec elle, chez elle, après son travail. Mais il était si épuisé qu'il l'a appelée pour décommander. S'il avait eu un peu plus de courage et d'énergie, regrette-t-il, il aurait passé la soirée avec elle, elle aurait pu en témoigner, on ne l'aurait pas accusé d'avoir enlevé Luc. Elle aurait été son alibi, elle n'est plus là.

Selon la justice, selon ce qui régit la société et permet aux hommes et femmes de vivre dans un environnement relativement sûr, logique et fiable, c'est Lucien Léger qui a emmené Luc dans le bois de Verrières, et l'y a tué. C'est pour cette raison qu'on a enfermé Lucien Léger de vingt-sept à soixante-huit ans – même si c'est bien trop long, le principe est compréhensible, normal. On ne l'a pas envoyé si longtemps en prison par hasard, sur des impressions ou dans un accès de mauvaise humeur générale : la justice s'appuie, cinquante-cinq ans après les faits encore, sur une thèse, une histoire précise, forcément considérée comme le reflet de la vérité, élaborée à partir des lettres qu'il a écrites aux mois de mai et juin 1964, de ses aveux, des constatations et conclusions des enquêteurs et magistrats, une histoire maintenue par la société après sa rétractation et ses différentes déclarations postérieures, jusqu'à aujourd'hui, solide, arrêtée. Elle est simple : il sort de chez lui un mardi soir, se rend au Drugstore Publicis, aperçoit un enfant sur le quai du métro qui doit le ramener chez lui, le suit jusqu'à une autre ligne, avec ou non le projet de le kidnapper, on ne sait pas, le projet de le tuer peut-être, le suit encore jusqu'à l'extérieur, réussit à le convaincre de partir avec lui, en métro de nouveau puis en voiture, l'accompagne dans un bois pour qu'il aille faire pipi, ou l'attire de force dans un bois, peu importe : mettant son plan à exécution ou saisi d'une sorte de pulsion, d'une envie irrépressible, quelle qu'en soit l'origine, il place ses mains sur son cou, le projette à terre et l'étrangle, ou lui appuie le visage contre le sol, jusqu'à la mort. Ensuite, poussé par un besoin de « reconnaissance » sordide, avide de publicité ou ivre de puissance maléfique, il devient l'Étrangleur, en prenant de plus en plus de risques, jusqu'à se faire prendre. C'est la vérité judiciaire, définitive, c'est la raison officielle de la condamnation et de l'incarcération de Lucien Léger, de sa mise à l'écart de notre monde jusqu'à la fin de ses jours ou presque. Or cette histoire est une invention, rien de tout cela n'a pu exister.

Lucien n'a pas pu rencontrer Luc à la station Étoile sur le quai de la ligne 6, celle qu'il doit prendre pour rentrer chez lui. C'est le terminus de cette ligne et, contrairement à la plupart des stations de Paris, même terminus, les rames ne s'y croisent pas, c'est-à-dire que ceux qui y arrivent et ceux qui en partent ne sont pas dans le même tunnel. Le métro qui monte vers le nord dépose, au terminus, les passagers sur un quai qui n'a pas de vis-à-vis, puis effectue une large boucle et embarque ceux qui partent vers le sud sur un autre quai à voie unique. Ce qui signifie qu'on ne peut se trouver sur ce quai que si l'on veut partir vers le sud (et après tout, Luc aurait pu décider de se promener, même à 23 heures, vers le sud), mais surtout qu'on ne peut pas quitter ce quai : personne ne descend ici, tous les métros arrivent vides du tunnel, il n'y a pas de sortie. Aucune. Or Lucien, dans les courriers de l'Étrangleur ou lors de ses aveux, affirme qu'il a remarqué ce petit garçon sur le quai, près du distributeur de bonbons, et qu'il a décidé de le suivre lorsqu'il l'a vu partir vers une correspondance. Ce n'est pas possible. Il n'y a pas de correspondance, il n'y a pas un seul panneau de correspondance, ni même un panneau de sortie de la station. Bien sûr, on peut revenir, en sens inverse, vers le couloir par lequel on est arrivé. Mais d'une part, cela veut dire qu'on passe obligatoirement devant un poinçonneur, qui se serait obligatoirement étonné qu'un enfant emprunte, à cette heure tardive, un chemin interdit, à contre-courant (il y avait, en 1964, deux employés de la RATP par quai, un poinçonneur et un contrôleur : les enquêteurs, consciencieux, ont interrogés tous ceux qui travaillaient entre les stations Étoile et Villiers, et même jusqu'à Wagram au nord-ouest de Villiers et La Motte-Picquet-Grenelle au sud d'Étoile, et pas un, pas une ne se souvient d'avoir vu un jeune garçon seul, qu'ils n'auraient pas manqué de remarquer, a fortiori à contre-sens (la « surveillante-receveuse » qui était en service le soir du 26 mai à la station Étoile, Mme Réau, est entendue en particulier : elle dit qu'il y avait très peu de voyageurs aux environs de 23 heures et qu'elle est certaine de ne pas avoir vu de petit garçon, elle s'en souviendrait)), mais surtout, j'ai fait l'expérience, j'y suis allé (et il est évident que les couloirs n'ont pas changé depuis) : lorsqu'on se trouve sur ce quai et qu'on veut en repartir, il n'y a qu'une issue possible (qui est donc, en fait, une entrée), on se retrouve face à trois couloirs (puis six ensuite), deux escaliers qui montent, sans aucun panneau indicateur puisque personne n'est censé se déplacer dans ce sens, quitter ce quai. Je me suis trompé deux fois avant de retrouver, péniblement, le chemin qui mène à la ligne 2, celle qui va vers Villiers. Je prends le métro tout seul depuis quarante ans. Luc, aux dires de ses parents, n'avait jamais pris le métro tout seul. Luc n'a jamais mis un pied sur ce quai de la ligne 6 à Étoile. Il y vient, à 23 heures passées, on ne sait pourquoi, y reste quelques minutes immobile sans plus de raison, et repart directement vers la ligne qui mène chez lui sans se tromper ? Non.

Lucien dit ensuite qu'il a perdu Luc de vue parce que lui est monté en seconde, et le garçon en première. Cela signifie d'une part que le métro est arrivé exactement quand ils débouchaient sur le quai (c'est possible, évidemment), mais aussi que l'homme marchait assez loin derrière l'enfant pour ne pas avoir le temps de monter dans la même voiture (il est pourtant assez proche pour voir que Luc tient à la main un ticket de seconde). Cela signifie aussi que Luc s'est installé volontairement en première : le wagon rouge se trouvait au milieu de la rame (encadré de chaque côté par deux wagons verts de seconde), or (j'y suis allé aussi) l'arrivée sur le quai se trouve légèrement vers l'arrière de la rame, donc Luc ne serait pas monté droit devant lui, au contraire de Lucien, il aurait obliqué délibérément sur sa droite vers les premières. C'est possible, bon. Lucien perd Luc de vue parce qu'ils ne sont pas dans la même voiture (alors qu'il suffit de regarder par les vitres entre les deux), abandonne, et ne descend à Villiers que parce que c'est la « première station où l'on peut passer sur le quai opposé sans ressortir ». D'une part, comment pourrait-il le savoir (il ne prend jamais, ou rarement, cette ligne) ? D'autre part, c'est faux. À Ternes ou Courcelles, les stations précédentes, on peut très facilement emprunter les escaliers en bout de quai pour passer de l'autre côté, sans passer par les poinçonneurs – de toute façon, même dans les stations où il fallait remonter jusqu'au poinçonneur, il suffisait de lui expliquer qu'on changeait simplement de quai, c'était très simple. Comme par hasard, Luc descend également à Villiers. Lucien se remet à le suivre car, dit-il, le garçon semble à nouveau un peu perdu, ne sachant par où sortir – or Luc connaît parfaitement cette station, il y est souvent venu avec sa mère, c'est « leur » station.

À ce moment-là, cela fait environ six heures que le gamin erre sous terre, seul. On peut penser qu'il s'est aussi baladé un temps dans les rues, mais enfin cela fait six heures qu'il marche sans but. C'est, comment dire, beaucoup. Il l'a vraiment attendu patiemment, son ravisseur.

Après une petite causette sur le trottoir, en haut de l'escalier, et une promenade amicale dans le quartier (on peut se rappeler que la mère elle-même décrit son fils comme un enfant renfermé, sauvage, qui n'adressait jamais la parole à personne, a fortiori à un adulte – inconnu), ils repartent en métro. (Lucien prétend que Luc avait encore un ticket dans sa poche. Cet enfant qui n'a jamais pris le métro seul de sa vie vient d'y passer des heures, et avait pris soin d'acheter plusieurs tickets à l'avance, prévoyant.) Ils prennent ensemble la 2 jusqu'à Étoile, puis la 6 qui descend jusqu'à La Motte-Picquet. Il leur reste encore un quart d'heure de marche pour rejoindre l'hôtel de France, devant lequel est garée la 2 CV. (Il semble que Lucien ait mal regardé son plan de la RATP avant d'inventer cela. Depuis Villiers (mais comment aurait-il pu y penser devant les policiers, il n'y a sans doute jamais mis les pieds), il est bien plus simple de prendre la 3, puis la 8 à Opéra : c'est deux stations de moins, et surtout, on arrive à École-Militaire, à deux ou trois pas de l'hôtel de France.) C'est lors de ce trajet en métro que Lucien feuillette l'album *Bugs Bunny* (dont, dès le lendemain, il aura oublié le titre – il a une mémoire particulière : dans le premier message de revendication déposé devant Europe nº 1, il évoquera les « *Histoires de Bugs* », alors que sur les albums de l'époque, « Bugs » est écrit en petites lettres noires, à peine visibles au premier regard, et « Bunny » en grosses lettres rouges arrondies, qui sautent aux yeux), et c'est lors de ce trajet en métro que Lucien remarque la trace de mercurochrome sur la jambe de Luc. Il s'en souvient parce qu'il lui a demandé si c'était à cause de cela qu'il boitait. (Luc ne boitait pas. Lucien a fait le raisonnement inverse. Sachant que le petit avait du mercurochrome sur la jambe, il a imaginé qu'il boitait, et l'a indiqué aux enquêteurs pour rendre sa version plus réaliste.) Il dit au juge Jean-Claude Seligman que la blessure et le mercurochrome étaient « au genou ». En vérité, sur le tibia, à quinze centimètres seulement au-dessus de la cheville. La mémoire photographique est bien plus puissante, efficace, que toutes ses voisines dans le cerveau. Si vous avez vu, en face de vous, une personne qui a une tache rouge sur la jambe, l'image revient quand vous l'appelez, vous savez si c'est au genou ou près de la cheville. (Cela surprend aussi Maurice Garçon, qui note sur son carnet : « Attention, la tache de mercurochrome était au-dessous du genou. ») Vous savez aussi si c'est sur la jambe droite ou la jambe gauche – or Lucien, non. J'extrapole, mais lorsqu'ils ont parlé de cette petite blessure, ils étaient dans le métro, assis l'un à côté de l'autre, ou l'un en face de l'autre, Lucien s'est peut-être penché un peu dessus. C'est une image, un souvenir, nets, précis, qui reviennent facilement en tête. Mais la mémoire photographique de Lucien ne fonctionne pas, il dira et répétera qu'il ne sait plus sur quelle jambe se trouvait le mercurochrome (la gauche). Simplement, à mon avis, parce qu'il a peur de dire une bêtise rédhibitoire. Mais cela ne l'empêche pas de s'emmêler, et bien. Le 1er octobre 1964, Seligman tente de le piéger en lui demandant si Luc portait un pantalon ou une culotte courte. Et ça marche : Lucien n'est même pas capable de répondre, il dit qu'il ne s'en souvient plus.

Jusqu'au moment où l'homme et l'enfant montent dans la 2 CV garée devant l'hôtel de France (il est minuit, peut-être minuit et quart), rien de ce que raconte Lucien n'est vraisemblable. Mais le plus invraisemblable est à venir.

Dans son « message urgent », le futur Étrangleur écrit qu'il a emmené le gamin « à Palaiseau ». Pourquoi à Palaiseau, alors que le bois se trouve entre Igny et Verrières-le-Buisson ? Peut-être parce qu'il pensait qu'il se trouvait à Palaiseau, qui est une commune très étendue (mais quand il retracera son itinéraire, dans les lettres de l'Étrangleur et lors de ses aveux répétés, il dira qu'il est passé par Massy, il citera de nombreuses fois Orsay, mais jamais Palaiseau), peut-être aussi parce que lors du tout premier bulletin d'information radio qui signalait la découverte du corps d'un enfant inconnu, le 27 mai à 13 heures sur France Inter, on n'évoquait pas Igny : le reporter sur place interviewait « le commissaire principal, chef de la circonscription de Palaiseau ». L'Étrangleur écrit aussi qu'il a étranglé Luc « à 3 heures ». En étant parti de Paris vers minuit et demi. Il faut combler plus de deux heures pour un trajet en voiture de vingt kilomètres, qui prend environ une demi-heure en roulant lentement. Il explique donc qu'il s'est perdu, qu'ils ont beaucoup tourné à partir de l'instant où, sur la nationale 20, il a pris à droite au niveau de Massy (jusqu'où il a roulé directement), à trois kilomètres à vol d'oiseau de l'endroit où on a retrouvé Luc. Après les résultats de l'autopsie, c'est pire : le petit n'est pas mort à 3 heures mais, les médecins légistes sont tous d'accord, entre 4 heures et 5 heures. Alors Lucien doit inventer un itinéraire complètement fou pour arriver au bois de Verrières à 4 heures en étant parti de Paris à 0 h 30. Ayant obliqué à droite à Massy, il roule tout droit pendant trois quarts d'heure sans trouver le moindre panneau qui lui indiquerait la direction de Paris. (Toute cette zone est, et était, très urbaine, c'est une succession de communes accolées les unes aux autres, j'ai roulé par là, en tournant en rond, pendant près d'une heure, des panneaux indiquent la direction de Paris toutes les deux intersections – il y en avait autant en 1964, des policiers ont pris des dizaines de photos qui en montrent dans les parages.) En roulant plus ou moins tout droit pendant trois quarts d'heure (il dira qu'il ne peut donner que des horaires approximatifs, car sa montre fonctionnait mal depuis plusieurs mois, et s'était arrêtée à minuit – des spécialistes inspecteront ladite montre, qui fonctionne impeccablement) à partir de Massy, à une vitesse moyenne, il serait presque arrivé à Chartres… Là, il s'arrête pour consulter sa carte (ce qui est parfaitement stupide, puisqu'il affirme ne pas savoir où il se trouve), puis ils repartent – en faisant demi-tour, on suppose, sinon ils ne vont pas tarder à apercevoir l'océan Atlantique. Ils roulent, ils roulent, toujours sans trouver aucun panneau, il se souvient qu'ils passent par Orsay, puis Lucien gare la 2 CV près de la poste d'Igny, et regarde de nouveau sa carte. Cette fois, il sait où il est, et retourner vers Paris devrait être enfantin, la nationale 306 passe tout près d'Igny. Mais non. Il roule encore une demi-heure sans savoir où il va. C'est touchant, ces efforts désespérés pour faire traîner le temps, pour étirer le voyage jusqu'à 4 heures du matin, on souffre avec lui, mais comment un inspecteur de police, un commissaire, un juge d'instruction, un avocat général ou un juré ont-ils pu gober ça ? Car après cette nouvelle demi-heure de route, Luc (qui ne supporte pas les trajets en voiture de plus de quelques minutes, au point de priver sa famille de vacances au-delà de Mandres-les-Roses – mais la 2 CV des années 1960, c'est le confort impérial, trois heures à cahoter passent comme un soupir d'aise) s'endort paisiblement à côté de lui (en petit short et en polo éponge – il a enlevé son blouson, dit son ravisseur, parce qu'il avait chaud, malgré la nuit humide, une dizaine de degrés dehors et, de l'aveu de Lucien, la vitre avant gauche qui ne fermait pas). Ils roulent encore « un quart d'heure, vingt minutes », quand Lucien s'arrête et le réveille en le secouant un peu. Ils sont alors sur une petite route, le long d'un bois. Luc a envie de faire pipi. Trois quarts d'heure plus tôt, ils étaient devant la poste d'Igny, à quatre ou cinq encablures de là. C'est la 2 CV la plus lente de l'histoire de l'automobile. Même en brouette à roue en pierre mal taillée, il y a sept mille ans, on allait beaucoup plus vite. Mais au moins, il n'est pas loin de 4 heures du matin.

Luc ne fait pas pipi dans le fossé au bord de la route, ni même contre l'un des premiers arbres, ce serait trop facile. Luc, qui est de nature peureuse, qui n'est pas en avance sur son âge et que les loups épouvantent, accepte de parcourir soixante-dix mètres (en montée) dans un bois où l'on ne voit rien. Où l'on ne voit rien ? Faux, rétorque Lucien. Eh oui, ah ah, cette nuit-là, c'était la pleine lune. (Vrai.) Et paf. Oui mais non, Lulu, pas paf. Je suis allé dans le bois de Verrières la nuit du 26 au 27 mai 2019, parce que c'était le jour même de la mort de Luc, mais il n'y avait dans le ciel que le dernier quartier de la lune, j'y suis donc retourné une nuit de pleine lune (et j'ai de bons yeux, pas rouges qui piquent, je suis allé chez l'ophtalmo entre-temps : rien, pas un soupçon de tension oculaire, mystère (je sais bien que cela n'intéresse personne mais il faut quand même que je donne des nouvelles, puisque j'en ai parlé au début (je crois que c'est Tchekhov qui a dit en substance : « Si, au premier acte, un fusil est accroché au mur du salon qui sert de décor, il faut qu'un coup de feu soit tiré avant la fin de la pièce »))), pas le 17 juin, c'était un lundi (et le lundi soir, je travaille pour *Voici*), pas le 16 juillet, j'étais en Italie avec Anne-Catherine (sans Ernest, pour la première fois), à Peschici, où nous avons tant de souvenirs, mais dans la nuit du 15 au 16 août.

J'ai eu de la chance, le temps était presque identique à celui du 26 mai 1964. Pleine lune, légèrement nuageux. Il avait même un peu plu dans la soirée, comme le jour de la disparition de Luc. J'ai garé la Ford Focus noire au même endroit que la Kia Sportage blanche trois mois plus tôt, juste en face d'une grande maison avec une sorte de petit donjon au toit conique, qui s'élève aujourd'hui à l'endroit où se trouvait le champ de betteraves que binait le couple Lelarge. La lune éclairait tout – maladivement, mais on voyait tout de même correctement la route, les maisons, les arbres. Je suis entré dans la forêt, par le chemin pentu et tortueux qui mène au chêne. Je n'ai pas pu faire trois mètres.

J'étais dans le noir absolu, je ne voyais pas mes pieds, ni les troncs devant moi à deux pas. Le bois n'est pas très dense au niveau du sol, mais en haut, le toit de feuillage est tissé serré, presque complètement opaque. La pleine lune : dans ses rêves, à Lucien. En essayant d'avancer encore un peu, j'ai pris une branche, que je ne voyais pas, dans le front. Je ne pouvais plus bouger, impossible. Je mange mon pied gauche (et le rogne, et le suçote) si Luc s'est engagé ou s'est laissé conduire ne serait-ce que sur quelques mètres dans cette obscurité totale. (J'ai retrouvé un peu plus tard un rapport déposé le 30 décembre 1964 par deux experts, Duchesne et Barlier, qui affirmaient sans aucune ambiguïté que, malgré la pleine lune, « la luminosité dans le bois n'était pas suffisante pour que l'on s'y déplace ». On a ignoré ce rapport.) J'ai allumé ma petite lampe (Lucien en avait une ? ils ont fait cent pas derrière un faible rond de lumière pour que Luc aille faire pipi ?) et je suis monté pour la deuxième fois jusqu'au chêne au pied duquel était étendu le cadavre du garçon, sur le dos, ou plutôt de trois quarts, en appui sur le côté gauche du corps, les jambes croisées au niveau des mollets, le droit sur le gauche, le bras droit le long du corps, le gauche tendu, à peu près perpendiculaire au corps, dans la direction où est tournée la tête, vers la petite route. Selon tous les spécialistes qui ont donné leur avis sur cette position, Luc est mort sur le ventre (l'humus dans ses narines et sa bouche en témoigne) et a été retourné ensuite (on a, en quelque sorte, fait décrire un demi-cercle à son épaule droite) : les jambes croisées sont caractéristiques de ce mouvement, les légistes le savent bien, c'est ce qui se produit par exemple lorsqu'on retourne un corps sur une table d'autopsie. Les lividités cadavériques, c'est-à-dire l'endroit où le sang s'est accumulé, se trouvant dans le dos, il n'a pas été retourné plus de trois heures après sa mort (on s'en doutait, puisqu'il est mort moins de trois heures avant qu'on le découvre), mais il est impossible de savoir si cela s'est passé dans les trente secondes qui ont suivi l'arrêt de la circulation du sang dans ses veines ou une heure et demie plus tard.

J'ai pensé à faire quelque chose que j'avais oublié la première fois que j'étais venu : j'ai retiré ma veste. Quand j'ai garé la Focus, le thermomètre du tableau de bord indiquait 14 degrés. La nuit où Luc est mort, la température maximale avait été de 12 degrés. Je me suis retrouvé en polo, comme lui. Je suis un peu plus costaud que ce petit garçon de onze ans : à l'instar du phoque, une épaisse couche de graisse me protège du froid. Pourtant, au bout de quelques secondes, j'ai la chair de poule, je tremble. Et Luc était en short, jambes nues. Son blouson étant dans la voiture (peut-être), il n'est pas pensable qu'il en soit descendu, et soit entré dans le bois, sans s'en couvrir.

Là encore, la version donnée par Lucien Léger lors de ses aveux est manifestement fausse. Soit il essaie de faire croire que rien n'était prémédité, qu'il ne voulait pas de mal au petit jusqu'à ce qu'il cède à une sorte de crise (et donc, comme l'ont plusieurs fois supposé Suzanne et Yves Taron, leur fils aurait profité d'un arrêt pour s'enfuir (mais pourquoi courir vers la forêt, dont il a peur, plutôt que vers les deux maisons qui bordent la route de l'autre côté, vers les lueurs du village ? simplement parce que la portière passager donnait de ce côté ? (mais comment a-t-il pu courir dans un bois où l'on ne voit absolument rien, sans percuter un arbre ?)) et Léger l'aurait rattrapé au bout de soixante-dix mètres (mais là aussi, comment aurait-il pu le retrouver, alors qu'on ne voit pas à un mètre ?)), soit Lucien dormait paisiblement dans son lit de la chambre 67 de l'hôtel de France quand Luc Taron est mort.

Une autre certitude : Luc n'a pas été tué au pied du chêne, à cet endroit. Le sol, même en été ou au printemps, est couvert de feuilles mortes, et de nombreuses brindilles – à mes pieds maintenant, mais aussi sur les photos du corps de Luc. Pour toutes les premières personnes arrivées sur place, dont Henry Locussol, le médecin d'Igny, c'est une évidence, il n'y a pas la moindre trace de lutte autour de l'arbre, pas une marque de talon, de main qui gratte, de bras qui s'agitent, pas une feuille déplacée. Les experts légistes commis par le juge Seligman, les docteurs Martin et Deponge, expliqueront, pour coller avec la thèse officielle, que, si, pourquoi pas, c'est possible, les feuilles, hein, c'est flou, le gamin a pu être étranglé là, si, bien sûr, où est le problème ? Mais le docteur Locussol, qui n'a rien à voir avec la procédure, la machine judiciaire en route, maintiendra fermement, deux ans plus tard encore, sous serment, lors du procès, qu'on n'a pas pu tuer un enfant, par étranglement ou suffocation, à cet endroit du bois. Luc a été déposé là après sa mort, c'est sûr. Ou alors il faut admettre qu'il s'est laissé étrangler sans la moindre réaction, il est tombé comme une poupée de chiffon dès que les mains se sont plaquées sur son cou, puis il a été placé sur le ventre, il est mort par manque d'air, la tête appuyée contre la terre, il a été asphyxié au point de se remplir les voies respiratoires d'humus, pendant plusieurs minutes sans doute, sans un mouvement de bras ou de jambes, même automatique, par réflexe du corps qui veut survivre. C'est impossible, c'est inhumain. (Il faut penser aussi que si Luc n'a que onze ans et mesure 1,37 m, c'est un enfant robuste, bien charpenté, brutal même, dit sa mère ; Lucien Léger ne mesure, lui, que 1,60 m, et c'est un freluquet, qui aurait du mal à maintenir une belette en place. Ce n'est pas comme si Luc avait eu sur le dos un colosse qui le clouait immobile au sol. Il pouvait facilement se débattre, essayer au moins.) Lucien Léger ayant refusé de participer à la reconstitution d'un crime qu'il n'avait pas commis, on ne s'est pas non plus donné la peine de se demander comment un enfant qui fait pipi contre un chêne (les premiers enquêteurs sur place, à 6 heures du matin, ont étudié le bas du tronc : pas une trace d'urine) avait pu se retrouver sur le ventre, les pieds vers l'arbre, alors qu'il avait été attaqué par-derrière. Il faudrait lui faire une sorte de prise de catch, le laisser lentement basculer vers l'arrière (il ne se débat pas du tout) puis soudain le faire pivoter dans sa chute, d'un coup de reins, vif, sec, pour se retrouver sur son dos et lui appuyer le visage contre le sol.

C'est pourtant sur la base de ce long scénario délirant, qu'un producteur de soap brésilien rejetterait d'un revers de main, qu'on a envoyé un homme passer la majeure partie de sa vie en prison.

Lucien Léger, encore, a menti. Pour quelle raison ? Pour dissimuler quoi ? Car il n'a pas non plus pu tuer Luc dans la voiture (ou dans un appartement) et le porter ici ensuite, puisqu'il est mort asphyxié par de la terre. Il l'aurait tué ailleurs, au bord d'une route quelconque, dans un fossé, et l'aurait déposé à cet endroit du bois de Verrières pour faire croire qu'il était mort là ? Mais pourquoi ? Il ne veut pas avouer qu'il voulait simplement, froidement, assassiner cet enfant au bord d'une route ?

Il ne le connaissait pas, il ne connaissait pas ses parents, pourquoi aurait-il voulu l'assassiner froidement ?

On ne sait pas. Il peut avoir dix raisons de ne pas dire la vérité, de cacher ce qu'il a réellement fait, de truquer, de fausser grossièrement les faits pour ne pas reconnaître qu'il est un monstre, d'abord parce qu'il refuse de voir un monstre dans son miroir. Mais il reste un détail ridicule, sans la moindre importance apparemment. Quand le juge Seligman s'étonne qu'il ait pu revenir à Paris directement après son crime, alors qu'il tournait depuis près de quatre heures sans trouver le moindre panneau, Lucien dit que, oh, c'est tout simple : lorsqu'il est reparti seul dans sa 2 CV, à 4 heures du matin, il a tout bêtement continué sur la route de Bièvres, celle qui longe le bois, et à peine un peu plus d'un kilomètre plus loin, il a croisé une grande artère, visiblement une nationale (la 306), qu'il a prise sur sa droite à l'instinct ; dix minutes plus tard, il a reconnu le carrefour du Petit-Clamart, où il passait le dimanche pour se rendre à son poste de la Croix-Rouge à Rambouillet, et a donc pu rentrer facilement à Paris. En repartant du bois avec la Focus, j'ai voulu effectuer le même trajet. J'ai suivi la route de Bièvres sur un kilomètre et demi, comme lui, c'est vrai que c'est simple, et comme il l'a dit, j'ai croisé la nationale 306 de l'époque, aujourd'hui la 118. Le problème, c'est que la Ford Focus ne dispose pas encore de réacteurs verticaux, ni de puissants ressorts (et la 2 CV, n'en parlons pas) : je me trouvais une bonne dizaine de mètres *sous* ladite nationale. Elle passe ici sur un pont – un pont qui ne date pas de la semaine dernière, puisque c'est celui qui permet d'enjamber le vieux chemin de fer. Je suis donc passé dessous, bien obligé, et je n'ai pu rejoindre laredite nationale – après un tour dans Bièvres, pas évident, par la petite avenue de la Gare, puis à droite la rue du Petit-Bièvres, un rond-point, la rue de Paris légèrement sur la droite – que trois kilomètres plus loin. Le chemin décrit par Lucien, c'est celui qu'on emprunte si on ne voyage que sur une carte (où l'on voit seulement deux routes se croiser, sans relief, sans pont), celui qu'on emprunte si on se demande celui qu'on aurait pu emprunter, quand on n'est jamais passé par là, quand on n'est jamais venu au bois de Verrières avec sa 2 CV.

Si tout le monde a été d'accord, et l'est toujours aujourd'hui, pour dire que le Lucien Léger qui se prétend innocent ment, que ces histoires de Molinaro, de services d'espionnage chinois, russes, albanais et hongrois, de jeune actrice égérie du réseau et de graphométricien machiavélique ne tiennent pas debout, personne ne semble vouloir se pencher sur le manque total de crédibilité de ce que raconte le Lucien Léger qui se prétend coupable. Le nombre d'invraisemblances ou d'incohérences qui auraient dû alerter le premier enquêteur venu donne le tournis, j'ai peur de lasser, de fatiguer, en continuant la liste. Qui débute dès les premiers mots du premier message (avant que la folie, la mythomanie, la haine et l'ivresse destructrice faussent tout) : « Après avoir demandé une rançon qui m'a été refusée par le père du petit Luc… » On y prête à peine attention, Yves Taron a démenti, voilà, le scripteur est un menteur, n'en parlons plus. Une affirmation, ce n'est pourtant pas sorcier : soit elle est vraie, soit elle est fausse. Si elle est vraie, c'est que le but de l'enlèvement était bien crapuleux, mais c'est aussi qu'Yves Taron a menti sous serment, avec beaucoup d'aplomb, sans qu'on sache pourquoi, c'est donc que Lucien Léger, qu'il ait été ou non le ravisseur, a été mis en prison pour de fort mauvaises raisons, tronquées, fallacieuses (ce qu'il est difficile de comprendre, si cette affirmation est vraie, c'est que Léger n'y soit jamais revenu, n'en ait plus jamais reparlé) ; si elle est fausse, le scripteur n'est pas seulement un menteur, le scripteur est un crétin. Il enlève un enfant par hasard, il le tue, il veut revendiquer son crime, il veut qu'on sache que c'est lui, qu'on en soit convaincu, il donne pour cela des détails précis, le mercurochrome, le blouson de velours côtelé marron clair, et tutti quanti. Et il commence non seulement par un mensonge, mais un mensonge qu'on peut détecter et balayer en quelques minutes ? Qui pousse dès la première ligne à ne pas le prendre au sérieux, alors qu'il souhaite exactement le contraire ? Ou alors c'est une manœuvre grossière pour nuire au père, mais pourquoi se livrerait-il à une telle ignominie après l'ignominie, jeter gratuitement le soupçon sur un homme qu'il ne connaît pas, qui ne lui a rien fait, et qui vient de perdre son enfant ?

Même la base du roman de Lucien Léger, son titre, « L'Étrangleur », sonne faux. Dans le premier message (qu'il ne signe pas encore « L'Étrangleur x x x » mais juste des trois croix – pourquoi trois, d'ailleurs, pourquoi pas une ? bref), il écrit « je l'ai étranglé à 3 heures ». Or Luc n'a pas été étranglé, c'est sûr. On n'a pas serré son cou, ni à deux mains, ni à une main, même les imperturbables légistes partiaux, Deponge et Martin, sont formels à ce sujet. On constate quelques marques d'ongles sur le côté droit du cou, mais elles sont très superficielles, ce sont plutôt des griffures : « L'agresseur n'a pas concentré ses forces sur le cou de sa victime. » À tel point que, sous la peau griffée, « aucune lésion ecchymotique n'est découverte, pas même sous les lésions visibles à la face externe », on ne note pas non plus de « lésions dans la profondeur des muscles sterno-cléido-mastoïdiens, ni de fracture du larynx ». C'est clair, l'enfant n'a pas été étranglé, il est mort par suffocation, par asphyxie, la main sur le cou n'a servi qu'à lui appuyer la tête contre le sol – on note aussi des ecchymoses sur l'épaule, l'omoplate et le bras droits, très certainement causées dans le même but : le maintenir contre terre. Selon les légistes, le plus probable est que, pendant que la main droite tentait d'immobiliser le corps, la main gauche appuyait sur l'arrière du crâne. (Longtemps. La présence de terre dans le nez et la bouche, profondément, l'œdème « considérable » du cerveau et l'état des poumons (notamment le très grand nombre de « taches de Tardieu ») indiquent sans doute possible qu'il est mort après une « agonie lente », qu'il a dû déployer, pour se défendre, pour respirer, des « efforts désespérés ». Mais sans se débattre, donc, c'est ça ? (Dans ce premier rapport, les deux médecins, qui changeront d'avis après l'arrestation de l'Étrangleur, écrivent qu'il est par conséquent « improbable » que le meurtre ait été commis à l'endroit où le corps a été découvert.)) Mais les premières dépêches, le matin du 27 mai, avant même que l'identité de Luc Taron soit connue, évoquent une mort par étranglement, sans parler d'asphyxie. L'AFP, à 12 h 38, diffuse celle-ci dans les rédactions : « Le corps du garçonnet découvert ce matin portait des traces de strangulation, d'après un premier examen rapide fait par les enquêteurs. » Du coup, les radios (France Inter par exemple, dans le bulletin d'actualités de 13 heures, celui où l'on entend l'interview du « commissaire de Palaiseau », répète mot pour mot que « des traces de strangulation ont été relevées » sur le petit cadavre) et les seuls journaux qui peuvent sortir à temps, ceux du soir, *Paris-Presse* et *France-Soir*, emboîtent le pas : « Un enfant de 10 ans étranglé dans les bois de Verrières », lit-on en une du *France-Soir* daté du 28 mai, vendu en kiosque l'après-midi du 27. Ce sont les seules informations dont dispose Lucien Léger avant de rédiger son premier message anonyme pour revendiquer la mort de Luc. Il écrit donc qu'il l'a « étranglé à 3 heures ». Quelques jours plus tard, il deviendra, tout naturellement, l'Étrangleur. Alors que Luc n'a pas été étranglé. Quand on a tué un enfant, on peut ne plus se rappeler comment ? On confond un visage appuyé contre le sol et un étranglement à deux mains ? Non, on se souvient au moins vaguement de ce qu'on a fait. Mais Lucien ira même, pour qu'on le croie, jusqu'à décrire précisément ses gestes : Luc est face à l'arbre, il a fini de faire pipi (il a eu le temps de remonter sa braguette, qui était fermée quand on l'a trouvé (pour une fois, il l'avait refermée, sa braguette – son père confiera aux enquêteurs : « Quand il faisait pipi, Luc déboutonnait sa braguette et je devais lui faire la guerre pour qu'il la reboutonne, car il oubliait toujours », et précise, de manière assez dégoûtante je trouve : « il baissait le haut du slip pour sortir son organe »)), il a fini de faire pipi mais, curieusement, il reste obstinément tourné vers le tronc, Lucien place les deux mains autour de son cou par-derrière, les pouces sur la nuque, et serre, serre, serre de toutes ses forces jusqu'à ce qu'il ne sente plus battre la carotide – eh bien non, ça ne s'est pas passé comme ça, non, Luc n'a pas été étranglé. Mais tout le monde s'en fout.

Il y a aussi la question des coups sur la tête. Dans la presse, on a lu que Luc avait deux hématomes, un frontal et un pariétal, du côté droit. C'est également ce qui est indiqué dans le rapport de police signé par les OP Valencia et Tur, et les OPA Poitevin et Lopez, de l'Identité judiciaire, qui ont assisté au travail pénible des docteurs Martin et Deponge, à la morgue d'Orsay, et pris des photos qu'ils ont annotées ensuite. Ne pouvant pas rater cette belle occasion de convaincre les derniers sceptiques, l'Étrangleur a donc expliqué, dans une lettre reçue le 16 juin par Yves Taron, qu'à force de serrer le cou de son fils, il a eu des crampes aux doigts, que le petit en a profité pour relever la tête, et qu'il l'a frappé « par deux fois » (avec la main droite, donc comme Luc était allongé sur le ventre devant lui, il lui a donné ces coups de poing sur le côté droit de la tête). Ensuite, après son arrestation, il changera de version : ces deux hématomes, sur le front et la tempe, il les a vus lorsqu'il était dans le métro avec sa future victime, il a alors compris que l'enfant était battu chez lui, c'est pour cela qu'il a voulu l'aider, qu'il ne l'a pas forcé à rentrer tout de suite.

Le problème (parmi tant d'autres), c'est que les OP Valencia et Tur, ainsi que les OPA Poitevin et Lopez, de l'Identité judiciaire, se sont trompés. Les légistes ont rectifié quand ils s'en sont rendu compte : il n'y avait pas deux hématomes, mais un seul. L'erreur des policiers s'explique par deux choses. La première, c'est que sur le rapport d'autopsie (et donc en direct au moment où les policiers prennent des notes), Martin et Deponge relèvent « deux fortes ecchymoses ». Mais en réalité, c'est la même (attention, l'image est immonde, j'apaise ma conscience en me disant que vous n'avez pas la photo sous les yeux) : ils ont entaillé, coupé puis enlevé la peau du crâne, épluché comme une banane, il y a donc, d'une part, une ecchymose sur la peau, arrondie, en cocarde, de cinq centimètres de diamètre, et « son homologue » sur le crâne lui-même, à présent dénudé. Elles ont été causées par le même coup. Les flics ont donc cette idée de deux hématomes. Et quand ils regardent ensuite les photos qu'ils ont prises, ils tracent deux cercles rouges, que j'ai vus dans leur rapport : l'un autour de cette contusion frontale de cinq centimètres de diamètre, l'autre autour d'une large zone sombre (les clichés sont en noir et blanc) vers la tempe droite, qu'ils prennent pour une marque de coup, mais qui n'en est pas une. Stéphane Troplain et Jean-Louis Ivani, en septembre 2007, ont montré ce rapport de l'Identité judiciaire au docteur Durigon, un médecin légiste réputé, il n'a pas hésité : ils ont confondu le muscle pariétal droit avec un gros hématome. Lucien Léger n'a donc pas pu donner deux forts coups de poing sur la tête du petit. Mais Lucien Léger n'a pas non plus pu voir deux bleus inquiétants dans le métro. Il n'a même pas pu en voir un seul : l'ecchymose de cinq centimètres de diamètre, précise le rapport d'autopsie, est « cachée par les cheveux ». Elle se situe tout en haut du front, et ce n'est certainement pas une marque de coup, mais de choc : selon les médecins, il s'est produit lorsqu'on a frappé la tête de l'enfant sur le sol, elle a heurté quelque chose de dur, une racine, ou plus probablement une pierre.

Pour en finir avec l'autopsie, un détail a été consigné et brièvement retenu, mais vite écarté, sinon ça complique tout, c'est le souk. Dans leur rapport, les deux médecins écrivent : « Dans l'estomac, quelques centimètres cubes d'une bouillie très digérée, au milieu de laquelle on trouve un morceau de pâte à mâcher de la grosseur d'une noix. » Le chewing-gum, on l'a déjà évoqué. Mais la bouillie ? Dès le soir, dans sa dépêche de 19 h 56, avant que soient connues les conditions de la disparition de Luc, l'AFP téléscripte : « L'analyse de la bouillie alimentaire effectuée par le médecin légiste prouve que l'enfant avait pris son dernier repas dans la soirée d'hier. » L'information sera reprise telle quelle dans *Libération* le lendemain, 28 mai, puis on n'en parlera plus. Sauf dans le rapport final de Jean Samson et Robert Bacou, puisque leurs subordonnés – Valencia, Tur, Poitevin et Lopez –, revenant de l'autopsie, ont officiellement mentionné qu'il avait été trouvé dans l'estomac « très peu de bouillie alimentaire restant du dîner de la veille », ajoutant entre parenthèses : « (l'enfant n'a pas dîné chez lui la veille) ». Les deux commissaires se contentent d'une ligne (sur 193 pages) puis enchaînent vite sur une conclusion qui n'a pas grand-chose à voir : « L'examen auquel se sont livrés MM. Martin et Deponge a permis de retrouver dans l'estomac une bouillie alimentaire restreinte, les restes du dîner de la veille, vraisemblablement. Ce qui laisse supposer que la mort a pu survenir après minuit. » La mort est survenue après minuit, oui, on le sait depuis longtemps, la mort est survenue entre 4 heures et 5 heures du matin. Mais ce que laisse supposer cette bouillie alimentaire restreinte, et même plus que supposer, c'est que l'enfant, dont l'estomac n'est toujours pas vide au moment de sa mort, à 4 heures ou 5 heures du matin, a dîné dans la soirée. J'ai pas mal bossé (consciencieusement) sur la digestion et le bol alimentaire pour mon dernier livre. S'il reste, à 4 heures du matin, « quelques centimètres cubes d'une bouillie très digérée » ou « une bouillie alimentaire restreinte » dans l'estomac, c'est qu'il a mangé dans la soirée – et pas simplement trois bonbons ou un petit morceau de pain –, vers 21 heures ou 22 heures. En 1964, il n'y avait pas un MacDo ou un Subway à tous les coins de rue, et les kebabs n'existaient pas. S'il a mangé suffisamment pour qu'il n'ait pas tout à fait digéré cinq ou six heures plus tard, c'est qu'il a dîné dans un restaurant, ou pris un bon sandwich dans un café. On l'imagine, à onze ans ? Et personne ne s'en souviendrait ? Quelqu'un a donné à manger à Luc ce soir-là. Et pas Lucien Léger. Lucien a terminé sa journée de travail à l'hôpital de Villejuif à 22 heures, il ne pouvait pas être chez lui, à l'hôtel de France, avant 22 h 30, il ne pouvait pas être au métro Villiers avant 23 heures ou 23 h 15.

Un autre détail a été rapidement écarté (quoique moins vite que le dîner de Luc), c'est « l'homme en bleu » qui est sorti du bois au moment où le promeneur matinal Jules Beudard a découvert le corps de l'enfant. Les premiers jours, bien sûr, avant que l'Étrangleur ne se mette à inonder Paris de messages hystériques, il était au centre de tout : on avait vu l'assassin, deux témoins fiables, voilà un crime où l'on avait dès le départ un solide début de piste, c'est quand même pas tous les jours. Et puis on l'a oublié. Grâce à Lucien. C'était lui, le tueur ; et l'homme en bleu, ce n'était pas lui – ce n'était pas non plus Yves Taron, le couple Lelarge l'aurait reconnu –, donc pourquoi perdre du temps avec ça ? Lorsque certains journalistes ont tenté presque timidement de le remettre sur le tapis, on leur a expliqué que c'était certainement un homme qui passait par là, qui se rendait peut-être à son travail (ne l'avait-on pas vu ensuite à la gare ?) en prenant un raccourci par le bois, un truc comme ça. Mais aucun raccourci ne peut mener là : si l'on vient d'une ville, ou même d'une maison isolée, au nord ou à l'est, on ne débouche route de Bièvres à cet endroit qu'après plusieurs kilomètres de marche dans la forêt encore peu claire, entre les arbres, sur des chemins en pente et pleins de trous et de bosses. (Il faut être givré.) D'autre part, les bineurs de betteraves sont sûrs d'eux : cet homme en costume est sorti du bois en courant, il a sauté le talus, et n'a brusquement ralenti qu'en les apercevant, avant de secouer le bas de son pantalon, comme s'il l'époussetait. (Et ils ne l'avaient jamais vu, alors qu'ils étaient régulièrement dans le champ à cette heure. Ce n'était pas un employé qui aimait traverser la forêt à l'aube avant de se rendre au boulot à Paris.) Quand on se tient au pied du chêne et qu'on se tourne vers le chemin de soixante-dix mètres qui mène à la route, au talus qu'il a sauté, on sait, sans pouvoir se tromper, qu'il descendait de là, qu'il venait du corps, ou d'à côté, tout près. Cet homme a un lien direct avec la mort de Luc Taron. Et pourtant, ce n'est pas Lucien Léger. Tout dégringole.

L'élément le plus important du message urgent, celui qui le conclut, celui vers quoi tout amène, c'est : « L'HOMME VU A 5 HEURES EST hors de cause. » D'ailleurs, le scripteur ne le cache pas : « C'est pour cela que j'écris ce papier. » Le reste du texte – hormis les détails sur Luc ou ses parents qui sont là pour prouver qu'on n'est pas un blagueur, qu'on a bien eu le petit entre les mains – paraît accessoire. « Je l'ai trouvé au métro Villiers – etc. » ? C'est une phrase pour le moins étrange, bâclée, dans une lettre de revendication qui se veut crédible. On n'écrit pas pour raconter, donc, on s'en fout, presque comme si on supposait que l'une des personnes qui lisent est déjà au courant. On écrit pour désorienter ceux qui ne savent pas. C'est, de toute évidence, le but premier, le motif même de cette singulière revendication

« urgente » (qui n'intervient que vingt heures après le crime) : dans l'après-midi, radios et journaux du soir ont annoncé qu'on tenait un élément sérieux, un couple de cultivateurs avait vu le meurtrier, et affirmait pouvoir le reconnaître. Il faut désamorcer. Pousser les enquêteurs vers une autre piste.

Mais il y avait bien un homme en bleu près du corps de Luc. Dans les milliers et milliers de pages des énormes dossiers d'enquête et d'instruction, c'est l'unique *preuve*, réellement, solide, avérée, qu'on s'est trompé dans l'affaire Luc Taron. Cette preuve est entourée de petits indices plus impalpables, volatils (qu'on s'est d'ailleurs empressé de volatiliser), mais presque aussi dérangeants. Le chien Blarno, par exemple, le héros à quatre pattes, le plus fin limier de France : d'abord, il a parcouru une sorte de boucle de dix kilomètres (selon son maître, le sous-brigadier Claudius Micheau) dans la forêt – ça ne correspond à rien de ce qui a envoyé Lucien en cage pour plus de quarante ans ; ensuite, l'infaillible Blarno est parti dans Igny où « la piste s'est arrêtée » – selon *France-Soir*, il a « achevé sa course dans une blanchisserie après avoir marqué l'arrêt dans deux cafés » – là non plus, pas le moindre rapport avec la thèse officielle, dans laquelle la 2 CV du condamné est sur la route de Bièvres, à l'orée du bois.

Dans la version « 1974 » de Lucien, la dernière de celles de l'innocence, la définitive, celle où Molinaro et Salce viennent le réveiller à 4 h 30 du matin à l'hôtel de France et retournent sur les lieux avec lui, les trois hommes traversent tout le bois à pied, depuis la 306 au nord jusqu'au cadavre de Luc. Quand j'ai lu ça, j'ai rigolé. Je suis allé voir, sur Google Maps, la vue satellite du bois, une vaste masse de vert sombre, dense, sur toute sa surface. Imaginer trois hommes trouver pile la bonne direction là-dedans, au jugé dans le très touffu, par de nombreux petits sentiers sur plus de deux kilomètres et, après vingt ou vingt-cinq minutes de marche incertaine dans la forêt, tomber pile sur le chêne qu'ils cherchent : ha ha. Il disait que Molinaro connaissait bien ce bois, il valait mieux, oui. (Comment Molinaro pouvait-il bien connaître ce bois ? On ne peut pas aller plus loin que des conjectures dans le vide, puisqu'on ne sait même pas si Molinaro a existé, mais Yves Taron a plusieurs fois déclaré dans les médias que l'une des choses qui renforçaient sa conviction que son fils avait été tué par un « sadique », c'est que le bois de Verrières était réputé pour être un lieu de rencontres homosexuelles nocturnes. On peut se demander d'où il tenait cette information – que Lucien, lui, ne pouvait qu'ignorer –, mais en l'occurrence, elle est exacte. (Aujourd'hui encore, d'ailleurs.) Or, lors de la nuit passée dans le cabinet du procureur Lajaunie après son coup de théâtre à la fin du procès, le condamné a confié que, selon lui, Molinaro était homosexuel. Bon.) Une autre précision de Lucien accentue encore le côté farfelu, pour être gentil, de cette expédition aurorale : on gare la voiture au bord de la nationale 306, on emprunte différents sentiers, des croisements de sentiers, et : « Au niveau de la batterie d'Igny, nous sommes entrés dans le bois. » Ça, c'est ce qu'on pourrait imaginer quand on regarde un plan simple, dessiné, où ne sont pas représentés les arbres, la végétation, mais seulement les chemins, les allées – par exemple le plan de la forêt fourni par les policiers et ajouté au dossier. Mais la batterie d'Igny (il y avait quatre autres batteries dans le bois, ce sont des fortifications militaires, d'anciens camps d'entraînement ou de défense, qui ressemblent aujourd'hui à des sortes de blockhaus abandonnés) se trouve à trois ou quatre cents mètres à peine du chêne de Luc : quand ils l'atteignent, ils marchent dans le bois de Verrières depuis déjà plus d'un kilomètre et demi. Pour dire qu'à ce moment-là, ils sont « entrés dans le bois », il faut vraiment que Lucien Léger n'y soit jamais allé. Moi non plus, cela dit, je n'y étais jamais allé, quand je rigolais devant Google Maps. La vue satellite, c'est formidable, mais ce n'est pas tout à fait pareil qu'au niveau du sol – en vrai. La deuxième fois que je me suis aventuré (courageusement) par là-bas, le jour de la pleine lune d'août, j'ai décidé de tenter ce qui est l'équivalent pour moi de la traversée du Kalahari pour d'autres, ou du Pacifique en pédalo : la traversée de la forêt à pied. J'ai donc garé la Focus au nord, près de l'endroit où les trois hommes auraient laissé l'ID 19 de Molinaro, puis j'ai commencé à marcher en essayant déraisonnablement de faire confiance à mon sens de l'orientation (n'ayant pas de téléphone (ni de boussole), je ne pouvais pas plus qu'eux savoir où j'allais), vers le sud, sud-est. J'étais à peu près certain de faire demi-tour au bout de trois cents mètres, rebuté, vaincu. Mais non. Ce n'était pas du tout ce que j'avais imaginé depuis le satellite. Je n'avançais pas dans une forêt touffue, mais plutôt dans un genre de parc boisé, aéré. Je n'avançais pas sur des sentiers terreux et caillouteux, comme on pourrait le penser vu du ciel, mais sur de vraies routes – interdites aux voitures ordinaires mais empruntées, de toute évidence, par celles des forestiers, et même sans doute par des camions qui transportent le bois. Moi qui ai le GPS interne d'un fer à repasser et la capacité de survie en milieu hostile d'un bébé hamster aveugle, en vingt minutes à peine, en me fiant à mon intuition, en essayant à chaque croisement (chaque carrefour serait plus juste) de garder ma direction, celle du sud, je suis arrivé à ce que n'importe qui passant par là pourrait considérer comme la véritable entrée du bois : la fin de la route goudronnée, qui donne sur un petit chemin de terre qui descend en forte pente vers ce qu'on devine être la limite sud du bois de Verrières. Quelques pas plus loin, je passais la batterie d'Igny. En descendant encore, je suis arrivé sur la route de Bièvres. J'ai su où j'étais. Il m'a suffi de prendre sur ma droite, de marcher vers l'ouest cent cinquante ou deux cents mètres sur cette route, pour retrouver le chemin du Salvart et, en face, celui qui entre dans le bois et qui, passé le talus, monte jusqu'au chêne au pied duquel gisait Luc. (C'est exactement ce qu'a décrit Lucien en 1974 : ils ne parvenaient pas à rejoindre le corps, donc ils ont dû descendre jusqu'à la route et, à partir de là, ils ont pu se repérer et remonter.) Cette version grotesque du retour à l'aube par le nord est crédible (de plus, s'ils sont effectivement arrivés près du corps peu avant Jules Beudard, vers 5 h 30 donc, c'est qu'il faisait déjà jour quand ils ont commencé leur marche) – c'est toujours pareil, dans ce bazar, j'en ai marre, tout est possible, presque tout est crédible, presque rien n'est probable et jamais rien n'est sûr. Non seulement cette version est crédible mais, mieux, elle prouve que Lucien Léger a réellement effectué ce parcours, puisqu'il semble irréalisable sur une carte, personne n'aurait l'idée d'inventer ça, et qu'il donne des indications qu'on ne peut pas deviner sur un simple plan, comme l'entrée dans le bois à la batterie d'Igny. (Par ailleurs, on peut toujours arguer qu'il a fait ce chemin pour le connaître, il avait tout le temps nécessaire, dans les cinq semaines qui ont suivi le meurtre et précédé son arrestation, comme un repérage, mais ce serait lui accorder un génie qui ferait passer les plus grands stratèges du crime pour des blagueurs empotés : à un moment où rien ne lui laissait penser qu'il serait arrêté, et où il cherchait à toute force à démontrer qu'il était le seul coupable, il lui aurait fallu prévoir que, dix ans plus tard, il s'inventerait deux complices qui reviendraient sur les lieux à 5 heures du matin pour vérifier que le garçon était bien mort, et gareraient leur voiture à deux kilomètres au nord de son corps. Il y a des limites à la distorsion judiciaire de la réalité.)

Dans la catégorie « Je pense à tout », il donne, dans le récit de ce périple matinal à travers bois, un détail inattendu : Molinaro, élégant, coquet, craignant de se salir en marchant dans la terre, la boue après la pluie de la veille au soir, avait glissé son pantalon dans ses bottines de cuir souple. Pierre et Geneviève Lelarge ont vu l'homme en bleu, après avoir sauté le talus, se « secouer », comme s'il époussetait le bas de son pantalon. Il le ressortait des bottines ? Peut-on réellement croire que Lucien Léger a inventé cette incongruité pour que cela corresponde avec ce détail flou de leur témoignage ? Peut-être.

Encore une petite chose, un morceau de carton de rien du tout, de couleur havane, simplement signalé et aussitôt balancé. Le matin du 27 mai 1964, les premiers policiers sur les lieux ont ratissé les abords du chêne. Ils n'ont pas trouvé grand-chose (hormis des emballages alimentaires, qu'il ne serait venu à l'esprit de personne, à l'époque, de ramasser après le pique-nique ou le goûter et de trimballer jusqu'à une poubelle). Ils n'ont même pas rempli de rapport officiel (du moins, je n'en ai pas trouvé trace dans le dossier) pour consigner ce qu'ils avaient récolté. Mais un reporter de *France-Soir* qui était sur place ce matin-là a fait du bon boulot (le papier, titré « L'homme en bleu, seule piste pour trouver l'assassin de Luc (11 ans) », n'est pas signé). Il revient sur les premières investigations dans les éditions datées des 29 et 30 mai, c'est-à-dire parues le jeudi 28 et le vendredi 29. C'est ce reporter qui indique que le chien Blarno, suivant la trace dans Igny, s'est arrêté devant deux cafés et une blanchisserie. Il a interviewé Jules Beudard, le couple Lelarge (qui ajoute à son interrogatoire par la police que l'homme a failli tomber en sautant le talus et a repris de justesse son équilibre) et le chef de gare, Bernard Boulet. C'est lui qui révèle le premier dans la presse que la mère de Luc s'appelle Suzanne Brulé, et qu'elle n'est pas mariée à Yves Taron. Il a même pu parler à ce dernier, qui lui a appris que Luc lui avait dit vouloir offrir un parapluie à sa mère, et que c'est probablement pour cela qu'il a pris de l'argent dans son sac, quitte à régler plus tard ses comptes avec elle : « Le pauvre petit, suggère Taron, est peut-être mort pour ne pas avoir voulu trahir le secret de son cadeau. » Bref, du bon boulot. Et puis donc, il est le seul à noter que les enquêteurs ont trouvé, guidés par le chien, parmi les détritus dans les environs du cadavre du petit garçon, trois objets plus intéressants que le reste : un carton à dessins imprimé noir et vert (comme on en voit sous le bras de pas mal d'étudiants en école d'art), un mouchoir jaune, et un ticket de métro. A priori, rien de bien sensationnel. On imagine mal l'artiste assassin emporter son matériel au cas où l'envie de créer le saisisse ; un mouchoir jaune, avant l'ADN, pouvait appartenir à n'importe qui ; un ticket de métro, n'en parlons pas. On n'en parle pas, donc, on jette. Pourtant, ce n'était pas tout à fait un ticket de métro ordinaire.

C'était une carte hebdomadaire. Elle donne droit à deux voyages par jour, du lundi au samedi. Elle a la forme d'un ticket journalier, mais elle est un peu plus grande. Elle est constituée de douze cases, deux par jour, à poinçonner au fur et à mesure. Elle affiche deux informations principales : la date et la station où elle a été achetée. Car ces cartes avaient une particularité : l'un des deux voyages quotidiens devait obligatoirement s'effectuer au départ de ladite station. Celle que l'on a retrouvée non loin du corps de Luc (où exactement, je ne sais pas) émanait de la gare Saint-Lazare. Elle avait été poinçonnée le lundi 25 et le mardi 26 mai. Bien sûr, n'importe qui a pu la perdre ici. Mais enfin, cela signifie tout de même (avec certitude) que quelqu'un qui était mardi à la gare Saint-Lazare, qui y a pris le métro, était aussi mardi soir, ou dans la nuit de mardi à mercredi, dans le bois de Verrières, à l'endroit où un enfant a été assassiné. Et ce n'est pas Lucien Léger – qui travaillait mardi jusqu'à 22 heures, qui avait une voiture, et surtout aucune raison de posséder une carte de métro hebdomadaire utilisable à la gare Saint-Lazare, loin de chez lui.

Tout cela, le juge Jean-Claude Seligman, qui est le contraire d'une quiche, qui est lucide, intelligent, le sait. (Il n'est pas passé tout à fait à côté de cette carte de métro, puisque dès le lendemain, apprend-on toujours dans *France-Soir*, des enquêteurs se sont rendus à la gare Saint-Lazare et dans ses proches parages pour montrer une photo de Luc « à des commerçants et à de nombreux employés de la SNCF », sans résultat.) Pendant près d'un an, il va tenter, avec objectivité, intégrité, de prendre en défaut la version donnée par Lucien de sa culpabilité. Il *sait* que l'histoire que répète l'homme qu'il a en face de lui pour endosser le crime n'est pas plausible. Ça n'échappe pas à Lucien. Dans une lettre qu'il envoie à Maurice Garçon le 25 septembre 1964, où il lui reproche timidement de ne pas l'avoir assisté lors de sa « confrontation » avec Seligman, il écrit : « J'ai l'impression que le juge sent qu'il y a quelque chose d'autre là-dedans, mais il n'a que de la facilité pour m'enfoncer. » De la facilité, oui. Et plus tard, lorsque Lucien ne veut plus jouer le rôle du coupable, le juge est agacé par ce revirement de girouette. (Comme d'ailleurs il est agacé – on pourrait dire à l'inverse – par Maurice Garçon, qui se désintéresse progressivement de l'affaire, et ne joue donc plus son rôle d'avocat.) Ce n'est plus alors une recherche de la vérité ou de la justice, c'est un face-à-face, un combat d'ego, de coqs, une série de coups bas, de bouderies, de petites vengeances.

L'interrogatoire définitif de Lucien Léger par Jean-Claude Seligman est hallucinant. Il a lieu du 15 au 19 juillet 1965, et Lucien est seul face au juge : à partir de la matinée du 16 juillet, ses avocats refusent de l'assister. Ce n'est pas contre lui, c'est contre le juge, mais c'est Lucien qui en paie le prix : personne n'est plus là pour l'aider. Maurice Garçon s'est défilé sans grand problème de conscience, il a envoyé son fils à sa place. Mais dès le deuxième jour, Pierre Garçon, furieux du comportement du juge, s'énerve, lui reproche de ne tenir aucun compte des nouveaux éléments révélés par son client, s'emporte contre les manipulations et inventions des enquêteurs et du magistrat lui-même, se dresse, tremblant d'une noble et juste colère, et quitte le cabinet du juge en claquant la porte. Vlan ! C'est beau, c'est un geste fort, mais le problème, c'est que Lucien Léger reste seul. En conséquence, il décide de ne plus répondre aux questions de Seligman – il n'a pas le choix, ce serait trop risqué, c'est le tout dernier interrogatoire, celui sur lequel on s'appuiera pour l'emmener, ficelé comme un poulet rôti, au tribunal. Et que fait le juge ? Il trouve que ce n'est pas normal, que cela ne peut pas entrer dans le cadre d'une instruction équitable, il convoque les avocats, il cherche une solution ? Non. Puisque l'accusé ne veut pas répondre, tant pis, pas grave, il monologue. Il débite toute la thèse (inepte) de l'accusation, de temps en temps il demande à l'accusé si celui-ci a quelque chose à dire, une remarque à faire : non – il continue. Quarante-six pages. Le juge d'instruction parle seul sur quarante-six pages ; enchaîne les approximations, les mensonges et les aberrations sur quarante-six pages. Ce qui fera dire à Lucien, à juste titre : « Ce n'est pas un interrogatoire définitif, c'est un acte d'accusation. » Qui ne dit mot consent, donc c'est plié. (Le lendemain, à l'issue de ce travail honteux de l'homme dont la mission était de faire apparaître la vérité, Lucien lui écrira : « Cette lettre, que je vous adresse à titre personnel, n'a pour but que de vous rappeler que vous êtes un homme et que, dans votre honorable métier, vous avez affaire à des hommes. Des hommes avec leurs défauts, qui les amènent devant vous, mais aussi des hommes dont, pour la plupart, le cœur bat pour une femme, des enfants ou des parents. […] Vous êtes de loin mon aîné, et celui pour qui, en dépit de beaucoup de vexations, je garde une certaine sympathie. […] Vous m'avez pris pour ce que je ne suis pas, pour ce que je n'étais pas, et dont je m'accusais pour tenir une promesse. Vous avez agi en homme de métier, et moi, j'ai agi en homme, simplement. Avec tout ce que cela comprend de renonciation à soi-même. Je vous dis seulement ce que je ne peux vous dire en tant que juge dans votre bureau. Vous êtes aussi convaincu que moi de mon innocence. » À Maurice Garçon, le même jour : « J'ai eu une courte conversation avec M. Seligman, hors instruction, avant de le quitter. Celle-ci ne me laisse aucun doute sur sa certitude que je ne suis pour rien dans le crime qui m'est reproché. ») Après cela, Lucien, qui n'a plus d'autre solution, entame une grève de la faim pour protester contre ce qu'il considère, à raison, comme une anomalie grave dans la procédure judiciaire : il perd onze kilos, lui qui était déjà maigre, mais cela ne sert à rien, cela ne change rien. Seligman, de son côté, montre qu'il ne croit pas vraiment aux quarante-six pages qu'il vient de faire rédiger par son greffier. Le 20 juillet 1965, lendemain du dernier jour de cet interrogatoire « définitif » qui ne devrait plus laisser subsister aucun doute, il délivre une commission rogatoire pour que des policiers du Lot aillent enquêter à Gourdon, afin de savoir si l'on y connaît un Henri dont Lucien dit qu'il y passerait ses vacances, un Georges-Henri, ou une famille Molinaro. Il n'est pas sûr-sûr de ses conclusions péremptoires.

On ne peut pas vraiment en vouloir à Jean-Claude Seligman, il a fait son travail – parfois mal, mais ça arrive. On ne peut pas en vouloir aux enquêteurs, qui ont capturé celui qu'ils devaient capturer, ni à la presse, qui a joué, avec un peu trop de zèle, son rôle de chambre d'écho, ni à l'opinion publique, qui s'est jetée sur celui qu'on lui désignait. On ne peut pas en vouloir non plus à Lucien Léger, on a le droit de ne pas avouer, ou d'avouer et de se rétracter, on a le droit de mentir pour se défendre. Le responsable de ce fiasco, de cette injustice, de ce scandale (au moins moral), c'est Maurice Garçon, le plus grand avocat du XXe siècle. C'était sa dernière grosse affaire (il est mort en décembre 1967), et il s'est comporté comme un lâche, un fourbe. Lucien a passé sa vie en prison à cause de ce génie du barreau, à cause de sa réputation à préserver, de sa postérité à préparer. À cause de sa vanité, de sa suffisance et de sa confiance aveugle en lui-même.

« Mais pourquoi aurait-il tué cet enfant,
s'il est coupable ? »
Il eut un sourire :
« Il n'y a plus besoin de poser cette question,
puisqu'il est innocent. »

Henri Leclerc, citant un échange avec Maurice Garçon,
La Parole et l'Action, Fayard, 2017.

« À l'époque, j'ai plaidé coupable pour Lucien Léger,
persuadé qu'il était l'assassin.
Aujourd'hui, je crois que Lucien Léger est innocent.
Une erreur judiciaire a été commise. »

Albert Naud, dans « L'Huile sur le feu »,
Antenne 2, 25 octobre 1976.

L'une des choses que je trouve frappantes, dans cette affaire Taron, c'est que tous les protagonistes, tous ceux qui ont côtoyé ou approché Lucien Léger, dans son camp comme dans l'autre, sont, à des degrés divers, odieux – se sont du moins comportés de manière odieuse, avec lui ou dans leur vie. Aucun n'est ce qu'il a l'air d'être, ou ne fait ce qu'il a l'air de faire. Je m'en suis rendu compte peu à peu, après plusieurs mois de travail, une fois les faits – et ce qu'ils avaient de difforme, de dénaturé – mis à plat, quand j'ai commencé à chercher autour, à creuser autour. Dans leur genre, tous des monstres (sauf sa femme). Plus que lui, qui en est un aussi, mais un tout petit monstre, inoffensif, à côté d'eux. (Je n'ai pas découvert tout cela seul, j'ai été aidé, très. D'abord, je pourrais le répéter cent fois, par Stéphane Troplain et Jean-Louis Ivani, dont l'ouvrage (*Le Voleur de crimes. L'affaire Léger*, il serait peut-être temps que j'en donne le titre (éditions du Ravin bleu, 2011)) m'a été plus utile qu'une carte de Tokyo quand on veut visiter Tokyo, que la pierre de Rosette pour Champollion et que la Bible pour un curé (réunies) ; mais aussi par une femme, cliente du Bistrot Lafayette, journaliste à *L'Express*, Letizia Dannery. Un soir, en terrasse, quand je commençais à m'intéresser à cette histoire, il y a plus de deux ans, je lui en ai parlé. Ça l'a intriguée. Letizia aime chercher, et souvent trouve. (Je lui écris que j'essaie de localiser depuis des mois la sœur de Nina

Douchka, qui ne porte plus son nom de jeune fille et ne vit plus en Europe, elle me répond le lendemain matin : elle l'a trouvée, elles ont échangé des mails. (Mais ça n'a pas été très fructueux. Leur correspondance électronique s'est terminée quelques jours plus tard par un fort sec : « Cessez de harceler. »)) C'est une alliée précieuse. Wats, je l'appelle, Watson (c'est bien prétentieux de ma part).)

Les différents avocats de Lucien, en théorie ses principaux alliés (les seuls, même), ne lui ont pas été très utiles (si je peux me permettre, je suggère aux passionnés d'euphémismes et de litotes de faire encadrer cette phrase, avec dorures, et de lui trouver une bonne place dans leur salon). Seul le dernier, Jean-Jacques de Felice, a pu faire quelque chose pour lui : lui permettre de sortir de prison avant d'y mourir.

Celle qui l'a précédé, Adeline Pichard, a mis en œuvre tout ce qu'elle pouvait pour obtenir sa libération, avec les moyens dont elle disposait, en vain. Elle avait abandonné l'idée de chercher à convaincre les autorités d'une éventuelle innocence, sans doute à raison (c'était sans espoir), pour se concentrer uniquement sur les demandes de remise en liberté conditionnelle. Elle s'y est attachée avec détermination et persévérance, elle a multiplié les courriers, les démarches et les interventions fortes et sensées. Cela n'a pas fonctionné. (Selon Stéphane Troplain, elle serait en possession de certains papiers concernant l'affaire, en particulier l'original d'une lettre de Solange, peut-être la dernière qu'elle ait écrite à son mari. J'ai essayé de la joindre (elle n'est plus avocate mais magistrate), pour me renseigner au sujet de cette lettre. C'est Wats, naturellement, qui a trouvé son adresse mail. Je l'ai contactée, elle m'a répondu presque aussitôt, très aimablement, mais en me demandant, avant de me donner les renseignements qui m'intéressaient, de quels éléments je disposais de mon côté, quelles archives du dossier j'avais pu consulter jusqu'alors. Je lui ai indiqué le plus précisément possible ce que j'avais trouvé, comment, et où. Une réponse détaillée, sincère, et longue, car j'avais déjà trouvé pas mal de choses. C'était il y a plus de six mois. Elle ne s'est plus jamais manifestée. Je lui ai envoyé trois mails depuis (de plus en plus désespérés et furieux), sans que cela suscite la moindre réaction de sa part. Fini, ciao. Lucien, même après sa mort, n'aura décidément pas eu de chance avec ceux qui étaient censés l'aider.)

Avant elle, Dupond-Moretti est donc passé dans la vie et les parloirs de Lucien Léger, furtivement – je ne sais toujours pas pourquoi.

Avant lui, Henri Leclerc avait également tout tenté pour faire sortir son client en liberté conditionnelle, il a écrit des dizaines de courriers, à tous les niveaux de la justice et de l'État. Entre bien d'autres, le 23 avril 1992, il écrit à François Mitterrand : « Lucien Léger était défendu par mon éminent confrère Albert Naud. Celui-ci, lorsqu'il est décédé en 1977, était convaincu de l'innocence de Léger. Depuis plus de dix ans, j'insiste auprès des gardes des Sceaux successifs pour que soit mis fin à une peine inhumaine dans sa durée. » Plus tôt, dans les années 1980, à l'occasion d'un débat sur la peine de mort animé par Patrick Poivre d'Arvor sur TF1, Me Leclerc, qui était opposé à Me Henri-René Garaud lors de ce face-à-face, affirmait qu'il était lui-même « complètement convaincu de l'innocence de [son] client ». Dans ses Mémoires, *La Parole et l'Action* (où l'on trouve quelques erreurs : il écrit par exemple que « le médecin légiste avait constaté que Luc avait été étranglé », ce qui est faux), il laisse encore subsister le doute sur ce qu'il pense et croit, lorsqu'il se souvient de l'époque où il assistait Albert Naud et avait étudié le dossier pour lui : « Je constatais qu'on s'était acharné à tenter d'expliquer pourquoi et comment Léger avait tué. Jamais l'hypothèse de son innocence n'avait été envisagée, et sa nouvelle version était rejetée avec mépris. » Il ajoute que dans les nombreux messages écrits par l'Étrangleur, contrairement à tout le monde apparemment, il n'a trouvé nulle part « la preuve indubitable de sa culpabilité ». Mais à un moment ou un autre, entre le début des années 1980 et la fin des années 2010, il a dû changer d'avis, puisqu'il m'a dit devant la Maison de la radio qu'il pensait qu'il était coupable, qu'il n'avait même pas conservé la copie du dossier d'instruction, que Lucien était dérangé, que cela faisait peu de doute. Et ce n'est pas un secret qu'il m'a confié : en 2014, dans « L'Heure du crime », sur RTL, invité à parler de l'affaire par Jacques Pradel, il affiche clairement sa conviction de la culpabilité de son ancien client, tout en lui trouvant une circonstance atténuante de poids. Selon lui, Lucien Léger était épileptique, à cause de son ostéome frontal. Il affirme même qu'il avait interrogé plusieurs jeunes amis psychiatres à l'époque et que ceux-ci, bien que ne pouvant pas contredire les experts officiels, étaient formels : Léger souffrait du syndrome de Morgagni-Morel. (Il reprend là ce qu'écrit Albert Naud, dans *Les défendre tous*, qui précise que selon « ces jeunes psychiatres de la faculté », l'ostéome est opérable, mais si on le laisse se développer, « le sujet finira immanquablement dans une affreuse crise d'épilepsie ».) Le syndrome de Morgagni-Stewart-Morel, précisément, concerne en grande majorité les femmes de plus de trente-cinq ans (je lis même sur un site médical que « cette affection osseuse se manifeste uniquement chez la femme après la ménopause »), mais peu importe. De 1964 à 2008, l'ostéome de Lucien (une bosse, en clair) n'a jamais évolué, n'a jamais eu la moindre conséquence sur sa santé ni sur son comportement, mais peu importe. Peu importe également que le professeur Georges Heuyer, quatre-vingt-deux ans, sommité reconnue de l'expertise psychiatrique, ait solennellement déclaré, lors du procès : « Léger n'est pas un mythomane, il ne croit pas aux fables qu'il invente. Mais c'est un menteur. Nous sommes formels. Il n'est pas non plus épileptique. Évidemment, il a cet ostéome crânien dont on vous a parlé, mais qui se présente d'une façon telle qu'il ne peut avoir provoqué l'existence d'une tumeur cérébrale évolutive. Il s'agit d'une simple malformation. »

Avant Henri Leclerc, Albert Naud, donc, s'est battu comme un puissant gladiateur, de toutes ses forces et avec toutes les armes dont il disposait contre son client, pour achever de convaincre le monde que Lucien était bien coupable du crime dont on l'accusait. (Il s'était préparé comme un champion. Dans *La Parole et l'Action*, Henri Leclerc, son adjoint, se souvient de ce qu'il lui a dit avant le procès : « Il faut certes que tu sois prêt sur les faits, mais surtout, il faut creuser la psychiatrie. On verra selon le déroulement de l'audience. Il faut qu'il me laisse ma liberté de conscience. » De ce côté-là, Lucien n'a pas trop eu le choix.) Me Naud a remarquablement atteint son objectif, avec panache, et pour des dizaines d'années, pour toujours peut-être. Il ne s'est rendu compte que trop tard de son erreur, il l'a assumée avec courage et dignité, il a tout fait pour la réparer. Il est mort huit mois avant que le rapport du commissaire Delarue n'aboutisse au rejet de la demande de révision du procès qu'il avait déposée, et c'est peut-être mieux comme ça.

(Tout à l'heure, après avoir écrit « n'aura décidément pas eu de chance avec ceux qui étaient censés l'aider », tout imbibé de (juste, me semble-t-il) colère, trépignant devant mon écran, vibrant des pieds à la tête comme un bambin en crise, j'ai dû faire une pause avant de continuer avec Dupond-Moretti et Henri Leclerc : j'ai envoyé, pour me soulager, un mail à Adeline Pichard. Un mail vraiment rageur, au diable les précautions et la diplomatie, j'étais le chevalier vengeur sur son écumant destrier, on allait voir ce qu'on allait voir, justice posthume pour Lucien ! Elle vient de me répondre – un long mail un peu énervé, un peu embarrassé aussi, mais intelligent, aimable et sincère. Je retire, donc. (Je pourrais effacer ce que j'ai écrit plus haut, mais non. Je l'ai attendu six mois, ce mail, quand même.))

Cette erreur de jugement (de pré-jugement) d'Albert Naud s'explique assez simplement. Il ne connaissait pas le dossier (qui pesait 19,5 kg). Il avait demandé à Henri Leclerc qui, lui, l'avait soigneusement étudié, de lui fournir une synthèse : « Naud ne voulait pas voir ce qui ne servait à rien : il voulait le dossier le plus réduit et le mieux classé possible. » Pas bête. Ce qui ne sert à rien, autant s'en passer. Leclerc prend tout de même soin de lui expliquer que tout n'est peut-être pas limpide dans cette affaire (il lui dit que les aveux sont réfutables, mais il est bien obligé de reconnaître qu'il n'a trouvé aucune thèse de remplacement cohérente) : « Quand il m'eut écouté exposer mes hésitations, Naud me posa une seule question : pouvions-nous, à l'audience, renverser les certitudes acquises jusque-là par les juges, les journalistes et l'opinion publique, alors que le grand Maurice Garçon lui-même avait accepté, c'était de notoriété publique, la thèse de la culpabilité ? »

C'était de notoriété publique, en effet, le grand Maurice Garçon (qui ne connaissait pas le dossier, lui non plus (un petit exemple insignifiant mais révélateur : quand, en septembre 1965, son client lui écrit une longue lettre pour lui dire « la vérité », lui révélant entre autres que Nina Douchka a peut-être un lien avec l'affaire, que c'est peut-être elle qui a orienté Molinaro vers lui, l'avocat contacte aussitôt le juge d'instruction Jean-Claude Seligman, pour lui demander s'il est possible de « retrouver une certaine Chantal Arbatchewsky, alias Nina Douchka, qui pourrait être, paraît-il, un témoin important, et dont je n'avais jamais entendu parler jusqu'à ce jour », alors que trois interrogatoires de Douchka, dont deux longs, figurent déjà dans le dossier, datés des 29 septembre 1964, 22 octobre 1964 et 29 juillet 1965) – à sa décharge, on peut dire que son fils et assistant, Pierre, avait bien bossé, lui (c'est sans doute pour cela, d'ailleurs, qu'il est resté très proche de Lucien jusqu'en 1980)), le grand Maurice Garçon, en effet, avait accepté la thèse de la culpabilité. C'est même la raison pour laquelle il avait lâchement abandonné son client à quelques mois du procès. Henri Leclerc écrit : « Le grand avocat avait estimé qu'il ne pouvait plus le défendre, s'étant personnellement engagé dans la thèse de la culpabilité. » (Garçon l'a formulé clairement au jeune débutant (qui dit que le maître paraissait « à la fois déçu et soulagé de renoncer à la défense de Léger ») : « Nous, les avocats, nous ne pouvons pas, pour suivre nos clients, partir dans une direction pour en prendre ensuite une autre incompatible. On nous prend alors pour des mercenaires du mensonge. » Oh, ce serait un comble.) Maurice Garçon n'a d'ailleurs pas confié la relève à n'importe qui : « Il me dit que, de toute façon, il savait que Naud ne plaiderait que contre la peine de mort, et sur cela, il lui faisait une entière confiance. » C'est pratique. Non seulement Garçon, en laissant tomber, s'épargne le ridicule, ou les soupçons, d'un brusque retournement de veste, mais de plus, il se choisit un successeur qui ne le déjugera pas non plus, il en est certain. (Ce n'est peut-être pas l'envie qui en a manqué à Naud. Dans *Les défendre tous*, il reconnaît que ce client embarrassant était, de la part de son célèbre confrère, « un cadeau empoisonné ». Il travaille gratuitement (comme toujours, explique-t-il, lorsque « la peine de mort paraît inévitable ») et, malgré les apparences, il est loin d'être convaincu lui-même par la défense qu'il s'apprête à adopter. Le premier message, sur le pare-brise de la 2 CV, suffit déjà à lui poser problème : « Il ne résulte pas de ce document, tant s'en faut, que son auteur soit l'assassin de Luc. » Il précise : « Quand on connaît Lucien Léger, sa minutie vétilleuse, son souci de la précision, ses capacités d'intrigue et d'investigation, on ne peut pas s'empêcher de penser qu'il prit toutes les précautions possibles pour qu'on crût à sa légende criminelle. Le message sur la 2 CV pourrait être la première tentative d'appropriation d'un crime qui est peut-être le fait d'un autre. » Mais voilà, Me Garçon conseille de plaider coupable.)

S'il a refusé de changer de stratégie, préférant laisser tomber Lucien, c'est que Maurice Garçon a commis ce qu'on peut appeler sans exagérer une faute professionnelle – et le sait, bien entendu. Il a voulu tenter quelque chose d'audacieux et, pour convaincre son client de le suivre dans cette voie, il a utilisé son prestige, son aura et l'estime proche de la vénération qu'avait pour lui Lucien, qui lui faisait toute confiance. Mais il s'est trompé, il a échoué – pour deux. Alors, face au risque d'en subir les conséquences, il s'est sauvé – tant pis pour le client, c'est chacun pour sa peau.

Outre les lettres folles des quarante jours de l'Étrangleur, ce qui a pesé le plus lourd sur le sort de l'accusé, ce sont les aveux qu'il a répétés inlassablement, sans la moindre protestation d'innocence, du 5 juillet 1964 au 11 juin 1965, date de sa rétractation tardive et inattendue. Qui peut croire qu'il aurait reconnu être le coupable non pas une ou deux fois, sous la pression policière, mais des dizaines et des dizaines de fois, calmement, avec assurance et résignation, si ce n'était pas lui ? Personne. Onze mois après son arrestation, ce revirement soudain paraît même grotesque, tentative pathétique et vouée à l'échec pour sauver sa peau après que le rapport des experts psychiatres l'a déclaré pénalement responsable. S'il était réellement innocent, il l'aurait dit depuis longtemps.

Quand j'ai consulté, à Pierrefitte, le dossier Léger dans le fonds privé de Maurice Garçon (il a gardé les dossiers de tous les clients de sa carrière, avec ses notes, ses brouillons, et les courriers qu'il a échangés avec eux – son fils Pierre en a fait don aux Archives nationales à sa mort, dix-sept mille deux cent soixante-quinze dossiers au total ; et celui de Lucien Léger, qu'il n'a pourtant pas plaidé, très volumineux (trois cartons), est le seul qui soit conservé à part, sous une cote différente des autres, le seul qui nécessite une autorisation spéciale, le seul sur dix-sept mille deux cent soixante-quinze, en cinquante ans de barreau), j'ai eu, comme Stéphane Troplain quelques années plus tôt, du mal à croire ce que je voyais, ce que je lisais dans la correspondance entre l'avocat et son client.

Lucien ne s'est pas rétracté onze mois après ses aveux, mais dès l'instant où il a vu son avocat, dans les toutes premières secondes. Lors de leur rencontre, il explique même à Garçon (et il le répétera de nombreuses fois plus tard) qu'il n'a pas véritablement avoué, il a simplement proposé aux commissaires Camard et Bacou d'écrire ce qu'ils voulaient (ils l'ont fait, se servant pour cela des lettres de l'Étrangleur, c'est pourquoi on retrouve tant d'incohérences dans ces premiers aveux) : il signerait. Il affirme aussi que, contrairement à ce qu'a déclaré René Camard, il n'a pas fondu en larmes quand il a « soulagé sa conscience ». Au contraire, dit-il, il souriait – quand on le voit devant les caméras de l'ORTF, détendu, presque hilare, on a envie de le croire. Son récit de cette nuit au poste n'a jamais varié (c'est original, ça ne fait pas de mal) : il comprend vite qu'il ne peut pas nier être l'auteur des lettres, le personnage de l'Étrangleur ; il est dans une situation délicate, compliquée et dangereuse : il a endossé le crime anonymement pour protéger quelqu'un, il peut difficilement le balancer et le laisser tomber maintenant, mais il n'a pas non plus très envie de passer sa vie en prison à sa place pour lui rendre service ; il donne donc la seule version qui lui vient à l'esprit : il a trouvé un message de revendication « à remettre à la police » sur le siège de sa 2 CV, qu'il avait garée sur les Champs-Élysées ; il sent bien qu'on ne le croit pas ; pendant une absence des commissaires, l'inspecteur Fraixe lui ouvre une porte : il est difficilement envisageable qu'on ne le considère pas comme dingue et donc irresponsable, il ne sera pas jugé, il passera quelque temps en psychiatrie et ce sera tout ; il se dit qu'il peut tenter le coup (et au moins on le laissera dormir), il sera toujours temps de rétablir la vérité ensuite ; il suggère à Camard de rédiger ses aveux, il dit oui à tout. Bien entendu, on n'est pas obligé de gober ça, c'est sa parole contre celle des policiers. En revanche, ce qui est certain, c'est que lors de la première rencontre avec son avocat, le lundi 6 juillet au palais de justice de Versailles, et contrairement à ce que tout le monde a toujours cru, contrairement à ce qu'a toujours affirmé Maurice Garçon, il lui a dit qu'il n'avait pas tué Luc Taron. (Il n'avait même pas attendu le lendemain de ses aveux pour revenir dessus. Une scène a choqué toute la France, et je ne pense pas exagérer beaucoup en disant qu'elle a grandement contribué à lui ôter toute chance de s'en sortir un jour, avant même qu'il ait quitté le commissariat : plus de quarante ans plus tard, en 2005, lors de sa libération, c'est encore l'image qu'on a montrée dans tous les journaux télévisés. C'était un événement, un grand moment de télé : l'Étrangleur, enfin capturé, menotté, sort du SRPJ entre deux représentants des forces de l'ordre, pour être conduit à Versailles et y recevoir le châtiment qu'il mérite. Et que fait-il ? Le cador. Il rigole, il adresse de petits signes à la caméra, Jayne Mansfield à Cannes, il s'excuse en souriant de ne pas être correctement rasé pour ce grand jour, il se montre du pouce, il est fier de lui. Cet homme est le diable, il ne va pas falloir le louper. Mais ce qu'ont vu des millions de Français ce soir-là à 20 heures n'est que la moitié de ce qu'ils auraient dû voir – et surtout entendre. Quand il sort du bureau du commissaire Camard pour se diriger vers la cour intérieure où l'attend l'Aronde, Lucien, entre deux policiers, emprunte un couloir dans lequel il est suivi, ou plutôt précédé, par un cadreur qui marche à reculons, en travelling arrière. Il s'arrête à mi-chemin, obligeant les agents et le caméraman à faire de même, et s'adresse à la caméra. Il ne sait pas qu'elle n'enregistre pas le son – le preneur de son attend avec sa perche dans la cour, près de la voiture. Il ne sait pas non plus qu'il n'est même pas à l'antenne. À ce moment-là, sur leur écran, les téléspectateurs voient la foule massée devant le 127 rue du Faubourg-Saint-Honoré – le réalisateur ne basculera sur la caméra intérieure qu'au moment où l'Étrangleur franchira la porte qui sépare le couloir de la cour, et entrera dans la voiture quatre secondes plus tard. Lucien dit que c'est avant ce changement de plan qu'il s'est arrêté dans le couloir pour déclarer : « Pour ce qui est du canular, c'est moi, mais je ne suis pour rien dans la mort de Luc. » Le caméraman, Jean-Claude Dittière, interrogé le 13 novembre 1964 par Jean-Claude Seligman, puis témoin au procès, confirme que Lucien Léger s'est placé « volontairement dans le champ de la caméra » et, en compagnie des deux policiers qui l'encadraient, a « marqué un temps d'arrêt avant de se diriger vers le véhicule qui devait les emmener ». Il ne dit rien de paroles qu'il aurait prononcées à ce moment-là, mais ce qui est sûr (j'ai regardé vingt fois cette partie du direct), c'est qu'à l'antenne, Lucien ne marque aucun temps d'arrêt. Cela s'est donc passé avant le changement de caméra de l'extérieur à l'intérieur. (Le lendemain, 6 juillet, dans les actualités de France Inter, une curieuse information pourrait appuyer les dires du petit prince du canular. Le journaliste apprend aux auditeurs que celui-ci vient de confirmer devant le juge d'instruction les déclarations faites la veille devant les policiers, et ajoute : « Et c'est là la nouvelle importante, puisque le bruit courait que Léger avait l'intention de revenir sur ses aveux. Qu'il ne niait point être l'Étrangleur, l'homme aux lettres, l'homme aux messages répétés, mais qu'il niait être l'auteur du meurtre. » Qu'est-ce que c'est que ce « bruit » ? D'où vient-il ? Certainement pas de Maurice Garçon, ni des policiers évidemment. Quelqu'un, le cadreur, un éclairagiste, un assistant, un journaliste proche, l'a entendu s'adresser à la caméra dont les images n'étaient pas diffusées, c'est à peu près la seule explication possible.) Lucien croit que toute la France vient de l'entendre révéler la « supercherie » : « Tout content de moi, écrit-il dans *Le Prix de mon silence*, je me suis mis à rire de bon cœur, en faisant un signe de satisfaction vers la caméra qui continuait de filmer mon entrée dans la voiture qui allait démarrer. » Une erreur d'appréciation, une méconnaissance de la télévision en direct, a en partie changé le cours de sa vie : « On a cru que je me moquais des gens, que j'étais satisfait par mon exploit. Cela le rendait plus sordide encore, impardonnable. » On comprend mieux sa stupéfaction face à la réaction sauvage de la foule à Versailles, on comprend aussi qu'il ait tout de suite dit (répété, donc, pour lui) à Maurice Garçon qu'il était innocent.)

À peine incarcéré, Lucien se met à écrire beaucoup, des pages et des pages chaque jour, principalement à sa famille, à sa femme, aux médecins de l'hôpital de Villejuif qui s'occupent d'elle, à quelques collègues ou employeurs, aux deux principales familles d'accueil de Solange. Il sait que chacun de ses mots est lu et analysé par l'administration pénitentiaire, par le juge Seligman et même par Yves Taron, qui s'est constitué partie civile, a donc accès au dossier, et vend des copies à la presse (jusqu'au procès, on retrouve dans plusieurs journaux des passages entiers de courriers que Lucien a envoyés à sa femme ou à sa mère). Il doit faire attention. Il n'est serein qu'en ce qui concerne les lettres adressées directement à l'un de ses trois avocats, Maurice et Pierre Garçon et Philippe Darras, que personne n'a le droit d'intercepter et de lire. À eux, il parle franchement. (Dans la première lettre de ce genre qu'il envoie, avant d'être sûr que personne ne peut les lire, il écrit : « J'ai mis cette lettre dans une double enveloppe cachetée avec plus de soin, pour éviter qu'on la lise tout de même en ouvrant la première. Ce n'est pas qu'il y ait de secret visible, mais cela pourrait gêner. » Sous-entendu : gêner la stratégie de Maurice Garçon.) Et c'est dans ces courriers que l'on découvre la vérité : il a toujours nié être le meurtrier de Luc Taron, et c'est Maurice Garçon qui lui a fortement déconseillé de le dire.

À Philippe Darras, qui vient d'aller le voir à Versailles le 17 juillet 1964, onze jours après son incarcération (première visite de sa défense depuis l'entrevue avec Maurice Garçon, le lendemain de son arrestation), il écrit qu'il est très pénible pour lui d'être écouté et surveillé en permanence, et fournit, dans cette lettre, la première preuve de la manœuvre cachée du patron : « Je n'ai pas tué ce petit enfant. Mais personne ne peut me croire, et Maître Garçon lui-même m'a dit dès le premier jour qu'avec cette vérité-là, je n'étais pas défendable. L'autre, je me la suis imposée en même temps que ce personnage, l'Étrangleur, que j'ai inventé dans ces jours de cauchemar d'où j'ai du mal à sortir. » À ce moment-là, il prétend encore qu'il a trouvé une lettre anonyme posée sur le siège passager de sa 2 CV. (Il écrira plus tard à Garçon, le 4 juin 1965, pour s'excuser et lui expliquer : s'il lui disait la vérité, c'est-à-dire autre chose que cette histoire de lettre tombée du ciel, il était fort possible qu'on arrête le véritable coupable, grâce aux indications qu'il donnerait, ce qu'alors il ne voulait pas encore, décidé à tenir la promesse qu'il lui avait faite et persuadé que celui-ci se débrouillerait pour l'innocenter d'une façon ou d'une autre, à distance.) Le 25 septembre 1964, plus de huit mois avant ce qu'on a considéré comme une volte-face intempestive et opportuniste, il écrit à son avocat : « Vous savez comment j'ai endossé ce crime et comment, partant des faits exacts relevés dans la lettre qui m'était échue le 27 mai, j'en suis arrivé là. Je suis tout à fait désorienté devant les questions du juge, car je ne peux lui dire ce que je sais du début de cette affaire, comme il en a été convenu. » Toujours au même, le 6 octobre, inquiet de la tournure que prennent les interrogatoires de Jean-Claude Seligman, qui a insisté pour qu'il renouvelle une énième fois ses aveux : « Je me suis demandé si le moment n'était pas venu de me disculper… Mais je suis resté dans la ligne que nous avions convenu d'adopter. » Pourtant, il est de moins en moins sûr du bien-fondé de la tactique que lui a imposée le grand homme : « Je suis en train de m'enfermer dans un drôle de piège, car le juge dit que je n'ai pas pu arriver jusqu'à la lisière du bois sans avoir vu une pancarte indiquant Paris. Ne connaissant pas la région, j'ai bien du mal à trouver une parade à cela. Que faut-il en penser ? » Il évoque ensuite le dessin qu'il a envoyé à *France-Soir* pour « rectifier » la position du corps de Luc au pied de l'arbre (« Je trouve que le juge commet une grosse erreur en m'accusant de l'avoir dessiné en connaissance de cause car, à la reconstitution, je me suis aperçu qu'il était disposé dans le sens contraire de mon dessin, c'est-à-dire la tête vers la route, et non vers le haut du bois » – c'est vrai : l'enfant avait bien les pieds vers l'arbre et non la tête, comme il l'a dessiné, mais son corps était à l'opposé de l'endroit qu'il a indiqué) : « Je ne pense pas que ce soit à moi de discuter de cela, et de le reprendre là-dessus à la prochaine instruction. Peut-être que vous pourrez utiliser à profit ces détails intéressants qui réduisent à néant une bonne part de l'accusation. » Mais Maurice Garçon avait sans doute d'autres choses à faire. Lucien conclut cette lettre par une tirade utopique (qui, personnellement, quitte à paraître encore neuneu, me broie le cœur) : « En attendant, je vais continuer à m'accuser, mais en espérant que le juge ne trouvera pas trop de détails pouvant m'enfoncer davantage, et surtout en espérant que la solution viendra grâce à vous, qui saurez me sauver du pire. Il est dommage que vous ne puissiez m'assister à chaque interrogatoire, car j'ai l'impression que le juge est moins "caustique" en votre présence. » (Non mais oh, il se croit seul au monde ? C'est Maurice Garçon, bonhomme.)

Le problème, durant cette année où Lucien ne dit pas ce qu'il veut mais ce que l'homme de l'art a décidé, c'est sa famille. Il admire Maurice Garçon, il est fier qu'il ait accepté de prendre sa défense et met son sort entre ses mains comme on met son corps entre celles d'un grand chirurgien, mais il y a un inconvénient majeur à la position qu'il l'a poussé à adopter : Lucien passe pour un assassin d'enfant aux yeux de ses parents, de ses frères et sœurs, de sa femme et, dans une moindre mesure, de ses rares relations ou collègues. Ce qui lui est difficilement supportable (on se met à sa place, on n'aimerait pas non plus). (Dans sa première lettre à Me Darras, il s'inquiète, courtoisement, prudemment, du système de défense adopté par Garçon : « Ce n'est pas pour ma vie que je parle, même pas pour la liberté malheureuse que je pourrais retrouver. C'est pour que jamais mes amis et mes parents, et ma femme, ne pensent que j'aie pu tuer un enfant. ») Toute sa correspondance étant lue minutieusement, il ne peut rien leur dire. Mais s'il est d'accord pour jouer le jeu de Garçon, il n'est pas pour autant prêt à écrire carrément à sa mère ou à sa femme : « J'ai tué ce petit garçon. » D'un autre côté, il ne faut surtout pas que le juge ou les experts psychiatres puissent penser qu'il ment, qu'il n'est pas le coupable, cela gripperait toute la belle machinerie (infaillible) inventée et commandée par Maurice Garçon. Donc, pendant près d'un an, il va se livrer à un impressionnant numéro d'acrobate épistolaire, de virtuose de la dissimulation ostensible (ou de l'ostentation dissimulée, je ne sais plus) : tout au long de dizaines de lettres, il reconnaît sans avouer, il ne nie rien et cache tout. Il prépare le jour où il aura éventuellement besoin de revenir sur tout cela. À aucun moment, il n'écrit explicitement qu'il a tué Luc Taron. Il dit qu'il ne sait pas ce qu'il lui a pris, qu'il ne se souvient pas bien, que tout est flou, qu'il était dans un état physique et psychologique désastreux, qu'il ne sait plus ce qui est réel ou pas, que tout a cassé en lui, qu'il s'est effondré, qu'il ne peut pas croire que ce soit vraiment arrivé. Mais chaque fois, on se rend compte, par un mot, une remarque, une date, qu'il ne parle pas de la nuit du crime, mais des quarante jours qu'il a passés dans la peau de l'Étrangleur. Et surtout, quasiment dans chaque courrier, bien qu'il lui soit impossible, en dehors de ceux qu'il adresse à ses avocats, d'exprimer clairement son innocence, il glisse une phrase comme un clin d'œil ou un coup de pied sous la table, en particulier à sa mère et à Solange, dans l'espoir qu'elles tiquent, qu'elles se demandent ce qu'il entend par là, qu'elles comprennent, instinctivement.

Le premier soir, dans la première lettre qu'il rédige, destinée à sa femme, dès les tout premiers mots, il la prévient : « Tu dois tout savoir, maintenant, par les journaux et la radio. Pas tout, car il n'y a que moi qui puisse savoir ce qui s'est passé. » Quelques lignes plus loin, supposant qu'elle achète toute la presse : « Un conseil : n'en crois que bien peu, un jour tu sauras sans doute le reste… » Le même jour, à son chef de service à Villejuif : « Surtout ne me jugez pas, M. Bergeron », et à propos des messages de l'Étrangleur : « Je ne pouvais pas l'éviter. Il fallait. C'est fait. » Le lendemain, au docteur Le Guillant, qui s'occupe de Solange, après l'avoir supplié de devenir « un vrai père pour elle » : « Je ne suis pas un monstre capable de tuer un enfant. Je n'en ai pas la lâcheté. Et pourtant, un enfant est mort. » À Solange encore, le 15 juillet : « C'est dur d'être ici pour une tempête dont je ne suis qu'un jouet. » Et plus loin, à propos de la reconstitution à laquelle il a refusé de participer complètement : « On m'a emmené dans des bois, je me souviens de questions qu'on me posait, de lieux qu'on me montrait. J'étais étranger à tout cela, comme en rêve. C'est ça, une reconstitution. Celle d'un crime que je suis incapable de commettre. » Le 20 août, à Jacques Salce, le graphométricien qu'il accusera plus tard : « On avance dans le brouillard, et puis un jour on sent qu'on s'empare de nous, qu'on nous dit : tu as fait cela, et cela encore ! Et on dit oui, car on ne peut plus dire non. Pourquoi ce ne serait pas vrai, puisque rien ne vient faire penser le contraire ? On devient coupable d'un crime... » Dans une lettre à Pierre Garçon, il s'inquiète de ce que doit penser Solange : « Elle me demande de lui parler des événements, mais je ne peux évidemment pas. Il faudrait que vous lui expliquiez que je suis forcé d'être le moins bavard possible là-dessus. » (À Garçon père, le 3 septembre 1964 : « J'attends avec impatience la fin du cauchemar que je vis à cause de l'incompréhension de ceux qui m'entourent. ») Le 5 septembre, il continue à essayer de passer le message lui-même à sa femme : « Je me retrouve haï par la société, enfermé comme un criminel, tout cela parce que le destin m'a choisi pour souffrir. [...] Garde-moi une grande confiance. Un jour peut-être tu sauras que je n'en ai pas démérité. » À ses parents, le 18 septembre : « Ce n'est peut-être pas seulement le hasard qui m'a choisi », et le mois suivant : « Ici, c'est moralement que l'on souffre, et vous savez pourquoi je souffre doublement, de par la situation dans laquelle je me suis mis bien involontairement. » À Solange, il explique que lorsqu'il passe devant le juge d'instruction, « c'est un drame intérieur terrible » pour lui. « Je ne sais pourquoi cette rage d'écrire m'a amené à tout cela, mais maintenant on semble prendre tout ce délire au sérieux. » Bref, on pourrait citer bien d'autres exemples de ce genre d'appels au secours muselés. Un dernier – ça me touche, ces cris à voix basse dans le vide, je ne peux pas ne pas en répercuter au moins une partie, tant d'années après. Le 29 avril 1965, Lucien écrit à sa femme : « Ce dont tu parles et que tu nommes monstrueux, c'est autre chose. Tu ne connais pas tout cela. Ce que tu sais, c'est ce que tu as appris dehors. N'oublie pas que c'est moi qui me suis accusé de cela. C'est parti comme un train, tout doucement, puis après ça a marché très vite, sans que je puisse contrôler ce que je faisais. Cherche un peu, réfléchis. Un jour, quand tu reliras ces mots, quand tu sauras, tu comprendras ce que j'ai essayé dès aujourd'hui de te dire. [...] Il faut bien que tu saches qu'il y a des choses que je suis capable de faire. Par exemple, sauver la vie de quelqu'un, comme je l'ai fait une fois pour toi. Cela peut se répéter, même si l'on en perd la raison par la suite tellement la situation devient insupportable. Il arrive que l'on se mette à la place de quelqu'un, tu sais. Il arrive même qu'on la garde, cette place, à force d'avoir trop voulu en user. Il arrive aussi que les personnes à qui l'on a fait du bien ne sachent pas s'en souvenir – surtout ceux à qui l'on sauve la vie. Il est arrivé à des sauveteurs de mourir de congestion alors que le sauvé n'avait qu'un rhume. »

Entre juillet 1964 et juin 1965, il répète qu'il est coupable tout en essayant de sous-entendre qu'il est innocent. Pour moi, ce n'est pas le comportement d'un coupable. Un coupable, c'est l'image que tout le monde a eue de lui au procès : un type arrêté, percé à jour, qui ne peut rien faire d'autre qu'avouer, puisqu'il est pris et que tout est contre lui, et qui, onze mois plus tard, comprenant que son seul espoir (la psychiatrie, l'irresponsabilité) s'envole, opère une volte-face désespérée en inventant une histoire invraisemblable, comme beaucoup font (« Ce n'est pas moi qui ai tué ma femme, deux hommes vêtus de noir et cagoulés sont entrés chez nous, lui ont tiré une balle dans la tête et se sont enfuis, je ne peux rien vous dire de plus »).

Mais quand tombe le rapport final des experts psychiatres, quand Lucien comprend que le plan de son glorieux avocat a échoué, que peut-il faire ? Il demande à

Garçon de venir le voir au plus vite (il le fait avec la politesse, la réserve, la déférence des petits face aux grands de ce monde, dont ils ont conscience du prestige et de la valeur : « Je me vois dans l'obligation de vous demander de venir me voir », « Je m'excuse de vous demander cela alors que sans doute d'autres occupations importantes prennent votre temps »). On ne sait pas ce qu'ils se disent précisément, mais il semble que Maurice Garçon ait joué la montre, n'ayant pas trop le choix. Dans un courrier du 4 juin 1965, Lucien lui écrit : « Puisque vous m'avez donné votre accord en ce qui concerne mon intention de revenir sur mes déclarations et de donner la version exacte de l'affaire à M. le juge d'instruction… » (C'est dans cette lettre qu'il abandonne la version du message anonyme trouvé un soir sur le siège de sa 2 CV, et parle pour la première fois de celui qui serait le véritable meurtrier, qu'il appelle pour l'instant « Henri X ».) Mais pour Garçon, à partir de ce moment-là, c'est terminé. Il a compris que son client n'était plus contrôlable, et pour rien au monde il n'accepterait d'avoir l'air d'une girouette. Mais au lieu de le dire explicitement à Lucien, il va faire le mort, il va s'éloigner en loucedé, il ne va plus lui répondre. C'est laid.

Le 12 juin, Lucien lui écrit qu'il s'est souvenu d'un détail à propos de « Henri X ». Il lui a dit un jour qu'il avait « des » parents, ou « ses » parents, à Gourdon, dans le Lot, ou dans ses environs. Garçon ne répond pas.

Le 1er juillet, il essaie à nouveau, en lui parlant cette fois de l'illustré *Bugs Bunny*. (Car, mauvaise nouvelle pour lui, en octobre 1964, un éboueur s'est présenté au SRPJ pour déclarer qu'il avait peut-être retrouvé l'exemplaire original, que Lucien prétendait avoir jeté dans une poubelle près de l'hôtel de France en rentrant chez lui le matin du crime. Maurice Gauthier se souvient qu'il l'a trouvé posé sur le dessus d'une poubelle sortie devant un immeuble, et l'a rapporté à ses enfants après sa tournée matinale (il fait le triangle avenue de Tourville – avenue de La Motte-Picquet – boulevard de La Tour-Maubourg), « au printemps dernier », en tout cas « avant [ses] congés d'août », sans pouvoir préciser la date. Excités par cette trouvaille, les policiers interrogent les concierges de plusieurs immeubles proches de l'hôtel. Ils disent à peu près la même chose : ils sortent les poubelles, sans couvercle, entre 5 h 30 et 6 heures, et les rentrent vides après le passage des éboueurs, vers 6 h 15. Ce qui signifie que l'illustré a été posé sur l'une d'elles vers 5 h 45 ou 6 heures. Cela ne correspond pas du tout aux heures du crime et du retour indiquées par l'accusé quand il avouait, mais on ne s'y attarde pas.) En ce début juillet 1965, Lucien vient d'être confronté (on se demande pourquoi) à Maurice Gauthier, dans le bureau de Seligman. Il écrit à Garçon (mais on a le sentiment que c'est plus pour solliciter une réponse par n'importe quel moyen que pour lui apprendre quelque chose de réellement intéressant) qu'il s'étonne que l'éboueur ait soudain retrouvé la mémoire et que son témoignage, neuf mois plus tard, soit devenu beaucoup plus précis : ce n'est plus « au printemps dernier », ou avant août, qu'il a trouvé l'illustré, mais « fin mai ». Il écrit par ailleurs que si ce témoin est de bonne foi, c'est qu'il a trouvé un *Bugs Bunny* quelque part dans le quartier, ce qui est tout à fait possible, mais que cela n'a rien à voir avec Luc Taron (ce qui n'est pas certain, à mon avis). Quoi qu'il en soit, Garçon ne répond pas. Lucien lui envoie d'autres courriers, le 19 juillet, le 27 juillet, le 12 août – pendant ce temps Geneviève et Solange Léger, qui est alors internée à l'hôpital Manchester de Mézières, tentent également de faire réagir l'avocat, le 26 juillet, le 30 juillet, le 7 août : silence total. (C'est les vacances, aussi, faut pas oublier. Ligugé en été, le château : une merveille.) Dans sa dernière lettre, celle du 12 août, Lucien supplie littéralement l'avocat de lui faire un signe, de lui dire ce qui se passe, où il en est, que devient sa défense. « Je me sens démesurément seul. » « J'ai besoin de savoir, c'est pourquoi je souffre tant en ce moment. » « C'est en pensant à tout ce que vous êtes, et à qui vous avez été, à ce que je vous dois, en vous mettant face à la dure réalité qu'une erreur va créer, que je vous adjure de me sauver comme je le mérite. » Il reconnaît qu'en écrivant les messages de l'Étrangleur, il s'est comporté « de façon exécrable », car il se trouvait « dans un état anormal », le 27 mai, lorsqu'il a accepté « d'aider un meurtrier à se soustraire à la justice ». « Mais je l'ai fait tout de même consciemment, si je puis dire. […] Le hasard au départ et ma volonté par la suite ont fait cela. […] J'admets que l'on me punisse pour ce que je reconnais avoir fait volontairement, et qui n'est pas sans être humainement à mon honneur, et même pour ce que j'ai fait dans des moments d'irresponsabilité que je dose à 80 %, mais pour le reste, je dois être acquitté. […] Je n'ai pas tué et je n'ai pas été complice d'un meurtre. C'est la seule vérité. Le pourquoi, eh bien je vous laisse le soin de le comprendre. »

Enfin, Maurice Garçon daigne répondre. Le 21 août, plus de deux mois et demi après son dernier signe de vie, depuis son petit château de Montplaisir. Ça commence mal : « Vous me demandez quelle décision j'ai prise au sujet de la manière dont j'envisage votre défense. Je n'ai pris actuellement aucune décision et j'attends d'avoir une copie entière de votre dossier pour me faire une opinion définitive. » (Il serait un peu temps.) Il est ensuite obligé de convenir, lui-même, que son client s'est dit innocent dès le départ : « Après m'avoir exposé le premier jour une histoire de papier anonyme trouvé dans votre voiture, qui était peu croyable […], vous avez renoncé quelques jours plus tard à un moyen qui ne paraissait pas sérieux et vous êtes revenu librement et en ma présence à ce que vous aviez dit à la police. » C'est élégamment dit, mais c'est à la phrase suivante qu'il franchit les limites de la bonne foi et de la dignité : « Pendant tout l'hiver, vous avez été interrogé un nombre incalculable de fois. Mon fils, Maître Darras et moi-même vous avons toujours assisté. [C'est, déjà, absolument faux, mais ce n'est rien à côté de ce qui suit.] Vous êtes toujours resté sur la même position, et ce n'est qu'après de longs mois, et alors que l'instruction était sur le point d'être close, que vous avez exposé une version nouvelle et invérifiable. » Pendant tout l'hiver, pendant ces longs mois, dans presque toutes les lettres à ses avocats, Lucien n'a cessé, tout en répétant qu'il se fiait entièrement à eux et ferait ce qu'ils jugeraient bon, de leur demander s'il n'était pas temps de changer de stratégie, de faire demi-tour, d'arrêter de se déclarer coupable. Dans plusieurs de ses courriers, on devine la réponse qu'on lui a donnée au parloir. Et Maurice de conclure, sans gêne : « Pour le moment, je ne puis que vous engager à être patient et à me conserver votre confiance. »

Lucien Léger n'aura plus droit qu'à une dernière obole de celui en qui il avait placé tous ses espoirs, toute sa foi. Garçon – qui a réceptionné entre-temps, le 12 septembre, la lettre de dix-huit pages dans laquelle son presque ex-client lui expose « toute la vérité » en détail – viendra charitablement lui rendre visite le 26 septembre à l'hôpital de Fresnes, pour lui annoncer qu'il renonce à sa défense mais la confie à un confrère de grand talent, Albert Naud, qui saura l'aider aussi bien qu'il l'aurait fait lui-même (très drôle). Lucien est effondré. Il le serait davantage s'il savait que rien ne fera plus revenir le meilleur des avocats sur sa décision, qui est d'ailleurs prise, à son insu, depuis bien longtemps. Car en réalité, dès que son client lui a annoncé qu'il s'apprêtait à se déclarer innocent, à la fin de mois de mai 1965, Garçon a passé l'affaire à Naud, sans rien en dire à Lucien. Stéphane Troplain et Jean-Louis Ivani ont trouvé un document qui en témoigne. Le docteur Mantion, de Choisy-le-Roi, avait été chargé des examens radiologiques sur le corps de Luc Taron, avant l'autopsie. Un an plus tard, il écrit : « Je n'ai noté aucun traumatisme pouvant avoir été commis par une strangulation quelconque. La victime, Luc Taron, est décédée à la suite d'une suffocation accidentellement provoquée – personne ne pouvant désirer sérieusement la mort de quelqu'un en employant un tel processus. » Ce qui est intéressant ici, c'est le début de son attestation : « Je, soussigné Dr R. Mantion, électroradiologiste, certifie, à la demande de Me Albert Naud, avocat à la cour, conseil de l'inculpé, M. Lucien Léger, et sous la responsabilité de M. Jean-Claude Seligman, juge d'instruction au tribunal de Versailles, qu'après examen radiologique, etc. » À la demande de Me Albert Naud. Or ce document est daté du 1er juin 1965. Bien avant de faire semblant de réfléchir, de faire semblant d'étudier le dossier et de faire semblant de prendre courageusement une décision délicate, il avait déjà balancé la patate tiède à son confrère Naud. (En passant, on peut remarquer que le premier acte de celui-ci quand il apprend qu'il va défendre Lucien Léger, c'est de demander à un spécialiste d'attester que le petit n'a pas été étranglé, donc pas d'Étrangleur qui tienne ; et que Lucien dit vrai lorsqu'il prétend non seulement qu'il n'est pas l'assassin, mais que c'est un meurtre accidentel. Au départ, Albert Naud semble vouloir aller dans le sens de son client. Il en reviendra vite, on ne contredit pas Maurice Garçon.) Au moment où celui qu'il pensait encore être son avocat l'abandonnait, en ce mois de juin 1965, Lucien lui écrivait : « Grâce à vous, je sais que la solution de cette affaire est possible. Soyez sûr que je ne vous demande pas d'innocenter un assassin. Je vous fais confiance pour que la justice soit rendue. Je vous devrai beaucoup, ainsi qu'à Me Pierre Garçon et à Me Darras, qui ont tant fait pour moi depuis un an. »

La suite est cruelle à lire. Car Lucien n'a pas compris que son avocat le plantait là, ou du moins que c'était définitif : il pense pouvoir le convaincre de le reprendre sous son aile. Il lui écrira encore beaucoup, des mots de plus en plus pitoyables, humiliants, sans le moindre retour, le moindre accusé de réception, comme des prières à un dieu qui n'existe pas. D'abord, le 26 septembre, quelques minutes après le départ de celui qui ne veut plus de lui, il lui écrit une lettre qui ressemble à celle d'un amoureux éconduit, et prend la seule décision qu'il entrevoit pour garder le Maître auprès de lui : « Suite à votre visite de ce jour, j'ai réfléchi à ce que vous m'avez dit et j'ai décidé, pour conserver votre défense jusqu'au bout, d'accepter de nouveau le système de défense que vous aviez adopté pour moi. [...] C'est le cœur bien serré que je prends cette décision. [...] Puisque vous êtes sûr de m'en sortir avec le moindre mal, et que je tiens à ce que ce soit vous qui me défendiez, je vous fais confiance comme je n'ai cessé de le faire. De toute façon, le revirement que j'avais fait peut être présenté comme une nouvelle manifestation d'irresponsabilité, de mythomanie surtout, et ne peut qu'aller dans le sens que vous aviez décidé pour ma défense, que vous allez sans doute accepter de reprendre. C'est avec cet espoir que j'attends votre nouvelle visite pour avoir votre réponse et savoir ce que je dois faire. » Tu peux toujours attendre. Il lui écrit encore le lendemain (le 27 septembre, c'est le jour où Garçon signifie officiellement au juge Seligman qu'Albert Naud prend sa place), toujours hospitalisé à Fresnes après une grève de la faim, et continue à le supplier, en lui promettant : « Je suivrai votre plan, pas le mien », et en terminant par : « J'ai une immense confiance en vous et je vous la dois bien. Je vous assure que je ne changerai pas d'idée, et que je prends la responsabilité de cette décision. Faites-moi confiance aussi, de ce côté. » Lettre morte. Le 4 octobre : « Je ne peux pas penser qu'après ce que j'accepte vous renonciez à me défendre, l'affaire n'ayant pas beaucoup changé, en définitive, puisque je rentre dans le personnage que vous souhaitiez défendre. » Là, tout de même, on frôle l'innommable. Une lettre le 6 octobre, une lettre le 13 octobre, où il commence enfin à s'énerver un peu : « J'ai conscience de la gravité de ma situation. Je me fais beaucoup de soucis, et à juste raison. [...] Qu'ai-je à risquer de revenir pour un temps à mon accusation ? Rien. Je saurai m'en expliquer. Après, il sera toujours temps de faire une révision. Reste la situation que cela crée pour mon défenseur. C'est le moindre mal, s'il y en a un. Oh oui, bien sûr, vous risquez quelques remarques. En êtes-vous sûr ? Et que valent-elles à côté de ma vie ? [...] En somme, je vous demande de me sauver la vie. Après, il sera toujours temps d'attendre l'événement qui provoquera la révision. » Deux jours plus tard, il lui fait savoir qu'il a quitté l'hôpital et se trouve de nouveau en cellule – comme si Garçon ne s'en foutait pas complètement. Il a vu Albert Naud, il sait que c'est son nouvel avocat, mais il s'entête avec un aveuglement émouvant et termine son courrier ainsi : « En espérant que votre collaboration avec Maître Naud permettra la meilleure défense possible, je vous prie d'agréer... » Le 4 avril 1966 : « Je vous rappelle qu'après le 26 septembre 1965, je vous avais demandé une urgente et décisive visite (abusant peut-être de votre temps précieux) au sujet de ma décision de "payer", si nécessaire, le "prix du silence" [il avait déjà le titre du récit qu'il écrirait dix ans plus tard]. Ne vous ayant pas vu, j'ai renoncé à ce qui aurait TOUT changé. » Imaginant que Garçon est toujours son allié, même absent, il le prévient de la conduite qu'il va adopter durant le procès, un mois plus tard (il espère peut-être encore que son héros va réapparaître à l'ouverture de l'audience) : « Bien sûr, j'ai dit la vérité en niant ma culpabilité. Mais pas toute, et j'estime que j'ai et vais prouver mon innocence sans tout dire. » Il ne révélera tout « qu'après l'abolition de la peine de mort, peut-être, et encore je me considérerai comme un lâche ». À la fin de ce courrier, il le remercie encore chaleureusement.

Enfin, il lui écrit une dernière fois, après sa condamnation à la prison à perpétuité (qui sera presque effective), le 26 septembre 1966, en précisant qu'il ne choisit pas cette date par hasard mais parce que c'est « l'anniversaire de votre dernière visite ». « Vous étiez venu me voir à un moment où j'espérais beaucoup de vous. Vous savez comme moi ce que vous me dîtes ce jour-là, mais mieux que moi vous en connaissez les raisons réelles. » C'est une lettre désabusée, triste, il revient sur toute l'affaire depuis le début, tout ce qui a été mal fait, il retrace leur parcours ensemble, écrivant des choses comme : « C'est alors que vous avez répondu à mes lettres par un silence qui m'a paru méprisant. » Il évoque aussi son propre comportement lors du procès, et la situation dramatique dans laquelle il se trouve désormais. (Récemment, dans un salon du livre, j'ai participé à une table ronde avec l'écrivaine et historienne Viviane Perret, qui a écrit un livre sur Houdini, l'illusionniste que rien ne pouvait enchaîner ni enfermer. Elle m'a appris un verbe inventé par les Américains, *to houdinize*, qui signifie : « réussir à se sortir d'une situation inextricable ». (Ces Anglo-Saxons sont des génies du langage, personne ne dira le contraire.) D'une certaine manière, Lucien Léger était le contraire d'Houdini.) « Maintenant, je dois donc dire la vérité, toute la vérité, pour m'en sortir. Mais dire le nom que je cache [qui n'est donc pas celui de Georges-Henri Molinaro, déjà révélé], ce serait au prix qu'a payé Taron le 26 mai 1964 : au prix d'un des miens. » Et il termine : « Je vous concède une fois de plus, ainsi qu'à Me Naud, que je ne vous ai pas toujours facilité la tâche. Mais, sincèrement, êtes-vous sûr d'avoir fait votre devoir en quittant mon navire au plus fort de la tempête ? Je ne vous en veux pas, et pour finir cette dernière lettre, je ne peux que vous assurer de mon meilleur souvenir et de mes sentiments de reconnaissance pour ce que vous avez tenté. » Il reste encore quelques mots : « P.-S. : J'aimerais recevoir un accusé de réception de cette lettre, si cela est possible. » Eh bien non.

Les désillusions, Lucien Léger en a fait, par la force des choses, sa spécialité. Au cours des vingt-sept premières petites années de sa vie, il n'a pas eu le temps (ni l'aisance sociale, ni le charisme) de se faire beaucoup d'amis, ou d'alliés, mais tous l'ont laissé tomber, au mieux, salement trahi au pire. Nina Douchka : la seule personne, hormis Solange (et Jacques Salce, ou éventuellement Molinaro), pour laquelle il ait éprouvé des sentiments forts, quelle que soit leur nature, l'a dégagé d'un coup de pied. L'abîme entre ce qu'il ressentait pour elle, ce qu'il a dit d'elle, et ce qu'elle a dit de lui, en tout cas publiquement, est considérable. Pour lui, c'était une amie, une jeune amie, sans ambiguïté (on n'est pas forcé de le croire), ils se voyaient fréquemment, ils s'entendaient bien : dans plusieurs de ses interrogatoires, et surtout à Stéphane et Jean-Louis, le soir de 2007 où ils ont réussi à le faire picoler un peu et à l'assouplir, place du Tertre, il a affirmé qu'ils étaient proches, qu'ils allaient boire des verres après le théâtre, avec ou sans ses amis du spectacle, qu'ils passaient souvent ensemble les soirées du mardi, quand le théâtre faisait relâche, et qu'ils avaient même assisté tous les deux à une représentation de *La Grotte*, d'Anouilh (pompette sur les escaliers de Montmartre, il s'est souvenu avec émotion qu'elle avait pleuré sur son épaule pendant la pièce). C'est peut-être complètement faux, on croise des séducteurs désespérés de ce genre dans tous les bars, miteux mythos de comptoir : une comédienne débutante qu'on a eu la chance d'approcher deux minutes, on en fait vite une fille folle de soi. (En tout cas, il n'a pas attendu son arrestation pour l'inclure dans son histoire. Martial Wolfer et Georges Abar, ses collègues de Villejuif, diront qu'il leur « parlait souvent d'une actrice qu'il paraissait bien connaître ».) Ce qui est encore plus probablement faux, c'est qu'elle ait joué un rôle dans l'affaire Taron, qu'elle ait été au courant, qu'elle ait même orienté Molinaro ou son cousin vers lui, pigeon idéal. Mais après tout, on ne sait pas. Car il n'y a pas que Lucien qui mente. La jeune Parisienne modianesque de la rue Brown-Séquard, aux « jolis yeux sombres » (a écrit Lucien), n'est pas, elle non plus, un modèle de sincérité et de constance dans ses déclarations.

Dans la presse, au cours du mois de juillet 1964, on a pu lire le mépris cinglant qu'elle éprouvait à l'égard de celui qui n'était « pas un être humain » pour elle, tout juste un « objet » qui lui était « très antipathique », pour lequel elle ne ressentait qu'une « profonde aversion » et qui ne lui faisait, maintenant qu'elle savait qu'il allait passer sa vie en prison, « même pas pitié ». Ça ne correspond pas tout à fait à ce qu'elle a déclaré à la police et au juge Seligman. Le 29 septembre 1964, par exemple, après s'être souvenue avec une étonnante précision de leur première rencontre, trois ans plus tôt, à l'époque où elle habitait encore avec sa mère rue du Commerce, alors qu'elle affirme ailleurs qu'elle ne lui avait prêté aucune attention (elle se souvient qu'il lui a parlé de clarinette, de son travail chez Denoël, et même du titre du livre qu'il lui a offert la deuxième fois qu'ils se sont vus, une pièce de théâtre, *La Grotte*, d'Anouilh), elle parle simplement d'un « garçon timide » dont les sentiments « sont toujours restés très amicaux », et en qui elle avait donc « entière confiance ». (Et : « Je ne le considérais pas comme un anormal, plutôt comme un complexé qui n'avait pas pu s'affirmer complètement. ») Lors de cette audition, elle déclare qu'« un ou deux mois » après leur deuxième et dernière entrevue au cours de guitare, elle a reçu de lui « un ou plusieurs livres envoyés par la poste ». (Plutôt plusieurs. Les enquêteurs en établiront la liste : les cinq premiers tomes d'*À la recherche du temps perdu*,

Les Cloches de Bâle, d'Aragon, *L'Immoraliste* et *La Porte étroite*, de Gide, d'autres moins connus, comme un roman populaire d'une certaine Lydie Servan, *La Fiancée du silence* – au cours de ces mois où, selon elle, ils ne se voyaient plus, ce jeune homme qu'elle n'avait vu que deux fois très brièvement, selon elle toujours, lui a envoyé vingt-sept ouvrages par la poste, chez sa mère.) Le juge Seligman a l'idée de lui demander comment l'enragé du colis s'était procuré son adresse. Chantal Arbatchewsky ne sait pas, elle ne s'en souvient plus. Elle imagine que, peut-être, le professeur de guitare a pu la lui donner, non ? (Il n'est pas très sérieux, cet homme-là. Un maigrichon pâle et louche, à l'air malsain, lui demande l'adresse d'une jolie jeune fille qui n'est venue que deux fois aux cours, hop, il la balance direct ?) Il lui a écrit quelques lettres, aussi, ainsi que des cartes postales. « Je ne lui ai pas toujours répondu », précise-t-elle. Une carte postale d'Angleterre, entre autres, de Londres. (Quand il reviendra sur ses aveux, Lucien prétendra qu'il a accompagné Molinaro à Londres. Mais le 14 décembre 1964, alors qu'il suit encore la voie indiquée par Maurice Garçon, quand le juge d'instruction lui demande ce que c'est que cette carte envoyée à Mlle Arbatchewsky, il affirme : « Je ne suis jamais allé en Angleterre. » Seligman va tout de même fouiner un peu, et trouve, dans les carnets saisis chez Lucien lors de la perquisition, un récépissé daté du 21 mai 1963 : des livres sterling changées en 296,02 nouveaux francs. Il demande des explications à l'accusé : « Je devais aller en Angleterre en 1963 [comme ça, une petite promenade ?], j'ai donc transformé des francs en livres au Crédit Lyonnais des Champs-Élysées, mais je n'ai pas pu faire le voyage en raison de l'état de santé de ma femme, j'ai donc rechangé les livres en francs plus tard. » Le récépissé découvert par le juge a été émis à l'aéroport d'Orly. Donc Lucien prend ses livres sterling sur les Champs, mais quand il s'agit de faire l'inverse, il va à Orly, pour avoir quand même un petit goût d'évasion ?) Douchka se rappelle que c'est en décembre 1963, alors qu'ils ne s'étaient pas vus depuis deux ans, qu'elle a eu la surprise de trouver le guitariste timide devant le théâtre de l'Atelier, dans sa 2 CV. Au journaliste de *Détective*, en juillet 1964, elle dit qu'il l'a appelée : « Houhou, Nina ! » À Seligman, deux mois et demi plus tard : « Il m'a dit bonjour sans m'appeler par mon nom ou mon prénom. » Elle a dû se rendre compte entre-temps qu'il était étrange qu'il l'appelle Nina alors qu'elle s'appelle Chantal. Ça n'a l'air de pas grand-chose, mais sur l'affiche de la pièce, jaune et rouge, sous les noms de Delphine Seyrig, Jacques François et Julien Guiomar, il est écrit : « Nina Douchka ». Comment Lucien, qui a rencontré deux ans auparavant une adolescente qui prenait des cours de guitare et s'appelait Chantal Arbatchewsky, qui ne l'a jamais revue depuis, peut-il savoir qu'elle est devenue cette Nina Douchka sur l'affiche d'une pièce au théâtre de l'Atelier ? Ce 29 septembre, enfin, elle apprend au juge que c'est Lucien qui l'a aidée, début 1964, à emménager rue Brown-Séquard (« c'est la seule fois où il est monté chez moi ») et que la dernière fois qu'elle l'a vu (« un dimanche, environ quinze jours avant son arrestation », ce qui correspond exactement au dimanche 21 juin, le soir où Lucien prétend qu'elle lui a sévèrement demandé d'arrêter « ça » en remarquant la pile de journaux sur le siège passager de sa 2 CV), elle a refusé qu'il la raccompagne chez elle, car elle était avec des amis : « Je m'en suis excusée, ajoutant que s'il avait besoin de me dire quelque chose, il n'avait qu'à me téléphoner. » Elle a donc donné son numéro de téléphone, le nouveau, celui de son appartement de la rue Brown-Séquard (FON 15 74), à cet homme qui la colle, l'exaspère, la rebute.

Dix mois plus tard, le 29 juillet 1965, toujours devant Jean-Claude Seligman, elle « avoue » (à sa troisième et dernière audition, parce qu'elle ne peut plus faire autrement) qu'il lui est arrivé, une seule fois dit-elle, d'aller boire un verre avec le boulet, le « chauffeur de taxi », au Missou, à Montparnasse, un soir vers minuit moins le quart après une représentation.

Ce sont surtout ses apparitions dans la presse qui surprennent. Car Chantal varie. Après la mi-juillet 1964, elle n'aura pas de mots assez méchants. (Ce qui paraît étonner un peu quelques journalistes. Le 17 juillet, celui de *Détective* conclut ainsi son papier : « Ces paroles très dures, c'est celle que Léger considérait comme son amie, sa muse, sa confidente, qui les a prononcées. ») Mais avant, au début, c'est autre chose. Dans *Paris Jour*, le 10 juillet (« Pour la première fois, elle parle à cœur ouvert de leur relation »), elle dit qu'elle n'avait pas de sympathie particulière pour lui, mais elle ne lui en voulait pas d'insister en venant la chercher souvent au théâtre : « Parce qu'il était très doux, très timide. Il n'avait jamais un geste déplacé. Le fait qu'il ait tué m'a beaucoup étonnée. Lucien semblait avoir toujours peur de quelque chose. » Puis : « Le plus que je ressens pour lui à présent, c'est un peu de pitié, peut-être. » (Une semaine plus tard, dans *Détective* : « Je n'ai pas pitié de lui. Si un ami avait fait une chose aussi horrible, je l'aurais plaint. Léger n'était pas un ami. ») Et quand on lui demande quelle était la nature exacte de leur relation : « Tout au plus amicale. » (C'est déjà pas mal.)

Certains journalistes remarquent qu'elle n'est pas à l'aise quand elle évoque Lucien Léger. Celui de *Paris Jour*, le 10 juillet, quand la jeune comédienne ne déverse pas encore partout sa haine de son ancien « ami », remarque : « Elle garde de son origine slave un mélange de passion et de méfiance. Elle a visiblement peur de trop en dire, et de laisser place à des interprétations équivoques. » Et même encore la semaine suivante, dans *Détective*, quand l'intensité du mépris qu'elle affiche pour lui paraît presque suspecte : « Elle se met à parler un peu plus fort. Elle souligne ses phrases par des gestes. Elle est mal à l'aise. »

Mais ces arrangements de Douchka avec la réalité, ou plutôt avec ses premiers propos, ne sont évidemment pas la marque d'une duplicité profonde, et ne prouvent rien de son implication éventuelle dans ce qui est arrivé à Lucien. Elle a vingt et un ans, elle entame sa carrière, elle vient de décrocher un rôle dans une pièce importante : l'émotion des premiers jours passée, elle a dû se rendre compte que « proche de l'Étrangleur » ou « amie de l'Étrangleur » (et ne parlons pas de « maîtresse de l'Étrangleur », qui n'aurait pas manqué de poindre) ne serait pas du meilleur effet sur son CV d'actrice.

Deux ou trois choses urtiquent tout de même. À un moment de son interview pour *Détective*, elle se laisse aller : « Quelquefois, il allait prendre un verre dans ce café où nous sommes assis en ce moment. » (Elle est avec le journaliste au Missou, ce qui est, en passant, assez insolite. (Un an plus tard, elle dira à Seligman qu'elle ne sait plus du tout quel était ce café où elle n'était restée, une seule fois, que cinq minutes en terrasse avec Lucien Léger. C'était à Montparnasse, mais… La Marine ? À la Ville de Saint-Cyr ? Le Missou ? Oui, d'après la description des lieux que lui donne le juge, il s'agit peut-être du Missou, oui…)) « Il occupait habituellement la place que j'occupe en ce moment. » Là, on sourcille franchement. Comment le sait-elle ? C'est probablement ce que lui demande le journaliste, puisqu'elle enchaîne : « Ce sont des amis qui m'ont dit cela, car quand je sortais du théâtre, il m'attendait dans sa voiture. » Quel rapport ? Quels amis ? Des amis du théâtre ? Lucien allait boire des coups à Montparnasse avec des amis de Douchka, des gens de l'Atelier ? Ou bien elle donne la première explication qui lui vient à l'esprit ? (Autre chose, accessoirement : Lucien a déclaré et maintenu qu'il allait régulièrement au Missou, avec « Henri » entre autres. Interrogés par la police, les patrons de l'établissement, Ginette et Maurice Robert, et le serveur, François Pietri, affirmeront qu'ils n'ont pas le moindre souvenir d'avoir jamais vu Lucien Léger (ni Henri, bien sûr). Lors du procès, celui-ci s'adressera directement au garçon de café, venu à la barre : « Rappelez-vous ! Pendant six mois, je suis venu trois ou quatre fois par semaine ! » François Pietri se contentera de répondre : « Non, non... » et Lucien se rassoira dans son box, découragé.)

(J'ai eu du mal à le retrouver, le Missou – qui n'existe plus, bien sûr. Tout ce que je savais, c'est qu'il était situé place de Rennes, à Montparnasse, au milieu de pas mal d'autres, et qu'il présentait une façade bleue, sans doute huit fois repeinte depuis. À Seligman, Douchka disait qu'il se trouvait « entre la Brasserie d'Alençon et le tabac », engloutis eux aussi dans le temps. Mais en cherchant bien, longtemps, je les ai vus réapparaître sur une carte postale des années 1930, et j'ai comparé avec Google Maps. La Brasserie d'Alençon est aujourd'hui le Café Montparnasse (sur le store au-dessus de l'entrée était écrit, en grosses lettres, « La Meuse », je me suis demandé ce que ça faisait là, face à la gare de l'Ouest, puis j'ai compris que c'était une marque de bière, qui avait dû payer le store) et le tabac a été partagé entre une boutique de produits de beauté et une de lingerie. Il n'y avait, par chance, qu'un seul café entre les deux. Il n'y en a toujours qu'un aujourd'hui, qui s'appelle le Kibaloma. J'y suis allé boire un whisky en terrasse. Au Missou. Assis, je regardais autour de moi, il y avait du monde partout, surtout des jeunes. Lucien était quelque part par là, Douchka aussi, peut-être quelqu'un d'autre. Le serveur s'est approché de ma table, le descendant de François Pietri. J'ai levé les yeux vers lui. C'était Frédo. Je me suis demandé si les allers et retours dans le temps n'avaient pas fini par m'endommager le ciboulot. C'était Frédo le costaud, l'ancien patron du Bistrot Lafayette. Il a vendu il y a quatre ans, il préférait redevenir serveur, c'est plus tranquille. Il est repassé souvent boire un verre au comptoir de son ancien domaine, je sais depuis deux ou trois ans qu'il a trouvé une place dans un bar de Montparnasse, je ne savais pas lequel, il y en a, des bars à Montparnasse, j'avais oublié le nom, j'ai pourtant promis dix fois de passer le voir, je n'y suis jamais allé. Le Bistrot Lafayette au Missou. Frédo a pensé que je m'étais enfin décidé, il m'a tapé sur l'épaule, fort, comme un ours, il m'a embrassé, j'aurais quand même trouvé quelqu'un ici.)

Dans le tout premier papier qui révèle l'existence de Nina Douchka (« une jeune comédienne de talent »), le 8 juillet, *Paris Jour* sait déjà qu'ils se sont connus dans un cours de guitare, et qu'ils ont, depuis, des « relations amicales suivies ». Le reporter a certainement interrogé les copains de l'actrice débutante, car il écrit : « Tous, comme elle, ont été bouleversés en apprenant dimanche que ce jeune homme si discret était un assassin. » Et surtout, deux lignes plus haut, ce petit scoop : « Les autres artistes, amis de Douchka, croisaient souvent Lucien Léger dans la salle d'attente des loges. » C'est nouveau.

On peut se demander comment Nina Douchka est apparue si vite sur la photo médiatique. Le premier article qui parle d'elle est donc daté du 8 juillet : paru dans un quotidien du matin, il a été écrit la veille, le mardi. Lucien a été conduit devant le juge et à la prison de Versailles, en direct, le dimanche soir. Il n'a parlé d'elle ni dans ses aveux ni lors de sa première entrevue avec Jean-Claude Seligman, et il est certain qu'il n'a vu aucun journaliste le lundi. Chantal Arbatchewsky est simplement une jeune femme avec laquelle il se montre un peu collant, qui accepte à contrecœur qu'il la ramène de temps en temps chez elle, il n'en a parlé à personne (hormis à ses deux collègues), même la police ignore son existence, et dès le lendemain de son premier jour de prison, de fabuleux reporters à l'instinct extraterrestre la dénichent et lui posent des questions sur l'Étrangleur ? On n'est pas loin du miracle journalistique.

Ce même jour, le 8 juillet, *Libération* publie un témoignage ahurissant. Depuis le début, c'est Jacques Flurer qui suit l'affaire pour le journal. À plusieurs reprises, il a débusqué de bonnes infos, que les autres n'avaient pas. Ce jour-là, celui où Nina Douchka apparaît dans la presse, il publie un papier sous un gros titre sur cinq colonnes : « Les confidences d'une amie de l'Étrangleur : "Il aimait quand je l'appelais docteur Faust." » Une quoi de l'Étrangleur ? « Le portrait de Lucien Léger que nous a dressé une de ses amies nous a paru authentique. » Il s'agit d'une jeune femme, « témoin de la vie de tous les jours » de celui dont tout le monde parle. Témoin aussi de certaines de ses nuits, manifestement, puisqu'elle décrit « un jour au hasard » : « Ce matin-là, à mon réveil, Lucien fredonnait une chanson. C'était donc bien un jour comme les autres, vous savez, car Lucien avait souvent une chanson à la bouche à son réveil. C'était presque toujours une chanson écrite par lui, ou alors parfois un poème de Verlaine mis en musique par Cosma. » On apprend ensuite, en vrac, qu'il avait ses matinées pour lui mais travaillait dur l'après-midi et le soir, qu'il rentrait tard, « parfois pas avant minuit », qu'il dormait « peu et mal », qu'il était nerveux de nature et « avait besoin de se dépenser beaucoup » pour se calmer : « Elle s'interrompt et devient rouge jusqu'aux oreilles, mais reprend vite le contrôle d'elle-même et dit d'une voix plus forte : "Vous savez, après ce qui lui est arrivé, je n'ai pas à avoir des pudeurs de jeune fille." » Souvent, le matin, il avait la flemme de se raser. « Il a porté la moustache à une certaine époque. Maintenant, il voulait avoir une barbe. Il disait que c'était un attribut physique ridicule, mais que cela aiderait à ce qu'on le prenne pour ce qu'il était. » Il lui parlait de Nietzsche et de Freud, de leurs réflexions sur l'irresponsabilité, il mangeait peu, il disait que c'était parce qu'il n'avait pas le temps : « En réalité, c'était parce qu'il gagnait peu et qu'il ne voulait pas le montrer, même à moi. » « Il était incapable de méchanceté et de rancune. » Il lui faisait souvent la lecture à haute voix, des poèmes la plupart du temps. « Le meilleur moment, c'est quand il arrêtait de lire et me parlait. On dit que tous les jeunes gens d'aujourd'hui sont les mêmes, mais lui, il était tellement plus vieux que son âge. Souvent, pour rire, je l'appelais docteur Faust, et cela lui plaisait. » Et encore : « Il était passionné par tout, ou bien alors étrangement indifférent. » Selon le journaliste : « Pour elle, cet homme passionné et débordant d'énergie était en fait l'instrument d'un destin. »

Qu'est-ce que c'est que ça ? La seule femme avec qui Lucien ait passé des jours et des nuits, de toute sa vie (courte jusque-là, amputée ensuite), est Solange. Or non seulement ce témoignage ne lui ressemble pas, mais peu importe, elle est enfermée à Villejuif, inaccessible aux journalistes, et le 7 juillet, elle doit avoir envie de tout sauf de dresser un tendre portrait de son mari. Il n'y a que trois possibilités : soit c'est un canular de la fausse amie (motivé par l'appât du gain : tout témoignage se monnaie) ; soit c'est une pure invention de Jacques Flurer (dont ce n'est manifestement pas l'habitude) ; soit il s'agit de Chantal Arbatchewsky (c'est à la fois le plus logique et le plus invraisemblable : personne n'a jamais prétendu ni même sous-entendu qu'ils étaient amants, qu'ils passaient des nuits ensemble, Lucien lui-même soutenait qu'ils n'étaient qu'amis, et elle qu'elle n'éprouvait pour lui, au mieux, que de l'indifférence). Si c'est un canular, il est remarquablement documenté, et même anormalement précis – le fait par exemple qu'il puisse être passionné par tout ou « étrangement indifférent » (plusieurs mois plus tard, Solange dira quelque chose de semblable, évoquant de longs moments où il paraissait complètement ailleurs) ;

Verlaine était son poète préféré : à ce moment-là, personne encore ne le savait ; il est vrai qu'il avait « porté la moustache à une époque », mais ça non plus, personne encore ne le savait (des photos de lui à vingt ou vingt et un ans, moustachu, avec sa clarinette, seront publiées dans *Détective*, mais dix jours plus tard).

Si c'est Jacques Flurer qui s'est amusé à étaler en pleine page ce qu'on n'appelait pas encore une fake news, ce n'est plus une de ces petites inventions ou améliorations auxquelles certains journalistes ont parfois un peu de mal à résister pour repaître le lecteur, c'est de la grosse arnaque – alors que les jours précédents et suivants, Flurer est plutôt plus juste, plus pondéré et mieux informé que la plupart de ses confrères. (De plus, dans un moment où la France entière ne demande qu'à se jeter sur le monstre, comment aurait-il pu avoir l'idée, plus que saugrenue et contre-productive, d'inventer que l'Étrangleur est « incapable de méchanceté et de rancune » ? Et que viennent faire dans cette interview ces drôles de mots, sans raison apparente : « irresponsabilité », « instrument d'un destin » ?) Je ne sais pas combien j'ai passé d'heures (avec Stéphane et Jean-Louis) à essayer d'imaginer d'où pouvait venir ce témoignage. Lucien ne connaissait presque personne. Pas de femmes, du moins. Je ne vois que Douchka, mais j'ai le plus grand mal à y croire.

Une liaison entre Nina Douchka et Lucien, j'ai le plus grand mal à y croire. Douchka était une jolie jeune femme, entourée de jolis jeunes gens, acteurs et artistes, dans le tourbillon de la vie parisienne, Montmartre, Montparnasse, et Lucien Léger un avorton timide et bilieux, infirmier psychiatrique à Villejuif. Ça ne va pas.

La carrière de Douchka n'a finalement jamais réellement décollé. Elle avait débuté juste après les cours de guitare, qu'elle avait abandonnés pour changer de voie : elle s'était inscrite dans deux cours de théâtre, chez Tania Balachova, rue des Moines, et chez Berthon, près du métro

Villiers. *Un mois à la campagne* a été son premier cachet. Ensuite, elle a joué dans une dizaine de pièces de théâtre et une quinzaine de films ou téléfilms, principalement des petits rôles. Lorsque je suis allé pour la première fois sur sa page Wikipédia, j'ai arrêté de respirer six secondes : les trois derniers films dans lesquels elle apparaissait étaient *La Fureur de jouir* (1979), *Désirs sous les tropiques* (1979 aussi) et *Les Clientes / Bordel pour femmes* (1982). J'ai réussi, après pas mal de démarches laborieuses (j'ai même écrit, sur Facebook, à Gérard Kikoïne, le réalisateur des *Clientes / Bordel pour femmes*), à me procurer deux de ces films – dont l'un, *Désirs sous les tropiques*, en cassette vidéo : allait-il falloir que j'achète un magnétoscope ? *Les Clientes / Bordel pour femmes* était en DVD. Nous l'avons regardé un soir après manger, avec Anne-Catherine. On y voit Douchka, une cliente du bordel nommée « L'habituée » dans le générique, donner son maximum. Mais ce n'est pas Chantal Arbatchewsky. Ce n'est même pas Douchka. C'est Doucheka, en réalité, une actrice porno de l'époque dont le vrai prénom est Catherine (ses amis l'appellent Cathy). J'ai écrit à l'un des contributeurs de la page pour que ces trois rôles apocryphes soient retirés de sa filmographie.

Après le tournage, en 1977 pour TF1, du *Printemps de Désiré Lafarge*, elle disparaît. On ne trouve plus qu'une trace d'elle, en 1979 : au début d'un documentaire de Jean Eustache, juste après le titre, *La Rosière de Pessac 79*, on lit : « Pour Douchka Arbatchewsky ». Comme un hommage, comme si elle était morte.

Si on cherche bien, on la retrouve au Japon. À la fin des années 1970 ou au début des années 1980, elle s'est mariée, près de Kyoto, avec un monsieur K. M. Sur un site polonais de généalogie, j'ai trouvé des photos de leur mariage. C'est un peu effrayant, mais seulement, je pense, parce que je n'y connais rien en tradition nippone. Elle ressemble à une geisha (autre preuve que je suis le plouc parfait, car cela n'a évidemment rien à voir), elle est très sérieuse, fermée, elle paraît triste, soumise, elle a le visage entièrement peint en blanc – mais j'imagine qu'un Japonais aussi inculte que moi penserait la même chose d'une mariée française, cachée sous son voile, sa voilette, qui laisse de vieux ivrognes de la famille remonter sa robe jusqu'à la culotte ou presque pour enlever sa jarretière et la vendre aux enchères aux invités bourrés. (Il a été question qu'Anne-Catherine se rende là-bas, à soixante kilomètres au nord de Kyoto, dans la petite ville de Sonobe, où a eu lieu la cérémonie, pour essayer de trouver des traces d'elle. Les deux éditrices des éditions Paulsen, Fabienne Reichenbach et Isabelle Parent, étaient intéressées par le récit qu'elle aurait pu faire de son « enquête » au retour. (Finalement, nous avons abandonné l'idée, à cause du « Cessez de harceler » de sa sœur.) Elles lui avaient présenté Jake Adelstein, l'auteur de l'époustouflant *Tokyo Vice*, qui connaît le Japon, son sous-sol surtout, mieux que pas mal de Japonais, et qui avait accepté de l'accompagner sur place dans ses recherches. Il a regardé les photos du mariage de Chantal, que j'avais envoyées par mail. Selon lui, qui s'appuie sur le costume du marié et le décor, K. M. était un « riche prêtre bouddhiste ». Il a ajouté que ce serait « très étonnant et rare » pour l'époque, il y a quarante ans, qu'un moine épouse une Européenne. Mais enfin si.) Chantal, alias Nina Douchka, est décédée en mai 1997, d'un cancer, au Japon, à cinquante-trois ans.

On ne saura jamais, c'est certain maintenant, le rôle qu'elle a tenu dans la vie de Lucien Léger, ou dans l'affaire Taron – probablement : aucun, mais c'est dommage, on ne lui a pas posé les questions qu'il fallait pour en être sûr.

On ne lui a même pas demandé si elle avait bien rendez-vous avec Lucien le soir du 26 mai 1964, et s'il l'a appelée pour annuler. On ne saura pas non plus s'ils se sont bien vus la veille, comme il l'a déclaré : il serait allé l'attendre devant chez elle, rue Brown-Séquard, et ils auraient parlé « pendant près d'une heure », durant laquelle il lui aurait fait part de la proposition de Molinaro de l'aider à faire passer ses poèmes à la radio et à la télé, par l'intermédiaire de l'animateur du Club des poètes, Jean-Pierre Rosnay. Il lui aurait proposé, entre autres, d'interpréter la chanson qu'elle fredonnait dans *Un mois à la campagne*, pendant que lui lirait l'*Ode à Katia* qu'il avait écrite. Dans une lettre à Maurice Garçon, le 21 septembre 1965, il ajoute : « Lorsque j'ai proposé à Mlle Arbatchewsky de participer à l'émission qu'Henri m'avait promise, je lui ai précisé que j'avais cette chance grâce à un ami qui avait des relations à la télé, en l'occurrence Henri, mais je ne l'ai pas nommé. Si elle s'en souvient, cela confirmera un peu de son existence. » Maurice Garçon, avant d'abandonner définitivement, demandera à Seligman de poser la question à cette Chantal Arbatchewsky dont il n'avait « jamais entendu parler jusqu'à ce jour ». (Dans les notes sur l'affaire qu'il prend au fur et à mesure, et qui sont conservées dans ses archives privées, Garçon consacre une page et demie à Douchka, plus qu'à bien d'autres protagonistes, fictifs ou non, de cette histoire. Il y adjoint une lettre de Geneviève Léger, la mère de Lucien, datée du 18 septembre 1965, qui contient l'adresse et le numéro de téléphone de la jeune femme, ainsi que ceux de sa mère : « Selon mon fils, Nina était tout à fait au courant de cette affaire, il n'y a qu'elle qui pourrait tout éclairer. ») Albert Naud, lui aussi, réclame une confrontation entre son client et elle, dans un mémoire déposé le 10 décembre 1965 : « Il s'agit d'une affaire trop importante pour que des éléments aussi précis ne soient pas vérifiés avec la plus grande minutie. » Ça ne suffira pas. Le juge Seligman n'estimera pas utile de convoquer une nouvelle fois la jeune actrice pour lui demander si, oui ou non, Lucien Léger lui a parlé, la veille de l'enlèvement de Luc Taron, de l'un de ses amis qui avait des relations à la télévision. On ne saura jamais. (On peut avoir des doutes. Le journaliste de *Détective* qui l'a interviewée pour le numéro du 17 juillet a recueilli auprès d'elle cette info anodine : « Lucien Léger espère qu'elle dira ses poèmes dans des récitals ou à la radio. » Pourquoi le dit-elle ? Ils en ont parlé ?) Des cent seize témoins convoqués au procès, Chantal Arbatchewsky, alias Nina Douchka, sera la seule à ne pas se présenter au tribunal, sans aucun motif valable, aucune raison officielle. On ne s'en émouvra pas plus que ça. (Alors que d'autres témoins qui ne voulaient pas venir, comme Jacques Salce (qui a prétendu qu'il avait des examens à passer ce jour-là), ont été contraints, par la force de l'ordre, de venir à la barre. Pas elle. C'est dommage.)

Nina Douchka a quitté la France, pour toujours, au cours de l'année 1977. C'est exactement le moment où l'on étudiait la possibilité d'une révision du procès de Lucien Léger – la demande sera finalement rejetée à la fin du mois d'octobre. Mais c'est sans doute une coïncidence. Comme on le lit sur sa page Wikipédia, elle était « passionnée par le zen et la culture japonaise en général », elle est donc partie au Japon, où elle a rencontré son futur mari, moine. Mais sans faire le malin, je pense qu'elle n'a rien à voir avec le ou les assassins de Luc Taron. Elle aurait très certainement pu aider Lucien, qui ne lui a rien fait et qu'elle ne haïssait pas autant qu'elle l'a prétendu, elle aurait pu confirmer une partie au moins de ce qu'il disait, elle a refusé. « Cessez de harceler », dit sa sœur. Et avant cela : « Ma sœur avait trouvé la paix au Japon et désirait garder privée sa vie privée. Respectons sa mémoire. » D'accord. Respectons la mémoire de Nina Douchka.

Respectons celle de Luc, aussi. Avant d'aller la semaine prochaine me faire ouvrir la tête à Lariboisière, par je ne sais où (la joue ? l'intérieur de la cavité buccale ? je n'ai pas demandé, je ne veux pas savoir), pour qu'on y retire cet énorme kyste, ou je ne sais quoi de pire peut-être, qui laissera un trou de la même taille dans mon sinus gauche avec je ne sais quelles conséquences (ma dentiste n'est pas rassurée, je sens qu'elle n'a pas très envie d'en parler), il faut, car on ne sait jamais (je suis un demeuré, j'ai six ans et demi : lors du rendez-vous avec l'anesthésiste, la semaine dernière, quand il m'a demandé au bout de combien d'étages j'étais essoufflé, j'ai répondu trois (on habite au troisième et je réussis à monter, donc je ne suis pas à proprement parler sans souffle quand j'arrive devant la porte – en réalité, après le premier, j'ahane comme une otarie abandonnée dans le désert), car je ne voulais pas paraître trop faible, vieux, misérable, et quand il a voulu savoir combien je fumais de cigarettes par jour et a suggéré, le front douloureusement plissé mais compréhensif par avance, pour m'aider à avouer : « Au moins un paquet, hein ? », j'ai hoché la tête d'un air coupable : « Hum, malheureusement, pas loin, oui… » (mais ce n'est pas un mensonge, ce n'est pas un mensonge : en vrai, c'est deux, et qui pourrait prétendre que deux est loin de un ?)), avant d'y aller, il faut que je soulage ma conscience au cas où, que j'allège ma gangue terrestre en avouant quelque chose de pas facile : a priori, je n'aime pas beaucoup le petit Luc Taron. C'est mal, de critiquer les enfants morts (même les adultes morts, on est un peu embêté), mais que dire ? Sa jeune institutrice, Janne Foubert, ne l'épargne pas elle-même, dès le lendemain de sa mort : « C'était un enfant bizarre, au comportement très étrange. Par exemple, en classe, il imitait le bruit d'un train, ou alors il chantait tout haut. Quelquefois, il allait même jusqu'à me faire des grimaces. C'était un très, très mauvais élève. J'ai essayé de l'intéresser, mais sans succès. Il était le dernier de la classe. Il était puni assez fréquemment. Il était indiscipliné, mais d'une façon dissimulée. Lorsque je l'interrogeais, il baissait la tête et ne répondait pas.

Sans doute par conscience de sa nullité. » Ce n'est quand même pas très gentil, pour un petit garçon qui vient d'être assassiné, à onze ans. Mais le directeur de l'école de la Bienfaisance confirme : « Il était très renfermé, un peu sournois, peu doué, assez turbulent et indiscipliné, toujours en queue de classe. » (Il pense que si Luc ne faisait absolument rien en cours, c'est qu'il avait compris que sa maîtresse était dépassée par son attitude : il se sentait plus fort qu'elle et en profitait.) Roger Besnard ajoute qu'il a volé plusieurs fois des affaires à ses camarades, notamment un compas – il avait été pris la main dans le cartable. Il a aussi souvent pioché dans le porte-monnaie de sa mère et, dans le courant de l'année 1963, ses parents lui avaient confié l'argent du trimestre pour payer l'étude après l'école, il l'avait gardé pour lui au lieu de le donner au secrétariat, et pendant trois mois, il se promenait après la sortie, pour ne rentrer chez lui qu'à 18 heures, comme si de rien n'était. C'est en découvrant cela qu'ils avaient décidé qu'il rentrerait désormais à 16 h 30, « pour lui éviter de nouvelles tentations ».

Répondant sans doute à une question de l'OP Mothe, qui l'interroge au siège du SRPJ, Janne Foubert indique qu'il n'était pas, à sa connaissance, le souffre-douleur des enfants de sa classe. Au contraire, même. Ceux de son âge ne lui adressaient pas la parole, ils l'ignoraient, le craignant manifestement un peu : « C'était un enfant costaud, il était à l'abri des représailles des autres. » Il reste par conséquent souvent seul, « dans son monde » (mais qu'est-ce qu'il y a, dans son monde, à onze ans ?), très solitaire, ne parle à personne, et ne fréquente, dans la cour de récréation, que les plus petits que lui : d'une part, il les « achète » avec des bonbons, il en a toujours les poches remplies et les distribue comme un prince, d'autre part, il exerce une forte autorité sur eux et n'hésite pas à les frapper. (Tous les enfants interrogés par les policiers, sans exception, précisent à un moment ou un autre de leur déposition que ce n'était pas leur ami. Le petit Patrick Gallier, par exemple, qui, en se rendant au catéchisme, est le dernier à l'avoir vu dans la rue, et qui a un an de moins que lui, déclare : « Je jouais avec lui dans la cour mais c'était pas mon copain. ») Surveillé et réprimandé dans l'enceinte de l'école, il se défoule dehors : à la sortie, sur le chemin du retour, il les bouscule, les tape, s'empare de leur béret ou de leur cartable et les jette dans le caniveau, un jour il est même surpris par le directeur en train d'insulter une vieille dame. Essayant d'y remédier après avoir reçu des plaintes de plusieurs enfants, Janne Foubert décide de ne plus le laisser sortir en même temps que les autres : pour qu'il ne les embête plus, pour qu'il rentre chez lui tout seul, elle le retient chaque jour un quart d'heure après la sonnerie. C'est un vrai petit monstre.

Au bout de quelques semaines de retenue, Luc semble s'être calmé, avoir compris, Mlle Foubert le laisse donc de nouveau partir à l'heure normale. Selon le directeur, Yves Taron est préoccupé par les problèmes scolaires de son enfant, qu'il passe souvent chercher après l'école (mais au moment de sa dernière fugue, cela fait quinze jours qu'il n'est pas venu). Il ne sait plus quoi faire, il se décourage : il le réprimande, surveille ses devoirs, mais ne réussit à l'intéresser à rien. Il menace de le mettre en pension. Au printemps 1964, deux semaines avant la fugue de Luc, c'est de pire en pire et le père confie à Roger Besnard qu'il l'a inscrit dans un internat laïc, l'institution Gilles, à Levallois-Perret. (C'est le directeur qui le rapporte aux policiers. Taron, lui, affirmera avoir seulement envisagé cette possibilité, vaguement, et en tout cas n'en avoir jamais parlé à son fils.)

À la fin de l'année 1962, le directeur a suggéré au père de Luc de faire passer à celui-ci un test d'orientation scolaire, car il craignait qu'il soit nécessaire de lui faire redoubler son CE2. Les résultats de cette évaluation ne sont pas brillants : « Difficultés d'intégration sociale, retard de maturité intellectuelle, importantes inhibitions, anxiété. » Le Centre public d'orientation scolaire et professionnelle de la Seine estime que Luc « ne sera pas à même d'assimiler l'enseignement donné en CM1 », et qu'il lui faudra donc une deuxième année de CE2. À la rentrée prochaine, il aura dix ans, ça devient critique. Son père insiste pour qu'il passe tout de même en CM1 – en huitième, comme on disait encore. Ce n'était sans doute pas une bonne idée. Son comportement, regrette le directeur, n'a cessé de se dégrader depuis.

Même ses parents, dans les toutes premières heures après sa mort, semblent avoir des reproches à lui faire. Avant même d'être interrogé par la police, le soir du 27 mai 1964, la première chose que révèle Yves Taron au reporter de l'AFP (dépêche de 0 h 09) à sa sortie de la morgue d'Orsay, c'est que Luc était « un enfant fugueur, particulièrement difficile, peu studieux et instable ». Suzanne, elle, lors de son premier interrogatoire au 127 rue du Faubourg-Saint-Honoré, dans la nuit du 27 au 28 mai, déclare : « Sur le plan caractère, Luc s'est révélé très dur. Il était désobéissant, espiègle, paresseux. Ce caractère avait des répercussions néfastes sur ses études, nous avions sans arrêt des reproches de l'école. Je dois reconnaître qu'en ce qui me concerne, je me suis toujours montrée assez faible à son égard. Quant à M. Taron, il était plus sévère mais sans guère de résultat. En raison de cette tendance difficile, M. Taron et moi surveillions autant que possible les entrées et sorties d'école de mon fils. » (Mon fils ?)

La presse, qui n'a rien d'autre à se mettre sous la canine (le message urgent de l'Étrangleur ne remontera à la surface que le lundi suivant), ne tarde pas à trottiner sur ce chemin, flairant la bonne histoire. Le vendredi 29 mai 1964, *L'Aurore* titre, non sans sournoiserie : « Un mystérieux petit garçon aux yeux tristes », et *Paris Jour* : « Le petit garçon triste qui ne souriait jamais », avançant de quelques pas, en page intérieure, dans le mélo et le sous-entendu : « Luc était un gamin qui ne riait jamais, dont les grands yeux clairs se voilaient quand il s'agissait de chahuter dans la cour de l'école ou lorsqu'il était question devant lui de ces petits riens qui font l'insouciance des gamins de son âge. » Le caractère, la solitude et le mal-être apparent de Luc font hausser quelques sourcils. Les témoignages des voisins, recueillis par la police ou les journalistes, entretiennent les soupçons – les questions au moins, chez les plus mesurés. Dès le 28 mai à 13 h 33, une dépêche AFP écarte les rideaux : « La famille Taron vivait en vase clos. Jamais personne n'a pu voir, au travers de l'épais voile masquant les baies vitrées, ce qui se passait chez les parents du malheureux Luc Taron, le petit garçon assassiné dans les bois de Verrières. » Pour certains habitants de l'immeuble, c'était « un enfant gai et turbulent qui, livré à lui-même, restait parfois de longues heures dans la cour ombragée de cyprès ». Pour d'autres, c'est exactement le contraire : « Presque toujours accompagné à l'école, à l'aller comme au retour, il n'était jamais livré à lui-même. Le seul univers de cet enfant devait être l'école, puis l'appartement du petit bâtiment où, sitôt de retour, Luc restait à longueur de journée, même les jours fériés. » C'est un peu le problème, avec les témoignages : ça ouvre toutes les possibilités, dans toutes les directions. Quoi qu'il en soit, si l'Étrangleur spectaculaire occupe presque exclusivement le devant de la scène, il est certain que la belle statuette lisse des parents modèles se fendille, et que plus le temps passe, moins l'on hésite à glisser des cure-dents puis des petits bâtons dans les interstices pour essayer de voir à l'intérieur.

Détective, le 12 juin 1964, ajoute à la fois quelques pincées de sucre et quelques pincées de sel. Sous une couverture qui montre Luc près de sa maman devant un petit sapin, et qui titre « Qui a tué Luc Taron ? Le voici lors de son dernier Noël » (l'hebdomadaire consacrera quatre unes de suite à la famille Taron, une photo pleine page sur chacune : un portrait de Luc en gros plan ; la semaine suivante, celle-ci, celle du dernier Noël ; puis Yves Taron, un doigt accusateur pointé vers l'objectif, qui affirme, péremptoire : « L'Étrangleur est un sadique » ; et enfin, pour le dernier numéro de juin, le couple penché sur un grand portrait de leur fils : « Luc Taron : ses parents veulent le venger » – toutes ces photos ayant été vendues par Suzanne Brulé et Yves Taron (oui, non pas données mais vendues, comme toutes celles qui paraîtront dans la presse pendant des années, et tous les entretiens qu'ils accorderont aux journalistes)), on apprend que « pour compenser ses échecs scolaires, Luc bénéficiait d'un climat familial excellent ». Parfait. On tempère tout de même un petit peu au paragraphe suivant, en illustrant l'excellent climat familial par le fait que « jamais l'autorité du père ne dépassait les limites de la simple correction paternelle » (bien naturelle). (Yves Taron, soucieux d'exactitude, tient à préciser : « Une gifle par-ci par-là, mais jamais ce qu'on appelle une correction. » (C'est-à-dire à coups de barre de fer sur la nuque et les tibias ?)) Mais alors ensuite, sans doute dans une volonté d'équilibre du papier, on déroute légèrement le lecteur : « Mais Luc avait un caractère renfermé. Il vivait replié sur lui-même comme un oiseau craintif apeuré. » Bon, voilà un enfant entouré de parents aimants et protecteurs qui se recroqueville entre eux comme un oiseau craintif apeuré.

Évidemment, ce genre d'allusions fait tomber les réticences, et permet (c'est internet avant le siècle) à ceux qu'on n'appelle pas encore les haters de se défouler, de déverser leur trop-plein de bile. On sait ce que valent les lettres et dénonciations anonymes, c'est la lie écœurante de la nature humaine, mais elles servent au moins de baromètre, elles donnent des indications sur l'atmosphère générale, sur l'état d'une société à un moment précis, comme les moustiques qui n'apparaissent que lorsqu'il fait chaud et humide, ou les différentes sortes de mouches sur un cadavre.

Le 30 mai, le commissaire Samson en reçoit une postée à Beauvais : « Nous avons été en relations pour affaires avec le faux ménage Taron. Nous pouvons vous certifier que le petit Luc, n'ayant pas été désiré, était un enfant malheureux. [...] Le petit a été frappé par eux, laissé à demi mort, vous connaissez la suite. La concierge, les commerçants du quartier et nous-mêmes resterons anonymes. [Pas sûr que la concierge ait goûté ce trait d'humour involontaire.] Pourquoi ? Parce que si ces bourreaux d'enfant ne sont pas appréhendés, après la mise en scène qu'ils ont échafaudée, nous craignons tous des représailles de ce couple alcoolique. » (Une chose qui fait peu de doute, c'est que ni Suzanne Brulé ni Yves Taron ne sont alcooliques.) Une autre, postée rue Singer, dans le 16e arrondissement, émane d'un « groupe de voisins » du couple : « Nous connaissons les Taron, cette femme aux yeux secs et son amant. Seront-ils jugés ? Pourtant, les coupables, ce sont eux, qui, par leurs mauvais traitements, terrorisaient leur enfant. » Et bien d'autres encore, toutes assez caractéristiques du genre.

La plus particulière est peut-être l'une des toutes premières, par ce qu'elle dit, qui diffère du lot commun, mais aussi car elle a été postée (de la rue Duperré, à Pigalle) le 30 mai, à un moment où les parents en deuil sont encore très peu apparus dans les médias, et qu'elle est adressée uniquement à Suzanne : « Madame, je compatis à votre malheur car je vous connais, mais c'est un peu à cause de vous que votre fils a été tué. Cet enfant a été terrorisé par votre ami, et il l'avait dit. Cet homme portera toujours sur lui la mort de votre petit. C'est un homme qui n'a pas su donner un peu d'affection à ce pauvre petit, et vous, mollasson [c'est souligné par l'auteur de la lettre], vous ne disiez rien. Il est bien temps de pleurer.

Il a fui le domicile paternel parce qu'il était malheureux. Que la police fasse un peu de recherches près de vous. On verra la suite. Agréez mes sentiments. » La signature est difficilement lisible. Il semble que ce soit Le Corre, ou La Canne, ou La Corne.

Paris Jour, le 3 juillet encore, vingt-quatre heures seulement avant l'arrestation de l'Étrangleur, qui mettra fin à toutes les interrogations, y va franco, en envoyant tact et scrupules par-dessus les moulins pour s'étendre sur la suspicion qui flotte encore autour des parents. Le titre sent bon le scoop : « Le petit Luc n'a pas été tué dans le bois de Verrières », le journaliste avance ensuite, s'appuyant sur une prétendue source policière, qu'il était mort depuis un moment quand on l'y a déposé, il ne faut peut-être donc pas chercher bien loin, pas beaucoup plus loin, peut-être, que la porte de sa maison : « Il s'agit en effet de parents dont le petit enfant a fui un soir le domicile paternel parce qu'il ne voulait pas subir la dure discipline qui lui était imposée dans son foyer. Luc, enfant fugueur, aurait peut-être renouvelé ce soir-là ses rêves d'évasion. Du moins, c'est là ce que certains ont pensé, mais c'est peut-être faux. » On peut difficilement faire plus – ou moins – ambigu.

Il faut se mettre à la place des parents, ce doit être insupportable – il suffit de se rappeler Christine et Jean-Marie Villemin. Chacun de leur côté, ils essaient de faire contrepoids dans la presse. Le plus frappant est certainement le long entretien que Suzanne Brulé accorde fin juin à *Noir et Blanc*, qui paraît le 1er juillet. Un mois après qu'elle a déclaré que son fils était « très dur », « désobéissant, espiègle, paresseux », Luc est devenu « un enfant agréable, sociable, tel qu'elle l'avait rêvé ». Pourtant, je ne peux pas penser que Suzanne n'est pas sincère quand elle parle de lui. Dans un article de journal (je ne sais pas lequel, c'est une coupure qui figure dans le dossier d'instruction, on ne voit pas le titre) daté du 15 juillet 1965, elle dit : « On a tué mon petit, vous savez dans quelles circonstances. Il m'a appelée, j'en suis sûre. Il se sera sauvé dans le bois, on l'aura poursuivi et repris. Il a dû se défendre, il était fort, mon petit bonhomme. Je suis passée par de telles situations… Au début, on a dit que M. Taron battait son enfant. C'était comme si on m'accusait, moi qui n'ai jamais pu lui donner une fessée. Aujourd'hui, personne ne dit plus de choses pareilles. Qu'on ait pu croire que mon petit bonhomme ait été malheureux, ça m'a brûlée au plus profond de moi-même. […] Je le lavais tout entier, je le frictionnais, il n'y avait pas une poussière sous un ongle de ses pieds qui pouvait m'échapper. Je le soignais tant, et on me l'a tué. On a tué mon enfant. Mon petit Luc est au cimetière. Je n'attends qu'une chose : pouvoir le rejoindre. On ne se rend pas bien compte. Être soi vivant et voir son enfant au cimetière, ça vous met hors de vous. Quand il est mort, il avait du sang sur son petit nez. Il avait reçu des coups sur son front et sa nuque. Lucien Léger avait dit : "Il a dû mettre dix minutes pour mourir." » On peut douter de tout, de tout le monde, il ne faut pas se fier aux apparences, d'accord, mais comment ne pas penser qu'elle souffre, viscéralement, et n'a rien à voir avec la mort de son fils (directement, en tout cas) ? À côté d'elle, son futur mari fait figure de guignol insensible et louche. Il n'a qu'une obsession, qu'on tue l'Étrangleur (pour n'importe quelle raison : une fois, c'est un sadique pédophile, une autre, un escroc prêt à tuer un enfant pour une rançon substantielle – on s'en fout, il faut l'éliminer), et passe son temps à se marrer devant les journalistes. Tous s'en étonnent, et l'écrivent – pour qu'ils se permettent publiquement ce genre de commentaires à propos d'un homme qui vient de perdre son fils, c'est qu'il y a vraiment un malaise. Le 4 juin 1964, la pourtant très sobre AFP prend la peine de noter entre deux virgules : « M. Taron, qui était souriant, a tenu sur le trottoir une véritable conférence de presse. »

Le 18 juin, dans *Libération*, « il fait le point sur son enquête en souriant ». Dans *Paris-Presse*, Michel Rigaud écrit : « Devant son sourire perpétuel, on finit, en parlant avec lui, par ne plus se souvenir qu'il est le père de la victime. » Toujours dans *Paris-Presse*, le 6 juin 1964, une photo dérangerait le plus froid, le plus objectif ou le plus cynique des observateurs : Yves Taron se dirige vers les journalistes en sortant du palais de justice de Versailles, du bureau du juge Seligman, son fils est mort depuis dix jours et rien ne permet de penser qu'on va arrêter bientôt son assassin : il rit, carrément. Il ne faut pas se fier aux apparences, d'accord, d'accord, mais a priori, préjugeons : Suzanne Brulé est une mère en détresse et Yves Taron un sale type.

Lors du procès encore, et même si Lucien Léger, qui a avoué et répété ses aveux inlassablement pendant un an, est le coupable tout désigné, idéal, la presse continue à regarder les parents d'un œil suspicieux – réprobateur, plutôt (la mère plus que le père, d'ailleurs, peut-être parce qu'une mère se doit de souffrir plus, et surtout de le montrer davantage (un homme, n'est-ce pas, comment lui en vouloir de conserver sa virile dignité ? – et puis il a d'autres occupations dans la vie, il va s'en remettre, alors qu'une mère, bien entendu, n'est que mère)) : lorsque Suzanne vient témoigner à la barre, *Paris Jour* souligne : « À aucun moment, ses yeux ne s'embuent de larmes », et *Ici Paris*, qui estime que les spectateurs l'ont trouvée « bien froide » : « Elle ne pleurait pas, pas une larme, pas une crispation de ce front lisse, pas un tremblement de ces lèvres qu'on imagine pourtant effleurant une joue d'enfant. » (Le fait qu'elle ne pleure pas ne signifie rien, on ne sait pas comment on réagirait, mais que les journalistes le précisent en dit long sur ce qu'on pense d'elle, sur ce qu'on murmure.) « Pendant que la maman parlait, continue *Paris Jour*, M. Taron donnait l'impression de répéter à voix basse toutes les explications qu'elle donnait à la cour. » (Comme à « L'École des fans ».) Le quotidien prend même la peine de relater un incident entre celle qui est désormais Mme Taron et l'avocat général Lajaunie. Il lui demande ce qu'elle a ressenti en constatant que son fils n'était toujours pas rentré à la tombée de la nuit. Elle répond, « l'air dégagé » : « J'ai pensé qu'il avait pu s'endormir sous les combles d'une maison. » Le procureur s'énerve : « Et vous n'avez pas eu l'idée de vous rendre au poste de police ? Vous ne vous êtes pas inquiétée plus que ça ? » Elle ne dit plus rien, restant « apparemment insensible ».

Ce qui est sûr, c'est qu'en surface Luc n'intéresse pas grand monde. (Dans *Le Figaro littéraire*, Pierre Fisson écrit qu'avec le témoignage des parents, de la mère surtout, on espérait, on attendait de l'émotion : « Celle-ci s'est à peine fait jour. L'enfant mort n'a pas pris de consistance. Il est loin, immatériel. Est-ce le ton, la voix, l'âpreté, la violence, le désir de vengeance ? Rien n'a eu d'écho. Peut-être tout cela est-il trop loin, trop vieux. » Deux ans après sa mort, on a un peu oublié son enfant ?) Il arrive à certains médias de l'appeler encore Jean-Luc. On ne sait presque rien de lui. L'Étrangleur fascine, les parents émeuvent, dérangent ou inquiètent, mais le petit mort est presque abstrait, ce n'est qu'une notion, c'est seulement la victime, c'est la mort prématurée, c'est l'injustice, comme on dit la peur ou la vieillesse.

Je ne m'en souciais pas beaucoup non plus, de Luc – une sorte d'indifférence vaporeuse, teintée même d'un peu de mépris pour ce garçon brutal, fourbe, obtus, qui faisait des bruits de train quand la maîtresse lui parlait et frappait les plus petits que lui. Pourquoi devrait-on aimer tous les enfants ? Et si un vieux facho qui frappait sa femme est assassiné, je dois être aussi triste que si on avait tué mon père ? Tant pis pour Luc Taron. J'ai pensé cela, ou plutôt je n'y ai pas pensé du tout, jusqu'à ce qu'un prof de primaire, Sylvain Gondal, m'invite dans sa classe de CM2, à l'école du 42 rue de la Mare, près du parc de Belleville (à Paris, pas dans le Beaujolais). Ses élèves avaient lu un petit livre que j'avais écrit à propos des premiers Jeux olympiques modernes, il me demandait si je voulais bien venir en parler avec eux. Bien sûr, avec plaisir. Je me suis retrouvé devant une vingtaine d'enfants, un peu plus, de l'âge de Luc à peu près. Ils ont été formidables, ils écoutaient, posaient des questions, riaient, commentaient, ils avaient préparé une sorte de petit spectacle où chacun mimait des gestes sportifs, et le lendemain ils m'ont envoyé une photo, avec des remerciements écrits en gros et de toutes les couleurs sur le tableau, je l'ai sous les yeux en écrivant. Quelques-uns font un signe avec leur pouce, la plupart sourient, mais pas tous. Dans cette classe, il y a des enfants bien dans leur peau, légers, insouciants, d'autres plus sombres, ou timides. Certains sont peut-être malheureux chez eux, solitaires, livrés à eux-mêmes, déjà dépressifs, ou battus. Certains sont peut-être brutaux, ont appris la fourberie pour se protéger d'on ne sait quoi, certains sont éveillés, vifs, d'autres sont recroquevillés, encore obtus – peu ici, car c'est une bonne classe avec un bon prof, ça se voit. Cela dit peu de ce qu'ils seront dans quinze ou vingt ans, selon la vie qu'ils auront eue d'ici là. J'y pensais en leur parlant, je pensais à Luc. Mais c'est après, dehors, qu'il s'est passé quelque chose.

Dans cette classe, il y avait Myrto. C'est une petite fille brune aux cheveux mi-longs, aux yeux lumineux, un peu timide mais alerte, amusante, intelligente, au sourire simple et franc. Sur la photo qu'ils m'ont envoyée, quoique discrète (elle montre un pouce levé, mais pas vers l'avant : le poing collé contre son torse – elle est assise à côté d'un petit costaud qui fixe l'objectif d'un air déterminé), elle attire le regard (son pull en jacquard turquoise, jaune et blanc n'y est peut-être pas pour rien…), on a le sentiment que toute la vie est là, tout l'avenir, en elle. Après la rencontre, c'est la fin des cours, le prof, Sylvain, me raccompagne à pied jusqu'au métro. Sur le trottoir d'en face, je vois Myrto qui rentre chez elle, son sac sur le dos, elle marche plus vite que nous. Elle tourne la tête, nous voit, lève la main et crie : « Salut ! » Ça me fait sourire, cette petite audace. Puis elle poursuit son chemin, guillerette, les deux mains, comme font les enfants, sur les grosses bretelles de son cartable trop lourd, je la regarde partir de dos, je me dis que je ne la reverrai probablement jamais, elle s'éloigne vers les années 2025, 2040, 2080… Et c'est Luc que je vois s'en aller. Ils n'ont pourtant, à mon avis, rien en commun, hormis le fait que ce sont des enfants de onze ans dans une rue de Paris. Mais je vois Luc quitter l'école de la Bienfaisance, d'un pas rapide, un après-midi de mai 1964. C'est à ce moment exactement que je prends conscience de l'évidence : l'horreur de mourir à onze ans. Qu'on soit une fillette pimpante ou un petit butor renfrogné. Myrto disparaît au coin de la rue et continue vers son futur, vers toute sa vie. Celle de Luc ne durerait pas jusqu'au lendemain.

Le peu que l'on sait de l'enfance de Luc Taron se trouve principalement dans le très volumineux rapport final des commissaires Samson et Bacou – qui ressemble plus à un livre (illustré de clichés pas faciles à regarder) qu'à un rapport de police : il fait 193 pages. Ils ont longuement interrogé les parents ; qui, finalement, ont très peu parlé de leur fils dans la presse, se contentant de fournir des photos. Luc est venu au monde le 9 mai 1953 à Neuilly-sur-Seine, à 10 heures du matin. Il est né à terme, mais l'accouchement a nécessité l'utilisation de forceps. Il n'a pas été allaité, il a toujours été nourri au biberon. Ses dents ont poussé à l'âge normal. Il n'a parlé que tardivement, et a éprouvé des difficultés pour prononcer certains mots jusqu'à un âge assez sensiblement supérieur à la moyenne. À sept ans, il faisait encore pipi au lit. Il a toujours vécu au 18 rue de Naples. Il a d'abord été scolarisé au cours du Rocher, une petite école privée, pendant trois ans, jusqu'à la rentrée 1960, puis à la communale de la rue de la Bienfaisance. Il a appris à lire sans trop de difficultés, même s'il a mis beaucoup plus de temps avec les mots un peu compliqués. Après des débuts scolaires satisfaisants, il s'est assez tôt avéré à la fois turbulent et lent, et n'a plus beaucoup progressé. Selon ses parents, « il avait tendance à la brusquerie, et jouait de façon trop violente », il était « peu soigné et démolissait souvent ses jouets », ce pour quoi il était grondé et puni. Il aimait être seul. Socialement, il ne se liait pas facilement, les autres enfants de l'immeuble ne l'intéressaient pas (et selon sa mère, il n'avait pas de copain à l'école non plus, en tout cas aucun n'est jamais venu chez eux – à onze ans, pas un seul ami), il préférait rester dans sa chambre avec ses petites voitures, son train électrique, ses pierres magiques (qui étaient un peu les ancêtres des Lego), il aimait, de manière générale, tous les jeux de construction. Son caractère a semblé se durcir en grandissant, et donc son comportement aussi, sa mère ne lui faisait pas peur, il lui tenait tête, elle pense qu'elle s'est montrée « trop gâteau », tenant rarement les punitions promises. (« Il perdait toute joie de vivre si on le bridait », explique-t-elle.) Son père, « qu'il ne craignait pas non plus », dit Suzanne, se serait abstenu (c'est au conditionnel dans le rapport) de châtiments corporels, « sauf dans quelques cas ». Pour prouver que les parents étaient plutôt coulants, le rapport indique : « Il n'y avait pas de martinet à la maison. » (Ça donne un peu le vertige, cette précision nécessaire. Ce n'était pas la Préhistoire, ni même le Moyen Âge (j'étais né, c'était donc hier matin), et on fouettait les petits enfants comme on n'oserait plus aujourd'hui fouetter les ânes ou les bœufs au cuir épais.)

La Conquête de l'Ouest est le dernier film que Luc ait vu. Mais le cinéma était rare, la famille sortait peu.

On allait parfois chez la tante paternelle, Yvonne, à Mandres-les-Roses, le week-end ou aux vacances d'été, en août, mais peu ailleurs. Il lui arrivait de faire du patin à roulettes au parc Monceau. Il passait ses jeudis soit au patronage de l'école, soit à l'appartement avec sa mère. Le compte de ses « voyages » est vite fait : deux sorties en Haute-Loire lorsqu'il était en maternelle, quelques expéditions, en juillet, avec les louveteaux de la troupe « Fleur rouge », et depuis 1962, il partait de temps en temps le dimanche en grande banlieue avec les Éclaireurs de France, les scouts laïcs. C'est tout. Ses parents avaient essayé de l'emmener en dehors de Paris mais avaient dû y renoncer à cause de son comportement (sauf une fois : ils avaient réussi à le faire aller jusqu'à Deauville) : Luc détestait les trajets en voiture.

Au premier semestre 1964, le dernier de sa vie, il y a ces fugues. Deux fugues, trois, à quelques mois d'intervalle, le 15 février, le 2 mars et le 26 mai, à onze ans, ça ne peut pas être anodin. Est-il vraiment parti de chez lui parce qu'on l'avait grondé pour ses notes, parce qu'on insistait pour qu'il se lave les mains et parce qu'il avait volé 15 francs dans le sac de sa mère ? Luc était-il vraiment aussi susceptible et impulsif, ou avait-il d'autres raisons de s'enfuir seul, tout petit, dans la nuit ? On ne saura pas, on ne saura jamais.

Parmi les milliers et milliers de pages du dossier d'instruction, aux Archives départementales des Yvelines, j'ai trouvé, dans une chemise vert pâle, l'examen que Luc a passé le 21 décembre 1962 au Centre public d'orientation scolaire et professionnelle du 24 rue des Apennins, à Paris. Il avait alors neuf ans et sept mois. Selon le « test de Terman », sa maturité intellectuelle est celle d'un enfant de sept ans et dix mois. Ce retard, associé à de l'anxiété et d'importantes inhibitions, serait en partie dû au fait qu'il est « très dépendant de sa mère, dont l'attitude hyper-protectrice rend difficile l'acquisition d'initiatives et de responsabilités personnelles lui assurant une adaptation satisfaisante ». Ça, c'est le compte-rendu final. Dans la chemise verte se trouvent aussi les différents tests qu'il a passés, et les notes de l'examinateur. Là, on lit d'abord qu'il a plutôt, a priori, le profil psychologique d'un enfant de six ans. Qu'il est « particulièrement nerveux » et « excessivement introverti ». Pour l'évaluer, on lui propose différents exercices de réflexion, souvent simples. Par exemple, on lui fait lire un mot, il doit en donner un synonyme, ou écrire ce à quoi ce mot lui fait penser : « Chien : quatre pattes – Carotte : fruit – Facteur : porte lettres – Loquet : le hoquet – Soucoupe : vol – Furieux : pas content – Achever : manger. » On lui présente des citations absurdes, il doit expliquer ce qui ne va pas. Là, il sèche, il ne répond pas, ne comprend pas ce qu'on attend de lui. « On a trouvé hier le corps d'une jeune fille coupé en dix-huit morceaux, on pense qu'elle s'est tuée elle-même », il n'y trouve apparemment rien d'anormal, pas plus que dans les phrases : « Un accident de chemin de fer a eu lieu hier, mais ce n'est pas grave, il n'y a eu que 48 morts » ou « Un malheureux cycliste a eu la tête fracassée, il est mort sur le coup, on l'a emporté à l'hôpital et on craint bien qu'il ne puisse en réchapper » (les questions de ce test sont destinées à des enfants de dix ans : on n'y parle que de mort et de massacre, on ne faisait pas trop de manières avec les marmots, en ce temps-là). Il ne réagit qu'à une seule de ces affirmations : il ne se trompe pas vraiment, il sent que quelque chose n'est pas logique, mais il ne va pas bien loin dans son raisonnement. Quand on lui lit : « Un homme me disait : "La route qui va de la maison à la ville descend tout le temps jusqu'à la ville, et descend tout le temps de la ville à la maison" » et qu'on lui demande quel est le problème dans cette phrase, il répond simplement : « Il y a deux fois "descend". »

Dans ce dossier du centre d'orientation figurent également quatre dessins de Luc, qui peuvent paraître très immatures pour un enfant de cet âge, à première vue. Mais sur ma chaise aux Archives, je les ai longtemps regardés, sidéré, terrifié. Sur le premier, on voit deux maisons l'une à côté de l'autre ; dans celle de droite, un couple se tient la main ; celle de gauche est vide (le bureau de son père, dans le bâtiment mitoyen de celui de leur appartement ?) ; un chemin part de la porte de chacune d'elles, ils se rejoignent en bas de la page ; des arbres bordent ces deux chemins. Sur les trois autres, un enfant est dessiné, Luc sans doute. L'un représente une maison à côté de laquelle on voit une famille de trois personnes (l'enfant a un petit corps mais de très longues jambes, il domine ses parents), et un arbre non loin ; sur le suivant, l'enfant sort de la maison, une petite valise à la main, et se dirige droit vers un gros arbre, imposant, semblable à celui du dessin précédent ; sur le dernier, le seul qui occupe toute une page, on voit l'enfant de profil, debout au pied du gros arbre, presque contre, tourné vers le tronc, les deux mains posées sur l'écorce. Celui-ci arrête le cœur. Il n'y a rien d'autre que ce garçon seul avec l'arbre, comme en communion avec lui. On ne comprend pas ce qu'il fait là, ce garçon, face à l'arbre, le dos au monde, ce n'est pas un dessin d'enfant ordinaire. Sur les quatre dessins, les arbres sont très particuliers, et identiques – celui de ces arbres qui met le plus mal à l'aise, qui remue l'intérieur, est le dernier, celui auquel Luc se colle et semble se fondre. Ce qui se trouve au-dessus de la surface de la terre est très schématisé, naïf, géométrique : un tronc épais, rectiligne, et une grosse boule verte au-dessus. L'essentiel (près de deux fois la taille de la partie supérieure) est en dessous : des racines innombrables, profondes, des dizaines de ramifications très minutieusement dessinées, par une main patiente, qui semble adulte, tout un monde sous terre. Juste sous les pieds de l'enfant.

Je pense être assez cartésien, je l'ai déjà dit, je ne crois pas en grand-chose d'impalpable, de surnaturel, mais comment expliquer cela ? Un couple dans une maison à côté d'une autre déserte, des arbres autour, puis une famille devant chez elle, un arbre à quelque distance, puis l'enfant qui part avec une valise vers cet arbre, et qui s'arrête contre le tronc, au-dessus d'un monde souterrain inquiétant, complexe et vaste.

Que ce soit une prémonition ou un simple hasard, le garçon qui pensait que la carotte est un fruit, et qui ne trouvait pas bizarre qu'une femme coupée en dix-huit morceaux se soit suicidée, a fini sa courte vie seul dans une forêt la nuit, au pied d'un gros arbre, d'un chêne, le corps sur les feuilles humides en décomposition, sans un bruit ni une lueur autour, la bouche et le nez pleins de terre.

Depuis hier, je suis un autre homme. J'ai été modifié. On m'a enlevé quelque chose, j'ai maintenant un trou, un vide, dans la boîte crânienne. J'y pense, à cette absence, à cette perforation. C'est une sensation particulière.

Je me sentais peu vaillant hier matin, peu cowboy, en partant à pied à Lariboisière, dans la brume (si, la brume), la nuit froide et mouillée, on m'avait donné rendez-vous à 7 heures, je suis passé sur le pont de la gare du Nord (où le vent soufflait fort), il fallait que je sois tout à fait à jeun, et j'avais obéi aux consignes : pas de café ni de cigarette – dommage, ç'aurait été ma dernière cigarette (oui, non, je n'ai toujours pas racheté de vapette, non, mais on va voir que ça ne va vraiment pas tarder), et donc je ne l'ai pas fumée ; je n'ai jamais fumé ma dernière cigarette, finalement ce n'est pas plus mal.

À l'heure pile, je suis arrivé dans le service du professeur Herman, chirurgie de la face et du cou, secteur bleu, j'étais tendu, pas seulement par ce qui m'attendait, mais aussi parce que j'arrivais dans un endroit inconnu, je ne suis jamais à l'aise, l'inquiétude de ne pas trouver le bon service (c'est beau, l'intérieur de Lariboisière, reposant, presque luxueux, à l'ancienne, mais un peu complexe) et surtout de ne pas savoir comment me comporter, de mal m'exprimer, pas dans les convenances, d'être refoulé (dans un hôpital, ce serait bien injuste – « Dites donc, vous vous croyez au café du Commerce ? »), de ne pas paraître à ma place – alors que les habitués des services de chirurgie cervico-faciale (« Salut Marie-France, je prends la chambre 9, comme d'hab ? ») ne courent certainement pas les couloirs. À l'accueil (la réception ?), j'ai dit que j'avais rendez-vous à 7 heures pour une intervention, avec le docteur Maurice, une gentille dame des Antilles, au boulot avant l'aube, m'a conduit jusqu'à la chambre 4, mettez-vous là, beau gosse, on va venir s'occuper de vous, on va vous apporter ce qu'il faut. Il y avait un lit vide, et sur celui d'à côté, un homme à peu près de mon âge, l'air très mal en point, un énorme pansement sur le nez, le coton gorgé de sang. J'ai dit bonjour, il a fait un mouvement de tête. Je ne savais pas quoi faire. Il fallait que je me couche tout habillé ? Que j'enlève mes chaussures ? Je me suis assis sur le bord du lit, le dos tourné à mon malheureux voisin, pour ne pas voir son corps se vider de son sang par le nez – mais j'imaginais le coton imbibé qui commençait à dégoutter. Au bout de dix minutes (longues – je regardais le mur), une aide-soignante est venue m'apporter une sorte de blouse-pyjama bleu clair dans un sachet. Je suis allé la mettre aux toilettes, puis j'ai posé mes vêtements sur la chaise à côté du lit (avec encore une fois l'impression de ne pas faire exactement ce qu'il fallait, d'être un peu plouc, déplacé, de ne rien connaître des usages du lieu) et j'ai pu enfin me coucher. Sur le dos, les yeux au plafond, extrêmement oisif. J'ai commencé à me sentir un peu seul, abandonné. Je n'avais même pas donné mon nom. Au bout d'un certain temps, une infirmière est enfin entrée, et m'a demandé mon dossier d'admission. Mon dossier d'admission ? Quoi, je ne suis pas passé aux admissions ? Eh bien, non, non, je ne savais pas. Elle était gentille, elle s'est mise à rire. Je suis décontracté, trouvait-elle, je passe devant un hôpital, j'entre, je vois un lit vide, je demande un pyjama, je me couche. J'aurais pu rester là dix heures, si elle ne s'était pas demandé qui j'étais. Bon, j'ai dû me rhabiller, remettre mes chaussures, et passer au service des admissions, de l'autre côté de la galerie qui fait le tour du jardin central.

Au retour, quand je me suis recouché, mon voisin ensanglanté m'a raconté ce qui lui était arrivé. Il venait de la banlieue de Nancy, fêter les cinquante ans de son meilleur ami. C'était la première fois de sa vie qu'il voyait Paris, il était plombier, il n'était pas du genre à bouger beaucoup (je ne pense pas que cela ait un rapport, mais il l'a dit comme ça). À l'apéro, il avait toussé. À cause d'une miette de cracker Belin passée de travers. Une petite miette, une grosse quinte. Si forte qu'il avait senti quelque chose lâcher du côté de son nez. Le sang avait commencé à couler. Ses amis avaient un peu ri, mais pas longtemps. Il était maintenant à Lariboisière depuis trois jours et quatre nuits, on n'avait toujours pas réussi à interrompre l'hémorragie, on l'avait transfusé il ne savait combien de fois, pour remettre le sang à niveau. Je le plaignais. Il était complètement seul ici, sa femme ne pouvait pas se permettre de quitter son travail à Nancy. Et il saignait interminablement, il fuyait. De mon côté, j'oscillais entre deux sentiments. Dans mon cœur, ou mon estomac, une grande peur. Et si le docteur Maurice ratait son coup ? Et si je me retrouvais avec le crâne cassé comme un œuf qu'on a voulu percer ? Et si le kyste était cancéreux ? Lors de la visite préalable, le chirurgien m'avait dit qu'il pensait que non, mais qu'on ne pouvait pas être sûr. Il m'avait aussi demandé si j'avais les dents de devant solides. Ça m'avait fait sourire, comme s'il m'avait demandé si j'avais de beaux pieds ou des mollets bien musclés. Mais je n'ai pas souri longtemps : à cause de mes probables faiblesses pulmonaires, il était possible qu'on ait besoin de m'intuber, peut-être brusquement, il ne faudrait pas que mes incisives cassent. Non, oui, si c'est possible, je préférerais que non. Je préférerais d'ailleurs qu'on ne m'intube pas trop (même doucement), s'il vous plaît. L'autre sentiment, dans mon esprit, était un genre de fatalisme. On verrait bien quand je me réveillerais, tout à l'heure. (J'allais ajouter : « Si je me réveille… », mais je suis en train d'écrire, le lendemain : la littérature du réel, c'est nul pour le suspense. (Même si, sans vouloir dramatiser, je ne suis pas revenu chez moi sur un chemin de velours tapissé de pétales de roses trémières. Mon avenir s'est un peu assombri depuis hier soir.))

Au moment où j'écris cette phrase, la mère de Luc, Suzanne Brulé, est toujours de ce monde (c'est ce que me dit le ministère de l'Intérieur, qui me refuse l'accès, pour cette raison, à certains dossiers « confidentiels »), ce dont je suis content pour elle. Les femmes de cette histoire sont plus indéchiffrables et intéressantes que les hommes. Elles sont parfois tordues, dissimulatrices, mais elles ont au fond, me semble-t-il, toutes, une sorte de sincérité – comment dire sans être trop mièvre ? de sincérité d'âme ? Elles ne sont pas mauvaises. Les hommes, la plupart, sont plus fourbes que secrets, méprisent les femmes et piègent les hommes, trichent, trahissent, haïssent (et certains se font enterrer loin de leur enfant, ou effacent son nom sur leur tombe). Elles ne sont ni diaboliques ni benêtement angéliques, elles oscillent souvent d'un côté à l'autre, dans la brume de ce cloaque. Ce qui les rapproche de leurs voisins mâles, c'est qu'elles sont différentes de l'image qu'elles donnent d'elles, trompe-l'œil. Suzanne

Brulé, devenue épouse Taron, est un parfait exemple de femme-façade. On se demande ce qu'il y a derrière, à l'intérieur.

Elle apparaît peu dans les médias, à l'inverse de son conjoint, qui s'impose partout en bombant le torse, et lorsqu'elle apparaît – toujours et plus encore à l'inverse dudit conjoint, qui ricane souvent en s'adressant au sadique, au détraqué sexuel –, c'est presque toujours au milieu de photos de son petit bonhomme, on ne la voit jamais avec un quart de sourire, c'est une ombre, une femme frappée, vidée, la Mater dolorosa : on lui a enlevé son fils, elle n'est plus qu'un fantôme qui souffre. Elle est grande, mince, élégante, toujours en tailleur sobre mais chic, elle a trente-quatre ans, un beau visage, des traits un peu anguleux, marqués, mais remarquables, distingués, à la Fanny Ardant – émouvants. On sait peu de choses d'elle. Elle est issue d'une famille modeste, elle a travaillé jeune, comme couturière, et elle n'a eu qu'un autre homme dans sa vie, qu'elle a quitté parce qu'il n'était pas sérieux, avant de rencontrer le futur père de Luc, son fils, auquel elle se consacrait entièrement il y a quelques jours encore. Hormis son physique d'actrice, elle est la Française moyenne de ces années-là, une mère au foyer qui ne se fait pas remarquer, ni riche ni pauvre, ni délurée ni recluse et rustre, des millions de femmes peuvent s'identifier à elle, et partager sa douleur.

Deux détails déroutent : cette très jolie femme est en couple avec un homme laid, de vingt et un ans de plus qu'elle ; ils ne sont pas mariés alors qu'ils ont, avaient, un garçon de onze ans. Quand Suzanne a rencontré Yves, Eugène Yves, elle avait vingt-deux ans, lui quarante-trois et rien de très attirant, elle vendait des bas pour lui, elle s'est installée presque aussitôt chez lui, ils ont fait un enfant. Mais si tout le monde devait être dans la norme, le monde serait bien triste.

Lors de ses premières auditions face aux enquêteurs du SRPJ et à Jean-Claude Seligman, Suzanne a donc déclaré : « M. Taron n'était pas mon premier amant, car j'avais connu, alors que je travaillais Au Chemin de Fer, près de la gare Saint-Lazare, M. Funereau. Nous nous étions rencontrés à la faveur d'une bousculade. » Le 15 juin 1964, au juge d'instruction, elle explique qu'elle s'est « immédiatement éprise de lui ». Ils se sont vus quelques fois chez lui, elle y a même habité un peu, ils se sont quittés au bout de « six mois ou un an » (« six mois », finalement, dans sa déposition du 15 juin) car il était « coureur ». Aucune raison de ne pas la croire. Mais il y a toujours ces petites choses qui déraillent, ces graviers qui viennent se mettre là où il ne faut pas – en l'occurrence, là, plusieurs en même temps, après cette audition de Suzanne. D'abord, comme elle a cité le nom de ce premier et dernier amant avant sa vie respectable, on jette un petit coup d'œil dans les fichiers, juste pour savoir qui est ce monsieur. On se rend compte d'abord qu'au moment de cette bousculade à Saint-Lazare, après laquelle Suzanne s'est immédiatement éprise de lui, elle avait dix-huit ans, et Marcel Funereau cinquante et un. C'est bien, elle n'a pas de préjugés (le monde serait bien triste), elle bondit comme une nymphette primesautière au-dessus du fossé des générations, hop. On découvre aussi qu'en 1952, Marcel Funereau a déposé plainte, au commissariat d'Auteuil, contre Suzanne Brulé. Il faudrait peut-être aller le voir, ce bon Marcel. Il vit depuis sept ans en Suisse, à Genève (quai Gustave-Ador, face au lac Léman), mais il se trouve en ce moment à Paris, ça peut valoir le coup d'aller lui dire bonjour – à ce moment-là, mi-juin 1964, le couple Taron est loin d'être lavé de tout soupçon, comme disent la ménagère et leur avocat : pour les enquêteurs et surtout le juge Seligman, ils sont même tout enduits de soupçons gluants, des pieds à la tête. On lui demande donc de nous parler un peu de la petite Brulé, à m'sieur Funereau.

Avec plaisir, pas de problème. Ce ne sont que de bons souvenirs. Ah, la petite Brulé ! Ils se sont rencontrés en 1948 (1947 peut-être, avance-t-il, mais elle n'avait alors que dix-sept ans, eh, oh, Marcel), « par hasard à la gare Saint-Lazare » (beau). En tout cas, elle est aussitôt venue s'installer chez lui, direct, 42 rue Ribera, dans ce qu'on appelle les « beaux quartiers », près de l'avenue Mozart. Ils ne sont pas restés six mois ou un an ensemble, non, hu hu, ces jeunes filles sont un peu écervelées, ça se souvient de rien, à cet âge-là : elle a vécu chez lui pendant quatre ans. Alors bien sûr, ils ne formaient pas ce qu'on peut considérer comme un couple classique, ils avaient tous les deux, comment dire, des aventures parallèles – on est sur terre pour s'amuser ou pas ? « Chacun profitait d'une certaine liberté de mœurs », dit élégamment le vieux Marcel. Mais tout de même, elle était sa préférée (même s'il reconnaît qu'elle avait « un caractère renfermé, buté » (comme son futur fils), ce n'était pas son caractère qui lui importait le plus) : c'est elle qu'il emmenait dans ses virées à Deauville, à Antibes ou à Monte-Carlo – où il possédait « des pied-à-terre », précise-t-il. Malheureusement, tout a une fin : « En 1952, j'ai dû me séparer d'elle, à la suite de quelques indélicatesses qu'elle avait commises chez moi. [Gentleman jusqu'au bout, même à soixante-dix ans.] Je m'étais aperçu de certaines disparitions, et j'avais déposé une plainte au commissariat d'Auteuil. » Mais franchement, il ne lui en veut pas (il peut être reconnaissant, oui), en dehors de ces petits tracas matériels, leurs rapports ont toujours été excellents (ça fait plaisir). « Lorsque Suzanne est partie de chez moi, elle m'a dit qu'elle savait où aller. Je n'ai jamais su où, mais je me souviens qu'elle avait une liaison avec un jeune avocat de mon quartier. Comme j'avais moi-même d'autres liaisons, je n'ai pas cherché à savoir avec qui elle me trompait, cela m'était indifférent. Aujourd'hui encore, je suis dans l'impossibilité absolue de vous dire qui était ce monsieur, qui m'a dit être avocat. »

Bon. Tout cela est un peu embêtant. Suzanne n'est pas très franche du collier, on dirait. De plus, elle a affirmé qu'entre 1948 et 1952, elle vivait chez ses parents et qu'elle était couturière, en boutique et en appartement, puis baby-sitter, voire nounou à domicile… Cela paraît curieux, quand on est hébergée et entretenue par un vieux monsieur qui vous laisse libre de faire tout ce que vous voulez et vous emmène régulièrement dans ses luxueuses garçonnières de Normandie ou de la Côte d'Azur. (Il avait mon âge quand ils se sont séparés, oui, d'accord. Je ne suis pas un vieux monsieur. (Jamais de la vie.) Mais enfin si je passais mes nuits avec une fille de dix-huit ou vingt ans, je ne me formaliserais pas si on me lançait un petit caillou, je pense.) Lors de sa déposition du 15 juin, Suzanne disait : « Je suis partie de chez lui [au bout de six mois, donc, parce qu'il était volage, malheureusement, et que la belle histoire de la jeune ingénue fleur bleue qui faisait fi des conventions sociales et du dictat imbécile de l'état civil partait en fumée] et je me suis installée avenue Mozart, pour trois mois. Il n'est pas revenu me voir. » C'est une drôle de formulation, non ?

J'ai retrouvé la trace de ce Marcel Funereau. Un drôle de loustic. À vingt-cinq ans comme à cinquante-cinq, il est mince, élancé, avec une fine moustache, classe. Il est né le 24 avril 1897 à Toulon. Il a été le plus jeune capitaine de l'armée française, à vingt et un ans, et le plus jeune commandeur de la Légion d'honneur (avant d'être battu d'un rien par Jean Mermoz) : engagé en 1915, à dix-sept ans, il a été grièvement blessé – à plusieurs reprises (le 7 avril 1917, il a pris à la fois une balle presque à bout portant dans le poumon, et six éclats de grenade ; soigné, il repart au front quelques mois plus tard et, le 24 juillet 1918, il reçoit une balle dans le bras et une dans le front ; on est en train de le transporter vers le poste de secours quand une bombe allemande tombe sur l'ambulance : le conducteur et l'infirmier sont tués, lui prend un éclat dans la tête et perd la vision de l'œil gauche (dans l'historique de son régiment d'infanterie, on lit : « Jeune capitaine à la bravoure légendaire »)), il est fait chevalier de la Légion d'honneur à dix-neuf ans, officier à vingt-deux, commandeur à trente-quatre, et grand officier à trente-cinq. Il a tué « nombre d'Allemands », lit-on dans les journaux de 1918. Le 31 octobre 1923, il se marie à la mairie du 16e arrondissement avec Gabrielle (Marguerite, de son vrai prénom) Lacroix, une femme de six ans de plus que lui, divorcée, mais fort riche, car héritière d'une grande famille industrielle, celle des papiers Lacroix – et donc du papier à cigarette Riz Lacroix, devenu Riz La + puis Rizla+, et non pas du papier à cigarette Job, comme le pensait Suzanne, qui devait peu se soucier de la provenance de l'argent de son protecteur. (Et c'est à ce moment-là que je découvre, avec stupeur et plaisir, que Fufu, comme on l'appelait, a fait partie de la famille de l'une de mes meilleures amies, Carine Lacroix. Sa femme, Gabrielle, Gaby, était l'arrière-grand-tante de Carine, à qui j'ai demandé de se renseigner auprès des derniers survivants de l'époque. Elle a trouvé tout un tas sombre de secrets, de mystères, de magouilles et de trahisons. Mais pour essayer d'en rester à ce qui n'a pas tout à fait rien à voir avec Luc Taron et Lucien Léger : on ne l'aimait pas beaucoup, Fufu, dans la famille. D'abord, on le soupçonnait d'avoir épousé la trentenaire peu séduisante pour des raisons autres que la folle passion amoureuse. Ensuite, elle est morte le 22 septembre 1938, à quarante-six ans, donc relativement jeune, alors qu'elle était en parfaite santé. De forts soupçons d'empoisonnement ont pesé sur Marcel Funereau, en particulier parce qu'il était le seul héritier de toutes ses parts dans la société Lacroix. (Une autopsie a été réclamée par plusieurs membres de la famille, mais la mère de Gaby, Louise, « bigote et cinglée » selon les sources de Carine, aurait refusé catégoriquement.) Enfin, une fois bien installé dans la place, il a réussi à retourner les actionnaires contre les Lacroix, a fait virer Jean, le grand-père de Carine, qui lui en a voulu toute sa vie, et finalement, toute la famille a été évincée de la société. C'est lui, Fufu, qui en a été le directeur jusqu'en 1954, donc pendant tout le temps où il a batifolé avec Suzanne. Ce n'est pas le petit amant de rien du tout, Marcel Funereau.) Depuis la mort de son épouse (et jusqu'à son second mariage, en février 1965, avec une jolie Gertrud), il profite pleinement de la vie (tout en n'oubliant pas sa jeunesse : il a été président d'honneur de la Fédération nationale des engagés et combattants volontaires de la Grande Guerre et président de la Fédération nationale des trépanés et blessés de la tête). Il voyage, il prend des bains de mer, de soleil, et de jouvence avec ses nombreuses et jeunes maîtresses. Il n'est pas sérieux, il vit dans la légèreté, l'insouciance. Fufu est mort le 15 novembre 1982, après une existence correctement remplie – au cours de laquelle est passée dans son lit, durant quatre ans, la future mère du petit garçon dont la mort constitue l'un des faits divers les plus mystérieux du XXe siècle.

Pourquoi Suzanne s'est-elle soudain mise à le voler, alors qu'il l'entretenait ? Son jeune amant, qui se disait avocat, avait besoin d'argent ? Quoi qu'il en soit, au moment, peu de temps après, où elle rencontre Yves Taron (pas par hasard, par petite annonce, mais pas très loin de la gare Saint-Lazare, rue de la Chaussée-d'Antin, où se trouvent les bureaux de l'une des sociétés du prospère Taron, le Comptoir français colonial), elle est peut-être recherchée par la police, en tout cas elle est sous le coup d'une plainte pour vol. (Les poursuites ont probablement été abandonnées, ou la plainte classée sans suite : son casier judiciaire, au moment de la mort de son fils, est vierge.)

L'image de la Française moyenne se craquelle un peu. Et ce n'est pas fini. Car le juge Seligman, alléché par les déclarations de Funereau, demande au SRPJ de pousser l'enquête. On va voir le père de la menteuse (ils ont déjà entendu la mère, Jeanne Brulé, née Glavier, qui était présente le soir de la disparition de Luc, et ne leur a pas dit grand-chose). Ce sont les officiers Mothe et Pigeon qui s'y collent, ils se rendent à Vaucresson, où Suzanne a grandi et où son père vit toujours. Il s'appelle Henri Brulé, il a soixante-neuf ans, il est retraité de la SNCF, et jardinier, ou homme à tout faire aux écuries Boussac, pour arrondir ses fins de semaine. Il confirme d'abord ce que son ex-femme et sa fille ont dit de l'enfance de Suzanne : une bonne gamine, troisième de quatre enfants (Pierre, René, puis la petite dernière, Denise, morte à six ans), de bons débuts à la communale, puis une école privée à Vaucresson, l'école Suger, on se saigne aux quatre veines pour la gosse, elle est prometteuse, et ensuite l'apprentissage chez Marguerite Couture, à Saint-Cloud, en 1945. Elle rentre tous les soirs à la maison. Puis ça se complique : « Elle s'est bien conduite jusqu'au jour où elle est partie dans le midi de la France, à dix-huit ans, avec un homme dont elle avait fait la connaissance à la gare Saint-Lazare. [Fufu, vieux vicelard…] Lorsqu'elle est revenue de ce voyage, elle était complètement changée. Je me rappelle lui avoir fait des remontrances, notamment sur son habillement. Elle portait une robe fendue jusqu'aux cuisses. » L'année suivante, en 1949, sa femme et lui sont expulsés de leur maison, il ne reverra plus jamais sa fille. Il n'a pas connu son petit-fils. Son aîné, Pierre, lui a appris que Suzanne vivait avec un homme dont elle avait un enfant, il pensait qu'ils étaient mariés – il a rencontré Yves Taron, qui a sonné deux fois à sa porte « au début des années 1960 » : « Il était venu pour me faire signer un pouvoir qui lui permettait de vendre une petite maison que je possédais en communauté avec ma femme, à Verneuil, dans la Marne. [Il ne s'est pas méfié, il pensait que c'était le mari de sa fille.] Je n'ai jamais rien touché de la vente de cette maison, et je ne m'en suis pas occupé. » (Hop, volée, la maison.) Mothe et Pigeon vont également interroger Pierre et René, les deux frères de Suzanne, mais n'apprennent rien de très intéressant, ils connaissent peu leur sœur. Seule Paulette, la femme de René, qui voit parfois Suzanne le week-end à Mandres-les-Roses (mais rarement, car son mari n'apprécie ni Taron, ni même sa propre sœur : « Ils se montraient particulièrement hautains », dit-il), apporte un petit quelque chose : « Ma belle-sœur ne m'a jamais fait de confidence au sujet de son ami. Elle m'a simplement laissé entendre, à plusieurs reprises, que M. Taron n'avait pas une belle situation. Elle aurait aimé avoir un peu plus d'argent. » (Le comptable, père de sept enfants et compagnon occasionnel d'Yvonne Taron (dont il dit : « Sans réellement craindre son frère, elle était cependant dominée par lui, et je l'ai entendue dire bien des fois qu'elle ne retournerait plus chez lui »), confirme : « D'après ce que m'a dit Yvonne, Suzanne se plaignait de ne pas avoir une vie comme tout le monde, de ne pas avoir assez d'argent. ») Elle doit être déçue, Suzanne. Car lorsqu'elle a rencontré Yves, en 1952, c'était une sorte de petit nabab à son niveau, il faisait de l'import-export entre les colonies et le Moyen-Orient, il avait deux grands bureaux, un à la Chaussée-d'Antin et un rue de Naples, où il possédait aussi un duplex et un studio. Et puis ça a périclité, c'est la faute à pas de chance, maintenant il fait du publipostage dans son petit bureau de la rue de Naples, il conduit une vieille Ariane brinquebalante, et les escapades en amoureux, c'est chez Yvonne, à Mandres-les-Roses. Mais du moment qu'on s'aime, hein ?

Le juge Seligman, n'écoutant que la puce qu'il a à l'oreille, a décidé de retourner perquisitionner chez les Taron dès le soir de leur audition du 15 juin. Il a trouvé quelques documents qui s'avèrent utiles. En particulier un billet doux adressé à Suzanne par un certain Georges R., qui ne laisse aucun doute sur la nature de leur relation. (Seligman note avec délicatesse qu'on trouve dans ce courrier des « assiduités évidentes ».) Double problème : le premier, c'est qu'à peine quelques heures plus tôt, au palais de justice de Versailles, Suzanne déclarait mot pour mot : « Je vis avec M. Taron depuis 1952, et je n'ai jamais fréquenté un autre homme que lui. Je n'ai donc eu des relations qu'avec deux hommes dans ma vie. » Or maintenant, en plus de Taron et Funereau, donc, nous avons un jeune homme qui se disait avocat, et Georges R., qui n'a rien d'un jeune homme et ne se disait pas avocat. Le deuxième problème, c'est que la courte lettre dans laquelle le vieux Georges (on sait que Suzanne fait passer l'âge du cœur avant celui des artères – d'ailleurs, quand on voudra aller l'interroger, Georges R., on apprendra, déconvenue, qu'il est mort, malheureusement, le pauvre homme (de vieillesse)) laissait libre cours à ses presque derniers élans d'ardeur canaille, est datée du 27 septembre 1952. (Né le 9 mai 1953, Luc a été conçu début août.) Il va falloir lui demander encore quelques éclaircissements, à Suzanne. Ce n'est jamais agréable, de devoir embêter la mère – véritablement dévastée – d'un enfant mort, mais on ne peut pas passer complètement à côté non plus.

« En fait, M. R. a été mon amant en 1951. Je ne m'étais pas souvenue, lors de ma dernière audition, que j'avais eu d'autres amants [au pluriel, donc] que M. Taron et M. Funereau. » On ne peut pas se moquer. Qui aurait le culot de prétendre qu'il ou elle n'a jamais oublié, par étourderie, une ou deux rencontres passagères dans sa vie ? « M. Georges R. est présentement décédé, il était le directeur de la compagnie de produits chimiques R. » (Là encore, pas de mauvais esprit. Certains aiment les poitrines opulentes ou les taches de rousseur, certaines aiment les grands bruns velus, d'autres les directeurs de grandes sociétés industrielles.) On s'aperçoit que Georges R. avait un ami qui s'appelait Georges L. : on trouve aussi une lettre de lui. Suzanne déclare qu'elle l'a bien connu lorsqu'il habitait Neuilly-sur-Seine, rue de l'Église (il est aujourd'hui retraité, retiré, paisiblement, dans sa confortable propriété près d'Anthé (une sorte de petit château, en fait), entre Agen et Cahors), mais se récrie aussitôt, et formellement : « Georges L. n'a jamais été mon amant. » On la croit tellement qu'on demande aux policiers du Lot-et-Garonne d'aller lui poser la question quand même, à Georges L., on ne sait jamais – avec les femmes, on dira ce qu'on voudra, on ne sait jamais. (D'autant qu'on ne sait plus où donner de la tête : on a également trouvé un courrier libidineux d'un certain Georges L. (Je vais être obligé d'ajouter une voyelle, sinon on est perdus (qu'est-ce que c'est que ce gang de vieux Georges ?) : le premier, celui d'Anthé, est Georges Le., le deuxième Georges La. Par souci d'équité, je dois aussi en adjoindre une, de voyelle, au Georges originel, qui devient donc Georges Ro.))

Il a soixante-dix-sept ans, Georges Le. Chose curieuse, il n'a « plus souvenance » (on savait parler, au XIXe siècle) d'avoir connu une Suzanne Brulé. Ce qui ne veut pas dire qu'il ne l'ait pas connue. Car Georges Le. est un type du même genre que Fufu (je ne peux pas nier une sorte de tendresse coupable pour ces vieux coureurs) : « J'ai tellement fréquenté de femmes dans le courant de ma vie de vieux garçon qu'il ne m'est pas possible de me rappeler tous leurs noms et prénoms. » (À cet âge-là, de surcroît, la mémoire s'estompe, c'est compliqué.) « Toutefois, il me semble vaguement avoir écrit une lettre à une femme portant peut-être le nom de Brulé, suite à une annonce matrimoniale parue dans *Le Chasseur français*.

Mais je n'en suis pas certain. C'était il y a deux ou trois ans environ. » On ne saura pas. À part ça, il connaît Georges La., oui, c'est même un bon copain, depuis vingt-cinq ans, il dirige une concession Citroën à Paris. (Georges Le., lui, était propriétaire d'un grand garage à Neuilly.) Mais : « Il était marié, et je n'ai jamais su, et ne me suis jamais occupé de savoir, s'il avait des relations douteuses. » Cela ne veut pas dire grand-chose, car il était également ami avec Georges Ro. (ils se sont rencontrés et ont sympathisé en 1931, « au cours d'un hiver passé à Megève »), et il dit de lui également, après avoir mentionné qu'il est décédé depuis trois ou quatre ans : « Il était marié, il menait une existence paisible, je ne lui ai jamais connu de relations douteuses. » On se soutient, entre old Georges. Il ne peut rien dire d'autre : « Mon état de santé ne me permettant plus de quitter mon domicile depuis quatre mois, je ne suis nullement au courant des événements actuels. »

(En cherchant dans les vieux journaux, sur Gallica, je trouve le nom du premier Georges dans *L'Œuvre*, en octobre 1925, à la rubrique des vols et cambriolages : « Dans un établissement de la place Blanche, on a volé à M. Georges Ro., industriel, 59 avenue Kléber, un pardessus d'un millier de francs. » Georges… Quand on s'encanaille dans les bouges borgnes de Pigalle, on fait gaffe à son manteau.)

On ne connaît pas la liste précise des pièces que Seligman a trouvées chez les Taron. (Il semble que les avocats de la partie civile, Me Vizzavona et Me Vignoles, aient demandé avant le procès de Lucien Léger qu'elles soient retirées du dossier – car : quel intérêt ?) On ne dispose que des commentaires de Suzanne dans le procès-verbal : « La pièce n° 51 est une lettre de M. Ro., qui était l'ami de M. Le. La pièce n° 54 est un rendez-vous que j'ai donné à M. Taron alors que nous venions de nous connaître. La pièce n° 56 est un carnet qui appartenait à M. Ma., présentement décédé. Je m'occupais de ses intérêts. Il était très âgé. » Elle s'occupait de ses intérêts, c'est gentil.

Un autre courrier volatilisé fait manifestement état d'une rencontre au sommet entre hommes, car Yves Taron se justifie : « C'est moi qui ai vu, en octobre ou novembre 1952, Ro. et Le., pour leur confirmer que j'avais l'intention de refaire ma vie avec Brulé. » (C'est mignon, c'est tendre comme tout, d'appeler celle qu'on aime par son nom de famille, comme un collègue de bureau.) « Je les ai invités à ne plus la relancer. » Le juge Seligman s'étonne et s'énerve : Brulé vient de lui dire que Le. n'avait pas été son amant, faudrait savoir. Taron lui explique, en substance, qu'il était plus prudent, et que ça ne coûtait rien, de ratisser large : « J'ai également fait cette démarche auprès de Le. car je l'ai faite auprès de toutes les personnes qu'elle fréquentait. » Un temps. « En fait, je n'ai vu qu'eux deux. »

Lors de cette perquisition, on trouve aussi des choses qui appartiennent manifestement à monsieur plutôt qu'à madame : les documents grivois, ou pornographiques, qu'Albert Naud évoquera au procès – on n'en saura pas beaucoup plus, car ces pièces ont elles aussi été retirées du dossier, et rendues à leur propriétaire. Dis donc, Taron, qu'est-ce que c'est que ça ? Oh, rien, il ne faut y voir que de l'amour. Et du travail. En réalité, explique-t-il, s'il a réuni cette « documentation », c'est dans le but, féministe, « de rédiger un livre établissant un parallèle entre les esclaves, depuis le début du XIXe siècle, et les femmes de nos jours ». Ah, voilà. On comprend mieux. Mais, euh, c'est-à-dire ? « J'ai eu cette idée en raison des difficultés que Mlle Brulé avait eu à connaître avant de me rencontrer, avec les hommes qu'elle a fréquentés. » Suzanne esclave des hommes, maintenant ? Et puis Seligman fait tout de même remarquer au père de Luc que plusieurs de ces documents sont antérieurs à sa rencontre avec sa compagne – un article et une photo découpés dans un journal sont même « très antérieurs ». Oui mais : « C'est parce que j'avais eu l'idée avant de la connaître. » Prends-nous pour des tourtes, Eugène.

Ce n'est pas tout. Mais d'abord, une bizarrerie, à propos de cette visite du juge et des enquêteurs au domicile des Taron, le soir du 15 juin. Comme ils sont partis tous ensemble du palais de justice de Versailles, après l'audition des conjoints, ils ont été facilement suivis par plusieurs journalistes, en voiture ou à moto. Qui les ont attendus rue de Naples, devant l'immeuble. Et qui ont vu quelque chose de surprenant : Guy Desouches, le père de Thierry, le garçon enlevé un peu plus d'un an plus tôt et retrouvé mort en mars. Dans *Libération*, le lendemain, on lit qu'il « rôdait devant le domicile de la famille Taron, l'air hagard » et que « dès qu'un journaliste s'est approché de lui, il s'est enfui ». Autant le dire tout de suite, pas de suspense artificiel : on ne saura jamais ce qu'il faisait là, pourquoi il rôdait l'air hagard. (Cette histoire est très compliquée. Un véritable sac de nœuds, j'ai envie de dire. On s'empêtre, on s'enfonce.)

Avant de continuer, il faut que je dise, même si cela me paraît superflu, que j'ai, évidemment, plus encore de sympathie, d'indulgence si c'était nécessaire, d'affection pour les filles et femmes dont ils profitent que pour les vieux ados noceurs qui papillonnent de l'une à l'autre, en battant faiblement de leurs ailes grises et poudreuses. Eux le font pour leur plaisir égoïste, elles, souvent, par nécessité, ou obligation. Peu importe, d'ailleurs, elles font ce qu'elles veulent, pour les raisons qu'elles jugent valables, c'est leur temps, c'est leur corps, elles ne lèsent personne, ne blessent personne d'autre qu'elles-mêmes éventuellement, n'abusent personne – elles savent bien qu'elles n'ont pas besoin de jouer la comédie de l'amour, et même si elles s'en donnent la peine, si certains ont envie d'y croire, ou si certains sont assez présomptueux ou vaniteux pour y croire, c'est leur problème. Je n'ai que de bonnes pensées pour Suzanne Taron.

Jean-Claude Seligman est à présent trop intrigué – vexé peut-être d'avoir été roulé dans la farine – pour en rester là. Ce couple n'est pas ce qu'il montre, l'Étrangleur paraît un peu trop farfelu pour être vrai, on a l'impression qu'on ne le trouvera jamais, on a peut-être les coupables, ou leurs complices, sous le nez : on continue à chercher, à fouiner de ce côté-là. Il s'entretient avec le commissaire Camard, ils décident d'élargir leur enquête à d'autres services de police. On lance la ligne un peu partout dans Paris, on verra bien ce qu'on attrape. Camard met sur le coup le commissaire René Chevalier, chef du groupe de répression du banditisme, qui finit par obtenir des renseignements d'un inspecteur Laure, qui est sur le terrain et fait partie du « groupe de pénétration du milieu ». Celui-ci les tient directement d'un indicateur considéré comme sûr. Cela concerne Suzanne Brulé, « qui se fait passer pour la dame Taron ». Les informations proviennent principalement d'un bar de la place de Clichy, le tabac de la rue Biot. Elles sont retranscrites à la main par l'OP Mothe, sur de petites feuilles volantes arrachées à un carnet, puis agrafées. Je recopie.

Dès les premiers mots, malgré le conditionnel, on est dans le dur : « Moralité de Mme Taron : la conduite et les fréquentations de cette personne seraient déplorables. Hystérique, de mœurs légères, démunie de tout scrupule, elle aime passionnément l'argent. Il y a sept ou huit ans environ [donc en 1956 ou 1957 – Luc avait trois ou quatre ans], et pendant plusieurs années, elle se serait livrée à la prostitution clandestinement, c'est-à-dire sans avoir jamais été mise en carte. Elle aurait recruté ses clients principalement au bar-tabac de la rue Biot [aujourd'hui, c'est le grand café qui fait l'angle avec la place, et qui s'appelle Au Petit Poucet], où elle aurait fait la connaissance d'un certain Maurice [comme mon chirurgien, zut].

Depuis, elle mène une vie assez agitée et a deux amants. Un sexagénaire nommé Harigot, ou Harigo, prénom inconnu [donc peut-être plutôt surnommé Harigo ou Harigot (Haricot ?) – j'ai regardé, Harigot est un patronyme très rare, quasiment inexistant], domicile et profession inconnus, dont les ressources seraient importantes et qui subviendrait très largement aux fortes dépenses de sa maîtresse. Et cet amant de cœur, prénommé Maurice, patronyme inconnu, qui habiterait rue Biot, dans le premier hôtel après le bar-tabac, sur le trottoir de gauche en venant de la place de Clichy. Signalement de Maurice : 35 ans, 1,80 m environ, épaules larges, corpulence moyenne, cheveux légèrement ondulés, vêtu avec une certaine recherche, bonne présentation. Cet individu serait extrêmement dangereux. Il aurait au moins un meurtre sur la conscience. Il n'exerce aucune profession, et ses ressources proviennent principalement des subsides que lui verse la dame Taron, et que celle-ci reçoit de Harigot. Il serait en outre propriétaire d'une Peugeot 403 noire, dont la portière gauche aurait été récemment enfoncée. Il aurait un frère, pas de renseignements, mais dont la moralité ne serait pas meilleure. Ce frère résiderait non loin de Paris, hors des limites de la ville. » L'OP Mothe enquête de son côté, sans doute en contactant d'autres services, et trouve une prostituée, en carte, elle, prénommée Ginette, qui connaît « très bien » Mme Taron et Maurice – une autre source que l'indic, donc, qui confirme. (Ça n'a pas d'importance mais Ginette « fréquente le café Saint-Georges et le restaurant Bosset, rue Gauthey » (son « protecteur » est le fils de la patronne, Raymond). Rue Gauthey, c'est la rue de ma jeunesse à Paris, j'habitais au 27, quatrième étage, c'est dans ce quartier que j'ai rencontré Anne-Catherine (au Saxo Bar, à deux cents mètres, rue de la Jonquière) et qu'Ernest est né. Quand j'y vivais, dans la deuxième moitié des années 1980 et jusqu'en janvier 2001, le café Saint-Georges et le restaurant Bosset n'existaient plus, ou avaient changé de nom. Je me revois, toutes ces années, seul souvent, marcher dans les rues où marchaient Ginette et ce petit con (j'en suis sûr) de Raymond, peut-être aussi Suzanne et Maurice, passer sans en avoir conscience devant la devanture fantôme du restaurant Bosset, du café Saint-Georges, et je me sens fantôme là-bas maintenant moi-même.) René Mothe s'est également renseigné, du côté de la place de Clichy, du bar-tabac ou de la rue Biot (mais il n'a pas eu le temps de pousser ses recherches, sinon il aurait probablement trouvé), au sujet des différents Maurice du quartier. Il en a sélectionné quatre, qui ont les noms ou surnoms suivants : Benjamin ; les Yeux Bleus ; l'Impeccable ; et Henri. (C'est presque trop beau. Henri ? On peut demander à n'importe quelle arrière-grand-tante ou à n'importe quel vieux poivrot de comptoir (souvent les détenteurs cachés de la Vérité), quand c'est trop beau, pas toujours mais en règle générale, c'est que ce n'est pas vrai.) Mothe a finalement identifié ces quatre Maurice : Maurice Benjamin, né le 4 juillet 1930 à Villefranche-sur-Saône ; Maurice Zemouchi-Sillali, dit les Yeux Bleus, né le 11 mai 1931 à El-Biar, près d'Alger ; Maurice l'Impeccable, 35-62 (sans doute ses dates de naissance et mort) ; et, malheureusement, Maurice Henri, né le 15 novembre 1935 à Paris, trop jeune pour être Molinaro. Les autres, peut-être, mais à ce compte-là, tout le monde peut être Molinaro.

À un moment, note Mothe (j'aime bien la sonorité, mais je mens, c'est mal, je ne devrais pas – en réalité, c'est : « note Laure »), ça se gâte. « Grâce à sa liaison avec Harigot, elle a pu, jusqu'à ces derniers temps, entretenir largement Maurice, et apporter dans son ménage un appoint dont Taron n'aurait pas cherché la provenance. Mais le sieur Harigot aurait subi récemment un assez gros revers de fortune. Les subsides versés à sa maîtresse auraient sensiblement diminué. De ce fait, les ressources de Maurice ont été restreintes dans de grandes proportions. »

(L'OP Laure – ou peut-être l'indic – se demande ensuite si Suzanne et Maurice n'auraient pas décidé de supprimer l'enfant parce qu'il coûtait de l'argent, comme tous les enfants, et les empêchait de conserver un train de vie acceptable – « afin de combler le trou creusé dans leurs revenus par la défaillance de Harigot », je lis. Là, franchement, faut pas pousser, c'est n'importe quoi.) Ce sieur Harigot ressemble passablement aux Georges de Suzanne, par exemple. Un revers de fortune, ça peut être la mort ? (Oui, je dirais, oui.) Ou un départ en province pour raison de santé ? On ne sait pas. Mais une dernière précision de Laure, ou de l'indic, intéresse Mothe : « Harigot fréquentait assez assidûment un bar situé dans le 15e arrondissement, à proximité d'un square, au coin de la rue du Laos, quand on l'emprunte à partir de la place de Grenelle. Cet établissement, genre maison de rendez-vous, est fermé le matin. L'intéressé s'y rendait de préférence entre 14 h 30 et 17 heures. » (L'efficace Mothe va se renseigner : ce « bar » s'appelle le Wickey. (Il n'existe plus, et je n'en ai retrouvé aucune trace.) Il y pose quelques questions, on ne lui fournit aucune information intéressante, bien entendu.) « À noter que M. Taron aurait été vu plusieurs fois dans ce bar. » Bon, il veille sur Brulé, tout va bien.

L'attention suspicieuse qu'on porte aux fréquentations de Suzanne ne date pas de la mi-juin. Dès le jeudi 4 juin 1964, soit une semaine seulement après la mort de Luc, et alors que le crime a été revendiqué depuis déjà quelques jours, une dépêche de l'AFP, à 19 heures, indique que « les policiers sont convaincus que c'est le témoignage des parents qui les conduira à l'assassin ». Elle se termine par : « On soupçonne qu'il s'agirait d'un familier des parents. Les relations de Mme Brulé font l'objet d'une enquête très serrée. » Cette petite enquête très serrée durera un peu moins d'un mois. Les dernières notes de Mothe à ce sujet, sur son petit calepin à la Columbo, concernent le bar à filles où parfois rôdait Taron et datent de la toute fin juin 1964. Ensuite, on a agrafé les feuilles et on les a rangées dans le dossier. L'Étrangleur ayant été arrêté, on le tenait, ce n'était plus la peine d'embêter inutilement la maman.

On peut être pute, occasionnelle ou pas, on peut coucher avec des centaines de types, pour de l'argent ou pour toute autre raison, on peut baiser avec de jeunes ou vieux messieurs, dégoûtants ou pas, donner son argent à une petite frappe qui s'appelle Maurice parce qu'on ne sait pas résister à son charme voyou et à ses coups de reins de caïd, et être une très bonne mère, qui aime son enfant plus que tout. Si quelqu'un pense que j'en doute, je lui saute à la gorge et je mords. Mais. Ce que je retranscris de l'enquête du « groupe de pénétration du milieu » n'a aucun lien moral avec la vie ou la mort de Luc Taron, mais. Dans les heures qui ont suivi la découverte du cadavre du petit garçon, dans les premiers jours, avant que l'Étrangleur apparaisse, c'est-à-dire entre le mercredi 27 mai et le lundi 1er juin, Yves Taron a tout de suite évoqué un crime crapuleux ou sadique – avec conviction, rageusement, mais sans trop savoir, il allait un peu dans tous les sens, il précisera ensuite son idée, quand les premiers messages arriveront –, mais pas sa compagne. Ce qu'a dit Suzanne, en contradiction totale avec son futur mari, c'est qu'il pouvait fort bien s'agir d'une vengeance.

On en trouve des traces dans la presse. Dans sa dernière édition datée du 30 mai, donc parue le vendredi 29 en fin d'après-midi, *France-Soir* lui fait dire : « C'est peut-être une vengeance. J'ai des raisons de le penser. Ces raisons, je ne peux pas vous les indiquer encore, il serait trop grave d'accuser sans preuve formelle, sur un simple soupçon. » Le lendemain, *Libération* est plus précis : « S'agirait-il d'une vengeance, comme la mère du malheureux enfant semble le soupçonner ? Mme Brulé a en effet déclaré qu'elle suspectait une personne qu'elle connaît bien, mais dont elle ne pouvait évidemment pas révéler l'identité sur de simples hypothèses. » Dans *Paris Jour*, le 1er juin, on apprend que « les policiers vérifient les soupçons de la mère de Luc ». Ils ne vérifieront pas longtemps : le message urgent de Lucien est sur le point de faire surface, et il va vite s'avérer évident que Lucien ne connaît pas les Taron. Sur une dépêche AFP du 5 juin, on peut lire : « Celui qui signe l'Étrangleur a encore envoyé trois messages. Il n'en reste pas moins que l'homme s'acharne, par ses affirmations répétées, sur le père du petit Luc. Dans quel but ? Connaît-il la famille ? S'agirait-il alors d'une vengeance ? Les parents n'avaient pas écarté cette hypothèse lors de la découverte du corps de leur fils. Depuis, ils sont revenus sur cette opinion. Ils ne se connaissent pas d'ennemis, ont-ils affirmé aux enquêteurs. » Les parents ne sont qu'un pluriel, deux en un – à cette époque-là surtout, la femme n'est qu'une excroissance de son mari. Mais Suzanne n'a jamais dit qu'elle ne leur connaissait pas d'ennemis. Et Yves n'a jamais dit qu'il envisageait la possibilité d'une vengeance. Au contraire. Il a toujours répété que ce n'était pas imaginable, que rien de ce que l'on pourrait trouver chez lui ne mènerait à une piste de ce genre – on se demande d'où il pouvait tenir une telle certitude. Dans un premier temps, il en était sûr, cela ne pouvait être qu'un pervers sexuel. Et tout à coup, le 11 juin, il déclare à l'AFP : « Je suis maintenant persuadé que ce n'est pas un crime de sadique. L'homme a tué pour la rançon. En tout cas, le meurtrier n'est pas une personne de mon entourage, j'exclus l'hypothèse de la vengeance. » Cinq jours plus tard (après la perquisition qui a permis de découvrir ses « documents grivois » et les courriers libidineux adressés à Suzanne), dans *Le Monde* et *France-Soir*, il change encore d'avis sur le mobile du crime, girouette folle, mais reste, incompréhensiblement, sur la conviction indéboulonnable que cela n'a rien à voir ni avec lui, ni avec sa compagne : « Les enquêteurs semblent persuadés qu'ils trouveront dans les personnes qui m'approchent, ou m'ont approché, une piste pour identifier l'assassin de Luc. Ils ont tort. Il ne s'agit pas d'une vengeance, mais d'un crime de sadique. » Et un an plus tard encore, le 17 juin 1965, face au juge Seligman : « Comme je l'ai toujours affirmé, je n'ai jamais fait de mal à personne. De ce fait, je n'ai pas à craindre de vengeance de qui que ce soit. D'autre part, je n'ai jamais eu d'affaire de mœurs. Léger a cru pouvoir encore tenter de me salir, pensant donner un élément véridique, mais qui est en fait faux, en partant de certains journaux que j'avais d'ailleurs achetés dans des kiosques et qui ont été saisis par vous à mon domicile. »

Leurs deux attitudes sont aussi singulières l'une que l'autre. Je m'imagine (avec un sentiment d'épouvante et de détresse que je ne peux pas décrire, qui n'est pas accessible à mon cerveau) qu'on a tué mon fils. Des flics viennent me voir. Si je leur dis : « Je pense qu'il peut s'agir d'une vengeance », c'est que j'ai réellement de bonnes raisons de le croire, et c'est surtout que je sais que quelqu'un m'en veut à mort, c'est le cas de le dire, je n'ai pas en tête l'épicier chez qui je n'ai toujours pas réglé mon ardoise, ni le voisin dont j'ai volontairement cassé le pot de fleurs du palier. C'est que je sais que j'ai – ou que ma femme a – un véritable ennemi. À l'inverse, si je n'ai pas d'ennemi déclaré, si je ne vois pas qui a pu faire ça, est-ce que je vais pour autant marteler et répéter dans tous les journaux, et à chacun de mes interrogatoires par les enquêteurs, qu'il est totalement exclu que ce soit une vengeance quelconque, qu'il est parfaitement inutile de chercher parmi mes relations plus ou moins proches ? Au risque, mince peut-être mais existant, d'éloigner la police et la justice du coupable, de les faire passer à côté ?

Les premières lettres de l'Étrangleur permettront aux parents de revenir sur leur opinion, comme disait l'AFP (permettront plus vraisemblablement à Taron de convaincre fermement sa compagne qu'elle doit revenir sur son opinion et, comme lui, affirmer à la police qu'ils « ne se connaissent pas d'ennemis »), son arrestation et ses aveux permettront aux enquêteurs, au juge d'instruction, à tout le monde, de laisser dans le passé celui de Suzanne, avec les autres, avec tout ce qu'on oublie, et de ne plus évoquer une seule fois la possibilité dérangeante d'une vengeance.

La vie supposée de Suzanne Brulé depuis ses dix-huit ans pose une autre question, moins cruciale pour l'enquête, et dont la réponse n'aurait pas de conséquences directes, mais qu'on ne peut pas éviter : Yves Taron était-il le père de Luc ? Et « moins cruciale pour l'enquête », ce n'est pas si sûr. Dans deux messages écrits peu de temps après le début de sa sinistre parenthèse anonyme, l'Étrangleur a fait plus que sous-entendre que le petit n'était pas le fils de Taron. D'abord, le 6 juin, dans une lettre adressée au commissaire Samson, il se contente de guillemets lorsqu'il suppose que si Taron l'a envoyé bouler pour la rançon, c'est peut-être qu'il « ne tenait pas beaucoup à "son" fils ». Trois jours plus tard, il va plus loin, dans un message à Europe n° 1 : « À Taron : Le livre que possédait ~~votre~~ le fils de votre amie était bien le sien, mais il se peut qu'il l'ait acheté lui-même. » Que le mobile de l'enlèvement et du meurtre de Luc soit sexuel ou crapuleux, il est déjà surprenant que le ravisseur et assassin s'en prenne, dès le début et sans le connaître, au père accablé de sa victime, en le traitant sans raison de « sale con » et d'« ignoble individu » (bien des observateurs et des journalistes s'en sont étonnés, par exemple dans *Détective*, le 12 juin : « Si on admet que le meurtrier est celui qui signe l'Étrangleur, on s'explique assez mal l'acharnement qu'il met à déshonorer M. Taron, et lui seul : pourquoi toutes ses lettres sont-elles truffées de menaces à son adresse ? ») ; qu'il s'amuse à affirmer (au hasard ?) que ce n'est pas son fils, et que ce soit exact, relèverait de la divination. Cela intrigue d'ailleurs Jean-Claude Seligman, qui demande à la Sûreté nationale, en juin 1964, d'effectuer « des recherches pour déterminer, si possible, les chances de paternité de M. Taron en ce qui concerne le jeune Luc, paternité qui pourrait être mise en doute en raison de la conduite légère de Mlle Brulé ». On ne saura pas, bien entendu, la science n'était pas assez avancée à l'époque. Mais si on aime le doute, on est servi.

La première incertitude concerne la rencontre entre les futurs parents. Suzanne déclare qu'elle a fait passer une annonce pour trouver du travail (dans *Le Figaro*, pense-t-elle sans en être certaine), « en 1952 », c'est ainsi qu'elle est devenue « représentante » en bas pour Taron, puis qu'elle est allée vivre avec lui. De son côté, il est à la fois plus précis et plus flou (ils sont complémentaires), il explique au juge Seligman qu'il s'est séparé de sa maîtresse précédente, Claude P.-C., en avril 1952, et : « Deux mois après [quel tombeur – il doit avoir un petit secret car, sans être méchant, il est vraiment hideux], j'ai connu Mlle Brulé dans des conditions que j'estime ne pas avoir à vous donner. [Ah ? Ne te braque pas comme ça, Yves, il n'y a pas de honte à embaucher une représentante.] Nous nous sommes presque immédiatement installés ensemble. » Quand Seligman retourne vers Suzanne pour savoir si elle confirme à peu près ce timing, elle lui répond, avec une honnêteté qui lui fait honneur : « Je ne peux pas vous dire si je me suis installée chez lui le 15 janvier ou le 31 décembre 1952, mais c'était dans le courant de l'année. » C'est ennuyeux, ce profond trou de mémoire, car il faut se rappeler que Luc a été conçu au début du mois d'août 1952.

Ce qui ennuie aussi, c'est qu'alors que, d'après Taron, ils vivent ensemble rue de Naples depuis juin ou début juillet 1952, ce n'est qu'au mois de septembre qu'il va voir les Georges (peut-être dans le bar à jeunes dames de la rue du Laos) pour leur faire savoir qu'il faut lâcher

Brulé : maintenant, c'est à lui, Brulé. Ce qui ennuie encore, ce sont quelques expressions de Suzanne, prononcées ici et là, peut-être par inadvertance, dans ses dépositions : « Me trouvant enceinte, nous avons décidé de vivre ensemble dans l'appartement de la rue de Naples. » (« Me trouvant enceinte » ? Quand ?) « Très peu de temps après le début de ma cohabitation [c'est joli] avec M. Taron, nous avons fait des démarches pour nous marier car j'étais enceinte. » (Yves Taron n'a pas tout à fait la même version : « Quelques mois après la naissance de Luc, j'avais vaguement songé à me marier avec Mlle Brulé, je suis même allé consulter un notaire rue du Louvre, et à la réflexion, j'ai pensé que j'allais faire une boulette [ah, l'amour, l'amour…] et je n'ai pas donné suite. J'avais fait quelques allusions à Mlle Brulé, mais sans lui faire aucune proposition ou promesse. Je pensais en effet que c'était un test de l'affection qu'elle me portait, de voir si elle restait avec moi sans être mariée. ») Quand Seligman demande à Suzanne pourquoi ce projet de mariage, quelques mois *avant* la naissance de Luc, n'a pas abouti, elle donne une curieuse explication : « À la dernière minute, ça ne s'est pas fait, car je n'ai pas voulu aller chez un médecin pour faire la prise de sang nécessaire. [Elle a peur des piqûres ? (Ce n'est pas qu'on découvre qu'elle est enceinte hors mariage qui la gêne, puisque de toute façon, en refusant d'épouser Taron, elle va avoir un enfant avec lui hors mariage. C'est autre chose. Le temps depuis lequel elle est enceinte ?)] Les formalités qui avaient été diligentées à la mairie et chez le notaire de M. Taron ont donc été annulées. » Comment croire ces gens qui ne savent même pas quand et pourquoi ils ont voulu se marier, ni quand ni pourquoi ils y ont renoncé ?

Même la naissance de Luc, l'accouchement, pose problème. Il est né à Neuilly-sur-Seine. Ni son père ni sa mère n'ont le moindre lien avec cette commune de la proche banlieue ouest de Paris, mais Suzanne va accoucher là-bas ? (C'est la ville où vivait Georges Le., une coïncidence encore.) La mère déclare au juge d'instruction : « Luc est né le 9 mai 1953. M. Taron l'a tout de suite reconnu, et moi deux ou trois jours après. » Jean-Claude Seligman, on ne sait pourquoi, se méfie et vérifie. Il fait bien. Suzanne a encore été victime d'un court-circuit de mémoire, de l'une de ces étranges absences qui la frappent parfois en présence du juge. Le registre de l'état civil indique : « Le 27 octobre 1953, à 14 h 20, Suzanne, Jeanne, Brulé, célibataire, couturière, a déclaré reconnaître pour son fils un enfant né à Neuilly-sur-Seine le 9 mai 1953 », etc. Seligman lui fait remarquer qu'elle s'est « trompée » de plusieurs mois, et qu'il n'est pas très ordinaire qu'une mère attende si longtemps pour reconnaître son fils. Suzanne est embarrassée. Elle dit qu'elle ne comprend pas. Elle était pourtant sûre d'avoir reconnu Luc tout de suite, mais apparemment non, si le registre de l'état civil le dit, c'est que ce doit être vrai. Elle ne comprend pas. Elle a dû se tromper, voilà tout.

Le reste n'est que littérature, comme on dit dans *L'Humanité*, fiction, peut-être, projection, scénario, hypothèse, pensées vers le passé. Suzanne a vingt-deux ans. Elle vient de vivre quatre ans entre Deauville, Auteuil et Antibes, entretenue par le directeur des papiers à cigarettes Riz Lacroix, quatre ans parsemés de quelques amants – jeunes sans doute puisqu'elle a déjà un vieux. Le dernier, qui se dit avocat, a besoin d'un peu trop d'argent, elle vole des babioles à Fufu, il s'en aperçoit, la chasse. Elle vit dans une petite chambre (« une pension de famille », dit-elle) avenue Mozart. Elle a besoin d'argent. Elle trouve quelques clients âgés, fortunés, en demande, inoffensifs, les Georges. À la fin de l'été, elle rencontre, dans des conditions qu'on n'estime pas nécessaire de nous donner, probablement dans un bar de la rue du Laos, ou par petite annonce sentimentale, un homme d'affaires de moyenne envergure, qui vit correctement, presque confortablement, mais sans plus, de vingt et un ans son aîné, un type pas marrant, assez sinistre même, moche, gris, râleur, misanthrope et pantouflard, elle s'installe presque aussitôt chez lui, dans son trois-pièces, rue de Naples. Pourquoi ? Parce qu'elle est enceinte. On ne sait pas de qui, elle-même peut-être ne le sait pas. (Probablement pas de Marcel Funereau, qui déclare aux enquêteurs, avec assurance, et une sobre élégance désuète : « Suzanne Brulé n'est jamais restée enceinte de mes œuvres. ») Ils scellent une sorte de pacte. Taron n'est pas le meilleur parti pour une jolie jeune femme peu farouche qui plaît aux vieux messieurs riches, loin de là, mais au moins il accepte son futur bébé (les Georges et Fufu : jamais de la vie, ils ne sont pas fous – arrière !). Il lui offre une existence honorable et sûre, à défaut d'être flamboyante, et un nom pour son enfant. Lui, de son côté, y trouve son compte aussi, il s'offre une jolie jeune femme (qui ne lui aurait sans doute pas accordé un regard dans d'autres circonstances), et un enfant tout prêt. (Dans sa déposition du 20 juin 1964, Claude P.-C., l'ex de Taron (qui n'avait que seize ans de moins que lui : une vioque), prononce une phrase ambiguë, légère et bancale, qui est passée tout à fait inaperçue (du moins je crois – je ne l'ai moi-même vraiment remarquée qu'à la troisième ou quatrième lecture du procès-verbal). Elle dit à l'OP René Mothe que lorsqu'elle était avec lui, une quinzaine d'années plus tôt, elle savait qu'il avait déjà été marié, qu'il était divorcé, qu'il avait un enfant de ce premier mariage. Elle ajoute l'air de rien : « Il aurait voulu en avoir un autre. » Elle sait évidemment qu'il a été de nouveau père depuis, donc il « voulait » en avoir un autre, non ? À moins qu'elle sous-entende : « Il aurait voulu en avoir un autre avec moi. » On ne sait pas. C'est possible, s'ils ont passé quatre ou cinq ans ensemble. (Mais Claude P.-C. ne dit pas que cela. Selon Yves Taron, qui l'a déclaré dans le cadre d'un interrogatoire officiel, comme tous ses autres mensonges, ils se sont séparés en avril 1952. Ce n'est pas du tout la version de la jeune femme : « M. Taron ayant été mêlé à une affaire de mœurs, j'ai refusé de l'épouser. J'ai néanmoins continué à vivre avec lui, et ce jusqu'en 1950. C'est moi qui l'ai quitté, nos caractères ne s'accordant plus. M. Taron était toujours taciturne, renfermé, ne voulant pas sortir, n'aimant pas la société, aigri. Mais il paraissait marqué par quelque chose que j'ignore. [...] Il n'aimait pas être contrarié. Il était orgueilleux. Très susceptible. [...] À ma connaissance, M. Taron n'avait pas d'ennemis, mais je ne lui connaissais pas d'amis non plus. » Après la séparation, ils se voient de temps en temps, pendant un an et demi environ, mais sans plus rien d'intime : « J'avais voulu reprendre mon indépendance, aussi je ne répondais plus à ses avances. » (Double alexandrin, boum.) Elle n'a plus eu de nouvelles de lui depuis, il lui a simplement envoyé un faire-part pour la naissance de Luc. Elle n'a jamais vu Suzanne.)) Yves Taron prend la jolie poupée et le bébé. Il fait le tour des anciennes fréquentations de son acquisition, game over messieurs, il tire un trait sur la vie de prostituée occasionnelle de sa quasi-femme (sa vie d'esclave des hommes, à ses yeux) – elle ne la reprendra que lorsque ce sera vraiment la déconfiture pour les finances du ménage, il faut ce qu'il faut, chacun doit y mettre du sien –, et dès la naissance du petit Luc, au printemps 1953, il le reconnaît. Pas Suzanne. Elle hésite. Est-ce qu'elle veut vraiment de cette petite et sombre existence de mère au foyer – coincée avec ce médiocre rabat-joie, surtout ? Il est encore temps de partir, de lui laisser le petit. Elle y réfléchit pendant près de six mois. Elle ne peut pas abandonner son enfant. À l'automne, elle se rend à la mairie, elle signe. Pour toute sa vie. Je pense à ce qui attendait cette fille de vingt-trois ans qui signe le registre. Quarante-huit ans aux côtés d'Yves Taron (dont trente-sept de deuil de son fils), qu'elle n'a jamais quitté, jusqu'à sa mort le 3 mars 2001. J'ai de la peine pour elle. Mais tout cela : fiction, peut-être.

J'allais enchaîner aussi sec sur la triste sale vie de Taron, mais c'est trop d'un coup, il faut une pause, une respiration, un passage clair et simple, rassurant, doux : la suite de ma journée à l'hôpital Lariboisière.

Deux jeunes brancardiers rigolards étaient venus me chercher dans la chambre à 11 h 30 (heureusement que j'avais été ponctuel à 7 heures), j'avais laissé derrière moi le malheureux Lorrain dont la vie s'échappait par les narines et j'étais à présent en attente sur mon lit de camp à roulettes, après un long trajet dans les couloirs, les sous-sols même, puis en ascenseur et dans les couloirs encore (pendant que les deux brancardiers discutaient entre eux, comme si j'étais une statue qu'on change de salle au Louvre (au Louvre, oui), et se marraient à propos de la page Facebook d'une certaine Aurélie), le regard sur le plafond, sur les néons qui défilaient au-dessus de moi comme dans les films, puis donc en attente sur mon lit de camp à roulettes dans une sorte de sas avant le bloc, d'antichambre du drame, attendant d'être propulsé dans une arène opératoire dont on ne sort pas sans avoir basculé vers : « Tout s'est bien passé, réveillez-vous tranquillement, je repasse vous voir » ou bien : « Ça va, monsieur, ne vous inquiétez pas, mais nous n'avons malheureusement pas pu sauver la moitié gauche de votre visage ». Nous étions deux ici, brancardisés l'un contre l'autre, sur le dos, immobiles, silencieux, les yeux fixes en l'air, seuls dans cette petite pièce, très proches – elle ou lui à ma gauche. Je ne savais pas ce qu'il convenait de faire. Essayer d'engager la conversation ? J'ai tourné légèrement la tête vers le corps étendu à côté de moi, et j'ai compris que ce n'était pas la peine de chercher comment engager la conversation. L'homme, je crois, avait la tête presque entièrement bandée, avec manifestement un important problème de symétrie du côté de la bouche, et un gros tuyau enfoncé quelque part sous le menton, dans la trachée peut-être.

Quelques instants plus tard, un chirurgien est entré d'un pas vif, en écartant largement la porte à deux battants comme celle d'un saloon, suivi par une petite nuée froufroutante d'infirmières et d'internes aux grands yeux. Brun, mince, beau gosse, la quarantaine, l'air solidement sûr de lui. Il a examiné trente secondes le mourant à mes côtés, comme s'il vérifiait un pansement sur une piqûre de moustique, il a annoncé : « OK, ça devrait aller, on y va dans dix minutes », puis il est parti vers le bloc d'un pas de pilote de chasse, toujours filé par la queue bleue et blanche de la comète. J'étais admiratif. Ce gars a la vie d'un homme entre les mains, ou au moins sa tête, il faut que quelqu'un s'en occupe, ce sera lui, il assume, il reste parfaitement calme, il sait qu'il doit prendre des risques : il les prend.

Lorsque mon voisin déglingué a été emmené vers son destin (chaque fois que je vois mon éditeur, Bernard, au moment de se quitter, il me serre la main et me dit « Va vers ton destin » (il a deux phrases qui reviennent souvent, moins contradictoires qu'elles ne le paraissent, deux phrases, jointes, d'un père ou une mère à son enfant (ou de tout bon éditeur à son auteur) : « Je suis avec toi » et « Va vers ton destin ») : c'est encourageant, excitant, on a l'impression qu'on part vers quelque chose, qu'on avance, mais il y a aussi, en dessous, ou en filigrane, une ombre un peu angoissante, je trouve (parce qu'on a beau être optimiste et confiant, son destin, on ne sait pas ce que c'est) – dans *Le Prix de mon silence*, Lucien, racontant son inconcevable « interrogatoire définitif » par Jean-Claude Seligman (« et il n'y a pas d'avocat auprès de moi pour faire cesser ce massacre »), écrit, à propos du dernier jour : « Je refuse de signer le procès-verbal et m'en vais vers mon destin »), je suis resté seul dans le silence du sas aseptisé, encore plus immobile qu'immobile. Je n'arrivais plus à penser, je n'avais que des images médicales en tête, des instruments de chirurgie, des blouses, du désinfectant, des pharmacies – j'ai pu m'accrocher à un souvenir, dans une pharmacie de Lourmarin, près de chez ma mère, Anne-Catherine qui hésite devant toute une étagère de répulsifs antimoustiques, dont soudain le visage s'illumine et qui s'empare, d'un geste réflexe enthousiaste, et à la limite de l'incrédulité, d'un vaporisateur sur lequel est inscrit : « Moustiques ordinaires et tigres ». Car qui peut le plus peut le moins.

Près d'un siècle plus tard, une jeune infirmière est arrivée pour me piquer à la pliée du coude droit et m'installer un cathéter. Elle a raté la première piqûre, à côté de la veine, ou bien la veine s'est déchirée (c'est possible ?), je n'en sais rien, en tout cas ça m'a fait mal, il y a eu un petit hématome, elle a dû recommencer. Elle a raté la deuxième piqûre aussi, ça m'a fait mal encore, elle s'est mise à s'énerver, à s'excuser, fébrile, à s'en vouloir, à se dire : « La prochaine fois, il faut absolument que j'y arrive. » Ça allait, moi, c'était désagréable sans plus, je la regardais, une petite brune, vingt-sept ou vingt-huit ans, un peu forte, pour moi elle était « infirmière » comme on dit « brune » ou « végétarienne » ou « polonaise », mais le fait de la voir clignoter, s'affoler un peu, je comprenais que c'était aussi, avant tout, un costume, infirmière, un emploi. Je me demandais si, comme Suzanne Brulé, elle était – non, j'allais dire le contraire de ce qu'elle avait l'air d'être, ce n'est pas ça ; je me demandais s'il y avait, comme c'est probable, sous cette surface familière, facile, qu'on ne cherche pas à écarter, sous ce cliché rassurant de l'infirmière, de l'amie de l'être humain, dévouée, uniforme, une vie, une histoire, des manies inattendues. Cette petite brune en blouse blanche qui essayait de me placer un cathéter était peut-être une passionnée de combats de chiens, ou claquait dans les jackpots du casino d'Enghien tout l'argent qu'elle gagnait à l'hôpital en soignant les gens, elle enfilait peut-être chaque samedi une tenue de latex noir pour aller fouetter des hommes d'affaires dans un club spécialisé, ou elle haïssait sa mère et souhaitait sa mort, elle se grattait la peau des cuisses jusqu'au sang tous les soirs dans son lit. Elle a essayé une troisième fois de me piquer, ça se passait mal, je serrais les dents pour ne pas trop le lui montrer mais je poussais de petits grognements quand même, le pilote de chasse est sorti du bloc opératoire, il était un peu rouge, il avait de la sueur sur le front et les cheveux en bataille après avoir enlevé son petit chapeau, moins beau gosse tout à coup, il m'a entendu grommeler, il a vu les deux infimes hématomes, il s'est arrêté et, vraiment gentiment, sans un soupçon d'agacement ni de mépris (que je guettais, pourtant), juste pour aider l'infirmière, avec bienveillance et simplicité, il lui a dit : « Attends, je vais le faire », il a planté l'aiguille dans ma veine et le temps que je me rende compte que je n'avais rien senti, la porte à double battant se refermait derrière lui. La brune infirmière qui haïssait sa mère m'a souri modestement, m'a touché la main, est sortie derrière lui. J'étais prêt, il ne restait plus qu'à me brancher à la machine et à m'ouvrir. J'ai pensé aux dizaines de fois où j'étais passé, rentrant chez moi sereinement, vers Anne-Catherine, Ernest, écriture, whisky, télé, carbonara, dans le métro aérien de la ligne 2, entre Barbès et La Chapelle, le long de la façade nord de Lariboisière : regardant, depuis la vitre du wagon, les fenêtres de l'hôpital, je pensais à ce qui se passait derrière, dans les salles très vivement ou très peu éclairées, à ceux qui souffraient ou paniquaient ou guérissaient ou mouraient ou s'ennuyaient là, de l'autre côté, et chaque fois je me disais que j'y serais sans doute un jour, moi aussi. J'y étais, couché, et de l'autre côté de la fenêtre, des gens passaient dans le métro aérien.

Comment protéger la société des monstres ?

Le Parisien libéré, 30 mars 1976.

Si l'on devait essayer de décrire Yves Taron en quelques mots, je pense (sans pourtant l'avoir connu, c'est donc forcément injuste) qu'on pourrait s'appuyer sur ces deux groupes de deux : « escroc minable » et « ignoble individu », comme disait l'Étrangleur. J'ai trouvé une bonne partie de ce que je sais de lui dans *Le Voleur de crimes*, de Troplain et Ivani, le reste dans différents services d'archives, en consultant des dossiers de la préfecture de police ou des Renseignements généraux, dans les journaux ou à l'INA. Le tout, ça fait beaucoup.

Quand, devant le juge, il raconte son enfance, il commence bien : « Mon père était représentant en vin, ma mère ne faisait rien. » (Cette faignasse.) Ses parents n'ont pas plus d'importance à ses yeux que sa sœur Yvonne ou que n'importe qui d'autre sur terre. Il ne sait pas ce qu'est devenu son père après que celui-ci a quitté le domicile familial de Charenton (« Je crois qu'il est mort en 1927 »), mais ce n'est pas vraiment parce que celui-ci a quitté le domicile familial : il ne s'est pas beaucoup intéressé à sa mère non plus. « Ma mère est restée à Charenton jusqu'en 1940, peut-être, ou 1941, ensuite elle a dû aller habiter chez ma sœur, dans le 19e arrondissement, et elle est morte, je crois, en 1958. » De sa sœur, qu'il voit pourtant de temps en temps et qui travaille un peu pour lui, il reconnaît qu'il ne sait pratiquement rien non plus, si ce n'est qu'elle a un fils qui s'appelle Jacques – mais ce n'est qu'en 1958, au moment où Yvonne a été victime d'une asphyxie au monoxyde de carbone, qu'il a appris l'existence du garçon, qui avait alors vingt-trois ans.

À partir de 1934, Yves Taron (qui a vingt-cinq ans, vit toujours à Charenton chez cette mère dont il n'a rien à cirer, et y restera jusqu'à sa mobilisation, à trente ans) se lance à son compte dans les affaires. Il en crée plusieurs à la suite, car sa spécialité, c'est d'arnaquer les assureurs ou leurs clients : chaque fois qu'il se fait coincer, il disparaît, installe ses bureaux ailleurs et change le nom de sa société : Maison Taron, Centre de courtage parisien, Comité central de placement d'assurances, Souscriptions mondiales d'assurances, rue Louis-le-Grand, rue Pergolèse, rue Tronchet, boulevard Montmartre, rue Marivaux – tout cela en l'espace de trois ans. (Dans *L'Agent d'assurances*, une revue spécialisée, je trouve un petit article titré « Un grand nom pour une bien petite entreprise », dans le numéro du 25 avril 1934 : « Il s'agit d'une entreprise de courtage, récemment fondée 28 rue Louis-le-Grand, à Paris, sous le nom de "Centre de courtage parisien – Toutes assurances – Paris-province", par M. Yves Taron. […] M. Taron ne pouvant nous donner par écrit aucun nom d'agent à la base de son organisme, et nous assurant être le représentant en France d'un assureur londonien connu de nous, MM. Herbert-Drake et Thomson, nous nous sommes récemment rendus rue Louis-le-Grand. Nous eûmes d'abord quelque mal à y trouver le Centre de courtage parisien, aucune plaque, et le liftman n'en avait jamais entendu parler. Puis, lorsque nous pénétrâmes dans son local, un fort modeste et étroit bureau d'une seule pièce, nous nous trouvâmes en présence d'un jeune peintre qui préparait une enseigne. Il voulut bien nous déclarer que M. Taron était dehors toute la journée, et qu'en son absence, il n'y avait personne pour répondre. Nous avons donc jugé inutile d'insister. » Dès ses débuts, Taron sentait le faux.) J'ai trouvé une publicité dans *L'Argus*, « hebdomadaire international des assurances », du 18 mars 1934 : « Récemment créé rue Louis-le-Grand, le Centre de courtage parisien, un organisme qui faisait défaut, rendra les plus grands services aux agents de province. S'interdisant toute opération directe avec la clientèle, il se spécialise dans le placement des risques. En toute confiance, tout agent pourra y adresser les propositions qui ne pourraient être acceptées par sa compagnie. Placement rapide et sûr dans des compagnies de premier ordre. » (Dans d'autres journaux spécialisés, je trouve plusieurs pubs ou annonces, qui montrent que question risques, Taron ratisse large : il propose ses services aux « pilotes d'aviation amateurs », et assure également les « chevaux de courses région de Tunis » et les « entreprises foraines de toute nature ».) Un petit exemple de ses escroqueries, si on a le temps : le 15 juin 1935, à Poitiers, deux camions-citernes d'un dénommé Dubois sont détruits par le feu. Le 17 juin, il contacte Taron, qui lui propose une « astuce » (en change d'un pourcentage sur l'argent récolté, bien entendu) : il envoie un contrat à une compagnie d'assurances nommée la Caisse patronale (pour cela, il garde les initiales de sa société, CCP, mais la situe à Poitiers, et utilise un faux nom pour lui-même, car il a déjà eu des ennuis avec la Caisse patronale, qui a même déposé une plainte en abus de confiance contre lui, peu de temps auparavant), ce contrat, portant sur l'assurance de quatre camions-citernes, étant antidaté au 12 juin, trois jours avant les incendies. L'entourloupe sera vite repérée. Mais il ne s'arrêtera évidemment pas là.

Dans un rapport adressé à la police judiciaire et au juge d'instruction le 27 juin 1964 (Jean-Claude Seligman est encore loin d'être certain que le père était étranger à l'affaire et, début juillet encore, quelques heures avant l'arrestation de Lucien Léger, il délivre une commission rogatoire pour que quatre officiers du SRPJ « opèrent une surveillance de jour discrète d'Yves Taron »), le directeur de la Sûreté nationale indique qu'en 1937, Taron continue ses petits trafics sous une fausse identité : il dirige alors les Souscriptions mondiales d'assurances, installées 13 rue Marivaux, dans le 2e arrondissement, et se fait appeler Georges Pointer. (Ce n'est quand même pas moi qui vois Modiano partout – ou alors je deviens fou ? Ce n'est pas modianesque, « Georges Pointer » ?) Il dit être né le 29 avril 1908, et non 1909, à Vincennes, et non à Montrouge, et être domicilié à Brunoy (près de Mandres-les-Roses) et non à Charenton.

Face au juge Seligman, il ne reconnaîtra que deux condamnations. Il lui dira qu'il a été acquitté pour l'histoire des dixièmes de billets de loterie, mais que la procédure a pris du temps : « J'ai perdu non seulement mes avoirs, mais également de l'argent que je détenais pour le compte de tiers dans le cadre de mes activités d'assurance. » (Zut, pauvres tiers.) À cause de cela, et seulement de cela (de la lenteur de la justice, donc), il a été condamné en 1937 à treize mois de prison avec sursis pour abus de confiance et chèques sans provision. Il expliquera ensuite, de manière assez sibylline : « En 1943, j'ai été condamné à huit mois d'emprisonnement, avec confusion de la peine de 1937, car il s'agissait selon moi des mêmes faits, ou de faits connexes. » Il conclura, très clair : « Je n'ai jamais eu d'autres affaires judiciaires, aucune autre condamnation. » J'ai trouvé la liste de ces condamnations (qui n'existent pas, donc) dans un rapport des Renseignements généraux rédigé quelques années plus tard : outre les deux avouées, il a pris également quatre mois avec sursis et 100 francs d'amende le 24 octobre 1938 pour abus de confiance, huit mois ferme et 200 francs d'amende pour chèques sans provision le 4 février 1941, six mois ferme pour abus de confiance le 15 janvier 1942, huit mois ferme et 200 francs d'amende le 3 avril 1944 pour escroquerie, et enfin, le 12 octobre 1944, il a été condamné par défaut (il avait fui Marseille, où il vivait alors avec sa première femme, pour se fondre dans Paris) à 4 000 francs d'amende et un an ferme (je ne sais pas s'il a effectué cette peine, je ne pense pas) pour, de nouveau, abus de confiance et chèques sans provision. Du côté des RG, on trouve à cette époque-là : « Fait l'objet de mauvais renseignements », et à peine quelques années après, bien avant la mort et même la naissance de son fils : « Titulaire de nombreuses condamnations, individu douteux, dénué de scrupules. » (Comme Suzanne.)

Le 3 septembre 1939 (après un an de service dix ans plus tôt à Guingamp), il est appelé sous les drapeaux à Coulommiers, il est démobilisé le 18 juillet 1940 à Vanves, il part se marier à Amélie-les-Bains avec Sima, qu'il a rencontrée à Paris avant la guerre, ils s'installent à Marseille, où il laisse tomber les assurances (c'est trop risqué et trop plan-plan à la fois, pas assez rémunérateur) et fonde le Comptoir français colonial, rue Bailli-de-Suffren, une société d'import-export qui lui permet de faire du commerce avec l'Afrique du Nord, Eldorado du moment. Le 11 août 1941, Sima donne naissance à leur fils Gérald. Mais Taron, comprenant que le versant métropolitain de l'Eldorado n'est pas Marseille mais Paris, en ces temps bénis de l'Occupation, s'y installe la majeure partie de l'année (c'est en 1943 qu'il loue un bureau et un studio au 18 rue de Naples) – c'est gagnant-gagnant, les colons qui pillent les Algériens, les boches qui pillent les Français et les Juifs : youplaboum ! Je trouve quelques petites annonces dans les journaux : le 4 décembre 1943, dans *Paris-Soir*, il propose d'exporter vingt mille flacons d'eau de Cologne à 80° à qui en veut (ce n'est pas parce qu'il y a des petites tensions en France qu'on n'a pas le droit de sentir bon) ; dans *Paris-Midi*, le 7 février 1944, il claironne qu'il peut fournir des « vins de liqueurs en 15+3 ou +5 » (comprenne qui pourra) contre des bons ; en mai 1945, il étend son rayon d'action commercial et indique dans *Le Petit Marocain* que le CFC dispose de « toutes marchandises, parfumerie, quincaillerie, etc. ».

Après le bombardement du 27 mai 1944, qui a détruit ses bureaux phocéens du CFC et précède de nouveaux problèmes judiciaires (il est quand même incroyable qu'on ne laisse pas les Français gagner leur pain tranquillement – on va s'étonner qu'on se tourne vers l'occupant, vers l'efficacité, vers l'avenir ?), il passe presque tout son temps à Paris, loin de sa femme et de son fils – à quoi ça sert, sa femme et son fils ?

Le 25 janvier 1945, par jugement du tribunal de commerce de Marseille, le Comptoir français colonial, qui a depuis deux ans une succursale au 18 rue de Naples, est déclaré en faillite. Peu importe : Yves Taron loue de nouveaux locaux, 24 rue de la Chaussée-d'Antin, et y installe le Centre français commercial, en gardant les mêmes initiales, c'est pratique. Le temps qu'on oublie un peu les décisions du lointain (et plouc, so provincial) tribunal de commerce de Marseille, et le Comptoir français colonial renaîtra dans la capitale à la fin des années 1940. (Le Centre français commercial sera à son tour rayé du registre du commerce en 1958, mais avec le temps, va, tout s'en va : dans plusieurs journaux, au printemps 1964, sur des photos prises devant le domicile des parents ravagés par la douleur, on pourra remarquer, à la loupe, une plaque « CFC » à l'entrée de l'immeuble.)

Le 26 décembre 1944, Yves Taron se trouve sur le pont de l'Europe, juste au-dessus de la gare Saint-Lazare. C'est à cet endroit qu'il dira, vingt ans plus tard, avoir passé plus d'une heure, dans l'après-midi du 27 mai 1964, à chercher ou plutôt attendre son fils, car « Luc aimait être noyé par la fumée des locomotives qui passaient en dessous ». Une bombe explose, il perd connaissance. Il se réveille à l'hôpital Marmottan, près de la porte Maillot, puis passe deux semaines dans une clinique parisienne pour se rétablir. C'est pendant cette période que sa femme, à Marseille, quittera le domicile conjugal et s'amourachera d'un avocat local (ses femmes apprécient les avocats), d'où leur divorce, finalisé le 18 décembre 1946. Interrogée en 1964, Sima s'insurgera : elle n'est pas d'accord, c'est faux, ce n'est « ni pertinent ni admissible ». Elle n'en dira pas plus – du moins si elle l'a fait, il n'en reste aucune trace dans le dossier de l'enquête. De fait, le divorce a été prononcé à ses torts, et c'est le père qui récupérera la garde de leur fils Gérald, âgé de cinq ans. Il le ramènera avec lui à Paris, et s'en débarrassera aussitôt, en le confiant à sa sœur Yvonne, qui l'élèvera seule. Il ne s'occupera plus de lui. (Le 21 juin 1977, Taron sera interviewé sur RTL par Michel Drucker. Le journaliste, alors âgé de trente-quatre ans, lui demandera si Luc était son seul enfant : « Oui, le petit Luc était le fils unique de mon premier lit. » (Ce ne sera pas le seul mensonge de Taron, chez qui c'est une disposition naturelle, lors de cet entretien avec le jeune journaliste. Entre autres, il « rappellera » que, treize ans plus tôt, Lucien Léger a été formellement reconnu par les époux Lelarge, qui binaient leur champ de betteraves, « comme étant l'homme au complet bleu pétrole qui était sorti du bois de Verrières ». Il prétendra aussi que si Jules Beudard a découvert le corps, c'est parce qu'il avait été alerté par la présence de l'homme qui rôdait dans les environs, Lucien Léger, « dont le comportement, les vêtements, tout ça, le signalaient à l'attention ». Beudard, intrigué, s'était donc précipité dans le bois, mais quand il avait vu le cadavre, il était trop tard, Léger avait filé. Yves Taron est prêt à toutes les falsifications, même les plus éhontées, les plus improbables, pour qu'on n'ait plus le moindre doute quant à la culpabilité du sadique, qu'on le tue et qu'on n'en parle plus, que plus personne ne puisse en parler.))

En 1955, à quatorze ans, Gérald finira par rejoindre sa mère à Marseille, et trois ans plus tard, il accompagnera son oncle, Michel K., de l'autre côté de l'Atlantique, quand le frère de Sima, patron d'un salon de coiffure en face de la Comédie-Française, décidera de partir s'installer aux États-Unis, où la coupe à la parisienne devrait faire fureur. En 1964, Gérald travaillera dans une entreprise d'huisserie métallique à Bridgeport, dans le Connecticut.

Peu de temps après son installation définitive à Paris, Taron crée Paris Centre Production, une société domiciliée dans ses bureaux de la Chaussée-d'Antin, dont il dira qu'elle lui sert surtout d'organe de publicité (prospectus, photos, films) pour attirer de la clientèle vers ses autres affaires. Elle sera déclarée en faillite par le tribunal de la Seine le 18 août 1955. À cette époque, Luc a deux ans, et les finances de la famille commencent une lente dégringolade. En 1958, le CFC est à son tour (et pour la deuxième fois…) en liquidation et cesse d'exister, officiellement seulement. À Seligman, il expliquera que c'est parce que le dernier créancier de ses différentes affaires entremêlées, l'agence Havas, l'a laissé tomber. Ce n'est pas tout à fait ça : en 1955, Yves Taron, probablement couvert de dettes, a disparu de ses bureaux de la Chaussée-d'Antin, qu'il a abandonnés sans laisser d'adresse. Havas, à qui il devait pas mal d'argent, a tout fait pour le retrouver, en vain, et a fini par porter plainte contre lui. Il a été condamné en juin 1958, je ne sais pas à quelle peine ni à quelle amende. C'était, pour lui, la fin du début de la fin, et c'est à peu près à ce moment-là, selon l'informateur qui traînait du côté de la place de Clichy, que Suzanne a commencé à fréquenter régulièrement le bar qui faisait l'angle avec la rue Biot.

Au début de l'année 1959, le CFC renaît pour la deuxième fois de ses cendres, rue de Naples, et apparaît dans une annonce que j'ai trouvée dans le *Paris-Presse* du 24 janvier : il propose des ventes « sortie d'usine », en soldes, de réfrigérateurs, aspirateurs, téléviseurs, machines à laver et à coudre. Le 26 novembre de la même année,

Taron fonde la Comexima, qui achète et vend tout et partout, avec le Suédois Julius Graff, Fosby, Grass, Fesbee, Nielsen. Deux mois plus tard, il le balance à la police – il affirme l'avoir dénoncé en tant qu'escroc, ce qui est tout de même réjouissant – et, en février 1960, la Comexima est dissoute et disparaît. Encore une fois : provisoirement. Le 3 octobre 1969, cinq ans après la mort de Luc, *Paris-Presse* consacre un papier aux nouveautés présentées au Salon de l'Auto. Parmi elles, l'« Auto Alarm », qui déclenche l'avertisseur et allume les phares lorsque quelqu'un essaie de monter dans votre voiture, et le « Stop voleurs », qui « coupe automatiquement le contact au bout de quelques secondes », deux inventions vendues par la Comexima, 18 rue de Naples. (Dans un article de *Libération* du 18 juin 1964, Jacques Flurer décrira Taron comme « le type classique du Français moyen ». Celui-ci approuvera : « Je suis un homme comme tous les hommes. J'ai vécu une vie que beaucoup de petits Français bricoleurs ont vécue. »)

À partir du printemps 1964, l'escroc minable s'évapore, respectabilité douloureuse oblige, pour laisser la place à l'ignoble individu. Il n'a plus vraiment besoin de prendre des risques avec des affaires louches, il a un nouveau métier, plus noble, plus porteur et bien considéré : père d'enfant mort, dévasté et vengeur. Après avoir vendu toutes les photos possibles de son fils, il essaie, avant l'arrestation de l'Étrangleur, de fourguer des « scoops » à Alain Ayache, alors jeune journaliste à *France Dimanche*. Il veut de l'argent, mais aussi un contrôle absolu de tous les papiers publiés. Ayache, qui n'a pourtant rien d'un ange de la presse, arriviste et prêt à presque tout quoique réglo d'une certaine manière, droit à sa façon, refuse catégoriquement. Le père de Luc tenait beaucoup, par exemple, à ce que le journaliste oriente ses articles sur l'aspect sexuel du crime, il voulait qu'il insiste sur les homosexuels qui se retrouvaient la nuit dans le bois de Verrières, et répétait, très étonnamment, que l'enlèvement de son fils avait sûrement un lien avec les vespasiennes des Champs-Élysées. (Ce n'était pas un délire passager : dans le dossier de la préfecture de police, j'ai trouvé un courrier que Maurice Papon a adressé aux directeurs de la police municipale et de la police judiciaire, auquel il a joint « la photocopie d'une lettre en date du 24 novembre 1965, que vient de me faire parvenir M. Taron, 18 rue de Naples, émettant une hypothèse sur les conditions dans lesquelles son fils Luc a été enlevé aux abords d'une vespasienne située près du rond-point des Champs-Élysées ». (Je n'ai malheureusement pas retrouvé cette lettre.) Papon demande au directeur de la police municipale de « faire procéder à une surveillance de cet édicule », et à celui de la PJ d'examiner l'hypothèse de Taron.) Le vendeur de crime, et de douleur intime, parviendra tout de même à ses fins : il réussira à négocier directement avec le patron de *France Dimanche*, Pierre Lazareff, et obtiendra 2 millions et demi d'anciens francs, 25 000 nouveaux (à titre de comparaison, le salaire d'un petit employé, en 1964, est d'environ 600 ou 700 francs, Taron a donc empoché l'équivalent de 50 000 euros d'aujourd'hui), pour ses « confidences » de papa brisé dans les éditions des 16 et 23 juillet 1964. Au départ, il réclamait 5 millions d'anciens francs. Même le journal *Minute* s'en est indigné, parlant d'une « excellente affaire pour le père du malheureux petit Luc, traitée avec le plus grand sang-froid », de « mémoires peu reluisants » et de « monumental cynisme ». Taron partageait pourtant passionnément l'idéologie de *Minute*, ça a dû lui faire beaucoup de peine.

Plus de quarante ans plus tard, peu de temps avant la mort d'Alain Ayache, Jean-Louis Ivani est allé le voir dans son hôtel particulier du 16e arrondissement. Il l'a reçu derrière son immense bureau en bois d'ébène, un barreau de chaise Romeo y Julieta à la bouche (on dit que c'est Fidel Castro lui-même qui les lui envoyait, pour le remercier de lui avoir appris à jouer au ping-pong). Ce coriace sans beaucoup d'états d'âme, qui a passé sa vie à côtoyer des serpents et des requins, a dit à Jean-Louis, à propos de Taron : « C'est un homme dont j'ai beaucoup de mal à parler. Je crois que, de ma vie, je n'ai jamais rencontré un bonhomme pareil. Une très sale mentalité. » Chacun a sa morale, son curseur. Taron était trop cynique et malsain pour Ayache. Chacun a ses limites. Celles d'Ayache étaient pourtant très souples, mais parfois, non, c'est trop.

Dès les premiers jours, Yves Taron a compris que son statut changeait. Le 30 mai, alors que son fils n'est même pas enterré et que l'Étrangleur ne s'est pas manifesté publiquement, il écrit à Madeleine Dassault, la femme de Marcel, qui vient d'être retrouvée après son enlèvement. Une lettre absurde, grotesque, dont il est bien difficile de comprendre la motivation. Il est plus que probable que l'occasion de se rapprocher d'une famille riche, de l'un des plus grands industriels français, soit plus forte que tout à ses yeux ; on peut aussi imaginer qu'au quatrième jour de l'enquête, alors que les policiers du SRPJ, sans aucune autre piste, se tournent imperceptiblement vers les parents, il cherche une sorte de soutien, de protection, d'assurance. « Le rapt de notre Luc s'est terminé par son assassinat et une fin dramatique pour un pauvre garçonnet, qui a dû combien souffrir en voyant venir la fin. [...] Il avait été content de la fin heureuse de votre enlèvement, vous ayant, dès l'annonce du malheur, beaucoup plainte. Il avait participé avec beaucoup d'anxiété à l'épreuve de M. Dassault. Aujourd'hui que la presse ne pense qu'à salir la mémoire d'un enfant tué, je crois remplir mon devoir envers lui en vous faisant savoir quels étaient en réalité ses sentiments. C'est pourquoi j'ai pris la liberté de vous écrire. Veuillez croire, Madame, à mes respectueux sentiments. »

On imagine Luc, enfant renfermé, en retard intellectuel et affectif, qui imitait le bruit d'un train quand son institutrice essayait de lui parler, se lamenter de la disparition de la richissime sexagénaire, et partager au plus profond de lui la douleur et l'angoisse de Marcel Dassault.

Dans la vie quotidienne aussi, pendant près de quarante ans, Yves Taron va profiter sans honte des possibilités, même les plus mesquines, que lui offre sa situation de père en deuil. Claude P.-C., son ex, dans sa déposition, dit qu'à la fin des années 1940 déjà, il avait « la manie d'écrire pour se plaindre de n'importe quoi, notamment aux administrations ». On en trouve quelques traces dans le dossier du préfet de police. Le 19 septembre 1962, il descend par l'arrière d'un bus de la ligne 81, place du Châtelet, et au lieu de rejoindre directement le trottoir, traverse la place au milieu des voitures pour se rendre de l'autre côté. Il est verbalisé et règle les 3 petits francs d'amende qu'on lui réclame. Mais un mois et demi plus tard, il envoie une lettre de quatre pages, quatre longues pages, au préfet de police, pour exiger qu'on les lui rembourse, on a bien le droit de traverser où on veut, qu'est-ce que c'est que ce scandale, ce racket des citoyens ? On l'envoie bouler sans ménagement. Le 3 avril 1964, quelques semaines avant l'obtention de sa puissance macabre, il écrit au tribunal administratif de Paris, sur papier à en-tête d'une association qu'il a créée six mois plus tôt, qu'il dirige seul et dont il est certainement le membre unique, l'Union pour la défense de l'intérêt des automobilistes parisiens. Il réclame furieusement que l'on supprime les voies de circulation réservées aux bus et aux taxis, car, alors que la rue appartient à tous, cela favorise une catégorie de Français privilégiés, ceux qui utilisent ces moyens de transport, et que « cela apporte aux taxis un surcroît de clientèle, et donc de gains, qui n'a aucune justification ». (La jalousie, la hargne envieuse, la convoitise et l'avidité sont des composantes essentielles de la personnalité d'Yves Taron.) On l'envoie bouler sans ménagement. Ce sera la dernière fois.

Je n'ai pas compté combien de dizaines et de dizaines de réclamations et de lettres de protestation, écrites inlassablement entre la mort de son fils et la sienne, contient le dossier de la préfecture qui lui est consacré. En les feuilletant, ahuri, dans la salle de lecture du Service de la mémoire et des affaires culturelles, au Pré-Saint-Gervais, j'étais à deux doigts de rendre ma briochette du petit déjeuner. Il grille un feu rouge sous les yeux de deux motards de la police, il proteste et refuse de payer ; il prend une contravention pour s'être garé sur un passage clouté, un arrêt de bus, à un angle de rue ou au pied d'un panneau d'interdiction de stationner, il proteste et refuse de payer ; une pervenche le verbalise, en avril 1981 (il conduit une Datsun 120A, à l'époque), parce qu'elle a remarqué qu'il avait fait tourner son disque bleu, une fois l'heure limite atteinte, pour rester plus longtemps à la même place, ce qui est interdit, non seulement il proteste et refuse de payer, affirmant contre toute vraisemblance qu'il a fait un tour du pâté de maisons pour revenir se garer à la même place et avait donc le droit de réenclencher le disque bleu, mais il demande même une enquête interne sur cette pervenche, Maryse Dubois, car il est persuadé qu'elle veut lui nuire et trafique avec certains autres automobilistes du quartier : il a remarqué que plusieurs voitures, souvent les mêmes, ne recevaient jamais aucune contravention, alors que l'heure indiquée sur leur disque bleu était dépassée – il prend des photos, qu'il envoie à la préfecture (une grosse enveloppe tous les six mois, environ), avec les numéros des plaques d'immatriculation et, quand il le peut, le nom des propriétaires de ces véhicules pour les dénoncer (la société Chenue, par exemple, ou l'auto-école de la rue du Rocher – des privilégiés qui bénéficient de protections, il en est certain). Ayant finement réalisé que ce n'était évidemment pas Maryse Dubois qui était de service en permanence, il en déduit ingénieusement que plusieurs pervenches se sont mises d'accord et donc, indubitablement, que ce sont « des ordres venus d'en haut ». Mais pas que : il s'est aperçu que la voiture du plombier de la rue n'était absolument jamais épinglée. Il sait pourquoi : c'est « le chéri de ces dames », écrit-il. (Les femmes, on le sait, sont des êtres uniquement sexuels, pour qui l'homme, et le cul, sont tout : le plombier est beau gosse, elles perdent complètement la tête, jusqu'à en oublier leur conscience professionnelle – dans l'espoir de se faire chevaucher.) On essaie aussi de l'empêcher de travailler, de gagner sa vie honnêtement : chaque fois qu'il se rend à la poste pour y récupérer ou y envoyer du courrier, il ne peut évidemment pas prendre le temps de chercher une place autorisée, c'est juste pour dix minutes, et comme par hasard, on le verbalise à tous les coups (« on », il prend la peine de préciser qu'il s'agit du « personnel féminin employé par la police »). Alors que, comme par hasard encore, sur les camionnettes jaunes des PTT, qui sont encore plus mal garées que lui, on ne voit jamais le moindre papillon. On peut lui expliquer pourquoi ?

Ce serait drôle s'il n'obtenait pas satisfaction chaque fois : on a fait sauter toutes – absolument toutes – les contraventions qu'il a contestées, de manière pourtant souvent sidérante, jusqu'à la fin des années 1990. C'est là que j'ai failli rendre ma briochette. Le 3 août 1970, dans une lettre au préfet Maurice Grimaud, qui a succédé à Papon, refusant de payer une amende pour franchissement de feu rouge (il explique d'abord que ce n'est pas de sa faute, car pour éviter un bouchon, il avait dû prendre un itinéraire qu'il ne connaissait pas, il ne savait donc pas qu'il y avait un feu rouge à cet endroit, alors forcément – puis il explique que de toute façon, le motard qui l'a verbalisé, de l'endroit où il se trouvait, ne pouvait pas voir le feu, et que donc il ment (ce qui, estime-t-il,

« salit toute la police »)), il écrit : « La tragédie que vous connaissez, encore toute récente pour moi, a montré qu'il pouvait m'être reconnu comme postulat de dire toujours la vérité. » (À l'encre rouge, « la vérité ».) Dans un autre courrier quatre ans plus tard, au préfet Jean Paolini cette fois, après avoir contesté une contravention presque identique (il a encore grillé un feu, à Villejuif cette fois, il s'est fait gauler par deux motards, il retourne sur les lieux et prend quatre photos qu'il envoie à Paolini pour prouver que, depuis le virage où ils étaient postés, ils ne pouvaient pas le voir et donc mentent, eux aussi), il prouve sa bonne foi de la même manière (c'est lui qui met les guillemets) : « Chacun sait le "souci" que j'ai de la "justice" et de "l'équité". » Dans pratiquement toutes les réclamations qu'il adresse aux différentes autorités, il rappelle, à titre informatif, qu'il est le père du « petit mort ». Et bien entendu, cela fonctionne aussi pour sa femme (qu'il nomme, dans ses lettres à l'Administration, et jusque dans les années 1980, près de vingt ans après la mort de Luc, « la maman »). Un matin d'août 1968, à 11 heures, elle sort du 39 boulevard Malesherbes. Elle découvre un PV sur l'Ariane du couple, mal garée. (Dans son courrier au préfet Grimaud, Taron écrit : « Quelle n'a pas été sa stupéfaction de découvrir… » Toutes les pervenches de France devraient pourtant savoir que c'est la voiture de la maman du petit mort.) Son mari ne manque pas de préciser que le choc a été d'autant plus terrible, quand elle a vu la contravention, que si elle prenait sa voiture ce matin-là, destin cruel, c'était « pour se rendre au cimetière de Mandres-les-Roses, où chacun sait que repose à jamais son petit Luc ». (Tout ça pour économiser quelques francs.) Et ça marche, encore. Dans une note à ses services, ce jour-là, Maurice Grimaud écrit : « Malgré le ton de la lettre, compte tenu qu'il s'agit du père du petit Luc Taron, assassiné par un détraqué, on pourrait peut-être classer le PV, dans un but d'apaisement. » Des notes de ce genre, on en trouve partout dans le dossier, pendant des décennies : en raison de la tragédie, et « à titre tout à fait exceptionnel », les préfets qui se succèdent, qui le trouvent pourtant « extrêmement désagréable » et « à la limite du déséquilibre mental », accèdent à ses requêtes, car ça ne coûte pas grand-chose et ça leur évite de recevoir encore plus de courrier saoulant qu'il ne leur en envoie déjà.

Yves Taron ne se plaint pas que des contraventions qui le frappent si injustement. Il étend son action de tous les côtés, dans tous les domaines. Le 20 octobre 1997, il réclame au préfet la fermeture de la petite école de musique qui s'est installée dans un autre bâtiment du 18 rue de Naples, à cause des nuisances sonores. Le 31 mai 1994, après une manifestation de Maliens à Paris, qui a occasionné un peu de casse, il écrit pour demander que ce soit eux qui paient les dégâts, et non les contribuables français, qui sont quand même encore maîtres en leur pays : « Si ces gens ne sont pas contents, ils n'ont qu'à rentrer chez eux. » Le 6 octobre 1983, toujours auréolé de souffrance paternelle, il se propulse carrément vers les cimes de l'État et intervient pour une affaire de la plus haute et grave importance. Il écrit à Gaston Deferre, le ministre de l'Intérieur en personne, pour l'informer que la porte du 18 rue de Naples ferme mal. C'est un immeuble qui appartient à la RATP, or la RATP est « un État dans l'État », c'est donc au gouvernement de régler le problème, et en particulier au premier flic de France, qui ne cesse d'encourager ses compatriotes à « se prémunir contre les agressions » : « Mon immeuble est abandonné le week-end par la concierge, la serrure électrique de la porte sur rue ne fonctionne pas, c'est une tentation pour les rôdeurs en quête d'un coup. » Qu'est-ce que Gaston attend pour agir ?

Et lorsque la mort de « P'tit Luc », comme il dit, ne suffit pas, il passe au niveau supérieur. Le 6 septembre 1973, dans une lettre à Jean Paolini où il tente une nouvelle fois de faire annuler une amende pour un feu rouge, il rappelle au préfet que dans une émission des « Dossiers de l'écran » à laquelle il a participé en mai 1970, il a longuement fait part de tout le bien qu'il pensait des forces de l'ordre, que quelques jours plus tard, il a fait paraître dans *Le Figaro* un communiqué pour chanter les louanges de la police, et même, au cas où Paolini le saurait pas, il lui apprend qu'il tient une petite chronique occasionnelle dans *L'Aurore*, sous le doux pseudonyme de « Bernard » (« afin de faire paraître quelques réflexions sans recherche de publicité personnelle »), dans laquelle il s'en prend pêle-mêle, et virilement, aux étrangers, à la proposition d'abrogation de la loi anti-casseurs et aux velléités d'abolition de la peine de mort. Il est l'ami de la police, comme on le voit, et qu'est-ce qu'il a en retour ? On veut le faire payer quand il grille un feu !

Au 18 rue de Naples, Taron est détesté par à peu près tout le monde. Il y met du sien. Il ne cesse de bombarder le préfet et son commissariat de quartier de lamentations et de reproches à l'égard des employés ou retraités de la RATP qui l'occupent en majorité. En octobre 1977, la CGT et « le parti communiste (dit) français » ont organisé une journée militante dans la cour de l'immeuble, avec affiches, pétitions à signer, etc. Le malheureux Taron, qui est de gauche ou même de droite modérée comme je suis de Shanghai ou même de Kaboul, manque de s'étouffer et résiste de toutes ses maigres forces à l'infarctus jusqu'au soir. Dès le lendemain, il a retrouvé ses esprits et adresse une mise en demeure ulcérée au préfet Pierre Somveille : si une nouvelle manifestation de ce genre se tient chez lui, la police a intérêt à intervenir, sinon… « Devrai-je, pour obtenir l'éviction des indésirables, faire appel à des représentants de l'extrême-droite ? » Au mois de juin précédent, déjà, il avait alerté le préfet : les communistes de l'immeuble venaient de dessiner un cercueil sur sa porte. (« Voilà plus de vingt ans que je m'oppose aux communistes ! » écrit-il. Ce qu'on peut affirmer, c'est que lorsque Lucien Léger prétend qu'Yves Taron était trésorier (ou membre) d'un réseau d'espionnage au profit des communistes russes et chinois, c'est faux.) En lisant sa lettre de juin à Somveille, on ne peut s'empêcher de pouffer face à une autre plainte pleurnicharde : il explique que ces privilégiés de la RATP ont plein d'argent, et n'arrêtent pas de faire des cagnottes dans l'immeuble pour s'offrir des cadeaux entre eux, alors que lui n'a jamais rien.

Il a également des problèmes plus particuliers avec certains voisins. Il faut dire qu'il y en a qui cherchent : au mois de mai 1981 (qu'on ne fasse pas croire à Taron que l'élection de Mitterrand n'y est pas pour quelque chose d'une manière ou d'une autre), un certain Salah S., vingt-trois ans, s'est installé dans l'immeuble. Il vient de Saint-Dizier, dans la riante Haute-Marne, il est de nationalité française mais – faut pas prendre les enfants du bon Dieu pour des canards sauvages, il ne s'appelle pas Jean-Pierre ou Bernard – d'origine nord-africaine. Et il ne vit pas seul dans son appartement, il est en couple avec un dénommé C., très visiblement de la jaquette. Quelqu'un au ciel veut la mort d'Eugène Yves Taron ou quoi ? Cet immeuble est maudit ? Après les cocos : les bougnoules et les pédés – en un seul homme, en plus ! Taron devient fou. (Je l'imagine, toute la journée, titubant, une main crispée sur le cœur.) Il y a des limites à ce que peut supporter un homme, un Français.

La boîte aux lettres du préfet Maurice Grimaud est alors submergée, comme celle du commissariat du quartier de l'Europe. Dans un rapport qu'il adresse au préfet, le commissaire reconnaît que « l'arrivée du couple formé par MM. S. et C. a provoqué une réprobation quasi générale dans l'immeuble » (il est assez étourdissant de penser que ce n'était pas en 1842 mais en 1981 – j'avais dix-sept ans), mais alors pour Taron, c'est sans doute ce qui s'approche le plus de l'apocalypse et de la fin de toute morale sur terre : « Il ne peut pas accepter la présence de M. S., écrit le commissaire, il témoigne de l'intolérance la plus systématique. » Malheureusement, rien n'y fait, Salah paie son loyer, Salah a le droit de vivre ici. (Mitterrand, canaille satanique !) Même avec un homme, oui. (Un homme ? Une tarlouze !) On rêve. On cauchemarde. Yves Taron perd pied. Pourtant, ce n'est pas faute de faire parvenir aux autorités des nouvelles alarmantes : « M. S., encouragé par l'impunité, se livre à des rodéos à bicyclette dans le jardin de l'immeuble ! » Eh bien malgré le côté spectaculaire et terrifiant de cette information, personne ne fait rien. Alors Taron passe à la vitesse supérieure : « Il m'a agressé, il m'a jeté à terre, ma chemise a été déchirée et mes lunettes endommagées. » Là, quand même… D'autant que, avant de le laisser à terre avec sa chemise déchirée et ses lunettes endommagées, l'infâme inverti, le possédé, a fracassé la partie vitrée de la porte du rez-de-chaussée de son duplex (celle par laquelle Suzanne a vu revenir son fils pour la dernière fois, sur la pointe des pieds, avant de disparaître à jamais), c'est ainsi qu'il a pu le rattraper, l'empêchant de se réfugier dans le foyer protecteur auquel chaque homme a droit, puis il a grogné (de la voix de Lucifer quand il tripote son membre, je pense) : « La prochaine fois, ce sera ton compte. » Conséquence logique : « Mon épouse a passé une nuit atroce. Tolérerez-vous qu'une maman ayant déjà vu son enfant assassiné soit exposée à vivre une nouvelle tragédie du fait d'un individu qui n'hésite pas à attaquer un homme de plus de soixante-douze ans ? » Non, non, ce n'est pas possible, pas un deuxième drame ! « Nous demandons protection. L'aurons-nous ? En 1968 [Maurice Grimaud était plutôt un bon gars, il était déjà préfet de police en 1968 et a fait ce qu'il a pu pour éviter la violence, écrivant notamment, dans une lettre aux policiers parisiens datée du 29 mai : « Frapper un manifestant tombé à terre, c'est se frapper soi-même, en apparaissant sous un jour qui atteint toute la fonction policière »], vous avez réglé une situation explosive sans effusion de sang, nous souhaitons la même solution. » (Oui, voilà. Ce qui se passe dans la cour du 18 rue de Naples, c'est un peu Mai 68. C'est du même ordre. Salah S., c'est la pourriture révolutionnaire, et Yves Taron, c'est la France.) Le 3 juillet 1981 : « La maman est depuis plus d'un mois dans un état dépressif, elle prend des somnifères. » Pas moyen de faire autrement, on est au service du citoyen : on est obligé d'enquêter sur cette affaire.

On n'envoie pas trente compagnies de CRS, ce sera peut-être, croisons les doigts, moins compliqué qu'avec Dany le Rouge et ses hordes sauvages, deux policiers devraient pouvoir s'en sortir. Il ne leur faut pas une demi-heure pour comprendre la situation et se rendre compte qu'Yves Taron, une nouvelle fois, a menti. Il suffit d'aller voir la concierge, Mme Nybelen, qui peut tout expliquer : quand elle descend nettoyer les caves de l'immeuble, elle n'aime pas se sentir enfermée sous terre, ça l'oppresse, donc durant les quelques minutes qu'elle passe au sous-sol, elle coince la porte qui y donne accès, dans la cour, avec une barre de fer, pour qu'elle reste ouverte. Yves Taron, passant par là, n'a pas apprécié du tout. Qu'est-ce que c'est que ce laxisme ? Et si un rôdeur en quête d'un coup en profitait pour aller lui voler ce qu'il a dans sa cave ? Il a appelé la concierge du haut de l'escalier et, lorsqu'elle est remontée, il s'en est pris rageusement à elle, en crise punitive, jusqu'à s'emparer de la barre de fer qui tenait la porte et frapper violemment la dame sur le bras et dans le ventre (elle a eu dix jours d'interruption de travail, et a évidemment déposé plainte contre lui). Sortant de son bâtiment, Salah S. s'est précipité pour s'interposer et a jeté le forcené au sol, seul moyen de l'empêcher de continuer à se déchaîner sur la dame. Taron s'est sauvé comme un rat en courant vers chez lui, poursuivi par Lucifer, et – Mme Nybelen est formelle – a claqué si fort la porte de son rez-de-chaussée derrière lui, de peur, que la vitre est tombée en morceaux. Voilà ce qui a motivé sa lettre indignée au préfet, sa colère contre le potentiel assassin maghrébin pédéraste, et ses supplications pour qu'on protège un brave homme de soixante-douze ans et « une maman déjà tellement éprouvée par la perte de son enfant ».

Avant la mort de Luc déjà, il avait eu le même genre de « problème » avec les retraités qui vivaient en dessous de chez lui, les Harburger, qui reprochaient à la famille Taron de jeter des seaux d'eau sale par la fenêtre, juste devant chez eux. À Jean-Claude Seligman, il avait déclaré : « Ils m'ont porté des coups sans raison il y a quatre ou cinq ans, j'ai porté plainte contre eux. » En vérité, à l'issue de cette affaire, c'est lui qui avait été condamné pour coups et blessures à l'encontre des petits vieux, par le tribunal de grande instance de la Seine. Mentir en se faisant passer pour une victime alors qu'il est plutôt le coupable, c'est son truc, à Taron.

Mais ce qui va devenir le cœur de sa vie, sa raison d'être, sa couverture et la source fétide de sa petite gloire médiatique persistante, c'est sa lutte pour le maintien puis le rétablissement de la peine de mort. Il veut la peau de Lucien Léger.

Dès le mois de décembre 1964, il fonde, « avec quelques notabilités et des amis » (alors qu'il n'en a pas), l'Association pour la vie des enfants et la stricte application de la peine de mort à leurs assassins. Il fait imprimer et distribuer un genre de tract pour susciter des adhésions. Dans le texte, beau joueur, il dit comprendre que certains ne soient pas intéressés, et leur suggère même de jeter le papier au panier « si vous entendez que d'autres enfants soient voués à une mort affreuse » ou « si vous estimez que seuls les enfants et leurs parents doivent souffrir ».

Sinon, tout le monde est bienvenu pour les rejoindre, eux qui veulent « défendre non seulement notre petit Luc mais en même temps les autres petits aux yeux de biches innocentes, dixit Léger l'Étrangleur, et contrebalancer l'infâme propagande tendant à l'abolition de la peine de mort ».

Le 31 janvier 1976, l'association change de nom et devient la Ligue nationale contre le crime et pour l'application de la peine de mort. Il faut hausser le ton (si possible) car l'ombre ignoble de l'abolition commence à s'étendre au-dessus des têtes pures de ceux qui veulent sauver les enfants. Dans les nouveaux statuts, Taron s'en prend aux abolitionnistes, dont le seul but est de protéger « leurs amis les assassins ». Il ajoute une nouvelle mission à ses troupes : mettre tout en œuvre pour obtenir la disparition de la possibilité de grâce présidentielle. Ce sera plus sûr.

Les tracts se multiplient, il faut prévenir la France que supprimer la peine de mort, c'est donner aux criminels le droit de recommencer : « On leur offre, en nouvel holocauste [ben voyons], la vie de nos enfants, de nos vieillards. » Gilles Perrault, dans *Le Pull-over rouge*, à propos de l'affaire Christian Ranucci, en évoque deux : « L'un montre un enfant étendu au sol, un énorme couteau de boucher planté dans le dos. Dans la mare de sang qui a coulé de sa plaie sont inscrits les mots "Au secours". Un autre montre un détenu dans sa cellule. Il est carré dans un fauteuil, cigare au bec, une bouteille rafraîchissant dans un seau posé sur une petite table, avec en arrière-plan un téléviseur et une lampe à abat-jour. Le détenu, dont le profil est clairement sémite (on croirait une caricature du *Stürmer* nazi) considère en souriant une "permission" qu'il tient à la main. » (J'ai vu ce tract dans le dossier des Renseignements généraux sur Taron, le détenu nanti, bien portant, a de gros sourcils, le nez et les doigts crochus, on jurerait effectivement un dessin qui aurait pu être publié, autant que dans *Der Stürmer*, dans la presse française collabo en 1943, et être légendé : « Qui a dit que le juif n'était pas bien traité à Auschwitz ? »)

Son activisme porte ses fruits, et reçoit dans le pays un accueil bienveillant. Le 9 mars 1976, le jour de l'ouverture du procès Ranucci, peu après l'arrestation de Patrick Henry (à cette occasion, Taron s'est rendu à Troyes, où a été tué le petit Philippe Bertrand, et dit avoir recueilli six mille signatures contre le droit de grâce présidentiel), *Le Parisien libéré* organise une « grande enquête référendum » au sujet de la peine de mort. (Taron est interviewé, cela va de soi, et rappelle que « Léger coule des jours tranquilles à Haguenau ».) Les résultats sont publiés le 30 mars : selon le quotidien, quatre-vingt mille « familles » ont répondu : 99 % sont favorables à la peine capitale, et 73,75 % opposés à la grâce présidentielle. (C'est une enquête bien orientée, on peut supposer que les Français qui répondent par écrit au journal, en ces jours où se croisent Patrick Henry et Christian Ranucci au « 20 heures » de TF1 (Roger Gicquel : « La France a peur [...], un enfant est mort, un doux enfant, au regard profond, assassiné, étranglé, ou étouffé, on ne sait pas encore [...], par le monstre qui l'avait enlevé »), ne prennent le temps de le faire que parce qu'ils veulent qu'on leur tranche la tête. Au début de l'année 1978, un sondage cité dans « Les Dossiers de l'écran » estime que, en réalité, 56 % des Français sont pour le maintien de la peine de mort. [À la relecture : dans la douche, il y a une heure, j'ai entendu sur France Info que selon le dernier sondage Ipsos, 55 % des Français étaient pour le rétablissement de la peine de mort. On a bien progressé.]) L'atmosphère ambiante ne sera pas très profitable à Ranucci : il est décapité le 28 juillet 1976. Interrogé au sujet de la mort légale de celui qu'on accusait, à tort ou à raison, d'avoir tué Marie-Dolorès Rambla, huit ans, Taron déclare : « Même si Ranucci était un peu fou, que voulez-vous que ça nous fasse ? Vous avez un chien enragé, vous l'abattez. Vous n'allez pas le soigner. Vous dites "C'est une bête malfaisante, il est capable de recommencer", allez pof ! Il est abattu ! »

De 1964 à sa mort, en 2001, à quatre-vingt-douze ans (pour un type rongé par la haine et la bile, qui fumait Gitane maïs sur Gitane maïs, il s'est fait désirer au Père-Lachaise – où il gît loin de Luc, resté seul avec sa grand-mère maternelle à Mandres-les-Roses (Yves Taron n'avait plus de famille (hormis son fils d'Amérique), donc soit c'est une volonté de sa part (P'tit Luc lui a pourtant beaucoup apporté, c'est pas juste), soit c'est Suzanne qui en a décidé ainsi)), il est apparu un nombre incalculable de fois dans les médias en tant que président de la Ligue qui n'aime pas les assassins d'enfants. Je ne vais pas m'amuser à recopier ici toutes les saloperies qu'il a déclarées, mais certaines sont difficilement contournables. En 1977, dans *La Peine de mort en question*, du prêtre Jean Toulat : « La force de l'exemplarité, on l'a bien vue pendant la guerre de 14-18. L'armée française a connu une épidémie de mutineries et de désertions. Comment y a-t-elle mis fin ? Par la fusillade ! Vous pensez que ça a été salutaire ! La preuve, c'est qu'on a gagné la guerre. » (Vous n'acceptez pas de vous faire tuer quand on vous l'ordonne ? On vous tue, ça vous apprendra. Dixit Yves Taron qui, de son côté, a tant fait pour son pays en temps de guerre, et a su se montrer exemplaire dans la Résistance après la déroute de l'armée, allant jusqu'à vendre vingt mille flacons d'eau de Cologne à prix sacrifié, en 1943, pour le bien-être corporel de ses compatriotes des colonies.) Dans le même ouvrage, le prêtre lui demande si la mort doit toujours répondre à la mort. Et c'est là que cet homme prouve que, sous des dehors un peu rudes, il a un cœur, il comprend son prochain, il n'est pas qu'un bloc de colère et d'intransigeance : « Pour un crime crapuleux, oui. Pas pour un crime passionnel. Par exemple un monsieur qui tue son épouse. Hormis ce cas, la victime doit être vengée, je dis bien vengée. » (C'est ce qu'on appelle la sagesse. Il ne faut pas tout mettre dans le même sac et vouloir se venger à tour de bras. Il faut du discernement, de la sensibilité. On ne va quand même pas se mettre à interdire à un monsieur de tuer son épouse si elle a fait quelque chose de mal ou si elle ne lui plaît plus.)

Mais le penseur ne se contente pas d'aborder les sujets un peu morbides, comme les crimes et la mort, ce serait dommage de se brider quand on a la parole, à la télé, à la radio et dans la presse, et qu'on peut donc faire profiter tout un peuple de ses idées sur la société. En 1975, le ministre de l'Intérieur, Michel Poniatowski, décide d'affecter deux mille sept cents agents de plus dans le métro, pour lutter contre la fraude. On pourrait penser que ça va faire plaisir à Taron, qui ne porte pas la racaille dans son cœur. Eh bien non – homme complexe, homme imprévisible… « Je ne suis pas tout à fait d'accord. Parce que qui paie ? C'est vous, c'est moi. Si le premier type qu'on piquait dans le métro, on lui foutait vingt ans de travaux forcés, croyez-moi, il y en aurait moins le lendemain. » (Taron président ! Taron président ! Tu sautes le portillon, mon cochon ? Bam, vingt ans de travaux forcés, au gnouf ! (Il convient ici de se rappeler que Taron, lui, refuse obstinément qu'on lui soutire quelques francs quand il a resquillé sur le stationnement de sa voiture. Mais le métro, c'est pas pareil. (En plus, chacun sait, car la tragédie est encore toute récente, que le métro, sur la ligne 2 entre autres, ça grouille de sadiques.))) Bien entendu, il n'y a pas que les sauteurs de portillon qui nous pourrissent la vie, il y a aussi les voleurs, les braqueurs. Et qui c'est, les voleurs et les braqueurs ? Il ne va pas tarder à nous le dire. « L'an dernier à Paris, il y a eu de nombreuses attaques de banques avec prise d'otages. Toutes d'ailleurs commises par les mêmes gens.

Je ne veux pas qu'on m'accuse de racisme [quoi ? qui oserait ?], je ne dirai pas par des Nord-Africains, mais par des gens venus d'outre-mer. [Ouf.] Il y en a eu plusieurs de tués. Et depuis, il n'y a plus eu de prise d'otages dans une banque à Paris. [Voilà, c'était tout bête, il suffisait de les buter.] Nous avons nos propres délinquants, nous n'avons pas besoin de ceux des autres pays. La France, c'est pas une poubelle. Il est normal de faire des fleurs à ses concitoyens, car ce sont vos frères de sang, de race. Ils paient des impôts. Tandis que ces types, ils ne paient pas un sou d'impôts et il faut encore qu'ils viennent prendre impunément dans nos poches ? Ah non, qu'ils aillent prendre dans les poches de leurs coreligionnaires, là-bas, de leurs compatriotes. Mais s'ils le font, j'ai souvenir que pour les punir, on leur coupe la main. » C'est dur à lire, non ? Mais ce n'est malheureusement pas tout à fait fini, car on a oublié de parler d'une chose qui peut parfois être embêtante (sans vouloir dramatiser) : le viol. Comme souvent, Taron, être de contrastes, déconcerte. Il a passé toute l'instruction à marteler que Léger était un pervers inverti, il y tenait, il a maintes fois fait savoir qu'il trouvait que les homosexuels, c'est dégueulasse, mais qu'on ne s'y trompe pas, ce n'est pas non plus le père la pudeur, Taron. Il sait relativiser. Le viol, par exemple… Bon, il faut en discuter. Attention, il n'est pas *partisan* du viol. Mais il faut en discuter. D'un côté, les valeurs sont les valeurs, il est d'accord pour qu'on juge les violeurs : « Je suis d'accord avec ceux qui réclament les assises pour les violeurs. [Bien dit.] Mais je ne partage pas toutes leurs options. [Ah.] C'est une règle qui a été écrite par nos pères pour défendre les filles contre les garçons trop forts. Mais cela fait partie d'un ensemble. [Ça y est, on va en discuter.] Si, vis-à-vis des criminels, on a de l'indulgence, il est difficile de condamner lourdement des gens dont on pense qu'ils ont simplement assouvi des appétits sexuels. [C'est ça, il trouve les mots justes. Si on ne peut plus simplement assouvir des appétits sexuels sans se faire condamner lourdement, bonjour.] Là où je serais plus sévère, c'est quand ils sont six à avoir fait le coup. Sinon, il n'y a plus de limites. On peut vraiment pas dire que ce soit tolérable. » À nouveau, la sagesse a parlé. Trois ou quatre jeunes gens pleins de sève, bon, il faut bien que ça sorte (et alors un seul, ce n'est même pas la peine d'aborder le sujet, c'est un peu comme de l'amour), mais six sur une fille, en toute honnêteté, c'est déséquilibré, il faut sévir.

Le mot qui paraît le plus approprié, le plus représentatif, quand on pense à Yves Taron, c'est : *vice*. Il semble que toute sa vie tourne autour du vice, sexuel ou non, dans tous les sens du Robert et du Larousse, qu'il le combatte – ou fasse mine de le combattre – ou qu'il s'en nourrisse, qu'il le dénonce ou qu'il le cache, le vice comme colonne vertébrale ou comme ennemi, comme carburant, comme arme, comme faiblesse, comme fantasme. Tout est vice chez Taron, autour de Taron.

Parfois, c'est drôle. (Mais inquiétant quand même.) Il a un problème avec les pissotières, Eugène Yves Taron. Le 31 octobre 1968, trois ans après la lettre à Papon dans laquelle, apparemment, il supposait de manière tout à fait irrationnelle que son fils avait été enlevé près de (ou dans ?) celle du rond-point des Champs-Élysées, il revient sur le sujet, dans un courrier au préfet Grimaud où il proteste encore une fois contre une injuste contravention. Il suggère de réaffecter les agents chargés de distribuer les PV dans les rues « à une campagne de SALUBRITÉ contre les dépravés ». Il explique : « En entrant dans certains édicules, on est l'objet de curiosité malsaine, ou alors victime d'exhibitions honteuses. Dans beaucoup, sinon dans tous les édicules. » Il a visité toutes les vespasiennes de Paris ? (Il cite plusieurs endroits, dont l'intérieur de la gare Saint-Lazare, les Halles côté Saint-Eustache, ou bien sûr le rond-point des Champs-Élysées – cet homme passe son temps à sillonner Paris en pissant partout.) Et alors, poisse incommensurable, chaque fois qu'il entre dans l'une d'elles, un pervers tapi essaie de reluquer son organe ou de lui montrer le sien. Mais Taron, véritable aimant à exhibitionnistes, ne se contente pas d'être une proie trop facile pour ces détraqués qui pullulent. Il agit. Il lutte. « Quotidiennement [quotidiennement ?], je vire de pareils dépravés des lieux où ils exercent. » Il a une technique bien rodée, qu'il détaille pour le préfet, ça pourra servir pour l'entraînement des futures brigades de salubrité publique : il se poste non loin d'un édicule et attend, guettant l'air de rien ; il regarde tous ceux qui entrent ; s'il lui semble qu'ils restent trop longtemps à l'intérieur, il se précipite (il ne le précise pas, mais je suppose qu'il crie : « Supeeeeer Taron ! ») ; et très souvent, son flair ne l'a pas trahi : il tombe sur un dépravé ; et le chasse rudement. « Si j'agis, c'est parce que j'ai conscience que ceux qui "débutent" ainsi terminent en allant jusqu'à l'assassinat quand un enfant résiste à leur entreprise. » Il termine par une sorte de menace : si rien n'est fait par les autorités pour « nettoyer » la ville, il va s'en charger, il va créer, avec des « amis », des « Commandos de propreté ».

Parfois, c'est moins drôle. Le 6 mai 1965, Taron rêvant d'enfoncer définitivement Lucien, son avocat, André Vizzavona, écrit au juge d'instruction : « J'ai l'honneur de vous informer qu'il résulte d'informations recueillies par M. Taron que Léger se serait livré à des actes incorrects sur la personne d'une fillette d'un infirmier de Villejuif, dont la femme était en couches », sans précision quant à la date. Parfait, ça expliquerait tout. Seligman, qui fait son travail, lui demande d'où il tient ces révélations : « Cette indication m'a été donnée par une personne qui désire conserver l'anonymat, mais si besoin était, je serais prêt à donner toute indication utile à la police. » Lucien s'indigne, le juge s'interroge (la femme d'un infirmier aurait accouché à l'hôpital psychiatrique, et laissé traîner sa petite fille dans les couloirs et les chambres ?) et demande une enquête : comme on pouvait s'y attendre, aussi bien le surveillant général de l'hôpital que les différents membres du personnel interrogés n'hésiteront pas à dire que c'est rigoureusement impossible, d'autant que les enfants ne sont pas autorisés à l'intérieur de l'établissement. Sommé d'en dire plus sur sa source, Taron se contentera de répondre, par l'intermédiaire de son avocat, qu'il a essayé de se renseigner davantage mais n'a « pas pu obtenir satisfaction » et qu'il tient « à éviter de mettre cette personne en cause, en raison de sa situation ». N'importe quoi, donc.

J'ai reçu une information importante dans la boîte aux lettres. Paradoxalement, elle vient sous la forme d'un refus. L'an dernier, Stéphane Troplain m'a envoyé une courte liste de dossiers auxquels on ne lui a pas autorisé l'accès entre 2005 et 2007, parfois avec l'intitulé de ce qu'ils contiennent, parfois simplement désignés par leur cote. J'ai fait des demandes à mon tour, par acquit de conscience : près de quinze ans ont passé, on ne sait jamais. Mais le courrier, à en-tête du ministère de la Culture, me relayait, par le biais du service interministériel des Archives de France, une décision du ministère de l'Intérieur : on ne m'autorisait pas à consulter les deux derniers dossiers que j'avais demandés, l'un dont je savais qu'il contenait principalement des copies, conservées par la police judiciaire, desquelles j'avais déjà lu les originaux dans d'autres services ; l'autre dont je ne savais rien (et Stéphane non plus), dont je ne connaissais que la cote, une longue suite de chiffres. En me rabrouant (toujours pour la même raison : Suzanne Taron est vivante), le ministère, par étourderie ou plus sûrement parce que c'était la procédure normale, me faisait un cadeau : on m'indiquait l'intitulé de ce mystérieux document. On me disait que je pouvais toujours me brosser pour avoir accès à la cote « 19 890 066/6, dossier n° 15229/1333 : Affaire contre Eugène Yves Taron et Albert T., poursuivis pour outrage aux bonnes mœurs à Paris (1948) ».

Combien de fois, de manière souvent officielle, sous serment peut-être, Yves Taron avait déclaré que jamais, jamais, jamais de toute sa vie d'honnête homme il n'avait été mêlé à la moindre petite affaire de mœurs ? Lors du procès encore, l'AFP relate son passage à la barre, au moment où le président Braunschweig lui rappelle qu'il a été, durant quelques jours, « le suspect n° 1 », et lui parle de son casier judiciaire qui n'est pas vierge : « M. Taron s'en explique longuement, on est loin alors de la mort du petit Luc, on ressent une certaine gêne. Mouvements divers dans la salle. Taron est en effet à ce moment beaucoup moins un père meurtri qui défend la mémoire de son enfant qu'un homme qui se défend pied à pied avec passion. Ainsi aura-t-on droit à un long échange de répliques aigres-douces entre la défense et le témoin, qui laisse éclater sa colère : "J'ai été condamné à une peine de prison avec sursis en 1934 pour une affaire de vente de billets de loterie, j'ai été amnistié !" et conteste d'autre part avec beaucoup de vigueur qu'il ait été impliqué dans une affaire de mœurs. »

Lucien Léger avait raison. On ne sait pas comment il l'a appris, mais ça ne fait plus aucun doute : en dépit de ses nombreuses dénégations indignées, la main sur la Bible ou presque, Yves Taron a bien eu affaire à la police pour une affaire de mœurs, en 1948. Seul quelqu'un de proche de lui pouvait le savoir.

Jean-Claude Seligman a effectué des recherches dans ce sens, en juin 1964, quand l'Étrangleur affirmait avec assurance, dans ses messages, que Taron était un « ignoble individu » et ajoutait : « Tu sais de quoi je veux parler ». Lors de la perquisition du 15 juin rue de Naples, il avait découvert un document dont il ne reste aucune trace (puisqu'il a certainement été rendu à son propriétaire à la demande de son avocat), mais que le juge a considéré comme étant suffisamment important pour justifier une commission rogatoire : le 21 juin 1964, se basant sur ce document, il demande qu'on recherche « la procédure établie courant décembre 1946, suite à l'arrestation, le 16 décembre 1946, de Sultan Gilbert, dit Simon le Balafré, dans un hôtel de la place Pigalle, à Paris, qui aurait été poursuivi pour fausse monnaie, violence, proxénétisme et séquestration ». (Dans un article d'un vieux *Détective* du 2 juillet 1931, consacré à un règlement de comptes dans le milieu (un jeune mac, Pierre C., a reçu cinq balles dans le dos rue Milton, au sud de Pigalle, il est mort le lendemain – à Lariboisière), je trouve trace d'un Simon le Balafré, mac lui aussi, dont on dit qu'il « a des yeux de violette » et qu'il « prend ses sous à une Américaine mariée et vicieuse ».) Interrogé par Seligman à ce sujet, Taron a donné une réponse qui m'enchante : « Je ne connaissais nullement la victime de Sultan la Terreur. » (C'est beau comme dans un film.) Il ne dit pas qu'il ne connaît pas Sultan la Terreur. D'ailleurs il fait bien, parce qu'il est un peu étourdi, le père Taron : le juge le questionnait sur Sultan Gilbert, dit Simon le Balafré, et il lui répond Sultan la Terreur. Bon, il doit avoir plusieurs surnoms, Gilbert Sultan, et Taron le connaît sous l'autre. Simon le Balafré, c'est peut-être pour les dames.

Je ne saurai vraisemblablement jamais si l'affaire de mœurs de 1948 a un lien avec Sultan la Terreur. Je n'ai pas le droit de savoir. J'ai saisi la CADA, la Commission d'accès aux documents administratifs, indépendante, qui donne son avis (le ministère n'est pas obligé de le suivre), mais j'ai peu d'espoir.

Au cours de cette perquisition de mi-juin 1964, le juge Seligman a saisi d'autres papiers chez Taron. Comme toutes les autres pièces récupérées ce soir-là, celles-ci ont disparu du dossier, il ne reste que les réactions qu'elles ont suscitées. La première est une lettre datée du 8 octobre 1964 (ce qui n'est pas possible, puisque c'est quatre mois plus tard) : « La pièce n° 14, explique Yves Taron, émane de Jacques Boudot-Lamotte. [De qui ?] J'ai dû la recevoir il y a environ un an, donc le 8 octobre 1963, et non 1964. Il est facile de retrouver la date, car on m'avait volé mon portefeuille deux jours après. Il avait besoin d'argent, vraisemblablement. C'était l'une de nos anciennes relations, je lui ai envoyé l'argent, il ne m'a pas accusé réception, et j'ignore où il est depuis. » Jacques Boudot-Lamotte ? Où est-ce que j'ai lu ce nom-là ? (Je perds la boule, ça y est, c'était couru. Je connais ce nom, non ?) La réponse vient à la ligne suivante : « La pièce n° 15 est une lettre que j'avais envoyée à M. Modiano, demeurant quai Conti, je crois. Elle avait pour but de lui demander de se mettre en rapport avec Boudot-Lamotte. M. Modiano était l'un de ses amis. » Holà, holà.

Jacques Boudot-Lamotte est un être de fiction – de papier en tout cas. C'est un personnage récurrent de l'œuvre littéraire de Patrick Modiano. Il a existé, d'accord, mais c'est un fantôme de la jeunesse de Patrick Modiano. Comme son père, Albert, Alberto, Aldo. Ce sont des mots, des ombres. Que font-ils là ? Dans le bureau de Taron ?

Albert Modiano a des points communs avec Yves Taron (heureusement, pas trop). Ils ont à peu près le même âge ; la même enfance parisienne, solitaire et pas facile, livrés à eux-mêmes (le père d'Yves a quitté femme et enfants, celui d'Albert est mort quand il avait quatre ans) ; la même volonté de gagner, tôt, de l'argent par eux-mêmes, tous les moyens – ou la plupart – étant bons ; ils ont eu tous les deux un comportement trouble, sinon indigne, brumeux au mieux, sous l'Occupation ; ils ont le goût des jeunes femmes aux airs d'actrices, de celles qui passent, flottantes, souvent mystérieuses, ambiguës ou secrètement blessées, dans tous les romans de Patrick Modiano (Claude P.-C., par exemple, qui vivait avec Taron à vingt-deux ans, après la guerre, est décrite par la concierge de la rue de Naples à l'époque, Yvette Guyonne, ou par Jeanne Anton, la voisine de palier du bureau, comme « une jeune femme grande, très élégante, à la chevelure décolorée », « svelte et toujours bien mise », qui conduisait « un cabriolet Citroën à traction avant » ; Suzanne, la brune longiligne aux yeux sombres, aux traits anguleux, d'apparence triste et austère mais perdue, qui se loue à de vieux cochons, on a la même impression qu'on pourrait la croiser dans *Remise de peine*, *Dans le café de la jeunesse perdue* ou *Un cirque passe*, en robe noire, souriant faiblement sur un canapé dans le salon d'une villa de banlieue en meulière, à Jouy-en-Josas peut-être, lors d'une petite fête nocturne) ; Albert se remariera lui aussi avec une femme de vingt ans de moins que lui, Patricia P. (le nom est quasiment imprononçable), « très nerveuse », que son fils appellera « la fausse Mylène Demongeot » ; ils ont des carrières parallèles : juste avant la guerre, Albert prend en gérance un commerce de bas et de parfums, puis on ne sait pas trop, comme Taron, ensuite il se lance dans l'import-export, il fonde et dirige la Société africaine d'entreprise, qui devait ressembler au Comptoir français colonial ; après une relative prospérité à la fin des années 1940, ils se sont mis à courir en vain après l'argent, à sombrer dans des opérations de plus en plus douteuses, désespérées, ou minables, vouées à l'échec ; ils ont un dernier point commun : le même avocat, André Vizzavona.

Mais ils présentent aussi d'indéniables différences. Albert dégage une certaine classe, même si c'est la classe du loser, Yves incarne la vulgarité et la laideur mêmes – Albert est attirant, Yves repoussant. Et surtout, à ce qu'on en sait par l'image littéraire, même souvent lointaine, effacée, poétique que donne de lui son fils, Albert était peut-être égoïste, rude et froid avec lui, voire cruel, faible au fond (dans *Un pedigree*, Modiano parle de ses « pauvres parents »), mais ni raciste, ni facho, ni misogyne, ni pervers, ni sournois.

Jacques Boudot-Lamotte, dans *Remise de peine*, est l'un de ceux qui conduisent parfois Albert Modiano à Jouy-en-Josas, vers la maison de la rue du Docteur-Kurzenne où il vient rendre visite à ses fils, Patrick et Rudy, entre deux séjours à Brazzaville pour ses affaires (c'est à Brazzaville qu'était affecté l'officier du génie Charles Meyer, qui habitera plus tard à la Cilof, à Viry-Châtillon, et dont le petit frère est l'homonyme du jeune Paul Meyer de la Cilof à Viry-Châtillon, que Lucien disait être l'homme de main de Molinaro). Ils sont « associés dans diverses affaires », dira Modiano fils. Dans *Un pedigree*, on le trouve sous le nom de Jacques Chatillon, qui se fait appeler James B. Chatillon. Il est « trapu », il a « le regard noir très vif sous des paupières fanées » et conduit une Bentley hors d'âge.

Jean-Louis Ivani a eu Patrick Modiano au téléphone en novembre 2006, ils ont parlé de Jacques Boudot-Lamotte. La dernière fois que l'écrivain l'a vu, c'était en 1979, l'ancien ami de son père avait alors soixante-cinq ans, il lui avait écrit après la mort d'Albert en 1977 (en Suisse, dans des circonstances peu probablement louches mais « non élucidées », selon Pierre Assouline dans *Lire* en 1990) : « Ne sois pas désespéré qu'il soit mort dans la solitude, ton père ne répugnait pas à la solitude. » À cette époque, Boudot-Lamotte conduisait encore sa « Bentley guimbardisée », dit Patrick à Jean-Louis, mais, presque clochard, vivant dans une « mansarde pourrie », vêtu de haillons, il s'apprêtait à la revendre ou à la mettre à la casse pour se déplacer dorénavant en Solex. En 1969, il l'avait appelé pour le féliciter du succès de *La Ronde de nuit*, lui laissant un numéro de téléphone pour le joindre chez un certain Pierre de Varga, un Hongrois aux nombreuses identités : Peter Varga, Varga de Tomassy, Varga-Hirsch de Tamasi, Pierre Hirsch et Peter Fisher – ça y allait, en ce temps-là, les pseudonymes. (Ce Varga multiple, ancien membre de la Gestapo de Bourges mais aussi du réseau de Résistance Marco Polo – il affirmait, certificats de chefs résistants à l'appui, qu'il avait profité de sa connaissance de la langue allemande pour infiltrer la Gestapo –, avait été mêlé de près ou de loin à deux cent cinquante-six affaires de police et surtout à l'assassinat du prince Jean de Broglie, dont il était le conseiller fiscal, exécuté de trois balles de .38 Special le 24 décembre 1976, en sortant de chez lui (de chez Pierre de Varga, je veux dire, qui sera d'abord condamné à dix ans de prison pour complicité, puis bénéficiera d'un non-lieu).) Modiano se souvenait que Boudot-Lamotte était lui aussi constamment poursuivi par la police (mais quasiment insaisissable), qu'il avait même été accusé d'atteinte à la sûreté de l'État, en 1947, pour une sombre histoire d'escroquerie avec un pasteur suisse qui se serait suicidé par la suite, et que sous l'Occupation, comme son père, sans être collabo, il avait pas mal de copains du côté de la rue Lauriston.

Lors de cet appel, il a dit à Jean-Louis qu'il se rappelait l'affaire Taron, naturellement, l'affaire de l'Étrangleur, le direct au journal télévisé le soir de l'arrestation. Il avait dix-neuf ans. Il ne savait plus si son père lui avait un jour parlé d'Yves Taron, mais quand Jean-Louis le lui a décrit, il l'a placé sans hésiter dans la « faune » qui gravitait ces années-là autour d'Albert. Le nom de Suzanne Brulé ne lui disait rien, en revanche le tabac de la rue Biot, place de Clichy, oui, ça lui parlait, c'était l'un des lieux interlopes connus à l'époque ; et même le bar à filles de la rue du Laos, près du square Garibaldi (celui où l'on voyait souvent Harigot, le vieux micheton de Suzanne – si l'on en croit le « groupe de pénétration du milieu » – qui avait malheureusement subi un revers de fortune ; et où l'on voyait aussi, parfois, Yves Taron). Enfin, Modiano a surtout réagi au nom d'André

Vizzavona : oui, « il faisait partie de la bande », c'était l'avocat de son père mais aussi de Boudot-Lamotte, qui lui « rendait quelques services en guise d'émoluments ».

On ne sait pas grand-chose (puisqu'il était insaisissable) de Jean Jacques Pierre Boudot-Lamotte, de son nom complet. Mais au Bistrot Lafayette, j'ai mis Watson, Wats, sur le coup, et les résultats associés de nos recherches, combinés à ceux de celles de Jean-Louis et Stéphane, constituent un petit CV. Il est né le 15 décembre 1914 à Dax, dans les Landes, fils de Jean-Baptiste Boudot-Lamotte, né le 30 mai 1867 en Côte-d'Or, gendarme, et de Jeanne Comet, qui ne faisait rien, comme dirait Taron. Jean-Baptiste était maréchal des logis chef à cheval, puis adjudant et chef de brigade. Il a reçu la croix de chevalier de la Légion d'honneur pendant la Première Guerre, le 28 octobre 1915 – treize ans plus tard, à l'adolescence de Jacques, il a écrit au grand chancelier pour obtenir le brevet de cette décoration afin que son fils s'en inspire et puisse « le regarder plus tard comme un précieux souvenir ». Ça n'a pas eu l'effet pédagogique escompté. Jacques Boudot-Lamotte s'en est tamponné le coquillard, du précieux souvenir de papa.

Ce n'était pourtant pas trop mal parti. Sorcellerie d'internet, je trouve les résultats d'un concours interscolaire organisé en juillet 1933 par l'Institut catholique de Toulouse (la famille vit alors à Mont-de-Marsan) : en instruction religieuse, Jacques, dix-sept ans, obtient la deuxième meilleure note de toute la région – 16,5/20. Ensuite, ça se gâte. Notre équipe n'a pas réussi à savoir ce qu'il avait trafiqué les années suivantes, ni où, mais à partir de 1947, les condamnations s'enchaînent et son parcours judiciaire ressemble beaucoup à celui d'Yves Taron : atteinte à la sûreté extérieure de l'État, donc, puis abus de confiance, chèques sans provision, escroqueries, infraction à la législation sur les billets de banque, détournement de précompte, faux et usage de faux…

Il accumule les amendes et les peines de prison, avec sursis ou non, par défaut ou non.

À partir de 1953, note un rapport des Renseignements généraux, sa famille coupe tous les ponts avec lui à cause de sa « conduite douteuse ».

À partir de 1953, on ne sait pas ce qu'il fait, on ne sait pas où il est, il glisse entre les doigts. Une note du ministère des Finances au ministère de l'Intérieur, le 22 février 1963, indique qu'il résiderait à Dakar (c'est à Dakar, cette année-là, qu'a été arrêté Jean-Marie Curutchet, l'un des principaux responsables de l'OAS en métropole), mais un mois et demi plus tard, il squatte à Montpellier chez une certaine Marie-Louise P., cinquante-trois ans (lui en a quarante-huit), employée à la Banque de France. Ils se connaissent depuis 1955, on ne sait pas quelle est la nature exacte de leurs rapports, il vient la voir chaque fois qu'il passe près de Montpellier. Elle l'hébergeait déjà l'année précédente, au début de l'été 1962, il était alors recherché pour faux en écriture et lui avait demandé s'il pouvait séjourner chez elle car il avait « des revers ». Quand la police qui lui courait après (comme souvent) était venue interroger la dame, début juillet 1962, elle avait menti et prétendu qu'elle ne l'avait pas vu depuis un moment, qu'il était sans doute en voyage. Les flics avaient tout de même surveillé l'immeuble et l'avaient rapidement arrêté. Ensuite, c'est très flou (comme souvent). Stéphane m'a envoyé une photo anthropométrique du fuyant Boudot-Lamotte (la seule qu'on ait de lui – il a le regard noir sous des paupières fanées), datée du 5 juillet 1962, mais elle a été prise à la maison d'arrêt de Strasbourg – pourquoi Strasbourg ? (C'est le cadet de nos soucis.) Le 18 décembre suivant, il était condamné à treize mois de prison pour escroquerie… par le tribunal de grande instance de la Seine. Le 25 avril 1963, c'est le TGI de Strasbourg qui lui inflige un an pour faux en écriture – par contumace, puisque, de retour de Dakar, il est alors, c'est sûr, chez Marie-Louise P. à Montpellier. Aux enquêteurs du SRPJ qui reviendront la voir le 26 juin 1964, quand Boudot-Lamotte surgira dans l'affaire Taron à cause de sa lettre au père de Luc, elle dira qu'il a alors, au printemps 1963, passé chez elle un peu plus d'un mois et qu'il est parti début mai – en prétendant qu'il allait « aux Indes », car il avait « des problèmes de chèques sans provision ou de traites de cavalerie » et craignait de lui attirer des ennuis en restant chez elle. Début mai 1963, c'est l'enlèvement du petit Thierry Desouches.

La rue Spontini, où vivaient les Desouches au numéro 52, apparaît dans plusieurs romans de Modiano : c'est là qu'habitait, dans *Souvenirs dormants*, la fille de Stioppa, un ami russe d'Albert qui a eu (comme tout le monde) des « revers de fortune » ; c'est rue Spontini aussi que se trouvait la société de films de Sacha Gordine, le producteur et coureur automobile qui, dans *Remise de peine*, se rend parfois avec Albert (et Boudot-Lamotte) à la villa de Jouy-en-Josas ; dans *Voyage de noces*, le narrateur essaie de retrouver un M. Rigaud (si cela vous dit quelque chose, pas d'affolement, c'est le nom du journaliste qui suivait l'affaire Taron pour *Paris-Presse*) qui vit rue Spontini ; dans *Un cirque passe*, Lucien et Gisèle (une jeune prostituée dont le vrai prénom est Suzanne) cherchent à joindre un certain Jacques de Bavière, qui a disparu : ils s'arrêtent pour lui téléphoner dans un café de la rue Spontini. Ensuite, dans ces premiers jours de mai 1963, Jacques Boudot-Lamotte disparaît lui aussi. Quelques mois plus tard, il écrit à Yves Taron pour lui réclamer de l'argent.

La lettre trouvée chez Taron au moment de la perquisition du 15 juin 1964, qui ne contenait qu'une demande de prêt (ou de remboursement), a étonnamment déclenché un véritable branle-bas de combat. Le juge d'instruction a tout mis en œuvre pour retrouver son auteur. Au commissaire Camard, du SRPJ, il écrit le 17 juin qu'il faut absolument « rechercher et entendre d'urgence les dénommés Albert Modiano et Jacques Boudot-Lamotte, ce dernier ayant eu des différends avec le couple Taron-Brulé et leur ayant demandé des services peu explicables, notamment un prêt d'argent ». La seule adresse dont disposent les services est celle de Marie-Louise P. à Montpellier : elle ne sait pas où se trouve son ami, elle n'a pas de nouvelles de lui depuis plus d'un an (« Il est très indépendant et n'a pas l'habitude d'écrire »), elle ne sait pas s'il est parti aux Indes. Le 25 juin 1964, à midi, le commissaire Camard diffuse un avis de recherche national à tous les services de police et de gendarmerie, y compris aux gares et aux aéroports – il est précisé qu'il s'agit d'une « extrême urgence » et qu'en cas de découverte de l'individu : « Appréhender, garder à vue et aviser d'urgence le SRPJ de Paris. »

On ne cherchera pas longtemps, puisque l'Étrangleur sera enfin arrêté quelques jours plus tard. On ira se renseigner auprès de la concierge du 15 quai Conti, qui dira qu'Albert Modiano semble mener une vie à peu près normale, qu'il dîne souvent chez lui, qu'il rentre à des heures ordinaires de travail de bureau (elle pense qu'il est employé dans une agence immobilière), qu'il vit avec une jeune Italienne, Patricia P. (« la fausse Mylène Demongeot »), et qu'il a un fils issu d'un premier mariage, Patrick, qui est au lycée à Bordeaux. Je ne sais pas si Jacques Boudot-Lamotte a été retrouvé, l'avis de recherche national ayant été abandonné dès la capture de Lucien Léger. Une dernière mention des deux hommes figure dans le dossier. Le 9 mai 1966, après le coup d'éclat de Lucien à la fin du procès avec Georges-Henri Molinaro, Albert Naud, son avocat, intrigué, écrit au procureur de la République de Versailles pour lui demander des informations sur eux. Une courte note de renseignements, bâclée semble-t-il, lui parvient le 31 mai 1966 : « Les susnommés ayant déjà été interpellés par le SRPJ, il a été établi qu'ils étaient étrangers à cette affaire. » Mais il n'y a, dans le dossier d'instruction, aucune trace d'une quelconque interpellation d'Albert Modiano ou de Jacques Boudot-Lamotte. On les a écartés.

Pourquoi le juge Seligman s'est-il excité à ce point après avoir trouvé cette lettre ? On ne peut pas savoir ce qu'elle contenait exactement, on ne dispose encore que des échos qu'il en subsiste ici ou là. Il y a d'abord le problème de cette date bizarre, « octobre 1964 ». Yves Taron l'a balayé d'un revers de main : Boudot-Lamotte s'est trompé, c'était en réalité en octobre 1963. (Et on peut connaître la date précise puisque, donc, on lui a volé son portefeuille deux jours après, dit-il. Qu'il se souvienne exactement du moment où on lui a volé son portefeuille, d'accord, mais comment peut-il se rappeler qu'il avait reçu une lettre quarante-huit heures auparavant ? À moins qu'il y ait un lien, mais lequel ?) Il peut arriver qu'on inscrive l'année précédente, par étourderie, sur une lettre ou un chèque (encore que, en octobre, on a bien eu le temps de s'habituer), mais l'année suivante ? D'ailleurs, les enquêteurs pensent également que ce courrier a été volontairement antidaté. C'est ce qui est indiqué dans un rapport de la Sûreté nationale, envoyé à la fin du mois de juin 1964 au juge d'instruction en réponse à sa demande de renseignements. On y lit, à propos de Boudot-Lamotte : « Cet individu a sollicité il y a quelques semaines une avance d'argent à M. Taron. »

Mais le plus important, ce n'est pas la date. C'est la somme. Elle n'est pas, ou plus, mentionnée dans le dossier. Heureusement que la presse existe. Les informations qu'elle publie ne s'effacent pas, ne se volatilisent pas comme des pièces de procédure. Jacques Flurer, dans le numéro de *Libération* daté des 27 et 28 juin 1964, évoque la perquisition chez les Taron et ses suites, et indique la somme demandée par Boudot-Lamotte (dont il ne cite pas le nom, bien entendu – il parle d'un

« ancien condamné » qui lui a « réclamé récemment » de l'argent puis qui a « disparu mystérieusement ») : 15 000 francs – 15 000 nouveaux francs. C'est considérable. Officiellement, selon certaines méthodes basiques de conversion, cela correspond à 22 000 euros d'aujourd'hui. Mais si l'on s'appuie par exemple sur le prix d'une baguette, c'est 37 500 euros ; sur le prix d'un quotidien, disons *France-Soir* à l'époque et *Le Parisien* de nos jours, 15 000 francs de 1964 équivalent à 78 000 euros de 2020 ; selon qu'on calcule en fonction des salaires ou des loyers, on peut faire une moyenne à 30 000 ou 35 000 euros. Yves Taron, qui est ou se dit dans une situation financière très précaire à ce moment-là, et depuis plusieurs années, Yves Taron, dans les poches de qui on pourrait récolter plus d'oursins qu'en Méditerranée à la bonne saison, qui se bat comme un chiffonnier pour 3 petits francs d'amende à la descente d'un bus, envoie 30 000 euros à une « ancienne relation » qu'il ne voit plus, juste comme ça, pour lui rendre service ? Une ancienne relation avec laquelle il a, selon ce que semble laisser deviner la lettre de Boudot-Lamotte, « des différends » ?

Lucien Léger ne connaissait pas Yves Taron, personne n'en doute et moins encore, si c'est possible, ceux qui l'ont condamné à passer sa vie en prison – c'est-à-dire la justice française, la France, les Français, nous : ce fou ou ce pervers avait enlevé et tué un enfant croisé par hasard dans les couloirs du métro, c'est tout. Il ne peut rien savoir de cette grosse somme d'argent versée sans chipoter à Jacques Boudot-Lamotte. Mais plus de dix ans plus tard, en août 1974, quand il se décidera à révéler ce qu'il affirmera (menteur ou pas) être toute la vérité (il a attendu la fin du délai de prescription de dix ans concernant la mort de Molinaro, prétendument tué de deux balles par Jacques Salce dans la 2 CV à Sainte-Geneviève-des-Bois – il a encore la naïveté de croire que son principal problème est cette éventuelle accusation de complicité de meurtre), il expliquera précisément les raisons pour lesquelles Salce et Molinaro ont enlevé le petit Luc. On les retrouve dans la requête en révision formulée peu de temps après par son avocat, Albert Naud, qui s'est réveillé trop tard : « Vers le 21 mai 1964, Georges-Henri Molinaro révèle à Léger qu'il a des difficultés avec un nommé Taron, Talon ou Tabon, nom que Léger ne découvrira vraiment qu'après la mort de Luc Taron. Cet homme faisait lui aussi partie de l'organisation de Molinaro, et avait détourné 1,5 million d'anciens francs appartenant à celle-ci. » Il est possible que ce soit une coïncidence. Il n'empêche que Lucien accuse Yves Taron, indirectement responsable selon lui de ce qui est arrivé à son fils, d'avoir volé 15 000 nouveaux francs aux ravisseurs et meurtriers de celui-ci, soit exactement la somme que ce radin intersidéral a mystérieusement accepté de verser, en octobre 1963 ou « quelques semaines » avant l'enlèvement de Luc, au plus que louche Boudot-Lamotte. Deux jours avant de déclarer qu'on lui avait volé son portefeuille. Mais pour être honnête, j'ai un peu de mal à croire qu'il ait essayé de faire gober à Molinaro, Salce ou je ne sais qui, qu'il avait 15 000 francs en liquide dans son portefeuille.

Évidemment, on ne peut pas croire n'importe quoi, il faudrait savoir plus précisément. Mais jamais on ne sait précisément. C'est le fourbi, on est dans le brouillard, on ne comprend rien. Et la police n'aide pas, la justice n'aide pas, elles écartent. On est dans le brouillard et frustré. On sent qu'il y a quelque chose avec Boudot-Lamotte, avec cette somme d'argent, avec Thierry Desouches peut-être, comme on sent si souvent qu'il y a quelque chose. Et on est obligé d'en rester là. Cette histoire engendre la frustration, en regorge et apprend à faire avec. Pas le choix. Mais si Yves Taron n'a rien à se reprocher (concernant la disparition de Luc, j'entends), je bois un litre de lait cul sec. Au 18 rue de Naples aussi, comme presque partout ailleurs, trop de choses grincent.

En fonction de ce que sait la police, l'attitude de Taron varie sensiblement. Les premiers jours, quand personne ne sait rien, il est sur des œufs (mayonnaise), il est grave et tendu (c'est normal, cela dit, il devrait même être complètement dévasté), il se contredit (on ne comprend pas bien les raisons de la fugue de Luc, d'abord c'est à cause de sa mère, qui lui a adressé une « sévère réprimande », puis ce n'est qu'une légère réprimande (au procès, on inverse carrément les rôles : après le passage à la barre de Suzanne, froide, sèche, vient celui qui est devenu son mari entre-temps et qui « pleure [alors que de nombreux reporters qui l'ont interviewé depuis près de deux ans ont souligné qu'il parlait de bon cœur et souriait beaucoup] en évoquant la scène de la réprimande : "Je n'ai pas frappé mon enfant, dit-il, je l'ai seulement admonesté" » (pour quelle raison l'aurait-il admonesté ? (au sujet d'une possible punition paternelle, Michel Rigaud écrivait, peu prudemment, dans le *Paris-Presse* du 6 juin, deux ans plus tôt : « M. Taron n'a pas précisément l'air d'un doux, or il n'est pas exclu qu'une réprimande trop appuyée soit à l'origine de cette dramatique affaire »)), puis, soudain, si Luc est parti, ce n'était plus pour fuguer, c'était pour acheter un parapluie à sa maman pour la fête des Mères (encore une bizarrerie, sur le petit mot qu'on a retrouvé dans le cartable de Luc, il écrit : « On ~~ten~~ t'a acheté un parapluie bleue comme lautre mais qui tient », il précise même la couleur et la qualité alors qu'il ne l'a pas encore acheté (si on en croit ses parents), comment un enfant (surtout Luc) peut-il prendre cette initiative anticipée de lui-même ? (son père a déclaré que c'est l'institutrice qui l'avait demandé, mais Janne Foubert a été formelle : elle n'a jamais rien suggéré de tel à ses élèves)) – quand on réfléchit, on s'aperçoit qu'on ne sait même pas pourquoi Luc est parti, pourquoi il a volé 15 francs à sa mère, pourquoi, si c'était pour lui acheter un parapluie, il ne lui a pas demandé de les lui donner sur la « cagnotte » mentionnée par son père, pourquoi il a pris autant (de quoi acheter trente-sept baguettes, et si l'on applique le même système de calcul pour les 15 000 francs envoyés à Boudot-Lamotte, cela représente 30, 35 ou 40 euros – pour un parapluie de fête des Mères qu'un enfant de onze ans paie seul, c'est beaucoup), pourquoi il est revenu au bout de cinq minutes en courant, sans avoir rien acheté (sans même avoir eu le temps d'aller demander dans une boutique), pourquoi il est devenu rouge de honte ou de peur en tombant sur sa mère au retour, alors qu'il voulait seulement lui faire une surprise, une bonne surprise, ni pourquoi il est reparti à toute vitesse, définitivement)). Les premiers jours, sa compagne parle clairement d'une vengeance possible, lui ne va pas jusque-là, mais pas loin : dans *L'Aurore* du 29 mai, il déclare : « Ce n'est pas un inconnu qui a tué mon fils », et dans *Le Parisien libéré* du même jour : « Luc était un garçon timide vis-à-vis des tiers, incapable de suivre volontairement un étranger. » Déjà, lors de son premier interrogatoire au SRPJ, dans la nuit du 27 au 28 mai, il disait : « Je suis certain qu'il n'aurait pas accepté de suivre quelqu'un qu'il ne connaissait pas. D'ailleurs, sur ce point, je l'avais mis en garde, et cela très récemment. » (Suzanne, la même nuit : « Je ne m'explique pas que mon fils ait pu suivre librement un inconnu en voiture ou par tout autre moyen, car je suis certaine qu'il aurait refusé toute offre de ce genre, même accompagnée d'une promesse quelconque. » La sœur de Taron, Yvonne, le lendemain : « Je ne pense pas que Luc aurait suivi un inconnu qui lui aurait offert, même avec des promesses, de l'emmener avec lui. Je suis persuadée que si quelqu'un lui avait adressé la parole dans la rue, il n'aurait même pas répondu. ») Mais dès que l'Étrangleur fou se manifeste, ça y est, oui, un inconnu, c'est tout à fait possible, bien sûr, ça devient l'évidence même.

(J'ai cherché la toute dernière déclaration de Taron avant que le message urgent soit divulgué. Elle se trouve dans l'une des éditions de journée de *France-Soir* daté du 2 juin, donc paru le lundi 1er juin (ce jour-là, à côté de *France-Soir* dans les kiosques, *Paris Jour* titre : « Les policiers vérifient les "soupçons" de la mère de Luc ») – il n'en reste qu'une petite trace, car dans la dernière édition, en fin d'après-midi, elle sera remplacée, place pour place, par l'annonce de la revendication anonyme. Il dit : « Je suis de plus en plus convaincu que mon fils a été transporté dans une voiture, et que cette voiture n'a pas été volée. Il me semble également que mon enfant est mort sur les lieux où on l'a découvert. J'ai examiné le pied de l'arbre, il y avait un trou, et je suis sûr que mon fils a trébuché. L'homme qui le suivait a profité de cette chute pour tuer mon enfant. » Qu'est-ce que c'est, pardon, Yves Taron est un père en deuil, mais qu'est-ce que c'est que ce délire ? La police n'en est alors qu'aux balbutiements de son enquête, elle nage, elle patauge, elle ne sait rien (ou tout ce qu'elle sait, c'est qu'il n'y a aucune trace de lutte à l'endroit où on a trouvé le corps du petit), elle n'a partagé avec les parents aucun des débuts de pistes qu'elle a peut-être, et Taron visualise déjà toute la scène ? Son fils est poursuivi dans le bois ? Il trébuche ? (J'ai vu le trou dont il parle, j'étais assis les pieds dedans. Ce n'est pas à proprement parler un trou, c'est un léger enfoncement du terrain, comme il y en a au pied de beaucoup d'arbres, une sorte de petite cuvette, à cause des racines. Bien sûr, il a pu se combler entre 1964 et le moment où j'y ai passé deux heures dans la nuit, mais peu importe, si c'était un vrai trou et que Luc a trébuché là, c'est qu'il courait droit sur l'arbre, il allait le percuter. Sans compter qu'il est absolument impossible (absolument impossible) de courir dans ce bois la nuit.) « Il me semble que mon enfant est mort sur les lieux où on l'a découvert » ? Pourquoi ? Qu'est-ce qu'il lui prend ? Et d'où sort cette voiture éventuellement volée ?)

À partir de l'apparition de l'Étrangleur, Suzanne s'efface, et Taron prend toute la place. Il est maintenant sûr de lui : c'est bien un inconnu qui a enlevé et tué son fils, et pas n'importe quel inconnu, soit un pervers sexuel de la pire espèce, soit une crapule sans scrupule qui est prête à enlever et tuer un enfant pour quelques milliers de francs. Les deux mobiles sont largement passibles de la peine de mort, il faut donc qu'on tue ce monstre, ça ne nous rendra pas P'tit Luc, mais au moins justice sera faite.

Jusqu'au début du mois de juin 1965, Yves Taron gardera la même attitude : sûr de lui, péremptoire, presque triomphant. On le tient, c'est réglé. Mais Lucien se rebiffe. Taron n'apprécie pas, logiquement, se crispe, c'est normal, pas un père de victime ne comprend ni ne tolère que l'assassin de son fils, qu'il ne reste plus qu'à juger et condamner, tourne le dos d'un coup, refuse soudain d'assumer, invente n'importe quoi pour échapper lâchement à ce qu'il mérite. Mais (je me fais peut-être des idées, je vois tout à travers un certain filtre, une certaine lumière, peut-être) il me semble que son comportement, à partir de ce moment-là, relève moins de la colère, ou de la frustration, que de l'inquiétude, la peur.

Le 12 juin, il écrit au juge d'instruction une lettre insensée. Il ne s'adresse pas à Jean-Claude Seligman par l'intermédiaire de son avocat, comme il est d'usage, il écrit lui-même, en son nom, au nom de son couple. Il dénonce la « nouvelle manœuvre » de Léger, « de haute fantaisie, à laquelle il n'y a pas la possibilité d'attacher le moindre crédit », et qui n'a pour but que de « retarder son châtiment ». Il critique ensuite la défense, qui ne cherche pas à simplifier la tâche de la justice, et il explique au juge ce qu'il convient de faire : « Il n'est pas nécessaire d'attendre des médecins experts des réponses à des questions immotivées. » Par conséquent, que tout soit bien clair : « Les parties civiles expriment le désir que soient prises sans retard [c'est Taron qui souligne] les dernières mesures propres à clore l'instruction et à envoyer Léger devant la juridiction compétente. » Il ne faut pas lui laisser le temps de déblatérer n'importe quoi. Mais on ne sait jamais, on ne peut quand même pas le juger demain matin, il aura peut-être l'occasion de proférer deux ou trois mensonges, donc : « D'autre part, étant donné l'importance des nouvelles déclarations de Léger, la nécessité d'aller rapidement, et notre connaissance approfondie du dossier, ne pensez-vous pas qu'il serait utile que les prochains interrogatoires de l'inculpé soient faits sous forme de confrontations, en notre présence ? » C'est plus sûr, on saura précisément tout ce qu'il raconte, on pourra préparer la contre-attaque, ou mieux, le court-circuiter en direct. Ce qui est plus insensé encore, c'est que Jean-Claude Seligman accédera à cette requête. Après ce courrier, presque chaque fois que le juge d'instruction entendra Lucien Léger, Yves Taron sera présent, à côté, sur ses gardes.

On est obligé (objectivement) de se demander ce qu'il craint, redoute, on est obligé de se demander s'il n'a pas quelque chose à cacher, et si Lucien Léger, qui a menti, c'est certain, et plutôt six fois qu'une, est vraiment le seul à embrumer son monde. Et dès qu'on – même pas creuse – gratte, on tique.

On peut mettre de côté les erreurs, les maladresses, les déclarations intempestives, on peut mettre de côté les omissions et les contradictions (j'en avais oublié une, justement (il y en a tellement) : Yves Taron a répété, pendant toute l'instruction, pour convaincre tout le monde que seul un détraqué inconnu avait pu commettre le crime, qu'il n'avait « pas d'ennemi », mais le 15 juin 1964, en sortant du bureau de Seligman, avant la perquisition chez lui, peut-être nerveux à l'idée qu'on aille fouiller dans ses affaires, donc moins attentif à ce qu'il dit, il déclare à l'AFP qu'il fera tout pour retrouver le coupable, car il est « rancunier » (drôle de terme dans ces circonstances) : « Certains savent que j'ai parfois attendu dix ans pour me venger » – qu'est-ce que ce doit être quand il a un ennemi ? (un journaliste de *Libération* présent à ce moment-là lui demande des précisions sur cette vengeance mangée très froide, il refuse de s'expliquer)), mais certaines anomalies résistent à l'éventuelle compassion, compréhension au moins.

On ne sait pas réellement pourquoi Luc a quitté le domicile familial, mais on ne sait pas non plus à quelle heure il est rentré de l'école. On sait avec certitude quand il en est parti : à 16 h 30, comme tous les autres enfants. On sait aussi qu'il a grimpé l'escalier qui mène à la rue du Rocher, donc à la rue de Naples, à la même heure que tous les jours, soit vers 16 h 35. Ensuite, quatre personnes le voient arriver chez lui : sa mère, son père, sa tante paternelle et sa grand-mère maternelle. Et là, ça ne va plus. Personne n'est d'accord. Pour simplifier, il y a deux équipes : Yves Taron (appuyé par sa sœur, Yvonne) affirme que son fils est rentré à l'heure habituelle, c'est-à-dire 16 h 45 environ ; Suzanne Brulé (soutenue par sa mère, Jeanne) affirme que son fils est rentré avec près d'une demi-heure de retard, à 17 h 10. On a eu l'impression, tout au long de l'instruction, qu'elle adaptait au fur et à mesure ses déclarations selon les consignes du chef, mais en ce qui concerne l'heure de retour de son « petit bonhomme », elle n'en a jamais démordu – au procès encore, où, à la barre, elle déclarera même que Luc est revenu de l'école à 17 h 20. (On balaiera ça, comme tant d'autres choses : le 15 juin 1964, Seligman, ayant redemandé sa version à chacun des parents, fera noter par son greffier dans le rapport : « Il nous apparaît que les déclarations de Mme Brulé peuvent être erronées. ») La première fois qu'elle en parle, c'est lors de sa première audition, le mercredi 27 mai au soir. Le retour de l'école de son fils, c'était la veille, on ne lui demande pas de se souvenir d'une soirée un mois plus tôt : c'était la veille, c'était son fils, elle l'attendait à la maison pour le goûter, une mère ne peut pas avoir oublié cela dès le lendemain, ni confondre avec un autre jour – ni une mère ni personne. Et ce n'est pas simplement une histoire de montre ou d'horloge qu'on consulte ou pas. Elle se souvient, à peine vingt-quatre heures plus tard, qu'elle a demandé à son fils pourquoi il était en retard. Il lui a répondu que c'était parce qu'il avait été puni, il était resté en retenue. (Ce qui s'est révélé faux. Et Suzanne ne peut pas confondre : la dernière punition de Luc remonte à cinq jours plus tôt, le vendredi 22 mai, selon Janne Foubert. Le mardi soir, il a donc pris le risque de se faire engueuler pour rien.) Elle se souvient aussi de l'heure d'arrivée de son mari à l'appartement, « une dizaine de minutes après Luc » (donc vers 17 h 20 ou 17 h 30), alors que lui dit qu'il était là bien avant, qu'il a surveillé le début des devoirs de son fils, puis qu'il est sorti pour aller à la poste de la rue du Rocher, et n'est revenu qu'après la fugue de Luc. Suzanne va même jusqu'à préciser aux enquêteurs du SRPJ, le soir de sa première déposition, que si son conjoint est arrivé à cette heure-là à l'appartement, c'est qu'il est allé à l'école chercher son fils, ou voir s'il le croisait sur le chemin, et que lorsqu'il est rentré et l'a trouvé à la maison, il lui a lui aussi demandé des explications sur son retard (elle ajoute ce qu'on ne peut pas inventer : « M. Taron a pensé que Luc s'était caché en l'apercevant »). Comment pourrait-elle se tromper à ce point, dès le lendemain ? Et quelle raison aurait-elle de mentir ? (Comment Yves Taron pourrait-il avoir oublié, dès le lendemain ? Et quelle raison aurait-il de mentir ?) Contrairement au juge Seligman, il me semble à peu près certain que c'est Suzanne Brulé qui dit la vérité : Luc est rentré, sans raison, avec une bonne demi-heure de retard. Pourquoi Taron ment-il ? Qu'a fait Luc entre le moment où il est arrivé en haut de l'escalier du pont de Madrid, à 16 h 35, et celui où il a retrouvé sa mère chez lui, à deux cent cinquante mètres de là, à 17 h 10 ou 17 h 20 ? (J'ai fait le trajet, plusieurs fois. Cette partie de la rue du Rocher est très résidentielle, il n'y a quasiment rien, pas de commerces, juste des immeubles et un bistrot.)

Est-ce qu'il est d'abord passé voir son père dans son bureau ? (C'est possible, il semble que cela lui arrivait. Jeanne Anton, la voisine (celle qui aurait averti Suzanne qu'elle allait bientôt se taper le cul par terre), dit qu'elle a vu Luc pour la dernière fois dans l'ascenseur, le soir du lundi 25 mai, la veille de sa disparition : il sortait du bureau de son père.) Ou bien est-ce qu'il a rencontré quelqu'un dans la rue, après l'escalier ? Ou devant son immeuble ? Quelqu'un qui lui aurait parlé, proposé quelque chose ? Donné un rendez-vous ? Quand Luc est parti ce jour-là, il ne semble pas que c'était pour quelques instants, ses parents disent tous les deux qu'il sortait en chaussons si c'était juste pour aller au coin de la rue ou à la boulangerie (« jusqu'à cent cinquante ou deux cents mètres », estiment-ils), il a pris soin de remettre son blouson avant de sortir, il a volé deux billets à sa mère, deux. Pourtant, il est revenu au bout d'une dizaine de minutes seulement (en courant : le petit Patrick Gallier l'a vu galoper en direction de chez lui vers 17 h 45 ou 17 h 50) et s'est sauvé, rouge, quand il est tombé sur sa mère. Il avait oublié quelque chose ?

(Je ne peux pas éviter encore quelques lignes à propos de l'affaire du petit Thierry Desouches. Ce n'est peut-être qu'une vue de l'esprit (ça se bouscule) mais plusieurs similitudes interpellent. Ce sont deux garçons du même âge, enlevés en plein Paris à un an d'intervalle – ce n'est quand même pas tous les jours. Thierry a été retrouvé près de Bonneval (Bonneval où, écrira Lucien Léger dans *Le Prix de mon silence*, Molinaro possède un « refuge », une petite résidence secondaire), c'est-à-dire sur la route qui, partant de Paris, passe par Chartres, mais d'abord par Orsay, Palaiseau, et donc non loin du bois de Verrières. Luc était, sans raison apparente, déchaussé d'un pied : sa chaussure droite, encore lacée, était posée près de lui (pas tombée : visiblement posée) ; il manquait aussi une chaussure à Thierry, elle se trouvait à quelques pas de son corps. Ils ont tous les deux été enlevés dans la rue, effacés de la rue, dans des quartiers animés, commerçants, sans que personne ait rien remarqué – donc sans qu'ils aient ni l'un ni l'autre, c'est sûr, crié ou protesté. La veille du mercredi 1er mai 1963, jour où il a été enlevé, Thierry Desouches est rentré de l'école avec près d'une demi-heure de retard. Sa mère lui a demandé pourquoi, il a expliqué qu'il avait été collé après la classe – renseignements pris plus tard, c'était faux, il était sorti à la même heure que d'habitude. Il a disparu avec l'argent (6 francs) que ses parents lui avaient donné pour acheter de la viande et du pain (ni le boucher de la rue des Belles-Feuilles ni le boulanger de l'avenue Victor-Hugo ne l'ont vu ce matin-là), il devait ensuite retrouver son père au Scossa, place Victor-Hugo : il a disparu, sans crier ni protester (c'était le jour du muguet, il y avait du monde et des vendeurs partout), sur les trois cent cinquante mètres qui séparaient la boucherie ou la boulangerie du café. Près de son corps, quand on l'a retrouvé, Stéphane Troplain me dit qu'on a découvert une petite trousse avec quelques affaires de toilette, qui lui appartenait, que ses parents ont reconnue. Quel enfant prend sa trousse de toilette pour aller acheter de la viande dans le quartier ? Son père, Guy Desouches, visiteur médical, compétent et irréprochable dans son métier, était en apparence un Français moyen, un bon père de famille ordinaire, comme Yves Taron. Lorsqu'il était chargé de démarcher le nord de la France, il séjournait souvent à Lille, où il était parfois hébergé dans les milieux étudiants de la faculté de médecine. Selon un rapport rédigé par l'OP Jean Heuze en juillet 1963, il multipliait alors les « relations féminines », aussi nombreuses qu'éphémères. Un kinésithérapeute nommé Maurice Leroy confirme à l'inspecteur que Guy recherchait activement les liaisons extraconjugales, et qu'il était lié en particulier à une prostituée de dix-huit ans à l'époque (mineure, donc), Micheline K., surnommée la Puce, ou Moucheron. Au printemps 1963, à vingt-sept ans, la Puce est venue exercer sa profession à Paris, près de Pigalle. Guy Desouches la fréquentait toujours. On n'a jamais retrouvé le ou les ravisseurs et meurtriers de Thierry, mais l'enquête s'est poursuivie au moins jusqu'en novembre 1964, date d'un rapport d'un commissaire Lefeuvre, qui indique que Micheline K., Moucheron, se fait passer pour visiteuse médicale elle aussi, et a un amant (on appelle ça comme on veut) « d'origine suisse, ancien légionnaire prénommé Freddy, qui pourrait être suspecté ». (Pendant l'été 1964, Lefeuvre a plusieurs fois convoqué Guy Desouches au commissariat dans l'espoir qu'il lui donne des informations sur ce Freddy, il n'a jamais répondu, il a fait la sourde oreille, ne s'est pas présenté.) Après l'enlèvement de leur fils, les parents Desouches ont reçu plusieurs coups de téléphone de revendication et de demande de rançon : 250 000 francs d'abord, puis, d'un coup, seulement 32 000, le ravisseur expliquant qu'il y avait eu erreur sur l'enfant, s'excusant presque. Le 5 mai, Desouches se rend au rendez-vous qu'il lui a fixé, dans un bar à l'angle des rues Saint-Denis et Étienne-Marcel, avec les billets emballés dans du papier kraft. Deux voitures de police banalisées sont garées à proximité, et deux officiers en civil, un homme et une femme, traînent dans les parages. À l'intérieur du café, Guy Desouches reçoit un coup de téléphone, sort (l'inspecteur homme, cette andouille, est aux toilettes), puis, après avoir récupéré un morceau de papier sous un cageot dans la rue, le lit et monte dans un taxi. Les flics, coincés derrière un camion de livraison, réussissent à le perdre. Il restera toujours un sérieux doute dans leur esprit : le père de Thierry les a-t-il semés volontairement ? Il expliquera, de retour chez lui une heure plus tard, qu'il a déposé l'argent dans une poubelle près d'une bouche du métro République, devant le numéro 2 du boulevard Saint-Martin. Trois heures passent et le téléphone sonne à nouveau rue Spontini : l'homme dit qu'il n'a pas trouvé la rançon mais que ce n'est pas grave, Thierry sera quand même rendu à ses parents, on ne va pas « prendre de risque pour une si petite somme ». Mais non, Thierry ne reviendra pas, ses parents ne le reverront pas et on ne saura jamais ce qu'il est réellement advenu de ces 32 000 francs (le double, grosso modo, de la somme envoyée par Taron à Boudot-Lamotte (il fallait partager ?), et de celle qui aurait, selon Lucien, été détournée ou volée par le père de Luc au réseau de Molinaro). Très vite, dès le mois de juin 1964, Guy Desouches se rapprochera d'Yves Taron (le 15, il erre près de chez lui l'air hagard) : il sera l'un des premiers à adhérer à l'Association pour la vie des enfants et la stricte application de la peine de mort à leurs assassins. Sa femme Janine, elle, refuse cette mascarade et sombre. Guy prévient les enquêteurs qu'elle est sujette à des crises de nerfs et qu'elle « fait de la confusion mentale ». C'est une fille de l'Assistance publique, comme Solange Léger. Et comme Suzanne Brulé, elle se plaint souvent, auprès de leurs proches, du manque d'aisance financière de son ménage – ils habitent au dernier étage de l'immeuble, leur appartement est constitué de deux chambres de bonne réunies, elle a le « complexe de l'escalier de service », notent les policiers, elle a honte de devoir l'emprunter. Selon l'enquête effectuée à partir de mai 1963, elle serait au courant des fantaisies adultères et des forts besoins sexuels de son mari, mais n'y attacherait pas d'importance. Le 12 avril 1968, *Le Monde* révèle que Lucien Léger s'accuse du meurtre de Thierry Desouches. Guy Desouches dira, s'appuyant sur un argument faiblard : « Nous avons tout de suite su qu'il mentait : à l'époque de la disparition de Thierry, l'Étrangleur ne possédait ni voiture ni permis. » Pourtant, dès qu'elle l'apprend, dès le lendemain, Janine Desouches, trente-huit ans, se suicide – sera du moins retrouvée morte par son mari.)

Dans les déclarations des Taron à propos des circonstances de la disparition de leur fils, il y a d'autres incohérences. Le soir, Taron dit être allé chercher son Ariane, qu'il garait place Malesherbes, à huit cents mètres de chez eux, ce qui représente plus d'une dizaine de minutes de marche, à seule fin que sa compagne puisse s'asseoir dedans en face de leur immeuble pour guetter le retour de Luc. (Sans être particulièrement soupçonneux, on peut s'étonner : il serait tellement plus simple, s'ils ne veulent pas l'attendre chez eux, de se poster dans la cour, ou même derrière la vitre de leur porte du rez-de-chaussée.) Ensuite, Suzanne est restée une heure à guetter dans la voiture. On ne sait pas ce que fait Taron pendant ce temps-là : il prétend tantôt qu'il est rentré à l'appartement, ou dans l'immeuble, tantôt qu'il a tourné dans le quartier. (Dans *France-Soir*, le 28 mai, il dira : « J'ai cherché mon fils en vain toute la nuit. ») Ce qui ne va pas, là non plus, ce sont les horaires. Suzanne est précise et affirmative : elle s'est installée dans la voiture à 23 heures, elle a surveillé la rue jusqu'à minuit. Ils sont ensuite remontés à l'appartement, et se sont mis au lit vers 1 heure du matin. De son côté, Taron répétera toujours, sans en démordre, que c'est à minuit que sa compagne a pris son poste d'observation dans l'Ariane, jusqu'à 1 heure. Ce n'est peut-être pas très important, mais gênant tout de même, cette heure de différence. D'autant qu'on ne sait pas où était Taron à ce moment-là. A-t-il une raison de vouloir décaler son emploi du temps officiel d'une heure ? Il faut se rappeler que l'Étrangleur a dit avoir appelé le père depuis une cabine de l'avenue du Maine, à 2 heures du matin, pour lui demander une rançon ; à partir de 1974, il prétendra que c'est Molinaro et Salce qui lui ont téléphoné d'un café de la porte d'Orléans à 23 h 30, pour lui réclamer le remboursement de la somme de 15 000 francs qu'il leur devait. Taron, lui, dans le *Paris-Presse* daté des 14 et 15 juin 1964, s'adresse directement à « Monsieur l'Étrangleur » (on n'est pas obligé d'être toujours sérieux, après tout, prendre les choses à la légère, sur un ton humoristique, n'a jamais tué personne) et se montre mystérieusement convaincu que les heures qu'il a données ne sont pas exactes, que son fils a été emmené dans le bois de Verrières « au maximum à 0 h 45 » et que donc, Monsieur l'Étrangleur ment quand il dit qu'il l'a appelé à 2 heures du matin de l'avenue du Maine. D'où tient-il cette certitude (puisqu'il prétend n'avoir reçu aucun coup de téléphone) ? Mais on ne pourra jamais aller au-delà de suppositions qui ne valent pas grand-chose. (Interrogée le 3 juin 1964 par l'OP André Mawart, Suzanne Brulé pense que son conjoint n'a été contacté téléphoniquement par personne cette nuit-là : « Si tel avait été le cas, il me l'aurait dit sans aucun doute. »)

Une petite phrase de Suzanne, passée inaperçue dans sa première déposition, est plus déstabilisante. Elle évoque sa surveillance dans la voiture : « À deux ou trois reprises [en une heure, donc], M. Taron est venu me voir pour me dire que, vu l'heure tardive, l'enfant ne reviendrait pas. » Leur fils de onze ans est en fugue, pour la troisième fois en quelques semaines, et à 23 heures ou minuit, le père est persuadé qu'il ne rentrera pas de la nuit ?

Suzanne, enfin, dit ne pas se rappeler s'ils sont remontés ensemble à l'appartement, et ne pas savoir si Taron a déplacé la voiture cette nuit-là, dès la fin de son guet, ou le lendemain matin. Lui assure que c'est bien avant d'aller se coucher qu'il est allé la garer devant l'école Fénelon-Sainte-Marie, à deux cents mètres de chez eux, rue du Général-Foy – pourquoi là et non à sa place habituelle, on ne sait pas, et personne ne peut confirmer ce qu'il déclare, personne n'a vu l'Ariane à cet endroit.

À 3 h 30 du matin, incapable de trouver le sommeil, Suzanne se lève, enfile un peignoir, ses chaussons, et va de nouveau inspecter les cages d'escalier et les caves des différents bâtiments, pendant une vingtaine de minutes : « Avant que je sorte, M. Taron m'avait dit qu'à son avis, c'était bien inutile. Quand je suis revenue et que je lui ai dit que je n'avais rien trouvé, il m'a déclaré que cela ne le surprenait pas. » Encore une fois, soit ce père est d'un pessimisme insondable (car après la dernière fugue, un mois et demi plus tôt, ils avaient retrouvé leur fils endormi sous un escalier), soit il a été doté par Dame Nature de remarquables capacités divinatoires.

On ne sait pas ce qu'a fait Yves Taron le lendemain matin. Il raconte être sorti de chez lui à 8 h 30, avoir cherché en vain le domicile des parents d'un ami de son fils, s'être rendu à l'école, puis au commissariat, à 9 h 30. Selon Suzanne, il s'est levé avant elle, à 6 h 30 (elle à 7 h 15), il a quitté l'appartement vers 8 heures, elle ne sait pas où il est allé, il est revenu une ou deux fois, et la dernière, « vers 9 h 30 ou 9 h 45 » (il était donc dehors depuis plus d'une heure et demie), elle l'a supplié d'aller signaler la disparition de leur fils à la police. Ce qu'il n'a pas fait. (Elle ne peut pas en dire plus. À l'OP Mawart, elle ajoutera toutefois : « Tout ce que je sais, c'est qu'à un certain moment, M. Taron a parlé d'envoyer un télégramme, mais j'ignore à qui. » Un télégramme ? Pour retrouver son enfant disparu depuis la veille, on envisage d'envoyer un télégramme à quelqu'un ?) Selon les enquêteurs, ce n'est qu'à 10 heures qu'il est passé à l'école, où il a discuté avec le directeur, Roger Besnard, qui l'a trouvé « très fatigué et angoissé » et lui a vivement conseillé d'aller signaler la disparition de son fils à la police. Ce qu'il n'a pas fait. Quelques minutes plus tard, il sonnait à la porte de Victor Maitrejean, le père de Pascal, vague copain de Luc. Pourquoi lui ? Mais surtout : Yves Taron a prétendu qu'il n'avait pas trouvé le domicile des Maitrejean, or si : le père raconte sa visite aux policiers venus l'interroger. Victor Maitrejean confirme qu'un « homme de grande taille, portant des lunettes, qui [lui] a dit être M. Taron » lui a expliqué qu'il venait de se rendre à l'école, que Luc n'y était pas, et lui a demandé si Pascal ne l'avait pas vu la veille au soir. Quand Maitrejean lui a dit que non, que son fils ne sortait jamais seul, sauf pour aller à l'école ou au catéchisme, et lui a suggéré lui aussi de se rendre au commissariat, Taron lui a répondu qu'il allait s'y rendre, au commissariat, oui, oui. Ensuite, il est revenu rue de Naples vers midi.

On ne sait pas non plus ce qu'a fait Yves Taron l'après-midi. Il dit qu'à 13 heures il a pris l'Ariane qui se trouvait devant Fénelon-Sainte-Marie pour aller porter des enveloppes chez Multivox, rue Caulaincourt. (Le travail avant tout.) Les secrétaires témoigneront qu'il est bien passé ce jour-là, mais ne pourront pas dire s'il est venu en voiture, elles ne l'ont pas vue devant la porte vitrée. « Il n'est rentré à la maison que vers 18 h 15 », déclarera Suzanne.

D'octobre 1974 à novembre 1976, après la deuxième demande de révision du procès formulée par Albert Naud, le commissaire Jacques Delarue a eu tout le temps de mener une enquête minutieuse, dix ans après les faits, avec l'objectivité du recul, qui permet une vue d'ensemble certainement profitable. En deux ans et un mois, cent huit semaines, il a travaillé comme un acharné, reprenant un à un tous les éléments de l'enquête d'origine, creusant, fouillant, précisant, et s'arrêtant en particulier, avec patience, finesse et conscience professionnelle, sur tous les points litigieux (je plaisante). J'ai lu son rapport de soixante-dix pages aux Archives nationales à Pierrefitte. Au sujet d'Yves Taron, deux choses – c'est déjà pas mal. D'abord : « Je n'ai trouvé aucune trace d'une quelconque affaire de mœurs dans laquelle

M. Taron aurait été impliqué. » Ensuite, parmi toutes les personnes qu'il était chargé par commission rogatoire de retrouver et d'interroger, figurait très logiquement le père de la victime. Il devait le voir, il devait lui poser quelques questions, c'était important, trop de choses sont imprécises, brumeuses. Il a préféré s'en passer, mais pour une bonne raison, la meilleure des raisons. Il explique succinctement qu'il y a renoncé « en accord avec le procureur de la République [qui a lui aussi un cœur], afin de ne pas infliger à celui-ci, une fois de plus et bien inutilement, l'évocation de très douloureux souvenirs ». C'est un peu regrettable, mais enfin la perfection n'est pas de ce monde (l'empathie prime).

Il y a un dernier détail, avec les Taron. Deux incidents très énigmatiques mais apparemment anodins, ou trop saugrenus pour être pris en compte, qui se télescopent de façon peu rationnelle. C'est au sujet de leur voiture. Une Simca Ariane « blanche sale, presque grise », comme dit la concierge Yvette Guyonne, au toit bleu foncé, immatriculée 2866 GB 75, dont le phare avant gauche est enfoncé – c'est ce qu'on lit dans le récit que *France-Soir* fait le 3 juin 1964 de l'enterrement de Luc à Mandres-les-Roses.

Le matin du vendredi 29 mai, deux jours après la découverte du corps du petit, *Libération* annonce en une : « Les policiers recherchent une voiture disparue tout près de chez Luc. » On en apprend un peu plus dans l'article : « La police recherche aujourd'hui une voiture Simca, immatriculée 2866 GB 75, celle de Mme Brulé, une voisine de la famille Taron, qu'elle connaissait. Cette voiture a disparu dans la nuit du 26 au 27 mai, la nuit où disparut aussi le petit Luc. » À ce moment-là, on n'imagine pas que les parents du garçon ne sont pas mariés, on suppose donc que « Mme Brulé » ne peut être qu'une voisine. (En dehors de cela, il n'y a pas d'erreur : alors qu'il n'y a pratiquement que lui qui l'utilise, Yves Taron, pour on ne sait quelle raison peu claire, a fait mettre la carte grise de l'Ariane au nom de sa compagne lorsqu'il l'a achetée, en 1957.) *Paris Jour* confirme, en « Dernière heure » : « Est-ce une piste dans l'assassinat du petit Luc Taron ? On apprenait hier soir que la police et la gendarmerie de Seine-et-Oise établissaient une surveillance pour retrouver une voiture immatriculée 2866 GB 75. Cette auto appartenant à Mme Suzanne Brulé, demeurant rue de Naples et en relation avec la famille Taron, lui a été volée dans la nuit du 26 au 27 mai. » Dans *Le Parisien libéré*, toujours le 29 mai (donc à partir d'informations recueillies le 28 au soir au plus tard), on précise que la police essaie de savoir si l'on n'a pas vu, la nuit du drame, « dans les environs de Bièvres, Igny ou Palaiseau, une voiture appartenant à des amis de M. Taron ». Hormis la police, personne ne sait encore qui est Suzanne, et personne ne sait que la voiture des Taron est une Simca Ariane, puisque le premier message de l'Étrangleur, qui le précise, après son périple entre les mains de David Beck et Jacqueline Krolik puis au commissariat du quartier Bonne-Nouvelle, ne sera apporté au SRPJ que ce vendredi 29 mai à 11 h 30. L'info est reprise dans les actualités du matin sur France Inter, puis le soir à 20 heures, avec du nouveau : « Le commissaire de police nous disait qu'il n'y avait probablement aucun rapport entre la disparition de l'enfant et le vol d'une voiture dans la rue qu'il habite. » Pourtant, « le commissaire » (Samson, Bacou ou Camard) sait bien, au moins depuis le matin, que le véhicule « volé » appartient à la mère de Luc. Il déclare qu'il n'y a aucun rapport, mais ne nie pas qu'il a disparu.

L'une des éditions de *France-Soir* datées du 30 mai, en kiosque donc dans l'après-midi de la veille, révèle qui est Suzanne Brulé. Dès le lendemain, les journaux reprennent l'information, en hasardant assez imprudemment une hypothèse. *Libération* : « C'est dans la voiture volée à sa mère que le cadavre du petit Luc aurait été transporté. » Le journaliste de *Libé* ajoute dans l'article (écrit sans doute le 29 au soir), s'étant donc vraisemblablement renseigné entre-temps : « La Simca 2866 GB 75 appartenant à Mme Brulé, qui a disparu dans la nuit du 26 au 27 mai, n'a toujours pas été retrouvée. » On lira encore dans *La Croix* du 1er juin que « selon certaines informations, la voiture de Mme Taron aurait été volée au cours de la nuit et aurait servi au transport du jeune garçon », et dans *France-Soir* du même jour que, si les policiers s'étaient demandé si la voiture de Suzanne Brulé avait été utilisée « à l'insu de sa propriétaire », c'est parce que « certaines indications leur étaient parvenues », mais également : « Il semble que les vérifications opérées n'aient pas permis de préciser si le véhicule avait pu être emprunté. » Quelques heures plus tard, ce sera le coup de tonnerre du premier message de l'Étrangleur, et même si c'est difficile à croire, on n'entendra plus jamais parler, ni dans les médias ni nulle part dans le dossier d'enquête, de cette disparition annoncée, possible, improbable, invérifiable, de l'Ariane des Taron. (Le seul écho léger qui en subsiste, peut-être, se trouve dans la déclaration d'Yves Taron publiée dans le *France-Soir* daté du 2 juin : « Je suis de plus en plus convaincu que mon fils a été transporté dans une voiture, et que cette voiture n'a pas été volée. » Voilà pourquoi il donnait cette surprenante précision. Mais il ne dit pas qu'on ne leur a pas volé leur voiture, ou qu'elle n'a pas quitté Paris cette nuit-là. Ni lui ni sa compagne ne réagiront jamais, ni devant les journalistes ni devant les policiers, à ce « scoop » si étrange, et potentiellement primordial, dont la presse a parlé pendant quatre jours. Comme si rien ne s'était passé, comme si l'info n'était jamais sortie.)

Le deuxième incident saugrenu ne sera révélé que six jours après avoir eu lieu. Le matin du mercredi 3 juin, juste avant le début de leur garde à vue, les parents, interrogés chacun de leur côté, se souviennent soudain d'une visite qu'ils ont reçue le jeudi précédent, dont ils n'avaient pas jugé utile de faire part aux enquêteurs. Yves Taron : « Jeudi 28 mai, vers 20 heures, deux gendarmes se sont présentés chez nous et ont demandé à parler à Mlle Brulé. J'ai appelé mon épouse [qui n'est pas son épouse], ils lui ont demandé si elle était bien la propriétaire du véhicule immatriculé 2866 GB 75. […] Comme je suis seul à conduire cette voiture, j'ai pris part à la conversation. Les gendarmes ont déclaré que la voiture aurait fait l'objet d'un contrôle routier dans la nuit du 26 au 27 mai, sans autre précision. Ils venaient vérifier si on s'était servis du véhicule, ou s'il ne nous avait pas été volé. Ils avaient un papier à la main sur lequel étaient griffonnées quelques lignes. J'ai répondu que la voiture n'avait pu faire l'objet d'un contrôle routier, puisque j'étais le seul à m'en servir et que je n'avais pas bougé. Ils ont donné l'impression d'avoir commis un impair, disant après avoir relu leur papier qu'ils avaient fait une erreur. Ils sont partis après s'être excusés. » Dans un bureau voisin, au même moment, Suzanne Brulé confirme ce que dit son compagnon, à cette différence près qu'elle situe la venue des gendarmes « dans l'après-midi du jeudi 28 mai », et non le soir. Elle ajoute que la voiture aurait été « remarquée lors d'un contrôle dans la nuit du 26 au 27 mai, à un endroit [qu'elle n'a] pas retenu ». Et termine : « M. Taron leur a signalé que nous étions les parents de Luc. Comprenant la situation dans laquelle nous nous trouvions, ils n'ont pas insisté et sont partis. »

Le nombre de questions que pose la superposition de cette visite des gendarmes maladroits et confus et de l'annonce du vol de la voiture dans la presse épuise avant même d'en commencer la liste. J'y ai réfléchi en vain des heures, des heures, et des heures. D'abord, la presse, l'Ariane volée. Puisqu'on n'en trouve pas trace dans le dossier, il semble que ce soit avant tout une affaire de journalistes. Mais où ont-ils pu l'apprendre ? Un tuyau venant d'un commissariat où Suzanne Brulé aurait déposé plainte à la suite de la disparition de « sa » voiture ? Non, les enquêteurs s'y seraient obligatoirement intéressés davantage par la suite. Et les gendarmes, si la voiture a été déclarée volée, pourquoi iraient-ils demander au couple s'ils l'ont utilisée cette nuit-là hors de Paris ? (Et pourquoi le couple ne s'en émeut-il pas plus que cela ? On leur dit (et pas n'importe quel « on » : des gendarmes) que quelqu'un a utilisé leur voiture et l'a remise à sa place, et ils s'en tapent complètement, ils n'avertissent les enquêteurs que six jours plus tard ?) Qu'est-ce que c'est que ces gendarmes ? D'abord, selon Stéphane Troplain et Jean-Louis Ivani, ils n'avaient rien à faire là : le commissaire Lucien Aimé-Blanc (dont je viens d'apprendre le décès à la radio) leur a confirmé, quand ils lui ont posé la question, en février 2008, que dans les années 1960, la gendarmerie n'avait pas le droit d'intervenir dans Paris intra-muros sans en référer à la préfecture de police. Ce seraient donc de faux gendarmes ? Des journalistes déguisés dans le style Louis de Funès et Galabru à Saint-Tropez ? Ou bien des vrais qui ont fait ce qu'ils n'avaient pas le droit de faire, ce qui expliquerait qu'ils soient repartis si vite et si confus quand ils se sont rendu compte qu'en plus ils s'adressaient aux parents du garçon dont toute la presse parlait ? Tout est anormal. Ce ne sont pas des journalistes, cela ne leur servirait à rien, ils ne posent pas de questions, ils arrivent et repartent, ils n'apprennent rien, et pourquoi s'amuseraient-ils, à peine plus de vingt-quatre heures après le meurtre, à inventer une histoire de contrôle routier en banlieue ?

Deux gendarmes sont venus sonner chez « Mme Brulé ». Ils ont reçu une information quelconque, une plaque d'immatriculation notée par des collègues, puis ils ont appris que la voiture appartenait à une certaine Suzanne Brulé, ils n'ont pas fait le lien avec la mort du petit Taron (c'est logique ou excusable, c'était à peine vingt-quatre heures plus tard – et ce n'est que le lendemain, dans l'après-midi du vendredi 29 mai, que *France-Soir* révélera que Suzanne Brulé est la mère de Luc), ils ont peut-être tenté le coup même s'ils n'ont pas le droit d'intervenir à Paris, c'est juste pour un renseignement, ça va passer inaperçu, mais ils se sont vite rendu compte de leur bourde et sont partis penauds, les collègues ont dû se tromper en notant la plaque, espérons que ça va pas faire tout un binz. (D'ailleurs, si ces gendarmes n'ont jamais existé, d'où les journalistes, ceux de *Libération* et *Paris Jour* en premier lieu, ont-ils sorti ce vol du véhicule d'une dame Brulé ? La seule explication, selon moi, c'est que deux ou trois reporters traînaient devant le 18 rue de Naples, ils ont vu entrer deux gendarmes, puis quelque chose du genre : ils leur demandent ce qu'ils viennent faire, on ne peut pas savoir ce que répondent les gendarmes, ni ce qu'ils disent pour brouiller la piste lorsqu'ils repartent, les journalistes notent, ça fera toujours un papier, peut-être. La date correspond, en tout cas : les gendarmes sont venus le jeudi après-midi ou soir, les premiers articles sont parus vendredi matin. Je ne vois pas ce que cela peut être d'autre.) Quoi qu'il en soit, il est encore et toujours frustrant de se dire qu'on ne saura jamais exactement pourquoi ils étaient là, ces gendarmes, ni si leurs collègues se sont réellement trompés en notant l'immatriculation. Ça m'agaçait. J'y ai pensé pendant des jours, des jours, et des jours. J'ai relu je ne sais combien de fois les papiers dans les différents journaux, j'ai relu les dépositions séparées du couple, je ne sais combien de fois. Jusqu'à ce que quelque chose d'évident me saute – me bondisse – enfin aux yeux.

J'avais la sensation que Suzanne, comme toujours, était plus précise, et surtout plus sincère, sans trop m'expliquer pourquoi, qu'Yves Taron – qui ne donnait que des indications brèves et banales, comme s'il voulait se débarrasser de la question : ils sont venus, avec leur histoire de contrôle routier, on leur a dit qu'ils se trompaient, ils sont repartis. Justement, cette histoire de contrôle routier, ça me turlupinait. Une nuit en banlieue, des gendarmes mettent en place un barrage de contrôle. (Stéphane m'a envoyé deux papiers parus très peu avant la disparition de Luc : un encadré dans *Le Parisien libéré* du 26 mai, qui informe que le week-end précédent, comme depuis plusieurs semaines, on a noté une forte recrudescence des accidents de la route, cent deux en deux jours dans le seul département de la Seine-et-Oise (celui où se trouvent, pour quatre ans encore, Palaiseau, Igny, Verrières), qui ont fait six morts et cent soixante-sept blessés, suscitant une inquiétude croissante ; un article sur le même sujet d'un quotidien de Seine-et-Oise (dont il n'a pas conservé le nom), relatant la nuit passée par le journaliste avec des CRS et des gendarmes, qui ont effectué jusqu'au matin des contrôles aléatoires un peu partout dans le département : « But de ces contrôles : d'abord les voitures volées, l'identité des occupants, mais aussi la vérification du bon fonctionnement de l'éclairage du véhicule. ») Les gendarmes arrêtent une vingtaine ou une trentaine de voitures dans la nuit. Papiers, etc. Pourquoi auraient-ils besoin, quarante heures plus tard, de se rendre au domicile de la propriétaire de l'une d'elles ? « Bonjour madame, nous vous avons contrôlée il y a deux nuits… » Oui, et ? C'est alors que j'ai repéré – pas trop tôt – une première anomalie. Yves Taron et sa compagne ne disaient pas la même chose. Selon lui, l'Ariane avait « fait l'objet d'un contrôle routier », selon elle, elle avait été « remarquée lors d'un contrôle routier ». On va dire que je chipote, mais ce n'est pas pareil. Dans la phrase de Suzanne, la voiture a été vue, « remarquée », mais pas forcément contrôlée. Elle a pu faire demi-tour, ou vouloir échapper au contrôle d'une façon ou d'une autre. (Ce qui, pour le coup et en revanche, expliquerait qu'on prenne la peine d'aller faire un tour chez la titulaire de la carte grise.)

Sous cet angle, j'ai relu plus attentivement la déclaration de Suzanne. Et je me suis demandé comment il était possible, depuis le temps que je l'avais sous les yeux, que les mots les plus importants, ceux qui changent tout, m'aient échappé un si grand nombre de fois consécutivement, aient glissé dans mon regard et mon cerveau comme des gouttes d'huile sur une patinoire en pente. C'était à propos du papier que les gendarmes tenaient à la main. « Ils avaient un papier à la main sur lequel étaient griffonnées quelques lignes », déclare Yves Taron. Suzanne dit la même chose, à une précision près : elle prend la peine d'indiquer ce qu'il y avait sur ce papier. On n'y prête pas attention, on sait déjà qu'ils ont un papier avec des renseignements, et on se doute à peu près desquels : « le numéro minéralogique, la couleur, et la particularité d'un phare enfoncé », déclare Suzanne Brulé. Mais comment, comment (nom de Zeus et de sa fille) ai-je pu passer si longtemps à côté, au-dessus, Surya Bonaly focalisée sur le triple lutz à venir ? Comment les flics de l'époque, ceux qui ont recueilli la déposition de Suzanne, ont pu ne rien relever ? Une voiture a possiblement évité un contrôle routier dans la nuit du 26 au 27 mai en banlieue, en tout cas elle a été vue par des gendarmes. Ils peuvent se tromper sur la plaque d'immatriculation. « Oups, pardon m'sieur dame, c'est les collègues. » Sur la couleur, ça restreint les risques d'erreur. Sur le phare gauche enfoncé ? Les deux braves gars qui débarquent au 18 rue de Naples ont cette précision sur leur papier.

Si elle avait été effectivement contrôlée, ils n'auraient pas eu besoin (ni le réflexe) de noter des signes distinctifs comme la couleur ou le phare enfoncé. Donc ils ne l'ont pas contrôlée. Mais s'ils ont noté ces signes distinctifs, c'est qu'ils ont tout de même vu la voiture. L'Ariane du couple Taron a été aperçue quelque part en banlieue dans la nuit du 26 au 27 mai 1964.

Même s'il n'en reste presque rien dans le dossier, je ne suis pas honnête quand je demande comment les flics de l'époque ont pu ne rien relever. Jean-Claude Seligman et les flics ont tout à fait relevé. Quelques éclaboussures en témoignent. D'abord, c'est après cette déposition du matin du 3 juin que les parents de Luc ont été placés en garde à vue, pendant trente-quatre heures, le lendemain de l'enterrement de leur fils – ce n'est pas rien. (Et il s'agissait d'une véritable garde à vue, quoi qu'aient juré la main sur le cœur Yves Taron et son avocat Vizzavona en sortant du SRPJ. Les PV conservés dans le dossier contiennent des phrases implacablement officielles : « Le 3 juin 1964 à 22 heures, notification de garde à vue à Taron Eugène et Brulé Suzanne » ; « Le 4 juin à 19 h 30, fin de la garde à vue à l'encontre de Taron Eugène » ; « À 21 h 30, fin de la garde à vue à l'encontre de Brulé Suzanne ».) Ensuite, dans la nuit du 3 au 4 juin, à 4 heures du matin pour que les conditions de circulation soient identiques, deux officiers de police, André Michon et Jean-Claude Pigeon, ont effectué à toute allure le trajet entre le 18 rue de Naples et le bois de Verrières, et pas dans n'importe quelle voiture : ils ont spécialement emprunté pour cela une Simca Ariane du service. (Ils ont fait l'aller et retour en quarante-cinq minutes.) Le juge d'instruction a pris la mesure, en partie, de cette drôle de visite des gendarmes. Il a réagi. Puis on a tout oublié, voire effacé, quand est apparu l'Étrangleur providentiel.

Mais je ne crois pas, malgré désormais certaines apparences, que les Taron aient tué leur fils, qu'Yves Taron ait frappé Luc un peu trop fort et décidé de maquiller sa mort en crime de pervers. Sans même reparler de l'impossibilité de l'imaginer allant étouffer Luc dans un bois de banlieue, face contre terre, parce qu'il l'a malencontreusement blessé lors d'une punition, il suffit de se demander comment, dans ce cas, l'Étrangleur, ou plutôt Lucien Léger, aurait connu dès le premier jour les détails qu'il donne dans son message urgent, la date de naissance de Luc, l'Ariane, la tache de mercurochrome, le blouson de velours côtelé marron clair ? Non, Yves Taron n'a pas tué son fils lui-même. Mais il paraît établi qu'il a menti, comme Lucien a menti, il paraît clair qu'il ne l'est pas (clair), comme tant d'autres dans cette histoire, il paraît évident qu'il a quelque chose à cacher, et donc quelque chose à se reprocher.

Ce qui est peut-être encore plus choquant,
c'est que face à ce père qui crie toujours vengeance,
Lucien Léger, l'Étrangleur, proclame son innocence.
Accuse, même.

Le Journal du dimanche, 8 juillet 1984.

« L'Étrangleur n'a jamais étranglé personne. »
C'est Madame Détective qui parle, jeune et pimpante
directrice d'une agence de détectives privés.

Paris Jour, 23 juin 1964.

Une femme que j'aime bien dans ce marécage, c'est Madame Détective. Elle s'appelle Anne-Marie Labro, elle est détective privée, elle a le look de Diana Rigg, Emma Peel dans *Chapeau melon et bottes de cuir* [À la relecture : qui vient de mourir] – sur les deux photos que j'ai d'elle, elle est brune, les cheveux en carré long sur l'une, en chignon sur l'autre, mais en janvier 1966, dans un journal américain, la *Cedar Rapids Gazette*, qui la présente comme « Europe's only woman private investigator » et la qualifie de « crack » au tir au pistolet, elle est décrite comme « the blue-eyed blond with bouffant hairdo », qui est « as good-looking as Brigitte Bardot » –, elle n'a que vingt-cinq ans en 1964, et elle est déjà veuve. Elle était mariée à un jeune homme nommé Jacques Albert (dans les premiers papiers sur elle, on l'appelle Anne-Marie Albert-Labro), qui s'occupait d'une entreprise de bois en Côte d'Ivoire et qui a été tué dans un accident (de voiture ou de troncs, je ne sais pas) cinq mois après leur mariage.

À la mort de son mari, elle ne travaillait pas : il a fallu. Comme, depuis toute petite, elle adorait se déguiser, elle a eu, candidement, l'idée d'essayer de devenir détective. Après une formation et un diplôme du Centre international d'études de police de Genève, elle a ouvert son agence au 78 de l'avenue des Champs-Élysées, bureau n° 334, au-dessus de la galerie des Arcades, ça fait classe, sérieux. Elle s'est d'abord occupée d'affaires simples, ennuyeuses, des filatures de maris ou de femmes adultères, des planques dans des entreprises ou des magasins dont les patrons voulaient faire surveiller des employés malhonnêtes (elle demandait 500 francs pour une enquête, plus les frais, comme on dit dans les romans que j'aime), mais ça lui a permis de se rendre compte rapidement des avantages d'être une femme dans ce métier : on se méfie moins d'elle que d'un homme, et surtout, les possibilités de déguisement et de modification d'apparence sont bien plus étendues, entre les vêtements, la coiffure, le maquillage, etc. – elle peut facilement se faire passer pour une secrétaire, une serveuse, ou une femme du monde. Quand le journaliste américain de la *Cedar Rapids Gazette* lui fait remarquer qu'une jeune femme peut se retrouver dans des situations physiquement délicates et dangereuses, elle lui explique d'abord que lorsqu'elle estime une mission risquée, elle s'y rend avec une veste spéciale dont les manches ne sont pas cousues, seulement maintenues par des boutons pression : si on essaie de l'attraper, elle se sauve en laissant la manche à son agresseur. Mais de toute façon, elle est très sportive, en pleine forme, elle fait de la voltige aérienne (ce qui ne lui sert pas beaucoup en l'occurrence, elle ne va pas se sauver en avion) et elle a un très bon niveau en judo, en combat de manière générale : « You would be surprised how quickly Frenchmen cool off when they find themselves in a half-Nelson » (« Vous seriez surpris de voir comment les Français se calment vite quand ils se retrouvent en half-Nelson » – c'est une prise de catch ou de lutte qui permet d'immobiliser un bras de l'adversaire en arrière en maintenant une main en appui sur sa nuque).

Au moment où elle est interviewée par la *Gazette* américaine, Anne-Marie Labro s'est spécialisée dans la récupération (« legally, of course », précise-t-elle, mais pas tant que ça) d'enfants confiés à la garde de leur mère et « enlevés » par leur père contre la décision de justice.

C'est loin d'être bête. Au milieu des années 1960, les divorces se multiplient, et donc les déchirements aussi. Elle a déjà rendu dix-sept marmots à leur maman. Bientôt, ça va mal tourner.

Elle est pittoresque, Madame Détective, presque un cliché, la jolie fille intrépide et moderne, comme au cinéma, qui a le sens du buzz avant l'heure – au tout début de l'heure. Mais elle est loin de n'être qu'une belle image de ces années-là. Elle comprend tout. Au printemps 1964, alors qu'elle tient une chronique régulière dans *Paris Jour*, elle est la seule de toute la presse, et bien au-delà, à ne pas suivre machinalement le mouvement. Le 23 juin (jour de ses vingt-cinq ans), à la une du quotidien, elle titre son papier : « L'Étrangleur n'a jamais étranglé personne. » Dans le texte, elle énumère quatre points dont elle se dit convaincue : « 1. L'assassin est un proche ou un familier des Taron. 2. Rien ne prouve formellement que le scripteur des messages est l'assassin. On peut seulement présumer qu'il connaît l'assassin de Luc. Ce qui expliquerait sa connaissance de certains détails : la tache de mercurochrome, la position du corps, etc. 3. Le scripteur est sans doute un fou, mais je crois qu'il ose envoyer toute cette prose justement parce qu'il n'est pas coupable. Il sait qu'il ne risque qu'une inculpation pour outrage à magistrat ou pour non-dénonciation du malfaiteur. 4. Quant au vrai étrangleur, le temps joue contre lui. »

Sur ce dernier point, elle se trompait.

Quelques jours plus tard, après avoir reçu une lettre de l'Étrangleur qui l'accuse de raconter n'importe quoi pour faire l'intéressante, elle maintient, fermement, en s'adressant directement à lui, toujours dans *Paris Jour* : « Vous n'êtes pas le véritable Étrangleur, l'assassin de Luc est un familier de M. Taron, vous n'êtes qu'un imposteur. » Ensuite, elle le met au défi d'avoir le courage de venir la voir à son bureau, dont elle lui donne l'adresse précise et le numéro de téléphone, elle lui promet toute confidentialité et lui assure qu'il n'a rien à craindre, elle n'a « que deux secrétaires, une femme et un jeune homme », qui ne pourront pas lui faire grand mal. Elle en profite, en passant, pour se moquer de celui qui affirme dans ses messages qu'il n'hésitera pas à se servir de son 6,35 pour faire d'autres victimes : « Je n'aurai même pas de 6,35 sur moi. Ce calibre est périmé, je ne m'en sers pas. »

Le lendemain, le journal constate que l'Étrangleur ne s'est pas manifesté auprès d'elle, ne lui a pas téléphoné, et conclut : « S'il ne la contacte pas, ce sera la preuve que l'ennemi public n° 1 a peur d'une femme. »

C'est un peu grossier, comme manœuvre, on pourrait penser qu'Anne-Marie Labro (avec l'appui de la rédaction) ne le provoque ainsi que dans le but de l'énerver et de le pousser à commettre une erreur, et qu'en réalité elle est aussi persuadée que tout le monde qu'il est bien l'assassin, mais non. Le 9 juillet, alors qu'après les aveux de Lucien il faudrait chercher longtemps, et de bonne heure, pour trouver une seule personne en France qui ne le croit pas, elle persiste : « Léger n'est qu'un bouc émissaire. Il peut se rétracter. [Elle a près d'un an d'avance.] Ses aveux sont ceux d'un homme qui a montré des talents de grand comédien. » La semaine suivante, dans le *Paris Jour* du 17 juillet, elle évoque la reconstitution dans le bois de Verrières, à laquelle elle a assisté : « J'ai bien observé ses gestes, ses regards. Léger était perdu dans son rêve, et il ne savait pas faire ce que le juge Seligman attendait de lui. Je dis bien : il ne savait pas. […] Lui, l'assassin de Luc Taron ? Allons donc ! » Elle est à mon avis la seule à avoir compris, dès les tout premiers jours. « Luc a succombé à une hémorragie méningée. Du moins, il a été frappé à la tête et porté inconscient mais vivant dans les bois de Verrières. Là, l'auteur du coup ou quelqu'un d'autre a provoqué la mort de l'enfant d'abord sans connaissance, par étouffement, en maintenant son visage contre le sol. […]

Pour moi, dans ce drame hors-série, deux personnes au moins sont en cause : celui qui a tué et celui qui a écrit. L'affaire Taron, la véritable affaire Taron, va peut-être enfin commencer. » Malheureusement, l'ennemie de l'Étrangleur (qui n'a pas apprécié du tout qu'on mette son crime en doute) et l'alliée de Lucien Léger ne pourra pas défendre longtemps sa théorie.

En janvier 1966, au moment de l'interview dans la *Cedar Rapids Gazette*, Anne-Marie Labro vient d'aller récupérer un petit garçon en Espagne. En juin 1966, un mois après le procès de Lucien, elle va en chercher un autre, Stéphane S., quatre ans, qui a été enlevé par son père. Après l'avoir récupéré chez sa grand-mère à Santander, Madame Détective et ses boys rentrent en France. Mais une dénonciation amène les policiers sur le paillasson de l'agence Labro : il paraît qu'elle et son équipe ont passé la frontière avec de faux papiers, et là, plus question de « legally of course ». (Elle avait volé des papiers vierges dans une mairie du centre de la France.) On arrête Anne-Marie, on lui passe les menottes, on l'envoie à la Petite-Roquette en préventive. Ses mâles confrères sont bien contents, et la chambre syndicale de la police privée mâle se constitue même partie civile contre elle. Allez ouste, la greluche. Mais on ne la renvoie pas comme ça dans sa cuisine, Anne-Marie. Remise en liberté provisoire au bout de quinze jours, en attente du jugement, elle va vite revenir aux affaires, et de plus belle.

Comme certains de ceux qui précèdent, c'est Wonder Wats, Letizia, qui a trouvé beaucoup des renseignements qui suivent. Vers la fin de l'automne 1966, Jacqueline R., mère d'une fillette de trois ans, engage Anne-Marie Labro : elle lui verse 3 600 francs d'acompte pour retrouver Sonia, enlevée par son père italien, Marcello M. La détective se renseigne et n'hésite pas longtemps. Ce Marcello, qui vivait en Suisse avec Jacqueline et leur petite Sonia, en a été expulsé pour escroquerie et usurpation de titre (il se disait avocat mais n'avait pas le droit d'exercer). Sa femme l'a quitté, a obtenu la garde de la fillette lors du divorce et s'est installée avec elle dans sa famille, à Orange, mais il a débarqué quelques semaines plus tard et l'a violemment frappée pour lui prendre Sonia des mains et disparaître avec elle : il l'a emmenée à Rome. En France, il fait l'objet d'un mandat d'arrêt, délivré le 15 octobre 1966, pour coups et blessures sur sa femme et enlèvement d'enfant, mais l'Italie, comme pas mal de pays, n'extrade pas ses nationaux. Jacqueline n'est pas près de revoir sa gamine. Mais Madame Détective va arranger ça.

Le 16 décembre 1966 au matin, elle atterrit à l'aéroport de Rome avec deux « assistants », Claude P. et Claude S.-R., Jacques Lesinge, un journaliste du *Figaro* qui va couvrir l'opération, et Jacqueline R., la mère. Dans son sac à main, Anne-Marie a emporté un vaporisateur de gaz paralysant, le Flic 103 (dans *L'Express*, on lit qu'il s'agissait d'un « porte-plume de gaz toxique », mais le journaliste devait trop aimer James Bond). Ils louent deux voitures et prennent la direction de Rome.

En planque devant le domicile de Marcello M., ils le voient sortir de l'immeuble avec Sonia. Action. L'une des voitures se porte à leur hauteur, Anne-Marie bondit sur le trottoir, chope la petite, le père se met à hurler : « Au secours ! [Aiuto !] Au secours ! [Aiuto !] » et se jette sur la détective, qui lui envoie un jet de Flic 103 en pleine tête, mais l'Italien est un hercule, il n'est pas paralysé du tout, il se rue vers la voiture où Sonia est déjà dans les bras de sa mère et réussit à grimper dedans en force. Impossible de le repousser, de le chasser, il est enragé, pas grave, on démarre en trombe, on verra bien. Des passants préviennent aussitôt la police, des motards se lancent à la recherche des deux voitures, parties vers le nord en écrasant l'accélérateur et en brûlant tous les feux rouges. Dans la première, qui ouvre la route, Claude S.-R., au volant, est seul ; dans la seconde s'entassent Claude P., Anne-Marie Labro, le journaliste Jacques Lesinge, Jacqueline R., sa fille terrorisée dans les bras, et Marcello M. (on imagine l'ambiance dans l'habitacle). À trente-cinq kilomètres au nord de Rome, la police a eu le temps d'installer un barrage de deux ou trois voitures, Claude S.-R. réussit à se sauver par une petite route (il sera appréhendé quelques heures plus tard) mais Claude P., au volant du second véhicule, panique, tente de faire demi-tour en catastrophe et percute un autocar (c'est malin). Tous les occupants de la voiture sont cueillis comme des tomates bien mûres par les motards qui n'étaient plus loin derrière. On rend la petite Sonia à son père et on fourre les autres au trou, à la prison de Viterbe. Ils seront jugés pour enlèvement d'enfant et pour tentative d'homicide sur le père.

Le 14 mars 1967, après trois mois d'incarcération, ils sont remis en liberté provisoire contre une caution de 400 000 lires chacun. À son retour en France, Anne-Marie est incarcérée quelques semaines à la Petite-Roquette, de nouveau, avant son procès pour le vol de papiers vierges dans une mairie, puis jugée et libérée. Le procès italien a lieu à Rome un peu plus d'un an plus tard, le 14 mai 1968. Comme on pouvait s'y attendre, aucun des accusés ne se présente à l'audience. Anne-Marie Labro est condamnée à quatre ans et demi de prison ferme, ses assistants – les deux Claude – et le journaliste Lesinge à un peu moins, et Jacqueline R. à six mois avec sursis. Mais bien sûr, l'Italie ne les reverra pas. À partir de là, Anne-Marie ne fait plus jamais parler d'elle. C'est la fin de son agence de détective et de ses activités médiatiques, la jolie brune intrépide qui défiait l'Étrangleur et mettait les hommes à genoux en half-Nelson sort définitivement du cadre. (Je pense l'avoir retrouvée sur internet (une photo avec, peut-être, ses petits-enfants), j'en suis même à peu près sûr. Elle a quatre-vingt-un ans aujourd'hui, Madame Détective.) Il reste que, selon moi, elle a été la première (et la dernière avant Stéphane et Jean-Louis, quatre décennies plus tard) à comprendre qui était l'Étrangleur, la seule à deviner la vraie nature de l'affaire Taron, il y a cinquante-six ans maintenant, onze mois avant que Lucien Léger lui-même n'en dise le moindre mot.

Dans le magma en constante évolution de ce qu'a raconté Lucien (durant les dix ou douze premières années, ensuite ça s'est stabilisé jusqu'à sa mort), on peut, même si c'est souvent subjectif par obligation, dissocier quatre catégories dans ses déclarations : ce qui est vrai ; ce qui est peut-être vrai ; ce qui est faux mais qu'il croit vrai ; ce qui est faux et qu'il sait faux. Tout dépend, naturellement, de l'opinion de départ (ou plutôt d'arrivée) qu'on a de cette affaire. Pour ma part, après trois ans de recherches et de réflexion (dans la mesure de mes moyens), sept jours sur sept et cinquante-deux semaines par an, je pense qu'il est innocent.

Donc ce qui est vrai, pour moi, avant tout, c'est que Lucien Léger n'a pas tué Luc Taron. Qu'il ne l'a pas non plus enlevé. Qu'il connaît quelqu'un (qu'il s'appelle Molinaro ou non, qu'il soit seul ou non) qui a un contentieux financier avec Yves Taron – que donc Yves Taron a volé une somme d'argent conséquente à quelqu'un, ou l'a détournée. Que cette ou ces personnes ont appelé Yves Taron dans la soirée ou la nuit du 26 mai pour réclamer leur argent, qu'il les a envoyés paître, qu'ils ont tué Luc – volontairement ou non – à cause de cela. Ce qui est vrai, c'est que c'est pour aider cette ou ces personnes que Lucien s'est « amusé » à revendiquer le crime sous le masque de l'Étrangleur, et que c'est pour tenir une promesse qu'il a mis d'abord un an à déclarer que ce n'était pas lui, dix ans ensuite à « tout dire » – selon Jean-Louis et Stéphane, qui l'ont connu autant que possible entre sa sortie de prison et son décès, la valeur la plus importante pour lui, profondément, était la loyauté, le respect de la parole donnée : trahir la confiance que quelqu'un avait placée en lui (pour une fois) aurait été à ses yeux la pire des bassesses.

Ce qui est peut-être vrai, c'est qu'il a été utilisé, à un petit niveau, par un genre de « réseau », quelle qu'en soit sa nature ; que Salce en faisait partie ; que Molinaro a existé ; que Lucien est retourné dans le bois à 5 heures du matin avec Molinaro et/ou Salce ; qu'il n'était pas au courant du projet d'enlèvement, s'il y a eu projet, qu'il n'y a contribué en aucune façon ; que Molinaro a été tué (par Salce ?) un mois après Luc ; que Molinaro et/ou Salce et/ou Taron ont quelque chose à voir avec l'enlèvement et la mort de Thierry Desouches ; toutes ces assertions apparues à un moment ou un autre dans le récit de Lucien entre 1964 et 1976 et à propos desquelles on ne connaîtra certainement jamais la vérité, puisque plus personne n'est là pour la dire.

Ce qui est faux mais que Lucien croit vrai (ou que Lucien, peut-être, croit peut-être vrai), c'est que Molinaro s'appelle Molinaro ; que la mission du « réseau Molinaro » ou du « réseau Kozak » était de faire passer des documents de l'OTAN vers les puissances communistes russes ou chinoises et d'œuvrer ainsi pour la paix dans le monde (ha ha) ; que Molinaro est un ancien de la DST ; et que la mort de Luc est un accident (mais on peut aussi remonter cela dans « Ce qui est peut-être vrai », car on n'en sait et n'en saura rien – d'un côté, cela paraît peu probable, car les médecins affirment qu'il a fallu maintenir la tête de l'enfant contre terre pendant plusieurs minutes pour causer de tels dégâts sur ses poumons et son cerveau, il faudrait donc que le meurtrier en question soit extraordinairement distrait pour que ce soit un accident ; d'un autre côté, et c'est l'une des choses qui rend cette mort si étrange, il est impensable que Luc, si on lui a maintenu la tête contre terre pendant plusieurs minutes, ne se soit pas débattu comme un forcené pour survivre, or quand on regarde les photos, il n'y a pas le moindre désordre dans ses vêtements, on dirait qu'il s'est endormi et qu'on l'a déposé là, son polo est parfaitement en place et apparemment propre, sans traces de frottement sur l'humus humide, le troisième bouton du col n'est même pas défait, il ne paraît pas possible que ce garçon ait lutté contre la mort pendant ne serait-ce que vingt secondes (cette constatation peut renforcer l'hypothèse d'Anne-Marie Labro, qui pense qu'un choc à la tête et une hémorragie méningée lui ont fait perdre connaissance (on l'aurait ensuite achevé en l'étouffant, et la terre dans ses voies respiratoires ne serait que le résultat d'une sorte d'automatisme de survie, sans que le corps se débatte réellement), et peut même accréditer (un peu) l'une des scènes apparemment les moins plausibles du récit de Lucien : lorsque Molinaro et Salce viennent le réveiller à 4 heures du matin à l'hôtel de France, il réussit à les convaincre que l'enfant n'est peut-être pas mort – ils n'avaient donc aucune certitude)).

Il faut, en fait (je suis mal organisé), créer une sous-catégorie, le pendant de « Ce qui est peut-être vrai » : « Ce qui est peut-être faux ». (Bien sûr, on pourrait tout ranger dans l'une ou l'autre de ces deux catégories, mais ce serait du boulot de cancre, de tire-au-flanc (merci bien).) Ça se bouscule à l'intérieur du sac, évidemment, donc un seul exemple : quand Lucien veut faire croire que Molinaro l'a emmené en Mercedes à Budapest (lui le jeune homme coincé mais de bonne volonté qui aide le réseau, le sous-fifre qui fait office au mieux de boîte aux lettres et de facteur, on l'embarque pour plus de trois mille kilomètres en deux jours afin de lui présenter le grand chef, ou simplement pour balader le brave gamin qui nous rend tant de services, ça lui fera prendra l'air et voir du pays), il se moque du monde. Mais il faut ajouter : probablement. Car un détail, qui ne prouve rien, est intrigant – un peu. Lorsqu'il raconte cet étrange et rapide voyage vers la capitale hongroise, Lucien dit qu'ils ont passé la soirée là-bas dans un restaurant qui faisait également bar, ou boîte de nuit. Stéphane et Jean-Louis ont rencontré le commissaire Delarue, qui leur a parlé fièrement de son enquête en vue de la possible révision, a sorti son rapport d'un tiroir et le leur a lu. Selon lui, Lucien a prétendu que cet établissement s'appelait La Taverna. Or à Budapest, les trois quarts des débits de boissons ont « taverna » dans leur nom, donc ça n'a aucune valeur, c'est comme si, pour prouver que je suis bien allé à Londres, je disais que j'avais bu une pinte de Guinness dans un endroit nommé « Le Pub ». Mais en réalité, dans le rapport Delarue, ce n'est pas ce que déclare Lucien – le commissaire a dû avoir une petite saute de mémoire. Lucien lui dit qu'ils ont passé la soirée à la « taverne Fortuna ». C'est déjà moins ordinaire, comme nom. Or j'ai vérifié, il existe bien à Budapest, et depuis longtemps, un restaurant, un seul, qui s'appelle la taverne Fortuna – c'est une grande salle voûtée, très « boîte ». Ça vaut ce que ça vaut, mais internet était encore peu répandu dans les années 1970, notamment en prison. Peut-être Lucien avait-il un codétenu hongrois qui l'aurait tuyauté ?

La dernière catégorie, « Ce qui est faux » et que Lucien sait faux, est celle avec laquelle j'ai eu le plus de mal. Ce sont de vrais, gros mensonges. Et là aussi, il y a du monde. Un premier parmi d'autres : le 10 mars 1970, au moment où, pour la première fois, il fait intervenir Jacques Salce dans son histoire, il est interrogé par le SRPJ et déclare : « En décembre 1968, j'ai reçu à Château-Thierry une lettre qui m'avait été adressée à la prison de la Santé, et signée "Ton ami". Son auteur déplorait que je sois en prison pour un fait que je n'ai pas commis. Il ne pouvait s'agir que de Molinaro, puisqu'il me demandait également s'il pouvait lâcher Salce pour le donner à Kozak. J'ai transmis cette lettre à Albert Naud. » Quatre ans plus tard, quand il bouclera sa version définitive, on apprendra que Molinaro est mort le 26 juin 1964. Cette lettre ne peut pas non plus avoir été écrite par Salce, comme Lucien essaiera de le prétendre alors : il ne se mouillerait pas lui-même (« lâcher Salce ») alors que son nom n'est pas encore apparu dans le scénario. Lors de son enquête, le commissaire Delarue a retrouvé ce courrier que Lucien a fait parvenir à Albert Naud. C'est une copie. De la main de Lucien. Lucien Léger a écrit une lettre, a signé « Ton ami », puis a tranquillement expliqué à son avocat qu'il avait recopié l'original, original qu'il avait aussitôt détruit, on ne peut pas lui jeter la pierre, car c'était un document bien trop compromettant pour Molinaro et Salce, qu'il voulait encore protéger à cette époque.

Un autre exemple de mensonge balourd est le brouillon de la lettre de revendication, que Molinaro aurait donné à Lucien le 27 mai pour qu'il s'en inspire afin de rédiger son message urgent. Ce brouillon a eu plusieurs destins au cours des années. Lucien l'a d'abord jeté juste après l'avoir recopié, ensuite il l'a jeté un mois plus tard, fin juin, après en avoir fait une photocopie recto verso, et cette photocopie elle-même a d'abord été détruite, jetée, peu avant son arrestation, puis non, conservée entre les pages d'un livre de sa bibliothèque, pour servir de preuve au besoin. Or les enquêteurs ont retrouvé chez Jacques Guédon, alias Robert Sergil, indétrônable recordman du monde d'endurance au piano, tous les livres de la bibliothèque, dont *Les Peupliers de la Prétentaine*, l'écrin du trésor, vide. (Et la parade de Lucien selon laquelle il existait un deuxième exemplaire du roman ne vaut sans doute pas qu'on s'y attarde longtemps.) Or encore, dans un échange de courrier entre Lucien et sa femme, alors installée à l'hôtel du buffet de la gare de Charleville, Solange lui annonce, le 18 mai 1965, qu'elle a vendu tous leurs livres car elle avait besoin d'argent. Il lui répond le 23 mai sans y faire la moindre allusion, sans même lui demander qui est l'acquéreur du document qui prouve indiscutablement son innocence. Le même jour, il écrit une lettre à ses parents, dans laquelle il regrette seulement qu'elle ait bradé leur bibliothèque pour 500 francs, alors qu'elle en valait 6 000.

Il faut croire avec acharnement à son innocence pour essayer de justifier tout cela, au risque (élevé) de passer pour un simplet prêt à tout expliquer et tout excuser. Il ment, il ment sciemment, il joue, sinon sa tête, sa vie d'homme libre, et pourtant il ment. Ce ne sont pas des mensonges de circonstance, à tel ou tel instant de l'enquête : jusqu'au bout, jusqu'à sa mort, il maintiendra que Salce lui a écrit une lettre en prison qui confirme l'existence du réseau Kozak ; pendant plus de quarante ans, il continuera à affirmer que la photocopie du brouillon de Molinaro existe et se trouvait dans un livre de sa bibliothèque. Alors que c'est faux, sans l'ombre d'un doute. On peut comprendre qu'un suspect innocent mente, provisoirement, pour se sortir d'une impasse, pour échapper aux apparences. C'est sûrement son cas au début de l'enquête, et même les premières années : il espère encore s'en tirer, être rejugé, libéré – et tous les moyens sont bons. Mais ensuite, ça ne marche plus, ce n'est plus compréhensible. Ensuite, il sait qu'il est foutu. (Le 13 novembre 1979, depuis la maison d'arrêt de Château-Thierry, il écrit, désabusé, au fils de Maurice Garçon, Pierre : il constate que, contrairement à ses espoirs (et même presque ses certitudes), l'enquête du commissaire Delarue n'a abouti à rien de bon pour lui, que c'était vraisemblablement sa dernière chance, qu'on ne révisera peut-être jamais son procès. « Je sais bien que dans quatre ou cinq ans, je serai encore en prison, sinon plus. [Il en a encore pour vingt-six ans, emmuré.] Pour avoir écrit cinquante-deux lettres idiotes, ça fait cher. Mais le plus cruel, c'est l'indifférence générale devant laquelle je me trouve. ») Il sait qu'il est foutu, qu'il n'a plus rien à perdre, et il continue à mentir. C'est inconcevable et rageant. S'il n'est pas coupable, qu'est-ce qu'il risque à dire la vérité, quelle qu'elle soit ? (Alors il est coupable ? Non.)

J'ai mis du temps à admettre qu'il était possible, envisageable, qu'une personne un peu spéciale, à la fois naïve et retorse, trop confiante ou désespérée, estime que le seul moyen de faire accepter une vérité, lorsqu'elle est improbable et qu'on ne peut rien prouver, est de mentir. Si je me promène un soir dans Paris, que je croise Penelope Cruz dans une rue déserte, qu'elle me saute dessus, me plaque contre un mur, me fourre sa langue dans la bouche en essayant fébrilement de déboutonner mon pantalon (calme-toi, Philippe) et en marmonnant des trucs espagnols incompréhensibles, que dans l'affolement (fou de bonheur) de l'instant je perde l'équilibre et me fracasse le coude gauche sur le trottoir (de la rue Spontini, disons, je ne sais pas ce que je faisais à traîner par là), ce qui me laissera une légère infirmité à vie, je pense qu'après avoir essayé, tout au début, d'expliquer à mon médecin, afin d'obtenir un certificat d'arrêt de travail pour l'envoyer à la Sécu, que c'était dû à une agression sexuelle de Penelope Cruz, je vais finir par mentir, par dire (pour qu'on ne croie pas que je me suis fait mal simplement en tombant dans ma baignoire comme un ivrogne, encore bourré de la nuit) que c'est un type avec une capuche qui m'a sauté dessus dans une rue sombre pour me voler mon sac matelot et m'a jeté au sol. (Et ce n'est pas à quatre-vingts ans, entouré de mes petits-enfants sous mon cher vieux chêne, dans le jardin de ma petite maison à Verrières, que je vais faire volte-face et leur avouer, les yeux humides : « Vous savez, mes chéris, Papi a menti toute sa vie, le bras tordu de Papi, c'est à cause de Penelope Cruz, une star superbe et sensuelle en diable, qui a sauté sur Papi pour essayer de le mettre tout nu », sinon c'est la mise en Ehpad assurée.) Mais bien sûr, on me regardera de travers : « Vous comptez nous faire croire qu'un mystérieux malfaiteur vêtu de noir s'est donné la peine de vous attaquer pour vous voler ce petit sac minable ? » (Il est très bien, mon sac matelot.)

Quand Lucien fabrique cette copie grossière d'une prétendue lettre de Molinaro en 1968, c'est parce qu'on n'a trouvé aucune preuve de l'existence de Molinaro, ni le moindre indice de la participation de qui que ce soit d'autre que lui à l'enlèvement et au meurtre de Luc Taron.

Quand Lucien tente de faire gober à la cour, lors du procès, et aux enquêteurs du SRPJ plus tard, qu'il a caché le brouillon de Molinaro dans un livre et que ce livre a disparu quand la bibliothèque a été vendue, c'est (là encore il faut partir du postulat qu'il n'a pas tué le petit garçon, mais j'assume) parce que s'il dit seulement qu'il l'a jeté, ben voyons, c'est trop facile, personne ne peut croire ça.

Après le verdict, quand il est convoqué dans le bureau du procureur Lajaunie au tribunal de Versailles et indique que les photocopies se trouvent dans *Les Peupliers de la Prétentaine*, il précise qu'il a détruit le document original « fin juin ou début juillet 1964 ». Dès le 20 août 1964, soit vingt et un mois auparavant, à un moment où il suivait docilement la stratégie de son avocat et se disait coupable, partout et à tous, il écrivait la même chose dans une lettre à Maurice Garçon : « Sans cette lettre [le brouillon de Molinaro], je crois malheureusement qu'il n'est pas possible de découvrir la vérité, mais je ne sais pas si les policiers auront eu l'idée de fouiller ma poubelle. [...] J'ai perdu la seule preuve qui pourrait m'innocenter. » Vingt jours plus tard, Jean-Claude Seligman ordonnait par commission rogatoire qu'on aille fouiller la poubelle de la chambre 67 de l'hôtel de France (ils ne l'avaient donc pas fait lors de la première perquisition – ils avaient alors établi la liste précise des cinq cent soixante livres de la bibliothèque de Lucien et Solange, avec le titre de chacun, le nom de l'auteur, et même celui de l'éditeur (alors que cela n'avait a priori aucun intérêt particulier puisqu'il n'était pas encore question de photocopies dans l'un d'eux – mais il y a forcément anguille sous roche avec quelqu'un de pauvre qui possède autant de livres, ça cache quelque chose, on va trouver), et ils n'avaient même pas regardé dans la poubelle). Elle était sous l'évier, la poubelle, derrière un petit rideau. Il n'y avait plus personne dans l'appartement depuis deux mois mais elle n'avait pas été vidée, elle était toujours pleine à ras bord. Les hommes du SRPJ y ont trouvé des déchets de cuisine, des épluchures, des trognons, des fruits et légumes pourris et moisis, des boîtes de conserve ou de fromage, des morceaux de lettre déchirée, sur lesquels on lisait les mots : « voiture », « 2 CV », « sang », « identité judiciaire », « Étrangleur », de l'écriture normale de Lucien Léger (sans doute le brouillon de son dernier message), mais ils ont récupéré aussi « des débris humides et de très petite dimension de papier carbonisé, qui se désagrègent lors de la manipulation ». (Seligman demandera des précisions à ce sujet l'année suivante, après le revirement de son suspect, le 10 juillet 1965, et l'OP Valencia lui répondra simplement que « les débris carbonisés étaient ceux d'un papier qui pouvait avoir été une lettre manuscrite ».) Donc Lucien a brûlé une feuille de papier avant de la jeter. Pourtant, à ce moment-là, manifestement, il ne craignait pas qu'on inspecte sa poubelle (il n'avait d'ailleurs aucune raison), puisqu'il y a laissé, seulement déchiré, le brouillon d'un message de l'Étrangleur écrit de sa main. Quand on vit seul chez soi et qu'on ne redoute pas de visite fouineuse de la police, on ne brûle pas n'importe quel papier. On ne brûle pas une facture ou un poème raté. Je ne dis pas (non, je ne le dis pas) que cette feuille carbonisée était le brouillon de Molinaro. Je ne le dis pas. Simplement, le soir du verdict, Lucien affirmait que, fin juin ou début juillet, il avait détruit l'original de ce brouillon. Pas « jeté », pas

« déchiré » (les mots sont parfois importants – à propos, Stéphane et Jean-Louis m'ont appris qu'une autre caractéristique de Lucien, outre son respect presque obsessionnel de la parole donnée, était le soin minutieux qu'il mettait dans le choix de chaque mot qu'il employait) : « détruit ». Or le 4 juillet, au moment de son arrestation, il y avait dans la poubelle de sa cuisine une feuille de papier, peut-être une lettre manuscrite, détruite. Sans aller trop loin, on peut changer de catégorie, on peut faire passer le brouillon de Molinaro de « Ce qui est faux » à « Ce qui est peut-être faux ».

Autour, en couche supplémentaire, se greffe peut-être l'orgueil, indéniable, de Lucien Léger. Peu à peu, au fil du temps incarcéré, il s'est cuirassé, entremêlé de ses vérités et de ses mensonges, qui ont fini, en s'amalgamant autour de lui, par constituer une histoire, son histoire, l'histoire de sa vie, presque la seule. Il a menti, peut-être pour faire admettre une vérité invraisemblable, il a menti en tout cas pour qu'on le croie, pour se faire croire aussi certaines choses à lui-même, il ne peut plus revenir en arrière : si par exemple il admet en fin de parcours qu'il n'a peut-être pas fait partie d'un réseau d'espionnage communiste mais seulement d'une bande crapuleuse, ou pire, à son insu (parce qu'il était le pigeon), d'une émanation de l'OAS, lui qui était si ancré à gauche, qui a passé les dernières années de sa vie entièrement vêtu de noir avec le drapeau anarchiste en badge, toute son existence s'effondre.

L'OAS, ça m'intéresse. Au moment de son retournement définitif, en août 1974, il se produit un micro-incident peut-être révélateur, dont il ne reste une empreinte que dans les dépêches AFP que j'ai pu consulter. Le 11 août, Jean-Claude, son petit frère, déclare à un journaliste de l'agence : « Molinaro était à la tête d'une organisation politique anarchisante opposée au pouvoir et en liaison avec certains groupes de l'OAS agissant clandestinement en métropole. Lucien faisait partie de ce groupe, de même que M. Taron, qui était chargé de collecter des fonds pour acheter des armes, c'est ainsi qu'il a eu en sa possession plus d'un million d'anciens francs. Il refusait de rendre cet argent à l'organisation. Il fut alors décidé de le faire chanter. » (À l'AFP, dans le dossier « Affaire Taron », au milieu de toutes les dépêches et sans raison apparente, un archiviste a glissé plusieurs articles découpés, provenant de divers journaux, relatant l'arrestation, le 30 novembre 1963 à Dakar (d'où rentrait Jacques Boudot-Lamotte), de Jean-Marie Curutchet, qui agissait clandestinement en métropole pour l'OAS.) L'information donnée par Jean-Claude est reprise le lendemain matin, aux actualités de 8 heures de France Inter, par une journaliste toute jeunette, Arlette Chabot, vingt-trois ans : elle annonce que Lucien donne une nouvelle version des faits, « une histoire très bizarre », dit-elle, selon laquelle, outre le fait que « le véritable assassin serait un homme dont les initiales sont J. S. », il s'avère que « le petit Luc aurait été enlevé par un agent d'un réseau clandestin de l'OAS, dont le père de l'enfant était également l'un des membres : Yves Taron était le trésorier de l'organisation et aurait détourné des fonds ». Lucien semble s'affoler, paniquer, et entame aussitôt la rédaction d'une déclaration de seize pages, ce n'est pas rien, qu'il adresse à la presse et que l'AFP relaie le 23 août 1974 : « Mon frère ne connaissait que des bribes de la vérité. » Il affirme que Taron était bien trésorier d'une organisation clandestine mais sans aucun lien avec l'OAS, aucun, ni avec l'extrême droite, comme l'a avancé Jean-Claude par erreur : que ce soit clair, bien clair, il s'agissait de transmettre – aux communistes, aux communistes – des documents de l'OTAN en Tchécoslovaquie et en Hongrie pour Moscou, et en Albanie pour la Chine. Pas question d'OAS, arrêtons de parler de ça. (Pour moi, à ce moment-là, Lucien lui-même doute.)

Il s'enfonce, il s'est enfoncé tout seul. C'est une question de loyauté – d'autoloyauté. Lucien Léger a menti ; le reconnaître, c'est trahir Lucien Léger. La loyauté combinée à l'orgueil entraîne le refus de se trahir soi-même. Même au détriment de la manifestation de la vérité, même surtout au risque de passer pour un mythomane ou (bien pire) pour un criminel. Tant pis. Même devant Jean-Louis et Stéphane, qui sont ses plus ardents défenseurs, et dont il sait qu'ils le pensent sincèrement innocent, même un soir d'ivresse à Montmartre, il maintiendra l'intégralité de sa version, même les parties les plus improbables, même s'il voit dans leurs yeux (on peut le penser, il n'est pas bête) qu'ils ne le croient pas sur ces points-là. Tant pis. Il maintiendra. C'est, pour ainsi dire, un cas de parole donnée – à lui-même. Il ne peut plus revenir en arrière.

J'ai conscience que cela peut, doit, paraître tiré par les cheveux, ces mensonges utiles, pour la bonne cause, et cette fidélité à soi-même qui empêche de les reconnaître. Peu importe, je ne me pose plus vraiment la question, je sais qu'il n'y aura pas de réponse. On ne connaîtra jamais la vérité, toute la vérité. Je ne saurai jamais – tout en tenant pour acquis que Lucien n'a pas tué Luc – le rôle exact qu'il a joué. Celui qu'il s'attribue ? Plus ? J'ai souvent pensé, et je pense encore, que l'explication de certains de ses mensonges pourrait éventuellement se trouver dans une participation plus active qu'il ne l'avoue au rapt du garçon. A-t-il aidé ? (Pour faire pression sur ce Taron qu'il ne connaît pas mais dont on lui a décrit la bassesse, la duplicité, les méfaits.) Était-il présent au moment de l'enlèvement ? Ou plus tard, quand on gardait Luc quelque part pendant qu'on réclamait l'argent à son père ? Était-il dans la voiture qui roulait vers le bois de Verrières ? A-t-il vu Luc vivant ? Lucien était, à ce que j'en sais, un ennemi de la violence, il n'a même jamais frappé personne, c'était un humaniste et il aimait les enfants. S'il s'est retrouvé mêlé – autrement que le lendemain pour aider un « ami » – à la mort, atroce, d'un garçon de onze ans, on peut penser qu'il ne se l'est pas pardonné. Même dans le cas d'une simple complicité passive, d'une présence, il a pu se dire, toute sa vie, qu'il aurait été, d'une manière ou d'une autre, capable d'empêcher ce meurtre. Il n'a pas pu assumer cette culpabilité. Il a menti pour convaincre sa famille, sa femme, toute la France, et surtout lui-même, qu'il n'aurait rien pu faire : il n'était pas là, il n'a vu Luc qu'à 5 heures du matin, déjà mort. Il est prêt à tout, à passer sa vie en prison, pour qu'on le croie.

Peut-être. Peut-être pas.

On ne saura pas.

La seule question à laquelle on peut encore espérer une réponse, la seule chose véritablement importante pour moi maintenant est : y a-t-il un autre personnage que Lucien dans cette histoire ? Taron a menti lui aussi, et peut-être plus gravement que Lucien, Taron est fourbe, malfaisant, cupide, Taron est un être de bile et de haine, mais, malgré la présence plus que possible de sa voiture quelque part en banlieue cette nuit-là, rien ne le relie concrètement à la disparition de son fils, ni à celui ou ceux qui en sont responsables. Il ne peut pas être considéré comme cet « autre personnage ». Il faut donc savoir si Georges-Henri Molinaro, qui ne s'appelait pas Georges-Henri Molinaro, a pu exister.

En fait, j'ai déjà répondu à cette question : oui, Molinaro a existé. Geneviève et Pierre Lelarge l'ont vu. C'est aussi simple que cela. Un homme est sorti du bois en courant, il venait sans aucun doute possible de l'endroit où gisait le corps de Luc : il y a donc une autre silhouette sur la photo. Et c'est celle de « Molinaro ». (Car Lucien a aussi mentionné Jacques Salce, à partir de 1974, mais j'ai vu des photos de Jacques Salce, il ne correspond pas à la description, il est plutôt petit et rond (il mesure 1,59 m) qu'élancé et athlétique, et il n'a pas l'air nord-africain, il n'est pas « basané », du moins en noir et blanc.) Le chef de la gare d'Igny, Bernard Boulet, a lui aussi vu cet autre personnage, cet homme qui n'était assurément pas Lucien. D'autres témoignages, plus incertains, plus flous, laissent tout de même flotter des doutes.

Le samedi 6 juin 1964, à 10 h 20, Germaine Cazaux, épouse Foenix, trente-sept ans, qui tient un kiosque à journaux sur le quai de la station de métro Château-de-Vincennes, terminus de la ligne 1, voit s'approcher un individu qui attendait, à quelques mètres, qu'un adolescent ait fini de feuilleter des revues. (Cela fait cinq jours que Lucien a déposé un *Bugs Bunny* dans une rame de la station Porte-de-Clignancourt, et pas un mot dans la presse. Il commence à se dire que personne n'a récupéré le paquet, ou l'a jeté sans y prêter attention, et qu'il va peut-être devoir renouveler l'opération. Ce 6 juin, dans une lettre qu'il écrit au commissaire Samson, il lui rappelle l'emplacement exact où il l'a laissé et insiste pour qu'on interroge les contrôleurs de la station, à qui un voyageur l'aura certainement remis. (L'illustré sera finalement récupéré le surlendemain, lundi 8, aux objets trouvés.)) L'individu, ce jour-là, demande à Germaine Foenix si elle vend *Bugs Bunny*. Oui. Elle lui présente un petit format. « Ce n'est pas ça », dit-il. Elle cherche derrière elle et trouve un grand format. Ça ne lui convient toujours pas. Il lui explique qu'il cherche le format « album », c'est-à-dire relié, pas broché. (Donc il cherche exactement le même que celui que Lucien a posé sur la banquette d'un wagon de métro. Il paraît clair, si cela a bien un rapport avec l'affaire, que cet individu est Lucien, qui veut retenter son coup du *Bunny*.) À ce moment-là, il fait quelque chose qui déstabilise, logiquement, la kiosquière : il lui montre, dans *L'Aurore* du jour, qu'il tenait à la main dans son dos, la page consacrée à l'affaire Taron, et en particulier l'encadré sur l'illustré et le blouson de velours côtelé, les deux pièces à conviction qu'on recherche, qu'il a entouré d'un cercle au stylo bleu. Ce qui intrigue Germaine puis lui fait peur, c'est que dans l'article, des phrases ou des passages entiers ont été rayés avec ce même stylo bleu, et qu'une grande croix barre une photo au centre de la page : la tombe de Luc Taron couverte de fleurs.

Elle se sent blêmir, et elle pense qu'il le remarque car il lui dit alors, d'une voix beaucoup plus sèche que précédemment, « Merci madame », fait demi-tour, part « assez précipitamment » et se perd dans le flot des voyageurs de la station. C'ést une femme observatrice, Germaine Foenix. Le 10 juin, elle décrit l'homme aux enquêteurs du SRPJ. Il a environ trente-cinq ou quarante ans, il mesure 1,75 m ou 1,80 m, il est de corpulence moyenne, il a le teint basané, le visage allongé, les cheveux brun foncé, légèrement frisés (« légèrement ondulés », disait le chef de gare (comme Maurice de la rue Biot)), coiffés en arrière et formant une pointe légère sur le milieu du front. (Cet individu n'est pas du tout Lucien.) Il a un système pileux assez développé sur les mains et sur les poignets. Il est vêtu d'un costume gris peut-être, en tissu prince-de-Galles, sur une chemise blanche et une cravate rouge foncé ou bordeaux, légèrement desserrée, le col de la chemise étant dégrafé. Il est chaussé de mocassins noirs à bouts relevés, avec grosses coutures apparentes, et il marche comme quelqu'un ayant les pieds plats. L'apparence générale de cet homme est correcte, soignée. « J'ajoute qu'il parlait avec un léger accent, peut-être étranger, peut-être provincial. »

Quelques jours plus tôt, le 3 juin, Alexis Aymard, un gardien de la paix de vingt-neuf ans, membre de la brigade de nuit du commissariat de Vanves, estime utile de se manifester auprès de ses collègues du SRPJ. Il a vu quelque chose, la nuit de la disparition de Luc, du 26 au 27 mai, et pense que cela peut les intéresser, on ne sait jamais. Ce soir-là, il fait équipe avec son collègue

Lucien Canard (Aymard et Canard sont en patrouille, la pègre a intérêt à se tenir à carreau). Ils tournent du côté de Malakoff quand ils remarquent une voiture, « entre 22 h 30 et 0 h 30 » (c'est vague) – Aymard dit que son « attention est attirée » par le véhicule, sans préciser pourquoi, mais peut-être par ses occupants, inhabituels, surtout à ces heures-là et dans ce quartier désert : deux hommes et un enfant, debout à l'arrière entre eux. La voiture est « une Ariane ou une Chambord [deux modèles qui se ressemblent beaucoup], de couleur noire [dommage], vieille mais en bon état ». Aymard la suit « pendant deux ou trois minutes », jusqu'à ce qu'elle se gare « avenue Arblade, à soixante mètres environ du boulevard Gabriel-Péri ». (J'y suis allé, c'est à moins d'un kilomètre de la porte Brancion ou de la porte de Vanves – et, sur une ligne droite qui va de la rue de Naples à Igny, à mi-chemin du bois de Verrières. Il n'y a rien, vraiment rien, dans cette rue, sombre la nuit, à l'endroit où se gare l'Ariane ou la Chambord. Elle longe le chemin de fer surélevé, donc sur le trottoir de gauche (quand on va vers le boulevard Gabriel-Péri), il n'y a que les soubassements des voies, qui deviennent pont plus loin en croisant le boulevard, et sur la droite, rien non plus, pas un seul immeuble d'habitation, les deux cents mètres de trottoir sont occupés par l'institution Notre-Dame de France, une maternelle, une école élémentaire et un collège, avec un grand bâtiment pour l'internat. J'ai marché tout autour du pâté de maisons, il n'y a aucune raison logique de se garer là, sauf si on va à Notre-Dame de France (mais à cette heure, ça paraît peu probable – et puis en 1964, l'institution était encore exclusivement réservée aux filles) ou à la gare de Vanves-Malakoff, à un peu plus de cent mètres de l'endroit où s'est arrêtée la voiture.) En la dépassant, Canard, qui est au volant, ralentit et marque même un temps d'arrêt, pour qu'Aymard puisse regarder à l'intérieur. Les occupants, semble-t-il à ce dernier, sont sur le point de sortir. (Il dit exactement : « Nous avons vu descendre les trois passagers, ou pour être plus précis, ces trois personnes s'apprêtaient à descendre. ») « Le conducteur de ce véhicule paraissait âgé entre trente-huit et cinquante ans. Son visage était assez allongé et sec, sans toutefois avoir les joues creuses. Il était imberbe, vêtu de sombre, sans doute une couleur tirant sur le gris foncé. D'après son buste, je situe sa taille entre 1,70 m et 1,77 m. [À l'école de police, il a eu 19 en anatomie de précision.] Il était de corpulence solide, bien bâti. L'homme qui se tenait à côté du conducteur paraissait petit et gros. La tête était rentrée dans les épaules. Son visage était rond. Il paraissait âgé de cinquante ans environ. L'enfant semblait âgé de neuf à douze ans, il mesurait environ 1,30 m, sa corpulence était normale, son visage était bien rempli, il avait les cheveux assez courts, il portait un genre de blouson en laine mi-ouvert, mais je ne puis vous donner d'autre précision. » Le conducteur de la voiture n'ayant commis aucune infraction, Aymard et Canard n'ont pas jugé utile de relever le numéro d'immatriculation. À une question des enquêteurs, Aymard répond que le véhicule avait « un allumage normal à l'arrière », mais il ne peut pas dire s'il en était de même à l'avant, puisqu'ils le suivaient. (Ce qui prouve que malgré la couleur noire signalée par le gardien de la paix, les policiers du SRPJ ont quand même une petite idée derrière la tête : la voiture des Taron a un phare cassé à l'avant.)

Entre 2 heures et 3 heures du matin, les Starsky et Hutch tricolores repassent par l'avenue Arblade. L'Ariane ou Chambord est toujours garée là, vide. Ils ne s'en soucient plus. Mais que pouvaient faire, dans cette rue où il n'y a rien (et rien non plus dans les alentours – où étaient-ils passés ?), deux hommes, un athlète, un petit gros, et un garçon d'une dizaine d'années ? (Si cela n'a rien à voir avec Luc et l'affaire, c'est au moins aussi étrange.) Alexis Aymard, en tout cas, s'est posé la question rétroactivement : « Depuis que j'ai appris par la presse que le petit Luc Taron avait été tué, j'ai essayé d'identifier ce véhicule, mais sans succès. » C'est donc qu'il avait un vrai doute. Ses collègues du SRPJ lui montrent une photo de Luc : « La photographie que vous me présentez me rappelle un visage déjà vu, mais je ne peux vous dire si c'est bien lui qui se trouvait dans la voiture Ariane ou Chambord, dans la nuit du 26 au 27 mai dernier. » (Aymard n'était pas le seul à avoir un doute. Il a témoigné le 3 juin à 17 heures. Les parents étaient alors dans les locaux, ils allaient bientôt être placés en garde à vue. Et c'est peu après sa déposition qu'ils ont tous les deux évoqué (soudain, et chacun de son côté – donc sans doute en réponse à une question des enquêteurs) la visite chez eux des gendarmes, à propos d'un contrôle routier en banlieue. C'est certainement lié à la déposition d'Aymard.)

Si ce Molinaro-Tartempion a existé, il a laissé bien peu de signes visibles de son passage sur terre, et dans les parages de Lucien Léger. Mais ce n'est finalement pas si important. D'abord parce qu'on laisse en général bien peu de signes visibles de notre passage sur terre, ensuite parce que Molinaro ou Tartempion, c'est un détail (chercher inlassablement, bêtement, une vérité précise qu'on ne trouvera jamais : ras le pompon), il suffit que quelqu'un ait existé, et agi, dans les parages de Lucien Léger. Car si une autre silhouette que celle de Lucien Léger, l'Étrangleur fou, l'assassin solitaire, apparaît sur la photo, quelle qu'elle soit, c'est que ceux qui l'ont condamné se sont trompés, c'est que l'histoire bancale pour laquelle on l'a envoyé sans preuve croupir toute sa vie à l'ombre est une fiction, c'est que la « vérité judiciaire » n'est pas la vérité, c'est tout bonnement qu'il n'a pas fait ce qu'on lui reproche, c'est qu'il n'avait pas à passer quarante et un ans en prison, ni la moitié, ni le quart.

Lors de la perquisition chez Lucien, on a mis sous scellé un exemplaire de *Paris Jour*, daté du 11 juin 1964, annoté par quelqu'un d'autre que lui. Jean-Claude Seligman a demandé une analyse graphologique et cela ne fait aucun doute : ce n'est pas écrit de sa main. Mais de la main de qui ? on ne sait pas. (Quand le juge d'instruction pose la question à Lucien, le 18 novembre 1964, il est encore dans sa période de culpabilité avouée, donc il répond qu'il ne sait pas, qu'il n'en a aucune idée, qu'il n'avait pas remarqué.) Entre autres, à côté d'un article sur l'affaire Taron, à la fin d'un paragraphe au sujet des nombreuses dénonciations farfelues que reçoivent les enquêteurs, et qui se termine par : « Sans compter les informateurs de bonne foi qui, par des renseignements hâtifs et incontrôlés, font perdre leur temps aux policiers », la main inconnue a noté : « Imbéciles », sans que l'on puisse savoir si cela désigne les policiers ou les informateurs de bonne foi. Sous une photo de Luc, où on le voit montrer à l'appareil une petite raquette et un ballon, peut-être des cadeaux de Noël ou d'anniversaire, et où il semble triste (ou perdu, pas dans un état normal, absent), la légende remarque : « Malgré les jouets qu'il exhibe, il paraît mélancolique, comme hanté par quelque secret. N'était-ce pas celui de ses fugues ? Cette impulsion bizarre qui devait, pour la troisième fois, au soir du 26 mai, le jeter dans les rues de Paris où le guettait la mort ? » À côté, l'annoteur anonyme a écrit : « Anthropométrie – Technique psychologique – Voir s'il y a dyslexie. » On trouve également, dans le reste du journal, quelques commentaires sur des articles qui n'ont rien à voir avec l'affaire : dans la marge d'une analyse des comptes de la Société générale, des chiffres et des opérations ; dans celle de la rubrique « Santé », consacrée aux gauchers, une phrase sibylline : « Camphre sur le bout des doigts de la main gauche », ainsi que : « Exact, il faut chercher la dissymétrie pour tout » et : « Les professeurs de dessin préconisent et entretiennent chez leurs élèves la dissymétrie. » Dans la marge de la copie du dossier que Pierre Garçon lui fournira en 1976, Lucien notera : « Ce journal m'avait été donné par Molinaro ou par Salce. » Lors de la même perquisition, on a également saisi un exemplaire de *La Voix communiste* daté d'avril 1963, lui aussi porteur d'une annotation manuscrite : « FSR. Réseau 4 Transmettre à Léger ». En 1976, Lucien sera plus affirmatif que pour le *Paris Jour* : c'est Jacques Salce qui lui a fait envoyer cette publication – il précisera que « FSR » signifie « Front socialiste révolutionnaire » et que le Réseau 4 est un groupe dirigé par Salce depuis le printemps 1963. Selon le rapport des experts graphologues, il s'agit de la même écriture, sur les deux journaux. Ils la décrivent comme « très rythmée, régulière dans son calibre et dans sa direction ». Ces « pièces à conviction » ne paraissant pouvoir mener à rien de très intéressant, et le juge Seligman n'ayant pas pris la peine de comparer l'écriture à celle de certaines personnes de l'entourage du suspect puisque de toute manière il répétait qu'il était le meurtrier, elles ont été détruites ; la description des experts pourrait être appliquée à des milliers d'écritures différentes.

Celui qui se fait appeler Molinaro serait également apparu, comme on dit de la Vierge, à Jean-Claude Léger.

Jean-Claude Léger a consacré toute sa vie, sa courte vie (il est mort à cinquante-deux ans), à son grand frère. Le jour de l'arrestation de Lucien, le 5 juillet 1964, il fête ses quinze ans. (Chose à peine croyable (et pourtant, on en a vu d'autres), c'est aussi l'anniversaire de Solange : le 5 juillet, elle a vingt-six ans. Lucien, ce cornichon, s'est débrouillé pour devenir la cible de la haine et de la rage de tout un pays, et jeter le malheur sur tous ses proches, le jour où les deux personnes qu'il aimait le plus célébraient, mornement (lui devant la télé, au fond des Ardennes, dans une famille lugubre, elle dans un hôpital psychiatrique de la région parisienne) leur anniversaire.) Le benjamin des Léger a dû attendre ses seize ans pour avoir le droit de rendre visite à son frère en prison. Il vient le voir pour la première fois au début du mois de septembre 1965, Lucien lui jure qu'il est innocent et lui parle de la surprenante mise en garde de Nina Douchka, le 21 juin 1964 : « Lucien, tu devrais arrêter ça ! » De retour à Château-Regnault, Jean-Claude décide d'abandonner le lycée : depuis un an, les autres élèves lui rendent la vie scolaire insupportable, son nom est trop dur à porter. Le 21 novembre, il s'installe à Paris, où il a trouvé une place d'apprenti boucher, dès le surlendemain il retourne à Versailles : Lucien le charge d'essayer de retrouver la photocopie de la lettre de revendication originelle dans *Les Peupliers de la Prétentaine* (alors qu'il sait que la bibliothèque a été vendue depuis six mois). Jean-Claude n'y parviendra pas, bien sûr. Mais à partir de là, il se rendra au parloir presque toutes les semaines, généralement le samedi, et consacrera tous ses dimanches à mener son enquête personnelle. (Entre bien d'autres recherches de jeune détective amateur, il s'est rendu au Missou, fin 1965. François Pietri, le garçon de café qui maintiendra toujours, jusqu'au procès, quand Lucien l'adjurera de faire un effort, qu'il ne l'a jamais vu ou qu'il ne s'en souvient pas, s'est comporté selon lui de façon peu ordinaire. Interviewé dans le JT de la nuit sur l'ORTF après le verdict, le 8 mai 1966, Jean-Claude déclare qu'il avait posé sur sa table un quotidien avec la tête de son frère en une, et que lorsque le serveur l'a aperçu, « il est devenu pâle comme un linge, a desserré sa cravate, est parti tout de suite et a été remplacé par un autre garçon », puis que le patron s'est mis à lui tourner autour. Mais ça n'a aucune valeur objective, on peut avoir bien des raisons de réagir d'une manière ou d'une autre.) Il maintiendra ses rendez-vous hebdomadaires avec Lucien pendant des années, même quand il sera retourné vivre du côté de Charleville, où il se mariera et aura deux enfants, en 1973 et 1974, et sera employé à la direction départementale de l'équipement des Ardennes. En septembre 1976, après une grève de la faim, quelques mois plus tôt, qui n'a pas été plus utile que celles de Lucien, il fonde l'Association pour la défense des mal jugés et pour la révision du procès de Lucien Léger – qui semble à la fois un écho de celle de Taron pour la peine de mort, et de celle des mal-logés de Salce et Lucien –, dont sa femme, Jeanne, est la secrétaire. Dans un reportage de FR3 Reims diffusé le 1er octobre 1976, il dit que son frère « a participé volontairement à l'erreur judiciaire », que c'était d'abord pour tenir une promesse de ne pas dénoncer le véritable auteur du meurtre, mais ensuite à cause de « menaces contre sa famille » ; il espère que la révision du procès aura lieu au début de l'année 1977, qu'elle se conclura par un acquittement et « peut-être une punition contre M. Taron et les auteurs du crime » ; il insiste, sans plus s'embarrasser de précautions : « Yves Taron est le premier responsable de la mort de son fils. » (Dans cette même émission, Albert Naud est interviewé. Il y a déjà deux ans qu'il a formulé sa première demande de révision, mais : « La chancellerie est une grande dame mystérieuse. On lui envoie du papier, elle le digère à sa façon. Je n'ai jamais eu la moindre nouvelle de mon recours en révision. » Il y croit tout de même encore : « Je pense qu'une révision est possible. Je pense en tout cas impossible que la chancellerie ne s'arrête pas sur ces documents que j'ai fournis. » Pourtant si. La grande dame mystérieuse continuera de détourner dédaigneusement sa noble tête quand on lui parlera de Lucien Léger, pendant trente ans.) En octobre 1986 encore, vingt ans après le verdict, dans un communiqué à l'AFP, Jean-Claude évoquera le « véritable coupable », sans citer son nom mais en indiquant qu'il a « témoigné au procès en tant que graphologue » et que « cet homme connaissait la victime et son père ».

Il mourra en 2001, après son père, André, en 1982, et sa mère, Geneviève, en 1987. On accordera généreusement à Lucien le droit de se recueillir sur la tombe ouverte de celui qui ne l'a jamais abandonné, où il le rejoindra sept ans plus tard. Je ne sais toujours pas où se trouve cette tombe. Mais j'ai demandé à Wats d'entrer en action, j'ai confiance. Quand on demande une baguette à un boulanger, en général ça ne tarde pas.

Mais revenons aux silhouettes qui apparaissent. Le 7 décembre 1966, en fin d'après-midi, Jean-Claude se présente au tribunal de Versailles : il a téléphoné dans la matinée pour demander audience au procureur de la République. Lorsqu'il arrive, celui-ci ne peut pas le recevoir, c'est donc le juge Seligman qui recueille son témoignage. Le garçon de dix-sept ans, qui n'est plus apprenti boucher mais vendeur d'assurances, vit provisoirement dans un foyer pour jeunes travailleurs, au 35 rue Sedaine. Ce matin du 7 décembre, vers 8 h 30, il en sortait pour se rendre à son travail, avenue Victor-Hugo, dans le 16e arrondissement, et se dirigeait vers le métro Bastille lorsqu'il a été accosté, rue de la Roquette, par un individu qui a traversé la rue pour se diriger droit sur lui : « Vous êtes bien le frère de Lucien Léger ? » Jean-Claude hésite, puis acquiesce. « Je suis l'un de ses amis, il me connaît sous le nom de Henri Molinaro. Si je prends le risque de vous contacter, c'est parce que je voudrais l'aider. Cela fait longtemps qu'il n'arrive pas à prouver son innocence tout seul. » Face à la perplexité du jeune homme, qui pense avoir affaire à un mauvais plaisantin et demande des précisions, le prétendu Molinaro suggère : « Demandez-lui s'il est exact que je lui ai dit, en 1964, que j'avais prévenu M. Taron que j'enlèverais son fils. Taron m'avait répondu : “Faites-le, vous en aurez vite marre.” » Devant Seligman, Jean-Claude continue : « Il a ajouté qu'il avait voulu créer des ennuis à Taron pour se venger de lui, parce qu'il n'avait pas fait son travail dans une organisation à laquelle tous les deux appartenaient. » L'homme prend le numéro de téléphone du foyer où vit Jean-Claude, refuse de donner le sien, puis descend dans la bouche du métro Bastille qui se trouve au bout de la rue de la Roquette. Avant de s'y engouffrer à son tour, Jean-Claude attend quelques minutes car il est « impressionné », il a peur. C'est à ce moment qu'il téléphone au palais de justice de Versailles.

L'adolescent fournit au juge la description de cet homme : il mesure peut-être 1,70 m, il est costaud, il peut avoir entre quarante-cinq et quarante-huit ans, il porte un chapeau gris « à la mode actuelle », un manteau gris, un foulard ou une écharpe rouge autour du cou, de grosses lunettes à monture marron, très épaisses, il a une voix menaçante, dure, et sans accent. Jean-Claude ne l'avait jamais vu.

On peut imaginer qu'il est sous l'influence de son frère, qu'il admire et qui se trouve dans une situation qu'il estime injuste et cruelle, on peut imaginer qu'il est prêt à tout pour l'aider, même à mentir, si Lucien le lui a demandé. D'ailleurs, c'est ce que le juge Seligman imagine : il veut savoir quand il l'a vu pour la dernière fois. C'était avec sa mère, quinze jours plus tôt, à la prison de la Santé. Jean-Claude veut clarifier les choses : « Ce n'est pas à l'initiative de mon frère que je tenais à faire connaître cette rencontre à M. le procureur. » Il est très jeune, il est certainement naïf et influençable, sous l'emprise fraternelle de Lucien, qui pourrait le manipuler facilement, il croit tout ce qu'il lui dit sans se poser de questions, mais est-ce qu'il mentirait à ce point pour lui ? Si Lucien, pour qu'on le croie innocent, lui demandait d'inventer un Molinaro qui surgit dans la rue, accepterait-il ? Il me semble que non, qu'il est crédule mais pas fourbe, mais ce n'est qu'une impression. Et s'il avait accepté, ne l'aurait-il jamais regretté, aurait-il consacré tout le reste de son existence, au détriment de ses propres envies, de son confort, de ses loisirs, à se battre pour l'honneur et la liberté de son frère ? Et surtout, si ce dernier lui avait dicté son mensonge, pourquoi aurait-il si mal menti ? Car depuis son revirement, en juin 1965, Lucien a toujours donné la même description de Molinaro, que ce soit face à Seligman, dans la longue lettre détaillée qu'il écrit à Maurice Garçon en septembre 1965, ou lors du procès : il est grand, environ 1,75 m ou 1,80 m, il a une quarantaine d'années, il est souvent vêtu de bleu, clair ou foncé, il a parfois des lunettes, à monture noire et cerclées d'or ou de métal doré, il parle avec un accent méditerranéen, il est homosexuel. Si c'était une manipulation des deux frères, pourquoi, en décembre 1966, Jean-Claude soulignerait-il que l'individu n'avait pas d'accent, portait « de grosses lunettes à monture marron », était vêtu de gris et de rouge, mesurait 1,70 m, et même, quand on sait l'image des homosexuels dans ces années-là, qu'il avait une voix dure et menaçante ?

Mais si ce n'est pas un témoignage truqué, cela soulève un problème évident : cet homme qui dit être Molinaro n'est donc pas Molinaro, mais ce n'est pas non plus Jacques Salce (qui est petit et ne porte pas de lunettes) ni le plus que douteux Emil Kozak (qui « parle français avec un accent très prononcé »), ni l'introuvable Paul Meyer (bien plus jeune). Qui est ce type ? Un plaisantin, donc ? Mais un plaisantin qui connaît le visage de Jean-Claude Léger et sait où il habite ? Qui parle d'une « organisation » à laquelle il appartenait avec Taron ? Lucien n'évoquera pour la première fois – et vaguement – une quelconque organisation, le fameux « réseau », qu'en 1968, un peu plus précisément en 1970 mais seulement devant les enquêteurs du SRPJ (il n'y aura aucune fuite dans la presse), et publiquement en août 1974. D'où ça sort, en 1966 ? (Et si c'est une stratégie de Lucien, c'est le grand maître international du jeu d'échecs judiciaires : il calcule et prépare ses coups huit ans à l'avance.)

Bien sûr, l'autre problème avec ce chapeauté menaçant qui dit à Jean-Claude que son frère le « connaît sous le nom de Henri Molinaro », c'est – personne ne le saura avant 1974 – qu'il est mort depuis deux ans et demi quand il traverse la rue de la Roquette.

La mort de Georges-Henri Molinaro n'a pas laissé plus de traces terrestres que sa vie. Sauf si l'on considère que le sang séché trouvé dans la 2 CV de Lucien est celui de Georges-Henri Molinaro : ça, c'est une trace, un bon souvenir de mort. Les explications concernant ces taches de sang sont, comme toujours, multiples : l'Étrangleur a dit qu'il avait tué un truand de Pigalle à coups de marteau ; Lucien Léger a dit aux enquêteurs qu'il avait volé une éprouvette à l'hôpital et répandu le sang dans sa voiture avec une seringue ; il a dit à Maurice Garçon qu'il n'avait pas maculé sa voiture lui-même, qu'il ne savait pas ce qui s'y était passé ; un an plus tard, il a dit à Maurice Garçon qu'il avait volé une éprouvette à l'hôpital et répandu le sang dans sa voiture avec une seringue ; il a dit ensuite que c'était Paul Meyer qui avait tiré sur Molinaro et l'avait seulement blessé, d'une balle dans le cou ; et il a dit enfin que Jacques Salce avait tiré sur Molinaro à deux reprises et l'avait tué. Or ce sang dans la 2 CV, c'est important. Toujours pour cette question de silhouette sur la photo.

La version retenue par la justice, pour l'éternité, la seule qui confirme la théorie officielle de la culpabilité de Lucien, est celle de l'éprouvette volée à l'hôpital – sans personne sur la photo, donc. Elle ne tient pas debout. D'abord, il suffit de regarder les clichés pris par la police à l'intérieur de la voiture, et de savoir ce qu'est une éprouvette, pour comprendre que ce n'est pas possible : il y a beaucoup de sang, il en aurait fallu au moins trois ou quatre, des éprouvettes. Ça n'a dérangé personne. Ensuite, on a fait l'effort, louable, de demander à deux membres du personnel de l'hôpital, bien placés, s'il était matériellement possible d'y voler du sang. Marcel Bergeron, chef de service, et Martial Wolfer, infirmier, collègue de Lucien, répondent la même chose et sont formels : non. Les prises de sang ont toujours lieu dans la matinée, avant midi, et les éprouvettes sont analysées immédiatement au laboratoire central de l'hôpital ; Lucien Léger n'embauche qu'à 14 heures ; les prélèvements l'après-midi sont très exceptionnels, toujours effectués sous la surveillance d'un interne, et aussitôt envoyés dans un labo extérieur, à Sainte-Anne. À 14 heures, 15 heures ou 16 heures, il n'y a jamais d'échantillons de sang à voler à l'hôpital de Villejuif. Ça n'a dérangé personne non plus (ça aurait dû, là, quand même). D'autre part, si Lucien avait voulu faire croire que l'Étrangleur avait transporté un corps dans sa 2 CV, au lieu de se contenter de déverser le contenu de l'éprouvette à l'endroit où aurait pu se trouver sa tête (derrière le siège passager, par exemple – disons que le corps serait couché au pied de la banquette arrière), pourquoi se serait-il embêté, seringue à la main, à étaler du sang au-dessus de la portière avant droite, à projeter quelques gouttes sur le tableau de bord, sur la portière conducteur même, une seule sur le rétroviseur intérieur et six à l'extérieur, sur l'aile droite de la voiture ? L'une des choses qui ont fait tiquer le commissaire Poiblanc dans son bureau, lorsqu'il interrogeait l'infirmier louche, ce sont les traces de sang séché sur ses chaussures. Comment Lucien se serait-il débrouillé, en se penchant à l'intérieur de l'habitacle afin de répandre le contenu de l'éprouvette, avec une seringue ou non, pour s'en mettre jusque sur les chaussures ? Rien (de rien) ne va dans le sens de cette hypothèse de l'éprouvette dérobée. Comment, avec tout ça, peut-on croire encore qu'il a lui-même ensanglanté sa voiture ? Le seul examen réclamé par Jean-Claude Seligman a permis de savoir que le sang provenait d'un être humain, et non d'un animal. Une analyse assez simple, même en 1964, aurait pu déterminer s'il s'agissait de sang frais ou de sang qui avait été prélevé et conservé. Le juge d'instruction ne l'a pas demandée.

On ne comprend rien aux nombreuses déclarations contradictoires de Lucien à propos de ce sang, de ce prétendu meurtre de film noir à Sainte-Geneviève-des-Bois, mais avec du recul, toujours utile, on y trouve tout de même une certaine cohérence, chronologique. En septembre 1965, il écrit à Maurice Garçon qu'après l'inexplicable remarque de Douchka au sujet des journaux entassés dans sa 2 CV, le 21 juin 1964, il a commencé à penser sérieusement à arrêter son cirque, en envoyant le brouillon de Molinaro à *Paris-Presse*, sans donner son nom évidemment. Or le 25 juin 1964, dans une lettre adressée à ce même quotidien, il écrit : « Je poursuis mes préparatifs pour le coup de théâtre qui n'a pas fini de faire couler de l'encre ! » et à la fin de la lettre : « À bientôt pour le "Boum !" », ce qui confirme donc ce qu'il dira à Garçon plus d'un an plus tard. Ce 25 juin, il est de repos. Il écrit ce courrier puis, le soir, il dit avoir bu des martinis avec Paul Meyer au Masséna, porte d'Italie, et appris que le petit voyou avait deviné que Salce et Molinaro étaient impliqués dans la mort de Luc. Inquiet, il essaie de joindre Salce, laisse plusieurs messages au standard de l'hôtel Wilson où il habite, rue de Stockholm, finit par l'avoir et lui demande de prévenir Molinaro. On ne sait pas ce que lui dit le graphométricien, mais Lucien comprend que ça risque de chauffer pour son matricule : il renonce alors à envoyer le brouillon à *Paris-Presse*, mais décide d'en faire une photocopie chez Prisunic, le lendemain. Et le lendemain, Molinaro, ayant appris par Salce que Paul Meyer était au courant, appelle Lucien à l'hôpital de Villejuif, hors de lui, et le menace « de manière discrète mais claire », en lui disant en substance : « Il faut arrêter tes conneries avec les journaux, sinon… » L'apprenti infirmier lui répond qu'il a pris suffisamment de précautions pour ne pas être le seul à avoir de gros ennuis en cas de malheur. Tout cela, c'est ce que raconte Lucien dix ans plus tard.

Et il existe des preuves qu'il s'est passé des choses ce lendemain-là, le vendredi 26 juin – où Lucien, comme tous les jours de travail, est arrivé à l'hôpital à 14 heures. Il est sorti de chez lui le matin, ce qui était rare. Lors de son arrestation, on a trouvé dans ses poches un ticket de métro poinçonné à la station Vaneau ce jour-là (pourquoi cette station, on ne sait pas, elle est à un quart d'heure de marche de l'hôtel de France) et surtout un ticket du Prisunic des Champs-Élysées, lui aussi daté du 26 juin : 2,80 francs, le tarif pour deux photocopies – comme s'il avait, en effet, pris ses précautions.

Il écrira, en 1976, dans *Le Prix de mon silence*, que le soir, lorsqu'il est rentré chez lui, Molinaro l'attendait impatiemment sur le trottoir, furieux. Il devait être doublement furieux, car Lucien est arrivé à l'hôtel de France plus tard que d'habitude. Il quitte normalement son poste à l'hôpital à 22 heures, il est chez lui vers 22 h 30. Or ce vendredi 26 juin, dix ans avant qu'il ne relate la nuit de la mort de Molinaro, on sait que Lucien n'était pas à l'hôtel de France à 22 h 30 : il a appelé le standard d'Europe n° 1, où officiait Colette Bourhis, à 22 h 55, pour indiquer qu'il avait déposé, au 45 rue des Champs-Élysées, à Gentilly, un paquet contenant le chapeau du clochard qu'il avait tué. À l'intérieur, sur une petite carte rose, un mot pour le commissaire Samson, qui dit entre autres : « Inutile de vous fatiguer pour l'affaire Taron, je n'en suis plus là mais à l'affaire M… » Aucun moyen de savoir ce que cela signifie, ça ne semble correspondre à aucun événement ni aucun nom présent dans le dossier. Sauf Molinaro, bien sûr. (Il écrit cela quelques heures après que Henri, à ce qu'il dira, l'a clairement menacé au téléphone.) Un an avant de prononcer son nom, à un stade où il n'avait aucune raison de penser qu'il serait arrêté un jour, il avait déjà prévu que si, malgré tout, cela tournait mal pour lui, il se déchargerait lors du procès sur un homme dont le nom commence par M et à qui il va arriver des bricoles ?

Ce qui se passe après qu'il a déposé le paquet contenant le vieux chapeau dans une rue de Gentilly, réellement, on n'en sait rien. (Je me souviens que Simone, la dame perchée des Hautes-Rivières, disait que le voisin qui la radarait, après avoir tué Luc, venait de descendre « Henri H., avec d'autres bandits du village, à minuit et demi ». Cette histoire est si tordue et les tentatives de l'éclaircir si vaines qu'on va devoir se rabattre sur les mondes parallèles, c'est ça ?) Ce que l'on sait, c'est que l'Étrangleur disparaît à partir de ce soir-là. Il est donc sans doute arrivé quelque chose. Car il ne se manifeste plus, d'aucune façon, pendant trois jours – pour la première fois depuis la mort de Luc Taron. Et le troisième jour, le 29 juin, il ne refait surface qu'à cause de Madame Détective. Dans *Paris Jour*, il lit qu'Anne-Marie Labro dit avoir reçu la veille un coup de téléphone de l'Étrangleur. Trop orgueilleux pour supporter qu'un autre se fasse passer pour lui, il réagit, il lui écrit une lettre courte et sèche dans laquelle il dément l'avoir appelée : il n'est pas content du tout, « de retour de province », de découvrir qu'on a usurpé son identité d'ennemi public n° 1. Dans la foulée, il a la délicatesse d'envoyer un mot à Yves Taron, s'excusant presque de n'avoir pas donné de ses nouvelles : « Si je suis resté silencieux ces derniers jours, c'est que j'ai eu très chaud. »

Il est bien arrivé quelque chose – d'important, et qui ne concernait pas que lui – le vendredi 26 juin, Lucien ne ment pas, ou pas complètement, quand il en parle dix ans plus tard. Et ce quelque chose marque la fin de son show macabre. Dès les jours suivants, il va se consacrer pleinement à son dernier coup d'éclat, le bouquet final :

se faire arrêter en inventant cette histoire grotesque du truand de Pigalle massacré à coups de marteau et en se rendant lui-même dans les locaux de la police, avec, dans son portefeuille, les photomatons de l'Étrangleur brandissant un pistolet en plastique, et sans retirer quoi que ce soit de son matériel, de sa panoplie, dans sa chambre n° 67 de l'hôtel de France.

« Allez, c'est à nous ! » J'avais l'impression d'attendre dans le sas du bloc opératoire depuis un tiers d'éternité, toujours sur le dos, abandonné de tous en milieu hospitalier. J'étais donc parti, je suis pas du genre à me laisser faire, à l'instant j'étais en Sardaigne. Devant une pharmacie, avec Anne-Catherine et Ernest, il y a quatre ans. Nous avions loué, au bord de la mer, un appartement en sous-sol, dans le garage d'une maison. (C'était de ma faute, j'avais mal traduit l'annonce, il était question d'un logement « piano terra », donc au niveau du sol, je pensais que c'était au rez-de-chaussée, en réalité, chacals de bailleurs, c'est le plafond qui était au niveau du sol.) L'odeur de cave humide, mélange de renfermé et de moisissure, était difficilement supportable. Au supermarché du coin, nous avions acheté divers aérosols désodorisants, douceur marine, freschezza di primavera, ivresse des tropiques, mais aussi, plus chic et moderne, un genre de fiole ou de petite bonbonne design en plastique, prétendument décorative (parfaite pour la salle d'attente d'un crématorium un peu kitsch (le « Salon du souvenir » ?)), qui envoie un discret pschitt (avec un peu d'huile essentielle, gage de qualité) lorsqu'on passe devant, grâce, je dirais, à une cellule optique – une technologie inspirée de la NASA. Nous en avions pris trois, des petites bonbonnes funéraires, pour les disposer dans trois endroits stratégiques de notre caveau, trois positions clés, comme à la guerre. Malgré la fortune et l'ingéniosité investies, cela n'a pas fonctionné. Nous avions l'impression de passer nos vacances dans des chiottes de station-service, sur fond tenace de champignons en putréfaction, et comme nous étions touchés de plein fouet par le jet à chaque passage devant l'une des bonbonnes, le « parfum » nous suivait partout (la tête de nos voisins le soir au restaurant de la plage), nous en étions réduits à faire des détours de plusieurs pas dans le garage pour ne pas nous faire repérer par les cellules, comme des cambrioleurs vêtus de noir qui échappent aux lasers dans un film, le but devenait donc d'éviter à tout prix de désodoriser, ça n'avait plus de sens. Il n'y avait manifestement plus qu'une solution, souvent miracle : le papier d'Arménie. Le petit carnet vert était peut-être le passeport pour des vacances en sous-sol réussies. En début d'après-midi, nous nous sommes avancés tous les trois, pleins d'espoir, vers le petit comptoir au fond de la pharmacie près du port, toute en longueur, déserte. Malgré dix ans de vacances en Italie, je savais à peine demander frustement ce que j'avais envie de manger ou de boire (comme une bête), c'était à peu près tout. « Arménie », on pouvait raisonnablement parier sur « Armenia », mais « papier »... (« Papel », c'est en espagnol. Ça, je le sais. Mais en italien... « Papelo » ?) Sur le trottoir, avant d'entrer, j'avais donc consulté mon petit *Robert & Collins* de voyage. « Papier » : « Carta ». OK. Face au pharmacien, qui nous avait regardés approcher d'un œil incompréhensiblement hostile, j'ai demandé, après avoir convenablement lancé « Buongiorno ! » : « Prego, carta di Armenia ? » Entouré d'Anne-Catherine à ma droite et d'Ernest à ma gauche, j'ai ensuite attendu sans bouger, mais rien ne se passait. Il me regardait. (Mais alors vraiment droit dans les yeux, et muet.) J'avais probablement mal prononcé. J'ai souri, pour qu'il y ait au moins quelqu'un de sympathique ici, et j'ai répété du ton le plus doux, poli, gentil possible : « Per favore... Carta di Armenia ? Si ? No ? » (Sous-entendu : « Si tu n'en as pas, dis-le-moi tout de suite, au lieu de faire des mystères, c'est ridicule. ») Il a secoué la tête de droite à gauche, manifestement consterné : « No. » (Qu'est-ce que c'est que ce pharmacien ? Ce n'est pas son vrai métier, c'est un type de la mafia locale qui rend service à son cousin ? (« Mets ma blouse, Giuseppe, et t'inquiète pas, y aura personne à cette heure-là, les gens sont pas assez cons pour sortir en plein soleil à l'heure de la sieste. »)) Tout à la tension de devoir demander quelque chose d'un peu spécial dans une langue que je maîtrisais peu, je me concentrais sur mon objectif et ne prenais pas le recul nécessaire pour me rendre compte de ce qui se passait. C'est-à-dire, on l'aura compris : il croyait que j'entrais dans sa pharmacie avec ma famille, en touriste actif et sûr de lui, pour lui demander une carte de l'Arménie. J'ai bien peur d'avoir insisté, l'air mi-incrédule mi-réprobateur, en écarquillant légèrement les yeux : « No carta di Armenia ?? » Cette fois, il n'a même pas répondu. J'ai dû, malheureusement, faire une tête déçue, le gars qui n'ose pas trop protester face à la réaction rêche du commerçant mais qui n'en pense pas moins : « Et vous appelez ça une pharmacie ? » Et nous sommes sortis, dépités, avant, sur le trottoir, de comprendre. (Quatre ans plus tard, il doit encore en parler les soirs de Noël à sa famille (« On la connaît, Tonton… ») et dans les bars à ses amis – personne ne le croit. (Un touriste allemand entre avec femme et marmot dans une petite boulangerie parisienne : « Bonjour ! Avez-vous des sandales péruviennes en cuir, je vous prie ? Oui ? Non ? »))

« Allez, c'est à nous ! » Je suis repropulsé de Sardaigne à Paris, du trottoir de la pharmacie maudite au sas du bloc opératoire. C'est à nous ? Elle est sympa, la dame brune en blouse, chaleureuse, enthousiaste, mais elle me fait penser aux avocats à la sortie des procès : « C'est le mieux que nous pouvions espérer, nous avons pris quinze ans. » Elle marche à mes côtés pendant qu'un solide gaillard pousse le lit roulant, mais, maintenant, donc, c'est à moi.

Il faut en finir avec Molinaro. S'il a existé, il est mort. S'il est mort, où sont les restes de son corps ? (Mais combien de corps, même quand des centaines de policiers ou de gendarmes les cherchent partout pendant des années (ce qui n'est pas du tout, du tout son cas), ne sont jamais retrouvés ?) À l'époque où il préparait *Le Voleur de crimes* avec Jean-Louis, Stéphane a pu consulter un quotidien régional qui relatait la découverte d'un cadavre non identifié dans la Seine. Il a oublié le nom du journal (que je n'ai pas réussi à trouver) mais se souvient assez précisément de l'article. Le corps a été repêché le 1er juillet 1964, dans la Seine donc, au niveau de Corbeil – qui se trouve à sept kilomètres en amont de Viry-Châtillon. Il s'agissait d'un homme d'une quarantaine d'années, qui avait passé plusieurs jours dans l'eau et présentait de fortes blessures à la tête, apparemment provoquées par une hélice. Il était vêtu, selon les souvenirs de lecture de Stéphane, d'un jean et d'un pull – ce n'est pas une tenue qui colle bien avec l'image qu'a donnée Lucien de Molinaro. Il a peut-être lu ce papier dans la presse et fabriqué, dix ans après, son histoire de Molinaro jeté à l'eau. Comment savoir ?

Je me sentais frustré de n'avoir jamais pu parler à Lucien, de vive voix, ni regarder ses yeux quand il racontait tel ou tel épisode improbable de son affaire : il me semble qu'au moins, face à quelqu'un, c'est peut-être une illusion mais il me semble qu'une certaine impression se dégage (peut-être que la vérité, dans un témoignage, c'est ce qui ne passe pas du réel à l'écrit, ce qui reste entre les deux, comme la poésie lors d'une traduction – « Poetry is what gets lost in translation », disait un poète américain, Robert Frost). Stéphane et Jean-Louis ont eu cette possibilité, ils l'ont côtoyé. Ils étaient ses amis – les seuls (de sa vie, presque), avec Lucien Bernhard. J'ai écrit à Stéphane pour savoir s'il avait abordé avec lui cette scène extravagante du meurtre de Molinaro. Oui. Stéphane est un garçon intelligent, réfléchi, lucide, mesuré, j'ai confiance en son jugement, en sa perception aussi. Il m'a répondu que Lucien, même avec eux deux, maintenait sa version des années 1970, même dans ce qu'elle avait de (très) peu plausible, et semblait toujours sur la défensive lorsqu'on essayait de le pousser à en dire plus (ou simplement à dire la vérité), de lui mettre les invraisemblances sous le nez. Manifestement, il n'avait plus très envie de revenir sur tout cela, il était enfin dehors, libre, il voulait essayer de profiter de ses dernières années (trois), il avait mis quarante ans à bâtir sa version définitive, à la consolider, à la peindre, à la laquer, il ne voulait pas qu'on vienne donner de petits coups de pied dedans, qu'on vienne fouiner. « Mais un jour, à propos du meurtre de Molinaro, m'écrit Stéphane, j'ai senti quelque chose de différent. De la sincérité, peut-être. J'essayais de savoir si Salce avait utilisé un revolver ou un automatique, à cause de l'absence de douilles dans l'habitacle. Il réfléchissait, incapable de me répondre précisément. Ça m'énervait un peu. [Pourtant ça n'a rien de très étonnant, ni de révélateur de quoi que ce soit. Je me suis un jour, jeunot, fait braquer par un type qui m'avait demandé d'ouvrir la vitre de ma voiture et qui m'a enfoncé le canon de son flingue sous le menton : tout ce que je sais, véritablement, même en plongeant au plus profond de ma mémoire, c'est que l'arme était de couleur noire.] Et puis il m'a dit : "Molinaro était à côté de moi, il avait sorti son arme et il disait : 'On vous a bien eus.' Il allait tirer, je le savais, j'ai fermé les yeux, j'ai entendu la détonation, j'ai cru que c'était pour moi. Et puis rien. J'ai ouvert les yeux, Molinaro se débattait, il s'est écroulé. Après, on s'est débarrassés du corps. Enfin, surtout Salce, moi j'ai vomi quand on l'a sorti de la voiture." Je n'écarte pas la possibilité de manipulation, Lucien me connaissait, il a pu trouver les mots que je voulais entendre ce jour-là. Mais personne ne m'ôtera cette impression curieuse d'avoir reçu quelque chose qui venait de loin. »

Le commissaire Jacques Delarue, au cours de son enquête de 1976, qu'il décrit lui-même comme extrêmement sérieuse et minutieuse (la commission de révision qui donnera le verdict final, après étude de son rapport, l'approuvera et soulignera en préambule qu'il est le fruit d'un « travail considérable, mené avec une extraordinaire minutie »), a cherché si l'un des corps retrouvés en région parisienne ce printemps-là pouvait être celui de Molinaro. Il ne ménage pas ses efforts, bravo. Ses conclusions, longuement, très longuement exposées dans le rapport, illustrent parfaitement sa méthode de travail. Il note tout d'abord qu'un cadavre non identifié a été retrouvé le 27 novembre 1964 au barrage de Mézy-sur-Seine. Tiens, tiens, c'est intéressant… Il se penche sur la question, il se renseigne : il s'agit d'un homme de plus de cinquante ans, ça ne paraît pas pouvoir être le mythique Henri. Consciencieux et professionnel, le commissaire calcule tout de même la distance, par le fleuve, entre Viry-Châtillon et Mézy : près de cent vingt kilomètres. Hum, ça fait un peu beaucoup… Le corps aurait traversé Paris, Pont-Neuf, pont des Arts, et surtout, franchi, avant et après, plusieurs barrages ou écluses ? Le corps aurait passé cinq mois dans l'eau ? Hum hum. En toute objectivité, on peut dire que ce corps n'est pas celui de Georges-Henri Molinaro. (C'est pas faux.) Le scrupuleux commissaire étudie ensuite méticuleusement le cas d'un inconnu retrouvé dans l'eau à Maisons-Laffitte. C'est un peu moins loin que Mézy, à seulement quatre-vingt-cinq kilomètres d'eau de Viry, ça peut valoir le coup de s'y pencher, qui sait ? C'est sans compter sur le flair légendaire des grands enquêteurs de sa trempe : ce cadavre a été retrouvé le 23 mai 1964, un simple calcul de pro suffit à se rendre compte que c'est avant même le meurtre de Luc, c'est en amont si l'on peut dire, et un brin de logique permet de conclure que si Molinaro a été tué fin juin, il est quasiment impossible qu'on ait découvert son corps dans l'eau fin mai. (Je n'exagère pas, il mentionne vraiment ce repêchage pour prouver qu'il a tout épluché.) Enfin, Delarue l'expédie en une phrase, on a retrouvé un troisième homme dans la Seine, le 30 juin, « mais à Corbeil, très en amont de Viry-Châtillon », donc ça compte pas. (Pour celui-ci, celui du quotidien régional, il n'indique même pas l'âge qu'il avait – une quarantaine d'années, donc ; il ne souligne pas que la date du repêchage peut tout à fait laisser supposer une mise à l'eau le 26 juin ; il ne rappelle pas que Lucien n'a jamais dit que Salce et lui avaient jeté le corps à Viry-Châtillon, mais qu'ils étaient à Viry-Châtillon quand ils ont compris que Molinaro était mort, et qu'ils sont allés se débarrasser de son corps dans la Seine. Or la cité de la Cilof n'est pas au bord de la Seine, on ne sait pas la route qu'ils ont empruntée en 2 CV pour rejoindre le fleuve. Corbeil n'est pas « très en amont » de Viry. Depuis la Cilof, et encore, si on sait quel chemin emprunter, la Seine à Viry est à un peu plus de quatre kilomètres à vol d'oiseau, et la Seine à Corbeil, à un peu moins de huit kilomètres. Au sujet de l'inconnu retrouvé à cent vingt kilomètres, Delarue a effectué toutes les vérifications nécessaires pour démontrer que cela ne pouvait pas être Georges-Henri Molinaro, au sujet de celui qui se trouvait à cinq ou sept kilomètres, rien : c'est pas lui, sûr.) Conclusion imparable du commissaire sur ce point : si Molinaro a existé, il n'est pas mort en juin 1964.

C'est sa technique, à Delarue : il détourne l'attention vers une piste dont il sait qu'elle ne mène à rien, la creuse comme une taupe frénétique pour montrer qu'il bosse, qu'il fait de son mieux, qu'il est à la police ce que Pasteur est à la médecine et Howard Carter à l'Égypte antique, il prouve qu'elle ne mène à rien et en tire une conclusion imparable. (C'est à peu près comme si Howard Carter avait fait creuser, à l'aide de mille trois cents pelleteuses, toute la vallée de la Garonne, rive droite et rive gauche, et, n'ayant pas trouvé le tombeau de Toutankhamon, en avait scientifiquement déduit que l'histoire de ce jeune pharaon n'était qu'une légende, un mythe.) La plus magistrale illustration de cette technique est la manière dont il démontre (oui, démontre) que Molinaro n'a jamais existé.

Pour cela, il se donne un mal de chien, il épluche toutes les listes électorales parisiennes entre 1960 et 1963 (alors qu'il n'y a évidemment qu'une chance infime que Molinaro s'appelle Molinaro (il a procédé exactement de la même manière avec Kozak : il a trouvé plus de cent Kozak à Paris et Saint-Denis (où Lucien le localise), précise qu'il a « examiné » leurs cas un par un, qu'il a plus particulièrement étudié le dossier des dix Kozak d'origine tchèque (il donne tous leurs prénoms (Zdenek, Mikulos, Timotey, Jiri, Josef...) et indique pour chacun, après s'être rendu en personne chez lui, pourquoi il ne peut pas être celui que Lucien Léger a décrit – Mikulos, par exemple, parle français sans accent particulier, donc on raye), et après ce travail de titan qui a dû lui prendre un temps considérable, il conclut que Léger a forcément inventé ce Kozak, chef ou sous-chef du prétendu réseau – la démonstration est presque parfaite, il y a juste un petit souci au niveau du socle, du postulat sur lequel il s'appuie sereinement alors qu'il a la solidité d'un flan à la vanille : personne, pas même Jacques Delarue, ne peut douter que ce chef ou sous-chef, à moins d'être la dernière des poires du monde de l'espionnage, s'appelle réellement Kozak comme moi réellement Rita Hayworth)), il contrôle, dans sa quête de Molinaro, le nom de tous les habitants de la rue de Rennes (où Lucien dit avoir vu un jour Henri entrer dans un immeuble), entre le boulevard Saint-Germain et la rue d'Assas : aucun Molinaro n'y vit. Puis il choisit son leurre. Molinaro, Molinaro… Mais c'est bien sûr, c'est l'évidence ! Yvan Audouard lui-même l'avait remarqué dans le *Canard*, il y a un Molinaro qui saute aux yeux : Édouard Molinaro, le célèbre réalisateur (*Une ravissante idiote* est sorti deux mois avant la mort de Luc, et au moment de l'enquête Delarue, il a déjà tourné, entre autres, *Hibernatus*, *L'Emmerdeur*, et prépare *La Cage aux folles*). Il n'avait que trente-six ans au moment de l'affaire, mais peut-être qu'il fait plus vieux que son âge, va savoir, on ne berne pas le commissaire Delarue comme ça. (C'est une blague, hein ? Non : il va mener une enquête poussée sur ce « cinéaste bien connu ».) Le grand flic reconnaît humblement qu'il éprouve certaines difficultés, dans un premier temps, à prendre contact avec lui, car l'artiste est souvent absent, toujours à droite ou à gauche, ou sur un tournage, bien entendu, eh oui, c'est la jet-set, mais il ne lâche pas sa proie, s'accroche, amasse les renseignements – il y a des tartines et des tartines sans le moindre intérêt, sur sa jeunesse, ses parents, son mariage, dans un rapport qui aura une importance capitale pour la vie d'un autre homme. À force de patience et d'acharnement, Delarue finit par réussir à le rencontrer, dans l'hôtel particulier parisien de ses beaux-parents. Croiser la route d'un grand personnage du show-business (*Hibernatus*, la vache !), cela fait partie de ces petits privilèges qu'offre parfois, en compensation, la rude et souvent ingrate carrière de policier de haut rang. Il apprend alors, après tant d'efforts, qu'Édouard Molinaro n'a pas effectué son service militaire, il a été réformé – oui, parfaitement : à cause d'une ostéomyélite dans son enfance (une infection osseuse due à un germe, puisqu'il faut tout dire) –, il n'a donc pas pu servir en Algérie dans les années 1950, comme le Molinaro de Lucien Léger (de toute façon, il était bien trop jeune). L'enquête vient de connaître une avancée formidable : le réalisateur Édouard Molinaro n'a pas tué

Luc Taron ! La dernière phrase de ce chapitre du rapport est une merveille : « Il est permis de conclure que M. Molinaro, cinéaste, n'a absolument rien de commun avec le Molinaro mis en cause par Léger, dont il apparaît maintenant évident qu'il n'a jamais existé. » CQFD, dirait un expert.

Les exemples de cette – comment dire ? – logique (pardon Robert, pardon Larousse) de Delarue sont nombreux, je ne peux pas les citer tous, mais j'ai du mal à résister à quelques-uns. Car ils permettent de se rendre compte que les erreurs et faiblesses, au bas mot, du rapport ne relèvent pas de la simple incompétence, mais d'une volonté manifeste de truquer les conclusions.

Lucien a déclaré qu'à l'aube du 27 mai, lorsqu'il est retourné dans le bois de Verrières avec Salce et Molinaro et que chacun s'est carapaté de son côté après l'apparition de Jules Beudard, il a attendu un moment au bord de la nationale 306, puis il a fait du stop, il a été pris par un agent électricien de la RATP qui conduisait une 2 CV bleu clair. Douze ans plus tard, l'infatigable Delarue, pour qui aucune mission n'est impossible, se fait un devoir de retrouver cet électricien. Il part enquêter à la station Montparnasse, où l'agent a déposé Lucien et où donc il travaillait, certainement. Malheureusement, les archives RATP de 1964 ont été détruites. « J'ai pris contact avec M. Bonnefoy, chef du service de la surveillance générale de la RATP. Il a fait procéder à une véritable enquête auprès des membres du personnel les plus anciens de la station, et tenté ainsi de reconstituer la liste des employés de 1964. Ce travail difficile a été fort long. » On imagine, oui. Un agent électricien, il a dû en passer pas mal, dans une station pareille. C'est mal connaître Jacques Delarue, le tapir, le pitbull. Il déniche un certain M. Roger, « membre du personnel de la station » (pas électricien, mais si on commence à chipoter, on résout jamais rien), qui avait été propriétaire d'une 2 CV. (Oh, ça sent bon !)

« Mais en 1964, il effectuait son service militaire à Fréjus, et à cette époque, il n'avait pas de voiture, ni même son permis. » Zut. Mais pourquoi on s'intéresse à lui, alors ? Pour cela : « On peut donc dire que sur ce point encore, le récit de Léger n'est confirmé par rien et paraît au contraire inventé de toutes pièces. » Mais le plus spectaculaire est à venir : l'homme en bleu. Il gêne tout le monde, l'homme en bleu. Il est très embêtant. Sur qui peut-on compter pour lui faire un sort ?

Ne reculant devant aucun déplacement, aucune enquête approfondie sur le terrain, Jacques Delarue se rend à Igny. Il veut interroger les Lelarge, les seuls témoins. Les seuls à avoir vu ce prétendu Molinaro (ha ha). Ils ne sont plus là. Il apprend par des voisins qu'ils ont quitté la région peu après le procès, la jeune Geneviève Lelarge ayant été « très impressionnée par le drame », ils sont partis s'établir ailleurs. Le commissaire aimerait bien savoir quand, et surtout où, mais ce n'est pas possible, car M. Marchand, le propriétaire du champ de betteraves, est décédé. Ce qui autorise Delarue à écrire noir sur blanc, à oser écrire noir sur blanc : « Rien ne permet donc d'établir le passage d'un homme non identifié à cet endroit. » Ce sera repris mot pour mot dans le verdict de la commission de révision. Voilà, rien ne permet plus d'établir que quelqu'un est sorti du bois. (Dans les dernières pièces ajoutées au dossier d'instruction, je trouve une copie du recours en révision rédigé par Albert Naud. Elle est annotée, dans la marge, par Delarue à mon avis, mais peut-être par l'un des membres de la commission, se fondant sur le rapport du commissaire. À côté du passage où Naud rappelle la présence d'un homme en bleu sur les lieux quelques instants avant la découverte du corps, il est écrit : « L'enquête a établi qu'il s'agissait d'une vision. » Sur les ovaires sacrés de ma mère, je n'invente rien. Le couple Lelarge n'existe plus à Igny ; ce qu'ils ont vu n'existe donc plus non plus ; par définition, c'était une hallucination.) L'homme en costume bleu pétrole n'existe plus.

Pour ce qui est de l'aspect tout aussi indigne mais carrément mensonger de ce rapport dont le but principal est d'empêcher à tout prix la révision du procès, quelques exemples encore : quand Lucien dit que Molinaro est venu frapper à sa porte dans la nuit du 26 au 27 mai pour lui dire que Salce et lui avaient tué un enfant, Delarue rétorque que c'est impossible, car le veilleur de nuit l'aurait immanquablement vu passer – Geneviève Cotillard, elle, déclare lors de son audition, c'est écrit clairement dans le procès-verbal qui se trouve dans le dossier, que l'hôtel de France, dont elle est gérante, est divisé en deux parties, l'une réservée aux clients de passage, l'autre aux résidents du meublé au mois ou à l'année, et que seuls les premiers passent devant la réception, les autres ont une entrée qui leur est réservée, personne ne peut voir les visiteurs monter ; Lucien a dit qu'il avait expliqué dans ses messages signés l'Étrangleur qu'il avait pu avancer dans le bois avec Luc grâce à un lumineux clair de lune, mais qu'en réalité, selon les experts, on n'y voyait pas à deux mètres, dans ce bois – Delarue le contre de manière cinglante en écrivant que « ce point a déjà été vérifié par le juge d'instruction, il a été établi qu'il faisait particulièrement beau ce jour-là et que le ciel était sans nuage » : il a été établi exactement le contraire par les experts météorologues (et donc par Jean-Claude Seligman), c'est-à-dire qu'il avait plu le soir du 26, que le ciel était assez nuageux dans la nuit, et surtout que, malgré le clair de lune, le toit végétal du bois le plongeait dans une telle obscurité qu'il n'était pas possible de faire deux pas sans risquer de percuter un tronc d'arbre ; Yves Taron a déclaré qu'il n'avait reçu aucun coup de téléphone dans la nuit du 26 ou 27 mai, et il n'y a pas de preuve, hormis dans les déclarations de l'accusé, qu'une quelconque « rançon » ait été demandée – Delarue, très professionnel, traduit : « L'enquête a établi que cette demande de rançon n'avait jamais eu lieu » ; au sujet de la mort de Molinaro, le commissaire démontre que ce n'est pas possible non plus, car le meurtre au pistolet ayant eu lieu entre 20 heures et 22 heures (écrit-il), il y avait encore beaucoup trop de monde à cette heure-là près de la gare de Sainte-Geneviève-des-Bois pour que deux coups de feu dans une 2 CV puissent passer inaperçus, c'est donc que l'accusé a menti, et qu'il a répandu lui-même dans la voiture du sang volé à l'hôpital (on a enfin la preuve) – Jacques Delarue semble avoir oublié que Lucien travaillait à Villejuif jusqu'à 22 heures, et qu'il avait téléphoné à Europe n° 1 ce soir-là, à 22 h 55, depuis Gentilly.

C'est avec de tels raisonnements, en s'appuyant sur ce rapport aussi erroné que falsifié, que la très officielle commission de révision, en toute confiance et conscience, a décidé à l'automne 1977 qu'il n'y aurait jamais de second procès de l'affaire Luc Taron, puisque toutes les conclusions du premier, et l'hypothèse simpliste et pratique qu'il avait validée, se révélaient exactes, c'est le grand commissaire qui le disait. Sur de tels raisonnements, mensonges, lacunes ou inepties, on a laissé Lucien Léger encore près de trente ans en prison, dans une cave insonorisée, oublié.

Mais on a fait ce qu'il fallait, et même au-delà – on a été trop gentil. Dans la toute dernière phrase de son rapport, Jacques Delarue en finit une bonne fois pour toutes avec le « long mensonge de Léger », en écrivant que son travail n'avait d'autre but que de « tenter de mettre un terme à cette succession presque ininterrompue d'enquêtes, longue, difficile, coûteuse, et parfaitement inutile ». C'est vrai, quand on sait que quelqu'un est coupable, après tout, pourquoi perdre tant de temps à essayer de le vérifier ou de le prouver ? C'est parfaitement inutile.

(J'ai reçu ce matin un courrier qui m'a fait faire, malgré mon peu d'aisance physique, un petit bond sur place, d'amplitude modérée mais gracieux selon Anne-Catherine, qui venait de me donner cette lettre du ministère de la Culture : la Commission d'accès aux documents administratifs, la CADA, véritable vivier de spécialistes lucides, sensés, intelligents, merveilleux, a rendu un avis favorable à ma demande de consultation du dossier concernant l'affaire de mœurs pour laquelle Yves Taron a été poursuivi en 1948, et le ministère de l'Intérieur a suivi cet avis. Il ne me reste plus qu'à réserver le carton et à prendre le métro, ligne 13, jusqu'aux Archives nationales à Pierrefitte. Petit bond, petit bond.)

Le commissaire Delarue a également enquêté sur Jacques Salce. Il l'a même vu deux fois, car il n'est pas homme à bâcler son travail, on le sait, il va au fond des choses. On sent qu'il a un certain respect et même de l'admiration pour le personnage, éminent graphométricien et plein d'autres trucs – dans les deux pages qu'il lui consacre, il ne l'appelle jamais « Jacques Salce » ou « Salce », mais toujours : « M. Salce ». On lit qu'il est un « ancien déporté, grand invalide de guerre » ; de retour des camps de concentration, « M. Salce, fortement diminué, avait choisi de reprendre des études, qui ont été sanctionnées par des titres universitaires importants ». Mais ce qui est absolument formidable, et qui a fait très plaisir à Jacques Delarue, c'est que douze ans après les faits, Jacques Salce lui a fourni un alibi indiscutable pour la soirée du 26 mai 1964. C'est formidable, mais ce n'était peut-être même pas nécessaire, car comme il l'écrit dans son rapport avant de passer à autre chose : « Il a manifestement été choqué profondément par l'usage qui a été fait de son nom dans cette affaire à laquelle il est totalement étranger. M. Salce, que j'ai entendu deux fois, donne l'impression d'être d'une parfaite sincérité. » On connaît l'intégrité et la jugeote remarquables de M. Delarue, mais fouiller un peu quand même ne coûte rien, c'est toujours plus sûr, et ce n'est pas comme si on n'avait pas le temps. (Depuis trois heures, comme une partie des Chinois, comme les Italiens, les Espagnols, et bientôt peut-être la moitié de la planète au moins [Relecture : j'ai du flair], les Français sont confinés chez eux. J'espère que ça ne va pas s'éterniser [oui, bon] : j'ai déjà effectué la plupart de mes recherches en extérieur, mais il me reste un voyage à faire. Et je suis surtout en train de me rendre compte, non sans un certain abattement, que j'ai bondi un peu vite (pour une fois que je bondis, c'est pas de bol) : je ne vais pas pouvoir me précipiter à Pierrefitte pour découvrir enfin ce que recèle ce dossier d'affaire de mœurs de Taron. Chiotte. En attendant, je retourne vers Jacques Salce, je repars dans les rues de Paris en 1964, là je peux. J'y suis. Si j'arrêtais des passants sur les trottoirs, rue de Naples, rue de Stockholm ou boulevard de La Tour-Maubourg, si je leur disais : « Au printemps 2020, tout ici sera désert, cette rue de Naples et ce boulevard de La Tour-Maubourg, les Champs-Élysées, Paris sera plongé dans un silence total, presque tous les Terriens seront enfermés chez eux car la planète entière sera attaquée par un virus mortel », qui me croirait ?)

« M. Salce, que j'ai entendu deux fois, donne l'impression d'être d'une parfaite sincérité. » Et il a d'autres qualités, l'éminent graphométricien. Il est remarquablement minutieux et bien organisé, il garde trace de tout, son passé n'a aucun secret pour lui. Le commissaire, bien entendu, l'a interrogé avec insistance et rigueur, il l'a mis sur le gril, n'ayons pas peur des mots. C'est normal : Jacques Salce est le seul protagoniste important du grand scénario de Lucien Léger qu'on ait sous la main. Ce n'est pas rien, tout de même : en août 1974, Lucien balance dans tous les journaux le nom d'un homme respectable, qu'il accuse d'avoir tué un enfant. Alors qu'il n'a absolument aucune raison de lui en vouloir. Et même, cet homme est le seul qui l'ait soutenu depuis son arrestation, le seul qui ait témoigné en sa faveur au procès. Soit Léger est réellement devenu dingue, soit il convient (il n'est jamais trop tard) de regarder ce Salce de plus près, de voir s'il n'y a pas du vernis à gratter. C'est ce que fait Delarue, par conscience professionnelle.

Mais dès leur première entrevue, il réalise qu'il a affaire à un honnête homme. Jacques Salce ne comprend pas ce qui a pu passer par la tête de son ancien ami – si on peut dire. Il a pourtant essayé de l'aider, dans la mesure de ses moyens. En août 1964, depuis sa cellule, Léger lui a écrit une lettre dans laquelle il était clair, selon le psychologue, qu'il était « en train de perdre l'esprit ». Certes, la réponse de Salce à ce courrier peut paraître singulière (comment pouvait-il, seul en France, être persuadé à ce point que Léger était innocent du crime dont on l'accusait ?), mais ce que le commissaire ne pouvait pas deviner, le rassure l'honnête homme, c'est que cela n'a rien à voir avec la culpabilité ou l'innocence supposées de Lucien Léger, car il s'agissait en réalité d'une lettre chitamnique. Ah. Delarue fait sans doute mine d'avoir le sens du mot sur le bout des neurones (« Ça me dit quelque chose, mais… »), et Salce lui explique le principe de la chitamnie, une méthode mise au point par le psychiatre Henri Baruk, qui consiste, pour résumer, à ôter au malade « victime d'incompréhension ou de mauvais procédés » le sentiment de culpabilité ; à le remettre en confiance, le rassurer, le guider. D'où le courrier de Salce à Lucien, empli de bienveillance et de compréhension. Selon le professeur Baruk, la chitamnie « repose sur la valeur essentielle, inaltérable, de ce qui est juste, et sur l'expérience fondamentale que ce qui est juste finit toujours par produire la confiance, c'est-à-dire la paix de l'âme ». C'est bien beau, mais cela ne fonctionne, il me semble, que dans le cas où la personne à qui l'on s'adresse n'est pas coupable, contrairement à ce qu'on croit et dit autour de lui – Baruk souligne d'ailleurs qu'il a élaboré cette méthode en partant de la constatation que « la violation du bien, du vrai, du juste, par autrui, entraîne l'angoisse ». Donc soit Salce ne sait pas exactement ce qu'est la chitamnie et n'emploie ce mot savant que pour embrumer Delarue afin qu'il lui foute la paix avec les propos ambigus de sa lettre, soit, plus probablement, Salce sait ce qu'est la chitamnie et donc *sait* que Lucien est innocent.

Mais ce qui achève définitivement de convaincre Delarue, c'est l'alibi de Jacques Salce. Lorsque le commissaire vient le voir pour la première fois, au début du mois de janvier 1976, le graphométricien lui annonce qu'il est impossible qu'il ait été mêlé à l'enlèvement et la mort du petit Taron, puisque le 26 mai 1964 au soir, il donnait une conférence dans les locaux du Seuil, au sujet de sa méthode graphométrique appliquée à l'analyse psychologique. Invité par Marguerite Flamand, la femme du directeur des éditions de la rue Jacob, elle-même graphométricienne, il a exposé ses découvertes, trucs et astuces pour percer l'âme humaine, à un public d'une vingtaine de personnes, de 20 heures à minuit (c'est de la bonne grosse conférence, ce devait être passionnant). Delarue, on le connaît, ne se contente pas de paroles, et lui demande s'il n'aurait pas conservé, par chance, quelque trace du miraculeux petit pince-fesse graphométrique, afin « d'établir avec certitude l'existence de cette conférence ». (Dans son rapport, lui-même reconnaît : « Il est certain qu'il est presque toujours impossible de se souvenir avec certitude de ses occupations un jour précis, et avec plus de dix ans de retard. » Mais attention, c'est pas n'importe qui, c'est Jacques Salce. C'est pas le commun des mortels, le gars a des titres universitaires importants (au passage, on n'a jamais vraiment su lesquels). Sais-tu, toi, lecteur, sais-tu, lectrice, ce que tu faisais le jour, bien plus proche dans le temps pourtant, où a été tuée Alexia, la femme de Jonathann Daval ? – c'était en octobre 2017, pour te mettre sur la piste (je suis gentil). Mais Jacques Salce, lui…) Jacques Salce lui répond qu'il lui reste sans doute un papier ou quelque chose, oui, il va chercher, promis. Et dix jours plus tard, le 14 janvier 1976, quand le commissaire revient le voir, bingo. Et pas le petit bingo de kermesse paroissiale : l'honnête citoyen qui n'a rien fait lui présente (asseyons-nous) deux lettres de Marguerite Flamand, la première pour lui proposer d'intervenir au siège du Seuil, la seconde pour confirmer la date et l'heure, mais aussi un double d'une lettre que Salce a écrite à Marie-Thérèse Prenat, sa première disciple, dans laquelle il l'informe de la date et de l'heure de la conférence. Ce courrier a été tapé sur une machine à écrire Hermès, « que M. Salce louait alors à la maison Terminus Dactylo, cour du Havre ». Et M. Salce, douze ans plus tard, sort la facture de location de la machine, du 12 avril au 12 mai 1964. (Le seul fait de penser à fournir au commissaire la facture de la machine à écrire qui a servi à taper une lettre pour simplement évoquer à une tiers la tenue de cette conférence laisse pantois, non ?) Et pour emballer tout cela, enfin, une dernière lettre de Mme Flamand, datée du 3 juin 1964, qui félicite le brillant intervenant et lui fait part des réactions enthousiastes de l'auditoire. La question Salce est réglée.

La question du second recours en révision déposé par Albert Naud est réglée. Car elle s'appuyait principalement sur l'apparition de Jacques Salce dans les déclarations de Lucien Léger, à l'été 1974. À ce moment-là, cité par l'AFP, l'avocat se disait « très ébranlé » par ces nouvelles révélations de son client, ajoutant : « C'est peut-être maintenant que commence le vrai procès, celui des véritables assassins. » Dans *La République du Centre* du 25 août 1974, on pouvait lire : « Selon Me Naud, celui que Lucien Léger accuse aujourd'hui d'avoir commis le meurtre de Luc Taron, et qu'il désigne par les initiales J. S., s'est trop occupé du procès, a paru trop passionné et trop préoccupé d'innocenter Léger pour que cela n'apparaisse pas troublant. » Car, oui, Albert Naud connaissait Salce. Dans son recours qui a motivé l'enquête de Delarue, il revenait dix ans en arrière : « Cet homme écrivit à l'avocat soussigné, vint le voir à différentes reprises, tout cela pour coopérer à la défense de l'Étrangleur, à qui il écrivit à la prison de Versailles la certitude de son innocence. Il fut enfin cité à ma requête comme témoin à décharge. [...] Sa déposition, qui fut longue, coupée de questions par M. le président Braunschweig et surtout par M. le procureur Lajaunie, et finalement fumeuse, prend aujourd'hui un sens et un relief qui avait échappé à tous. » C'est lui qui souligne. (Pour rien, donc, finalement.) Il devait s'en vouloir de la stratégie qu'il avait mise en place, relativement dans l'urgence, pour le procès. Même s'il a plaidé avec de bonnes intentions (celles d'éviter la mort à son client), il devait s'en vouloir dix ans plus tard. (Et même dès le lendemain, Me René Hayot, qui avait été l'avocat de Marie Besnard, confiait à *Paris Jour* : « Je peux vous dire qu'Albert Naud est un ami, et que j'ai eu une conversation avec lui sur ce procès. Eh bien maintenant que la justice est rendue, je peux vous apprendre que Me Naud pense comme moi, c'est-à-dire qu'il pourrait très bien y avoir un deuxième homme dans cette affaire. ») Il voulait mieux faire cette fois, peut-être se « racheter ». Mais Jacques Delarue a réglé la question. Balayée. Il est difficile de savoir ce que l'avocat a ressenti. On ne l'a pas écouté. Il était alors le seul à croire en l'innocence de Lucien Léger, et à douter de l'honnêteté de Jacques Salce – à tort ou à raison, mais le seul.

Sans même tenir compte du fait que l'alibi du psychographo-métricien, s'il est réel, n'en est pas vraiment un (il l'innocente de l'enlèvement mais pas forcément du meurtre de Luc – les vigilants Aymard et Canard, même si cela n'a possiblement rien à voir, ont signalé la présence insolite à Malakoff, « entre 22 h 30 et 0 h 30 », d'un petit garçon de l'âge de Luc dans une voiture avec deux hommes (dont un « petit et gros »)), on ne peut qu'être stupéfait par le sens du rangement, de l'organisation des archives personnelles de Jacques Salce. Il vit depuis plus de vingt-cinq ans avec sa femme dans une chambre d'hôtel de quelques mètres carrés et il garde le carbone d'une courte lettre qu'il a écrite à une collègue et la facture d'une machine à écrire qu'il a louée pendant un mois, douze ans auparavant ? (Il faut rappeler (je le fais, sous forme de petit mémo, car ce n'est pas toujours évident à quelques pages d'intervalle, et j'ai le sentiment diffus que ce livre ne sera pas aussi concis, sec, à l'os, que je l'avais promis à mes éditeurs, Betty et Bernard, donc je m'adapte) que lorsqu'il a été interrogé par la police en octobre 1964, Salce s'est excusé de n'avoir pu garder ni les articles qu'il avait écrits dans *Patrie et Progrès*, à peine deux ans plus tôt, ni les statuts de l'association qu'il a créée avec Lucien – qui sont pourtant, pourrait penser un suspicieux, un peu plus importants qu'une courte lettre sans intérêt à Marie-Thérèse Prenat. (Au sujet de ces statuts, que j'ai retrouvés dans le dossier des Renseignements généraux sur Jacques Salce, c'est peut-être anecdotique mais on y remarque quelques bizarreries : l'adresse de l'association n'est ni celle de Lucien, le président, ni celle de Salce, le secrétaire et trésorier, mais celle d'une société de domiciliation (l'agence Favart), 25 passage des Princes, dans le 2e arrondissement ; le secrétaire et trésorier s'appelle Henri Salce (c'est le deuxième prénom de Jacques – oui, Henri, encore un hasard), qui se dit « psychologue praticien », quoi que cela signifie, mais lorsque ces statuts ont été apportés à *L'Express* (par Lucien – Salce ne s'est jamais montré) pour étayer l'article qui devait être publié, le nom avait été rayé et remplacé par Henri Guillermin (la mère de Salce s'appelait Jeanne Guillermin (d'ailleurs, les trois articles dans

Patrie et Progrès sont signés Jacques Guillermin – Salce aurait-il un penchant pour les pseudonymes ?)). Elle est tout de même particulière, cette association. Le président et le secrétaire-trésorier n'ont jamais rien fait ni même essayé, aucune action officielle, ils n'ont jamais reçu le moindre courrier au 25 passage des Princes, mais quand Lucien adresse une lettre (dans laquelle on reconnaît plutôt la patte de Salce que la sienne) au rédacteur en chef de *L'Express*, le 29 août 1962, pour se plaindre que l'article promis n'est jamais sorti, il écrit : « Par des actes, nous provoquerons des actes. [...] Nous irons jusqu'au bout. [...] Personne ne pourra nous reprocher d'en être arrivés là. »))

Jacques Delarue lui-même est scié, baba, le cul par terre comme deux ronds de flan. C'est presque trop beau. Dans son rapport, il écrit que M. Salce, « par un hasard extraordinaire », a pu fournir « des précisions inespérées » au sujet de la nuit du crime, ce qui règle une fois pour toutes la question de l'alibi. Sur ma chaise aux Archives nationales, un sourire entendu aux lèvres, j'ai d'abord pensé, sincèrement, que c'était ironique. (Je suis d'une naïveté qui m'émeut moi-même.) Mais non. Ses mots sont repris quasiment tels quels dans le courrier que le procureur de la République de Versailles adresse, le 7 avril 1977, au procureur général près la cour d'appel de Paris, pour orienter la décision, définitive, de la commission de révision : « Pour en terminer avec la mise en cause de Jacques Salce, il convient de souligner que, par un hasard tout à fait extraordinaire après un aussi long délai, ce dernier est en mesure d'apporter un alibi irréfutable. »

Lucien Léger, tout le monde est à peu près d'accord, a menti à plusieurs reprises, et très probablement produit de fausses lettres. Son ancien partenaire de lutte immobilière pourrait-il avoir recours au même vilain procédé lorsque c'est nécessaire ? Il n'y a a priori aucune raison qu'un individu quelconque – et d'ailleurs pas si quelconque que ça, un ancien résistant et déporté, psychologue ou expert en graphométrie, marié depuis des années à une femme remarquable engagée volontaire pendant la guerre puis secrétaire à Nuremberg, un individu dont la seule faute est d'avoir côtoyé par intermittence et durant quelques mois un jeune homme accusé un an plus tard d'avoir tué un enfant, et dont la seule ombre sur la carte de visite est une accusation farfelue, dix ans après les faits, de ce même jeune homme manifestement dérangé qui a déjà raconté tant de fables pour essayer de s'en sortir – puisse être suspecté de se lancer soudain dans le faux en écriture, mais on sait comme il faut se méfier des a priori. (En mars 2006, quelques jours après leur conversation téléphonique avec Jacques Salce, Jean-Louis et Stéphane, dont le retraité de quatre-vingt-quatre ans avait exigé l'adresse, ont reçu un courrier de son conseil, les mettant en demeure de ne pas citer son nom dans l'ouvrage qu'ils lui avaient dit préparer, ni d'utiliser le peu de souvenirs de l'affaire dont il leur avait fait part. Pour évaluer ce qu'ils risquaient, ils se sont renseignés sur cet avocat, qui s'appelait Guy Danet. Lorsqu'il fait parvenir cette autoritaire mise en demeure à Stéphane et Jean-Louis, il est mort depuis dix-sept mois. Il est décédé le 20 octobre 2004, à Paris. C'est de la petite ruse inoffensive, de la part de Salce, mais qui vole un œuf vole un bœuf et un escalier se balaie en commençant par le haut – sans compter que l'âne peut aller à La Mecque, il n'en reviendra pas pèlerin.)

La première singularité de la vie de Jacques Salce, c'est son domicile. Depuis son mariage avec Marie-Madeleine Fourgheon, en 1951, il vit avec elle dans une petite chambre (il dit quelque part qu'elle mesure six mètres carrés, ce qui paraît tout de même exagérément exigu) d'un hôtel proche de Saint-Lazare, le Wilson. À la mort de celle-ci, le 5 mai 2000, à quatre-vingts ans, c'est l'adresse qui figure sur l'acte de décès. Mais il semble, il est même certain, qu'il a disposé d'un autre appartement. Lorsqu'il meurt à son tour, le 17 juillet 2010 à l'hôpital Tenon, dans le 20e arrondissement, tout près du Père-Lachaise où il sera enterré dans la tombe de sa femme, il est domicilié 26 rue des Montibœufs, à cent cinquante mètres de l'hôpital. On pourrait penser qu'il a emménagé là après la mort de sa femme (même s'il peut sembler un peu curieux de passer toute une vie à deux dans quelques mètres carrés et de louer enfin un appartement plus grand dès qu'on se retrouve seul), mais ce n'est pas le cas. En avril 1988, Salce fonde, avec un certain Roger Minne, le Club de la Chouette, qui publie une revue disons peu conventionnelle, *Le Cri de la Chouette*. Ce club est domicilié chez un nommé Paul-Henri C., 47 avenue Bosquet à Paris, mais avant cette adresse, sur l'original des statuts, conservé dans le dossier des RG, ils avaient d'abord écrit (puis rayé) : « 26 rue des Montibœufs, 75020 Paris ». (Stéphane a effectué des recherches sur ce Roger Minne. Il a trouvé quelques lignes flatteuses à son sujet dans le *Dictionnaire de la politique française*, rédigé par son ami Henry Coston (dont on apprend sur Wikipédia qu'il était antisémite, collaborationniste, et qu'il a créé en 1930 les bien fringantes et sympathiques Jeunesses anti-juives) : « Cinglant, parfois insolent mais toujours virilement tenu en laisse, souvent à lire entre les lignes » – quant au *Cri de la Chouette*, il est seulement qualifié de « politiquement incorrect », mais en l'occurrence, on comprend bien ce que cela signifie. J'ai entendu ce pote de Salce, Roger Minne, participer à plusieurs émissions de Radio Courtoisie animées par Serge de Beketch, dont l'un des bourrins de bataille était de dénoncer la mollesse laxiste du Front national – mais je n'ai pas très envie de m'étendre là-dessus, j'ai eu assez de mal à écouter quelques extraits de l'émission, car je suis snob, je fais une petite moue quand on dit « nègre » toutes les trois phrases ou quand on s'indigne que les gauchos nous traitent d'antisémites alors qu'on peut prouver qu'on a déjà eu dans le passé des relations presque amicales avec des Juifs, parfaitement, des Juifs, mais des Juifs de bon niveau, car ça existe, eh oui, on est le premier à le dire et on vient nous chercher des poux dans la tête. Ce qui déroute, c'est que Jacques Salce, pas seulement selon les dires de Lucien, qui le présente comme un membre important d'un réseau d'espionnage au profit des communistes, mais aussi selon lui-même, est plutôt de gauche. Là, avec Roger Minne, si on est à gauche, c'est qu'on est parti tellement à droite qu'on a fait le tour.)

Déjà, lorsque Salce a déposé à l'INPI plusieurs noms de systèmes d'analyse graphométrique, ou astrologique, destinés au grand public (Grapho-Flash, Graphomat, Astralog (« méthode d'horoscopie rationnelle », on sent que c'est du sérieux)), le 19 juin 1985, il donnait cette adresse de la rue des Montibœufs (c'est un immeuble simple mais plutôt joli, à six étages), quinze ans avant que sa femme décède à l'hôtel de la rue de Stockholm. Pourquoi vivre dans une petite chambre durant cinquante ans lorsqu'on loue, ou lorsqu'on possède, un appartement plus grand ? Ou plutôt, peut-être : pourquoi faire croire qu'on vit dans une chambre d'hôtel quand on vit dans un appartement ailleurs ?

Dans le dossier des Renseignements généraux se trouvent les statuts d'une autre association créée par Jacques Salce le 13 mars 1963 – juste pour remettre dans le contexte : peu avant l'enlèvement du petit Thierry Desouches. (C'est à cette époque, selon ce qu'il a dit à l'OP Mawart, qu'il a eu l'idée de constituer un « noyau politique ». Il prétendait avoir contacté « une vingtaine d'amis politiques » (le défenseur des mal-logés, qu'on imaginait bien isolé, semble avoir en réalité pas mal de relations), dont Lucien, qui ne lui aurait pas répondu – c'est peu crédible quand on connaît à la fois l'enthousiasme du jeune homme pour l'action politique et son admiration, à la limite de la vénération, pour Jacques Salce ; ce dernier lui avait d'ailleurs écrit, dans sa carte de vœux du 1er janvier précédent : « L'association n'est pas morte. Simplement, elle n'en finit pas de naître. [...] Nous devons y réfléchir, et voir quelle forme nouvelle donner à notre action. ») Il s'agit, de manière surprenante, du Cercle de tradition bibliophile. L'objet : « Établir des liens entre les personnes s'intéressant à la recherche et à la diffusion d'œuvres littéraires peu connues » (et également, je pense, organiser des séances de discussion pour savoir si mon cul, par hasard, c'est pas du poulet). Le CTB n'aura jamais la moindre activité officielle. (Est-ce de cela que parlait Salce quand il expliquait à l'OP Mawart qu'il avait fini par abandonner son idée de noyau politique pour lui donner une forme littéraire ? Changer cette saleté de société grâce à de vieux livres méconnus, rien de plus efficace.) Le bureau est composé de M. Jean-Yves T., président, de Mlle Françoise V., trésorière, et de M. Jacques Salce, secrétaire. (Ce dernier indique comme profession : « Décorateur » (il est absolument certain qu'il n'a jamais été décorateur), et comme domicile : 128 avenue des Champs-Élysées à Paris (il est absolument certain qu'il n'a jamais eu les moyens d'habiter sur les Champs-Élysées, pas même dans un kiosque à journaux – et il n'y a que là qu'il aurait pu coucher, car le 128 avenue des Champs-Élysées n'existe pas (sur ce trottoir, celui de droite en montant vers l'Arc de Triomphe, on passe directement du 124 au 134, deux bâtiments d'angle, les numéros intermédiaires étant engloutis depuis des lustres dans l'ouverture de la rue Balzac)).) Au moment de la création de l'association (domiciliée rue des Tilleuls, à Boulogne, chez Françoise V.), Salce a quarante et un ans, il est marié depuis douze ans, il est en train de lancer l'œuvre de sa vie : l'importation en France et l'amélioration de la graphométrie, venue des États-Unis.

Françoise et Jean-Yves ont respectivement vingt-deux et vingt-trois ans. On se demande ce qu'ils viennent faire là, président et trésorière, associés à un « vieux » décorateur des Champs-Élysées, qui n'est que leur secrétaire. Ils sont tous les deux étudiants à l'École des langues orientales. Wats a retrouvé leur piste. Françoise et Jean-Yves se sont mariés. Ils ont divorcé (Jean-Yves a épousé Claire, une brocanteuse – qui peut bouger une oreille sur terre sans que Wats l'apprenne ?) après avoir eu deux filles, dont Caroline, que Wats a eue au téléphone, et qui a très gentiment mené sa propre petite enquête auprès de sa mère – son père, Jean-Yves, est décédé. Françoise V., soixante-dix-huit ans, est très alerte, son cerveau et sa mémoire sont ceux d'une demoiselle. Le nom de Jacques Salce ne lui dit rien du tout. On peut oublier les noms, plus de cinquante ans plus tard. Mais elle est certaine de n'avoir jamais fait partie d'une association bibliophile tendant à mettre en relation des passionnés d'œuvres littéraires méconnues. Ça, ça ne s'oublie pas. Toutefois, elle dit à Caroline qu'il est possible, même si elle n'en a aucun souvenir, qu'elle ait « signé un truc pour rendre service ».

On ne sait pas ce qu'a voulu faire Salce avec ce Cercle de tradition bibliophile, à quoi il lui a servi. De toute évidence, au printemps 1963, il a d'autres préoccupations que d'ôter la poussière des livres. Il veut donner une « forme nouvelle à [son] action ». Pour remettre encore, et plus précisément, les choses dans le contexte hétéroclite : en avril, Lucien reçoit le numéro de *La Voix communiste* sur lequel est inscrit « F.S.R. [Front socialiste révolutionnaire] Réseau 4 » ; le 1er mai, Thierry Desouches est enlevé par un ou des bras cassés qui tireront 32 000 francs de sa mort, et Jacques Boudot-Lamotte s'évapore dans la nature ; le 21 mai, Lucien échange des francs contre des livres sterling, on ne sait pas s'il se rend à Londres ou non ; en août, lui qui disait un an plus tôt n'avoir pas de quoi manger à sa faim dépense trois mois et demi de salaire pour s'acheter une 2 CV, sans compter le permis de conduire qu'il passe juste avant (lors de la perquisition de son domicile, le jour de son arrestation, les policiers découvriront 3 700 francs en liquide, soit près de six mois de salaire – ce qui correspondrait aujourd'hui, chez un ouvrier au Smic, à environ 7 000 euros) ; au cours des quatre derniers mois de l'année, il quitte son emploi chez Denoël du jour au lendemain, pour passer l'examen d'élève infirmier, Jacques Salce dit qu'il le revoit « complètement transformé », avec des vêtements voyants, des lunettes noires et un « sourire énigmatique », il retrouve Nina Douchka on ne sait comment, Yves Taron fait parvenir 15 000 francs à Jacques Boudot-Lamotte… Mais cela ressemble plus à une liste à la Prévert qu'autre chose, il s'est passé tant de centaines de milliers de petits événements dans Paris ces mois-là qu'il est illusoire et absurde de vouloir trouver un lien entre quelques-uns.

Le 15 janvier 1970, lorsque Lucien accuse Jacques Salce pour la première fois, il affirme dans la lettre qu'il écrit au procureur général près la cour d'appel de Paris qu'il est allé le voir à l'hôtel Wilson, deux ou trois jours après avoir déposé le premier message près d'Europe n° 1, quand il pensait que cette première tentative de revendication avait échoué. Salce, lui, prétend qu'ils se sont croisés pour la dernière fois, sept ou huit mois plus tôt, à l'automne 1963, et que Lucien n'est évidemment jamais venu chez lui puisqu'ils se connaissaient à peine et ne se sont vus que quelques fois, dans des cafés. « Je l'ai vu dans la chambre qu'il occupait à l'hôtel de la rue de Stockholm, je me souviens qu'il avait mis de nombreux papiers ou dessins sur son lit, c'était un véritable fouillis. Il y avait aussi une table avec des épures de dessins publicitaires. » Salce se dit effectivement, parfois, « technicien en publicité » – ou « chef de publicité », selon l'humeur. La présence de nombreux dessins, ça ne paraît rien, mais il se trouve – Lucien Léger le savait-il ? – que l'une des passions de Jacques Salce est le dessin, la peinture. (Sur le *Paris Jour* retrouvé annoté chez Lucien, une main a écrit que « les professeurs de dessin préconisent et entretiennent chez leurs élèves la dissymétrie ».) Lorsque Stéphane et Jean-Louis, à l'automne 2005, ont discuté au téléphone avec Marie-Thérèse Prenat (« une vieille dame charmante », dit Stéphane), un peu plus de quatre ans avant son décès, elle leur a confié qu'elle considérait Jacques Salce comme un artiste, voire un génie – pas seulement dans le domaine de la graphométrie : en dessin également. « Il peignait admirablement bien. »

À propos de tous les papiers qui s'entassaient dans la chambre de l'hôtel Wilson puis dans l'appartement de la rue des Montibœufs, et que Salce conservait apparemment selon des critères aléatoires ou obscurs, j'ai eu un court échange de mails avec l'une des anciennes élèves du maître, qui a ensuite travaillé aux côtés de Marie-Thérèse Prenat jusqu'à la mort de celle-ci – je ne cite pas son nom car je me suis d'abord présenté comme un passionné de graphométrie, à la manière du renard, et dès que j'ai abordé le sujet de Lucien Léger et Luc Taron, elle a brusquement cessé de me répondre. Mais avant cela, elle m'a dit regretter amèrement qu'à la mort de Jacques Salce, son aide à domicile ait « inopportunément jeté à la benne » absolument tous ses papiers, toutes ses archives. Ça ne peut pas être de l'étourderie, et difficilement un genre d'initiative personnelle destructrice, quand on sait l'importance que pouvaient avoir ses travaux graphométriques aux yeux de ses disciples. Il faut envisager la possibilité que Salce lui ait demandé de se débarrasser de tout.

Je suis allé passer une nuit à l'hôtel Wilson, peu de temps avant le confinement, in extremis. C'est aujourd'hui un trois étoiles. Je ne sais pas dans quelle chambre vivaient Salce et sa femme, ni même à quel étage. J'avais donc réservé la plus chère, en me disant que pour passer cinquante ans dans le même endroit, il fallait bien que ce soit convenablement confortable, et en me faisant remarquer que pour une seule nuit, c'était pas plus mal non plus. En arrivant, j'ai demandé à l'homme de la réception s'il restait des employés avec suffisamment d'ancienneté pour avoir connu le couple Fourgheon-Salce – qui devait être, je supposais, assez réputé dans l'établissement. Il m'a répondu que la personne qui travaillait ici depuis le plus longtemps, une dame de chambre, avait été embauchée en 2008 (Salce, veuf, était déjà rue des Montibœufs) : l'hôtel avait fermé en 2006 et rouvert après deux ans de travaux, sous le nom d'hôtel Wilson Opéra, avec une nouvelle direction, de nouveaux propriétaires. C'est donc certainement en 2006 que Jacques Salce avait abandonné la chambre, ou l'adresse, pour s'installer définitivement dans le 20e arrondissement.

Ma chambre était située au cinquième et dernier étage, à l'angle du bâtiment, et donnait sur un petit balcon avec une table ronde et deux fauteuils en osier noir. Elle était tout à fait correcte et d'une superficie plus que raisonnable pour un trois étoiles. Il y a peu de chances que les époux Salce aient vécu dans celle-ci, mais même dans la plus belle et vaste de l'hôtel, quand je me suis assis sur le lit et que je me suis imaginé y passer cinquante ans (à deux), je me suis mis à respirer moins facilement, je suis sorti sur le balcon. (En fait, en me convainquant que je me trouvais bien dans la chambre de Jacques Salce (ce n'est pas compliqué, un peu d'autopersuasion suffit), je m'apercevais que je n'éprouvais pas du tout le même genre de sentiment, quelle que soit la valeur de ce genre de perception extrasensorielle (pas grand-chose, je suppose), que dans la chambre de l'Étrangleur à l'hôtel de France : ici, déraisonnablement, je ne parvenais pas à écarter une forte sensation de malaise.)

En fumant (en vapotant – car oui, j'ai fini par racheter une vapette) sur le balcon, j'étais face à la tour Eiffel, à trois kilomètres (il y en avait plusieurs représentations dans la chambre, des photos, et même une lampe de chevet en forme de petite tour). Plus près, légèrement sur la droite, le dôme de l'église Saint-Augustin. Je me disais que les mal-logés, dans les années 1960, vivaient dans de petits logements sans confort, sordides, indignes, mais dans de beaux quartiers, avec de belles choses à voir à la fenêtre (ça ne sert à rien, ça ne nourrit pas, mais c'est toujours ça), le dôme des Invalides, la tour Eiffel. En baissant les yeux, depuis ma position d'angle en hauteur, ma vapette à la main, comme un seigneur, je voyais sur ma gauche la rue de Stockholm, qui mène directement à la gare Saint-Lazare, à cent mètres, et devant moi le croisement de la rue de Vienne et de la rue du Rocher, qui mène à l'endroit où je me suis fait verbaliser pour avoir jeté un mégot dans le caniveau, et qui descend de la rue de Naples : si, en venant de la rue de Naples, on veut aller voir les trains qui partent de Saint-Lazare, sous leur grand panache de fumée, on prend à gauche dans la rue de Stockholm, et on passe devant l'entrée de l'hôtel Wilson.

L'argent (ouvrez toutes les portes, que je les enfonce), l'argent, ce n'est rien en soi, du papier, de la monnaie, il y en a partout, davantage que de feuilles dans les arbres, certains en possèdent plus que d'autres, beaucoup plus, il est agréable et utile d'en avoir, nécessaire même, on peut en manquer désespérément quand d'autres ne savent plus quoi en faire – c'est important, mais ça n'a a priori rien de malsain, de sombre, c'est juste ce qui permet le commerce. Or on est prêt à tout, à tuer, pour de l'argent, même quand on en a déjà, ça se vole, ça se détourne, ça se cache et ça grouille en souterrain, on ne le voit pas mais ça crée des problèmes en surface, des mystères, des saletés. Comment Lucien, mal logé, mal nourri, exploité, peut-il s'acheter plusieurs instruments de musique, un magnétophone à bande, un électrophone, une voiture, et garder la moitié d'une année de salaire sous le matelas de sa chambre miteuse ? Comment Taron, en totale débâcle financière, peut-il envoyer l'équivalent de sept 2 CV d'occasion (15 000 francs, c'est aussi le prix d'une belle DS neuve) à une vague relation, Boudot-Lamotte, juste pour lui rendre service ? Mais du côté de Salce aussi, il y a du mystère – de la saleté, on ne sait pas.

Jacques Salce n'a jamais eu d'argent. Il s'en est souvent plaint. Durant des années, il a submergé l'Administration, en particulier le ministère des Anciens Combattants et Victimes de guerre, de courriers désespérés pour obtenir d'abord son statut de déporté-résistant, ensuite une pension d'invalidité pour les blessures de guerre consécutives à son arrestation brutale en Allemagne et aux mois qu'il a passés en camp de concentration. Au téléphone, Marie-Thérèse Prenat a confié à Jean-Louis et Stéphane que durant les nombreuses années qu'ils ont passées à travailler ensemble, elle l'a toujours vu ramer dans la semoule pour joindre les deux bouts. Elle n'a jamais su de quoi il vivait (car les grandes et belles théories graphométriques, fiables ou pas (et à mon avis : pas), n'ont jamais fait bouillir la moindre petite marmite), mais l'image qu'il donnait de lui était celle d'un homme qui ne s'en sort pas. Il a passé (ou dit avoir passé) toute sa vie avec sa femme dans une petite pièce, toilettes et douche sur le palier, avec vue sur la tour Eiffel ou non, jusqu'en 2006, exactement dans les conditions qu'il dénonçait rageusement dans le courrier des lecteurs de *L'Express* en juillet 1962. Mais.

En tapant son nom sur Google (il ne reste finalement pas beaucoup plus de souvenirs de lui que de Molinaro, hormis dans quelques publications pointues consacrées à la graphométrie – qu'on ait existé ou pas, on ne laisse pas grand-chose derrière soi, ou plutôt devant soi), j'ai trouvé mention, sur quelques sites de musées ou de journaux locaux, d'une « collection Fourgheon-Salce ».

Il y est question d'« objets anciens provenant d'Asie », d'« œuvres d'art orientales et extrême-orientales », et de « tableaux de Suzanne Tourte (1904-1979) ». Alléchée, Wats s'est jetée sur l'info (qu'elle avait trouvée quasiment en même temps que moi – sans doute même un peu avant) comme un aigle royal sur un lapereau. Les résultats, spectaculaires, n'ont pas traîné.

Le couple Fourgheon-Salce vivait dans la précarité et achetait des œuvres d'art anciennes du monde entier. Après la mort de sa femme, Jacques Salce a fait don au musée Dobrée de Nantes de huit pièces d'Amérique du Sud et d'Océanie, statuettes, outils ou bijoux, datant pour certaines de plusieurs siècles avant notre ère, d'autres étant plus récentes, des VIIIe ou IXe siècles. Mais l'essentiel de leur collection se trouve à présent au musée de Châteaudun. Dès qu'elle l'a appris, Wats a enfilé sa tenue (noire, très ajustée, souple et légère, confortable, pratique et décolletée – dans ma tête, mais je m'en contente) de Miss Détective moderne. Elle a contacté l'une des responsables du musée, qui avait connu Jacques Salce.

Son emploi de chroniqueuse d'art à *L'Express*, facilement vérifiable, lui a permis de se présenter comme une journaliste préparant un article sur les couples de collectionneurs. (Et c'était vrai. Peu avant son coup de téléphone à Châteaudun, elle a réellement fait passer le sujet en conférence de rédaction. Ce n'est que plus tard que son rédacteur en chef a décidé d'abandonner le projet.) Elle a appris pas mal de choses. Jacques Salce cherchait un musée de province à qui donner la collection que sa femme et lui avaient constituée depuis les années 1950 jusqu'au décès de Marie-Madeleine : environ trois cents pièces, dont cinquante œuvres de Suzanne Tourte, une amie du couple, rencontrée dans les années 1960 – elle a dû leur offrir quelques toiles, mais ils en ont acheté d'autres à Drouot en 1985, six ans après son décès ; et deux cent cinquante « objets précieux », dont la plupart proviennent du Moyen-Orient et d'Asie du Sud-Est, céramiques, bronzes, miniatures… Le musée a été contacté en 2003 et la livraison des pièces échelonnée jusqu'en 2006. La fort sympathique responsable a fait parvenir à Wats, par mail, quelques documents, bordereaux d'acquisition et listes des pièces proposées à chaque vente aux enchères (elles sont toutes annotées de la main de Jacques Salce, il écrit des commentaires en marge, note tous les prix, et signe les justificatifs d'achat – aucune présence visible de Marie-Madeleine Fourgheon, alors qu'il a déclaré au musée que c'était elle qui avait amassé ces trésors au fil des années). Salce allait souvent à Drouot, très souvent, mais parfois plus loin aussi, à l'hôtel des ventes de Saint-Germain-en-Laye par exemple. Les objets qu'il achète, turcs, indonésiens, syriens ou chinois, datant du XIXe siècle ou de deux millénaires avant Jésus-Christ, coûtent en général entre 1 000 et 2 000 francs, certaines davantage, jusqu'à 4 000 francs. Le 19 décembre 1986, à une époque où il harcèle le secrétariat d'État aux Anciens Combattants pour qu'on augmente sa petite pension d'invalide de guerre, il achète à Drouot dix estampes japonaises (dans la marge avant la vente, il avait écrit : « Bon lot »), ainsi que quelques objets tout aussi japonais, pour 3 237 francs, presque un Smic ; mieux, l'année précédente, il achète trois œuvres de Suzanne Tourte le même jour, pour 10 500 francs au total ; le 4 juillet 1963, alors qu'il se disait dans le dénuement et cherchait de nouvelles formes d'action pour mener la lutte, il faisait l'acquisition, déjà à Drouot, d'une miniature indienne de la fin du XVIIIe siècle, représentant Krishna et sa copine Radha, pour 1 295 francs, soit deux mois de salaire d'un employé de base. Et ce n'est pas le plus surprenant.

Jacques Salce et Marie-Madeleine Fourgheon n'ont jamais profité de toutes ces œuvres. Ils ne les ont même jamais regardées. La dame du musée a confié à Wats qu'elle avait été stupéfaite de constater que les deux cent cinquante pièces se trouvaient encore dans leurs emballages d'origine, ceux des différentes salles de vente : aucun n'avait été ouvert, même les plus anciens, ceux des années 1950 ou 1960. Quand elle a fait part à Salce de son étonnement, il lui a expliqué que sa femme et lui n'avaient pas acheté toutes ces pièces par plaisir, ou pour les admirer, ils les avaient conservées durant tout ce temps dans différents garde-meubles, car le but était seulement de les transmettre à la fin de leur vie. Plus précisément : « De faire un don à l'Humanité, la remercier d'avoir surmonté les atrocités de la guerre. » C'est sympa, on ne peut pas dire le contraire. Marie-Madeleine et Jacques ne sont pas des ingrats. Ils auraient pourtant de quoi être un peu amers. Car outre les terribles souffrances endurées par le grand résistant, invalide à vie pour avoir tenté de sauver la France, il a appris à la dame du musée que son épouse avait également été déportée pendant la guerre, torturée, comme lui, par la Gestapo, et que les séquelles de ces sévices l'ont empêchée par la suite de réaliser leur plus grand rêve : avoir un enfant.

C'est absolument faux. Marie-Madeleine s'est engagée en 1940 dans les Forces françaises libres, a participé à toute la guerre sans être arrêtée, a rejoint les Alliés au moment du Débarquement, puis est entrée en Allemagne avec eux. C'est l'une des raisons pour lesquelles elle a officié comme secrétaire bilingue au procès de Nuremberg.

Mais la raison invoquée par Salce n'a pas laissé la dame du musée perplexe (« Donner aux autres, tel était leur leitmotiv », a-t-elle expliqué à Wats), car selon elle, Marie-Madeleine Fourgheon et Jacques Salce « étaient des gens très aisés sur le plan financier », qui pouvaient, par altruisme, faire profiter le plus grand nombre de ce que leur argent leur avait permis d'acquérir. Pas besoin d'être la mère de Stephen Hawking pour établir scientifiquement qu'il n'y a que deux possibilités : soit Salce le cynique a bien caché son jeu pendant toutes ces années et pouvait en réalité compter sur des revenus tombés du ciel, soit Salce le mal-logé est un fieffé menteur qui n'est pas le moins du monde aisé sur le plan financier et a donc sacrifié son confort personnel pour rendre à l'humanité ce qu'elle ne lui avait pas donné.

Dans un cas comme dans l'autre, pourquoi Jacques Salce, pendant près d'un demi-siècle, a-t-il dépensé de l'argent, beaucoup d'argent (ça ne représente pas une somme réellement considérable sur quarante ou cinquante ans, mais même si, pour faire une moyenne, on calcule deux tiers de Smic pour une œuvre, cela équivaudrait à peu près aujourd'hui à 240 000 euros au total – ce qui est loin d'être dans le budget d'un ménage en difficulté) pour acheter des objets anciens dont il se foutait au point de ne même pas se donner la peine d'ouvrir les cartons ? Ça ressemble fortement à une sorte de blanchiment d'argent. Mais ça ne peut pas en être. Si de grands trafiquants de drogue internationaux blanchissaient leur argent en le donnant au Secours populaire, ce serait formidable mais on pourrait les considérer sans enquête approfondie comme les plus généreux ou les plus couillons des vendeurs d'héroïne de la planète. Ça blanchit rien du tout, si on donne, Ramón. Nous en avons beaucoup parlé, avec Wats, Jean-Louis et Stéphane, longtemps. La seule explication que nous avons considérée possible, c'est qu'il s'agisse bien d'un genre d'offrande à l'humanité qui a tant souffert (ça valait la peine de se creuser la tête). Pour ce qui est de Marie-Madeleine, c'est envisageable, elle s'est investie sincèrement pendant et après la guerre, elle semble avoir mené une existence simple, honnête et courageuse – Wats l'inarrêtable a trouvé des photos d'elle à différents âges, et même si cela n'a aucune valeur objective, même si c'est de la morphopsychologie de bazar, on devine (au regard, au sourire, tous ces critères indiscutables) que Marie-Madeleine était une femme bonne, droite. Plus sérieusement, peut-être, dans une lettre de recommandation datée du 12 août 1947, le chef de la section édition de la délégation française à Nuremberg (elle était responsable de la traduction des actes du procès, en quarante-deux volumes, dont une collection a été remise à la Fondation pour la mémoire de la Shoah, à Paris – c'est Salce qui l'indique lui-même dans un court texte écrit pour le musée de Châteaudun) la voit partir « avec le plus grand regret ». Dans ce genre de lettre, on trouve rarement : « Bon débarras, et bon courage aux prochains employeurs », mais là, le chef parle d'elle en termes bien plus élogieux que nécessaire. « J'ai rarement rencontré assemblage plus parfait de qualité professionnelle, d'intelligence vive et de haute valeur morale. » Il évoque son esprit critique et enjoué, sa volonté solide, sa personnalité pleine de relief, empressée à rendre service, « qui la fait apprécier de tous ». Il conclut : « Sa valeur morale est irréprochable. » Pour ce qui est de son mari, c'est une autre histoire.

Jacques Salce a écrit un roman, publié en 1948 : *Combat pour nos cadavres*, aux éditions Fortuny. Je l'ai appris en lisant *Le Voleur de crimes*, mais Stéphane et Jean-Louis ne font que le mentionner, en citant une critique parue dans une revue. L'histoire : « C'est celle d'un garçon qui revient d'un bagne allemand, il est seul, il se sent monstrueux, il ne peut reprendre pied dans l'univers qui s'est reformé et qui continue les saines traditions. » Salce, qui n'est pas l'ennemi des pseudonymes, n'a pas signé de son nom. C'est un roman de Jacques Le Gallois.

J'ai pu m'en procurer un vieil exemplaire sur internet. (La page « Du même auteur » signale qu'il a précédemment écrit *Les Fleurs du chaos*, « poèmes, hors-commerce ».) Je l'ai lu il y a un moment – quelques semaines avant ma nuit à l'hôtel Wilson, d'où, en partie, mon malaise quand je m'imaginais entre les mêmes murs que lui : c'est un livre de fou. Pas un livre d'illuminé, de rêveur, de fanatique, de révolté, de « doux dingue », d'obsédé, d'irresponsable, de détraqué ou de marginal, non : un livre de malade mental, de véritable psychopathe, manifestement dangereux. Salce avait alors vingt-six ans, ce n'est pas bien vieux, on n'est peut-être pas encore tout à fait stable à vingt-six ans, mais on n'est plus un adolescent qui se cherche, sauvage et survolté. Or ce qu'il écrit, à la première personne, est très clairement autobiographique – ou plutôt autofictionnel, comme on dirait aujourd'hui. Par la voix du narrateur, c'est lui qui parle, c'est lui qui commente ce qu'il voit autour de lui, ça ne fait pas de doute. Et c'est lui qui menace.

Le roman débute par : « Je suis un sinistre enfant du vingtième siècle. » (Lucien dira la même chose seize ans plus tard, au même âge, de manière plus poétique et légère : « Je suis de la graine qui pousse au printemps des monstres. ») L'action se déroule juste après la guerre. Un jeune homme, meurtri, démuni, retourne chez lui, à Lyon, où il a grandi. Depuis son départ pour l'Allemagne, son père est mort, comme celui de Salce. On comprend peu à peu, sans qu'il le dise explicitement, qu'il sort d'un camp de concentration. Il paraît d'abord plein de bonne volonté, il retrouve la vie et les hommes, il cherche du travail, mais très vite, il réalise que le monde nouveau ne veut pas de lui, l'ignore, voire le rejette. (Lucien Léger, bonjour.) Il regarde autour de lui, il décrit ce qu'il voit. L'amertume et la colère montent. Il se met à mépriser puis à haïr l'humanité (celle que son double, l'auteur, aura à cœur de remercier en consacrant, toute sa vie à partir de cette époque-là, ses maigres économies à la préparation d'un beau cadeau pour ses frères humains). Pour ne pas imploser de rage et de désespoir, il se glisse dans la peau d'un héros féroce, pur, juste et féroce, une sorte de messie vengeur, crucifié par la société. Il est l'envoyé de Dieu, mais d'un Dieu sombre, méchant, furieux, qui va punir.

On ne peut lire jusqu'au bout sans vomir que si la nature nous a doté d'entrailles coriaces, ou de capacités de détachement hors du commun. On trouve toutes les huit ou dix pages une belle phrase, un adjectif bien choisi, une description intéressante, mais tout le reste donne des haut-le-cœur : une mélasse sirupeuse quoique acide, un torrent boueux de délire malveillant, de venin et de lyrisme de supérette.

Jacques Le Gallois en veut à tout le monde mais, dans un premier temps, surtout aux femmes. Ces traînasses, planquées pendant la guerre, ont profité que les hommes sauvaient la France et sacrifiaient leur vie au retour de la paix dans le monde (pendant ce temps, elles papotaient entre elles, tricotaient pour se détendre, et regardaient sécher leur vernis à ongles) pour prendre insidieusement des places qui ne leur étaient pas dues. Quand il revient à Lyon, le narrateur est persuadé de trouver facilement du travail grâce à ses dons de dessinateur (confirmés des années plus tard par Marie-Thérèse Prenat et Lucien Léger), mais il n'avait pas prévu le coup de Jarnac : « Je me heurtais à la concurrence des jeunes filles, que l'égalité avec les hommes dans les droits mais non dans les devoirs avait poussées aux premiers rangs professionnels tandis que nous combattions : leur docilité, leur malléabilité, leur adresse manuelle, éventuellement leur joliesse, les maintenaient là où il eût été normal de voir les responsables traditionnels de l'économie familiale amasser les éléments d'un foyer et d'une sécurité dans le travail et le bonheur durement achetée. » (Ce qu'on ne peut pas lui enlever, c'est qu'il a bien cerné les femmes, il les a soigneusement étudiées : dociles, malléables, habiles de leurs mains, et jolies pour les chanceuses. Un bel hommage. (Il sera intéressant de voir bientôt à quel point, et de quelle manière, pendant qu'elles se rasaient les mollets entre deux manigances pour nous piquer la place, le noble et vaillant Jacques Salce combattait.))

Il n'a pas non plus une grande admiration pour les pauvres (avant de prendre avec énergie et courage la tête de la révolte pour le logement, quelques années plus tard), qu'il croise lors d'une consultation dans un hôpital de la banlieue lyonnaise : « Ils siégeaient avec une patience crétine dans la salle d'attente du pavillon F, ce jour-là. Ils roulaient entre leurs doigts énormes et spatulés de grosses cigarettes de tabac inférieur, qu'ils portaient à leurs lèvres vineuses et collaient d'un grand coup de langue, découvrant d'immondes chicots. [...] Puis ils s'entretenaient de leurs malaises respectifs avec un grand luxe de détails, comme des femmes. » (Même quand les pauvres deviendront en apparence ses amis et ses frères, il aura du mal à contenir quelques remontées aigres de cette époque. Dans la lettre qu'il adressera au courrier des lecteurs de *L'Express* pour répondre à celle de Lucien, « J. S. » écrira : « Nous, sans-logis, ne sommes pas nécessairement des débiles mentaux, des alcooliques, des êtres sous-humains à quelque titre que ce soit. » (Les débiles mentaux et les alcooliques apprécieront.) Il terminera sa lettre ainsi : « Aussi, croyez que je rends à la société dans laquelle je vis mépris pour mépris. » (Et pendant ce temps, il se ruine en statuettes syriennes pour la remercier.))

Ensuite, la rage se généralise, la gorge gonfle, la prétention suinte, l'emphase, la vanité et la rancune giclent (et pour couronner le tout, ça fait mal à la tête) : « Je voudrais que mon cas fût exemplaire, que jusqu'au dernier moment je n'aie point failli de l'Homme, que si le Destin m'a manqué, si l'Existence m'a échappé, du moins que mon Essence n'ait pas abdiqué de sa Mission et qu'elle a eu la gloire de proférer sa leçon à travers même les vomissements d'âme et l'anéantissement sentimental, que l'on m'entende crier, fût-ce froidement, et sans passion convaincante : "Homme, crains le vingtième siècle ! Crains le vingtième siècle ! Crains le vingtième siècle !" »

(Il ne changera pas beaucoup jusqu'à sa mort, même dans les petites manies, comme celle d'affubler les « grands mots », les valeurs, les notions qui lui sont importantes, d'une majuscule. Quelques semaines avant son décès, en 2010, il rédigera un court texte en hommage à Marie-Madeleine pour présenter la première exposition de leur collection au musée de Châteaudun (il n'en profitera pas, il sera mort depuis deux mois le jour du vernissage – il n'aura donc finalement jamais vu de près tout ce qu'il a acheté), qu'il achèvera en écrivant qu'elle s'est éteinte le 5 mai 2000 « après une vie consacrée à l'amour du Bien et du Beau ».) Le plus difficile, c'est de choisir les exemples : « J'étais né pour diamanter l'Existence, pour me donner en exemple, par le truchement de mes Œuvres, à la foule ; je serai un exemple malgré tout. Mon Œuvre maîtresse aura été ce rôle, lucidement joué, de persécuté par le Vingtième Siècle. [...] Je voudrais vous persuader, Hommes qui courez vers le Printemps, du danger que recèlent les nuages de Mars ; quelles averses de confettis sanglants se suspendent au-dessus des bourgeons gluants des doigts, des âmes ! » Il aime bien cette idée de confettis sanglants : « Si je dresse hors des ravins du Siècle ces griffes piquées de confettis sanglants, c'est qu'une Fureur divine m'y contraint. Dieu pousse en moi un cri de rage sereine. » Comme on le comprend, ils tombent de lui, les confettis sanglants. Pour le symbole, son narrateur raconte qu'un médecin allemand, lorsqu'il était en camp, lui a inoculé la lèpre – avec une seringue « emplie d'un liquide jaune ». Et on y retourne : « Craignez, Frères, qu'une lèpre ne pleuve du ciel et ne se colle à votre peau, à vos feuillages, à vos édifices ! Craignez que les lentilles de Caïn ne retombent en gouttes pourpres et ulcérantes sur vos enfants ! » (Ah. Les enfants vont avoir des problèmes ?) L'Étrangleur, Lucien Léger, à côté de lui, est un angelot facétieux, un comique, potache. Enfin (c'est bientôt fini, oui, pardon si vous êtes à table), après avoir indiqué qu'il était un « Enfant de la Terre Noire » (il reste clairvoyant malgré tout en conseillant : « Ne devenez point pareils à moi »), qu'il avait reçu de Dieu une mission, de la Main à la main, pour ainsi dire (« Je n'ai plus le temps, pressé entre le suicide et la démence, de rechercher les causes subtiles de cette Élection, j'accepte mon Rôle et j'y goûte une immobile Gloire »), il part carrément en cacahuète, en vrille vers les hautes sphères de la folie meurtrière : « N'ai-je pas été un grand vivant, jusqu'à ce que l'issue de l'Aventure m'ait livré aux janissaires du Siècle ? Mes amis que l'Existence a ravalés loin de moi ont connu mes dons prodigieux et mes ambitions intemporelles, eux qui m'écrivaient : "Tu es pour nous comme un Dieu." Et je me tiens près du Dieu, en vérité. Vêtu de la peau du mouton émissaire, héros noir de la Pureté, de la Liberté créatrice, je suis le Jean-Baptiste et le Crucifié. Prenez garde que, si vous ne détrônez pas la Cruauté moderne, mon Sang, plein de virulences, loin de vous sauver, retombera sur vos têtes, sur vos cœurs, sur vos reins, fumant, intarissable, en gouttes énormes et sifflantes, et vous trouera, et vous liquéfiera, et vous replongera dans l'état de Chaos. »

C'est ça, le citoyen lambda ? Le docteur en philosophie, le psychologue-conseil adepte de la chitamnie, le consciencieux graphométricien dans sa bulle ? Le mari aimant, exemplaire, le défenseur des opprimés, des mal-logés ? L'espion communiste qui agit pour la paix ? Le témoin de moralité indulgent au procès de Lucien Léger ? Qui est ce type ? (Car encore une fois, même si le roman force dans l'outrance et la métaphore, le narrateur n'est pas un personnage noir que l'auteur dénonce, le narrateur est le héraut de l'auteur, il est incontestable que c'est Jacques Salce qui parle, Jacques Salce dont la parole se libère et s'amplifie dans l'autofiction.)

(J'ai terminé *Combat pour nos cadavres* à Charleville (quand je suis allé voir la maison des Léger à Château-Regnault, rue de l'Échelle (quelqu'un passait l'aspirateur à l'intérieur), la petite mairie où Lucien et Solange se sont tristement mariés, les établissements Borrewater où il travaillait, à côté de la maison de naissance de Rimbaud), dans le café où une vieille poivrote voulait massacrer la gueule de son compagnon devant les toilettes, à 11 h 30. Non loin de moi au comptoir, trois types éructaient, un sexagénaire et deux plus jeunes, trente-cinq ans peut-être, qui avaient au moins deux points communs : une voix de poissonnier malade et plus de dix bières dans le cornet avant midi. Une voiture de police est passée lentement devant la porte ouverte, le flic passager a regardé vers l'intérieur. Après deux prudentes secondes, le temps qu'elle s'éloigne, l'un des deux plus jeunes a beuglé : « Vous feriez mieux d'aller bosser ! » Coup de frein dehors, marche arrière, retour de la voiture de patrouille dans le cadre, signe de main du flic passager pour appeler le beuglant : au pied. Beuglant qui est sorti piteux, voûté, les fesses (maigres) serrées, en marmonnant : « Merde… » Il s'est fait asticoter deux minutes, puis, tandis que la voiture repartait, il est revenu dans le bar avec un sourire de traviole, en essayant de bomber le torse : « Et voilà, pas de problème ! Les flics, toute façon, c'est des tapettes. » L'autre ex-jeune, pas d'accord, l'a contré avec un argument déroutant : « Mais non, n'importe quoi, il avait un nez de Juif ! » L'humanité progresse si peu, reste si constante, c'en est presque rassurant.)

Après la lecture de cette bouillie à la fois mielleuse, salement mielleuse, sanguinolente, rance et puante, je me suis demandé si cela ne valait pas le coup de tenter de creuser, je ne savais où ni comment, dans la vie de Salce. Je n'avais pas grand espoir (Stéphane et Jean-Louis avaient ratissé tout ce qu'il était possible de ratisser au sujet de cette affaire, or sur Jacques Salce, ce qu'ils avaient trouvé dessinait le portrait d'un homme spécial, parfois obscur, autoritaire, peu prévisible, un peu menteur à l'occasion mais au passé sans tache et sans grand mystère), mais il ne me paraissait pas stupide d'essayer, pour trois raisons en particulier : plus de dix ans s'étaient écoulés depuis leurs dernières recherches, certaines choses avaient peut-être fait surface (ils ne pouvaient pas être au courant pour la collection Fourgheon-Salce, par exemple), les outils numériques et la documentation en ligne avaient beaucoup évolué ; étant bien placés pour savoir que Lucien, bien qu'innocent du crime pour lequel on lui a fait passer sa vie en prison, était capable de raconter pas mal de fadaises et d'inventer avec aplomb ce qui était susceptible de l'aider, on pourrait comprendre qu'ils n'aient pas jugé utile de passer des mois à perquisitionner les moindres recoins du passé de l'homme qu'il accusait, un homme que l'État a officiellement reconnu comme déporté-résistant et grand invalide de guerre, ils avaient assez de problèmes avec tout le reste – de mon côté, je partais avec de l'avance sur eux, j'avais tout leur boulot dans mes bagages, donc des années d'avantage et le loisir de pousser un peu plus loin ; la dernière raison est plus subjective : je ne me sortais pas de l'esprit la conviction qu'on ne peut pas écrire *Combat pour nos cadavres* à vingt-six ans et avoir, avant ou après, une existence sans grand mystère, de graphométricien studieux, d'universitaire ordinaire. N'oublions pas que son sang retombera fumant sur nos têtes en gouttes énormes et nous trouera, ce n'est quand même pas rien.

J'ai commencé – c'était il y a trois mois – par vérifier quelque chose dans les photos que j'avais prises au Smac, le service de la mémoire et des affaires culturelles, où j'ai pu consulter les dossiers du préfet de police et des Renseignements généraux. J'y étais allé pour Taron, surtout, et accessoirement pour en savoir un peu plus sur les associations créées ou rejointes par Salce, le Club de la Chouette, le Cercle de tradition bibliophile… Mais il me semblait que j'avais lu une note de service au sujet de sa demande pour obtenir le statut de déporté-résistant. Oui, je l'ai photographiée. C'est une feuille A4 pliée en deux, griffonnée, raturée, de plusieurs couleurs (rouge, noir et bleu), une sorte de brouillon transmis par le « 1er bureau » et daté du 14 juin 1950, sur lequel on peut lire, mal écrit, si on se concentre en plissant les yeux, que « M. Cotte André, sans autre indication d'état civil, dont le témoignage a été invoqué par M. Salce Jacques » n'a pu être identifié. Je n'y avais pas prêté d'attention particulière sur le moment, sachant que Salce avait fini par obtenir ce statut, mais cela signifie que cinq ans après la fin de la guerre, il n'avait pas encore réussi à prouver qu'il avait fait partie de la Résistance. Et que les RG se posaient des questions à son sujet. (Le statut de déporté-résistant lui a été officiellement refusé six ans plus tard : on lui a attribué « seulement » celui de déporté politique. Cela ne lui a pas convenu – d'une part car il ne bénéficiait pas de la pension pour blessures de guerre, d'autre part (on peut le supposer tant il l'a répété, rabâché par la suite) car il estimait que « déporté-résistant », ça vous décore autrement son homme, son Français. Entêté, il a fini par décrocher la queue du Mickey au printemps 1963 – où il s'est passé décidément beaucoup de choses.)

Après un moment à fourrager mollement sur le net, je suis tombé, sur le site du service historique de la Défense, sur un inventaire extraordinaire : la liste, étourdissante, des 610 000 personnes qui ont demandé un titre de résistant, parmi lesquelles 443 000 ont été homologuées dans l'une des différentes catégories : Forces françaises libres (FFL), Forces françaises intérieures (FFI), Forces françaises combattantes (FFC), Résistance intérieure française (RIF) et déportés et internés résistants (DIR) – certains sont homologués dans plusieurs catégories. On en reste coi. Frappé. On réalise l'ampleur de la Résistance. On trouve 13 résistants qui s'appelaient Gaston Fournier, 23 Jean Lefebvre (mais pas celui de

La Septième Compagnie), 214 Léger (dont deux Lucien), 2 124 résistants s'appelaient Martin, 378 Mamadou (pas des gars propulsés dans l'armée d'un pays qui n'était pas le leur : des gars qui se sont volontairement engagés dans la Résistance), 4 228 Mohamed, 29 597 Marcel (dont 65 en nom de famille). On trouve aussi trois Taron (pas Yves, évidemment) et un Jacques Salce.

J'ai réservé son dossier de DIR et, quelques jours plus tard, j'ai pu aller le consulter dans la belle salle de lecture du service historique de la Défense, à l'intérieur du château de Vincennes. En descendant du métro, j'ai regardé le quai en me disant que quelqu'un ici, le 6 juin 1964, avait essayé d'acheter un album *Bugs Bunny*. En traversant la cour du château, je me suis arrêté devant la stèle qui rend hommage aux « 29 patriotes » qui ont été fusillés à cet endroit « et dans le fossé » entre le 20 et le 22 août 1944. J'ai pris une photo et j'ai vérifié en rentrant : ils sont tous dans la liste des résistants, quelqu'un de leur famille ou de leurs amis ou compagnons d'armes a dû remplir le dossier – sur la stèle reste le souvenir de l'un des treize Gaston Fournier, dix-huit ans.

Le dossier n'est pas très épais (mais, je le découvrirai ensuite, plus que les autres, qui ne contiennent en général que le formulaire de demande d'obtention du statut, et quelques attestations), une quarantaine de pages quand même. Salce a dû batailler dur pour avoir ce qu'il voulait. Les pièces sont dans l'ordre chronologique inversé. On trouve d'abord plusieurs échanges de courriers datant des années 1980, quand il essayait de faire réévaluer sa pension, et d'augmenter sa retraite. Il fournit la liste de toutes les infirmités dont il souffre à cause de son internement à Mauthausen : elles lui permettent d'atteindre un taux global d'invalidité supérieur à 100 %.

(Rouvrez les portes, je reviens tête baissée.) Rien n'a été – n'est – plus abominable que les camps de concentration. Les camps de concentration, leurs instigateurs et ceux qui les dirigeaient, ont tué, anéanti, massacré des millions de personnes innocentes, ils ont causé d'atroces souffrances, des vies meurtries, détruites, des séquelles irrémédiables jusqu'au dernier souffle de ceux qui y ont survécu. (Merci, on referme.) Mais lorsqu'on lit l'interminable énumération des blessures laissées sur le corps et dans l'âme de Jacques Salce par les cinq mois qu'il y a passés quarante ans plus tôt, on ne peut s'empêcher, même si on en a honte, de sourire. J'en ai compté soixante-douze. Jacques Salce n'a jamais dit (plus ou moins publiquement) ni écrit un mot sur ses conditions d'internement à Mauthausen ; étant donné qu'il ne s'est pas privé de pleurnicher ou de se glorifier pour le reste, pour toutes les misères et splendeurs de son existence, on peut penser que si elles avaient été particulièrement effroyables, ces conditions d'internement, comme pour tant d'autres, s'il avait été torturé, martyrisé, il en aurait fait état, et plutôt huit fois qu'une. Mais non. Pourtant, donc, en 1987, à cause de la barbarie fasciste, il souffre encore, entre autres, des séquelles suivantes : fatigue chronique, troubles du sommeil, cauchemars, hyperémotivité, instabilité, lenteur digestive (maudit Mauthausen !), accès de dépression, palpitations, troubles cardiaques et artériels, troubles du caractère également et urinaires (en particulier, contractions douloureuses de la vessie, mais aussi, dans les mêmes humiliants parages, de l'anus – et de ce côté-là, en outre, de « gros plis avec petit bourrelet hémorroïdaire » (saletés de nazis)), toux (crachats fréquents), « hétérophobie et asthénopie » (je ne sais pas pourquoi ces deux problèmes sont regroupés sur la même ligne, comme on dirait « urticaire et démangeaisons », ou comme sont regroupés, quatre tirets plus bas, « conjonctivite et larmoiement », mais cela signifie : « peur d'autrui et fatigue oculaire » – ombres et mystères de la Science), laryngite, intolérances alimentaires, rhinite chronique avec cornets congestifs (il a le nez qui coule), gros orteils qui obliquent tous les deux vers les deuxièmes doigts de pieds (on voit mal comment cinq mois de camp auraient pu lui tordre spécifiquement les deux gros orteils, mais sur la fiche, cela s'appelle « hallux valgus » et, associé au mal de dos (très rare dans nos sociétés, principalement signalé chez les personnes ayant été torturées), cela fait 25 % d'invalidité supplémentaires), prurit, angoisses, ballonnements (« Dis donc, Jacquot, t'as bien profité du réveillon ! – Non, mon vieux, non, c'est les camps de concentration… »), perte de trois dents du maxillaire supérieur, troubles de l'émail… (Un peu plus loin dans son dossier, on trouve une première « description des infirmités », datée de novembre 1963. Beaucoup de celles qui figurent sur le certificat de 1987 y sont déjà mentionnées, mot pour mot (c'est-à-dire que vingt-quatre ans plus tôt, il a déjà le nez qui coule et un petit bourrelet hémorroïdaire), mais les problèmes de dents ne sont pas mentionnés. Donc, à soixante-cinq ans, Jacques Salce a perdu trois dents de la mâchoire supérieure (le malheureux, le malheureux…) et souffre de troubles de l'émail, ce qui n'est jamais agréable, mais attention, cela n'a rien à voir avec son âge, c'est à cause des cinq mois qu'il a passés en camp de concentration au début de l'année 1945 pour avoir donné sa vie, son avenir, et sans le savoir son émail, à la France.) On ne peut imaginer le courage et la force qui lui ont été nécessaires pour vivre avec tous ces maux à peine supportables jusqu'à l'âge avancé de quatre-vingt-huit ans. (Si je me moque, un peu, ce n'est qu'en sachant ce que je sais (ce que je vais savoir pas plus tard que presque tout de suite) et en pensant aux millions de personnes qui ont perdu la vie ou réellement subi des blessures corporelles ou psychologiques irréversibles, pendant que ce vieux monsieur met en avant les problèmes de son âge, ses troubles du sommeil, ses ballonnements et ses trois dents disparues, afin de passer pour un héros et d'en retirer l'argent que lui doit donc, selon lui, la Nation.)

Mais, trêve de plaisanteries agréables, il est temps de passer aux choses sérieuses. Quelques pages plus loin, je trouve le dossier de quatre pages qu'il a rempli en mars 1963 pour que son statut de déporté-résistant soit officiellement homologué. Il doit y résumer son CV, et surtout donner les raisons précises (avec les preuves nécessaires) pour lesquelles il mérite la reconnaissance due à un véritable résistant (« Pseudonyme : Lancelot »). Sur la ligne « Profession », il écrit : « Technicien en publicité, psychologue-conseil diplômé ». À la rubrique des études et activités professionnelles avant arrestation par les Allemands, il indique que ses cours en facultés de lettres et de sciences ont été « interrompus par [son] activité politico-résistancielle » (c'est du pur langage Salce) et développe : « En 1941, exode jusque dans le Sud de la France avec tout un groupe d'autres étudiants, la gendarmerie nous ayant déclaré que nous serions regroupés et organisés là-bas en une armée de résistance [lui qui l'a pourtant facile n'accorde jamais de majuscule à ce mot] ». (Je ne gâche pas grand-chose en précisant tout de suite que c'est faux – Faux, même. Par ailleurs, on a dit que Lucien Léger n'était vraiment pas finaud et ne manquait pas d'air en essayant de faire croire à certaines inventions aberrantes, mais il a un cousin : qui peut gober que la gendarmerie en personne, si on peut dire, en 1941, a regroupé tout un tas d'étudiants en fac : « Venez les petits gars, on vous emmène tous dans le Sud, dans un camp d'entraînement intensif qui fera de vous l'élite de notre fière et puissante Résistance nationale » ? Pourtant, il écrit cela sur un formulaire officiel, qui ne sera pas lu par n'importe qui. Mais plus c'est gros, etc. C'est du même ordre que la facture de location de la machine à écrire qu'il a fournie au commissaire Delarue.)

Il explique qu'ensuite, à Lyon, « en exploitant les relations politiques paternelles », il a fourni des « renseignements à la résistance, qui ont permis la liquidation d'un groupe d'économistes fascistes français » et la « mise au jour des plans allemands dans le domaine de l'asservissement culturel, notamment de la jeunesse française ». Puis, en 1943, il est parti en Allemagne au titre du STO, et y a « créé et entretenu » un élan de Résistance au sein du « groupe Letiche », à la Buna-Werke de Schkopau : il a effectué des « missions habillé en HJ [Hitlerjugend, les Jeunesses hitlériennes] », transmis des renseignements grâce à un « émetteur-récepteur clandestin » et des « postes d'écoute téléphonique », distribué des tracts, organisé une « filière d'évasion », le tout « en liaison avec le mouvement J. F. » – il dit ailleurs que ce « mouvement J. F. » chapeautait toute la Résistance dans la région, et en particulier le « groupe Letiche ». (Je ne laisse que les initiales car j'ai pu retrouver qui était ce J. F., héritier d'une grande et riche famille d'industriels, et contacter l'une de ses filles qui, d'abord émue qu'on s'intéresse à son papa, m'a demandé pourquoi je voulais des informations sur lui. J'ai, moins fourbe que Wats (loin s'en faut), dit la vérité : j'enquêtais (modestement) sur un certain Jacques Salce, qui prétendait avoir été membre du réseau de Résistance dirigé par son père. Elle a paru étonnée. Elle m'a demandé un peu de temps pour en parler à ses frères et sœurs. Quelques jours plus tard, elle m'a répondu que la famille préférait que je ne cite pas son nom, afin de le « préserver post mortem » : « Notre père avait choisi la discrétion et le pardon, donc nous restons dans ses pas. » C'est respectable, j'aurais fait pareil.) Sur la ligne où est demandé le grade d'assimilation obtenu grâce à ces actions, Salce écrit sans autre précision : « Moniteur FP Vercors ». « FP » signifiant probablement « formation prémilitaire », on se demande comment, alors qu'il n'a même pas fait son service, il pourrait se retrouver moniteur dans le Vercors à peine sorti des camps (une note de la police judiciaire de Lyon, au moment de l'enquête concernant sa présence dans le groupe Collaboration, indique qu'en novembre 1945, il est « en traitement au sanatorium de Badenweiler (Forêt-Noire) »). Pourtant, il fournit une pièce qui le « prouve », une photocopie d'une carte de préparation militaire à son nom, estampillée « Vercors » ; elle est datée du 1er mars 1946 et signée « A. Cotte ». Dans une lettre de novembre 1963 adressée à la direction du personnel de l'armée de terre, section Résistance, il éclaire un point important, jusqu'alors obscur (j'ai eu tort de douter) : « Le titre de Moniteur s'entend pour une action intellectuelle (ce que l'on appellerait de nos jours "action psychologique"). Mais surtout, compte tenu de mon état physique en 46, cette attribution de fonction constituait essentiellement une homologation post-guerre, correspondant aux services rendus en temps de guerre au responsable signataire. » Voilà, il suffisait d'expliquer.

Dans les courriers qui précèdent ou suivent l'envoi de ce dossier, Salce se plaint que l'Administration ait perdu l'attestation très circonstanciée de J. F., chef du réseau (tout cela commence à ressembler foutrement aux histoires de Lucien…), qu'il avait envoyée au ministère au moment de la constitution de son dossier, en mai 1950. On lui répond qu'on ne la retrouve pas, il fulmine : « C'était l'attestation clé de mon dossier. » Il prétend que J. F. la lui avait fait parvenir depuis l'Amérique du Sud, où il a effectué une partie de sa carrière (par mail, sa fille m'a certifié que son père n'avait jamais mis les pieds en Amérique du Sud, de sa vie, il est même très rarement sorti de France) – c'est pour cela qu'il ne parvenait plus à le retrouver aujourd'hui et ne pouvait donc pas lui demander une nouvelle attestation, ce qui était fort regrettable, puisque J. F., l'homme clé, était le seul à savoir encore ce que Salce avait fait pour son pays, étant donné que Letiche, son chef direct, était mort sous la torture.

Le 18 octobre 1950 (revenons un peu en arrière), le bureau « déportés » de la Direction du contentieux de l'état civil lui a écrit, à J. F., dans un château en Normandie où on l'a localisé, en lui demandant de fournir toutes précisions utiles sur ce mouvement de Résistance invoqué par Salce : pas de réponse. Le 30 avril de l'année suivante, l'Administration entêtée lui envoie un courrier de relance. Cette fois, il répond, le 21 mai 1951. Il a cherché dans ses papiers, et confirme : « M. Jacques Salce a effectivement été arrêté en décembre 1944. Il a été transféré au Polizeipräsidium [le poste de police] et interrogé par les services de l'inspecteur Berg. Le motif d'inculpation qui a été retenu contre lui était celui d'audition et de diffusion de nouvelles émises par la BBC. » (Dans sa lettre du 5 mai 1950, Salce écrit : « Motif de la condamnation : "Constitution d'un mouvement de résistance en territoire allemand." ») Pas un mot sur le mouvement de Résistance, ni même sur la moindre activité de Résistance, en dehors de l'écoute de la radio. Le grand chef du vaste réseau souterrain, de l'armée des ombres, celle des vrais braves (comme l'a écrit Salce au ministère : « Quoi de plus dangereux qu'organiser une résistance en Allemagne même ! »), ne semble pas très au courant des actions de ses troupes. Mais J. F. a tout de même été arrêté, deux mois avant Salce, puis interné lui aussi à Mauthausen. Il est cité dans un petit livre que j'ai pu acheter sur le net, *Wie könnte ich diese Erinnerungen ausradieren ?* (« Comment pourrais-je effacer ces souvenirs ? »), dont l'auteur allemand, Martin Pabst, a recueilli des témoignages de travailleurs forcés de différentes nationalités enrôlés à la Buna-Werke de Schkopau. Anne-Catherine l'a lu et m'en a traduit les passages qui pouvaient m'intéresser. Le nom de J. F. y apparaît (pas celui de Salce) dans une liste de Français arrêtés pour « actes de résistance » – ils ont été quatre-vingts entre septembre et décembre de cette année-là, beaucoup sur de simples suspicions, ou pour avoir écouté la BBC et répandu les nouvelles dans l'usine.

Lorsque j'ai fait part à Stéphane, récemment, de mes forts doutes quant au passé de l'irréprochable Salce, il s'est remis, avec un bel entrain juvénile, au travail. (Stéphane a commencé il y a seize ans à consacrer l'essentiel de son temps libre à l'inépuisable énigme de cette affaire. C'est loin d'être fini, il a encore aujourd'hui la tête assiégée de questions. Le ciel fasse, s'il veut bien jeter un coup d'œil par ici, que je ne subisse pas le sort sisyphesque de l'épatant et malheureux Troplain. (Je m'imagine en 2036, le front plissé, vieux et seul au comptoir d'un bar (s'ils ont rouvert d'ici là), les yeux dans mon whisky : « Qui a enlevé le petit Desouches ? »)) Il a réussi, Stéphane, à trouver ce qu'il n'avait pas encore cherché : le témoignage de J. F. à Nuremberg. On y apprend que J. F., en tant que fils d'une très bonne famille dont l'entreprise, dirigée par son père, faisait des affaires avec la Buna-Werke avant la guerre, a été propulsé responsable, ou porte-parole, de tous les Français qui y travaillaient de gré ou de force (il avait vingt-trois ans à son arrivée à l'usine). Il semble qu'il ait fait son possible pour que tout se passe au mieux entre ses compatriotes, les dirigeants de l'entreprise et les autorités de la zone. C'est certainement à ce titre que son nom figure sur la liste des Français arrêtés pour actes de résistance – ou principalement à ce titre. Car tout au long de son audition en tant que témoin lors du procès, on comprend qu'il est implicitement soupçonné d'avoir été un peu trop proche des Allemands, de ne pas s'être opposé très farouchement à eux… Il dément catégoriquement, il affirme qu'il était obligé d'être habile, conciliant et diplomate pour que les travailleurs qui dépendaient de lui obtiennent ce qu'ils voulaient et puissent vivre dans les meilleures conditions possibles, et on peut le croire, mais à aucun moment il ne mentionne une véritable activité de Résistance – or dans ces circonstances, quasiment accusé de collaboration avec l'ennemi nazi, il n'aurait pas manqué de le faire s'il avait eu le moindre fait de ce genre à mettre en avant. (Il dit tout de même devant les juges qu'il a été « arrêté sur dénonciation, le 29 septembre 1944, pour faits de résistance » et qu'il a été torturé puis déporté à Mauthausen fin février 1945. Mais il ne revient pas sur lesdits faits de résistance et ne précise nulle part si cette arrestation était ou non justifiée.) Le réseau J. F., si souvent cité la main sur le cœur par Jacques Salce, n'a sans doute pas été grand-chose de plus qu'un tissu réconfortant qui reliait tous ces plus ou moins jeunes Français envoyés loin de chez eux, au service de l'ennemi. Ils écoutaient Radio Londres, se refilaient les infos, ils ont certainement fait ce qu'ils pouvaient, individuellement, pour ralentir la production de caoutchouc et desserrer les écrous de quelques machines ou mettre le feu à un hangar, mais il ne semble pas que cela soit allé plus loin. (J'ai lu le très mince dossier de J. F. au service historique de la Défense. Il n'a demandé son statut de déporté-résistant qu'en 1975. En retour, il a reçu un courrier lui réclamant les précisions nécessaires, celles qui doivent figurer dans le dossier d'homologation que Salce avait rempli douze ans plus tôt. Il n'a pas donné suite.) Beaucoup ont été arrêtés, certains ont même été torturés par la police de Halle, la plupart ont été déportés, principalement à Mauthausen, Dachau et Buchenwald, mais dans les derniers mois de l'année 1944, c'était la règle dans le pays : ça sentait le roussi, la panique rongeait les nazis, on arrêtait les Français pour un manque d'enthousiasme au travail ou une lueur dans le regard. Dans le *Bulletin trimestriel de la Fondation Auschwitz*, n° 94, janvier-mars 2007, j'ai lu un article intéressant et très documenté à ce sujet, écrit par Arnaud Boulligny, chargé de recherches à la Fondation pour la mémoire de la déportation. Il y donne beaucoup d'informations sur les travailleurs français en Allemagne, et sur le sort qui leur a été réservé à partir de 1944 : on les déportait à tour de bras, sur de simples soupçons, par mesure de protection (le motif invoqué était alors « Schutzhaft » (abrégé « Sch. »), c'est-à-dire « détention de sûreté », ou « détention conservatoire », et c'est ce qui figure sur la seule fiche que les autorités françaises ont pu découvrir en Allemagne à propos de Salce, et que Stéphane a retrouvée : à la rubrique « Raison de l'incarcération », il n'est pas question d'actes de résistance, on peut simplement lire : « Sch. »). Arnaud Boulligny parle même de J. F. : « Beaucoup d'arrestations correspondent à des rafles de représailles orchestrées par la police allemande contre les travailleurs étrangers en raison de l'augmentation des actes anti-allemands. Elles visent alors tous les travailleurs français d'un camp, qu'ils en soient ou non les auteurs. [...] Une action policière est ainsi menée à partir de fin septembre 1944 à Schkopau, près de Halle, parmi les Français de la Buna-Werke, à la suite de la découverte, là encore, d'un poste clandestin. L'écoute de la radio alliée, mais aussi le développement du sabotage, en particulier le ralentissement de la production, sont à l'origine de l'arrestation d'une soixantaine de travailleurs [quatre-vingts, donc, en réalité] dans le cadre de l'affaire J. F., du nom de l'ingénieur considéré par la Gestapo comme le chef du groupe. »

Dans son récit *La Force du destin*, le Toulousain Marcel Sansas, qui était à la Buna au titre du STO, raconte que la Résistance y était principalement menée par de jeunes communistes. Il cite plusieurs fois J. F. en tant que porte-parole des travailleurs français, « homme de confiance », et atteste qu'il a donné son accord pour la constitution de différentes sections de douze à quinze hommes, chacune responsable d'un type d'action, dont il précise le nom des chefs – pas de Letiche, ni de Salce bien entendu. Certains de ces jeunes gens sont morts ensuite dans les camps. On apprend que la Résistance dans l'usine n'a été active que sur une très courte période : elle a commencé début juillet 1944, après le Débarquement, et les premières arrestations par la Gestapo ont eu lieu en septembre : celles d'André Letiche et de Bernard Leherpeur – tous deux cantonnés dans le même baraquement que Jacques Salce. Arnaud Boulligny ajoute : « Soulignons pour finir l'importance des dénonciations dans ces arrestations collectives. Certaines sont l'effet de civils allemands ou de travailleurs étrangers, en particulier polonais. Mais la plupart restent l'œuvre de Français, travailleurs volontaires ou individus animés d'une véritable fibre collaboratrice (légionnaires, SS, miliciens, membres du PPF), certains étant d'ailleurs payés par la Gestapo pour ce "travail". Certaines "affaires" reposent parfois davantage sur des dénonciations que sur une réelle activité résistante. »

« Le réseau de J. F. coiffait le groupe Letiche, au titre duquel la Gestapo m'a arrêté. Mon chef direct et camarade, l'ingénieur Letiche, a été tué par cette même Gestapo peu de temps après notre arrestation. » Pas une fois, nulle part, Salce ne cite le prénom de son chef et camarade. Il ne figure pas parmi les résistants dont les dossiers sont archivés au château de Vincennes. Mais Wats et Stéphane ont réussi à l'identifier, chacun de son côté. Il se prénommait André, il est né en 1908 à Bihorel, près de Rouen, il est enterré à la nécropole nationale du Pétant, à Montauville, en Meurthe-et-Moselle, où sont inhumés les corps de 8 200 Français « morts en captivité » en Allemagne ou en Autriche. Sur sa croix, on lit qu'il est mort le 17 novembre 1944. En réalité, il s'agirait plutôt du 17 septembre 1944.

Jacques Salce a finalement donné très peu d'informations sur Letiche dans ses différents courriers à l'Administration (ni au téléphone avec Jean-Louis et Stéphane : sans rien dire de précis, il n'a pas arrêté de leur parler de lui, Letiche par-ci et Letiche par-là – de Letiche et de Mâcon, car sans qu'ils comprennent pourquoi, il n'a pas arrêté non plus de leur parler de Mâcon, de la Résistance à Mâcon, du temps qu'il a passé à Mâcon (la ville où les rivières coulent à l'envers et où un éventuel Paul Daidans aurait séjourné à l'hôtel du Nord)). Il répète que Letiche était « ingénieur » ou « technicien » en électricité, qu'il était son chef direct, détenait par conséquent une place importante dans la Résistance (Salce indique même que « selon toute probabilité, c'était un agent homologué par les services français de renseignements » – ce qui serait très surprenant, puisqu'il n'est même pas considéré officiellement comme résistant, quand un facteur qui a « oublié » de distribuer trois enveloppes aux boches ou un garagiste qui a saboté quelques motos ont leur dossier répertorié parmi les 610 000 autres) et qu'il est mort « sous la torture » ou « dans un accès de fureur des enquêteurs allemands », « peu de temps après [leur] arrestation ». Il ajoute que si lui n'a pas subi le même sort, c'est que l'un de leurs camarades arrêtés, Bernard Leherpeur, a eu le courage et la volonté de tenir sa langue sous les coups des Allemands, et n'a donc pas révélé le véritable rôle de son camarade Salce dans le mouvement.

Comme j'aime bien traverser la cour du château de Vincennes, et qu'à ce moment-là on pouvait encore se déplacer librement, en sifflotant, une pâquerette sur l'oreille, je suis allé consulter le dossier de résistant de Bernard Leherpeur. Il avait trente-trois ans à l'époque, Letiche trente-six, tous les deux ont été arrêtés le même jour, le 16 septembre 1944. Salce, qui écrit que son chef est mort peu après *leur* arrestation, a été interpellé par les autorités du camp deux mois et demi plus tard, le 4 décembre 1944. (J. F. le 29 septembre.) Dans le dossier de Leherpeur se trouve l'orignal de la lettre qu'il a écrite au ministère pour raconter ce qui lui était arrivé. Il a donc été incarcéré le 16 septembre à la prison de Halle. L'interrogatoire, le lendemain, « a immédiatement débuté par des coups de nerf de bœuf sur les fesses », et ses réponses « ne donnant pas satisfaction », il a été transféré dans une « salle spéciale » : « Attaché les mains derrière le dos, j'ai été pendu au plafond. J'ai reçu pendant six jours et six nuits des coups de nerf de bœuf et de caoutchouc plombé sur le bas du dos et les fesses. » Il explique qu'il a ensuite été mis aux fers en cellule, et transféré plus tard dans les prisons de Leipzig, puis de Prague, et enfin à Mauthausen et Dachau. « Les plaies consécutives à ces coups n'ont jamais été soignées. Elles se sont infectées et le docteur Bacchara [je crois, je ne suis pas sûr de bien lire], depuis décédé, me les a lavées comme il a pu à Dachau. Rentré à mon domicile début mai 1945, j'ai été soigné du typhus à l'hôpital de Tinchebray (Orne) et c'est là que, à l'aide de sulfamides, on a réussi à fermer mes plaies. » (Cet homme, obligé de se justifier, de parler de ses fesses, cet homme obligé de supplier qu'on lui accorde une petite pension pour le typhus contracté à Dachau et ses plaies qui sont restées infectées durant des mois, jamais vraiment guéries, est, du point de vue de l'Administration, exactement sur le même plan que Jacques Salce, avec ses ballonnements gênants, son petit bourrelet hémorroïdaire et ses trois dents perdues à soixante-cinq ans.) Dans sa lettre, Bernard Leherpeur ne parle pas de Salce ni de la prétendue abnégation dont il a fait preuve pour ne pas le dénoncer, mais de Letiche, si. Le premier des six jours qu'il a passés à se faire fouetter, « a été pendu à côté de [lui] un nommé Letiche qui, d'après les dires des Allemands, est mort sous la torture ». Bernard Leherpeur est plusieurs fois cité par Salce comme l'un de ses principaux camarades de Résistance, donc lui aussi sous les ordres de « l'ingénieur Letiche ». Pourtant, quand Letiche meurt près de Bernard Leherpeur, du moins quand il ne le voit pas revenir dans la salle de torture, ce n'est pas « notre camarade Letiche », ni « notre chef Letiche », ni « l'agent Letiche homologué par les services français de renseignements » ni quoi que ce soit de ce genre, c'est juste : « un nommé Letiche ». Un malheureux comme lui.

Au sujet des derniers mois passés à la Buna-Werke, Jacques Salce fournit deux attestations, bien réelles celles-là, écrites par les « camarades » concernés. Elles ne disent pas grand-chose et le disent exactement de la même manière, comme si elles avaient été dictées. Il y a d'abord celle d'un Louis R. Le 30 mai 1950, il « certifie sur l'honneur que Jacques Salce a été arrêté le 4 décembre 1944 à Schkopau (Halle) par la Gestapo pour menées anti-allemandes au titre du mouvement de Résistance formé par J. F., qu'après un passage à la prison de Halle il a été envoyé au camp de Mauthausen, dont il a été libéré le 5 mai 1945 ». C'est le retour du « mouvement de Résistance formé par J. F. ». Par ailleurs, Louis R. (qui avait vingt-deux ans, comme Salce) a été arrêté le 19 novembre, on se demande comment il peut affirmer que Salce l'a été deux semaines plus tard, sauf s'il n'a fait que répéter ce que lui a dit son ancien copain ; Louis a été libéré de Mauthausen le 24 avril 1945, on se demande comment il peut affirmer que Salce l'a été onze jours plus tard. (Louis R., qui figure pourtant dans la liste des Français de la Buna arrêtés pour « actes de résistance », n'a été homologué dans aucune des cinq catégories possibles par le ministère des Anciens Combattants et Victimes de guerre.) L'autre attestation, datée du 24 mai 1950 et un peu plus précise, est signée par Jean Z., vingt-deux ans lui aussi en 1944. Il certifie sur l'honneur exactement la même chose. Salce fournit également une lettre que Z. lui a envoyée deux jours plus tard. Elle débute par : « Cher Salce, C'est avec surprise que j'ai reçu ta lettre par l'intermédiaire de Guillermin et je suis heureux de voir que tu as repris le labeur. » Il a reçu sa lettre par l'intermédiaire de Guillermin ? Guillermin, c'est Salce, c'est le nom de jeune fille de sa mère et le pseudonyme qu'il prend quand il veut se cacher. Z. lui écrit qu'il ne s'est toujours pas remis de leur internement : « Oui mon vieux, je n'ai pas encore pu récupérer depuis 1945, et actuellement je suis dans un corset plâtré, dans l'attente d'un corset orthopédique, après une intervention chirurgicale de la colonne vertébrale. » (Je suis allé consulter le dossier de Z. à Vincennes : ses problèmes de dos sont dus à un mal de Pott, qui est une atteinte des vertèbres par la tuberculose. Le traitement a débuté en 1950, la maladie s'est donc déclarée au maximum quelques semaines ou mois auparavant et n'a pas de rapport avec son internement à Mauthausen. Il est d'ailleurs mentionné dans son dossier : « Infirmité n'ouvrant pas droit à pension » et plusieurs fois : « Victime civile ».) Z. explique à Salce qu'il n'a pas encore demandé son statut de déporté-résistant et qu'il espère que les « certificats » qu'il peut fournir seront suffisants. Il ajoute, très justement : « Si Letiche était vivant cela aurait été plus facile. » (Eh oui, c'est la poisse, Salce en est le premier embêté : Letiche est mort. C'est gentil à Z. de le rappeler si clairement.) La suite de la lettre du bon Z. est du même ordre, c'est-à-dire, pour essayer de rester objectif, d'un naturel douteux (ça me fait penser au plan sur le type au téléphone dans les mauvais films : « Allô ? Ah, Miss Sandy, c'est vous ! Quoi ? Vous dites qu'on a retrouvé le corps de Douglas ? Il était dans la grange de Bennett ? Et la police pense qu'il s'agit d'un meurtre ?? ») et d'une naïveté presque touchante, qui rappelle celle de Lucien lors de ses plus gros mensonges : « Te souviens-tu de la réception qui t'attendait "en particulier" dans le block de la police de la Buna ? [Oh ben non, tu penses, il a oublié, tu fais bien de le lui rappeler, c'est le genre de petite anecdote qui te sort vite de la tête.] Déjà, ça commençait mal ! Et cette fameuse nuit sur les dalles glacées de Prague, et la gale qui nous avait contaminés. »

Finalement, si Salce a décroché la précieuse timbale, c'est en bonne partie grâce à Jean Z. Car en avril 1962, ce dernier l'avertit qu'il a, de son côté, réussi à obtenir son titre de déporté-résistant, avec l'appui d'un ami qui a effectué toutes les démarches pour lui, en particulier un recours devant le tribunal administratif de Lyon et un appel devant le Conseil d'État. Aussitôt, Salce écrit au ministère pour signaler ce « fait nouveau » : Z. et lui ayant été arrêtés ensemble, le même jour, au même endroit, et « condamnés pour les mêmes motifs », il n'y a aucune raison que l'un ait la carte et l'autre non.

Ils ont eu les mêmes activités de résistance, c'est Salce qui le dit, ils formaient presque un binôme. Z. aurait donc, lui aussi, espionné les Allemands dans un uniforme des Jeunesses hitlériennes, intercepté des communications radio avant de les transmettre à Londres, ou aidé à « l'exfiltration d'aviateurs alliés parachutés hors de leur avion touché », comme Salce l'a dit à Stéphane et Jean-Louis au téléphone. (Là encore, il semble prendre autrui pour une buse. En 1944, des avions alliés sont abattus au-dessus de Halle ou Leipzig, les pilotes tombent en parachute pile sur l'usine de la Buna-Werke, et les audacieux et malins travailleurs forcés les récupèrent dans l'ombre et les aident à s'échapper sans qu'un seul Allemand, dont pourtant l'endroit pullule, s'en aperçoive ? (Lors de cet entretien téléphonique, Salce leur révèle également une information saugrenue. Sans le traître qui a permis de démanteler leur réseau, ils auraient pu agir dans l'ombre encore longtemps car : « Nous étions camouflés sous les aspects d'un groupe artistique, littéraire et pictural. » C'est en 2006, Salce a quatre-vingt-quatre ans. Soit il perd la tête et mélange les périodes de sa vie (quarante ans auparavant, il expliquait qu'il avait eu l'idée, au printemps 1963, de « donner une forme littéraire » à son action politique), soit il espère réellement leur faire croire que des Français du STO ont formé un groupe artistique, littéraire et pictural au sein d'une usine allemande de caoutchouc pour que leurs opérations de résistance furieuse échappent à l'attention des Allemands implacables.)) Z. n'aurait pas hésité à en parler. Pourtant, dans son dossier d'homologation, à la rubrique « Compte-rendu de l'activité et importance de l'action », tout ce qu'il indique, car il est honnête, c'est : « Notre Résistance consistait surtout en sabotage du matériel, des machines, des produits, et à la diffusion des nouvelles captées par radio sur un poste monté par nos soins. » On lui accordera tout de même son statut, mais sur le bordereau de validation, on peut lire, sous « Observations », une précision qui atténue : « Aide à la Résistance », seulement.

Ce qui a aussi beaucoup compté dans la reconnaissance de Jacques Salce en tant que grand résistant (le glorieux Lancelot, dont personne n'a jamais entendu parler), statut qu'il ne manquera pas une fois de rappeler quand on se permettra de mettre en balance la parole d'un assassin d'enfant à moitié fou, irresponsable en tout cas, et celle d'un véritable déporté-résistant, c'est l'attestation, imparable, du dénommé André Cotte (comme pour celle de J. F., Salce affirme que l'Administration a perdu l'original qu'il lui avait fait parvenir : celle qu'il envoie en 1963 est une photocopie (« un tirage », écrit-il) qu'il a retrouvée récemment), cet André Cotte que les Renseignements généraux n'ont pas réussi à retrouver en 1950, mais que leurs collègues du ministère des Anciens Combattants ont cru avoir identifié, semble-t-il, car sur la copie d'une lettre adressée à Salce le 25 mars 1983, à côté du nom d'André Cotte, un fonctionnaire a écrit au crayon à papier : « Né le 16-2-10 à Bourg-de-Péage ». (J'ai trouvé sept André Cotte dans le considérable fichier des résistants du site du service historique de la Défense. L'un d'eux est né le 16 février 1910 à Bourg-de-Péage, dans la Drôme. Il est homologué FFI.)

Cette attestation est, sans préjuger, singulière. Je l'ai prise en photo, je l'ai lue trente fois. Ou soixante-dix. Cotte s'y présente comme « ex-chef de renseignements de la R.I., ex-fondateur dans la clandestinité puis Directeur du Centre de F.P. VERCORS. » Il claironne que ce qu'il va certifier concerne (c'est centré et souligné) « Monsieur SALCE Jacques (ex-LANCELOT) » – voilà au moins quelqu'un qui atteste que ce redoutable Lancelot a bien existé. Plus bas, la première chose qui me picote, c'est qu'André Cotte écrit que Salce est parti en Allemagne « malgré le tout récent décès de son Père ». C'est très important, un papa, mais de là à mettre une majuscule… Pour ce qui est du fond, ensuite, après avoir vanté le travail de Lancelot, qui « a rendu les plus grands services » et dont les renseignements obtenus « grâce à sa parfaite connaissance de la langue allemande » ont aidé au combat contre la « nazification » de la jeunesse française, il apprend à l'Administration qu'une fois en Allemagne, Salce « a regroupé le plus grand nombre de jeunes français exilés » (là, il oublie la majuscule à « français »), qu'il a « magnifiquement rempli sa mission volontaire, en réunissant autour de lui une très belle et large équipe », qu'il a été arrêté parce que le groupe a été « lâchement dénoncé », qu'il a été torturé mais que « les souffrances habituelles ne lui firent pas dire un mot », qu'il a été « déporté dans les camps de la mort », qu'il « supportera sans doute pour toujours les suites de son internement » et qu'il a « toujours fait preuve d'un idéal élevé et d'un rare désintéressement ». Qu'est-ce que c'est que ces conneries ?

D'abord, comment celui que Salce présente tantôt comme un « chef » tantôt comme un « inspecteur » de la Résistance intérieure française qui centralisait les renseignements recueillis à Lyon en 1941 et 1942 peut-il savoir si précisément ce que son ancien espion a fait à partir de 1943 en Allemagne, à neuf cents kilomètres de là ? Jusqu'à admirer son remarquable silence sous la torture – alors que pas un des camarades de Salce ne sous-entend qu'il a été torturé, à part lui-même. Prodigieusement, le

« Directeur du Centre de F.P. Vercors » est au courant que le groupe de la Buna-Werke a été « lâchement dénoncé ». Comment le sait-il ? À Vincennes, j'ai lu les dossiers de tous les Français cités par Salce, sans exception : pas un ne semble avoir conscience qu'ils ont été dénoncés. Personne, nulle part, n'en parle. Sauf Jacques Salce. Dans une lettre du 22 mars 1963 au ministère des Armées, celle dans laquelle il écrit : « Mon chef direct, Letiche, a été tué par la Gestapo au cours de tortures poussées, presque dès le début de notre arrestation » (deux mois et demi avant qu'il soit arrêté lui-même, pour rappel), il donne la raison du démantèlement de leur mouvement de Résistance : « Les camarades n'ont absolument pas parlé d'eux-mêmes, mais ils ont été confondus par la déposition d'un mystérieux agent double français, sur l'identité duquel nous n'avons jamais eu de précisions. » Il y avait donc un mystérieux agent double français, d'accord. (Dans son témoignage à Nuremberg, J. F. reconnaît qu'il y avait à la Buna-Werke des travailleurs français ouvertement collabos (des « fascistes » et des « membres du Parti populaire français », dit-il précisément) : au moins une cinquantaine (sur mille deux cents Français au total), qui n'étaient pas là au titre du STO, ni forcés d'aucune manière, mais qui avaient entrepris le voyage d'eux-mêmes et s'étaient fait embaucher volontairement.)

La forme de la lettre est aussi singulière que le fond. Outre l'inattendue majuscule à « Père », elle comporte quelques fautes d'orthographe. Or si l'André Cotte qui l'a écrite est bien celui qui est né en 1910 à Bourg-de-Péage, il était instituteur. Ces fautes sont peu nombreuses, et on sait que ça arrive à tout le monde, mais on dodeline de la tête en lisant que Salce a rendu les plus grands services « notament pendant les années 1941-42 », qu'il a recueilli des renseignements « auprés des bureaux d'occupation », et, plus loin, que, interné à Mauthausen, « il ne dût son salut qu'à la rapidité des troupes américaines ».

« Notamment », « auprès », « dut », c'est quelques étages au-dessous du Capes, tout de même. Mais ce qui intrigue surtout, c'est la longueur et le ton emphatique de cette attestation. Quasiment tous les dossiers de résistants que j'ai consultés en contiennent une de leur chef, ou du moins de quelqu'un qui peut témoigner officiellement de leurs activités, j'en ai lu un paquet, elles sont toutes brèves et informatives, sans fioritures, elles mentionnent la date d'entrée dans la Résistance, éventuellement le grade ou la fonction et une ou deux actions d'éclat, parfois des traits de caractère, « discipliné », « courageux ». Ce ne sont jamais des torrents lyriques qui sortent du cadre géographique et temporel de ce que le chef en question a pu constater lui-même, elles ne débordent pas de superlatifs, on n'y évoque pas « l'idéal élevé » et « le rare désintéressement » (quel rapport avec la Résistance ?) du bon gars qui demande juste un statut et une petite pension. En outre, après avoir lu *Combat pour nos cadavres*, je n'ai pas pu m'empêcher de remarquer quelques ressemblances stylistiques.

De retour chez moi après Vincennes, à peine arrivé, j'ai allumé mon ordinateur et cherché des infos sur André Cotte, né le 16 février 1910 à Bourg-de-Péage. J'en ai trouvé assez facilement. En particulier dans une brochure qui regroupe les discours d'hommage prononcés à sa mort par plusieurs de ses amis, collègues ou camarades du parti communiste. Il paraît évident qu'il était ce qu'on peut appeler, dans le meilleur sens des mots, un « brave homme », mais il n'a jamais été chef ni fondateur de quoi que ce soit. Après de bonnes études à Valence (il est licencié ès lettres, notamment), il est nommé instituteur à Bourg-de-Péage, puis mobilisé en 1939 dans l'artillerie. À la rentrée 1940, il reprend ses fonctions d'enseignant à Mours, toujours dans la Drôme. Ce n'est qu'en juillet 1943 qu'il apprend qu'on cherche des volontaires pour le Vercors. Il parvient à contacter les responsables et offre ses services en novembre : il entre en résistance armée en juin 1944 sous le pseudonyme de Poule – c'est peut-être moins noble et impressionnant que Lancelot, mais au moins c'est vrai. Le 15 juin, il est nommé adjoint au chef du 2e bureau des FFI Vercors, et s'illustre particulièrement lors des bombardements de La Chapelle-en-Vercors, où il est blessé à la tête par un éclat, le 14 juillet – il sera pour cela décoré de la croix de guerre et de la croix du combattant volontaire. Il reste aux côtés des FFI jusqu'au 15 septembre 1944, puis referme la parenthèse et reprend consciencieusement son métier d'enseignant. Le collège de Saint-Vallier, dont il a été nommé principal en 1966, porte aujourd'hui son nom, et ce n'est que justice (André Cotte est mort en 1967, à cinquante-sept ans seulement, d'un arrêt cardiaque – c'est Wats qui me l'a appris après avoir discuté au téléphone avec un ancien instituteur et compagnon de route d'André au PCF, Jean Sauvageon, quatre-vingt-huit ans (à propos, j'ai reçu un mail d'elle hier (hier dans le temps de l'écriture, pas celui des recherches) : elle était épuisée depuis quelques jours, elle avait de la fièvre, du mal à respirer, elle toussait : elle a eu la confirmation, elle a chopé le Covid)), mais il n'a rien à voir avec le chef des renseignements de la Résistance intérieure aux belles envolées ampoulées, donc. Pour balayer les dernières microparticules de doute, une idée toute bête me vient en tête : le dossier de cet André Cotte né à Bourg-de-Péage, cet André Cotte (sur les sept André Cotte) grâce auquel Jacques Salce a fini par obtenir ce qu'il voulait, se trouve à Vincennes, il me suffit d'aller le consulter pour voir si sa véritable signature ressemble à celle de l'attestation.

La véritable signature d'André Cotte ressemble à celle qui figure sur l'attestation fournie par Jacques Salce comme une goutte d'eau à un grille-pain. Une chose est donc certaine, quand Salce a rédigé son faux document, il n'avait jamais vu ladite véritable signature d'André Cotte. L'attestation est datée du 29 mars 1948, et le dossier au bas duquel est apposée la véritable signature d'André Cotte du 19 février 1948, elle n'a pas pu changer tant que ça. De toute façon, ce n'est pas du tout le même genre d'écriture, celle de Salce est assurée, rapide, homogène (on pourrait, éventuellement, lui appliquer les qualificatifs employés par les experts lorsqu'ils ont analysé celle qui se trouvait sur le *Paris Jour* chez Lucien, « très rythmée, régulière dans son calibre et dans sa direction »), celle de Cotte plus resserrée, scolaire, un peu maladroite – mais sans jamais la moindre faute d'orthographe dans le dossier. (La signature de la carte de « Préparation militaire Vercors », censée être celle du même André Cotte, ne lui ressemble pas davantage, mais pas tout à fait non plus à celle de l'attestation : sur cette dernière, le prénom est écrit en entier, seulement l'initiale sur la carte, et surtout, les A ne sont pas tracés de la même façon – Jacques Salce a même du mal à s'imiter lui-même.)

Comme je suis un petit enquêteur sérieux et que je crains toujours d'oublier quelque chose ou d'écrire une bêtise (et que j'aime bien traverser la cour du château de Vincennes, je l'ai peut-être déjà dit), je suis allé consulter les dossiers de tous les autres André Cotte résistants, y compris ceux qui ne vivaient pas dans la région ou dont l'âge rendait peu probable l'occupation d'un poste de haute responsabilité dans la Résistance. Même à cinq mètres et si on a la vue qui commence sérieusement à baisser (comme moi), on ne peut confondre aucune de leurs six signatures avec celle de l'attestation.

Si on résume, si on synthétise, on peut se reposer sur quelques certitudes simples, au moins une : Jacques Salce a menti sur presque tout ce qui concerne les années de guerre. J. F. n'était pas le chef du mouvement de Résistance au sein de la Buna-Werke, et ne lui a donc pas fourni d'attestation prouvant ses téméraires activités patriotiques en Allemagne, « sur l'arrière de l'ennemi », comme il dit ; André Cotte n'était pas le chef des renseignements de la Résistance intérieure française, et donc ne lui a pas fourni d'attestation prouvant son comportement remarquable sous l'Occupation, pas plus qu'il n'a signé sa carte de préparation militaire « post-guerre » – imaginaire. Reste à savoir si Jacques Salce a menti et falsifié des documents pour qu'on finisse par croire ce qui était vrai (comme je pense que Lucien Léger a pu le faire à quelques reprises), ou s'il a menti et falsifié des documents pour tromper tout le monde, pour se refaire un passé et (si c'est une habitude qu'il a gardée dans les années 1960 (les associations, les mal-logés, la tradition bibliophile), 1970 (les invitations au siège des éditions du Seuil, les factures de location de machine à écrire), 2000 (le besoin de rendre à l'humanité ce qu'elle nous a donné : les petits chefs-d'œuvre oubliés du Moyen-Orient)) pour falsifier toute une vie.

Il ne faut cependant pas oublier les mots de la raison, de la lucidité, de la science policière, ceux du scrupuleux, de l'infaillible commissaire Jacques Delarue : « M. Salce donne l'impression d'être d'une parfaite sincérité. »

Le féminisme consiste à créer des êtres qui, femelles,
ne veulent être ni mères, ni épouses, ni amantes.
Il faut à tout prix vaincre l'esprit d'émancipation
qui fait de la femme une rivale de l'homme,
au lieu de demeurer sa collaboratrice.

Jean-Paul Vareda-Joussaume, *L'Union française*,
6 juin 1942.

Nos ennemis ne portent pas des noms de
nations étrangères, mais des noms de races.
Ils vivent au-dedans de notre pays, vers lovés,
que nous proposons d'extirper
par une opération hardie
et, si on nous y oblige, sanglante.
Les juifs, entre tous, suscitent notre colère.

Jacques Salce, *L'Union française*, 14 décembre 1941.

Je ne savais pas quoi faire de ces fausses attestations, de cette imposture, de ce nouveau visage de Jacques Salce qui apparaissait. Bien sûr, je pensais, peu objectif, que c'était révélateur d'une nature profonde viciée, hypocrite, sournoise, je pensais surtout qu'il avait des choses à se reprocher pendant la guerre, et que ces falsifications étaient moins dues à un désir acharné de reconnaissance (ou même à un besoin d'argent) qu'à une nécessité de dissimuler des agissements condamnables. Mais ce n'était qu'une supposition, presque une opinion, je ne pouvais pas le prouver. Et surtout, c'est exactement selon un raisonnement de ce genre (« Il a menti, donc il est coupable ») que Lucien avait été condamné et était, aujourd'hui encore, considéré comme un fou et assassin d'enfant. Mais malheureusement, je n'avais plus rien pour étayer quoi que ce soit, il me semblait que j'avais effectué toutes les recherches possibles au sujet de Salce – c'était assez peu mais déjà ça, c'était déjà ça mais assez peu, internet est un outil extraordinaire, pas la baguette magique universelle. (Quand je tape le nom de mon père sur Google, tout ce que j'apprends c'est qu'il faisait partie, en 1991, de l'équipe de management de NCR France, qu'il a tenu à la toute fin du XXe siècle une papeterie à Sainte-Geneviève-des-Bois, où il participait d'une manière ou d'une autre à la vie sportive de la commune au sein de Sainte-Geneviève Sports, puis qu'il a dirigé, dans un village du Vaucluse, une entreprise de « Yoga et bien-être » appelée La Tortue (« sur le chemin de l'éveil », grâce entre autres à la relaxation et au « toucher énergétique » (papa, qu'est-ce que tu as trafiqué ?)), qu'il était à l'école Berthelot, à Oran, en 1945, qu'il y était aussi, en CM2, en 1949-1950, et que son fils écrit des livres. Bonne chance, confraternellement, à l'auteur qui voudra, en 2058, lui consacrer trois pages dans son essai sur les écrivains qui ont pété les plombs (« Chapitre 17 : Philippe Jaenada, interné pour le restant de ses jours avant d'avoir réussi à mettre un terme au projet présomptueux qui a causé sa perte : l'absurde tentative d'explication de l'affaire Luc Taron »). Non seulement il va lui falloir se creuser le carafon et inventer beaucoup pour bondir du CM2 d'Oran à une papeterie dans la ville où a été internée Solange Léger (ça ne peut pas être un hasard) et où est mort Georges-Henri Molinaro (et vlan), via une boîte américaine de caisses enregistreuses et de distributeurs automatiques de billets, mais en plus, il devra essayer d'expliquer pourquoi, tout à coup, cet homme admirable et respecté de tous s'est lancé dans le toucher énergétique – alors qu'en réalité, c'est ma sœur, Valérie, ma sœur merveilleuse, qui a créé La Tortue et donc se livrait impunément au toucher énergétique (ça ne peut pas faire de mal), mais qui avait jugé plus pratique de mettre sa petite société au nom de notre père.) J'avais eu un peu de chance avec mon Salce, je devais m'estimer heureux, j'avais découvert quelques trucs, mais ça n'irait probablement pas plus loin et je me retrouvais simplement avec deux menteurs face à face qui disent chacun que l'autre ment. Comme des miroirs dont chacun renvoie l'image que l'autre lui renvoie.

Quand soudain : bon sang ! Oh bon sang, Gallica. J'avais oublié Gallica, le site de la BnF et ses millions de documents numérisés. Ce si précieux site. La très grande majorité des journaux consultables étant antérieure à 1960, je n'avais pas pensé à y chercher Salce. Je l'ai fait, donc. (J'ai d'abord essayé le nom de mon père. Je l'ai trouvé dans un numéro de *L'Écho d'Oran* daté du 20 février 1940. À l'avant-dernière page, « État civil – Naissances » : « … Garcia Antoinette, Jaenada Antoine, Bertia Joseph… ») J'ai tapé « Jacques Salce » dans la barre de recherche : onze résultats, dont trois qui n'ont rien à voir avec lui, et sept qui sont liés à la graphologie. Le dernier m'envoie sur un numéro de *L'Action française* daté du 20 décembre 1941. Dans la demi-page réservée à la revue de presse, sous le titre « Modestie », on lit : « À *L'Union française*, M. Jacques Salce a consacré un copieux article à chanter les louanges de son journal, de ses amis et de lui-même. » Suivent quelques extraits, dans lesquels Jacques Salce, qui se considère comme un « apôtre en marche », fait part de sa « liesse intérieure » de voir la France sur le chemin du national-socialisme. On devine un contentieux entre les deux journaux, les plumes de *L'Union* reprochant à celles de *L'Action* une certaine mollesse, une certaine tiédeur (c'est dire…), ces dernières reprochant aux premières de n'avoir que de la gueule, dans leur bureau de Lyon, de ne jamais réellement agir : « Ils préfèrent rester en France, et affronter vaillamment le ridicule. »

L'Union française était un hebdomadaire lyonnais. Les 181 numéros de son existence, de 1938 à 1944, sont disponibles sur Gallica, mais ne sont pas encore indexés : c'est pourquoi le moteur de recherche du site n'y a pas associé Jacques Salce ; c'est pourquoi aussi j'ai dû « feuilleter » les 181 numéros afin d'y trouver ce qui pouvait m'intéresser.

Inutile de s'y enliser trop longtemps, on voit bien le genre de cloaque. En résumé, l'objectif annoncé, et même trompeté sans cesse, est de transformer la société française (dénaturée, faible, malade, pourrie), de la doter d'un nouvel ordre, d'une nouvelle et saine vigueur, d'une nouvelle pureté. On peut dégager trois grands axes, trois grands thèmes : la puissante et bienveillante Allemagne nazie, qui aura la bonté de répandre la paix et le bonheur sur le monde entier si on veut bien arrêter de lui mettre des bâtons dans les roues (le IIIe Reich est d'ailleurs le seul sponsor du journal – le papier qui sert à l'impression est directement importé d'Allemagne, à titre gracieux bien entendu) ; les Juifs, autrement dit la chienlit, la vermine, on ne vous apprend rien ; et enfin les petits réglages à effectuer (une formalité) sur certaines catégories de la société française, les plus sensibles, volatiles, et les plus utiles si on sait les dresser correctement : les jeunes et les femmes – ces dernières, c'est l'intellectuel, poète et philosophe Jean-Paul Vareda-Joussaume qui régulièrement s'en charge : « Lorsque l'école française mettra dès leur plus jeune âge les petites filles en présence des réalités vitales quotidiennes et créera l'union entre ces enfants et ces réalités, le courant d'idées malsaines que nous appelons "féminisme" disparaîtra, j'en suis certain, des couches de la société. L'instruction et l'émancipation que nos jeunes filles prétendaient imposer avant la guerre n'ont pas, que je sache, de parenté possible avec la culture nécessaire de la femme. Si on sait bien l'encadrer, par l'éducation physique, et au moyen de surveillantes sanitaires, la femme d'elle-même reviendra vers son rôle, le comprendra et l'aimera. »

Mais les femmes, ce sera vite réglé, les jeunes aussi – c'est malléable, tout ça. Non, vraiment, la plaie, c'est les Juifs. Parce qu'ils ne veulent rien entendre, ces têtes de mules : quoi qu'on leur dise, ils restent juifs. Donc tant pis pour eux, on est obligé de sévir, qu'ils ne viennent pas se plaindre. À propos, il faut que je sois juste, impartial, les mollassons de *L'Action française* racontent n'importe quoi : à *L'Union française*, on ne se contente pas de vociférer derrière sa machine à écrire, bien à l'abri dans son bureau. Philippe Dreux, par exemple, le fondateur et directeur, qui a réuni une belle et large équipe mais reste l'un des rédacteurs les plus prolifiques et passe la moitié de ses journées à dispenser idées, conseils et méthodes pour nettoyer et redresser le pays, consacre l'autre moitié à l'action de terrain : en échange de grosses sommes, il procure à des Juifs paniqués de faux certificats d'aryanité, puis les dénonce aussitôt à la Gestapo, et dès qu'ils sont arrêtés, double salaire, il pille et vide leur appartement.

Outre la haine (l'aigreur pestilentielle de la blatte impuissante qui soudain entrevoit une occasion de faire la loi), on ne crache pas sur l'humour et le second degré, à *L'Union française*. Certains articles ne manquent pas d'un délicieux petit esprit d'ironie de bon aloi, pimenté d'un brin de provocation qui est souvent l'apanage de la jeunesse – on pardonne, on pardonne. Sous un titre aussi audacieux qu'amusant : « Un bonheur : être juif », un pseudonymé Probace écrit, en 1943, après le décret instaurant le STO : « Parce que vous vous appelez Jacob et que vous portez l'étoile jaune, vous êtes pris en pitié, vous êtes bien vu, vous gagnez de l'argent tant que vous voulez, vous faites du gaullisme actif en attendant de pouvoir faire tuer ceux qui vous laissent bien tranquille. Vous êtes dispensé du service du travail obligatoire et, suprême avantage, vous êtes sûr de ne pas être envoyé en Allemagne. » Là, tout de même il reconnaît qu'il exagère : « Je sais qu'il y a des juifs dans des camps de concentration. Mais ce n'est pas une raison. Je sais qu'il y en a beaucoup plus en liberté, et quelle liberté insultante ! [...] J'ai la conviction que les juifs, convenablement surveillés, pourraient faire des ouvriers pour l'Allemagne, dociles et rentables. »

On trouve également quelques informations people, pour distraire le lecteur. Gros titre : « Le juif Charles Trenet ». Car les gens ne le savent pas, mais son véritable nom, au Fou chantant, au youpin chantant, c'est Netter – eh oui (mais non), on aurait pu s'en douter, avec « son faciès de sémite blondi ». C'est en grande partie parce qu'il est juif que sa carrière a connu un essor si rapide. Mais ce n'est pas le plus grave : « Est-il exact que Trenet soit fiancé à la fille d'un journaliste en vue, jeune artiste de cinéma, charmante aryenne, typiquement subnordique ? La femme française a malheureusement perdu le sens de la race. Mais si certaines n'hésitent pas à s'accoupler avec des nègres et des juifs, serait-il admissible que notre éminent confrère pût tolérer une telle mésalliance ? » (Mais alors là, non, les gars, c'est pas possible, vous faites fausse route, vous vous trompez de combat : il est pas youpin, Trenet, il est pédé. (Il aurait suffi de demander aux pochetrons matinaux du bistrot de Charleville : les deux en même temps ça se peut pas, c'est l'un ou l'autre.))

Et au beau milieu de cette jolie petite troupe de détritus, un jeune très prometteur repéré par Philippe Dreux : Jacques Salce. Il entame sa carrière le 8 juin 1941, avant même d'avoir dix-neuf ans, en page 3 du journal (il décrochera bientôt la une), avec un article au titre parfait pour de bons débuts : « Comprendre l'Allemagne ». Il raconte qu'il y est déjà allé, et que ce qu'il a vu (« les jeunes défiler dans les rues, chantant leur joie, les joues terre cuite et les cheveux soleil ») l'a profondément marqué et enthousiasmé : « Ah, ce n'était plus la béatitude chauve et grasse des fumeurs de pipe, c'était la griserie que vous donne la sécurité d'un présent magnifique, la certitude d'un destin exceptionnel. » Ensuite, il enchaîne, toutes les semaines : « Estimons-nous heureux que le vainqueur nous ait tendu une main ouverte, et serrons-la loyalement, avant qu'elle ne se lasse. » Le 29 juin 1941 : « Comprenez-vous, chrétiens français, que nous vivons les heures les plus immenses de l'Humanité ? » Le 23 novembre, il commence à sortir son deuxième prénom, et sous la signature de « J.-H. Salce », il s'adresse aux jeunes : « Il faut faire la révolution sociale, nationale, intégrale, européenne, créer un homme nouveau, positif, intègre, communautaire, enthousiaste. [...] Il est bien certain qu'il y a là un programme immense, propre, si les jeunes l'adoptent, à faire avancer de quelques pas la Révolution nationale. […] L'union doit se faire contre les communistes et les capitalistes, contre les hommes de l'ancien régime et les agents de l'Angleterre, contre les juifs et les francs-maçonnards. » La semaine suivante, son article est intitulé : « De la croix gammée à la francisque » (il n'y a qu'un pas). « Le grand mérite du national-socialisme est d'avoir rendu à l'Allemagne, par la voie d'une discipline unitaire, le goût de la simplicité. » (C'était tout bête, en fait.) Il ne reste plus qu'à espérer que, bientôt, « naîtra le fascisme français, qui sera peut-être le fascisme humaniste par excellence ». (Génie. Un génie. Comment n'y a-t-on pas pensé plus tôt, au fascisme humaniste ? L'anchois sucré, c'est pareil, qu'est-ce qu'on attend ?) Dans cet article, il suggère vivement aux chères têtes blondes (au moins blondes de cœur) la lecture d'un « excellent journal », *Franc-Jeu* (c'est l'organe de la JFOM, la Jeunesse de France et d'outre-mer, de quatorze à vingt et un ans), et en particulier d'un « très intéressant rapport sur les juifs » dans le numéro du 8 novembre. Je n'ai plus l'âge, mais je l'ai lu quand même, pour voir si Tonton Jacques est de bon conseil. On le doit à Jean-Marcel Renault, chef de la JFOM (et futur Waffen-SS dans la division Charlemagne). Il explique aux adolescents que « l'histoire des peuples nous montre l'action néfaste du juif à travers les siècles », il faudra donc s'en débarrasser (c'est « le problème numéro un de la Révolution nationale »), mais la France, malgré sa force et sa splendeur, ne pourra pas régler le problème toute seule : « Une solution définitive [suffisait d'y penser] devra intervenir après la guerre. » On compte sur vous les pitchounes. Le reste de l'illustré est du même ordre. Un article intitulé « Conseils aux juifs », dont le premier est d'arrêter de se plaindre ou ils auront de bonnes raisons de chouiner, débute par des menaces peu voilées : « Si les juifs persistent à ne pas comprendre, s'ils ne veulent pas se faire bien petits, bien humbles, bien repentants, ils risquent de courir les plus grands dangers… […] Nous, Français, qui connaissons la ruse et l'ambition des juifs, nous devrions exiger leur déportation en lieu sûr. […] La doctrine du Maréchal est notre seule doctrine. Avec Lui, nous voulons être l'Ordre, la Justice, la Propreté. » C'est beau comme du Salce, qui d'ailleurs applaudit des deux mains, avant de poursuivre sa marche en avant.

Le 7 décembre, il ne fait rien moins que justifier les exécutions punitives (notamment celle du 22 octobre 1941 à Châteaubriant, qui a mis un terme à la vie de quarante-huit jeunes gens, dont Guy Môquet) : décrivant les otages comme des « martyrs volontaires », puisqu'ils sont choisis parmi des hommes déjà arrêtés pour propagande ou actions anti-allemandes, il lui semble assez logique qu'ils soient fusillés, et cela « constitue un bon point pour la justice des troupes occupantes ». Le 14 décembre, triomphe, jour de gloire, son article est sur quatre colonnes à la une, avec un titre énorme : « CONQUISTADORS ! » Maintenant, on ne rigole plus, fini de faire les gros yeux, on attaque : les ennemis, « chaque jour plus fielleux, plus fourmillants », n'ont qu'à bien se tenir. « Le front "Collaboration" [pour rappel, selon l'enquête de la police judiciaire de Lyon en 1945, Salce est censé n'avoir assisté qu'à quelques réunions du groupe, en espion, pour transmettre des renseignements au chef André Cotte – quant à ses activités de journaliste, il « n'aurait donné qu'un essai littéraire au journal *L'Écho des étudiants* »], uni comme un mur liquide, élargi en ondes autour de la capitale, balaie la France, rejette pêle-mêle sur des rivages exotiques et les traditionalistes chauvins et les juifs ennemis de la tradition. » Pas question de faire les demi-sels ou les petits bras – je manque de puissance métaphorique, je crois, je ne fais pas le poids, une meilleure image va lui venir à l'esprit : « Que signifient pour nous toutes ces idées reçues, le juste milieu, la mesure, si française – et les bons juifs ? Rien ! Nous ne sommes ni des modérés, ni des prudents, ni des circonspects, ni des circoncis ! Mais des exaspérés, des téméraires, des totalitaires, des hommes ENTIERS ! » (On peut parfois se réjouir de manquer de puissance métaphorique.) Il faut se donner entièrement, prépuce compris, pour sauver « la race blanche » et sa Beauté car : « Les juifs sont les ennemis naturels de la Civilisation, et de sa discipline esthétique. Ces méduses, tournoyant sur l'océan immuable de l'Art et du devenir social, incarnent la force du mal et le pouvoir meurtrier de la laideur. » Plus loin, Jacques Henri Salce envisage, courageusement, le pire : l'échec, la défaite. « Notre attitude ne changerait en rien. Nous sommes nos propres Parques, et nos engagements moraux nous empêchent de transformer le fil de notre destin. Nous ne pouvons que le trancher. Conservons notre Orgueil, notre Amour et notre Confiance de pionniers, créons sans relâche le nouvel Âge d'Or, d'un or qui sonnera pur et lumineux. »

D'une part, on ne peut que constater qu'il n'a pas tenu cette héroïque promesse faite à son âme (au lieu de conserver son orgueil et sa confiance de pionnier, il s'est pissé dessus et a fait tout ce qu'il pouvait jusqu'à sa mort, en pleurnichant, pour qu'on le prenne pour un grand résistant), d'autre part : peut-on imaginer que l'inflexible chevalier fasciste qui a écrit cela (et aussi : « Le national-socialisme ne nous apparaît plus comme un système, une doctrine, ou une mystique, mais véritablement comme une Civilisation nouvelle »), à peine quelques semaines plus tard, le temps de trois battements de paupières, menait bravement à la Buna-Werke, au péril de sa vie, la lutte patriotique contre l'infâme bourreau nazi ?

Il ne fait pour moi aucun doute que Jacques Salce a quitté la France de son plein gré, et non pas, comme cela a fini par s'imposer au fil des années dans les documents officiels, envoyé par le Service du travail obligatoire. Dans la note de la PJ lyonnaise de novembre 1945, on lit qu'il est parti « en mai 1942, au titre du STO » – ils ont la mémoire courte, à la PJ lyonnaise : le STO a été instauré par un décret de février 1943. C'est sûrement pourquoi, en 1960, de forts doutes subsistent. Un courrier du bureau des contentieux du ministère des Anciens Combattants et Victimes de guerre, adressé le 24 octobre de cette année-là au directeur du travail et de la main-d'œuvre de Lyon, après avoir indiqué que Jacques Salce avait reçu un passeport à Schkopau le 31 janvier 1944, lui demande de vérifier dans ses services s'il serait possible « d'établir les conditions exactes dans lesquelles M. Salce est parti pour l'Allemagne », car « l'examen de son dossier ne fait pas apparaître à quel titre l'intéressé s'y trouvait ». Dix jours plus tard, le directeur répond que malheureusement toutes les archives concernant cette époque ont été détruites au moment de la libération de Lyon, la destruction des ponts ayant endommagé l'immeuble où elles étaient déposées.

D'autres, comme lui, ont rejoint volontairement l'Allemagne. Dans un article intitulé « Pourquoi je pars à l'Est », un certain Maurice C., l'un des chroniqueurs les plus gratinés du journal (ce qui pose son chroniqueur gratiné), qui chante à chaque page son amour de midinette pour Hitler (« que j'ai toujours, dans le secret de mon cœur, admiré et chéri »), se fait leur porte-parole en expliquant sa décision de mettre le cap sur l'Allemagne amie, vers « la réalité formidable et socialiste du siècle hitlérien », et en envoyant les reproches au diable : « Le petit crevé du cinéma cochon, l'eunuque des vespasiennes républicaines, le bourgeois gaulliste, l'électeur ignare et puant, toute cette chienlit d'un régime enjuivé et maçon ne peut comprendre ce que nous ressentons en traçant ces lignes, avec sur notre poignet, le doigt impérieux et brutal de Charles-le-Grand : Charlemagne ! Ça ne fait rien ! Au contraire ! Des Allemands et des Français vont lutter et souffrir ensemble, pour le même idéal fasciste, pour la même conception de la vie, de la musique et de l'art. »

Le parcours de vie de Maurice C. n'est pas d'une cohérence lumineuse (comme celui de Jacques Salce, c'est pour cela que j'en parle) : ancien ouvrier biscuitier, il a été secrétaire des Jeunesses anarchistes communistes de Lyon, puis il a collaboré à *Libertaire*, le journal de l'Union anarchiste, avant d'adhérer au groupe Collaboration. Il est alors devenu membre du Parti populaire français de Jacques Doriot, et s'est engagé dans la LVF, la Ligue des volontaires français, mais n'a jamais été envoyé au front. Un an après son départ pour l'Allemagne, incorporé dans la division Brandebourg, en France, il sera à l'origine de l'arrestation et de l'exécution de plusieurs résistants à Lyon. En mai 1945, il réussira à se sauver en Suisse avec un groupe de travailleurs espagnols, sous le nom d'Antonio Corella. Il se fera oublier, comme il se doit, et réapparaîtra progressivement, après s'être réfugié chez des religieux à Fribourg, puis avoir fait éditer des poèmes (très en vogue chez les fachos soi-disant repentis, la poésie) sous un pseudonyme – dans *La Liberté*, en 1948 (au moment où Salce publie *Combat pour nos cadavres*), un critique repère en lui une « sensibilité suraiguë » et le décrit comme un « Fribourgeois d'adoption, solitaire et voué à la rude et lassante quête d'un quelque chose toujours fuyant en lui-même ». En 1951, Maurice C. revient à Lyon, où il publie encore des poèmes, puis en 1953, sous son vrai nom (c'est bon, c'est bon, le passé est oublié, zou, et les archives ont été détruites), un roman dont le titre ne cache pas la pédophilie assumée. Ensuite, on ne sait plus ce qu'il est devenu (il semble qu'il ait publié, à plus de quatre-vingt-dix ans, un « roman poétique » qui dénonce les horreurs et les non-dits de la Seconde Guerre mondiale, histoire de finir en beauté). Il s'est fondu dans l'histoire, comme tant d'autres. Pas tous. On connaît mieux le destin de certains après l'Inconcevable et Douloureuse Désillusion.

Le directeur de *L'Union française*, Philippe Dreux (c'est un pseudonyme, pas con, mais je préfère ne pas donner son vrai nom, ses petits-enfants (il en a eu dix-sept, bien qu'il soit mort à trente-cinq ans) n'ont rien fait), grand immonde en chef (j'ai une photo de lui, je suis formel en tant qu'expert morphopsychologique : ça colle), a quitté la France à l'été 1944, laissant les restes de son bébé derrière lui. Ses maîtres-chiens allemands l'installent dans un petit pied-à-terre à Singmaringen, près de l'un de ses protecteurs, Pierre Laval, lui font subir un stage intensif de parachutisme, et le balancent d'un avion au-dessus de Charlieu, dans la Loire, le 9 avril 1945. Il est capturé et, le 29 avril 1946, fusillé à Lyon. À ce moment-là, Salce se trouvait prétendument dans le Vercors en tant que moniteur (intellectuel, s'entend), avec ma tante, mais quoi qu'il dise, on peut savoir avec certitude où il était précisément : dans ses petits souliers.

D'autres que Philippe Dreux ont eu plus de chance, comme le romancier pédophile et le romancier graphométricien : ils ont réussi, très nombreux sans doute, innombrables, à se faufiler hors de la nasse, façon anguille, chacun à sa manière. Le second de *L'Union française*, le rédacteur en chef, appelons-le Schlump (idem que pour Dreux, les enfants, tout ça), haineux parmi les haineux, plume infâme, a passé le restant de ses jours au soleil, nu ou en string. Condamné à mort à la Libération pour ses activités dans la Milice, puis gracié, il est devenu spécialiste de plongée sous-marine et de naturisme (il a réalisé quelques courts-métrages, principalement orientés sur la nudité féminine (et jeune, très jeune, car c'est plus esthétique) – dans un reportage de FR3 sur l'île du Levant, on le voit à soixante ans, entouré de deux créatures langoureuses, bronzé, musclé, solide, d'une élégance très lepéniste, en string blanc).

Mais Salce, lui, n'est pas encore parti. Le 11 janvier 1942, il publie son dernier papier dans *L'Union française*, « Au gui l'an neuf », et c'est le feu d'artifice, il dévisse complètement, il part en fusées de toutes les couleurs dans le ciel encore immaculé de l'avenir fasciste. Désespéré sans doute par l'aveuglement de la masse vulgaire, par l'engourdissement, l'inertie « chauve et grasse des fumeurs de pipe », Jacques Salce en appelle à nos ancêtres purs, les Francs et les Celtes (on comprend mieux son pseudonyme (imaginaire) de (faux) résistant : Lancelot), qui constituent l'ossature saine et virile de notre civilisation – de notre Civilisation, pardon.

« Nous avons trahi la Sagesse des Druides. Hors de nos mains lâches sont tombées la faucille et la francisque [et donc la croix gammée, mince] et notre lame n'a plus moissonné l'immortalité du gui, et notre fer n'a plus moissonné la gloire. Hélas ! Nous sommes vides et nus, et nous avons oublié la ferveur des holocaustes ! » (Mais qu'est-ce que nous avons dans la tête ? Quoi de mieux qu'un bel et bon holocauste ? Nous sommes vides et nus, il n'y a pas d'autre explication.) Maintenant, je dois demander aux lecteurs et lectrices qui ne prennent pas de drogues dures, ou de cannabis à très haute dose, soit de passer tout de suite au paragraphe suivant, soit de se laisser aller dans un bon canapé défoncé (ce sera toujours ça) et d'essayer de faire un effort de détente hallucinophile, car vraiment ça va partir dans tous les sens : Jacques le dingue, Jacquot le fou (en voilà un autre, tiens, Pierrot le Fou, Pierre Loutrel, qui, après avoir bien aidé la Gestapo du côté de l'avenue Foch et de la rue Lauriston, a eu le nez creux et a vite tourné casaque à l'été 1944, pour finir lieutenant FFI et pouvoir tranquillement, après la Libération, libre, lancer le gang des Tractions avant), Salce le malade se met à invoquer en ululant sous la lune je ne sais quels dieux celtes ou francs, ou héros mythologiques, ou vrais guerriers, j'ai la flemme de chercher. « Nous avons préféré Ogmé, le dieu bavard, et les chaînes d'or qui fluaient de sa bouche.

Pourquoi ? Pourquoi ? [Je n'en ai pas la moindre idée. Dis voir.] Nous cherchons sous les étoiles l'ombre inhumaine et diaphane de Briau, qui nous donna le génie, et celle d'Inchar, qui nous donna l'inspiration, et celle d'Uaar qui unit notre âme à notre main par les signes – mais nous avons oublié les signes. [Oui, c'est ça, le problème. Mais sinon, tu nous as pas dit, pour Ogmé. Pourquoi, en fait ?] Tibère a massacré nos sages ! [J'en étais sûr.] Mais le fruit blanc du gui n'a point connu le ver qui rongea leur fruit de sagesse fallacieuse. [Il y a quand même de bonnes nouvelles.] Et nos dieux de la nuit murmurent au chas de la porte. [De l'aiguille, non ? C'est pas grave, laisse tomber.] Entendez-vous ? Entendez-vous ? [Pour l'instant, honnêtement…] Pourtant, ils ne sont pas morts, les refrains moqueurs que le batelier chantait aux laboureurs attardés. Notre race ! [Ah, now you're talking.] La patrie de l'art, c'est la race, et la nôtre enfanta un art digne de joie. Nos poètes – ô Cûchûlain ! – charmèrent le monde, et nos lourds bijoux conquirent l'envahisseur. Notre race ! [Yeah !] Elle aima l'homme et la mort. [Ensuite, je passe quelques phrases que vraiment je ne comprends pas du tout – « Les déesses-mères accroupies signifièrent le prix de la germination », il me semble que je n'ai pas à avoir honte.] Taranis ! Taranis ! [Qui ?] Que ta foudre tournoie dans nos ténèbres ! Et que le char de Tontatis [Toutatis, non ? Sans vouloir me mêler, c'est pas Toutatis ? Dans *Astérix*, en tout cas…] fasse mugir en nous les ponts héréditaires ! Que le Torquès de bronze allume autour de nos cous les filigranes argentés de sa dure discipline ! Et que nos glaives égaux voûtent un lumineux pavois au Chef ressuscité de la Légende, à l'Ard-Ri suprême ! [Hitler, tu veux dire ? Dis-le, parce que là, on est perdus (j'ai regardé, quand même, j'ai pas que ça à faire mais j'ai regardé : Ard-Ri, dans la mythologique celtique, c'est le « roi suprême » – donc ici, ce cintré invoque le roi suprême suprême).] Grâce aux dieux, notre race connaîtra encore la liesse processionnelle de la cueillette sacrée ! » C'est le principal, allez, tout est bien qui finit bien.

(Oui, c'est fini, c'est fini, chut, on respire, on ravale, on s'éponge le front.)

Dans ce même numéro du 11 janvier 1942, on comprend pourquoi Salce cesse de contribuer à l'hebdomadaire. À la rubrique « Information du groupe Collaboration » (37 rue Centrale à Lyon), on apprend la nouvelle : « Nominations : M. Jacques Salce est chargé de l'organisation des sections de jeunes du groupe Collaboration. » Ça doit être du boulot, il faut préparer les troupes fraîches, pures et malléables à bâtir l'avenir. C'est une promotion : il s'est fait repérer sur le papier, il prend du galon dans la vie.

Ensuite, il réapparaît donc en 1944 « en Allemagne, sur l'arrière de l'ennemi », intrépide, se démenant avec ses camarades pour faire tomber, vaincre, écraser tout ce qu'il encensait en braillant, acceptant noblement de se sacrifier pour sauver les Juifs, les Anglais, les francs-maçons, les communistes et les gros fumeurs de pipe.

On peut changer. Aussi vite et aussi radicalement, c'est rare, mais c'est possible, tous les chemins mènent à Damas en passant peut-être par Schkopau : on peut changer. Mais selon moi, non seulement Jacques Salce n'a pas changé en quelques heures entre son départ de France et son arrivée en Allemagne (et donc, arrêté dans le dernier petit groupe, en décembre 1944, trois mois après les premiers emprisonnés puis déportés, qu'il connaissait, il serait un candidat idéal (même s'il y en a sans doute pas mal d'autres possibles) pour le rôle de la balance ayant permis l'arrestation de quatre-vingts traîne-savates qui avaient oublié la ferveur des holocaustes – et dont plusieurs ne sont jamais revenus de Mauthausen ou d'ailleurs, morts à vingt ou vingt-cinq ans), mais il n'a pas beaucoup changé non plus au cours des soixante années suivantes.

Celui qui a écrit en 1948, dans *Combat pour nos cadavres* : « Si l'existence m'a quitté, il me reste, pour me préserver de l'inhumanité, le feu le plus profond, le plus résistant, le plus pur de mon caractère, le soutien de la Vertu, le témoin du Mérite, la ressource du Courage : l'Orgueil », est-il différent de celui qui écrivait en 1941 : « Conservons notre Orgueil, notre Amour et notre Confiance de pionniers, créons sans relâche le nouvel Âge d'Or, d'un or qui sonnera pur et lumineux » ? À propos de son Orgueil, en 1948 : « Il ne m'a pas toujours préservé de l'Erreur, mais il m'a préservé de l'Abdication, qui est le crime inexpiable. » Sept ans après *L'Union française*, il n'a pas abdiqué et n'abdiquera pas. Et encore : « Dieu doit réfréner sa colère et vous épargner afin de nous sauver. Vous êtes – ou plutôt, car l'Homme est libre, vous vous êtes – condamnés au Mal, et nous nous sommes voués au Bien. » Qui sont ces « vous », sur lesquels il veut faire pleuvoir des confettis sanglants et ulcérants (et sur leurs enfants aussi), et qui sont ces « nous » ?

En 2006, après la livraison au musée de Châteaudun de la dernière des trois cents pièces d'art premier acquises depuis les années 1950, Jacques Salce s'y est rendu pour finaliser la donation. Il ne se disait alors pas graphométricien, mais « psychologue et docteur en philosophie, ancien déporté-résistant à Mauthausen ». La responsable du musée a d'abord été surprise d'apprendre qu'il vivait toujours à l'hôtel, à quatre-vingt-quatre ans. (Il n'a pas donné d'autre adresse, alors que l'hôtel était en travaux.) Mais elle a été plus surprise encore par son comportement. « C'était quelqu'un de bizarre, de très particulier », a-t-elle raconté à Wats au téléphone. Plus que parano, il paraissait « terrifié » : lorsqu'on lui a servi un verre de jus d'orange, il a exigé, comme dans un film, que quelqu'un en boive une gorgée avant lui, car il était convaincu qu'on voulait attenter à sa vie, qu'on allait l'empoisonner. Ça n'a peut-être aucun rapport, mais après plus de quarante et un ans en lieu sûr, Lucien Léger était sorti de prison six mois plus tôt.

Je me fous complètement, en vérité, que Jacques Salce ait été un psychopathe malveillant, sa vie ne concerne que lui (l'Homme est libre), mais une question m'obsède (et n'arrêtera pas de sitôt, puisque je n'aurai jamais la réponse), hormis celle évidemment de sa possible implication dans la mort de Luc Taron (et donc du possible cauchemar qu'a vécu Lucien Léger, qui d'abord l'aurait protégé puis aurait tenté de le dénoncer pendant plus de trente ans sans que quiconque accorde une miette de crédit à ses paroles de séquestré, bien écarté de la société) : est-ce que Marie-Madeleine Fourgheon savait ? Car là, pour une fois, il n'est pas question de doute, de suppositions, c'est un fait : l'homme qu'elle a épousé, et avec qui elle a passé son existence entière, quoi qu'il ait pensé ou fait après leur rencontre, était fasciste peu de temps auparavant, nazi, et le revendiquait fièrement, sûr de lui, violemment. Lui a-t-il avoué cette « erreur de jeunesse », si c'en était une ? Ils se sont connus après la publication, confidentielle, de *Combat pour nos cadavres*. L'a-t-elle lu ? Savait-elle qui elle avait dans les bras ? Cette femme à l'air intelligent et doux, sensible, qui s'est engagée toute jeune aux côtés des Alliés et jusqu'à Nuremberg, où l'on jugeait les scorpions que son mari encensait en brandissant des sceptres hideux et ridicules, a-t-elle su qu'elle dormait, dans la petite chambre de l'hôtel Winston, à côté de l'ennemi ? A-t-elle su, avant de mourir, qu'elle avait aimé un homme qu'elle aurait pu haïr ?

Celui qui écrit, dans le vrai ou faux courrier des lecteurs de *L'Express* : « Je rends à la société dans laquelle je vis mépris pour mépris » ; celui qui a choisi le bulletin de *Patrie et Progrès* pour exprimer, sous son pseudonyme de Guillermin, sa colère contre la crise du logement

(Patrie et Progrès n'était pas un club fasciste, ni d'extrême droite, mais, selon *Libération*, « une association anti-FLN qui défendait un vague socialisme patriotique teinté de révolution nationale » et, selon Mediapart, « un mouvement à la fois nationaliste et assez social, très pro-Algérie française ») ; celui qui expliquait à Jean-Louis et Stéphane au téléphone qu'au moment de la transformation du Parti socialiste autonome – dont il était militant – en Parti socialiste unifié, il avait refusé de suivre à cause de la fusion avec des courants plus à gauche, ce qui dénaturait le PSA, « ce parti très agréable où l'on trouvait toutes sortes de gens, depuis les anarchistes jusqu'aux radicaux socialistes » (en passant par pas mal d'autres genres et tendances, comme, toute proportion gardée, parmi les enragés de *L'Union française*, où se côtoyaient d'anciens communistes, des socialistes devenus nationaux-socialistes, des extrémistes de droite, des anarchistes et des amoureux du Maréchal) ; celui qui, dans les années 1980, a cofondé le Club de la Chouette, « politiquement incorrect » pour réveiller cette engeance molle et négligée qui corrompt, encroûte et pourrit la Société ; celui qui redoutait d'être empoisonné à la fin de sa vie, n'est-il pas le même, progressivement patiné, vieilli, que celui qui tonitruait ses tirades martiales en 1941 ?

Cependant, ce n'est pas parce qu'on a été facho dans sa jeunesse, et moins encore parce qu'on a été bien à droite ensuite, ou sociopathe, révolté sournois, dissimulé, menteur, qu'on a assassiné un enfant pour une histoire d'argent – c'est une évidence, la question ne se pose même pas. Et ça tombe bien, parce que ce n'est pas la question.

Comment Lucien aurait-il pu deviner qu'il y avait assez d'ombre malsaine, de miasmes, sous la surface lisse et polie de cet homme ordinaire, respectable, de cet humble héros, pour en faire, se serait-il dit, un bon postulant à la culpabilité à sa place ? Comment aurait-il su que si on creusait, on découvrirait un Salce tout à fait capable d'ignominie ? (La même question, exactement, se pose lorsqu'il écrit (par hasard ? en croisant les doigts pour que ça tombe juste ?) à Yves Taron, père en souffrance aux yeux de toute la France d'un petit garçon mort, qu'il est un « ignoble individu ». (Dès le 3 juin, dans le premier message où apparaît la signature de l'Étrangleur (plus précisément : « x x x L'Étrangleur »), à *France-Soir*, il disait à propos de Taron : « C'est un beau salaud pour mentir comme il le fait. ») Lucien Léger transperce les êtres, Lucien Léger est un génie de l'âme humaine.)

Soit il ne savait rien du passé d'apprenti nazi de Salce, et des ambiguïtés (pour rester modéré) du personnage, et le cas échéant, étant donné que Lucien Léger, non, ne transperce pas les êtres, il n'a rien deviné du tout, il ne se doute de rien, et Jacques Salce, crevure maquillée, peut effectivement être mêlé à l'enlèvement et à la mort de Luc Taron, comme Lucien l'a affirmé pendant trente ans ; soit ils sont beaucoup plus proches qu'on ne le pense (et que ne le dit Jacques Salce aux enquêteurs en 1964 comme à Stéphane et Jean-Louis au téléphone quarante ans plus tard : « Il n'y a jamais eu la moindre amitié entre Lucien Léger et moi ») et Salce lui aurait fait des confidences sur son passé : au moment de sélectionner un coupable possible parmi ses connaissances, Lucien s'en serait souvenu et se serait dit qu'il était le bouc émissaire idéal. Non seulement cela contredirait la théorie officielle selon laquelle ils se connaissaient à peine (Salce, aussi menteur que Lucien, en devient donc suspect), mais surtout ce n'est pas vraisemblable. Car une fois incarcéré, Lucien s'en serait forcément servi à un moment ou un autre, constatant qu'on ne le croyait pas, qu'on levait même les yeux au ciel de le voir accuser une personne si respectable : « Fouillez un peu son passé », c'était facile. Je pense que Lucien ne savait rien des profondeurs de Jacques Salce. Sinon, comment aurait-il pu essayer de faire croire que l'ancien nazillon participait à des manifestations pour l'indépendance de l'Algérie et qu'il espionnait au profit des communistes ?

Mais quel que soit le lien entre eux, il y en avait un, et certainement plus fort que celui qu'engendrent quelques rendez-vous devant un verre pour discuter de la manière de résoudre le problème du logement à Paris. Il faut essayer de se placer dans le contexte de l'arrestation de l'Étrangleur et de son procès, dans la colère et la haine générales. Ce qu'a fait Jacques Salce alors n'est pas anodin.

D'abord, dès le mois d'août 1964, dans la fameuse lettre chitamnique, il écrit à Lucien qu'il ne croit pas qu'il ait « tué cet enfant », car un « faisceau de présomptions [lui] laisse penser [qu'il a] revendiqué un rôle qui n'a pas été le [sien] » (quel faisceau ? quelles présomptions ? qu'est-ce que c'est que ça ?), mais aussi que, de son côté, il reste « fidèle à la cause » qu'ils ont défendue ensemble, qu'il ne va pas l'abandonner. (En retour, le 20 août, sachant que ses courriers sont lus par le juge, Lucien revient longuement et lourdement sur tous les événements malheureux de son passé, de son enfance, sur la spirale dans laquelle il sombrait depuis plusieurs semaines, au fond de laquelle l'attendait le drame, les « choses impardonnables » qu'il a commises (« Je sens mieux comme toute ma vie m'a amené ici sans que je devrais y être »), il évoque également ses terribles maux de tête depuis son insolation à Colomb-Béchar, ses pertes de mémoire (quand on lui dit qu'il est un assassin : « Pourquoi ce ne serait pas vrai puisque rien ne vient faire penser le contraire ? ») – on peut considérer (si on veut) que c'est une réponse adaptée, qu'il indique à Salce sa stratégie (la folie, l'irresponsabilité) et le rassure, lui non plus ne le laissera pas tomber : « Mais mon cœur restera intact pour ceux qui m'aideront. » Et surtout, d'autres phrases, si on les lit en se décalant un peu (juste pour les besoins de l'expérience), en adoptant l'hypothèse de travail qu'il s'adresse à l'homme à la place duquel il est emprisonné, prennent à cette lumière un relief particulier, une autre couleur. (Il ne faut pas oublier, en les lisant, que selon ce que Jacques Salce a déclaré aux enquêteurs, ils s'étaient à peine vus une dizaine de fois dans une brasserie de la place Saint-Augustin. Il ne faut pas oublier non plus que cette lettre a été écrite dix ans avant que Lucien n'accuse Salce d'être le véritable auteur du meurtre.) « Vous m'avez assez connu pour savoir que ce que vous pensez de moi [son innocence] est exact. Mais ce que nous pensons est-il valable face à ce qui paraît et éclate aux yeux de tous ? » C'est une remarque insignifiante, mais moins si on la lit sous un certain angle. (Vous m'avez assez connu ? Quelques verres à la Pépinière. Ce que nous pensons, ce que nous savons, est-ce valable, est-ce suffisant face à ce que tout le monde croit ? Tu ne veux pas essayer d'en faire un peu plus pour m'aider ?) « Dans un gouffre comme celui où je suis, alors que je n'ai rien fait pour mériter cela, je crois qu'une amitié comme la vôtre est irremplaçable. Je sais que vous penserez à moi et que, comme tous ceux que j'ai connus, vous êtes sûr que je n'ai pas démérité de votre sympathie. » (Il n'a rien fait pour mériter cela ? Il vient de lui écrire qu'il avait commis des choses impardonnables. Une amitié irremplaçable ? Pourquoi *irremplaçable* ? Il n'a pas démérité de la sympathie de Salce ? Qu'est-ce que cela veut dire ? Mais c'est peut-être moi qui déraille. Je vois tout sous un certain angle.) Ensuite, Jacques Salce témoigne au tribunal, sous les yeux de Lucien, Salce seul contre absolument tous (même son avocat) déclare qu'il le croit innocent : non, ce n'est pas anodin, loin de là. Qui aujourd'hui prendrait la parole pour dire que Michel Fourniret n'a jamais fait de mal à personne ? C'est un acte singulier, extravagant même, significatif.

Quelques mois avant le procès, dans le numéro de novembre-décembre 1965 d'un bulletin bimestriel dont le titre devait faire se trémousser Jacques Salce, *Europe Notre Patrie*, un certain Henri Claudin fait paraître un article intitulé « Plaidoyer pour l'Étrangleur ». *Europe Notre Patrie* est une sorte de fanzine créé par Micheline Peyrebonne, une ancienne communiste qui n'est pas restée longtemps très à gauche (c'est fou comme ça valse). Dans ce numéro de fin 1965, elle rédige un papier sur l'avortement et la contraception. Elle fait remarquer que « les méthodes anticonceptionnelles ne concernent qu'une minorité de femmes » (les salopes, je pense, les chaudasses) et qu'on a d'autres problèmes plus importants à régler, comme les agressions dans les rues : « Ce n'est que l'un des résultats de la politique d'immigration à outrance, dont nous avons déjà parlé. Des meurtres et des brutalités de toute sorte sont commis journellement contre nos femmes en France, sans que nos fanatiques de la contraception daignent s'en indigner, pas plus d'ailleurs que des condamnations exagérément légères qui les sanctionnent. » (On dirait du Taron, non ?) Au bas de la dernière page de la publication, on propose de commander par la poste un petit fascicule qui traite d'un sujet trop méconnu, trop délaissé : « L'immigration étrangère aggrave-t-elle la crise du logement ? Oui. Les loyers exagérés demandés pour les appartements neufs sont-ils normaux ? Non. » Et avant cela, donc, le plaidoyer d'Henri Claudin. Qui semble penser que Lucien Léger n'a pas tué Luc Taron. D'abord, il explique qu'on a bien exagéré la gravité des faits : « Pourquoi attacher au meurtre d'un enfant une importance aussi disproportionnée ? » Il écrit ensuite que l'Étrangleur « avait monté une extraordinaire pièce de théâtre ». Il avait « terrorisé l'opinion publique, s'était ouvertement moqué de la police, et surtout des journaux », il avait « ridiculisé la sacro-sainte presse française ». « Ce qu'il a fait (non pas le crime lui-même, qui comme tous les crimes est sordide et pénible, si tant est d'ailleurs qu'il l'ait commis [c'est exactement ce qu'a déclaré Jacques Salce le 1er octobre 1964 à l'OP Mawart : « Rien dans son comportement antérieur, malgré les petites failles dont je viens de vous parler, ne laissait présager qu'il en arriverait à commettre un crime semblable, si tant est qu'il l'ait commis »]), ce qu'il a fait, dis-je, peu de gens auraient pu ou su le faire. L'Étrangleur mérite donc un grand coup de chapeau. » Puis : « Nous n'avons jamais pu croire tout à fait que ce doux jeune homme [nous savons qu'il est doux ?] qui n'avait jamais commis aucun délit ni manifesté aucune tendance morbide [nous le connaissons bien, décidément] soit devenu du jour au lendemain un lâche criminel sans motif. [...] Une seule chose est certaine : Lucien Léger a inventé de toutes pièces le personnage de l'Étrangleur. » Ensuite, toujours bien renseigné, il affirme que Lucien « s'est instruit lui-même par la lecture, sans aucun professeur », et on passe à autre chose, la colère, l'aigreur : « Les journaux se sont assez moqués de la vocation littéraire de Léger, ceci ne prouve une fois de plus que leur sottise, et met en lumière un des vices les plus odieux de notre civilisation. [...] Un tel homme a-t-il le droit de chercher à écrire, et à se tirer ainsi de sa condition misérable ? Par la bouche de ces élites pontifiantes, encore que souvent imbéciles, la société répond que non. » Toute la deuxième partie de l'article est consacrée à ceux que l'on considère comme des « écrivains ratés », ceux à qui on n'a pas donné leur chance, il s'en prend aux éditeurs et même au personnel des maisons d'édition, « qui méprisent leurs auteurs, quels que soient leurs mérites et même leur talent, tant que ceux-ci n'ont pas réussi à percer », il s'en prend aux médias : « Il faut avoir des amis de collège et d'université bien placés dans les journaux, capables de faire publier des articles laudatifs sur votre livre », aux riches qui n'ont aucun effort ni sacrifice à faire pour réussir, et jusqu'au système éducatif : « Éliminez sans pitié de vos lycées et de vos universités les cancres et les incapables, ceux des fils et filles de bourgeois qui ne sont là que parce qu'ils ont des parents riches, et qui ne formeront demain que de tristes et pâles élites, sans imagination et sans cœur. »

En conclusion : « Il y a de quoi vouer à cette société une haine profonde. »

J'ai cherché (Stéphane et Wats aussi) : si Henri Claudin a existé, il ne s'est jamais manifesté publiquement, de toute sa vie, d'une autre manière que par cet article. Qui rappelle étrangement le style et la personnalité de Jacques Salce, de Jacques Henri Salce. En cette année 1965, ils sont d'ailleurs les deux seuls sur terre (avec Madame Détective, c'est vrai) à supposer que Lucien Léger n'est peut-être pas coupable. Ils se ressemblent beaucoup. Or Jacques Salce, à vue de bio, n'était pas a priori un gentil monsieur prêt à voler au secours d'un garçon insignifiant qu'il connaissait à peine, contre le vent général et la marée furibonde, au péril de sa réputation. S'il a essayé, c'est qu'il devait le faire. Même si on peut estimer qu'il n'a pas essayé beaucoup. C'est ce que Lucien a fini par se dire, en tout cas, après avoir longtemps tenu sa promesse de protéger celui qui se disait « désireux de ne pas [l'] abandonner, dans la mesure de [ses] très faibles moyens ».

Une autre question, importante car la réponse éclairerait la nature de leur relation (mais autant les questions se bousculent, autant les réponses, c'est sauve qui peut) : quand et comment se sont-ils rencontrés ? (À la deuxième partie, Diderot aurait répondu : « Par hasard, comme tout le monde. ») Lucien, après quelques variations dont il est coutumier, semble se fixer sur : lors de la manif du 1er novembre 1961, place Maubert, contre les violences policières en Algérie, dans les parages de Jean-Paul Sartre et Simone de Beauvoir, pour l'indépendance, et même en filigrane pour le FLN. Lucien s'y serait rendu à l'initiative de Molinaro, y aurait rencontré Salce, et se serait proposé pour placer une petite bombe près de feu la statue d'Étienne Dolet. Ce qui surprend davantage, car avec Lucien, on est habitué, c'est que Salce, lui aussi, donne plusieurs versions. En 1964, interrogé par les enquêteurs du SRPJ, il dit la même chose que Lucien à ce moment-là : ils se sont rencontrés par le courrier des lecteurs de *L'Express*. Douze ans plus tard, à son fan Jacques Delarue, il maintient cet échange public de lettres mais, selon le bon commissaire : « M. Salce voit là la possibilité d'offrir un thème de propagande au PSU, le parti politique dans lequel il militait. » C'est nouveau. Mais justement, après le PSA, M. Salce a refusé de militer au PSU, comme il l'a dit à Stéphane et Jean-Louis. Et puisqu'on parle de Jean-Louis et Stéphane, au sujet de sa rencontre avec Lucien, il leur donne une troisième variante : « Alors que j'appartenais au PSA [avant la disparition du parti, le 3 avril 1960, donc ?], j'ai voulu lancer une petite campagne d'affichage contre le scandale du logement et, au cours d'une réunion, j'ai demandé un volontaire car, étant grand invalide de guerre, cela aurait été difficile pour moi de porter brosses, seaux, et de coller tout ça tout seul. Et il se trouve qu'un garçon très jeune s'est porté volontaire, c'était Lucien Léger. Et c'est ainsi que trois ou quatre soirs de suite, nous avons circulé dans certains quartiers passants de Paris, pour coller sur les murs un texte sur la question du logement. […] C'était un garçon extrêmement discret. Il n'y a jamais rien eu de confidentiel entre nous en dehors de cette petite affaire d'affichage. » Jacques Salce dit vrai, il a collé des affiches pour le PSA. Dans son dossier aux Renseignements généraux, j'ai trouvé une note datée du 30 janvier 1960, au sujet de « Salce Jacques, chef de publicité », qui a été « appréhendé ce jour à 22 h 30, face au 27 de la rue de Leningrad [de Saint-Pétersbourg, aujourd'hui], pour apposition d'affiches du Parti socialiste autonome ». Mais pas de Lucien Léger alentour (Salce était seul, oui, malgré son incapacité quasi totale à faire le moindre mouvement à cause de son dévouement pour la France). Au début de l'année 1960, Lucien et Solange viennent à peine d'arriver à Paris. À moins qu'il ne se soit directement inscrit au PSA (dont il n'a jamais parlé), cette histoire de collage d'affiches paraît peu probable. Mais Jacques Salce, quarante ans après ses déclarations au SRPJ, semble avoir oublié qu'ils ont prétendu s'être rencontrés grâce à *L'Express* deux ans et demi plus tard.

Selon Lucien, Molinaro et Salce participaient à la manifestation de la place Maubert, le 1er novembre 1961. Une bombe de moyenne intensité a bien explosé ce jour-là, et Lucien se trouvait juste à côté, ce pourquoi il a été interviewé par RTL et interrogé par la police. (Sa présence ne fait aucun doute. Un rapport de l'inspecteur Albert Guerlain, daté du jour même, indique qu'il a entendu « Lucien Léger, demeurant à l'hôtel de France, boulevard de La Tour-Maubourg ». Ce dernier a déclaré qu'il avait vu le poseur de bombe : « Un jeune homme d'une vingtaine d'années, vêtu d'un imperméable et portant un foulard. » Quant à lui, il se promenait paisiblement sur le boulevard Saint-Germain, il ne participait pas à la manifestation…) Mais Salce et Molinaro ? (Je reçois un mail de Wats. Je m'inquiétais, les dernières nouvelles d'elle dataient de six jours, elle était alors toujours chez elle mais couchée toute la journée, fiévreuse, exténuée, sans force ni souffle. Depuis, je lui ai écrit deux fois sans réponse. J'avais peur pour elle mais je n'ai pas voulu en parler plus tôt, dans le bourbier de Salce, jouer avec du suspense déplacé. Mais voilà, elle va mieux, elle pense qu'elle est guérie.) La manifestation se tenait à l'initiative du PSU, il serait étonnant que Jacques Salce y ait participé.

Stéphane, comme d'habitude, a tout ratissé – par principe, à un moment pourtant où il pensait que Salce était un honnête ancien résistant. Il a écumé les agences de presse photo. Chez Rue des Archives, qui a hérité du fonds de l'agence AGIP, il a trouvé de très nombreux clichés de la manif du 1er novembre 1961. Il les a observés à la loupe. Ce n'est pas facile, il y a plus de cent personnes sur certains – beaucoup montrent Jean-Paul Sartre qui prend la parole, devant la bouche du métro Maubert-Mutualité, très entouré. Stéphane a trouvé quelque chose. Sur une photo prise près de la statue d'Étienne Dolet après l'explosion, un cordon de sécurité empêche les curieux d'approcher. Au deuxième rang derrière un policier, un homme, manifestement de petite taille, plutôt rond, ressemble fortement à Jacques Salce. Fortement. On ne peut rien dire de plus, beaucoup de gens se ressemblent, mais quand on le compare aux photos dont on dispose de lui dans ces années-là, on reste la bouche entrouverte et on a du mal à la refermer (comme les chats qui sentent une odeur bizarre) : la forme du visage, le nez assez fort, les yeux un peu battus, les lèvres molles et moroses, l'implantation des cheveux… (Stéphane a retrouvé une caricature publiée dans *L'Humanité* au moment du procès (quatre ans et demi après la manifestation, donc) et c'est encore plus frappant – la caricature ressemble fortement à la photo trouvée à l'agence, mais aussi, fortement, à Mélenchon – comme quoi, cela dit, il faut se méfier avec les ressemblances.) Juste à côté, presque épaule contre épaule, se tient un homme plus grand (d'une bonne quinzaine de centimètres), qui correspond à l'idée qu'on peut se faire de l'éventuel Molinaro, en fonction des descriptions données par Lucien ou par ceux qui pensent avoir vu un type dans son genre, la kiosquière du métro Château-de-Vincennes ou les Lelarge avec leur « homme en bleu » : il a l'air « méditerranéen », une quarantaine d'années, les traits anguleux, le visage en lame de couteau, comme on dit dans les livres, le front haut et dégarni, les cheveux bruns coiffés en arrière, peut-être gominés, avec une pointe centrale. Les deux hommes regardent attentivement au-delà de l'épaule du flic : l'un, le petit, en se décalant sur le côté, le grand, en levant la tête et en tendant le cou. C'est malheureusement tout ce qu'on peut dire : à cette manifestation, près de la statue, à l'endroit où se trouvait Lucien Léger, deux hommes pouvaient (ou non) être Jacques Salce et Molinaro-Trucmuche. Une chance sur combien ?

Pour l'hypothèse (les besoins de l'expérience, encore), disons que c'est possible, disons que c'étaient bien eux. Si ce que pense et dit Lucien est exact, si leur but était d'œuvrer pour la paix, l'amitié entre les peuples et l'indépendance de l'Algérie, pourquoi lui demandent-ils de faire sauter une petite bombe ? Dans *La Force des choses*, Simone de Beauvoir, qui regrette que « dans cet État policier qu'était à présent la France, la gauche n'avait presque aucune possibilité d'action », raconte qu'après le bref discours de Sartre près du métro, leur petit groupe s'éloigne vers la rue Lagrange : « Soudain, j'entendis un bruit d'explosion derrière moi. Quelqu'un cria : "Ah, les salauds !" et j'aperçus, place Maubert, au-dessus de la foule, des retombées noirâtres. Nous refluâmes vers la place, mais le plastic à l'air libre, ce n'est qu'un pétard. Des fenêtres avaient volé en éclats, et deux personnes avaient été écorchées par les débris. » C'est en effet la seule chose à dire : « Ah, les salauds ! » S'il était bien avec Salce ce jour-là, comment Lucien (cet abruti) n'a-t-il pas compris cela ? On ne fait pas sauter une bombe pour disperser tout le monde au milieu d'une manifestation qu'on soutient. Si ce que dit Lucien est au moins en partie vrai, ce petit attentat (qui n'a jamais été revendiqué par personne, et n'avait donc probablement d'autre but que de faire détaler les manifestants) laisse penser que Salce, Trucmuche et compagnie ne priaient pas le soir avant de se coucher pour que l'Algérie obtienne son indépendance, et n'avaient pas de posters du FLN dans leur chambre. À ce qu'on sait de Salce, un badge de l'OAS lui correspondrait bien mieux. Cela expliquerait deux ou trois choses, et pas seulement l'entêtement de Lucien, blessé, à s'enfermer lui-même dans ses mensonges jusqu'à sa mort.

Cela expliquerait ce qui pour moi paraissait le plus inconcevable dans cette histoire, la juxtaposition de deux affirmations contradictoires de Lucien : il faisait partie d'un réseau pro-communiste ; Yves Taron était le trésorier de ce réseau. Qu'on me dise que ma mère était trompettiste de jazz héroïnomane dans sa jeunesse, j'y croirai davantage. Mais que Taron ait rôdé d'une manière ou d'une autre dans les parages d'une bande d'énervés sans scrupules plus ou moins proches de l'extrême droite, OAS ou ce genre-là, c'est tout de suite plus crédible – ma mère jouait de la flûte en CM1, oui. (Le 17 juin 1964, *Libération* citait un étrange propos du père de Luc, comme tombé du ciel. Il ne le répétera pas, on ne le lira jamais ailleurs : « Selon moi, c'est un gars de l'OAS qui a fait le coup. » Quel rapport avec Luc ? Son fils est enlevé et tué, selon lui l'OAS est dans le coup ?) Mais je sais bien que droite, OAS, gauche, trésorier, réseau, chef, bombe, fonds secrets, mensonges, Molinaro, culpabilité, innocence, ce ne sont que des suppositions.

Ce qui manque, ce qui ferait basculer d'un coup, et sans hésiter, vers Lucien et sa version, c'est un lien entre Jacques Salce et Yves Taron. S'il existe, c'est emballé, il y a des limites à la notion de coïncidence, et aux pouvoirs divinatoires de Lucien Léger. Malheureusement, ce lien, Jean-Louis, Stéphane, Wats et moi avons passé beaucoup de temps à le chercher, partout, en vain. Ils habitent tout près l'un de l'autre. Ils ont tous les deux des problèmes d'argent, besoin d'argent. Ils sont tous les deux bien à droite et, chacun dans son genre, gorgés de ressentiment, de haine ou de rancœur, d'hostilité envers la société (mais ça, Lucien aussi). Ils ne semblent pas l'exprimer de la même manière, le premier paraît plutôt politique, militant, sournois et militant, le second matérialiste, escroc, sournois et escroc. Ils ont une tendance commune au mensonge. À l'arrogance. Et à l'agressivité. Plusieurs fois, en lisant des phrases écrites par Salce, j'ai dû secouer la tête pour me rappeler que ce n'étaient pas des phrases écrites par Taron, pour ne pas les confondre. Ils ont fondé des sociétés (pour ramasser de l'oseille) et des associations (pour donner un cadre à leur colère). Mais c'est tout. Nous n'avons pu découvrir aucune connaissance commune, aucun lieu qu'ils auraient tous les deux fréquenté.

Stéphane et Jean-Louis, dans *Le Voleur de crimes*, remarquent une phrase dans le rapport final de Samson et Bacou, à laquelle je n'avais pas prêté attention quand je l'ai lu aux Archives. Les commissaires résument le travail qu'ils ont effectué avant l'arrestation de l'Étrangleur : « Dans le cadre de l'enquête, ce ne sont pas moins de six cent trente-deux notes, lettres et dénonciations qui ont nécessité des recherches, vérifications ou démarches de toute nature, parmi lesquelles il y a lieu de citer celles faites dans les milieux des études graphométriques, qui ont approché M. Jacques Salce, dont on sut, par la suite, qu'il était lié avec Lucien Léger. » C'est tout. On a interrogé – ou « approché » – Salce avant l'arrestation de Lucien ? Pourquoi ? À la suite d'une lettre, d'une dénonciation ? D'une note à propos de quelque chose qu'on a trouvé lors de la perquisition chez Yves Taron ? Il n'en reste pas la moindre trace dans aucun des différents dossiers d'enquête et d'instruction. Je me disais qu'il y avait là quelque chose d'inexplicable, d'incompréhensible, et donc un lien caché possible, un espoir. Et puis non, déception encore, car je me suis rappelé un truc. Un truc évident qui rend tout à fait compréhensible l'audition de Jacques Salce pendant l'enquête. Pfff. Dans une lettre au journaliste Michel Rigaud, Lucien écrivait qu'il avait fait effectuer une analyse « graphologique et graphométrique » de son écriture. Les policiers n'ont jamais entendu ce mot-là, « graphométrique ». Bon réflexe, ils se renseignent. La graphométrie, c'est pour ainsi dire un seul homme : Jacques Salce. Ils vont l'interroger. Il n'a rien de spécial à dire, il n'a pas analysé l'écriture d'un inconnu ces derniers temps, non, il n'a aucune idée de ce que la graphométrie vient faire dans une lettre de l'Étrangleur.

Bon. Dommage, pour les flics – et pour moi… jusqu'à ce que je me rappelle un autre truc (ça mouline, ça turbine) : dans la dernière semaine du mois de juin 1964, il semble que ça barde pour Lucien, l'Étrangleur va même arrêter de faire parler de lui pendant plusieurs jours (et dans une lettre à Taron, le 29, il expliquera que s'il s'est tu, c'est parce qu'il a « eu très chaud »). Quelque chose s'est passé qui prendra plusieurs formes dans les versions qu'il donnera au fil des années : Douchka qui lui demande d'arrêter ses bêtises avec les journaux (21 juin), Paul Meyer qui lui dit, lors d'un apéro porte d'Italie, qu'il a compris que Salce et Molinaro étaient mêlés à la mort de Luc (25 juin), Molinaro qui l'engueule dans la 2 CV, menace même de le tuer et se fait abattre par Salce (26 juin). La lettre dans laquelle l'Étrangleur parle de graphométrie a été postée dans la nuit du 18 au 19 juin, elle est arrivée le matin du samedi 20 juin à *Paris-Presse*, qui l'a publiée l'après-midi même, dans son édition datée des 21 et 22 juin. Le dimanche, Douchka, éventuellement, avait pu lire ce numéro du quotidien du soir. Mais oublions Douchka : les enquêteurs, sur la piste de la graphométrie, ont dû interroger Salce la semaine suivante, donc entre le lundi 22 juin et le vendredi 26 juin. C'est donc exactement au moment où Jacques Salce voit la police débarquer chez lui (et sans doute n'apprécie pas trop) que ça commence à chauffer pour Lucien – que Douchka, Meyer, Molinaro ou Belphégor lui tapent sur les doigts – et que l'Étrangleur se détraque, jusqu'à son arrestation une semaine plus tard. (Parce qu'il avait peur ?) Comme encore et toujours, cela ne prouve rien, Salce n'a peut-être rien à voir là-dedans. Mais c'est un peu troublant, non ?

Maintenant, je suis coincé. Pas seulement dans mes réflexions (qui sont au bout du rouleau), coincé aussi parce que confiné. Je n'ai plus rien à écrire avant de pouvoir sortir. Je dois (je veux) et ne peux pas faire un petit voyage dans le Beaujolais, mais d'abord à Pierrefitte, où m'attend depuis soixante-douze ans le dossier de mœurs de Taron. (Je ne pense pas y trouver le moindre brin de lien avec Jacques Salce. En 1948, ces deux-là sont bien éloignés l'un de l'autre. Yves Taron est à Paris, rue de Naples déjà, en ménage avec Claude P.-C. (Suzanne Brulé, de son côté, rencontre l'intenable Marcel Funereau du côté de la gare Saint-Lazare), ses affaires marchent apparemment plutôt bien, il fait du commerce avec l'Afrique du Nord notamment. Quant à Jacques Salce, qui était, dit-il, en Forêt-Noire après Mauthausen, puis qui s'est installé à Lyon, à Caluire précisément, début 1948, son *Combat pour nos cadavres* vient d'être accepté par un éditeur (le siège des éditions Fortuny est à Paris, il a au moins fallu que Salce passe par la capitale pour signer son contrat, au numéro 2 de la rue Fortuny – près de la place Malesherbes, où Taron garait sa Simca Ariane, mais calmons-nous), et dès le printemps 1948, il est en Allemagne, à Baden-Baden : probablement pistonné par sa mère, Jeanne Guillermin, qui vit alors à Fribourg-en-Brisgau et est employée au contrôle technique du Haut-Commissariat de la République française en Allemagne, il est embauché en mai à l'Oficomex, l'office du commerce extérieur, en tant qu'« agent contractuel aux fonctions de comptable ». (Dans une lettre qu'il adressera quinze ans plus tard au ministère des Anciens Combattants et Victimes de guerre pour obtenir son titre-Graal de déporté-résistant, il écrira qu'il était alors « créateur et chef du service des exportations, qui comprenait quatre employés sous [ses] ordres ».) Fin 1948, l'Oficomex fusionnera avec la JEIA (Joint Export-Import Agency), son équivalent pour les zones américaine et britannique d'occupation en Allemagne, et le 30 mai 1949, un terme sera mis au contrat de Jacques Salce – « en raison de la restriction des crédits budgétaires », l'informera un courrier du directeur de la succursale pour la zone française. Ayant entre-temps rencontré Marie-Madeleine Fourgheon, il partira s'installer avec elle à Paris, à l'hôtel Wilson, au début de l'année 1950, donc plus d'un an après la mystérieuse affaire de mœurs d'Yves Taron.) Je suis coincé. Le déconfinement est prévu pour le 11 mai, dans quatre jours, mais je ne sais pas quand rouvrira la salle de lecture des Archives nationales. Je viens d'aller voir sur le site, on indique seulement qu'elle est « fermée jusqu'à nouvel ordre ». Par ailleurs, on n'aura pas le droit de se déplacer à plus de cent kilomètres de son domicile. Or je dois me rendre dans le Beaujolais : de chez moi, à vol d'oiseau, trois cent cinquante kilomètres. Coincé.

L'avantage, dans un livre, c'est que ça ne se voit pas : je peux passer un mois sans écrire une ligne, un mot, personne ne se rendra compte de rien. Il faut donc que je fasse comme si de rien n'était (c'est souvent une bonne méthode) et tout ira bien.

Je peux tout de même profiter de cette pause obligée pour caser ici en vrac quelques petites choses que je n'ai pas mises ailleurs (ce n'est pas très professionnel, je reconnais, ça ne fait pas construit, ça fait jeté à la diable, mais c'est une affaire complexe, je ne peux pas tout organiser, et puis sinon j'attends oisif qu'on puisse sortir et je m'ennuie à mourir).

– Lors de son audition par l'OP Mothe, Georges Harburger, le voisin des Taron, prononce, entre quelques griefs et mauvais souvenirs, une phrase anodine qui n'intéresse personne : « Un Arabe a habité pendant un certain temps chez eux, au rez-de-chaussée. Ensuite un étranger. » Qui est cet étranger hébergé par un couple si notoirement replié sur lui-même, qui ferme ses rideaux et ne laisse entrer personne d'autre que la famille – la grand-mère et la tante – dans son petit sanctuaire lugubre ? Mais surtout : un QUOI ? Un Arabe ? Chez Yves Taron, un Arabe ? Non. Ou alors vraiment le plus fabuleux des Arabes, riche, généreux, puissant, superbe – après tout, certains des cafards de Radio Courtoisie avaient bien un ou deux amis juifs. Ou bien Georges se trompe un peu : c'était une personne basanée, à l'air vaguement méditerranéen ? (Avec parfois un costume bleu pétrole, s'il te plaît, monsieur Harburger.) Encore quelque chose qu'on ne saura pas, mais ce n'est pas comme si on n'avait pas l'habitude.

– La signature du tout premier message, alors que l'Étrangleur n'existe pas encore, est spéciale : « X X X ». Pourquoi trois croix ? Une seule, c'était plus simple et plus logique, non ? (Ou un gribouillis, ou un surnom comme il s'en trouvera un par la suite.) J'essaie de m'imaginer écrire une lettre anonyme de revendication pour un crime, je la termine par trois petites croix ? Je ne crois pas. L'Étrangleur-Lucien prétendra dans ses messages suivants qu'elles représentent les trois meurtres qu'il a commis pour l'instant, mais on sait que c'est faux. Dans une lettre à sa femme, datée du 15 août 1965, après avoir évoqué une mystérieuse équation, il écrit : « À défaut d'arrêter Henri M., on pourrait au moins connaître son nom déjà. D'autant plus qu'il y a 3 X dans le secret. Sans parler du 4e depuis le 11 juin au moins ! » Le 11 juin est le jour où il est revenu sur ses aveux. Il fait peu de doute que ce « 4e », dans l'esprit de Lucien, est Yves Taron. Mais donc, il y avait bien 3 X au départ. Les trois croix : Lucien, Salce, et Molinabidule ?

– Le message déposé près d'Europe no 1 dédouane l'homme en bleu sorti du bois, mais dédouane également Yves Taron, car s'il y a eu demande de rançon, c'est que les parents n'y sont pour rien. Supposons que ce n'est pas le cas, que Taron connaît l'identité des meurtriers de Luc (on est dans l'hypothèse, c'est confortable, on se laisse aller, on rêvasse, c'est l'hypothèse-jacuzzi) : Molinaro et Salce, selon Lucien, sont persuadés pour une raison ou une autre qu'il ne dira rien, ils redoutent seulement que partant de lui, les policiers, s'ils le soupçonnent, remontent jusqu'à eux, c'est pourquoi ils ont l'idée de cette fausse revendication. Mais ils savent aussi que s'il est formellement accusé, il y a des limites, il parlera. Ce message lui indique (on se prélasse, on barbote dans les bulles) qu'on a mis une stratégie au point, et lui suggère de jouer le jeu – on le sait assez cynique pour cela. Avant le surgissement de l'Étrangleur, le 28 mai, Taron lance un appel sur France Inter, dans lequel il s'adresse curieusement à « celui ou ceux » qui sont responsables de la mort de Luc – moi, mon fils fugue dans les rues de Paris, disparaît, je n'ai aucune nouvelle, le lendemain matin il est retrouvé mort (non, certainement pas – jamais de la vie), j'envisage qu'ils soient plusieurs à l'avoir enlevé ? Le 29 mai, il déclare dans *L'Aurore* : « Ce n'est pas un inconnu qui a tué mon fils ». Mais à partir du moment où on lui tend une perche, quand le message urgent fait surface, tout change. Il jure qu'il n'a jamais eu aucun ennemi, il défie publiquement l'assassin, dont il répète et martèle, contre toute logique, que c'est un pervers sexuel ou un tueur cupide et sans âme prêt à tout pour de l'argent, il lui donne forme, une forme simple et stéréotypée : il ne fait en réalité que suivre l'Étrangleur, il va dans son sens, il l'aide à prendre vie, à devenir le coupable idéal.

– L'arrestation de Lucien est bien tombée, pour tout le monde. Car fin juin, début juillet, après plus d'un mois de fanfaronnades de l'Étrangleur, les parents de Luc sont toujours considérés par Jean Samson, Robert Bacou et Jean-Claude Seligman comme les principaux suspects – c'est dire si on a des doutes à leur sujet, car Lucien n'a pas ménagé ses efforts pour qu'on le croie (et des messages de l'Étrangleur ont même été envoyés pendant leur garde à vue). Le 24 juin, par exemple, lorsqu'on interroge le gardien de la paix Jean-Pierre Bellin, matricule 16 164, que l'Étrangleur a côtoyé la veille au soir durant plusieurs minutes dans le métro, les enquêteurs lui montrent une photo d'Yves Taron pour savoir s'il le reconnaît. Le

2 juillet, une commission rogatoire du juge d'instruction Seligman demande une « surveillance discrète de jour » de Taron. Quatre officiers du SRPJ se relaient pour s'en charger, mais pas longtemps : Lucien est déjà en train d'entrer tout seul, comme un grand, dans le collimateur du commissaire Poiblanc, l'énigme sera bientôt résolue et l'enquête bouclée, les quatre officiers pourront abandonner sereinement la filature de Taron. Le vendredi 3 juillet, *Paris Jour* sent que le dénouement est proche – et ne se trompe que sur sa nature et son principal protagoniste. Sous le titre « Le petit Luc n'a pas été tué dans le bois de Verrières » et le sous-titre « Les policiers cernent la vérité », le journaliste se concentre sur le couple Taron et fait plus qu'insinuer ce que cernent les policiers : « Le juge Seligman et le commissaire Samson ne se sont jamais fait d'illusions, et n'ont pas oublié, depuis trente-cinq jours, l'ambiance familiale qui entourait, depuis sa naissance, le malheureux petit garçon qui ne souriait jamais. »

– Une seule fois, Yves Taron a parlé de Jacques Salce. (Il aurait dû en parler deux fois. Parmi les missions que le procureur de la République avait confiées au commissaire Delarue, il était mentionné qu'il convenait « de lui demander des précisions sur ses éventuelles relations avec M. Salce ». Mais comme on le sait, Delarue, ému et compatissant, s'est refusé à lui imposer « l'évocation de très douloureux souvenirs ».) Le 10 novembre 1976, donc deux ans après que Lucien a accusé publiquement Jacques Salce, Taron écrit au garde des Sceaux (Olivier Guichard), une lettre que j'ai retrouvée dans les archives du ministère de la Justice. (Il faut d'abord dire que Salce, après les accusations de Lucien contre lui, en 1974, a attaqué en justice l'AFP et les journaux qui avaient relayé les propos du condamné à son égard, et obtenu des dommages et intérêts conséquents. On ne reproche rien à l'auteur de la calomnie, on tape sur les messagers.) Cette lettre de Taron au ministre est celle d'un homme en crise, d'un homme ulcéré, qui pète les plombs. Elle déborde de mots en majuscules, ou soulignés, ou les deux. (C'est aussi une lettre qu'on ne peut s'empêcher de trouver « fausse », qui sent la rage et la peur jaune cachées sous la douleur qu'on exprime la main crispée sur le cœur, qui sent le mélo artificiel. Je vois peut-être la sournoiserie partout mais son fils soudain ne s'appelle plus Luc, il s'appelle « Petit Luc », sans article et avec une majuscule à l'adjectif (comme Petit Gibus dans *La Guerre des boutons*) : pour broyer le cœur des lecteurs, je pense.) Il s'en prend à Albert Naud, qui a osé formuler une requête en révision, et Jacques Salce apparaît : « Ces regrettables déclarations d'un assassin et d'un avocat, si elles nuisaient considérablement à la cause d'un enfant tué, n'apportèrent qu'un avantage, et en faveur de M. Salce, accusé du crime par Léger. La mort de l'enfant lui a rapporté trois millions d'anciens francs, alloués par le tribunal de Paris, en réparation du préjudice que l'accusation de Léger et Naud lui créait après avoir été rapportée par un quotidien, et peut-être une somme bien supérieure, puisqu'il a été dit qu'il avait également poursuivi l'Agence France-Presse, qui initialement avait diffusé les dires de Léger. » (Il est jaloux, c'est évident, de la belle somme que Salce a réussi à gratter (et il va peut-être en croquer encore, ah le salaud), mais j'ai du mal – toujours suspicieux, c'est vrai – à ne pas y voir une haine plus profonde, voilée : « La mort de l'enfant lui a rapporté », souligné, je ne sais pas, ça me fait drôle. Je divague, sans doute.) Ensuite, il s'énerve et s'inquiète. Deux semaines plus tôt, il a regardé l'émission de Philippe Bouvard sur TF1, « L'Huile sur le feu ». Il y a entendu Albert Naud faire sa « propagande » en faveur de Lucien Léger, et évoquer de « nouveaux faits » (qui tournent tous autour de Jacques Salce) : « Alors M. le ministre nous vous SOLLICITONS (OUI, POUR UNE FOIS, JE SOLLICITE) [« pour une fois », c'est comique]

que vous fassiez publier un communiqué précisant LA VRAIE SITUATION des successifs recours annoncés par Naud, je le demande au nom de la maman QUI N'A PAS UNE MINUTE DE RÉPIT et voit SANS CESSE SON CHAGRIN RAVIVÉ par le besoin de publicité de deux individus. Dans l'affaire Agret, l'opinion a été tenue au courant. [Il choisit mal son exemple : Roland Agret sera gracié puis rejugé (contrairement à Lucien), acquitté et réhabilité en 1985, et consacrera même la suite de son existence à lutter contre les erreurs judiciaires.] La maman d'une victime ne peut décemment être moins bien traitée. » Rien ne justifie cette colère et moins encore cette espèce de panique. Cette lettre (qui n'est pas adressée à sa cousine mais au ministre de la Justice) ne sert à rien. Simplement, Yves Taron, se cachant derrière « la maman », veut savoir ce qui se trame. On manigance dans son dos, on va annoncer des trucs, il se passe quelque chose, mais quoi ? (QUOI ?) Il a tort de s'inquiéter, ça ne donnera rien. Jacques Delarue veille au grain. Il évitera de faire souffrir Yves Taron, il décrétera officiellement, pour la postérité, que Jacques Salce est d'une parfaite sincérité, et affirmera enfin que toutes ces fastidieuses enquêtes pour vérifier que Lucien Léger est bien l'odieux assassin qu'il a l'air d'être étaient parfaitement inutiles. Tout est parfait, la vie peut continuer tranquillement.

J'entre dans le bloc la tête la première, les bras le long du corps, les orteils et les yeux au plafond, je perçois des présences autour de moi, blanches, vert clair, je vois des têtes qui passent, neutres, tout est désinfecté, je sens qu'on m'attendait, et me voilà, c'est à moi. Je suis tendu. (En vrai : j'ai peur.) À partir de là, ma mémoire n'est déjà plus très fiable. On me soulève pour me déposer sur la table d'opération mais je m'en rends à peine compte, je suis concentré, comme si j'allais devoir faire quelque chose. On s'affaire, on me prépare. (Je me rappelle ces moments presque comme un rêve, ou un demi-coma – j'ai le même genre de souvenirs que le paysan qui jure avoir été enlevé par des extraterrestres : « J'étais dans une salle très pure, on me manipulait, c'est difficile à décrire, c'était de l'ordre de la sensation, des êtres bienveillants autour de moi, des têtes très allongées, des yeux immenses… ») Une jeune femme blonde se penche vers moi, proche, un visage un peu rond, trente-cinq ans peut-être, elle est masquée mais je vois qu'elle est jolie, ses yeux sont bleu-gris (immenses, très lumineux), toute proche, elle me dit qu'elle va m'endormir, tout va bien se passer, il faut que je sois calme, serein, tout va bien se passer. Elle disparaît de mon champ de vision, je devine qu'elle passe derrière moi, juste derrière ma tête. En posant sur mon nez et ma bouche un masque au bout d'un tuyau bleu clair, elle se penche et je sens – je sais que ce n'est pas le moment mais on ne maîtrise pas tout – ses seins sur le haut de mon crâne, j'essaie de ne pas y penser mais je n'y arrive pas, de gros seins, oh, elle a de gros seins, contre ma tête, souples, gros, tendres – stop, Philippe, stop. D'une main, elle maintient le masque sur mon visage, de l'autre, elle me masse tendrement le torse – au secours. « Allez, respirez bien à fond, faites-moi plaisir. » Elle est gentille, douce, elle m'apaise en me caressant la cage thoracique, « Respirez bien à fond », je me sens partir un peu, « Faites-moi plaisir », la lumière semble s'intensifier, j'ai l'impression – fausse sans doute – que ses seins sont posés sur mon front, lourds, mais il ne faut pas que j'y pense, elle me caresse, blanc aveuglant, de plus en plus aveuglant, sa main douce sur moi, ses seins, ses seins, « Bien à fond, encore… allez, faites-moi plaisir… bien à fond, bien à fond, encore… faites-moi plaisir… encore… bien à fond… » Paradis aveuglant. Je me dis que je peux mourir. Ce n'est pas une invention rétroactive, je sais que j'ai réellement pensé, dans la lumière blanche : « Là, comme ça, pas de problème, ça va, je veux bien mourir. »

Lucien Léger n'est pas un fou,
c'est un être très intelligent,
très rusé, très pervers.

Yves Taron, *Libération*, 9 juillet 1964.

Taron est un individu taré.

Inspecteur Jacques Riffet,
rapport du 15 octobre 1948.

Les policiers tiennent en réserve un argument
qui leur permettra de faire la preuve définitive
que Léger est ou n'est pas l'assassin.
Ils ont en effet recueilli un témoignage
resté jusqu'ici rigoureusement secret.
Le témoin, dont l'identité n'a pas été révélée,
sera confronté très prochainement à Lucien Léger.
On saura alors si ce dernier est seulement un fou,
ou si c'est un assassin.

Le Journal du dimanche, 5 juillet 1964.

Je ne suis pas mort – joie. (J'aime (façon de parler) penser, en écrivant, en regardant mes doigts bouger sur le clavier (il faut que je me coupe les ongles), qu'un jour, dans quelques années (ou dans trois semaines), un lecteur dans son lit à Bastia, une lectrice dans un TGV vers Lyon, liront les premiers mots de ce chapitre et penseront : « Ben si. ») Je ne suis pas mort, au contraire : l'œil alerte après une longue période d'oisiveté comateuse qui, magie de l'espace-temps littéraire, passe inaperçue d'un chapitre à l'autre, je reviens en trombe dans la vie, en plein cœur de la société à la fin des années 1940, où m'a directement propulsé, masqué, l'infernale ligne 13. À Pierrefitte, les Archives nationales ont rouvert, un peu plus de six semaines après la fin du confinement (le « nouvel ordre » s'est fait attendre, alors que même en temps normal, sans virus qui rôde et flotte, il n'y a jamais moins de deux ou trois mètres entre deux lecteurs ou lectrices, contre dix ou vingt centimètres entre n'importe quels clients d'un Monop' ou d'un Franprix de mon quartier (je n'ai jamais touché personne à Pierrefitte, loin toujours s'en est fallu, alors que je me suis fait tousser dessus par un type bourré à Franprix ou Carrefour Market, je ne sais plus, en plein pic d'épidémie, quand tout le monde se regardait de travers et que les rues de Paris n'étaient plus sillonnées que par des ambulances)), j'ai réservé le dossier (et pris un rendez-vous obligatoire) dès le premier matin possible sur internet, et me voilà maintenant assis masqué (j'ai un masque assorti à mon sac matelot, écossais, très chic), les mains hydroalcoolisées, dans la grande salle de lecture que j'aime, une jeune femme en minijupe noire à deux ou trois mètres sur ma droite, masquée elle de bleu marine à pois, avec une espèce de chignon pop et des boucles d'oreilles roses, et devant moi sur la table, sous la lumière blanche de la lampe, une cinquantaine de feuilles de papier pelure abîmées et jaunies, sur lesquelles des gens qui sont aujourd'hui tous morts parlent d'Eugène Yves Taron.

Léontine L. B., par exemple, une coiffeuse de vingt-sept ans, née dans le Finistère : « Il m'a d'abord photographiée habillée, debout, puis assise sur le coin de la table, ou couchée, les jambes allongées, pliées, croisées ou en l'air. Ensuite, il m'a enlevé ma culotte et a relevé ma jupe jusqu'au sexe. Comme je lui faisais remarquer que mon visage n'était pas pris sous le meilleur profil, Taron m'a déclaré que ça n'avait pas d'importance. »

Le 19 juillet 1948, quelques mois avant ce témoignage pince-sans-rire ou involontairement drôle, une note interne du ministère de l'Intérieur, émanant de Pierre Boursicot (ce n'est pas n'importe qui, c'est le directeur général de la Sûreté nationale), est adressée à Germain Vidal (qui n'est pas non plus le cousin de ma voisine : il dirige les Renseignements généraux) : « Il serait intéressant de savoir ce qui se passe au 24 de la rue de la Chaussée-d'Antin, qu'en pensez-vous ? » La plainte, ou la main courante, d'une jeune femme de vingt-cinq ans, Madeleine D., qui dit avoir été « surprise dans [sa] bonne foi », est remontée jusqu'à Boursicot, accompagnée d'un prospectus : « Mademoiselle, vous pouvez gagner 800 francs par jour en deux heures, même sans quitter votre emploi et sans connaissances spéciales, en posant pour nos clichés. Écrire pour convocation au CFC, service Publicité, 24 rue de la Chaussée-d'Antin. »

Madeleine explique que, rentrant chez elle, rue de Rome (perpendiculaire à la rue de Naples), elle a été abordée par un homme d'une trentaine d'années (il s'avérera qu'il s'appelle Albert T.), qui lui a donné ce tract. Elle a pris rendez-vous, dans l'espoir de gagner un peu d'argent honnêtement (on sort de la guerre, c'est dur pour tout le monde), elle s'est rendue rue de la Chaussée-d'Antin, y a retrouvé le dénommé T. et un autre homme un peu plus âgé (Eugène Yves Taron, sous vos applaudissements) semblant être le maître des lieux – le patron du CFC, qui était à la fois le Comptoir français colonial et le Centre français commercial. Ils ont pris d'elle deux photos (« publicitaires », officiellement) habillée, puis lui ont fait enlever son chemisier. Quand elle s'est retrouvée en soutien-gorge, elle s'est demandé si elle avait vraiment bien fait de venir. Quand ils l'ont allongée sur la table du bureau, elle s'est répondu que non, sans doute non. Quand T. s'est approché d'elle, toujours couchée sur le dos, et lui a remonté sa jupe au-dessus de la culotte, pendant que le chef Taron continuait à prendre des photos, elle s'est dit qu'elle était vraiment bien gourde. Mais Madeleine était timide, elle n'a pas osé protester. Elle a simplement refusé d'enlever sa culotte. On lui a fait savoir que ce premier essai n'était évidemment pas payé, il ne fallait pas rêver, c'était une sorte de casting, on la rappellerait si on était intéressé. Mais qu'on la rappelle ou non, elle savait qu'elle ne reviendrait pas : « Je me suis rendu compte que ces deux personnages étaient sadiques. »

Apprenant qu'aux dernières nouvelles, le directeur du CFC résidait à Marseille, Germain Vidal contacte ses collègues des RG du Sud, qui lui répondent, le 25 août 1948, que Taron a quitté la région depuis 1946 et qu'il est désormais domicilié à Paris, 18 rue de Naples. Ils ajoutent : « Il est connu de nos services. Il est présenté comme un individu douteux, dénué de scrupules. » Le 9 septembre, un rapport parvient à la Sûreté, qui donne quelques informations supplémentaires sur Eugène Taron, parmi lesquelles : son divorce avec Simone K. (Sima) a été prononcé le 18 décembre 1946 par le tribunal de la Seine, « il n'a pas d'enfant » (il ne s'en soucie pas beaucoup mais il en a un, si, Gérald, sept ans alors), il n'a jamais exercé de profession bien définie mais « il s'est occupé d'assurances automobiles, de vente, d'affaires cinématographiques », il expédie à l'étranger, sous couvert du CFC, divers produits, « jouets, articles de ménage, bimbeloterie, vêtements, etc. », et enfin, « une secrétaire qui paraît intimement liée avec Taron aide ce dernier dans son entreprise commerciale ». Au bas de ce rapport, Pierre Boursicot, le boss de la Sûreté, a écrit en grosses lettres, au crayon bleu : « Tout cela est très bien, mais qu'allons-nous faire ? »

Nous allons interroger le dénommé Taron, c'est le plus simple. Le 1er octobre, il est convoqué par l'inspecteur Riffet au commissariat du quartier de l'Europe (où il se rendra dix-huit ans plus tard, et tardivement, pour signaler la disparition de Luc). Il raconte un peu sa vie, son mariage avec Sima, leur divorce quand elle a pris un amant en 1945, son emménagement à Paris, leur fils qui est venu le rejoindre début 1946 et vit avec lui rue de Naples. Il a créé le Centre français commercial lorsqu'il s'est installé dans la capitale, et plus récemment, Paris Centre Production : « Cette entreprise a pour but de me procurer la publicité nécessaire pour augmenter ma clientèle dans mes deux autres commerces. » Et donc, on en vient à cette histoire de photos. Ce n'est rien de très extraordinaire – et encore moins de scandaleux. Eugène Taron explique que vers le milieu de l'année 1945, il a fait imprimer des tracts à l'imprimerie Beraud, 25 rue Michel-le-Comte, dans le 3e arrondissement (seuls les plus solides piliers de comptoir, ou les personnes âgées de plus de soixante-quinze ans, sauront de quoi je parle, mais quand on annonce dans un bar ou un commerce :

« Ça fait la rue Michel », c'est-à-dire quand on veut indiquer que la somme donnée ou reçue convient, que le compte y est, c'est en référence à cette rue). C'est pour la publicité. Il photographie de jolies femmes à côté des coffrets à bijoux qu'il propose, des lampes, de la verrerie… (Pas des jouets ?) Car la Parisienne sexy, ça fait vendre. Il arrive qu'elles posent en tenue un peu légère, mais seulement lorsqu'il s'agit de proposer de la lingerie (forcément). Taron estime qu'il a dû photographier une trentaine de jeunes femmes. Et peut-être une petite dizaine entièrement nues, oui, d'accord, c'est vrai, bon. Celles qui voulaient gagner 100 ou 200 francs de plus. Pour être vraiment honnête, un peu aussi pour leur plaisir personnel, à T. et lui, oui, bon, bon.

Les enquêteurs vont faire un tour dans les locaux du 24 rue de la Chaussée-d'Antin. Ils sont étonnés de n'y trouver que très peu de pellicules. Ce n'est peut-être pas grand-chose, après tout, cette histoire. Ils tombent quand même sur un carnet contenant une très longue liste de noms de jeunes femmes, avec leurs adresses, leurs mensurations, et quelques commentaires peu professionnels. Ils se rendent chez certaines d'entre elles.

Ils comprennent vite qu'il n'a jamais été question de publicité, de lampes ou de coffrets à bijoux. Taron affirmait aux jeunes femmes qu'elles n'avaient pas à craindre que les photos tombent sous les yeux de leur famille ou de leurs proches : elles ne seraient publiées qu'en Extrême-Orient, dans des revues « spécialisées ». (Yves Taron, en fait, a passé sa vie à mentir.) Lucienne C. a posé une dizaine de fois pour lui, la première en combinaison, puis seins nus, et les suivantes seulement en culotte, avec des bas et un porte-jarretelles qu'il fournissait lui-même, « couchée sur la table de son bureau, les jambes écartées ou en l'air », ou bien « debout face au mur, la culotte baissée sur les cuisses ». Elle n'était pas spécialement fière de ce qu'elle faisait (« Je reconnais que toutes les poses que Taron m'a fait prendre avaient un caractère indécent »), mais elle avait besoin d'argent – évidemment, Taron ne payait pas ce que promettait son prospectus : loin de 800 francs pour deux heures, Lucienne, comme les autres, était rémunérée 150 francs de l'heure, et bien sûr ne restait jamais deux heures, juste le temps de prendre quelques poses humiliantes, la catin qui réclame le mâle ou l'écolière qui accepte sa punition, juste le temps qu'il se rince bien l'œil entre ses jambes. Après avoir plusieurs fois résisté quand l'artiste photographe tentait de lui retirer lui-même sa culotte, de force mais sans trop insister, Lucienne avait fini par la baisser elle-même.

Josiane D., elle, n'est pas allée jusque-là. Elle est venue deux fois rue de la Chaussée-d'Antin, le 20 juillet 1947 pour la séance gratuite, puis le 20 octobre de la même année. Là, elle a compris : « Étant une jeune fille sérieuse, je me suis aperçue que j'étais tombée dans les mains d'hommes sans moralité qui abusaient du besoin d'argent des jeunes filles. » Elle n'a pas répondu à la troisième convocation de ce « dégoûtant personnage ». Elle demande une certaine discrétion aux enquêteurs : « Mes parents, qui sont forains, seraient navrés d'apprendre cette affaire. » (Dans la salle de lecture, malgré le sordide du dossier, je ne peux m'empêcher de sourire, et surtout de regretter, même si ce n'est pas très noble, que les policiers l'aient gentiment exaucée : cinq ou six gros forains moustachus en marcel qui toquent à la porte de Taron… Dommage.)

Après tout, ces jeunes femmes sont adultes (elles ont, pour la plupart, entre vingt et un et vingt-sept ans), elles font ce qu'elles veulent, Taron ne leur a pas mis de couteau sous la gorge : même si c'est rageant, ça risque de ne pas aller bien loin. Mais quand Jacques Riffet et ses collègues Turmel, Reboud et Seyvoz commencent à se retrouver face à des mineures, ils comprennent que ça ne va pas s'arrêter là. Raymonde S., par exemple, est née en octobre 1929. Elle a seize ans lorsque Albert T. lui tend un prospectus dans la rue. Elle pose pour la première fois, juste à moitié déshabillée mais bénévolement, en septembre 1946, donc avant son dix-septième anniversaire. Elle vit seule avec sa mère, qui est à sa charge et qui, sans elle, n'aurait rien à manger. En mai 1947, Taron lui demande d'enlever sa culotte, elle refuse pour le principe mais c'est tout ce qu'elle garde sur elle, avec le porte-jarretelles et les bas qu'il lui a fait enfiler, elle est seins nus. Et elle ne se fait pas d'illusions : « Je ne me souviens pas formellement d'avoir posé le sexe nu ce jour-là, toutefois, étant donné les poses pornographiques que me faisait prendre M. Taron, il est possible que mon sexe ait pu être dévoilé et photographié. » La troisième fois, en juin, elle n'a plus de culotte. Selon les enquêteurs, elle n'est pas la seule à s'être retrouvée nue avant ses dix-huit ans dans le bureau du Centre français commercial.

Le 4 octobre, Eugène Taron est donc arrêté et placé en garde à vue. Lors d'un nouvel interrogatoire, il modifiera sensiblement ses premières déclarations. Parallèlement, on demande aussi des explications à Albert T., qui est auditionné par l'inspecteur René Seyvoz.

Il est né en 1915 à Paris. En 1948, il vit dans le 14e arrondissement avec sa femme et leur fille de quatre ans, il travaille à la caisse de prévoyance de la SNCF. Il a rencontré Yves Taron à seize ans (ce dernier en avait vingt-deux) mais le procès-verbal ne dit pas dans quelles circonstances. Ils se sont fréquentés pendant deux ou trois ans, puis se sont perdus de vue quand Albert est parti faire son service militaire à Vincennes – au moment où son aîné a créé sa première société, la bien nommée Maison Taron, domiciliée rue Louis-le-Grand. Ils se retrouvent, on ne sait pas comment non plus, juste après la Libération. Albert est papa d'un bébé, la vie est dure, la SNCF nourrit à peine son homme, sa femme et son enfant n'en parlons pas : il demande à son ancien copain, qui paraît bien aisé, contrairement à pas mal de Français d'alors, s'il peut lui donner un coup de main ou un petit boulot. Natürlich ! Chaque soir, après le travail, entre 18 heures et 19 heures, Albert fait quelques courses ou démarches pour Taron, dépose des paquets, poste des enveloppes, en échange de 3 000 francs par mois. Mais très vite, la nature du job change (le salaire aussi : il passe à 5 000) : il est exclusivement chargé de répandre des prospectus dans la foule, principalement dans les quartiers de la Chaussée-d'Antin et de Saint-Lazare : il doit ramasser de la gisquette pour le patron. Il ne donne pas l'appât à n'importe qui, pas question de gaspiller du papier, c'est comme tout, le papier, ça coûte : « Il les distribuait aux jeunes femmes qu'il jugeait susceptibles de convenir aux goûts de Taron », note le rapport de l'inspecteur Riffet. Il a été bien briefé, il sait le genre de matos qu'il faut cibler. (Il raconte à l'inspecteur qu'ils ont même fait des tournées ensemble, pour que l'apprenti comprenne bien ce que veut le maître. Un jour d'avril 1948, par exemple, ils rôdent ensemble, non pas dans la zone du bureau mais autour de la rue de Naples. Ils croisent une belle femme sur le trottoir, le patron se retourne sur elle à l'angle de la rue de Rome et de la rue de Constantinople : « Taron, qui a remarqué qu'elle avait de jolies jambes, m'a ordonné de lui donner un prospectus. » (On sent qu'on n'est pas là pour rigoler : « ordonné ».) Obéissant, Albert traverse la rue, trotte dans le sens inverse de leur marche, une centaine de mètres, traverse à nouveau, fait mine de croiser la proie par hasard et lui tend le tract comme si c'était de la pub pour une vente de tapis. (Elle s'appelle Geneviève B., elle se souviendra qu'elle portait ce jour-là une jupe longue mais très fendue derrière (Taron n'est pas le lapin de trois semaines : il faut toujours se retourner avant de juger). Elle est mariée, elle a vingt-quatre ans, elle est secrétaire de la Fédération nationale des engrais, mais l'argent ne se trouve pas sous les sabots d'une vache : elle est allée se faire photographier trois fois, une pour le « casting », la jupe au-dessus de la culotte, la deuxième seins nus, 150 francs, la troisième, 150 francs aussi, sans culotte, en bas et porte-jarretelles, avec « une vieille robe de chambre, sale, de couleur rose », que lui a fournie Taron, qui l'a photographiée « dans des poses obscènes, sexe découvert ». Satisfait de la prestation de cette passante (et, j'imagine, de son intuition, qui jamais ne le trompe), il lui propose de gagner plus d'argent en se lançant dans le cinéma : il a un studio à Boulogne-Billancourt. Attention, ce ne serait pas ce qu'on appelle de la pornographie, non, il travaille pour des « maisons de couture », spécialisées dans les robes de chambre (vieilles, roses, sales, et qui ne ferment pas devant).)) Ensuite, Albert confirme le principe décrit par les jeunes femmes : la première séance n'est jamais rémunérée, mais n'est pas pour autant anodine, il faut tester la marchandise. (Andrée B., « coiffeuse et mannequin » (pour cette seconde activité, elle devient Jeanine B., plus chic et sexy), a été reçue le 27 septembre 1948, après s'être vu décerner un prospectus dix jours plus tôt, rue Joubert, derrière le Printemps. Elle ne s'est pas vraiment dénudée mais elle a fait toute une série de photos « corsage ouvert » et « jupe relevée à la taille », sur la table et « dans toutes les positions ». Puis on lui a serré la main, on ne lui a rien donné (merci mademoiselle, c'était très gentil de votre part), on la recontacterait bientôt – malheureusement ou pas pour elle, Taron a été arrêté une semaine plus tard, elle aura donc levé les jambes ou cambré les reins devant ce pervers baveux sans un franc en échange, juste pour le plaisir d'Eugène. « Si la fille avait plu à Taron, dit Albert T., il la reconvoquait. » (Mais il ajoute que beaucoup, ayant compris à qui elles avaient affaire, ne revenaient pas.) Au moment où Andrée alias Jeanine quittait les locaux, Taron a ajouté que si elle avait de jolies amies, qu'elle fasse passer le message, elles seraient les bienvenues au

CFC. (Il est possible que les tracts n'aient pas été sa seule source d'approvisionnement. Au début du mois d'août, Andrée s'était rendue, après avoir répondu à une annonce dans un journal, à l'atelier Deval – un vrai studio photo, situé au 31 rue de Rome (tout près de chez Taron (et Salce), quasiment au coin de la rue de Stockholm). Elle y avait posé en maillot de bain. Par la suite, elle avait reçu, chez elle, un télégramme qui lui enjoignait de « rappeler d'urgence l'atelier », ce qu'elle avait fait. Au téléphone, on lui avait alors demandé si elle désirait « être présentée à un individu travaillant dans le cinéma », en lui précisant que c'était « à des fins publicitaires » et qu'elle serait photographiée et filmée nue, dans un studio de Boulogne-Billancourt. Elle n'avait pas donné suite.))

Albert va révéler quelque chose d'important, et bien glauque, aux enquêteurs. Les photos, on s'en doutait, ne servaient pas à faire la promotion des articles que vendaient les différentes entreprises de Taron, mais elles n'étaient pas non plus envoyées à des magazines en Extrême-Orient, ni nulle part, pour une raison simple : il n'y avait pas de photos. Pas de pellicule dans l'appareil. Taron avait cependant dû réviser un peu son projet de départ, après que plusieurs filles avaient demandé à voir les clichés de leur première séance avant d'accepter d'enlever leur culotte : il avait alors acheté un deuxième appareil, identique au premier, dans lequel il chargeait une pellicule. Il prenait les cinq ou six premières photos avec celui-ci, pour avoir quelque chose à montrer en cas de réclamation, puis, tour de passe-passe, il continuait avec l'autre, vide. Car, explique Albert, la pellicule, c'est comme le papier, c'est comme tout, ça coûte : il serait complètement idiot d'en gâcher pour rien (sans compter qu'ensuite, il faut la développer, c'est les yeux de la tête – la peau des fesses, ha ha). « Ces séances, conclut Riffet dans son rapport, étaient uniquement destinées à satisfaire les passions perverses de Taron, qui prenait un plaisir évident à faire déshabiller les femmes et à leur faire prendre des positions pornographiques. » Les enquêteurs comprennent donc pourquoi ils ont trouvé si peu de pellicules dans le bureau de la rue de la Chaussée-d'Antin. Ils les font développer et en tirent deux conclusions, une confirmation et une découverte : la « perversité de Taron », écrivent-ils ; sa nullité confondante en tant que photographe : presque toutes les photos sont floues et très sous-exposées, on distingue tout juste les silhouettes et les positions.

Jacques Riffet se montre indulgent avec Albert, qui n'a jamais été condamné auparavant (contrairement à son mentor, qui trimballe une ribambelle de casseroles depuis plus de dix ans) : « Il a été entraîné par Taron, et ne l'a secondé dans sa débauche que parce que celui-ci lui versait une mensualité de 5 000 francs. » C'est un peu naïf, inspecteur. Les témoignages de plusieurs filles concordent : Taron restait à distance, se contentant de prendre des photos, croyaient-elles, et de faire ce qu'il avait envie de faire dans son coin, mais Albert était à la manœuvre. C'est lui qui les manipulait et, disent-elles, ne se gênait pas pour mettre ses mains aux endroits nécessaires à l'adoption convenable des positions souhaitées – on attrape les femmes par où on peut. C'est pas Trump qui dira le contraire. (C'est pratique pour Albert. Il arrondit les fins de mois, il permet à sa femme et à sa fille d'avoir une vie plus agréable, il a sa conscience pour lui, et en même temps, il passe ses soirées à tripoter les seins et les fesses de jolies Parisiennes qui ne peuvent pas protester.) Elles sont toutes d'accord pour dire que Taron n'intervenait pas (sauf, parfois, pour baisser la culotte de certaines, mais en gentleman), Albert était son bras armé, si on peut dire, son instrument. Cela semblait être une partie de son salaire, Taron étant un homme de pacte : tu me les ramènes, tu me les positionnes, et en contrepartie, tu peux mettre tes mains où tu veux, je ne dis rien – elles non plus, bien sûr, avec ce que je les paie, manquerait plus que ça. Plusieurs modèles constatent que Taron est tout à fait conscient des gestes déplacés de son « assistant », mais le laisse faire sans le rappeler à l'ordre. Amuse-toi.

L'inspecteur Riffet interroge également la secrétaire qui « paraît intimement liée avec Taron ». C'est Claude P.-C. Elle a vingt-trois ans. Ils sont en couple. Elle dit avoir rencontré son compagnon l'année précédente, en juillet 1947, lors de vacances à Jullouville, dans la Manche. Ils ont sympathisé et échangé leurs adresses. Fin août, lorsqu'il est rentré à Paris et elle à Courbevoie, chez sa mère, il l'a recontactée et ils se sont revus, de plus en plus souvent. Ils vivent ensemble, rue de Naples, depuis la mi-décembre 1947, se sont fiancés le 11 janvier 1948 et doivent se marier le 19 novembre, dans un mois et demi. On ne sait pas si elle est au courant des petites activités salaces de son futur mari (ce n'est, curieusement, pas mentionné dans le procès-verbal d'audition), elle dit tout ignorer de son passé, elle sait seulement qu'il est divorcé. Elle ne parle pas de son fils, alors que Taron prétend qu'il habite avec lui – avec eux, donc. (En 1964, face à l'éternel Mothe, elle déclarera : « J'ai eu l'occasion de voir cet enfant, qui était élevé par sa sœur Yvonne. »)

Je ne veux pas avoir l'air d'un pisse-vinaigre (surtout pas) qui croit que l'amour pur n'existe pas, mais, comme pour Suzanne plus tard, n'est-ce pas un peu déroutant, cette jeune créature en maillot de bain à Jullouville (grande, svelte, à la chevelure décolorée, toujours très élégante, comme l'ont décrite deux voisines de Taron) qui s'éprend follement d'un vieux cancrelat sinistre, pâle comme un bidet d'hôtel de passe, moche et malsain, une éternelle Gitane maïs au bec ; cette jeunette qui succombe à son charme ensorceleur au point de ne pouvoir résister à l'envie de le revoir au retour des vacances et de se fiancer avec lui à peine six mois après leur flirt romantique en bord de mer ? Taron ne pouvait même pas tout miser sur le charisme, qui souvent sert de puissant philtre d'amour aux moches : Claude confiera en 1964 qu'elle l'a quitté parce qu'il était « taciturne, renfermé, ne voulant pas sortir, n'aimant pas la société, aigri ». D'ailleurs, lors de cette même audition après la mort de Luc, elle dira cette fois qu'elle l'a rencontré en 1947 alors qu'elle vivait à Courbevoie avec sa mère, qu'elle avait « décidé de travailler » et répondu à une annonce parue dans un journal : « M. Taron, qui dirigeait une société d'import-export, demandait quelqu'un pour répondre au téléphone. » (Une annonce, c'est crédible (plus que le coup de foudre sur la plage de Jullouville), pour un emploi de standardiste c'est autre chose.) Est-ce qu'il y a, dans tout ce lointain cirque, une seule personne qui ne ment pas ?

En 1948, quand Riffet lui pose délicatement une question à propos de son activité sexuelle avec Yves Taron, Claude paraît un peu embarrassée (c'est du moins l'impression qu'on a en lisant son témoignage). Elle évoque, apparemment du bout des lèvres, « deux ou trois rapports chaque mois » – ce qui paraît assez peu, sans être un bouc lubrique, pour des fiancés de fraîche date que la vague de la passion a emportés un été sur une plage normande. Prudente, elle mentionne tout de même, pudiquement, une « insuffisance physique caractérisée ». (En 1964, face à Mothe, elle affirmera : « Dans nos rapports intimes, il s'est toujours comporté normalement. » Voilà, on n'en parle plus, c'est oublié. (Elle tiendra alors à ajouter, comme si elle ne pouvait se résoudre à mentir complètement : « Mais il paraissait marqué par quelque chose que j'ignore. »)) L'inspecteur va bientôt comprendre.

Après la mise en garde à vue d'Yves Taron, le 4 octobre 1948 à 18 heures, et une perquisition au 18 rue de Naples, seize ans avant d'autres au même endroit, dans les deux pièces de son bureau (dont l'une est alors occupée par sa bonne, Paulette (c'était le bon temps de l'opulence)) et sur les deux étages de l'appartement qu'il partage avec Claude P.-C. (dans ces lieux encore vierges de drame, le salon au premier, le vestibule au rez-de-chaussée, où restera ouvert le sac à main de Suzanne, où disparaîtra Luc, qui n'existe pas encore), il est interrogé à nouveau et ne raconte plus la même histoire. (Le rapport de Riffet présente le personnage, dès les premières lignes, sous un éclairage direct : « Taron est un individu taré, au passé judiciaire lourdement chargé. ») D'abord, il commence à dire qu'en 1945 et 1946, il prenait de véritables photos publicitaires, et que ce n'est qu'en 1947 qu'il s'est mis à photographier les femmes « dans le costume d'Ève » (cet homme me dégoûte). Photographier ? Riffet et Seyvoz lui apprennent que selon son complice Albert, il n'y avait pas de pellicule dans l'appareil. Ah oui, oui, il convient que c'est exact, pardon, c'est exact, oui, en 1945 et 1946 il ne mettait pas de pellicule, où a-t-il la tête, c'est parfaitement juste mais, il s'en souvient maintenant, il a confondu : début 1947, en fait, c'est quand il a eu l'idée du deuxième appareil, après des réclamations de quelques modèles. Donc, en 1945 et 1946, il ne mettait pas de pellicule ? Pour de vraies photographies publicitaires, il ne mettait pas de pellicule ? Il va falloir arrêter de prendre les inspecteurs pour des jambons, m'sieur Taron. Alors il consent à dire la vérité, ou presque – presque, c'est son maximum. Et l'on est à présent très loin de la trentaine de jeunes femmes photographiées, dont une petite dizaine entièrement nues, qu'il concédait trois jours plus tôt. Il reconnaît qu'il voyait « environ deux jeunes filles par semaine » (soit, en trois ans à peu près, trois cents plutôt que trente ?) lors de séances « d'une ou deux heures » payées « 200 à 400 francs de l'heure ». C'est le mieux qu'il puisse faire dans le registre de l'honnêteté. En réalité, selon les enquêteurs, qui se sont appuyés sur les témoignages et sur les carnets retrouvés rue de la

Chaussée-d'Antin, elles posaient un quart d'heure au plus, ne repartaient jamais avec plus de 150 francs, et « Taron a photographié quatre cents ou cinq cents femmes au minimum ». La plupart sont passées dans son bureau deux ou trois fois, quelques-unes dix fois. Soit, au total, peut-être plus de deux mille séances misérables, sur la table ou contre le mur, culotte aux chevilles, sous l'œil du cancrelat. Et le rapport rappelle : « Certaines jeunes filles photographiées dans ces poses obscènes étaient mineures. »

Que Claude P.-C. ait été au courant depuis longtemps, depuis sa rencontre avec le nabab graveleux des petites annonces, ou que les conclusions de l'enquête l'aient laissée stupéfaite et nauséeuse, l'arrestation de son fiancé a mis un coup rude à leur belle et tendre histoire d'amour : le mariage prévu pour le mois suivant n'a jamais eu lieu, sans doute annulé sur-le-champ. (Cependant, il semble que ni Albert T. ni Yves Taron, laissés en liberté provisoire après vingt-quatre heures de garde à vue, n'aient finalement été poursuivis par la justice. En tout cas, nulle part dans le dossier on ne trouve de trace d'un procès, ni d'une condamnation, ni même d'une inculpation, malgré ce que prévoyait le juge d'instruction (à cette époque-là, en novembre 1948, Guy Baurès est très occupé à faire inculper Vernon Sullivan, Boris Vian, pour outrage aux bonnes mœurs, à cause entre autres de *J'irai cracher sur vos tombes*). Un compte-rendu a été adressé à la Direction générale de la Sûreté nationale le 22 novembre 1948, et c'est tout. Soit les poursuites ont été abandonnées faute de plaintes des jeunes femmes, qui ne devaient pas avoir très envie que tout cela s'ébruite, soit – je ne sais pas si c'est possible, je ne pense pas – ils ont bien été jugés mais, pour une raison ou une autre, peut-être à cause du temps passé, cela ne figure plus sur leur casier judiciaire, ni dans le dossier.) Taron tentera de faire croire plus tard que sa compagne et lui ne se sont finalement quittés qu'en avril 1952, ce n'est pas vrai mais, pragmatique peut-être, Claude est tout de même restée encore un peu plus d'un an chez lui, et au volant de son cabriolet Citroën. Car dans ces années-là, dans l'immédiate après-guerre, Yves Taron, plus qu'aisé, ne manque de rien, il a deux voitures : un magnifique cabriolet Citroën traction avant, dont il laisse l'usage à sa fiancée puis ex-fiancée, et une Ford bleue modèle V8 de 1932, dont il se sert lui-même, deux appartements, deux bureaux, une bonne : Paulette, et donc une maîtresse jeune et très élégante, toujours habillée à la dernière mode. L'inspecteur Riffet écrit : « Les revenus que lui procurait son affaire d'import-export lui permettaient largement d'assouvir son onéreuse passion. »

Son onéreuse passion (quand je pense qu'il a raconté au juge Seligman qu'il voulait rédiger un livre féministe et justicier établissant un parallèle entre les esclaves et les femmes, je me sens en proie à des pulsions peu tendres) lui coûte, de son propre aveu, 5 000 à 6 000 francs par mois. En comparaison, les loyers du duplex et du bureau de la rue de Naples réunis, c'est 15 000 francs par an (c'est toujours lui qui le dit), il dépense donc quatre ou cinq fois moins pour le logement que pour le cul. Mais peu importe, ce sont des broutilles, il explique à Jacques Riffet que le Comptoir français colonial et le Centre français commercial, efficacement secondés, paraît-il, par Paris Centre Production, lui rapportent 1,08 million de francs par an : « Une somme sur laquelle je dois déduire 400 000 francs, ce qui me laisse un bénéfice annuel de 680 000 francs. » Quarante-cinq fois le loyer de son appartement et de son bureau du 8e arrondissement ? Selon mes calculs (très approximatifs, puisque je ne me fonde que sur le prix des loyers), il est à peu près dans la situation de quelqu'un qui, aujourd'hui, gagnerait, net, plus de 2 millions d'euros par an. (Mais ça ne veut pas dire grand-chose : si on se fonde sur le prix d'un quotidien, on « tombe » (pas si bas) à 300 000 euros environ.)

Quoi qu'il en soit, il a du pognon. (Dix ans plus tard, c'est la déconfiture totale.)

Avant d'être mis en liberté provisoire définitive, Taron fait une révélation de poids aux enquêteurs. Lors de ses premiers interrogatoires, il a « omis » de leur faire part de la véritable raison qui l'a poussé à photographier tant de femmes dans le costume d'Ève. On sait qu'Eugène Yves Taron n'a pas de chance avec les bombes. Le 27 mai 1944, à Marseille, un bombardement allié détruit entièrement l'immeuble dans lequel il vit avec sa femme et leur fils, près du Vieux-Port, et sept mois plus tard, le 26 décembre 1944, il est à Paris, sur le pont de l'Europe, quand une bombe allemande explose à la gare Saint-Lazare, aux environs de 23 heures. « Sous l'effet de la déflagration, j'ai été projeté au sol. Je suis resté sans connaissance durant une journée environ à l'hôpital Marmottan, où j'avais été transporté. » C'est ce qu'il a dit en 1964. En 1948, il était plus précis. Après trois jours d'hospitalisation, il est transféré à sa demande à la « maison de santé » Villa Isis, 19 boulevard Arago, dans le 13e arrondissement, où il reçoit divers soins pendant une quinzaine de jours. « C'est le médecin-chef de cette clinique qui s'occupait de moi, essayant plusieurs traitements destinés à éviter la déviation et l'affaissement de la colonne vertébrale, sans résultat positif définitif. Depuis ce jour, les rapports sexuels me sont complètement interdits. [Coup de tonnerre.] C'est d'ailleurs la raison qui a motivé mon divorce, et qui m'empêche de me remarier. C'est donc pour cela que, privé de tout plaisir sexuel, j'ai succombé au plaisir des yeux, pour satisfaire des besoins visuels à défaut d'autres, et pallier ainsi mon insuffisance physique. » L'inspecteur Jacques Riffet ajoute : « M. Taron a d'ailleurs fourni un certificat médical que j'annexe à la présente procédure. » (Il ne s'y trouve plus.)

On comprend mieux la gêne de Claude P.-C. – et la tournure un peu particulière qu'elle emploiera en 1964 quand elle dira à René Mothe que son ancien fiancé « aurait voulu » un autre enfant. On comprend mieux aussi les protestations de Sima K., face à l'enquêteur du SRPJ qui lui apprendra, toujours en 1964, que selon ce qu'a déclaré Yves Taron, leur divorce serait simplement dû au fait qu'elle avait un amant, un avocat marseillais, et qu'elle a abandonné le domicile conjugal pour vivre avec lui : « Ce n'est ni pertinent ni admissible », dira-t-elle, sans vouloir, élégante et fair-play, donner d'autres précisions. On comprend que Suzanne, à partir de 1956 ou 1957, quatre ou cinq ans après sa rencontre avec Taron, se soit mise à papillonner ici et là, peut-être pas seulement pour l'argent, avec de vieux cochons sans doute, mais aussi avec « Maurice », la petite frappe de la place de Clichy. (On comprend même qu'elle ait accepté de se mettre en ménage, pour quelque raison que ce soit, avec un homme si déprimant, qu'elle n'aimait pas : il n'allait pas l'embêter beaucoup à la tombée de la nuit.) Mais surtout, on comprend que Luc Taron n'est pas le fils d'Yves Taron. Et que Lucien Léger, sans rien connaître de la famille, paraît-il, puisqu'il a été condamné pour avoir enlevé le garçon au hasard et seul, le savait.

(Je ne peux pas être aussi affirmatif, c'est stupide. Sur certaines photos de Luc petit (celles que ses parents ont vendues aux journaux), il est possible de lui trouver une certaine ressemblance avec celui qui l'a élevé – du côté de la bouche, par exemple. Ça ne veut rien dire, une forme de bouche à cinq ou sept ans, mais même s'il n'y a qu'une chance sur dix ou cent que Taron soit aussi son père biologique (le certificat médical ayant disparu du dossier, on ne sait pas précisément quelle était son infirmité), je n'ai pas le droit de l'écarter d'un revers de main dédaigneux, sûr de moi. Ça ne change rien. Le fait est qu'il existe une très forte probabilité, que ce soit le cas ou non, pour que Luc soit l'enfant de quelqu'un d'autre.

Et que Lucien Léger le savait, en avait entendu parler. Quelqu'un qui connaissait bien Yves Taron le savait.)

Ce n'est pas parce qu'un homme a dénudé et humilié, en échange de quelques francs, des centaines de jeunes ou très jeunes femmes, ni parce qu'il n'est pas le vrai père d'un enfant disparu, qu'il a quoi que ce soit à se reprocher dans son enlèvement et sa mort (ni parce qu'il a menti ou triché bien souvent dans sa vie et qu'il a l'âme laide). De la même manière que ce n'est pas parce qu'on a été pro-nazis à vingt ans et menti ou triché bien souvent dans sa vie qu'on tue un enfant et qu'on laisse enfermer un innocent à sa place. On en revient toujours aux mêmes choses, dans cette histoire : ces gens sont odieux mais cela ne veut rien dire de plus. C'est ce qu'ont dû se dire le commissaire Samson et le juge Seligman. Espérons. Car : lorsqu'un service de police ou de justice emprunte un dossier, il y appose un tampon ; or sur la chemise cartonnée de celui-ci, ce dossier de 1948 si bien caché, si difficile à consulter, on en voit plusieurs, des tampons.

Le premier date de février 1961 – il y en a même deux, un du 1er du mois, un du 11. C'est l'année où Lucien dit avoir rencontré Salce et Molinaro, mais dans la vie de Taron, je ne sais pas ce qui s'est passé. Quelques mois auparavant, il a, dit-il, « fait arrêter » Julius Graff, alias Fosby et autres, son associé à la tête de la très éphémère Comexima (très éphémère sur le papier, car dans les faits, je l'ai déjà écrit, la société désormais dirigée par Taron seul a continué à vendre pas mal de choses jusqu'en 1969 au moins (et sur une photo publiée au moment où pleuvaient les messages de l'Étrangleur, on voit le père vengeur devant son immeuble de la rue de Naples ; derrière lui, à côté de la porte, près de la plaque de l'increvable CFC, une autre : « Comexima »)), mais rien ne dit que la consultation du dossier soit liée à cette obscure affaire Graff.

Le dernier de ces tampons indique que les casseroles de Taron ont été réclamées par les Renseignements généraux le 31 janvier 1979. Il est possible que ce soit en rapport avec ses activités de militant frénétique pour la peine de mort et le nettoyage hygiénique du pays. Ou peut-être, plutôt, avec un jugement de la cour d'appel de Paris qui sera rendu trois semaines plus tard, le 22 février 1979. Car après le refus de la révision du procès, motivé par l'enquête implacable du commissaire Delarue, Lucien avait fait appel de cette décision par l'intermédiaire de son avocat d'alors, Pierre Garçon, qui écrivait : « Lucien Léger a un ennemi irréductible : Yves Taron. Ce personnage est assez équivoque. » Avant de se prononcer négativement, on peut supposer que la cour d'appel a voulu savoir ce que l'avocat entendait par « équivoque ». Le cas échéant, ça n'a rien changé pour Lucien.

Mais entre 1961 et 1979, le dossier a été lu et tamponné deux autres fois. Le 16 juin 1964 et le 16 octobre 1964. Très probablement par Jean-Claude Seligman, donc, ou l'un des enquêteurs du SRPJ.

La première correspond au lendemain de la perquisition chez Taron, où l'on a trouvé des publications érotiques. C'est quatre jours plus tard, le 20 juin, que Claude P.-C. révèle qu'elle ne s'est pas mariée avec Taron à cause d'une affaire de mœurs. On peut penser que c'est l'OP Mothe qui le lui a rappelé après consultation du dossier, car elle n'avait a priori aucune raison de ressortir cela d'elle-même, d'enfoncer gratuitement son ex- « ami ». Le lendemain, 21 juin, par commission rogatoire, Seligman demande qu'on retrouve une trace de Gilbert Sultan, alias Simon le Balafré ou Sultan la Terreur, mac à Pigalle, arrêté le 16 décembre 1946 pour proxénétisme, séquestration, etc. ; il est possible qu'il ait lu son nom dans un autre dossier, ou dans une partie de celui que j'ai sous les yeux à Pierrefitte, qui n'y figure plus.

Je ne sais pas précisément à quoi peut correspondre la seconde consultation de 1964, celle du 16 octobre. Mais c'est une période à laquelle Jean-Claude Seligman doute sérieusement de la culpabilité de Lucien. Il est possible qu'il ait reçu, par courrier ou de vive voix, des informations de Maurice ou Pierre Garçon. Car ces derniers sont alors les seuls à qui Lucien ait parlé de cette affaire de mœurs, à propos du texte écrit par le « véritable assassin » (il n'est pas encore question de Molinaro, mais d'une lettre que Lucien aurait trouvée dans sa 2 CV) : « Il était dit que le père de l'enfant avait été compromis un jour dans une affaire de mœurs et qu'il avait déjà eu affaire à la police pour cette raison. » (Ce qui pourrait signifier que le ou les ravisseurs de Luc connaissaient déjà Taron en 1948.) Il écrit cela dans une lettre à ses avocats du 20 août 1964, celle dans laquelle il dit également qu'il s'est « forcément passé quelque chose » dans sa voiture puisque ce n'est pas lui qui y a versé le sang. (Ce courrier au cabinet Garçon est particulier. Lucien se lâche, donne des indices, s'avance. Or ce 20 août, le matin même, ou la veille, il a reçu la lettre de Salce (la première et la dernière), dont on ne sait pas si elle l'assure de son soutien et de sa loyauté ou lui annonce qu'il ne pourra pas faire grand-chose pour lui. Dans un cas comme dans l'autre, elle semble l'encourager – l'autoriser ou l'obliger – à bouger quelques pions.)

Mais l'important, ce n'est pas vraiment ce qui a incité Seligman à demander qu'on ressorte ce vieux dossier, c'est ce qu'il en a fait. Qu'il n'ait pas ébruité le passé vicieux de Taron ni la quasi-preuve que Luc n'était pas son fils, c'est normal dans l'absolu – la loi est la loi et c'est très bien comme ça : un homme, a fortiori s'il n'est officiellement accusé de rien, a le droit de vouloir cacher un passé qui n'a aucun lien avec l'enlèvement de son enfant, et plus encore de ne pas révéler des informations aussi intimes que l'impossibilité pour lui d'avoir des rapports sexuels. Ce n'est pas le problème. Le problème, c'est qu'à partir du 16 octobre, et peut-être déjà du 16 juin, mais au moins, c'est sûr, du 16 octobre 1964, en pleine instruction, Jean-Claude Seligman – il n'est certainement pas le seul – sait que l'homme qu'il est chargé de conduire devant la justice a dit vrai : Yves Taron a bien été mêlé à une sérieuse affaire de mœurs, et Luc n'est pas son fils biologique. Jean-Claude Seligman sait donc que Lucien Léger connaissait des proches d'Yves Taron : il n'a pas pu inventer cela, et Luc n'a pas pu le lui dire. Par conséquent, Jean-Claude Seligman sait que ce jeune homme de vingt-sept ans, quel que soit son niveau de responsabilité dans l'affaire et la mesure de son délit, va être jugé – et risque sa tête – pour de mauvaises raisons ; il sait que l'acte d'accusation qui va permettre de décider de son sort pour les dizaines d'années à venir, pour sa vie peut-être (oui), sera vicié, truqué : un texte de fiction. Pourtant, le juge renvoie le dossier de 1948 furtivement dépoussiéré aux Archives et continue à instruire tranquillement, comme s'il n'avait rien vu. Le pire, c'est que ce n'est pas réellement sa faute. Au cours de cet automne 1964, il a d'abord sincèrement essayé de pousser son vis-à-vis dans ses retranchements (jusqu'à demander à Lucien, par défi ou cynisme, peut-être, s'il est un pervers sexuel, et sinon pourquoi – c'était le 28 octobre, douze jours après qu'il a pris connaissance de l'affaire de 1948 et donc de la perversité de Taron), il a commencé par faire son travail, celui de découvrir la vérité, et c'est Lucien lui-même qui l'en a empêché, soutenu par Maurice Garçon. Alors, sans doute, il a laissé tomber. Plus tard, il sera trop tard. Au procès, il sera trop tard – au procès où Lucien Léger, assisté pour une fois par Albert Naud, brandira l'affaire de mœurs pour semer le doute, pour essayer de coincer Taron. Combien de personnes autour d'eux dans la salle d'audience, informées par Seligman, savaient-elles que celui qu'on allait condamner disait vrai, qu'il détenait mystérieusement la bonne information, et se sont tues, ont laissé Taron s'en sortir facilement à la barre, digne et indigné ?

Quand Stéphane et Jean-Louis ont écrit *Le Voleur de crimes*, ils avaient réussi à récolter, trier, classer et mettre en perspective quasiment tout ce qu'on pouvait trouver sur cette affaire. Il ne leur manquait que deux petites choses – parmi celles qu'on peut trouver, car dans l'absolu, il en manquera toujours beaucoup, il faut l'accepter, l'ombre fait partie de l'histoire –, deux éléments qui peuvent permettre d'en éclairer ou d'en mieux placer d'autres.

L'un de ces éléments, c'est l'opulence, même relative, dans laquelle on apprend, avec ce dossier de 1948, que vivait Taron après la guerre. L'Occupation a été profitable à pas mal d'anguilles huileuses, mais les quatre ou cinq ans qui ont suivi, après que les Alliés ont fait sauter la roche sous laquelle elles visquaient, ça s'est éparpillé de tous les côtés et le commerce souterrain et parallèle en a pâti : les fournisseurs, les réseaux et les clients n'étaient soudain plus du tout les mêmes. Or si le patron du Comptoir français colonial s'est plutôt bien débrouillé dans la pénombre vert-de-gris, fourguant ici et là vingt mille flacons d'eau de Cologne, des liqueurs et de la quincaillerie, il réapparaît bien plus prospère encore à l'époque de l'affaire des demoiselles de la Chaussée-d'Antin et de l'appareil sans pellicule. Il a bien surmonté la Libération, il a dû trouver un moyen de réussir la transition parfaite.

L'autre élément qui manquait au moment de la rédaction du *Voleur de crimes*, c'était la preuve de la duplicité de Jacques Salce. On le sentait flou, opaque même, on devinait qu'il cachait des choses mais on ne savait pas lesquelles. (Idem pour Taron : on le savait nocif, sans beaucoup plus de précision.) On ne connaissait pas sa passion de jeunesse pour le national-socialisme, ni les mensonges et faux documents qui lui ont permis de se refaire la façade. En 1948, il est à Baden-Baden, au service des exportations de l'Oficomex. Pour simplifier, l'organisme, créé au tout début de l'année 1946 et chargé de rapporter des pépettes à la France sur le dos de l'adversaire terrassé, contrôle l'import-export de toutes les entreprises allemandes de la zone française d'occupation. On achète aux vaincus leurs produits en marks, au « prix intérieur » (fixé selon le cours de la clopinette), et on revend au reste du monde en dollars, avec une grosse marge au passage. Mais on connaît l'être humain (si), c'est le roi de l'arnaque. Donc ça dérape tous azimuts. Je trouve un numéro du quotidien *Combat*, daté du 23 mai 1948, dans lequel un article de Jean Lavendier, « envoyé spécial à Baden-Baden », souligne les tensions entre les différentes zones d'occupation (l'américaine, l'anglaise et la française) et remarque des problèmes à l'Oficomex : malgré « la différence considérable entre le prix payé en marks aux industriels et la contre-valeur obtenue en dollars de l'acheteur étranger », l'office a signalé un déficit de 175 millions de marks. « Ce déficit énorme, dont les causes n'ont pas été révélées, intrigue fortement les Allemands, d'autant plus qu'il est logiquement inconcevable. » Bref, il y a de la magouille. Salce sera licencié en mai 1949 pour « restriction des crédits budgétaires », après que l'Oficomex aura fusionné avec la Joint Export-Import Agency.

De retour chez moi après les Archives, j'écris à Stéphane pour lui résumer ce que j'ai découvert dans le dossier. Nous échangeons quelques mails et nos impressions, nous parlons des variations spectaculaires des finances de la maison Taron, et il me rappelle quelque chose : un court passage d'un article de *Paris-Presse* – qui ne prouve rien, pour changer, mais interloque. Je l'ai déjà lu, Stéphane aussi, il est mentionné dans *Le Voleur de crimes*, mais comme en passant. Il manquait les deux éléments pour y accorder plus d'attention et, peut-être, mieux l'interpréter.

Le 15 juin 1964, Jean-Claude Seligman perquisitionne chez Yves Taron et Suzanne Brulé, à la fois pour récupérer de la correspondance (c'est ce soir-là qu'il découvre quelques mots doux parfumés à la poudre de vieille rose, adressés à Suzanne par ses galants chenus, ainsi que les lettres d'Albert Modiano et de Jacques Boudot-Lamotte à son quasi-mari), et tout simplement pour voir ce qu'il trouve. Officiellement, il cherche seulement du courrier d'éventuels ennemis, bien que Taron prétende n'en avoir jamais eu, hormis peut-être le très volatile Julius Graff – on va chercher quand même, car il prétend n'en avoir jamais eu, mais une heure plus tôt, en sortant du bureau de Seligman à Versailles, il a déclaré à un journaliste : « Certains savent que j'ai parfois attendu dix ans pour me venger. » (Certains, bon.) À 21 h 30, Me Vizzavona, l'avocat du couple, sort du 18 rue de Naples. Le reporter de *Paris-Presse* lui demande ce qu'il se passe à l'intérieur. Sa réponse sera reproduite dans l'édition du lendemain du quotidien du soir, datée du 17 juin : « Le juge cherche à savoir si, parmi la correspondance de mon client, une écriture peut s'apparenter à celle de l'Étrangleur. M. Taron, à l'époque où il dirigeait une affaire d'import-export entre l'Afrique du Nord et l'Allemagne, aurait pu se faire des ennemis. »

Donc on apprend – car on ne le savait pas – que M. Taron a fait du commerce avec l'Allemagne. On aurait dû y penser, c'était le bon plan, après la guerre. S'il avait une combine, une ou des relations utiles, cela expliquerait son train de vie presque fastueux de la fin des années 1940. C'en était sans doute une, de combine, du moins tout ne devait pas être très clair, d'abord parce que c'est son truc, ensuite car voilà maintenant qu'il « aurait pu se faire des ennemis ». Dont il se serait vengé dix ans plus tard ? Je me rends bien compte, n'étant ni nouille ni rêveur (nouille un peu parfois, si, voyons les choses en face), que tout cela ne mènera à rien de concret, de solide, que j'essaie d'attraper un souffle de vent avec un filet à papillons, mais Taron le perfide s'enrichissait en faisant du commerce avec l'Allemagne au moment où Salce le traître était, selon ses dires, « chef du service des exportations » depuis l'Allemagne – il est arrivé au printemps 1948, a-t-il remplacé quelqu'un avec qui Taron était déjà en affaires ? À qui d'autre que l'Oficomex Taron pouvait-il acheter sa marchandise ? Salce n'était-il qu'un petit comptable en « réinsertion » après les camps de la mort ? Taron était riche alors, et Salce, sans rouler sur l'or, a tout de même pu venir vivre à Paris avec sa future femme, Marie-Madeleine, s'installer dans un hôtel (à côté de chez Taron) et entamer une collection d'objets anciens et précieux du Moyen-Orient et d'Asie. Lucien a toujours dit que Salce et Taron se connaissaient. Ce qui est sûr, c'est que Lucien connaît quelqu'un qui connaît Taron – et depuis longtemps. Lucien connaît peu de monde, à part Jacques Salce.

Taron et Salce ont au moins une chose en commun : l'épée de Damoclès. Dans des genres différents, chacun a dans son passé une tache noirâtre qu'il doit dissimuler. Ils sont tous les deux à la merci d'une révélation, on peut les faire chanter, ou au moins les menacer, les tenir. Ils sont vulnérables. Ils ne peuvent pas vraiment faire ce qu'ils veulent, ils sont secrètement ligotés, peut-être l'un par l'autre, par une ou plusieurs personnes en tout cas. Ils doivent s'adapter pour continuer à vivre sous leur déguisement, leur peau d'âne – leur peau d'agneau. Le père martyrisé par le destin cruel, la sauvagerie et la perversité des hommes, le chevalier de la Justice et de la Pureté morale, cache une pleine malle de condamnations pour escroqueries et cinq cents jeunes filles les jambes écartées ; le courageux résistant, grand invalide de guerre, affable psychologue et graphométricien passionné, cache une vieille fureur nazie, des gouttes de sang qui pleuvent sur les enfants, la haine des Juifs et des métèques, et peut-être, peut-être, la trahison de ses voisins de dortoir à la Buna-Werke, donc la mort de certains. N'ont-ils pas aussi à se reprocher tous les deux la mort du petit Thierry Desouches ? (On peut dire et écrire ce qu'on veut, s'il y a un point d'interrogation.) Impossible de le savoir. Avec l'hypothétique Georges-Henri Molinaro, ou Jacques Boudot-Lamotte ? Impossible de le savoir, définitivement.

Mais en fin de compte, ils ont avancé jusqu'à leur mort sous des traits qui n'étaient pas les leurs, dans ce monde des apparences. Ils se sont fait passer pour d'autres, et ils ont tenu jusqu'au bout. (Il y a quelques jours, au Bistrot Lafayette de nouveau ouvert, mon ami flic, le divisionnaire Pupuce, évoquait un dîner à plusieurs, le lendemain, chez l'une des filles du quartier (Krikri). Un autre habitué, Benjamin, qui revenait de Bretagne, où il s'était confiné, en avait rapporté des crabes : ils allaient se faire une orgie de décapodes. J'ai fait mine d'être vexé de ne pas avoir été invité – alors que tout le monde ici sait que je n'aime pas être invité à dîner, je suis l'ours. Pupuce du tac au tac m'a fait cette remarque agréablement audiardienne : « Toi, t'as pas une gueule à manger du crabe. » Je ne m'étais jamais posé la question en me regardant dans le miroir (on ne peut pas penser à tout), mais pour cette fois, les apparences ne sont pas trompeuses : c'est vrai, je n'aime pas le crabe. Pire, je n'ai même jamais voulu en goûter, du crabe (dix pattes ?), c'est dire si vraiment mon refus de manger du crabe est dans ma nature et doit se voir sur ma tête.)

Voilà, c'est presque fini. L'enlèvement et la mort de Luc Taron, aussi triste à dire que ce soit, n'est qu'un fait divers. Un ignoble fait divers, la mise à mort, naturellement monstrueuse, d'un garçon de onze ans ; mais un fait divers peu différent de centaines d'autres depuis, qu'on a lus dans les journaux, qu'on voit à la télé, dont on a fait des livres : les toujours vivants se penchent sur les morts en cours de route, c'est le cours de la vie. On a tué des enfants, des femmes et des hommes, des bébés, de vieilles personnes, ce sont des crimes divers. Juste de la sauvagerie, de la bêtise, de l'avidité ou de la haine. Ce qui peut se regarder, ce sont les gens qui gravitent autour de cette sauvagerie sans intérêt, leurs comportements, leurs visages, leurs actes, ce qu'ils disent et ce qu'ils taisent, ce qu'ils ont fait ou n'ont pas fait, c'est toute la société autour, le monde qui contient, englobe le crime, le monde au milieu duquel un enfant a été trouvé mort au pied d'un arbre, seul la nuit dans une forêt. Ce qui peut se regarder, c'est ce qui entoure la forêt, c'est la justice et les médias, les policiers, les avocats, la foule, les passants, ceux qui agissent et ceux qui observent, les cachotteries partout, les bassesses et infamies occultées, maquillées, qui cernent l'infamie claire et bien visible du meurtre, les participants, les acteurs du moment, tous les rôles : Lucien Léger, Yves Taron, Suzanne Brulé, Jean-Claude Seligman, les commissaires Samson et Bacou, Jean-Claude Léger, le docteur Locussol, Solange Léger née Vincent, Maurice Papon, Janne Foubert, Georges de Caunes, Claude P.-C., Jules Beudard, Andrée alias Jeanine, Albert T., Patrick Gallier, Marcel Funereau, Stéphane Troplain, Jacques Boudot-Lamotte, Albert Modiano (et fils), Geneviève et Pierre Lelarge, Michel Drucker, Marcel Sansas, Adeline Pichard, Julius Graff, Marie-Madeleine Fourgheon, Marcel Sepulcre, Jacques Delarue, Simone de Beauvoir, Jannine et Guy Desouches, Albert Naud, René Mothe, André Letiche, Jean Z., Nina Douchka, Lucien Bernhard, Régine Poncet, Anne-Marie Labro, Maurice Garçon, Jacques Salce. Et même Georges-Henri Molinaro. Tous. Nos ancêtres et leurs enfants. La société encore neuve en 1964 après extinction de la précédente vers le milieu ou la fin des années 1950, après la guerre et l'après-guerre, l'origine de la nôtre aujourd'hui, son printemps, tôt corrompu.

Mais puisque c'est un fait divers, il faut s'en approcher encore, tenter de l'épuiser (comme Perec un lieu parisien), se pencher encore sur les derniers détails, les plus petits. Pour cela, je crois bien que je vais devoir retourner une fois de plus aux Archives départementales qui viennent de rouvrir à Saint-Quentin-en-Yvelines, où j'ai déjà passé tant de jours, et tant de nuits même, au Mercure près de la gare, et tant de soirées dans le seul bar du coin où l'on trouve du bon whisky – le Garden Ice Café. Ma chambre, souvent la même, en hauteur, possédait un petit balcon, sur lequel je pouvais fumer en regardant passer en bas les courants pressés ou alourdis par la fatigue de centaines de travailleurs hétéroclites qui se dirigeaient vers la gare ou en revenaient, et plus loin face à moi, posé au-delà des voies ferrées, le grand sanctuaire des Archives des Yvelines.

Il est surprenant de constater le peu de témoignages que les policiers, qui ont pourtant fait de leur mieux sur ce point, ont pu recueillir sur la présence de Luc ici ou là le soir du 26 mai 1964. En rentrant un peu tard hier soir, après quelques whiskies de plus que d'habitude au Bistrot Lafayette, il faisait nuit, j'ai pensé, sur le trottoir, que si je croisais un garçon de dix ou onze ans seul à cette heure, l'air un peu perdu, je ne l'oublierais pas tout de suite. Or dans le métro ou en surface, les équipes du SRPJ, et leurs collègues d'autres services sans doute, n'ont presque rien trouvé. On ne peut pas interroger tout le monde partout, mais l'affaire a eu un tel retentissement médiatique, les photos de l'enfant ont été si largement diffusées, qu'il est incompréhensible que si peu de témoins se soient manifestés d'une façon ou d'une autre auprès de la police ou de la presse.

Le petit Patrick Gallier a vu Luc dans la rue, mais c'était juste avant qu'il retourne chez lui pour disparaître ensuite. Le tandem Aymard-Canard a remarqué un garçon d'une dizaine ou d'une douzaine d'années dans une voiture avec deux hommes en pleine nuit, à Malakoff, mais il pouvait s'agir de Luc comme de mille autres. Entre 17 h 45 et 23 heures ou minuit et demi, deux signalements seulement, dans tout Paris, c'est mince : Philippe Laneyrie, étudiant en géographie, a aperçu un garçon seul assis sur un banc du quai de la station Wagram vers 23 heures, l'âge, l'allure et les vêtements (mais il ne portait pas de blouson) peuvent correspondre à Luc, Laneyrie estime que cela pourrait être lui, mais ne l'affirme pas ; Étienne Bijon, un jeune homme de vingt-neuf ans, pense avoir vu Luc avec un homme à l'intérieur de la gare Saint-Lazare, le mardi 26 mai vers 18 heures. C'est ce témoignage qui m'intéresse. (Qui m'intéresse seulement maintenant car je me suis souvenu, étonné, d'un détail, dans le métro en revenant de Pierrefitte. Une impression, une ombre grise.) Et qui n'a pas intéressé que moi. Le 17 juillet 1964, Anne-Marie Labro, Madame Détective, qui n'a jamais cru à la culpabilité de Lucien, écrit à propos de Bijon, qu'elle ne nomme pas : « Nous avons un témoin très important, et très sûr, qui nous a déclaré avoir vu le petit Taron à 18 h 05 le 26 mai, dans les pas perdus du métro Saint-Lazare, avec un homme en complet bleu pétrole. » Elle en parlait déjà la semaine précédente, le 9 juillet, dévoilant que c'était elle qui avait été contactée personnellement par ce jeune homme, et qu'elle avait transmis son témoignage et ses coordonnées à la police. Qui l'a pris très au sérieux. Dès le jour de l'arrestation de Lucien, le 5 juillet, *Le Journal du dimanche* révèle que le SRPJ a sous le coude un « argument » solide qui permettra, après confrontation, de faire « la preuve définitive que Léger est ou n'est pas l'assassin ». Mais la confrontation, on va comprendre rapidement que ce n'est pas la peine.

Étienne Bijon est né le 25 juin 1934 en Algérie, à Relizane, à une centaine de kilomètres d'Oran. Au moment de la disparition de Luc, il est sans emploi, il en cherche – sa femme Ginette, née Aucler à Paris la même année que lui, est enceinte de leur premier enfant. Ils habitent 15 rue Baudouin, dans le 13e arrondissement. Étienne va attendre plus d'un mois avant d'écrire à Madame Détective, fin juin, pour lui faire part de ce qu'il a vu – paradoxalement, c'est la preuve qu'il savait avoir vu quelque chose de capital.

Le 26 mai, à 18 h 05 (il est formel pour l'heure : il devait prendre le train de banlieue de 18 h 10 pour Nanterre), il approche de la rotonde de la gare, côté rue de Rome. À une dizaine de mètres devant lui, il remarque, de dos, un homme qu'il croit reconnaître comme étant un ancien collègue de travail, quand il travaillait pour la compagnie d'assurances Le Phoenix. Cet homme tient par la main, droite, un enfant de dix ou onze ans. Étienne Bijon presse le pas pour le rejoindre et le saluer, mais arrivé à sa hauteur, à quelques mètres des marches qui descendent vers la rotonde, il s'aperçoit qu'il s'est trompé, ce n'est pas lui. Lorsqu'il est arrivé près d'eux, le garçon disait : « C'est ma mère qui va être heureuse » (ou : « C'est ma mère qui va être surprise », Bijon n'est pas sûr), ce à quoi l'homme s'est contenté de répondre par un « Hum » approbateur. Après les avoir dépassés, il se retourne pour être bien certain qu'il ne s'agit pas de son ancien copain de boulot.

L'homme est âgé de trente-cinq ou quarante ans, il mesure environ 1,70 m, il est de corpulence moyenne et d'apparence sportive. Il a les cheveux noirs, coiffés à plat vers l'arrière, peu abondants, son front est largement dégagé. Il a « des yeux de couleur sombre, des sourcils réguliers, un nez droit avec une base assez fine » (tout le témoignage d'Étienne Bijon est extrêmement précis, hormis « heureuse » ou « surprise » – mais justement, qu'il fasse mention de cette incertitude renforce le reste). Son visage est ovale, glabre, il a le teint hâlé : « Cet homme était de type latin, il donnait l'impression d'une personne qui revient de vacances, ou d'un pays chaud. » Sa tenue est soignée. Il porte un costume « bleu nuit » et, sous la veste, dont un seul bouton est boutonné, un polo de couleur gris fer. « Sur son bras gauche replié, il tenait un vêtement d'enfant en velours marron, vêtement que, au col qui était apparent, j'ai identifié comme étant un blouson. »

« Quant à l'enfant, il m'est difficile d'indiquer sa taille, mais le sommet de sa tête arrivait bien au-dessus du coude de l'individu qu'il tenait par la main. Il avait un visage poupon [poupin, non ?], des cheveux châtains, plutôt courts mais abondants. J'ai remarqué qu'il avait de grands yeux et les oreilles légèrement décollées. Il était vêtu d'un polo de couleur bleu roi, et d'une culotte courte dont je ne suis pas sûr de la teinte, mais qui était plus claire que le polo, peut-être beige ou gris. Je n'ai pas prêté attention à ses chaussures. Mis à part le blouson, je n'ai rien vu d'autre dans les mains de l'homme ou de l'enfant. Ils marchaient normalement. L'enfant avait l'air confiant, sans réticence. »

Le surlendemain, jeudi 28 mai, il se couche rue Baudouin près de sa femme, qui lit le journal. *France-Soir*. Il tourne la tête vers la une (sur sa droite, donc, j'imagine). Le corps de Nehru a été incinéré « au milieu de 700 roses rouges ». Le gouvernement prévoit une aide à la construction des hôtels de 2e classe (bonne nouvelle, enfin). Sous le titre principal, « Trop de conscrits pour les besoins de l'armée », une photo de Gina Lollobrigida, apparemment nue (mais en justaucorps chair), avec une perruque blonde, très longue, qui descend sous les fesses, en Lady Godiva sur le tournage d'*Étranges Compagnons de lit* (les traducteurs n'avaient peur de rien – ça sonne un peu mieux en version originale : *Strange Bedfellows*). Étienne Bijon y laisse sans doute traîner les yeux, elle a de belles jambes, on devine sa célèbre poitrine, c'est astucieux, ces maillots invisibles… Le sommeil le gagne agréablement (je suppose). Mais en haut de la page à droite, la photo d'un garçon lui fait oublier Lollobrigida et les rêves qui la nimbent, sous le titre : « L'assassin de Luc (11 ans) l'a peut-être transporté dans les bois de Verrières après l'avoir enlevé et tué. » (À peu près au même moment, à la terrasse d'un café des Grands Boulevards, près du métro Bonne-Nouvelle, c'est à la une de ce même *France-Soir* que David Beck comprend, stupéfait, que le message qu'il a subtilisé la veille sur le pare-brise d'une 2 CV, rue de Marignan, n'était pas une mauvaise blague (alors que si).) Étienne prend le journal des mains de Ginette.

Il est frappé par la très forte ressemblance avec le garçon qu'il a croisé quarante-huit heures plus tôt. « J'ai eu la quasi-certitude que l'enfant que j'avais vu était bien Luc Taron. » Quand il déclare cela aux enquêteurs, le 30 juin, ils s'étranglent : dans ce cas, pourquoi avoir attendu plus d'un mois avant de leur en parler ? À cause de Ginette. Elle l'a supplié de ne rien dire. Car ils ont eu immédiatement conscience de la portée potentielle de ce qu'avait vu Étienne, ils savaient tous les deux que son témoignage, crucial, risquait d'avoir un sérieux retentissement et qu'ils seraient plongés dans un tourbillon, entre policiers et journalistes, or elle était sur le point d'accoucher, la grossesse ne se passait pas bien, ils ont craint pour leur bébé. Au SRPJ, on ne se satisfait pas de cette « excuse », on veut vérifier auprès de Ginette. Elle est convoquée quelques heures après lui : « Je dois dire que j'ai particulièrement insisté pour que mon mari ne relate pas ces faits. En très mauvaise santé, je devais entrer à l'hôpital pour accoucher, et nous avions de gros soucis familiaux. » Leur enfant (je ne sais pas si c'est un garçon ou une fille, mais elle ou il a trois semaines de moins que moi) est né le 17 juin. Une fois sortie de la clinique et bien remise de l'accouchement, Ginette a donné son accord à Étienne pour qu'il délivre enfin son témoignage. Le problème, c'est qu'il allait se précipiter au commissariat avec un mois de retard. On n'allait pas le croire, on allait inévitablement lui demander des comptes : qu'est-ce que c'est que ce témoin crucial qui roupille, soi-disant ? Il a quelque chose à cacher ? Entrave à la justice, à la manifestation de la vérité ? C'est pourquoi il a préféré s'adresser à Anne-Marie Labro. Il l'aimait bien, Madame Détective, et en cette fin du mois de juin, elle était en pleine guéguerre contre l'Étrangleur dans les colonnes de *Paris Jour*, elle venait de se moquer de son prétendu 6,35 de Prisunic. Étienne lui a donc écrit en lui racontant précisément ce qu'il avait vu et en lui demandant de ne pas révéler son nom. L'information passerait, et lui ne serait pas importuné, ni inquiété. (Luc était mort, se manifester le surlendemain ne l'aurait pas fait revenir, comme on dit dans le malheur, et n'aurait pas changé grand-chose à l'enquête : un mois plus tard, on n'avait toujours personne à mettre en face d'Étienne Bijon. Il a fait ce qu'il fallait, à temps. (Je viens de trouver qu'il était décédé le 12 novembre 2011 à Fréjus, à soixante-dix-sept ans ; j'ai bloqué pour Ginette, aucune trace, mais Wats (avec qui j'ai bu trois verres hier au Lafayette, qui s'est remise et va bien) a pris le relais, le virus n'a pas entamé son moteur de recherche, je reçois un mail d'elle à l'instant : Ginette a terminé sa vie le 17 septembre 2015 à Paris, dans le 14e arrondissement, celui où elle l'avait commencée. Elle a aussi découvert qu'ils ont eu trois filles. La première est née le 17 juin, ils l'ont baptisée Laure. (Le 17 juin, René Mothe demande à l'inspecteur Laure d'intensifier ses recherches au sujet des vagabonderies de Suzanne Brulé du côté de la place de Clichy.))

Il semble que Madame Détective ait respecté le souhait d'Étienne Bijon : comprenant l'importance de sa lettre, et la jugeant sérieuse, elle l'a transmise à la première brigade mobile sans donner le nom de son auteur. Mais ils l'ont trouvé – à mon avis, ils ont fait fermement comprendre à Miss Labro que ce n'était pas le moment de jouer les mystérieuses. Et le 30 juin, Étienne a atterri malgré lui dans les locaux du SRPJ. Où il a conclu sa déposition par : « Je serais parfaitement capable de reconnaître l'individu s'il m'était présenté. »

Depuis un mois, les dénonciations et suspicions diverses n'ont pas manqué, d'éventuels étrangleurs de tout poil ont été arrêtés, interrogés et relâchés, les enquêteurs sont noyés sous le courrier, ils ont appris à se méfier, et pourtant, ils placent le témoignage d'Étienne tout en haut de la pile. Ils savent qu'il ne peut pas leur permettre de retrouver cet homme qui accompagnait l'enfant à Saint-Lazare, mais au moins, ils ont désormais en main un atout imparable pour confondre l'assassin quand on le retrouvera. Une note hebdomadaire de la Direction générale de la Sûreté nationale, le 4 juillet (alors que Lucien est déjà au 36 quai des Orfèvres, face au commissaire Poiblanc), met en avant la déposition du « sieur Bijon Étienne », en émettant, par précaution, des réserves un peu farfelues : « L'heure qu'il avance, 18 h 50 [ah non, les gars, non, concentrez-vous, vous mélangez les chiffres : 18 h 05, il a dit, le sieur Bijon], si elle ne paraît pas compatible avec l'emploi du temps de Luc Taron tel qu'il a pu être reconstitué [il a pu être reconstitué ? (par les messages encore anonymes de Lucien, mais à part ça ?)], supposerait que l'enfant avait préalablement lié connaissance avec l'Étrangleur [ben oui…], or rien dans ce sens n'a été révélé par l'enquête. » (Alors donc c'est pas lui ?)

Avant de quitter le SRPJ, Bijon contribue à l'élaboration d'un portrait-robot de l'homme qu'il a vu. Il se trouve dans le dossier. Il correspond tout à fait à l'idée qu'on peut se faire de l'homme en bleu, mais aussi du type bizarre qui a voulu acheter un *Bugs Bunny* au kiosque du métro Château-de-Vincennes, et de Molinaro tel que l'a décrit Lucien (il est du genre Jacques Chirac).

Vaguement, il pourrait, pourquoi pas, être le « grand » qu'Aymard et Canard ont vu rue Arblade, à Malakoff, la nuit, avec un petit gros et un garçon de l'âge de Luc, qui portait « un genre de blouson en laine mi-ouvert ». Et la ressemblance est assez frappante avec l'homme au visage allongé qui se trouve à côté d'un plus petit et plus rond, lors de la manifestation de la place Maubert, sur la photo qu'a retrouvée Stéphane.

Dès le lendemain de la note de la Sûreté, Lucien Léger est arrêté, on s'aperçoit immédiatement qu'il est inutile de le présenter à Étienne Bijon, il ne fait de doute pour personne que ce n'est pas lui qu'il a vu. Donc Étienne Bijon, on l'oublie. Son témoignage ne sert plus à rien, on n'en reparlera plus. Pourtant, il y avait de quoi se pencher un peu plus attentivement dessus.

Luc et l'inconnu entrent à Saint-Lazare par la cour de Rome, c'est-à-dire par l'endroit où serait arrivé le garçon s'il allait à la gare depuis chez lui – en descendant la rue du Rocher jusqu'au bout (en passant devant moi quand je me fais verbaliser pour la cigarette jetée dans le caniveau, il y a longtemps), où en tournant à gauche vers la rue de Rome, dans la rue de Stockholm.

La description de l'inconnu colle tout à fait avec celle de l'homme en bleu qu'on verra le lendemain matin sortir du bois. (Si ce n'est, justement, le bleu. Son costume est bleu pétrole pour les Lelarge, bleu nuit pour Bijon. Mais ça dépend du pétrole (quand je cherche sur internet, je tombe sur des nuances très différentes – et en 1964, le pétrole n'avait pas la même image dans l'opinion qu'aujourd'hui), et ça dépend de la nuit : avec ou sans lune ?)

L'heure correspond très exactement à celle à laquelle Luc serait arrivé cour de Rome en partant de la rue de Naples à 17 h 45 ou 17 h 50, comme on sait qu'il l'a fait. (Et ce serait bien plus logique qu'une errance de près de six heures dans les rues et les couloirs du métro. Yves

Taron disait lui-même : « Il n'aimait pas marcher, ni en notre compagnie, ni avec les Éclaireurs, ni seul. »)

À 17 h 45, Patrick Gallier a vu Luc courir vers chez lui, où il est arrivé, selon sa mère, « rouge comme je ne l'avais jamais vu jusqu'alors », il a dû repartir en galopant aussi, il a chaud, très chaud : il a enlevé son blouson, que l'inconnu porte sur son bras gauche.

Il tient la main de l'inconnu mais il dit « ma mère ». L'inconnu n'est donc pas son père – mais le garçon le connaît suffisamment pour le suivre en confiance. Le suivre où ? « C'est ma mère qui va être heureuse » ou « surprise » : on va lui faire une surprise ? Lui acheter quelque chose, un cadeau ? Un parapluie bleue (comme l'autre mais qui tient) ?

L'enfant que décrit Étienne Bijon ressemble en tous points à Luc Taron, qui a le visage « poupon », les cheveux châtains, plutôt courts, des grands yeux, c'est relatif, mais un regard intense, et les oreilles décollées. Il était habillé, le 26 mai, exactement comme celui qu'a vu Bijon. À un détail près. Et c'est encore une question de bleu. Il portait un polo bleu marine, l'enfant de la gare Saint-Lazare un polo bleu roi. Cette fois, ce n'est pas comme avec le pétrole et la nuit. Personne ne peut confondre le bleu marine et le bleu roi – surtout quelqu'un d'apparemment aussi précis qu'Étienne Bijon. D'un côté, cela prouve qu'il ne ment pas. Son témoignage semble presque trop détaillé pour être vrai, et tout tombe trop bien, on a le sentiment qu'il veut à tout prix se mettre en avant (mais il avait refusé qu'on donne son nom), jouer un rôle dans l'affaire, être le dernier à avoir vu Luc Taron vivant. Mais on a dit partout que Luc était vêtu d'un polo bleu marine, son père l'a dit, les rapports de police l'ont dit, il ne les a pas lus mais ce n'était pas nécessaire : *France-Soir* l'a dit, les autres journaux l'ont dit. S'il voulait tricher un peu pour se donner plus d'importance, même si ce n'était l'œuvre que de son subconscient (c'est souvent le cas, on arrange instinctivement la réalité), « bleu marine » était facile, il n'aurait pas dit « bleu roi », c'est sûr. Donc, c'est sûr, Étienne Bijon a été honnête, et le garçon aux oreilles décollées qui tenait la main droite d'un inconnu semblant revenir d'un pays chaud sur les marches qui menaient à la rotonde de la gare Saint-Lazare le 26 mai 1964 à 18 h 05 portait un polo bleu roi. Tout coïncide sauf ça, c'est énervant. (Comme ces pièces de puzzle dont on est certain d'avoir trouvé la place, c'est la bonne forme, un peu de violet, un peu de vert, c'est là, et ça c'est le bout des franges de la robe, ça ne peut être que là, c'est une certitude, mais ça ne rentre pas, il s'en faut d'un millimètre, ou d'un infime écart d'orientation de la partie ronde qui s'insère dans la partie en creux, on pousse comme un âne, on force, on se dit qu'ils se sont trompés, que c'est une erreur de la machine qui a découpé le carton, ce n'est pas possible autrement, pour un pauvre millimètre, ce n'est pas possible, pas possible – jusqu'à ce qu'on admette, penaud, que si : c'est pas ça, ça rentre pas, je trouverai jamais.) C'est pourquoi jusqu'à maintenant ce témoignage ne me semblait finalement pas plus utile que bien d'autres (c'est un vieux puzzle, des pièces se sont perdues, il restera des trous, tant pis). Comme tant d'autres fois dans cette affaire : on y est presque, et puis non, ça ne va pas, ce qu'on tenait n'est pas assez consistant, ça se dissipe, il manque toujours un petit truc pour prouver une chose ou l'autre, pour que ce soit solide, concret.

Pourtant, sur les feuilles mortes du bois de Verrières, on a trouvé une carte hebdomadaire de métro poinçonnée ce jour-là à Saint-Lazare.

En rentrant des Archives nationales, assis sur un strapontin de la ligne 13, je me disais qu'après l'affaire de mœurs j'avais trouvé à peu près tout ce que je pouvais trouver, que c'était fini du côté du fait divers, je pensais à Luc parmi les monstres, Luc entouré de créatures adultes plus ou moins nocives ou dangereuses, son cadavre dans la forêt, au cœur du vert sombre, dans le silence de la végétation, son corps pâle, son short beige, ses chaussettes rouges, son polo Aux Trois Éléphants, en éponge bleu marine. Je l'avais vu, ce polo. Sur les photos de la scène de crime, aux Archives des Yvelines. J'y repensais machinalement dans les tunnels, morose, le corps tordu du petit garçon au pied du gros arbre, de trois quarts sur le dos, en appui sur la hanche gauche, le bras droit le long du corps, le gauche étendu presque perpendiculairement, vers l'orée du bois et la route, les jambes croisées au niveau des tibias. Son visage d'enfant qui dort, de la terre dans les orifices. Huit ou dix photos peut-être, en noir et blanc, à des distances et sous des angles variés. Sur certaines, dans ma mémoire, on voyait les jambes des policiers ou des médecins qui l'entouraient.

Je les avais regardés longuement, ces clichés lugubres, glacé dans la salle de lecture – la perception forte du malheur, indicible, du désespoir ; de la mort, simplement. C'était il y a plus d'un an mais j'en avais gardé un souvenir relativement précis. Je me rappelais même qu'on y voyait parfois, sur le sol, quelques taches plus claires, le soleil qui parvenait à percer par endroits le toit de feuillage dense. Je me rappelais les jambes des hommes. Et quelque chose d'autre. Qui n'allait pas.

Quelque chose n'allait pas, je n'en étais pas sûr mais je le « sentais » – une ombre grise dans ma tête. Je suis sorti du métro et j'ai marché jusqu'à chez moi dans un état d'absence à ce qui m'entourait, j'étais en noir et blanc dans le bois de Verrières cinquante-six ans plus tôt, un détail clochait, je me demandais comment je ne m'en étais pas rendu compte sur le moment, comment j'avais pu ne pas y prêter attention – aveuglé sans doute, saturé par la tristesse, la douleur des images.

Je ne pouvais pas vérifier. L'an dernier, on ne m'avait pas autorisé à prendre en photo les pièces du dossier : le délai de communicabilité (soixante-quinze ans) n'était pas écoulé, j'avais donc obtenu une dérogation du ministère, et dans ces cas-là, ces autorisations spéciales étant strictement personnelles, toute reproduction des documents est interdite. À peine arrivé dans mon bureau, j'ai envoyé un mail à Stéphane. Je savais qu'il avait pu photographier certains des dossiers qu'il avait consultés (celui de Maurice Garçon, entre autres), alors que dix ans plus tard, allez comprendre, on me l'avait interdit et j'avais dû en prendre connaissance sur place – c'était long, des jours de lecture (en marmonnant à voix très basse, dans mon petit dictaphone, tout ce que je lisais, pour ne rien oublier). Peut-être avait-il pu prendre aussi des photos du corps de Luc ? Il m'a répondu vite : non. Lui non plus n'avait pas eu le droit à l'époque. Il fallait que je retourne, pour la quatrième ou cinquième fois, à Saint-Quentin-en-Yvelines.

J'ai mis pas mal de temps à retrouver ce que je cherchais parmi les huit énormes dossiers de l'instruction et de l'enquête du SRPJ. Quand j'ai enfin ouvert la chemise cartonnée qui contenait les photos de Luc mort, je suis resté figé. Ce dont il m'avait semblé me souvenir se confirmait : son polo n'était pas bleu marine. C'était en noir et blanc, mais les nuances de gris ne trompent pas. Sur l'une des photos, comme je me le rappelais, on voyait les jambes de deux hommes qui se tenaient près du corps. Le pantalon de l'un devait être noir, ou bleu marine justement, gris anthracite ou ardoise, celui de l'autre légèrement plus clair, probablement gris fer. Les deux étaient d'une teinte nettement plus sombre, dense, que le polo de Luc. Je savais que ses chaussettes étaient rouges : elles apparaissaient presque noires, en tout cas bien foncées ; son short beige sortait gris pâle ; la couleur du polo se situait à peu près exactement entre les deux. On pouvait penser qu'il était vert menthe ou gazon, ou orange vif, pourquoi pas, mais bleu marine, non, et c'était une certitude.

(J'ai fait ce que je ne devais pas faire. (Et je ne devrais pas non plus l'écrire.) Nous étions quatre dans la salle de lecture, chacun penché sur ses vieux papiers. La présidente de salle, qui veillait sur nous derrière son bureau, intimidant sphinx masqué, feuilletait un dossier, en levant parfois la tête vers l'écran de son ordinateur. Comme dans un film d'évasion de prison, quand on calcule le temps que met un gardien pour effectuer sa ronde ou le faisceau d'un projecteur pour faire le tour de la cour, j'ai évalué à trente secondes environ celui qu'elle passait à lire, les yeux baissés donc, avant de regarder à nouveau son écran – parfois quarante secondes, mais le secret, c'est de s'en tenir scrupuleusement au minimum : combien se sont fait prendre pour s'être montrés trop optimistes ? Mon sac matelot était posé à mes pieds, à droite de mon siège. Je me suis très lentement penché vers lui sur le côté, dans une sorte de déhanchement, de décalage progressif et gracieux du corps, puis j'ai laissé pendre mon bras, comme si j'étais soudain pris d'une sorte de lassitude pensive, ou comme si, à force de travail dans le passé, à force d'émotion, je m'alanguissais. Pour me rassurer, car je n'en menais pas large, je me disais que j'avais l'air à peu près naturel, peut-être juste un peu flapi, ou lascif, trop sensuel pour le lieu, mais si elle m'avait vu à ce moment-là, inévitablement, elle aurait pensé : « Mon Dieu, il fait un malaise sur sa chaise ! » J'ai glissé la main au fond de mon sac (« Il va tomber ! ») et me suis emparé de mon vieil appareil photo, qui datait des balbutiements du numérique, à l'époque de Vincent Auriol. Je me suis permis un rictus démoniaque de mélodrame muet, que dissimulait mon masque écossais. Je me suis soudain redressé comme si je sortais brusquement d'un songe et dans le même mouvement, avec la souplesse sournoise d'un illusionniste de cabaret, j'ai posé l'antiquité sur mes genoux, juste sous la table. La présidente avait relevé la tête et consultait maintenant son ordinateur, l'air concentrée. Faisant mine, par sécurité, de regarder mon ventre (et de penser : « Ces brochettes bœuf-fromage, au japonais à midi, je les sentais pas, j'aurais dû écouter mon instinct »), j'ai appuyé sur le bouton de mise en marche de l'appareil – petite lumière verte : OK – puis (« Ou alors c'est les boulettes au poulet, on ne sait jamais ce qu'il y a dans ces machins-là ») j'ai pris soin, sachant trop ce qu'une étourderie peut coûter, de désactiver le flash, ce qui m'a pris un certain temps (« Ça gargouille mais c'est rien, si ça se trouve, ça va passer »). Après ce que j'ai deviné sous son masque comme une moue perplexe face à l'écran, la sentinelle est retournée à l'étude des feuilles volantes de son dossier, il y avait manifestement quelque chose qui ne collait pas. J'ai basculé vers l'avant et d'un geste vif et précis, avec une rapidité qui m'a étonné moi-même (aller – clic – retour), j'ai pris une photo du corps de Luc au pied de l'arbre. Elle s'avérera floue, sans surprise, mais prouve, au moins pour moi car je ne la montrerai sans doute à personne, que le malheureux petit ne portait pas un polo bleu marine ce jour-là. Impossible. Il était d'une couleur bien moins soutenue, plus lumineuse, bleu électrique, ou bleu roi.)

Que s'était-il passé ? Pourquoi et comment ce polo était-il devenu bleu marine pour tout le monde ? Puisque j'étais là, aux Archives, j'ai cherché dans les rapports écrits le premier jour, le matin du 27 mai. Le tout premier est celui du sous-brigadier Langlois, du commissariat de Palaiseau, premier policier sur les lieux. Il note que le polo est « de la marque Aux Trois Éléphants, en tissu éponge bleu ». Bon. Je retrouve ensuite la déclaration d'Yves Taron au commissariat du quartier de l'Europe, vers 10 h 30 le matin, lorsqu'il s'est enfin décidé à signaler la disparition de son fils : il parle d'une « chemisette bleu marine ». Il ne connaît pas bien les couleurs, ou alors il n'a pas vu son fils la veille. Et puis tout s'explique (sauf l'erreur de Taron) : je lis le rapport de l'officier Marcel Sepulcre, commandant du poste de police d'Orsay. L'heure indiquée est 7 h 30, c'est celle à laquelle il est arrivé sur les lieux, dans le bois, pas celle à laquelle il a rédigé son rapport (il ne termine ses constatations qu'à 9 h 50, et rend compte à son supérieur, le commissaire Pavillon). Il note que l'enfant porte une « culotte courte garçonnet en tissu Tergal gris beige à très petits quadrillés » et un « polo bleu marin en laine ». Pas marine, marin. Il voulait dire, je suppose, bleu matelot, ou bleu de mer. Il passait peut-être ses vacances en Grèce.

Dès mon retour à Paris, j'écris à Stéphane pour lui faire part de ma petite trouvaille. Lui non plus n'avait pas eu, devant les photos, la sérénité et la disponibilité d'esprit nécessaires pour prendre garde à la nuance de gris du polo. Il fouille aussitôt dans ses archives personnelles, ses coupures de presse et ses photos de la copie partielle du dossier qui figure dans les cartons « Lucien Léger » de Maurice Garçon. Il y cherche tout ce qui concerne ce polo, et me renvoie quelques heures plus tard une synthèse qui explique tout.

À 10 h 10, les commissaires Samson et Bacou sont arrivés au bois de Verrières. Dans leur premier rapport, ils ont noté : « Polo à demi-manches en tissu éponge bleu roi ». À 15 heures, au parc Monceau, lorsque Yves Taron a demandé au brigadier Broussoux, « gardien des promenades », s'il avait vu Luc, il a répété « chemisette bleu marine ». À 16 h 35, l'inspecteur Joseph Valencia, sur place depuis le matin en même temps que les commissaires, a rédigé à son tour un rapport de premières constatations et a écrit : « Polo bleu roi en tissu éponge ». À 20 heures, avant de le conduire à la morgue d'Orsay, on a montré à Yves Taron les vêtements que portait l'enfant retrouvé dans le bois, il a confirmé qu'il s'agissait de ceux de son fils. L'OP Valencia et l'OPA Joseph Tur en ont dressé la liste dans le procès-verbal de reconnaissance du corps : « Polo bleu roi ».

Dans le *Détective* daté du vendredi 29 mai, donc bouclé le mercredi ou le jeudi très tôt, on lit que le polo du petit était « bleu ciel ». Stéphane a conservé la huitième et dernière édition du *France-Soir* daté du jeudi 28 mai, parue le mercredi en fin de journée : le polo est « bleu marine » (c'est le journal qu'achètent Ginette et Étienne Bijon, c'est dans une édition du lendemain qu'il verra la photo de Luc). De mon côté, je relis les notes que j'ai prises en écoutant les actualités de France Inter de ce mercredi 27 mai : dans tous les flashes de l'après-midi et du soir, le polo est déjà devenu bleu marine. Et je trouve enfin la source en lisant ce que j'ai recopié de mes enregistrements au dictaphone lors de la journée que j'ai passée à l'AFP. Dans la dépêche de 14 h 43, la première description des vêtements du garçon, qui n'est pas encore identifié, fait mention d'une « culotte courte, d'un polo bleu marine, de chaussettes rouges et de chaussures marron ». En lisant le reste, on comprend qu'elle s'appuie en partie sur le rapport matinal de Marcel Sepulcre, dont plusieurs termes sont repris fidèlement. Le journaliste a dû se dire que c'était une faute de frappe. Bleu marin ? Ça n'existe pas, si ? Non, ce doit être bleu marine. Et à partir de là, tout le monde a suivi. Car de toute manière, la couleur du polo de Luc n'avait plus beaucoup d'importance. Sauf pour Étienne Bijon, qui a maintenu celle qu'il avait vue contre celle qu'indiquaient les journaux.

Pour moi, plus de doute, c'est bien Luc qu'Étienne Bijon, qui l'a reconnu avec « quasi-certitude » sur photo, a vu donner la main à un homme dans la rotonde de la gare Saint-Lazare, le mardi à 18 h 05. Tout correspond, l'heure, le lieu, le physique, les mots prononcés, les vêtements, même ce qui a été – involontairement – « caché » par la presse. Mais évidemment, cette conviction ne m'apporte aucune réponse (si, deux, en négatif :

Lucien Léger n'a pas enlevé Luc Taron, à cette heure il travaillait à Villejuif, il ne l'a pas rencontré par hasard à plus de 23 heures dans le métro ; si Lucien a quelque chose à voir avec sa mort, il n'était pas seul), elle ne fait qu'ouvrir de nouvelles suppositions, réalistes ou extravagantes, et poser de nouvelles questions, nombreuses. (Il ne reste plus que ça, maintenant, près de la fin de cette histoire, des questions sans réponses. Qui ne servent pas à grand-chose d'autre qu'à gamberger dans le vide en rageant de ne pas savoir. Je suis bien placé pour convenir que ce n'est pas agréable, on s'en passerait. Mon excuse : c'est un bon exercice, essayer de ne pas trop rager quand on n'a pas de réponses, c'est utile. On devrait l'enseigner dès l'école primaire, l'intégrer au programme de base d'apprentissage de la vie.)

Pourquoi Luc, ce garçon fruste et renfermé, si peu liant, paraissait-il en confiance avec cet homme ? Il le connaissait, il l'avait déjà vu avec ses parents ? Chez ses parents ? Ou avec son père ? Dans son bureau ? (On ne peut pas imaginer que l'homme soit un pervers anonyme, un kidnappeur de circonstance qui serait passé à l'action sur un coup de tête, en pleine journée : le petit n'aurait pas suivi un étranger, ses parents sont formels ; là, serein, il n'est pas forcé, il lui donne la main et lui parle de sa mère qui va être heureuse.) Luc avait-il pris « rendez-vous » avec lui, la veille (comme l'avait fait le petit Thierry Desouches, peut-être, qui avait semble-t-il emporté une trousse de toilette) ou le jour même à la sortie de l'école ? L'a-t-il rencontré en descendant la rue du Rocher ? En passant devant l'hôtel Wilson (c'est le chemin pour aller voir les trains) ? (Lucien a dit au commissaire Delarue que lorsque Molinaro est venu frapper à sa porte le lendemain matin à 4 heures pour solliciter son aide, il lui a expliqué qu'il « se trouvait avec Salce, près du domicile de celui-ci, lorsqu'ils avaient rencontré un garçon dont le père leur avait volé de l'argent ».) Luc est-il vraiment sorti pour essayer d'acheter un parapluie à sa mère, comme l'a affirmé son père ? L'homme en bleu lui a-t-il proposé de l'aider ? Pourquoi, une dizaine de minutes après son premier départ, est-il retourné chez lui en courant et – espérait-il – en catimini ? Il revenait chercher quelque chose ? A-t-il croisé l'homme avant ou après ? Cet homme, Molinaro ou quel que soit son nom, est seul avec Luc à 18 heures lorsqu'ils s'apprêtent à prendre le métro ou le train (ou à acheter un parapluie dans une boutique de la gare ?) : a-t-il retrouvé quelqu'un d'autre ensuite ? Était-ce lui, dans la nuit, à bord d'une Ariane ou d'une Chambord noire qui s'est garée près de la gare de Vanves-Malakoff, avec Luc et un autre homme (Salce, qui l'aurait rejoint après sa conférence au Seuil, si conférence il y a eu ?) ? (Jacques Henri Salce n'a-t-il absolument rien à voir avec toute cette histoire ? N'est-il qu'un ancien fasciste devenu menteur, demi-charlatan hypocrite, puis vieux paranoïaque ? Mais alors pourquoi Lucien, tout à coup, aurait-il balancé cet homme qu'il connaissait à peine et néanmoins admirait, le seul qui ait tenté de l'aider quand toute la société le haïssait ?) Si oui, que faisaient-ils là tous les trois, dans une petite rue déserte (et sans logements) de Malakoff ? Où Luc a-t-il été « gardé » entre 18 h 30, disons, et 3 heures ou 4 heures du matin ? Celui qu'on appelle Molinaro lui aurait acheté un *Bugs Bunny* pour le distraire, le faire patienter en attendant que son père rende l'argent ? (Ce n'était pas son personnage de bande dessinée préféré, d'après ses parents. S'il a bien eu cet album entre les mains, l'homme a dû le choisir au hasard. Dans le message urgent, Lucien ne connaissait pas bien le titre. *Histoires de Bugs*.) S'il a été emmené dans un appartement le temps qu'on négocie avec Taron, et correctement traité, car il n'y avait pas de raison de lui faire subir quoi que ce soit, on lui a donné un dîner à peu près normal ? (« L'analyse de la bouillie alimentaire effectuée par le médecin légiste prouve que l'enfant avait pris son dernier repas dans la soirée d'hier. ») Lucien Léger les a-t-il rejoints en fin de soirée ce mardi 26 mai 1964, vers 22 h 30, après son travail à l'hôpital ? Ou non ? Ont-ils téléphoné à Taron ? (C'est probable, sinon pourquoi avoir enlevé Luc ?) À quelle heure ? (Durant environ une heure quelque part entre 23 heures et 1 heure du matin, Suzanne est dans la voiture garée devant le 18 rue de Naples, si le couple a dit vrai, et Taron on ne sait pas trop, tantôt dehors, tantôt dans l'immeuble, dans leur appartement ou dans son bureau peut-être. Mais à plusieurs reprises, l'Étrangleur affirme que l'appel a eu lieu à 2 heures. Peut-on le croire ? Le sait-il ? Dans le premier message, il a écrit (on lui a demandé d'écrire ?) que l'enfant avait été tué à 3 heures. Lucien s'est-il contenté de supposer qu'on avait donc téléphoné au père à peu près une heure plus tôt, le temps d'aller jusqu'à Palaiseau ensuite ?) Les 15 000 francs détournés par Taron, selon Lucien, que les ravisseurs de Luc voulaient récupérer, avaient-ils un lien avec l'enlèvement, un an plus tôt, de Thierry Desouches ? Jacques Boudot-Lamotte, à qui Taron, sans rechigner, a donné cette somme, équivalente à la moitié de la rançon obtenue par les pieds nickelés enragés qui ont finalement tué le petit Thierry (à moins que l'« équipe » se soit désaccordée, divisée, que certains soient partis avec l'argent et que d'autres aient tué le garçon devenu encombrant), était-il pour quelque chose, Boudot-Lamotte, dans ce premier enlèvement ? Avec Molinaro ? Salce ? Ou bien Taron ? (C'est ici qu'on trottine follement dans l'extravagance, comme des poulets sans tête, mais pour que les meurtriers de Luc aient été quasiment sûrs qu'Yves Taron n'allait pas les dénoncer s'il pouvait l'éviter, c'est qu'il était tenu par quelque chose de fort, de terrible, autrement plus important que le vol de quelques milliers de francs, quelque chose qui pouvait vraiment foutre sa vie en l'air.) Taron et Boudot-Lamotte agissant seuls, ou peut-être avec quelqu'un d'autre (que savait exactement Guy Desouches, le père, qui rôdait rue de Naples, et pourquoi Janine, la mère, s'est-elle apparemment suicidée, en avril 1968, au moment où la presse a révélé que Lucien Léger reliait désormais les assassins de Luc à ceux de Thierry ?), Molinaro et Salce n'auraient-ils alors été lésés qu'indirectement, parce que Taron avait besoin de l'argent de leur « réseau » (d'extrême droite ou autre, nationaliste ou anti-américain, guerrier ou pacifiste, idéologique ou crapuleux), dont il était au moins un petit rouage, pour rembourser un ancien complice, ou payer un maître-chanteur ? (Ah, qu'on me vienne en aide.) Est-ce en tout cas à la suite de ce coup de téléphone qu'Yves Taron a pris son Ariane (vue cette nuit-là en banlieue par des gendarmes) pour aller essayer de récupérer Luc on ne sait où ? Ceux qui l'ont enlevé avaient-ils réellement l'intention de l'abandonner quelque part dans la nature pour effrayer le père, ou ont-ils froidement décidé de le tuer – et Lucien s'est donc fait, encore une fois, berner ? Le gros hématome qu'avait Luc au front et la conséquence plus grave du choc, l'hémorragie méningée, lui ont-ils fait perdre connaissance ? Était-il inconscient quand on l'a étouffé, la présence de terre dans ses narines et sa bouche n'étant due qu'à des efforts réflexes pour trouver de l'air ? (J'ai vu la semaine dernière, sur une chaîne américaine consacrée aux crimes en tous genres, un reportage sur une petite fille qui était morte exactement de la même manière : asphyxiée face contre terre dans une forêt. (Elle, un malade la violait en même temps, qui lui appuyait sur l'arrière de la tête pour la maintenir au sol.) Elle avait sept ans, elle était donc moins forte que Luc, mais elle s'était tellement débattue, paniquée, essayant sûrement de tourner la tête d'un côté ou de l'autre, qu'elle avait le visage couvert d'éraflures et de coupures causées par les feuilles et les brindilles, les genoux et les cuisses aussi, et son tee-shirt était maculé de taches de terre, déchiré même par endroits. Luc n'avait que de légères traces foncées sur les genoux, presque rien sur le polo, quelques marques d'ongles ou de doigts sur le cou, l'épaule et le bras droits, presque rien sur le visage. Ce n'est pas possible si on lui a maintenu la tête au sol dans son état normal.) Qui a tué Luc Taron ? Salce ? (Lucien a dit à Stéphane et Jean-Louis : « Salce n'aurait jamais supprimé qui que ce soit lui-même. Il l'aurait fait faire par quelqu'un d'autre, et se serait mitonné un bon alibi. ») Quelqu'un qu'on pourrait appeler Molinaro ? (Une dépêche trouvée à l'AFP m'a fait sourire (ça peut servir). Elle date du 28 décembre 1969, on continue à s'étonner que le condamné refuse d'admettre qu'il est l'assassin. À propos de Georges-Henri Molinaro, dont Lucien prétend que c'était un ancien de la DST, le journaliste écrit, indigné : « Ce commissaire n'existant que dans son imagination est depuis plusieurs mois l'objet de l'obstination malveillante de Léger, qui ne cesse de l'accuser. » Vraiment, oui, c'est bas, c'est petit, d'accuser quelqu'un qui n'existe pas, et ne peut donc pas se défendre.) Dans la version qui aurait été donnée à Lucien, ils conduisent Luc jusqu'en banlieue boisée dans le but de le perdre comme le Petit Poucet, mais dès qu'ils le font descendre sur le bord de la route, il se met à hurler qu'il a peur des loups et c'est en essayant de le faire taire qu'ils le tuent par accident : comment croire qu'ils l'auraient fait sortir de la voiture dans l'intention de le laisser là sans blouson ? (Pour moi, il n'y a pas seize explications au fait que le petit se soit retrouvé dehors, par cette nuit fraîche (j'ai testé), simplement vêtu d'un polo en éponge. Soit le choc à la tête a eu lieu avant (dans la soirée, dans un appartement à Paris (ou à Malakoff), ou quelques secondes plus tôt dans la voiture, après un accident peut-être), ils ont sorti Luc déjà sans connaissance, l'ont porté jusqu'à l'endroit où on l'a trouvé, lui ont appuyé le visage contre la terre pour s'assurer qu'il était bien mort – ou l'achever, délibérément (il était trop tard pour s'en tirer sans conséquences, puisqu'il avait déjà reçu un choc violent à la tête) : c'est la théorie d'Anne-Marie Labro, Madame Détective ; soit il n'a été extrait de la voiture que pour être tué sur le bord de la route, et donc peu importe qu'il ait froid. (Mais quand on imagine, on peut tout imaginer : c'est Lucien, roulant avec le petit, qui a eu un accident (sa 2 CV avait l'aile avant droite cabossée, il a dit quand il l'a apportée au commissariat, fin juin 1964, que ce n'était pas le cas avant qu'on la lui « vole », on n'est pas obligé de le croire), la tête de Luc, qui était assis à l'avant, a heurté fort le pare-brise ou la boîte à gants, Lucien a paniqué, l'a porté évanoui dans le bois, etc.)) Lucien s'est-il rendu sur place avec Molinaro et Salce ou Laurel et Hardy vers 5 heures du matin, comme il l'a affirmé jusqu'à sa mort ? (C'est possible. S'ils l'ont réveillé à l'hôtel de France dans le but de lui faire endosser le crime, ce qui n'est pas rien, et lui ont expliqué comment Luc était mort, on peut imaginer qu'il leur ait fait remarquer, même sans jouer le jeune prodige de la médecine, qu'on ne tue pas quelqu'un aussi « facilement », avec un seul coup sur la tête ou en l'empêchant de respirer durant « un certain temps ». Ils seraient alors retournés sur place, ce n'est pas improbable. (Des questions sans réponses, on a dit.)) Ou bien Lucien ne s'intègre-t-il ainsi dans le récit de cette nuit que pour justifier certains détails qu'il connaît, comme la tache de mercurochrome, pensant qu'on ne croira pas à l'histoire d'un brouillon de Molinaro précis à ce point ? (Si Lucien s'est bien rendu dans le bois peu avant l'arrivée inopinée de Jules Beudard, c'est certainement lui, l'infirmier débutant, qui, comme il le dit, a retourné le corps de Luc (ce que tendent à prouver les jambes croisées au niveau des mollets). Sinon, il est possible que le meurtrier, après avoir déposé Luc inconscient à cet endroit et lui avoir appuyé trente secondes sur la tête, l'ait retourné en partie, pour s'assurer qu'il était bien mort. Enfin, si Luc a été assommé et étouffé plus tôt, ailleurs, c'est quand son cadavre a été déposé, « jeté » près de l'arbre que les jambes ont pu se croiser.) À quel moment exactement la vie de Lucien a-t-elle changé, à quel moment est-il entré dans l'histoire du fait divers, dans ce monstrueux fait divers ? Un an, deux semaines ou trois jours avant le 26 mai 1964 ? À 22 h 30 le mardi soir, en revenant de Villejuif ? À 4 heures ou 4 h 30 du matin quand on est venu le réveiller ? À 8 heures, mercredi, quand Molinaro lui a téléphoné ? À minuit moins le quart, près d'Europe n° 1 ? On ne saura pas.

Quand on prend du recul, plusieurs pas, sur les presque douze heures de la nuit du 26 au 27 mai 1964 dont on ne sait rien, quand on regarde le début et la fin, les deux points fixes et nets, une évidence s'impose (bienvenue) : l'homme qu'on voit avec Luc à 18 h 05 à la gare Saint-Lazare et l'homme qu'on voit s'éloigner du corps de Luc à 5 h 35 vers la gare d'Igny sont une seule et même personne. Luc est avec l'un au début et avec l'autre à la fin, le même genre de types : d'âge, de taille et de corpulence similaires, de même allure, au visage méditerranéen tous les deux, apparemment habillés de la même manière, et la carte de métro fait le lien entre les lieux. Il y a des hasards, les centaines de pages qui précèdent n'en manquent pas, mais il y a aussi des limites. L'homme en bleu a pris Luc vivant le soir et l'a laissé mort le matin. (J'aurais pu appeler ce livre *L'Homme en bleu*. Mais ce n'est qu'un homme, c'est maigre. Et on ne sait même pas lequel.)

La seule chose dont on peut être raisonnablement certain, hormis l'intervention de l'homme en bleu, c'est qu'on a condamné Lucien Léger à tort. (Et qu'il s'est fait berner sur toute la ligne.) Mais bien qu'il n'ait pas enlevé Luc Taron, et même si je suis persuadé qu'il ne l'a pas tué, je pense, prudemment, que son rôle a été plus complexe, plus actif ou plus compromettant qu'il ne l'avoue. (Je me dis : le ou les véritables meurtriers se seraient-ils contentés de sa parole (solide, pourtant, à ce qu'il paraît) pour lui faire confiance, pour être sûrs qu'il ne les balancerait pas ? Non. À mon avis, il en avait trop fait ou il en savait trop, il était trop « complice » pour parler, peut-être, ils le tenaient. Tout le monde se tient.) Il me semble qu'il a trop menti pour quelqu'un qui serait réellement en paix avec sa conscience. Je me trompe peut-être.

Il ne me reste plus qu'un voyage à faire, une promenade – j'ai réservé une voiture chez Hertz Gare de l'Est. Demain. D'abord, je dois aller passer la nuit dans un hôtel de la rue de Charonne, au numéro 71. Ensuite, en route.

Aujourd'hui, je suis allé jusqu'à la gare Saint-Lazare (ce n'est pas très loin de chez moi, quelques stations, mais depuis le déconfinement, il suffit de sortir de son quartier pour se sentir Marco Polo), je suis descendu jusqu'à la rotonde, qu'on appelait la salle des pas perdus, je me suis adossé à l'un de ses gros, ronds et beaux piliers de céramique Art déco, contre le carrelage vert marécage et blanc. Il y a peu de monde, sans doute moins qu'en ce lointain mardi de 1964, j'imagine Luc passer là, il tient la main de l'homme qui porte son blouson marron clair sur l'autre bras, il est calme, il marche, il avance, il dit que sa mère va être heureuse, ou surprise. Il va vers sa mort, vers la forêt, le bois de Verrières où on va l'asphyxier, ce sont sûrement les derniers mots sereins qu'il prononce : sa mère va être heureuse ou surprise. Puis il s'éloigne, le garçon qui se dessinait lui-même quittant sa maison une petite valise à la main pour se diriger vers un grand arbre aux racines nombreuses, entortillées et profondes, il descend dans le métro avec l'homme, il s'en va, ses pas se perdent ; le garçon difficile, brusque, dont la mère reconnaissait qu'il était un peu menteur (« Il avait déjà pris quelque argent dans mon sac et lorsque je lui demandais si c'était lui, il me répondait négativement, car je dois dire qu'il ne disait pas toujours la vérité »), il disparaît, sa main dans la main de l'homme, Luc entouré de menteurs, de vrais menteurs, tous détraqués, plus ou moins abîmés, tricheurs, avides et bien plus violents que lui. Il descend sous terre. Englouti par les monstres.

Dans ce monde de menteurs, tricheurs, ce monde déjà avide et violent, il y a aussi Solange, celle qu'on n'engloutit pas mais qu'on écarte, la démente, celle qui ne compte pas. Heureusement, il y a Solange.

Troisième partie

SOLANGE

Solange était une malheureuse, une malade mentale,
qui avait déclenché chez Léger la vocation
de soigner, de panser et de consoler. [...]
Quelle influence avait exercée cette femme
sur le cerveau fragile de Lucien Léger ?

Albert Naud, *Les défendre tous*, 1973.

J'étais au collège lorsque cela
commença. J'avais de l'albumine.
Le docteur de l'établissement
m'avait découvert ça par hasard,
au cours de la visite médicale annuelle.
Pendant un mois, on me fit manger
à l'infirmerie, afin de suivre un régime.
Mais rien à faire, le mal persistait.

Solange Léger, 28 juillet 1958.

Solange Simone Vincent naît le 5 juillet 1938 à Lyon, vingt-six ans jour pour jour avant l'arrestation du mari qui fera de sa vie un cauchemar – un court cauchemar. Sa mère, Marie Dorothée Élisabeth Rouyer, a bientôt quarante ans et habite dans le quartier de la Croix-Rousse, entre le Rhône à l'est et la Saône à l'ouest, au 10 rue d'Ivry (l'immeuble insalubre a été détruit, celui qui le remplace abrite aujourd'hui le musée de la Soie). Son père, Paul Vincent, originaire de Haute-Savoie, est considéré comme « disparu » depuis 1932, six ans avant sa naissance (bientôt, sur la fiche de la fillette à l'Assistance publique, on précisera qu'il est son père « légal », sous-entendu : il n'est pas évident de faire un enfant à une femme qu'on ne voit plus depuis des années). Il mourra à trente-huit ans, à Avignon, vingt-cinq jours après la venue au monde de celle qui n'était pas sa fille. Quand on interrogera Solange sur sa petite enfance, sur les deux premières années de sa vie, elle dira qu'elle n'en garde aucun souvenir, et qu'elle n'a donc « pas connu » ses parents (dans une petite enquête sur elle que le juge Seligman confiera à un certain Pierre Chabod, ce dernier n'hésitera pas à écrire qu'elle est « née de parents inconnus »), elle a simplement entendu dire que son père légal était « cheminot et buveur ». C'est tout ce qu'il restera de Paul Vincent, avec l'année de sa naissance et celle de sa mort, cheminot et buveur, ça résume une vie.

Marie Rouyer a déjà eu plusieurs enfants, c'est Wats qui en a retrouvé la trace presque effacée : d'abord, avec Paul, une petite Reine, le 15 août 1923 ; puis Louis, dont on ne connaît pas la date de naissance, mais celle de décès : le 18 août 1931 – à sept ans au plus, donc. Au début de l'été 1931, quand les services d'aide à l'enfance du Rhône se sont intéressés à la famille, ils ont trouvé les deux petits « dans une grande misère physiologique ». Le couple est déchu de l'autorité parentale par jugement du tribunal civil de Lyon le 9 juillet 1931, Louis meurt le mois suivant, sans doute impossible à « récupérer », et Reine est confiée à l'Assistance publique. (Après avoir passé quatre ans dans une famille d'accueil, elle sera déclarée « apte aux travaux agricoles » à douze ans, on précisera qu'elle pourra donc, à partir de son treizième anniversaire, être « facilement placée à gages », elle deviendra ainsi rentable pour ceux qui l'hébergeront (elle mesurera alors 1,42 m, pour 32 kg) – là, les demandes afflueront, elle enchaînera dix-sept familles jusqu'à ses vingt ans, âge auquel elle retournera en nourricerie, enceinte : le 16 janvier 1944, elle donnera naissance à un enfant, Alain, à l'hôtel-Dieu de Lyon. Reine Marie Pauline Vincent mourra le 30 août 1996 au Puy-en-Velay, à soixante-treize ans.) L'année suivante, le cheminot buveur se fait la malle, et Marie accouche le 4 décembre 1933 d'un deuxième garçon, Pierre, fils de Paul ou Jacques (mais si Paul est bien parti en 1932, forcément de Jacques ou François), puis, le 4 mars 1937, apparaît Georges (plus question de Paul cette fois, c'est sûr, mais c'est encore son nom que Marie donne à l'état civil pour celui du père), qui deviendra le pote de régiment de Lucien à Colomb-Béchar. Les services sociaux s'intéressent de nouveau à la mère. On la trouve « sans ressources » et on qualifie sa moralité de « douteuse ». On note qu'elle « vit dans un taudis où elle reçoit des individus suspects et laisse ses enfants sans soins ». Le 17 septembre 1937, on lui retire ses deux fils et on les place, comme leur grande sœur Reine, dans le circuit de l'Assistance. (Pierre sera accueilli ici et là jusqu'à dix ans, puis sera hospitalisé pour une méningite en 1943 et terminera son adolescence, moyennement rétabli, dans différents foyers. Le tout petit Georges Marcel Vincent, sauvé in extremis en sale état (le bébé est « couvert d'impétigo » et son poids est très en dessous de la normale) passera six mois à la nourricerie de l'hôpital psychiatrique du Vinatier, qui vient de prendre la place de l'asile d'aliénés de Bron, puis sera confié à quatre familles successives la première année, et à trois autres jusqu'à ses dix-huit ans. Il entrera alors comme apprenti pâtissier dans une boulangerie de Belleville (Belleville-en-Beaujolais, aujourd'hui), puis s'avancera sous les drapeaux et sera envoyé en Algérie, à Colomb-Béchar. Solange gardera quelques liens avec lui, moins avec Pierre, et pas du tout avec Reine, je crois. Le 28 août 1965, depuis l'hôpital Manchester de Charleville-Mézières, où elle sera internée, elle écrira à Lucien : « Mon frère Georges a eu un deuxième enfant. Quant à l'autre, Pierre, il est à l'hôpital avec un traumatisme crânien, accident de moto, état critique. Ce n'est pas gai, tout cela. »)

Sept mois après la naissance de Georges et quinze jours seulement après que la justice a ordonné son placement et celui de son frère aîné, Marie se fait de nouveau féconder. Elle n'a évidemment pas le choix, les ouvriers qui se soulagent en elle pour quelques pièces éclateraient de rire ou lui foutraient une torgnole si elle leur demandait de « faire attention ». C'est donc dans le taudis où rôdent des individus suspects que Solange voit le jour, si on peut dire. Ensuite, près de deux années s'écoulent, longues, avant que les autorités, débordées au début de la guerre, viennent voir comment ça se passe pour elle. Mal. Elle est aussitôt sortie de là, par jugement du 7 mai 1940, et le 25 mai, elle est confiée à la paroisse catholique de Saint-Potin (c'est ma date anniversaire et je travaille à *Voici*, il n'y a pas de hasard – en fait), qui recueille les enfants trouvés et abandonnés depuis 1797. L'Assistance publique l'immatricule sous le numéro 68 186 et, certainement sans se soucier du triste jeu de mots, l'étiquette « MAL » : moralement abandonnée légitime. Elle est petite, chétive, elle a été très peu nourrie. Elle ne se remettra jamais, psychologiquement peut-être, sûrement même, mais physiquement c'est certain, des deux premières années de sa vie, passées dans l'ombre, sans sortir. Un médecin de Lyon, le docteur Boulez, l'examinera à seize ans et quatre mois, le 30 octobre 1954 : il notera que sa taille est inférieure à la normale, que sa poitrine est très peu développée, et qu'elle n'est toujours pas réglée. Elle sera également examinée à vingt-six ans, le 25 novembre 1964, à la demande de Jean-Claude Seligman : « L'intéressée est une personne de menue complexion, rappelant les morphologies miniatures de certains états hystéro-névrotiques. » Je ne sais pas ce que cela veut dire, mais Solange n'est quand même pas une guenon maléfique. Elle mesure 1,56 m (soit seulement trois centimètres de moins que Jacques Salce, et quatre centimètres de moins que Lucien) et pèse 43 kg.

On laisse Marie Rouyer ici, seule dans sa misère noire, seule sur son lit sale, pour encore deux ou trente ans. On ne sait pas ce qu'elle devient, on ne la connaît pas. On ne sait pas si elle a eu d'autres bébés ensuite, mais si oui, étant donné qu'il n'y en a aucune trace à l'Assistance, j'imagine qu'elle les a noyés dans un seau – celui avec lequel elle se lave. Soit qu'elle s'en tape, de ces petites choses rouges, gigotantes et braillantes, soit au contraire parce que, finalement, ça fait moins de peine.

Le 18 juin 1940, pendant que de Gaulle est au micro, Solange, bientôt deux ans, est transférée à l'hôpital de la Croix-Rousse, sa santé plus que vacillante inspirant les plus grandes inquiétudes. Elle y reste trois mois, est mise quinze jours en attente au « petit dépôt » du grand hôtel-Dieu, puis est de nouveau hospitalisée, cette fois à l'Antiquaille, un ancien couvent qui a d'abord recueilli les « filles de mauvaise vie », au début du XIXe siècle, puis les « insensés » (il semble qu'en ce temps-là, les enfants abandonnés étaient assimilés à des malades déjà psychiatriques). Fin novembre, elle est renvoyée au grand hôtel-Dieu. Pour l'instant, elle n'a rien connu d'autre qu'un réduit pouilleux et des hôpitaux. Dans le genre cauchemar, ça commence bien – et Lucien n'y est pour rien. Enfin, le 3 février 1941, elle arrive au dépôt de Belleville, là aussi un hôtel-Dieu, comme il y en avait dans la plupart des villes de province. Je gare la voiture devant. Elle a deux ans et demi, j'y entre derrière elle. C'est un genre de petit musée aujourd'hui, l'hôpital n'est plus en activité depuis 1991, il a été remplacé par un centre hospitalier plus moderne, situé juste derrière. C'est beau, à l'intérieur, et désert, une dame à l'accueil est au téléphone, le masque sur le menton, elle me fait un sourire, repositionne son masque et, d'un signe de tête engageant, m'invite à avancer et à visiter : d'anciens meubles d'apothicaire en bois, des bocaux de faïence, des vitrines qui exposent toutes sortes de petits flacons, de vieilles boîtes de médicaments et des instruments d'époque, tous métalliques, une impression de ferraille, des pinces et des lames fines, des tenailles, des spéculums et des scalpels, certains à manche d'ivoire ou de nacre me semble-t-il, magnifiquement conçus mais qu'on n'aimerait pas avoir à l'intérieur du corps, où que ce soit ; à droite, je pénètre dans une salle toute en longueur, au sol du carrelage blanc à motifs orange et noir, au milieu, d'autres vitrines, deux mannequins de cire de bonnes sœurs en tenue, et de chaque côté, une rangée de lits accolés les uns aux autres dans le sens de la longueur, chacun dans une alcôve de bois que ferme un rideau blanc. Je suis seul ici, sous le haut plafond, seul dans le musée, mais je me sens accompagné d'une petite fille brune et maigre, elle a l'âge d'entrer bientôt en maternelle, elle doit mesurer 80 cm et peser une dizaine ou une douzaine de kilos, je l'imagine avec la tête de Myrto, la fillette qui m'avait dit « Salut ! » en sortant de l'école primaire de la rue de la Mare, dans un autre Belleville. Les bonnes sœurs aujourd'hui pétrifiées dans le temps s'occupent d'elle, elle va commencer véritablement sa vie, on va la diriger vers des familles de la région.

Le 11 février 1941, elle entre chez le couple Furnichon, au bourg de Lucenay. Elle n'y reste que neuf mois, le temps de fêter, modestement je suppose, son troisième anniversaire, puis une fée enfin s'intéresse à elle, cling, étincelle, coup de chance : elle est placée chez une femme de cinquante-cinq ans, une dame Marie Perraud, à Marchampt, et passera là, heureuse on ne sait pas mais aimée en tout cas, protégée, toute son enfance à partir de maintenant, et son adolescence. Je remonte dans la Jeep (oui, la Jeep, oui, Jeep Renegade, noire, je suis l'aventurier, le renégat) garée devant l'hôtel-Dieu, et après une vingtaine de minutes de route, mon chapeau imaginaire posé sur le siège passager, j'arrive à Marchampt. (À Quincié-en-Beaujolais, je suis passé au ralenti devant la maison de Bernard Pivot. Il n'était pas dans son jardin.) L'adresse de Marie Perraud n'est pas précisée dans le dossier de Solange, je me promène, c'est un beau village entouré de vignes à flanc de colline, agréable, de nombreuses maisons sont en pierre et la plupart des rues en pente (pour la faible constitution de Solange, ce n'était peut-être pas facile tous les soirs). Marie Perraud vit seule, elle s'est mariée le 27 juin 1914 (l'archiduc François-Ferdinand a été assassiné le lendemain – pas de bol, vraiment, pour tout le monde) avec un Claudius Guicheret de trois ans son cadet, il était coiffeur, elle était alors modiste à Marchampt, on pouvait être modiste dans un village de huit cents habitants, elle l'a sans doute attendu pendant les quatre ans de guerre (leur premier enfant, Benoît, est né le 28 avril 1915, il a donc été conçu un mois après le mariage, à quelques heures de la mobilisation générale – à la mairie, ce n'est pas son père qui l'a déclaré (c'est évidemment Wats qui a trouvé tout cela), il devait risquer sa vie dans la boue quelque part dans l'Est, c'est son grand-père, le père de Marie, qui s'appelait lui-même Benoît), mais quand la petite Solange arrive, ils ne sont plus ensemble et elle a repris son nom de jeune fille, il est peut-être revenu trop gravement blessé, ils ont peut-être divorcé – il n'a pas été tué dans les tranchées, l'incoercible Wats (je ne peux plus rien faire, j'ai déclenché une furie) a découvert qu'il était mort en 1952 à Villefranche-sur-Saône. Marie élève Solange comme si elle était sa propre fille. D'ailleurs, son fils Benoît l'a lui aussi adoptée, et lorsqu'il épousera Jeanne Descombes, une fille de Villefranche, en 1948, cette dernière fera de même. Le 16 janvier 1965, elle déclarera à un inspecteur du commissariat local (son mari Benoît ne se rendra pas à la convocation, il sera « en traitement pour dépression nerveuse ») : « J'ai toujours considéré Solange comme une sœur. Elle était gentille, affectueuse et sérieuse, mais assez réservée. »

Jeanne et Benoît Guicheret habitent en bas de Quincié-en-Beaujolais, à presque deux kilomètres du centre, au bord de la départementale, dans le hameau de Saint-Vincent. (J'ai garé la Jeep (j'aime écrire ça) sur le petit parking qui se trouve juste en face de leur maison à deux étages, ordinaire – à l'exception d'une niche, sur la façade, au-dessus de la porte, dans laquelle se trouve une petite statue de saint Vincent, Vincent de Saragosse, le patron des vignerons. Il tient une grappe de raisin dans la main droite, et la palme des martyrs dans la gauche. En passant sur ce trottoir, à dix ans, Solange levait peut-être la tête vers la statuette avant d'entrer.) Quand Marie l'emmène chez son fils et sa belle-fille, elles passent sans doute, parfois, dire bonjour à Georges, le frère aîné de Solange, qui est lui aussi en famille d'accueil à Quincié à ce moment-là, chez une veuve Machurat jusqu'en 1952, puis dans la famille Charvériat jusqu'au moment où il partira apprendre la pâtisserie à Belleville, en novembre 1955 – il reviendra à Quincié pour y épouser une Marinette, en avril 1963, sa sœur sera alors internée à l'hôpital de Perray-Vaucluse, à Sainte-Geneviève-des-Bois. (Le frère et la sœur adoptés ont eu la chance de partir en vacances ensemble, avec la Croix-Rouge suisse, dont la section « Secours aux enfants » a été très active pendant et juste après la guerre. Elle organisait des séjours pour distraire, aérer et bien nourrir les gamins abandonnés ou défavorisés. Le 27 mars 1945, Georges, huit ans, et Solange, six ans, se retrouvent à l'hôtel-Dieu de Belleville pour une visite médicale poussée – ils y restent quatre jours. Chacun retourne dans sa famille, et le 10 avril, ils partent pour trois mois je ne sais où, sûrement à la montagne, ce n'est pas mentionné sur leurs dossiers, où on trouve de nouveau la trace de leur présence commune au dépôt de Belleville le 11 juillet 1945, puis Solange rentre chez Marie Perraud à Marchampt, et Georges chez la veuve Machurat à Quincié. Cela restera le seul long moment de leur vie qu'ils auront passé ensemble.) Il y a un bar-restaurant presque en face de la maison Guicheret, à une cinquantaine de mètres, le Bistrojolais. Je vais m'asseoir sur un tabouret au comptoir et je fais ce qu'il faut faire, je commande un verre de beaujolais, 2 euros, il est bon. J'en commande un autre. Une douzaine de personnes déjeunent en salle, un petit groupe de jeunes qui mangent des pizzas, des ouvriers, un couple âgé. Le plat du jour est tentant (saucisson du Beaujolais, sauce au vin, pommes vapeur au thym), mais je n'ai pas faim, et je dois retourner à Belleville. Pour l'instant, par la grande baie vitrée je regarde le trottoir d'en face.

Solange a gardé des liens solides avec les Guicheret, elle les a présentés à Lucien un an après leur mariage, ils se sont bien entendus, il est resté proche d'eux lui aussi. À la fin de l'été 1963, dans le futur, après un premier semestre particulièrement difficile pour elle et plusieurs hospitalisations, ils vont ensemble rendre visite à Jeanne et Benoît, qui ont alors trois enfants, Roger, Jocelyne et Alain. (À cette époque, peu avant d'enfiler pour la première fois sa blouse d'infirmier psychiatrique, Lucien essaie d'expliquer les maux qui gâchent la vie de sa femme, il veut les comprendre, cherche des réponses dans son passé. Il a fait un premier voyage seul dans le Beaujolais, pendant que Solange était à Villejuif, mais n'a rien appris de particulier.) Le 22 septembre 1963, le couple étrenne le permis de conduire et la 2 CV d'occasion de Lucien et fait la route jusqu'à Quincié. Jeanne Guicheret est surprise par l'allure de Solange : elle a maigri, elle paraît fatiguée. Elle se souviendra devant les enquêteurs que la santé de sa femme semblait beaucoup inquiéter Lucien. Ils logent à l'hôtel-restaurant Pacot, ou Pacaud – interrogée en 1964, Renée Garcia, la gérante, explique que c'est une « voisine » (Jeanne) qui lui a demandé si elle pouvait « loger ses amis » ; l'hôtel-restaurant Pacot ou Pacaud, voire Paco, était donc peut-être le Bistrojolais, voisin de la maison Guicheret, au comptoir duquel je suis toujours devant un deuxième verre à 2 euros. Ils entrent, malingres, pâles. (Un saucisson du Beaujolais, les amoureux ?) Mme Garcia dira : « Mme Guicheret m'avait signalé que la femme était malade, et effectivement, j'ai constaté que cette personne avait mauvaise mine, et suffoquait parfois. […] Quant à son mari, il m'a fait l'impression d'un homme triste et sournois » (elle déclarera cela évidemment après l'arrestation de l'abominable Étrangleur). De son côté, Jeanne affirmera que Lucien lui a paru « tout à fait normal », très attentionné, prévenant envers sa femme, et toujours fortement préoccupé par sa santé. Le lendemain, le couple se rend à Belleville pour y rencontrer Émilien Roch, commis d'agence à l'Assistance publique du Rhône, et lui demander des informations sur les origines familiales de Solange – là encore, il ne peut rien leur apprendre de particulier. Les trois premières années de sa vie suffisent sans doute, même simplement sur le papier, à expliquer pas mal de maux, mais on est bien avancé. M. Roch, au passage, confirmera l'impression de Jeanne Guicheret : il lui semble que les jeunes gens sont amoureux, que le ménage est « heureux », et que Lucien veille tendrement sur sa femme.

Mme Garcia, l'hôtelière qui l'a prétendument trouvé sournois, revoit le couple l'année suivante, le 10 janvier 1964. Solange vient de sortir de l'hôpital de Perray-Vaucluse, Lucien l'a conduite encore une fois jusqu'à Quincié, près de ses seuls amis, au bon air du Beaujolais, dans l'espoir qu'elle se requinque et reparte dans la vie d'un pied plus stable. Il compte rentrer seul le lendemain à Paris et la laisser se reposer ici plusieurs jours, voire quelques semaines. Ils n'ont pas d'autres idées, d'autre solution. Jeanne Guicheret, cette fois, est effrayée par l'aspect de sa belle-sœur adoptive : elle la trouve très changée, dans un sale état, suffoquant sans arrêt. En la voyant, Renée Garcia juge bon de la prévenir que ses chambres ne sont pas chauffées. Or il fait plus que frais, en janvier, dans le Beaujolais. Les amoureux reprennent la voiture et partent chercher un hôtel à Belleville.

Toujours dans le futur, le 31 août 1964, près de deux mois après l'arrestation de Lucien, Jeanne Guicheret trouvera la volonté ou le courage de lui écrire. Elle a traversé la Saône pour se rendre à Ars, Ars-sur-Formans aujourd'hui, et joint à son courrier une carte postale sur laquelle figure une statue de Jean-Marie Vianney : « Près du curé d'Ars, j'ai prié avec ferveur pour vous. [...] Comment vous, si bon, si aimant et dévoué à votre Solange, avez-vous pu devenir cet homme de terreur ? Vous m'avez fait beaucoup de peine. J'ai sangloté en entendant le récit affreux que radios et journaux ont fait de vous, m'écriant : "C'est impossible, il est devenu fou !" Que va devenir la pauvre petite Solange, maintenant ? C'est dans une maison de repos, auprès de bonnes religieuses qui la comprennent et l'entoureront de bons soins et d'affection qu'elle trouvera la paix. Ici, c'est impossible pour le moment, tout le monde est peu indulgent, elle souffrirait trop, l'avide curiosité des uns, la méchanceté des autres, lui rendraient la vie trop pénible. » Après lui avoir assuré qu'elle lui gardait « une bien sincère amitié » et qu'elle prierait encore pour que cesse son « horrible cauchemar » (ça n'a pas fonctionné), elle termine par une phrase qui a dû déconcerter Jean-Claude Seligman quand il l'a eue sous les yeux, adressée à un forcené qu'on accuse d'avoir étranglé un enfant sans raison : « Les petits sont en bonne santé, profitant bien de leurs vacances, ils vous envoient de gros baisers. »

Plus tôt, le 5 décembre 1962, alors que Solange était hospitalisée à Henri-Rousselle, qui faisait partie de Sainte-Anne, Lucien a écrit à l'aîné des enfants Guicheret, Roger, qui devait avoir une dizaine d'années. Il venait de recevoir un colis de la famille, peut-être de la nourriture, ou des choses destinées à Solange pour la soutenir. Il a d'abord répondu à Jeanne et Benoît, puis à leur fils : « Et dans ce colis, il y avait ta photo et ton dessin, avec ton petit mot au verso, ainsi que le dessin de ta petite sœur Jocelyne. Tu es très bien sur la photo, et cela nous fera un très bon souvenir. Ton talent de dessinateur est très fort, et je ne te dis pas cela pour te faire plaisir. C'est très bien, et si tu continues, tu feras toujours mieux. Jocelyne se débrouille aussi très bien, avec toi comme professeur elle ne peut que devenir une vraie artiste. Et petit Alain, j'espère qu'il pousse bien. [...] Je n'ai rien dit de ta photo ni des dessins à Solange, car je veux lui faire une bonne surprise demain en allant la voir. Continuez bien à être gentils et à bien étudier à l'école. C'est à ce prix que l'on devient heureux. » (Étrangement, une photographie de cette lettre se trouve à la bibliothèque municipale de Lyon. Elle fait partie du fonds cédé à la ville en 1990 par un journaliste et photographe local, jointe à trois photos de Solange sur un lit d'hôpital, datées du 13 juin 1963. Sur les deux premières, en jupe et gilet, Solange est assise sur un lit, ses longs cheveux noirs sont séparés en deux grosses couettes, qui tombent sur sa poitrine ; elle n'est pas maquillée du tout, elle a l'air calme, elle est jolie, quoique un peu inquiétante, dure, la tête inclinée sur le côté, avec un regard de défi. Sur la troisième, elle est moche, en robe de chambre molletonnée, presque allongée, en appui sur un coude ; ses cheveux sont lâchés, se répandent sur ses épaules en impressionnante cascade, et l'on voit que sa frange a été coupée n'importe comment, elle est très inégale, crantée, au point que ce doit être volontaire ; elle ouvre grand les yeux, on devine qu'elle n'est pas dans son état normal, c'est peut-être dû aux cachets, elle a vraiment ce qu'on appelle une « tête de folle » ; sa main gauche est posée sur l'un des boutons d'un magnétophone à bande installé sur la table de chevet. (C'est celui du couple. Lors de la première perquisition à l'hôtel de France, on retrouvera une lettre de Solange, écrite à Villejuif, dans laquelle elle demande à Lucien d'apporter à l'hôpital, « for your little wife », de la nourriture et le magnétophone – elle voulait profiter des trop longues journées enfermée pour « apprendre des langues étrangères ». L'appareil finira par être retiré à la malade, à la demande du médecin.) Sous cette deuxième photo, Lucien a écrit : « Solange écoutant votre message (hôpital de Villejuif) ». Elles devaient donc être destinées à Jeanne et Benoît Guicheret, qui avaient peut-être envoyé à leur sœur adoptive quelques mots de réconfort sur bande, ou que Lucien avait enregistrés au téléphone. Après la capture de l'Étrangleur, le couple de Quincié a certainement été ennuyé, harcelé, par les journalistes de la région, et leur a permis de prendre lettres et photos en photo.)

Le 22 septembre 1963, lorsque Solange et Lucien viennent rendre visite à la famille et passent la nuit dans l'hôtel de Mme Garcia, Lucien offre au petit Roger le cadeau qu'il a acheté pour lui à Paris, un pistolet à amorces en plastique, de marque Jep. C'est ce pistolet toc qu'il brandit d'un air diabolique dans une cabine de photomaton, pour amuser le neveu de sa femme, sur une photo qu'il enverra à Yves Taron en juin 1964. Les deux ou trois restantes, conservées dans son portefeuille, permettront au commissaire Poiblanc de comprendre qu'il a bien l'Étrangleur en face de lui dans son bureau.

Lucien écrira une dernière lettre aux Guicheret, depuis la prison de Versailles, le 6 septembre 1964, en réponse à celle de Jeanne qui le plaçait sous la protection du curé d'Ars, que Pie XI a proclamé « patron de tous les curés de l'univers » – la classe. Un passage en forme d'adieu sera directement adressé aux trois enfants : « Petit Alain… Toi, tu ne te souviendras pas de moi. Toi, petite Jocelyne, je te revois si affairée à aider déjà ta maman, et toi, Roger, tu te souviendras toujours de moi. Dans ma voiture, quand on m'a arrêté, il y avait trois grands disques d'accordéon pour toi. C'était le jour de mes vacances, nous devions Solange et moi te les apporter. Tu ne les auras peut-être jamais, mais tu sauras que, bien que pas bien riche et très malheureux, j'avais pensé à vous une dernière fois. »

Je sors du Bistrojolais et regarde la maison des Guicheret avant de remonter dans la Jeep. Je sais que le petit Roger y vit toujours, avec sa femme Josiane. Ils ont deux enfants et trois petits-enfants – du moins aux dernières nouvelles (dans *Wats Magazine*), peut-être d'autres depuis. Je ne sais pas si le métier de Roger, en retraite lui aussi, avait ou non un rapport avec le dessin, pour lequel il avait un talent « très fort ». Je n'ose pas frapper à la porte sous la statuette de saint Vincent. Je les dérangerais peut-être, et cela ne servirait à rien. Avant de venir, j'ai écrit une lettre à Roger, je lui ai expliqué que je terminais un livre sur l'affaire Luc Taron, je lui ai demandé s'il pouvait me parler de Solange, sa tante ou presque, s'il se souvenait d'elle, de certains détails, s'il l'avait revue. À peine quelques jours plus tard, il m'a gentiment répondu – une lettre qui m'a touché, et qui m'a fait de la peine : « Monsieur, En réponse à votre courrier, pour ma part je n'ai pas souvenir de cette personne. Sinon d'avoir entendu parler de cette Solange, surtout au moment que cette affaire a éclaté. Je crois qu'elle était de l'Assistance publique, et venait en vacances, étant enfant, chez la mère de mon père. [Elle y a passé toute son enfance et son adolescence, en fait.] Toutes ces personnes sont disparues depuis longtemps, ainsi que mes parents Jeanne et Benoît, depuis vingt ans. Sincères salutations, Roger Guicheret. »

À douze ans, en 1950, de nouveau dans son passé, Solange, qui est une très bonne élève (« brillante », écrit Émilien Roch, qui s'occupe de son dossier), réussit facilement le concours d'entrée au collège Moderne de Villefranche-sur-Saône, où elle est admise en internat, échappant donc au placement à gages, aux travaux des champs ou autres. (Dans l'enquête qu'on lui a commandée à propos de l'épouse cinglée de l'Étrangleur, Pierre Chabod écrit : « L'Assistance publique a assuré son instruction, qui est restée très primaire, car l'enfant n'avait pas de grands moyens intellectuels. » Peu importe la vérité, il faut mettre les gens à la place où on veut qu'ils soient, dans le rôle qu'on leur a attribué.) Elle revient chez Marie Perraud le week-end. Elle va suivre sans problème les quatre années d'études au collège Moderne, et devient une jeune fille comme les autres.

Sa santé, qui a toujours été précaire, va se dégrader brusquement. À la fin de sa dernière année de collège, elle s'affaiblit, on ne sait pas pourquoi. Mais Jeanne Guicheret est claire : « Mentalement, elle était tout à fait normale. » Solange n'a plus d'énergie, elle se détraque, elle échoue à la première session du BEPC, en juin 1955. Elle l'obtient à celle de rattrapage, en septembre, après avoir passé toutes les vacances d'été chez Marie Perraud.

Elle est toujours en mauvais état à la rentrée, elle poursuit ses études au collège (qui garde alors les élèves jusqu'au baccalauréat), elle ne va pas bien, elle a des problèmes respiratoires, on suspecte une tuberculose, mais non. Finalement, c'est le médecin du collège, au cours d'une visite médicale, qui détecte de l'albumine dans ses urines. Pendant un mois, on la fait manger à l'infirmerie, on lui impose un régime. Qui ne change rien. (« Le mal persistait », écrit-elle à Lucien deux ans plus tard, le 28 juillet 1958.) Le 23 mars 1956, elle est finalement admise à l'hôpital Édouard-Herriot de Lyon, afin d'y subir des examens. Elle est censée y rester dix jours, mais on lui découvre une néphrite aiguë. On la soigne pendant deux mois. Elle est sur le point de sortir lorsqu'on détecte une appendicite, qui vient de virer en péritonite. Elle est transférée en urgence dans le pavillon de chirurgie, où elle est opérée aussitôt. Elle y reste dix-sept jours au lieu des huit prévus, à cause de complications. Puis elle passe encore deux semaines à Édouard-Herriot : « Ne m'ayant pas fait suivre de régime dans le pavillon de chirurgie, explique-t-elle dans sa lettre de juillet 1958 à Lucien, ils ont dû me transférer à nouveau là où j'étais en premier, pour un autre traitement de quinze jours contre l'albumine. Au bout de ces quatre-vingt-quinze jours d'hôpital, on me dirigea aux Halles, maison de convalescence où j'étais relativement bien, mais qui ne fit aucun effet. Je suis partie plus faible que je n'y étais entrée, et si je n'avais pas fait des pieds et des mains pour partir, j'y serais restée une éternité. Ça y est, tu es au courant, tu es content ? »

C'est en fouinant dans les affaires de Lucien à Château-Regnault et en lisant cette lettre intime qui détaille tous les ennuis de santé de Solange que la redoutable Geneviève Léger a tiré l'étrange conclusion que sa future bru avait eu de graves problèmes à l'utérus (albumine, néphrite, péritonite, on ne sait pas trop ce que c'est mais ça tourne autour du pot) et qu'elle ne pourrait jamais avoir d'enfant – et que donc, Lucien ferait bien de la renvoyer d'où elle vient. (Elle ne l'a pas convaincu, il savait que c'était faux, mais les enquêteurs font moins de manières, ils écoutent ce qu'on leur dit. Dans le rapport de synthèse qu'ils fourniront aux experts psychiatres, on lit : « Solange, à la suite de son opération à dix-sept ans, ne pouvait pas avoir d'enfant. Ce n'est qu'après le mariage que Léger aurait connu la stérilité de sa femme. »)

Les Halles qu'évoque Solange dans sa lettre, c'est le château des Halles, à une trentaine de kilomètres à l'ouest de Lyon, un vrai beau château, avec des tourelles, des toits pointus, tout, sur quatre-vingt-dix hectares de terres et de forêt. Elle y passe deux mois. Mais fin août 1956, lorsqu'elle en sort enfin, dans un état encore très incertain, c'est pour apprendre une mauvaise nouvelle (elle a l'habitude) : Marie Perraud est très malade. Qu'il y ait ou non un lien avec les longues souffrances que vient d'endurer sa fille adoptive, elle est en phase terminale de la maladie qui va l'emporter, elle ne peut plus l'accueillir chez elle.

Avant de quitter Marchampt et de repartir vers Quincié puis Belleville, je suis monté jusqu'au cimetière, tout en haut du village. Pour une fois, il ne pleuvait pas. Dans un caveau, avec cinq autres personnes dont la dernière a été inhumée en 1960, j'ai trouvé, de profundis, la bienveillante Marie Perraud, 1885-1957.

Solange a dix-huit ans. Elle est seule, fragile, mais pas à la rue. À l'été 1956, sachant qu'elle ne pourrait pas retourner à Marchampt, M. Picq, directeur de l'agence d'aide sociale à l'enfance de Belleville, demande au couple Poncet, Françoise et Pierre, s'ils accepteraient de « prendre en pension une jeune fille de l'Assistance qui sort de l'hôpital ». Ils l'accueillent sans hésiter le 28 août 1956, le lendemain de son départ du château des Halles. Solange restera chez eux un peu plus de deux ans. Quand elle parlera de sa jeunesse dans la suite de sa vie, elle considérera – dans les lettres qu'elle écrira à Lucien, par exemple, ou dans ses auditions par le juge d'instruction et les psychiatres – les Perraud-Guicheret comme sa « famille adoptive » et les Poncet comme ses « amis ». Ils habitent au numéro 4 de la rue David-Comby, à Belleville, près du champ de foire. Je suis devant. Une petite rue, courte et étroite, une maison (ou un tout petit immeuble) à deux étages, qui date, du moins le rez-de-chaussée, de 1771. Je suis face à la porte de bois que franchissait Solange, jeune fille sage, frêle, pas très vaillante mais bien apprêtée quand elle se rendait en ville ou au champ de foire. En me retournant je m'aperçois qu'une vieille dame est accoudée à une fenêtre du rez-de-chaussée de l'immeuble-maison d'en face, sur l'autre trottoir, et me regarde fixement, sûrement depuis un moment, d'un air non pas soupçonneux, ce serait trop dire, mais sérieux, attentif. Un regard, quoi. Je pourrais simplement partir, d'un pas tranquille, mais même si je sais que je ne la reverrai jamais, je n'ai pas envie qu'elle me prenne pour un malandrin en goguette, en quête d'un coup, avec mon sac matelot. Je traverse la chaussée d'un pas de brave homme, reste à bonne distance d'elle (je ne contamine pas mon prochain, ma prochaine) et lui demande si elle a connu la famille Poncet, qui vivait ici, en face de chez elle. Elle fait la moue, me dit : « Non, jamais entendu parler » et m'assure qu'elle vit pourtant ici depuis longtemps, plus de vingt ans. Elle a donc emménagé un peu avant 2000. Je réalise alors que je lui parle d'une famille qui habitait la maison qui se trouve derrière moi en 1956, treize ans avant le premier voyage sur la Lune, que Françoise Poncet, la propriétaire des lieux, est née au tout début du XXe siècle, que la vieille dame en face de moi devait avoir une dizaine d'années et que la jolie jeune fille frêle et apprêtée fêterait aujourd'hui ses quatre-vingt-deux ans.

Solange a besoin de plusieurs semaines encore de lente remise en état, de patience et de bonne nourriture avant de pouvoir sortir. À peu près rétablie, elle prend des cours de sténodactylo et de comptabilité à Belleville, encouragée et aidée par la femme de M. Picq, qui a de l'affection pour elle et pressent qu'elle peut faire de bonnes choses dans la vie. Et le 4 mars 1957, avec le BEPC pour seul diplôme, elle est embauchée comme secrétaire par les établissements Pasquier-Desvignes, une maison de négoce en vins ancienne et réputée, à Saint-Lager. (Sur le chemin depuis Quincié, ma puissante Jeep a sillonné les petites rues de Saint-Lager (dans un nuage de poussière), pays du brouilly, à six kilomètres de Belleville (Solange part travailler sur une mobylette, un « cyclo » que lui prêtent les Poncet), il y a quelques belles maisons de pierres, de vastes bâtiments, on devine une forte présence, plus encore autrefois, de la viticulture, je sais que les descendants Pasquier-Desvignes sont toujours en activité quelque part, mais je n'ai pas trouvé d'enseigne ou de panneau qui signalaient leur activité dans le village ou alentour.) Son employeur la dit « sérieuse, attentive, intelligente au travail ». Du côté de la famille Poncet, Françoise n'a pas un reproche à lui faire quand M. Picq lui pose des questions sur sa pupille, seul son état physique inquiète (« À cause de sa santé, elle n'est pas très gaie, et ayant le foie très fragile, son humeur s'assombrit parfois brusquement »), elle est gentille, elle a très bon cœur, elle est consciencieuse, ponctuelle et d'une parfaite honnêteté, elle participe aux travaux ménagers, ne semble pas s'intéresser beaucoup aux garçons (interrogé par un enquêteur en 1964, le commis Émilien Roch assurera même que durant toutes les années où il avait la responsabilité de Solange, il ne lui a « jamais connu de relations masculines » – lorsqu'il lira ces mots dans la copie du dossier d'instruction, en 1976, Lucien les soulignera au crayon à papier), et elle passe des heures à écrire – des lettres à son frère Georges, qu'elle pouvait voir à Belleville quand il était apprenti pâtissier, jusqu'à son départ pour le régiment, et à ses anciennes amies internes du collège Moderne de Villefranche. C'est ce goût pour la correspondance qui lui fera rencontrer Lucien.

En septembre 1957, Solange change de patron et entre, secrétaire encore, aux établissements Peyret, spécialisés dans la vente de juliénas, à la succursale de Belleville, plus près de chez elle. Enfin, en mai 1958 (le fils des Poncet étant rentré du service militaire, il a fallu lui rendre sa chambre et le couple n'a plus pu héberger Solange : elle a été placée chez une dame Cathiard, au lieu-dit d'Aiguerande, devenu aujourd'hui un quartier de Belleville au centre duquel se trouve une cité construite à la fin des années 1960), toujours sérieuse et parfaitement saine d'esprit, elle est embauchée comme dactylo-facturière par la « maison Dumoulin » – je ne sais pas ce que c'était, la maison Dumoulin, peut-être encore un négociant en vin. (Peu importe : la maison Dumoulin, c'est ce que déclare Émilien Roch ; Jeanne Guicheret, elle, se souvient qu'après les établissements Peyret, Solange a été « placée chez M. Janin, fabricant d'outillage à Belleville ». Les témoignages, voilà.) Ce qui est avéré, c'est qu'elle est restée chez Dumoulin ou Janin à préparer des commandes de vin ou d'outils jusqu'à la fin de l'après-midi du vendredi 16 janvier 1959.

Dans son dossier de l'Assistance, chronologique, rien n'affleure de sa vie intime, hormis ses différents problèmes de santé. En lisant cette longue liste administrative de dépôts, d'hôpitaux, de placements ici et là, d'années de collège, de familles d'accueil et d'employeurs, on ne constate évidemment pas, sur la fin, l'arrivée de Lucien dans son existence. Tout paraît « normal », normal dans l'instabilité mais régulier, mécanique, officiel. Jusqu'à la toute dernière ligne, soudain, où une date et un mot sont notés : « 16.1.59 : Fugitive. »

« Les cinq ans de vie commune que j'ai passés avec Lucien Léger n'ont été qu'un long et douloureux cauchemar. Mon calvaire a commencé le jour même de notre première rencontre. »

Solange Léger, *France Dimanche*, 15 octobre 1964.

Mon petit mari merveilleux,
Je viens de recevoir ta lettre,
en même temps qu'une piqûre. [...]
Les journalistes ne marchent pas, ils courent,
je les emmerde à ma façon,
c'est ma revanche.

Solange, 24 juillet 1965.

Mon Lucien, mon amour,
je t'en prie, tiens le coup.
On se souvient de Roméo et Juliette,
de Tristan et Yseut,
on se souviendra de Lucien et Solange.
Mais j'espère que cette fois le roman finira bien.

Solange, 25 août 1965.

J'ai ouvert les yeux une ou deux heures plus tard, je ne sais pas, je n'avais pas de montre, je ne voyais pas de pendule au mur, j'étais sur le dos, cotonneux, ahuri et totalement engourdi, en salle de réveil. Dans mon souvenir, tout est bleu clair et plastique autour de moi : la première chose que j'ai vue en essayant péniblement de ployer la nuque et de regarder mon corps pour comprendre ce qui se passait a été ma blouse-pyjama toute de traviole sur moi, ensuite ça reste dans les yeux, le bleu clair. J'ai mis un moment (trois secondes ou une minute, c'est dur à dire) à me rappeler que si j'avais encore en tête une forte lumière blanche, avec réminiscence de sensualité moelleuse à l'arrière du crâne, c'est que j'avais été opéré. Inutile de décrire l'état dans lequel on se sent, corps et esprit, après une anesthésie générale, presque tout le monde a connu ça. On ondoie, longtemps.

Deux professionnels de médecine qui faisaient le tour de la salle où nous étions cinq ou six en cours de remontée en surface se sont arrêtés quelques secondes au pied de mon lit, l'un m'a demandé si tout allait bien, j'ai répondu d'une voix de pâte crue : « Oui, je crois », puis il a semblé transmettre quelques informations de base à l'autre, je l'entendais mal, dans la ouate sonore, il a prononcé un mot qui se terminait par « ceho », son collègue a hoché la tête, aucun des deux n'avait l'air inquiet, ça m'allait. Tout ce que je savais, c'est qu'on m'avait soustrait une sorte de petite balle de ping-pong, que cela avait nécessairement laissé un trou de la même taille dans les environs du sinus, mais qu'il n'y avait manifestement, magie, pas de complications. (Même plus tard, quand je retournerais à Lariboisière pour la visite de contrôle et le retrait des fils (et qu'on m'annoncerait accessoirement que ce n'était qu'un gros kyste, rien de cancéreux (bonne nouvelle)), je ne demanderais pas ce que le docteur Maurice m'a fait dans la tête, je ne sais pas s'il a laissé le vide tel quel (je ne sais même pas si c'est possible) ou s'il l'a rebouché, ni, le cas échéant, avec quoi. Non seulement savoir ne changerait rien, mais surtout, je ne veux pas pouvoir imaginer. Ce qui compte, c'est que je me sente normal. Et c'est ce qui m'a surpris. En fin d'après-midi, le jour de l'opération, Anne-Catherine est venue me chercher (je n'avais pas le droit de sortir seul, il a fallu que je demande à une infirmière de me prêter son portable pour l'appeler) et sur le chemin du retour à pied, sur le pont qui passe au-dessus des rails de la gare du Nord, je me sentais parfaitement normal – hormis la torpeur chimique qui m'obligeait à marcher comme un astronaute défoncé. Je trouvais ça formidable, je ne constatais aucune différence avec la veille, alors que j'avais un gros trou dans la boîte crânienne. Depuis, et aujourd'hui encore, je n'ai pas mal, du tout, je n'ai pas non plus d'impression de courant d'air à l'intérieur, et je ne me sens pas plus léger d'un côté de la tête que de l'autre.)

À l'hôpital, il y a eu tout de même une mauvaise nouvelle. J'avais de petites douleurs râpeuses dans la gorge. J'ai fini par deviner pourquoi : on m'avait intubé pendant l'opération. C'est ce que je me suis dit une fois rentré chez nous, le soir, après avoir allumé l'ordinateur. Quelques heures plus tôt, sur le lit de réveil, j'avais lu (j'étais dans la brume épaisse, je ne sais plus si c'était sur une fiche posée sur la tablette ou sur le moniteur qui indiquait mes signes vitaux et paramètres (j'aimais bien le regarder, je pouvais constater scientifiquement, comme sur un ordinateur de bord de voiture, que j'étais bien vivant, que je fonctionnais correctement, régulièrement)) les lettres BPCO. J'avais fait le rapprochement avec le « cého » prononcé par le contrôleur en blouse. J'avais déjà entendu ça. Il me semblait que c'était en rapport avec la bronchite chronique, la toux, le rhume, rien de grave. J'ai quand même vérifié sur Google en rentrant. Broncho-pneumopathie chronique obstructive. Rien de grave : dans mes rêves. J'évite comme la peste les sites médicaux, dont on ne ressort jamais sans la certitude d'une mort imminente dans des circonstances dégradantes, je n'ai donc parcouru rapidement et d'un seul œil que quelques lignes, qui m'ont suffi à réaliser que c'était tout ce qu'on veut sauf bénin, la BPCO : troisième cause de décès dans le monde après les maladies cardiaques et les AVC, bien plus que les cancers du poumon (de la gnognote), agonie lente, intolérable, bouteille d'oxygène indispensable, on devient sardine dans le fond de la barque, et une fois que c'est entamé, c'est irréversible. Merci Google, big up Doctissimo. Mais il est possible, ai-je cru comprendre, que si l'on arrête de fumer, le processus de dégradation se stabilise à peu près. Je n'avais pas besoin d'en savoir plus, j'ai arrêté de fumer. (J'ai donc enfin fait le lendemain l'acquisition d'une nouvelle vapette, de bonne qualité, pas mal de fumée, de vapeur, pratique, agréable en main, pas de fuites, j'ai essayé plusieurs liquides pour être sûr d'en trouver un qui ne m'écœurerait pas au bout de trois heures, bien chargé en nicotine, ça ne peut pas faire de mal, et je n'ai plus allumé une clope depuis.) J'ai éteint l'ordinateur, foin du virtuel, la vérité en face, je suis allé me voir dans le miroir de la salle de bains : non, ça va, toutes mes incisives étaient intactes : ils avaient enfoncé le tube avec précaution. Casserole à la fenêtre.

Lucien, lui, arrive à Colomb-Béchar à la fin du mois de juillet 1957, sympathise avec Georges Vincent et commence à écrire à sa sœur à l'automne. Solange est alors secrétaire chez Peyret. La correspondance s'intensifie rapidement. (Au cours de la seule année 1958, il écrira plus de deux cents lettres. Elle, on ne sait combien : il les conservait chez ses parents à Château-Regnault et a dû les y laisser quand ils se sont sauvés vers Paris, sa mère les a toutes jetées, sauf deux.) Ils s'échangent des photos. (Solange dira à *France Dimanche* que sur ces photos, « il était bel homme. La réalité, hélas, était toute autre. Il avait des tics. Son regard était fourbe. J'aurais voulu lui dire que je ne voulais plus jamais le revoir, je n'ai pas osé. Devant lui, j'étais sans réaction, il me regardait sans dire un mot, ça me paralysait d'effroi. ») En mai 1958, Lucien obtient une permission d'un mois dans sa famille à la suite de son insolation en Algérie. Les circonstances de leur première rencontre ne sont pas claires. Dans l'article de *France Dimanche* qui a fait scoop, le 15 octobre 1964, et qui était ingénieusement intitulé, par Alain Ayache, « "Ma vie avec l'Étrangleur", par sa femme elle-même », Solange dit : « Lucien est venu à Belleville le 28 juillet 1957. Dès que je l'ai aperçu, j'ai compris que je serais malheureuse avec lui. » Ce n'est pas possible. Le 28 juillet 1957, c'est la date du départ de Lucien pour Colomb-Béchar. Supposons qu'elle se trompe d'un an, ou qu'Ayache se soit trompé d'un an en retranscrivant ses paroles. (Car Solange a parlé à Alain Ayache, c'est sûr, il n'a pas tout inventé. Dans l'article, il est écrit que lorsqu'elle a vu Lucien pour la première fois, elle habitait chez Mme Cathiard, à Belleville, « au lieu-dit des Grandes » : en réalité, c'est au lieu-dit d'Aiguerande, phonétiquement c'est correct. Ayache l'a entendu.) Mais le 28 juillet 1958, ce n'est pas possible non plus. Lucien est à Paris, hospitalisé au Val-de-Grâce, après avoir feint de tomber dans les pommes dans la rue le jour où il devait repartir pour l'Algérie. D'ailleurs, ce 28 juillet, Solange lui écrivait (dans l'une des deux lettres conservées par Geneviève Léger (qui les lit toutes) car c'est celle où elle énumère ses opérations et ses nombreux tourments physiques, qui prouvent qu'elle est un bien piteux parti pour son fils) : « Quelle avalanche de courrier, pendant trois jours je n'ai rien reçu, et aujourd'hui par contraste j'ai eu quatre lettres de toi, et quatre longues, qui m'ont vraiment distraite, plongée que j'étais dans un atroce état de prostration. » Et un peu plus loin : « J'ai pensé à toi, quand tu m'attendais près d'un poteau sur le champ de foire, la première fois que tu es venu… » Selon Lucien, il s'est rendu deux fois à Belleville pour la voir lors de cette première permission d'un mois, en train depuis Château-Regnault : une en mai, une en juin. C'est la vérité. Et enfin, quelle que soit la date, ce qui n'est pas possible non plus, c'est ce que dit Solange, ou ce qu'Ayache fait dire à Solange, au sujet de ce qu'elle a ressenti lorsqu'elle l'a vu pour la première fois, la déception, l'effroi même, l'envie de fuir. Son courrier du 28 juillet débute par : « Mon amour, mon rayon de soleil » (et deux jours plus tard, le second qui a réchappé à la poubelle de Geneviève : « Mon cher petit amour »). La suite de la lettre, alors qu'ils s'écrivent depuis dix mois et se sont déjà vus deux fois durant plusieurs heures, confirme contre tout ce qu'on a toujours dit qu'elle était encore attirée par lui après leur rencontre sur le champ de foire, amoureuse même, et que le papier de *France Dimanche*, qui présente Solange en grande pompe à l'opinion publique, est une fiction, un conte mélo pour faire peur, trompeur, mensonger. Elle appelle Lucien « mon chéri », elle évoque sa « présence dans [sa] vie », leur avenir, l'endroit où ils vivront, elle écrit qu'elle parle de lui à Françoise Poncet comme étant son « fiancé » et qu'elle se confie souvent à son amie à son sujet. Et surtout, elle fait la belle, elle essaie de se montrer sous un jour qui ne lui ressemble pas, elle joue la fille fatale, séductrice et cruelle. Elle lui fait croire qu'elle a eu des aventures, nombreuses et olé-olé pour ne pas dire plus, sous-entend-elle – alors qu'aussi bien les Guicheret que les Poncet affirment qu'ils ne l'ont jamais vue avec un garçon, qu'elle était « sérieuse », rentrait le soir juste après le travail et ne sortait pas le week-end, et qu'elle assurera plus tard aux experts psychiatres, le 10 juillet 1964, qu'elle n'a « jamais eu d'autre aventure sentimentale ni sexuelle avant lui » –, et fait mine, après avoir hésité, d'être très embarrassée à la perspective de devoir tout lui avouer pour que leur couple se consolide sur de bonnes bases, sincères, adultes, honnêtes : « S'il fallait que je te raconte ma vie par écrit, Dieu que ce serait long… Je pensais à une chose : si tu gardais tes confidences et moi les miennes ? Même oralement. Non ? Ce n'est pas possible, tu n'accepteras pas. Je vais être obligée d'y passer ! Comment pourrai-je ? Je n'oserai jamais. Ma vie matérielle, familiale, ça ira toujours. Mais le reste… Je commencerai, et puis crac ! ce sera le néant. Incapable de continuer, ou de dire la vérité. Tu m'aideras, mais je sentirai ton regard inquisiteur peser sur moi, et ce sera terrible. Ou j'en sauterai, ou bien je mentirai. Comme je ne sais pas mentir à mon petit Lucien, je crois que je passerai sur certaines choses. Enfin, on verra quand on y sera. » Elle lui raconte ensuite que la veille, dimanche, après la lessive et le ménage, elle est allée se promener « en cyclo » : « Je voulais aller danser à Saint-Georges, puis j'ai pensé que tu serais jaloux si tu le savais, eh bien crois-moi si tu veux, j'y ai renoncé, c'est la première fois que j'y parviens. » Elle roule donc jusqu'à Villefranche-sur-Saône, trente kilomètres aller et retour, en chemin elle fait une pause dans un virage, des gendarmes lui tombent dessus, il est interdit de stationner dans les tournants. Elle est furieuse contre celui qui lui dresse le procès-verbal : « Je l'aurais pilé ! Mais avec un gendarme, on ne peut pas s'expliquer, on a toujours tort. » C'est la première fois qu'elle se fait arrêter : « Cela m'avait terriblement contrariée, et tout le long de la route, en rentrant, il me semblait que les gens me regardaient et se disaient : “Tiens, en voilà une qui a eu un PV, rien qu'à voir sa tête.” [Si elle savait comment on la regardera dans la rue six ans plus tard…] Par moments, je fais de l'hypersensibilité comme ce jour-là. »

Elle veut aussi se donner un air de fille dangereuse, qui n'a pas bon fond : « Ou je suis terriblement sensible, susceptible, ou je suis cruelle à toute épreuve. […] La cruauté est chez moi un état permanent. Mais je suis bien obligée de reconnaître que tu es le seul à avoir compris cet état, qui vient de ce que j'ai beaucoup souffert, et que je souffre encore. » Elle va peaufiner son personnage dans sa lettre du 30 juillet, la deuxième que Geneviève Léger trouvera très utile de transmettre à la justice : « Mon cher petit amour, c'est dans un drôle d'état d'esprit que je t'écris aujourd'hui, presque indescriptible. Sais-tu ce que j'ai fait hier pour me distraire ? J'ai fait manger des petits lapins à un chat. Cruauté monstrueuse ? Oui et non. La dame chez qui je suis placée par l'Assistance avait eu des petits lapins, enfin je veux dire que c'est une de ses mères lapines qui en a eu, bien sûr. Lorsqu'elle les a découverts, elle a voulu s'en débarrasser. Mais comment ? Je vis quelques instants plus tard que la chatte, les ayant trouvés, en croquait un à belles dents. Aussitôt, j'avertis la dame, qui me dit : “Tant mieux, ça débarrasse, si elle pouvait tous les manger…” Je n'ai pas raté l'occasion, et un par un, je les ai donnés à la chatte, qui n'avait jamais fait un aussi bon festin de sa vie. Six petits lapins à manger. Je les voyais à tour de rôle se tordre de douleur sous les dents tranchantes du félin, et cela me produisait un plaisir qu'il y a longtemps que je cherchais. » (C'est de toute évidence une posture d'adolescente encore, fière de la noirceur qui la distingue de la société guimauve – alors qu'elle n'a fait que suivre la volonté de Mme Cathiard (et personnellement, j'y vois plus d'amour pour le chat que de méchanceté envers les lapereaux aveugles), et la dernière phrase n'est là que pour se donner un genre sauvage, féroce, dont ne subsistera pas une trace dans le reste de sa vie ; mais ce nigaud de Lucien, dans son courrier suivant, répond, il ne veut pas être en reste : « Hier, je suis allé au Pierroy [où vit désormais sa sœur Andrée, à trois kilomètres de chez leurs parents] et j'ai attrapé le seul papillon qui se promenait, l'herbe était encore toute mouillée, il m'a fait courir et il a fini sur ta lettre. En le tuant, j'ai pensé à toi qui aimes tant faire souffrir les bêtes (et moi aussi). » C'est tristement ridicule, le jeune barbare sans pitié, ni foi ni loi, qui se vante d'avoir tué un papillon, mais naturellement, ça se retournera contre lui. Aux enquêteurs qui lui demanderont des comptes sur ce premier crime, il répondra, penaud : « J'ai écrit ça comme ça, car je n'aime pas faire du mal aux bêtes. C'était pour dire la même chose que ma fiancée, car à ce moment-là, elle m'a écrit qu'elle aimait faire du mal aux bêtes. D'ailleurs, je me suis aperçu par la suite que ce n'était pas vrai. ») Albert Naud trouvera judicieux de lire devant la cour, lors du procès, l'extrait de la lettre de Solange qui parle du sort des petits lapins. Avouer à la place de son client, se démener pour que tout le monde comprenne qu'il avait été capable de tuer un enfant, ne suffisait pas : il fallait aussi enfoncer sa femme, lui faire prendre une part de responsabilité pour démontrer que le drame n'était pas dû au hasard mais à un long processus, une osmose, une alchimie funeste, l'union malsaine de deux êtres perdus et dégénérés.

Je bois un verre en terrasse à l'hôtel La Route des vins, en face de la gare de Belleville, sur une chaise en aluminium et plastique orange tressé. C'est le seul hôtel dans le coin, je ne sais pas si c'est ici que dormait Lucien quand il venait voir Solange, ou s'il y en avait un autre qui n'existe plus. Les abords de la gare sont plutôt modernes, avec un grand parking sur lequel j'ai garé la Jeep – je suis resté assis derrière le volant un long moment, à penser à Solange. Il est possible que le Buffet de la gare, de l'autre côté de la rue, aujourd'hui bar et restaurant, ait été un petit hôtel d'une dizaine de chambres. Mais je pense plutôt à celui-ci, bien plus grand, à deux étages, en U, avec une cour intérieure qui sert de parking et un jardin. Il est dirigé par Rodolphe et Nathalie Gardet. Au début des années 1960, la patronne s'appelle Marguerite Tonna, née Datte. Elle a soixante-neuf ans lorsqu'elle est entendue après l'arrestation de Lucien. Elle se souvient l'avoir eu comme client du 13 au 15 septembre 1958, et du 11 au 13 octobre de la même année. Il revient le 23 septembre 1963 avec Solange – ils sont à Belleville pour rencontrer Émilien Roch. (Ce jour-là, à un croisement à l'entrée de la ville, une voiture refuse la priorité à la 2 CV et la percute. (C'est à cette occasion que l'aile a été cabossée, et donc pas le soir de l'enlèvement de Luc, ni un mois plus tard, au moment du prétendu vol de fin juin. Lucien avait menti, au commissariat, en affirmant qu'elle était intacte avant sa disparition le 26 juin. Mais il a certainement menti aussi quand il a raconté l'accident à Maurice Garçon, dans un courrier du 20 août 1964 : le choc est sur l'aile droite, c'est donc probablement lui qui n'a pas respecté la priorité. Il ment pour des broutilles, pour que personne, pas même son avocat, ne doute qu'un mois après l'obtention de son permis, il connaît parfaitement le code de la route et conduit comme un as.) Solange est légèrement blessée à la cuisse droite, un gros hématome, et Lucien en ressort avec une bosse sur le front et un fort retour de ses maux de tête, cinq ans après son insolation.) Mme Tonna les revoit une dernière fois, tous les deux, le 11 janvier 1964. Une semaine auparavant, Solange a pu sortir de l'hôpital de Perray-Vaucluse après un mois et demi d'internement. Lucien pense qu'elle se remettra bien mieux ici, au calme, que dans leur chambre d'hôtel à Paris. La veille, ils ont dû abandonner l'idée qu'elle se repose et reprenne des forces près de la famille Guicheret à Quincié, à cause de l'absence de chauffage dans les chambres de l'hôtel Pacot, Pakheau, de Mme Garcia. Ici, l'établissement est plus moderne, ça va. Comme les gens de Quincié, Marguerite Tonna trouve Solange très changée, quatre mois seulement après sa dernière visite : « Elle était bien malade. » Ils passent là une nuit ensemble, puis Lucien indique à l'hôtelière que sa femme va rester une semaine ou deux (il en paie une d'avance), lui doit rentrer à Paris pour travailler. Il insiste beaucoup auprès d'elle sur l'état de santé de Solange : elle n'a pas de traitement à suivre, elle ne doit pas prendre de médicaments, mais elle est très fragile, il faut la surveiller attentivement. Il lui demande de le prévenir au moindre problème, et lui laisse le numéro de téléphone de l'hôtel de France et de son service à l'hôpital. Quatre jours plus tard, il reçoit un appel à Villejuif. Le matin du 16 janvier, Mme Tonna a trouvé Solange en proie à des spasmes respiratoires. Elle a fait venir un médecin qui, ne connaissant pas l'origine du mal, ne sachant que faire, a téléphoné lui-même au mari. Lucien a sauté dans un train, plus rapide que la 2 CV, et a retrouvé sa femme le lendemain. Il l'a fait rapatrier en ambulance à Paris – plus exactement à Sainte-Geneviève-des-Bois. Les docteurs Bernard et Lécuyer, à Vaucluse, sont consternés. Ils notent : « Reprise des troubles dès la sortie. La famille s'est montrée vraiment incapable de pouvoir l'aider. Difficultés de coopération malade-mari-médecins. État général médiocre, en relation avec des difficultés d'alimentation. Reprise des grands mouvements respiratoires hystériques, avec toux et raclements de gorge ayant la même signification. »

Les yeux sur la gare, je bois une bière ordinaire, je décide que c'est la dernière. Quand je suis allé voir le docteur Flutsch pour mes problèmes à la jambe (dus à l'état de mes vertèbres, donc, mais qui ont aujourd'hui complètement disparu, après des mois de très forte douleur, sans pourtant que j'aie subi aucun traitement entretemps, ni pratiqué aucun exercice, étrangeté du corps), il m'a prescrit des analyses de sang. Depuis quinze ans, j'avais toujours refusé, ça n'apporte jamais rien de bon : à partir de quarante ans on découvre souvent (je l'ai vu maintes fois autour de moi (chez mes voisins de comptoir – ça peut jouer, c'est vrai)) qu'on fonctionne moins bien qu'on croyait, qu'on se dégrade peu à peu, comme si le sang avait tourné. Qui a envie d'apprendre ça ? Pour essayer d'y remédier ? Pour donc se priver, à un âge où déjà on ne rigole pas tous les jours, d'à peu près tout ce qu'on aime ? Merci. J'ai tenté de résister obstinément, pas d'analyse, cours toujours Mister Flutsch, mais cette fois, niet Popov, je ne pouvais plus me défiler, il a posé sur moi un regard sibérien : « Alors tant pis, je ne peux rien faire pour votre jambe, au revoir. Qu'est-ce que vous voulez, que je vous prenne par les épaules et que je vous secoue en espérant que ça se remette en place ? Quand vous emmenez votre bagnole en panne au garage, vous espérez qu'on va vous la réparer si vous refusez qu'on regarde sous le capot ? » Quand j'ai ouvert mon enveloppe sur le trottoir, devant le laboratoire, tous les résultats imprimés en gras, j'ai cru que c'était la norme (le style), pour qu'on les voie bien. Mais non. J'étais au-dessus de la fourchette dans tout, cholestérol bien sûr, mais aussi glycémie, machin truc, globules blancs, tout – et deux lignes sur trois : largement au-dessus. Bien qu'il ait essayé depuis des années de m'envoyer au labo et enfin réussi, Flutsch le magnanime a eu l'élégance et le sobre professionnalisme de ne pas sourire quand je lui ai montré la feuille. Mais évidemment, artères bouchées, AVC, diabète, infarctus, l'avenir s'encombrait. Dans ces cas-là, il faut, comme toujours, réagir calmement, et intelligemment. Il n'est pas question de se priver d'à peu près tout ce qu'on aime, ce serait idiot. Mais diminuer n'est pas facile : la frustration menace. Quand on est, comme moi, peu à l'aise avec la notion de mesure, il faut supprimer net ce dont on se passe aisément, garder l'indispensable, et le tour est joué. À ma grande surprise, j'ai déjà lutté avec astuce et efficacité contre le cancer des poumons et la BPCO, j'attaque le reste en confiance. J'ai d'ailleurs commencé dès le lendemain des analyses, en supprimant presque complètement le chocolat, les chips, le gruyère râpé, les yaourts aux fruits, le saucisson (mon cœur se fendille, je dois admettre), les gâteaux et les cordons bleus Picard. Maintenant, sur ma chaise orange face à la gare de Belleville, j'arrête la bière. J'aime bien ça, la bière, mais sans plus, et c'est plein de glucides. (C'est intéressant, ce livre, non ?) Quand j'aurai soif, je boirai un Perrier-rondelle, voilà – c'est pas mauvais du tout, le Perrier-rondelle. Et le reste du temps, le soir, du whisky. Je garde aussi le fromage et les pâtes. En contrepartie, je ferai un peu de vélo d'appartement et voilà. Bien sûr, cela peut paraître déprimant, de faire une croix définitive sur la cigarette, le saucisson et la bière, mais le secret, c'est l'équilibre.

Après avoir passé deux mois au Val-de-Grâce et réussi à se faire réformer, Lucien retourne chez ses parents et prend plusieurs fois le train, au cours des trois derniers mois de l'année 1958, pour aller voir sa fiancée. Ils s'embrassent pour la première fois en octobre, sur le champ de foire, cinq mois après leur rencontre. Solange s'est confiée au sujet de son « soldat » à ceux qu'elle appelle ses « amis de la rue David-Comby », les Poncet, mais ne leur présentera Lucien qu'après le mariage (première impression de Françoise : « Il était très sympathique, très poli, il avait une conversation agréable et se montrait extrêmement patient avec Solange, qu'il paraissait aimer beaucoup : elle avait l'air heureuse avec lui »). La jeune femme ne dit pas un mot de lui aux Guicheret, ni à Mme Cathiard, pour une raison simple : « Si l'on apprenait, à l'Assistance, que je fréquentais un homme, j'étais sûre que l'on me ferait enfermer. » Elle ajoutera qu'afin que celle qui est censée l'héberger jusqu'à sa majorité ne risque pas de découvrir leurs « serments d'amour », ils ont mis au point un code assez simple : A = 2, B = 3, etc., et surtout, chacun de leur côté, ils apprennent des rudiments de russe. C'est très certainement aussi pour éviter que Geneviève Léger, leur principale ennemie, n'en sache trop à leur sujet. En effet, la matrone est définitivement braquée contre la pauvresse maladive de l'Assistance publique : « Ce sera elle ou nous », dit-elle à son fils. Le choix ne va pas écarteler Lucien, Corneille peut dormir sur ses deux oreilles.

Pour ce qui est de l'« enlèvement de Solange », hormis la version forcément suspecte du futur Étrangleur, la seule dont on dispose est celle de la principale intéressée, relayée par Alain Ayache dans *France Dimanche* : le matin du vendredi 16 janvier 1959, alors qu'elle se rendait à son travail à Belleville, elle a soudain senti une main « s'abattre » sur elle, elle a poussé un cri. « Tais-toi, c'est moi, Lucien ! » (Elle ne l'avait pas reconnu, ses yeux étaient fixes, ses lèvres retroussées, il tremblait, un zombie bondissant hors d'un fourré.) Il la force à le suivre, il veut l'entraîner à Paris, il la menace : si elle ne lui obéit pas, ses parents envoient toutes ses lettres à l'Assistance, elle est foutue. Ah ah, il la tient.

La réalité est évidemment différente. D'abord, si Lucien a organisé cette fugue, c'est justement parce que Geneviève, prête à tout pour garder son petit ou le caser en mains plus prometteuses, a déjà écrit au directeur de l'Assistance publique de la région lyonnaise pour dénoncer Solange, début janvier. Lucien doit se dépêcher, prendre une décision dans l'urgence, ou sa promise va se retrouver bouclée en maison de correction. Ensuite, ce n'était peut-être pas l'amour fou du côté de Solange, elle se jouait un peu la comédie de la belle histoire qui allait la délivrer de sa petite vie provinciale en familles d'accueil, mais elle était, au minimum, plutôt bien disposée à l'égard de Lucien, ses lettres en témoignent. Ce dont ses lettres témoignent aussi, c'est son caractère, qui se confirmera les années suivantes : elle n'est pas la petite chose soumise, amorphe et apeurée qu'on enlève sur le bord de la route en lui faisant les gros yeux. Et enfin, si l'un des deux a incité l'autre à quitter la campagne pour la capitale, c'est elle, pas lui. On apprend dans la lettre de Solange du 28 juillet précédent que son fiancé, après avoir évoqué avec elle l'idée de trouver du travail à Paris, avait finalement opté pour une carrière dans l'élevage de poules – peu répandu du côté des Invalides – et qu'elle s'était montrée moyennement enthousiaste : « J'en viens tout de suite à la question de ton choix en ce qui concerne ton travail futur. Je ne suis pas spécialement opposée à l'aviculture, mais j'aurais préféré que tu conserves ta première idée sur un emploi éventuel à Paris. Pour l'instant, c'est plus ton affaire que la mienne, et je n'ai pas le droit de t'influencer. Plus tard, d'accord, mais tu es encore indépendant, et donc parfaitement libre de choisir suivant tes goûts. Fais comme tu veux, mon chéri, je te laisse entièrement libre, parce que je ne voudrais pas que tu puisses me reprocher plus tard de t'avoir forcé à choisir tel travail plutôt que tel autre. Je ne force jamais les gens en quoi que ce soit. » Dans la synthèse que les enquêteurs transmettront aux psychiatres, il est d'ailleurs clairement précisé que c'est Solange qui a demandé à Lucien de la sortir du Beaujolais et de l'emmener à Paris.

Les « informations » recueillies par Alain Ayache, pour la plupart, sont fausses. (En illustration de son papier, deux photos de Solange : la première doit dater des mois qui ont suivi leur arrivée à Paris, elle a les cheveux courts à la mode de l'époque, style Audrey Hepburn, elle est bien maquillée, elle porte une robe bustier, de grosses boucles d'oreilles dorées ou métalliques et trois rangs de perles autour du cou, la photo paraît avoir servi pour un casting, ou pour un book ; la seconde est plus récente, peut-être prise lors de l'interview (elle est assise, les mains réunies sur son giron – elle prend soin de cacher son alliance avec la droite), elle a les cheveux longs avec une raie au milieu et un bandeau ou un serre-tête, elle n'est pas ou très peu maquillée, elle porte le même collier mais différemment, avec deux rangs serrés autour du cou et le troisième lâche, qui descend entre les seins (sur une autre, prise en 1962 devant l'hôtel de France et dont Lucien a donné une copie à Stéphane et Jean-Louis, elle le porte encore d'une autre manière, elle a fait une sorte de nœud coulant de perles autour de son cou – elle n'a peut-être qu'un collier, mais elle sait en tirer le maximum), elle est vêtue d'une sorte d'épaisse tunique ou de robe claire, avec une large ceinture à grosse boucle à la taille, elle a l'air triste, fatiguée, égarée, la photo est légendée : « "Voilà ce qu'il a fait de moi." ») Dans l'article, elle dit qu'à peine partie de Belleville, elle a subi ses assauts, il l'a embrassée de force, puis que chez sa sœur aînée, Marie-Thérèse, à Charleville, après avoir tenté deux soirs de suite de la convaincre de coucher avec lui, il l'a étranglée le troisième soir jusqu'à ce qu'elle s'évanouisse, pour pouvoir abuser d'elle malgré sa résistance. Elle dit que plus tard, il lui offrait des dessous sans arrêt et la forçait à les essayer devant lui, en éteignant toutes les lumières sauf une petite lampe de chevet : « Quand il arrivait à la maison avec un déshabillé vaporeux, je savais qu'il était en crise. » (Alors que Lucien, elle le reconnaîtra d'ailleurs elle-même, était porté sur le sexe comme l'archevêque de Paris sur la boxe thaï.) Ce serait drôle (la vue d'un petit Lucien Léger priapique, les yeux exorbités par le vice, brandissant devant lui en tremblant un déshabillé vaporeux saumon) si cela n'avait contribué à parfaire et vernir son image de désaxé, de pervers que rien n'arrête. Elle dit qu'un jour, véritablement en rut, il s'est jeté sur elle pour lui arracher sa chemise de nuit ; cette fois, bien décidée à sauver sa vertu, elle l'a repoussé de toutes ses forces, il est tombé du lit, s'est cogné mais s'est redressé d'un bond, sa rage lubrique décuplée : « Il a pris au fond d'une valise un poignard effilé, sur lequel il avait lui-même gravé trois lettres, FLN, et s'est avancé vers moi. » Puis il l'a forcée à se mettre entièrement nue en la menaçant de son arme de rastaquouère, et le cauchemar a vraiment commencé : « Il a longuement promené la lame du poignard sur tout mon corps. J'étais horrifiée, mais je n'osais pas bouger de peur qu'il me poignarde. À ce régime, mes nerfs craquaient souvent. [Oui, c'est un peu normal.] Mais ma maladie enchantait mon mari : "Quand on a une malade comme toi à la maison, il faut en profiter, tu es un merveilleux cobaye." Il s'amusait à faire avec moi ce qu'il appelait des expériences intimes. » On trouve d'autres fadaises, fariboles et calembredaines, moins scabreuses toutefois, deux jours plus tard, le 17 octobre 1964, dans un journal considéré pourtant comme un peu plus sérieux, *L'Aurore*. À la journaliste Hélène Le Garrec, venue l'interviewer à l'hôtel de France, Solange aurait déclaré : « Le soir, il me faisait mettre un pantalon jaune et des talons aiguilles, et il m'obligeait à le suivre dans les bars de Saint-Germain-des-Prés, pour réciter des poèmes. » Mais aussi : « Notre mariage a été un enfer dès le premier jour » ou « Presque dès le début de l'affaire, j'ai eu la certitude que mon mari était l'assassin ».

Solange sera convoquée par le juge Seligman et confrontée à Lucien, pour qu'ils commentent ensemble ces deux articles à sensation. Elle démentira bon nombre des propos qui lui ont été prêtés (entre autres, l'enfer de leur mariage dès le premier jour, la tension et la violence permanentes (elle sera claire là-dessus, et pourtant, un rédacteur de l'AFP, source de référence pour bien des journalistes et donc au-delà pour l'opinion publique, préférera croire *France Dimanche*, en ajoutera même une bonne louche et écrira : « Elle a déclaré que son mari la battait depuis le début de leur mariage »), la brutalité de l'apparition de son fiancé le matin de la fugue (elle sera obligée de reconnaître devant Jean-Claude Seligman, de manière sans doute assez humiliante : « Il ne m'a pas touchée, sa main ne s'est pas abattue sur moi, je n'ai pas constaté de légère contracture qui retroussait ses lèvres, je n'ai pas constaté non plus que ses mains tremblaient et qu'il claquait des dents » – Lucien déclarera l'avoir attendue à quelques mètres de chez Mme Cathiard (loin de tout buisson, de tout fourré) ce matin-là pour lui proposer de l'accompagner, mais ajoutera qu'il lui a suggéré d'y penser pendant sa journée de travail avant de lui donner sa réponse, et qu'ils ne sont finalement partis que le soir, ce qu'elle confirmera : « Il m'a laissé toute la journée pour réfléchir »), le fait qu'il n'ait réussi à la violer, ou peu s'en faut, que le troisième soir chez Marie-Thérèse (elle dira avoir été « sa maîtresse » dès le premier soir : « Il m'a aussitôt déflorée »), qu'il éteignait toutes les lampes sauf une lorsqu'elle essayait ses dessous, et qu'il a promené un poignard effilé sur son corps nu (« C'est de la pure invention »), même s'il en possédait bien un marqué des lettres FLN). Elle ne précisera pas si c'est elle qui a menti à Ayache ou si ce sont des ajouts du journaliste pour agrémenter et surtout pimenter son papier – ce doit être un mélange, dont on ignore les proportions. (Nota bene, à la rubrique « Tout est relatif » : cet homme à l'éthique très flexible, Alain Ayache, qui n'hésite ni à profiter d'une femme démunie de tout ni à enfoncer sans le connaître et sans un scrupule un homme accusé qui n'a pas encore été jugé, n'éprouve qu'aversion et méfiance à l'égard d'Yves Taron.) Il faut prendre en compte qu'à ce moment-là, en octobre 1964, Solange peut penser, comme tout le monde, que son mari est bien responsable de la mort de Luc Taron, puisqu'il n'a jamais dit le contraire à personne hormis à ses avocats, pas même à elle, mais surtout qu'elle vient de sortir de l'hôpital après neuf mois d'internement sans interruption (et sur les onze derniers mois, elle n'a passé qu'une dizaine de jours dehors, en janvier, juste une sorte de permission conclue par sa crise à l'hôtel de la gare de Belleville) : elle est absolument seule à Paris, à l'hôtel de France, elle ne connaît personne, elle n'a pas un sou, pas de travail, pas non plus de possibilité d'en trouver un à cause de son état physique déplorable (« une femme à la dérive », écrit Hélène Le Garrec), elle a faim, *France Dimanche* et *L'Aurore* lui proposent de l'argent en échange de son témoignage, elle ne peut pas refuser, et le contenu des articles publiés, leur probité, leur fidélité à ce qu'elle a dit, ne pèse certainement pas grand-chose au regard de sa survie.

Lors de cette confrontation avec son mari dans le bureau du juge Seligman, elle ne niera pas tout ce qui a été imprimé. Elle maintiendra qu'elle trouvait Lucien bizarre, qu'elle n'était pas heureuse, qu'il lui faisait peur (Seligman lui demandera pourquoi, elle ne répondra pas), et surtout qu'il a bien tenté de l'étrangler lors de leur premier rapport sexuel. (Lucien démentira avec vigueur (dans la marge de la copie du dossier, il écrira : « C'était faux, bien sûr, elle le reconnut par la suite » (je ne sais pas où ni quand)), il affirmera qu'il ne s'agissait que de « quelques gestes normaux de l'impatience, qu'elle veut prendre pour des volontés de l'étrangler », et fera une remarque intéressante : « Quelle violence invoquer de la part de l'Étrangleur si ce n'est une tentative d'étranglement ? » – si le petit Luc avait été tué par une flèche (il n'a de toute façon pas été étranglé), elle aurait prétendu qu'il l'avait menacée avec un arc.) L'explication, c'est qu'en octobre 1964, Solange veut divorcer. Depuis qu'elle est sortie, qu'elle est de retour dans la société, elle se rend compte que le nom de son mari n'est plus possible à porter. Les journalistes la traquent, certains voisins et passants l'insultent, et personne ne voudra jamais embaucher la femme de l'Étrangleur, or elle a plus que jamais besoin de travailler. Dans *France Dimanche*, cela se traduit par : « J'ai déjà vu un avocat pour divorcer, je ne veux plus m'appeler Léger. Quand j'entends ce nom, j'ai un frisson de dégoût. » Dans *L'Aurore*, elle parle des injures des voisins, mais surtout du crime de son mari, qui la marque à l'encre indélébile. Dans *Détective*, le 6 novembre, sa troisième interview en trois semaines (au cours de laquelle elle revient en passant sur des propos qu'Ayache lui a prêtés : « On a écrit qu'il me considérait comme son cobaye, n'exagérons pas »), elle déclare en gros titre : « Je ne veux plus jamais entendre : "C'est la femme de l'Étrangleur" », puis : « Ce nom qui me colle à la peau m'empêche d'être moi-même, et de redémarrer courageusement dans la vie. Quand je serai libre, je travaillerai. Je parle l'anglais. J'apprends le russe. Puis je quitterai cette pièce, où tout évoque le mari que j'ai décidé de rayer de ma vie. » Son avocat, Me Charles Libman, lui a été fourni, du moins payé, par l'un de ces trois journaux (soit que cela serve en partie de monnaie d'échange à son témoignage, soit dans l'espoir d'une bonne exclusivité sur le divorce, dont la procédure a été lancée le 16 octobre). Il a expliqué à sa cliente qu'elle pourrait obtenir une décision en sa faveur (on est en 1964 : lors d'une séparation, la femme n'est pas à proprement parler la vedette), dans deux cas : si son mari est condamné, mais il faudrait attendre au moins un an ; si elle peut alléguer de violences physiques envers elle. D'où la scène du violeur étrangleur, et celle du fellaga lubrique.

Solange et Lucien passent la nuit du 16 au 17 janvier 1959 sur un banc à Saint-Jean-d'Ardières, tout près de Belleville (« J'étais violette de froid mais nous n'avions pas d'argent, il n'était pas question de manger une soupe chaude, encore moins de dormir à l'hôtel »), réussissent à se faire conduire en stop jusqu'à Paris, y traînent trois jours dans les rues, se font ramasser par la police et doivent se résoudre à demander à Marie-Thérèse et à son mari Marc de les héberger à Charleville. Ils dorment dans des chambres différentes mais Lucien s'introduit dans celle de sa fiancée officieuse et, maladroit, novice, n'ayant encore jamais touché une fille, bêta, brusque peut-être, obligé d'imaginer l'attitude qu'il convient à l'homme d'adopter lors de l'accouplement et s'aidant de ce qu'il pense être les quelques gestes normaux de l'impatience, réussit à lui monter dessus et à la convaincre de se laisser à peu près faire, ça passera plus vite. Elle n'a pas envie, elle a peur, elle est mal à l'aise. C'est la première fois pour tous les deux. Ce ne sera pas mémorable (ou alors dans le sens où l'eau chaude est mémorable pour le chat qui y a trempé sa patte) et ne les incitera pas à recommencer souvent : l'onctueux tourbillon du sexe, ils passeront à côté en regardant ailleurs. Lucien aura bien ce qu'on doit appeler des besoins, il pourra les satisfaire de temps en temps en écartant les jambes de sa femme résignée, qui apprendra à attendre que ce soit terminé en contenant ses mouvements réflexes, sans doute en fermant les yeux et en priant faiblement un dieu auquel elle ne croit pas que la substance chaude et gluante sorte rapidement du corps de son mari agité pour entrer dans le sien, le vidant ainsi de cette énergie électrique inexplicable et le laissant tout mou ; lui, de son côté, apprendra à ne pas trop en demander – ce sera un bon entraînement pour la suite de sa vie. (Interviewé par *Paris Match* juste après sa sortie de prison, le 27 octobre 2005, il répondra ainsi à une question posée sûrement du bout des lèvres : « La sexualité ? J'ai eu le temps d'en apprivoiser les frustrations, de contrôler mon corps et d'entrer dans un ascétisme très monacal. On s'habitue à tout. ») Lors de la confrontation devant le juge Seligman, ils s'accorderont tous les deux à dire qu'ils avaient « très peu de rapports sexuels ». Solange, qui déclarera qu'après le tout premier soir, il n'a plus jamais eu de gestes d'étranglement ni de contrainte d'aucune sorte, sera plus précise devant les psychiatres chargés de l'examiner : s'ils se contentaient du minimum conjugal, c'est qu'elle était « effrayée et plus ou moins dégoûtée » ; son mari « acceptait cette vie sexuelle réduite, réserve faite, par phases, de poussées d'excitation » (comme on dirait de fièvre ou d'urticaire) ; leurs rapports étaient « complets », et ils ne prenaient aucune mesure particulière pour ne pas avoir d'enfant : si elle n'a jamais été enceinte, « ce n'est pas par l'effet d'une action concertée » (elle ajoutera, pour qu'il soit clair que ça n'a jamais été une source de tension entre eux, ni un drame pour Lucien : « C'est surtout moi qui n'en voulais pas, mais il ne m'a jamais dit qu'il en voulait ») ; enfin, « durant les relations, Lucien ne présentait pas de crispation anormale, en particulier lors de l'orgasme ». La tristesse, donc. Mais pas pour Solange, à qui cela convenait. Dans leur conclusion générale, les experts écrivent déceler chez elle « une certaine immaturité affective qui se traduit par des formes encore puériles de présentation, de vie sentimentale et, probablement, sexuelle ». Ils notent par ailleurs qu'elle a « une certaine tendance à vivre dans l'immédiat, une obéissance aux sollicitations de l'instant », qu'elle a un « bon niveau » intellectuel et culturel, une « élocution facile, sans confusion ni trouble psycho-sensoriel », qu'il existe « certaines nuances dans le vocabulaire », que « ses préoccupations culturelles s'orientent volontiers vers la lecture », que « le contact affectif est bon », que « l'intéressée est languide dans sa vie quotidienne, mais vive dans son élocution » et qu'elle est « coopérante, sans préciosité ni maniérisme, sans viscosité ni puérilisme : à aucun moment ne sont apparues des manifestations évoquant de près ou de loin le cabotinage, le goût du spectacle et la mise en scène, à l'occasion de la présente affaire ». On commence à se demander pourquoi cette jeune femme qui n'a rien fait est examinée – elle n'est même pas visqueuse. On commence surtout à se demander pourquoi elle a passé tant d'années en psychiatrie : « On n'observe aucun trouble à caractère névropathique. Pas davantage de signes de fatigabilité, de relâchement de l'attention. Sur le plan émotionnel, les réactions neuro-végétatives ne sortent pas des limites de la moyenne. Il n'y a pas d'hyper-émotivité. » Bon bon bon. Pour finir, « l'examen neurologique ne met rien de particulier en évidence sur le plan clinique ».

Quand je me suis intéressé à Solange (après avoir découvert ses lettres à Lucien dans le dossier d'instruction), à son enfance, à sa jeunesse, à ses carences physiques, je me suis posé la question : à quel moment cette jeune femme va-t-elle perdre la tête, dévisser pour être soudain, et définitivement, mise à l'écart dans le dédale des hôpitaux ? Lorsqu'elle va faire la connaissance de Lucien ? Lorsqu'elle va quitter le parcours balisé des familles d'accueil ? Lorsque le couple se retrouvera dans la misère à Paris ? À cause des circonstances, des conditions de vie ? À retardement ? Par une sorte de hasard biologique ? Maintenant, je me demande plutôt : cette femme qui a passé une bonne partie de sa vie d'adulte internée a-t-elle, à un moment ou un autre, perdu la tête ? A-t-elle jamais manifesté le moindre signe de dérangement mental ? En lisant sa correspondance, je me suis rendu compte qu'elle était au contraire tout à fait sensée, douée d'une capacité salutaire de détachement, fine et spirituelle, atypique mais remarquablement lucide, et protégée par son humour.

En juillet 1964, les experts ne trouvent que cela : « Tout au plus relève-t-on dans la tonalité affective quelques accents vaguement candides qui confèrent à l'ensemble de la personnalité une coloration sinon franchement infantile, du moins parfois plutôt naïve. Peut-être aussi pourrait-on trouver dans la présentation très "à l'aise" du sujet la marque d'une certaine contradiction avec la gravité de la conjoncture. » En résumé : si on regarde bien, si on cherche, on pourrait éventuellement se dire qu'elle n'est pas aussi effondrée, détruite, qu'elle devrait l'être. Et pour une femme de vingt-six ans, elle s'habille de manière un peu trop originale et colorée – comme toutes les jeunes femmes de vingt-six ans aujourd'hui –, des pantalons jaunes, de larges ceintures en plastique, des genres de tuniques, des pulls rose vif, des manteaux trop amples ; elle ne se coiffe pas de façon normale (je me suis rendu compte que sur toutes les photos que j'ai d'elle, pas une fois elle n'a la même coupe de cheveux : carré long ou court, ou plongeant, avec une frange, souvent très droite à mi-front, ou avec une raie au milieu et parfois un bandeau, sur les épaules ou très longs, jusqu'à la taille, retombant devant ou derrière, ou en couettes, en choucroute, en queue-de-cheval, courts et coiffés vers l'arrière ou en une sorte de petit casque, ou bien avec un chignon très haut et une natte de chaque côté, et encore une coupe très étrange, dense, épaisse, qui rappelle la coiffe des pharaons, le némès, avec une frange parfaitement rectiligne juste au-dessus des sourcils et deux pans compacts qui tombent aux épaules (sur celle-ci, elle est emmitouflée dans un manteau épais, elle se serre contre Lucien et lui tient amoureusement la main, il est bien coiffé lui aussi, à la Yves Montand, chic, beau gosse, il sourit un peu timidement, il a l'air heureux), ce n'est pas possible, ces variations incessantes de cheveux, ce n'est pas correct, comment veut-elle qu'on la reconnaisse ?) ; elle se maquille souvent trop, avec des traits de khôl sur le côté des yeux, à la Cléopâtre, ou du rouge parfois très sombre sur la bouche ; elle a les sourcils épilés de façon géométrique, dessinés, pas fins mais nets, en une sorte d'ondulation, genre « brow lift », comme dans tous les magazines de mode du XXIe siècle ; elle se comporte de manière trop inhabituelle, imprévisible, à croire qu'elle n'a pas compris qu'à son âge, c'est fini, tout ça, il faut être sérieuse ; elle a parfois du mal à respirer, elle s'étrangle en avalant : l'hôpital psychiatrique est par ici. Sur certaines photos d'elle prises en ce début des années 1960, elle ressemble à Catherine Ringer, sur d'autres à Amy Winehouse – elles ont aussi la même morphologie : à sa mort, en 2011, Amy mesurait 1,59 m, trois centimètres de plus que Solange, et pesait 43 kg, le même poids.

Après presque trois mois à Charleville chez Marie-Thérèse et Marc C. (la sœur aînée de Lucien s'étonne qu'ils vivent renfermés sur eux-mêmes, coupés de l'extérieur, qu'ils ne cherchent pas à se faire d'amis – et, autre preuve de leur excentricité : « Ils écrivaient tout ce qu'ils faisaient sur un agenda »), le jeune couple sent qu'il « encombre », comme dira gentiment, aimablement, Lucien. (En fait, les C. sont désagréables avec eux depuis le début, les traitent comme des parias et font tout pour les chasser.) De toute manière, ils ont été retrouvés par l'Assistance, Solange est envoyée dans un foyer de bonnes sœurs près de Lyon, et son fiancé risque une inculpation pour détournement de mineure. L'adjoint au maire de Charleville, Me Grétéré, arrange le coup (« Ils étaient bien gentils l'un et l'autre, dira-t-il, dans leur désarroi et leur pauvreté, ils me faisaient l'effet de deux oiseaux tombés d'un nid »), Lucien décroche un boulot de magasinier aux établissements Borrewater, à côté de la maison natale de Rimbaud, et prend une chambre dans un petit hôtel de Charleville en attendant la majorité de sa promise. Mais début mai, elle s'enfuit de son foyer. (Elle n'y est restée que trois semaines. Lucien lui a écrit dix-neuf lettres. Elle, comme toujours, on ne sait pas.) L'assistante sociale de Charleville se montre conciliante, touchée par les amoureux, et Me Grétéré les unit le 12 mai à la mairie de Charleville (Solange a refusé de se marier à l'église), avec Marie-Thérèse et Marc pour seuls témoins, et malgré l'opposition farouche des parents de Lucien, de sa mère en tout cas. (Geneviève Léger, décrite par le journaliste du *Figaro*, le 5 mai 1966, comme « une robuste matrone faite de trois lobes de grosseur croissante, le premier étant un visage taillé à coups de serpe dans lequel brillent deux yeux minuscules », parlera franchement : « Moi, j'étais contre le mariage. Mais attention, je n'avais rien contre Solange. Sauf qu'elle était malade. Je crois même qu'on lui avait enlevé les ovaires. J'ai dit à mon garçon : "C'est pas avec une femme comme ça que tu pourras fonder une famille." Mais mon Lulu m'a quittée pour cette Solange qui est la cause de tous ses malheurs. Lui, je n'ai jamais eu à lui faire une réprimande, c'était un bon petit. Il n'allait pas courir comme tant d'autres. C'est bien simple, pour lui, il n'y avait que trois choses qui comptaient : son cinéma le samedi soir, sa clarinette, et ses sorties avec l'harmonie municipale. »)

Solange dira à la presse – ou la presse fera dire à Solange – qu'elle ne s'est mariée que pour échapper à l'Assistance publique, aux foyers, pour se sentir enfin libre, tant pis si c'est avec Lucien. (Marie-Thérèse confirmera : « Si Solange avait eu vingt et un ans, elle ne se serait pas mariée. ») Mais le 12 mai 1959, lorsque chacun passe une alliance au doigt de l'autre (celle de Solange, contrairement à celle de Lucien, n'est pas un anneau simple, on dirait une chevalière fantaisie), elle a vingt ans et plus de dix mois. Est-elle assez simplette pour préférer lier définitivement sa vie à un homme inquiétant, qu'elle n'aime pas, plutôt que patienter un mois et demi dans un foyer de braves et bonnes sœurs ? Solange n'est pas simplette. Du tout.

Elle trouve facilement un nouvel emploi de secrétaire, à l'agence locale de la Sécurité sociale, et après six semaines à l'hôtel où s'est installé Lucien, ils contactent le propriétaire d'un meublé qui a passé une petite annonce dans un journal du coin et, le 30 juin, emménagent rue du Port à Mohon, dans l'un des appartements du petit bâtiment grisâtre devant lequel je me suis arrêté quand je suis allé à Charleville. On ne connaît pas grand-chose de leur existence dans les mois qui suivent puisqu'ils ne s'écrivent pas, se voyant tous les jours, on ne sait que ce qu'en dit leur logeur, André Guillaume, et c'est peu : ils ne font jamais la cuisine, ils mangent dehors et presque rien, ils sont polis mais pas normaux, ils ne parlent à personne (ce reproche, cette anomalie, reviennent souvent (comme le pantalon jaune de Solange) : dans la société, occidentale du moins, moderne du moins, celle qui naît à la fin des années 1950, mieux vaut se montrer bavard et liant pour ne pas être regardé de travers ; il faut aller vers les autres et « échanger » ; pour être accepté dans la société (ou passer inaperçu, ce qui revient un peu au même), il faut être – assez logiquement – sociable) et le soir, ils promènent un cochon d'Inde en laisse, ou non – mystère pour l'éternité.

En novembre 1959, la santé de Solange se dégrade brusquement. Elle se sent très faible, amorphe, épuisée, elle a du mal à respirer. Elle a des douleurs ponctuelles ou lancinantes à différents endroits du corps, le dos, l'estomac. Elle n'est pas hospitalisée, elle consulte un généraliste, je ne sais pas s'il pose un diagnostic précis (ni Lucien ni elle n'en ont parlé par la suite), son état est peut-être en lien avec ses reins, avec la néphrite aiguë qui l'a laissée deux mois alitée trois ans plus tôt, ou avec autre chose. (Quand elle évoquera ces troubles et malaises devant les experts psychiatres, ils noteront : « Épuisement, asthénie. Douleurs imprécises ou migratrices. Cause inconnue. ») Quoi qu'il en soit, elle est contrainte d'abandonner son travail à la Sécu, elle ne peut plus rester active et vigilante huit heures par jour, elle passe beaucoup de temps couchée, douloureuse et comme vidée de ses forces.

Le mois suivant, Lucien démissionne de chez Borrewater : ils vont retenter leur chance à Paris avec quelques pièces ou billets de côté cette fois, au moins pour les premiers jours. Lui n'imagine pas une vie de magasinier à Charleville, il a besoin d'espoir, de mouvement, de culture, de reconnaissance aussi ; elle semble s'éteindre dans cet environnement carolopolitain (comme Rimbaud), ils pensent peut-être que l'atmosphère humide, grise et morne des Ardennes, surtout en hiver, déteint sur elle, l'imprègne, l'oppresse, la fige, l'éteint. En janvier, dans les tout premiers jours des années 1960, avec une valise chacun, ils prennent le train pour Paris.

Moi, j'y retourne, à Paris. J'ai vu tout ce que je voulais dans le Beaujolais, j'époussette mes cuisses, éponge mon front d'un revers d'avant-bras, crache sur le bitume du parking de la gare, grimpe dans la Jeep et quitte Belleville en fin d'après-midi. Je savais que je n'aurais pas le courage de faire une deuxième fois quatre ou cinq heures de route dans la même journée (je me suis levé à l'aube, les renégats ne sont pas taillés pour ça), j'ai donc réservé un hôtel en chemin. Et comme c'est mon dernier voyage, que je n'aurai plus que la fin du livre à écrire et que je l'ai commencé assis seul en pleine nuit dans une forêt, je me suis accordé le Grand Hôtel La Cloche, à Dijon, pour compenser en fin de parcours. En arrivant dans la chambre, je me laisse tomber sur le grand lit blanc, très large et moelleux, et j'allume le MacBook. Un mail de Wats. Elle me raconte d'abord qu'il lui est arrivé un petit accident hier. Elle a la main droite entièrement bandée. C'est à cause du virus – elle n'a décidément pas de chance avec cette saleté. Bien qu'elle l'ait eu, et que donc, à ce qu'en savent pour l'instant les autorités médicales – qui se trompent aussi souvent que n'importe qui dans n'importe quel domaine –, elle ne soit plus contagieuse et ne risque plus de l'attraper [Relecture : cela semble se confirmer mais on ne sait toujours pas vraiment, comme souvent], elle continue à se désinfecter régulièrement les mains car, dit-elle à juste titre, elle peut servir de vecteur conductible : si elle touche X contaminé puis Y, elle contamine Y. Bref, elle sortait du bus hier, elle a pris son flacon de gel dans son sac à main et se les est frottées, les mains, puis elle a allumé une clope sur le trottoir. Le gel n'était pas encore sec ou évaporé sur ses paumes et ses doigts. Il y avait un peu de vent. La flamme s'est approchée de la paume qui la protégeait, sa main s'est embrasée instantanément, et entièrement. Elle l'a d'abord secouée comme une allumette, par réflexe et en vain, puis l'a éteinte avec l'autre main et en la tapant sur son pantalon, ça n'a pas duré longtemps, mais elle est tout de même sévèrement brûlée, la peau couverte de cloques, la main très gonflée, et bandée maintenant. Dans la deuxième partie du mail, elle m'apprend, cette génie, qu'elle a retrouvé la tombe de Lucien. Je ne peux pas dire comment, en tout cas grâce à qui, ça ne rendrait pas service à cette personne de l'Administration qu'elle a eue au téléphone et qui a accepté – Wats est si aimable et persuasive – de lui révéler l'emplacement exact de la sépulture alors qu'elle n'était pas censée le faire, mais j'injecte toute ma reconnaissance dans l'encre de cette croix : ×.

Comme je le supposais, elle m'écrit qu'il n'y a ni pierre tombale ni noms au-dessus des restes de Lucien et de son petit frère Jean-Claude. Mais je sais maintenant précisément où ils se trouvent. Je ne peux pas ne pas y aller. J'envoie un mail à Hertz pour dire que je garde la voiture un jour de plus, et j'appelle Anne-Catherine, depuis le téléphone de l'élégante table de chevet, pour la prévenir que je ne rentrerai finalement que le lendemain soir, peut-être un peu tard. (Ce lendemain, en partant, quand je rends la clé de la chambre et précise : « J'ai du téléphone », le réceptionniste, tout en conservant, professionnel, une expression avenante et respectueuse, me considère une seconde comme si je lui annonçais que j'avais écorché un renard et fait sécher sa peau dans la salle de bains pour m'en faire un pagne.) J'en profiterai sans doute pour passer par Laon, où Lucien a fini sa vie. Je n'y serais pas allé depuis Paris seulement pour voir l'immeuble où il est mort, ce mail de Wats est arrivé pile quand il fallait.

J'aime bien les coïncidences. Elles sont, je ne sais pas, rassurantes. Après avoir refermé le MacBook, je me couche et termine le Simenon que j'ai emporté dans mon sac matelot, *Maigret à Vichy* (il est en cure thermale avec sa femme : il a, depuis des années, pris trop de plaisir à manger, boire, fumer (il a trois ans de moins que moi – je suis plus vieux que Maigret, c'est le coup de massue), son corps se déglingue, je me sens moins seul). Arrivé au bas de la page 151, je vais jeter un coup d'œil à la dernière, où Simenon inscrivait quasiment toujours la date de fin de la rédaction du manuscrit : 11 septembre 1967. Je suis allé voir car j'ai lu cette phrase, page 151 : « Pour eux, il était un étrangleur, et les étrangleurs n'inspirent jamais l'indulgence, encore moins la sympathie, quelle que soit leur histoire. » Ce n'est peut-être pas juste une coïncidence.

À Paris, Solange et Lucien passent six jours dans un hôtel de la cité Rougemont, Lucien trouve sans problème un job de vendeur d'assurances qui lui va comme un gant à une truite, puis ils se fixent à l'hôtel de France. Solange est encore trop anémiée et souffrante pour chercher du travail, ils ne peuvent qu'espérer que son état va s'améliorer si elle parvient à se nourrir convenablement, mais au moins, elle respire presque normalement, la vie leur semble un peu plus douce, l'avenir plus ouvert. Même à Alain Ayache dans *France Dimanche*, elle dira : « Il était gentil, j'étais presque heureuse. »

Optimiste, stimulée par les velléités artistiques de son mari, elle s'essaie au spectacle. Elle va passer un semblant d'audition dans un « restaurant-cabaret-couscous » de Saint-Germain-des-Prés. Un après-midi, sur l'estrade au fond de la salle, elle lit des poèmes de Lucien, mis en musique par le pianiste du lieu, Jean Schoubert (qui, habituellement, accompagne Fernand Raynaud sur scène). C'est au 10 de la rue Guénégaud, chez Moineau, « Boîte à couscous, boîte à chansons ». Le couple Moineau est célèbre dans le quartier, lui travaille aux Halles et ne passe au cabaret que le soir, lorsqu'il n'est pas trop crevé, elle y est toute la journée, elle fait le couscous et le sert (« Ah ! les doigts courts et gourds de la mère Moineau saisissant des merguez et vous les flanquant dans l'assiette ! » se souvient Noël Arnaud dans la « prépostface » du *Manuel de Saint-Germain-des-Prés* de Boris Vian), aidée par une jeune serveuse « très gentille », un ange pour les clients, Marité, qui leur prête à la fois de l'argent et son corps quand ils sont trop en mal de l'un ou de l'autre. Avant la rue Guénégaud, les Moineau tenaient un café misérable mais unique, considéré comme le bistrot le moins cher de Paris, le plus agité aussi, empli de jeunes sauvages du quartier, poivrots, toxicos, homosexuels, intellectuels, artistes ou voyous (Guy Debord, propre sur lui, y débarque un jour d'octobre 1951, à dix-neuf ans, et va en faire sa base de lancement situationniste), au 22 rue du Four – aujourd'hui, c'est une boutique, « Parle moi de parfum » (sans trait d'union, et allez hop). (Dans ce bar « fabuleux et sordide », comme l'écrit Noël Arnaud, apparaît, un après-midi de 1953, un garçon de huit ans qui tient la main d'une étudiante américaine, prénommée Barbara, payée par ses parents pour veiller sur lui – ils ne s'occupent pas de lui, donc elle l'emmène partout. Évidemment, il s'appelle Patrick, et ce bar lui servira de modèle pour celui d'un roman qu'il écrira plus d'un demi-siècle plus tard, *Dans le café de la jeunesse perdue* (une expression de Debord). Car il y a été fortement marqué par un événement tragique, probablement le point de départ d'une partie de ses obsessions. Il y a, chez Moineau, une jeune, mince et très jolie cliente qui l'aime bien, le gamin Modiano, elle s'appelle Jacqueline Harispe, on la surnomme Kaki, elle a été brièvement mannequin pour Dior, elle boit trop, elle se drogue, comme à peu près tout le monde ici. Elle est la fille d'une prostituée et d'un collabo, morts tous les deux. Le 28 novembre 1953, elle quitte le bistrot à 4 h 30 du matin avec un New-Yorkais de vingt-quatre ans dont elle partage le lit de temps en temps, Boris Gregurevitch. Ils logent tous les deux, chacun dans une chambre, à l'hôtel Mistral, 24 rue Cels. (L'établissement existe toujours, une plaque indique que Beauvoir et Sartre y ont vécu deux ans, entre 1937 et 1939.) Avant d'aller se coucher, Kaki passe un moment dans la chambre de Boris, au cinquième étage, sous le toit. Elle n'est pas très en forme, elle a beaucoup bu chez Moineau, et y a sniffé de l'éther. Elle est devant la fenêtre, côté cour, qui donne sur le grand cimetière du Montparnasse, au-delà de l'immeuble d'en face ; elle regarde les tombes. Elle est presque nue, elle ne porte qu'une petite culotte noire. Elle dit à Boris : « J'en ai marre de cette vie stupide. J'ai envie de tout laisser tomber. » (Je n'invente pas, bien sûr, c'est lui qui le racontera.) Il rigole et répond : « Eh bien laisse tout tomber. » Elle ouvre la fenêtre, s'assied sur le rebord, bascule vers l'avant, Boris se précipite en criant, parvient à attraper sa culotte, elle se déchire et Kaki tombe la tête la première dans la cour, quinze mètres plus bas. Elle meurt, à vingt ans, pendant son transfert à l'hôpital. Le petit Modiano sera bouleversé en l'apprenant chez Moineau quelques jours plus tard. Le suicide – ou l'accident – sera mentionné en une de *France Dimanche* la semaine suivante. (Guy Debord réalisera plus tard *Mort de J. H. ou Fragiles Tissus (en souvenir de Kaki)*, une « métagraphie » (un collage) avec quelques coupures de cet article, au centre de laquelle, sur fond de petites annonces de débits de boissons mis en vente, on voit une photo d'elle, extrêmement élégante, la taille plus que fine, les mains gantées de noir posées sur les hanches. Elle a les sourcils très dessinés, marqués, arqués, comme Solange.) L'héroïne de *Dans le café de la jeunesse perdue* s'appelle aussi Jacqueline, on la surnomme Louki (elle fait croire qu'elle est étudiante à l'École des langues orientales – comme l'étaient les deux jeunes du Cercle de tradition bibliophile de Salce), elle habite rue Cels aussi (mais au 8, à l'hôtel Savoie), elle aussi se jette par la fenêtre en novembre (elle n'est pas dans la chambre avec un garçon mais avec une amie toxicomane qui ne parvient pas non plus à la retenir, elle prononce quelques mots après avoir enjambé la rambarde, elle ne parle pas de « laisser tomber » mais elle se dit à elle-même : « Ça y est. Laisse-toi aller »), et le personnage de Roland, futur écrivain, l'un des doubles de Modiano, apprend son suicide au café, Le Condé dans le livre – dans la réalité chez Moineau, donc. (Le jour même de la mort de Kaki, le 28 novembre 1953, sort un numéro de *Paris Match* qui aura également une grande importance dans la vie de l'écrivain (c'est une drôle de semaine pour lui, à huit ans). Il le feuillette chez ses parents et y découpe une photo de Pauline Dubuisson, qui vient d'être jugée et condamnée, et dont le visage, l'expression, le fascinent. C'est pour cela qu'il la reconnaîtra sept ans plus tard, lorsqu'il la croisera, anonyme à sa sortie de prison, rue du Dragon (tout près de l'endroit où il a vu Kaki pour la dernière fois), au printemps 1960, pendant que Solange s'approche de la rue Guénégaud.)) Ensuite, donc, les Moineau se sont déplacés vers la Seine et ont ouvert leur cabaret-couscous, où se produisent tous les soirs des chanteurs, chanteuses ou humoristes dont certains ne se sont pas trop mal débrouillés ensuite, Barbara surtout (pas l'étudiante américaine qui trimballait le petit Patrick, Monique Serf, qu'on appelle alors « la chanteuse de minuit », et qui dort dans une chambre au-dessus du bar pendant toute l'année 1957), Jean Ferrat, Anne Sylvestre, Pierre Vassiliu, Alex Métayer, et dont d'autres ont laissé moins de souvenirs.

Solange se présente donc un après-midi de mai chez Moineau, peut-être en pantalon canari. Il semble que l'audition se soit bien passée, qu'on lui ait proposé de venir lire les poèmes maladroits de son mari un soir prochain, entre deux chansons. Mais on ne la reverra plus, elle ne reviendra pas. Et le cabaret-couscous fermera l'année suivante, en septembre 1961. Aujourd'hui, c'est un club et bar à cocktails, L'Arbane, « ambiance chic & chill ».

Si elle n'est pas retournée chez Moineau pour le spectacle, c'est qu'elle n'en a plus la force. Après une sorte de rémission artificielle les premiers mois de l'année, certainement due à la nouveauté et à l'excitation de la vie parisienne, qui la faisait tenir en équilibre sur les nerfs, elle est rapidement reprise par une grande fatigue et des douleurs inexplicables – elle mange peu et mal, à la fois parce qu'ils n'ont pas beaucoup d'argent et parce qu'elle commence à éprouver des difficultés de déglutition, souvent associées à des spasmes respiratoires, d'origine nerveuse, mais cela ne suffit pas à expliquer l'état de faiblesse dans lequel elle sombre, ni ses souffrances physiques. Elle sort de moins en moins de leur chambre de l'hôtel de France, elle passe ses journées à écouter la radio sur leur petit transistor, ou des disques sur l'électrophone que Lucien a acheté avec ses premiers salaires, et à lire, beaucoup. Ce n'est apparemment pas une question de dépression. Les différents médecins qu'elle consultera dans un hôpital ou un autre et les experts que la justice désignera plus tard pour étudier son cas diront la même chose en substance : « À aucun moment ne se sont manifestées des idées de suicide ou des préoccupations mélancoliques. » C'est simplement que son corps lui fait mal.

Lucien s'inquiète pour elle. Les solutions envisageables ne se bousculent pas à la porte de la chambre. Il faut « voir quelqu'un ». À l'automne 1960, après une consultation à la Pitié-Salpêtrière, elle y reste hospitalisée trois semaines, entre autres pour asthénie, mais aussi pour ce blocage intempestif au niveau du pharynx, du larynx, de l'œsophage ou on ne sait quoi. (Ses spasmes, violents, pourraient être à l'origine du désaccord, du malentendu peut-être, sur ce qui s'est passé lors de leur premier rapport sexuel. (Je n'excuse évidemment pas ce qui ressemble bien à un viol, j'essaie simplement de me mettre à la place d'un jeune homme pas dégourdi, mais de bonne composition, qui ne sait pas comment faire.) Lucien a toujours affirmé, apparemment sincère, qu'il ne lui avait pas serré le cou, il a répété plusieurs fois, y compris face à elle, devant le juge, que c'était « totalement faux » : « Je suis allé dans sa chambre, je ne lui ai pas demandé mais je me suis mis dans son lit, et ça a eu lieu progressivement » (lorsqu'il dit cela à Seligman, en novembre 1964, il prétend encore qu'il est l'assassin de Luc, qu'il l'a étranglé, il n'a donc aucune raison de nier cette scène, au contraire même) ; Solange paraît tout aussi sincèrement convaincue qu'il a tenté de l'étouffer, et qu'elle a perdu connaissance (ce qu'il nie également). N'est-il pas envisageable que, dans une crise de panique, comprenant qu'elle allait être pénétrée (ce qui n'est pas rien), elle ait été victime pour la première fois de ces spasmes qui émailleront ensuite toute sa vie dans les moments difficiles ou angoissants, et que s'il avait une main près de son visage, ou sur son cou, elle ait été persuadée que c'était lui qui l'étranglait, qui l'empêchait de respirer ?) Les médecins de la Salpêtrière ne décèlent rien de particulier, lui prescrivent quelques médicaments pour la détendre ou au contraire la tonifier, et comme rien ne paraît donner de résultats satisfaisants, ils prennent, par ignorance, inconscience, incompétence ou paresse, la décision qui va changer sa vie pour toujours : ils l'adressent à leurs collègues de Henri-Rousselle, l'hôpital rattaché depuis 1941 à Sainte-Anne. Là, on a moins de scrupules, on fait moins de manières, on lui donne divers cachets, aux effets variés, en espérant que l'un ou l'autre ait un effet positif. C'est comme cela que la science avance : en essayant. Elle repart avec une ordonnance et reviendra la faire renouveler.

Dans les mois qui suivent, elle dégringole en se retenant à des branches artificielles, fantômes, qui s'évaporent dans ses mains au bout de quelques heures, mais elle trouve au moins des soulagements éphémères, une assistance chimique qui la détend, l'anesthésie ou l'abrutit, ça fonctionne, même si c'est bref et dangereux (beaucoup de ces prétendus remèdes sont interdits aujourd'hui), c'est la seule solution qu'elle ait trouvée, la seule qu'on lui ait proposée, les cachets, pilules et gouttes lui procurent des moments de détachement, d'absence à la douleur et à la fatigue, c'est toujours ça, elle en veut encore, elle en veut plus, elle bascule en quelques semaines, elle fréquente différents hôpitaux pour se procurer ce dont elle a besoin et s'y fait même parfois admettre une semaine pour être apaisée sur place – pour qu'on prenne soin d'elle. Mais on ne peut s'occuper que des symptômes, et provisoirement. On ne peut lui fournir que des molécules, dont on suppose une action utile contre les douleurs neuropathiques, l'agitation, les spasmes, l'anxiété, la dépression, différentes psychoses, névroses, les troubles graves du comportement, les états psychotiques aigus, l'apathie ; tout ce qu'on peut injecter, par quelque voie que ce soit, dans un être humain en mauvais état dont on ne comprend ni les problèmes ni les réactions ; des doses de plus en plus élevées d'antalgiques, de somnifères, d'antidépresseurs, d'antispasmodiques, de neuroleptiques, d'antipsychotiques, de sédatifs, de barbituriques, d'anxiolytiques : TOFRANIL, EQUANIL, DÉFANYL, NOZINAN, MELLERIL, DÉCONTRACTYL, THÉRALÈNE,

HALOPÉRIDOL, MODITEN, EUNOCTAL, NEMBUTAL (qu'on utilise aujourd'hui pour le suicide ou l'euthanasie – on l'a conseillé à Solange), et d'autres dont les noms ont même disparu de Google. On la gave, on la noie, on l'asphyxie lentement, progressivement.

De toutes les consultations et hospitalisations de ses deux premières années à Paris, elle ne retiendra que ceci : « On m'a dit que c'était nerveux. » (Elle ajoutera, devant le juge Seligman : « Contrairement à ce qui a été dit, je n'ai jamais été malade mentale. ») Personne ne trouve un moyen de l'aider. Et de prescription en prescription, son état s'aggrave, sa santé se délite. Elle tente de rester à la surface mais c'est de plus en plus difficile, l'accoutumance s'installe vite, elle est en surdose permanente, et entre deux prises, le mal, les nausées, l'abattement et les douleurs s'intensifient, ou d'autres apparaissent, elle prend une drogue pour lutter contre les conséquences d'une autre, et une troisième pour annuler les effets secondaires de la deuxième. Son corps s'épuise, ses spasmes respiratoires augmentent encore, elle absorbe tant de cachets qu'elle ne parvient plus à les avaler, sa gorge refuse, se contracte, elle passe aux gouttes si possible, aux piqûres même ou aux suppositoires quand il en existe. Naturellement, cela ne peut pas durer. Solange fait des malaises de plus en plus fréquents, des overdoses, il lui arrive même de perdre connaissance, Lucien la réveille comme il peut. Au début de l'année 1963, leur voisine au quatrième étage de l'hôtel de France, Mme Tuvache, sursaute dans son lit en entendant des hurlements à 2 heures du matin, elle sort sur le palier, le réceptionniste est monté et frappe à la porte des Léger, Lucien ouvre, Solange étouffe, elle s'affole, crie, elle s'évanouit, on appelle le médecin de nuit, qui arrive rapidement et lui fait une piqûre de solucamphre pour la réanimer. « Tout est rentré dans l'ordre au bout d'une heure, racontera la voisine, mais l'hôtel était en révolution. » La même scène à peu près se reproduit la semaine suivante. Ce n'est plus possible. Cette fois, le médecin suggère de placer Solange à l'hôpital de Perray-Vaucluse, en service libre, à Sainte-Geneviève-des-Bois. Elle accepte. Lucien va la voir dès qu'il peut, sur la mobylette Motobécane qu'il a achetée l'année précédente. C'est elle qui décide de sortir, au bout de trois semaines, le 9 mars – les médecins ne s'y opposent pas, elle peut encore choisir, décider de sa vie, ça ne va pas durer. Une semaine plus tard, le 17 mars, nouvelle overdose de médicaments. Il faut la conduire en urgence à Vaucluse, en pleine nuit, dans une ambulance à laquelle une moto de la police ouvre la route. Elle sort le 28 mars. Elle y retourne dans les mêmes conditions le 6 avril. Les psychiatres et la direction ne rigolent plus, ils la gardent six semaines, elle n'a plus le droit aux visites – ils pensent que son mari est responsable de ses abus, de ses crises, de son état général. Elle rentre à l'hôtel de France le 28 mai 1963 (c'est pendant cet internement qu'a été enlevé le petit Thierry Desouches) mais n'y reste que trois jours avant de sombrer de nouveau. Après une nouvelle semaine à Vaucluse, elle demande à en sortir, elle ne supporte pas d'être traitée comme une démente, elle promet qu'elle va tout faire pour arrêter l'absorption inconséquente et massive de n'importe quoi, même si elle n'a toujours pas trouvé comment résoudre ses souffrances physiques, elle veut « prendre un nouveau départ ». Les médecins refusent.

Ils sont pourtant obligés d'admettre qu'elle ne s'améliore pas beaucoup chez eux. Ils la font donc transférer à Villejuif : selon Lucien, ils « reconnaissent leur incapacité à guérir sa maladie, qui a des côtés originaux inconnus à ce jour », et espèrent que leurs confrères sauront, mieux qu'eux, ce qu'il convient de faire d'elle. Les confrères vont la garder deux mois.

C'est à cette époque que Lucien se rend seul dans le Beaujolais pour essayer de savoir d'où vient le mal-être de sa femme, et qu'il confie une lettre de Solange à son ami Salce afin qu'il en effectue une analyse graphologique – graphométrique, pardon. Le verdict tombe rapidement, il est clair et net : schizophrénie. J'ai lu de nombreuses pages manuscrites de Solange, son écriture est « normale ». Et même si elle était tordue, trop petite, trop penchée, comment peut-on être aussi catégorique au sujet de quelqu'un dont on ne sait rien, qu'on n'a jamais rencontré ? Les boucles d'un f trop allongées ou un point trop décalé par rapport à son i ? Une barre de t mal placée ? Pour Jacques Salce, aucun doute, l'évidence saute aux yeux : la personne est schizophrène. Escroc.

À l'hôtel de France, le 19 novembre 1963, un mois après que Lucien a passé l'examen d'élève infirmier pour entrer à Villejuif, dont Solange est ressortie, elle tombe dans le coma au milieu de la nuit. Jusqu'alors, quand elle perdait connaissance, il lui faisait une piqûre de solucamphre, comme le lui avait montré le premier médecin qu'il avait appelé. Il n'en a plus. Mais il est professionnel, à présent. Il lui donne des claques, essaie la respiration artificielle et pratique sur elle un long massage cardiaque. Sans effet notable. Il panique. Il sait qu'il doit l'emmener à l'hôpital au plus vite, il veut le faire lui-même, il doit la sauver, il a une voiture maintenant mais il faut quelqu'un pour l'aider à porter sa femme jusqu'à la 2 CV, garée comme toujours devant l'hôtel. La vieille Mme Tuvache, à côté, pourrait à peine soulever un épagneul malade, Lucien frappe à toutes les portes, et au cinquième étage, chambre 70, le couple Deveau accepte de l'écouter mais le convainc qu'il est stupide et bien trop risqué de vouloir se passer d'un médecin, il faut appeler une ambulance. André Deveau, cinquante-quatre ans, comptable, voit Lucien pour la première fois. Il le décrira comme « totalement désemparé ». (Il dira également qu'il ne le trouvait pas très sympathique, mais qu'il le pense absolument incapable d'avoir assassiné un enfant, ou qui que ce soit d'autre.) Solange est donc conduite de nouveau à Vaucluse, centre de crise, et cette fois elle est avalée. Son existence est désormais ligotée par la psychiatrie, elle va vivre jusqu'à la fin de ses jours enfermée par intermittence (comme bientôt son mari en continu), alors qu'elle n'a manifestement jamais souffert du moindre dysfonctionnement mental.

Au cours des quarante jours restant avant la fin de l'année, Lucien lui écrira trente et une lettres (au total, lors de la perquisition chez l'Étrangleur, on en trouvera deux cent quatre-vingt-seize du mari à sa femme). Après la courte parenthèse libre de janvier 1964, au cours de laquelle Lucien la conduit dans le Beaujolais pour ce qu'elle appelle « un petit pèlerinage de jeune fille », ses suffocations à l'hôtel de la gare de Belleville et son rapatriement en urgence en région parisienne, il insiste pour qu'elle quitte Perray-Vaucluse et retourne à Villejuif, « son » hôpital, dans le service du docteur Louis Le Guillant, qu'il admire (il partira en retraite en 1965 et mourra trois ans plus tard, à soixante-sept ans), où elle est soignée par le docteur Dubois. « Soignée », c'est pour le principe, car il n'obtient pas plus de résultats que ses prédécesseurs. Le lendemain de l'arrivée de sa patiente, il note un premier diagnostic sur son carnet de soins : « Psychonévrose grave. » Le 12 février : « Névrose hystérique grave. Observations à poursuivre dans le cadre du service. » Il reprend presque mot pour mot les termes de ses homologues de Vaucluse, Bernard et Lécuyer, qui évoquaient trois mois plus tôt, lors de son énième retour dans leurs murs, un « état névrotique grave, de type hystérique », et préconisaient un long internement, principalement pour l'éloigner de l'influence néfaste de son mari, qui ne « coopérait » pas, selon eux, et qu'ils tenaient pour responsable de la « chronicisation progressive » de la maladie – laquelle ? Solange sera pourtant très claire, à l'étonnement des experts psychiatres qui l'interrogeront, en affirmant que Lucien n'a rien à voir avec ses crises ni avec la détérioration de sa santé, ni en ce qui concerne l'épisode beaujolais en particulier, ni de manière générale : « Pour rendre compte de cette rechute, l'intéressée ne fait pas intervenir les circonstances conjugales ou familiales, et à aucun moment elle ne met en jeu la responsabilité de son mari dans la récidive de son état. » Les médecins qui s'occupent d'elle ne sont pas d'accord, ils pensent faire du bon boulot, gâché par le temps qu'elle passe dehors aux côtés de son mari : « Pendant l'hospitalisation, les symptômes majeurs respiratoires s'atténuent de façon presque totale. » Bien sûr qu'elle va mieux quand elle est couchée toute la journée, surveillée jour et nuit, quand on la maintient dans un état d'anesthésie partielle, mentale et physique, qu'on contrôle ce qu'elle prend et qu'on l'empêche de dépasser les doses. L'entorse la plus douloureuse ou la pire migraine n'existent plus si on vous garde au lit en vous apportant un triple whisky toutes les heures – mais quand on ressort au bout d'une semaine… (À dix-huit ans, je m'en suis fait une belle, d'entorse. Le père d'un ami, un père sportif, nature, énergique et rigide, comme j'aime pas, nous avait emmenés faire du ski nautique sur la Seine (non loin de l'endroit où Lucien dit avoir aidé Salce à balancer le corps du fantomatique Molinaro), mes trois potes étaient passés avant moi, patauds mais solides, c'est génial, tu vas voir, j'avais fait deux mètres, une demi-seconde, plaf la tronche dans l'eau verte, tout le monde rigolait, je m'étais niqué la cheville, je suis une tanche en ski nautique. Le lendemain, on partait tous les quatre pour un mois de vacances de post-ados à Carnac. J'avais un bandage, c'est rien, une entorse, en quelques jours c'est réglé. Mais on buvait tous les après-midi, tous les soirs, on sortait en boîte toutes les nuits, on dansait pour attirer les filles. Je n'avais mal qu'au réveil, vers 14 heures, mais dès les premiers verres, à 17 heures, la douleur s'estompait puis disparaissait, je me sentais léger sur les lumières multicolores de la piste. À la fin du mois d'août, ma cheville était deux fois plus enflée qu'au début. En septembre, j'ai compris que j'avais commis quelques erreurs consécutives, une trentaine – on est jeune, on apprend, on apprend. Cette entorse de ski nautique m'a finalement empêché de marcher normalement pendant plus de deux mois.) Les médecins ne peuvent pas « guérir » Solange, ils l'endorment et rejettent la faute sur le monde extérieur quand elle sort, sur Lucien. Quant à sa santé physiologique, c'est accessoire, selon eux ce n'est pas la cause mais la conséquence : « Si l'état général est médiocre, c'est en relation avec des difficultés d'alimentation. »

Lucien écrira dans la marge de sa copie du dossier d'instruction : « Ce sont les médecins qui la maintenaient sous contrainte, pas moi. » Après son engouement initial pour la spécialité, il déchante. Il écrit un court poème au sujet de ceux qui ont pris sa femme en main, un poème pas plus réussi que les autres mais révélateur de ses désillusions :

Rien
Silence obtus
Rictus en plus
Et yeux hagards
Qui fixent le néant.
Des chercheurs ?

C'est plus que du silence et de l'inaction. Le système psychiatrique, l'analyse et les remèdes qu'il proposait ont condamné Solange. Avec son accord – ou sans son désaccord. Elle s'est laissé attirer, elle n'aurait pas dû mais elle était perdue, et une fois attrapée, intoxiquée, il était trop tard. À un embranchement ou un autre, elle n'a pas été mise sur la bonne voie. Mais quand elle est arrivée à

Paris, où était la bonne voie ? Quelqu'un pouvait-il faire quelque chose pour elle ? Sans jamais absorber d'antalgiques, de sédatifs ou de barbituriques, s'en serait-elle mieux sortie ? Il aurait fallu améliorer son corps déficient, combattre ses spasmes respiratoires, ses angoisses. Était-ce possible ? (Elle mentionnera, devant les experts judiciaires, des « rêves d'angoisse ». Ils ne comprendront pas d'où ils peuvent provenir. Car « elle ne paraît pas avoir présenté dans l'enfance, en particulier au cours de la douzième année et de la première communion, de manifestations extatiques ou d'évanouissements ». Ah, ni la passion pour Dieu ni les hormones dangereuses de la femme ne sont donc en cause, mais alors qu'est-ce que cela peut bien être ? Ça ne vient tout de même pas de quand elle était encore plus jeune ? Faut pas pousser. Un casse-tête, un véritable casse-tête.) Était-ce possible ? Peut-on retourner jusqu'à deux années de faim, de peur et de solitude dans l'obscurité d'un taudis malsain, quand ce sont les deux premières qu'on a passées sur terre ? Peut-on aller chercher ces premières années au fond d'elle, les modifier, peut-on se pencher sur le bébé, lui dire que ce n'est pas grave, qu'il n'est pas abandonné, peut-on le nourrir, effacer ou atténuer le manque et la terreur, se baisser pour le ramasser, le prendre dans ses bras et le sortir de là, l'éloigner des ombres inquiétantes, de la puanteur, des grognements ? Non, quand la petite fille, dans un dépôt de l'Assistance publique, commence à pouvoir comprendre ce qu'il lui est arrivé, ce qu'il lui arrive, il est trop tard, son organisme est détraqué, son esprit apeuré, affolé, elle est déjà meurtrie. Les drogues qu'elle prendra vingt ans plus tard ne seront que des pansements empoisonnés sur des plaies qui ne cicatrisent pas. Peut-on en vouloir à sa mère, Marie Rouyer, la pute à pauvres ? Et à quoi cela servirait ?

Le 2 mai 1964, un peu plus de trois semaines avant l'enlèvement de Luc, Solange est toujours à Villejuif, elle écrit à Françoise Poncet, à Belleville : « Me voici encore à l'hôpital, mais avec une nuance qui différencie cette hospitalisation des précédentes : ma maladie est sans remède, je suis sans doute enfermée à vie. Cela vous paraît peut-être invraisemblable, et pourtant c'est ainsi. Je ne suis ni résignée, ni révoltée ; je suis bien obligée d'accepter mon sort tel qu'il se présente. Ma seule consolation, c'est d'avoir conservé ma lucidité, et de n'avoir personne à qui je puisse manquer. Il y a des cas plus dramatiques que le mien tout autour de moi. Celles qui ont des enfants, par exemple. Mon mari vient me voir assez souvent, c'est très gentil de sa part. Je souffre malgré tout de cette situation pénible sur le plan sentimental. [...] Je souhaite que tout aille bien de son côté le plus longtemps possible, même si cette façon de s'organiser dès maintenant me crève le cœur. [...] Ce n'est pas le fait de mourir qui me fait peur, non, bien sûr, car ça, justement, ce sera la délivrance, et pas seulement pour moi. Aimer la vie comme je l'aime, avoir un mari comme le mien, et en arriver au point où j'en suis... Le plus philosophe regretterait d'être né. Mais j'ai trouvé ici ce que je n'avais jamais trouvé nulle part : la douceur, la gentillesse, la compréhension de tout le personnel. Les médecins sont compétents, et les infirmières dévouées. Je les remercie tous les jours. [...] Il est évident que nous ne nous reverrons jamais, mais je garde un souvenir inoubliable de votre amitié et de votre dévouement pour moi. [...] De temps en temps, je vous donnerai de mes nouvelles. Mme Solange Léger, Pavillon n° 6, Hôpital psychiatrique, 54 avenue de la République, Villejuif. Je vous embrasse affectueusement, ayez une pensée pour moi le 12 mai [son anniversaire de mariage], merci. Solange. »

Lucien, seul depuis des mois, essaie en ce début de printemps qui finira si mal de se faire une vie de jeune homme. S'imaginant charmeur (mais tout en retenue, le travail et la culture d'abord, le flirt n'est qu'un hobby), désinvolte et sobrement galant, il joue le chevalier servant auprès de Nina Douchka, et pas seulement. Un jour, en début de soirée, vers 19 heures, il passe en 2 CV porte d'Orléans et aperçoit deux jeunes Anglaises qui font du stop. Elles ont bien choisi l'endroit où se poster : elles veulent se rendre à Orléans. C'est incroyable, le hasard, le destin : il y allait, justement. Montez ! Euh, climb ! Et en partie simplement pour leur rendre service, en partie pour faire le beau au volant de son bolide français et sans doute leur parler (dans un anglais approximatif, sorry, mais il n'est allé que quelques fois, sometimes, en touriste, at London) de ce métier qui le passionne parce qu'il lui permet de sauver des vies, il roule près de deux heures avec elles jusqu'à Orléans, sur la nationale 20, et fait demi-tour dès qu'il les a déposées – elles lui font peut-être une bise chacune, et lui promettent de lui envoyer une carte postale de Grèce, où elles ont prévu d'aller passer la suite de leurs vacances. Ça lui donne une idée, à Lucien. Il s'arrête dans un bistrot de la ville, en achète deux, des cartes postales, en envoie une à ses collègues de Villejuif et une à Douchka, pour leur montrer que parfois, sans raison, sur un coup de tête ou une envie d'ailleurs, il prend sa 2 CV et part à l'aventure – cette fois, c'est Orléans, mais c'est un peu la loterie, au gré de la route, cela pourrait être Rocamadour ou Valparaíso. (Lors de la perquisition chez lui, on trouvera un brouillon sur une feuille volante : « I have been happy ~~of you~~ to conduct you and your friend from Paris to Orléans. I have received your postcard and I thank you very much for your prettiness. » Il voulait sans doute dire « gentillesse », et voilà qu'il les remercie pour leur beauté. Il expliquera aux enquêteurs qu'il avait préparé cette réponse à l'avance, avec son dictionnaire français-anglais, pour ne pas être pris au dépourvu quand il recevrait leur carte postale. C'est triste, c'est risible, ça fait un peu pitié, mais ça me touche. Bien entendu, ça n'a servi à rien, les deux filles ne lui ont jamais écrit de Grèce.)

Solange écrit de nouveau à Françoise Poncet le 23 juin, après avoir reçu la réponse, un peu tardive, à sa première lettre. Le comportement de Lucien l'intrigue, la désole et l'agace, elle pense qu'il ne l'aime plus, elle a l'impression qu'il ne veut pas qu'elle sorte de l'hôpital – l'Étrangleur est en pleine action à ce moment-là, la chambre de l'hôtel de France croule sous les journaux et les brouillons de lettres odieuses. « Chère amie, je vous remercie de penser à moi avec tant d'affection. Je craignais d'avoir chuté dans les oubliettes, mais non, tant mieux. Ce que je fais en ce moment ? Rien. Si mon mari voulait me prendre près de lui, il y a longtemps que je serais sortie. Le médecin-chef de notre deuxième section femmes, le Dr Le Guillant, est très gentil, très patient, et désolé de me voir rester au milieu de malades mentales alors qu'il s'agit seulement d'une très grande instabilité des nerfs moteurs, plus particulièrement ceux régissant le système respiratoire. En quelque sorte, une angoisse pénible qui m'oppresse de manière permanente. C'est épuisant, à la fin. […] Mon mari vient de m'offrir un beau pantalon noir en tergal, et la chemise noire qui va avec, le tout dépassant les 10 000 anciens francs [plus de 200 euros]. Mais jamais il ne me dit un seul mot concernant ma santé, mes projets, l'avenir, etc. Il a même refusé de me prendre en permission, pourtant c'était ma jeune et gentille doctoresse, Mme Séjournet, qui le lui avait demandé. »

Moins de deux semaines plus tard, le samedi 4 juillet, veille de son anniversaire, elle attend Lucien et sa 2 CV pour partir en vacances (elle s'est apprêtée, elle porte l'ensemble noir qu'il lui a offert). Le lendemain, elle apprend que l'Étrangleur est capturé, il s'appelle Lucien Léger, la vie de Solange chavire définitivement. Elle ne contrôle plus rien. On l'oblige à quitter un endroit où elle se sentait à peu près protégée, bien que pas à sa place. Le docteur Le Guillant écrit sur son dossier : « Depuis la découverte que son mari était l'Étrangleur, un climat irrespirable s'est créé autour de la malade et dans tout le service, où les incidents provoqués par les journalistes ont nécessité une surveillance incessante. Il y a intérêt dans ces conditions à la réintégrer à Perray-Vaucluse, au moins jusqu'à apaisement de la situation actuelle. » Elle y retourne, donc. Là, à son arrivée, le 16 juillet, on note : « Névrose hystérique grave. Nous l'avons envoyée à Villejuif pour essayer de la faire bénéficier d'un changement d'équipe. Nous revient à peu près dans le même état, quoique plus ou moins inconsciemment valorisée par la circonstance. [Ah oui, tu parles, c'est une aubaine pour elle, la veinarde, ça doit l'enchanter, la notoriété.] L'internement avait été décidé en janvier, surtout en raison de l'influence toxique du mari sur la conduite du traitement. Cette influence n'existant plus, une sortie prochaine pourra être envisageable. » Le 1er août : « Névrose hystérique présentant actuellement un minimum de manifestations. Une sortie prochaine est envisagée, si l'on peut obtenir son départ en province dans de bonnes conditions. » Mais elle ne sera libérée que deux mois et demi plus tard, le 10 octobre 1964 : « Malgré l'échec de nos divers projets de départ en province, puis de placement dans la région parisienne, l'état névrotique est suffisamment amélioré pour qu'on puisse accorder une sortie dans son appartement à Paris. Il est permis de penser qu'elle est capable de tenter de conduire sa vie seule. » Il est permis de penser qu'elle est capable de tenter, c'est déjà pas mal.

Les premières semaines après l'arrestation n'ont pas été faciles. À peine arrivé dans sa cellule de la prison de Versailles, Lucien écrit à sa femme. La lettre se termine par : « Je n'ai droit qu'à une chose ici, et je l'ai : ta photo, que j'avais sur moi au moment de mon arrestation. Je la garde devant moi [il la gardera jusqu'à sa mort], je pense bien à toi, je t'embrasse bien fort, pour longtemps. » Mais Solange ne répond pas. Elle lui poste simplement un mot très court, pas agressif mais sec, écrit le 11 juillet, pour lui demander de l'argent – elle est désormais seule et sans aucune ressource. Aussitôt, il lui fait un chèque et l'envoie. Il lui écrit encore, le 15 juillet, le 20 juillet, le 22 juillet, elle ne répond pas, il comprend qu'elle le croit coupable (et c'est normal, il se met à sa place, c'est une certitude pour tous, elle a lu dans les journaux qu'il avait avoué, elle doit être sidérée, se demander quelle folie meurtrière lui est passée par la tête, mais elle ne peut pas, seule contre tous et même contre lui, penser qu'il n'a rien fait), il glisse dans ses courriers quelques fragments générateurs de doute : « Un jour tu sauras » (6 juillet), « C'est dur d'être ici pour une tempête dont je ne suis qu'un jouet », « un crime que je suis incapable de commettre » (15 juillet), « Je passe mes journées allongé sur mon lit à penser à toi et à essayer de comprendre pourquoi je suis là » (20 juillet), mais toujours rien en retour. Lorsque le chèque qu'il lui a envoyé lui est retourné, il devine qu'elle ne reçoit pas ses lettres. Qu'elles soient interceptées et lues, il le savait, mais qu'elles ne lui soient pas transmises, ce n'est pas possible. Il prévient aussitôt Philippe Darras, l'assistant de Maurice Garçon, pour qu'il intervienne et essaie de mettre Solange au courant. Et tout va s'arranger. Il est possible que le courrier n'ait pas été transféré rapidement de Villejuif à Vaucluse, où elle se trouve désormais. Il est également possible qu'on ait fait barrage à Vaucluse, qu'on ait décidé d'isoler la malade du monstre qui est responsable de son état. Dans la première longue lettre qu'il reçoit d'elle, écrite le 28 juillet (on vient alors de lui donner les siennes), elle dit espérer qu'il a reçu les trois précédentes. Or non.

Cette première lettre de Solange est pleine d'indulgence, d'amour même, mais il est clair qu'elle croit que son mari est bien l'auteur de l'enlèvement et du meurtre de Luc Taron. Elle lui reproche d'avoir été un « roc d'orgueil » : « Cela t'a conduit jusqu'au crime. » Puis elle a une formule qui est sans doute la pire que Lucien ait lue au sujet de cette affaire, de ce drame : « Je te pardonne autant que possible. Mais tout de même, aller se “satisfaire” sur un enfant n’est pas très malin, il faut vraiment être très malade. » Solange, si peu intéressée et concernée par le sexe, si étrangère au plaisir charnel, n’entrevoit que cette explication à ce geste insensé. Ça doit être ça : les gens qui aiment l’activité sexuelle en ont besoin, c’est comme une drogue, ça les rend fous s’ils ne pratiquent pas, ils sont prêts à tout pour se soulager, à tout. (On ne donnera ce courrier à Lucien que le 24 août, il répondra le jour même, lui demandant comment elle a pu penser une chose pareille. « Tu sais que de ce côté, j’ai toujours été normal, et que ton absence ne m’a jamais privé. Cela n’a jamais été un sacrifice car ce n’était pas non plus un besoin, et je crois que tu le sais. ») Dans cette lettre de fin juillet, elle avance une autre explication, floue, obscure, à ce qu’il lui est arrivé : « Tu as fait des connaissances qui n’étaient pas de ton niveau. Tu as cherché à fréquenter un milieu dans lequel tu n’étais pas capable de te faire un nom et de te diriger seul. Bien qu’ayant vingt-sept ans, tu es parfois encore un tout petit garçon qui n’a pas vécu. Je ne te fais pas la morale, j’essaie de te faire prendre conscience de ton passé et de te faire redescendre sur terre, car je crois que tu n’y es pas toujours resté. » On ne sait pas de qui elle parle, de quel milieu (Lucien est censé ne fréquenter personne), de quelles connaissances. Jacques Salce, probablement. (Molinaro ?) Elle lui apprend qu’à l’hôpital on l’appelle désormais Mme Vincent, de son nom de jeune fille : « Tu seras donc bien aimable d’écrire “Mme Solange Vincent” sur tes enveloppes. » Ce qu’il fera, en ajoutant des dessins, des fleurs, des plantes, aux stylos rouge et vert. Elle lui rappelle qu’elle a un grand besoin d’argent, surtout si elle doit sortir un jour : « Je te remercie beaucoup de penser à moi au niveau pécuniaire. L’intention y est, c’est déjà quelque chose. » Elle lui promet enfin de ne pas l'abandonner : « Tout comme tu t'es occupé de moi, je veillerai sur toi, sans trop de rancune j'espère. J'ai tant souffert. Et alors cette année, comme cadeau d'anniversaire, tu m'as gâtée. Bah ! Laissons tout cela de côté. Écris-moi aussi souvent que tu peux ou que tu le désires, je t'assure que je te répondrai en essayant de t'apporter le maximum de réconfort. Je te quitte avec regret, mais je continuerai de penser à toi jusqu'à ta prochaine lettre. Solange. P.-S. : Mange, repose-toi, et prends tes médicaments sérieusement. Sais-tu ce qu'est devenue notre petite chatte ? » La chatte noire à qui Lucien a donné une soucoupe de lait le 4 juillet, avant de partir vers le Quai des Orfèvres et le bureau de Poiblanc. En fin d'après-midi, elle s'est cachée sous une commode pendant que les hommes du commissaire perquisitionnaient. Elle y est restée trois jours, sans manger. Le 7 juillet, lors d'une nouvelle perquisition, les policiers l'ont trouvée affamée, apeurée, abandonnée. Ils l'ont confiée à la femme de ménage de l'hôtel de France, qui a bien voulu la recueillir.

Le 31 juillet, depuis Vaucluse, Solange lui écrit encore quelques mots sur une petite feuille de papier bleu : « Mon cher mari, c'est mon dernier mot avant ton chèque, plus un sou, donc plus un timbre. Solange, Pavillon n° 1. » Suivent trois lignes en russe. Cette lettre ne sera remise à Lucien que le 5 octobre. Ah oui mais trouver quelqu'un qui parle russe, c'est pas évident. Et quelqu'un qui parle parfaitement russe, qui traduise scrupuleusement, il faut bien deux mois, car qui sait si un message primordial et pernicieux n'est pas caché là-dedans ? Et donc, d'après le spécialiste, elle avait écrit : « Non seulement je vous comprends, mon chéri, mais je vous aime, parce que vous êtes malade. J'attends ma lettre. Merci. »

Le 25 août, ne recevant rien de son mari, elle s'énerve. Elle a eu le temps de comprendre ce qui l'attendait, elle veut maintenant penser à elle : « Le plus important est que je tienne le coup, et qu'on veuille bien m'accepter quelque part pour travailler, car quand on connaîtra mon identité... Et tout cela à cause de toi. Vraiment, pour ne pas t'en vouloir, il faudrait être une loque. Et je n'en suis pas une, crois-le bien, tout au moins mentalement et moralement. [...] J'ignore ce que tu pourrais faire pour te faire pardonner d'avoir gâché ma vie comme tu l'as fait. C'est ignoble, c'est d'un égoïsme... Ça n'a pas de nom. Tu semblais être le plus intelligent de ta famille, et il s'avère que tu n'es pas mieux. D'ailleurs, je sens que je perds mon temps à discuter, tu t'en moques bien, tu vis dans les nuages. » Mais elle signe tout de même : « Solange, qui se fait du souci pour nous deux malgré tout. » (J'aime cette femme.)

Lucien est accablé par cette lettre. Solange s'éloigne de lui. Dans sa réponse, il essaie de plaider sa cause mais les mots justes lui sont interdits. Il utilise une image qui peut à la fois évoquer un accès de folie dont il aurait été victime, pour le juge, et faire allusion à d'autres coupables désormais invisibles, insaisissables : « Il faut une tempête pour casser un arbre, et une tempête passée, ça ne se voit pas. Seul reste l'arbre cassé. » Le même jour, il écrit à Maurice Garçon : « Si vous pouviez la voir, expliquez-lui l'affaire. Car elle semble en être restée à ce que les journaux ont dit, et être influencée par le milieu où elle est. Je n'ai pas voulu trop lui écrire, car le médecin ne lui aurait sans doute pas donné mon courrier. Elle doit être en train de penser des choses terribles, j'ai beaucoup de peine à lire sa lettre. »

Fin août, l'hôpital de Perray-Vaucluse commence à préparer la sortie de Solange. Le docteur Lécuyer fait parvenir à Lucien une autorisation qu'il doit signer. Il est en prison, haï par toute la société ; qu'il soit réellement coupable ou non, on ne sait pas, il n'a pas encore été jugé, mais il est accusé d'avoir tué un garçon de onze ans dans des conditions effroyables ; il reste néanmoins le mari, le maître de sa femme ; c'est lui qui doit décider si elle a ou non le droit de vivre normalement.

Il signe, évidemment. Ensuite, il n'a plus de nouvelles d'elle durant plus d'un mois et demi, il ne sait pas où elle est, ni ce qu'elle ressent, ni ce qu'elle croit.

Solange devient une source de souci pour les avocats de Lucien. Non pas à cause de ce qu'elle semble croire, ni de ce qu'elle dira bientôt aux journaux, au contraire, mais à cause du désespoir de leur client et de ce qu'il risque de faire pour l'atténuer, ce qu'il risque d'écrire. Lors d'une audition dans le bureau de Jean-Claude Seligman, au cours de laquelle il est assisté par Pierre Garçon, le juge l'interroge sur plusieurs phrases ambiguës relevées dans les lettres à sa femme – entre autres, quand il lui demandait de ne pas croire ce qu'elle lisait dans la presse : « Il n'y a que moi qui puisse savoir ce qui s'est passé. » Sous contrôle de son avocat, Lucien répond gauchement : « Je ne sais pas ce que j'ai voulu dire par là. » Le fils de Maurice Garçon, sans doute en vue d'un compte-rendu de l'interrogatoire à son père, qui s'inquiète de la correspondance de son client, note sur son carnet : « Léger n'arrête pas d'écrire », et souligne deux fois.

Mais Lucien continue, d'autant plus que Solange est muette depuis sa dernière lettre pleine de reproches et d'amertume, à l'arrière-goût de définitif. Le 16 septembre, croyant, à tort, qu'elle est revenue à l'hôtel de France : « Si tu as vu des choses qui t'ont frappée, en retournant à la maison [lesquelles ?], si tu t'es posé des questions, demande-moi des éclaircissements, je te les donnerai. Ce dont tu peux être sûre, c'est que je n'ai jamais démérité de ta confiance. » Puis le 26 septembre, au lendemain de son audition par Seligman, il lui écrit une longue et belle lettre, dans laquelle il dérape inévitablement vers ce que ses avocats redoutent : « J'espère que Me Darras t'aura expliqué pourquoi je t'ai demandé de prendre courage, de ne pas écouter ce que l'on peut te dire de cette affaire […]

Hier, j'ai été reconduit devant M. le juge d'instruction, et c'est un drame intérieur terrible pour moi [...] Si les policiers ne savent pas faire leur métier, ils n'ont qu'à faire autre chose [...] J'avais créé un personnage diabolique comme pour un roman, il leur fallait un coupable, ils l'ont construit en quelques heures sur les débris d'un délirant mythomane [...] Je sais que ces lettres que j'ai écrites sont horribles, je crois avoir déjà beaucoup et assez payé pour cela, mais puisque personne ne me comprend, je m'enfoncerai encore davantage dans ce gouffre où il faut que quelqu'un entre [...] Malade comme j'étais mais comme j'ai toujours tenté de le cacher, il était facile de me faire tomber dans une telle situation [...] Je ne sais que trop où j'en suis, mais presque seul à le savoir [...] Un jour, toi aussi, tu sauras. » Solange ne lira pas cette lettre. Elle sera interceptée et examinée comme les autres, mais saisie : elle ne lui sera jamais remise. Cela retardera de six ou sept mois le moment où elle comprendra que Lucien ne s'est pas accusé de son plein gré, mais rapidement, dès l'automne qui arrive, elle va avoir l'occasion de se rendre compte par elle-même que tout n'est pas clair, que ça ne va pas, que l'histoire simple et insensée qu'on raconte n'est pas la bonne, qu'il se passe des choses en parallèle, dans une zone sombre que n'éclairent ni les médias, ni la police, ni la justice.

Mi-octobre, quand on découvre dans la presse la femme de l'Étrangleur, la malheureuse, quand on lit ses trois interviews à quelques jours d'intervalle, personne n'est surpris qu'elle demande le divorce dès sa sortie d'internement, c'est la moindre des choses. Ce fou qui lui a fait mener une existence misérable et avilissante a assassiné un enfant innocent dans le seul but de faire parler de lui, elle doit le haïr du plus profond de son être. C'est l'évidence même, la logique, pour l'opinion publique, les policiers, les journalistes, les psychiatres, pour tout le monde sauf pour le juge Jean-Claude Seligman, qui intercepte ses courriers. Car alors qu'elle raconte les pires horreurs sur lui dans *L'Aurore* ou *France Dimanche*, encouragée par Ayache et consorts, qu'elle le dépeint comme un bourreau psychopathe et dit ne même plus supporter l'idée d'être sa femme, ce qu'elle lui écrit en parallèle, exactement au même moment, le 19 octobre (sa première lettre depuis fin août), n'est pas du tout dans le même ton : « Mon cher mari, tu sauras sans doute que j'ai demandé le divorce, mais rien ne prouve que ce ne soit pas uniquement pour une question de nom. Avoue qu'il me sera difficile de trouver du travail si on me présente comme la femme de l'Étrangleur présumé. [Elle est bien la seule du pays, avec Jacques Salce (et encore Madame Détective, c'est vrai), à ajouter cette légère nuance.] Mais sois sans crainte, je pense à toi très fort, et je vais sous peu t'envoyer des vêtements plus chauds, mon pauvre petit chou. » En haut à droite de la feuille, il y a un post-scriptum : « Je suis l'affaire de près, l'air de rien. »

Hors de l'hôpital, elle revit, ou du moins fait semblant de revivre. Elle a donné ses premières interviews dès sa sortie afin d'avoir un peu d'argent pour redémarrer, elle peut manger, s'habiller, se maquiller, elle peut surtout parler, montrer qu'elle n'est pas la pauvre cinglée qu'on a décrite depuis l'arrestation de son mari ; mais son image est déjà fixée, ancrée, il est trop tard. Pour Claude Vallier, dans *Détective*, « son visage peint comme les masques antiques paraît être le reflet extravagant et tourmenté de son âme ». Dans *L'Aurore*, Hélène Le Garrec, qui sait qu'une femme, une vraie femme normale, n'est vraiment femme que si elle se fait le plus attirante possible, parle de « son maquillage outrancier, à la Folle de Chaillot, fait pour dissimuler, non pour embellir ». (La Folle de Chaillot, l'air de rien (comme dit Solange), a tout de même sauvé le monde. À la terrasse d'une brasserie près de la Seine, un chiffonnier lui prédit que « l'époque des esclaves arrive », que « le monde file un mauvais coton », qu'il faut le débarrasser des profiteurs, des cyniques, des menteurs (qui ont bien des allures de Taron, un Taron puissant qui aurait réussi (il se voyait bien parti pour, sous l'Occupation, quand Giraudoux a écrit la pièce)), et la Folle entre en action contre « l'orgueil, la cupidité, l'égoïsme » : elle va tous les envoyer dans les sous-sols de Paris (en leur faisant miroiter une nappe de pétrole) et refermer définitivement la porte sur eux. Dans la dernière minute de la pièce, son but atteint, elle constate : « Et voilà, l'affaire est finie. Vous voyez comme elle était simple. Il suffit d'une femme de sens pour que la folie du monde sur elle casse ses dents. Mais la prochaine fois, n'attendez pas, chiffonnier. Dès que menacera une autre invasion de vos monstres, alertez-moi tout de suite. » (Elle a été amoureuse autrefois, la Folle de Chaillot. D'un jeune homme qui l'a quittée, qui a fui l'amour « par timidité ». Elle se souvient d'un lundi de printemps, un 24 mai, ils étaient tous les deux en forêt, il aurait pu, aurait dû lui déclarer sa flamme, mais il n'a pas osé, c'était pourtant l'occasion idéale : « Le plus beau lundi de Pentecôte qu'aient jamais eu les bois de Verrières ».))

Solange ne va pas se faciliter la vie, elle se remet à prendre trop de cachets – mais la pression est forte autour d'elle, elle n'a rien, elle est seule, elle ne sait même pas ce qu'elle pourra faire le lendemain, elle s'inquiète, elle ne peut que s'inquiéter, elle panique. Le 20 octobre, quelques jours seulement après sa sortie de l'hôpital, elle est convoquée au SRPJ par l'inspecteur André Mawart mais refuse de répondre à ses questions – elle affirme qu'elle ne parlera pas davantage devant le juge d'instruction, elle ne sait rien, elle n'a rien à voir avec cette affaire, elle veut rentrer chez elle. L'officier de police indique sur son court rapport d'audition : « Elle semble se trouver, ainsi qu'elle l'indique elle-même, sous l'effet de médicaments. »

Les médecins de Vaucluse l'ont laissée partir parce qu'ils ne voyaient pas ce qu'ils pourraient faire d'autre, ils ont prétendu qu'elle allait aussi bien que possible grâce à son séjour chez eux, mais dès son retour à l'hôtel de France, elle rencontre les Deveau, les voisins du cinquième, qui ne l'avaient vue qu'inconsciente (c'est elle qui monte frapper chez eux, à la recherche d'un peu de soutien, d'une présence) : le mari, André, la décrira comme « désemparée et malade ». Les nuits suivantes, ils l'entendent, juste en dessous de leur appartement, « en proie à des crises de larmes assez violentes, qui étaient certainement le fait de son état nerveux ». Elle est toute seule dans cette petite chambre, elle pleure. (En juillet, les experts psychiatres lui ont demandé, finement, pourquoi elle pleurait. Elle a répondu : « Parce que ça me soulage. ») Elle monte les voir de temps en temps, et le couple l'accueille de bon cœur, elle leur parle de Lucien, leur apprend qu'elle demande le divorce (« à cause de son nom », confirmera Albertine Deveau), ils la réconfortent comme ils peuvent : « Nous essayions de nous occuper d'elle, estimant que sa situation était très précaire, sur le plan pécuniaire et moral. » Mais ils ne peuvent pas faire grand-chose pour elle.

Solange et Lucien se revoient pour la première fois le 18 novembre 1964, dans le bureau du juge Seligman, lors d'une confrontation tendue au sujet des différents propos de Solange dans les journaux, puis de nouveau le 24 novembre, cette fois c'est plus calme, plus doux – en entrant, Solange embrasse même Lucien sur la bouche, avant qu'un policier ait pu réagir. Elle revient entre autres sur l'histoire des bébés lapins qu'elle a donnés à manger à la chatte, et sur la réaction de Lucien, le tueur de papillon (« J'adore les animaux, et je précise que Lucien n'aime pas plus que moi les faire souffrir ») et sur des déclarations qui ont été déformées, au sujet de certaines attitudes de son mari : « Je n'ai jamais constaté que Lucien avait des sortes de pertes de conscience, il lui arrivait de temps en temps d'être rêveur, c'est tout, je n'ai jamais constaté qu'il faisait quelque chose sans en avoir conscience. »

Mais lors de cette deuxième et dernière confrontation, Solange ne se sent pas bien. Elle paraît nerveuse, ça se comprend, elle manque d'air, encore, elle a du mal à respirer, Jean-Claude Seligman fait ouvrir la porte et les deux fenêtres de son bureau, elle se détend un peu, reprend le cours de l'audition, mais le répit ne dure pas, et quand on apprend que le docteur Martin (qui a pratiqué l'autopsie de Luc Taron) se trouve dans les couloirs du palais de justice, on lui demande de venir l'examiner. Il décrète qu'elle est « nettement droguée ». Le greffier du juge retranscrit le commentaire de Solange sur le procès-verbal : « C'est pas vrai. » Elle est tout de même aussitôt reconduite à Vaucluse. (Quelqu'un là-bas se dit-il, honnêtement, qu'elle n'a pas vu son mari depuis des mois et des mois ? Le responsable indubitablement désigné de son état lamentable, par télépathie donc ?)

Le 30 novembre, elle devait se présenter devant les experts psychiatres pour qu'ils complètent, à la demande du juge, leur premier examen du mois de juillet précédent, mais elle ne se rend pas à la convocation : ils se renseignent et apprennent qu'elle est de nouveau internée. Alors on la laisse à son sort. Elle quitte pourtant l'hôpital peu après, mais semble disparaître ensuite. Lucien n'a plus aucune nouvelle pendant cinq mois. Ce qui ne veut pas dire que tout le monde l'a oubliée. Elle est au contraire très demandée. Par Yves Taron, entre autres.

Lorsqu'elle reprendra contact avec Lucien, au printemps suivant, elle lui expliquera que si elle s'est tue pendant tout ce temps, si elle s'est faite si discrète, c'est en partie parce qu'elle avait peur. Elle sentait, autour d'elle, une menace. Déjà, dans *Détective*, le 6 novembre, Claude Vallier l'évoquait, mais en sous-entendant que le danger se trouvait surtout dans sa tête : « Il y a près d'un mois qu'elle est sortie. Elle n'a abandonné sa solitude que trois ou quatre fois. La rue et les gens lui font peur, elle s'imagine qu'on l'épie, qu'on la suit, comme si le crime de son mari était inscrit à l'encre indélébile sur son propre visage. » Celui qu'elle n'invente pas, c'est Taron. Alain Ayache a révélé à Stéphane et Jean-Louis que le père de Luc, fin octobre ou début novembre 1964, lui avait demandé d'organiser une rencontre avec Solange, ce que le journaliste avait refusé. Il ne s'est manifestement pas arrêté là. Dans *Détective*, Solange annonce qu'elle espère quitter bientôt l'hôtel de France : « Et ce jour-là, je vous assure bien que personne ne connaîtra mon adresse, ni les journalistes, ni M. Taron. » Claude Vallier s'étonne : « Ce dernier nom me fait sursauter et la fait éclater de rire : "Vous ne vous attendiez pas à ce que M. Taron m'honore de ses visites, n'est-ce pas ? Et pourtant, M. Taron, c'est Sherlock Holmes. Il fait son enquête personnelle, je crois même qu'il ne fait plus que cela. [Alors que l'assassin de son fils est arrêté, confondu, ficelé.] Il a dû se dire que la femme de l'Étrangleur était une mine d'or, au point de vue renseignements. Voilà donc pourquoi il vient me voir. L'ennui, pour lui, c'est que je ne sais rien." »

Il n'est pas difficile de comprendre ce qui a poussé le père de Luc à tourner autour de Solange. Au mois d'août précédent, quand Vaucluse cherchait à la caser en province, les médecins avaient demandé à Marie-Thérèse et Marc C. de prendre leur belle-sœur chez eux. Ils avaient accepté de venir le lui proposer, sans doute pas de gaieté de cœur. S'en apercevant, et se rappelant qu'ils s'étaient montrés peu accueillants, pour ne pas dire pire, froids et rugueux quand le jeune couple avait passé quelques semaines chez eux avant de se marier, elle avait fait semblant d'insister et leur avait promis, comme ils lui posaient beaucoup de questions, de tout leur révéler au sujet de « l'affaire de Lucien » s'ils consentaient à l'héberger, car elle savait tout. (Dès leur départ, blagueuse, elle leur avait écrit pour leur dire que non, finalement, elle préférait ne pas venir les embêter, elle savait qu'il n'était jamais agréable d'avoir quelqu'un chez soi.) Le 23 octobre, on se demande pourquoi, peut-être seulement parce qu'elle venait de sortir de l'hôpital, Marc C. s'est rendu spontanément au SRPJ et a déclaré : « Avec ma femme, j'ai rendu visite à Solange alors qu'elle se trouvait à l'hôpital de Sainte-Geneviève-des-Bois, au mois d'août, le 19, je crois. Elle nous a dit que si elle s'installait chez nous comme le médecin nous l'avait demandé, elle nous raconterait tout ce qui s'était passé avec son mari concernant l'affaire. "Je suis au courant de tout", ce sont, j'en suis sûr, ses propres paroles. » Or Yves Taron s'étant porté partie civile, il a accès au dossier d'instruction et à tout ce qui s'y trouve : à cette déposition, entre autres. Elle est au courant de tout ?

Il ne va pas se contenter de son « Je ne sais rien » dans *Détective*. Il rôde. Elle n'en parlera toutefois que six mois plus tard, lorsqu'un officier de police viendra l'interroger à l'hôpital psychiatrique de Mézières : « Quand je résidais encore à Paris, à la fin de l'année 1964, j'ai rencontré à plusieurs reprises un individu qui m'a questionnée au sujet de l'affaire de mon mari. J'avais l'impression d'être suivie par cet homme, qui m'accostait de temps à autre. Manifestement, il me surveillait, et il ne s'est d'ailleurs pas fait faute de me le faire savoir. C'est de cet homme dont j'ai parlé à mon mari dans ma lettre du 9 juin, en le désignant par "On". Je sais qui est cet homme. Mais je me refuse à révéler son identité, pour l'instant du moins. Car je désire auparavant avoir une idée beaucoup plus nette sur ses activités et ses intentions. » Le 9 juin, à Lucien, elle écrivait : « Quand j'ai lu le journal dans lequel on passe pour aussi fou l'un que l'autre (je tiens à signaler que ça me laisse froide), j'ai poussé un ouf de soulagement. La façon dont "On" a agi avec moi était bien trop suspecte depuis le début pour que je ne puisse pas me faire une idée assez juste de ce “On”. On verra ça au procès, mon chéri. N’empêche qu’il y a des moments où je n’ai pas ri du tout. » (Elle ajoute, à propos de sa demande de divorce, sur laquelle elle a mis longtemps à revenir : « Si je n’ai pas osé la renier officiellement, c’était par contrainte, car “On” me faisait peur. »)

« On », peu de doute, c’est Taron. Mais il n’est pas le seul à s’intéresser à Solange en décembre 1964, après son dernier internement à Vaucluse : « À peu près à la même époque, soit fin 1964, soit dans les premiers jours de l’année 1965, j’ai eu affaire, près de chez moi, à plusieurs inconnus. Ils m’interpellaient, ou plus exactement m’abordaient dans la rue, certains sont même venus jusqu’à la porte de mon domicile. [Elle précisera dans une lettre à Lucien que l’un s’est dit représentant, un autre vendeur de voitures (aux méthodes de prospection très novatrices, en frappant directement chez les gens).] Ils commençaient la conversation par des banalités, avant d’en venir aux faits : l’affaire de mon mari. J’ai eu l’impression, puis la quasi-certitude, qu’ils étaient envoyés par l’homme dont je vous ai entretenu tout à l’heure. » Que le père de la victime ait cherché à prendre contact avec elle pour essayer de la cuisiner un peu, c’est possible. Qu’il ait envoyé ensuite vers elle des émissaires, des sortes d’espions, cela devient moins vraisemblable. Mais alors qui auraient pu être ces hommes ? Des dragueurs ? Solange était belle, ou pouvait être belle, mais dans ces mois-là, elle devait faire un peu peur, et surtout, ces hommes qui l’abordaient dans la rue ou aux terrasses des cafés savaient tous qu’elle était la femme de l’Étrangleur ? J’ai pensé à des journalistes déguisés en soupirants de trottoir, mais ça ne marche pas non plus. D’une part, on savait dans le milieu qu’on n’avait pas besoin de ruses et de stratagèmes bancals pour l’interviewer, il suffisait de l’aider un peu financièrement, ou peut-être même de lui offrir quelques repas, et elle disait à peu près ce qu’on voulait ; d’autre part, après les trois articles qui lui ont été consacrés dans les semaines qui ont suivi sa sortie de l'hôpital, il n'y a plus eu une ligne sur elle dans la presse pendant plus de six mois. Alors qui étaient ces types qui voulaient savoir ce qu'elle connaissait exactement de l'affaire ? Le plus inquiétant s'est présenté plusieurs mois plus tard, un lundi du mois d'avril 1965 – elle ne sait plus si c'était le lundi 5 ou 12 avril. Elle en parlera à Lucien par écrit mais aussi et surtout de vive voix, lors de leur unique parloir, en mai, et racontera officiellement ce qui s'est passé à l'inspecteur Jean-Marie Ludet qui l'interrogera le 26 juin.

Ce lundi 5 ou 12 avril 1965, vers midi, elle prend un café dans un bar-tabac proche de l'hôtel de France, avenue de Tourville. Peu après qu'elle s'est installée en salle, un homme entre, se dirige directement vers elle et s'assoit à sa table (tranquille). Elle ne l'a jamais vu. Il est « de taille moyenne » et, selon elle, il peut avoir environ quarante-cinq ans – c'est ainsi qu'elle le décrit au policier, elle a sans doute été plus précise oralement avec Lucien. Il engage la conversation, il n'est question que de banalités, dit-elle, il lui paraît sympathique, chaleureux, intelligent, il lui offre son café puis un autre verre, il lui déclare qu'il est médecin. Il lui propose ensuite de marcher un peu dans le quartier pour continuer à discuter, elle accepte, avant tout par curiosité. Lorsqu'elle s'apprête à rentrer à l'hôtel, il l'invite à dîner, et à danser si elle veut, le soir même, dans un bon restaurant du bois de Boulogne. Elle accepte encore, rendez-vous à 18 heures devant l'hôtel, il passera la chercher en voiture. La curiosité n'y est de nouveau pas pour rien, mais j'imagine qu'elle est attirée aussi par la perspective de manger, et de bien manger, autant qu'elle veut, dans un établissement qu'elle ne pourra jamais s'offrir.

C'est au restaurant qu'elle comprend que son intuition était bonne. Il se met à lui parler de l'affaire Taron, alors qu'elle n'a rien dit d'elle, pas même son nom de famille, et qu'elle ne s'est évidemment pas présentée comme la femme de l'Étrangleur. Elle a le sentiment qu'il essaie de la questionner sans en avoir l'air. Elle décide de lui tendre un petit piège : « J'ai voulu vérifier s'il était vraiment médecin, en tirant de mon sac une capsule de Nembutal, médicament contre les maladies nerveuses. L'homme m'a simplement demandé : "C'est prescrit, cela ?" Il n'a pas insisté davantage, il a changé de sujet. » Elle raconte ensuite : « J'ai eu droit à une conversation édifiante sur l'affaire de mon mari. Elle était édifiante en ce qui concerne le personnage auquel j'ai fait allusion et que j'ai désigné par « On » dans la lettre écrite à mon mari. » L'officier de police Ludet lui demande alors d'être plus précise (elle ne peut pas tout dire, elle en a fait la promesse à Lucien, qui ne veut pour l'instant révéler qu'une partie de ce qu'il sait, dit savoir, ou croit savoir), elle répond : « Je pense que c'est suffisant et je ne me crois pas obligée d'entrer dans les détails. Mais j'ai eu la nette impression que ce pseudo-médecin était envoyé par "On". » (Jean-Marie Ludet n'appréciera pas du tout. Il écrira dans son rapport : « Manifestement, la dame Léger ne jouit pas de toutes ses facultés mentales : elle répondait à nos questions de façon tellement énigmatique que nous nous sommes longtemps demandé s'il serait possible d'enregistrer une déclaration à peu près cohérente. Elle prend un plaisir visible à l'intérêt qu'on semble lui porter, et elle s'entoure de mystère. Quand nous lui avons demandé en quoi la conversation qu'elle a eue au bois de Boulogne avec le pseudo-médecin était édifiante, elle s'est contentée de nous répondre qu'elle ne se croyait pas obligée d'entrer dans les détails. Nous n'avons pu en obtenir davantage. » Elle ajoute simplement que la voiture de cet homme était bleue, qu'il ne lui a pas révélé son identité, et qu'elle ne l'a pas revu ensuite. Ce sera la dernière fois que la police sollicitera Solange à propos de l'affaire.)

À la suite de cette curieuse soirée au bois de Boulogne, Solange reprend contact avec Lucien, à qui elle n'a pas écrit depuis leur confrontation dans le bureau de Seligman, cinq mois plus tôt. Elle a compris qu'il n'était pas seul au cœur du fait divers, comme tout le monde semble le croire, et qu'elle n'était peut-être pas en sécurité, ou du moins qu'elle ne pourrait pas de sitôt essayer de vivre sereinement, librement : trop de gens équivoques et inquiétants s'approchent d'elle. (Elle écrira un peu plus tard à son mari : « Avec le pseudo-médecin, en plein bois de Boulogne, à 8 heures du soir, il me fallait du courage. Je suis pourtant diplomate et rusée, mais je te jure que ça n'a pas été coton. Je ne sais pas plus son nom que celui des autres mais pour le reconnaître, j'ai un témoin qui acceptera peut-être de m'aider. » (Le patron du bar de l'avenue de Tourville, je suppose (mais je ne sais pas), ou un serveur du restaurant.)) Elle lui envoie une première lettre le 27 avril. Elle ne figure pas ou plus dans le dossier mais, à la réponse de Lucien, on devine plus ou moins ce qu'elle contient : Solange pense encore que son mari est assez directement impliqué dans le meurtre, mais elle affiche quelques doutes, pose des questions, entrouvre des portes et lui laisse savoir qu'elle l'aime encore.

La réponse de Lucien, le 29 avril, marque un tournant important. Il décide manifestement à ce moment-là de ne plus suivre la stratégie de Maurice Garçon, un mois et demi avant de revenir officiellement sur ses aveux. Il ne le dit pas encore clairement à sa femme, mais sa lettre est bien plus explicite que les précédentes, et contient de nombreuses allusions très marquées. Je les ai déjà citées il y a quelques centaines de pages – il écrit qu'il s'est accusé volontairement avec les messages de l'Étrangleur, que c'est parti comme un train, doucement, puis que ça s'est emballé, qu'il a pris la place de quelqu'un pour lui sauver la vie, que cette personne l'a apparemment laissé tomber, etc. Il lui explique tout à demi-mot, à trois quarts de mots. En lisant ce courrier, Jean-Claude Seligman est intrigué, voire plus : qu'est-ce qu'il se passe ? Il semble mécontent, aussi, il boude : il confisque la lettre et ne la fait pas transmettre à Solange. Lucien lui écrivait : « Un jour, quand tu reliras ces mots, quand tu sauras, tu comprendras ce que j'ai essayé dès aujourd'hui de te dire. » Non seulement elle ne les relira pas, mais elle ne les lira même jamais.

Heureusement, l'impression que lui a laissée le pseudo-médecin du bois de Boulogne suffit à la faire réagir. Elle téléphone au cabinet Garçon, elle parle à Pierre, lui demande ce qu'elle doit faire pour voir son mari : il lui explique qu'on ne lui accordera probablement pas de parloir s'ils sont en instance de divorce, il faut qu'elle aille voir le juge. Elle se rend donc à Versailles, le matin du 14 mai 1965, obtient une audience avec Jean-Claude Seligman et signe devant lui un papier sur lequel elle déclare renoncer à ses démarches en vue d'un divorce. En échange, il signe pour elle un permis de visite permanent. (Il doit se dire que d'éventuelles confidences lui permettront de mieux comprendre la lettre farfelue qu'il a interceptée.) J'ai trouvé, dans le dossier, la petite carte qui lui donne le droit d'aller voir son mari en maison d'arrêt. La photo fait de la peine. En ce printemps 1965, Solange, dans les courriers qu'elle fera parvenir très régulièrement à Lucien, paraît tout à fait stable psychologiquement, lucide, souvent drôle, nerveusement son état s'est amélioré, mais à la voir, elle semble n'avoir quasiment rien mangé depuis des mois. Elle est extrêmement maigre. Elle a les cheveux courts, son visage est très creusé, sec, vieilli, elle ne fait pas vingt-six ans mais cinquante. J'ai touché la photo du bout du doigt, comme si je pouvais lui donner de l'énergie, de la légèreté.

Au parloir, ils sont en tête-à-tête pour la première fois depuis près d'un an. Ils chuchotent. Ils ne sont en fait pas seuls. Derrière Lucien se tient un surveillant de la prison,

Bernard Borrhomée. Il tend l'oreille mais ne peut saisir que quelques mots de leur conversation. Lucien confirme à Solange qu'il est bien l'Étrangleur, l'auteur des messages, mais pas du crime. Le gardien croit comprendre qu'il lui dit s'être laissé accuser à la place de quelqu'un d'autre, un « ami », et avoir fait « une grosse bêtise » en acceptant. Solange lui parle de l'homme du bois de Boulogne, elle le lui décrit, Lucien dit qu'il sait de qui il s'agit mais ne veut pas donner de nom, il le révélera « en temps voulu » – dans les années suivantes, il nommera Emil Kozak, puis Jacques Salce… Le reste de la conversation entre les époux au parloir échappe à Bernard Borrhomée. (Solange signalera plus tard que Lucien lui a confié qu'il « pensait savoir » qui avait tué Luc Taron. Ce doit être vrai : il pensait savoir, rien de plus.)

Le soir même, à l'hôtel de France, elle va frapper à la porte des époux Deveau. Elle leur fait part de sa certitude de l'innocence de son mari – même s'ils n'apprécient pas beaucoup Lucien, ils déclareront que cela a confirmé ce qu'ils pensaient. Elle semble persuadée qu'il va pouvoir sortir bientôt, peut-être même avant le procès (et s'il faut aller jusque-là, il sera acquitté, ou seulement condamné pour les messages stupides et cruels dont il a arrosé le pays, à une peine que couvrira sûrement la préventive), et tous les trois prévoient un dîner au champagne le jour de sa libération – elle écrira à Lucien que les Deveau ont déjà mis la bouteille au frais. (Ils ont dû finir par la sortir du frigo, pour l'un de leurs anniversaires. Lucien fêtera comme prévu sa sortie au champagne, avec quarante ans de retard, il lèvera sa flûte pétillante un peu tristement (déclenchant tout de même l'indignation de l'opinion publique) et ne trinquera ni avec les Deveau ni avec Solange, tous les trois disparus, mais avec Jean-Louis et Stéphane.)

Le lendemain, Solange décide de quitter Paris. Parce qu'elle n'a plus un sou pour payer l'hôtel (elle est expulsée, elle ne règle plus le loyer depuis plusieurs mois, Lucien avait pris le relais mais il ne peut plus et sa famille ne veut pas en entendre parler) et parce qu'elle ne se sent pas en sécurité. (En 1976, dans *Le Prix de mon silence*, Lucien écrira à propos de Salce : « Il ne m'a pas aidé comme il me l'avait promis par l'intermédiaire de Solange, en avril 1965, après lui avoir avoué l'essentiel de la vérité et en la menaçant de mort. ») Son projet est de partir vers Charleville pour essayer d'y retrouver Léone, la plus jeune sœur de Lucien et la seule de la famille qu'elle apprécie, et lui demander de l'héberger quelque temps. Elle ne connaît personne d'autre sur la planète, hormis ses amis adoptifs du Beaujolais.

Le samedi 15 mai, elle se livre toute la journée à un ménage définitif dans la chambre 67 de l'hôtel de France. Elle doit, littéralement, débarrasser le plancher. Elle jette tous les « vieux objets sans utilité », écrira-t-elle à Lucien, elle confie aux Deveau « guitares, magnétophone, électrophone, radio et clarinettes », ainsi que différents papiers et souvenirs, des photos, de la vaisselle, des vêtements, qu'elle entasse dans des valises et des cartons et entrepose dans la cave de l'hôtel, « sous le nom des Deveau, car les propriétaires n'aimeraient pas trouver celui de Léger ». Elle ne sait pas ce qu'elle va devenir, elle est « totalement démunie d'argent ». La veille au soir, après sa rencontre avec Lucien, n'entrevoyant aucune autre issue, elle a pris sur elle pour appeler l'hôpital de Perray-Vaucluse et a commis l'erreur de dire la vérité : elle n'est pas dans un état mental ou nerveux qui nécessiterait un nouvel internement, mais elle est physiquement exsangue et se retrouve à la rue, elle a besoin d'un abri et de nourriture pendant quelque temps, ne serait-ce qu'une ou deux semaines, elle ne peut pas voir plus loin pour l'instant – il faut qu'elle tienne jusqu'à la sortie de Lucien, ensuite ils seront de nouveau ensemble, ils pourront travailler, elle en est incapable tout de suite, elle n'a plus de forces, et puis elle est Mme l'Étrangleur. Le docteur Bernard lui a répondu que l'hôpital n'était pas un refuge. Elle comprend. C'est pourquoi elle a décidé de tenter sa chance auprès de Léone. Le lendemain, pour payer son billet de train et les premiers jours dans les Ardennes, elle prépare la vente de la bibliothèque, des cinq cents et quelques livres « qui ne servaient plus à rien » (dont aucun vraisemblablement ne contient le brouillon de Molinaro), qu'elle cédera le lendemain pour « 50 000 francs », par l'entremise des Deveau, au pianiste le plus endurant du monde, le grand Sergil, dans des conditions un peu obscures puisque personne n'est d'accord sur la manière dont cela s'est passé. Puis, le lundi 17 mai, elle prend le train en direction de Charleville, avec deux petites valises et un grand sac fourre-tout dans lesquels se trouvent ses vêtements d'été et ses médicaments.

Ce jour-là, Jean-Claude Seligman apprend par le biais du gardien Borrhomée que le couple a échangé au parloir ce qui ressemble à des secrets. Il n'est pas content, Jean-Claude Seligman. Il convoque aussitôt Lucien qui, toujours coaché par le cabinet Garçon, refuse de lui dire quoi que ce soit, et surtout de lui donner le moindre nom. Le juge n'est pas content du tout. Le mercredi 19 mai, il demande par commission rogatoire qu'on aille interroger Solange à l'hôtel de France – cette femme qui ne tient pas debout et dont on ne sait pas si elle ne va pas se mettre à vomir partout, il ne veut plus la voir, et peu importe, de toute manière, ce n'est pas une grosse perte, elle ne sait pas ce qu'elle dit : « Mentionnons qu'en raison du comportement de la dame Léger lors de sa dernière présence en notre cabinet, nous préférons ne pas procéder à une nouvelle audition de ce témoin. » Mais quand on lui annonce qu'elle n'est plus à Paris, le juge Jean-Claude Seligman est encore moins content que pas content du tout. Vexé, frustré, il se fâche tout rouge. Il annule aussitôt, et définitivement, le permis de visite de la femme du prisonnier. (Elle essaiera de retourner le voir quelques mois plus tard, sans succès.) C'est honteux, mais c'est lui qui décide. Sans le savoir, lors de ce premier parloir, Lucien a vu celle qu'il aime pour la dernière fois, quarante-trois ans et six semaines avant sa mort.

En arrivant à Charleville, Solange prend directement la micheline pour Givet, à quarante-cinq kilomètres au nord, où vivent Léone et son fiancé médecin. La petite sœur de Lucien a vingt-deux ans, elle est institutrice. Elle aime beaucoup son frère et semble pressentir qu'il n'est pas l'assassin solitaire et dégénéré dont on parle autour d'elle. Dès le 14 septembre 1964, après une visite à la chambre abandonnée de l'hôtel de France, elle lui avait écrit : « Ouvre-toi complètement à ton avocat. Ne te renferme pas sur toi-même. » Solange pense trouver en elle une alliée. Mais quand elle arrive à Givet, quelqu'un d'autre occupe sa maison. On lui dit qu'elle et son fiancé sont partis vivre en Allemagne. C'est faux.

Malgré toute l'affection qu'elle a pour Lucien, Léone a été obligée, comme Solange a failli le faire, de se débarrasser de son nom, de s'éloigner du halo noir qui l'entoure, elle ne peut plus mener une vie normale depuis qu'il a été arrêté. Une institutrice et un médecin dans ce tourbillon de fange, ce n'est pas possible, leurs carrières sont souillées d'avance. En décembre 1964, Léone se trouve chez ses futurs beaux-parents avec son fiancé, à Sainte-Foy-de-Peyrolières, près de Toulouse. Elle écrit à Pierre Garçon et lui apprend qu'elle va se marier dans la région au début de l'année suivante : elle aimerait connaître les démarches à effectuer pour que les bans ne soient pas affichés à la mairie de Château-Regnault, où elle est encore officiellement domiciliée. Elle craint que des journalistes la retrouvent, et ne veut surtout pas faire de tort à sa belle-famille. Elle informe même l'avocat, en lui demandant de ne rien ébruiter, qu'elle n'annoncera la nouvelle à ses parents que juste avant le mariage,

« étant donné le verbiage trop abondant de ces derniers ». En quittant Givet, son futur mari et elle ont certainement demandé aux locataires qui prenaient leur place de répondre qu'ils étaient partis vivre en Allemagne, si on leur posait la question.

Solange se retrouve toute seule avec ses valises sur le trottoir, dans un bourg loin de tout, au bord de la Meuse, qui entre en Belgique deux kilomètres plus loin. Elle reprend la micheline en sens inverse jusqu'à Charleville, où elle arrive à 16 h 30. Que faire maintenant ? Trois pas. Elle prend une chambre à l'hôtel du buffet de la gare. La chambre 14 : 10 francs par jour et, si elle veut, 2,50 francs de petit déjeuner. Elle y pose ses valises et son grand sac, s'assied sur le lit je suppose. Peut-être descend-elle un peu plus tard boire un café au buffet, ou manger quelque chose. Elle écrit à Pierre Garçon ce jour-là : « Je me félicite de vous avoir contacté par téléphone car vous avez su me guider, me conseiller très utilement. [...] J'ai donc vu Lucien. Et je crois bien que nous étions aussi émus l'un que l'autre. [...] Je compte sur vous pour faire valoir la vérité, et pour qu'il s'en sorte le plus vite possible. Nous voudrions tant reprendre notre vie tous les deux. » Elle écrit aussi à Lucien, peut-être à l'une des tables du buffet de la gare, pour lui raconter son départ de Paris, sa déconvenue à Givet, son installation provisoire ici. Elle sait qu'elle ne pourra pas y rester longtemps. Elle doit se résoudre à envisager de recontacter Marie-Thérèse et Marc C., employés au cimetière de Mézières (où personne ne peut imaginer que sera enterré Lucien), mais elle tient à ce qu'il leur écrive d'abord pour leur expliquer la situation : « Tu leur diras bien que je ne divorce pas, que c'était une affaire de journalistes. J'espère qu'ils pourront venir me tirer de mon repaire, où je me terre avec timidité. » S'ils refusent, ce qui est probable, elle n'aura plus le choix : « Il me restera à écrire au dispensaire, ou aller voir un docteur, en lui racontant n'importe quelle salade. La plus énorme possible, pour me faire hospitaliser jusqu'à ce que tu t'en sortes. J'en suis plus à ça près. [...] Ce sera donc difficile, maintenant. Il faut faire vite, car je n'ai déjà presque plus d'argent [je pense qu'une partie des 500 francs de la bibliothèque a servi à payer un arriéré de loyer, ou à rembourser les Deveau de sommes qu'ils lui avaient prêtées], et je ne peux vivre comme cela, de l'air du temps. Mon chéri, une fois de plus, je compte sur toi. Dépêche-toi d'agir, et conseille-moi. Je t'écris tous les jours, sinon inquiète-toi, c'est que quelque chose de grave est arrivé. Ta petite femme qui t'aime et t'embrasse. »

Elle remonte dans sa chambre. J'arrêterai la Jeep sous sa fenêtre dans quelques heures, en arrivant à Charleville. C'est un bâtiment de trois étages accolé à la gare, en longueur, dont tous les volets métalliques, peints en bleu clair, sont aujourd'hui fermés – je ne sais pas ce qu'il y a derrière. L'hôtel devait proposer une trentaine de chambres. Juste en face se trouve le square de la Gare, le décor d'un poème de Rimbaud, *À la musique*, qui ne devait pas déplaire à Lucien : « Place de la gare, à Charleville. / Sur la place taillée en mesquines pelouses, / Square où tout est correct, les arbres et les fleurs, / Tous les bourgeois poussifs qu'étranglent les chaleurs / Portent, les jeudis soirs, leurs bêtises jalouses. »

Je regarde : pas de bourgeois poussifs, trois garçons en survêtement avec de petits sacs à dos, qui doivent sortir du lycée, un couple de vieillards immobile sur un banc, deux SDF ou toxicos dont un avec une béquille, un grand costaud au crâne rasé avec un bébé en poussette, un téléphone à l'oreille. Je me retourne. Je ne sais pas si la fenêtre de Solange donnait sur ces mesquines pelouses ou de l'autre côté, sur la gare, ou les rails ; je ne sais pas où se trouvait la chambre 14, mais je choisis des volets au hasard et je reste planté là, les yeux levés, ballot, cucul la praline, à l'imaginer seule derrière le métal bleu clair, sur son lit, ne connaissant personne, ne pouvant se confier qu'à un homme au loin enchaîné dans l'ombre, ne sachant que faire arrivée ici, après l'Assistance publique, les dépôts, les familles adoptives, ou d'accueil, la vie de misère avec Lucien, les douleurs, l'hôpital, les hôpitaux, les regards mauvais dehors, la peur, arrivée ici faible et désorientée ; je reste là à essayer, en vain, ballot, de ressentir, d'en bas, l'inquiétude et la solitude absolue de cette jeune femme.

Comme elle l'a promis, elle écrit tous les jours à Lucien. Elle n'a rien d'autre à faire, de toute façon, hormis sortir marcher un peu, et acheter un journal (elle suit principalement l'affaire dans *France-Soir*) et quelques trucs à manger (« Pour les repas, je me débrouille avec les moyens du bord, en faisant le moins de frais possible ») – elle n'a donc pas grand-chose à raconter. Elle passe vingt-trois heures par jour dans sa chambre, où se trouve un poste de radio (le petit transistor qu'elle a gardé de leur chambre à l'hôtel de France ne fonctionne plus), qui n'est malheureusement pas gratuit : 1 franc les deux heures d'écoute. « De temps en temps, je mets une pièce et ça me distrait, mais mon porte-monnaie s'aplatit un peu plus. » Elle semble avoir un moral assez solide, renforcé par la conviction désormais que son mari est innocent du crime dont tout et tous l'accusent, mais son corps n'est pas sensible à l'espoir, ses difficultés respiratoires persistent, la mauvaise nourriture n'aide pas et sa réponse au mal non plus : en réagissant dans l'instant, pour supprimer les problèmes, elle s'enfonce – mais qui, dans sa situation, ne ferait pas la même chose ? « Côté nerveux, ce n'est pas brillant. Je marche courbée en deux pour avoir mon souffle. Et pourtant, je ne vais pas doucement avec les médicaments. » Malgré la spirale dans laquelle elle se laisse glisser, elle reste lucide sur son état : « Si je pouvais travailler, ça irait, mais je crois que je suis condamnée à rester toute ma vie malade, à mener une vie presque recluse. Quand je t'aurai de nouveau, ce ne sera pas trop grave, mais pour l'instant j'en bave. » Elle en bave mais garde sa légèreté : « Mon petit chou, je te quitte en t'embrassant et je te dis à demain. Ta petite Solange qui t'adore. »

Elle dort de plus en plus mal, ça n'arrange rien, elle s'épuise toute seule, tout se détraque et lâche. Son bracelet-montre, usé, craque, elle le rafistole comme elle peut avec du fil : « La montre fonctionne, c'est l'essentiel. » (La seule bonne nouvelle, c'est que le poste de radio de sa chambre se détraque aussi : « Ma dernière pièce a dû se coincer car il marche sans interruption depuis hier, c'est bien pratique. ») Elle sent que cela ne va pas pouvoir durer, qu'elle approche du fond : « Si tu me voyais, tu serais désolé. Plus les jours passent, plus mon cas s'aggrave. Je passe mon temps au lit à pleurer. Je ne sors que vingt minutes à peu près dans la matinée, sous l'effet de nombreux Equanil, Décontractyl, etc., pour te poster une lettre et donner à la femme de chambre le temps de faire la mienne. Et puis on ne me voit plus de la journée. » Elle sait qu'elle ne peut pas rester là, elle écrit à Lucien qu'elle va retourner à Vaucluse et qu'ils seront obligés de la prendre. Elle est descendue écrire cette lettre au buffet le jeudi 20 mai en fin d'après-midi, devant une infusion ou un café, elle vient à peine de la terminer quand un homme s'installe à sa table et engage la conversation. Il lui explique qu'il est voyageur de commerce (il lui montre sa carte), qu'il arrive de Paris, où il habite, et qu'il repart le lendemain. Un peu sur ses gardes, elle lui dit qu'elle aussi vit habituellement à Paris, mais ne révèle rien de son identité, pas même son prénom – elle lui fait croire qu'elle appartient au milieu théâtral. Il ne lui parle pas de l'affaire Taron ni de Lucien, c'est donc certainement un simple dragueur de bistrot, mais il ne la lâche pas. Une heure, deux heures, trois heures… Elle espère qu'il va l'inviter à dîner – après tout c'est aussi un restaurant – mais même pas. Elle attend : rien. À minuit, plus de cinq heures après s'être assis devant elle, il est toujours là, et il lui propose avec insistance de la ramener à Paris. Elle refuse plusieurs fois, jusqu'à être obligée de l'abandonner dans la salle déserte et de monter s'enfermer dans sa chambre. Elle n'en fera pas un fromage mais le signalera tout de même à Lucien dans son courrier suivant, et aux officiers de police qui l'interrogeront, une dernière fois, un mois plus tard, tout en leur précisant qu'elle ne considère pas cela comme un « événement » et en concluant : « Je ne puis affirmer que cela ait un rapport avec l'affaire de Lucien. » On peut en effet privilégier le VRP cafardeux (et radin) qui se sent seul, trop seul, et cherche comme il peut, pour sa nuit en province, une compagne de lit, même une maigrelette à l'air bizarre et mal en point – ce n'est pas comme si le buffet de la gare de Charleville offrait un large éventail de partenaires sexuelles.

Dans l'une des dernières lettres à Lucien qu'elle envoie depuis cette chambre où l'on peut encore dire qu'elle vit libre, elle écrit : « Quand je regarde par la fenêtre et que je vois ces gens alertes, pleins de vie, souriants au printemps, cela me crève le cœur. Et dire qu'il n'y a sans doute pas de guérison possible, c'est le pire. Bien sûr, il y a des périodes de toute relative amélioration, mais cette angoisse qui me fait suffoquer sans cesse et m'oppresse au point de ne pouvoir avoir une vie normale, c'est affreusement pénible. Ma seule consolation, c'est ton amour pour moi. » Moi, en bas, à peu près alerte en été, à peu près plein de vie, souriant si je voulais, je lève encore les yeux vers les volets bleus. Derrière, la fenêtre. Le mien, d'amour, abstrait, ne sert vraiment à rien, si longtemps après.

Solange sait qu'elle ne peut plus rester là, à pleurer et à maigrir derrière sa fenêtre. Elle renonce cependant à son idée de retourner en région parisienne, peut-être refroidie par l'insistance du VRP à la ramener par là-bas, peut-être aussi parce qu'elle craint de se faire à nouveau refouler par l'hôpital de Sainte-Geneviève-des-Bois et de se retrouver dehors sans ressource. Il lui reste une centaine de francs, à peine une trentaine après qu'elle aura payé l'hôtel. Le 21 mai, elle soigne sa dernière soirée de liberté, comme elle l'écrira à Lucien le lendemain matin avant de se rendre au dispensaire de la ville : « Hier soir, j'avais tellement faim que, n'y tenant plus, je suis descendue me faire servir un repas dans la salle de restaurant. J'en ai eu pour 15 francs 70 : potage, tripes, pommes de terre, haricots verts, glace et infusion. Boisson = Vittel. Ce matin, ça va encore plus mal que d'habitude, je n'ai pratiquement pas dormi. » Elle est en perdition maintenant, et Lucien est la seule personne sur terre à qui elle puisse se confier, elle se tourne entièrement vers lui, tout son amour, toutes ses émotions sont pour lui, ses sentiments n'ont plus qu'une seule issue, une voie unique, un unique objet : « J'ai du mal à te quitter car je t'aime tant, mon petit Lucien, tu ne peux pas savoir. À demain mon amour, je t'embrasse passionnément, je t'aime à la folie. Ta petite femme chérie qui ne pense qu'à toi seul, Solange. »

Ce matin-là, elle paie sa note d'hôtel et prend donc la décision d'aller consulter un psychiatre au dispensaire. Lucien a écrit à ses parents et à sa sœur pour tenter de les adoucir à son égard, et de remettre Marie-Thérèse et Marc C. dans de bonnes dispositions, mais ces derniers ne lui ont pas répondu, et sa mère, Geneviève, ne veut plus en entendre parler (« Elle a profité de ton état de santé déficient pour faire de toi un jouet, écrit-elle à son fils, et elle n'est pas si malade qu'elle veut le paraître, car les médecins ont bien dit qu'elle était en parfaite santé »). Il faut que Solange réussisse à se faire admettre dans un hôpital ou elle n'a plus qu'à se laisser mourir de faim sur un banc du square de la Gare, entre les pelouses mesquines. Pour accentuer les effets visibles de l'insomnie et de l'épuisement nerveux, elle prend de fortes doses d'Equanil et de Nembutal. « Le psychiatre m'a vue dans un tel état qu'il décida aussitôt de mon hospitalisation. Je me souviens vaguement qu'on m'a emmenée en voiture, mais assise ou couchée, je ne sais pas. On me conduisit dans une chambre à quatre lits, allongée sur un chariot, puis on me déshabilla, on me mit au lit et mes bagages arrivèrent comme par magie. » Elle n'avait plus d'autre solution, mais ce n'est pas la bonne. Le 23 mai, elle écrit à Lucien : « Je m'ennuie et je souffre. Je souffre et je m'ennuie. Mes compagnes de chambre ont toutes les trois plus de cinquante ans, et puis elles sont bébêtes. Et même pas drôles dans leur bêtise. Je pense à toi, cela m'aide un peu à supporter tout cela. » Elle est à l'hôpital de Manchester, à Mézières. Elle n'avait plus d'autre solution mais elle vient elle-même de pénétrer dans le piège qui continuera à la détruire. Elle va rester ici des mois, et sera ensuite transférée ailleurs de force.

Le médecin-chef du service est le docteur Petel. Il est sérieux et attentionné, elle l'aime bien, comme elle aimait bien certains de ses prédécesseurs, mais pas plus qu'eux, sur le moyen terme, il ne pourra l'aider. Les premiers jours (les premières semaines même), elle va mieux, elle mange, regagne du poids (« J'ai repris deux kilos en sept jours grâce au sérum, j'en suis à 43 et ravie »), elle se repose, dort bien, on la drogue, elle est plus calme. Elle continue à écrire à Lucien tous les jours, et dans ses réponses, il lui fait part clairement de son intention de revenir très bientôt sur ses aveux. (Le 25 mai 1965, il lui écrit qu'il va tout révéler « dans les jours qui viennent », et d'abord devant le juge Seligman. « Pour le reste, eh bien j'endurerai les reproches que je mérite, mais en fin de compte, tout sera à mon honneur, sois-en sûre. » Mouais.) Le juge Seligman doit bouillir de curiosité, légitime, en lisant cela. Il fait envoyer l'OP Valencia de Paris à Mézières. Dans une pièce à part de l'hôpital de Manchester, Solange, qui le voit débarquer, ne sait ce qu'elle peut ou doit lui dire, elle reçoit les courriers de son mari, pas tous d'ailleurs, avec plusieurs jours de décalage à cause du filtre de l'Administration, elle ne connaît pas l'état d'avancée de sa stratégie ni de celle de son avocat, elle a peur de gaffer, elle se montre plus que prudente : « En ce qui me concerne, je ne pense rien de très précis quant à sa culpabilité. J'essaie d'y voir clair mais, pour le moment, je suis indécise et je ne saurais me prononcer quant à la valeur de ses propos. » L'inspecteur lui fait remarquer que ce n'est pas ce qu'elle affiche dans ses lettres, elle semble au contraire convaincue de son innocence et de l'imminence de sa libération, elle a même parlé de champagne. « Les propos qui sont relevés dans mes lettres ne traduisent qu'un désir d'encouragement naturel à mon mari, mais comme je vous l'ai déjà dit, je n'ai pas d'opinion précise, et lui-même ne m'a rien dit de précis ou de définitif. »

Dans sa lettre suivante à Lucien, elle écrit qu'elle compte accorder une interview à un journal dès qu'il aura officiellement cessé de se dire coupable : « Je veux que tout le monde sache que nous sommes toujours restés unis malgré les apparences, et que le couple Lucien / Solange n'est pas près de changer d'avis. […] Sans doute maintenant ne nous verrons-nous pas avant le procès, mais je te jure que "On" va faire une drôle de tête. Si tu savais comme j'ai eu souvent l'envie d'aller lui foutre la trouille, mais j'avais trop peur moi-même, car pour faire taire quelqu'un, tous les moyens sont bons, j'y ai trop pensé. Maintenant, je suis bien à l'abri dans ma petite chambre, on peut causer, mais depuis la visite de l'officier de police, j'ai demandé qu'on ne laisse venir personne pour moi, sauf la police, à condition que ces messieurs montrent leurs cartes au personnel avant de me voir. »

Le 16 juin, il se passe quelque chose de difficilement compréhensible, qui m'a plongé dans la perplexité jusqu'au cou quand j'en ai pris connaissance – et qui confirme aux enquêteurs et au juge que Lucien raconte n'importe quoi pour essayer d'échapper au châtiment mérité qui l'attend. Il s'est rétracté depuis cinq jours, il a comparu devant Jean-Claude Seligman, a fait apparaître le personnage d'« Henri », a expliqué pourquoi il avait accepté de prendre sa place, a regretté de ne plus avoir aucune nouvelle de lui malgré ses promesses de ne pas le laisser moisir en prison et, pour finir, a évoqué les hommes qui se sont mis à tourner dangereusement autour de sa femme. Le 13 juin, il a écrit à Solange : « À part les questions qui te seront éventuellement posées par la police, ne dis rien à personne. Mais il est important que, dès maintenant, tu donnes aux enquêteurs tous les détails des pressions qui ont été faites sur toi. » À la lecture de cette lettre, le juge Seligman délivre une commission rogatoire pour qu'un officier de police local aille interroger Solange à l'hôpital de Manchester. C'est l'inspecteur Jean-Marie Ludet, de Charleville, qui est missionné auprès d'elle. Quand j'ai lu le procès-verbal d'audition, je me suis demandé, englué dans la perplexité, si finalement Solange n'avait pas dit vrai en affirmant qu'elle n'avait pas d'idée particulière au sujet de la culpabilité de Lucien et qu'elle ne lui écrivait le contraire que par gentillesse, humanité, pour ne pas le désespérer. Elle déclare : « Je ne comprends pas ce que mon mari a voulu dire dans sa lettre du 13 juin. Je n'ai jamais fait l'objet d'aucune pression de la part de qui que ce soit. Personne ne m'a jamais fait peur, je ne vois pas de quoi mon mari veut parler. Je crois que son imagination le travaille, il doit tenter d'exploiter en sa faveur mes moindres paroles ou mes moindres écrits. »

Mais j'ai fini par comprendre. En fait, isolée à l'hôpital, sans presse, coupée du monde (son petit transistor n'a toujours pas été réparé – bientôt, heureusement car elle aime écouter la radio, l'aumônier (l'hôpital dispose d'une chapelle) lui en prêtera un), elle ne sait pas que

Lucien s'affirme désormais innocent devant le juge, mais surtout, elle n'a pas encore reçu sa lettre du 13 juin, bloquée par Seligman et dont l'OP Ludet ne lui a lu que des extraits. Elle croit qu'il faut encore se taire, laisser Lucien déterminer le planning des révélations. Mais quand Ludet reviendra la voir une deuxième fois dix jours plus tard, le 26 juin, elle racontera presque tout sans se faire prier – elle refusera seulement de donner des précisions au sujet de l'« homme du bois de Boulogne », et son nom si elle le connaît (ce qui est loin d'être sûr), ce qui fera dire à Jean-Marie Ludet qu'elle « ne jouit pas de toutes ses facultés mentales ». Il la questionnait car elle avait écrit à Lucien, au sujet de cet homme : « Ainsi donc, tu vois bien qu'avant que je te voie à Versailles, j'avais tout compris. [...] Moi aussi je sais garder un secret, si lourd soit-il à supporter ou à taire. » (Lucien prétendra, en 1976, qu'elle lui a dit au parloir que cet homme (Jacques Salce, donc, selon lui) avait été très clair – et l'avait très clairement menacée. On le croit ou non.)

Elle relatera ce nouvel et dernier interrogatoire dans une lettre à Lucien, amusée, de bonne humeur : « Hier, toutes les infirmières, sur le coup de 9 h 20, durent s'asseoir et respirer des sels de crainte de tomber en syncope. Que se passait-il donc ? Eh bien voilà, Mme Léger avait fait son lit. Et à grand renfort de balais-brosses, toile à laver, eau de Javel, seaux, entreprenait un nettoyage de sa chambre qui promettait d'être minutieux. Je promenais consciencieusement le balai sur le carrelage, lorsque des voix masculines me firent sortir le nez de ma chambre. Deux hommes, qui une serviette, qui une machine à écrire, et nous voilà installés dans le bureau médical pour deux heures trente. Quand le gros vilain monsieur a lu à la petite Solange : “Le témoin est invité (tu parles d'une invitation) à dévoiler sans plus tarder, etc.”, un désagréable petit frisson me parcourut l'échine. Je regagnai ma chambre sur les rotules, où je trouvai une lettre de toi. Je ne l'ai lue que bien plus tard, pendant que le sérum bienfaiteur irradiait mon sang. Ils m'ont lessivée. Il est 3 heures du matin au moment où je t'écris, c'est dire si je dors bien. Mais je suis vraiment bien ici, M. Petel m'aime bien, les infirmières aussi, et je suis un vrai copain pour tous les messieurs malades (il y a deux femmes, mais elles sont ridicules). […] J'en suis à 45 kg. Mais je m'en donne la peine. Je suis même allée promener à travers la cour de l'hôpital l'ensemble noir, pantalon et chemise, que tu m'avais offert en 64. »

Toute mesure gardée, l'été 1965 se passe bien pour les amoureux. Ils sont optimistes. Lucien semble persuadé, depuis ses déclarations du 11 juin, que sa libération n'est plus qu'une question de jours (« Ce n'est plus une espérance, c'est une certitude »), il pense que la justice est bien disposée à son égard, ce dadais, et que des révélations partielles suffiront (« J'ai donné suffisamment de renseignements pour que l'arrestation de l'auteur du meurtre que je m'étais imputé intervienne rapidement » ou « Je pense qu'une bonne explication devant la cour d'assises mettra fin à tous les doutes »), il a cru comprendre que l'ouverture de son procès était imminente – alors qu'il faudra encore attendre plus de dix mois en préventive. Solange, qui pense donc qu'elle ne pourra pas y assister, lui écrit : « Je comprends mieux pourquoi les commissions rogatoires du juge portaient le tampon "Très urgent". Je ne peux que te souhaiter beaucoup de courage pour affronter l'épreuve. De mon côté, ici, j'essaierai toujours de garder une apparence sereine. Mais ce sera dur. Depuis mon petit lit blanc, je penserai à toi. » Encore sous l'effet apaisant, engourdissant, des nouvelles molécules qu'on lui propose ici, avant l'accoutumance, elle se retape doucement et semble d'assez bonne humeur dans ses lettres, qu'elle décore à présent, comme lui, de petites fleurs dessinées. Elle ne sait peut-être pas qu'un numéro de *Détective* est paru le 17 juin, dans lequel un article cite des passages entiers, et exacts au mot près, des lettres qu'elle échange avec Lucien (des copies données ou vendues par Yves Taron – qui d'autre ?), des passages parfois très intimes, qui évoquent leur pauvre vie sexuelle ; le journaliste, Claude Vallier, la dépeint comme « la pitoyable Solange Léger », et indique à titre informatif, au cas, on ne sait jamais, où quelqu'un la chercherait, merci Claude, qu'elle est « en traitement à l'hôpital psychiatrique de Mézières ».

(Il est difficile de se faire une idée juste de la réalité des menaces qui flottent, ou non, autour du couple. Pour Jean-Claude Seligman aussi. Il reçoit une lettre anonyme postée le 14 juin 1965 de la rue du Louvre : « Monsieur le juge d'instruction, Léger sera peut-être la deuxième victime, attention au cyanure. » Et il ne la prend pas tout à fait à la légère. Alors qu'au cours de l'enquête, comme le précisaient les commissaires Samson et Bacou, justice et police ont reçu au total six cent trente-deux lettres et dénonciations diverses, celle-ci, il la transmet « à toutes fins utiles » au directeur de la maison d'arrêt.)

Dans le numéro de *France-Soir* du 13 juillet, comme elle l'avait annoncé à Lucien, elle répond aux questions du journaliste Georges Sinclair, qui est venu la voir : « Lucien m'écrit tous les matins, je lui réponds tous les soirs, ainsi nous écrivons nous-mêmes notre roman, nous nous aimons. » L'article est illustré d'une photo d'elle assise sur son lit, en peignoir, sans maquillage, ses cheveux ont bien poussé, elle n'est pas trop maigre, elle paraît assez sereine, claire. (Elle est « coquette d'une manière un peu désordonnée », écrit Sinclair, qui remarque qu'elle a les ongles des pieds vernis, mais pas ceux des mains. « Elle joue des yeux, qu'elle a noirs et étincelants. ») Elle ne révèle rien de particulier, elle fait du mystère, elle mène le journaliste par le bout du museau (c'est après cette interview qu'elle écrira à Lucien : « Les journalistes ne marchent pas, ils courent, je les emmerde à ma façon, c'est ma revanche »), elle dit tantôt qu'elle ne sait pas si son mari est coupable, il est peut-être fou (« il a pris un coup de soleil sur la tête en Algérie », explique-t-elle), tantôt elle parle d'un secret qu'elle ne peut pas révéler. Georges Sinclair constate qu'elle n'a plus très envie de répondre aux questions, et s'en va. Au début de son papier, il écrit qu'il est arrivé, avant de monter un escalier et de suivre un couloir « impeccablement blanc et brillant » au bout duquel se trouve la chambre de Solange, par « un interminable souterrain, éclairé çà et là par des ampoules nues », qui aboutit à une porte à deux battants, celle qui permet d'accéder au « pavillon des isolés de l'hôpital de Charleville, où Solange Léger, la femme de l'Étrangleur, s'est réfugiée », une large porte derrière laquelle il découvre « une minuscule petite fille qui joue là on ne sait pourquoi ». Lorsqu'il repart, « la petite fille qui joue toujours dans le couloir du pavillon des isolés nous ouvre la porte qui donne sur le souterrain ». Qu'est-ce que cette minuscule petite fille faisait là ? Sa mère était hospitalisée ? Elle accompagnait quelqu'un venu visiter un ou une malade ? Elle doit avoir une soixantaine d'années aujourd'hui.

À ce moment-là, au milieu de l'été 1965, Solange se plaît encore à peu près dans cet hôtel psychiatrique, elle est bien installée, elle trouve quelques personnes agréables, elle s'amuse : « On fait mes petits caprices. Le matin, quand on n'a que du beurre avec le pain, je trépigne, et vite on court me chercher une soucoupe de confiture. […] Comme j'ai toujours la fringale, la nuit, la veilleuse vide le réfrigérateur pour moi, et je déguste ainsi des petits-suisses, des bananes, des oranges, sur le coup de minuit. » Elle écrit à Lucien parfois à l'aube : « Les oiseaux pépient déjà sur la pelouse devant ma fenêtre ouverte. Il est cinq heures, tout est calme dans le service. À part les oiseaux et la trotteuse de mon réveil, je n'entends rien. »

Mais les choses peu à peu tournent mal. Lucien comprend que Maurice Garçon va l'abandonner, et qu'un optimisme étincelant n'est plus de mise. Solange, elle, comprend qu'elle s'est enfermée toute seule à l'hôpital de Manchester, que son stratagème pour s'y faire admettre ne fait plus illusion et que, de toute façon, il est déjà dépassé : profitant qu'elle était là, on lui a fait des analyses de sang qui s'avèrent très mauvaises, elle est anémiée et son organisme ne parvient plus à fonctionner tout seul (avec ce qu'elle prend depuis des années, ce n'est qu'un tiers de surprise) : fin juillet, on parle d'état stationnaire mais on lui annonce qu'elle va devoir subir une série de piqûres « très spéciales », écrit-elle, pendant un mois. « Et puis je connaîtrai la joie incommensurable de rester quotidiennement quelques heures sous sérum + pénicilline. Comme tu peux le constater, je ne suis pas encore de la classe [c'est-à-dire "libérable", c'est du jargon militaire], sans compter sans doute des années de surveillance à l'extérieur. » Elle n'a pas encore reçu toutes les lettres de Lucien, elle croit toujours qu'il va pouvoir sortir sous peu, que tout va s'arranger : « C'est donc toi qui viendras me retrouver ici, mais j'espère que tu m'avertiras vingt-quatre heures à l'avance, le temps que je me fasse à l'idée que tu vas me serrer dans tes bras. Je suis tellement émotive, et puis il y aura sans doute un tas de curieux, et un flash indiscret malgré les précautions. » Il y en aura en effet beaucoup, des curieux et des flashes, quand Lucien sortira de prison, mais il ne serrera pas Solange dans ses bras, elle sera morte depuis bien longtemps.

Dans sa chambre, sur son petit lit blanc, Solange pressent cependant que le ciel s'assombrit de nouveau, l'odeur de vinaigre flotte dans l'air jusqu'à Mézières, les lettres de Lucien perdent de leur exaltation candide, il évoque une grève de la faim imminente, ce n'est pas bon signe, et le procès ne vient pas. « Si je dois attendre éternellement, lui écrit-elle, il ne me reste plus qu'à filer la quenouille comme les dames de jadis. Ce n'est pas mon genre, pourtant. Tu m'entretiens, avec ta correspondance, mais ça n'avance pas, et ça commence à m'agacer, car mon amour est impatient de s'épancher pour toi. » Elle n'a toujours pas un sou, Lucien fait peut-être ce qu'il peut pour l'aider mais ça ne suffit pas, elle s'impatiente gentiment : « Et le deuxième mandat promis ? Alors mon petit chou, on est un peu égoïste sur les bords, à ce que je vois. Vivement que tu reviennes, que je te taquine tout à loisir. Je t'adore et me blottis dans tes bras, jamais lassée de tes baisers. » Mais certaines choses l'énervent vraiment (même s'il faudrait pouvoir distinguer ce qu'elle écrit au premier degré et ce qu'elle écrit parce qu'elle sait qu'elle sera lue par Seligman et Taron) : « Au lieu de me parler d'un monsieur dont tu étais devenu l'ami, à qui on ne pose pas de questions et qui aurait agi par accident, si tu me disais tout simplement de qui il s'agit, ce serait tout de même plus simple. Il semble que tu aies eu une vie secrète pendant mes cinq mois et demi d'hospitalisation à Villejuif, aussi tu as dû te faire cet ami en mon absence, si toutefois ton histoire est vraie. Pourquoi “vie secrète” ? Terrasses de café, cabarets, liaison avec Douchka, dont je ne fus informée qu'à ton arrestation… En somme, tu n'as jamais osé m'avouer tout cela, ce qui prouve que je n'avais pas ta confiance. Et je ne l'ai toujours pas, puisque tu gardes tout pour toi et ne veux pas m'éclairer mieux. J'en suis réduite à suivre le déroulement de l'affaire comme n'importe quelle Mme Durand ou Dupont. » (Lucien se défend comme il peut : « Le jour où je donnerai ce nom, je serai devenu un lâche. » Mais aussi : « Il y a quelqu'un qui sait le nom de ce monsieur, c'est M. Taron. Peut-être qu'à toi, il voudra le dire. » (Dans une autre lettre où il lui donne des indices toujours aussi abscons (il dit qu'il ne regrette pas encore sa « décision du 27 mai », celle de prendre la place du meurtrier (même si : « J'ai hésité longtemps à protéger Henri M. parce que j'ai eu un doute, parce que j'ai cru à autre chose »), qu'il espère qu'il n'en aura pas l'occasion et que « des événements vont se produire [...] sans cela, j'ai perdu un an de ma vie pour rien »), il ajoute : « On dira encore beaucoup de choses, et on en écrira beaucoup, car le doute est comme l'erreur, il est humain. Et dehors on ne sait rien. [...] Mais tout ce que j'écris aujourd'hui restera dans les archives, et je sais que celles-ci seront bien examinées. » Je fais ce que je peux, Lulu, je me donne du mal, mais c'est coton.))

À la fin du mois d'août, Solange sombre : « En ce qui me concerne, c'est lamentable, comme tableau. [...] J'ai tout juste la force de pleurer. Je souffre tant pour toi. Le pire est de ne pas pouvoir se parler librement. Je ne peux rien dire de plus, ce n'est pas de ma faute. » Elle s'est accoutumée aux cachets et piqûres, qui n'ont presque plus aucun effet, même momentané, elle essaie de s'occuper l'esprit en aidant les autres malades chaque fois qu'elle le peut (« Tu vois, je suis une bonne petite nature »), elle envisage des solutions extrêmes, comme un traitement au LSD (le docteur Dubois, à Villejuif, lui en avait parlé, sans lui en cacher les risques (on peut appeler ça comme ça, oui), et en lui indiquant qu'il lui faudrait un médecin constamment à sa disposition pour lui administrer les doses « correctes », ce qui coûterait cher – « Je pourrais gagner de l'argent avec les journaux, faire fortune même, mais bah ! une force me pousse à refuser »), elle perd réellement espoir : « D'ici que je sois obligée de faire mon testament... » Au même moment, d'autres problèmes reviennent. Mais encore une fois, on ne dispose que des lettres de Solange pour essayer de comprendre – et de ce qu'affirmera Lucien des années plus tard, mais on ne peut pas faire confiance à Lucien.

Le 29 août, toujours à l'hôpital de Manchester, elle lui écrit : « Quelqu'un m'a dit entre autres : “Si vous dites quoi que ce soit, vous le regretterez." À ton sujet, naturellement. Donc il semblerait qu'on ait intérêt à me la faire fermer. Je t'en parle parce que je pense ne plus rien avoir à perdre, sinon la vie, déjà bien ébréchée la pauvre. J'espère cependant qu'en cas de décès, Paris aurait la bonne idée de demander une autopsie (depuis quinze jours surtout, je suis plutôt inquiète). [Paris demandera effectivement une autopsie à la mort de Solange. Mais une autopsie, une autopsie… Les résultats dépendent de qui la pratique, et de qui les interprète.] Je l'avoue, j'ai peur pour toi mais j'ai autant peur pour moi. Peut-être qu'on ne te donnera pas cette lettre, mais je vais aviser d'autres personnes car cela ne peut pas durer. » Le couple a découvert depuis peu que plus de la moitié de sa correspondance, tout ce qui contient des informations trop précises ou des sous-entendus trop appuyés, est interceptée et ne parvient pas à son ou sa destinataire. Et donc leurs échanges deviennent de plus en plus flous, allusifs et énigmatiques. Dans ce même courrier du 29 août, Solange raconte qu'elle a réclamé aux Deveau l'une des valises qu'elle avait entreposées dans la cave de l'hôtel de France, qui contenait surtout des souvenirs et un peu de linge, ils l'ont fait transporter jusqu'à l'hôpital de Manchester : « Dans cette valise, on m'a pris des photos de toi, dont une que j'aimais surtout, et on m'en a flanqué de gens que je ne connais pas. Manœuvre de qui ? Dans quel but ? » Lucien ne sait comment réagir. Dans un premier temps, il lui écrit : « Quant à tout ce qui se trame autour de toi – tu demandes de la part de qui ? –, je pense qu'il ne faut pas que tu hésites à dire le peu ou tout ce que tu sais. Tu dois en parler au juge Seligman. » Mais deux semaines plus tard, il informe, inquiet, le cabinet Garçon : « Je suis complètement égaré, j'aimerais que vous signaliez à ma femme que mon silence est dû aux saisies de mes lettres. Dites-lui d'éviter de parler de l'affaire, pour mettre fin à cela. » Il mange de moins en moins, il est très faible, on a dû le transférer à l'hôpital central de Fresnes. Le 8 septembre, il écrit à Solange : « Puisqu'il est entendu une fois pour toutes que tu resteras sur tes positions, que ton amour pour moi et ta volonté de ne rien dire sont solides, que veut-on de plus ? [...] Même la haine, même l'esprit de vengeance, n'en demandent pas tant. Tout cela m'ouvre les yeux sur la réalité terrible, sur l'ampleur de cette malheureuse affaire. [...] Il y a sans aucun doute gros en jeu. Sinon, pourquoi depuis quatorze mois me laisserait-on croupir ici ? Parce que je me suis accusé, oui, mais depuis le 11 juin ? [...] J'ai tout à fait l'impression d'avoir mis mon nez dans quelque chose qui ne sent pas bon. » (Il est perspicace, c'est déjà ça.) Il commence à se dire, et se le dira jusqu'à sa mort, qu'il s'est fait rouler dans la farine comme un petit éperlan, qu'il ne sait pas tout, loin de là, qu'on l'a trompé : « Si j'avais bien compris ce que je faisais, je ne l'aurais pas fait, c'est certain. La morale de cette histoire, c'est qu'on m'aura appris à m'occuper de mes affaires. » (Pas bête.) Par orgueil ou, plus en profondeur, pour ne pas avoir le sentiment d'avoir complètement et stupidement raté sa vie, il ne reconnaîtra jamais publiquement qu'on l'a pris pour un pigeonneau et qu'on a eu raison. Hormis ces quelques mots à Solange, il n'en parlera qu'une fois, un soir après quelques bières, à Stéphane et Jean-Louis : « Après tout, peut-être que je me suis fait avoir par eux. Ce n'était pas une histoire d'espions, mais un autre truc que je ne connaissais pas. »

En septembre, Solange, au bout de la solitude, de la frustration et du découragement, se lasse : « À mon grand, mon seul, mon merveilleux, mon sensationnel, mon irrésistible, mon incroyable, mon irremplaçable amour, je dis bonjour, et merde à la personne qui interceptera cette quatrième lettre. Si elle ne t'arrive pas, je ne t'écris plus. Au point où j'en suis... [...] Pense à ta santé et à moi. J'en fais autant de mon côté. Je t'embrasse à en faire crever de jalousie le restant des hommes sur la terre. Ta femme qui t'aime, Solange Léger. » Dans ce dernier courrier de l'été, elle suggère un départ prochain, mais prévient Lucien qu'elle ne pourra pas lui dire où (« rien ne prouve que j'irai à Paris ») : pour l'instant, elle se sent protégée dans l'abri du docteur Petel, mais elle pense que certains attendent sa sortie « pour recommencer le travail de l'an dernier » : « Ils n'ont qu'à aller voir Mlle Arbatchewsky [Nina Douchka, donc]. Elle doit te manquer, celle-là. Je ne suis nullement jalouse, sois tranquille, je ne peux en dire plus. Je te quitte en me blottissant dans tes bras comme une petite chatte et t'embrasse avec beaucoup d'amour. »

Après cette lettre, datée du 14 septembre, toutes celles que Lucien lui enverra à Mézières lui reviendront avec la mention : « Partie sans laisser d'adresse ».

(Dans le dossier, j'en trouve une qui n'a pas été ouverte, qu'on n'a probablement pas pris la peine d'expédier, elle n'est même pas passée par la censure. Sur la petite enveloppe, format carte de vœux, Lucien a dessiné des fleurs et des oiseaux qui se bécotent. Je la décachette, je suis le premier, j'avais un an quand il a passé sa langue sur la bande de colle. Depuis qu'ils ont été tracés dans une cellule de Fresnes, les mots sont restés scellés pendant plus d'un demi-siècle, personne ne les a jamais lus, ils ne disent rien d'important mais c'est moi qui les reçois, je me sens bizarre, illégitime. Sur du papier fin, aérien (protégé, il est intact, blanc, lisse, il paraît neuf, les pliures sont nettes, on pourrait penser que l'enveloppe a été fermée hier), Lucien, hospitalisé lui aussi, dit souffrir de ne pas avoir de nouvelles de Solange et de sa santé. C'est une lettre courte, qui se termine par : « Reçois mille baisers. [Je suis illégitime.] Je t'aime au-delà de tout le mal qui nous sépare. Lucien, tout à toi, petite amour. » Je me sens gêné, je ne devrais pas lire ça si personne ne l'a lu. Je pense à Solange. J'ai l'impression d'avoir ses yeux.)

Elle réapparaît le 25 octobre – mais on ne sait pas où elle est alors ni ce qu'elle fait, elle demande à Lucien de lui répondre poste restante à Charleville ; on ne sait pas non plus ce qui s'est passé pour elle depuis quarante jours, elle paraît soudain assez remontée, contre son mari mais pas seulement. Elle revient sur Chantal Arbatchewsky : « Tu t'es conduit comme un idiot, car si tu l'aimais vraiment, tu n'avais qu'à me le dire, je ne suis pas du genre qui s'accroche, moi. Le plus dégoûtant de ta part a été d'essayer de me laisser pour le restant de mes jours en milieu psychiatrique à Villejuif. [...] Ne joue pas avec mes sentiments. Si tu ne m'aimes pas, ne fais pas semblant comme du temps de Villejuif et Douchka. J'ai tout lieu de croire que cette fois, il y a de l'intérêt dans tes "Je t'aime". » Elle lui poste une seconde lettre le même jour, en même temps, dans laquelle elle lui parle de l'affaire (elle craint une saisie à cause de cela, elle l'envoie donc à part pour qu'il ait au moins la première à lire – elle fait bien, elle est maligne : ce second courrier sera intercepté et ne parviendra jamais à Lucien) : « À quoi joue donc cette femme connue à Paris ou plutôt un peu en dehors, et qui semble s'intéresser toujours à moi bien que nous ne nous soyons jamais revues ? Elle a même changé d'identité, à ce qu'il semble. De Mme R. P., elle est devenue Mlle B. S. » Il s'agit de Régine Poncet. (Comme j'en ai parlé il y a déjà une petite kyrielle de pages, un point info : Régine Poncet est l'ancienne actrice qui dit être en possession d'informations capitales au sujet du rapt et de la mort du petit Thierry Desouches, en 1963. [Relecture : Stéphane a découvert avant-hier qu'elle s'appelait en réalité Berthe Paule Léonie Poncet, que son amant des années 1940 était le réalisateur et scénariste Félix Gandéra, et que l'opérette à l'écriture de laquelle elle avait participé avec lui, et au sujet de laquelle elle était en conflit avec la SACD et donc avec son délégué général, Jean Matthyssens, le voisin des Desouches, était le fameux *Chanteur de Mexico*, avec Luis Mariano.] Le 20 octobre, soit cinq jours avant la lettre de Solange qui parle d'elle à Lucien, Régine a écrit pour la deuxième fois à Maurice Garçon, lui affirmant connaître une bonne partie de la vérité : Guy Desouches, le père, lui aurait fait des révélations dès les jours qui ont suivi l'enlèvement de son fils : « Il m'adjura alors de les garder sous silence sous peine "de mettre l'existence de Thierry en danger" ». Dans ce courrier, elle apprend aussi à l'avocat qu'elle a « vécu trois mois aux côtés de Solange Léger », très certainement à l'hôpital de Villejuif (« connue à Paris ou plutôt un peu en dehors », écrit Solange), et que toutes les données dont elle dispose désormais, rassemblées, « sont propres, semble-t-il, à résoudre l'énigme que l'affaire Taron (présentant une étroite analogie avec l'affaire Thierry Desouches) continue de poser aux enquêteurs ». Soit cette femme a un problème mental (mais je me méfie, avec ce qu'on a dit de Solange), soit elle détenait un secret, mais on ne saura jamais lequel (la routine). Si je me lance maintenant dans une tentative d'explication approfondie de l'affaire Desouches, de ses similitudes avec celle qui a détruit la vie de Lucien (et de Solange), de ses zones d'ombre et de sa cargaison de nouvelles questions sans réponses, ce sont mes éditeurs, pourtant compréhensifs, ouverts et bienveillants, qui vont finir leur vie derrière les barreaux, pour le meurtre brutal, injuste et apparemment inexplicable (un coup de folie, à deux ?) d'un auteur dans la fleur de l'âge (si, une vieille tulipe, si, ça passe). Je m'en veux tout de même un peu, je me sens traître, car l'affaire Desouches est l'une des passions de Stéphane, à qui je dois tant.) Solange continue : « Elle m'a donné récemment une adresse avec téléphone pour la réponse, mais ma lettre m'est revenue avec mention "Inconnue à cette adresse". Qu'est-ce qu'elle trafique encore, celle-là ? Si elle veut quelque chose, qu'elle le dise mais ne se comporte pas ainsi. Elle m'a déjà fait le coup deux fois précédemment. […] Enfin, plus je réfléchis, moins c'est clair. [Dans mes bras, Solange.] J'ai naturellement détruit sa lettre [naturellement ?] et la mienne qui m'est revenue. La mémoire me suffit. »

Le 14 novembre 1965, elle révèle à Lucien où elle se trouve : à quatre-vingt-dix kilomètres à l'ouest de Charleville, aux Glycines, centre psychiatrique de Prémontré, aujourd'hui EPSMD de l'Aisne – Établissement public de santé mentale départemental. Je gare la Jeep près des barrières rouge et blanc de l'entrée et continue à pied. Sur la route de Dijon à Charleville-Mézières, j'ai légèrement infléchi ma trajectoire vers le nord-ouest pour passer par là, je ne perds que deux heures. Je ne vois personne, je marche, je franchis les barrières, j'ai peur qu'on m'interpelle, mais non. Une longue allée conduit à ce qui ressemble de loin à l'enceinte d'un parc, ou d'un château. À gauche, des espaces verts, des terrains de sport, à droite, je longe des bâtiments bas, identiques, alignés, peut-être l'hôpital de jour, ou la partie réservée aux malades légers, plus ou moins libres. Après trois cents mètres, je suis face à l'entrée proprement dite. Une large et haute porte de pierre, la grille est ouverte mais la barrière baissée. Ici, je n'ose pas aller au-delà, il semble y avoir à droite une loge de garde, un poste de surveillance, et puis je n'ai rien à faire à l'intérieur, c'est un monde dont je ne suis pas censé faire partie. À une centaine de mètres face à moi se dresse un grand bâtiment, imposant, élégant, un genre de château, oui, entouré de jardins ; l'ensemble, quatre hectares peut-être, est ceint d'un mur de pierre ancien, épais, solide, de cinq ou six mètres de hauteur : une belle et agréable forteresse psychiatrique.

Dans cette première lettre de Prémontré, elle lui décrit son nouveau cadre de vie : aux Glycines, on pratique encore la psychiatrie à l'ancienne, l'équipe est constituée pour moitié de personnel soignant et pour moitié de bonnes sœurs, elle lui apprend qu'elle n'est pas là de son plein gré, que c'est une décision de la préfecture des Ardennes, six semaines d'internement obligatoire, qu'elle est très surveillée : « C'est pas le bagne, mais presque. » Mais elle ajoute : « L'ambiance ? Pas mal du tout, et je t'interdis de sourire. »

Elle semble en vouloir toujours à Lucien, pour une raison qu'on ne peut deviner d'ici, de Paris en 2020, sans doute autre que le simple fait que son affaire judiciaire s'enlise, s'aggrave, et que ses espoirs et promesses inexorablement s'ébrèchent, comme elle dirait. Elle a surtout besoin d'argent pour améliorer son existence spartiate à Prémontré, sans doute aussi en vue de sa sortie et de son retour à Paris, et elle le réclame sans fioritures : « Je le veux rondelet, ce mandat. Je me doute bien que tu ne fais pas fortune, mais tu as plus que moi, tu as bien voulu le reconnaître. Donc tu n'hésites pas une seconde et tu te mets en rapport avec M. le juge et son greffier. » Envoie les pépettes, mon Lulu. Elle assortit même sa demande, son ordre, de ce qui pourrait avoir l'air d'une menace : « De mon côté, je ne dirai pas ce qu'on m'a confié [c'est un peu toujours la même question : qui ?] avec des airs de conspirateur mais en m'en montrant les dangers. Si je parlais de cela, ce serait à la police et sous sa protection. D'ailleurs, à Paris, il faudra que je vérifie quelques broutilles [elle essaiera] qui pourraient devenir particulièrement intéressantes si c'est vrai. » Elle ajoute qu'elle a écrit à Seligman et attend sa réponse : « Nous parlerons de cette femme X [Régine Poncet] et de ce M. H. M. [c'est elle qui souligne]. On parlera aussi de M. Taron. Enfin, tout un programme. » (Jean-Claude Seligman ne répondra jamais à son courrier.)

Malgré une tension perceptible, elle se met de nouveau à lui écrire fréquemment. Le 19 novembre, elle lui envoie une très longue lettre, dans laquelle elle lui décrit ses journées à Prémontré, « nous sommes en rang d'oignons dès 6 h 30 », « il ne me manque plus que le boulet au pied mais mon moral reste formidable malgré les épreuves », « je mange un peu mais pas de sommeil, pas de repos, c'est ennuyeux », c'est ennuyeux surtout parce qu'elles sont « obligées » de dormir la nuit, on vient les contrôler, mais « même si je ne fais pas un geste (ce qui est pratiquement possible pour moi), il est interdit d'avoir les yeux ouverts », donc on leur donne des gouttes : « Toutes ces saletés de Nozinan, Melleril, Théralène… » Elle ne peut plus en prendre, ses voies nasales se bouchent, sa langue gonfle jusqu'à l'étouffement : « J'aimerais mieux mourir d'épuisement que de toute autre façon provoquée par ces saloperies. » Mais ce n'est pas qu'elle ait soudainement pris conscience de la nocivité de tout ce qu'on lui fait avaler depuis des années – ou peut-être que si, mais elle ne veut pas pour autant s'en passer ; elle ne pourrait plus. Elle demande simplement d'autres médicaments : Equanil et Nembutal.

Elle termine cette lettre par une remarque qui surprend quand on est plongé dans leur vie d'amoureux séparés par la société et enfermés, dans leurs vies respectives de misère et de souffrance : « Tu sais à quoi je pense ? On ne va pas voter ni l'un ni l'autre pour les élections présidentielles. [Premier tour le 5 décembre, deuxième le 19.] Mais si je peux, je voterai par correspondance, car j'ai mon petit candidat, moi aussi. Je suis persuadée que tu as choisi le même que moi. » Il y en avait six, cette année-là, j'ai regardé, on ne peut pas dire que la gauche était représentée en nombre. Je pense que le candidat dont parle Solange ne pouvait être que Mitterrand. (Seize ans plus tard, Lucien interrompra une grève de la faim de plus de deux mois le jour même de son élection (il pèsera alors 37 kg, soit six de moins que Solange à l'hôpital de Manchester), illuminé d'espoir, mais François Mitterrand ne changera rien à son destin.)

Deux jours plus tard, elle écrit sa dernière longue lettre, plusieurs grandes pages (« Mon Reynolds Crayomatic va y passer si je continue comme ça »), à celui qu'elle aime. On devine, à son écriture, qu'elle est sous l'influence de substances quelconques à trop forte dose. Elle commence par : « Mon petit chou en sucre ». Nina Douchka refait surface, Solange reproche à son mari de ne jamais répondre aux passages dans lesquels elle fait allusion à la comédienne (en fait si (il dit qu'il ne s'est rien passé, qu'elle n'était qu'une amie), mais elle n'a pas reçu les courriers dans lesquels il en parlait), tout en lui assurant qu'elle n'y attache aucune importance : « Je m'en moque éperdument, d'ailleurs, je n'ai pas les idées coincées dans ma petite tête. J'aime la vie, je la veux la plus douce et agréable possible. »

L'amertume envers Lucien est toujours là : « Quand même, c'est pas agréable de pouvoir entrer dans un hôpital psychiatrique sans la signature de son mari mais qu'il s'arrange ensuite pour vous y laisser. Ça, mon petit lapin, je ne l'oublierai jamais. » Le besoin d'argent est toujours là aussi, tout comme les mystères qui usent le cerveau : « J'espère que tu vas être généreux avec ton mandat, ou bien je me débrouillerai autrement mais alors là, ce n'est pas qu'un ridicule petit mandat que je pourrai obtenir. Il y a une personne à laquelle je pense entre autres qui courrait jusqu'à Tahiti le portefeuille ou le carnet de chèques à la main pour faire plaisir à la “Femme de…”. […] Naturellement, j'ai toutes les confidences vraies ou fausses que l'on m'a faites concernant l'affaire Taron, ou celle de l'Étrangleur si tu préfères garder ton titre, dans un coin de ma mémoire. »

Mais elle l'aime toujours, son étrangleur d'opérette, elle l'appelle toujours « mon petit mari adoré » ou « mon amour », même si : « Je n'oublie pas que tu m'as trompée, que tu as au moins voulu jouer au Grand Personnage, même si c'est dans la peau d'un assassin, que tu avais résolu de me laisser croupir à Villejuif, que tu tâtais de tous les arts pour lesquels tu n'étais pas doué, etc. » Elle lui fait un petit point mode et coiffure : « Je suis la Brigitte Bardot de ceux qui ne peuvent approcher la vraie. Enfin surtout par mes coiffures ! Il y a belle lurette que je n'ai plus de frange, j'ai laissé pousser tout cela et je vais du chignon sévère au chignon fou avec mèches qui volent sur les oreilles et la nuque. Mais le plus souvent, je laisse mes longs cheveux au vent d'un air négligé mais en réalité voulu, calculé. J'ai aussi adopté récemment une coiffure qui me donne l'air d'une Chinoise, et sœur Ludovic m'a prêté une robe de chambre jaune, longue, évasée vers le bas. Tu vas dire : "Je ne vais plus reconnaître ma petite biche chérie." Si, si. Mon cœur bat toujours de la même façon et c'est l'essentiel, non ? »

Elle aborde ensuite l'avenir, proche espère-t-elle, ses projets, qui dépendent évidemment de l'argent dont elle disposera (« Il me reste de quoi m'acheter des enveloppes et quelques timbres et je pourrai jeter mon portefeuille par-dessus les moulins »), et donc d'un emploi, mais pourra-t-elle en trouver un ? Elle aimerait louer une chambre (« J'en ai assez des hôtels ») ou un petit appartement, elle n'a jamais eu d'endroit à elle : « Je le meublerai et l'entretiendrai avec goût, comme une vraie femme ! » Elle s'imagine y accueillir Lucien à sa sortie de prison : « Tu seras moins désemparé, tu auras besoin de repos, avec les soins d'un médecin et l'affection d'une épouse qui sera là pour veiller à ce que tu te rétablisses le plus rapidement possible. Cela évidemment si tu n'es pas vraiment coupable. » Elle s'occupe en lisant les petites annonces de *France-Soir* : « Je vois un trois-pièces douche, WC, téléphone, chauffage central, pour 50 000 anciens francs par mois. Bien sûr, il faut un bon salaire quand même, il n'y a pas de doute. » Quoi qu'il arrive, elle ne lui donnera pas son adresse par écrit, car même si, pas plus que qui que ce soit d'autre, elle ne comprend exactement ce qui se passe et ce qui s'est passé, elle semble avoir deviné ou appris quelque chose, en particulier que Molinaro, qu'il soit déjà mort ou qu'il n'ait jamais existé, n'est qu'une couverture : « Si tout ce qui touche à H. M. est du bleuf [c'est mignon], je tiens à la vie aussi, alors comme un être averti en vaut deux, je vais faire attention. »

Dans la dernière page, elle revient plus en détail sur les photos qui sont apparues dans sa valise : « Je t'ai écrit un jour que quelqu'un m'avait refilé des photos de gens que je n'avais jamais vus. Il y a en évidence un monsieur qui pourrait être ce H. M. Même si je les perds, ou si quelqu'un vient me flanquer des bâtons dans les roues [on n'a, officiellement, jamais trouvé ces photos], je les ai suffisamment regardées pour me faire une idée. Toutes les autres personnes m'intéressent aussi. Je me demande si cette jeune fille blonde seule sur un banc de square fait partie de la famille, du magasin, ou si c'est seulement encore une amie de cœur à toi. J'essaierai de savoir. Je dois donc vite trouver de sérieux moyens financiers de m'envoler, si tu veux que je remue tout cela et risque beaucoup pour faire éclater la vérité, si ce qu'on sait n'est pas la vérité. » Enfin, elle dit espérer que le juge Seligman transmet bien toutes ses lettres à Lucien, car elle se prive de tout pour payer de quoi les envoyer : « Et sinon, je plonge dans le silence et qu'on se débrouille, qu'on ne vienne pas me casser les pieds. » (J'ai toujours cette sensation particulière, frissonnante, en lisant une lettre de Solange, en regardant son écriture, d'entendre la voix d'un fantôme, basse mais claire, qu'on perçoit encore, de très loin, dans un brouillard de parasites.)

Et c'est fini, presque. Le 10 décembre, elle écrit une dernière fois à Lucien depuis Prémontré, ce n'est même pas une lettre, c'est un message, quelques lignes, pour informer son « bien cher mari » qu'on (« "ils" (on ne m'a pas précisé qui) ») lui a demandé deux photos d'identité et qu'elle a « interdiction de mettre le nez dehors ». Puis, une dernière phrase et une signature : « Ne t'inquiète pas, j'ai ma petite idée. Cette lettre va encore rester coincée dans le dossier, mais je suis sûre au moins qu'elle va partir (je ne peux te dire autre chose). [Solange aime bien les parenthèses.] Ta femme qui t'adore, Solange Léger. » Un tampon indique sur l'enveloppe que ce court message a été « censuré », qu'il n'a pas été transmis à Lucien. Ce sont les derniers mots d'elle qui figurent dans le dossier de l'affaire Taron. Ce sont les derniers mots écrits de sa main que j'ai pu lire.

En repartant de Prémontré vers Charleville, après quelques minutes au volant de cette voiture dont je vais arrêter de citer le nom sinon on va croire que j'en veux une gratuite, j'ai vu un panneau m'indiquant que j'approchais de Laon. Où Lucien est mort. Je ne savais même pas que c'était par ici, tout près. (Lucien, sans y prendre garde peut-être, a suivi Solange. Il a été enterré à Mézières (là, sans y prendre garde, c'est sûr), où elle a passé des mois à l'hôpital, et juste avant, il est allé terminer sa vie à quinze kilomètres de l'endroit où elle a été enfermée avant de pouvoir revenir à Paris, quarante ans plus tôt. (Et moi aussi je leur cours après, partout, dans l'espace, sans aucun espoir de les rattraper bien sûr puisqu'il faudrait que je fasse marche arrière dans le temps.)) Au dernier rond-point avant la ville, au lieu de prendre à droite vers Charleville-Mézières, j'ai donc continué tout droit sur quelques centaines de mètres. Une brève étape. Heureusement, les véhicules d'aventurier sont munis d'un GPS, j'ai donc pu facilement retrouver la résidence du Sauvoir, rue Arago, je me suis garé sur l'un des parkings, j'ai marché dans les allées et trouvé sans peine le bâtiment de Lucien : les quatre qui composent la résidence ont des couleurs différentes et j'avais vu le sien dans le JT de Claire Chazal. Je ne suis pas entré, bien sûr. Je me suis arrêté devant et j'ai regardé une fenêtre, avec plus de chance que ce soit la bonne qu'au buffet de la gare de Charleville pour Solange : il y avait un plan fixe sur celle du premier étage au-dessus de la porte, sur TF1, le commentaire disait que Lucien vivait là. Mais ils en avaient peut-être choisi une au hasard.

C'est une résidence très calme, trop sans doute, un peu loin de tout, des commerces, de la vie, une résidence pas désagréable cependant, on pourrait dire proprette. J'imagine Lucien descendre les trois marches de l'entrée, devant moi, pour sortir s'acheter du pain, des pâtes ou du café, seul (les voisins interrogés par les reporters ont dit qu'il ne parlait à personne, qu'il ne connaissait personne dans le coin), toujours seul, comme sa femme. Je suis en train de fixer la porte quand je sens qu'on m'observe, une présence sur ma gauche. Il n'y a personne. Je baisse les yeux. Entre trois buissons peu vivaces à côté de l'entrée, un chat est couché. Un chat noir, avec quelques petites taches blanches comme de vieillesse, très maigre, pas en bon état, l'air pouilleux. Il me regarde sans bouger. Au bout de quelques secondes, il se redresse péniblement et vient vers moi, prudent, ou arthritique, arthrosique, ou simplement pas pressé. Après une hésitation à vingt centimètres de mon mollet, il s'y frotte. Distraitement ou tendrement. Je m'accroupis pour le caresser. La caresser, c'est une chatte. Elle ne ronronne pas mais je me dis que ça lui fait du bien, elle pousse de petits cris, des miaulements brefs, comme étranglés. Son corps décharné, ses flancs creux, ses poils noirs et secs. Je la caresse encore un moment et je chuchote, tout en ayant parfaitement conscience du ridicule : « Ça sert à rien d'attendre ici, Solange, il est parti depuis longtemps, il est mort. »

Rien ne permet de savoir quand elle a quitté le centre psychiatrique de Prémontré, mais le 17 janvier 1966, en début d'après-midi, elle est devant le palais de justice de Versailles, avec deux journalistes d'*Ici Paris*, abattue. Elle venait voir Lucien, on lui a fait savoir que son permis de visite était annulé, elle a demandé à s'entretenir avec le juge Seligman pour qu'il lui en donne la raison, ou pour qu'il lui en signe un autre : il a refusé de la recevoir.

Je pense que ce n'était pas un mauvais bonhomme, Jean-Claude Seligman, il faisait probablement son métier avec sérieux et conscience, il s'intéressait aux gens, mais dans l'affaire Léger au moins, il a parfois eu des réactions incompréhensibles, pour ne pas dire inhumaines. Comment peut-on, juste par esprit vengeur, mesquin, de cour de récré, empêcher un homme dont on se doute qu'il va rester emprisonné de longues années de voir sa femme – et vice versa – quelques minutes ? (De la même manière, mais moins gravement, il a interdit à Lucien de correspondre avec une jeune fille de province, en septembre 1964. Elle avait seize ans, elle avait voulu le contacter parce qu'elle pensait qu'il devait « souffrir de [se] sentir si désespérément seul », elle lui écrivait : « Dès le début de cette lettre, je voudrais éviter tout malentendu entre nous. Je risque de vous blesser par une expression maladroite. J'éprouve toujours beaucoup de difficultés à traduire mon état d'âme par des mots. Je ne veux pas entreprendre la louange du mal, ni celle du bien, surtout pas de morale, mais essayer de vous comprendre. J'ai presque envie de vous tutoyer, tant je sens profonde notre communion spirituelle. » Elle était intelligente, cultivée, très sensible, sauvage, révoltée contre la société. Ils ont échangé de longues lettres pendant deux mois. Dès la première, sans pouvoir lui dire qu'il n'avait tué personne mais en le sous-entendant tout de même, Lucien a mis les choses au clair : elle ne pouvait pas admirer un assassin, se sentir proche d'un assassin, elle ne pouvait pas aller vers le mal, quelle que soit sa colère, quel que soit son mal-être ; elle ne devait pas s'identifier à lui, d'ailleurs l'image qu'elle avait de lui était fausse (non, il n'a jamais été, comme elle le croit, « déchiré entre deux attirances, un idéal impossible et le mal, un mal noble », et il ne garde pas rancune à ceux qui le jugent, « ce ne sont pas des bourgeois », ils sont « aveuglés et haineux » mais il ne peut pas leur en vouloir (« Je n'en veux à personne, je n'en veux même pas à un individu qui pourtant me fait du mal »)) ; elle ne devait pas, comme il s'en voulait de l'avoir fait, « juger la société qui [la] fait souffrir », il fallait au contraire qu'elle s'accroche aux autres, pas à elle-même : « Ceux que vous semblez détester, peut-être les comprenez-vous mal, peut-être vous aideront-ils dans votre détresse. » Il lui a écrit de belles choses. C'était parfois un peu pontifiant, mais il lui parlait comme un père, puisqu'elle se dressait contre le sien, il lui parlait comme à l'enfant qu'il n'aurait pas : « Vous allez trouver votre voie, vous devez la chercher dans le calme, envers et contre tout. Et peut-être avec un peu de lâcheté, puisqu'il est dit que c'est cela qui mène le monde. » Il ajoutait : « Ne voyez là aucun conseil d'acceptation ni encouragement à quelque révolte. Au contraire, les deux vous feront du mal. » Et expliquait : « Ce n'est pas une leçon de morale, plutôt des mémoires d'outre-tombe. » Au fil des semaines, la jeune fille changeait, évoluait, s'ouvrait, s'apaisait, grandissait. Elle semblait commencer à comprendre Lucien, et lui montrait qu'il pouvait être intéressant pour ce qu'il était vraiment, apprécié, admiré même peut-être. Mais quand Jean-Claude Seligman, qui ne prêtait probablement qu'une attention distraite à cette correspondance, s'est aperçu de la « complicité » qui se développait entre eux, des sujets profonds qu'ils abordaient (le bien, le mal, tout ça), il a demandé qu'on enquête sur elle. Elle avait donné à Lucien l'adresse d'une de ses amies pour l'envoi de ses lettres, mais on l'a retrouvée facilement. Elle vivait dans le Sud chez ses parents, elle était étudiante en philo, extrêmement brillante, disaient en chœur tous ses professeurs, mais « froide ». Aussitôt (une si bonne élève au contact direct d'un assassin ?), Seligman a ordonné qu'on saisisse toutes les lettres de l'une et de l'autre avant qu'elles ne leur parviennent. Du jour au lendemain, leurs échanges ont été interrompus, chacun est resté seul de son côté (à cette époque, en novembre 1964, Lucien n'a plus de contact avec Solange non plus, ni avec personne – hormis sa mère, Geneviève), et que chacun se débrouille. Je l'ai retrouvée sur internet, la jeune fille. Elle a plus de soixante-dix ans. Je ne veux pas donner son nom, mais son prénom commence par R. Elle a trouvé sa voie – dans le calme, je suppose. Si elle passe par ici, elle se reconnaîtra peut-être.)

Quelques heures après s'être fait refouler du palais de justice et de la prison, Solange apparaît à la réception de l'Avre Hôtel (il existe toujours, c'est un trois étoiles aujourd'hui, l'hôtel de l'Avre), dans le 15e arrondissement, juste en dessous de La Motte-Picquet-Grenelle, à un kilomètre de l'hôtel de France. C'est la gérante, Colette Dubon, trente-deux ans, qui est à l'accueil – elle sera interrogée juste après le verdict du procès, à la suite des « révélations fracassantes » de Lucien au sujet de Molinaro, on s'intéresse de nouveau à Solange, puisqu'elle semblait au courant de certaines choses. Colette voit arriver un homme et une jeune femme « chancelante », qui portent à eux deux trois valises (les deux qu'elle avait emportées dans les Ardennes et celle qu'elle y a reçue des Deveau) et un grand cabas. C'est l'homme qui parle. Il demande s'il est possible d'avoir une chambre pour une dame seule. Colette répond qu'elle n'a que des chambres avec des lits pour deux personnes, peu importe, ça ira très bien, il pose les bagages dans l'entrée, règle une nuit d'avance et s'en va, « en disant au revoir à la femme mais sans l'embrasser ni lui serrer la main ». C'est un homme d'une trentaine d'années, aux cheveux châtain foncé, vêtu correctement, « présentant bien ». À mon avis, un journaliste d'*Ici Paris*. « Il m'a donné l'impression de la connaître depuis peu, et d'être soulagé de la laisser là. »

Sur la fiche qu'elle remplit, Solange écrit : « Solange Vincent Léger ». Elle relève la tête et demande à la gérante si ce nom lui dit quelque chose. Sur sa réponse négative, elle déclare d'un ton à la fois théâtral et triste : « Je suis la femme de l'Étrangleur… » Interloquée, Colette l'examine plus attentivement : « J'ai eu l'impression qu'elle était ivre ou droguée. »

Durant les trois semaines suivantes, Solange ne va quasiment pas quitter sa chambre : « Elle ne sortait presque jamais, elle est même restée cloîtrée plusieurs jours d'affilée. » Un « jeune homme d'une vingtaine d'années environ » vient la voir à plusieurs reprises : « Chaque fois, ils ont discuté à l'écart de moi [c'est pas gentil], soit dans mon petit salon, soit dans la chambre de Mme Léger. » Solange apprend à Colette, qui pose des questions, qu'il s'agit de son jeune beau-frère, Jean-Claude. (Ils se sont croisés le 17 janvier devant la prison de Versailles, Jean-Claude sortait d'une visite à Lucien, il avait le droit, lui.) Parfois, elle descend à la réception pour passer un coup de téléphone, Colette tend l'oreille, il lui semble qu'elle parle à des journalistes et essaie de monnayer des interviews, ou des photos. Mais elle fait aussi ce qu'elle avait annoncé à Lucien dans une lettre, elle « vérifie quelques broutilles » : « Elle m'a demandé de composer le numéro de téléphone du domicile de M. Taron. J'ai d'abord refusé, en lui exposant que son mari avait déjà causé suffisamment d'ennuis à cette famille, mais elle a insisté en me disant que je n'avais pas le droit de lui refuser ce service. Finalement j'ai composé le numéro de M. Taron et, l'ayant eu au bout du fil, je me suis présentée à lui comme étant la gérante de l'hôtel où séjournait Mme Léger. Je lui ai demandé s'il acceptait de converser avec elle. Sur sa réponse affirmative, j'ai passé l'appareil à cette femme. Je n'ai pas assisté à la conversation téléphonique, mais par les bribes que j'ai pu en surprendre, j'ai compris qu'elle avait demandé et obtenu un rendez-vous avec M. Taron pour le lendemain. » Selon Colette, Solange n'est pas allée à ce rendez-vous (elle est restée dans sa chambre, elle était souffrante), et elle est à peu près certaine qu'elle ne l'a plus recontacté ensuite. En réalité, on ne sait pas.

Le 9 février, Solange n'a plus dans son portefeuille que la somme exacte dont elle a besoin pour payer ce qu'elle doit à l'hôtel. Elle demande à la gérante, comme une faveur, de lui accorder le droit de laisser ses trois valises et son sac, et Colette accepte. (Quand la police l'interroge, tout est toujours là, Solange n'est rien revenue chercher. On fouille quatre jours plus tard, en présence de Lucien. Rien d'intéressant, apparemment, surtout du linge et des lettres, un appareil photo et son flash, quelques photos (sept de Solange, deux de Lucien), un étui à lunettes vide, un dictionnaire, plusieurs livres, des disques, des papiers divers « n'intéressant pas l'affaire », des cahiers, des brochures. Lucien déclare : « Les scellés ouverts devant moi ne contenaient pas les photocopies dont j'ai parlé. » Il demande que valises et sac soient déposés à l'hôpital Sainte-Anne où, le 12 mai 1966, sa femme est en traitement.) Elle quitte l'Avre Hôtel, ne laisse pas d'adresse en partant.

Solange est dans la rue, sans un sou, sans vêtements de rechange, sans rien, à La Motte-Picquet, sous le métro aérien dont est descendue quinze ans plus tôt Pauline Dubuisson, qui allait se tuer chez son ancien fiancé, et qui finalement a tué son ancien fiancé.

Puisque Solange n'écrit plus, elle disparaît. Elle va se dissoudre peu à peu dans la fin des années 1960.

Elle n'écrit plus, ce n'est pas certain. Mais si elle écrit, ses lettres ont disparu. Ce n'est pas normal, d'ailleurs, le procès n'a pas encore eu lieu, elles devraient se trouver dans le dossier – or non, la dernière date du 10 décembre précédent, « Ta femme qui t'adore, Solange Léger ». On trouve néanmoins trace de quelques mots adressés à Lucien le 13 mars 1966. Elle lui dit avoir rencontré un certain « Yvan Tourterelle » (elle précise que seules les initiales sont exactes) qui serait « devenu blême » lorsqu'elle lui a parlé de « l'affaire de 1963 ». Évidemment, Yvan Tourterelle, c'est Yves Taron. Mais l'affaire de 1963 ? Ce sont les 15 000 francs volés au « réseau » de Molinaro, Salce et compagnie ? Ou bien l'enlèvement de Thierry Desouches ? Si cette lettre ne figure pas dans le dossier, c'est, selon Lucien, qu'elle n'a pas été saisie : « Elle n'intéressa pas le parquet, qui ne la contrôla pas, je crois. » Il dit l'avoir confiée quatre ans plus tard à son avocat, Albert Naud. Quand j'ai discuté avec celui qui était son assistant, Me Henri Leclerc, devant la Maison de la radio, alors que je commençais seulement à m'intéresser à cette histoire (j'ai l'impression que j'avais encore ma tétine et mon doudou), je lui ai demandé s'il savait où se trouvaient les archives de son confrère et maître – qui n'a manifestement pas eu de descendant – et bien sûr en particulier celles qui concernaient Lucien Léger, dont je pensais qu'il avait peut-être hérité. Mais il m'a répondu que non, il ne savait pas. Lors de son enquête de 1976 en vue d'une révision du procès, le commissaire Jacques Delarue a pu consulter une copie de ce courrier à propos de l'Yvan Tourterelle blême, fournie par Lucien.

Quand on repense à certains passages des lettres que Solange écrivait depuis son petit lit blanc de l'hôpital de Manchester, moins d'un an auparavant, quand elle évoquait le procès à venir, son excitation à la perspective d'y assister, « "On" va faire une drôle de tête », le couple uni face à l'adversité, à la sournoiserie et à l'injustice, elle dans la salle qui soutient et enveloppe du regard son homme dans le box, la fin du cauchemar, leurs retrouvailles après le verdict, on a de la peine. Pendant les cinq jours durant lesquels Lucien, seul, a cru jusqu'au dernier moment, confiant, puéril, qu'il allait s'en sortir, Solange était hospitalisée, de nouveau, loin de lui, loin du monde, à Sainte-Anne, dans le pavillon Abély. On ne sait pas si elle a demandé elle-même à y être admise, de la même manière et pour les mêmes raisons qu'à Charleville-Mézières après avoir quitté le buffet de la gare, ou si elle a été « ramassée » dans la rue. Mais de toute façon, alors que personne n'est plus proche qu'elle de l'accusé, on n'a même pas pris la peine de la convoquer au tribunal comme témoin. Une malade mentale, à quoi cela servirait ?

À partir de là, tandis qu'elle s'efface progressivement, on ne peut plus l'apercevoir que lorsqu'elle a affaire à la police. Le 16 mai 1966, elle est interrogée, à Sainte-Anne donc, par le commissaire Gilbert Lavail, qui dirige l'enquête censée vérifier ou infirmer les déclarations de Lucien à la fin du procès : non, dit-elle, son mari ne lui a jamais parlé d'une photocopie dans un livre de la bibliothèque ; elle sait qu'ils avaient *Les Peupliers de la Prétentaine*, elle se souvient que la couverture était grise, c'est tout.

À cette période, Lucien s'inquiète encore pour elle. Dans la dernière lettre qu'il écrit à Maurice Garçon, le 26 septembre 1966, il reconnaît qu'il est maintenant en très mauvaise posture (on peut dire ça, oui, après le procès), que la seule solution serait de dire « toute la vérité » mais que s'il donne « le nom [qu'il] cache » (Salce, puisqu'il a déjà cité Molinaro), cela mettrait en danger l'un des siens (Jean-Claude éventuellement, mais ce n'est encore qu'un gamin, il a dix-sept ans, il est inoffensif, Lucien pense plus certainement à sa femme, qui a déjà été approchée, et un peu plus, même si on ne sait pas vraiment par qui) : « Personne ne pourra exiger de moi ce risque-là, et je vous jure qu'il n'est que trop sérieux. »

Solange réapparaît le 11 février 1967, au bureau de poste du 56 rue Cler (celui depuis lequel l'Étrangleur a envoyé la plupart de ses messages). Elle demande s'il y a du courrier pour elle en poste restante. Non. Elle se retourne, deux gardiens de la paix s'emparent d'elle et la menottent. Ils la conduisent au commissariat, puis directement, le soir même, à la prison de la Petite-Roquette – où Pauline est passée avant elle, comme tant d'autres femmes à écarter de la société. On la fourre en cellule, on viendra la chercher dans cinq mois pour la juger.

Son crime ? Elle a écrit à Yves Taron. Quatre jours auparavant, le 7 février, il a reçu une lettre dans laquelle elle le prévenait qu'un journaliste lui proposait 1 000 francs en échange de ce qu'elle savait de l'affaire, dont une partie viendrait de Régine Poncet – il était également question d'une bague qui aurait « une histoire ». N'aimant pas particulièrement les journalistes, elle faisait savoir à Taron que s'il lui envoyait lui-même 1 000 francs, poste restante rue Cler, cela reviendrait au même pour elle, et cela éviterait des remous dans la presse. Taron n'a pas apprécié. Après quarante-huit heures de réflexion, il a porté plainte par l'intermédiaire de son avocat, la police a aussitôt envoyé des hommes surveiller la poste de la rue Cler (car personne ne savait où se trouvait Solange, qui avait quitté Sainte-Anne – elle est alors, on l'apprendra dans le rapport, « sans domicile fixe »), ils l'ont arrêtée. Bien sûr, c'est une sorte de chantage, même si cela peut aussi être présenté, avec mauvaise foi mais tout de même, comme une forme d'arrangement entre personnes qui préfèrent qu'on les laisse tranquilles. Il s'agit d'une somme bien modeste, elle est demandée maladroitement, et pas de manière anonyme, ni particulièrement menaçante (d'autant moins si Taron n'a rien à se reprocher). Pourtant, sans hésiter un instant, on va enfermer Solange en préventive pendant cinq mois, pour une simple lettre. Quand le père martyr de P'tit Luc, cet homme exemplaire que la vie a tant fait souffrir, demande quelque chose, on lui donne immédiatement satisfaction. On a de la compassion, on a de la décence.

C'est le juge Berigaud qui instruit l'affaire, il l'interroge pour la première fois le 22 février. Elle est défendue par Me Charles Libman, celui qui s'était occupé d'elle pour son divorce, avant qu'elle y renonce. Il a quarante-trois ans, il a été résistant, il est entré après la guerre au cabinet du célèbre et terrible René Floriot, plus tard il sera sur le banc des parties civiles aux procès de René Bousquet et de Maurice Papon (la Matraque), il luttera contre la peine de mort et participera activement aux travaux qui ont permis de préparer la loi Veil autorisant l'avortement, il sera aux côtés de Serge Klarsfeld lors du procès Barbie, et mourra en 2018, après une forte et longue vie de quatre-vingt-quatorze ans. En 2006, Stéphane et Jean-Louis l'ont rencontré. Curieusement, il se souvenait très bien de Solange, qu'il n'a défendue que quelques heures, pour une toute petite affaire : « C'était une pauvre et faible jeune femme, fragile et pourtant exaltée, mais surtout extrêmement démunie, elle en était touchante, émouvante, et pas sans charme. » Lorsqu'elle est amenée au cabinet du juge d'instruction, le reporter de l'AFP présent devant le Palais de justice de Paris remarque surtout ses longs cheveux noirs « répandus sur ses épaules », son « pantalon fuseau noir » et ses après-skis blancs. Elle lui paraît moins agitée que lors de son arrestation. Mais à la fin de sa première audition par le juge Berigaud (au cours de laquelle elle a affirmé avoir été contactée par un hebdomadaire, n'avoir jamais voulu exercer le moindre chantage contre Taron, ne l'avoir prévenu que par « tact » – pour elle, ça ne changeait rien : qu'ils viennent du journaliste ou de lui, il lui fallait impérativement ces 1 000 francs, elle n'avait plus rien pour vivre), lorsque celui-ci lui demande de signer le procès-verbal, elle lui répond : « Je signerai tout ce que vous voulez si vous me donnez à manger. » D'autre part, et le juge s'en étonne, elle refuse obstinément de fournir l'adresse de son domicile, ou d'un éventuel foyer. On notera donc « Sans domicile fixe » et on ne pourra pas effectuer de perquisition chez elle, que ce soit ou non la raison principale de son silence.

À la Petite-Roquette, dans une cellule quelque part non loin d'elle, ou dans le même dortoir, se trouve une jeune femme qui revient d'Italie, Anne-Marie Labro, Madame Détective.

Solange est jugée le 13 juillet 1967 par le tribunal de grande instance de la Seine, elle prend six mois ferme (il lui en reste donc un presque entier à tirer), elle est également condamnée aux dépens avancés par le Trésor public (789 francs, plus 6 francs de frais de poste), et à verser 1 franc de dommages et intérêts à Yves Taron. Symbolique.

On trouve quelques traces du procès dans la presse (dont les unes sont accaparées ces jours-là par la mort, sur le mont Ventoux, du cycliste anglais Tom Simpson, trop et mal dopé). Selon *France-Soir*, cette « petite femme brune au visage de vieil ivoire » (elle a vingt-neuf ans – comme Tom Simpson) parle très peu dans le box, déclare qu'elle évoquait en effet des révélations dans sa lettre à Taron, mais : « J'ai écrit n'importe quoi, je n'ai jamais réellement voulu le faire chanter. » Pour *Le Parisien libéré* : « Cela m'est juste venu dans la tête, j'étais malade. » Pour *Le Monde* daté du 15 juillet : « Je n'avais pas d'argent, j'étais malade, déprimée, M. Taron n'avait rien à craindre [*Le Parisien* ajoute : « de ma modeste personne »]. Les propositions d'un journaliste, cette bague et le reste, tout cela n'était pas vrai. » Mais le quotidien du soir fait alors une remarque judicieuse : « S'il est établi que l'histoire de la bague dont elle parlait se rapportait aux propos incohérents qu'une démente, Mme Poncet, avait tenus à Solange Léger durant son internement, comment, dans ces conditions, pouvait-elle songer à obtenir 1 000 francs de M. Taron en marchandant de telles fictions ? N'était-ce point là un signe de déséquilibre mettant en cause la santé mentale de l'expéditrice de la lettre ? La question s'est posée, mais la réponse n'a pas été celle qu'on pouvait croire. Certes, Mme Léger, ont dit les experts, souffre de déséquilibre caractériel, mais non de maladie mentale, et ils ont conclu que sa responsabilité était entière. » Donc Solange a toute sa tête (l'AFP confirme : elle a été examinée par les « médecins aliénistes » Rondepierre et Follin, qui ont établi qu'elle « ne présentait aucune anomalie mentale » – il était temps), et pourtant elle pense sérieusement pouvoir obtenir de l'argent du père de la victime en racontant n'importe quoi ? (Et celui-ci porte plainte pour n'importe quoi ?) Bon.

Charles Libman, évidemment, demande la relaxe, ce serait le plus logique, le plus humain. Taron a changé d'avocat depuis le procès. Il est désormais représenté par Me Vignoles, qui assistait alors sa femme Suzanne (c'est un proche de Jean-Louis Tixier-Vignancour (l'avocat qui s'est présenté à l'élection présidentielle de 1965 dont parlait Solange – sa campagne était dirigée par un trentenaire plein de noble fougue, Jean-Marie Le Pen) et de l'OAS : en 1963, il a été jugé – et acquitté – car dans une lettre de Philippe Castille, l'un des principaux chefs de l'armée secrète en métropole, caché sous quatre identités différentes et responsable de nombreux attentats au plastic à Paris, celui-ci parlait de « la mission financière de Vignoles »). Le 13 juillet 1967, sa plaidoirie est très offensive, il tient à ce que Solange ramasse vraiment le maximum possible. Mais *Le Figaro* souligne le réquisitoire clément du substitut du procureur : « Certes, je vous demande une peine, mais je vous invite à tenir compte de l'état de misère de cette malheureuse. » Six mois, donc. Elle sortira le 11 août 1967.

Affaire réglée. Elle a tenté un coup désespéré, ça n'a pas marché, elle a reconnu qu'elle ne savait rien, elle s'est excusée, la malheureuse, la misérable, au revoir. Mais comme toujours, c'est un peu moins simple que cela en a l'air. Grâce aux Archives de Paris, j'ai pu retrouver les documents relatifs à ce très court procès. D'abord, on y découvre que la lettre que Solange a envoyée à Taron, dont l'essentiel est cité, si elle est souvent énigmatique, ne contient pas que quelques phrases extravagantes pour lui faire peur. Elle est assez détaillée. À propos de la bague, elle y disait que c'était « Régine Poncet, alias Blanche S. » qui la lui avait donnée en échange de son silence au sujet de ce qu'elle lui avait raconté. « Une bague que vous connaissez bien », écrivait-elle à Taron. Bien sûr, on ne comprend rien. Mais elle voulait que Taron prenne conscience de la menace et la paie pour qu'elle se taise (Taron étant certainement celui dont elle pensait qu'il pourrait courir jusqu'à Tahiti son carnet de chèques à la main) : se serait-elle avancée à affirmer qu'il connaissait bien la bague si elle savait qu'il n'avait pas la moindre idée de ce dont elle parlait ? (« Envoie 10 000 dollars, Derek, ou je balance la photo du raton laveur. Tu sais très bien de quel raton laveur je veux parler ! ») Non, car Solange n'est pas idiote. (J'aime bien cette bague inconnue. Elle symbolise, pour moi, toute cette histoire. C'est un objet, réel, qu'on a virtuellement sous les yeux et qui semble avoir de l'importance, un lien avec la ou les affaires mais on ne sait pas lequel, il n'y en a même peut-être pas, on ne comprend pas. Il est trop tard pour comprendre, aller au-delà de cet objet, on le voit là mais on n'a plus la possibilité de connaître son origine, ni son rôle. Cette bague, simple bijou, concret, est du même ordre à mes yeux que Jacques Boudot-Lamotte, l'enlèvement de Thierry Desouches, le sang dans la 2 CV de Lucien, l'OAS et tant d'autres choses.)

Solange poursuivait, dans la lettre à Taron : « Si j'hésite encore un peu [à raconter l'histoire de la bague au journaliste], c'est par égard pour Mme Poncet, et pour vous, car il va sans dire que si j'accepte, je dis tout ce qui tourne et a tourné autour de ce bijou, depuis le début et jusqu'à la conversation que nous avons eue, vous et moi, dans un café près d'École Militaire en janvier 1966, avec tout ce qu'elle comportait d'intéressant pour vous d'abord, et pour "d'éventuels" témoins ensuite. » Bien sûr, on ne comprend toujours rien. Mais c'est pareil, elle n'aurait pas évoqué tout cela si elle n'avait pas été certaine que le message serait clair pour lui. En passant, on voit que Colette Dubon s'était trompée : ils se sont bien vus pendant que Solange était à l'Avre Hôtel – et c'est sans doute lors de cette rencontre qu'Yvan Tourterelle a blêmi quand elle lui a parlé de l'« affaire de 1963 ». Mais on ne comprend rien, bien sûr, on ne comprend rien. Si ce n'est que cette bague avait un lien avec l'enlèvement de Thierry Desouches. La suite n'aide pas. On apprend qu'à un moment ou un autre, Taron a dit à Solange que Régine Poncet était venue le « supplier de croire qu'il n'y avait absolument aucun rapport » entre le petit Desouches et son fils (Taron confirmera au juge Berigaud que c'est vrai). Solange s'étonnait dans sa lettre : comment Régine pouvait-elle savoir que quelqu'un faisait le rapprochement entre les deux affaires ? (Lucien n'en a jamais parlé, et ne liera les deux affaires qu'en 1968, depuis la prison de Nîmes.) « C'est curieux, non ? » concluait Solange. Oui, c'est curieux, d'autant qu'il semble que ce soit justement Régine qui ait fait le rapprochement entre les deux affaires. On comprend rien. [Relecture toujours : Stéphane et Wats, presque ensemble, ont trouvé que Berthe « Régine » Poncet était morte le 4 février 2001, à Villejuif – à l'hôpital, précise Wats, non pas psychiatrique, Paul-Guiraud, où elle a rencontré Solange trente-sept ans plus tôt, mais Paul-Brousse, à sept cents mètres de là. À la fin d'une interview sur le tournage du film *Grands*, le 1er juillet 1936, le journaliste du *Figaro* écrivait : « Régine Poncet, si frêle et blonde, disparaît. »]

Dans ces rapports, on trouve également des traces des différentes auditions de Solange par le juge Berigaud, et cela n'a rien à voir avec le reflet qu'en a donné la presse – c'est-à-dire, en substance : elle a essayé, elle s'est fait choper, elle avoue, elle a tout inventé, elle avait juste besoin de sous, elle est désolée. (*Le Monde*, encore : « C'est une petite femme aux cheveux noués en chignon, aux traits figés, à la voix indistincte, qui a passé sept ans de sa vie dans des hôpitaux psychiatriques et qui, aujourd'hui, est incapable de fournir une explication au geste qui l'a conduite ici. ») D'abord, elle révèle que Régine Poncet lui a confié que l'un de ses proches amis, appartenant à l'OAS, comme par hasard (mais Solange n'a aucune raison de mentir ou d'inventer, car le réseau que brandit son mari pour sa défense est exactement à l'opposé de l'OAS), était impliqué dans l'enlèvement de Thierry Desouches. Ensuite, elle explique au juge d'instruction que si elle a osé réclamer 1 000 francs à Yves Taron, ce n'est ni au petit bonheur la chance ni parce qu'elle a soudain perdu la boule : lorsqu'ils se sont vus en janvier 1966, c'est lui qui lui aurait proposé de l'argent, à la fin de leur conversation, pour qu'elle « ne révèle pas certains faits » à la presse ou à la police, en particulier « à propos de l'affaire Desouches », argent qu'elle aurait refusé dans un premier temps. (Yves Taron a formellement démenti ces affirmations, bien entendu.) Puis, à la demande de Solange, le juge Berigaud convoque Marc C., le mari de Marie-Thérèse Léger, à qui elle dit s'être confiée en janvier 1967, soit un mois avant l'envoi de sa lettre à Taron. Il confirme les propos de sa belle-sœur : elle lui a bien dit à ce moment-là que si elle parlait, « M. Taron rejoindrait son mari en prison », et que la bague (qu'elle lui a montrée) lui avait été donnée « pour qu'elle ne révèle pas ce qu'on lui avait dit au sujet de l'assassinat du petit Luc ».

On apprend encore, dans ces procès-verbaux d'audition, que selon Solange, Yves Taron a pénétré ou, plus certainement, a demandé à quelqu'un de pénétrer dans sa chambre de l'Avre Hôtel pour lui voler certains documents dont le contenu reliait les affaires Desouches et Taron. (Taron niera (mollement d'ailleurs) mais reconnaîtra que Régine Poncet lui a révélé avoir transmis à Solange une sorte de dossier, ou de mémoire, « destiné à un ami de Lucien Léger », dans lequel elle détaillait son implication (à elle) dans l'enlèvement de Thierry Desouches.)

Le tribunal fera preuve d'une logique déroutante. À peu près : il est donc prouvé que Solange Léger savait des choses qui auraient pu compromettre Yves Taron, il s'est senti menacé « nonobstant leur fausseté », par conséquent la tentative de chantage est réelle, il faut la condamner. Pour conclure, l'arrêt de la cour sera, de manière étonnante, bien plus précis que la maîtresse-chanteuse elle-même. Il stipulera que la tentative d'extorsion de fonds portait sur la potentielle révélation des faits suivants : « La participation du sieur Taron à la violation du domicile de la dame Léger, au meurtre de son propre fils, et à l'enlèvement d'un autre enfant, le jeune Desouches. » On n'en sortira jamais.

Pendant six mois, les deux amoureux qui avaient passé leur première nuit ensemble sur un banc à la sortie de Belleville-en-Beaujolais ont été incarcérés chacun de son côté. Solange quitte la Petite-Roquette le 11 août 1967, après expiration de sa peine. Sur sa fiche de libération est indiquée l'adresse d'un foyer, 5 bis rue Stendhal, dans le 20e arrondissement, juste derrière le Père-Lachaise. À la place, aujourd'hui, se dresse un grand bâtiment neuf, inauguré en 2017, mais c'est toujours un centre d'hébergement pour jeunes en difficulté ou SDF, de quatre-vingt-dix places.

Le 30 août, elle envoie à Lucien, à Nîmes, dans la pire maison d'arrêt qu'il ait connue, une photo d'elle. La seule en couleur qui existe. Elle pose sur une grande place – au vu des immeubles et des arbres autour, il semble qu'elle se trouve dans l'ouest de Paris, peut-être du côté du Trocadéro, ou des Invalides encore. Elle se tient comme un mannequin, on devine le second degré. Elle a une drôle de coiffure, avec un chignon haut et des nattes, peut-être à la chinoise, comme elle disait dans une lettre. Elle n'a pas une mauvaise tête (pas « de vieil ivoire »), même si elle paraît un peu fatiguée, pas très en forme, sombre. Elle porte une robe courte et légère, bleu clair, bleu ciel, des collants blancs, des escarpins blancs à talons aiguilles, des gants blancs.

Quand on lit la presse du lendemain du procès pour chantage, on a l'impression que Solange fait profil bas, honteuse : elle a eu sa fessée, elle se sauve sans demander son reste. Ce n'est pas le cas. On la pensait repentante : non. Elle fait appel de la décision. (Elle donne alors une adresse de domicile, peut-être simplement parce que c'est obligatoire : chez M. Lounas, bâtiment 1, porte 366, cité Emmaüs, à Bobigny.) Son appel est rejeté le 13 février 1968 – et on lui ajoute 112,55 francs de dépens et 11,40 francs de poste. Elle se pourvoit en cassation. Son pourvoi est rejeté le 24 novembre 1968. (53,20 francs de dépens, 6 francs de poste. Et 188,35 francs de je ne sais quoi, ce n'est pas lisible sur la photocopie de l'extrait des minutes. Au total, elle voulait 1 000 francs, elle a fait six mois de prison et doit 1 166,50 francs.)

Solange s'en va, s'éclaircit, s'estompe encore. Elle vit dans une chambre à l'hôtel Moderne, 71 rue de Charonne, dans le 11e arrondissement, à égale distance du cimetière du Père-Lachaise et de la Seine. Selon le commissaire Delarue, qui a enquêté sept ou huit ans plus tard auprès des patrons de cet « établissement très modeste », elle s'y est installée au début de l'année 1968, elle « vit dans un état voisin de la misère », elle trouve parfois de petits boulots, employée de bureau ou femme de ménage, mais sa santé ne lui permet pas de les garder longtemps. Elle a du mal à régler le loyer. D'après le gérant, elle est un peu timbrée, elle a « des idées de grandeur ». Au cours de son enquête, Delarue a découvert qu'au bout de quelques mois, elle s'était mise en couple avec un homme qui logeait lui aussi à l'hôtel Moderne (mais « couple », il ne peut pas savoir, c'était peut-être seulement pour ne payer qu'une chambre au lieu de deux, une sorte de concubinage matériel, pratique ; ou pour une autre raison), un certain M. Allali, ou Hallali – mais ce serait trop lugubre.

Le 29 novembre 1969, en fin d'après-midi, sur la première chaîne de l'ORTF, Albert Raisner présente l'émission « Samedi et Compagnie ». Entre deux magnétos de Serge Lama, Sheila qui chante *Oncle Jo* ou Nina Simone *Porgy and Bess*, des invités sont réunis en demi-cercle autour de l'animateur pour parler de choses diverses, un peu de tout. Il y a par exemple un « psychologue conseil », Jean Chartier, dont le champ d'action est assez large : il a écrit *La Timidité guérie en trois semaines*, *Comment acquérir une personnalité supérieure* et *Cent moyens pour gagner plus d'argent*. Il a un titre de « docteur en psychologie », mais avant cela, il était conseiller culinaire chez Moulinex. Assis à trois chaises de lui, un autre spécialiste, qui s'appelle Jacques Salce. C'est la première fois, et ce sera la seule, que je le vois bouger, que je l'entends parler. Ici, il n'est pas graphométricien, ni chef de publicité, ni décorateur, ni activiste politique, ni même psychologue ou docteur en philosophie, il n'est pas non plus ancien héros de la Résistance ni collectionneur d'art, il participe à l'émission en tant qu'expert – apparemment incontesté, une véritable référence – en mémoire humaine. Et il semble en connaître un rayon, il délivre aux téléspectateurs de précieux conseils, sans doute jamais énoncés avant lui : « La concentration est primordiale pour retenir les choses dans la mémoire. Pour bien fixer un souvenir, il faut apprendre à se concentrer. » (Pour bien en oublier d'autres, ce n'est certainement pas la même technique, ce sera éventuellement l'objet d'une prochaine émission.) Il a quelque chose de hautain, dans son allure ou sa manière de parler, de trop sûr de lui, de presque méprisant. Sa voix est un peu nasillarde, son ton précieux, maniéré. Il dégage des vibrations désagréables, même en noir et blanc à cinquante ans d'écart, on se contracte devant l'écran. Il fait peur, il a l'air d'une brute en costume, d'un faux calme qui peut exploser à tout moment. Instinctivement, on a envie de reculer, de s'éloigner.

Solange est désormais, et de nouveau, seule dans sa chambre de l'hôtel Moderne, absolument seule. Elle ne vit plus avec Allali ou Hallali depuis plusieurs semaines – Jacques Delarue n'a pas réussi à savoir exactement quand ils se sont séparés, ou quand il est simplement parti vivre ailleurs. Il semble qu'elle ait réussi à échapper enfin à la psychiatrie, du moins à ses structures en dur : pour se défaire de ses émanations médicamenteuses, il est sans doute trop tard. Elle passe la majeure partie de ses journées ici. La chambre est petite, à peine de quoi faire quelques pas entre le lit et le mur, un lavabo et un bidet pour tout confort, toilettes sur le palier. Elle doit souvent rester assise sur son lit, ou couchée. La veille de mon départ pour le Beaujolais, j'ai pris une chambre dans l'établissement, qui s'appelle aujourd'hui l'hôtel Exquis, un trois étoiles qui a été, bien sûr, entièrement rénové depuis longtemps, et encore récemment, en 2015, par l'artiste et décoratrice Julie Gauthron. (Auparavant, c'était un « éco-logis urbain », l'hôtel HI Matic, écologique et « 100 % internet », où l'on pouvait réserver une « Mini-Cabane », une « Cabane » ou une « City-Cabane ». Le réceptionniste était remplacé par un écran tactile, et le petit déjeuner se choisissait dans un grand distributeur de « réfectoire food » 100 % bio. On avait même essayé, depuis ce centre névralgique, de changer le nom du quartier. On n'était plus entre

Voltaire, Charonne, Ledru-Rollin et Faidherbe-Chaligny, mais à « East Bastille (EsBa) ».) Solange occupait la chambre 26, au deuxième étage. J'en ai donc demandé une au deuxième étage, sur cour – c'était possible, oui, et on ne m'a pas posé de question. Je n'ai qu'une toute petite chance que ce soit la sienne, mais peu importe, je fais comme si. Je regarde mon lit. La chambre maintenant est probablement un peu plus grande, elle comprend bien sûr une salle de bains (la douche, assez spacieuse pour s'y laver à deux, est entièrement carrelée de noir brillant, avec des loupiotes minuscules entre chaque carreau, façon nuit étoilée quand on allume), elle est décorée avec goût, élégance, elle est pratique, moderne mais « dans un style rétro, avec des meubles chinés », jolie, chic. Je n'ai pas beaucoup de place mais ça me va très bien, pour une nuit, même cinq ou six. J'essaie d'imaginer Solange, qui s'assied, se couche, se lève, tourne en rond immobile pendant des mois entre ces murs, au papier peint terne et sale à l'époque, déchiré par endroits.

Le 7 mars 1969, quelques mois avant l'apparition de Jacques Salce à la télévision, Solange a écrit à son mari, « Lucien chéri », depuis l'hôtel Moderne. Elle lui dit avoir reçu un coup de téléphone anonyme, elle pense avoir reconnu la voix « de J. S. », elle n'est pas sûre, en tout cas c'était un message à transmettre à Lucien : il doit « [se] taire pour Viry-Châtillon ». Elle ajoute que selon son interlocuteur, elle est « au courant pour Igny un mois avant ». (On devine qu'Igny, donc le bois de Verrières, c'est la mort de Luc, et Viry-Châtillon, celle de Molinaro.) Ensuite, elle lui donne le résultat de petites investigations qu'il lui a manifestement demandées : « Chantal [Nina Douchka, donc] m'a avoué qu'elle se souvient de t'avoir dit d'arrêter d'écrire les messages. Il me semble que c'est S. [elle avait d'abord écrit le nom en entier, puis a raturé] qui lui avait demandé de te dire ça, car elle m'a parlé spontanément de la rue de Stockholm, où il demeure.

Où aurait-elle trouvé son adresse autrement ? […] J'ai souvent envie d'aller voir J. S. et de me fâcher pour en finir, mais j'ai un peu de craintes pour moi. »

Je regarde par la fenêtre de la chambre, vers la cour étroite, grise. Là au moins, je suis sûr de voir ce que voyait tristement Solange. Car les chambres les moins chères donnaient logiquement de ce côté. (Même si en 1969, ce ne devait pas être très gai non plus vers la rue. Le quartier est aujourd'hui en voie de gentrification (il reste un peu de marge), comme à peu près tout l'Est parisien, mais dans ces années-là, on était ici dans les bas-fonds noirâtres. Quand je sors de l'hôtel, je regarde autour de moi, je me dis qu'il ne doit plus en rester grand-chose. Si, presque en face, sur la façade d'un petit immeuble à un seul étage, au-dessus du restaurant Septime (« Cuisine française fine et moderne dans un néo-bistro au look industriel épuré et au mobilier en bois brut ») et de son annexe, Clamato (« Cuisine de la mer en petites portions pour cette adresse branchée aux allures de cabanon en bois »), les traces de la vie d'avant ne sont pas tout à fait effacées, on peut lire, sur le mur entre deux fenêtres, que s'y trouvait une « Imprimerie populaire – Travail rapide – Prix très modérés ». Je me dis que Solange passait les yeux sur ces mots quand elle sortait de l'hôtel.) Je laisse la cour grise et me retourne vers l'intérieur de la chambre, vers le lit.

Le 10 janvier 1970, en début de matinée, Solange est allongée ou plutôt assise sur son lit, qu'elle vient de faire. Elle est en chandail et en culotte. Elle se lève, elle enlève sa culotte. (Malgré les apparences, je ne romance pas – ou peu.) Elle laisse sa culotte sur le lit et s'assied sur le bidet, qui se trouve entre le lit et le mur. Je ne sais pas si c'est pour faire pipi, par flemme de sortir sur le palier, ou pour se laver. Elle s'assied sur le bidet et, je suppose, regarde devant elle, le vieux papier peint sur le mur d'en face.

Un mois plus tôt, peu avant la mi-décembre, Lucien, depuis sa cellule de la maison d'arrêt de Château-Thierry, dans l'Aisne, écrit à sa femme pour lui souhaiter une bonne année 1970 (il ne faut pas le faire avant le 1er janvier, ça porte malheur). Elle lui répond le 17 décembre, toujours depuis l'hôtel Moderne, le remercie pour ses vœux et sa longue lettre, et enchaîne (attention) : « Lucien chéri, j'ai fait ce que tu m'as dit : j'ai prévenu M. Salce [en toutes lettres], qui m'a reçue chez lui, de ton intention de tout dire. Il m'a dit que tu ferais une erreur car il n'y a aucune preuve contre lui et l'autre, et ils ont pris leurs précautions. J'ai insisté pour qu'il t'aide de n'importe quelle manière, mais il m'a répondu qu'il ne pouvait rien faire, sauf prendre ta place. Et il n'en est pas question. Après, il a téléphoné à quelqu'un devant moi, depuis le métro de la gare Saint-Lazare, quand il m'a raccompagnée. Je l'ai vu faire le numéro, qui commençait par 522. Je n'ai pas saisi le reste. Il est devenu tout coléreux et m'a menacée, si je parlais de quoi que ce soit, de me faire disparaître. Il m'a dit que tu étais prévenu de ça et que tu me dises de rester tranquille. Maintenant que lui-même m'a dit que tu étais innocent, que c'étaient lui et Molinaro qui avaient tué le petit Taron, je vais risquer le tout pour le tout. S'il m'arrive quelque malheur, tu sauras d'où ça vient. Maintenant que ça va mieux côté santé, je vais essayer d'aller te voir. Je te raconterai ce qui s'est passé avec Salce. En attendant, mon petit mari chéri, ne te fais pas de soucis, je ferai attention, mais je ne sais où je vais me cacher si tu parles enfin. Ta petite biche qui t'aime fort. »

Quand j'ai lu cette lettre et la précédente, reproduites dans *Le Voleur de crimes* de Jean-Louis et Stéphane, à un moment où je n'étais pas encore bien certain de ce que je pensais au sujet de la culpabilité ou de l'innocence de Lucien, je suis d'abord resté ahuri, soulagé, stupide, puis j'ai senti monter une sorte de malaise. Ça ne me plaisait pas. Comment dire ? C'était trop clair, trop parfait. Ça me rappelait le type dans le film, celui qui répond à Miss Sandy au téléphone et lui demande si elle vient bien de lui dire que le corps de Douglas était dans la grange de Bennett. Elle écrit « J. S. », « Viry-Châtillon », « Igny », « Chantal » (qu'elle a toujours appelée Douchka), la « rue de Stockholm », « Salce » carrément, « Molinaro », et allez donc, « Maintenant que lui-même m'a dit que tu étais innocent » : c'est Doug dans la grange à Bennett. Et ce numéro de téléphone dont elle retient les premiers chiffres (522, sur un clavier, cela correspond aux lettres LAB, comme l'indicatif du quartier Laborde, c'est le numéro de Taron, LAB 90 64) : Lucien a employé exactement la même « astuce » en 1968, quand il racontait que Molinaro lui avait un jour amené le petit Desouches et lui avait demandé d'appeler un numéro dont il ne se souvenait plus mais qui commençait par LAB. J'étais déçu par Solange. De toute évidence, selon moi en tout cas, elle recopiait docilement ce que son mari lui avait demandé d'écrire. Ce qui me chiffonnait, ce n'était pas qu'elle mente, après tout elle essayait de l'aider comme elle pouvait, on a le droit de mentir, elle était sincèrement convaincue qu'il n'avait pas fait ce pour quoi il allait passer sa vie en prison, loin d'elle – et même Lucien, cela ne signifiait pas qu'il avait tué Luc, il se rendait compte que personne ne le croirait plus, il ne savait plus quoi faire, il était peut-être obligé d'en arriver à des stratagèmes aussi lourdauds, peu reluisants, pitoyables et voués à l'échec, il n'avait plus le choix, puisque personne n'intervenait pour lui, c'était ça ou le silence et la résignation au cauchemar. Ce qui me chiffonnait, c'était que Solange soit assez simplette pour croire que – ou plutôt qu'elle ait le cerveau détruit par les cachets au point de croire que quelqu'un allait tomber dans ce panneau grossier.

Mais je ne vais pas m'amuser à fabriquer du suspense en carton avec ça, ce serait moche : je pense que ce sont de fausses lettres, écrites par Lucien.

Pendant des mois, je n'étais pas seulement gêné par ce qu'elles disent trop explicitement, mais aussi par la manière dont elles le disent. Le texte est trop sérieux, trop premier degré, je n'y trouvais pas – l'humour, ce serait trop dire, car le sujet ne s'y prêtait pas, mais – la légère distance, le recul qui est dans la nature de Solange, le détachement imperceptiblement ironique qui colore tous ses courriers. Elle était peut-être réellement à bout, vidée. Ou elle avait peut-être copié réellement mot pour mot ce que son mari lui avait transmis d'une façon ou d'une autre. Selon Stéphane et Jean-Louis dans *Le Voleur de crimes*, ces lettres de mars et décembre 1969 sont authentiques, écrites par Solange, mais on peut les considérer, peut-être, comme « une manœuvre des deux époux ». Stéphane n'en a vu que des copies, ou des extraits dans différents mémoires sur son affaire que Lucien leur avait transmis, à Jean-Louis et à lui. Elles n'étaient apparues qu'en mars 1970, quand Lucien, qui n'en avait pas parlé avant, les avait confiées à son avocat, Albert Naud, qui allait demander la révision du procès. Stéphane avait appris qu'Adeline Pichard, l'une des dernières avocates de Lucien, les avait désormais en sa possession. Il l'avait rencontrée, elle s'était montrée assez distante, taciturne, professionnelle, mais le lui avait confirmé. J'étais coincé avec ça. Ça m'ennuyait.

Quand j'ai consulté, tardivement (l'Administration a mis des mois à m'en donner l'autorisation), le dossier qui contenait l'enquête du commissaire Delarue, je suis allé à Pierrefitte uniquement pour savoir ce que le commissaire avait pu dénicher dix ans après le procès, pas dans l'espoir d'y découvrir des informations sur ces lettres, je m'étais fait à l'idée qu'elles resteraient une énigme un peu collante, poisseuse, un boulet de plus. Mais on trouve rarement ce qu'on espère et souvent ce qu'on n'attend pas.

J'ai déjà écrit ce que je pensais de son rapport, mais sur certains points, on ne peut pas le mettre en doute. Il indique que ce que Léger a transmis à Naud en 1970, et que Naud lui a ensuite transmis à lui-même, ce ne sont pas les originaux des lettres de Solange, ce ne sont pas non plus des photocopies, ce sont (comme celle prétendument reçue en 1968 de Molinaro et signée « Ton ami ») des copies que Lucien a réalisées lui-même. Car, eh oui, fin 1969, il les a jetées, les lettres de Solange, il ne voulait pas encore, à ce moment, garder de trace incontestable de l'implication de Jacques Salce. Elles sont tapées à la machine et signées « Solange » à la main, mais Lucien reconnaît évidemment que la main en question est la sienne. (J'ouvre un fichier Word, j'écris que je « soussigné, Serge Lama », certifie avoir tiré sur John Fitzgerald Kennedy le 24 novembre 1963 à Dallas [alors que c'est Sheila – non, pardon, Sheila c'est Martin Luther King], j'imprime, je signe « S. Lama » mais je précise bien que c'est de ma main, car je ne prends pas les gens pour des buses, en revanche je jure que je possédais le manuscrit original, je l'avais trouvé dans une brocante à Saint-Brieuc, et par malheur je l'ai perdu l'hiver dernier. Serge est foutu.) Delarue conclut : « Personne d'autre que Léger n'a jamais vu les originaux. » Ça, je n'en étais pas sûr.

J'ai écrit à Adeline Pichard, l'avant-dernière avocate de Lucien, je l'ai dit. C'est elle qui est censée détenir la dernière lettre de Solange. Après une première réponse courte, elle n'a plus répondu à mes mails successifs. Jusqu'au dernier, où je piquais une petite colère de môme rageur, après six mois d'attente et de frustration. Je ne vais pas citer d'extraits de sa longue réponse, je suppose que je n'ai pas le droit, et quoi qu'il en soit je n'ai pas envie de l'embêter, mais en substance, elle y évoquait une évidence que j'avais fait mine de laisser de côté : le secret professionnel. Elle avait bien entendu raison. Allez, un extrait quand même (tant pis, on verra bien) : « Le secret professionnel de l'avocat est absolu, et ni le temps ni le décès de Lucien Léger ne m'en dégagent. » J'étais d'accord avec elle, et me demandais soudain ce qui m'avait pris d'insister aussi lourdement. (Mais on me pardonne : j'attendais juste une réponse, même celle-là.) Et qu'elle ne soit plus avocate ne change rien non plus. Elle a raison, voilà.

Dans son mail, tout de même, et sans aucunement déroger à son obligation de garder le secret que son ancienne fonction, sa loyauté et sa conscience lui intimaient de ne pas révéler, elle se livrait à quelques considérations générales, psychologiques, presque philosophiques, qui, même si ce n'est qu'une interprétation de ma part comme on en trouverait douze autres si on demandait à des gens, pouvaient éventuellement laisser deviner au lecteur à l'esprit d'analyse acéré qu'il était hypothétiquement possible que la lettre qu'elle avait en sa possession ne soit peut-être pas tout à fait l'original, et qu'avec un brin d'audace, on pouvait difficilement s'empêcher de penser, ne serait-ce qu'une fraction de seconde, que l'éventualité qu'il s'agisse en réalité d'une copie de la main de Lucien Léger était impossible à écarter définitivement. Pour le dire un peu plus simplement, après lecture de son mail, qui ne contenait aucune véritable information, je me suis dit : « Pas de doute, c'est une copie de la main de Lucien, comme celles qu'a vues Delarue. » Je me trompe peut-être. On ne saura pas.

Une déception de plus. J'ai confiance en Solange, je pense qu'elle n'était ni dingue, ni fausse, ni mauvaise, qu'elle ne se serait pas livrée à une manipulation mensongère aussi énorme simplement pour faire plaisir à son mari et lui permettre d'être innocenté ; donc cette lettre du 17 décembre 1969, pour moi, donnait clairement la solution de cette vaste et insupportable énigme ; et puis non.

Pour autant, cette nouvelle découverte ne ferme aucune porte. D'abord, même si elle me semble plus qu'infime, il reste une chance que Lucien n'ait pas menti : Solange lui a effectivement écrit, en décembre 1969, qu'elle avait rencontré Jacques Salce, qu'il lui avait à peu près tout avoué, non sans la menacer ; Lucien n'a (mystérieusement, quand même) pas conservé cette lettre ; il en a reconstitué plus tard une copie, certainement sans pouvoir s'empêcher d'en rajouter un peu, de formuler plus précisément les choses – « Chantal » qui reconnaît si facilement qu'elle était au courant de tout, et cette histoire de numéro de téléphone… J'ai du mal à y croire, mais qui suis-je ? (Par exemple, j'ai appris dans le rapport Delarue que la lettre de Solange du 13 mars 1966 que Lucien avait donnée à Albert Naud, celle qui parle d'Yvan Tourterelle, n'était également qu'une copie qu'il avait lui-même effectuée. Mais celle-ci me paraît authentique, au moins sur le fond. Parce qu'on sait que Solange a bien rencontré Taron peu avant, qu'ils ont discuté, que leur conversation contenait des propos susceptibles de laisser croire à la jeune femme qu'elle pourrait lui soutirer de l'argent en échange de son silence, et puis parce que Yvan Tourterelle à la place d'Yves Taron, ça ressemble à Solange.)

Moins d'un mois après l'envoi prétendu de cette prétendue dernière lettre qui explique tout, le lundi 12 janvier 1970, sur France Inter, aux actualités de 13 heures, un journaliste débutant de vingt-sept ans, à la voix encore claire, Yves Mourousi, annonce : « Solange Léger, l'épouse du meurtrier du petit Luc Taron, a été retrouvée morte samedi soir dans un hôtel parisien. Le décès de la femme de celui qu'on appelle l'Étrangleur n'a pas encore été expliqué. »

Le jeudi 15 janvier, Lucien écrit au procureur général près la cour d'appel de Paris, il veut être entendu, il a de nouvelles révélations à faire : « Vu la promesse faite à ma femme en cas de décès, je transmets d'ores et déjà à M. le procureur général le nom et l'adresse du principal responsable de la mort de Luc Taron, Jacques Salce. » Le 28 janvier (la Justice étant une vieille dame, elle prend souvent son temps), ordre est donné d'aller l'interroger à la prison de Château-Thierry. Le 10 mars 1970 (doucement, Mamie), l'OP Delavacque procède à son audition. Lucien, qui maintient évidemment son innocence, balance Salce et raconte à l'officier de police tout ce qu'il ne racontera publiquement, dans la presse, que quatre ans et demi plus tard, fin août 1974. Le 4 avril 1966, il écrivait à Maurice Garçon, à propos du procès qui approchait, qu'en cas d'erreur judiciaire, il révélerait autre chose, même si à ce moment-là il se considérerait « comme un lâche ». Sur interpellation de Delavacque, il confirme : « C'est par amitié que je n'ai pas voulu dénoncer Jacques Salce plus tôt. D'autant plus que la mort du petit Taron est accidentelle, j'en suis persuadé. » Mais en 1975, il expliquera : « La mort de Solange a déclenché chez moi l'abandon de tout scrupule. » (Et accessoirement, il n'a plus rien à craindre pour elle.)

Devant Delavacque, il revient brièvement sur l'affaire Desouches, expliquant que s'il a fait croire, en 1968, qu'il était impliqué, ce n'était pas seulement pour être extrait de l'abominable prison de Nîmes, mais aussi « pour faire bouger le réseau Molinaro, et le résultat a été immédiat : Mme Desouches décédait dans les jours qui ont suivi, d'une mort soi-disant naturelle ». (Comprenne qui pourra.) À propos de Solange : « Elle m'a laissé l'impression d'en savoir beaucoup plus que moi, plus que je ne lui avais dit moi-même. Je constate que c'est au moment où elle allait parler qu'elle décède. Je suis personnellement convaincu que c'est le réseau Molinaro-Kozak qui est à l'origine du décès de mon épouse. Je demande qu'une enquête soit effectuée. [...] M. et Mme Lelarge, de Verrières, sont les témoins qui ont vu "l'homme en bleu" sortir du bois à 5 heures du matin. Je crains que ces témoins soient "supprimés". » Mais comme le découvrira Jacques Delarue,

Pierre et Geneviève Lelarge ont quitté leur emploi et la région d'Igny juste après le procès, car Geneviève a été « très impressionnée par le drame ».

Si l'on admet que les deux dernières lettres de Solange ont été écrites par Lucien après sa disparition, il y a deux manières de réagir, de le ressentir : c'est dégueulasse, il ne recule vraiment devant rien, il se sert de la mort de celle qu'il disait aimer pour faire passer ses mensonges, elle ne peut évidemment pas l'en empêcher, il l'utilise comme un objet à sa disposition, un bouclier humain mort, il veut sortir de prison en marchant sur son cadavre, c'est d'un cynisme et d'une perfidie à vomir ; il est réellement innocent, en partie du moins, Salce est le véritable coupable, Lucien sait que Solange voulait l'aider, ils se sont écrit des dizaines et des dizaines de pages, elle voulait l'aider, elle ne peut plus, il a conscience que ce qu'il fait n'est pas très classe, que c'est triste, mais il se dit que si elle le savait, elle ne lui en voudrait pas, elle lui pardonnerait – elle voudrait l'aider même après sa mort.

Dans sa réponse à mon mail, Adeline Pichard fait une autre remarque d'ordre général (que je dois peut-être pouvoir citer, donc, il me semble (pas sûr)), toujours sans me dire un mot du document qu'elle possède, elle élargit la question : « On peut être faussaire pour créer un fait nouveau susceptible d'ouvrir la voie de la révision et innocent, ce n'est pas incompatible. » Penelope Cruz et moi confirmons.

Si Lucien a attendu quatre ans et demi avant de se décider à réitérer ses accusations contre Salce, à la presse cette fois, c'est en partie parce qu'il savait qu'il allait devoir parler de la (prétendue) mort de Molinaro, et qu'il voulait laisser passer le délai de prescription pour ne pas être accusé de complicité, puisqu'il dira y avoir assisté, mais aussi parce qu'il pensait que, pendant ce temps, la police enquêtait sur Salce, comme il l'avait demandé, au sujet de ce qu'il venait de déclarer à l'OP Delavacque.

C'était tout de même assez spectaculaire, tonitruant, et surtout, contrairement à l'impalpable Molinaro, Jacques Salce, on pouvait aller le voir, il existait bel et bien, il venait même de passer à la télé. Mais personne n'a rien fait, Delavacque est rentré dans son commissariat et c'était terminé. En quatre ans et demi, ni la police ni la justice n'ont bougé la première phalange du petit doigt. Quand Lucien demandera si les recherches avancent, on lui répondra simplement que non, car Jacques Salce est « introuvable ». (Pourtant, fin août 1974, après les déclarations publiques de Lucien, un journaliste de l'AFP le trouvera en quelques heures pour le faire réagir.) Qu'elle ait écrit elle-même la dernière lettre ou que Lucien se soit servi d'elle, Solange a disparu dans l'indifférence, a été engloutie sans un remous : sa mort n'a pas eu la moindre conséquence.

Le samedi 10 janvier 1970, à 17 heures, le téléphone sonne à la réception de l'hôtel Moderne. C'est le gérant, M. Dussauze, qui décroche. Son interlocuteur demande à parler à Solange Léger. Dussauze est étonné, elle ne reçoit jamais aucun appel, mais il monte tout de même au deuxième étage et frappe à la porte de la chambre 26. Pas de réponse. La porte est fermée à clé. Il est encore plus étonné car il ne pense pas l'avoir vue sortir, mais il redescend et informe l'homme au téléphone qu'elle n'est pas là. Deux heures plus tard, cette fois il en est sûr, elle n'est pas revenue. Or quand elle sort, rarement, elle ne reste jamais aussi longtemps dehors. Elle dormait peut-être, elle n'est pas toujours très pimpante, c'est le moins qu'on puisse dire. Il remonte, refrappe, fort : pas de réponse, le silence derrière la porte. Il essaie d'ouvrir avec son passe, mais la clé est dans la serrure à l'intérieur. Il sait donc que sa locataire est là. Il se résout à enfoncer la porte. La lumière n'est pas allumée, la chambre est plongée dans la pénombre (le soleil s'est couché à 17 h 14 ce jour-là), il voit d'abord que le lit est fait, puis il distingue le corps de Solange par terre, entre le lit et le bidet, sur le dos, « à demi recroquevillé », la tête en appui contre le mur. Il avance vers elle. Elle est nue à partir de la taille, elle porte un chandail mais pas de culotte. Il la touche. Solange est rigide et froide.

M. Dussauze appelle la police. Le commissariat du quartier Sainte-Marguerite (East Bastille, si on veut, EsBa) prend l'appel à 19 h 20, et envoie deux hommes sur place. Ils constatent la mort de la femme (selon le médecin légiste qui arrivera bientôt, elle « remonte à plusieurs heures »), notent que la clé se trouve dans la serrure, que le lit est fait, que la lumière est éteinte, et qu'il n'y a « aucune odeur, aucun désordre, aucune trace de lutte ». (Comme autour de Luc dans le bois.) Selon eux – c'est du moins ce qu'en rapportera le commissaire Delarue quelques années après : « Elle paraissait avoir été prise de malaise alors qu'elle se trouvait sur le bidet, pour satisfaire un besoin naturel ou pour se donner des soins intimes. Assise le dos vers le mur, elle avait basculé sur le côté et était tombée. » Bon, personnellement j'ai du mal à imaginer, il aurait fallu qu'elle fasse un petit saut latéral, en position assise, pour se retrouver recroquevillée sur le dos entre le bidet et le lit, la tête en appui contre le mur, mais elle n'est peut-être pas morte tout de suite, elle a pu essayer de se relever, en vain.

On ne trouve pas grand-chose d'intéressant dans la chambre, on ne note rien. Sauf ce que recèle le sac à main : des boîtes de « médicaments », un tube d'aspirine, et trois « petits étuis de plastique », sur lesquels sont écrits « Roche 10 » (du Valium, probablement), « 1 M 10 », et rien, contenant tous les trois des comprimés.

Son acte de décès à la mairie du 11e arrondissement porte le numéro 38. Ce qui doit signifier que Solange est la trente-huitième personne à mourir dans le 11e arrondissement depuis le début de l'année.

Dans la chambre qui n'est peut-être pas la sienne, je regarde le côté du lit opposé à la fenêtre sur cour, celui où devait se trouver le bidet (mais le lit n'était peut-être pas dans ce sens), je regarde le mur, l'espace étroit entre le lit et le mur, je vois l'endroit où se trouvait peut-être son corps à demi recroquevillé. Je me dis que Solange était là. Froide mais Solange quand même. Elle avait trente et un ans.

Quand il annonce sa mort le surlendemain sur France Inter, Yves Mourousi, que son instinct, son flair, propulseront les années suivantes dans toutes les salles à manger de France, prend des précautions étonnantes, qui ont dû surprendre bien des auditeurs – car personne ne parle plus de Solange depuis près de trois ans, et la dernière fois, c'était pour dire que la folle avait essayé de faire chanter le malheureux père de la petite victime avec les délires à dormir debout qu'elle avait dans la tête : « Mort naturelle comme le laissent entendre les premières constatations du médecin légiste ? Peut-être. Solange Léger avait des habitudes d'intempérance, mais elle se faisait souvent raccompagner jusqu'à la porte de sa chambre. Quoi qu'il en soit, une autopsie a été ordonnée pour déterminer les causes exactes de ce décès. » (M. Allali était peut-être cet homme – celui qu'elle avait sous la main – qui souvent la raccompagnait jusqu'à la porte de sa chambre.)

Mourousi est bien le seul. Le même jour, le 12 janvier, dans *L'Aurore*, Hélène Le Garrec (qui comparait Solange à la Folle de Chaillot) écrit : « Elle a succombé à l'usure, à l'épuisement, à l'abus de drogues excitantes et tranquillisantes. Mais en réalité, Solange est morte victime de son mari, de la vie démente qu'il lui a fait mener, et du crime qu'il a commis. [...] Visiblement, si les médecins avaient amélioré l'état de Solange, ils ne lui avaient pas rendu son équilibre. Car on ne guérit pas d'avoir été la femme d'un Lucien Léger. » (Même Albert Naud, qui ne l'a jamais vue je crois, ne cherchait pas midi à 12 h 10. Interviewé sur France Inter en décembre 1973 à l'occasion de la parution de *Les défendre tous*, il se contentera d'un soupir fataliste : « Folle, hélas, elle est morte comme ça... ») Hélène Le Garrec termine son papier : « Les policiers du quartier Sainte-Marguerite, chargés de l'enquête, sont persuadés que les circonstances du décès sont naturelles. Néanmoins, ils feront pratiquer une autopsie dans le courant de la semaine. »

Solange va avoir droit à l'autopsie qu'elle espérait. Elle sera pratiquée le mardi 13 janvier par le docteur Martin (il t'aura suivie jusqu'au bout, celui-là, comme un genre de médecin légiste traitant). On va t'ouvrir, on va regarder à l'intérieur : à défaut de savoir enfin ce qui n'allait pas de ton vivant, on va savoir de quoi tu es morte.

Mais aujourd'hui, le rapport a disparu. On l'a jeté, probablement. Il ne faut rien y voir de suspect, on peut comprendre : s'il fallait garder les autopsies de toutes les malheureuses mortes à Paris...

Pour une fois, le rapport de Jacques Delarue va servir à quelque chose. Car il a pu consulter celui de l'autopsie lors de son enquête (il n'était donc pas encore à la poubelle en 1976), et il en cite des extraits. Solange a les poumons « anémiques », avec d'importantes « hypostases thoraciques » (d'après Wikipédia, une hypostase, en médecine, est une « accumulation de sang à la base des poumons, produite en général à la suite d'une insuffisance cardiaque ») et, comme Luc, de nombreux œdèmes pulmonaires. Raymond Martin prélève les poumons, donc, mais aussi le cœur de Solange, son foie, sa rate, ses reins, son estomac et ses intestins. C'est le docteur Le Breton, expert assermenté, qui effectue l'analyse toxicologique et envoie ses résultats au procureur de la République le 9 avril 1970. « L'expertise toxicologique a montré la présence d'un hypnotique barbiturique à la dose de 20 milligrammes par litre de sang et par kilo d'échantillon moyen des viscères. Mais il faut considérer que la mort n'a pas été immédiate si [et seulement si, je dirais] l'on retient une intoxication par barbiturique : la dose de 20 milligrammes est une dose d'élimination. » En clair : ça ne suffit pas pour la tuer directement, c'est ce qu'il reste, elle a dû, selon lui, en prendre bien plus. Le Breton a également trouvé 0,15 gramme d'alcool éthylique par litre de sang, c'est-à-dire presque rien. Par ailleurs, ajoute Delarue, la recherche s'est révélée négative en ce qui concerne les « poisons minéraux ou végétaux, les produits de synthèse relevant de la chimie organique, le phosphore non oxydé, etc. ». On se demande comment Le Breton ou Martin ont pu faire la part entre ce qu'elle a absorbé volontairement ou non, et on sait que ce n'est pas en cherchant trois ou quatre poisons qu'on en repère un cinquième, mais bref. La porte était fermée de l'intérieur, il n'y avait aucun désordre dans la chambre, on peut assez difficilement imaginer que quelqu'un est entré par la fenêtre pour empoisonner Solange pendant qu'elle faisait pipi, avant de repartir comme une ombre par la cour.

« Consulté pour avis complémentaire, continue Delarue, le Dr Martin conclut à un suicide par barbituriques. » Là, ça se complique. Solange devient Marilyn Monroe. (L'hypnotique barbiturique relevé dans le sang et les viscères de Solange est très certainement du Nembutal, donc du pentobarbital – car le Valium, par exemple, c'est-à-dire le diazépam, n'est pas un barbiturique. Marilyn serait morte elle aussi d'une overdose de Nembutal : dans son sang, on a trouvé 45 milligrammes de pentobarbital par litre, et dans son foie, 130 milligrammes par kilo. Soit plus de deux fois pour le sang et pour le foie six fois et demie plus que Solange.) Elle enlève sa culotte, s'assied sur le bidet et avale une boîte de comprimés ? Ou bien elle avale une boîte de comprimés, puis fait sa toilette intime avant de mourir ? Le légiste, en outre, semble indiquer de manière assez floue que l'absorption de barbituriques n'est pas la cause immédiate de la mort. Il n'est pas clair, ce Martin. En résumé, qu'est-ce qu'il veut dire ? Qu'elle s'est suicidée lentement ? En quelques jours ? Qu'elle a en réalité commencé à se suicider en 1960, à son arrivée à Paris, dix ans plus tôt ? (Il n'est peut-être pas clair, ce Martin, mais ses compétences s'étalent sur un large éventail. Il est expert du corps humain, mais aussi de l'âme et de sa noirceur. Dans son autobiographie, sobrement mais efficacement intitulée *Souvenirs d'un médecin légiste*, il écrira au sujet de Lucien : « Je ne crois pas avoir jamais rencontré d'homme aussi pervers, aussi cruel que ce tueur à l'apparence terne, qui, dès le lendemain du crime et pendant les longs mois que dura son instruction, s'amusa à répandre la terreur dans la foule, et à maintenir sur le gril l'homme et la femme dont il avait tué l'enfant unique. »)

Jacques Delarue sent bien que la théorie du suicide dans le sens où on l'entend habituellement est plus que bancale. Il termine le court chapitre « Solange » de son rapport par ces phrases : « Il est probable que le très mauvais état de santé de la victime a joué un rôle dans son décès, et donné à une dose limite de barbituriques un effet qu'elle n'aurait pas eu sur une personne en parfait état physique. Pour conclure, on voit que le décès de Solange Léger n'est nullement mystérieux, qu'il a fait à l'époque l'objet d'une enquête de police très complète [un peu d'humour est toujours bienvenu – mais il a fait à l'époque l'objet d'une autopsie, c'est vrai], et que l'ensemble de ces recherches [c'est-à-dire l'ensemble de l'autopsie] permet de conclure à la probabilité d'un suicide ou d'un décès accidentel dû à l'absorption de barbituriques. » C'est plus crédible. Lucien lui-même, qui n'est pourtant jamais le dernier à bondir sur une occasion de mieux ficeler son scénario, est resté relativement nuancé. Dans *Le Prix de mon silence*, il écrit : « Solange était en bonne santé [ça se discute trente secondes] mais fragile. Un hasard pouvait être survenu, après sa lettre [celle qu'elle n'a sans doute pas écrite]. La grippe sévissait, mortellement. Je n'ai rien exclu. »

Mais « nullement mystérieux », Delarue pousse le bouchon. Elle abusait des cachets, elle mangeait peu et mal, elle était de faible constitution, mais elle avait trente et un ans. Elle était régulièrement victime d'étouffements, ou de sensations d'étouffement, l'autopsie a révélé des œdèmes pulmonaires, mais si elle s'était asphyxiée, ce serait assez facilement visible et donc noté quelque part, non ? Or pas un mot à ce sujet. (Des œdèmes pulmonaires ?) On ne tombe pas comme ça, morte, à trente et un ans, de façon nullement mystérieuse. Et quand le commissaire écrit que « le Dr Martin conclut à un suicide par barbituriques », c'est faux, du moins c'est une autre de ces interprétations abusives qui lui sont si souvent utiles dans son rapport : le docteur Martin n'a pas conclu ça. Sur le registre de l'Institut médico-légal de Paris, complété après l'autopsie, en face du numéro d'ordre 108, celui de Solange Léger née Vincent, on peut lire, dans la colonne « Genre de mort » (où il doit être précisé s'il s'agit d'une mort naturelle ou violente – en particulier accidentelle, toxique, asphyxique…) : « Inconnu », et dans la colonne « Causes présumées » : « Inconnues ». Ce n'est pas exactement « suicide par barbituriques » ni même « absorption de barbituriques ».

Lucien, naturellement, n'a pas été autorisé à s'occuper des obsèques de sa femme. Il n'a même pas été prévenu. Si : le lundi 12 janvier, un gardien de la prison de Château-Thierry qui sortait de sa cellule s'est retourné vers lui avant de refermer la porte, comme s'il avait oublié quelque chose, et lui a lancé : « Ah, au fait, t'es veuf ! »

Juste une folle de moins, une petite chose cassée qui disparaît, un organisme qui cesse de fonctionner et qu'on jette, ça ne dérangera personne. Le registre de la morgue indique que Solange a été mise en fosse commune le

29 janvier 1970. Le cimetière n'est pas précisé – peut-être le cimetière parisien de Thiais, où sont inhumées en vrac « les personnes décédées à Paris non identifiées ou sans ressource ». De sa naissance à sa mort, elle est allée d'un dépôt à l'autre.

Solange est la seule, de tous les personnages de cette longue histoire, qui vraiment n'est plus nulle part, qui n'a pas de tombe. Dans la dernière colonne de ce registre de la morgue, celle où le fonctionnaire doit indiquer si et par qui le corps a été réclamé, il est inscrit : « Abandonné ».

J'ai trouvé la tombe de Lucien. Facilement, grâce aux infos de Wats : elle m'a donné le numéro du carré, celui de l'emplacement, et les noms figurant sur les sépultures voisines – c'était bien sur la gauche de l'allée centrale, comme s'en souvenait Stéphane. Je suis debout devant. Lucien Léger est juste là, en dessous. Son frère Jean-Claude aussi. Je suis passé lentement devant eux quand je suis venu la première fois, l'an dernier, je me rappelle même m'être arrêté pour lire les inscriptions sur la tombe qui se trouve en face, je leur tournais le dos. Maintenant je regarde la terre, les graviers, le rectangle – je ne veux pas le décrire, mais on voit qu'il est entretenu, même si aucun nom ni aucune date ne sont indiqués. Quelques plaques funéraires sont posées à même le sol, pour Jean-Claude manifestement, de ses enfants, une peut-être pourrait être pour Lucien.

Il ne pleut pas mais le ciel est couvert, des nuages sombres et menaçants approchent, ça ne devrait pas tarder. Pour l'instant je reste là, debout, les yeux sur les graviers, je pense à beaucoup de choses, je vis depuis trois ans, en permanence, jours et nuits, avec Lucien et ce qui l'entourait, ceux qui l'entouraient, et maintenant j'arrive tout près de lui, je suis face à son squelette enseveli. Des images ou des mots me reviennent, dans le désordre, affleurent, certains insignifiants, d'autres émouvants, ou énervants. Je pense aux messages hystériques de l'Étrangleur, au photomaton sur lequel il fait des yeux de fou en brandissant un pistolet en plastique. Comme déjà cent fois, deux cents fois, j'essaie encore de faire comme s'il était acquis qu'il avait enlevé et tué Luc, d'imaginer que c'est crédible, le film passe dans ma tête, il le rencontre une nuit dans le métro, il lui parle, il l'emmène en voiture, il le tue dans le bois – je fais tout ce que je peux pour me concentrer et tenter d'y croire mais ça ne marche pas, des lumières rouges s'allument partout dans le scénario, l'image saute, entrecoupée d'écriteaux « Impossible » ou « N'importe quoi ». Ça ne va pas. Je pense à ce qu'il a répondu à Elsa Evrard dans *Libération*, au printemps 2005, après le dépôt de sa quatorzième demande de libération conditionnelle. Elle voulait savoir ce qu'il ferait si elle était à nouveau rejetée. « Je redemanderai cette libération qui ne ferait pas si peur à certains si j'avais été coupable des faits pour lesquels on m'a condamné sans preuve, sans mobile, et finalement sans conviction. » Je pense à ce qu'écrivait Albert Naud dans *Les défendre tous* : « De nombreux faits qui tendent à prouver l'innocence de Lucien Léger m'ont incité à former un recours en révision. Le secret professionnel m'interdit de révéler mes moyens. Il reste du procès de l'Étrangleur que la justice est une loterie. »

La semaine dernière, Stéphane m'a envoyé une phrase qu'il venait de lire dans *L'Importance d'être constant*, la dernière pièce d'Oscar Wilde : « La vérité est rarement pure et jamais simple. »

Sur la tombe, je pense aux photos que j'ai vues de Lucien dans un *France-Soir* de décembre 1977 et un *Journal du dimanche* de 1984, avec ses très longs cheveux, partagés par une raie au milieu, qui tombaient plus bas que les épaules, lui donnaient un air de frappadingue risible, lui ont valu le surnom de Vieux Sioux et pas mal de moqueries des journalistes dans les articles qu'ils lui consacraient encore de temps en temps, ou de ses codétenus dans les différentes maisons d'arrêt qu'il hantait, les années passant, comme une âme perdue. Le 11 juillet 1965, il avait écrit à Solange : « La suggestion que tu me donnes en ce qui concerne mes cheveux ne me déplaît pas, et dans la mesure du possible, je te ferai plaisir. » La lettre à laquelle il répondait n'est pas ou plus dans le dossier, mais étant donné les coiffures de Solange, j'ai envie de croire qu'elle lui avait suggéré de se laisser pousser les cheveux, comme elle, et que c'est pour elle, pour tenir sa promesse de lui faire plaisir, pour qu'il lui reste un peu d'elle, qu'il ne les a plus coupés jusque dans les années 1980.

Dans *Encre sympathique*, en 2019, Modiano, l'éternel Modiano, se pose des questions, plus encore que d'habitude : « Si je continue à écrire ce livre, c'est uniquement dans l'espoir, peut-être chimérique, de trouver une réponse. Je me demande : faut-il vraiment trouver une réponse ? » [Relecture (bientôt terminée) : je suis en train de lire *Le Dossier M*, de Grégoire Bouillier, il écrit quelque chose que je trouve assez juste : « Mettre un nom et un visage sur le criminel ne m'a jamais paru élucider un crime. » Il a raison, dans le fond. Hormis pour la police et la justice, c'est juste une curiosité infantile, un jeu morbide.]

Je pense à quelque chose que Jean-Louis et Stéphane m'ont raconté, une phrase de Lucien lors de leur soirée à Montmartre, bien arrosée de bière – ou bien c'était une autre fois, chez Jean-Louis, ils ne s'en souviennent plus précisément, mais si c'était à Montmartre, ils s'étaient assis sur l'un des escaliers qui descendent de la place du Tertre, Lucien avait soixante-dix ans, il allait bientôt mourir, il regardait le passé du haut des marches et il a prononcé, un peu tristement peut-être, je ne sais pas, huit mots qui laissent bouche bée quand on connaît sa vie et tout le reste autour, il a dit : « En tout cas, je me suis bien amusé. »

Je m'avance sur le côté de la tombe et je m'accroupis, après avoir vérifié que personne ne me regardait, je touche la terre au-dessus des os, je gratte un peu. Je pense à la phrase de Platon traduite par Étienne Dolet : « Après la mort, tu ne seras plus rien du tout. » Rien du tout. Je gratte. Sous mes doigts, il y a deux cercueils, deux squelettes disloqués, un grand drapeau noir anarchiste déposé par Stéphane, avec la casquette de Lucien, noire aussi, et, je m'en souviens seulement maintenant, en passant ma main sur les graviers, il y a aussi le médaillon que Lucien a accroché dans toutes ses cellules depuis le 5 juillet 1964, puis à Landas chez Lucien Bernhard, à Laon enfin, dans l'appartement que garde toujours le chat noir maigre – il y a sous mes doigts, dans la terre, ce qui est certainement le mieux conservé là-dessous, presque intact (« Je t'aime au-delà de tout le mal qui nous sépare »), le médaillon, la petite photo, le visage de Solange.

Quelques instants plus tard, au moment où je me redresse, chancelant (c'est rien, sans doute de l'hypotension orthostatique, une simple ischémie cérébrale, j'irai voir le docteur Flutsch), j'entends au loin comme un roulement de tambour. C'est bizarre. Peut-être le vertige, mes oreilles qui bourdonnent, c'est tout. Mais le bruit persiste, s'intensifie. Je lève la tête, je ne vois rien, des nuages partout, certains presque noirs, je ne vois rien mais le bruit se rapproche, un gros ronronnement à présent, ample, un chat noir monstrueux qui vole, non, je comprends que c'est un hélicoptère, les pales qui tournent vite, puissantes. Bientôt, le bruit emplit tout le ciel. Et je vois, venant du nord, l'hélicoptère blanc au-dessus du cimetière, bas, juste au-dessus de ma tête, comme s'il allait se poser entre les tombes, il descend encore, le vacarme de l'hélice qui fouette l'air est assourdissant, qu'est-ce qui se passe ? L'hélicoptère disparaît derrière le mur du cimetière, le bruit s'interrompt, l'hélicoptère est posé.

Je remarque alors, à une cinquantaine de mètres, juste au-delà du mur de l'enclos hors du temps où je vacille, un grand bâtiment neuf, orange, ou brique – qui pourrait ressembler à un hôpital, ou à l'annexe d'un hôpital. Ce n'est pas exactement là que l'hélicoptère s'est posé, il semble être allé un peu plus loin au sud, cent ou deux cents mètres, mais cela explique certainement sa présence. Je sors du cimetière, je me dirige à pied vers l'endroit où le bruit s'est arrêté, vers le sud, je marche tout droit, j'emprunte une petite rue et débouche sur une avenue face à l'hôpital proprement dit. Je lis la plaque bleue : avenue de Manchester.

C'est l'hôpital de Manchester, où Solange a passé cinq mois, Solange la démente, l'hôpital de Manchester où elle a écrit à Lucien ses lettres les plus légères, malgré sa situation, leur situation, ces conditions de vie, ses lettres les plus amoureuses. Il est vaste, étendu, il a été agrandi au fil des années, les différents bâtiments ne sont pas de la même époque, certains doivent avoir été construits dans les années 1970, les derniers bien plus récemment. Je traverse l'avenue, j'entre par une petite porte aménagée dans la grille – peut-être réservée au personnel, aux successeurs du docteur Petel, mais elle est ouverte. Je ne suis pas le grand audacieux en temps normal, mais là peu importe, je n'y pense même pas, j'entre, j'avance. En hauteur, à distance, sur ma droite, à l'ouest, je vois la plate-forme où s'est posé l'hélicoptère, amenant certainement un homme ou une femme très mal en point, ou un enfant. Après quelques pas à l'intérieur, j'arrive près d'une chapelle en pierre. Derrière, je remarque quelques bâtiments anciens, de la même pierre, et plus loin un muret surmonté d'une clôture grillagée qui ferme au sud l'enceinte de l'hôpital, parallèle à l'avenue de Manchester qui la longe du côté de l'entrée, au nord. Je continue, je passe la chapelle (celle de l'aumônier qui avait prêté un poste de radio à Solange), de l'autre côté j'arrive aux bâtiments anciens, quatre ou cinq, à deux étages, je contourne le premier, je m'aperçois qu'ils sont disposés en U, ouvert vers le sud. C'est le cœur de l'hôpital, tout ce qui est autour a été construit ensuite. C'est là qu'était Solange en 1965.

J'avance dans le creux du U, je regarde les fenêtres des étages – puisque le journaliste de *France-Soir* qui était venu la voir avait monté un escalier après avoir franchi la porte de la minuscule petite fille –, derrière l'une d'elles se trouvait sa chambre, au bout d'un long couloir, elle doit donc être à l'extrémité d'un bâtiment. Je me souviens d'une phrase : « Les oiseaux pépient déjà sur la pelouse devant ma fenêtre ouverte. » Il y a bien un petit rectangle de pelouse, de neuf ou dix mètres de côté sur six ou sept, dans un angle du U. Je me concentre sur les fenêtres qui se trouvent au-dessus, j'en ouvre une en pensée : « Il est cinq heures, tout est calme dans le service. À part les oiseaux et la trotteuse de mon réveil, je n'entends rien. » Dans la même lettre : « On fait mes petits caprices. Le matin, quand on n'a que du beurre avec le pain, je trépigne, et vite on court me chercher une soucoupe de confiture. » La soucoupe de confiture, c'était quelque part dans le bâtiment que j'ai devant moi, au rez-de-chaussée, dans le réfectoire. Le jour où deux inspecteurs étaient venus l'interroger, elle avait fait un grand ménage le matin dans sa chambre, « à grand renfort de balais-brosses, toile à laver, eau de Javel, seaux », il y a cinquante-cinq ans. Je l'entends. « J'ai repris deux kilos en sept jours grâce au sérum, j'en suis à 43 et ravie. » « Je suis tellement émotive. » « Depuis mon petit lit blanc, je penserai à toi. » « Tu vois, je suis une bonne petite nature. » « On se souvient de Roméo et Juliette, de Tristan et Yseut, on se souviendra de Lucien et Solange. Mais j'espère que cette fois le roman finira bien. » « J'ai tout juste la force de pleurer. » « Je t'aime follement, comme je ne t'ai jamais aimé. » « Je te quitte en t'embrassant bien, mon chéri, et je te dis vive la vérité, l'amour et la liberté. » « Un désagréable petit frisson me parcourut l'échine. » « Si je dois attendre éternellement, il ne me reste plus qu'à filer la quenouille comme les dames de jadis. » « J'écoute le transistor du curé. Il a montré le mien à un ingénieur, mais il est définitivement condamné. » Dans la lettre de la pelouse et des oiseaux, elle écrivait : « Je suis même allée promener à travers la cour de l'hôpital l'ensemble noir, pantalon et chemise, que tu m'avais offert en 64. » Je suis au centre de cette petite cour, dans le U, face à la partie centrale du bâtiment, la clôture à trente mètres derrière moi, je vois Solange, elle approche, la folle est calme, détendue, elle passe en noir près de moi, elle n'est pas maquillée, peut-être les ongles de pied vernis, ses yeux sont « noirs et étincelants », ses longs cheveux, elle passe à côté de moi, elle avance, elle continue. Je me retourne, elle se dirige vers la clôture. Je la suis, en noir moi aussi, comme d'habitude, je fais quelques pas et la rejoins près du muret, du grillage. C'est un vieux grillage, en mauvais état, cassé par endroits, solide mais rouillé, il devait être déjà là à l'époque de Solange. Je pose mes mains dessus, je regarde au-delà.

Derrière, au pied du muret, passe une allée étroite et mal goudronnée, une « promenade » qui paraît peu utilisée, presque abandonnée, bordée de quelques détritus, des morceaux de plâtre, de plastique et de métal tordu, des bouts de lave-linge et des sections de tuyaux en PVC. Mais au-delà : des arbres, une sorte de petit bois qui, après quelques mètres, descend en pente assez marquée. Solange le voyait probablement de sa fenêtre. Et je sens quelque chose plus loin, plus bas, je perçois, c'est difficile à expliquer – en fait, je réalise après trois secondes que j'entends quelque chose, encore un marmonnement, pas un moteur, un marmonnement liquide, un bruit d'eau. Je me décale de deux mètres et entre les arbres je distingue, après le bois en pente, dans le fond, une bande d'un vert plus sombre, plus profond que le feuillage, ondoyante. C'est la Meuse qui passe ici. Solange devait, de temps en temps, la regarder. De toute sa vie, elle n'a jamais vu la mer, que de l'eau douce, des rivières, des fleuves, le Rhône, la Saône, la Seine, mais c'est déjà ça. Les fleuves, ce n'est pas comme les forêts, ni même les villes, ça bouge, ça avance, ça traverse l'existence, ça vient de régions vivantes et ça va vers d'autres, ça passe, comme ce qu'on vit et ce qu'on oublie, ça emporte.

Il commence à pleuvoir, juste quelques gouttes légères, je vais bientôt rentrer, reprendre la Jeep. Je ressens de nouveau de vagues tensions dans la cuisse gauche, pas encore des douleurs, j'espère que ça ne va pas revenir, ras le bol – mais non, j'ai sans doute simplement un peu trop marché ces derniers jours, et depuis ma nuit en forêt. Rien de grave, je vieillis, c'est tout, c'est normal, j'ai cinquante-six ans. (Depuis mon dernier anniversaire, je ne sais pas pourquoi, quand on me demande mon âge, je réponds instinctivement : « Cinquante-trois ans. » Je corrige vite. Mais c'est comme une certitude inconsciente, peut-être définitive : la conviction d'avoir cinquante-trois ans.) Je reste encore un moment à regarder l'eau émeraude sombre en bas, tout au fond du bois en pente. Dès mon retour à Paris, je vérifierai sur l'ordinateur qu'il s'agit bien de la Meuse, qui forme ici la boucle autour du cimetière que j'avais remarquée des mois plus tôt lors de mon premier voyage, surprenante, anormale, presque fermée : le fleuve arrive de l'est, effectue véritablement comme un demi-tour, ce qui crée sa boucle d'un peu plus d'un kilomètre de diamètre – elle englobe le cimetière et l'hôpital, les encercle, les embrasse –, puis repart vers l'est, à seulement deux cent cinquante mètres au-dessus de son lit de l'aller. Solange et Lucien sont pour toujours embrassés dans une boucle de la Meuse qui, après quelques méandres encore, monte vers le nord, passe à Château-Regnault près de chez les Léger, ensuite entre en Belgique, passe à Namur, où la Sambre la rejoint au pied de la haute citadelle de Vauban, puis s'éloigne encore vers l'est, passe à Liège, pénètre aux Pays-Bas, à Maastricht, longe la frontière de l'Allemagne, la remonte sans la franchir, part dans un dernier grand crochet vers l'ouest, s'évase, se dissout dans le delta du Rhin, se mêle à ses eaux et va se jeter, sous Rotterdam, dans la mer du Nord, loin.

Ici, à Mézières, au-delà des arbres en contrebas de l'allée, elle paraît sereine, discrète mais puissante, épaisse, presque sirupeuse. Elle emporte, l'air de rien, elle emporte vers la mer du Nord, elle emporte les mystères, Lucien Léger, Yves Taron, Jacques Salce, Molinaro peut-être, Suzanne Brulé, Seligman et Delarue, Boudot-Lamotte et toute la famille Desouches, Régine Poncet, j'ai mal à la tête, elle emporte Nina Douchka et même Luc Taron, mais pas la fille en noir dans le petit parc de l'hôpital de Manchester. La seule sans tombe. Elle est à côté de moi, 43 kg, Solange, dans son bel ensemble, pantalon et chemise, elle a peut-être elle aussi les mains sur le grillage, qui n'est pas encore rouillé, elle se demande quand elle va pouvoir sortir d'ici (jamais ?), elle regarde le petit bois, elle pense peut-être à Lucien, son petit chou, ou à rien, ou à Luc, le pauvre Luc, à la saleté de la vie, aux drames, aux mauvaises personnes, salauds, aux mensonges et à la malchance, aux médicaments, molécules, ou à pas grand-chose, elle regarde les arbres, les buissons, le vert vif, l'eau en bas, la beauté de la vie, elle a glissé ses doigts dans les croisillons, l'image peut-être la fait sourire (c'est son genre), le cliché, l'enfermée pathétique, la condamnée accrochée à son grillage, elle sourit en regardant la pente, la végétation qui descend, et au fond, en bas, discrète, la Meuse sombre et forte, qui emporte tout.

DU MÊME AUTEUR

Le Chameau sauvage
prix de Flore
Julliard, 1997
et « Points », n° P5517

Néfertiti dans un champ de canne à sucre
Julliard, 1999
et « Points », n° P2069

La Grande à bouche molle
Julliard, 2001
et « Points », n° P5243

Le Cosmonaute
Grasset, 2002
et « Points », n° P2705

Vie et mort de la jeune fille blonde
Grasset, 2004
et « Points », n° P4800

Les Brutes
(dessins de Dupuy et Berberian)
Scali, 2006
et « Points », n° P2070

Déjà vu
(photos de Thierry Clech)
Éditions PC, 2007

Plage de Manaccora, 16 h 30
Grasset, 2009
et « Points », n° P2327

La Femme et l'Ours
Grasset, 2011
et « Points », n° P2861

Sulak
Julliard, 2013
et « Points », n° P3301

La Vraie Vie
Éditions In8, 2015

La Petite Femelle
Julliard, 2015
et « Points », n° P4423

Spiridon superstar
Steinkis éditions, 2016

La Serpe
prix Femina
Julliard, 2017
et « Points », n° P4872

Pour écrire, je m'enferme dans ma grotte
La Tengo éditions, 2018

Les Éditions Points s'engagent pour la protection de l'environnement et une production française responsable

Ce livre a été imprimé en France, sur un papier certifié issu de forêts gérées durablement, chez un imprimeur labellisé Imprim'Vert, marque créée en partenariat avec l'Agence de l'Eau, l'ADEME (Agence de l'Environnement et de la Maîtrise de l'Énergie) et l'UNIC (Union Nationale de l'Imprimerie et de la Communication).

La marque Imprim'Vert apporte trois garanties essentielles :

- La suppression totale de l'utilisation de produits toxiques
- La sécurisation des stockages de produits et de déchets dangereux
- La collecte et le traitement de produits dangereux

RÉALISATION : NORD COMPO À VILLENEUVE-D'ASCQ
IMPRESSION : CPI FRANCE
DÉPÔT LÉGAL : AOÛT 2022. N° 147404 (3048640)
IMPRIMÉ EN FRANCE